编委会

潘鲁生　邱运华　主编

（全二卷）

中芬三江民间文学联合考察文献汇编

档案论文卷

＋

社会科学文献出版社
SOCIAL SCIENCES ACADEMIC PRESS (CHINA)

主编简介

潘鲁生 1962年生，文学博士，教授、博士生导师。现任中国文联副主席、中国民间文艺家协会主席、政协第十三届全国委员会民族和宗教委员会委员、山东省文联主席、山东工艺美术学院院长。系中国文化名家，享受国务院政府特殊津贴专家，担任国家非物质文化遗产保护工作专家委员会委员、教育部高等学校艺术类专业教学指导委员会委员。

邱运华 1962年生，文学博士，教授、博士生导师。现任中国民间文艺家协会分党组书记、驻会副主席兼秘书长，中国俄罗斯文学研究会副会长、中国马列文论学会副会长、中国文学艺术界联合会第十届全委会委员。曾任首都师范大学副校长、文学院院长。

凡　例

档案论文卷

一　本文献汇编收录的内容全部源自 1986 年中芬三江民间文学联合考察原始资料。汇编力求保留第一手资料的原貌，对于较为明显的错别字和知识性错误进行了修正，对于资料中存在的不易理解的表述等进行了注解说明。

二　本文献汇编本着"应收尽收"的原则，将绝大部分第一手资料进行了汇编。部分论文已结为《中芬民间文学搜集保管学术研讨会文集》，由中国民间文艺出版社于 1987 年 12 月出版。本文献汇编收录了多篇当时未能入选的论文。另有部分论文与三江地方文化与民间文学领域关系不甚密切，故而舍弃。

三　论文部分作者信息皆以页下注方式呈现。

四　侗语专有名词，皆以国际音标加以标注，于（　）内标明。部分未取得国际音标注音的专有名词，则以拉丁字母或拼音方案中的字母标注，于（　）内标明。

五　部分不明字体、不明数字，皆以■标注、代替。

六　论文中涉及的部分歌谣作品，以楷体体现，并在（　）内表明口述者、收集者、翻译者名字。

七　年份、人口、百分比等数字皆使用阿拉伯数字。

作品卷

一　本文献汇编收录的内容全部源自 1986 年中芬三江民间文学联合考察原始资料。汇编力求保留第一手资料的原貌，对于较为明显的错别字和知识性错误进行了修正，对于资料中存在的不易理解的表述等进行了注解说明。

二　编者对同一作品的多个版本进行了择优筛选。因侗族歌谣种类多样且迥异于普识性汉族歌谣，为了帮助读者理解当地的民间文学样式，对每一类体裁的第一个作品前增加了名词解释进行说明。

三　侗族歌谣部分的考察记录由多人完成，本文献保留了每个人的记录方式和格式，主要有六种记录方式：（一）为上句侗语汉字记音，下句圆括号内直译，以（）标注，篇后附完整意译；（二）为侗语汉字注音，另附完整意译的顺序；（三）为上句国际音标，下句直译，篇后附完整意译；（四）为侗语汉字注音；（五）为上句国际音标，下句直译，无意译；（六）为上句侗语汉字注音，下句圆括号内直译，无完整意译。

五　歌谣部分因内容庞杂，且每种样式体量不一，采取以功能场景分类为主，器乐、题材、演唱方式等为辅的分类准则进行粗略划分。

六　故事命名，因原始资料存在重名或无名情况，为了方便区分，以人物事件的命名规则进行了再命名。

七　不明字体的标注方式，以文字偏旁描述或□标注、代替。

八　讲述者、演唱者、记录者并翻译者信息录于每篇末尾。

序一　似水流年忆往事

刘锡诚

　　以史诗《卡勒瓦拉》的采录整理出版为代表，芬兰是世界上以民间文学资料搜集和研究成就而闻名的国家。闻名于世的芬兰文学协会民间文学档案馆，已有二百年的历史了。1952 年前后，我国计划成立民间文学资料馆，曾有意派人去芬兰参观取经未果。后美籍华人学者丁乃通先生向当时的中国民间文艺研究会领导人贾芝介绍了芬兰文学协会主席、国际民间叙事文学研究会主席劳里·航柯。1983 年 9 月，贾芝从民研会去职，我被调到中国民研会主持工作，维持原定计划派他和刘魁立去芬兰参观访问，考察该国的民间文学工作。1985 年 2 月，贾芝又被派遣率中国民间文学代表团参加了 2 月 28 日在赫尔辛基举行的芬兰民族史诗《卡勒瓦拉》出版 150 周年纪念大会。同去的有中国社会科学院少数民族文学研究所的研究员降边嘉措（藏族）、人民文学出版社外国文学编辑室主任孙绳武。芬兰方面提议将民间文学列入中芬两国文化协定。劳里·航柯遂于 1985 年 10 月到北京，商量如何落实中芬两国文化协定中规定的民间文学联合调查项目，我方建议在未开放地区广西三江侗族地区进行两国民间文学联合调查。

　　我国民间文学界对芬兰民间文学界的情况一向比较注意进行调查和研究。早在1963 年 11 月中国民间文艺研究会研究部编印的《民间文学参考资料》第八集里就组织《译文》杂志编辑部的人员翻译和发表过一篇美国学者艾德逊·里奇蒙德撰写的《芬兰的民俗学研究》（《美国民俗学杂志》1961 年第 4 期），全面介绍了芬兰民俗学研究历史和现状。芬兰学者安蒂·阿尔涅（Antti Aarne）的《民间故事类型》，经过美国学者斯提斯·汤普逊的改写和阐发，早已成为世界各国民间故事研究的基础性经典著作。芬兰文学协会的民间文学档案馆及其姊妹机构瑞典语文学协会民俗学及人类学档案馆，在世界上也是赫赫有名的，保存了大量的芬兰民间文学材料和《卡勒瓦拉》的材料。仅 1935 年为纪念《卡勒瓦拉》出版 50 周年而举行的搜集竞赛，芬兰文学协会民间文学档案馆就收到了应征的 13.3 万项来稿，其中大部分是当年记录下来的民间传说和记事。芬兰从事民俗学研究的学者和机构，与西方国家不同，都是搜集和研究民间文学的，也就是说，在研究对象上，芬兰和中国有一致性。20 世纪 80

年代，中国民间文学界已经开始了"中国民间文学三套集成"的普查搜集和编纂出版工作，拥有一支庞大的民间文学搜集和研究队伍，出版了很多的民间文学集子和志书。尤其是各地陆续发现了一些故事村（如河北的耿村、湖北的伍家沟等）和一批故事家（如辽宁岫岩的刘马氏、佟凤乙、李成明三个满族故事家，朝鲜族的金德顺，湖北的孙家香、刘德方等）。也相应地涌现出了一批年青学者，学术研究比过去提高了，对世界的影响扩大了，中国的民间文学开始受到国外同行的重视。劳里·航柯是联合国教科文组织政府专家委员会的主任，他在1989年10月参与联合国教科文组织制订的《向会员国提出的〈保护民间创作建议案草案〉》中就"民间创作的定义"有一个发言："民间创作（或传统的民间文化）是指来自某一文化社区的全部创作，这些创作以传统为依据、由某一群体或一些个体所表达并被认为是符合社区期望的作为其文化或社会特性的表达形式；准则和价值通过模仿或其他方式口头相传。它的形式包括：语言、文学、音乐、舞蹈、游戏、神话、礼仪、习惯、手工艺、建筑术及其他艺术。"他对中国的民间文学成就很感兴趣，在学术理念上，也与中国学界相近，有共同语言。劳里·航柯从自己的民间文学学科方向着眼，在联合国会员国中选定了两个点推介他的文化理念：一个是中国，另一个是印度。所以在他1985年10月去印度借道中国停留时，与我会谈、选点，要在中国做一次两国民间文学工作者的联合调查，并向我提议，邀请中国学者到芬兰的拉普兰人居住地去做一次调查。

我们希望选择一个西部未开放地区、民间文学保存和传承比较好的地方作为中芬两国联合调查的地点。经与广西民间文学研究会协商，确定了广西壮族自治区的三江侗族自治县。航柯来中国与中国方面联合主办这次民间文学实地调查，其指导思想是推介他的学术理念，借以改进中方的搜集和研究工作，培养青年民间文学工作者。在他看来，我们中国的民间文学固然搞得好，资源丰富，但调查本身并不很符合学术的要求。他的学术理念是要进行"田野调查"，而在做"田野调查"时，要坚持一个原则，即"参与观察"。他自己要来做表率。

在三江侗族自治县进行的民间文学联合调查，一共确定了三个调查点，即林溪、马鞍、八斗（包括六个自然村）。调查队员分别到三个点上进行调查。他没有分配到一个点（组），以便可以随便走动巡视。当时陪同他的是贾芝和我。坦率地说，当时在三江的调查，我们还带有一定的表演性，我们去之前做了很多准备工作，比如让县里提供了100多个讲故事的人和唱民歌的人的名单。

参加三江民间文学联合调查的人员，我方37位学者，主要是青年学者，他们是：刘锡诚（中国民间文艺研究会副主席）、张文（中国民间文艺研究会书记处书记）、贺嘉（中国民间文艺研究会书记处书记）、王强（《民间文学》编辑部助理编辑）、蔡大成（《民间文学》编辑部助理编辑）、吴薇（《民间文学》编辑部助理编辑）、李路阳（《民间文学论坛》编辑部助理编辑）、金辉（《民间文学论坛》编辑部助理编辑）、谢选骏（中国民间文艺研究会研究部助理研究员）、黄凤兰（中国民间文艺研究会研究部助理研究员）、杨惠临（中国民间文艺出版社编辑）、乌丙安（辽宁大学中文系教授）、李扬（中国民间文艺研究会辽宁分会干部）、张振犁（河南大学中文系副教授）、祁连休（中国社会科学院文学研究所副研究员）、邓敏文（中国社会科学院少数民族文学研究所助理研究员）、杜萌（中国民间文艺研究会北京分会编辑人员）、马青（中国民间文艺研究会宁夏分会）、张学仁（中国民间文艺研究会西藏分会）、曹保明（中国民间文艺研究会吉林分会）、曾晓嘉（中国民间文艺研究会四川分会）、蒙宪（中央民族学院民语系研究生）、邱希淳（北京师范大学中文系研究生）、武剑青（广西壮族自治区文联书记处书记）、农冠品（广西民间文学研究会秘书长）、蓝鸿恩（广西民间文学研究会副主席、中国民间文艺研究会副主席）、杨通山（三江侗族自治县文联主席）、红波（广西马山县文联副主席）、何承文（广西群众艺术馆编辑人员）、苏韶芬（女，桂林市文联编辑人员）、王光荣（广西师范学院中文系教师）、罗秀兴（广西玉林市文化局副局长）、韦元刚（广西柳州地区文化局编辑人员）、余小金（女，中南矿业学院外语教研室）、韦会明（三江县人民政府）、吴浩（三江县文化局）、石若屏（三江县人）。芬方5位学者，他们是：劳里·航柯（土尔库大学教授、芬兰文学协会主席）、马尔蒂·尤诺纳霍（土尔库大学哲学硕士）、阿托斯·佩泰耶（土尔库大学视听教学协调人）、劳里·哈尔维拉赫蒂（赫尔辛基大学哲学硕士）、安芬妮（女，翻译，芬兰驻华使馆秘书）。在实际调查当中，劳里·航柯主要推介他的"参与观察"的田野作业观——学术方法：调查者要跟讲述人（演唱人）打成一片，要进入讲述人（演唱人）的讲述（演唱）环境中去，讲述人（演唱人）讲述（演唱）时，调查者不能提问题，不能当场翻译，等等。这些思想表现了他对民间文学田野调查的学术性追求。从总体上来说，三江的民间文学调查，他的学术要求应该说基本上达到了。

中芬民间文学联合考察暨学术交流分两段进行。第一段是学术交流（学术会议），第二段是进点考察。联合考察于1986年4月9～15日进行，取得了显著的成果，培养和锻炼了队伍，搜集到了大量此前未拥有的侗族民间文学及民俗资料：录音磁带200盘；近千张黑白和彩色照片（其中包括讲述人/演唱人像，讲述环境像，队员活动照片）；队员的调查报告、专题论文、采风日志共18篇（包括一个村落的文化背景调查，一种文艺形式的专题考察，一个讲述人/演唱人的专题考察，某一个民间神的调查等）；10个小时的录像带。

1986 年 11 月底，中国民间文艺研究会（简称民研会）派王强、李路阳两人携带全部磁带、调查报告、照片及有关文字资料，重返三江。他们此行有两个任务：一是组织当地干部将全部侗文资料翻译成汉文；二是拾遗补缺，甄别真伪，并对所有队员调查报告中的事实部分进行审核，为编辑《三江侗族民间文学》提供材料。同时，成立了《三江侗族民间文学》编辑小组，刘锡诚为主编，王强、李路阳、杨通山、吴浩为编辑组成员。

据王强写的材料，他们在三江的工作，第一步是给磁带编码。他们带去的磁带有127 盘，由三江县抽调人员分四个组分头开始编码工作。故事组，组长周东培。情歌组，组长杨通山。琵琶组，组长吴永勋、吴贵元。款词、多耶、酒歌组，组长吴浩。第二步是组织记录翻译。为保证调查中记录的文字资料的科学价值，要求一字不动，忠实记录。要求汉字记侗音（国际音标），字对字、句对句翻译、意译。第三步是拾遗补缺，并组织人员进行缮写。

1986 年底，李路阳回京汇报，王强继续三江的工作。1987 年 1 月，王强、杨通山审阅了《三江侗族民间文学》一书定稿（30 万字），并携带全部磁带回京；3 月，中芬民间文学联合考察特辑《中芬三江民间文学联合考察撷英》经刘锡诚终审，发表于中国民间文艺研究会机关刊物《民间文学》1987 年第 4 期上。1987 年 2 ~ 8 月，由王强负责将全部磁带按汉语拼音字母缩写重新编码，加必要的英文注解，共编码磁带 120 盘，上交给中国民间文艺研究会资料室。另外，《中芬民间文学搜集保管学术研讨会文集》由刘锡诚主编，黄凤兰责任编辑，由中国民间文艺出版社于 1987 年 12 月出版。这本书的编选工作是我做的，但在发稿时，我把编者改为中芬民间文学联合考察及学术交流秘书处。

调查结束，航柯先生回国，并向联合国教科文组织有关部门及负责人报告了这次联合考察的情况，在北欧民俗研究所的刊物 Newsletter（《通讯》）1986 年第 2 ~ 3 期上亲自撰文介绍，同时在该刊上发表了贾芝的论文《关于中国民间文学的搜集和整理》和刘锡诚的论文《民间文学普查中几个问题的探讨》及部分照片。中国方面除了把所摄录像资料，部分赠送给芬兰方面外，于 1987 年 12 月由中芬民间文学联合考察及学术交流秘书处编辑、中国民间文艺出版社出版了前述《中芬民间文学搜集保管学术研讨会文集》（中文本）一书。

这次实地考察是在三江县三个点六个村寨进行的。当时规定，考察采录来的材料和照片，个人不许留存，全部交到了中国民研会。这些材料，民研会交由王强和李路阳同志负责编辑出版。出于种种原因，他们一直没有编出来。后李路阳同志再次去三江与当地的吴浩做调查并写成一部著作。王强移民澳大利亚，带走了所有的材料。

2010 年，王强回国，我与他共同商议如何把这批材料送回国内的问题。2012 年，我通过电子邮件再次催促、索要这批材料，他答复说，这批材料在他的车库里，有 20 多公斤，他没有这笔邮寄费。这些材料，是所有参加考察的民间文学工作者付出劳动和心血的成果，有的已经去世，有的已经退休，十分可贵。我已经离开中国民间文艺家协会（原中国民间文艺研究会）25 年，且已年迈，无力继续索要，而历届领导也没有人过问，致使这批珍贵材料一直流落国外。我虽然建议中国民间文艺家协会索回并组织编辑出版，但一直没有结果。2017 年，中国民间文艺家协会要派吕军副秘书长等人到澳大利亚做学术交流，我于 2017 年 3 月 9 日给新任中国民间文艺家协会分党组书记、副主席邱运华同志写了一封信，请他予以关注，建议吕军与王强联系，把王强手中的材料带回国内。吕军同志在墨尔本与王强见了面，但未能达成完满的协议。

2019 年 5 月 9 日，移居墨尔本多年的老友王强通过微信告诉我，他决定回国把他完好保存了 33 年之久的中芬三江民间文学联合考察材料全部移交给中国民间文艺家协会。得知这个消息，已是耄耋之年的我，自是十分高兴。三江民间文学考察是众多中芬民间文学工作者履行 1986 年中芬文化协定的重要成果，不仅于 1986 年底进入了世界驰名的芬兰文学协会民俗 - 民间文学档案馆，而且由于劳里·航柯的汇报，得到了联合国教科文组织政府专家委员会及有关各国的承认，成为最早走出国门的中国民族民间文化！现在，移居海外多年、生活平静的王强，在强烈的家国意识主使下毅然决定自费回国把这批他完整珍藏了 33 年的材料无偿地送回国内，移交给中国民间文艺家协会，多么感人！他到京的第二天即 2019 年 5 月 21 日上午，便来到我的家里。久别重逢，一见面我们便拥抱在一起，心情久久无法平静下来。下午他又马不停蹄地去出席中国民间文艺家协会为他的捐赠和移交材料召开的专门会议。中国民间文艺家协会决定将这批珍贵的民族民间文学考察材料整理汇编出版，这不失为中国民间文学史上和中国民间文学学科建设中的一件大事。

邱运华同志嘱我这个几十年前的联合考察参与者和组织者为这批文献的编辑出版写一点序言之类的文字，我难辞其责，于是写了如上有关联合调查的情况，就算是序言吧。也作为我对为中芬文化交流做出过巨大贡献的已故学者劳里·航柯先生的追念。

2019 年 6 月 9 日于北京

序二　对一次里程碑式事件的记录

向云驹

时间已经在不知不觉中悄悄地流逝了 34 年。领导和组织实施此次中外民间文化交流的协会领导和专家学者们大多已经作古。这一段往事眼看着就要随风而逝，但是它终于又被有心人惦记、追索和挖掘出来了。一座中国民间文艺对外交流史上的里程碑像风化在历史尘埃里的残碑断简，被考古发掘并精心修复后终于再现了它的风采。这个事件就是 1986 年中国和北欧国家芬兰开展的文化交流合作：中芬联合在广西南宁召开民间文学搜集保管学术研讨会，中芬联合在广西三江侗族地区开展民间文学考察。在南宁召开的学术研讨会除了芬兰学者外，中方学者（来自全国各地的民间文艺学专家和广西区府和各地市州的民间文艺专家）有百余人与会，这在当时可谓盛况空前。在三江开展的采风活动，适逢民间抢花炮活动，可以说是人山人海，各民族群众都知道有外国友人来考察民俗，因此热情似火。此外，拦门酒、侗族油茶、鼓楼琵琶歌、火塘耶歌、六甲人的细歌、老人讲款、行歌坐月，此起彼伏。就规模和场面而言，这是新中国成立以来规模最大的一次中外民间文化交流活动，在中国民间文艺史上留下了浓墨重彩的一笔。适逢中国改革开放之初，外国的思想、理论、学术大举涌入中国，民间文艺学也不例外，学者也是抱着极大的学术热情开眼看世界，芬兰学者集群来中国交流，在当时中外文化交流中是罕见的和盛况空前的，在整个中国学术界和文化界都是得风气之先和引领学界潮流的盛事。中外学者联合考察活动，在当时国门尚未完全打开的情况下是很少见的，有一群外国人来到中国民族民间现场，与中国学者一起对中国的民间文化进行大规模的考察，也是当代中国民间文化史上破天荒的第一次，广西和三江各级政府部门为此做出了巨大的努力和投入，确保了整个活动的圆满。促成、承担、完成这次学术交流活动的是中国民间文艺研究会（后改名中国民间文艺家协会），所以这次活动堪称协会历史上和中国民间文艺史上的一座里程碑。

很多事情是要等到过去很久之后，才在历史进程中不断发生影响，不断显示其历史魅力，不断被后来的史实印证，才能发现它们的时代价值和深远意义。30 多年前举办的中芬联合民间文学研讨和考察活动就是这样的事件。这次活动不仅在当时意义非凡，影响广泛，而且从现在回望，也可以看出它清晰的历史存在和历史影响。虽然很多人并不知道它的存在，但只要拂去历史的遮蔽，它的历史地位和作用就会立刻昭显天下。

把欧洲最先进的民间文学理论和实践引进中国。民俗学和民间文学作为一种学科和学术对象，乃至文化类别，其发源地无疑是在欧洲，特别是与人类学的学术史和学科史密切相关，其学术重镇又在英国、法国、德国等欧洲文化大国。但是就民间文学这个相对狭小和特定的学术领域而言，芬兰这个国家的作为和国际贡献却是让人刮目相看和肃然起敬的。在独立以前，芬兰长达7个多世纪都处在瑞典王国的统治之下。但芬兰人民的语言、民间文学一直在顽强地传承。从18世纪开始，欧洲民俗学界大兴民间采风活动，民族主义、国家独立、民族国家的思潮和实践互相混合，彼此推动，甚至形成共识：没有一个民族能够没有祖国而存在，没有一个民族能够没有诗歌而存在。民歌是一个民族赖以反映自己的文化结晶，是衡量民族文化的一个最重要的尺度。这是当时欧洲民族主义的信念。

芬兰的民族意识在此思潮中发展壮大，一批先进知识分子用芬兰民族民间文化推动民族和国家独立。19世纪初，芬兰民族史诗《卡勒瓦拉》的搜集整理出版成为芬兰民族意识觉醒和国家独立进程中的标志性事件。生于1802年的芬兰学者利亚斯·伦洛特从1828年就开始不知疲倦地搜集芬兰民歌和古歌。1835年，他将自己从民间歌手中搜集的古歌整理出版，其中包括一部12000行的完整古老长诗，这就是《卡勒瓦拉》。此后他又多次采集补充，1849年再次出版长达22795行的民族史诗《卡勒瓦拉》。这部史诗的核心内容讲述的是卡勒瓦拉部族和波赫约拉部族之间的争战，争战的焦点是争夺三宝磨。在史诗之中，卡勒瓦拉象征着光明、勤劳、美丽和欢乐，波赫约拉却意味着黑暗、邪恶、阴险和贪婪。最后，真善美战胜了假丑恶。史诗的出版使芬兰人民的民族精神大为振奋，唤醒了芬兰的民族意识。这部史诗被看作丝毫没有受到外国影响的纯粹民族的作品，芬兰民族的特点及其民族文化的价值在史诗中得到了细致描写和充分表达。《卡勒瓦拉》向人们宣告，芬兰人民有着丰富的语言资源，芬兰是一个诗歌的国度，芬兰人民有着自己的天才创造。学者们还把《卡勒瓦拉》与希腊的《荷马史诗》、古代斯堪的纳维亚的《埃达》、德国的《尼伯龙根》、盎格鲁－撒克逊的《贝奥武夫》等著名史诗相提并论，认为它完全可以被放入最伟大的欧洲史诗行列之中。芬兰民间文学因此异军突起，创造了小国家文学享誉欧洲的文化奇迹。在此后半个多世纪的芬兰民族国家独立运动中，这部史诗发挥了"芬兰人民的未来进步的基石"的作用。1831年，芬兰成立芬兰文学协会，设有文学档案馆，收藏了古歌记录手稿数百万份，古歌百万余首。1917 年芬兰独立，芬兰文学被确认为开始于《卡勒瓦拉》。芬兰民族国家的独立得益于民间文学的兴盛，芬兰的民间文学研究也就成为该国的显学，其民间文学的研究成果也多有国际性影响和世界性意义。其中最著名的是民俗学传播论中的芬兰学派和民间文学的阿尔奈民间故事分类法。

芬兰学派在传播学派中属于历史 – 地理学派，兴起于 19 世纪末，延续至 20 世纪中叶。芬兰学派的一个突出特色是以民间文学中的民间故事为研究材料，进而寻找出其中的文化传播规律、路径、方式和特点，从历史的根源处寻找文化现象相似的基础。为了完善研究方法，芬兰学派为民间故事建构起原初型式的研究模型，即把许多大同小异的故事按照流传地区予以排列，查找情节产生和变化的地域性，通过情节情况来判断故事流传方面的问题。此一研究的展开有两个前提：一个是必须采集每一区、每一省、每一村的异文，必须收集世界上所有的这一故事类型的全部可能存在的异本；另一个是建立一套行之有效的民间故事类型索引。母题是民间故事情节中最小的情节单元，母题索引的基本用处是展示世界各地故事成分的同一性或相似性，以便研究它们；类型索引则暗示一个类型的所有文本具有一种起源上的关系。芬兰学派的重要学者阿尔奈为此建构了系统的《民间故事类型索引》，从国际故事分类的角度来编撰故事类型，编号系统达到 1940 号。通过阿尔奈故事类型编号，可以知道某个故事哪国更多，如果把众多的故事在地图上分别用不同颜色表示出来，故事传播和流布的情况就一目了然了。后来，美国学者斯蒂斯·汤普森对阿尔奈的工作进行了重要的改造和完善，使这一分类法定型为"阿尔奈 – 汤普森体系"，即 AT 分类法。这一分类法在国际上得到了广泛运用，对世界民间文学研究产生了巨大的影响。

从以上学术史背景来看，芬兰学者在改革开放之初来到中国，对中国民间文艺学发展的意义和影响是不可估量的。那时中国民间文艺研究会已经在中国启动了"中国民间文学三套集成"工作，一场轰轰烈烈的全国民间文学普查工作已经拉开大幕，民间文学在分类、记录、整理、保管、研究、传播、出版等方面正面临层出不穷的问题需要应对，对国际经验的借鉴和与国外学界接轨都是十分紧迫的任务。当然，后来的事实证明，中国民间故事的搜集和它最终在国际民间故事体系中的呈现，对完善和丰富 AT 分类法又是一个无与伦比的贡献。中国台湾学者金荣华先生用几十年的功夫跟进中国民间故事集成的出版，出来一卷他就按 AT 分类法对其进行分类并出版分类成果，可谓功莫大焉。芬兰学派在中国产生影响的一个重要事实，是把最前沿的国际性非物质文化遗产保护信息带到了中国。时至今日，非物质文化遗产的知识、概念、学理、术语等在中国几乎妇孺皆知了。殊不知，如果要做知识考古和学术溯源，我们还得回到 1986 年的这一次中芬民间文学合作考察。正是这次活动和其中的民间文学学术研讨，传递了当时还在酝酿后来却在全世界如日中天的非物质文化遗产保护运动的重要学术动向和知识信息。中国非物质文化遗产保护学术史的源头恐怕应该从这里算起。芬兰方面参与此次中芬民间文学联合考察的机构正是在芬兰乃至世界享有盛誉的芬兰文学协会（包括它的民间文学档案馆）、北欧民俗研究会和土尔库大学文化研究系民俗学和比较宗教学部。芬兰方面的领队是当时的芬兰文学协会主席兼国际民间叙事文学研究会主席的著名民间文学学者劳里·航柯教授。芬兰文学协会及其民间文学档案馆都有150多年的历史了。与会的芬兰学者带来的学术论文或学术报告，包括两个方面：一是关于民间文学的保护问题；二是关于民间文学的分类、档案工作、资料保管、采录方法等。劳里·航柯教授为会议提交了两篇论文并分别进行了报告，它们是：《民间文学的保护——为什么要保护及如何保护》《中央和地方档案制》。1973年玻利维亚政府向联合国教科文组织总干事提出研究保护民间文化遗产并就《世界版权公约》中民间文学版权问题提出建议和补充条款，补充条款应包括关于保护文化遗产和在保护、支持和传播民间文学过程中产生的版权问题，玻利维亚政府在建议中还对输出传统文化以及脱离原来的背景以一种与产生和保留这种传统文化的人们格格不入的方式表现这种文化的现象表示关切。联合国教科文组织和世界知识产权组织对此都表示了高度关注，积极支持开展相关工作。这是国际组织关心民间文学的开始。这也是全球非物质文化遗产保护的最早动因之一，最终演变为一场声势浩大的国际非物质文化遗产保护运动。联合国教科文组织和世界知识产权组织此后召集了一系列的政府专家委员会会议，吸纳了一些国家著名的民间文艺学家参与其中，劳里·航柯多次参与相关工作。1980～1984年，双方联合举办过四次专家会议和四次地区性会议。1985年1月，联合国教科文组织在巴黎总部召开的政府专家委员会第二次委员会上修订了关于民间文化的定义。1985年10月，在联合国教科文组织大会第23次会议上，决定制定一项保护民间文化的国际通用规则，并决定请政府专家特别委员会起草草案提交于1987年召开的第24次会议讨论。劳里·航柯参加了政府专家委员会工作并为后面的巴黎会议起草了工作文件。他在这个工作文件中提出的民间文学定义，经专家委员会修改和补充后成为最终的有效提法。这个文件后来并没有如期在1987年的第24次大会上通过，而是在1989年巴黎联合国教科文组织大会第25次会议上通过，文件的中文标准译法称为《保护民间创作建议案》。这个建议案直接催生了2001年公布的第一批人类口头和非物质遗产代表作（后更名为人类非物质文化遗产代表作），它对民间文学（在广西会议时译为民间文学，后来在国际文本的中译时更多用民间文化，又有民间或传统文化、民间创作等不同译法）的定义被直接用来定义非物质文化遗产。

2000 年前后，中国民间文艺家协会（简称中国民协）开始酝酿更加浩大的民间文化遗产保护工程。2001 年，提出了中国民间文化遗产抢救工程。2004 年，我出版了国内第一部关于非物质文化遗产的个人学术专著《人类口头和非物质遗产》。正是在这部著作中，我从中国学术语境出发，考据和发现了劳里·航柯对人类非物质文化遗产保护的贡献和他早在此一保护实施之前十几年就把相关信息和学术知识通过中国民协带到了中国。顺便多说两句，我本人与中国民协结缘，说起来也与此次会议有关。我是 1984 年在中央民族大学（时为中央民族学院）应届考上硕士研究生的。当时我们八名学生由中央民族大学一个综合各系学术师资力量组成的五人（教授、副教授）导师组带领，导师组组长是马学良先生，而他当时正兼任中国民协副主席之职。这是我国首次公开招生的中国少数民族文学研究（含少数民族作家文学和少数民族民间文学研究）硕士专业，五名导师共招收学生八名。我们研究生毕业前做了一次集体性田野作业，就是全程列席（不是会议代表，只有广西籍的壮族研究生同学蒙宪作为正式代表参加会议）了此次中芬联合学术研讨会和部分重大民俗调查活动，然后在其他调查活动中，我们六人（一人因故未能离京赴桂，蒙宪全程参会）则在三江对当地著名的六甲人进行了民族学专题调查。我后来想，让我们在这个时间赴广西三江考察，又列席中芬联合学术研讨会，恐怕都与马学良先生有关。1998 年，我因工作需要正式调入中国民协工作，先任分党组成员、副秘书长，后任分党组成员、秘书长，连续在这里工作了 12 年，直到 2010 年调任中国艺术报社社长。其间，见证和参与了中国非物质文化遗产保护的萌芽、发展、壮大的全过程。任职中国民协后，曾经到马学良先生家向他汇报工作，他得知我调到中国民协工作，是很高兴和欣慰的。

劳里·航柯与中国发生直接关系又与当时中国民协负责人贾芝先生密切相关。芬兰的民间故事 AT 分类法在美国得到一位叫丁乃通的学者的大力推崇，他不遗余力地把它运用于对中国民间故事的分类中，著述了《中国民间故事类型索引》一书，1983 年，此书在中国民间文艺出版社出版，介绍和翻译给中国民间文艺界。此前，该书还在芬兰首都赫尔辛基出版。丁乃通 1978 年就开始到中国与中国民间文艺界进行学术交流。正是他介绍贾芝认识了劳里·航柯。1983 年，贾芝、刘魁立一行代表中国民间文艺界访问芬兰。1985 年，贾芝率降边嘉措、孙绳武再访芬兰并参加"《卡勒瓦拉》出版 150 周年纪念大会"，会议期间还受到时任芬兰总统毛诺·科伊维斯托的接见。两次访芬都是劳里·航柯做的具体安排。在劳里·航柯的积极提议和促进下，民间文学被列入中、芬两国文化合作协定。1985 年，劳里·航柯专程来华，落实 1986 年中芬联合考察具体事宜。这就是此次中芬民间文学合作的来龙去脉。

也可以看出，芬兰学者的确带来了更加广阔的民间文学的国际动向和前沿态势，芬兰的民间文学搜集、保管、研究、运用，都处在世界前沿。劳里·航柯本人也在学术交流中向中国学术界详细介绍了相关国际文件和他起草文件的相关学术问题和民间文学定义问题。是芬兰民间文学学术经验推动了国际性民间文学保护直至后来的非物质文化遗产保护，是中国民间文艺家协会搭建的交流平台把这些国际经验提前引进中国的学术文化界。这也是中国非物质文化遗产保护一直能够处于世界前沿和国际前列的重要因素。

在此次交流活动中，芬兰学者就民间文学的采录，带来了摄像、摄影、录音、记录规范、登记制度、存档模式等一整套科学方法。这是中国民间文艺首次运用立体记录技术和方法，首次确立档案意识和规范，对后来的抢救保护工作产生了深远的影响。2002～2004年，中国民协与联合国教科文组织北京办事处合作，开展了中国少数民族民歌调查，采取的就是摄像、摄影、文字（包括国际音标、英语、民族语、汉语）全方位记录的技术手段和方法。后来的中国木版年画调查、抢救工程的各个项目都是如此。可见其影响之深刻。当然，在劳里·航柯和贾芝两位的努力下，国际民间叙事大会也首次来到中国，1996年，召开了国际民间叙事研究会北京学术研讨会，70多个国家的专家学者与会。中外联合调查的国际合作模式，后来又有中日合作、中韩合作、中以（色列）合作、中越合作等双边模式。

这次中芬联合调查，取得了丰硕的成果，不仅有一批质量较高的学术论文问世，而且双方学者调查和记录了大量民俗事象、民间文学作品。根据双方协定，这些学术成果将由双方分别用中文和英文出版，并各自互换成果分别存档。在芬兰方面，劳里·航柯回国后即向联合国教科文组织有关部门及负责人报告了这次中芬联合研讨和联合调查的情况，还在北欧民俗研究所的刊物 *Newsletter*（1986年第2～3期合刊）上撰写专文评介此次活动，同时英译刊出了中方贾芝的论文《关于中国民间文学的搜集和整理》、刘锡诚的论文《民间文学普查中几个问题的探讨》，还刊发了若干采风照片。1993年，贾芝先生再访芬兰，他看见芬方的介绍，了解到芬方整理的此次活动成果已经单独保存，共有118册，包括文字、录音、录像、图片等，并且已经全部输入电脑进行了数字化存储。在中国方面，1987年，中国民间文艺出版社出版了中芬民间文学联合考察及学术交流秘书处编辑的《中芬民间文学搜集保管学术研讨会文集》，贾芝作序，刘锡诚写跋，收入两国学者论文精选30篇。本来还要出版一本搜集作品集，由于人事变动和形势变化，终未有结果。刘锡诚先生主持中国民协工作时，据说有专人负责此事，再以后，此事被人们渐渐淡忘了，那些待出版的资料也不知所踪。

最近，听说在刘锡诚先生的努力下，当时的许多原始材料和待出版的书稿找到了。几经波折和努力，终于可以让尘封的历史和几乎湮没的珍贵资料重见天日，真让人唏嘘不已。原来当时负责资料整理的王强同志一直保存着这批材料，他后来移居海外，却一直舍不得丢掉这批材料，带着它们在海外漂泊。这事被刘锡诚先生得知，各方做工作，又说服王强贡献珍藏以便出版，最终促成我们手上的这部档案材料和历史记录。时间已经过去了整整 34 年。世界早已经物是人非，但是民间文学保护在非物质文化遗产保护中，也出现了当时不可想象的壮阔局面。先贤们的努力是不应该忘却和忽略的。这套书的出版就是一个很好的纪念。现在这套书的规模和内容，除了包括收录在《中芬民间文学搜集保管学术研讨会文集》（当时仅印行 500 册）已经出版过的学术论文外，还汇集了当时搜集到的大量民间文学作品，包括故事、民歌和民歌的乐谱记录（简谱和五线谱），此外，还收录了当时的各种会议材料、工作文件、若干现场图片等，是全过程、全材料、全作品、全档案的出版物。这套书来之不易，其学术内涵是丰富深刻的，至今仍然具有重要的现实意义，所搜集的民间文学作品也是上佳的欣赏和研究对象。中芬三江民间文学考察活动在学术史和中国文化史上都占有重要地位，也是中国民间文化对外交流和中国民协外事工作的一次标志性事件，在中国民协 70 年历程中是不可忽视的存在。今年恰逢中国民协成立 70 周年，这套文献的出版无疑是一份极有分量的献礼。借此机会，我要表达对劳里·航柯和贾芝先生的缅怀和致敬，向为这套文献的出版作出了特殊贡献的已经耄耋之年的刘锡诚先生和寓居海外依然念兹在兹的王强先生表示敬意。

中国民协现任分党组书记兼驻会副主席邱运华先生对这批新发现的史料和这套书的出版非常重视，多次多方面听取意见，还召开专题座谈会研究出版问题。他嘱我也就此书出版写写相关情况。这是我很乐意的又是义不容辞的。唠叨如上，就教于各位方家。

2020 年 5 月 24 日于北京

（作者系中国文艺评论家协会副主席，中国文学艺术基金会常务副理事长兼秘书长，中国民协原分党组成员兼秘书长，中国艺术报社原社长）

目录

CONTENTS

档案论文卷

档案类

论文类

三 民间文学研究的理论与方法 …………………………………… 247

四 民间文学档案管理及书刊出版 ………………………………… 353

作品卷

故事类

歌谣类

档案类

新闻访谈与往来信件

中芬两国民间文学专家聚会南宁
芬兰客人将参加三江侗族"三月三"歌节

■ 《广西日报》 本报讯

《文艺报》记者沙林、本报记者李宁报道：包括侗族在内的广西民间文学开始走向世界。这是从四日起在南宁举行的"中国芬兰民间文学搜集、保管研讨会"传出的信息。

与外国联合进行民间文学科学考察，这在我国尚属首次。这次考察的目的，是促进中芬两国学者交流有关民间文学搜集、保管的经验，通过考察培训青年民间文学工作者。这次活动是根据中芬文化交流协定，由中国民间文艺研究会、广西民间文学研究会、芬兰文学协会及北欧民俗研究所、芬兰土尔库大学文化研究系联合举办的。我方有七十多名、芬方有五名人员参加这次活动。[①]

研讨会和考察活动昨天在南宁开始。中国民间文艺研究会副主席贾芝和芬兰方面首席代表、国际民间叙事文学研究会主席、芬兰文学协会主席劳里·航柯教授分别致辞。广西文联书记处书记丘行作了简短的致辞。与会者在大会上宣读了二十五篇论文。从四月七日至十五日，中芬联合考察队将赴三江侗乡进行民间文学的田野考察，并将参加三江侗族"三月三"歌节。

三日下午，自治区人民政府顾问王祝光会见了以劳里·航柯教授为首的芬方代表团。

原载《广西日报》1986 年 4 月 5 日第 1 版

---

① 中国民间文艺研究会简称中国民研或中国民研会；广西民间文学研究会简称广西民研或广西民研会。余不赘。——编者注

中芬民间文学联合考察秘书处负责人答本刊记者问

今年四月，中芬两国民间文学工作者将在中国广西进行学术交流和实地考察，为了尽快让读者了解这次考察的有关情况，我们走访了中芬联合考察秘书处负责人，他热情地回答了我们提出的问题：

问：这次活动是由哪几方面发起的？

答：确切地说，是由两国三方发起的，即中国民间文艺研究会、芬兰、广西民间文学研究会。参加的人员则是多方面的，有研究人员、教学人员、编辑人员、资料保管工作人员等，他们来自中国民间文艺研究会及部分分会、大学、科研机关等不同的单位。

问：能谈谈举办这次活动的有关情况和意义吗？

答：当然可以。这次活动，是中国民间文学界贯彻对外开放政策，面向世界，与国际民间文学界相互交往的一系列活动之一。两年前，中国民间文学家代表团访问芬兰时，曾就两国合作进行考察交换了意见。两年来，著名芬兰民间文学者劳里·航柯教授曾两次来访中国，与中国民间文学界的代表进行协商，于1985年10月在北京达成了于1986年4月在广西南宁市和三江侗族自治县进行民间文学学术交流和实地考察的协议。谈到它的意义，一方面，中国丰富的民间文学宝藏、大量的研究成果需要让世界各国人民了解；另一方面，打破闭关自守，吸收其他国家的先进经验，促进本国民间文学的研究发展，这是推动我国民间文学事业迅速发展并与世界民间文学研究水平保持同步的前提之一。1984年在石家庄召开的中国民间文艺研究会第四次代表大会明确了今后要大力加强研究工作和民间文学遗产的抢救工作。这就要求我们除了做扎扎实实的工作外，还应当积极地、有步骤地与世界各国进行学术交流，在这种交流中学习外国民间文学工作中可行的经验，包括如何采用现代化技术手段，如何更科学地记录、普查和抢救民间文学遗产的经验。这方面的工作我们过去也做过一些，如派代表团出访芬兰、丹麦、日本、土耳其、巴基斯坦等，同时，也邀请了不少友好学者来华访问。但这次的合作，与以往的交往有很大不同，从互访发展到了合作。这是我国民间文学界第一次与外国进行这种合作。这次合作搞成功了，对于今后开展国际交流，提高我国民间文学搜集保管工作水平，是有重要意义的。但是进行这样的联合考察，我们还缺乏经验，这就加重了我们的责任。

问：这次合作，对于培养人才会有不小的效益吧？

答：当然。中国民间文学工作开展近七十年来，培养了一大批专业的和业余的人才，为民间文学事业做出了大量的贡献。最近各地又涌现出了一大批思想敏锐，虎虎有生气的青年民间文学工作者，他们给民间文学事业带来了生机。但是，我们也应该看到，由于历史的原因，我们长期处在闭锁状态中，缺乏对世界民间文学研究历史和现状的了解。对于中老民间文学工作者来说，迫切需要知识更新，用新的研究成果、研究信息、研究方法来充实自己。对于年轻同志，除了掌握国内外最新研究成果之外，还需要细致地、深入地取得实践经验。这方面的不足，对于人才的成长是十分不利的。这次中芬联合考察就为我们提供了一个良好的机会。

问：能简单地谈谈芬兰民间文学概况吗？

答：芬兰的民间文学具有悠久的历史，早在一百五十余年前便出版了由隆洛特（又译兰罗特）搜集编纂的史诗《卡勒瓦拉》。在历史上不但唤醒了人民的民族精神，而且成为芬兰文学和艺术的瑰宝。芬兰在摆脱异国统治后，民间文学事业有良好的传统和丰富的经验。芬兰文学协会在这方面是一个具有世界影响的组织。他们设有一个世界第一流的民间文学档案馆，这次率队来华的芬兰文学协会主席、国际叙事文学学会主席、土尔库大学教授航柯先生，便是在民间文学领域内硕果累累的学者

问：请您谈谈整个交流、考察活动的安排？

答：这次合作从 4 月 4 日到 4 月 16 日共 12 天。分两个阶段。第一阶段是在南宁举行的中芬民间文学搜集保管学术研讨会，中芬两国民间文学工作者五十余人参加，主要讨论民间文学的保护、普查、分类系统、实地考察方法，档案保管制度，民间文学的广泛兴趣、出版和资料的利用等广泛问题。现已收到学术论文三十余篇。芬兰学者共提供论文八篇。从 4 月 7 日到 4 月 16 日为第二阶段，即实地考察阶段，参加者除中芬两国学者外，其主体为中国青年民间文学工作者。考察地点定为广西的三江侗族自治县。侗族人民具有悠久的民间文学传统，大量的故事、歌谣、款词深深地蕴藏在他们中间。在这次实地考察中，将根据科学方法进行田野作业训练，除了笔录外，还将采用录音、摄影、录像等手段，记录歌手和故事家演唱、讲述的实况。

问：通过这次交流与实地考察，达到什么样的目标呢？

答：总的说来，是通过交流经验和田野作业，提高青年民间文学工作者的素质。具体说来，可能会在下列四个方面有所收获：（1）出一本论文集，即这次学术会议

的论文，我方和芬方分别用中、英文出版；（2）出版一部作品集，即这次收集的侗族民间文学作品，我方和芬方分别用中、英文出版；（3）拍摄一部三江侗族民间文学（包括风情、民俗、讲述场面）的录像资料片；（4）汇集一套侗族民间文学的录音、磁带和讲述活动（包括民俗风情）照片资料。

本刊记者

原载《民间文学》1986 年第 3 期，第 46 页 + 第 10 页

《民间文学》记者对航柯采访记录

■ 记者： 贺嘉　王强

翻译： 石敬厉

时间： 1986 年 4 月 16 日晚

地点： 桂林榕湖饭店

记者：为期十余天的中芬民间文学学术研讨会和联合考察活动现已结束。本刊请您谈谈您对这次活动所取得成果的评价。

航柯：首先要谈谈在南宁举行的研讨会，这是有益的。这次会上我们互相介绍了在研究民间文学方面各自的情况，互相对对方的情况有了了解，也了解了对方前进到什么地方，向什么地方发展，而且了解了今后所要迫切解决的问题。

研讨会上所作的学术报告涉及民间文学研究许多领域，特别是当前对所要解决的一些问题的看法。另外，我们得知中国准备建立中央档案馆，这是一个非常好的开端，希望能获得成功，这对你们将来的工作提供了保障。现在得到的资料不要分散到难以再得到的个人手里，你们中央档案馆要知道有什么材料，在什么地方，你们已有的档案馆和将要建立的档案馆如何衔接起来，使信息的传递更有效。如办成功，肯定会在国际上引起很大兴趣。芬兰中央档案馆有 150 年的历史了，我们也在建立新的档案馆。我们不能说我们的中央档案馆和现在建立的新档案馆一切问题都解决了，特别是在中央档案馆和地方档案馆之间的信息传递方面，还没有找到一个固定的途径。在最近几十年里，研究的东西都将从研究机关走向档案馆，而且走向计算机系统，特别是目录和索引，要引进计算机里。为此，要创造一种共同语言，不同的分类转化成一种语言，这一点在研讨会上进行了比较多的讨论。因此，我用这一点说明这次南宁研讨会具有意义的地方的同时，也讨论了其他许多重要的问题。

另外，关于民间文学资料如何编辑、整理出版的问题，这些领域你们的工作对世界是有益的，你们的领域是那么多，今后会吸引更多的爱好者，而且你们不是学院式的研究。科学材料的编辑、出版是迫切的问题，同时也是棘手的问题。关键怎么解决，谁来把这些东西进行取舍，特别对中国来讲，你们有 56 个民族，各民族有自己的文化传统，怎么来整理？你们搞了，又如何得到那些民族的承认。另外，对这些搜集的东西进行客观的存档、整理，这是一个非常复杂的问题，涉及民族文化的好多背景的东西。一个古老的民间传统，不是所有人看了都是那么有价值的，那么重要的。但是，对于研究者来说，是有价值的。所以，公众的压力和想法也是很有意思的。因此感到重要的是通过你们有广泛影响的杂志介绍一下国际上在这方面的经验。另外，在南宁研讨会上提到的保管、使用的国际性，希望你们研究一下联合国有关文件的观点原则，希望你们今后也能够参加联合国关于民族传统保护的国际会议，要有你们自己的代表参加。

　　下面谈谈联合考察，这种人数众多的联合的田野作业还是第一次，带有实验性的，可以说经验还是不足的。有关组织工作你们进行了长时间认真、仔细的工作，而且及时通报给了我们芬兰方面。明显的一点，我们在一个少数民族之中进行田野作业，准备足够的翻译是个关键，也是个具体问题。一个有几十人参加的田野作业，而且又分散好多组，又有记录、录音、照相、演出等，方式是各种各样。在准备期间，我曾提出应有足够的侗语翻译力量，在南宁研讨会期间，我听说侗语翻译只有两个，事后，我知道至少有五个人担任了专职翻译。事实证明，对侗语翻译的需求是重要的，因此，我们芬兰的主要力量就都放在技术工作方面，特别是录音、录像以及那些活生生的演出。在那些不大需要翻译的地方，在记录及翻译过程中，或是正在进行的活生生的演出中，我们不好随便插话，怕影响效果。有时，我们发现侗语翻译，因为有好多名单要问他们，他们就感到疲劳了，本应通过侗语翻译了解一下背景、自然环境情况，可我没有进行，因为感到不合适。如果侗语翻译足够，人员再分散一些，就可以对采录不发生其他影响。应该说，从技术上来讲，我们记录了高水平的活生生的演出，但我们并没有得到深入的了解，也缺乏直接接触。应该说在这么短时间里，取得这样的成绩是成功的。应该说我们现在有了录像、录音等材料，储存了关于侗族文化的多种形式、具有一定价值的资料，了解了侗族文化的相当重要方面。下一步我们还要继续对这些材料作进一步的审定、研究，还要研究我们接触得较少的那些东西和记录中不充足的东西。中芬两国学者在田野作业中，由于时间紧迫，较少进行研究，原计划利用晚上更正白天记录中的错误以及交流一下得到什么新的情况，也没有完全实现。当然，在那里也讨论了田野作业中一些不足和改进的办法。但是尽管如此，我有那么个印象，这方面不大成熟，应该说，我应对此承担责任。我一直在想，在这么短的作业中间，在这种情况下，如何组织、指导。我相信，如果下一次也进行同样的田野作业，就需要一个田野作业手册，作为教师在手册中应事先提出指导这类活动的原则，而且这些原则要事先商讨，比如考察人员应互相进行采访练习，指导教师应现场指导，特别是（侗语翻译）会出现各种不同情况，怎么来适应。我相信，大家都在探讨这个问题，将来会有很好研究的。这种工作要想得到改进，必须进行正确评估，要提出一些批评性的意见，所以我指出了一些缺点，如有个侗族同胞讲故事，其他人一切技术准备好了，在讲述中，其他人不进行干扰，可以进行感情交流，由于我们参加的小组人员太多，常常是研究人员成了现场的中心，今后要遇见这种情况，就要造成一种环境，使讲述人自发地将所要讲述的故事讲出来，不受其他影响。当然，进一步讲，再有一周时间，我们能住在那里，会保证使这件事进行得更好，如果我住在寨子里，同被采访者交了朋友，就更好了。总之，这次成效很大，但是不深入、较纷杂，什么都有，不大集中。当然，这次获得的所有资料，是今后研究侗族文化的宝贵资料，因为我们知道了侗族有什么样的传统和文化。作为我们研究人员的责任和义务，我们必须把从哪里搜集来的资料再还到哪里去。我们回去后，还要把录像送给三江，你们也要去整理、出版、发行这些资料。

记者：航柯先生，实际上您对这次活动进行了很好的总结。就我们中国方面来讲，组织这样一次人数多，牵扯到不同民族、不同国别，需要进行几道翻译的较大规模的田野作业，我们也是第一次。不仅我们的组织人员，就是那些在考察中有一定经验的教授们，有时也感到有些事情难办。

航柯：对谁来讲，都没有胸有成竹的经验。

记者：但是，这次活动，我相信会对我们提供许多很好的经验。

航柯：我相信，这次参加活动的人，都会考虑这么个问题，即今后如果再搞这样的活动，我将怎样进行，肯定今后会比这次成功得多。我回去后要在北欧国家民间文学学会的刊物上，介绍这次联合考察和学术研讨会的情况。当然，我会介绍一些重点的东西。但作为实验，结论将会做出，但我相信，在这里面有许多东西值得我们学习。

记者：航柯先生在南宁研讨会闭幕式上说"今天我强调第一次，就不是最后一次。若是第一次是成功的，那就给下一次带来了希望"。最后，请您谈谈今后中芬两国民间文学方面的合作。

航柯：首先，我们感到联系不应中断，要继续下去。在这几天中间，我们已经发现在许多领域我们可以互相帮助，而且我们可以参加国际的关于这方面的信息的交流。一个领域就是档案馆的工作方法问题和民间文学的分类、整理，这是一个重要领域。现在联合国教科文组织和北欧民间文学学会可能建立国际工作小组，希望中国方面有人参加。在大学里和研究机关里，可考虑你们中国在建档案馆和如何分类。这方面可到芬兰去看看，那里是怎样进行的。另一个领域是对民间文学的比较研究，如对萨满教的研究。我个人对民族史诗的研究特别感兴趣，特别是去年在土尔库进行的关于《卡勒瓦拉》的学术研讨会，在这次会上中国代表的报告引起了我的注意。如果在中国举行萨满教研讨会，我们芬兰也相对有比较深入的研究，我们可派一个代表团参加。另外，南宁的研讨会，三江的联合考察，事后还有许多工作要做，还要进行有兴趣的工作，还有许多工作要做。

这次我们联合进行的工作，芬兰代表团要研究、考虑和进一步发展这个思想，即将来在某国进行类似的活动，怎样进行更好，因此，这次取得的经验是很令人感兴趣的。

贺嘉根据录音整理

航柯教授给刘锡诚的信

亲爱的刘锡诚先生：

衷心感谢您非常迅速地寄来了十月间我访问贵会时通过的全部文件。侗族民俗的专著及此书的目录译文和有关我们此次考察活动的资料附件也已全部收到，您的来函是今天收阅的。

我们现在正忙于撰写论文并开始着手论文的翻译工作，准备提交9篇论文，每篇十页，可能分两批寄给你们。预计三星期以后寄去第一批，其余的推后两星期邮寄。以便贵方及时将论文翻译成中文。论文提要将迟一些时候寄去（也许没有将提要分发给每一位考察队成员）。

这次考察芬兰方面的预算也正在进行，争取能获得考察器材（录像机等）所需资金。我已与联合国教科文组织总部取得联系并向他们简要报告了此次考察的计划。巴黎联合国教科文组织总部非物质遗产处（Section of Non–physical Heritage）的负责人伯克特·林德（Birgitta Leander）博士可能于明年访华。

您提供了考察点的供电情况，这真是太好了，这样，我就放弃了带发电机的打算。

请代我问候贾芝先生。

您的忠诚的劳里·航柯

1985 年 12 月 4 日

附原件

NORDIC INSTITUTE OF FOLKLORE

NORDISKA INSTITUTET FÖR FOLKDIKTNING
POHJOISMAINEN KANSANRUNOUSINSTITUUTTI

Lauri Honko, Director
FENNICUM Henrikinkatu 3
20500 Turku 50
Finland
☎ 921 - 26 206

December 4, 1985

Mr. Liu Xicheng, Vice Chairman,
China Society for the Study of Folk Literature and Art
39 Tai Pu Si Street
Xidan, Western District
Beijing, China

Dear Mr. Liu Xicheng:

Best thanks for your prompt action in transmitting all the information
we agreed on during my visit in October. I have received the book on
Dong folklore, the translation of its list of contents, and the intro-
duction with additional information concerning our project. Your per-
sonal letter arrived today.

At this end we are busily writing the papers. We intend to deliver
altogether 9 papers 10 pages each, probably in two separate parcels.
The translation of the papers has begun. I hope to send to you the
first parcel in three weeks and the rest two weeks after the first.
This will enable you to start your translation work into Chinese.
We will prepare bibliographies to the papers, but they will be sent
later on (maybe they need not be distributed to all participants).

I am presently making the budget for the Finnish part of the project,
and I will try to get the necessary funds for the apparatus (video etc.).
I have also contacted Unesco and informed them briefly about our pro-
ject. It may happen that Dr. Birgitta Leander, Chief of the Section of
Non-Physical Heritage at Unesco in Paris, will come to China next year.

Your report on electricity in the villages was so good that I may abandon
the idea of bringing a small power plant from Finland to Sanjiang.

Please greet Mr. Jia Zhi from me

Sincerely yours

Lauri Honko

航柯教授等人的感谢信

NORDIC INSTITUTE OF FOLKLORE

NORDISKA INSTITUTET FÖR FOLKDIKTNING POHJOISMAINEN KANSANRUNOU-
SINSTITUUTTI

FENNICUM Henrikinkatu 3

20500 Turku 50

Finland

921 – 26 206

July 4, 1986

Dear Friend,

We would like to thank you most cordially for your good participation in the joint Sino – Finnish Seminar on Collecting and Archiving Folk Literature in April in Nanning and in the subsequent fieldwork in the villages of Sanjiang. We very much enjoyed your company and your scholarly contribution to our joint enterprise.

For us, the Finnish team, the seminar gave invaluable information on the important research work that is carried out by so many institutions and individual scholars in China. It is our sincere hope that this channel of information will be kept open also in the future in one way or another, and that we will be able to meet again, in China or here in Finland. Should you have any requests concerning more information from Finland or international research in general, please do not hesitate to contact us in person or NIF (Nordic Institute of Folklore), the institution responsible for the project, using the address in the letterhead above

Fieldwork was very successful both as an experience and as a way to document valuable materials from the Dong people who received us so well and showed to us great hospitality. Please deliver our heartfelt thanks to the people we met in Guyi, Ma'an, Badou, Linxi, Yan Zhai and other places we visited. Nanning, Liuzhou and Guilin are also places which will live long in our memory.

The project will now be continued in the form of making copies of the materials for both parties and editing 2 – 3 books in China and in Finland. The national and international interest will be our best reward for the work which all of us so willingly invested in the project.

We are convinced that the videotapes, soundtapes and photographs we made during the fieldwork will constitute the best thanks to the people of Sanjiang, a documentation of their oral literature and cultural life in general. These materials will now be processed and annotated to the best of our ability and it is our aim, as the contract we made with the China Society for the Study of Folk Literature and Art says, to donate the collection to the Chinese colleagues at the Society. We hope that this Dong collection will be supplemented with materials that are in your possession or at your home institute. We would like to see as complete collection as possible to survive for future generations of the Dong. We trust that you will cooperate toward this end.

Our friend Aatos Petäjä is out of town taking care of his duties at the marine biological research station in the islands outside Turku. He sends his best regards to you.

We wish you good health and happiness in your important work and hope to be able to meet you again some day.

Lauri Honko　　Lauri Harvilahti　　　　　　　　　Martti Junnonaho
Turku University　Helsinki University　　　　　　　Turku University

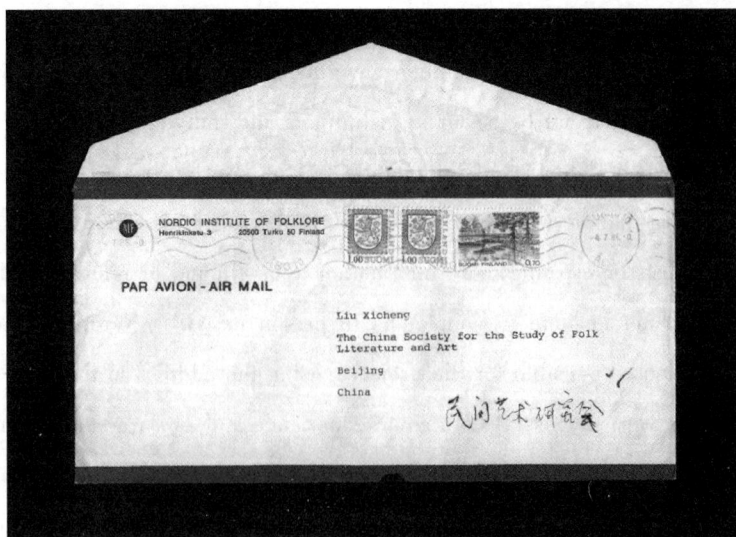

附原件

NORDIC INSTITUTE OF FOLKLORE
NORDISKA INSTITUTET FÖR FOLKDIKTNING
POHJOISMAINEN KANSANRUNOUSINSTITUUTTI

FENNICUM Henrikinkatu 3
20500 Turku 50
Finland
☎ 921 - 26 206

July 4, 1986

Dear Friend,

We would like to thank you most cordially for your good partici-
pation in the joint Sino-Finnish Seminar on Collecting and Arch-
iving Folk Literature in April in Nanning and in the subsequent
fieldwork in the villages of Sanjiang. We very much enjoyed your
company and your scholarly contribution to our joint enterprise.

For us, the Finnish team, the seminar gave invaluable information
on the important research work that is carried out by so many in-
stitutions and individual scholars in China. It is our sincere
hope that this channel of information will be kept open also in
the future in one way or another, and that we will be able to
meet again, in China or here in Finland. Should you have any re-
quests concerning more information from Finland or international
research in general, please do not hesitate to contact us in per-
son or NIF (Nordic Institute of Folklore), the institution respon-
sible for the project, using the address in the letterhead above

Fieldwork was very successful both as an experience and as a way
to document valuable materials from the Dong people who received
us so well and showed to us great hospitality. Please deliver our
heartfelt thanks to the people we met in Guyi, Ma'an, Badou, Linxi,
Yan Zhai and other places we visited. Nanning, Liuzhou and Guilin
are also places which will live long in our memory.

The project will now be continued in the form of making copies of
the materials for both parties and editing 2-3 books in China and
in Finland. The national and international interest will be our best
reward for the work which all of us so willingly invested in the pro-
ject.

Aurajoen kirjapaino oy

2

We are convinced that the videotapes, soundtapes and photographs
we made during the fieldwork will constitute the best thanks to
the people of Sanjiang, a documentation of their oral literature
and cultural life in general. These materials will now be process-
ed and annotated to the best of our ability and it is our aim, as
the contract we made with the China Society for the Study of Folk
Literature and Art says, to donate the collection to the Chinese
colleagues at the Society. We hope that this Dong collection will
be supplemented with materials that are in your possession or at
your home institute. We would like to see as complete collection
as possible to survive for future generations of the Dong. We trust
that you will cooperate toward this end.

Our friend Aatos Petäjä is out of town taking care of his duties
at the marine biological research station in the islands outside
Turku. He sends his best regards to you.

We wish you good health and happiness in your important work
and hope to be able to meet you again some day

Lauri Honko   Lauri Harvilahti   Martti Junnonaho
Turku University   Helsinki University   Turku University

档案类

二　三江资料及考察计划

三江概况

经芬兰文学学会代表、中国民间文艺研究会代表、中国广西民间文学研究会代表1985年10月16日于北京协商，定于1986年4月（中国农历三月）在中国广西壮族自治区三江侗族自治县（简称三江县），联合进行民间文学考察。今把该县的各方面有关情况，简介如下。

一 地理概貌

三江县位于广西的北部，是广西、贵州、湖南三省（区）交界的地方。东邻广西的龙胜各族自治县，南连广西的融安县，西连广西的融水苗族自治县和贵州省的黎平县，北接湖南省的通道侗族自治县和贵州省的黎平县。三江县境内的地形，以海拔200～400米的丘陵和海拔100～500米的低山为主。县内最高的是海拔1449米的白云山。全县共有大小河流74条，总长689公里；主要干流是榕江、浔江、融江。三江县因此而得名。1913年以前叫怀远县；1914年改名为三江县；1952年12月3日，成立三江侗族自治县。气候温和、湿润。四月间平均温度在15℃～20℃。

二 三江县的资源

该县属于山地林区，全县总面积为368万亩，林地面积占185万亩。县内盛产茶油，是全县人民的主要食用油来源。除此之外，还产桐油、毛竹、香菇、猕猴桃等土特产。全县人民的粮食以稻谷为主。稻田里兼养禾花鱼。每年秋收时把田水放干后捕捉禾花鱼。当地农民喜欢在田边用火烤禾花鱼吃（称之为"吃烧鱼"），其味鲜美可口。每户农家年收禾花鱼少则几十斤、多则几百斤。他们除烧、煮鲜吃禾花鱼外，剩下的部分放入缸中制成酸鱼，时间放置几个月或一年，家中备之以作待客之用。

三　民族构成及历史沿革

三江县主要由侗族、苗族、瑶族、壮族等少数民族构成，以侗族为主体民族。全县共有 53702 户，人口共 279912 人，其中侗族 144336 人，占全县总人口的 51.56%。远在秦、汉时代，在广西、广东一带居住着"百越"族，以后被称为"蛮"和"僚"人，那是侗族的祖先。关于三江侗族的来源，侗族民间有三种不同的传说：一是来自洞庭湖和鄱阳湖之间；二是来自江西吉安府；三是来自苍梧。

唐、宋时代称今居住在广西、湖南、贵州的少数民族地区为"羁縻州峒"，居住在这一带的居民被称为"峒民"或"峒人"。侗族的名称来历，民族历史学者认为由"峒民"或"峒人"演变而来。在封建王朝统治时期，侗族人民曾不断地起来反抗，如清朝乾隆年间的吴金银为首的农民起义，在侗族民间文学中有反映与流传。

四　侗族群众的饮食习惯

侗族人民爱吃糯米饭，爱吃酸鱼、酸肉、酸菜等酸味食物，素有"侗不离酸"之俗，原因是酸味食品可以帮助糯米饭的消化与吸收。侗族群众还喜爱饮用油茶。那是用茶水、茶油加上各种配料煮制而成的一种家常饮料，每日生活不可缺少。客人登门进屋，侗家人不倒水给客人喝，而是以油茶招待。这是一种礼节。客人至少要连喝三碗方能放碗，已是一种俗规，也表示对主人的尊敬与亲密友好。

五　侗族人民住宅习俗及建筑工艺

三江县的侗族群众（包括其他民族），都喜欢建大村寨聚居，多住木楼，依山傍水，每个村寨都建有供人们日常谈心、娱乐、集会用的鼓楼。鼓楼全部用木质结构。在交通要道的地方，人们常建筑起供人避雨、躲风、挡阳的风雨桥和风雨亭。这些建筑工艺精巧，造型别致美观，富有独特的民族风格。程阳桥和马胖鼓楼，就是这些建筑工艺的代表。程阳桥属国家文物保护单位。

六　三江县侗族群众的主要风俗

（1）"月也"是侗族青年男女社交活动的一种方式，每年农历正月间一个寨子的青年男女到另一个寨子去集体作客，赛歌、对歌、赛芦笙，侗语叫"月也"（侗语国际音标为：we^{31} je^{53}），在集体作客中，互相接触了解，寻找恋爱婚姻的对象。

（2）花炮节。每年农历三月初三那一天，在县城古宜镇和富禄乡举行花炮节，活动方式主要是抢花炮。每次放花炮三至五个，即用红绸包扎野藤圈或铁圈，把圈子放在铁炮口上面，然后把铁炮引子点燃，火药爆炸后气浪把圈子冲上半空，落地时几队抢花炮的人共争圈子，谁拾得即获得奖品。这种风俗，古代人以此祈求人财两旺、日子平安，延伸至今，已变成民间的一种体育活动。

（3）侗族还过春节、中秋节、祭牛节和吃新节等民俗节日。祭牛节定在农历四月八日或六月六日。牛为他们辛劳耕作，祭牛节是爱牛、敬牛的民俗活动。吃新节又称尝新节，每年禾谷将成熟时，取新禾少许供祖先，并分给家人尝新（侗族以种糯稻为主），吃新节是预庆丰收之喜。

七　家庭组织、婚姻制度及婚俗

侗族多是一寨一姓，或按族姓同寨分片而居。在早，族有族长，寨有寨老，寨中事务多由这些人主持。家庭多是小家庭制，家产由男子继承，妇女地位较低，家庭较富裕的婚后才分得少量的"姑娘田"或"姑娘地"，没有继承人的，可招婿，领养子。家庭分工基本上是"男耕女织"，但妇女一般也参加田间劳动。解放后，男女平等，妇女多参加社会活动。

婚姻为一夫一妻制。姑舅表婚比较流行，姨表兄妹和辈分不同的不能通婚。男女社交较自由，但解放前婚姻多由父母包办。婚后有"不落夫家"的习俗。离婚和再婚比较自由。解放后，男女婚姻自主，"不落夫家"的习俗基本上已经改变。侗族的婚俗主要有下列几种。

（1）迎亲：于春节前后举行，黄昏时候接新娘，下半夜才进屋。新娘进屋后，须跨过一根象征着新建的桥梁的扁担。过了这座"扁担桥"，就意味着新娘已成为这家的人了。婚礼上，新娘必须为前来祝贺的客人敬油茶，年轻的小伙子故意穿得破破烂烂，做出各种各样引人发笑的动作，增加婚礼的热闹气氛。

（2）送亲：迎亲之后三天，还要举行送新娘三朝回门的仪式，即为送亲。送亲队伍领头的是吹芦笙的青年，接着是扛纸伞的老人，再后是数十个盛装打扮、肩挑彩礼的姑娘。当队伍行进到通往寨门的巷道口时，会遇上女方家中设置的各种障碍物，由扛伞的老人领头唱"开路歌"。客人唱对一样，主人搬开一样，直至搬完，方能进寨。进入木楼后，女方作陪的全是年轻小伙子，酒过三巡，女方作陪的小伙子即与相中的送亲队伍中的姑娘互相交往。这时候，待客饮酒的客厅实际上就成了男女青年夺取和交换信物的月堂。紧接着，屋前屋后唱起了祝福的歌。孩子们用萝卜削成的杨梅缀满杨梅树枝，祝福新娘日子过得像杨梅一样香甜。

（3）偷亲：不让旁人知道，所以叫"偷"。但男方与女方已有默契，各自早有准备。偷亲季节一般在冬天，特别是农历十一月和十二月。偷亲时，新郎由伴郎陪同前往女家，与女方老人交谈，老人利用这个机会审视新郎，之后由女方老人陪同，请新郎伴郎便宴，新娘与伴娘即进屋打扮。打扮完毕，即随新郎前往夫家。新郎走后，伴郎在先，新娘在中间（伴郎的任务是保护新郎新娘安全抵家及锤打糯米粑粑）。新娘到夫家后，不管住几天，夫妻不准同房。经过举行有关仪式之后，男方再次举行仪式，将新娘送回娘家。第二年春耕季节，再将新娘接来插秧。住上两三晚，转回娘家。秋收时节，又把新娘接来剪禾把。到此，夫妻才能同房。

八　宗教信仰

（1）信仰：侗族多信鬼神，认为人死了以后，就到"高胜牙安"① 去。三江侗族，一般供奉多神（先母萨堂、飞山主公、山神、树神、土地公、土地婆等）。每年农历正月初一，携带猪头、糯米粑粑、茶水、纸钱、线香等物，去敬供先母萨堂、飞山主公。敬供完毕，燃放鞭炮，以示神灵保佑吉庆平安，五谷丰登，六畜兴旺。每月（农历）初一、十五，则携带茶水、纸钱、线香、油灯等物，去敬供山神、树神、土地公、土地婆。

（2）禁忌：侗族由于多信鬼神，因而禁忌极多。"下河不得戏水，上山不能丢石。"这是一句俗语。"戏水"会惊动"水神"，"丢石"会打着"山神"。每逢戊日，有时禁忌动土，有时禁忌挑水；接新娘，须半夜偷偷而行，禁忌外人撞逢；每逢牲畜产崽，常悬挂柚子叶于大门外或栏圈边，禁忌生人入屋，尺寸禁忌用双数（认为"双"数是凶、"奇"数是吉）；某村寨遇灾封寨，也常挂柚子叶于寨门外或大路口，禁忌任何外人入村；每逢丧事，在死者的尸体还没下葬之前，整个房族禁忌吃肉、吃鱼，只能吃青菜、豆腐等素食；在死者死后一月内，禁忌理发、缝补衣服。

（3）巫术：每逢疾病、灾难，常被认为是鬼神所造成，因而就要请鬼师来驱邪赶鬼。鬼师驱邪赶鬼，常使用两种巫术。一是鬼师闭目而坐，抖动双膝，挥舞大刀，口嚼谷穗，说是骑马阴间，察看病因，然后设下祭坛，驱邪赶鬼。二是鬼师先设一祭

---

① 侗语，即为"鬼神居住的地方"。

坛，手摇生树枝，口念咒语，赶鬼驱邪，为病人招魂。摇动树枝掉落的蜘蛛，被认为是病人的魂。蜘蛛装入袋内，放到病人身上，即为还魂。病人还了魂，鬼神即无奈矣！

九　三江侗族的民间文学类型

现在在侗族群众口头上还流传着内容古朴的神话传说（天地开辟神话一类多包含在一种叫"款词"——具有法典意义的叙事歌的作品中），故事（包括动物故事、幻想性的和世俗内容的故事），民歌、民间戏曲和谚语等。侗族民歌极为丰富多样，仅以体裁而言，计有琵琶歌、多耶歌、酒歌、笛子歌、牛腿琴歌、走寨歌、玩山歌等。民间节日、仪式、婚丧嫁娶均有民歌相伴。其中短歌数量最多，多是抒情的。长歌中有抒情的，也有叙事的（最著名的是反对封建包办婚姻、歌唱男女爱情自由的《娘梅歌》）。侗戏和芦笙踩堂舞，在侗族地区已流传 150 年。1961～1964 年编印过《侗族民间文学资料》（油印）三集。1978 年以来，搜集、编辑、出版了《侗族民歌选》、《侗族民间故事选》、《侗族民间爱情故事选》、侗族民间儿童故事集《养鹅小姑娘》和《侗乡风情录》五本书。三江县文联主编的文艺刊物《风雨桥》每期都刊载一部分民间文学作品。三江县设有三江县民间文学档案室，将手稿和出版物分类保管，供研究之用，字数有三百多万。

三江侗族有自己的民间文学工作者和学者，如：

杨通山（侗族），中国民间文艺研究会会员，广西民间文学研究会常务理事，三江县文联主席，主编侗族民间文学专集《侗族民歌选》等五部书。

吴贵元（侗族），老歌手，中国民研会会员，广西民研会会员，三江县文化馆馆员。

吴浩（侗族），青年文学工作者，中国民研会会员，广西民研会会员，三江县文化局副局长。

周东培（侗族），中国民研会会员，广西民研会会员。

十　考察地点概况

第一考察点：林溪村。

该村位于三江县北部，距县城 30 公里。林溪村共有 496 户人家，2504 人，其中侗族有 2193 人。全村分 7 个寨子。在该村，拟定两个考察地点。

（1）岩寨。该寨有侗族女歌手吴仕英、吴家凤、吴明发等人。她们主要唱侗族的"双歌"和"笛子歌"，歌的主要内容有：迎客进村寨、人生哲理、民族礼仪、风俗，等等。其中女歌手吴仕英，是侗族歌师吴居敬（已故）的长女。青年时期曾主演侗族民间歌剧《秦娘梅》中主角娘梅。今已 47 岁。

（2）皇朝寨。侗族故事家、70 岁老艺人吴道德在该寨居住，他会讲述《妹挑》和《莽子》等侗族民间故事传说。另有林溪乡枫木村中年侗族歌手吴仲儒，琵琶歌弹唱小有名气。

第二考察点：平岩村和冠洞村。①

（1）平岩村位于程阳桥头，距县城 17 公里。全村 553 户，3166 人，都是侗族。该点主要是由老人陈永彰等人演诵"款词"②，由青年歌手吴运丑、吴阿秀等人弹唱琵琶歌。此次考察还拟收集有关侗族特有建筑风雨桥和民俗传说故事等。

（2）冠洞村。全村有 384 户，1937 人，都是侗族聚居的村寨。全村分：冠大寨、冠小寨、竹寨三个寨子。其中冠小寨有演侗族民间戏曲的传统。由侗族民间艺人杨平义、覃文章等编导的侗戏《三郎与五妹》，就常在冠小寨的鼓楼戏台演出。侗族歌手杨平仲等人，会演唱侗族的"大歌"（多耶）。这是侗族民歌的艺术形式之一。

第三考察点：八江乡的八斗村和八江村。

八江乡位于三江县北部，离县城 17 公里，枝柳铁路经过该乡，有八斗火车站，交通比较方便。

（1）八斗村共有四个寨子，659 户，3597 人。此次采录主要在八斗小寨。该村流传着较为丰富的侗族武林故事和历史人物传说。由故事家杨美荣、梁宿飞等人讲述故事。八斗村老年人中还流传着多种"款词"及其来历传说。此地有一个古老的演诵"款词"的遗址。拟由男女歌手对唱民歌。

（2）八江村与八斗村毗连，有居民 290 户，1537 人。全村分为四个寨子。这次采访主要在八江寨，由歌手孙通泰、莫以章等人弹唱琵琶歌，由青年故事员关成安讲地方风物故事。

八江乡平善村吴永勋弹唱侗族叙事长歌《秀银吉妹》《娘梅歌》等。《娘梅歌》已搜集、整理发表，收入《侗族民歌选》一书出版。

---

① 联合考察队最初确定的考察地点是平岩村和冠洞村，后来在考察的具体过程中，改为马鞍村与冠洞村。地点更改的具体原因不详。——编者注
② 侗族古老的民间文学形式，有祖先来历、人类起源、民间法典等内容。

十一　交通情况

（1）公路。由广西壮族自治区首府南宁至三江县城所在地古宜镇，全程450公里，穿越山区，大多是沥青路面。途经广西重镇柳州市。

（2）铁路。由南宁、柳州、桂林至三江县通火车。三江火车站离县城9公里。

十二　住宿、水源

考察队到三江后，拟住在县城古宜镇县人民政府招待所，有卫生设备。白天外出考察，晚上回所住宿。在招待所餐厅用餐。到考察点考察时，携带中午饭。饮食水系"莲花井"的泉水。

十三　电源方面

县城和采访点均有电压稳定的交流电。除本县小电站发电外，还有广西电网的一级电站供电。录像、拍摄电影均可保证供应。照明电压220伏（工作时可升压至250伏）。采访时，拟提供或安装万能插头。

林溪文化背景概览

王 强 邱希淳 杜 萌[*]

民间文学的调查搜集绝不仅仅是文学形态的调查搜集，围绕在文学形态周围的各种文化事象，包括民俗、生产、饮食、教育、宗教等，都应纳入我们的考察视野，这样，准确地、宏观地把握多民间文学形态的目的才能达到。鉴于此，在调查民间文学的同时，我们还着重了解了林溪村的文化背景，作为文字形态的辅助与补充材料。这里，仅就林溪村的一些独具地方特色的背景材料作一报告。

一 历史文化背景

1. 林溪村的形成

"林溪，源出于县北高步乡之水团村，及林溪仓门坳各山谷，合而南流，至林溪子口，再纳各山小溪，过林溪大桥而南，入程阳乡境。"林溪一带最早为原始森林。林溪村三个寨子，就坐落在这条纳众溪而南流的河流旁边，关于林溪村的形成来由，现已无信史可查，我们采访了一些老人，得到一些民间传闻，姑且算作野史吧。

据说，本地的侗人皆由贵州而来，而追溯更远的年代（已不可考），是从江西太和县而来，这种传说，包括在贵州、湖南的侗族中是非常流行的，因此可能是不无由来的。而且据老辈讲，刚迁到此地时，此地还是一片原始森林。他们赶走了当地土著——苗民，在这里安下村寨。最早时，他们住在今天岩寨对面的一个叫作"务牙"的地方。当时是四大姓——石、杨、吴、陈。吴姓最多，一千户中占了七百户。这就产生了一个非常棘手的问题——婚姻问题。侗族古训：同姓人不得结婚，而七百户吴

---

* 王强，时任《民间文学》编辑部助理编辑；邱希淳，时为北京师范大学中文系研究生；杜萌，时任中国民间文艺研究会北京分会成员。——编者注

家的男女要从三百户杨、石、陈家的男女中选择对象显然是供不应求了，因此这就种下了林溪以后的一件大悲剧和相随而来若干风俗的根由。到了明洪武年间，邓子龙坐镇靖州，要压服"蛮夷"，派人四处斩"龙脉"。他们来到"务牙"，认为"务牙"正在"龙脉"之上，必须斩掉，因此"务牙"便被开了一条大口子，这之后，直到现在人们一听便噤若寒蝉的悲剧便发生了——十八对吴姓青年相爱不成而集体上吊自杀。自然，吴姓老人们便把它与"斩龙脉"联系到一起了，同时考虑到男女青年婚姻的实际问题，便下决心搬迁了，这样，四家人便从"务牙"搬了下来，并且把吴姓分为白头吴、上吴、下吴等若干分支。自此以后，不同寨的吴姓人家便可联姻了。林溪村的形成大致如此，而"务牙"的传说，同样也适用于林溪乡的许多寨子，如大田、美俗等也都有此种说法。

剥掉这个传说中的一些迷信的神秘色彩，我们大致可以看出：林溪村从"务牙"发展为一个拥有若干寨子的地区的过程，实际上是一个本地侗族人口生产发展的过程，"斩龙脉"一说，固然有由其造成的心理因素，但更主要的大概还是由于"务牙"地处山岗，面积狭小，不敷人口、生产发展的形势，而且河流地区更有利于生产。另外，婚姻的改革在当时也是势在必行，这种同姓分户联姻的现象，不仅在林溪，而且在整个侗族地区都很普通，因此这是侗族史中的一个重要环节。而"务牙"十八对青年的悲剧，是民族历史发展演变中的一个小小的痛苦插曲。但是，它对以后林溪侗族人民的心理、生活风习产生了极大的影响。

2. 宗教

如同其他地区侗族人民一样，这里的人民信仰多神教，直到现在，山石、古木、巨藤等生命力强的事物对他们来说仍然具有神力。石婆婆、树婆婆直到现在还受到崇拜（"文革"中一度被禁止），但是以前最受推崇的，仍然是"萨"——侗族祖母神。林溪村共有两座"萨"庙，一座在岩寨，一座在亮寨，今皆已不存，但老人们仍然能回忆起当初"敬萨"的盛况。与林溪村相邻的大田寨也有一座"萨"庙，"文革"中被毁，"文革"后又恢复了。这是一种原始宗教中女性崇拜的遗迹。

另外如崇拜关公①，崇拜土地神等，显见是在与汉族人民交往过程中，与汉文化的输入有关。解放前，林溪原建有佛寺法林寺。因此，从总体上讲，林溪的宗教形态是一种开放形态，原始宗教与人为宗教并存。这里有必要重点提一下灵魂观念的问题，林溪村除了与其他侗族地区相似，民间有"走阴""投胎"之说外，还有一些与十八对青年男女自裁相关的灵魂观念习俗。一为"封魂魄"，侗人称"尔木威"。传

---

① 风雨桥中供关公神位。

说自十八对青年死后，"务牙"全寨时常看到他们的阴魂出现，许多人被吓坏了，而且据说亮寨有一个外地来放牛的人，在山上吹笛子，遇见十八对男女向他索要笛子，惊吓成疾，回去后头发脱落，一命呜呼。因此，为了封住十八对冤魂，保境安民，便开始封魂魄，仪式在每年七月举行。合华、皇朝、岩寨、亮寨、美俗等寨各选六十岁老人若干，老人须斋戒沐浴，诚心、干净，不做坏事，家中无"黑彦"①。来到"务牙"山脚下的大松树下，用泥将一个坛子口封住，埋入树脚下，意为封住鬼魂。这个仪式，一直进行到解放前被国民党禁止。另一习俗，每年六月六以后直到"封魂魄"之后三天，上至美俗寨，下至合华寨，不准吹笛子、不准吹芦笙、不准大声喊闹、小孩不准哭闹，否则，便会惊动鬼魂，直到现在。在此期间，如有不知情的外地来客在此吹笛，本地老人还会大声呵斥。因为十八对青年自杀前是在吹笛子、唱歌，因此，他们死后也要娱乐，就会向人索要，致人惊吓而亡。这显然是原始思维的遗痕。

宗教职业最主要的是鬼师，鬼师一般不是专门职业，平时在家务农，有人请时才行鬼师事，多为驱魔赶邪，最主要的是为人治病。驱魔赶邪的方式是撒符水、念咒语。收酬多少不计，一般一碗米、两个鸡蛋即行。鬼师传授分为两种：一种为阴传（即梦授）、天成，一种为阳传，即拜师学术，鬼师子女亦可不从事这种职业。其余地理、命理等与汉族同。其余习俗与他处同，不赘述。

3. 商业

不同于其他地方，林溪的地理位置非常优越，北接湖南通道，可直达洞庭湖，南连三江，可经广西入广东，直到海边，因此，这里实际上是一个非常重要的交通要道，南来北往的客商经这里带来了商业的繁荣。商业的发达，可以追溯到一二百年以前。

据说在"务牙"时，林溪人民一直过着安居乐业的世外桃源般的生活，那时候寨头有一口井，水中含盐很多，可充食盐。寨尾有一条粘米冲，冲头有一巨石，从巨石下面流出一股雪白的粘米来，寨上的人每天去取米，而冲里流出的粘米每天不多不少，正好够全寨人吃一天。坝上的野茶树，年年开花结果，人们用果实来榨油，打油茶。同时，林间药材甚丰，野物不少，足够人们自给自足。但后来寨婆想让粘米冲每天多出一些米，就用铁拐杖将洞眼戳大，结果从此之后，不再流米了。寨头的咸水井也干涸了，人们为了谋生计，只好开田耕种，把寨子也分成了多个。但人没有盐吃不行，寨老杨公老林，吴公少溪，不辞劳苦去寻盐，到了神州县治②与一从广州来的盐

---

① 黑彦：指怀孕的妇女（侗语国际音标为：me^{11} çən^{55}）。

② 后来的怀远，今丹州。

商相遇，商议换盐事宜。从此，林溪人以山货换盐，林溪的商业大概也从此始，林溪人从此以后与外地有了交往。最先与外界往来货物靠肩挑，后改水路竹筏小舟，[①] 河路逐渐开通，到清道光年间，已有可载重 1500 斤的木船了，"自林溪街以下通船，春夏重可千载余，冬秋可七八百斤"。成为由南往北的水运终点站，之后又开通了与湖南的道路，将水路、陆路连接成一条南来北往的干道，海边的货物——盐可以通过这条道路直达洞庭湖，而湖南的大米也通过这条道路抵达海边，成为湖广粮盐要道。林溪成为要道上的重镇，经商客人也纷纷在此开店办栈，每日挑夫不下千人，两广、湖南、江西、贵州的商人纷纷到此，形成了五族共处（苗、瑶、侗、汉、壮）、五省共居的繁华局面。

传说是人们理想化的产物，但传说当中却有着一些不可忽略的史实材料，至少，前面的传说是林溪人对开通与外界交往之前生活的一种解释。由于侗族人民没有文字，不可能每一个历史事件都如实记载，但解释历史现象的愿望又很强烈，因此只能凭借想象来附会。但从中我们也可以看出林溪与外界交往的根由是受生活问题所迫。自产自用的方式不能满足生活的需要，生活的需要提出了交换的要求，这是起因。而林溪成为湖广通道，则是由于这一地区经济发展的要求使人们发现这一条通道而加以开发。当然，在这个过程中，各族文化的输入也是必然的，为林溪村在文化上呈现开放性状态奠定了基础。

4. 节日

重点考察了林溪村独有的两个节日。

①吴姓节，这是吴姓的本家节，据说是吴姓祖先遇难的节日。吴家祖先据老人们讲居住在江西吉安府太和县，原为朝廷官员，因得罪朝廷，被判合族诛灭。后全族出逃，历尽艰辛，逃至贵州避难，据说每年六月头卯，即是吴姓祖先遇难日，这一天，吴姓人家都吃辣笈草[②]纪念祖先，因为当初祖先逃难路上吃的就是辣笈草。

②花炮节，为林溪独具特色和含义的节日，也是一种民族团结的象征。

林溪成为湖广通道重镇之后，五族杂居，五省共处，不断产生矛盾、纠纷，以至于发展到清末民初三江人砸烂老字号商铺安昌陆的事件，引起很大纠纷。为了调和矛盾，和平共处，各族头人、各寨长老、各省绅士开会协商，决定十月二十六日（农历）成立五省会馆，宗旨是：民族团结，内外和睦，不准"勾汉凌侗"（勾结汉人欺负侗人）、勾外凌内（勾结外边欺负内里）、勾老凌小（勾结强者欺负弱者）。五省会

---

① 据说这条水路的开辟还有一场官司，因为这条水路近，抢了另一条水路的生意，另一条水路便告到官府，官府判"路从客便"。

② 一种野菜。

馆成立后，林溪果然安定繁荣。以后，为了继承这种团结精神，五省会馆决定每年农历十月二十六日举行花炮节庆祝，每次放花炮五枚，代表五省五个民族，推选五位长者做炮手，五枚炮同时点放，团结一致，共同上升。相沿至今。

5. 教育

在三江县最早兴办教育的是高步乡阳灿村龙从云，在此之前，无教育可言。乾隆四十年（1775），龙从云从湖南通道延请宿儒粟旺正设塾讲学，为三江教育之先。

而林溪村之办教育则大大惯于此。据县志记载，"民十八（1929 年）该区（林溪）士绅吴邦俊、吴士元、杨德邦等创设小学于林溪。建宏壮之校舍于福音堂背之领上，名曰三江县立第三小学校"。这之后，皇朝寨、亮寨都相继建立了国民基础学校。在这之前之后，也有人出外求学、应考。以往，侗族人不识字，而有了学校与出外求学的人以后，汉字在侗区成为使用文字。汉字记侗音是一方面；另一方面，汉文化又多了一个输入渠道——汉书，如《三国演义》《水浒传》《西游记》等，在侗族人中广为流传。解放前，许多有文化的侗族老人都写得一手好汉字、好对联，如土地庙的对联"五行居其末，三才位乎中"等，对仗、寓意都是十分工整巧妙的。

二　现实文化背景

1. 村庄基本概况

目前林溪村分为三个寨，即岩寨、皇朝寨、亮寨。一条街，即林溪街，街道有两个农业大队，皆为汉侗杂处，以汉为主，叫街道大队，各寨人口分别为：岩寨 144 户，703 人（侗 503 人、汉 200 人）；皇朝寨 153 户，788 人（侗 698 人、汉 90 人）；亮寨 1013 人（侗 992 人、汉 21 人）。

2. 生产

以林业、农业为主。农业主要是种稻田，饮食以糯米为主，蔬菜也是自种自收；林业则是种植茶油树。

3. 建筑

仍以干栏式木楼为主。楼下圈牲畜；二楼为火塘，平时活动时用；三楼住人。而鼓楼与鼓楼坪则是平时人们结社、娱乐、商议大事的地方，各种活动如"讲款""多耶"等都在这里举行。

4. 衣食

老人与妇女大多穿着侗家自织布——侗布做的衣服，但很多青年已不穿这种民族服装了，改着汉装。侗家规定每个侗寨姑娘必须能自己织布、做衣服，结婚时得带过夫家四五十件衣服。现在一些年轻姑娘衣服照旧做，但做了也不穿。这种现象在侗家中为数不少，反映了一定的观念变化。

5. 教育

林溪村是乡政府所在地，林溪乡是脱盲乡。林溪村的文化程度较其他地方更高一些。据统计，每一千人当中有高中生 31 个半，初中生 85 个半。小学生 376 个半，其余多少懂点文字的不在其内。林溪村也是乡中心小学、中学所在地。因此，村民子弟上学也有近水楼台之便。

林溪村的独特地理位置，造成了这个村的侗民在各方面都接受外来文化影响。因此，可以说，从总体上看，林溪村是处在一种开放的文化背景之下。当然，这对民间文学的生态势必产生种种影响。

三　文化背景与民间文学生态种种

一种古老的艺术的产生、发展、衰亡与它所处的地理环境、文化环境有着紧密的联系。一般来说，比较封闭的地区，传统文化的保持、继承、沿袭就比较稳定，而相反，在地理、人文都比较开放的地区，传统文化总是更早地面临着挑战，林溪村侗族的民间文学正是如此。

前面已谈到，林溪村的文化背景是一个开放的背景，因此，在接受各种外来文化与改造甚至抛弃传统文化方面，就显得比别处更早一些。我们在考察中发现，侗族所拥有的古老的民间文艺种类如"多耶""行歌坐夜"①"讲款"等，年轻人多已不会，为我们演唱"多耶"的，多是六七十岁的老人。侗族古俗，年轻人交朋友，谈恋爱，都是靠"行歌坐夜"来进行。这种形式，要求年轻人有敏捷的思维、丰富的知识，否则就会败下阵来。但我们这次调查的几个年轻人的婚姻，都不是靠唱歌完成的，大多数的"行歌坐夜"已变成了一种"耶天"形式的聚会，不具备当初的形式与内容了。这种现象的产生，与如今电视、录像的兴起有着密切的关系。就是在解放前，侗寨中故事讲述的内容也多是《三国演义》《水浒传》《西游记》《封神演义》等，因此，现代文化的输入冲击了侗族的传统文化，体现在如前面所述的衣食住行民间文学各方面。

应该看到，古老的文化受到现代文化的冲击而面临危机，是必然的、正常的，我

---

① "行歌坐夜"，又称"行歌坐月""行歌坐妹"，是侗族青年男女交际和恋爱的活动方式。因各人说法不同，用词有别，但同指一事。后不赘言。——编者注

们大可不必为之哀叹。但是，我们认为，第一，旧文化作为社会发展历程中的一个环节，是我们认识人类自身发展史的必不可少的材料。因此，在人尚未亡、歌尚未息的时候，应抓紧搜集、抢救这些珍贵的民间文化遗产，作为我们研究的材料，否则，"人亡歌息"时再来动手，恐为时晚矣。第二，体现在社会效益方面，我们整理旧文化并不是为了全面复古，实际上，现在要想让侗族青年再回到他们父辈的文化生活状态中显然是不可能的，这样去做也是徒劳的。问题的关键在于，通过专业工作者的工作，全面搜集、研究后再回到民众中，让后代们认识自己民族的发展、演变史，认识自己民族文化中的先进的、开放的东西。同时，也要让他们认识到自己民族的落后、封闭的东西。如果一个民族只去回味自己值得骄傲的一面，而置落后、愚昧的一面于不顾，那这个民族的发育必然是畸形的，不健全的。此外，如何利用旧文化中合理的成分为新文化的产生提供养料，也应是民间文艺工作者的任务。如"侗款"整个仪式上的、内容上的团结人心、稳定社会秩序、总结生产知识的作用；"多耶"认识历史、传播生产知识的作用；"行歌坐夜"培养青年人的情操、增长智慧的作用。如何使它们在形式与内容上发展、改造为具有现代色彩、符合现代生活节奏的文化形式以服务于今天的侗族人民，是我们应加以考虑的问题。

林溪村全景

林溪

侗族琵琶歌、耶、拦路歌、笛子歌、酒歌、款词介绍

琵琶歌

琵琶歌是一种用琵琶伴奏的歌，主要是自弹自唱。琵琶歌内容可分为抒情、叙事两大类。抒情歌有短有长，短歌多即兴创作，长歌除简单情节外，大段皆为抒情。叙事歌少则一二百行，多则几千行，述事咏人，抒情论理。侗族琵琶外形近似汉族三弦，有四根弦，分大小两种：大琵琶长于伴奏叙事性唱词，小琵琶长于伴奏咏叹性唱词。琵琶演唱多用自然嗓。演唱程式一般为"道白"、"开堂歌"、"正歌"和"消散歌"。

耶

耶是侗族一种边唱边舞的合唱歌曲，侗族人称唱耶为"多耶"，演唱时女唱男答。每一组女唱三支，男答三支。女对唱时，手拉手围成圆圈，合唱一句，重复一句，两声部合唱，唱一句挪舞一步。男对唱时，手攀高围成圆圈，边唱边晃舞移步，领唱者领唱一句，歌队合唱重复末尾三字。男方须答女方歌意，步女方歌韵。因其形式为人成圆圈，又多在鼓楼进行，故称"团歌""踩堂歌"。耶歌多有固定内容、程式。多耶须经过长年训练才能胜任。

拦路歌

侗俗新娘三朝回门，男方寨中多人组成队伍陪同前往。女方寨中以纺车、织布机、干辣椒多种物件于寨外路口步步设障并派出歌手摆开阵势，等候男方队伍到达，即对唱"拦路歌"与"开路歌"。女寨提问，客队回答，答对一件，撤掉一件路障，

直到路障撤完，客队及新娘才能入寨。"月也"芦笙队至主寨前，主寨也以生活劳动物品在寨外设障，然后对答，撤障，入寨。

笛子歌

笛子伴奏歌，男吹笛，女唱歌。主要是青年男女在"行歌坐夜"交往过程中唱，在鼓楼坪吹笛子歌时，中年人也唱。吹笛集结多在夏秋。旧时侗笛由发音部位和六个音孔组成。发音部位由入气槽、共鸣腔、笛塞、分气音片组成。音区约有八度，演奏技巧高的能吹到十度，音色最好的是中音区。以循环换气和独特音色区别于其他乐器。解放后的改良侗笛加了助高音孔，可吹到十三度，加键盘可吹到两个八度以上。

酒歌

侗家在酒席上唱的歌，有对唱形式、合唱形式。在酒席上，一般由主人唱邀请歌，酒席过程中，有领唱、合唱，并有提问、应答的对唱，最后是客人唱谢歌，主人唱谦逊歌。

款词

侗族的民间法律称为"款"，是侗族人民生活、伦理道德的准则。由于"款"在侗族人民生活中占有中心位置，因此侗族地区的社会基层组织也称作"款"。各款每天都要举行盛大的"讲款"议事，讲款议事非常庄重，由德高望重的老人宣讲款约。在其他集体活动中，也总是先行"讲款"。因此，形成了十分丰富的朗诵体文学体系"款词"。内容包含民族法典、祭祀礼仪、赞美、事物起源、祖先来历、人类起源、人物传记、历史大事等等。

对中国民间文学的搜集、存档及保护的学术讨论与实地调查的初步计划

劳里·航柯[*]

　　根据芬兰和中国签订的 1985～1987 年中芬文化交流协定。土尔库大学与赫尔辛基大学的芬兰学者将于 1986 年和中国民间文艺研究会合作进行关于中国民间文学的搜集、存档及保护的学术讨论与实地调查。

　　计划的目标：

　　(1) 向中国学者介绍芬兰在民间文学资料的搜集与保护工作方面的经验。鉴别：对民间文学材料的识别和鉴定，包括民间文学资料的总目录，以及用分类和存档的方法分析和保存这些资料。保存：存档的方法和保护的技术，内容的分析和编目，资料的抢救以及中央与地方存档的关系。保护：在现代文化中提高民间文艺的地位和提供各种活动的计划和方法，其中包括民间节目的表演、演员，民间节日、比赛，大规模的搜集以及民间文学杂志的出版工作。利用：出版活动，保护提供资料的讲述人和表演者，以及在保护民间文学中研究协会与个人的关系。

　　(2) 中国学者向芬兰学者介绍中国搜集和保护民间文学的经验，并讲述中国民间文学的发展前景以及当前迫切的任务和需要解决的问题。

　　(3) 培训中国民间文学搜集者和档案工作者的实地调查、鉴别材料和其他工作经验。其中包括用调查表进行调查，座谈、观察和寻找线索的方法。并且用现代化设备（录音、录像、8cm 有声电影、摄影）搞民间文学的搜集工作，还要注意采集与其相关的第一手资料。

　　(4) 实地运用了解到的知识和技术，包括鉴别实地调查中采录的作品和据此制

---

　　*　劳里·航柯（Lauri Olavi Honko，1932－2002），芬兰民间文学家、比较宗教学家、民俗学家和史诗学者。1961 年至 1963 年在赫尔辛基大学任民俗学和比较宗教学讲师；1963 年起在土尔库大学任民俗学和比较宗教学教授，1996 年荣誉退休后转任卡勒瓦拉研究所所长。——编者注

定的相应的方针和策略。

目标（1）与（2）的实现是通过：中国民间文学的搜集、存档及保护方法的学术讨论会。

地点：北京（或某省省会）。

会期：3 天。

参加人员：三名芬兰学者，一名芬兰驻中国大使馆代表。中国民研会代表 20 ~ 40 名，包括实地调查人员与分会代表，民间文学出版工作者、翻译者等。如可能，请社会科学院民间文学研究者参加。

计划：第一天，民间文学作品的鉴别：分类系统（芬方一篇论文，中方一篇论文，讨论），实地调查方法（芬方、中方各一篇论文，讨论），野外考察的技术与材料记录的实地示教（讨论）。第二天，民间文学的保存：中央、地方档案制（芬、中各一篇论文，讨论），介绍芬兰的存档技术（芬兰论文两篇，讨论），资料的技术保护（芬、中论文各一篇，讨论）。第三天，民间文学的利用：民间文学的出版对象和如何出版（芬、中各一篇论文，讨论），民间文学的广泛的兴趣（芬、中各一篇论文，讨论），如何保证搜集到的材料不被滥用（芬、中各一篇论文，讨论）。

翻译：芬兰文—中文如不可能，则用英文—中文（但口译人员中至少有一名懂芬兰文）。

讨论会之后，实地考察 1 ~ 2 省（云南、西藏），为期十四天以此达到目标（3）与（4）。

地点：部分在某省城镇，部分在农村。

时间：14 天，如选择两地，分为两个七天。

参加者：芬兰学者 3 人，芬兰翻译（芬驻华使馆人员），中国民研会的向导和口译者。北京及考察省份的研究人员 10 ~ 15 名，加上要培训的地方搜集工作者共 20 ~ 25 人，其中包括进行考察的少数民族代表。对于那些懂这次要调查的少数民族语言的，而在当地调查过的人，应考虑作为实地调查的代表。

计划：上午，讲座和制订搜集计划。白天，用来采集民间文学，会见出色的演唱者，考察当地历史和传统的发展。组成 7 ~ 8 人的小组，分别在 2 ~ 3 个村子里考察。晚上，总结一天的工作，做记录，以及训练录音机、照相机等技术设备的使用。

其他：可以安排与当地政府合作的会议，允许参加活动的人与当地政府及群众进行交流，安排一些有趣的演出。

本次活动以为期一天的讨论会而告结束。会上，受培训人员要汇报他们实地调查的经过，讲述对自己搜集材料的处理意见。翻译：芬兰文—中文—所调查少数民族语言（这种翻译不能只有一人，还要有个英文翻译）。

今后的活动安排：

这份计划最好包括在由赫尔辛基的教育部官员与北京联络处所签订的中芬文化交流协定中。

中国民研会要研究、决定适当的时间，考虑确定实地调查的地点。芬兰方面认为，有一些少数民族传统的云南（其史诗与古代信仰、佛教关系密切）和西藏（有长篇史诗）是可以选择的。但是他们表示，乐意接受东道主的建议，到任何地方去都可以。4~5 月或 10~11 月是对芬兰代表团最合适的时间。

计划的详细内容还将于 1985 年 10 月在北京讨论。航柯教授希望能在他去东京时访问北京。

这个建议是暂定的，可以根据中国方面的愿望做具体的更改和变动。

1985 年 3 月 20 日

中芬联合考察资料

　　根据 1986 年中国芬兰文化协定的有关条款，中国民间文艺研究会、广西民间文学研究会和芬兰文学协会（会同北欧民俗研究所、土尔库大学文化研究系民俗学和比较宗教学部）于 1986 年 4 月 4 ~ 15 日在广西南宁市联合召开了"中芬民间文学搜集保管研讨会"，在三江侗族自治县进行了"中芬民间文学联合考察"。这是一项牵动人数较多、组织工作复杂、包括学术会议和实地考察多项内容的大型国际双边文化交流活动。这次在民间文学领域里的双边国际合作，是在对外开放的形势下，我国民间文学界走向世界的一个重要步骤。

　　研讨会围绕着六个专题进行。这六个专题是：（1）民间文学的普查与保护；（2）民间文学的实地考察方法；（3）资料的保管与档案制；（4）民间文学的分类系统；（5）对民间文学的广泛兴趣；（6）民间文学的出版和利用。这六个专题既是我国民间文学工作中，特别是"中国民间文学集成"编辑工作过程中目前遇到的和即将遇到的迫切问题，也是国际上为民间文学界所普遍关心的一些问题。1985 年 1月联合国教科文组织在巴黎召开的政府专家特别委员会所起草的文件，以及 10 月份在索非亚召开的联合国教科文大会所讨论的问题，都是有关民间文化的保护的问题。因此，这次中芬民间文学搜集保管学术研讨会的议题和论点，是与国际民间文学界息息相关的。会上宣读的论文，分别在中国的《民间文学论坛》和芬兰北欧民俗研究所（Nordic Institute of Folklore）主办的 Newsletter 上发表。

　　联合考察队由来自全国各地的 37 名中青年民间文学学者和 5 名芬兰学者组成。中国方面的考察队员分 3 个组，分别到林溪点（皇朝寨、岩寨）、马鞍点（马鞍村、冠洞村）和八江点（八斗小、八斗大、八江村）进行田野考察。林溪点考察组组长是乌丙安（辽宁大学教授）、杨通山（三江县文联主席）；马鞍点考察组组长是祁连休（中国社会科学院文学研究所民间室主任、副研究员）、马名超（哈尔滨师大副教授）；八江点考察组组长是蓝鸿恩（中国民研会副主席、广西民研会副主席）、张振犁（河南大学教授）。以劳里·航柯教授为首的 5 名芬兰学者、贾芝先生、中国民研会两名青年学者和两名翻译为第 4 组，该组没设具体考察点，而是根据考察计划，在三个考察点范围内安排考察项目、流动考察。

此次民间文学考察是一次科学考察。这次考察与过去的历次考察不同的地方，除了参加者是来自两个操不同语言的国家的学者外，最大特点是采用了比较先进的技术手段（包括录像、录音、摄影）和科学方法，记录活在群众口头的民间文学作品，观察研究民间文学作品在群众中活的形态和讲述人在讲述中的作用、特点，探讨民俗、风情、文化传统对民间文学的形成、变化的影响，研究侗族传承与现代文明、与其他民族的传承的交融现象，等等，从而研究民间文学的规律与特点。三江县文化宣传部门提供了170名左右有一定知名度的故事手和歌手名单，各考察组的队员们在考察过程中又不局限于此，而是扩大线索，有新的发现。如在调查歌手传承路线时，发现了不少未在县文化宣传部门提供的歌手名单中的歌手；在调查故事的传承路线时，发现了"故事之家"，同时，也发现某些故事手并非民间故事讲述者，而是民间说书人。考察中，一些队员深入村民中间，对鼓楼、风雨桥、木楼等建筑在修建、使用上的民俗现象作了大量有价值的调查。一些队员注意到歌手演唱"多耶"、弹"琵琶歌"时的手抄汉字记侗音的歌本，并对其来龙去脉作了调查，并摄有照片资料。一些队员根据侗家爱歌、爱讲故事的特点，对整个寨子乃至乡的文化背景作了深入的调查，发现了一些值得研究的文化现象，如转世观念、鬼魂观念、文化断裂现象、机智人物故事中阶级对立不明显的情况以及鼓楼的文化地位问题，等等。一些队员对侗族古老的"款词"做了详细的采录工作，并就它的传承及影响进行了较深入的调查。

此次考察，中国民研会共收藏考察队录制的磁带150盘。根据三江县10余位翻译同志所言，磁带中85%以上都是他们未曾采录整理过的，因而是一批很有价值的资料。这批资料成为侗族民间文学的第一批科学资料。这一批科学资料分别复制成三套：一套保存在中央档案部门（暂存中国民研会），一套保存在自治区民研会，一套保存在三江县文化馆的资料档案部门。磁带由中国民研会统一编号，供全国研究侗族民间文学的人员使用。这三套资料的保存方式，将为初步形成中央与地方民间文学资料档案的网络提供借鉴。

刘锡诚在侗族村寨做民间文学调查采录

图为中芬两国民间文学机构代表签署协议

前排左起：劳里·航柯、刘锡诚、武剑青；

后排左起：芬兰使馆一秘、刘辉豪、张文、三江政府代表、蓝鸿恩、马名超、
　　　　　祁连休、张振犁

中芬民间文学联合考察队名单[*]

芬兰文学协会成员

劳里·航柯　芬兰土尔库大学教授、芬兰文学协会主席

马尔蒂·尤诺纳霍　芬兰土尔库大学

阿托斯·佩泰耶　土尔库大学视听教学协调人

劳里·哈尔维拉赫蒂　芬兰赫尔辛基大学

安芬妮（女）　芬兰驻华使馆秘书

中国民间文艺研究会成员

刘锡诚　中国民间文艺研究会副主席、副编审

张　文　中国民间文艺研究会书记处书记

贺　嘉　中国民间文艺研究会书记处书记

王　强　《民间文学》编辑部助理编辑

蔡大成　《民间文学》编辑部助理编辑

吴　薇（女）《民间文学》编辑部助理编辑

李路阳（女）《民间文学论坛》编辑部助理编辑

金　辉（女）《民间文学论坛》编辑部助理编辑

谢选骏　中国民间文艺研究会研究部助理研究员

黄凤兰（女）中国民间文艺研究会研究部助理编辑

杨惠临　中国民间文艺出版社编辑

乌丙安　辽宁大学中文系教授

李　扬　中国民间文艺研究会辽宁分会干部

张振犁　河南大学中文系副教授

祁连休　中国社会科学院文学研究所副研究员

---

*　此为1986年中芬民间文学联合考察活动人员名单，人员信息为当时活动所留。——编者注

邓敏文　中国社会科学院少数民族文学研究所助理研究员

杜　萌　中国民间文艺研究会北京分会编辑人员

马青（女）中国民间文艺研究会宁夏分会

张学仁　中国民间文艺研究会西藏分会

曹保明　中国民间文艺研究会吉林分会

曾晓嘉（女）中国民间文艺研究会四川分会

蒙　宪　中央民族学院民语系研究生

邱希淳　北京师范大学中文系研究生

马名超　哈尔滨师范大学副教授

广西民间文学研究会成员

武剑青　广西壮族自治区文联书记处书记

农冠品　广西民间文学研究会秘书长

蓝鸿恩　广西民间文学研究会副主席
　　　　中国民间文艺研究会副主席

杨通山　广西三江侗族自治县文联主席

红波　广西马山县文联副主席

何承文　广西壮族自治区群众艺术馆编辑人员

苏韶芬（女）广西桂林市文联编辑人员

王光荣　广西师范学院中文系教师

罗秀兴　广西玉林市文化局副局长

韦元刚　广西柳州地区文化局编辑人员

翻译人员

史　昆　桂林电子工业学院外语教研室（英语）

石敬立　中央文化部外联局（芬语）

余小金（女）中南矿冶学院外语教研室（英语）

韦会明　广西三江县人民政府（侗语）

吴　浩　广西三江县文化局（侗语）

中芬民间文学联合考察队分组名单

第一点：皇朝寨、岩寨

第一组召集人：劳里·航柯、乌丙安、杨通山

组员：杜萌、曾晓嘉（女）、王强、金辉（女）、农冠品、蔡大成、曹保明、苏韶芬（女）

芬语翻译：石敬立

侗语翻译：杨通山（兼）

录像人员：阿托斯·帕特

第二点：马鞍村、冠洞村

第二组召集人：祁连休、马名超、马尔蒂·尤诺纳霍

组员：邓敏文、李扬、马青（女）、何承文、邱希淳、罗秀兴、红波、黄凤兰（女）、谢选骏

英语翻译：余小金（女）

侗语翻译：石若屏

录像人员：中国民研会

第三点：八斗村、八江村

第三组召集人：蓝鸿恩、张振犁、劳里·哈尔维拉赫蒂

组员：吴薇（女）、杨惠临、蒙宪、韦元刚、王光荣、张学仁、安芬妮（女）、李路阳

英语翻译：史昆

侗语翻译：吴浩

录像人员：广西民研会

三个考察点故事手、歌手及工作员名单[*]

八江点

故事手：杨友保　吴成安　杨能贤　杨雄新　杨美荣　杨才贤　吴雄彪（独峒）

琵琶歌手：孙善忠　梁同云　莫以章　邝明礼　杨永芳　吴永勋

笛子歌手：（请独峒二男二女、笛子一人）共 5 人

多耶歌手：独峒请 4 人（女耶手）奶元起　奶伯高　杨再茂

石玉清　杨仁春　欧刚雄　覃建荣

多款歌手：欧刚雄　覃建荣　杨才贤　吴申堂　程牛（小孩）

情歌手：杨秀明　杨安进　吴浓信　杨正能　杨永芳　杨朝凤　杨腾引

莫培明　黄培寅　杨培二　杨培西　奶伯高

工作员：李玉祥　吴仕贤　杨友保　莫俊荣　张泽忠　吴永勋

林溪点

琵琶歌手：吴仲儒　吴利全　石成刚　杨居全　杨富能　吴永正　吴启学

杨富春

双歌手：奶玉书　吴仕英　奶海涛　奶东岭　石怀芝　奶东雨

奶东德（另加两青年）王明女　吴仲于　吴明华　吴启学　吴焕昌

情歌手：龙寅弯　吴培柳　卢军兰　黄群花　吴仲于　冼仲军　吴利华

罗先良　龙寅弯　杨谢能

赖词歌手：吴宗瑞　吴荣德　吴昌华　粟保章

故事手：吴道德　吴宗瑞　吴永繁　黄传贵　石成斌

耶歌手：奶玉书　奶献礼　奶述爱　吴平花　吴仕英　奶仕春　奶爱浓　奶先恋

吴万邦　吴凡林　吴卫喜　吴兵焕　吴焕昌　吴仲于　吴启学

*　此为 1986 年中芬民间文学联合考察活动中故事手、歌手及工作员名单，人员信息也为当时所记。——编者注

工作员：吴荣源　吴炳金　吴贵元

马鞍点

故事手：奶孝凡　梁通文　杨子学　陈玉简　吴永俊　何永分　吴国于

　　　　吴启敏　杨志能

款词：陈永基　陈盛祥　杨谢能　吴成芳　陈永彰

耶：奶群引　奶登荣　奶能引　奶艳梅　奶能喜（另找几个姑娘）陈基万

　　杨通成　陈基云　杨通贤　陈能谋　杨光敏（另找几个青年）

情歌手：杨连花　杨述花　陈信能　陈能金　杨孝凡　杨翠兰　陈爱形

　　　　杨艳新　石军能

琵琶歌：李玉丑　杨正连　陈祥秀　杨日军　石仁松　石均能　陈基云　陈永杰

工作员：吴世金　杨树清　周东培

1986 年 3 月 24 日 印

1986 年中芬学者联合进行民间文学考察及学术交流计划

民外字 （85） 14 号

以芬兰文学学会主席、国际民间叙事文学研究会主席劳里·航柯先生为首的芬兰学者将于 1986 年与中国民间文艺研究会合作进行中国民间文学的实地考察，就搜集、存档和保护问题进行学术交流。此项活动项目将分别正式纳入 1986 年中芬两国文化协定。

一、此次活动的名称定为"中芬学者 1986 年在中国联合进行民间文学考察及学术交流"。

二、主办单位：（1）芬兰文学学会及北欧民俗研究所、土尔库大学文化研究系民俗学和比较宗教学部。（2）中国民间文艺研究会。（3）中国广西民间文学研究会。

三、此次考察的目的。

（1）中芬两国民间文学学者相互交流有关民间文学搜集和保管的经验，包括以下几个方面。

鉴别：识别和鉴定民间文学材料，制定民间文学资料的总目录，以及用分类和存档的方法分析和保存这些资料。

保存：存档的方法和保存的技术，内容的分类和编目，资料的抢救以及中央与地方存档的关系。

保护：在现代文化中提高民间文艺的地位，提供各种活动的计划和方法，其中包括民间节目的表演、演员、民间节日、比赛，大规模的搜集以及民间文学杂志的出版工作。

利用：出版活动，保护提供资料的讲述人和表演者，以及在保护民间文学中研究机构与个人的关系。

（2）通过考察与学术交流，帮助中国方面培训青年学者，其中包括搜集者和档案保管者，提高其实地调查采录和资料保管的业务水平。

四、考察的地点及安排。

考察的地点：广西壮族自治区南宁市三江侗族自治县。

时间：1986 年 4 月 7 日～20 日。

全部考察活动分两步进行：

（1）民间文学搜集与保管技术学术讨论会，4 月 8、9、10 日在南宁市举行；

（2）民间文学实地调查采录，4 月 12 日～18 日在三江侗族自治县进行。调查活动拟分三组进行，每组由芬方一名学者、中方两名学者带领，白天进行采录、调查、参观，晚间回住地进行讲解、交流及材料整理。

五、考察队的组成与领导。

考察队由两国三方组成，即：芬兰方面四人，使馆一人；中国民间文艺研究会方面学者五人，青年民间文学工作者，包括搜集和档案保管者八人，翻译二人；广西民间文学研究会方面学者三人，青年民间文学工作者（包括搜集和档案保管者）六人，英语翻译一人，民族语言翻译三人。

三方各出代表一人，组成领导机构。考察队秘书处由中国方面组成。

六、学术讨论会。

（1）芬兰方面提供学术论文 6 篇，于 1985 年 12 月 30 日前向中国民间文艺研究会组联部提交英文译稿；

（2）中国民间文艺研究会和广西民间文艺研究会方面提供学术论文 10～12 篇，并于 1985 年 12 月 30 日前提交中文本及英文译稿和提要，中文稿篇幅限在 10000 字以内、英文提要限在 1000 单词以内。并将英文稿和英文提要于 1986 年 2 月底前寄到航柯教授手中。

七、实地调查所需录音、摄影、录像、电影等器材，原则上由参加单位和个人自备。参加单位应有计划地配备这些器材，以保证考察的顺利进行。

八、中芬两国三方学者在实地考察中所获得的各种民间文艺资料，包括录音带、录像带、照片、影片、各种文字资料等，一律复制三份，三方各保持一份。

九、参加此次学术讨论会的全部论文，由中国方面出版中文本，由芬兰方面出版英文本或芬兰文本。费用各自解决。

十、此次考察活动的费用由中国民间文艺研究会与中国广西民间文学研究会负担。芬方学者五人在华期间的一切费用，由中方负担，其国际旅费由芬方自理。

十一、中国民间文艺研究会和广西民研分会负责于 1985 年 11 月底向芬兰方面提供以下资料。

（1）三江侗族的民俗资料；

（2）三江侗族的民间文学类型：①民间故事；②民歌；③民谚等有关资料。

（3）三江侗族地区的民间传统：①著名的；②专家们已掌握的；③具有典型地区特点的；④只有该地区才有的。（如有关书中没有有详细介绍，可在实地考察和会见时加以解决。）

（4）三江的电力情况：①指挥部的供电情况；②村子里的供电情况；③电压伏数及插销种类；④电视系统型号（中国？日本？欧洲？）

芬兰文学学会代表

中国民间文艺研究会代表

中国广西民间文学研究会代表

1985 年 10 月 16 日于北京

中芬民间文学联合考察队第一组考察提纲

组长：乌丙安、杨通山。

考察重点：林溪村皇朝寨、岩寨、亮寨。

考察项目：

①多耶。多耶是侗族人民一种兼歌兼舞的文艺形式，耶歌也是侗族最古老的歌谣，有固定的内容和形式。考察小组应重点考察其演唱方式、传承特点。

②情歌对唱。情歌对唱多为即兴对歌，重点考察其创作、演唱特点。

③款词。款词内容很多，具有法规效力，演唱仪式十分庄重，应充分利用录音机、照相机、录像机采录下整个过程。

④故事。林溪村拥有吴道德、吴宗瑞、吴永繁等故事手，重点采录其故事及故事手个人传承特点。

⑤林溪村有关文化背景，包括民俗、宗教、教育等。

队员分工：

①场记。包括整个调查过程的分场记录，时间、地名、人名的汉语及侗语记音。

②音像。包括录音、照相。任务是录下所有演唱者、讲述者的演唱和讲述内容，拍摄演唱者、讲述者的照片及周围环境、民俗、听众反馈等辅助照片。

③背景。任务是在演唱者、讲述者演唱、讲述时游离于演唱者、讲述者之外，了解周围环境，听众的反馈，观察演唱者、讲述者站（坐）向，群众是如何簇拥他们，在演唱、讲述进入高潮时演唱者、讲述者及群众表情、动作，对演唱者、讲述者穿着打扮、年龄、职业、住址的了解。

以上分工，队员轮流担任。

日程安排：

4月9日，上午岩寨，采录多耶、笛子歌，下午仍在岩寨鼓楼采录双歌、情歌。

4月10日，上午分散采录情歌，下午采录双歌。

4月11日，全体参加古宜镇"三月三"抢花炮活动，晚上采录琵琶歌，六甲歌。

4月12日，于皇朝寨采录琵琶歌、故事、款词。

4 月 13 日，分散采录歌谣、故事等。晚上到亮寨参加侗族青年的走寨活动，火塘采风。

4 月 14 日，在县城采访各地演唱者、讲述者。

4 月 15 日，上午在县城采访各地演唱者、讲述者，下午参加总结。

4 月 16 日，返程。

中芬民间文学联合考察队第二组考察提纲

组长：祁连休、马名超。

考察重点：林溪乡马鞍村、冠洞村。

考察项目：

①款词①：种类、演唱形式，代表性作品篇目，主要讲唱人情况等。

②民歌：以多耶、琵琶歌、情歌、风俗歌为主，调查演唱形式、代表性作品名称、歌手情况以及传播地区等。

③故事：种类，讲述人和保存情况艺术特征等。

④侗戏：演出形式，音乐与伴奏、剧目和传承关系等。

考察方法及器材使用：

以组织讲唱和访问方式为主，队员有分有合，依各自所拟调查报告撰写的需要，可作计划外的深入的采访。采集中，每个队员应充分利用音像设备。并同时作详尽的田野手记：场景描述、发问与应答，讲唱环境、群众反应。

考察日程安排：

4月9日，马鞍村，集体参观"程阳桥"鼓楼听唱"多耶"及"琵琶歌"；分组采访。

4月10日，马鞍村，"款词"表演及其流传情况调查；琵琶歌与其他民歌的采访。

4月11日，古宜镇，参加"三月三"节日活动，采集有关民族风俗、民间文艺资料。

4月12日，冠洞村，看"侗戏"演出，采集故事及琵琶歌。

4月13日，马鞍村，继续分组考察，晚上参加"火塘采风""行歌坐月"等。

4月14日，古宜镇，采录各地选送歌手和故事讲述家的表演，包括：大歌、双歌、笛子歌、情歌等。

---

① 侗族民间文学重要形式之一，马鞍寨为其主要传播区。

4 月 15 日，上午继续采录选送歌手、故事手表演，下午参加总结。

4 月 16 日，结束。

考察队员须交书面材料：

① 《调查报告》

② 《照片、录音资料说明》

③ 《作品（采访对象）登记表》

中芬民间文学联合考察队关于学术论文和录像资料的协议书

中芬民间文学联合考察和学术交流主办者三方经过协商，就学术研讨会论文和实地考察期间所拍录像资料处理的细节，达成如下协议：

（一）由中国《1986 年中芬学者联合进行民间文学考察及学术交流计划》第九条规定："参加此次学术讨论会的全部论文，由中国方面出版中文本，由芬兰方面出版英文本或芬兰文本，费用各自解决。"一致同意，由中国民间文艺研究会编辑并委托中国民间文艺出版社出版《中国芬兰民间文学搜集保管学术研讨会文集》中文本；芬兰文学协会（会同北欧民俗研究所、土尔库大学文化研究系民俗学和比较宗教学部）根据中文本选目对中国方面提供的英文译稿进行修订，并出版上述文集的英文本。时间不超过一年。费用各自解决。

（二）根据 1985 年 10 月 16 日三方在北京签订的《1986 年中芬学者联合进行民间文学考察及学术交流计划》精神，（1）此次考察所获文字资料、调查报告和照片，由考察队员在 1986 年 7 月份之内复录、冲洗，交到中国民研会，待聘请人员翻译后，组织力量进行编辑，出资料本。复录、冲洗整理及资料本印刷费，由中国民研会与广西民研会协商解决。资料本只向考察队员提供或各人二册。（2）三方各自拍摄的原始录像资料一律复制三份，三方各持一份，费用各自解决。

（三）国内有关新开摄影单位在这次考察中所拍摄的录像和摄影资料，应向中国民间文艺研究会和广西民间文学研究会各提供一份以便永久保存，同时附有拍摄者单位、姓名。未经主办单位同意拍摄者个人不得发表。

中国民间文艺研究会代表

芬兰文学协会代表

中国广西民间文学研究会代表

1986 年 4 月于三江

签协议、合影、分离

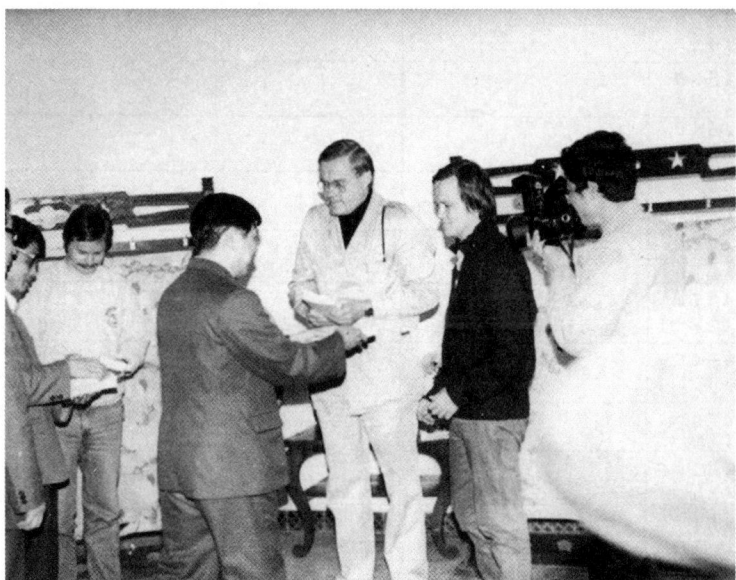

签协议、合影、分离

中芬民间文学学术交流和联合考察日程表

（1986 年 3 月 28 日~4 月 21 日）

日　期	上　　午	下　　午	晚　　上
3月30日（星期日）	考察队中方人员至南宁广西区文联报到（招待所地址：　　　　　　　　　）		
3月31日（星期一）	考察队中方人员进行集训 授课 8：00~11：30开课	11：30 午饭 14：00~17：00上课	17：30 晚饭 自　习
4月1日（星期二）	"　　　"	"　　　"	"
4月2日（星期三）	"　　　"	"　　　"	"
4月3日（星期四）	"　　　"	"　　　"	"
4月4日（星期五）	"　　　"	"　　　"	"
4月5日（星期六）	研讨会报到（明园饭店）芬兰学者乘中国民航 7：15班机于11：30抵邕	报到、休息	18：00自治区文联举行宴会
4月6日（星期日）	研讨会开幕8：30~9：45开幕式 10：00~11：30报告 第一专题：民间文学的普查	2：00~5：30 报告 第二专题 实地考察方法	文娱活动
4月7日（星期一）	8：30~11：30报告 第三专题：资料保管与档案制	2：00~5：30 第四专题：分类系统	
4月8日（星期二）	8：30~11：30报告 第五专题：民间文学的出版和利用	闭　会	参加三江实地考察人员于19：03乘6次特快赴柳州23：20宿于柳州饭店，地区招待所
4月9日（星期三）	休　息	12：00~18：00乘汽车赴三江县宿于县招待所	20：00~22：00三江县县长致欢迎辞，介绍三江概况
4月10日（星期四）	7：00早饭 8：00~10：00参观程阳桥 10：00分赴三点考察	考　察	整理、讲解
4月11日（星期五）	7：00早饭 7：30~10：00整备 10：00~11、午饭	11：00~15：00 参加古宜镇"三月三"活动	采访六甲歌手
4月12日（星期六）	7：00早饭 8：00赴点考察	考　察	整理、讲解
4月13日（星期日）	"　　　"	"　　　"	火塘采风
4月14日（星期一）	"　　　"	"　　　"	整理、讲解
4月15日（星期二）	7：00早饭 8：00~11：30全队分头采来三个考察点以外的故事家 歌手（怎测到县上）	同　前	整理、讲解
4月16日（星期三）	"　　　"	14：00~18：00 总　结	19：00~22：00 县政府设宴款待
4月17日（星期四）	芬兰学者离三江赴桂林，中方人员留下整理材料至21日。		

中芬民间文学联合考察队关于考察资料的规定

一、中芬民间文学联合考察队在广西三江侗族自治县考察期间所获一切文字、实物、声像资料为中华人民共和国的国家财产，考察结束后一律由秘书处移交主办单位中国民间文艺研究会和广西民间文学研究会保管和支配。适当时候，妥善移交给中国民间文艺资料博物馆收藏。

二、考察队员在考察期间所采集和录制的各类考察资料，原则上均需根据规定填写卡片交考察队秘书处造册登记，不得落入私人手中，确保考察资料的完整性和不受损失。这些考察资料是：

（1）考察记录本；

（2）征集到的手抄本、印本和民俗实物；

（3）录制的录音磁带和根据录音磁带整理的文字记录稿；

（4）摄影底片和样片；

三、考虑到参加考察的中国民间文艺研究会各地分会和有关单位的利益，这些分会和单位的队员所采录的资料作如下规定：

（1）第二条第 1、2 款及第 3 款的文字记录稿和第 4 款的样片（6 寸）均交考察队秘书处；

（2）单独录制的录音磁带由秘书处复制；

（3）所摄底片如不愿交考察队统一收藏，可由秘书处统一编号登记，由地方分会（或单位）资料馆收藏保管，不得遗失，中国民间文艺研究会有权随时调用。

四、此次考察所获民间文学文字资料以及各考察队组撰写的调查报告，由中国民间文艺研究会委托出版社编辑出版科学版本，所收民间文学作品和照片，一律标明记录者、翻译者和拍摄者姓名，以示负责，并记录下考察者的劳动。任何个人不经主办单位批准同意不准自行发表。

中芬民间文学联合考察队秘书处

1986 年 4 月 14 日于三江

档案类

三 会议记录及考察总结

中芬民间文学联合考察秘书处三江会议纪要

时间：1985 年 11 月 20 日、21 日

地点：三江县委招待所

参加者：刘锡诚、王强（中国民间文艺研究会）、农冠品（广西民间文学研究会）、杨通山、罗黎明、吴浩（三江县）

本次会议，讨论了 1986 年 4 月在三江考察的定点问题和有关细节。决定如下。

（一）商定了三个考察点。

（1）第一点：林溪村。包括岩寨、皇朝寨两个寨子。

（2）第二点：包括马鞍村、冠洞村。

（3）第三点：包括八斗村、八江村。

考察队三个组各去一个点考察。请县里编写一份故事家、歌手的名册（附身世、讲唱作品的简介）交区民研会印发考察队。三个点之外的其他乡的著名故事家和歌手，由县里酌情邀请若干人到古宜镇安排时间向他们采录。

（二）有关三江三个点的民间文艺、民俗材料，在当地定稿后请史昆同志译为英文，于月底前径寄芬兰航柯先生（此材料已经刘锡诚签署，由史昆自桂林寄出）。中文原稿、英文译稿交由广西民研会农冠品同志会同其他材料铅印后提交考察队。

（三）确定了在三江考察的时间安排。在三江考察时间共七天（详见日程表）。

（四）考察队食宿安排。

在三江期间，宿于县委招待所五号楼。五号楼共有客房三十五套，单人间二十五套，双人间十套，其中，为芬方学者提供单人间五套。外宾房间的设施希望县里能略加改善，如：在现有情况下将蹲坑改为坐式马桶；洗漱间应有毛巾两条、浴巾一条，牙刷、牙膏、洗漱杯、手纸；房间里窗帘、灯罩、吊灯、茶叶、饮水杯、拖鞋、擦鞋等用具应备齐。另拟请人每天为芬方人员洗衣服，置洗衣袋。建议届时五号楼设一服务员。

伙食：考察期间外宾伙食标准为每人每天 15 元，中方人员伙食标准为每人每天 4 元，考察时间，午饭一般情况下在考察点用餐，由招待所提供方便食品。

（五）交通工具：租用中型旅游车三部，供考察队员使用；省文联和三江县提供工作车。

（六）供电：三个点上均有 220 伏的民用电供应，请县里设法在各鼓楼处安排插座，提供接线板及万能插座。必要时可租用当地电影队的电压为 250 伏的发电机，中国民研会负责了解芬方所带电器之型号系统等，三江县作相应准备。

（七）会议场所：招待所有小型会议室一间，另县委、县政府均有会议室。可根据情况进行安排。

（八）医疗：届时请县里配备医务人员。

（九）县文化部门整理民间文学档案馆、民俗陈列馆供参观。考察期间，在可能情况下，由县里安排观看民族文艺演出或由农民业余演出侗戏；建议县委会同自治区民研会与区电视台联系借用侗族风情电视片，向考察人员放映。

（十）气候情况：四月平均日温为 15℃～20℃，有时有雨，最低气温为 12℃左右。

（十一）此次考察务求在四方面有所收获：

（1）记录（或录音）的材料编辑一本考察资料汇编；

（2）所有录音带均需复制保管；

（3）所拍照片经整理挑选，编选一本画册或举办展览；

（4）拍摄的录像资料，加以整理剪辑，最好能剪辑为一部完整的三江侗族民间文艺、民俗资料片。

1985 年 11 月 21 日于三江县

中芬民间文学联合考察秘书处南宁会议纪要

一、时间：1986 年 1 月 22 日上午。

二、地点：广西文联会议室。

三、参加会议人员：中国民研会书记处书记贺嘉，中国民研会办公室副主任韩春域，广西文联党组副书记、书记处书记丘行，广西文联党组成员、书记处书记武剑青，广西民研会秘书长农冠品，广西文联外事秘书梁顺珍。

四、会议内容纪要。

（1）会议对这次联合考察的意义有了进一步的认识，统一了思想。大家认识到这一考察关系到国际友好交往及文化交流，对我国的民间文学事业能起到推动作用。搞好这次考察前的筹备工作，关系到我国的声誉问题。现时间已很紧迫，一系列筹备工作已不能容缓，必定要全力以赴搞好，准备细致、精密、周到，每一环节都不能粗心大意。

（2）会议对中国民研会对广西的信任和支持、帮助表示感谢。对广西区党委、区人民政府、区外办对这次考察活动的关怀和支持，以及区文联党组、书记处对这一次活动的直接支持与帮助，表示谢意。对考察地点三江县人民政府、县党委及各级政府、各族人民对考察工作的积极而热情的筹备，表示深深的谢意。

（3）会上，对原先初步形成的考察活动日程安排，以及有关的每个细节、环节，又作了一次议论、审核、补充及修订。在日程安排上，除培训考察人员的时间、赴柳州的时间及考察人员留下来进行翻译材料的时间稍作压缩、变动外，整个安排基本没有变动。学术活动仍在南宁举行，路经柳州小憩后赴三江。重点活动在三江县侗族村寨。其他各项活动安排及细节，另列表格。

（4）会议对这次活动的经费开支问题，作了较认真的商谈。中国民研会及广西文联双方，各自陈述了经费的现实状况，对各方存在的实际困难，都表示互相谅解。会上双方都表示，在双方目前都未获得专款的情况和条件下，各自克服困难，使这次活动进行到完满结束，以保证我国的国际声誉。经双方商议结果：由中国民研会支付三万伍千元（其中包括外宾在广西活动期间的一切开支）。付款方式是：由中国民研会转账给广西文联二万元，留一万伍千元作外事经费在北京，待外宾结束全过程活动后，以单据为凭，从一万伍千元中实报实销。除此数额外，不够的部分由广西方面负责支付。所付经费由广西文联和中国民研会双方组或会务组协商使用。但如遇提价，则由总会与分会共同协商负责解决。虽然在经费上遇到困难，但双方都保证一定完成这次国际学术考察的任务。

（5）会议后，有关各项细节的安排，交由贺嘉、韩春域、农冠品、梁顺珍等同志进一步协商办理。并委托他们对南宁明园、邕州两个饭店及广西文联招待所进行实地观察，为考察队员及外宾的住、吃和会场等方面，做好准备。

五、秘书组这次南宁会议及办公，从 1 月 21 日起至 1 月 24 日止，为期 4 天。贺嘉、韩春域二同志，于 1 月 25 日离南宁返北京。

主送：中国民研会、广西文联、三江县人民政府

南宁研讨会上签署文件

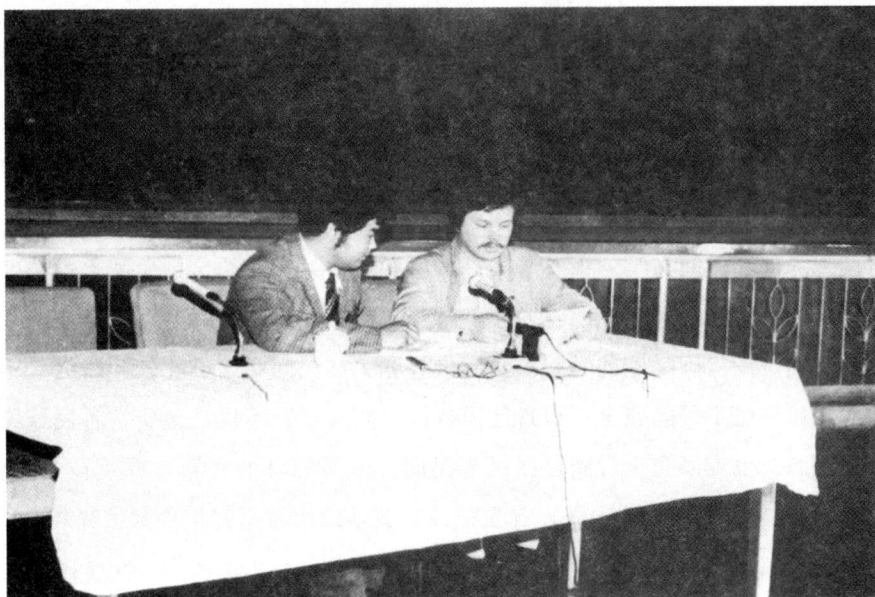

南宁研讨会上学者发言

贾芝在中芬联合调查和学术交流会开幕致辞

贾　芝*

今天，我们在这里召开的学术交流会，是这次中芬联合调查民间文学的开始。我们首先对以劳里·航柯教授为首的芬兰学者代表团表示热烈的欢迎！

中芬联合调查民间文学是根据中芬 1986 年文化协定决定的与国外学者联合调查采录民间文学，在我们还是第一次，对于进一步开展国际文化交流，具有开创性的意义。

我国是一个多民族的国家，各民族都有自己的传统文化，世代产生和流传的口头文学是人民丰富的传统文化中极其珍贵的一部分。今天，我们发掘这一古老的精神文化财富，显然是非常重要和迫切的。芬兰的历史证明：民间文学对于唤起民族自尊心、增强民族自豪感，有着极其重要的作用。芬兰民族史诗《卡勒瓦拉》的搜集和出版，对芬兰语言和文学的形成，对国家的独立和解放曾建立过卓越的功勋！芬兰在搜集、调查和保存民间文学方面有着很好的经验，芬兰文学协会的民间文学档案馆也是世界著名的。我们欢迎芬兰朋友向我们传经送宝！

民间文学是一门国际性的学问。没有世界各民族民间文学的比较和研究，不探寻其共同的规律，也不可能完全认识自己民族的民间文学；不广泛地鉴赏各民族民间文学的千姿百态，也难以完全看到自己民族民间文学所独具的光彩。芬兰在 19 世纪末20 世纪初，创立了历史地理学派，首先把民间文学的比较研究扩展到世界领域。

现在，正当我们为建设社会主义精神文明，发掘民族文化遗产，在全国范围内开展民间文学普查的时候，芬兰朋友与我们共同进行一次实地调查，交流经验，肯定会取得双方满意的成果，我国建国 36 年来，特别是近十年，民间文学的搜集和研究取

＊　贾芝（1913～2016），男，山西襄汾人，民间文艺学家、民俗学家，历任中国社会科学院荣誉学部委员、中国文联第八届荣誉委员、中国民间文艺家协会名誉主席、国际民间叙事研究会资深荣誉委员。——编者注

得了很大成就，也积累了不少的经验。目前，对于神话、史诗、歌谣、民间故事、传说谚语、谜语、新故事等等，各民族、各地区都根据不同情况进行了各种不同角度的专题搜集和研究。我们今天邀请了在搜集和保存民间文学方面做出成绩的部分省、区的学者参加会议，请他们介绍实践经验。

近几年，联合国教科文组织根据玻利维亚政府的提案，提倡保护民间文化。我国早已开始的民间文学的抢救和搜集，经过这次全国性的普查并且注意采用现代科学技术的方法进行记录和保管，必将会为保护民间文化做出新的建树。中国民间文学作品也将会为世界民间文化增添奇光异彩。

中、芬这次联合调查的目的在于交流学术、培养年轻学者。调查的地点选在广西三江侗族自治县。侗族是一个能歌善舞的民族，民间文学异常丰富。歌手自弹自唱琵琶歌，那低沉柔美的琴声伴着委婉的吟唱，一定会使芬兰朋友们想起甘德勒的优美弹奏；侗族人民非常好客，尊敬的芬兰朋友会在那里受到热情的款待。

我和我的同行曾两次应邀到芬兰，受到航柯教授和其他学者的热情款待。今天，在这里我代表中国民间文艺研究会、代表我和我的同行们，对芬兰朋友再次表示欢迎和感谢！我们还感谢广西壮族自治区的各级领导、广西民研分会和三江侗族自治县的同志们对这一学术活动给予的热情支持和合作！

祝中、芬联合调查和学术交流取得圆满成功！祝中芬两国友谊长青！

丘行在中芬民间文学搜集保管研讨会上致辞

丘　行*

尊敬的劳里·航柯先生，

　尊敬的芬兰专家、学者们，

　诸位在座的朋友们、同志们：

正当南方春暖花开的美好季节到来的时候，中、芬两国的民间文学专家、学者聚会南宁，共同研讨民间文学的搜集、保管的学术问题，我们为迎来这么多的朋友，为民间文学的事业而互相切磋的友好会议，感到无比的高兴。特别是对以芬兰民间叙事文学协会主席劳里·航柯为首的芬兰民间文学学者、专家的不远万里的到来，我们更感到由衷的高兴和万分的感谢。在这里我谨代表广西壮族自治区文联，对在座的诸位专家和学者，表示热烈的欢迎。并预祝这次首创性的民间文学搜集、保管研讨会和即将进行的实地考察工作，取得完满的成功！

广西壮族自治区是一个多民族的地区，有壮、汉、瑶、苗、侗、仫佬、毛难、京、彝、回、水、仡佬等十二个民族。各民族的民间文学丰富多彩，是人们精神食粮的不可缺少的重要组成部分，对研究各民族社会史、文化史、经济、哲学、文学、伦理、道德、民俗、语言等有着重要的价值。为了做好搜集、保管民间文学工作，我们需要先进的科学技术和严密的保管方法；只有通过不断的实践才能将流传在群众中丰富的口头文学搜集起来，保存下去，为子孙万代留传众多的文化财富。

这次研讨会和民间文学实地考察，将对我们广西的民间文学工作起促进作用。我相信中、芬两国在共同考察民间文学中建立起来的友谊，有如南国绚烂的鲜花，常开

＊　丘行（1923～　），男，广西柳州人，壮族，时任广西文联书记处书记、广西中国文学学会副会长。——编者注

不败！

　　尊敬的诸位专家、学者，朋友、同志们，我祝愿大家身体健康，学术交流成功，考察取得丰硕的成果。

　　谢谢大家。

中芬民间文学搜集保管研讨会会场

中芬民间文学搜集保管研讨会会场学者发言

会场上学者聆听发言

参会学者

中芬双方代表握手

中芬联合举行民间文学考察

金　辉[*]

中国芬兰民间文学联合考察将于 1986 年 4 月 1 日至 20 日在广西南宁和三江侗族自治县进行。这次活动是由中国民间文艺研究会、广西民间文学研究会、芬兰文学协会及北欧民俗研究所、土尔库大学文化研究系共同组织。参加这次活动的将有 50 多位老、中、青民间文学学者。以芬兰文学协会主席、国际民间叙事文学研究会主席劳里·航柯为团长的芬兰民间文学学者代表团将参加此次考察。

这次联合考察的目的：

一、两国学者相互交流有关民间文学搜集和保管的经验，包括：

（1）鉴别：识别、鉴定民间文学材料；制定民间文学资料的总目录以及用分类和存档的方法分析、保存材料。

（2）保存：存档的方法和保存的技术；内容的分类、编目；资料的抢救及中央与地方存档的关系。

（3）保护：在现代文化中提高民间文艺的地位，提供各项活动的计划、方法，如民间节日的表演、演员；民间节日、比赛以及大规模的搜集和出版工作。

（4）利用：出版活动，保护提供资料的讲述人及表演者；在保护民间文学中研究机构与个人的关系。

二、通过考察培训青年民间文学工作者。

全部考察活动将分两个步骤进行，首先在南宁市召开一次民间文学搜集和保管问题研讨会，与会者就下列问题提交三十余篇论文。

（1）民间文学的保护与普查；

（2）民间文学的分类系统；

---

　　* 金辉，女，时任《民间文学论坛》编辑部助理编辑。——编者注

（3）民间文学田野考察方法；

（4）民间文学资料档案的技术保管；

（5）对民间文学的广泛兴趣；

（6）民间文学的出版。

研讨会结束后，考察队将深入位于广西北部的三江侗族自治县的三个点五个村进行田野作业，这次实地考察将采用科学的方法和较为先进的技术进行采录。

原载《民间文学论坛》1986年第2期，第96页

中国—芬兰民间文学联合考察队考察日志

1986 年 3 月 31 日 ~ 4 月 16 日

3 月 31 日（星期一）

全体中方队员至南宁西园饭店报到、集中。

4 月 1 日（星期二）

上午：刘锡诚向中芬民间文学联合考察队队伍作动员。

下午：队员集训。由辽宁大学教授乌丙安讲《民间文学研究中的新流派、新方法》；河南大学教授张振犁讲《神话研究的现状与趋势》。

4 月 2 日（星期三）

上午：由蓝鸿恩讲《广西文化与广西民间文学》；广西师范学院讲师过伟讲《侗族民间文学》。

下午：参观广西壮族自治区博物馆。

4 月 3 日（星期四）

上午：自治区外办负责人对考察队员进行外事教育；由哈尔滨师范大学副教授马名超讲《民间文学田野作业法》。

下午：由中国社会科学院文学研究所副研究员祁连休讲《民间故事研究概况》；三江县文联主席杨通山讲《侗族风俗介绍》。以劳里·航柯为首的芬兰民间文学代表团一行五人在贾芝陪同下，于上午 11 时 30 分飞抵南宁，刘锡诚、武剑青、农冠品等到机场迎接。晚上中国民研会和广西民研会联合宴请芬兰学者，自治区有关领导会见。

4 月 4 ~ 6 日

中芬民间文学搜集保管学术研讨会召开，全体考察队员出席会议。

4 月 7 日（星期一）

全体队员由南宁出发，乘旅行车抵柳州，当晚宿柳州饭店。

4 月 8 日（星期二）

下午三时抵三江县城所在地——古宜镇。侗族青年在招待所门口唱拦路歌欢迎考察队，考察队在欢快的芦笙舞引导下进入招待所。晚上县政府设宴款待客人们。二十时，分组讨论采风计划。

4月9日（星期三）

早八时，全体队员驱车去程阳桥参观。参观完毕后，中方考察队的三个考察小组分赴考察点。

第一组在岩寨采录了多耶、情歌、笛子歌。

第二组在马鞍村采录了多耶、琵琶歌、情歌。航柯一行上午在马鞍村听了全套的"耶"歌，即：进堂歌、踏新年、张娘歌、父母歌、父母生歌、父母嫁歌、萨岁歌（侗族先祖女神）、轮年歌、生产歌、猜谜歌、讽刺歌、赞歌。参加演唱的歌手有奶能饮、陈能谋、陈基云、杨通成等。下午听了双歌，参加演唱的歌手有陈奶群引、陈奶显凡、陈奶群翁、杨光明、陈能清等。

第三组在八江村采录了多耶、琵琶歌、款词。

4月10日（星期四）

第一组在林溪村考察采录民俗、故事、歌手传承特征、文化背景。采访对象有侗族老人、故事讲述者吴道德、吴宗瑞；歌手吴仕英、石怀芝等。录得故事《吴勉》《和尚》等民间文学作品。

第二组在马鞍村采录款词、琵琶歌、故事。采访对象有款词讲述人陈骏强、陈永基、陈永江、陈永杰；琵琶歌手陈永杰；故事手杨世刚等。

第三组在八江乡八斗小村采录情歌对唱、多耶、款词、琵琶歌、故事等。航柯等芬方队员到八江村采风，听录了杨友保等讲的故事（其中有机智人物故事、涉及民族迁徙的解缝的传说、巫师传说），观看了款词宣讲仪式。

4月11日（星期五）

中芬两国队员在三江县城古宜镇参加了三江各民族的节日——"三月三"花炮节，参观了当地各族群众举行的抢花炮活动。

晚上，队员分头观看、采录芦笙舞、踩堂舞情歌对唱、六甲人的情歌对唱、侗戏等。六甲人至今尚未确定其民族，他们的歌唱法特别，声音高亢。参加对唱"遇逢歌"的八名男歌手、四名女歌手来自西游村和文大村。

4月12日（星期六）

第一组在皇朝寨采录款词、故事等，采访对象有讲款老人，故事讲述者吴国干、黄传贵、吴启敏等，录得款词若干，故事《南瓜仔》《阿龙阿来》等。芬方队员参加了一组采风，听录了吴才妹（女）、吴书连（女）、奶安荣（女）等唱的琵琶歌，吴仲于（歌师）、吴利全等唱的木叶歌、琵琶歌，以及化装宣讲款词的仪式。中午休息时，航柯教授与中方队员一起座谈"三月三"节日和款词的特点。

第二组在冠洞村采录故事、侗戏等。此村除有鼓楼外，还有专门的戏台，供表演侗戏用。采访对象有故事讲述者石万元等。

第三组继续在八斗小寨采访款词、琵琶歌、故事等。

晚上，在县委小礼堂，请芬方队员马尔蒂·尤诺纳霍和劳里·哈尔维拉赫蒂作芬兰民间文学田野考察的学术报告，全体队伍参加。

4月13日（星期日）

第一组继续在林溪村采录歌谣、故事等。晚上，到亮寨进行火塘采风，实地观看并采录了侗族青年男女走寨、情歌对唱的风俗。

第二组于马鞍村采录琵琶歌、款词等。芬方队员随二组考察，听录杨继刚、奶孝凡等讲故事。晚上于本村采录走寨。

第三组于八斗小寨采录款词、琵琶歌、故事等。晚上分别在龙向仁家、寨老家进行火塘采风。芬方队员到八斗村参观采访侗族青年的行歌坐月，在火塘边度过了一个愉快的夜晚。晚上，中方代表刘锡诚与芬方代表航柯就考察资料处理问题进行会谈。

4月14日（星期一）

全体考察队集中于县委党校，对集中到县城来的三个考察点以外的各村寨的歌手、故事家进行采录。采录所得的民间文学颇多，其中有很有特色的融江耶歌、融江情歌和民俗风情等。

晚上，三江县政府在县政府招待所餐厅以传统食品打油茶款待全体考察队员和各地歌手。招待会后，中方代表刘锡诚与芬方代表航柯继续会谈，并就协议书达成协议。

4月15日（星期二）

上午，全体考察队员参观三江县民俗风情、历史文物展览，然后合影留念。

合影结束，各组分别进行总结鉴定。

十一时，两国三方（芬兰、中国民研会、广西民间文学研究会）的代表在招待所小会议室举行关于资料保管及使用规定协议书的签字仪式。劳里·航柯、刘锡诚和武剑青分别代表芬兰、中国民研会、广西民间文学研究会在协议书上签字。

下午，芬方人员先期离开三江去桂林，然后转道北京回国。

4月16日（星期三）

中方队员离开三江，考察活动宣告结束。

联合考察日记 （1986.4.7~15）

红　波[*]

《木楼·鼓楼·风雨桥——侗家印象之一》

（代序）

不管你走到哪里，访到哪里，

只要抬头望见木楼、鼓楼、风雨桥，

你就会知道——这里是侗乡，

这里居住着，定是亲爱的侗族同胞。

木楼一座座，一幢幢，一栋栋，

设计和布局，风流、典雅而又精巧；

木柱、木板墙、木门、木窗户，

体现了侗家人独特的智慧和创造！

在村寨的中央耸立着一座鼓楼，

塔式飞檐，富丽堂皇，也是木的构造；

这里是侗家集会和传播知识的宫殿，

琵琶声声，牵引着侗家的男女老少。

在村寨的河沟上架起一座风雨桥，

雕龙画凤，使青山绿水更增添无限美好，

它仍然是木的设计，木的结构，木的拉力，

处处显示侗家能工巧匠艺术的高超！

呵，木楼、鼓楼、风雨桥，

* 红波，1986 年中芬民间文学联合考察队队员。

侗家的形象，侗家的气派，侗家的风貌！

在我们民族的大家庭里，侗家人呵，

有自己的性格，自己的追求，自己的骄傲！

一九八六年四月于三江参加中芬民间文学联合考察时初稿

一九八六年四月七日

中芬民间文学工作者，在南宁举行了三天的学术研讨会之后，考察队成员一行五十多人，于今天上午七时，分别乘坐五部车，从南宁西园饭店出发，前往第一个中间站——柳州。

我乘坐一号车，曾被任命为车长。一号车为前导车，比其他车大约提前走了半个钟头，但却最后一个到达柳州，进柳州饭店时，已是下午四时三十分了。

今天有两件事使我感到遗憾。

第一件事是今天行车没有统一的指挥，各车之间拉距太远。后面的四部车先到了柳州，三部开去白莲洞参观，行李车因无人看行李而无法去。我们的车来得太晚，司机不愿再开车。我和其他两位同志想去，秘书长农冠品叫我们坐出租汽车去。我去联系出租汽车，每公里一元二角，从柳州饭店到白莲洞二十公里，连停车时计费在内，一来一去，至少花五十元路费，只好作罢。

第二件事是后勤工作未做好。我们这个车多领了九盒饭，这是为外宾车准备的二十盒饭中的一部分。另外，因为外宾喜欢喝啤酒，特配给外宾每人二瓶啤酒，也不知给哪部车领走了。到柳州才知道今天外宾没有喝上啤酒。

行军刚开头，就出了这些毛病，主要是组织工作没有做好。

夜十一时于柳州饭店记毕

一九八六年四月八日

上午八时，车队从柳州饭店出发。

今天我改坐四号车。今天这个车有两件事在时间上拖了集体的后腿。我们的车刚开出市区，北京来的韩春域忘记拿钱包，有人要他坐公共汽车回去取。我要司机立即掉转车头开回饭店。到了饭店，我和韩老立即下车走进电梯上十层楼，奔向原来的住房，那个装有三百多元现金的钱包仍然在抽屉里等着他。中午车过融江，吃午饭后已开出十分钟，韦元刚发现自己的钥匙串丢在吃饭处，我们又开倒车往回寻找，刚好有四位红领巾捡到，他们手拎钥匙串正站在路边等待失主。韦元刚一下车，他们就把钥匙串交给他，他心里激动得不知说什么好。为了对红领巾们表示感谢，坐在车上的人纷纷从窗口递出水果、面包、蛋糕和汽水送给他们。我趁机给他们拍下一个镜头。

车倒回来，又向三江方向开去，有人说："今天我们这个车连连出了两件丢东西的事，幸好都顺利解决。"韦元刚说："由于韩老师开的头，搞得我也跟着丢东西了。"说得大家都笑了。

下午三时，车进三江县城古宜镇。侗家青年在通往招待所的路上插着拦路草标，跳起芦笙舞，唱着拦路歌，端起拦路酒，欢迎远方来的贵客。跳过一阵芦笙舞之后，姑娘们又唱起拦路歌，等待客人答歌。这时候，辽宁大学蒙古族乌丙安教授首先唱起答谢歌。乌丙安教授刚唱完答谢歌，侗家姑娘们又唱第二首歌。这时候，几个侗家男青年出来为客人帮腔，也唱起一首答谢歌。侗家姑娘便与男青年们对唱。接着乌丙安教授和考察队回族姑娘马青合唱了第二首答谢歌。这之后，贾芝同志即席念了一首颂诗。其他同志也唱了一些歌。对歌进行差不多了，侗家姑娘端着酒盘敬贵宾，第一个是敬航柯先生。航柯先生连喝两杯，接着在酒盘上放下两个红包。与此同时，贾芝、刘锡诚、武剑青等其他领导同志也端起酒杯来一饮而尽，并一一在酒盘里放下了红封包。

喝过拦路酒，主人拿走拦路草。拦路草是一根刚割来的苇草，插在两条长凳的接头处。拿走障碍物后，侗家男女吹着芦笙，燃放鞭炮，载歌载舞把客人引进招待所。这时候，站在两边的群众，频频鼓掌，气氛十分热烈。

晚上六点，三江县人民政府在招待所餐厅举行隆重宴会欢迎全体考察队员，宴席佳馔丰盛，忙碌的服务员端来一道道菜，仅鸡一项就有白切鸡、全炖鸡、蒸鸡等好几种，还有炒鱿鱼、大烧鱼、果子狸……山珍海味，道道可口。

宴会开得热烈，首先是县长致辞，接着是刘锡诚秘书长致答谢词。之后，大家举杯畅饮。这时候，有一桌侗家学者匐然唱起酒歌，阵阵酒歌逗引远方客人的兴味，于是纷纷即兴表演。不多时，欢乐的气氛终于使芬兰朋友激动了。航柯先生首先站起来，带领芬兰朋友离席喝起芬兰民歌。这样一连唱了两次。我们壮家考察队员，原先没有什么准备，临时凑热闹，灵机一动，便借过刘三姐的一首山歌，把词改一下，便连连重复唱了两遍道："多谢了，多谢各位众贵宾，我们没有好茶饭，只有山歌敬亲人。"

晚上八点半，乘着酒兴未尽，各组集中研究如何下去采访的问题。我们第二组有航柯先生和刘锡诚秘书长参加。航柯先生提出，明天下去，希望不要再来很多欢迎场面，人不要多，也不要去打扰别人，要注意我们的动作，录音、照相，不要一拥而上，研究、采访人员应该在后台，让讲故事者、演唱者在前台表演。

　　根据航柯先生的意见，我们第二组展开热烈讨论。我与一些同志主张分成几个小组。最后组长马名超和祁连休同志根据大家意见，认为由于情况不明，明天下去先分两个小组，一组采录款词和故事，一组采录歌谣。我暂分在歌谣一组。

夜十二时记毕

一九八六年四月九日

　　上午八时，三个组分乘三部车出发，第一个站是参观程阳桥。

　　程阳风雨桥，坐落于林溪乡马鞍村边大河上，雄伟壮观。它始建于民国十六年，几经洪水冲毁。解放后就重修过三次。第三次于一九八五年完成，这次升高了数米。据说国家拨款三十多万元。

　　走上桥头，第一个映入眼帘的是郭沫若先生题的"程陽桥"三个大字。桥两头都排有碑文，记述修建程阳桥始末。其中还有好些动人的故事。

　　参观过后，各组分赴采访地点。我们第二组采访的地点就在马鞍村。九时二十分，我们走过程阳桥，爬上一个坡，便到村中鼓楼。今天参加我们这组采录的芬兰朋友有航柯、佩泰耶、安芬妮三人，中国方面的领导有贾芝、刘锡诚、张文等同志。

　　我们走进马鞍村，在鼓楼里首先受到侗家表演多耶的欢迎。侗家的姑娘和小伙子手拉手，围成一圈，绕着火塘，唱起欢乐的歌，以欢迎远道而来的贵客。这就是侗家的"多耶"。今天表演的多耶内容有：

　　（1）进堂歌三首

　　（2）踩新年

　　（3）姜郎姜妹

　　（4）父母恩情歌三首

　　（5）父母婚歌

　　（6）嫁歌

　　（7）萨岁歌①

　　（8）轮年歌

　　（9）生产歌

　　（10）猜谜歌

---

　　①　萨岁，侗族村寨的最高保护神。侗族历史上出现过一位名叫婢奔的女英雄，人们尊称她为萨岁或萨玛，侗族人民认为她神通广大，能主宰一切，保境安民，使六畜兴旺，村寨平安。萨岁是后人对她的尊称，意即"先祖母"或"第一祖母"。——编者注

（11）礼赞歌

十二时，我们收队回到程阳桥头吃中午饭。原先侗家各户都请我们进家吃中午饭，我们没有去。副县长韦会明告诉我们，为这事乡亲们很不高兴，后来他向群众解释，并代表考察队在老乡那里吃中午餐。

下午二时，我们回到鼓楼聆听侗家歌手唱双歌，弹琵琶歌。双歌是男女每边两人对唱，其内容不仅是情歌，同样包括生产、时事歌。今天下午弹琵琶歌者为三人。琵琶弹唱形式是弹唱者手抱琵琶，一面弹一面唱，音韵悠扬，很富于感情。据说侗家青年大多会弹琵琶歌。

三时四十分左右，我与一些人先到歌手陈永杰家采访。接着贾芝、航柯先生、安芬妮也来了。最后《人民日报》记者、广西电视台记者也来了。航柯先生特别注意采访了民俗。他向主人提问了过去这里防病治病的方法：是请仙姑巫婆多，还是请医生多？主人都历史地向他作了回答。

在陈永杰家，首先听了两位年青歌手弹了两首琵琶歌。后来进来两位姑娘，主人请她们给客人唱歌，她们一连唱了几首，一首比一首优美。据主人和翻译说，第一首为赞房歌，第二首是情歌，第三首是十二月歌，第四首是交情歌，第五首是酒饭歌，第六首是茶油歌。其歌声娓娓动听，吸引了很多听众。这两位姑娘，问年龄才十七八岁，原来是从贵州省黎平县洪州区光化乡来的村姑，可已是有名的歌师。她们这次是来这里传歌的，已经唱了两天两夜了。据说她们会编会唱很多歌。很多地方都请她们去传歌。她们开朗、大方，跟生人答上几句就熟了。唱完歌，为了表示答谢，我们拿不出什么东西，有人当即递上一瓶斤装的清凉饮料，说是给她们润润喉，她们双手接过，嘻嘻哈哈，留下一串银铃般的笑声，走了。

夜十二时记毕

一九八六年四月十日

今天，我们二组仍然去马鞍村采录。航柯等三位芬兰朋友，今天到另外一个点去了。

上午，举行的第一项仪式是唱款词。

在鼓楼前面的广场上摆着一张桌子，桌上摆一个猪头、一条大鱼、几只酒杯、烧上几炷香。

款词，即法律、村规民约、族规族戒。这些东西绝大多数是从古代传下来的，具有法典的性质。

唱款词开始，几个老人头带白帕，站在桌前，面对鼓楼，其中一人手持阳伞，一人身佩宝剑，手持书本，念念有词。其气宇轩昂，铿锵有力。

念过一阵，他们又沿着桌子绕了几圈，口中同时朗诵其词，表情很是认真。

今天参加唱款词的人员及内容是：吴成芳，五十八岁，唱《开款根》；陈骏强，六十七岁，唱《张良》；陈永基，七十二岁，唱《六面事阳》；陈永江，八十二岁，唱《平款》；陈永杰，六十五岁，唱《先祖史》。

采录完款词表演，我和马名超老师到陈永杰家重点采录琵琶歌。我们请了杨正连、陈祥秀、李运书歌手各弹了一段。接着我们请陈永杰老歌手弹一段。陈永杰老人身体不好，再三谢辞，马名超老师再三恭请，他终于手抱琵琶，拨弄琴弦，给我们弹唱一段《歌唱共产党，歌唱新生活》的歌。陈永杰弹的曲调优美，技巧娴熟，水平很高，马名超老师认为，他弹的曲调，完全可以灌唱片了。马老师为我们采录到这么好的曲子而高兴，并作了详细的记录。

下午，我们又到陈永杰家采访故事和款词。我一个人专门请了故事手杨世刚来讲故事。杨世刚老人已七十二岁了，他懂得很多故事。他从程阳桥的来历一直讲到侗家的婚嫁、丧葬以及其他生活习俗，使我对侗家的历史有所了解。

晚上，三江侗族艺术团在县大礼堂演出民族风情歌舞招待中外来宾。节目有《抬官儿》《捶布声声》《芦笙踩堂》《辨新娘》《香泉》《鼓楼欢歌》等。一个节目表现侗家一种风情，从布景到化装，色彩鲜艳，美极了。

夜十二时记毕

一九八六年四月十一日

今日是古宜镇"三月三"花炮节。

上午九时半开饭，饭后各人自由出去采访。吃过早饭，听说街上已人流如潮，便和农冠品匆匆往街上奔去，果然不假，四方来人，几乎塞满了大街小巷。我们穿过人流，好不容易来到一所小学校，准备游行的队伍都集中在那里，我们看了一下游行准备盛况，便来到抢花炮场地，等待观看抢花炮。

抢花炮场地定在河边的田洼里，宽约数亩。这里三面设指挥台、报炮台和观礼台。抢花炮前，游行队伍穿过大街，抬着奖品绕一圈，最后才进入运动场。游行队伍很宏壮，有一千多人，以红领巾仪仗队为前导，跟着是奖品队。奖品共有四头猪、一只羊，已剥好，其背全部涂上红颜色，表示吉利。最大的一头猪约有两百斤，最小的一头也将近一百斤。最大的一头奖给第一名，其余奖品依次类推。奖品除了猪和羊外还有几缸酒。获奖者有酒有肉。抬奖品的队伍后面是金童玉女车队、芦笙队、戏剧古装队、舞龙舞狮队、花鼓队等。参加游行的人都是经过精心化装的，色彩鲜艳协调，引人注目。

今日到场参观抢花炮者真可谓人山人海，满坡满岭，指挥台广播为十万人。这是有史以来最多的一次。今日坐在观礼台上的除了芬兰朋友外，还有日本青年友好观光团、港澳同胞和海外侨胞。

今日参加抢花炮者为十五个队，每队十个人。大会规定，队员不准穿长衣长裤，不准穿皮鞋、扎皮腰带。指挥台给每队一色彩带，束于其腰，并编上号码，以作区别。

点燃的花炮由报炮台人员送出，置于指挥台及观礼台中间旷地上，然后吹哨点放。其所抢的花炮为一个红色铁环，搁置于火炮上，点燃火炮，铁环飞上天，落地后抢得者，冲过各队阻力，来到报炮台下报讯，裁判员接过铁环，验收确定无误，便记下名字，写于红纸，报到指挥台，即为承认。

今日共烧五个炮，按顺序抢得第一个者为第一名，其余类推。第一个炮只用了十多分钟就被一个队抢得了。可惜当烧到第三个炮时，铁环飞天出界，落于观礼台棚顶的树权上，无法抢。抢完第五个炮后发奖品，得胜者抬着大猪和缸酒走了，这时群众激奋，欢呼震天。

晚上，古宜镇开展各种文娱活动。我走到大街小巷，到处灯山火海，人潮奔涌。在招待所广场的一头，举行芦笙篝火晚会，那里烧着两堆熊熊大火，侗家芦笙手围着火堆，吹起芦笙，跳起欢乐的舞蹈。

这头，紧靠招待所的舞台上，全是乡下文艺队来包演侗戏。航柯先生站在前面台下，一面拍照，一面录音。他是最沉着最用心采录的一个人。

夜深了，六甲山歌忽高忽低，娓娓不断，真是令人陶醉……

午夜一时记毕

一九八六年四月十二日

今日采访地点，改到冠洞村。

上午九时半，我们二组乘坐的专车来到冠洞村，受到群众夹道欢迎，他们吹着芦笙，跳起欢乐的舞蹈，把我们迎进鼓楼里。

这个村的房子也全是木楼，在村边的河上也有一座风雨桥，在村的中央也耸立着一座鼓楼。至此，我对侗家立即产生一个完整的外观印象：木楼、鼓楼、风雨桥。这就是侗家的特点。

这个村的鼓楼后面还有一个戏台，这是古代传下来的，是专门演侗戏用的。在戏台与鼓楼中间，是观众的座席，设计得颇有道理。

进了村，全村的男女老少一千多人都拥来看我们，鼓楼装不下，大家只好坐在戏台下观众座席里与群众交谈。我们稍作休息，便根据各人的意愿，分头到各家各户去采录。

经过介绍，我认得故事员石万元，便跟他商量，独自到他家去听他讲故事。

石万元，今年四十三岁，一家六口，儿女中一男三女，大女十五岁，已参加社交活动。一家住在一座新起的大木楼里。看样子生活是可以的。他说，今年光茶油就卖了四百多斤，收入六百多元。

我在石万元那里听他讲了布伙的故事、长工的故事及冷相公的故事等三个故事。

听完故事，主妇给我端来一碗油茶。石万元请我在这里吃午饭，我不好推辞，表示感谢。他看我答应了，便叫我再去请几个人来，这也是侗家的盛意。按侗家传统，谁家客人多，谁家越觉得自豪。我理解主人的意思，便出来请了好些人，结果何承文及从南宁来采风的壮剧团的方士杰、艺术学院的张老师（女）跟着我来了。我与何承文带了两瓶香槟汽酒，算是心意。

宴席上，主家摆了十三个菜，除了几碟炒菜外，其余均是未过火的酸味。其中有酸猪肉、酸鱼、酸虾米。酸猪肉切成大块，血丝依然新鲜，好像是刚从市上买回来的。但主人告诉我们，这些东西已腌半年以上了。主人见我们不敢下箸，便问我们是否再煮一下或用火烧一下，大家说用火烧较好。于是主妇端到火塘熏烤了一下，表面烧黑了一些，方士杰第一个伸筷子夹了一块放进嘴里，一面嚼一面说："好吃，好吃！"我觉得其味虽然不很鲜美，但的确是经过酸的处理了的。而且这是主人的盛意，只有远方来的贵客，才以酸肉、酸鱼来款待的。因此，当我们吃了酸肉，又夹酸鱼，主人便非常高兴，频频向我们添酒。

吃完午餐，已近下午二时，因为要看侗戏，便与主人一起出来。

今天演的侗戏叫《善良娥妹》，歌颂善良娥妹的爱情故事。演员有一定素质，化装适当，演得严肃认真。其乐队也有相当水平，计有三把二胡、一把提琴，还有琵琶、大钹、小钹、锣鼓等。伴奏节律统一、和谐，优美动听，看来是经过长期排练的。

晚上，在三江县政府小礼堂开会，听芬兰学者马尔蒂和小劳里介绍他们写考察报告的方法。中国学者也介绍自己写考察报告的方法，并向芬兰学者提出了很多问题。最后，我提出一个愿望：希望能看到有关芬兰方面如何采集、记录、整理和保管民间文学方面的示范性的录相片，即使现在看不到，也希望将来能看到。翻译员安芬妮当即表示说："能做到，能做到！"

夜十二时三十分记毕

一九八六年四月十三日

今天上午，又回到马鞍村采访，芬兰朋友航柯、安芬妮一行也跟我们一起到马鞍村。

我与马名超老师决定再次去采录陈永杰的琵琶歌，并要写调查报告。因此一进村我们就径直前往陈永杰家。前天录了陈永杰的歌，大家都觉得很好，决定今天来补录。我们刚踏上木楼门梯，后面的北京来的录像组、省里的录像组也跟芬兰朋友一起来了。我们向陈永杰老人说明来意，请他再谈一段琵琶歌给我们听，他很乐意地给我们连续弹了九首，其音韵的确优美动听，在场者惊叹不已。其中的一首叫《歌唱程阳桥》最为感人。

接着，我们来到陈永基家的木楼，聆听陈永基老人唱款词，因为芬兰专家还未听过这里唱款词，因此便集中在陈永基家。陈永基老人今天念唱了《六面阳规》和《六面阴规》，虽然已是七十三岁的古稀之年了，仍然唱得很有气魄。陈永基唱款词时，旁边在座的有寨老黄承方老人。这大概是一种传统吧。唱款词一定要有寨老到场，其气氛也就严肃多了。

上午采录后，中午回来吃饭休息。

晚上，三个组分别下乡进行火塘采风。我们组仍然到马鞍村。吃了晚饭，我们八点出发，九点进村，十二点结束。

进村时，天已大黑，各家木楼亮起闪闪电灯光。我去找副县长韦会明安排活动，他正在一家木楼里与主人碰杯行令、唱酒歌，我立即打开照相机的快门，咔嚓咔嚓，连拍几个镜头。

我与罗秀兴同一组，被安排到陈基泰家采录行歌坐妹。

这家的女歌手有：陈花条、陈文先、陈先兰等三人。男歌手据介绍是外寨来的，有杨荣善、杨华德、梁能光三人。

我们进家时，已见歌手们坐在火塘边谈谈笑笑。姑娘们有的炒虾仔、炸阴米、准备打油茶，有的摇着古老的纺纱车，有的绕线。男青年们有的坐在旁边抽烟，有的在移板凳、添柴火，作些帮手。见我们来了，纷纷让坐。我们问行歌坐妹的情况，他们没有直说。我们出来问了一些行人，他们说，所谓行歌坐妹，是男青年到女方家对歌，并且坐在姑娘的膝盖上，一面唱歌，一面说情话。但现在已经改了好多了。当我们在场时，这几对男女坐的位置还是有一定距离的，不敢唱歌，也不敢说情话。后来，我提议所有采录人员都退出来，坐在隔壁房观察。果然不久，房内火塘边传来朗朗的笑声，我从门缝往里一看，青年男女自愿坐靠成三对，正谈笑风生，接着也唱起了情歌。过去，男青年到女家行歌坐妹，主家父母兄弟往往避开或提前入睡。我们这个组由于掌握了这个风俗，采取避开策略，在门外偷听，偷看，终于看到一些真实的情况。有几个同志还从窗口偷拍，果然拍到了一些精彩的镜头。

午夜二时记毕

一九八六年四月十四日

上午，全体到三江县党校采录。这里集中了我们采录的三个点以外的歌手和故事家，三十多人。

我们走进楼下大厅，立即受到侗家青年男女以传统的"多耶"来欢迎。

与此同时，有部分人员上到四楼各房间采访，那里已有部分歌手和故事家在等待我们。

芬兰专家五人一齐出动，把现场作了录像录音。

下午，歌手和故事家来到招待所，分别在各个房间进行表演。我在小会议室录了榕江山歌，榕江山歌很有特点，四个姑娘唱了四声部，这是我第一次采录到的。接着我又到餐厅录了酒歌。芬兰专家在餐厅对酒歌作了录像。

晚上，三江县政府在招待所餐厅打油茶款待全体考察队员和各地歌手。

打油茶一共分四道，其中三道咸，一道甜，每道一小碗。

油茶中的主食为炸米花和小颗粒的炸面粉。炸米花是用阴干的糯米饭（常称"阴米"）放于茶油锅里炸炒而成。

所谓"打油茶"，并没有"茶"在里面（我问过一些人，有的说有"茶"成分也是微量），而是用茶油来加水煮滚而成。吃时配上一些佐料，再煮一下而成油茶。前面三道咸中，一般有菜有肉，有葱花，有炒花生，有黑豆等。在吃油茶时，桌子上还要放上酸鱼、酸菜。因此有些人说，打油茶与吃一餐饭差不多了。

我与蓝鸿恩老师已先到人大常委会副主任罗家阔家打了一轮，回到招待所餐厅，我只端上最后一道甜的，表示领受主人的一番盛意。

夜十二时记毕

一九八六年四月十五日

上午八时，全体考察队员步行来到三江县博物馆参观文物展览。这里展出了很多民族文物、历史文物和自然文物，也有少许革命文物。可见三江县对文物的搜集和保护工作是十分重视的。有很多精美的民族文物吸引了中外学者。大家对三江县能展出这么多的文物赞叹不已。

回来后在餐厅照相。芬兰朋友先与每一个人合照一张，用的是一次成像相机，由翻译员史昆代照。

接着全体合影留念。摄影师是影协雷绍光和三江县志办邓少明。

合影结束，各组回房间进行总结鉴定。我们组进行了热烈讨论，认为这次考察有很大收获，也有不少问题，特别是在组织工作方面还不够周到。有的地方大兵团作战，收效不大，有的地方翻译人员水平低，跟不上。由于言语上的困难，所采录的资料，错漏定是不少的。

十一时整，两国三方（芬兰、中国民研会、广西民研会）在招待所小会议厅举行关于资料保管及使用规定的签字仪式。航柯、刘锡诚、武剑青分别代表各方在协议上签了字。之后，三方换文，握手言欢，共贺此次有成效的合作。

十一时半吃中午饭，接着大家共同搬行李。十二时半，芬兰专家和北京及各省来的部分考察人员共二十五人，分乘两部空调旅游车离开三江，前往桂林。往南宁方向的十二位人员及三江县的部分领导、歌手在场热烈欢送，大家一一握手，依依惜别。

中芬民间文学联合考察活动，至此完满结束。

夜十时记毕于三江县招待所

1986 年 5 月初整理于马山县文化馆

考察团工作花絮

考察团工作花絮

中芬民间文学联合考察暨学术交流总结

刘锡诚[*]

　　根据 1986 年中国芬兰文化协定的有关条款，中国民间文艺研究会、广西民间文学研究会和芬兰文学协会（会同北欧民俗研究所、土尔库大学文化研究系民俗学和比较宗教学部）于 1986 年 4 月 4 日~15 日在广西南宁市联合召开了"中芬民间文学搜集保管研讨会"，在三江侗族自治县进行了"中芬民间文学联合考察"。这是一项牵动人数较多、组织工作复杂、包括学术会议和实地考察多项内容的大型国际双边文化交流活动。这项活动在中国文联、广西壮族自治区党委宣传部、广西文联、民委、三江县委和人民政府、三江县若干村寨的领导干部和群众的指导、协助和支持下，经过全体到会代表和全体考察队员的努力，终于取得了圆满的成功。这样的双边国际合作，是在对外开放的形势下，我国民间文学界走向世界的一个重要步骤。

一　此次考察活动的缘起与筹备

　　中芬民间文学联合考察最初是 1983 年 9 月芬兰文学协会主席劳里·航柯教授首倡的。1985 年 2 月，以贾芝同志为团长的中国民间文学工作者代表团应邀去芬兰参加《卡勒瓦拉》出版 150 周年纪念活动时，芬兰文学协会又提议中芬合作共同培训从事搜集整理工作的中青年干部。1985 年 3 月 23 日，劳里·航柯先生致函中国民间文艺研究会，提出了中芬联合考察的初步计划，中国民间文艺研究会复函表示原则上同意举行联合考察。此后，中国民间文艺研究会即与广西民间文学研究会协商决定在

* 刘锡诚（1935~　），男，山东乐昌人，历任中国民间文艺研究会研究和编辑人员，《人民文学》文学评论组组长，中国民间文艺家协会分党组书记、副主席，《民间文学》《民间文学论坛》等杂志主编，中国俗文学学会副会长、会长，中国当代文学研究会副会长兼秘书长，中国文联理论研究室研究员，中国民间文艺家协会顾问等。——编者注

广西南宁和三江侗族自治县举行中芬学术交流会议及联合考察。1985年10月，趁劳里·航柯由马尼拉去东京途中顺访北京之际，中国民间文艺研究会代表、副主席贾芝，副主席刘锡诚，书记处书记贺嘉，广西民间文学研究会代表、秘书长农冠品与芬兰文学协会代表、协会主席劳里·航柯在京进行了会谈，就1986年4月在中国广西南宁市和三江侗族自治县进行民间文学学术交流和联合考察达成了协议。两国三方于1985年10月16日通过了《1986年中芬学者联合进行民间文学考察及学术交流计划》。

根据该计划，这次在广西举行的民间文学考察由中国民间文艺研究会、广西民间文学研究会和芬兰文学协会（会同北欧民俗研究所、土尔库大学文化研究系民俗学和比较宗教学部）三家主办，秘书处由中国方面组成。中国民间文艺研究会与广西壮族自治区文联商定，秘书处由中国民间文艺研究会副主席刘锡诚任秘书长，广西文联书记处书记武剑青，中国民间文艺研究会书记处书记张文、贺嘉，三江县县委宣传部副部长罗黎明为副秘书长。

秘书处在三江、南宁、北京召开过几次会议并分头进行筹备工作。筹备工作包括：组织考察队、组织学术研讨会论文的撰写、选拔、翻译、印刷，学术会议和考察的选点，文件的准备，歌手故事家的摸底和集训，三江情况的撰写与翻译印制，考察经费的预算，器材的购置，后勤工作，外事安排等。经过5个多月的努力，到1986年3月底基本就绪。

为了保证在学术会议和实地考察中达到预期的目的，于4月1~3日在南宁市举办了全体考察队员的集训，采取专家授课的方式，提高队员对考察意义的认识、增加队员对实地考察的了解。同时各考察组根据各个考察点的实际情况，制定进点后的考察提纲。

二　学术研讨会概况

中芬民间文学搜集保管学术研讨会于4月4~6日在南宁市西园饭店举行。应邀出席研讨会的正式代表67人（其中芬兰代表团5人）。中国方面62名代表分别来自中直系统各单位和13个省、市、自治区的民研分会、大学、研究所和群众文化机关。大会上宣读了25篇学术论文（其中芬方8篇）。由于时间的关系，另有7篇论文只向大会提供而未能安排宣读。

研讨会围绕六个专题进行。这六个专题是：（1）民间文学的普查与保护；（2）民间文学的实地考察方法；（3）资料的保管与档案制；（4）民间文学的分类系统；

（5）对民间文学的广泛兴趣；（6）民间文学的出版和利用。这六个专题既是我国民间文学工作中，特别是"中国民间文学集成"编辑工作过程中目前遇到的和即将遇到的迫切问题，也是国际上为民间文学界所普遍关心的一些问题。1985年1月联合国教科文组织在巴黎召开的政府专家特别委员会所起草的文件，以及10月份在索非亚召开的联合国教科文大会所讨论的问题，都是有关民间文化的保护的问题。因此，这次中芬民间文学搜集保管学术研讨会的议题和论点，是与国际民间文学界息息相关的。

芬兰方面的8篇论文，根据芬兰民间文学界丰富的经验和研究成果，对民间文学的保护、分类与保管等重要问题，作了精辟的、内容充实的阐述，对我国民间文学搜集与保管，特别是对我们的"集成"工作和正在筹办的中国民间文学资料档案馆，有借鉴意义。中国方面的论文，根据我国的具体情况和经验，阐述了关于搜集、普查、分类、出版，特别是实地考察方法方面的观点，概括和总结了我国广大民间文学工作者创造的丰富经验，使之上升为理论。双方在论述上各有侧重，互相补充，通过宣读论文和自由讨论，对考察中的一些理论问题和实际问题，在认识上有了一定的提高，为下一步的实地考察作了较为充分的准备。

学术研讨会由两国三方的代表轮流主持。主持人是：芬兰方面的劳里·航柯、玛尔蒂·尤诺纳赫；中国民研会方面的贾芝、刘锡诚；广西民研会方面的武剑青、蓝鸿恩。会议采用国际会议通用的办法，宣读论文的时间每人限定20分钟。自由讨论时，参加会议的一些青年学者踊跃发言，提出了值得重视的见解，通过自由讨论，增长了见识，锻炼了才干。

大会由贾芝致开幕词，劳里·航柯致闭幕词。丘行代表广西文联致辞，刘锡诚报告筹备经过，宣读中国文联的贺电和中国民研会主席钟敬文的贺信。

会议工作语言为汉语、芬兰语和英语。会议文件一律用中、英两种文字印刷。

闭幕后，由广西文联组织广西美协书画家郭龄、帅立志等当场作画、题字赠送国内外与会人士。

三　三江实地考察情况

4月7日，参加考察的考察队队员乘车取道柳州赴三江侗族自治县进行民间文学联合考察。8日下午抵达三江县所在地古宜镇。在考察队员必经之路——县委招待所前的马路上，当地干部群众采用侗族传统的迎客方式，架起拦路凳，唱起拦路歌。乌丙安教授用蒙古歌调对歌，劳里·航柯教授等饮侗家姑娘敬上的米干酒。这时，芦笙高奏、乐鼓齐鸣，8个侗家后生跳起芦笙舞，为考察队员开路。考察队下榻在县委招待所。

联合考察队由来自全国各地的 37 名中青年民间文学学者和 5 名芬兰学者组成。中国方面考察队员分 3 个组分别到林溪点（皇朝寨、岩寨）、马鞍点（马鞍村、冠洞村）和八江点（八斗小、八斗大、八江村）进行田野考察。林溪点考察组组长是乌丙安（辽宁大学教授）、杨通山（三江县文联主席）；马鞍点考察组组长是祁连休（中国社会科学院文学所民研室主任、副研究员）、马名超（哈尔滨师大副教授）；八江点考察组组长是蓝鸿恩（中国民研会副主席、广西民研会副主席）、张振犁（河南大学教授）。以劳里·航柯教授为首的芬兰学者 5 人、贾芝先生、中国民研会两名青年学者和两名翻译为第 4 组，该组没设具体考察点，而是根据考察计划，在三个考察点范围内安排考察项目、流动考察。

此次民间文学考察是一次科学考察。这次考察与过去的历次考察不同的地方，除了参加者是来自两个操不同语言的国家的学者外，最大特点是采用了比较先进的技术手段（包括录像、录音、摄影）和科学方法，记录活在群众口头的民间文学作品，观察研究民间文学作品在群众中活的形态和讲述人在讲述中的作用、特点，探讨民俗、风情、文化传统对民间文学的形成、变化的影响，研究侗族传承与现代文明、与其他民族的传承的交融现象，等等，从而研究民间文学的规律与特点。三江县文化宣传部门提供了 170 名左右有一定知名度的故事手和歌手名单，各考察组的队员们在考察过程中又不局限于此，而是扩大线索，有新的发现。诸如在调查歌手传承路线时，发现了不少未在县文化部门提供的歌手名单中的歌手；在调查故事的传承路线时，发现了"故事之家"，同时，也发现某些故事手并非民间故事讲述者，而是民间说书人。考察中，一些队员深入村民中间，对鼓楼、风雨桥、木楼等建筑在修建、使用上的民俗现象作了大量有价值的调查。一些队员注意到歌手演唱"多耶"、弹"琵琶歌"时的手抄汉字记侗音的歌本，并对其来龙去脉作了调查，并摄有照片资料。一些队员根据侗家爱歌、爱讲故事的特点，对整个寨子乃至乡的文化背景作了深入的调查，发现了一些值得研究的文化现象，诸如转世观念、鬼魂观念、文化断裂现象、机智人物故事中阶级对立不明显的情况，以及鼓楼的文化地位问题，等等。一些队员对侗族古老的"款词"做了详细的采录工作，并就它的传承及影响进行了较深入的调查。

除了点上的考察外，考察队员还在"三月三"花炮节那天晚上，采访了居住在古宜镇附近两个乡的"六甲人"（尚未被确认为民族）歌手十余名，录制了他们的高亢而抒情的民歌。4 月 14 日，在县委党校校舍，对来自榕江河等地区的歌手及故事手进行了考察采录。这使考察队员对林溪、八江、榕江河及"六甲人"情歌的不同特点有了新认识，同时发现了在三江县境内一些民间故事的变异现象。

此次考察，中国民研会共收藏考察队录制的磁带 150 盘。根据三江县 10 余位翻译同志所言，磁带中 85% 以上都是他们未曾采录整理过的，因而是一批很有价值的资料。这批资料将成为侗族民间文学的第一批科学资料。这一批科学资料将分别复制成三套：一套保存在中央档案部门（目前是中国民研会）；一套保存在自治区民研会；一套保存在三江县文化馆的资料档案部门。磁带由中国民研会统一编号，供全国研究侗族民间文学的人员使用。这三套资料的保存方式，将为初步形成中央与地方民间文学资料档案的网络提供借鉴。

此次考察中所获摄影资料，按考察队规定，拍摄者向中国民间文艺研究会提供样片一套，由中国民间文艺研究会永久收藏，并供展览和编书之用。中国民间文艺研究会统一编号，底片可异地保管。凡自愿将所摄底片交中国民研会者，由中国民研会编号；凡不愿交中国民研会保管而愿意交本人所在单位或地方分会保管者，由中国民研会统一编号，标明底片保管单位及地点，中国民研会有权随时调用。

根据中芬三方代表签订的《协议书》规定，"此次考察中所获得的文字资料、调查报告和照片，由中国民间文艺研究会和广西民间文学研究会负责编选出版科学版本"；"中芬互相提供此次考察中各自录音磁带的目录及保管地点。中芬双方相互提供此次考察中所录制的录音磁带和拍摄的照片的目录及部分样品"。

此次考察中三方均拍摄了三江侗族民间文学的讲述情况、民俗、风情以及考察队的活动情况，这些材料是中国民间文艺学史的重要资料，将加以制作，妥善保管，供研究和宣传之用。根据中芬三方代表签署的《中芬民间文学联合考察队关于学术论文和录像资料的协议书》规定，三方拍摄的原始录相资料（指未经剪辑的录相），一律复制三份，互相交换。"芬方将制作一部三江民间文学的录相片无偿赠送给三江人民政府。"

四　学术会议和考察活动基本上达到了预期目的

（1）举办此次联合考察和学术交流活动有两个目的：第一个是两国学者交流民间文学搜集保管方面的经验；第二个是通过学术会议和实地考察培养青年学者。这两个基本目的是达到了。首先，两国学者在自由讨论中发了言，各自发表了意见，介绍了经验。根据三方签署的《中芬民间文学联合考察队关于学术论文和录像资料的协议书》，由中国民间文艺研究会编辑并委托中国民间文艺出版社出版《中国芬兰民间文学搜集保管学术研讨会文集》中文本，由芬兰文学协会会同北欧民俗研究所、土尔库大学文化研究系民俗学和比较宗教学部编辑并出版上述文集的英文本。

（2）预计这次考察将采用先进技术手段取得考察资料，试验运用科学方法进行田野作业的目的，也基本达到了。中国方面，中国民研会录制了 5 个小时的录像资料，根据协议，这些资料要互相交换。然后可编辑剪辑成一部三江侗族的完整的民间文学、民俗风情科教片，为侗族人民，为我国民间文艺学史积累了一份珍贵的文化资料。中国方面全体考察队员共录制了 150 盘录音磁带，这些磁带连同记录翻译稿，将作为侗族文化和我国民间文艺学史料被保存利用。文字资料、调查报告、照片将由中国民研会、广西民研会和三江县共同编辑出版一部三江侗族民间文学的科学版本。

（3）这次两国三方的联合考察，在我国还是第一次，属试验性质。这次考察从大的方面看，是成功的；从一周左右的时间看，取得的成果是值得自豪的。这次考察的成功，在民间文学方面为进一步进行双边合作，积累了初步的经验，锻炼了一批干部，同时，也必将为世界民间文学界所瞩目。这次考察在国内已经引起了文化界、新闻界的重视。《广西日报》、广西电视台、广西人民广播电台、《南宁晚报》、《柳州日报》、《桂林日报》发了消息。北京的《人民日报》、《光明日报》、《文艺报》、《民间文学》和《民间文学论坛》，上海的《文学报》也发了消息。《文艺报》发表了该报记者沙林撰写的侧记；《文学报》发表了金辉撰写的《与芬兰朋友在三江采风》；本会主办的《民间文学》第 6 期节发了航柯先生在学术研讨会上的论文《民间文学的保护》；《民间文学论坛》第 5 期选发了三篇调查报告：邓敏文和吴浩（侗族）的《三江侗族款词传承情况和社会影响的考察》、金辉的《劳里·航柯的田野作业观》和李溪（李路阳）的《一个侗族故事之家传承诸因素的调查》。芬方在北欧民俗研究所（Nordic Institute of Folklore）主办的 *Newsletter* 上发表了劳里·航柯、贾芝、刘锡诚的文章，把这次学术会议和联合考察的情况介绍到了国外。

五　此次考察活动的缺点和不足

这次中芬民间文学联合考察有两国多方的人员参加，规模大，由于第一次举办这样的学术考察活动，组织工作缺乏经验，因此出现一些缺点和不足是难免的，这些缺点和不足，可以作为以后组织类似活动的借鉴。

（1）考察规模大了些，队员来自几十个单位，给管理和考察带来一些困难。与外国朋友合作考察，住在招待所，每天"日出而作，日入而息"，不能与被采访者同吃、同住，交流感情，难以做到"参与观察"，因而使这次考察不够深入，有些场合甚至流于表演的性质。尽管有些中国方面的队员抓住时机深入群众家里，晚上不回招待所住宿，扩大线索，深入开掘，取得了一些成绩，但总的来说，这方面的缺点仍然是明显的。由于规模过大，又是第一次进行这样的科学考察，经验不足，组织工作上显露出较大的弱点。根据这次考察的经验和教训，以后的田野考察以小型分散为宜，要事先拟订好考察提纲，有目的地进行全面、深入的调查。

（2）在这次考察中，有的队员对讲述环境不够重视，急切地想知道被采录者所唱所述的内容，故而有时打断被采录者的讲述，询问所述何意，或问翻译，导致被采录者的讲述情绪受到破坏，翻译人员的翻译声音与被采录者的讲述声音重合，录音磁带里听不清被采录者的讲述，造成原始资料的某些漏失。根据这一教训，在今后的采风中，当特别注意保持讲述环境。至于翻译上的问题，应在采录结束后再去切磋解决。

（3）航柯先生针对马鞍点考察组和八江点考察组的考察情况，提了几个值得重视的意见。①在人数较多的环境下进行田野作业，应化整为零，在各个角落分散活动，并注意静听观察并录音。②采访上要注意让周围所有人都感到自己不是局外人，不要一开始就盯住一人问，而不顾其他人。③要注意保护演唱和讲述环境。当场翻译，会破坏歌手情绪。歌手不愿唱的歌，不要强迫，而要注意发现其中的原因是否与演唱环境有关。航柯先生的这几点意见，恰恰是我们在考察中多少有所忽略的。

（4）筹备工作是在北京、南宁、三江三地分头进行的，秘书处未能妥善地加以安排、检查、协调，因而在某些环节上出现了脱节现象。

1986 年 9 月 10 日改定稿

（此稿当时署名"中芬民间文学联合考察与学术交流秘书处"——撰稿人刘锡诚）

三江县程阳风雨桥（1986 年拍摄）

三江县林溪村远景（1986 年拍摄）

中芬民间文学搜集保管学术研讨会主席台（左 3 刘锡诚、左 4 劳里·航柯、左 5 贾芝）

中国和芬兰学者在观礼台观看"三月三花炮节"

三江县侗族"三月三"现场

三江县侗族"抢花炮"现场

考察人员拍摄当地村民照片

劳里·航柯在考察现场

采录民间歌谣

采录民间故事

中芬联合考察人员合影

2019 年 5 月在北京召开"中芬三江民间文学考察文献移交仪式暨座谈会"
（左 1 邱运华、左 2 陈建文、左 3 向云驹、右 2 王强）

2020 年 8 月在广西三江召开"中芬三江民间文学联合考察纪念活动暨考察成果出版座谈会"

2020 年 8 月中国民协分党组书记邱运华（左 5）带队重走中芬联合考察之路
（左 3 吴桂贞、左 4 韦苏文、左 6 万建中）

联合考察亲历者杨通山（右 1）向中国民协工作人员介绍所藏资料（左 3 楼一宸、右 2 杨顺丰）

论文类

—— 三江民间文学及民俗研究

分类系统

乌丙安[*]

在中国采录民间口头文学资料的田野作业中，近三十年来，逐渐形成了一套适合于我国情况的分类系统（或体系）。这个体系是以题材内容、体裁样式和表现方法三结合的分类标准构成的，简而言之，也可以称之为以内容、形式的明显差别区分类别的系统。各种叙事的与抒情的（或表意的）作品，各种幻想神奇的与生活写实的作品，各种讲述的与演唱的作品（即散文的与韵文的作品），讲述内容的时间、地点、人物是特定的（或真实的）与不定的（或虚构的）作品，都因为它们的内容与形式不同而分属各类。这在中国的口头文学资料处理工作中，已经成为大多数人接受并运用的分类方法了。

以口头作品的题材、体裁和表现方法三结合的标准作为分类的出发点，在实践中可以比较准确地分辨作品的异同，也便于集中归纳资料形成类别。

比如赫哲族的《满斗莫日根》[①]（Manduo Melgen）是有 2940 行诗和 30000 多字的说唱体表现英雄复仇内容的口头作品；达斡尔族的《阿波卡提莫尔根》（Apekati Melgen）[②] 是一篇讲述神奇英雄"小柞树"（Apekati 的原意）故事的口头作品；彝族阿细人的《阿细卜》[③] 是讲述阿细人祖先阿细的英雄业绩和神奇轶事的口头作品。从题材上分析，它们都是关于传奇英雄业绩的。在表现方法上，它们都是叙事的，但在体裁上有说唱体与讲述体的差别，甚至在讲述体中又有真实的时间、地点和人物的讲述方法和虚构的不定的讲述方法之分，于是上述三个作品便分别被纳入不同的类别了。

---

[*] 乌丙安（1929～2018），男，内蒙古呼和浩特人，蒙古族，历任辽宁大学教授、中国民俗学会副理事长、辽宁民俗学会会长、辽宁大学民俗研究中心主任、中国民俗语言学会名誉会长。——编者注

[①] 中国民间文艺研究会黑龙江分会编《黑龙江民间文学》（第 2 集），黑龙江民间研究会，1983，第 28 页。

[②] 孟志东编《达斡尔民间故事选》，上海文艺出版社，1981。

[③] 参见《彝族民间故事选》，上海文艺出版社，1981，第 48 页。

《满斗莫日根》——英雄叙事诗

《阿波卡提莫尔根》——英雄故事（幻想故事）

《阿细卜》——英雄祖先传说（人物传说）

按照中国近三十年来的分类经验，大致上把口头文学作品做出区分并归纳为九类（包括它们的各种小类）。

1. 神话类：

（1）天地创造神话；

（2）大自然变化神话；

（3）动植物神话；

（4）人类起源神话；

（5）洪水与人类再繁衍神话；

（6）文化创造神话。

2. 传说类：

（1）人物传说；

（2）史事传说；

（3）地方传说；

（4）动植物及物产传说；

（5）风俗传说；

（6）技艺传说。

3. 故事类：

（1）幻想故事（神奇故事）；

（2）动物故事；

（3）寓言；

（4）生活故事；

（5）机智人物故事（幽默故事）；

（6）笑话。

4. 叙事诗类：

（1）创世史诗；

（2）英雄史诗（叙事诗）；

（3）抒情叙事诗。

5. 歌谣类：

（1）劳动歌；

（2）仪礼歌；

（3）时政歌；

（4）生活歌；

（5）情歌；

（6）儿歌；

（7）游艺歌；

（8）滑稽歌。

6. 谜语类：

（1）物谜；

（2）事谜；

（3）字谜；

（4）谜语故事；

（5）谜歌。

7. 谚语类：

（1）气象谚；

（2）生产谚；

（3）生活谚；

8. 民间曲艺类。

9. 民间小戏类。

在这九个种类中，除第8、9两类已经有一个世纪以上的传统分类历史外，其余七个种类几乎都是在近几十年中的采录编集作业中逐渐形成的。它们大致可以容纳中国丰富多彩的民间文学作品了。

但是，这并不意味着在田野作业中，已经完全解决了分类中的复杂问题。事实上，实践中还存在若干分类标准把握不定或产生某些混乱的问题。为了阐明这些问题，提出以下三点意见，作为讨论时的参考。

一　如何对待和处理神话、传说和故事的分类问题

我们注意到从格林（Grimm）兄弟到阿尔奈（Antti Aarne）和汤普逊（Stith Thompson）的分类方法，有一个突出的特点，那就是把传说和故事中的幻想故事、生活故事、笑话、幽默故事都混杂起来。因为，在 AT 分类法中，是以"Type"（型式）为中心形成分类标准的。这样一来，民间故事这一大类，几乎成了包罗所有叙

事散文体口头作品在内的大体系了。这种凡口头讲述的叙事作品都是民间故事的概念，在我国也很流行，被称作"广义的"民间故事。我国当前采录编集的《中国民间故事集成》正在用这种广义的民间故事概念推动田野作业及资料处理的工作。近几年来，随着我国神话研究的发展，"广义的"神话这种说法不仅在理论上存在，而且多少影响了采集口头神话的田野作业，甚至有的编者把某些具有神奇色彩的传说和故事也都归入神话类了。这两个"广义的"笼统的分类系统，在我国的民间文学工作中呈现出某些混乱的状态。在许多通行的民间故事读物和资料本中，"神话故事""神话传说""传说故事"等分类含糊、模棱两可的概念或名称随处可见。这种以散文叙事作品为一大类的做法，已经较普遍地影响了对于民间故事与传说及神话的资料分析，形成了习惯；这种习惯显然与严格的科学习惯格格不入。应当承认，多年来基本理论上的某些不妥的概念给实际工作带来的干扰是存在的。

我们在侗语地区进行科学考察，不妨用《侗族民间故事选》① 做例来证明上述事实。在这部优秀的故事集中，有一篇采自侗语北部方言区贵州省天柱地区的《捉雷公引起的故事》②，故事中记述了"洪水滔天""射太阳""姜良姜妹兄妹婚配繁衍人类"的神话；还有采自广西三江等地的《救太阳》《救月亮》③ 神话。同时，这本故事集中还选收了贵州从江、黎平地区流传的侗族祖先传侗歌的古老传说及广西龙胜平等地区、贵州肇兴地区流传的全必上天找侗歌的古老传说；还选收了《吴勉》④、《白煮》⑤ 等有关明代侗族农民领袖勉王夫妇的起义传说；还有《金玉的传说》⑥、《穷快活》⑦、《姜梓林的传说》⑧ 等有关清代侗族农民领袖吴金银、姜应芳、姜梓林的起义传说；此外，还有清代以来侗族著名歌师陆大用⑨、吴文彩⑩、吴朝堂⑪及石戒福⑫的传说以及文人陆本松的系列传说⑬。除去上述较多的人物传说外，还有关于地方自然物、人工物的传说，如呵罗湖、金鸡山、琵琶泉⑭、长寿塘、望娘滩、牛尾寨、

① 杨通山等编《侗族民间故事选》，上海文艺出版社，1982。
② 杨通山等编《侗族民间故事选》，第13页。
③ 杨通山等编《侗族民间故事选》，第9、11页。
④ 杨通山等编《侗族民间故事选》，第237页。
⑤ 杨通山等编《侗族民间故事选》，第246页。
⑥ 杨通山等编《侗族民间故事选》，第262页。
⑦ 杨通山等编《侗族民间故事选》，第266页。
⑧ 杨通山等编《侗族民间故事选》，第269页。
⑨ 杨通山等编《侗族民间故事选》，第285页。
⑩ 杨通山等编《侗族民间故事选》，第286页。
⑪ 杨通山等编《侗族民间故事选》，第291页。
⑫ 杨通山等编《侗族民间故事选》，第297页。
⑬ 杨通山等编《侗族民间故事选》，第194页。
⑭ 杨通山等编《侗族民间故事选》，第75~117页。

鼓楼及风雨桥等地方传说①和关于"三月三"节日及"斗牛"风俗来历的传说②。

这些具有神话特点的作品和具有传说特点的作品，在全书359页中占去了126页，超过了1/3的篇幅。至于另外2/3篇幅的故事，也有和传说相互交叉的痕迹。这种混杂的资料分类在类似的出版物中较为普遍。当然，作为故事选本的读物，这种混杂应该允许存在。但是，在对采录的资料进行现代化科学处理或保存档案、查阅检索时，这种把所有讲述的民间叙事作品杂在一起的无系统状态，显然是急待规范化和系统化的。因此，散文叙事类作品不应当作为一个具体类别的系统去吞没神话、传说、故事三个系统的全部差异，同时，也毫无必要用广义的故事或广义的神话去囊括三个不同系统的全部资料。事实上，只有比较严格地区分神话、传说、故事，才有可能把散文叙事作品的资料，分别纳入三个类别的系统，进行科学的处理。

在处理故事资料时，根据题材归纳出故事类型群，是进行故事分类较有意义的方法。我国多年来积累了这方面的实践经验，对田野作业有极大帮助，如通常惯用的故事类型群有"羽衣仙子型"、"螺女型"、"蛇郎型"、"动物报恩型"、"异类婚姻型"、"灰姑娘型"（或扩大为"恶后母型"）、"两兄弟型"、"巧女型"、"呆女婿型"、"长工地主型"等。这些类型群，有的具有特定的"型式"；有的是若干近似或关联故事类型的总称；有的只是同一类题材范围的综合。把它们概括成类型群并不是来自什么人的设计，而是通过对大量资料的处理，在类比中自然而然地形成的。近几年来，随着幽默喜剧性故事的大规模被采录，一个叫作"机智人物"故事的类型群已经出现，尽管把一个类型群的故事直接作为一个故事类的系统来划分并不妥帖，但是，类型群的归纳显然是分类系统中故事类的基本要素。类型群的大小常常标志着同类故事传播的广狭及数量的多少，从而便于了解这类故事在民间的生命力及影响力的强弱，透视人民心理愿望的深广程度。因此，在分析民间故事作品的题材时，首先从类型群的角度加以辨别，是很有必要的。

同样，传说中也有相应的传说类型群。如"担山型"、"飞来山型"、"赶山型"、"开山取宝型"、"神工巧匠型"、"智断公案型"以及"神力退敌型"等地方传说、人物传说中的类型群，都是有助于形成传说类系统的重要因素。

对于散文叙事作品的分类，大致如此。但是，必须说明：不是每一个传说或故事都可以找到相适应的类型群；相反，相当多的作品往往各具特点、独自成篇。这种现象是正常的、合乎传统的。它们同样也可以从题材、体裁和表现方法方面归入各自的

---

① 杨通山等编《侗族民间故事选》，第75～117页。
② 参见杨通山《侗族民歌选》，第11页。

类别，而不至于一篇一篇作为独立的"型式"游离在外。这大约就是我国分类系统在田野作业中较为便利的原因之所在。

二　如何对待和处理叙事诗和歌谣的分类问题

在韵文叙事作品的分类方面，历来也存在着分类标准不统一的问题。因为，韵文类口头作品在口头表现方法上需要各种不同的演唱形式，它们有的要配乐器演唱，有的要在演唱过程中夹杂许多讲述成分，有的要一人演唱，有的要多人演唱，还有的要边舞边唱，于是演唱形式常常在民间习惯中被作为分类标准，以不同的演唱形式为中心，分成了若干类别系统。我国把民间曲艺类按说唱体的不同特点分成若干系统就是出于这种分类习惯。民间曲艺又称民间说唱。

民间说唱类在田野作业中事实上并不包括各少数民族叙事诗的说唱，却把它们归纳在叙事诗类，和汉族民间曲艺中的弹词、鼓书相区别。表面看来，这似乎是可以并存的两类，然而在采录资料的处理中却发生了矛盾。

让我们还以侗族民间叙事诗为例来证实这种现象。侗族的叙事诗演唱有两种形式：侗语称作"嘎常"和"嘎锦"。"嘎常"只唱不说，"嘎锦"说唱相间。在"嘎锦"体说唱中，有叙事诗《二度梅》600 行；《陈世美》340 行；还有《孟姜女》、《梁山伯和祝英台》和《刘知远》等长篇说唱。这些作品和汉族民间艺人演唱的曲艺《二度梅》、《秦香莲》、《孟姜女》、《梁山伯和祝英台》以及《白兔记》等作品一样题材、一样说唱，但前者属于叙事诗类系统，后者却被归入曲艺系统。这种不协调现象显然是传统的分类标准不一造成的系统紊乱。目前，吴语地区采录的汉族长篇叙事诗《五姑娘》等，以其民歌体的特点和其他各民族的叙事诗归于同类系统，也是从演唱形式角度参照划分的。

从这里可以看到民间文学的分类在田野作业中存在着许多具体的困难。这主要指的是，口头文学作品在民间从来都有传统的名称及习惯分类法。怎样把各种习惯分类法纳入科学分类的系统？这是很值得探讨的问题。我国歌谣研究的先辈学者朱自清先生在《中国歌谣》① 一书中列举了十五种歌谣的分类系统，它们大多数是民间习惯分类法的产物，因而五花八门，难以划一。

下面再列举侗族民歌的一种民间习惯分类系统来说明这个问题。在侗语南部方言区的东部地区（广西北部、湖南西南部）侗歌的习惯分类很复杂琐细，有一定代表性。

---

① 朱自清：《中国歌谣》，作家出版社，1957，第 130~169 页。

当地民间通常把侗歌分为"嘎"和"耶"两大类。

嘎：有伴奏与无伴奏的独唱、对唱、二重唱的歌。

1. 有伴奏的嘎：四种

A. 嘎琵琶（琵琶歌）：　　　　　　　　　　　　　　　（情歌）

以四弦琵琶伴奏自弹自唱的抒情短歌、长歌和叙事长歌。

B. 嘎格以（或嘎吊、腿琴歌）：　　　　　　　　　　　（叙事诗）

以弦琴伴奏、自弹自唱或男弹女唱的抒情歌。

C. 嘎滴（笛子歌）：　　　　　　　　　　　　　　　　（情歌）

用竹制竖笛伴奏多曲调的抒情短歌。

D. 嘎把美（木叶歌）：　　　　　　　　　　　　　　　（情歌）

用吹鲜树叶伴奏的一种山歌，多是二、四、六句短情歌。

2. 无伴奏的嘎：十四种

A. 嘎周（或嘎作、嘎拿，俗称双歌）：　　　　　　　　（情歌）

二人二声部男女对唱。

B. 嘎沙困（多罕）、和嘎开困：　　　　　　　　　　　（情歌）

即拦路歌和开路歌，是男女对唱的即兴歌。

C. 嘎靠（酒歌）：　　　　　　　　　　　　　　　　　（情歌）

酒宴礼仪中宾主敬酒对唱的歌。

D. 嘎设（打茶歌、敬茶歌）：　　　　　　　　　　　　（仪礼歌）

新婚仪式中伴娘敬茶时唱的歌。

E. 嘎靠泵（沸腾酒歌）：　　　　　　　　　　　　　　（仪礼歌）

新婚祭礼上唱祖先神话歌祝福。

F. 嘎贝巴（口头歌）：吟诵体韵语词。　　　　　　　　（仪礼歌）

G. 嘎呢（细声歌）：　　　　　　　　　　　　　　　　（生活歌）

男女情深用假嗓唱的情歌。　　　　　　　　　　　　　（情歌）

H. 嘎花（花歌）：　　　　　　　　　　　　　　　　　（情歌）

内容广泛的即兴山歌。　　　　　　　　　　　　　　　（生活歌）

I. 嘎拉育（赖油歌）：讨油时唱，多赞歌，现在有的唱情歌。（情歌）

J. 走寨歌：　　　　　　　　　　　　　　　　　　　　（情歌）

男青年访女友在门外唱答的情歌。　　　　　　　　　　（情歌）

K. 嘎色福（添粮歌）：为老人祝寿的赞词。　　　　　　（仪礼歌）

L. 嘎勒温（儿歌）：　　　　　　　　　　　　　　（儿歌）

儿童自唱、母亲唱给婴儿的歌。　　　　　　　　　（游艺歌）

M. 嘎短（谜语歌）：　　　　　　　　　　　　　　（谜语歌）

唱谜语的歌，有时问答。

N. 多款（款词）：　　　　　　　　　　　　　　　（生活歌）

集体集会时诵念的韵语。

耶：男女歌队合唱、集体回答，或由歌师领唱、歌队复唱的歌，主要在"月也"走乡串寨时演唱。按内容分有多种，常见的有九种。

（1）耶萨：　　　　　　　　　　　　　　　　　　（仪礼歌）

节日祭祀侗祖圣母的歌，即圣母耶歌。　　　　　　（仪礼歌）

（2）耶父母：父母耶歌。　　　　　　　　　　　　（仪礼歌）

（3）耶务本：侗书耶歌，唱信仰习俗内容。　　　　（仪礼歌）

（4）耶索坐：星宿耶歌，唱星命内容。　　　　　　（情歌）

（5）耶花：爱情耶歌。　　　　　　　　　　　　　（游艺歌）

（6）耶短：猜谜耶歌或问答耶歌。　　　　　　　　（谜语歌）

（7）耶铺；祝贺耶歌。　　　　　　　　　　　　　（仪礼歌）

（8）耶见崩：争取平等耶歌。　　　　　　　　　　（时政歌）

（9）耶斜散：散场耶歌。　　　　　　　　　　　　（仪礼歌）

和这种习惯分类法相近似的还有另一种分法。在侗语南部方言区西部地区（黔东南南部地区），通常把侗歌分为"小歌""大歌"两大类。

小歌：是指各种有伴奏及无伴奏的独唱、对唱、二重唱的短情歌。

大歌：是指男女双方五人以上的齐唱、多声部合唱和对唱的抒情大歌或叙事大歌。抒情大歌以地名为标题，如"嘎恩"，即《岩洞之歌》，叙事大歌以人名为标题，如"嘎大用"即《陆大用之歌》①。

从上述民间习惯分类系统中可以看到，民歌的内容题材并不是分类的主要依据和标准，民歌是用演唱的不同形式区分类别的。不管几句短小的情歌和几百行长篇叙事诗有多大差别，只要是独唱、男女对唱或二重唱，都属于"嘎"的系统，或属于"小歌"系统。同样是"花歌"（山歌）和"短"歌（谜语歌），只因为独唱与合唱

① 以上引述侗歌资料，参见《侗歌民歌选》第23～24页及《侗族琵琶歌》前言部分（贵州人民出版社，1981）。

的形式不同，便有"嘎花"与"嘎短"及"耶花"的区别，分属于"嘎"和"耶"两类系统。同样是情歌或仪礼歌，只因为有伴奏与无伴奏的差异又各有所属。这种习惯分类法显然是以音乐区分的，与口头文学不是同一系统。如果按不同民族、不同地区的分类习惯去处理资料，在我国这样大的国土上必将产生成百上千的分类系统而自成体系、各不相干。这对于处理民间文学资料，显然是不大妥当的。

但是，从民间习惯的分类系统中清理各具特点的资料，使它们进行接近科学分类的比较合理的排列组合，则是完全可行的。因为在它们所有的小类中，又往往显示出内容与形式统一的分类特点，这就有了很大的按现行的统一标准分类的便利。经过处理，上边列举的"嘎""耶"中，除"嘎常"和"嘎锦"体的叙事长歌归入叙事诗类外，其余的有十二种属情歌类，十种属仪礼歌，个别的分属儿歌、生活歌和游艺歌（谜语歌）。只有当分类登记时，才需要标注"嘎"和"耶"的具体差别。

在田野作业中，采录者常常会发现民间对本乡流传的口头文学种类往往冠以本地方或本民族的俗称。这些俗称在当地便自成体系形成类别。像陕西北部的民歌"信天游"，内蒙古河套地区的民歌"爬山调"，山西西北部的民歌"撅（竹席）片"，都是以两句式的抒情歌为主体兼有极少量叙事歌的地方歌种。它们的曲调也有很多相近相通之处。采录这些民歌资料后出版的选集，也称"信天游选"或"爬山歌选"。这同样是按民间习惯分类法形成的"名从主人"的经验。事实上，只要到这些地区全面考察，就不难发现这三种民歌是同出一源的、同一体例的歌，它们都可以按不同内容分别属于劳动歌、生活歌和情歌等。

各地方的、各民族的民间习惯分类系统如何纳入以内容与形式的统一为标准的分类体系中来，是我国目前田野作业处理资料的关键。

我国民间文学的分类系统是从我国民间文学现阶段工作的实际出发，经过几十年的探索形成的。就目前状况看也是比较实用的。在我国，关于民间故事的资料处理中，采用 AT 分类系统，以"Type"（型式）为中心，并不是为时尚早；主要原因是我国大量的故事资料还在采录中，已经采录的大量资料中又有很多与 AT 分类系统中的类型无法对应。对于 AT 分类系统中的型式编码序列，我国采录工作者不仅不熟悉，而且很不习惯。我国采录工作者对于民间文学的观点、方法与思考的角度，与 AT 分类系统不相适应。我国正在通过全国性的"中国民间文学集成"采录编集工作建立起具有中国特色的完整的科学的民间文学分类系统。这个目标将在两三年内达到。

（原载《中芬民间文学搜集保管学术研讨会文集》，中国民间文艺出版社，1987，第 157～170 页）

侗族民间文学的分类

吴　浩　杨通山[*]

口头文学作品，在民间从来都有传统的名称和习惯的分类法。同一种文学样式，在不同的民族和地区，都有不同的名称和不尽相同的分类标准。

要建立一套统一的科学的分类体系，以包括不同民族、不同地区的所有的文学作品，看来是一项艰难的工程。毫无疑问，这项工程的确立，必须借鉴历史经验，必须总结研究各民族、各地区长期形成的民间分类法的原则。但值得提及的是，到目前为止，人们对于民间分类法尚未予以广泛的重视。对于民间文学的分类，多数是仅从不同的研究目的出发，以不同的标准对所掌握的资料进行分类。这种分类不可避免地带有片面性和专题性，以致常常造成这样一种情况：同一民族同一种类的民间文学，在不同的研究者手中，被随意予以不同的名称或划归不同的类别。更可笑的是，一种文学作品由于不科学的分类，而常被切割得支离破碎或五马分尸。本来，"猪、羊、牛、狗"各自成为一个整体，而在一些研究者手中，却出现了头类（猪、牛、羊、狗的头合为一类）、肝类（猪、牛、羊、狗的肝合为一类）、脚类（猪、牛、羊、狗的脚合为一类）的分类状况。这种分类，抹掉了"猪、牛、羊、狗"的本质区别，最后只剩下动物这一类别。

当然，无可否认，民间分类法也有其不科学的成分，需要把它纳入科学的分类系统。但这样纳入，必须在弄清和确认"猪、牛、羊、狗"的质的区别的基础上进行。

事物的普遍性常常寓于事物的特殊性之中。从研究不同民族的不同的分类体系开始，最终达到建立一套统一的科学分类系统，这也许是一条必须走的正确路子。

出于这样的目的，1986年参加中芬两国学者对广西三江侗族民间文学进行考察

---

*　吴浩，男，时任广西壮族自治区三江侗族自治县文化局副局长；杨通山，男，侗族，时任广西壮族自治区三江侗族自治县文联主席。——编者注

的过程中，我们重点考察了侗族民间文学的民间分类，现把考察情况整理出来，希望能对分类系统的研究有所助益。

一 八大文学种类的分类

侗族，是一个历史悠久的民族。这个民族长期以来虽无自己的文学，但其口头文学是丰富多彩的。其中绝大部分至今仍属有现实功能的民间文学。在节日、社交、庆典、祀祭、劳动等多种活动中，这些口头文学仍在传唱、表演、讲述、吟诵。这种代代相传、五彩缤纷的口头文学，首先按其不同的体裁样式而被分为八大种类。

（一）耶

它是一种集体歌舞形式，边唱边舞，集歌、舞、乐于一体，为侗族最古老的文艺形式，是侗族诗歌、舞蹈、音乐的源头。在现今贵州省的黎平、榕江、从江，广西的三江、龙胜、融水，湖南的通道、城步等侗族南部方言地区，人们在举行庆典、祀祭祖婆、过年过节或村与村之间进行文化交流时，总要表演这种歌舞。

（二）嘎

它是一种押韵的专门用于演唱的诗歌形式（包括边说边唱、散韵相间的说唱文学在内），相当于汉族的歌谣和曲艺总称。句数常为双数，字数常为单数。"嘎"在侗族民间文学中占的比例最大，种类也最多。侗族生活中的一切活动，几乎都与"嘎"有关。

（三）碾

也称为"古"或"锦"，叙事散文体，是神话、传说、故事的总称。侗族把讲述神话、传说、故事统称为"刚（讲述）碾"。这种文学体裁，在侗族民间文学中也占有很大的比例。它作为人们娱乐消遣的一种形式来讲述。

（四）款

也称为"垒盘"或"垒条"。款是不能演唱的叙事诗与吟诵词的总称。在交际、祀祭、祝贺或在举行婚礼、丧礼、集会断案、出征盟誓时进行朗诵或吟唱。

（五）戏更

由侗族的嘎锦（说唱文学即曲艺）发展而成的一种戏曲形式。"戏更"汉译为侗戏，产生于清代。

（六）垒人老

"垒人老"直译为老人语，意译为老人传下的格言，相当于汉族的谚语。

（七）符

各种咒语的总称，多为巫师、算命先生所掌握。

（八）短

谜语，包括谜面与谜底。

二　八大种类的中、小类的划分

（一）耶的分类

1. 按表演方式和曲调的不同分为"耶补"和"耶堂"两部类

（1）耶补

表演方式为一人领唱众人合，即歌词由一人领唱，众人重复每句歌词的末一个音节。衬词为众人合唱。参加演唱的人围成一个大圆圈，边舞边唱。这种耶曲调较为简单，可以容纳很多人参加。其内容多为祝福、赞颂性质。

（2）耶堂：表演方式为男女集体对唱，即女队与男队各围成一个圆圈，边舞边唱，互相对答。此种耶衬词多，曲调较为复杂，要求演唱技巧较高，常有多声部合唱。需要经过训练的人才能参加演唱。

2. 两部类按内容分为多种小类

（1）耶补

①耶补胜（赞颂村寨的耶）；②耶补楼（赞颂鼓楼的耶）；③耶补音（赞颂房屋的耶）；④耶补人老（赞颂和祝福老人的耶）；⑤耶补桥（赞颂新桥落成的耶）等。

（2）耶堂

①耶劳堂（开堂耶）；②耶要刀（树威壮胆耶）；③耶萨（追念赞颂祖圣婆的耶）；④耶父母（赞颂父母养育之恩的耶）；⑤耶腊你（男女青年恋情耶）；⑥耶见本（青年女子争取平等的耶）；⑦耶父母扯（父母嫁女耶）；⑧耶短（猜谜耶）；⑨耶索（十二属相问答耶）；⑩耶三本（反映书本内容的耶，多为迷信方面）；⑪耶消散（散堂耶）；⑫耶川胜（演唱祖宗入村）；⑬耶古典（内容多为汉族传入的历史人物、事件）。

（二）嘎的分类

1. 按表演方式和曲调的不同分为十五部类

（1）有器乐伴奏的五种

①嘎琵琶：用琵琶伴奏的边弹边唱的抒情短歌和叙事长歌。其中又分为女声嘎琵琶和男声嘎琵琶。表演方式有一人自弹自唱或多人集体弹唱两种。

②嘎锦：用琵琶伴奏的又说又唱的叙事长歌。这是侗族唯一的一种说唱文学——侗族曲艺。嘎锦一般篇幅很长，有的可以连唱几天几夜。

③嘎笛：用侗笛伴奏的抒情短歌。一般句式为四句或八句，也有十多句或几十句为一首的。

④嘎角亏：用牛腿琴伴奏的抒情短歌。牛腿琴形似牛腿，故名。

⑤嘎把美：用木叶伴奏或直接用木叶吹唱的对答歌。句式一般为二句或四句。内容多属情歌类。

（2）无器乐伴奏的十种

①嘎尼：细声独唱或对唱的短歌。内容多属情歌。其中又分嘎劳寨（走寨歌）、嘎拜岑（玩山歌）。句式一般为二句或四句，也有八句或几十句一首的。

②嘎够：二男二女对唱或双人重唱为短歌。其曲调与笛子歌相近。句式多为四句或八句，也有几十句一首的。

③嘎寨更（也称多罕）：拦路歌和开路歌，有独唱、重唱、对唱。句式多为四句或八句。

④嘎告：专用在酒席上唱的歌。多为二男二女对唱，也有一人领唱众人合的。句式多为四句。

⑤嘎老：男女歌队对唱，曲调多为二声部和多声部。有抒情的和叙事的两种。句式多为十句以上。也称为"嘎三的歌""嘎四所"，即三声部、四声部的歌。此种歌根据不同的衬词，又分为"嘎哈嗨丁""嘎罗""嘎常"等多种。说唱地点多在鼓楼或鼓楼坪。

⑥嘎拉油：一种沿村串寨乞讨茶油时所唱的歌，内容多为赞歌。

⑦嘎勒温：儿歌，包括儿童自唱和母亲为婴儿所唱的催眠曲。

⑧嘎业人对：哭丧歌，多为女声。歌词为散文体的即兴哭唱。

⑨嘎拿：流传于贵州黎平、榕江、从江，广西三江一带侗族地区的一种情歌，以独唱和男女二人对唱为主。

⑩嘎主腊人赖：演唱方式与"嘎拿"相似，同流传于上述地区，为赞颂情人的一种歌。

2. 每部类按内容或演唱的程序各分小类（因种类太多，仅举琵琶歌和笛子歌为例说明）

（1）抒情琵琶歌至少可分为下列十六个小类

①嘎开堂：开堂歌，歌师在开始唱歌时表示谦虚或为逗引观众而唱的一类歌。

②嘎平老：赞颂和安慰老人的歌。

③嘎平你：教诲青年的歌。

④嘎劝：劝世歌。

⑤嘎人情：抒发恋人之间悲欢离合的各种情感，比较著名的有"十大人情歌"。

⑥嘎阴阳：内容为人与鬼、阴间与阳间互相交往的歌。

⑦嘎叹苦：各种苦情歌的总称。

⑧嘎月工：各种劳动歌。

⑨嘎记虽：叙述各种历史事件的歌。

⑩嘎汉零：以单身汉为内容的歌。

⑪嘎妹你：抒发少女情窦初开的歌。

⑫主腊人赖：赞颂情人的歌。

⑬嘎补：以赞颂、庆贺为主要内容的歌，如《赞鼓楼》《颂新屋》等。

⑭嘎相打：恋人由于各种原因不能在本乡结合而私奔到外地的歌。

⑮嘎父母：抒发父母恩情的歌。

⑯嘎烧散：散堂歌。

（2）笛子歌常分为下列十七个小类

①嘎真：也称嘎平，未正式对歌时双方互相鼓励或互相推让的歌。

②嘎端跌：初相识而互相赞颂、互相试探的歌。

③嘎鉴：一种承上启下的过渡歌。

④嘎端务：相识以后表示互相倾心的歌。

⑤嘎结相：互相表示愿意结情的歌。

⑥嘎短钱：互相表示不惜一切钱财也要结情的歌。

⑦嘎告凶：为结真情而表示不怕进衙门告状、不怕坐牢的歌。

⑧嘎通媒：叙述结亲必须有媒人往来的歌。

⑨嘎雁鹅：假借雁鹅作为情感传递者的歌。

⑩嘎通信：预约互相传送信息的歌。

⑪嘎牙安：死恋歌，在阳间不能结情而表示愿到阴间去结情的歌（"牙安"为传说中鬼神居住的村寨）。

⑫嘎相气：互相逗趣的歌。

⑬嘎韦老：对歌至高潮时互相争胜的歌。

⑭嘎相打：表示愿意私奔的歌。

⑮嘎补：以赞颂村寨、老人为主的歌。

⑯嘎短：猜谜歌。

⑰嘎烧散：教堂歌。

嘎的分类除以上几种方法外，尚有几种不普遍的分类方式。一是按歌的长短分类：二至八句为一首的称为短歌或四句歌、八句歌，几十至几百句为一首的称为长歌。二是按参加唱歌的人数多少分类：独唱、重唱的歌称为小歌，齐唱、合唱的歌称为大歌。三是按歌的不同演唱场所分类：如走寨时常唱的歌称为走寨歌，玩山时常唱的歌称为玩山歌，赛芦笙时常唱的歌称为"芦笙歌"。

（三）碾的分类

1. 按同类内容组成系列以区分类别

①碾朱：关于鬼神的故事。

②碾萨：关于祖婆的传说故事。

③碾萨巴：关于妖怪或人熊的故事。

④碾贼：关于强盗的故事。

⑤碾烂：低级庸俗或有关性爱方面的故事。

⑥碾赖抓：令人发笑的故事，即笑话。

⑦碾起款：关于农民起义的传说或故事。

⑧碾能平闷：关于洪水滔天的神话故事。

⑨碾谷：关于物种起源的神话传说（包括人、动物、植物、耶歌、风俗、器乐以及各种生活用品的起源）。

⑩碾人怪：聪明人的故事或传说（如卜宽的故事）。

⑪碾结相：关于爱情的系列故事。

⑫碾桑拳：关于武术家的系列故事。

⑬碾腊温：儿童故事。

⑭碾桑嘎：关于歌师的系列故事。

⑮碾长工：关于长工的故事。

⑯碾风水：关于各地风水的传说（包括地名的传说）。

⑰碾相打：关于情人私奔的故事。

⑱碾务列：依照汉语书本讲述的故事（如《三国演义》的故事）。

2. 以年代的先后分类

①碾当初：开天辟地时期的神话故事。

②碾公甫夏那：民族迁徙时期的传说。

③碾公甫劳胜：祖宗开始定居时期的传说。

④碾世考：前几辈人的故事。

⑤碾班老：老一代人的故事。

⑥碾时乃：当代故事。

（四）款的分类

1. 按不同的内容分为九类

①款吞：叙述人类的起源和款组织的源流。

②款坪：叙述各个款组织的讲款场地及所辖的区域。

③款缠胜：记述各村寨的始祖和建村年代。

④款断案：处理案件所依据的规章条约。

⑤款约：要求款民共同遵守的规章条约。

⑥款起斤：款组织举行军事行动时的誓词和盟约。

⑦款富贵：各种颂词祝词（包括婚、丧时吟诵的祝词）。

⑧款斗萨：各种祭词吉语，包括物种（祭品）的来源，如猪、牛、草鱼的来源。

⑨款王勉：赞颂和叙述吴勉起义的史实。

⑩垒盘：青年男女谈情说爱时所吟诵的富于趣味性的词句。

2. 按款词的性质及其社会作用分为三类

①款约：维护社会治安，保障款民生命财产安全的规章条约（包括款约与款断案的全部内容）。

②款花：不起法律作用，只为取乐而演唱的款词。

③款斗萨：为祈求幸福吉祥而吟诵的款词。

（五）戏更的分类

戏更是侗族最年轻的一种文学形式。在建国前，其台本格式类似嘎锦——道白加唱，只是曲调自成体系，演员表演方式在当时也较简单。建国后有较大的发展，台本的格式因其乐谱的发展和表导演方面的改革种类型，[①] 但民间尚无什么分类。就其现状可分为：

①嘎锦型：以唱词为主，间插少量的道白。

②歌剧型：模仿歌剧的格式进行创作或改编。

③歌舞剧型：模仿歌舞的格式进行创作或改编。

（六）垒人

侗族老人传下的格言（谚语），散于人们日常生活的语言当中，没有分成类别。

---

① "表导演方面的改革种类型"这句作者手稿即如此，编者斟酌再三，为保持文献的原始性，未做改动。——编者注

但就其内容，大体可以归纳如下。

①气象谚。

②生产谚。

③生活谚。

④风俗谚。

⑤道德谚。

（七）符的分类，按其内容及其作用分为以下四种。

①符架性：护身符，保佑平安的符咒。

②符牧元：驱邪避鬼、化凶为吉的符咒。

③符努卦：预卜吉凶的符咒。

④符台时：预卜失物能否找到或何人即将出现的咒语。

（八）短的分类

1. 按内容分类

①短货：物谜，包括天地万物及日常用品。

②短字：字谜。

③短腊索：十二属相谜。

④短列：有关信仰、迷信方面说教的问答式的谜语（通常以巫师世代传承的用汉字记侗音的手抄的书本为依据）。

2. 按谜面及谜底的体裁分类

①短垒：用垒（道白）表现的谜语。

②短嘎：用嘎（歌谣）表现的谜语。

③短耶：用耶的曲调演唱的谜语。

三　对侗族民间分类系统的初步分析

从以上的分类系统我们可以看出，侗族对于民间分类，起码有如下方面的科学价值。

（一）多层次、多角度的分类

很明显，多层次、多角度的分类，是侗族分类系统的一条原则。从总体来看，这种分类分三个大层次进行，从而统括所有的民间文学作品。第一层次是，按体裁样式把整个民族的民间文学作品分为八大种类（第一角度）；第二层次是，按表演形式（包括曲调）把每一大类分成若干系列（第二角度）；第三层次是，按内容把各系列

（或种类）分成细类（第三角度）。

这种多层次、多角度的分类法的作用：一是把整个民族丰富多彩的民间文学概况展现了出来；二是体现了每一件民间文学作品多方面的特征（即体裁样式、表演方式及其曲调、内容等）。民间的分类系统能达到这样的地步，这是难能可贵的。

（二）八大文学样式按统一的指导思想自成对等的分系统

众所周知，一种大的分类系统的确立，通常由若干个分系统组成，而这种个别分系统的分类，必须具有对等的原则，否则，由八个对等的分系统组成（耶、嘎、碾等都是对等的独立的文学样式），而且每个分系统，都按统一的指导思想进行各自的分类，即按系列—类别—具体（细类）的先后顺序进行各自的分类，即故事—祖婆的传说故事—圣尼的传说故事；歌谣—笛子歌—结情歌。这种分类，与人类学家们对于人种的分类是相似的（黄种人—中国人—侗族人）；与生物学家们对于物种的分类也是相似的（动物—哺乳动物—人；植物—木本植物—桉树）。事实证明，这种分类法，已为各个学科所普遍采用。

1987 年 1 月 1 日初稿

附分类图表于后

侗族民间文学民间分类系统图表

侗乡采风回顾——搜集整理侗族民间文学方法的探索

杨国仁[*]

一 鼓楼与歌堂是传播侗族民间文学的场所

在侗族南部方言地区的侗族寨里，一般都有鼓楼[①]和歌堂[②]。鼓楼，是侗寨人们集会议事、休息娱乐的场所；歌堂，是侗族男女青年做伴、娱乐、谈情对歌的地方。每到夜晚，鼓楼里燃起熊熊的塘火，寨上年岁较大的老年人，坐在鼓楼火塘四周的宽大木凳上，木凳后面，挤满了一层层的人，他们都在聆听年长者一个个地轮流讲述侗族传统的民间故事，或是专心地听着歌师、民间艺人边弹边唱那些有人物、有故事、有动人情节的叙事歌，时而发出阵阵的赞叹声或欢笑声。歌堂里，有时传出多声部的、悦耳迷人的侗族大歌，有时伴随着小琵琶铮铮的声音，响起了男女青年们对唱的情歌……这样，鼓楼和歌堂，自然就成了传播侗族民间文学的场所。

鼓楼里，老人们讲述的故事，或民间艺人唱的叙事歌，内容都十分丰富：有叙述万物起源、人类繁衍的神话；有民族迁徙、英雄人物、历史上发生重大事件的传说；有描述善与恶的斗争，以及表现男女青年忠贞爱情、争取婚姻自主的故事；还有劝告人们孝敬父母、尊敬公婆、勤俭持家，不要喜新厌旧，不要嫌贫爱富，不要嫉妒他人等内容的劝世歌和故事。人们听了一个故事或一首叙事歌，不仅得到艺术享受，起到娱乐作用，而且起到传播侗族历史知识的作用和劝人为善的教育作用。歌堂对歌是侗族男女青年们生活中一个不可缺少的组成部分，是他们公开的一种社交娱乐活动。青

---

* 杨国仁，男，时为贵州省黔东南苗族自治州文联工作人员。——编者注

① "鼓楼"详见《侗寨与鼓楼》，《南风》1985年第2期，第50~53页。

② "歌堂"俗称"月堂"，是侗族南部方言地区男女青年社交、娱乐活动的场所；详见毛星主编《中国少数民族文学》（中册），湖南人民出版社，1983，第665页。

年人在歌堂里，可以互相做伴、谈心、唱歌娱乐，并且可以通过对歌观察对方的聪明才智，以歌结友，发现了自己所中意的对象时，则以歌传情。鼓楼和歌堂作用虽有不同，但是都起着传播侗族传统文化的作用。

二　搜集侗族民间传说的三个步骤与整理方法

为了探索侗族文化传统，鼓楼和歌堂就成了我常去的地方。我所整理的第一个侗族民间传说《吴勉》①和我听到的第一首侗族民歌，都是在鼓楼和歌堂里听到的。但从听到搜集完成是有个过程的。以《吴勉》这篇侗族民间传说为例，对它的搜集是经过下面三个步骤才完成的。

1. 鼓楼"摆古"发现线索

从 1951 年起，我就进入侗族南部方言地区的黎平县工作，那时候，由于中心工作任务紧，没时间搜集侗族民间文学。1954 年，我到中潮区一个侗族聚居的乡——佳所乡去搞蹲点调查，任务没前几年紧，所以，从那时起，我就有了接触侗族民间文学的机会。白天，和当地群众在一起搞规划、谈生产。晚间，或是和寨上的人们一同在鼓楼里休息闲坐，听人们摆传闻、讲故事（当地叫"摆古"），或是跟青年后生一起去歌堂听姑娘们唱歌。当地老人们在鼓楼讲述故事之前，往往先征求听众意见："今天讲个什么故事呢？"我发现听众经常提出："还是讲个吴勉的故事吧！"当讲述者讲完了吴勉的一段小故事之后，听众又要求再讲一段吴勉的故事，讲述者为了满足听众要求，就接着又讲下去……这个传说，讲述者好像永远讲不完，听众好像永远听不厌。讲述者讲到情绪激昂时，比手画脚，口沫四溅。听众则听得津津有味，眉飞色舞。这种场面，我在许多鼓楼里都有发现。

侗族人民喜爱这个传说，不是没有原因的。根据史料记载，吴勉是公元 1378～1385 年（明洪武十一年至十八年）侗族农民起义的领袖。参加这次起义的侗族群众达二十余万人，涉及黔、桂、湘三省交界地段数十余县。明王朝对这次侗族农民起义极为震惊，曾派出以"楚王桢"为头子的皇家军队，调集号称"三十万众"的正规官军，历时八年，才把这次农民起义镇压下去。吴勉兵败被捕，壮烈殉身于今湖南靖县……

多少世纪以来，吴勉在侗族人民心中，系念之情代代相传。传说中的吴勉"没

---

① 《吴勉》，详见中国少数民族文学学会编《中国少数民族民间故事选》（上册），中国民间文艺出版社，1981，第 308～317 页。

有死",而是去岩山中练兵去了;哪里有岩山,吴勉就可能在哪里……甚至侗族地区山峦中那些嶙峋怪石,也被当地群众视为吴勉留下的各种遗迹,影响之深远实为罕见。

吴勉的传说流传如此之广,传说中的"遗迹"如此之多,侗族人民对它喜爱的程度又是如此之深,使我感到非常惊异,于是产生了搜集整理这篇传说的念头。每次在鼓楼里听到有人讲述吴勉故事的时候,我就注意地听。可是,在鼓楼里听故事,只能记住一个梗概,无法记住它的详细内容。因为在人多的场合,是不可能要求故事的讲述者等你记录好了第一句,再讲第二句的,即使听不清、听不懂的地方,也不便当场提问,以免破坏讲述者和听众的情绪。虽然如此,但在鼓楼里听到的故事梗概,至少起到了提供线索的作用。为了搜集到吴勉传说的详细内容,就得根据在鼓楼里听到的线索,采取第二个步骤。

2. 上门访问,单独采录

我在当地发现了一个名叫杨明桃的中年侗族农民,他是个很好的故事讲述者,很会讲述吴勉的故事。他讲起故事来,绘声绘色,很有感染力。于是我就每天晚饭后去他家请教,请他专门讲述吴勉的故事给我听。这种上门请教的办法很好,他认为这是看得起他,是对他讲述故事的一种肯定。所以,每次去到他家,他总是热情相待,滔滔不绝地打开话匣子,一边讲述,一边比画,越讲越起劲。我从他那里比较完整地搜集到了他最熟悉的关于吴勉传说中的"赶山鞭""三支箭""石洞练神兵"等几段非常有趣的情节。但是我对此并不感到满足,因为,作为一个听故事的人,总希望所听的故事有头有尾,所以我还想进一步知道:吴勉是哪里的人啦,他为什么要反抗明王朝啦,哪里还有他的遗迹啦,结果如何啦,等等。但是有关吴勉的传说,在各地侗寨都有不同的流传,而且各地侗寨的人们,又给自己村寨附近存在的特殊异物(如奇树、异石等)赋予各种不同的神话色彩,因此,有关吴勉传说的全部情节,杨明桃本人也是无法掌握全的。但我从他那里又得到了一些新的线索,如吴勉就是本区兰洞寨的人,口团寨还留有他喂过猪的猪食盆,尹所寨还有埋葬他妈妈的岩棺和他的膝盖印、泪水窝,以及信洞坎就是吴勉练神兵的地方,等等。

他的讲述和他提供的新线索,给了我两个重要感受。第一个感受是:许多侗寨都有吴勉故事的流传,许多地方还有传说中的吴勉"遗迹",说明吴勉这个传说是脍炙人口,深入人心的。人们喜爱吴勉的原因,是他代表了侗族人民的利益,与明王朝做坚决的斗争。在斗争中,由于他神通广大,本领高强,故能取得许多胜利;受到挫折时,他又能转危为安,这就大大地长了侗族人民的志气,增强了侗族人民的自豪感。

吴勉传说中的许多神化了的情节，实际上反映了侗族人民的愿望，吴勉成了侗族人民理想的化身。侗族人民希望有这样一个本领高强的人，代表他们与明王朝做斗争。第二个感受是：我所搜集到的关于吴勉传说的资料还太少，当时还不足以进行整理，以免把一个侗族人民引以为豪的英雄人物的传说整理得太不完整。因此，我决定把听到的每一个线索再做搜集后，才进行整理。

3. 逐寨访问，专题广泛搜集

黎平县中潮区是流传吴勉传说和他的"遗迹"最多的地方。为了把吴勉的传说搜集得比较完整，所以，我决心走遍中潮区所有流传吴勉传说和留有他"遗迹"的侗寨，对这个传说进行广泛的搜集。恰好，1958年我由县调到中潮区工作，有机会走遍全区的侗寨了。我每到一个侗寨，就找寨中老人或当地歌师摆谈，请他们专门讲述当地有关吴勉的故事。我在吴勉出生的兰洞寨，搜集到了"小时候的吴勉"（原为"兰洞寨上生下了吴勉"）和"官家设计，父亲丧身"（原为"吴勉的爸爸上了官家的当"）；在口团寨，找到了那里对侗族传统文化颇有造诣的房族长者李如壁，从他那里搜集到了"倒栽树"、"杀不死的吴勉"和"猪食盆"；又去皮林等侗寨，从侗族乡干部陆士贵等人那里搜集到了"信洞坎的石门关上了"等情节，并用我以前在侗族"六洞"和"十洞"、"天府"等地区搜集的材料加以比较后，没有发现更多更新的情节时，才着手进行整理。

综上所述，《吴勉》这篇传说，是经过发现线索、上门采录和专题广泛搜集的过程，然后才整理完成的。实践证明，搜集像吴勉这样流传范围较广、影响较大的传说，上述三道程序是必不可少的。换言之，采用上述三个步骤，搜集其他的侗族民间传说、故事，亦是可行的。如果仅在较小范围流传的民间故事，一般发现线索后，再找讲述人单独采录，也就可以进行整理了。

采录的方法，我以为除录音外，还需笔录。笔录不可能记下全文，但重要的情节和群众化的民间语言一定要记下，这对加深印象是有帮助的。在没有使用录音机的情况下，主要靠笔录，但也要靠心记。笔录要点后，回来要迅速补记全文，以免时间隔久而遗忘。

我在搜集吴勉这个侗族英雄人物传说的过程中，没有发现哪一个讲述者从纵的方面讲述吴勉一生的事迹，都是从横的方面叙述他由一个侗族的"后生头"（即原文的"罗汉头"）转而成为农民起义领袖以后，在各个不同场合发生的战斗故事，反映了他在敌强我弱、敌众我寡的悬殊条件下，不屈不挠、顽强战斗的英雄气概。讲述者所讲的吴勉每个不同的小故事，都给人们以新鲜的感觉和很深的印象。这种横结构的讲述方法，不但突出了重点，更重要的是能忠实地保持原意。因此，当地各处侗寨的人们讲述这个传说时，情节大体相同，很少有混淆的。这种讲述方法，给我很大的启示，于是我在整理这篇传说时，亦采取了横结构的方法，即将从各个侗寨搜集来的故事，进行分节整理，使每个小节都可成为一个独立的小故事，然后，按照吴勉传说中各个事件的先后顺序，合在一起就成了一篇较为完整的《吴勉》传说。这种整理方法，既能使每则故事之间保持有机的内在的统一性；又能使各则故事独立成篇，保持相对的独立性。全篇八节，合起来是一个整体，可以较全面地了解吴勉的主要英雄事迹，也能从分节的小故事中得知全貌。

这种整理方法，保持了讲述时的特点，忠实地保持了原意，突出了重点。因此，它便于在民间口头流传，既可全文讲述，也可单篇讲述，如"赶山鞭"和"三支箭"、"倒栽树"、"猪食盆"等篇，单篇讲述也会受到群众欢迎。讲述者可根据具体情况，或多讲，或少讲，不受时间限制。除上述外，还为以后再发现吴勉传说其他情节的时候，留下了补遗的方便。

三　搜集侗族民歌必须逐字记录，逐字直译

搜集侗族民歌（指用侗语唱的歌，下同），根据我的切身体验，步骤大致如下：（1）在歌堂里或其他场合，发现了某一首好的民歌后，应当及时记下这首歌的歌名或领唱者的姓名；（2）找到这首民歌的演唱者或领唱者单独采录；（3）再去歌堂听唱，做好校对。

采录侗族民歌时，必须逐字记录，并要在侗族歌词下面逐字直译。这样记录下来的资料，不管时间隔得多久都有用处，都能进行整理。如果只记录了侗语歌词，没有及时逐字直译出来，时间稍久一点，有些词句连自己也不知道是什么意思，这样记下来的材料，是没法进行整理的，也是没有用处的。

1959 年，我在侗族"六洞"地区的肇兴寨，搜集了当地一些比较著名的侗族大歌，如《嘎大用》《嘎高顺》《嘎银潭》《嘎通》《嘎叠》《嘎冷》等，都是经过：（1）在歌堂里发现线索后，及时记下歌名和领唱者的姓名；（2）个别找领唱者逐字记录，并在侗语歌词下面逐字直译；（3）每首歌的记录稿抄好后，再去歌堂里重复听唱这首歌，做好逐字校对。凡是这样搜集来的侗族民歌，即使时隔二十多年，也感到非常熟悉，任何时候都可进行整理。另外，我搜集的一些侗族民歌，虽然已经记录了侗语歌词，但没有及时逐字直译出来，这部分资料就无法整理，必须返工。因此，搜集侗族民歌单靠录音机还是不够的。

由于侗族分布地区较广，在语言上，有南北两个方言区，两个方言区内又各有三

个土语区，语言差异性较大，因此，在逐字记录歌词，并同时逐字直译的时候，就非常需要既懂得当地侗语，又熟悉汉语的翻译，否则，搜集侗族民歌是很难进行的。有些侗歌的演唱者，不但不能用汉语把侗语歌词翻译出来，甚至连自己所唱侗歌内容的一些句子，究竟是什么意思都不清楚，这种情况也是有的。

记录侗族民歌使用的文字难以通用。过去侗族没有自己的文字，侗寨上流传的侗歌本、侗戏本，都是用汉字记音的方法记录的。例如，侗族叙事歌的开头两句，一般都是："放放张 ka，尧夺每嘎"（大家静听，我唱支歌），但侗歌本上通常是这样记录的："放放张耳，尧夺每卡。"因为，汉语的"耳"字，侗语读作"ka"。用汉语写"ka"字无法写，就直接写成"耳"字；侗语的"嘎"字，即汉语"歌"的意思，"嘎"字难写，就以"卡"字代替。当地侗族歌师、戏师以及附近村寨的人，见到歌本上的"放放张耳，尧夺每卡"字样时，都会明白这是"放放张 ka，尧夺每嘎"，而不会读错。这就是说，在附近村寨较小的范围内，用某个汉字记录或代替某个侗音，虽说不上规范，但也有了一定的规律。但较远村寨的人，念外地的歌本，就不易念出来，或念不准确。念不出来，当然就不能理解其中之意，因而不能流传。这种用汉字记侗音的方法，只能是"各人写各人认"，即民间俗话所说的"和尚写字和尚认"。这种记录方法虽然"土"，却并非完全无用，它至少能在本地和附近村寨，起到保留和流传侗族民间文学的作用。

我记录侗族民歌的方法，也是沿用侗寨中用汉字记侗音的方法。用这种方法记录的侗歌（特别是一些短小的民歌），我自己还是能认能念的。例如，我在歌堂里第一次听到姑娘们唱的一首短小的情歌，就是这样记录的：

> 侗语：记苟屋雄，搞龙笨相久，
> 直译：（吃饭上桌，心里本想你）
> 侗语：达能屋刹，大笨南久两南困。
> 直译：（挑水上肩，眼本看你未看路）

这首歌的意思是：

> 在桌上吃饭的时候，
> 心里本想着你；
> 肩上挑着水的时候，
> 眼睛本看你，连路也未看。

用汉字记侗音记录侗歌的方法起源于何时，虽未做过考证，但至少在 150 年前自侗族戏祖吴文彩创立侗戏①以来，就有用汉字记侗音的方法翻译、记录侗语的历史了。150 年来，侗戏就是靠用汉字记侗音的方法写成侗戏本流传的。吴文彩编歌先于编戏，所以，用汉字记录侗歌的历史，应比 150 年久。

1958 年创制了侗文后，记录侗族民歌就添了新的工具。但由于各地侗语在方言、音调上的差异，因此，用侗文记录的侗歌也存在与用汉字记侗音类似的问题。也就是说，自己写的侗文，较远地方的人读不懂，也是自己写的自己才认得。所以，目前侗族南部方言地区的村寨中，仍是沿用过去用汉字记侗音的侗歌本、侗戏本。究竟以哪种文字记录侗歌为好呢？我认为应从实际出发，不妨两种方法并用。

四　全面搜集侗族民间文学需要"入乡先问俗"

要全面搜集侗族民间文学，必须先系统地了解侗族民间文学的蕴藏情况。如何了解呢？前人早已有了经验总结，那就是"入乡先问俗"。要系统地了解一个侗寨的民间文学蕴藏情况，"入乡先问俗"是很有必要的。问俗，向谁问呢？至少要向三部分人问：一是本寨的年长者，如寨老、房族老人等；二是本寨会编歌、教歌的歌师、善于对歌的歌手以及走村串寨唱歌、传歌的民间艺人；三是各种民俗活动的主持人，如踩歌堂的领唱者、祭祀祖先时念词的背诵者、鬼师等。上述三部分人都熟悉并掌握大量的侗族民间文学，可以分别请他们开座谈会，或是上门拜访逐个交谈。座谈与交谈的内容，应从了解这个侗寨的民俗开始，如当地的崇拜、禁忌、婚丧、祭祀、节日、社交、娱乐等形式与活动内容等。侗族在上述各种民俗活动里，都与民间文学有着直接的联系。凡崇拜、禁忌，一般都有关于它起源的神话；婚丧、祭祀时，则有纪念祖先迁徙经过和创业艰辛的祭祖歌或念词；节日、社交、娱乐活动等，则有各种各样的对歌形式和讲述故事的场面。

侗族人民是非常善于歌唱的，加之过去没有本民族的文字，所以，歌谣非常发达。他们对历史事件，以歌叙述；男女作伴，以歌传情；结群交往，以歌迎宾；宴请客人，以歌敬酒；答谢主人，以歌夸赞；众人娱乐，踩堂"多耶"；重大节日，以歌祭祖；喜庆活动，以歌庆贺；丧葬时刻，以歌致哀；褒善贬恶，以歌劝世……侗家确是无处不歌，无人不唱，有活动，必有歌。以春节期间，两寨之间侗族男女青年进行集体交往②这一活动为例，按照顺序，先在寨门边唱"拦路歌"③，进寨后，在鼓楼里

---

① "侗戏"详见《贵州侗戏简介》，《贵州戏剧》1982 年第 2 期，第 93～94 页。
② 侗家叫作"外顶"（weexdingh）。
③ "拦路歌"实为迎宾仪式。

唱"莅寨歌"①、情谊歌、叙事歌、父母歌、踩堂歌、古歌……在酒席宴上唱酒歌，晚间在歌堂里唱情歌，两寨青年交往结束分别时又唱离散歌。从一个"外顶"的民俗活动，就能了解到这么多的歌种，而每一种歌，又分有许多类。如侗族男女青年夜晚在歌堂里"行歌坐夜"时，唱的情歌就可分为：喊门歌、探望歌、劝唱歌、夸赞歌、相爱歌、相念歌、换记歌、约逃歌等。把一个侗寨的各种民俗活动及其活动时所有的民间文学内容都了解清楚，也就将这个侗寨的民间文学蕴藏情况基本上都掌握了，然后按照掌握的情况逐一搜集，这样，就能做到较为全面地搜集了。

以上是我对搜集整理侗族民间文学方法的初步探索，不当之处，敬请各方批评指正。

（原载《中芬民间文学搜集保管学术研讨会文集》，中国民间文艺出版社，1987）

---

① "莅寨歌"为主客双方互相夸赞。

机智人物故事考察

王光荣[*]

　　侗族，是个自古文明、能歌善舞的民族，其民间文学异常丰富。有长者、寨老和开明的头人于一定的场合下，向乡亲们传诵的，带有民族法规性质的款词；有迎客，村寨相互慰问，赞扬宾主道德、风尚、情操的"多耶"（一种集体唱的歌）；还有于不同场合、不同地点、不同环境，面对着不同对象，用不同方式传唱的酒歌、琵琶歌、笛子歌、牛腿琴歌和清唱的情歌；更有上至八九十岁老人，下至七八岁儿童都能讲述的民间故事。笔者于今年四月间，作为中芬民间文学考察队的一名队员，重点考察了侗族民间故事类别、内容和流传情况，尤其对侗族机智人物的故事，作了较具体的调查。

一

　　在侗族人民中间，流传着绚丽多彩的民间故事。这些故事内容丰富、题材广泛，从不同角度反映了侗族人民生活、斗争的各个侧面，表达侗族人民的思想、感情、理想和愿望，是中华民族文化宝库中一份珍贵的文化财富，是各民族文化园地里一丛极其富有民族特色的鲜花。这些故事在听众和读者面前展现一派山峦重重、梯田层迭、杉木葱茏、桐茶遍岭、河溪长流的侗乡风貌，是一幅绚烂的历史画卷，又是一幅多彩的现实生活蓝图。

　　从分类系统的角度上看，侗族民间故事有反映人类远古历史的神话、传说；有反映男女青年自由恋爱的爱情故事；有表现民族英雄气概的历史事件、历史人物故事；

＊　王光荣（1944~　），男，广西那坡人，彝族，广西师范学院民族民间文化研究所原所长，教授。——编者注

有解释侗族风俗习惯起因、意义和活动仪式的民俗故事；有表现侗族妇女生活、形象的故事。侗族民间故事类型很多，其中机智人物故事，笔者在这次中芬联合考察中，搜集获得的材料最多，记忆和印象也最深。

无论是重点采访点——八斗、皇朝、岩寨、马鞍、小贯等村寨的群众，还是应邀到县城接受考察队员采访的各个乡镇故事讲述员，都少不了讲述机智人物的故事。尽管他们各自讲述故事的内容、情节、背景、人物有别，但其类型、主题是属于机智人物的故事。在八江乡八斗村小寨，杨友保（侗族，55 岁）讲卜宽故事，整整讲了一个上午 4 小时，共 20 多则。

八江乡八斗村的杨美荣和杨能贤老人向我们报的故事类别是神话，而他们讲出来的故事，绝大部分属机智人物故事。

在县城，我们听了吴申堂、梁光新、覃垣等人讲故事，其中一半以上故事属机智人物故事。我们问当中的一位老故事讲述者："这些故事是不是你们看了故事书后才懂得的？"这位老故事讲述者立即否定说："书上的故事都是因为我们讲得多了才有的，往时还没有侗族故事书出来之前，我们就从本寨本族老人的口中听来了这些故事。"

侗族机智人物故事不仅流传广，数量亦很多。从机智人物的姓名而论，大家所点到的就有开甲、满哉咎、满根、二可、班善、解缙（历史人物）、天神哥、培三桑、陆本松、卜宽等。其中最有影响、流传范围最广的是卜宽的故事。

卜宽，在一些故事书和目前在群众口头普遍流传的故事中，是个遭受财主、头人、官吏的敲诈、剥削和欺压，而又能想方设法，同他们作不屈服的斗争，使他们一次次遭到奚落、损失和失败，从而维护自己和穷兄弟们利益，充满乐观情绪的人物。整个卜宽的故事，充分体现了侗族民间故事的基本特点。

卜宽的故事较之侗族其他类别或同一类别其他人物故事流传的广泛性和影响程度的深刻性，表现如下。

1. 卜宽的足迹遍侗乡

据粗略调查，不仅在广西三江侗族自治县各个乡村，流传着卜宽的故事，就是在贵州的榕江、黎平、从江县和湖南的通道县，大凡侗族居住的山村，都流传着卜宽的故事。只是侗族各地方言的差别，使人物姓名稍有不同：有的地方叫郎耶，有的叫甫贯、甫关、补卦。对于他的妻子，有的地方叫培美，有的叫梅仪、银梅，还有的叫尼宽、奶贯、尼卦。总之，这些故事里的男主人公都是同一个人，他相当于维吾尔族民间故事里的阿凡提，蒙古族民间故事里的巴拉根仓，藏族故事里的阿古顿巴和壮族故事里的特堆。不仅故事内容、情节具有浓厚的民族特色，就是人物姓名也全是按侗语音译过来的。"郎耶"即唱歌的后生，因为卜宽很小父母便去世了，他懂事后经常在屋或出外唱山歌，而且唱得不错，人们便给他起个别号叫"郎耶"。后来，他同一个侗妹培美结婚，有了个儿子，起名为阿宽，人们便按照本民族习惯，专称他为"卜宽"，即阿宽的爸爸。久而久之，大家把这一"阿宽的爸爸"当作他的名字，谁也不去过问他原来的真名实姓。

卜宽为穷人打抱不平，远近乡亲，特别是穷苦人被财主欺压得无计可施时，便去找卜宽出谋划策，于是卜宽的故事传遍侗族乡村每个角落，而且各地讲的卜宽故事，都是当时当地发生的事情，给人的印象是卜宽随时随地可以出现在受欺压的人们身边。

2. 自发的故事讲述者

虽然侗族故事类型很多，但是讲别的故事，多半是上了年纪的中老年人或有一定见识的青年男子。妇女和少年儿童一般都只听不讲，就是讲也没有那么头头是道。而对于卜宽的故事，只要有人开个话题，甚至只要提到卜宽这个名字，在场的人从男到女，从老到少差不多个个都能讲出几则。他们对卜宽故事的熟悉程度就像事情于昨天或今天上午刚刚发生一样。他们除用侗语讲述，还可以直接用普通话或广西官话讲述。考察期间我在八斗小寨村头遇见一群八九岁的男女孩童，问他们："你们哪个会讲卜宽的故事？""会呀，我们个个都会讲。"一群孩子争先恐后地说道："您想听卜宽哪样子故事啦？""随便哪样子都行。"

"我讲个长工吃酸肉的放事。"

"我讲外公外婆头顶头的故事。"

"唉，我讲个大牯牛爬树的故事。"

……

可见这些儿童每人心中都装有一两则卜宽的故事。

3. 故事的完整性

卜宽的故事由许许多多小故事组成，而每则小故事都有它的独立性，不仅结构完整，而且情节合理。下面是八斗小寨一位12岁的儿童讲的《牯牛爬树》故事。

一个很冷很冷的冬天，山上山下铺满了雪，到处见不着一棵青草，只有寨子对面一个山头有棵高大的树，长着几片青叶。

有个穷娃仔，在一个财主家放牛，财主有意刁难他，冰天雪地的日子叫他让牛吃上青的、嫩的，不然就扣工钱。穷娃仔没法子，晚上哭着去找卜宽为他出主意。卜宽想了想，问他："他叫你让牛吃青嫩，旁人可听到？"穷娃仔说："听到的人可多着哩，几位长工叔叔还帮我评理，可老爷说不关他们的事。"

"这就好办，"卜宽好有把握地说，"明天你把那头大牯牛用二三根稳扎的绳子牵到对面山上那棵大树下。"第二天一早，卜宽带着寨上一帮十来岁的小孩到树下等候。那位穷娃子牵牛到场，卜宽把三根牛绳并作一根，一头绑着牛脖子，一头翻过高高的树桠朝地面吊着。又分别向穷娃仔和几个孩童们低语几句。只见那位穷娃仔大哭着跑回到财主面前，上气不接下气地说："老爷，牛……牛……"他装出过分伤心的样子，有意把话往喉咙里压。财主弄不清他讲的哪门话，却听到对面山上一群孩子大喊："牛爬树咯！牛爬树咯！"

财主赶到那棵大树下，只见卜宽拼命拉绳子，那头大牯牛一对前脚离地，随着绳往树上爬。卜宽一面用力拉绳，一面对牛说："再上点，再上点，就得吃了，就得吃了。"财主好可怜他那头大牯牛，立即喊起来："哎哎哎，卜宽你搞什么名堂，要整死我的大牯牛不是！"

"啊？"卜宽装着非常惊讶的样子，大声问那位穷娃仔："喂，娃仔，你不是讲老爷要让牛吃青的、嫩的吗？"

"那倒是哩，老爷讲的好多人听见的咯！"

"噢，老爷，"没等财主辩解，卜宽先开口，"我也听你家几个长工讲了，要是牛吃不上青的、嫩的，就扣这娃仔的工钱。这树上正好有青叶。"说着又拼命拉绳子。大牯牛难受得摆来摆去。

"喂喂喂，放了放了。"财主因为当着好多人说过那话，不敢否认，只好认输，回屋开工钱给那穷娃仔……

这则故事讲得合情合理，没有哪点使人感到不切实，说明它在大人、小孩中广泛流传。

4. 容易展开话题

卜宽故事内容涉及各个方面，讲述者往往选择与眼前事件有关的故事作为话头。如在田间劳动时，讲述者以卜宽带头陷死牛的故事开头；春节来临，讲述者以卜宽带着穷兄弟于年关上财主家取工钱的故事开头；五月拜庙节，讲述者又以卜宽当年在庙里吓跑财主，巧取祭供佳肴的故事开头。故事讲述者与青年在一起时，先讲卜宽巧娶爱妻的故事；和少年儿童在一起时，先讲卜宽带着牧童捉弄财主的故事。各个故事不仅有针对性，而且内容有繁有简，不受时间、地点、场合的限制，只要有点闲谈的机会就可以讲述。

二

同所有的民间文学作品一样，卜宽故事有它变异和发展的过程。无论是人物身份、形象，还是故事情节，都随着侗族人民生活环境和自然条件的变化而变化；故事内容和主题思想，也随着侗族人民对社会现象的认识的不断提高而深化。

1. 关于卜宽的身份和形象

据八江乡杨友保说，卜宽，原先也真有其人，他生长在湖南省通道县木瓜乡一个叫归屯的寨子。如今在那儿还有他的屋址和他耕种过的田地，长大了才活动到广西三江、龙胜、融水、融安和贵州的黎平、从江、榕江等县侗族地区。诚然，原先所说的卜宽，并不是像现在大家所传颂的"卜宽"那样活灵活现、智慧超人的人物。原先他只不过是位穷孤儿。由于小时候经常受人欺负、捉弄而含恼在心，大了，想方设法，采取一些手段，对那些欺负过他的人，进行一些报复性的捉弄。经过世代相传，人们根据自己的理想和愿望，对卜宽的身世、活动内容不断补充、美化，使之成为一个完美的形象。

还有一种说法，是讲卜宽原来是个滑稽人物，他对人不好亦不坏，喜欢在众人面前摆弄一些假象，为别人逗笑。这就无意识地嘲弄了一些人。后来，人们便利用这个特点，把他取笑的话题和所摆弄的内容，逐步转移到财主身上，成为善良的人们揭露财主、头人罪行的一种有意识、有目的的行动。一些财主、头人在长工面前暴露丑态，都被归结为卜宽施展才智的结果。

再一种说法，卜宽原先也在财主家放过牛，当过长工，受过财主的欺凌。最初他对财主的刁难行为采取策略性的抵挡行动，是从自身利益出发，并没有考虑要为他人打抱不平。后来，因为他那种情绪在某种情况、某种程度上，代表了当时众多穷人的心理和要求，又受当时社会制度所限，人们不可能举行公开的暴力斗争，于是寻找个代表人物——卜宽去同财主、头人进行智斗。乡亲们一旦被财主、头人欺压时，总是去找卜宽为他们定计谋，出主意。无形之中卜宽成了乡亲们与财主、头人抗衡的有力后台。卜宽也不负众望，有求必应。只不过他是个处处注意谋略的人，有时候他在求他帮助的人面前，公开表示："这事儿我实在帮不了忙，去碰头人，我哪有那么大的本事哟！"说着，似乎有其他急事，不辞而别。殊不知，他是到另一个安静的地方，为求他帮忙的人悄悄打定主意，甚至采取了具体行动，人家还没醒悟过来，他已经把要帮人办的事办完了。

2. 关于卜宽捉弄的对象

从普遍流传的故事看，卜宽所捉弄的对象有财主、头人、县官及一些贪财如命的吝啬鬼。这些对象的身份，也是众多的讲述者给固定下来的。如目前大家公开讲述卜宽的故事时，都把他的岳父说成个有权势的财主，但我们从一些老人的闲谈中听到，卜宽的岳父只不过是家中有一定数量田地的人，顶多不过是个上中农。他知道卜宽从小失去双亲，没有个靠山，生活贫寒，却听说自己女儿培美与卜宽（那时还叫"郎耶"）经常行歌坐夜，感情很好，因此他对卜宽颇为反感。没想到他因病"鼓楼招婿"，不偏不倚，招上的是卜宽，又因自己白纸黑字，有言在先，不得不招卜宽为自己的郎仔（女婿）。因此他在女儿婚前婚后，出各种点子，设各种卡口，刁难卜宽，而卜宽始终能够想出办法，对付岳父。由于卜宽岳父那种心思和手法，恰如当时乡村财主剥削欺压百姓的行为和手段，因此人们在传述卜宽故事时，把卜宽的岳父说成个财主佬。这就把那种岳父和女婿间争夺财物的行动，变成了阶级斗争。同时人物身份的改变，使故事主题、思想内容得到深化，使之更具普遍性和广泛性。

此外，还有卜宽捉弄、挖苦县衙太爷的故事。这方面的故事占的比例不大，却有一定的代表性。

3. 故事情节的发展和变异

卜宽故事大部分在群众中有较统一的说法。除一些细节各地说法不一外，内容、情节大体一致。但是，经过我们进一步探询，许多故事最初的说法和现在一般人的说法，判若两件事情、两个故事。以"偷羊"为例，有开头、中期和后期三种不同说法。

开头一个故事很简单，说卜宽和一帮人杀了一只羊打平伙，有个贪吃鬼事先不来合伙，也没有补交钱的意思，却又想赖着吃一顿，卜宽为首的几个人把没有排粪的羊肠放另锅煮熟，端给那位贪吃鬼，那位贪吃鬼吃了一口，当场呕吐，吓跑了。

这个故事没有提到羊的来源，也没有出现什么财主之类的人物。

到了中期，人们把这个故事说成：卜宽为财主家放羊，一帮长工邀他一起在山上把一只羊杀来烧吃了。卜宽晚上回到家，告诉财主说，羊在山上被人偷去了一只。财主不信，说白日堂堂，怎有人来偷我的羊？卜宽说在家里还能偷得，何况在山上！财主说："那我也晓得哪个偷的，而且准把他当场抓着。"卜宽说："老爷亲自守几天，看挨不挨偷。"财主真的不分昼夜在羊圈上架个床铺躺着守他的羊群。头天、二天没事。第三天天刚亮，几只羊被人偷跑了。原来是几位长工趁财主两天两夜没得睡，第三天早上必然熬不住而睡得很死的时机，把几只羊悄悄牵走。卜宽赢了财主。

后期，这个故事又发展为头人想扣卜宽等人工钱，对卜宽说："听讲你很会偷，要是你能在五天内偷走我家这几十只羊，我不但开你们几个人的工钱，连所有的羊都全送给你们。"卜宽想了想，说："这还不容易，我不但偷得羊，而且要你和你老伴吹笙跳舞，欢送我把羊赶跑。"头人听了更加得意，于是也不要其他人来帮他看守，每天晚上都把几十只羊关进他夫妇俩住的木板楼底层，两人在楼上看守。

第三天晚上，也就是头人守得打不起精神的时候，卜宽就采取了措施：先设法将头人平时用的火镰、火石收起来，让他半夜起来一时摸不着火来点灯；到别家杀一只羊，讨得羊肠、羊血和湿漉漉的羊皮。把羊肠丢进头人的水缸里，羊血放在面盆里，羊皮铺在楼梯板上，又把两只羊眼珠悄悄埋到头人火塘里，再以一根带舌簧的芦笙筒换掉火塘边那把吹火筒。天快亮时，他悄悄打开羊栏门，有意放出点声音，把羊群赶出来。头人听到响声，一骨碌从床上爬起，想下楼去拦住卜宽，没想到，脚一踩下楼梯板，踩中羊皮，连滚带跌，滑到楼梯脚。他赶紧叫他老婆起来点灯来照，照楼梯是怎么回事。那时屋里还黑着，他老婆去摸火镰、火石，摸不着，去火塘翻火，用"吹火筒"（已被卜宽换上了的芦笙筒）吹火，吹一次，响一声"别"，用力吹两气，响两声"别别"。她还没弄清怎么回事，楼下头人骂声还不停，突然"呼呼"两声，卜宽埋下的羊眼珠子烧热爆开，把火灰溅到她的脸上。她顾不得头人骂，跑到水缸旁边，就要舀水洗把脸，突然又吓得连蹦带跳，不停地叫喊："蛇，蛇，缸里有蛇！"这时又传来楼下头人的叫喊声："哎呀，我的婆娘，我这儿跌痛得不得了，你先快来救救我哟！"头人老婆心慌带急，也没注意看脸盆里装着的是清水、脏水，双手一掬，勉强把自己脸上的火灰洗掉，跑下楼梯扶起头人。那头人一手扶在他老婆的肩膀上，一手撑着腰杆，哎哟哎哟地准备爬上楼梯。这时天已亮，突然他惊讶地喊起来："啊！你脸上怎么满是血？""啊？血？……"两人惊得跺脚划手，看上去正像跳着急促的双人舞。这时，卜宽已把羊群赶到很远的地方，重又回来问他们要工钱。

还有些情节，也是从其他机智人物故事中摘移过来的。如关于岳父背女婿（卜宽）的故事，据一些老人反映，原属另一机智人物的故事，出于人们对卜宽的崇敬，群众自发地把那个故事说成卜宽捉弄他那岳父的故事里之一节。

可以断定，卜宽的故事在今后还会有变化，会有发展。侗族人民将在自己的生活实践中，不断创编出卜宽的新故事。这也正是民间文学变异性的具体表现。

1986 年 4 月 25 日

侗族民间诗论《歌师传》

过　伟[*]

《歌师传》，侗语称为《旋桑嘎》，广西三江林溪著名侗族歌师吴居敬（1908～1982），于1945～1948年，向三江程阳65岁歌师吴学清学来，并于1961年译成汉语，收入广西民间文学研究会60年代编印的《侗族文学资料》。今分析它：（1）叙唱些什么内容；（2）产生于什么时代；（3）具有什么民间文学史的价值；（4）它对民间文学作品的分类学，提出了什么新课题。

《歌师传》叙唱什么内容？叙唱广西、湖南、贵州毗邻地区十三位歌师及其十六部作品。（1）高步：杨信斌《二度梅传》《罗凤英》；（2）潭洞：银宣《十二个月歌》《陈光蕊的故事》；（3）双江：魁仙《刘孝文的长歌》；（4）八榜：记个《茶妹与德郎》《万希良》；（5）平邓：阿旺；（6）（7）（8）武洛江：尚甲、华隆、万基《张艾》（一作《余张文》）、《蓝涕苏的故事》、《忠林和忠树》、《王氏受苦在磨房》、《龙生》；（9）（10）华练：满禾、满全《陈中三》《九宝大山》；（11）林溪：吴银龙《陈世美传》；（12）（13）大田：吴行积（一作吴行杠）、吴富浩《李旦凤姣》；对十六部作品简要地进行评介。

《歌师传》产生于什么时代？吴居敬于1979年回忆，当年采录时没有向吴学清了解此歌产生年代、向谁学来等有关资料，多年追访《歌师传》所叙唱的十六部作品，毫无所得。[①]可喜广西龙胜的侗族民间文学工作者黄裔、石本忠于1981年搜集到《独郎茶妹》即记个《茶妹与德郎》；龙胜的另一位侗族民间文学工作者杨金江于

---

[*]　过伟（1928～2019），江苏无锡人，广西师范学院研究员，中国民间文化遗产抢救工程专家委员会委员。——编者注
[①]　杨通山于1985年调查发现，林溪流传的《凤娇与李旦》（即《李旦凤姣》）、《陈世美传》和《二度梅传》均为100年以前的作品。其中《二度梅传》，杨信斌原作300多首，吴居敬增补240首，吴居敬1979年回忆时漏此情况。

1984 年搜集到《孟姜女》即记个《万希良》，于 1984 年还翻译了 1945～1947 年记录的阿旺《唱金银王》上半部。他们三位还从民间歌师那里了解到记个和阿旺的一些史料，结合《歌师传》原歌，可以分析、推断《歌师传》产生的年代与地区。

关于记个和阿旺，《歌师传》唱道：

> 再说一个有名的歌师叫记个，
> 他是出生在八榜地方。
> 他编了很多歌给人传唱，
> 最出名的是一部《茶妹与德郎》；
> 他编的歌到处受人喜爱，
> 晚年又编一部《万希良》；
> 更编了十二种不同的歌调，
> 在他的同时又出现了一个歌手叫阿旺。
> 阿旺的歌词新颖流利，
> 五百户的平邓大寨算他一名歌王。
> 阿旺和记个都是前辈歌师，
> 他们编出来的都是好文章，
> 他们有肚才又肯苦练，
> 一有空闲就编歌来唱。

据石本忠 1981 年向独车、小洞等寨歌师石成江、王通能等人及八榜老人调查，《歌师传》中所唱八榜隶属于今龙胜各族自治县平等乡，《茶妹与德郎》即石、王二歌师所传唱的《独郎茶妹》（独、德为同一侗语的音译），记个即稚过（也是同一侗语的音译），姓侯，约生于 1770 年，卒于 1845 年，为八榜的歌师。但据杨金江 1984 年向平等、蒙洞、寨枕等寨老歌师胡进机、石通洲、石成英等调查，《歌师传》中的记个，即知歌（记个、知歌、稚过都是同一侗语的译音），寨枕人，因到处传歌，多居新元、平等几个较大侗寨，可能也到八榜传过歌，姓侯、姓杨还是姓石？几种说法都有。侯稚过与知歌，是一个人，还是两个人，尚待进一步调查，但很可能是一个人。据杨金江 1984 年调查，《歌师传》中所唱平邓大寨，即今平等乡人民政府所在地平等大寨（平邓、平等，同一侗语的音译），阿旺即杨宗旺，约生于 1827 年，卒于 1895 年，平等大寨人。《歌师传》唱道："阿旺和记个都是前辈歌师"，而记个卒于 1845 年，阿旺卒于 1895 年，则《歌师传》之作当产生于 1900 年前后。

《歌师传》产生于什么地区？歌中唱道："老歌手杨信斌扬名广西各寨（他出生

于高步，高步原属广西三江，今属湖南通道），魁仙的声誉传遍了湖南侗乡。"全歌末尾唱道："以上所述的都是最出名的编歌能手，他们出生在广西、贵州和湖南。"据此推断，《歌师传》的作者当出生在湖南、广西、贵州毗邻地区。此歌录自广西三江县林溪乡的程阳大寨，林溪乡正处于广西三江、龙胜，湖南通道，贵州黎平三省四县毗邻地区，也是琵琶歌盛行的地区，歌中将林溪乡的歌师们放在最后才叙唱，表现了佚名桑嘎的谦虚；对林溪乡大田寨吴行积、吴富浩两位歌师接力赛跑似的编歌情况，叙唱得较为具体，可以作为作者生长于这一地方的内证。因此，《歌师传》的作者，当是生活于1900年前后的林溪乡的一位勤于学习而掌握了不少侗歌资料的佚名桑嘎（侗语，即歌师）。在他之前，已产生了《歌师传》记载了的十三位歌师及其十六部作品，还产生了他未能记载下的许多歌师的优秀作品，如贵州黎平陆大用的《要什么样的头人》，黎平吴文彩的《两二银歌》，广西三江吴朝堂的《秀银吉妹》，贵州榕江杨妮告花的《出村寻姣不怕姣村远》，湖南通道吴昌盛的《十二月劳动歌》，广西三江杨发林的《挑担歌》，三江李发马的《卖女歌》，以及《歌师传》虽记录了歌师姓名却未记录下歌名的广西龙胜杨宗旺的《唱金银王》，等等。这个时期是侗歌发展史上的黄金时期。侗歌黄金时期所产生的《歌师传》这篇民间诗论，对侗歌做出了理论小结。①

《歌师传》有些什么学术价值呢？它是至今为止已发掘出来的仅有的一篇侗族诗史诗评性质的学术著作。它是与云南西双版纳发掘出来的《论傣族诗歌》同样珍贵的民间诗论。中国至今活着的民间文学，不仅流传下丰富多彩的民歌作品，而且流传下具有精湛的学术见解的民间诗论，是非常值得学者们探索的。这也给民间文学作品的分类学，提出了增设"民间诗论"这一新类的课题。

佚名桑嘎评介十三位歌师及其十六部作品，介绍了歌师们的姓名、什么地方人、有什么主要作品、艺术特色如何……对杨信斌所编的歌，用六句歌简介三百多首歌的《二度梅传》的内容：

（1）梅伯高如何被奸臣陷害。

（2）梅良玉母子如何抛家别井历尽辛苦。

（3）陈春生如何被迫投河寻死。

（4）如何遇着周妈搭救死里逢生。

（5）后来他和良玉改名换姓。

---

① 参见过伟《侗族古今歌师札记》，《黔东南社会科学》1983年第3期、第5期；《晚清侗族歌师文学初探》，《广西师范学院学报》（哲学社会科学版）1984年第4期。

（6）到朝中去如何杀死仇人。

对魁仙的900行的《刘孝文的长歌》、银宣的1000多行的《陈光蕊的故事》也分别用六句、三十句介绍了内容。对别的作品虽只作简略评介，但从中约略知道一些歌的内容：如《余张文》的"苦情"，《王氏受苦在磨房》《龙生》的"苦楚"，《陈中三》的"受尽苦难"，都属叙唱主人公遭受苦难生活折磨的"苦情歌"，《九宝大山》"介绍那大山土地肥美的好地方"，属于描写自然之美的"写景文学"。

佚名桑嘎对银宣，用四句歌介绍他的身世：

> 家中有吃又有穿，
>
> 他读过的书有几大箱，
>
> 他文才好考得秀才的顶子，
>
> 当过学院的庠生郎。

对别的歌师未作身世方面的介绍，只作艺术创作方面的介绍，如杨信斌"编出很多歌流传在侗族的乡村"，记个"晚年来又编了一部《万希良》"。吴行积、吴富浩接力赛跑似的"共编一部《李旦凤姣》，吴行积编写前半部，吴富浩继续把它编完"。记录下一些侗族文学史的史料，虽一鳞半爪，但弥足珍贵。

佚名桑嘎有他自己的美学标准。他从侗歌主要是唱给人听，而不是印在书上给人读的特点出发，强调以下六点。

（1）要求侗歌引人爱听，给人肠服心软。

《歌师传》开篇几句唱道："唱几句歌要给人肠服心软，我是不及老歌手们能做到这个要求。"评介杨信斌："《二度梅传》就有300多首，首首歌词都是引人爱听的。"

（2）对叙事长歌要求故事完整、周详。

赞赏尚甲、华隆和万基："《余张文》的苦情写得很完整，又写《蓝涕苏的故事》也很周详。"

（3）主张歌词新颖流利，具有诗情歌意。

赞扬银宣"有着满肚子的诗情歌意"；"阿旺的歌词新颖流利"。

（4）要求音乐多彩多样而有所创新。

赞赏记个"更编了十二种不同的歌调"；银宣"编了很多花腔的歌数不完"。

（5）要求作品能流传。

赞扬杨信斌"很多歌流传在侗族的乡村"，魁仙的《刘孝文的长歌》"流传各寨"，记个"很多歌给人传唱"，"到处受人喜爱"；尚甲等人的歌"被人抄上了歌本，许多故事全靠他们的歌来保存"。许多歌师创编的作品，在流传过程中，经过集体加工，大多遗失了作者的姓名，成为具有匿名性的民间文学作品；少量还在人民心中保存下作者姓名，成为人们津津乐道的民间文学作品。

（6）苦练与提炼语言，才能编出好歌。

《歌师传》开篇便唱编歌词全靠"心灵的把语言提炼"；赞赏记个、阿旺"有肚才又肯苦练，一有空闲就编歌来唱"。

从以上的分析看，《歌师传》兼有诗史与诗评性质。佚名桑嘎有他自己的美学标准与诗学见解，是侗歌发展到一个灿烂光彩的黄金时期的理论小结；在侗族文学史上和侗族民间文学史上占有重要的一页；在中国的民间文学史上，也是一篇珍贵的民间诗论。

侗族没有民族文字，许多民歌作品已经遗失，诗论更难保存下来，因此，佚名桑嘎对前人的研究成果可能较少借鉴；侗歌仅凭口耳相传，佚名桑嘎听到的民歌作品也可能较少，这就必然影响到他研究的广度与深度。他在这样艰难的研究条件下，能够得出这样较高质量的研究成果，确是很不容易的。关于佚名桑嘎，没有文字史料，还是只能从《歌师传》内部来探索他是一位什么样的学者。此歌所评介的歌师，既有知识分子，也有体力劳动的人民；所评介的作品，既有汉族传说的移植改编，也有侗族社会题材的创作。从十三位歌师的序列看，第二位银宣是个财主、秀才，对他的评介占全歌116句中的40句，比三分之一还多。第一位杨信斌被评为"有才情"，"扬名广西各寨"，第三位魁仙被评为"出色歌手"，"声誉传遍了湖南侗乡"。他们的作品都属改编汉族传说，《歌师传》都作了内容提要，其他10位歌师都无此待遇。从上述分析看，佚名桑嘎较为重视知识分子歌师与汉族题材作品。侗族是较多吸收汉族文化、儒家文化的一个民族。也许佚名桑嘎是一位较多学习了汉族文化、儒家文化的侗族民间学者，是一位关心侗族文化发展的有心人，通过口耳相传，四处调查学习，掌握了不少侗歌，从中挑选出十三位歌师及其十六部作品进行了评介，留给我们一部八九十年前的侗家诗史诗评之作，一部珍贵的民间诗论。尽管研究的条件十分艰苦，但他尽了他的努力，为侗族文化，也为中国文化与世界民间文学事业，做出了他的一份贡献。

（原载《中芬民间文学搜集保管学术研讨会文集》，中国民间文艺出版社，1987，第284～290页。略有改动）

三江侗族祖母神"撒"捋略[*]

王　强[**]

　　侗族把他们崇拜的神称作"撒"[①]。"撒",在侗语中是奶奶、祖母的意思。显然,"撒"神崇拜是一种女神崇拜。据考证,"撒"神崇拜是母系社会对女性崇拜的典型。[②] 下文引述的材料将会再次证明这一点。但是,随着人类社会的发展,人类在前进,母系社会毕竟已成为一种遥远的追忆,那么,作为这种追忆的现实表现,在今天,撒神崇拜是否仍然与当初作为原始宗教的撒神崇拜保持一致呢?会不会产生变异呢?如果回答是否定的,那么,对"撒"神崇拜的演变必将是我们研究人类文化的一份好材料。笔者参加了1986年9月中芬民间文学联合考察工作,在对三江侗族自治县进行的民间文学考察期间,重点对三江县林溪乡侗民中的撒神崇拜进行了一些调查。

　　要想比较完整地了解作为原始宗教的"撒"神崇拜的全部由来与过程,是非常困难的。笔者走访了林溪乡皇朝寨、岩寨、大田寨,以及八江乡八江村的十数人,其中包括以侍奉"撒"为职业的家庭的传人,七十岁以上,在寨内被公认为谙熟本族历史的老人五位。但总的说来,几乎都是一些支离破碎的印象。经过一番归纳、整理,再加上参考一些现有的文字资料,得出了"撒"的概况如下。

　　"撒"的来历。在三江侗族古老的文艺形式——"多耶"中,有这么一段唱词:

　　　　问:当初撒岁哪里生,

---

　*　在广西柳州三江地区,人们多以"萨"来称呼女神,本文作者王强以"撒"字来称谓,于此保留原文用词"撒",不做改动。——编者注

　**　王强,时任《民间文学》编辑部助理编辑。

　①　撒神在侗族中由于分工、理解和地位的不同称呼也不一样,有撒样、撒堂、撒妈等不同称呼,但都系祖母神,故用"撒"代。

　②　莫俊卿:《母系氏族社会对女性崇拜的典型》,《史前研究》1983年创刊号。

七千里路哪方来，

来到哪里岩峻峭，

何物扑地捶三捶。

什么扰乱朝廷什么扰乱山岗。

什么扰乱天空什么扰乱江河。

十二把什么东西送撒岁。

答：当初撒岁上界生，

七千里路下天来，

半路看见岩峻峭，

铜锣扑地捶三捶。

皇帝扰乱朝廷金鸡扰乱山岗。

雷公扰乱天空龙王扰乱江河。

十二把扇子送撒岁。①

另外，三江县委吴浩同志搜集的一则故事说：撒是天上神人下凡，稻谷便是她发明种植的，不过当时的稻谷是稻树，谷子有柚子那么大，会说话，能走路。

林溪村皇朝寨七十岁侗族老人吴道德在谈到林溪"撒"的来历时说：不知是避秦还是避汉。侗族的祖先由贵州逃入当时还是原始森林的林溪，居住在现今岩寨对面的山坡"伍阿"（务牙）上面，"伍阿"位居龙脉之上，风水独占，所以五谷丰登，人丁兴旺，很快，发展到一千多户。当时共有四姓人家，石、杨、程、吴，吴姓最大，占了七百多户，而当时侗族规定：同姓人家不能开亲，因而吴姓男女青年的婚配便成了问题。到了明洪武年间，朝廷为了镇压、统治"蛮夷"，派邓子龙坐镇靖州。邓又亲自带人到少数民族地区挖"龙脉"。"伍阿"的"龙脉"便是这时被挖掉的。"龙脉"挖掉后，便出现了吴姓十八对青年相爱，最后集体上吊自尽的事，因此，四姓人家都搬离"伍阿"，下到现今的林溪来了。但下来之后，三年阳春不收，年年遭灾。老人们回忆，以前在贵州时，是要敬撒的，现在不敬了，所以有天灾人祸。于是乡民们便派出鬼师到贵州请撒，然而撒不肯来，说是必须有大坝大段才肯来，因贵州当地没有大坝大段，于是乡民们一致约定把林溪的某一处称作大段，某一处称作大坝，又派鬼师去请，鬼师又在贵州抽签占卦，选定了"撒侍"，撒才屈尊驾临。从此，林溪便一天比一天繁荣了。

① 三江八江乡耶本（吴浩提供并翻译）。

大田寨的解释与此大同小异。同样说到贵州一个叫大田的地方请撒，但撒言道要有呆别、呆端（记音）的地名，堆井的寨名的地方才去。于是，大田寨民生撰了这些地名、寨名，撒才来到这里。所不同的是，大田的撒位低于岩寨的撒，没有撒侍。

这几种解释，看得出来，是一种比较模糊的，遥远的民族祖先的追忆，头两种产生的年代显然是最遥远的，他们把撒看作一位仙人，开辟了侗族居住的地区，尤其是关于稻树的传说，年代或许比已有了"皇帝"概念的耶歌更早。我们知道，人类是从树上生活到地上生活的，而且就是到了地上之后，很长时间也是靠采集野果，打猎度日，因此，稻树的传说很可能是人类对采集、狩猎时代生活的模糊的记忆。后两种解释，几乎已经是对事物本原的不着边际的回忆了。但我们仍然可以把它们看作"撒"是侗族祖先的例证。因为三江地区的侗族据说是从江西到贵州再到广西的。而江西在他们的记忆中显然远远不及对贵州记忆得清晰。因此，请祖神就务必到贵州去请。

还有两种解释。"撒侍"的传人，岩寨七十岁老人吴全德告诉笔者，他们的祖先原在江西省吉安府太和县烂泥汀，本姓知，是朝廷命官，后获罪于朝廷，被定为合族诛灭，于是开始了举族大逃难。一路上扶老携幼，惨不忍睹。有一小媳妇，带着两个小孩。一个是她哥哥嫂子的，一个是她自己的，哥哥嫂子和她的亲人都已死的死，逃的逃，只剩下她和两个小孩。她自己的小孩年幼，哥哥的小孩年岁大些，但她却背着哥哥的小孩，让自己的小孩牵着她的手走，小孩年岁太小，走不动，所以被追兵赶上，带兵的官非常惊奇，问她：为什么背大孩牵小孩。她哭着回答，大孩是兄嫂的骨血，如果有个好歹，怎么对得起死去的兄嫂。带兵官听了这话后非常感动，就叫她带着小孩站进路边的田里，然后在田边插了一块牌子，上写"田内的人不杀"。带兵官又问这媳妇姓什么，媳妇不回答，只是抬头向天。带兵官说：知道了，你是姓口天吴的吴。后来很多逃难的人都站进了田里，因而幸免于难。此后，知姓人家便改姓吴了。而这个纯朴善良的小媳妇的美德也被吴姓人家永世铭记。岩寨的撒所祭祀的便是这个媳妇。这是解释之一。

解释之二。撒是一位除暴安良、维护民族利益的女英雄，原名杏妮，母亲梦见星星坠落屋面，老婆婆牵仙女进屋而生下她。杏妮三岁会唱歌，五岁会武艺，十一岁力能制牛，十三岁耕织歌舞样样在行。后父母被恶霸逼死，她亡命他乡，与一位相爱的后生结婚，生下两个女孩，在螺丝寨落户。后来挖鱼塘时又挖得一把九龙王娘赠给的多具神功的"九龙宝刀"。宝刀给人们带来福气，螺丝寨繁荣富强，人丁兴旺。恶霸又寻踪而来，硬说螺丝寨挖了他家龙脉宝，要用全寨土地来赔偿。杏妮率领大伙杀掉了恶霸。恶霸在外当官的儿子告到官府，说是侗民造反，官府立即派兵镇压。杏妮手持九龙宝刀，多次打退官兵，最后惊动了皇帝，皇帝派大兵围剿，终因寡不敌众，九龙宝刀又被奸细破了法，在激战九天九夜之后，全寨教众被困弄堂概（山名），相继阵亡。只剩下杏妮母女三人，纵身跳下万丈悬崖，化作三尊石像，矗立于乱石之中。侗家为了怀念这位敢于向邪恶势力作斗争的女首领，把她奉为"撒"神①。这里，撒又成了感生的英雄。

从前面这些略加评述的材料中可以看出，撒随着时代的变迁，经历了三个既有联系又有区别的时期：早期——民族祖先；中期——种姓家族祖先；晚期——英雄祖先。"崇拜"不同已不难看出撒在不同时代的不同形象，笔者姑且把它们分为民族祖先崇拜、种姓家族祖先崇拜、英雄祖先崇拜三类。按时间顺序，又分为早、中、晚三个时期，民族祖先崇拜是早期，种姓家族祖先崇拜是中期，英雄祖先崇拜是晚期。至于其产生与变异的原因，在后文将加以阐述。

祭撒的仪式。正如对撒的来历的解释一样，祭撒的仪式也随地区时代的不同而呈现出变异性。这里，撷其一二，以资考证。

八江乡六十一岁的杨雄新是这样描述当年的祭撒仪式的：祭撒之前，要预先准备三十六丈长的野葡萄藤，然后两个同年同月同日生的十八岁青年分别上两座山去寻找一对竹节都必须一样的竹子、一丈二尺长的茅草、在大山朽木上自生自长的浮萍。然后用葡萄藤把位于寨子中央的撒坛围起来，把竹子、茅草、浮萍放在上面，就可以开始祭撒了。祭撒之前，全寨每户包好够三天吃的粽子，舂好够三天吃的糍粑。因为在这三天中寨子里不准起火。祭撒时唱多耶的都是六十岁以上的老公公、老婆婆。女唱男还。到最后一天，准备各一对羊、鸡、猪破斋。这些动物，戒用刀杀，全部用水窒息而死。最后，找一名十八岁小伙子爬上最高的枫树顶上取下喜鹊窝，把窝拿到神坛前用柴火烧，然后全寨人都到这里取火种，回家升火，祭撒便告结束。

吴道德老人回忆林溪供奉撒的情形时说，岩寨的大撒平常就有专人侍奉②，撒侍是由请撒的鬼师在贵州或当地找人抽签打卦而选出来的。林溪的乡民们凑出公田供撒侍一家耕种，撒侍一家居住的木楼也由大家凑资出力公建，撒庙便在撒侍一家居住的木楼二楼正中。撒侍的职责是平常耕种撒田，打扫撒庙，每天早晚给撒神烧香进供。祭撒时向撒敬礼、念祷词，维持秩序。祭撒的仪式有三年一次、一年一次两种，以三年一次为多。祭撒之前，各寨选出正直之人若干。斋戒沐浴，然后前往撒庙膜拜、多耶，一般为期三天。这些活动的费用，一部分由寨民公凑，一部分由撒田中出。祭撒时与撒通话，

① 苗红：《侗寨先母坛》，载三江县文联编《风雨桥》1987年第2期。又见《侗族民间故事选》，上海文艺出版社，1982。
② 采访时，侗族老人也不知旧时怎样称呼这种人，笔者姑且称为撒侍。

请示与传达都由鬼师来进行，鬼师是撒的代言人。第三天下午，各寨全体出动，自带饭菜，到达撒庙外的大田，围成一堆堆的人圈，开始欢呼并进餐。这时，鬼师以撒的身份出现，到每一堆人前露面，人们高呼："撒来了！"餐毕，祭祀仪式便告结束。

林溪乡人、现三江县文联副主席周东培补充说：祭撒在每年的春节进行，因为这时正是"月也"的时候，各寨互相走动，每个寨的队伍由老人率领，最前面的人手持一把纸伞引路，这把纸伞便象征着撒，意思是撒与我们在一起，保佑我们顺利。各寨队伍走寨之前都要到撒庙外，芦笙齐奏，祈求撒的保佑。侗族还有一条不成文的规定：青年男女结婚时必须交一部分钱给撒庙，作为今后祭撒的费用。

总而言之，尽管各地的祭祀方式不同，但撒作为祖母神、保护神，在战争、生产、吉庆中，总是和她的子民们在一起的。

笔者所见到的撒庙。据老人回忆，林溪地区解放前共有三座撒庙：岩寨一座，称作撒妈，是为大撒；亮寨一座，称作撒打，是为中撒；大田寨一座，称作撒温，是为小撒。据说这三座撒庙中的撒是姐妹三人，其中以岩寨大撒地位最为尊贵，是福佑整个林溪地区的"撒神"，领受整个林溪地区的膜拜，有专门的撒侍侍候。亮寨撒庙中的撒次之，没有撒侍，也只能受亮寨左近人们的敬祀。大田寨撒庙中的撒更次之，自然也没有撒侍，只是小范围的祭祀。这三处撒庙中的撒神虽然地位不同，但任务是一样的，就是驱凶避邪，福佑自己的子民们人丁兴旺，五谷丰登，祈子得子，祈雨得雨。笔者首先走访了岩寨撒庙，撒庙在一座依"伍阿"山坡，面对岩寨而建的木楼中。据说解放前山坡下独此一座木楼，现在周围又建起了若干木楼。木楼的主人、撒侍的传人吴全德老人领我观看了撒庙。撒庙位于木楼二楼正中，一张长案，放在一间七八平方米的小屋中，小屋门为双开门，门外有一个七八平方米的外间，据说拜撒时便在这外间进行。撒庙中现已空空如也。神牌，供在神牌面前的妇女用的伞、花鞋、宝剑、裙子等都在"文革"中被烧毁了。大田寨，"文革"前尚存撒温庙，位于寨外，非常简陋，"文革"中被烧毁。据说1983年有一位叫文福（记音）的中年男人做了一个梦，梦见撒温对他说："你们为什么不给我造屋呀？让我住在竹林下面，风吹雨淋，好冷呀！"就在那一年，寨中失火，于是村民们自发复建了一座撒庙。撒庙位于寨外公路边上，砖墙瓦顶，十余平方米，中供一"神"位，屋角供着土地。而诸如伞、裙、剑、鞋等物什，一样也没有。庙外的对联，却是充满佛理的参禅、悟道一类的词语："成佛祖心台印妙风师百世白衣尊，悟禅关面壁功深道集九华红雪丽。"[①] 八江乡八江村在一年内发生了一次火灾。对此村中产生了两种意见：一种主

---

① 九华山为佛教四大名山之一。白衣尊当是观世音。亮寨的撒庙今已废。

张修建蓄水池防火，另一种主张修建撒庙。最后，还是修了撒庙。笔者看到的撒庙是这样的：位于寨中央，是一间四五平方米、一丈高的非常简陋的木屋，木屋内空空如也，正面壁上贴着神位和对联，神位是"赦封弄大湖漂达摩天子之神位"，上联为"达宏深德载东土"，下联为"摩觉悟道著西天"，活脱脱的佛寺风格。而且据老人说，几代人传下来都是这么写的。

据记载，比较原始的撒庙应是这样的："……金撒（先祖母的殿），一般立在寨子中间，占地约一丈见方，坛母屋高约八尺，八角形状，屋壁周围盖瓦，中间是小天井，天井里筑一小坛，坛下埋铁三脚一个，铁锅一口，火钳一把，银帽一顶，油杉木棒一节，铁剑一口，白石子若干粒，坛上撑一把纸伞，坛边栽一棵青。"① 这与在祭撒的仪式一节中引述的杨雄新的回忆是比较接近的。我们知道，侗族是一个多神教的民族，多神教是一种自然宗教……自然宗教也是万物有灵论的体现，因此，祭祀者在祭祀时把一些与他们生活密切相关的物件献给被祭祀者，同时，在祭祀时献上一些生命力十分顽强的植物如葡萄藤、浮萍、竹子、茅草等。一方面，人们认为这些东西是被祭祀者用得着的；另一方面，人们认为这些东西也是有灵性的。这种自然宗教显然与那些已经教义化了的人为宗教大不相同。据此，我们可以肯定，笔者所看见的几座撒庙，都已与原始状况相去甚远了，这显然是文化变异的结果。

至于达摩天子及其他神位进入撒庙，当然只能从民族迁徙、融合与文化变异的角度来探释了。

关于侗族的族源，目前有江西、广西梧州、浔州等说法。而林溪、八江一带侗民，大多说自己是从江西来的。这恐怕并不是无稽之谈，根据文献记载，明洪武年间，明政府为了巩固地方政权，同化少数民族，便"拔军下屯，拔民下寨"②。三万军民由江西调来侗区，很多士兵解甲后，便就地入赘了。但老百姓的传说则年代更加久远，而且多言系逃避朝廷加害而辗转逃来此地的，这和"耶撒"中唱的"皇帝扰乱朝廷"是比较吻合的，但目前在正史中很难找到根据。林溪乡党委书记覃永富告诉笔者，覃家祖先也是从江西避难而来。所说内容与吴姓祖先传说大体相同，其他姓氏也有这种说法。而覃家逃难途中留在百色地区的就是壮族，进入三江的便是侗族。他们之间至今仍有亲戚关系，在这一带，甚至还有不出五服的亲属分属壮、侗。林溪、八江的很多老人，都认为他们的祖先应是汉人，这不是没有道理的。因此，"侗

---

① 苗红：《侗寨先母坛》，载三江县文联编《风雨桥》1987 年第 2 期。又见《侗族民间故事选》，上海文艺出版社，1982。

② （清）俞渭：《黎平府志》，贵州省图书馆出版，2010。

族先民来自江西之说，实际是民族融合的反映"①。而且有同志考证，现今侗族居住区并非历来为侗族所有，是侗族在民族斗争中夺来的。②

因此，可以看出，侗族今天民族形态的形成，是经历过一个民族融合、迁徙的漫长时期的，三江侗族亦非例外。"侗壮大多来自异地，而非土著。"③ 民族融合、迁徙的过程，正是一个文化融合、迁徙的过程。如果说，江西汉民是在明朝进入侗区，我们知道，佛教早在东汉就已传入中原，汉族信仰佛教与道教的大有人在，而进入侗区后，为在侗区能立住脚，生存下去，不能不遵从当地侗民的风俗习惯。但是，汉文化仍然在潜意识中影响着他们。于是，两个民族融合了，两个民族的文化也融合了。这样，就出现了撒的外壳佛的神位，"达摩天子"④ 享用着妇女祭物的非驴非马的现象。据笔者推测，大田寨撒庙的"李王之神"应是道教老子的变态。当然，这种民族迁徙、融合造成文化迁徙、融合的解释也许只能是其中原因之一。

分析一下侗族的文化机制，也许能为我们找到答案提供另外一把钥匙。侗族是一个有着比较悠久的文化传统的民族，款、多耶等文化形式与走寨、月也等活动形式长期以来在他们的生活中占据着重要地位，尤其是围绕着款词进行的一系列立法、释祖、生产、出征、典礼活动，更是使侗族成为一个内聚力十分强的民族。《三江县志》载，三江县境内多次遭兵乱，而能够保境安民的都是侗族居住区。⑤ 但是，侗族并不因此而成为一个保守的民族，恰恰相反，侗族是一个在文化上十分开化的民族。这种开化笔者认为基于两种原因：一是侗文化的不全面与文化接受者的盲目性；二是战争因素。

文字是衡量一个民族文化水平的重要标志，但是侗族是一个没有文字的民族，他们目前所用的耶本、款本都是采用汉字记侗音的方法记录下来的，但侗族使用汉字，不会超过明代以前，而从社会形态来看，侗族几乎是越过了奴隶社会这个阶段直接进入封建社会末期的。因此，在思维上、文化上保留了很多原始形态的东西，除了一个维护本民族利益、加强本民族的团结的宗旨不可改变外，其余的文化因素都是可变性很大的。再加上一个村寨中，除了有数的几个人具有阅读、吟诵款词的能力与资格外，大多数人是没有文化的，由于他们对自己已有的文化还处于一种盲目服从的境地

---

① 《侗族简史》编写组编《侗族简史》，贵州民族出版社，1985。

② 王胜先：《侗族族源考略》，《贵州民族研究》1984 年 2 期。

③ 三江侗族县地方志编纂委员会编《三江县志·民族》，三江侗族县地方志编纂委员会办公室，1946，2002 年翻印。

④ 奇怪的是，汉族供奉中，似乎不见"达摩天子"之位。这里，只能看成移植中的变异了。

⑤ 三江侗族县地方志编纂委员会编《三江县志·民间规约》，三江侗族县地方志编纂委员会办公室，1946，2002 年翻印。

中，因而也不具备对外来文化的抗拒力，因此，在不影响其民族自尊与自信的前提下，"拿来主义"便成了通行的原则。宗教上，便体现出在万物有灵信仰基础上的对异教的接受。吴浩同志曾介绍，独峒寨的飞山庙便是到别的飞山庙中接来一束香火供上，便认为飞山公也跟随着香火到了这里。因此，崇拜主体所仰慕的是崇拜对象的神秘属性，而不是它的内涵的解释。汉族人信仰佛教，侗族人也许就认为神多一点没有什么坏处，拿来也未尝不可。因而，"达摩天子"与"李王"便被"接"进了撒庙，他们并不注重这些不同的神之间在内涵外延上的差别（他们也不具备这种判断差别的能力和愿望），而注重的是它们都具有神秘属性。于是，关公住进了风雨桥。

战争，在以往的历史中，总是被看作摧残文明、毁灭文化的恶魔的代名词，但今天用历史唯物主义的观点来看，这样的认识是不全面的。战争有其毁灭、破坏的一面，但同时也有其传播、促进的一面，整个人类的文明发展史实际上也是同战争史交叉在一起的。中国边远地区的开发与开化，也可作如是观。汉族在与侗族的交往过程中，汉族文化不可抗拒地也渗透了进去，这一点可以在侗族的历法、丧葬习俗、文字、农作中得到多方面的证实，所以，在实行民族同化、大汉族主义政策的国民党时期修撰的县志中出现了"易与汉人趋于一致者，此族为最有希望者"[1] 的字样。而宗教、信仰、崇拜，也在这个过程中被吸收。于是，关公住进了风雨桥，与诸葛亮的对头孟获同享祭祀，土地公也在侗区承担了撒神的职责之一，即保护五谷丰登，而从未到过林溪的诸葛亮也在林溪有了安营扎寨的遗迹，并且因其智慧成了米舂与芦笙的发明者。[2]（而且到了清初，佛教、道教已开始在三江地区有了寺院。仅县志记载的就有九所，而林溪据说解放前也有两所佛教的法林寺。因此，"达摩天子"与"李王"进入撒庙，就不是不可理解的了。）

撒神形象模糊性与变异性的原因是多种多样的，本文也不敢奢望能够解决这个问题，而且笔者认为，一味地去死究其原因也是徒劳的。重要的是我们在多种原因的探索中找到了人类文化的融合、交流，不断地互相影响互相弥补，因而才有了今天灿烂文化的结晶的例证，这是笔者在此次调查中的体会。同时，即便时间仓促，了解面狭窄，材料及分析都有片面之处，笔者仍然不揣冒昧，公之于众，其目的在于求教方家。

可以说，侗族人民对于作为民族共同祖先的撒的形象的记忆与感知是模糊的，而对于作为种姓祖先与英雄祖先的形象的记忆与感知却是十分清晰的，如何解释这一现

---

[1]　三江侗族县地方志编纂委员会编《三江县志·民族》，三江侗族县地方志编纂委员会办公室，1946，2002 年翻印。

[2]　民间传说。

象呢？

　　我们知道，原始思维与现代思维有着很大的差别，也许，正是原始思维的特点造成了这种模糊性。原始思维本身就是一种朦胧的宗教意识，这里讲人为宗教似无必要，这样几句也难讲清楚。

　　在它一产生的时侯便是模糊不清的。"神话、葬礼仪式、土地崇拜仪式、感应巫术不像是为了合理解释的需要而产生的；它们是原始人对集体需要，对集体情感的回答，在它们那里，这些需要和情感要比上述的合理解释的需要威严得多，强大得多，深刻得多。"① 当然，用集体表象②来否定宗教产生的解释性原因是欠妥的，但在宗教产生之后的信仰过程中存在着集体表象却是一个不能否认的事实。这种事实的存在，造成在其信仰中原始人对信仰对象根源的忽视，"作为集体的东西，这些表象硬是把自己强加在个人身上，亦即它们对个人来说不是推理的产物，而是信仰的产物"③。这也是直到今天，侗民仍然不求甚解地崇拜着撒神及其他各路诸神的缘故之一，撒神形象的模糊，思维的特点是原因之一。

　　另外，社会演变当然也是一个极其重要的原因。从侗族目前仍然残存的不落夫家、为婴儿举行"三朝酒"仪式、舅权留等习俗来看，侗族无疑也是走过了漫长的母系氏族的道路的，林溪乡现在还遗存着石婆婆、树婆婆崇拜的遗迹。但是，这毕竟已是十分遥远的过去了。再加上父系社会也是在阶级社会产生之前的很久就已经形成，因此在侗族中，也出现了男性崇拜，"每寨共建祖祠，名曰'鬼堂'，刻男像裸体，不令女人入见"④。贵州省榕江县加阿寨村口，也立一人形石，被视为男祖先的象征。⑤ 于是，再加上现代社会各种因素的影响，撒神崇拜就仅仅是"关于妇女以前更自由和更有势力的地位的回忆"⑥ 了。撇开阶级社会中附加的解释而去寻找原始时期可能存在的答案也就成了一件十分艰难的事情。

　　种姓祖先的解释，显然是阶级社会的内容。吴姓家族遭难逃迁，远离本土，谋生异乡，又屡经排挤，才勉强站住脚。在这种艰难困苦的环境下，家族的团结就成了生存下去的必要基础。这时，对祖先功绩的追忆，对祖先美德的颂扬是最能增强家族成员的自豪感与内聚力的。因此，把撒附会为吴姓先祖，无疑是一种团结本家族的号召，是在适者生存的前提下产生的追远。

---

① 〔法〕列维·布留尔：《原始思维》，丁由译，商务印书馆，1981，第17页。
② 〔法〕列维·布留尔：《原始思维》，丁由译，商务印书馆，1981，第5页。
③ 〔法〕列维·布留尔：《原始思维》，丁由译，商务印书馆，1981，第18页。
④ （清）俞渭：《黎平府志·地理志》，贵州省图书馆，2010。
⑤ 宋兆麟：《原始的生育信仰》，《史前研究》1983年创刊号。
⑥ 〔德〕马克思：《摩尔根〈古代社会〉一书摘要》，人民出版社，1965，第39页。

　　类同此理，侗族地处山区，历来统治阶级都把他们视为蛮夷，屡加讨伐。侗族人民为了反抗统治阶级的压迫，曾多次起义。而在酷烈的战争中，出现了多次光荣的胜利与悲壮的失败，自然也出现了许多可歌可泣的英雄人物。一方面，人们怀念他们，要纪念他们；另一方面为了民族的利益他们需要榜样与旗帜，只有使全体侗民团结在一定的旗帜下与榜样周围，才能在与自然和社会斗争中取得胜利。同时，由于人民群众的经济和文化水平极其落后，只有涂上宗教色彩的旗帜与榜样才最有号召力。于是，女英雄杏妮便成了撒的化身，英雄祖先也就由此而产生。独峒寨关于撒在救火与退匪斗争中都挺身而出的传说①便是这种心理因素产生的结果。

　　由此可以看出，侗族的氏族祖先与英雄祖先都是在阶级社会中，为了保护民族利益而产生的。英雄人物的身上往往被涂上宗教色彩，而这种被涂上了宗教色彩的英雄大人物，则更加具备号召力。"人在改变自己的自然的时候，也顺便改变着自己对周围世界的看法，既然他对周围世界的看法在改变，那么，他的宗教观念发生或多或少的根本变革，就是自然而然的事了。"②

---

① 苗红：《侗寨先母坛》，载三江县文联编《风雨桥》1987 年第 2 期；又见《侗族民间故事选》，上海文艺出版社，1982。

② 《普列汉诺夫哲学著作选集》（第三卷），三联书店，1960，第 391 页。

"嘎拿"与侗族婚姻家庭的发展演变

黄凤兰[*]

侗族是一个热爱唱歌的民族，生活中处处是歌，各种各样的民歌层出不穷、丰富多彩。在侗族民歌中，"嘎拿"（汉语意即：情歌）的数量最多，流传也最广。它以丰富广泛的思想内容和较完善的艺术形式赢得了侗族人民的喜爱，并闻名于区外。今年的三、四月间，我随中芬民间文学考察团来到广西三江县侗族地区进行考察，采录到数十首情歌，对马鞍寨及县城里的男女老少作了调查，对三江地区的侗族情歌及与它密切相联的侗族婚姻家庭的演化有了一个初步了解。本文试图以此为基础，从对"嘎拿"的分析，探讨侗族婚姻家庭的发展变化，以期为正确看待和深入研究侗族情歌，开展民俗学的研究提供一点参考。

一

侗族的青年男女，向来有公开进行社交活动和谈情说爱的习俗。对于这种习俗，三江县马鞍寨一带的人们称为"嘎拿"，意即谈情说爱，侗家唱"嘎拿"的活动，多在节日探亲访友行歌坐月时进行。

行歌坐月，又称行歌坐夜，是侗家男女青年夜晚在歌堂里谈情说爱、交流思想、抒发感情时唱的情歌。男青年们坐在短矮的板凳上，拉着琴弦弹起琵琶，女青年们坐在一排长凳上，架起纺车。纺车伴着琴声，双方唱起情歌。他们通过唱歌来互相了解，通过唱歌来增进感情，进而选择情投意合的伴侣。侗族青年男女的这种行歌坐月活动，显然是原始社会婚姻形态的遗风。

---

[*] 黄凤兰（1955~），女，河北武邑人，时任中国民间文艺研究会研究部助理编辑，历任中国民间文艺家协会研究部副主任，评奖办主任。——编者注

　　三江县的侗族情歌绚丽多姿，有对新结识的情人的探问，也有对已定情的爱人的情誓，有行歌坐月时的欢歌笑语，也有对情人的相思怀念、祝福和希望，还有失恋的悲苦、对贪财情人的怨恨以及对不自由的婚姻的反抗和斗争。请看下面一首情歌：

> 都柳江水静静地流，
> 捡个石头江里丢，
> 试试江水深或浅，
> 看你鱼儿游不游？
> 游出鱼儿我撒网，
> 撒网不得再安钩。
> 天晴下雨我守钓，
> 钓得鱼儿才把心收。

　　这种乡土气息浓厚的情歌，歌颂了美好的爱情，表现了人间纯真美好的感情。

　　爱情、婚姻是社会生活的一个重要部分。侗族情歌以生动的语言，鲜明的色彩，反映了侗族人民的生活风俗、思想愿望和心理情绪。这些情歌，特别是古代流传下来的情歌，反映出侗族婚姻形态的一斑。例如：

> ……
> 可恨土司王，
> 凶狠坏心肠；
> 我们俩相恋，
> 要我见阎王。
> 说我俩相恋，
> 败坏了门风；
> 不许我俩通，
> 如关在笼中。
> 我俩心愿同，
> 要破笼双飞；
> 像小鸟一样，
> 双双上青山。

　　这首情歌就反映了明代以前实行土司制度的侗族地区的婚姻情况。但这只是当时的一种情况。据寨子里的老人回忆，明代以前，侗族青年男女的婚姻还是比较自由的。虽然广大汉族地区早已进入了封建社会，但是由于侗族居住的是边沿地区，加之实行的是土司制度，因此封建主义的统治在侗族地区比较薄弱。这时的情歌主要表现男女之间纯真的爱情，而绝少阶级斗争。

二

情歌不仅有丰富的思想内容，而且从它反映出的侗族本身的生活、恋爱、婚姻和家庭形式，我们可以将之作为研究侗族婚姻、家庭发展演变的资料，经过归纳、整理，比较真实、准确地了解侗族婚姻、家庭的发展演变过程。

1. 社交、恋爱活动的集体性

从情歌中，我们看到，侗族青年男女婚前比较自由，他们的社交、恋爱活动饶有情趣，没有多大约束。社交、恋爱往往以"群"为单位集体进行。侗族社交、恋爱比较大的活动有行歌坐月、节日活动等。这些活动都多少带有原始性的痕迹。

2. 侗族婚姻礼仪的古朴性

侗族结婚仪式不下十余种，它们都或多或少地显现出古代群婚制的痕迹。马鞍寨一带，过去就有抢亲的习惯。青年人情投意合，而老人却不同意，于是，他和她就预约在歌节或是赶圩的日子，女方盛装打扮出门，男方邀约几位要好的朋友，半路将姑娘抢走，然后着人去通知女方家长。既成事实，老人不得不依，接着就办喜酒，送红猪。通过抢的形式，达到青年人婚姻美满的目的。实际上，这种抢亲，也可以说得上是一种反对包办婚姻的手段。马鞍寨还有一种抢亲情况，即双方父母同意，男方偕同本寨伙伴到女方寨子集体进行"抢婚"，实际上是一种充满闹剧色彩的游戏活动。这种古代婚俗的遗迹，反映了女子对母系制转变而必须从夫居的一种消极反抗。

3. 侗族家庭形态的原始性

马鞍寨的老人讲述了这样一种具有某些原始特点的家庭形式："不落夫家"，即女子婚后住在娘家。新媳妇过门，不闹新房，不同居，三天婚礼后，就送回娘家。第一年新媳妇春天来插秧，秋天来剪禾、纺纱，闲时住娘家。这种时间长短不定，短则一两年，长则三五年。因此有"三年上、五年下"的规矩。《粤西丛载》卷二十四载："南丹溪侗人呼为僮……时上元春秋社日，男女答歌苟合，至有妊娠始归夫家。"夫妻双方在不落夫家期间仍可去行歌坐月，对歌交朋友，继续那种相对自由的对偶婚式的生活，直至女方有孕才从娘家回到夫家。这种风俗解放初期还一直普遍存在，就是近几年，马鞍寨中还有个别家庭是这样。这种"家庭"形式实际上是古代对偶家庭向一夫一妻制家庭转变过程中的反映。

4. 侗族血缘婚的遗留

情歌中，反映出侗族地区姑舅表婚的习俗。马鞍寨中，这种情况过去非常普遍。寨子里，姑舅表兄弟、表姐妹之间有优先婚配的权利。随着时间的推移，情歌中出现了不嫁姑表的内容。但舅表婚的优先权却不能轻易取消，否则会引起纠纷。就是舅方没有匹配的对象，外甥女出嫁也要经舅方的同意还须送彩礼给舅方。反映了女权代表和父权代表之间为争夺世系的斗争，亦反映了古代侗族妇女在家庭中地位的变化。

上述从情歌中反映出的资料证明，侗族地区由于生产力和文化发展的不平衡，其保留某些原始社会痕迹的深浅也各不相同。而且，反映在婚姻家庭上，就表现出各个不同阶段的婚姻家庭内容的特征。

三

恩格斯在《家庭、私有制和国家的起源》一书中，科学地指明了人类婚姻、家庭的发展演变过程，自脱离了杂乱状态以后，依次经历了血缘婚和血缘家庭，普那路亚婚（群婚）和普那路亚家庭、对偶婚和对偶家庭，一夫一妻制婚和个体家庭的婚姻、家庭形式。婚姻和家庭是不可分割的，当人完全脱离动物界后，就伴随着人类自身的生产，以血缘群婚及其相应的血缘家庭的各种形态存在，并逐一向高一级阶段生产、演变。运用马列主义这一科学理论，分析情歌中所反映的种种现象，我们可以勾勒出一条侗族婚姻发展演变的路线。

1. 血缘婚和血缘家庭

按照社会发展规律，侗族也跟汉族及其他民族一样，经历过旧石器时代、中石器时代和新石器时代，同时也经历了相当长一段时期的原始公社时期。随着生产力的发展，人类就由原始群进入了血缘氏族。这时，就产生了人类最早的婚姻规则，实行辈分婚。马克思《摩尔根〈古代社会〉一书摘要》说这是"直系和旁系的兄弟和姐妹之间的群婚"。与之相应的血缘家庭里兄妹关系也是夫妻关系。

这一特征我们可以用古代情歌来印证。

在侗族情歌的记载中，有一种"芦笙行年"的活动，即一个寨子的人带着芦笙歌舞集体到另一个寨子里作客，通过芦笙吹奏，情歌低唱，去寻找伴侣。这种社交活动就反映了上述血缘婚姻形态的痕迹。集体作客不论男女老少都可参加，不管班辈差别多大，只要未婚，就可进行寻找对象的活动。情歌中就有"左插野鸡毛，右插锦鸡毛，花衣彩带穿一身"的词句。不管年纪大小，一样后生打扮。即使是孙子和祖母、爷爷和孙女都可以通婚，这就是血缘异辈婚的特点。

兄妹结亲是人类婚姻最早的一例，即血缘辈分婚。它是在血缘异婚基础上产生的。兄妹婚的传说在我国各民族中相当普遍，在侗族情歌中也有所涉及。倒如张良张妹两兄妹打破常规结成夫妻的民歌，就向人们证明：人类自身生产的作用，决定新的婚姻形态必然去代替旧的婚姻形态。以兄妹婚为代表的辈分婚必然取代异辈婚而成为人类婚姻的第一种形态。

2. 普那路亚婚和普那路亚家庭

普那路亚婚是群婚的高级阶段。这一阶段，是排除了血缘关系的古老群婚。若干数目的姊妹们所共有的若干数目的丈夫们，彼此之间已不是兄弟，在排除了同胞姊妹、兄弟之间性关系的同时，也排除了旁系姊妹、兄弟的通婚。侗族青年恋爱的群体性、婚姻形式的原始性就证明了这一点。

"行歌坐月"是侗族青年男女群体性恋爱活动的例证，即通过唱歌谈心物色对象。这是排除了血缘关系的古老群婚在恋爱形式上的一部分遗留。

群体性活动是整个侗族青年男女恋爱的共同特性。在大量采录到的情歌中可以发现，只要涉及婚姻、家庭的内容，即使单个青年，也是用"我们""你们""他（她）们"的复数人称代词，而极少用"我""你""他（她）"等单数人称代词。一首情歌说："翻转以前开肠破肚讲的心里话，谁知你们情人使我们打单身，恰似月亮背了山。早知以后难成对，丢下这份情意我们去配她们。"在婚宴上唱歌时，称新娘、新郎为"我们的新娘们""我们的新郎们"。而对非婚姻、家庭的所属格人称代词用的却是"我的""你的""他的"。这充分反映出婚姻家庭发展演变到第二阶段时的特点。

3. 对偶婚及其家庭

对偶婚是人类的婚姻关系由群婚多级阶段演变为一夫一妻制的过渡阶段。"每一个男子在其若干的妻子中，有一个主妻，反过来说，女子也是如此。""不落夫家"就具有对偶婚家庭的性质。这是侗族地区比较普遍存在的习俗。它反映了父权制和母权制的矛盾，特别是反映了一夫一妻的夫方居住制和对偶婚的母方居住制的矛盾，是对偶婚时期母方居住的残余表现。对偶婚虽然已属于一对男女的个体婚，但这种男女的结合是不牢固的，是容易分散的，二人结合时，并不排斥其中任何一方与他人性的权利。马鞍寨老人告诉我，夫妻在未定居期间，夫妻双方虽然都要求彼此忠贞，但并不反对任何一方参加谈情说爱的活动，如果有人来邀请夫妻的任何一方去"行歌坐月"，另一方不但不感到耻辱，反而很高兴。当然，夫妻之间已经有了严格的义务不容许任何一方有越轨行为。但是，这种严格的夫妻义务，是在一夫一妻制度下形成的。所以，这时夫妻双方的自由的社交活动，实质上说，并非婚姻义务的约束不严，而是对偶婚在一夫一妻制度下的某种遗留。

对偶婚还表现在夫妻之间容易离散。在侗族情歌中，离婚往往被称为"忘夫"，意思就是离弃丈夫。马鞍寨中的"忘夫"手续就很简单，只要将一把系有红绸的芦笙还给丈夫，即算离婚。这种女子占主动地位解除婚姻关系的现象，进一步反映了对偶婚的特点。

对偶婚存在的第一个原因，是共产制家庭经济的存在，夫妇双方没有共同的家庭经济，就决定了"不落夫家"习俗的存在；落后的原始生产力和与之相适应的对女性崇拜的宗教信仰，是对偶婚存在的第二个原因。

4. 一夫一妻制婚姻家庭

恩格斯指出："一夫一妻制的产生是由于，大量财富集中于一人之手，并且是男子之手，而且这种财富必须传给这一男子的子女，而不是传给其他任何人的子女。"这就导致由女系计算世系变为由男系计算世系，母系制被父系制取代了。这是"人类所经历过的最激进的革命之一"。父系制的建立，女子嫁到男家，由主人降为从属地位，这是巨大的婚姻变革，进行并非一帆风顺。马鞍寨一带，很早就有"抢婚"的风俗，这不能不说是实现一夫一妻制的强制手段。当然"抢婚"等婚姻形式属于群婚的性质，但一夫一妻制婚姻正是经过这种和其他一些形式而最终确立。值得注意的是，"抢婚"中所唱的情歌也表明，原始抢婚的内容、目的已经完全变化，近代特别是现代出现的个别"抢婚"现象，只保留了原始抢婚的形式，实际上，它已经成为一种象征性、团体性的娱乐活动了。

恩格斯在《路德维希·费尔巴哈和德国古典哲学的终结》一书中明确指出，事物"在发展进程中，以前一切现实的东西都会成为不现实的，都会丧失自己的必然性、自己存在的权利、自己的合理性"。侗族婚姻家庭的发展演变正是如此。我们经过对侗族"嘎拿"中所反映的有关婚姻演变的材料入手，探索出侗族婚姻家庭发展的各个阶段，过去有其产生和存在的条件，即有其存在的必然性和合理性。随着时代的向前发展，血缘婚、对偶婚等群婚的婚姻形式早已失去其存在的合理性，通过买卖婚姻和抢婚等形式，最后产生了一夫一妻制。

侗族的"嘎拿"就其能够反映出各阶段、各时代的婚姻家庭的背景，能够表现各时代的青年男女向往纯真美好的爱情来说，有着不可低估的作用及其存在意义。侗族的"嘎拿"，以它广泛的深刻的思想内容，为我们探索侗族婚姻家庭的发展演变提供了事实依据。

5. 社会主义制度下的婚姻家庭

社会主义时期，出现了大量的新的情歌。这些在侗族人民中间广泛流传的新情歌既是对社会主义新型婚姻的反映，也是对这种新型关系的促进。但是，由于历史上长期遗留下来的经济、文化、教育和观念的落后局面的存在，旧的婚姻势力仍有存在的土壤。直至今日，马鞍寨一带的侗族地区，买卖婚、包办婚、早婚和不落夫家等旧的婚俗在不同程度上还残留着，与社会主义的婚姻形态相抗衡。出于这样的原因，情歌在反对封建婚姻上不能不说有其巨大的作用，因此我们有必要研究侗族各时代的情歌，研究情歌中所反映的大量的、丰富的资料，探索侗族婚姻历史的和今天的演变，促进侗族人民的婚姻朝着科学文明和健康幸福的道路发展。

综上所述，作为侗族民间文学中的主要体裁，"嘎拿"中反映的那些源远流长的民间习俗，在漫长的历史时期内始终和侗族婚姻家庭的发展有着密切关系。它是各时代婚姻家庭不同程度变化的反映，也是研究这一发展演变的事实根据。侗族的"嘎拿"在各时代婚姻家庭中起过这样那样的作用，随着社会的前进，在某种程度和某些方面，仍然在发挥着积极作用。因此，我们有必要进一步探讨侗族"嘎拿"，从其思想内容及艺术特色上吸取营养，并联系"嘎拿"所反映的各种习俗，探讨婚姻家庭、宗教信仰及与妇女的地位关系等问题，建立和加强中国歌谣史特别是情歌发展史的理论。

侗族款词初识

邢志萍*

三江侗族自治县位于桂北山区，北临湖南通道；西连黔东南，与从江、黎平两县相接；东邻广西龙胜各族自治县；南靠柳州地区的融安县；西南与广西融水苗族自治县相接，是个以侗族为主的多民族自治县，共有侗、苗、瑶、壮、汉五个民族，共27.9万多人，其中侗族14.4万多人，占总人口的51.6%。

三江县八江乡八斗村是中芬民间文学联合考察点之一。它位于三江县县城——古宜镇北面，是个不大的侗家村寨，共计一百六十三户，八百二十人。杨、吴两姓是该寨的大户，约占整个村寨的一半。其余还有刘、罗、龙等姓。依山傍水，是侗族村寨的特点，八斗村亦不例外。它四面环山，寨边溪河长流。人未进村口，首先映入眼帘的便是架在河上的侗族人民世代引以为豪的艺术建筑——风雨桥。在风雨桥的左侧，与村寨隔溪相望的是一条刚通车不久的铁路；风雨桥的右侧是一株盘根错节、挺拔苍劲的大榕树，它与敦厚、沉稳的风雨桥恰似两个忠于职守的侍卫，终年默默地守护着村寨的通道。越过大榕树，雄伟壮观而又玲珑秀雅的鼓楼赫然矗立在你的面前，周围簇拥着一排排侗家木楼，如众星拱月，令人赞叹不已！

我、蓝鸿恩副主席还有河南大学的张振犁教授组成了款词调查小组，在这个村寨进行了为期三天的专访。三天时间我们先后采访了雅龙寨的杨通义（男，20岁），八江寨的覃建荣（男，66岁）、欧刚雄（男，60岁）老人。三江县委宣传部副部长吴浩同志陪同作翻译。尽管我们的人都带着照相机、录音机等先进的采录工具，可由于时间短促，语言不通，光翻译就用去了大部分时间，因而对内容广泛、历史悠久的款词艺术，我们只限于表面的初步认识。更深入、完整的了解，还有待于今后更科学、更扎实、更系统的调查。

---

* 邢志萍，女，时任广西壮族自治区民间文学研究会干事。——编者注

一　款的组织形式与社会作用

辛亥革命前夕，在三江侗族居住区保留着一种类似原始社会末期部落联盟的社会组织，叫"款"。款组织的领导者，称为款首，款首由各村寨的款民推选，年龄不论大小，只要有威严、能秉公办事、处理事情果断，具有一定的组织能力就可当选。款首不拿任何报酬，完全是义务服务。

款的组织形式有大有小。一个大村寨或两三个甚至四五个小村寨组成一个小款，亦可由几个小款甚至沿江一带的款组织联合起来组成一个大款，没有硬性的规定。在湘、桂、黔侗族集中的交界地区过去流传着十三款坪的说法；广西境内的侗族居住区则有三个款坪，以起款地址分别命名为地瓜坪、王相坪、松树坪。这三个大款组织包罗了一百多个侗家村寨。款组织只有在召集款民议事时才作为一个民众组织发挥作用，平常不活动时，各村寨不受款组织约束，各家归各家。

款组织活动时称"起款"或"聚款"；款组织所制定的法典规章叫款约。款约，一方面是用来约束款民行动的条规；另一方面是用作处理各种犯罪行为的准绳，也就是法律。由于侗族没有本民族的文字且懂汉文的极少，不可能将这些款约写成条文公之于众，以示告诫，由此就产生了说款的形式，即在每年的一定时间，召集款民到款坪，由熟记款约的人朗诵，以达到款民受教育的目的。通常说款每年至少要进行两次：一次为三月，时值春耕春种，为保护种下的农作物不受糟踏而召集众款民"说款"，此时的起款，称为"三月约青"；再一次为九月，各种农作物已成熟，为防止他人侵犯、偷盗而起款，称为"九月约黄"。其他时间如因某个款民违反了款组织的法规需按款约进行处罚，称为"开款"；如若遇外敌入侵或需采取必要的军事行动，全款的款民便按命令自备刀枪奔赴指定地点，这种统一的军事行动，称为"聚款"。简而言之，说款是向款民们宣传款约，以达到教育目的；开款是按款约进行处罚，以示惩戒；聚款是以款约作为军事纪律，以统一全款民的军事行动。在没有文字的情况下，为不误军情，取得统一的军事行动，就产生了款组织所特有的起款"急讯牌"——在一块长方形的木牌上，画上刀枪、插上羽毛、悬挂辣椒和火炭，以示情况万分火急。也有在木牌上涂上鸡血之类以示流血事件的，将款牌放入河中，随水漂流。任何一个款首看见起款"急讯牌"，他就要组织本款民拿刀枪奔赴指定地点援助。由此可见，"款"，对内是一个民众自治的团体，宣传同族同源，维系内部团结、处理民事纠纷；对外是一个带有联盟性质的军事组织，抵御外敌侵略。

二 款词的种类与内容

侗族历代款首为了使款民们熟记每一条款约，不断地对款约进行加工和提炼，逐渐使这种干瘪无味的口头法律变成能朗朗上口且具有强烈的节奏感和韵律感的口头文学了。由于历史的变迁，封建王朝的统治深入少数民族地区，建立了保甲制度，款组织在人们的社会生活中逐渐消失，开款、聚款这种活动也随之消失。但随着款约披上文学色彩，说款也由原来仅作为宣传法律条规的一种活动而扩大为具有娱乐性质的活动，因而得以长期保留下来。但是，款约作为说款的内容，显然已满足不了娱乐的需要，由此人们在说款时除朗诵款约外，还以款约的形式朗诵、引用其他口头文学作品。如历史人物传记、神话传说、谚语集句等，以便用这些故事说明问题、解释礼俗，因而保留了很多神话和传说，对研究侗族历史文化有着很高的资料价值。现在，有的村寨还把党的方针政策编成款约式的韵文进行宣讲，极受欢迎。随着社会的进步、款组织作用的消除，款约扩大为带有娱乐性质、具有十分浓厚的文学色彩的、内容丰富的款词艺术。

款词究竟有多少种类？有人主张以韵律分，有人主张以题材分，众说纷纭。我以为，款约发展到现在的款词，无非是由口头法律扩大为口头文学，故基本可分为两大类。

1. 法律款词部分

这部分款词包含寨规寨约、河规河约、断案款、出征款（军事纪律款）等。据我们了解，侗族居住区的款约内容大体是一致的，差别只在罚钱多少上。18 条款约按处罚轻重细分如下。

（1）罪恶严重、需处极刑的"六面阴规"（6 条）：凡犯了拦路抢劫、挖墙拱壁、偷牛盗马、抢夺人妻、奸污妇女、勾生吃熟（内奸）罪，处以极刑。如款词：

　　……讲到谁人，
　　手痒脚滑，眼塌腰弯，
　　偷猪出栏，盗羊出圈，
　　盗马过坳，劫牛下山，
　　我沿蹄找印，沿窗找蛋，
　　我沿渠找水，沿窝找滩，
　　我丢了谷子找米糠，

我丢了草鱼找酸坛，

寻到你的村寨，觅到你的地盘，

在村边搜出羊毛，

在寨中搜出猪肝，

那你莫拿虎皮遮盖，

那你莫拿刀枪阻拦，

白石挖它出土，

荆棘挖它出山，

龙王子孙你莫护，

王帝子孙你莫袒，

拖他出门，

擒上款台。

（吴浩搜集整理）

（2）犯有一般性错误，需处以罚款的"六面阳规"（6 条），如款词：

我现在不讲右边的款，也不讲左边的款；

我现在不讲六面厚的款，我现在讲六面薄的款；

我现在不讲六面阴间的款，我现在说六面阳间的款；

我现在讲到青年男女晚上坐夜坐到月塘火炉旁，

男的用野鸡尾插在头上，女的左边挂着银牌；

走路时不要给碰到翅膀，你去插田时不要给碰到头颅；

如果谁人走路碰到翅膀，插田时碰到了人家的头上；

这样就触犯了条规，罚四两四的银子八两八的银子；

这些事早上发生晚上就要处理。

（口述：吴浩）

又如：

现在我说到，山上新种的东西有十二样是吃的，有十三样是拿来穿的；

如果谁人偷了山上的葫芦瓜和茄瓜，就要罚三两七的银子；

如果谁人偷了别人的鸡和鸭，就要罚二两二的银子；

如果谁的小孩偷了别人的梨子、桃子，就不罚银子而要受到别人的责骂；

如果有人上山去偷别人的鸟套，下河又去偷人家的钓钩；上山又去偷别人的豆角，进山冲又去偷别人的青菜；

这些都是小事，早上发现，夜晚就要处理。

（口述：吴浩）

（3）属一般性的组织纪律条文或劝善、规恶、排难解纷的"六面威规"（6条）。如款词：

要看米泡水，要看客作饭，
要看钱做事，要看体量衣，
挖土要用锄头，撬岩要用撬棍，
不要得甜忘苦，不要得暖忘冷。
吃饭忘呛，吃鱼忘刺，
只生眼睛，不长眼珠。

又如劝丈夫莫弃妻子的款词：

高山上栽麻叶，总见不到水，
它怎么会生长呢？
廊檐下栽李树，总见不到太阳，
它怎么会结子呢？
你把妻子当姐妹，总不和她亲热，
她怎么会生育呢？

（以上两段摘自《侗乡风情录》）

这部分款词因为是民族法典，故在说款时都很庄重、威严，有一定的说款仪式（见后文），以令人生畏，以示神圣不可侵犯。

2. 娱乐款词部分

这部分的款词，既有神话传说，也有人物传记；既有地理概貌，也有风俗礼仪，内容丰富广泛，犹如一部小小的百科全书。在采访中，我们采录到族源歌、草鱼的来源、猪的来源、芦笙的来源、侗歌的来源、祖先的来源、盘古开天地及丧葬时朗诵的富贵款词等，韵文优美，内容翔实。如族源歌：

……当初我们共是
盘古王、盘古老的儿孙，
盘古开天，

盘古开地。

马王开路，

夫王开姓。

山岗立土地，

江水立龙王，

造云给山头，

造雾给山脚。

造林给山梁，

造人给山乡。

八子同地生，

八儿同地养。

当初告公养老公，

老公养牙常，

牙常养松泰，

松泰养松土。

松土养了八个儿子，

一叫雷郎公公，

二叫龙郎公公，

三叫虎郎公公，

四叫蛇郎公公，

五叫豹郎公公，

六叫猫郎公公，

七叫张良公公，

第八个养得张妹女郎。

（口述：覃建荣，翻译整理：吴浩）

又如侗歌的来源：

今天叫朋友出，朋友不愿出，

叫老人说，老人又说他金口难开，

叫年轻的说，年轻人又说我的喉咙今天唱不了；

现在叫我不老不少的人，用那厚的脸皮，用那南瓜来作胆；

好啊，也要唱一段，

不好，也要唱一段。

我唱得好，你们不要赞扬，

唱不好，你们也不要嘲笑，

我现在讲到古代我们的祖先，讲到我们的父辈，

现在我是袭沿着张良公公的礼俗，袭沿着张妹奶奶的礼俗，

啊，说起来就话长了，牵那个藤啊，也说不清楚有多长啊！

父亲啊，就给我们造下了话语，

给我们今天能够互相观看，

母亲也记下了古歌，给我们今天来互相唱兴，

话语就能够说得人骨骼软，

歌呢，就能唱得人心软。

千人啊，喜欢欢乐，

万人啊，也喜欢心喜。

现在让我讲到过去朱福这个人给我们造下编歌，

六郎这个人给我们定下款约，

朱福给我们造歌，让我们传遍四乡。

说到世价（音译）这个人要歌来，

沿着河边走，沿着乡村去到处传歌。

他来到埌东这个地方的河边，

他挑的那担歌的吊环掉了，所以他的那些歌都倒到河里去了。

歌啊，一直倒进那个大浪里边去了，

筋也倒进那个水潭里去了，

大鱼看见了也去抓，小鱼看见了也去抢，

那个鲶块鱼从岩洞里跑出来抢歌，

到半路撞到虾公，搞得虾公腰也弯，

给黄豆鱼看见了，在旁边哀叹得嘴巴扁；

讲到当初汉王这个人，

到南山去砍竹作钓竿，

用三十根黄根来搓索子，

用五十斤铁来打钓钩，

放网进大河，放钓进龙潭，

钓得一个鱼王鼻子很长，把它拖上寨岸，

用一刀剖鱼肚，得到了歌书。

得歌书传到十村六寨，

得到四本嘎响还有四本嘎经（琵琶歌书），

有三本是湿的，有七本是干的，

今天啊，满尼在穿山甲的肚子里，

京歌在同伴的肚子里，

同伴得很多，我得很少。

……

（口述：杨永光，翻译：吴浩）

　　这部分款词大多在节庆之日或村寨之间进行大的交流活动时朗诵。形式不拘，说款没有一定的仪式，气氛轻松、活泼。为表示本村寨的文化水平，往往推举年幼的孩童说款，哪个村寨说款的孩子年龄小，款说得好，内容说得多，说明哪个寨子文化水平高。

三　起款仪式

　　起款时，一般要在款坪设一款台，供说款者站立其上。款台后竖一大石，以坚如磐石之意来表示说款者的话语不得随便更改移动。大石前设祭坛一座，说款者身披红毡，腰佩宝剑，头插羽毛，颈挂银牌，说款前要三跪三拜，先烧香祭神，然后取禾心草一把（稻草亦可），每宣读一条款约就取禾心草几根打个草结，恭恭敬敬地摆在石头前祭坛之地，以表示此条款约已宣读并被人接受，大家要共同遵守，不能随意改动。款的条规念完后，数草结，以说明定了多少条规。

　　值得一提的是，在处罚"开款"时，款民可以议论，也可以辩护，投反对票。由此可见，过去款的组织也有它原始社会的民主性质，这对我们今后在少数民族地区开展民主政治是值得借鉴的。

　　（此文经蓝鸿恩副主席校阅，因远离张振犁教授，故未送阅，特此说明。）

款词表演现场

三江侗族款词传承情况和社会影响的考察

邓敏文　吴　浩*

1986 年 4 月 9 日至 4 月 15 日，我们随中芬民间文学联合考察队赴广西三江侗族自治县进行民间文学实地考察。我们考察的重点项目是侗族款词的传承情况和社会影响。

一

款词是侗族特有的一种民间文学形式，主要流传于贵州省的黎平、榕江、从江，湖南省的通道，广西壮族自治区的三江、龙胜等侗族所居住的南部地区，侗语称 leix kuant。① 款词源于侗族古代社会的条理话，侗语称 leix jiuc。条理话多用于原始宗教的祭祀活动，侗语称 leix douv sac。

大约到了原始氏族社会的晚期，侗族社会内部产生了一种带有军事联盟性质的、以地缘为纽带的、民间自治的社会组织形式，侗语称之为款（kuant）。

款有大小，几个或十几个自然村寨组成小款；若干个小款组成大款。侗族古歌中说："从前我们做大款，头在古州（今贵州省榕江县），尾在柳州（今广西壮族自治区柳州市）。"由此可见，当时的款组织是很庞大的。这种款组织究竟产生于何时？目前史学界尚无定论。据宋代文献记载，侗族地区"古无大豪长"。其社会状况是：

＊　邓敏文（1943 ~ ），男，贵州黎平人，时任中国社会科学院少数民族文学所助理研究员，历任中国社会科学院少数民族文学研究所研究员、中国少数民族文学学会侗族文学学会会长；吴浩，男，时任广西三江侗族自治县文化局副局长。——编者注

①　这是 1958 年创制的侗文，拼读方法与汉语拼音方案略同，每个音节最后一个字母是声调，三江侗语的调值是：l 调 55，p 调 35，c 调 212，s 调 323，t 调 13，x 调 31，v 调 53，k 调 453，h 调 33。

"千人团哗，百人合款，纷纷籍籍不相兼统，徒以盟诅要约，终无法度相縻。"① 这时民间自治组织"彼此歃血誓约，缓急相援，名门款"。② 由此看来，款这种组织形式，至晚产生于宋代，至今至少已经有 1000 年的历史。

凡款都有款首，或称款头（kuant douc）。款首一般由办事公道的寨老担任，由款众公推。款有款规，或称款约（leix yedc）。款规由款众共同商定，由款首发布，称为款词（leix kuant）。最初的款词只是一种不成文的乡规民约，还算不上是真正的文学作品，后来为了便于记忆，也为了在发布时使听众不觉得厌烦，于是款首们便借用条理话的形式（一种有韵但不严格的民间念词），尽量采用一些生动形象的词语来表述款规的内容，这样一来，款词便发展成为一种具有艺术魅力的文学作品。最初的款词只限于款首念诵，其内容也只限于表述款规款约或记述款组织的有关活动。后来它的内容逐步丰富起来，于是便进一步发展成为侗族文学史上的一种独特的文学形式——款词。款词分条，侗语称 jiuc。每条长者数百行，短者数十句。款词多用隐喻或暗喻的表现手法。款词的句式多用排比，其句子长短不一，少者三个音节，多者七个音节或七个音节以上，以三、四、五、六个音节为最常见。款词有韵，但不严格，以上下句的勾连韵为最常见。如：

> Memx laox deil douv bic，虎死留有皮，
> Gueic caox deil douv guaol。牛死留有角。
> Ongs lebc bux，公传父，
> Bux lebc daol。父传我。
> Nyenc angs nyenc qingk，人讲人听，
> Nyenc guingv nyenc deic。人听人依。
> ——引自《十三款坪款》

念诵款词，都要举行祭祀仪式。下面是 1986 年 4 月 10 日我们在马鞍寨见到的讲款仪式：

> 讲款坪设在鼓楼前的露天坪坝上。坪子中间置一长方形供桌，供桌上摆有煮熟的猪头一个，切成片的熟猪肝约一斤，酸草鱼一条，酒一壶，小酒杯六个，钱纸一叠，植物香一把。供桌前置一长凳，三位身穿长袍、头戴白孝帕的讲款人站在长凳上，其中左边一人手持一把纸伞，右边一人手持一把小芦笙，中间一人手

---

① 见（明）刘钦《渠阳边防考》。
② 参（宋）朱辅著，（明）周履靖校，《溪蛮丛笑》，《夷门广牍》（景明刻本），第 122 页。

持一块小布帕。当中间一人念诵《请神款》时，左边一人不停地转动纸伞。当念完一条款词，右边一人将小芦笙吹奏两声。供桌两边站立着许多中年男女，每念完一段款词，他们就同声高呼"是呀"。《请神款》念诵完毕，左边一人从长凳上下来烧香烧纸；中间一人从长凳上下来割一片猪头肉抛于身后，而后将熟猪肝和酒分送给供桌旁边的人同食共饮。祭祀结束，才开始围绕供桌边走边念诵其他内容的款词。

从已经搜集到的材料看，流传于三江地区的侗族款词，大体有以下几方面的内容。

（1）请神款。

这是进行讲款活动要讲述的第一条款词，其内容主要是叙述款的来历，邀请诸神都来参加讲款活动。所请之神，各地有别，排列先后也不一样。但无论哪个侗族村寨的请神款，最先被邀请的都是侗族最大的祖母神"萨麻"（sax mags），或称"萨岁"（sax sis）。此外还有天神（sax qinp bas）、土地神（ongs tup dih），以及正山神、祖先神等等。

（2）族源款。

主要是讲侗族祖先的来历，叙述姜良姜妹兄妹结婚繁衍人类的情景。

（3）创世款。

包括万事万物的来源，如天地的来源、牛的来源、猪的来源、鸡的来源、酒的来源、芦笙的来源等。

（4）款坪款。

主要是介绍分布于桂、湘、黔三省区交界处的 13 个款组织的地域范围，可看成款词中的"地理志"。

（5）约法款。

这是款组织内部的约法条款，各地流传的不尽相同。流传于三江地区的多数是 18 条，其中包括"六面阴规"、"六面阳规"和"六面威规"。

（6）英雄款。

包括《出征款》和《勉王款》等。《出征款》很像是款众出征打仗时的一种誓词；《勉王款》叙述明代侗族农民起义首领吴勉的英雄事迹，他是一位已经被神化了的历史人物。

（7）习俗款。

这是一种介绍侗族各种习俗来源的款词。如《石根款》叙述了侗族婚姻制度的产生及其沿革；《斗牛款》叙述了斗牛的来历及其盛况。

（8）赞颂款。

这是一种祝赞词，其中有赞鼓楼、赞村寨、赞老人、赞小孩、赞少妇、赞姑娘等方面的内容。

（9）丧葬款。

这是对死者的悼念之词，除了表示怀念方面的内容以外，还祝愿死者在另一个世界里得到幸福。

（10）送神款。

这是讲款活动快结束时讲述的最后一条款词，其内容是请诸神回到自己的神位上去，永远护佑寨子里的人民健康长寿、生活美满，并忠告听众要牢记祖先传下来的古规古俗。所送之神与所请之神是一致的，由此也可看出款词与原始宗教关系密切。

此外，款词中还有讲述事物来历、民族迁徙的内容。

二

我们通过对马鞍寨陈永彰（80 岁）、陈永基（71 岁）、吴成芳（65 岁），冠洞村杨通成（65 岁），岩寨陈正祥（67 岁），皇朝寨吴道德（70 岁），牙龙寨公包芳（75 岁），于冲寨吴定忠（42 岁）、吴行松（44 岁），高滩寨杨生旺（61 岁）、吴启贵（45 岁），王仰寨吴家贵（60 岁），高定寨吴昌仁（68 岁）、吴本贤（80 岁，已故），独洞寨吴申堂（59 岁），中朝寨甫田琨（60 岁），马胖寨吴昌宏（年岁不详），竹寨杨谢能（22 岁）等 13 个侗族村寨 18 位款词讲述人的考察（有的是前几年的考察材料），发现三江侗族款词的传承有以下三种情况。

（1）血缘传承。

据陈永彰、陈永基、吴成芳介绍：马鞍寨现有 107 户，620 口人，全寨只有他们三个人会讲款词。其中陈永彰和陈永基是堂兄弟，共一个太公（曾祖父）。他们三个人都是在二三十岁时跟陈永基的父亲（陈永彰的叔父）陈家谋学讲款词。陈家谋也是从他的父亲（陈永彰和陈永基的祖父）那里学来的。陈永基的哥哥陈永帮（1979年病故）生前也会讲款词。据陈永基说，他现在手头所掌握的那本款词手抄本，就是从他的曾祖父那里传下来的。

据竹寨讲款人杨谢能介绍：竹寨共有 50 户人家，240 口人，现有三个会讲款词的人，一个是他的叔父杨秀林（55 岁），一个是他自己，另一个是杨先平（17 岁）。杨谢能初中毕业即跟自己的叔父杨秀林学讲款词。而杨秀林又是跟自己的父亲杨定帮

（1984 年病逝，享年 70 岁）学的。而杨先平又是杨定帮的女儿的孩子。所以这三代人也都有血缘关系。

据独洞寨讲款人吴申堂介绍，现在独洞寨也有三个讲款人，除他本人外，还有梁继仁（69 岁）和梁继仁的儿子梁一民（40 岁）。

从上述三例传承情况来看，都带有血缘传承的性质，其他村寨的情况，大部分也是如此。因此我们认为：侗族款词的传承方式，以血缘传承为最普遍、最原始。另外，据考察，所有的讲款人都是男性，因此，这种血缘传承，应以父系血缘为主。

（2）师徒传承

在考察中，我们也发现并非所有的讲款人都有血缘关系，如吴成芳和陈永基并非同一个家族，也无血缘关系。据吴成芳讲，他 17 岁那年，就跟陈永彰、陈永基一起向陈永基的父亲陈家谋学讲款词。学会以后，他也曾到别的村寨去讲过款词，他说："陈永基的父亲陈家谋就是我的师傅。"

由此可见，当款词发展成为艺术作品以后，便打破了原始的传承方式——血缘传承，使款词在较大的范围内得到流传。但是，由于讲述时间和讲述地点的局限，再加上讲述时又带有某些神秘的宗教色彩，所以款词不能在更大的范围内得到更广泛的流传。

（3）书面传承

现在流传下来的款词，一般都有手抄本，如我们见到的陈永基的手抄本、吴申堂的手抄本、杨谢能的手抄本等。这些手抄本都是借用汉文方块字，采用记音和记意相结合的办法记录侗语写成的，如：

> 虎老对斗皮，虎死留有皮，
> 国老对斗告，牛死留有角。
> 公传不，公传父，
> 不传道，父传我。

凡是在上或下，左或右有附加符号的字，都不能念汉字的本音，而是要翻译成侗语以后再念，如"虎"应念成 memx，"传"应念成 lebc。其他都念汉字的本音或近音，但不能按它的本义来理解，而要按侗语的语音来理解。如"老"是大的意思，"对"是死的意思，"斗"是留下的意思，等等。

这种手抄本一般只能自己写自己认，或者由抄写者口述几遍别人才能看懂。会讲款词的人，拿到这种手抄本，慢慢捉摸，一般也能看懂。现在会讲款词的人，一般都有高小以上的文化程度，基本上能自己记，自己认。这是汉族文化广泛传入侗族地区以后产生的一种传承方式。这种书面传承方式，使侗族款词得以长久地、稳定地保存下来。但是由于侗族人民住的是木头房子，经常发生火灾，加上这种手抄本一般都不外传，很容易被火烧掉而失传，所以应引起我们的足够重视。

三

作为一种文学形式，款词也同其他文学作品一样有自己的认识作用、教育作用和美感作用。除此而外，款词还有一种独特的社会作用，那就是法律作用。这种法律作用主要表现在约法款中。

前面已经提到，流传于三江侗族地区的约法款共有 18 条，即"六面阴规"（liogc mangv yeml）、"六面阳规"（liogc mangv yangc）、"六面威规"（liogc mangv daos）。"六面阴规"也叫"六面薄"（liogc mangv nal），是从重处罚的条款，其中包括死刑和驱赶出境、开除寨籍等；"六面阳规"也叫"六面簿"（liogc mangv mangl），其中包括罚款、服劳务或赔礼道歉等方面的处罚；"六面威规"属于劝教、警告或说服教育方面的条款。

六面阴规的第一条称"一层一部"（idl saengc idl buh），这是对"挖坟掘墓者"的处罚条款，款词中说：

> Maoh lagx nyenc nouc，哪家小子，
>
> Bov mags lags guas，胆大骨头硬，
>
> Longc banc sais jongv，心横肠子弯，
>
> Dedl oc nganh，拿鹅的脖子，
>
> Sanp duh liongc，穿龙的肚子，
>
> Yic wenc sanv zuh，移坟散主，
>
> Weds wenc loul muh，挖坟掘墓，
>
> Weds nyogc xeengp，挖新尸，
>
> Gueengv lags sos，扔陈骨，
>
> Eip binv nuv nyenc，掀板看尸，
>
> Yadt meix jibl lags，开棺拣骨，
>
> Dos jih——搞得——
>
> nyenc xeengp donc sais，活人伤心，
>
> Dos jih mungx deil——搞得死人——

nees ngaic ngaic，哭哇哇，

Xeih mags yunv menl，罪大惊天，

Os yeml deml heis，孽深如海，

Mangv xeih naih nal，这面罪厚，

Lags xeih naih qaenp，这条罪重，

Mangv xeih naih——这面罪——

mags deml xibc，大到十，

Lags xeih naih——这条罪——

qaenp deml begs，重到百，

Eis gonh maoh——不管他——

yonh douh beeuv，凶如豹，

Eis gonh maoh——不管他——

yax douh memx，恶如虎，

Maenl naih yac daol，今天咱们，

Ugs yak saip maoh dens，红衣让他穿，

Ugs tent saip maoh aemv，短衣让他背，

Jeml nyaenc map qaot，金银来赎，

Nyouc max map beenh，牛马来备，

Deic maoh samp bux lagx——拿他三父子——

jungh buiv not，共一个老鼠洞，

Deic maoh ngox bux lagx——拿他五父子——

jungh buiv saop，共一个下水口，

Maengl mags saip maoh nyaoh，深潭让他住，

Gaos magx saip maoh nunc，深土让他睡，

Sagl maoh——盖他——

samp peek magx mant，三"拍"①黄土，

Jinc maoh——填他——

jus peek magx yak！九"拍"红泥！

　　六面阴规的第二条称"二层二部"（nyih saengc nyih buh），这是对"拱仓盗粮

---

①　侗族的一种长度单位。两手平伸，从左手尖到右手尖之间的距离，称为一"拍"。

者"的处罚条款。款词中说："哪家小子，胆像葫芦，气如霹雳，凶如虎，恶如龙，敢偷天上的粮食，敢盗地下的金银"，那就"草绳勒脖，棕索勒手……翻仓倒室，抄家查房"，使他"天上无片瓦，地下无块板"，"撵他父亲到三天路程以外，赶他母亲到四天路程以远；父亲不许回家，母亲不许回寨"。

六面阳规的第三条也叫"三层三部"，这是对"小偷小摸者"的处罚条款。款词中说：

Douh lagx nyenc nouc，哪家孩子，

Gungc eis qingk jac，鼓不听锤，

Kap eis qingk leix，耳不听话，

Qak jenc liagc mogx diul，上山偷鸟，

Luih nyal liagc bal sids，下河偷鱼，

Laos xaih liagc aiv，进寨偷鸡，

Laos bianv liagc bidl，进田偷鸭，

Liagc buc liagc jac，偷瓜偷茄，

Xeih liangx nyih，罚一两二，

Liagc bibl liagc aiv，偷鸭偷鸡，

Xeih samp liangx，罚三两，

Liagc jiuc dongc yinl，偷根烟袋，

Xeih liangx nyih，罚一两二，

Liagc duil liagc yeic，偷桃偷梨，

Douh guav meih。只训斥。

Liagc mogx——偷鸟——

duc liogc sinc，每只罚六钱，

Liagc jagl——偷蚱蜢——

beis yuclc yimc。只需赔油盐。

Lagx nyix dungl xeec——青年煮粥——

liagc mal gaeml，偷青菜①，

Lagx uns dungl xeec——小孩煮粥——

liagc dongl gual，偷冬瓜，

---

① 侗族男女青年行歌坐夜时一起煮粥吃，表示亲近或有了相互爱慕之情。这是一种传统习俗，故称"合理"。

Xeih liangx nyih，罚一两二，

Liagc bibl liagc aiv，偷鸭偷鸡，

Xeih samp liangx，罚三两，

Liagc jiuc dongc yinl，偷根烟袋，

Xeih liangx nyih，罚一两二，

Liagc duil liagc yeic，偷桃偷梨，

Douh guav meih。只训斥。

Liagc mogx——偷鸟——

duc liogc sinc，每只罚六钱，

Liagc jagl——偷蚱蜢——

beis yuclc yimc。只需赔油盐。

Lagx nyix dungl xeec——青年煮粥——

liagc mal gaeml，偷青菜，

Lagx uns dungl xeec——小孩煮粥——

liagc dongl gual，偷冬瓜，

Naih xih banc liix，这是合理的，

Eis wedt eis guav。不罚也不骂。

侗族的男女青年，有社交的自由，如"行歌坐夜""玩山对歌"等，但这种社交活动是严肃的，不允许有任何越轨的行动，在这方面，款约中也有规定，如：

Nuv lagx nyenc nouc，哪家孩子，

Qamt kenp pegt bav，走路拍翅膀，

Kaik yav pegt gaos，耙田晃脑袋，

Hangc naih——这是——

wap xic douh nyih，青春犯忌，

Sik liangx sik，罚四两四，

Beds liangx beds。或八两八。

约法款对侗族社会的影响是很深刻的，光绪二十三年（1897），马胖寨侗族人民将约法款用汉文归纳成30条篆刻于石碑上，取名叫《永定条规》，下面是这块碑文的全文。

　　马胖众等兹将条规开列于后：

半路强截　公罚钱六十四千文

挖墙拱壁　公罚钱三十二千文

偷牛盗马　公罚钱三十二千文

私开赌博　公罚钱十二千文

倒翻田产　公罚钱十二千文

拐带人口　公罚钱三十二千文

强盗告失主　公罚钱十二千文

私代官颂　公罚钱十二千文

借名赫索　公罚钱八千八百文

偷盗鱼塘　公罚钱八千八百文

横行油火　公罚钱八千八百文

私编账目　公罚钱八千八百文

权买黑货　公罚钱八千八百文

勾生吃熟　公罚钱六千六百文

银匠私杂铜银　公罚钱十二千文

头人受贿，偏挡无公　公罚钱六千六百文

偷水田塘　公罚钱四千四百文

放断头货　公罚钱三千三百文

住宿面生　公罚钱二千二百文

偷盗田禾　公罚钱四千四百文

偷茶籽　公罚钱四千四百文

偷盗棉花　公罚钱二千二百文

妄砍竹木　公罚钱乙千二百文

妄火烧山　公罚钱乙千二百文

偷盗鸡鸭　公罚钱乙千二百文

乱捞田塘　公罚钱乙千二百文

乱放耕牛　公罚钱乙千二百文

偷盗柴火　公罚钱乙千二百文

私买柴火　公罚钱乙千二百文

偷盗菜园　公罚钱八百文

光绪二十三年十二月吉日碑

　　这块碑文虽没有包括约法款的全部内容，但可以肯定这些条文是根据约法款的一些内容由当地民众公议制定的，条文中有些词句，还保留着款词中的一些语言特点，如"勾生吃熟"（oul xeengp janl xogc）、"偷水田塘"（liagx naemx daeml yav）、"住宿面生"（jingc nyenc nas xeengp）、"偷盗田禾"（liagc oux aox yav）、"乱捞田塘"（wenc laos daeml dangc）、"偷盗菜园"（wencliagc mal yanp）等。这块碑文，还有一处值得注意的地方，那就是"头人受贿，偏挡无公"，也要受到公众的处罚，它反映了当时的侗族社会，特权阶层尚未明显地产生，款内的所有成员，在政治上处于平等的地位。

　　为了维护款约的尊严，对触犯者的惩罚是严厉的。据陈永基、吴成芳回忆，辛未年（1931 年），陈浓稠、陈其凤、陈文清三人因经常偷盗，激起公愤，被处以活埋的极刑。活埋时，还要用削尖的木桩从肚子钉进去，以示永远不得翻案。癸未年（1943年），程阳平寨的黄正庭因"挑拨离间"，影响寨内团结，受到开除寨籍的处罚。所有处罚，一经议定，即在鼓楼的木柱上钉一钉耙，侗语称 dags jingl bac（钉钉耙），以示定案，如今程阳平寨鼓楼柱上的钉耙印还依稀可辨。所有的惩处，均由受惩者自己的亲属执行，即所谓 ags lagx ags eeus（自己的儿子自己教）。假如受惩者的亲属拒不执行，那全寨人就要到受惩者的家里或他亲属的家里坐堂监办。监办期间，由其亲属供应饮食，有猪杀猪，有鸡杀鸡。再不办，所有财产都将被抄掳一空，即所谓 janl maoh deml dingv，lioh maoh deml sangp（吃他到底，掳他到根）。谁要是不去，就被看成跟受惩者"站在一边"，也要受到公众的惩罚，这叫作 dinl senp donc bav suih，gaos senp donc bav anl（寨脚要团结得像广草的叶子一样圆，村头要团结得像青麻的叶子一样圆）。这种内聚力，直到现在还时时有新表现，如 1982 年，八江寨有人偷了冠洞村的板车，结果冠洞村全村出动，将偷板车者家里的猪、鸡、鹅、鸭全部拿走。又如 1984 年，光辉寨有人偷了平寨的木头，平寨人也是全村出动，打算将偷木头者家里的牛牵走，后来受罚者答应给钱才算了事。

　　由此可见，款词对侗族社会的影响，至今还没有完全消失。

漫谈琵琶歌

吴贵元[*]

"琵琶歌"是以琵琶伴奏，自弹自唱，广泛流行在黔、桂、湘三省（区）毗邻的侗乡。它寓教于娱，是人民最喜爱的民间曲艺之一。

侗族文娱活动，还有多耶、嘎九（双唱歌）、嘎告（酒歌）、耶补、山歌、多款、侗戏等歌唱形式。多耶和嘎九是对唱形式，互考文才知识，内容包罗万象，社会教育意义含量少。嘎告，亦为对唱形式，有互考知识、有赞颂等内容。耶补，是贺喜、恭维人们做好事。山歌，亦为对唱形式，男女青年谈情说爱。多款，是一种唱词，多讲历史流源和侗条苗礼。侗戏，是舞台综合艺术，有传统和现代，有侗族故事和外剧移植，要队伍庞大，多面人才和财力基础。而琵琶歌，内容丰富，以社会教育为主，简单易行。

一　制造琵琶的先师是娥妹

桑嘎（歌师）偶尔到单居独户、小屯小寨去作客，主人要求唱琵琶歌，但找不到琵琶，那就无法演唱。唱琵琶歌首先要有琵琶。琵琶有个来历，在琵琶歌里流传一首歌，其中有四句：

> 洞寨娥妹背河生，
> 砍崩上甩树木靠在屋头放。
> 造了琵琶搭科基，
> 后代学得熟悉携上携下大弹唱。

---

* 吴贵元，男，侗族，侗族老歌手，时任全国民研会会员，广西民研会会员，三江县文化馆馆员。

还有多款里有词：

> 贵州百万造科基，
>
> 洞寨娥妹造弹琴。
>
> 地坪金富造侗笛，
>
> 也洞岑善造芦笙。

琵琶是侗族先师用上甩木制成，共鸣箱用薄薄的杉木板，四根弦，七个音阶。

二　编歌先师是助夫

有了琵琶又要有歌，才树立起琵琶歌这个曲艺。在琵琶歌的嘎常里有几句歌词：

> 助夫编出歌来传后代子孙，
>
> 歌根来自兰洞的江河。
>
> 曾经给鱼把歌书抢走，
>
> 曾跟江河搏斗救出歌。

传说贵州侗族先师助夫编出歌，让四埃挑到各地传卖，到兰洞过河时，断了扁担，歌书掉下河流。只抢救得嘎常三本、嘎锦五本。其中有三本比较干，流失了十二本。

三　琵琶歌的种类

有"嘎常"和"嘎锦"两种。叙事说情长篇地唱为嘎常；有说有唱有故事为嘎锦。"嘎锦"流传到现在的有《梅良玉》《李旦凤姣》《栢玉霜》《助郎娘梅》《毛红玉英》《铁郎嘉妹》《王软栋》等七部。最长的《梅良玉》有二百九十四首歌，要四个通宵才能唱完。最短的《铁郎嘉妹》有五十三首歌，要唱一个通宵。"嘎常"有青年行歌坐夜弹唱和老少众听两套。青年行歌坐夜弹唱的有开头歌、民情枉、民情十四、民情十五、民情十二、银情斗、民情坤埃、民情考寨、民情美、民情告、民情大、民情笨、民情惹、民情白、半担茶油、七十斤卦、单身汉、故事歌、解散歌等共七十多首。最长的"民情枉"一百九十句，最短的二十多句。老少众听的歌有开头歌、世道人情、孝顺父母、生产劳动、劝媳妇、劝公婆、莫嫖莫赌、莫吹大烟、莫好酒贪杯、阴阳歌、串锦歌、故事歌、解散歌等共六十多首。最长的《栢玉霜》四百多句，要唱一个半钟头。新编现代歌有几十首。共二百多首歌。

四　琵琶歌的句子结构和押韵

琵琶歌很讲究押韵。分内韵、腰韵、脚韵三种。

"内韵"：一句之内上节和下节连环扣韵。每句单字，一般以四字或六字为一节，以三字或五字结尾成句。七、九、十一、十三、十五字一句的较普遍。三字一句的在一百多首一万多句的传统歌中只有两句，三十三字一句的只有一句。十五字一句的必须"四四四三或六六三或四六五或六四五"组成语节。上节尾字押下节头字这种内韵押法为最好。有时也跳到第二第四第六字才押。平上去入四声都可作内韵。

"腰韵"，又称中韵。琵琶歌总是以上下两句为一个单元连成一条歌，习惯上要了解一条歌有多长时，总问有多少个韵，即韵脚，也就是有多少个两句。上句的尾字音押下句的腰字，故称腰韵。顾名思义，押得腰的一节尾字音为佳句。在无可奈何时也有押头字或一节的中字。腰韵限于平上两阶声。

"脚韵"：偶句最后一字的落脚音。这和我国传统诗歌一样。诗歌以阴平声阶为脚韵最佳，而去声不能为脚韵；琵琶歌就以去声为脚韵，而阴平不能为脚韵。限于去声和阳平（或入声）。侗语形成脚韵的有：门甚、郎上、华夏、龙凤、月夜、牢靠、吉利、台界、学课、朴素、求授、亭定、连恋、如玉、谁睡、梅桂、软雕（侗读音）、桥跳（侗读音）、十口（侗读音）、六落（侗读音）等二十大韵。还可再细分成三十七韵。怎样叫"再细"？因传统《栢玉霜》歌，以"门甚"为主韵，其中包含"风、韭、直、银、雾（全侗读音）"五系音。根据传统的音韵运用，把五系都归入"门甚"韵。还有"郎上"韵，贵州侗族先师们分得很细的，把郎、难忘（侗读音）都单独立韵，而三江县北侗区把这三韵合而为一运用（单独立韵的也有）。"门甚"韵在传统歌里也有把五系分别立韵的纯韵歌，这种歌最给人们欣赏。下面用汉文模仿琵琶歌词结构试作一首：

今夜开台．来唱歌，（四三）

虾占江河．螺占塘。（四三）

纺机纺棉．连着纱锭转，（四五）

我为情妹盘桓．全夜唱。（六三）

鱼爱深塘．郎爱情妹．配成双，（四四三）

就怕命不相当．枉费心思量。（六五）

屋前桃李．喜在春临．迎风便开花，（四四五）

虾子爱溪．鲫鱼爱泥．蜜蜂为花忙．（四四五）

为何同长一山．坚心梨木．竹空心？（六四三）

一水同生青苔缕缕有思．是荒塘。（四六三）

上山装套．鸟又飞高．跑另一山干望眼，（四四四三）

下河钓鱼．鱼不游浅．敛无一个．笐空荡。（四四四三）

我唱琵琶．好比母鸭声哑．好比寨水滩，（四六五）

怎能比那深山．甘泉冷水．给人赞清凉。（六四五）

（注："﹏"内韵，"＿＿"腰韵，"⌒⌒"综内腰韵，"……"脚韵，"．"分节。）

五　琵琶歌的轶事

1.《银情惹》① 的传说

《银情惹》是一首琵琶歌。传说一对男女青年，两家距离三十多里，男方去到女方寨子月也②，两人爱慕，情投意合。男的回家不久，听闻女的生病，很是不安。他想，情人有病不能坐夜等待，自己又不能闯进会面，他下决心，能不能会面也要去走一遭。那天，他特别收工早，提前吃夜饭，拿起琵琶就上路。到了情人屋廊，一番寂寞凄凉过后，闻到楼上病人的呻吟。一闻其声，就知情人住房。本来"黄连树下莫弹琴"，此时此地，无可奈何，只有用歌来通信、投情。他就慢慢地从同情到悲伤，从悲伤到激情弹起琵琶唱《银情惹》。先激起屋内母亲，楼上听，下楼听，最后打开几扇门让他俩会面。病房中男女泪眼传情。母亲感叹说："阿包③，如果她真的'该赖'④，我还有第二女，到那时，你就讨去吧！"后来的事情，确实如母所嘱。

2.《半担茶油》的传说

传统歌里有一首叫《半担茶油》。传说清代在三江县北侗区，有一对男女青年在行歌坐夜中默定六十夫妻，女方父母拗不过舅家老表就逼她出嫁。男方知情后，出五十斤茶油请歌师编歌。唱动姑娘心，连夜就私奔。后来舅爷舅妈听人传唱这首歌，自愿上门休了这门亲事，还四处寻找这对情人回乡喜庆他们完婚。

---

① 银情惹：受病的情人。

② 月也：寨与寨集体交往作客。

③ 阿包：老人对青年男子爱的称呼。

④ 该赖：病情不好。

3.《七十斤圤》的传说

《七十斤圤》的歌，传说三江县南侗区，一对青年经过"耶堂对耶"后，换当定终身。后因男的放木排远出，久久不归，谣传外死。父母推女出嫁。情郎归家后，出七十斤圤请师编歌。后找机会到情人的夫家，将歌唱完散走时，忽然门一打开说："阿哥等一等，小孩在床上睡，我去哄一哄小孩，和你同去。"

4. 先听琵琶歌

事情发生在林溪乡。有个会编会唱的歌师，儿子和媳妇闹一场口角，媳妇就回娘家向父母亲告状。其父气汹汹地来闹退婚。歌师说："亲家爷，你忍忍气，先听琵琶歌。"一曲过后，来客欢欢喜喜回家劝告女儿重归和好。

5. 瞎子唱得两老婆

民国年间，八江乡境有个眼睛有缺陷的歌手，唱得一手好歌。大老婆是心动于歌讨来的。第二个也是被歌激动愿当小老婆。一次吵嘴中，老婆骂歌手："瞎眼佬！瞎眼佬！"歌手说："我瞎你更瞎，明知我瞎，你光着眼也要来啰！"老婆哈哈地笑了。

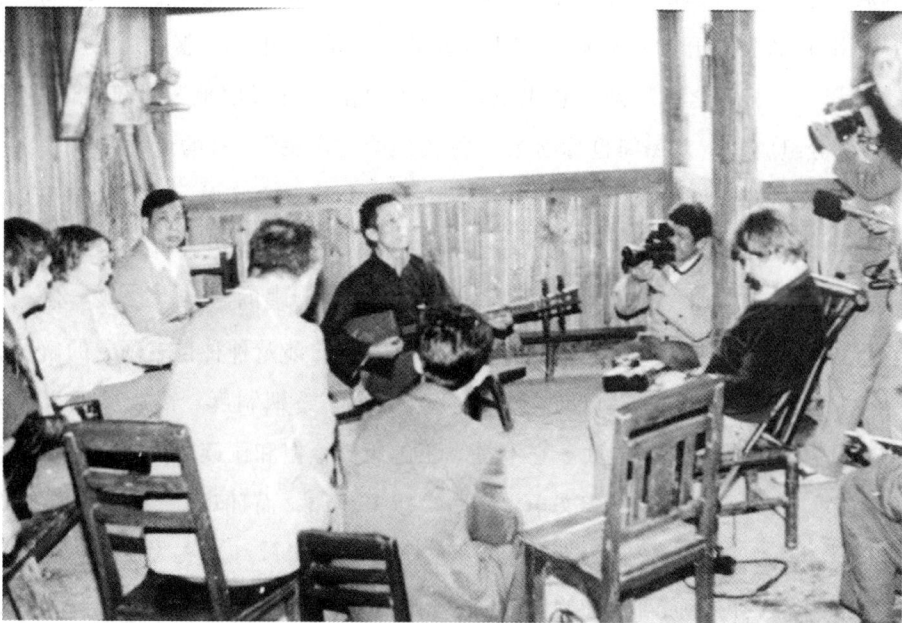

琵琶歌表演现场（红波信封）

侗族史诗《起源之歌》初探[*]

杨 权^{**}

史书上关于侗族的记载不多，而记载侗族诗歌活动的更少。侗族和我国的其他兄弟民族一样，经历过没有阶级没有剥削的原始社会阶段。远古时期，在侗族先民社会中，就产生了各种各样的神话。这种神话以歌唱的形式代代相传。在侗族文学宝库中，著名的史诗《起源之歌》的前部分就是侗族人民世代流传下来的长篇神话诗歌。它是数千行的长歌形式，在侗族民间传唱，成为侗族最早的诗歌艺术。

侗族史诗——《起源之歌》侗语称为 gal daengv dens（嘎邓登）。daengv 意为"创造"，dens 意为"开始、根源"，"daengv dens"有"开创基业"之意。《起源之歌》也可译作《根源之歌》或《创世歌》。它主要由"开天辟地"、"侗族祖公"和"款"三部分组成，所以民间也称之为"古代侗族三本书"。有的地方又取其部分内容为名，如取"开天辟地"部分称为《人类起源》《章良章妹》《洪水滔天》；取"侗族祖公"称为《祖公上河》《破姓开亲》等。各种本子的内容也不尽相同。侗族过去没有文字，实际上"三本书"是侗家人口头上"嘴唱的"诗。它从上述三个方面生动形象地反映了古代侗族先民对史前世界的看法，涉及种种自然现象的解释，以及社会生活生产的演变，包括迁徙定居、社会组织、婚姻制度、民族关系、反抗斗争、习俗风尚、乡规民约等方面。它不是真正的历史，但和侗族历史、族源、迁徙有密切的关系，因此，不仅在侗族文学史上占着重要地位，而且对研究侗族诗歌的发展和研究侗族社会、历史、语言等都有很重要的价值。

就整部作品的内容而言，开始比较简单，随着社会历史向前发展，代代润色，辈辈增添，它成为一套形式较为完整、内容相当丰富的史诗。史诗《起源之歌》的前部分带有极其浓厚的神话色彩，后部分接近本民族的历史实际，有一定的史实意义。

---

* 此篇文章可参考杨权、郑国乔整理译注《侗族史诗〈起源之歌〉》，辽宁人民出版社，1988。——编者注

** 杨权（1934～2002），侗族，湖南省通道侗族自治县人。侗族语言文学研究专家，曾任中国少数民族文学学会侗族文学分会顾问、贵州省侗学研究会顾问、中央民族大学教授。——编者注

在艺术形式上，前部分具有侗族古代诗歌特有的韵律形式，无论是吟诵还是用琵琶歌的形式演唱，其旋律深沉优美。"款"部分又是另外一种形式。它是一种有节奏的韵文，只吟诵而不歌唱。

《起源之歌》一开始就引人入胜，把人们引向神话境界。它以这样一段有趣的序歌作为开头：

> 琵琶斜抱在胸襟／手一拨动起清音／诗情和琴韵／飞过大森林／当初鸡鸭会说话／大树会唱歌／柴火自己飞到家／老虎炉边来烤火／静静听啊／莫作声／谁人心亮知远古／哪个聪明懂理性／谷有须／树有根／东西有柄好拿起／讲话有理才好听／水牛死了留弯角／老人死了留儿孙／当初盘古开天地／诵藏诵恩定乾坤／金括造雨／霞人造云／旺树造河川／嘎郎造山林／章良章妹造人类／祖父进了村寨／雷婆钻入天云／现在年轻人／话不会讲／髻不会挽／古风忘干净／我才懂点枝节／父老懂得根本／南瓜做胆／强充厚脸／向着诸位／漫把古代的事情唱一点

一 《章良章妹》

《章良章妹》侗语称为 Xangl Liango Xang lMuih，也称为"洪水滔天"*naemx mags bingo labx*，其中包括十三兄妹出世、万物来源，洪水滔天、螟蛉砍太阳，章良章妹繁衍子孙三个中心内容。这是史诗《起源之歌》的第一篇。

1. 十三兄妹出世、万物来源

史诗《起源之歌》的开篇就提出了人类起源问题。侗族民间相传最早的人兽祖先是龟婆孵生出来的。龟婆侗语称为 sax biins（萨便），或意译为"龟婆""乌龟祖母"。众所周知，龟、龙、凤、麒麟被古人誉称"四灵"，乌龟则被尊为吉祥如意、先知先觉的灵物。在中国神话故事中，有乌龟帮助女娲补天、帮助夏禹治水的优美传说。乌龟是地球上最古老的动物，据研究已有两亿年的历史了。它曾同不可一世的恐龙在陆地或水中一起生活，随着地球的变迁，恐龙绝灭了，而乌龟则以身披坚甲、忍饥耐渴的独特本领，抗住天灾，传宗接代。乌龟还有一种万里旅行不迷途的本领，幼龟出生后便开始了海上长途旅行，长大后要生育时又长途跋涉返回故里。乌龟以长寿闻名于世。曹操的名篇《龟虽寿》，表达了他的英雄壮志："老骥伏枥，志在千里；烈士暮年，壮心不已。"这种英雄气概，多少世纪为人传颂。为了探求人类的起源，侗族先民造了"龟婆孵蛋"的神话，反映了他们对乌龟的崇拜。

龟婆孵生了人类最早的两个人（按内容应称为人兽之祖）——诵藏和诵恩：

　　　　四个龟婆孵四个蛋/四个蛋在溪边/三个寡蛋扔掉了/剩下一个是白壳/白壳孵出一个女娃/女娃名字叫诵藏/四个龟婆孵四个蛋/四个蛋在坡脚/三个寡蛋扔掉了/剩下一个是白壳/白壳孵出一个男孩/男孩的名字叫诵恩。

　　诵藏和诵恩结合，生下了十三个孩子。他们是：雷婆、老虎、熊、龙、蛇、章良、章妹、狐狸、狗、猫、猪、鸭、鸡。在这十三个子女中，只有章良、章妹是人，其他的均为动物，还有雷婆。这种认识不管多么离奇荒诞，可是人类来源于鱼类以及人类和动物同出一源的幻想，却反映了进化论的科学道理。

　　十三个兄妹出世后，章良、章妹两人觉得与牲畜为兄弟姐妹不光彩。于是两人定计，约兄弟姐妹上山比武，说什么胜者为兄姐，败者为弟妹，依次排列，一家合欢。不料，等大家到齐后，章良、章妹便放火烧山，想把这些非人的兄姐弟妹全部烧死。歌中唱道：

　　　　章良和章妹/放火把山烧/火焰向高空/诵藏诵恩高声叫/虎哟虎/快进小山包/龙哟龙/快往河里跃/蛇哟蛇/快往洞里跑/雷哟雷/快快腾云霄/呼儿唤女声/回响在山坳/孩儿快脱身/爹娘好心焦。

　　那时候，由于诵藏、诵恩的呼唤，儿女们闻声而逃，便各得其所。老虎住山林，龙从河下海，蟒蛇进山洞，雷婆上了天……歌接着又叙述，火势越烧越大，连河水都被烤得发烫。河里的螃蟹受不了，跑上岸去探察究竟，也被烤得一身发红，眼珠子都暴了出来，只好两手抱头，侧身溜转河里，落得现在那样暴眼，横行，见热一身红。当时，傲慢的老虎听到诵藏、诵恩的呼唤满不在乎，差点丧了性命，结果被烧得一身衣裳破烂不堪。蟒蛇也被烧得满身斑斑点点。由此，他们都怀恨在心，要把章良、章妹咬死吃掉才解恨。至今老虎、蟒蛇留得一身花纹，都想要吃人。当雷婆逃上天时，在空中也遭熊熊火苗烧得全身冒油，熏得满脸灰黑，几乎丧命。雷婆恨得咬牙切齿，誓要报仇，待伤势痊愈后，想下来把章良、章妹劈死。

　　　　过了正月进二月/三月过了四月来/大雾蒙蒙漫山冈/睁眼不见雾障碍/雷婆在天隆隆响/想趁雾天飞下界/章良闻声有主意/忙到池塘取青苔/得了青苔头上抹/转眼雷婆就找来/雷婆举斧劈章良/脚碰青苔头倒栽/雷婆中计被擒住/章良把她关进铁仓锁起来。

　　这段叙述雷婆想要劈死章良，却被章良用人的智慧反把雷婆关进铁仓。歌中接着叙述雷婆在铁仓里"饭不吃一口，水没喝一滴"。一天，章良上山砍柴，章妹挑水过铁仓窗前，雷婆高声喊叫，苦苦哀求：

> 章妹啊！好章妹！/你快停下把话听/我有心事向你讲/姐妹见面话知音/大树枝多枝同根/你我姐妹共母生/今姐渴得喉冒火/给瓢冷水来救命/手足情长妹给水/雷婆喝下浑身劲/破开铁仓逃上天/笑在脸上恨在心/雷婆上天念妹情/临行嘱咐交代清/送颗瓜种妹去种/水大瓢里好藏身/瓜种是雷牙/说是骨肉情/章妹日里种/瓜种夜晚生/章妹种瓜长得快/七天瓜蔓爬过九重林/结个葫芦草棚大/兄妹见了喜又惊/顷刻天上布乌云/眨眼泼下雨倾盆/村寨山林水淹尽/七天七夜下不停/雨声急，雷声鸣/章良章妹主意生/一时请来啄木鸟/打开葫芦兄妹进/章良章妹心喜欢/十分忧愁减九分/瓜里不宽也不窄/恰恰容得两个人。

2. 洪水滔天、螟蛉砍太阳

章良章妹请啄木鸟打开葫芦之后，兄妹两人躲进葫芦，逐水漂流。这时候，天下一片汪洋。歌中这样描述：

> 波涛汹涌冲天门/云连水来水连云/茫茫一片无边际/云涛水浪两难分/涛冲浪打破天顶/葫芦飘摇进天门/天门进水无人管/想是天上无仙人。

在洪水滔天的茫茫宇宙中度过了七天七夜。在漂泊中，一群蜜蜂飞到葫芦边求救："章良公哟！请你救救我们吧！如果你不救，我们都要被洪水淹死了，我们就灭种了。"章良答应他们爬在葫芦上，并邀请蜜蜂去打雷婆。蜜蜂愿意效力。当他们漂过南天门的时候，见雷婆在那里戽水玩耍，章良就让蜜蜂赶快飞过去锥刺雷婆。一群蜜蜂飞过去，雷婆招架不住，一下子就挨了九十锥，"头肿得像个大箩筐，耳朵肿得像个大蒲扇，身上肿得像个兰靛桶，痛得雷婆喊救命"。后来，章良叫蜜蜂去请画眉鸟来和雷婆讲理。画眉鸟要雷婆把洪水一天退去一万丈，蜜蜂就少锥她一万锥，退一百万丈就少锥一百万锥，把洪水退干就免锥刺了。雷婆连声答应于是放出七个太阳来晒。经过七七四十九天，洪水完全退去。章良先从葫芦出来，他稍稍揭开葫芦想先看看外面，当即被太阳晒得满脸通红。七个太阳烤着大地，万物难生。正如歌中唱道：

> 七个太阳像火红/兄妹出来去做工/种谷谷不长/蔬菜
> 没法种/鱼塘没有鱼/大地一望空。

七个太阳的强烈阳光晒得岩石都冒白烟。章良就派螟蛉（nyiv nyaia）背着大刀上天去砍太阳。当第六个太阳被螟蛉砍破时，章良就把螟蛉叫了回来。这时螟蛉也被太阳烤晒得周身紫青，累得腰都快断了，只剩下一根筋连着首尾。从此天下：

留下一个白天照世上/留下半个晚间当月亮/砍下太阳碎片也不废/撒向天空留做星子闪晶光。

以上的歌词和叙述，解释了洪水滔天的根由，以及象征着人类与大自然作斗争的章良和雷婆较量的经过。它歌颂了侗族远古祖先无穷的智慧和力量。他们在征服毒蛇猛兽及与大自然的艰苦斗争中得以生息、繁衍。神话中的章良、蜜蜂、画眉、螺蛳等都是古代侗族人民智慧和力量的化身，是理想和英雄的象征。它鼓舞了人民征服自然和向恶势力作斗争的无畏精神与胜利信心。歌也反映了远古侗族人民对自然现象的朴素理解和美好愿望，充满了浪漫主义色彩。

3. 章良章妹繁衍子孙

洪水退去后，章良、章妹从葫芦里出来。那时候天下什么都没有了，呈现在眼前的是"房屋良田都冲尽，人畜死得不留根，只见泥沙深万丈，不见世上半个人"的一片凄凉景象。兄妹俩决心创造新世界。双手开辟田园果然不易，兄妹俩发展人类更加困难。他们翻山越岭，到处寻找配偶。

章良出门去问讯/章妹出门去寻访/兄妹两人/各走一方/章良走过九岁滩/抬头向着榕树看/一只老母鹰/听着章良把话言/老母鹰啊/我向你打听人间/你在天空飞得最高/你看到的地方最远/什么地方还有生灵/什么地方还有人烟/章良啊/老母鹰把话还/我飞得最高/我看得最远/世上没见人一个/只有兄妹结姻缘/凡间只有你两个/快快成亲续香烟/章妹走过龙塘井/抬头向着枫树看/一只老母鹰/听着章妹把话言/老母鹰啊/我向你打听人间/你到过地方最多/你飞过地方最远/什么地方还有生灵/什么地方还有人烟/章妹啊/老母鹰把话还/我飞得最高/我看得最远/世上没见人一个/只有兄妹结姻缘/凡间只有你两个/快快成亲续香烟。

章良章妹出门都遇着老母鹰，老母鹰对他们兄妹两人说的话都是一样的。看来，人间要繁衍子孙唯有兄妹结婚了。兄妹结婚又怕得罪天地。章妹对章良说："我们问问天地吧！"怎样问呢？第一次从两座山头滚下磨石，两片合成了一个；第二次在河的两岸点香，两股烟绕成一股；第三次兄妹围着大葫芦追赶，追了半天抓不到，后因乌龟出主意，告诉章良回头追，才追上了。这样就算天地答应了。事后章妹知道了乌龟对章良的启发，很生气，使劲踩上一脚，龟背四分五裂，并让乌龟子孙万代留着这个裂痕。章良章妹婚后生下了孩子：

有头没有口/有脚没有手/头不能摆动/脚不会行走/章良把他丢进大森林/章妹可怜孩儿眼泪流/次晨观山景/景美不胜收/山上山下/河边溪头/人声笑语/炊烟浮游。

　　原来，孩子的肉变成了侗人，肠子变成了汉人，骨头变成了苗人。侗人是肉变的，至今勤劳朴实。汉人是肠子变的，所以聪明伶俐。苗人是骨头变的，所以勇敢强悍。从此，阳间有了人类，侗人、汉人、苗人……你来我往，安居乐业。

　　章良章妹还记着螟蛉和蜜蜂的旧情。想螟蛉当年上天砍太阳只剩下一根筋连着首尾，不能生儿育女，就让它抱养子孙，传宗接代。蜜蜂战胜雷婆有功，就让蜜蜂在山野、林园的花丛中过着美好幸福的生活。蜜蜂也甘愿为人间酿蜜，让人们生活甜蜜。啄木鸟也被章良章妹请来在森林原野吃虫除害，使林木花草长得茂盛。章良章妹又请画眉在人间唱歌，使得天下人类，无论侗、汉、苗人都生活得更加快乐。

　　关于章良章妹的神话诗歌，流传时间久、范围广，篇幅又较长，因此各地所唱的情节不尽相同，有的只是片断。但是章良章妹从洪水滔天躲进大葫芦到兄妹结婚繁衍人类的基本情节，在侗族民间确实是由来久远，尽人皆知。

　　在这篇诗歌中，章良章妹是各族人民的共同祖先。过去，侗族人民把他们的塑像安放在庙堂里，章良是红脸，章妹是白脸，岁岁奉祀，香烟不断。这样章良章妹的神话诗歌就蒙上了宗教的色彩。民间文学是反映现实的。侗族社会经过没有阶级、没有压迫、没有剥削的漫长的原始社会阶段，从"洪水滔天、螟蛉砍太阳"和"章良章妹繁衍子孙"两个部分里，可以看出前者反映了原始社会时期古代侗族先民与自然作斗争的情况，后者中的兄妹自相婚配，又反映了当时族内婚姻制的一些侧面。侗族历史上曾有过血缘婚姻的阶段。由于他们是兄妹配偶，在后人看来是没法理解的事情，因此才用后人的伦理观念来衡量，并加以解释，说这一对同胞兄妹是为了繁衍人类迫不得已才结合，又有老母鹰的劝告、隔山烧香、乌龟出主意等托之于神灵的示意，使其合理化。这些都可以看出侗族史诗《起源之歌》是随着社会的发展而在改变着自己原来的面貌。民族民间文学作品总是不断地使自己和人们的现实生活更为密切。同人民群众现实生活联系在一起的作品就会有顽强的生命力。从章良章妹神话诗歌的内容来看，它反映了古代侗族人民的生产劳动、生活面貌以及征服大自然的情况。它是侗族人民思想感情的一种表现形式，也是当时的现实在人们头脑中的一种特殊形象的反映。如果我们把它比作一块宝石，那么它至今依然闪耀着瑰丽的光彩。我国是一个统一的多民族国家，侗族人民历来认为，"自从盘古开天辟地，章良章妹创人类"起，各民族人民就共同生息、繁衍、劳动在这块土地上，各民族共同缔造了我们多民族的祖国。各民族人民都是中华民族同父母的兄弟姐妹，尤其都是骨肉相亲的兄弟，应该相互团结友爱，不应该相互压迫歧视。这是各民族广大人民群众千百年来所追求的美好愿望。侗族史诗《起源之歌》的开篇，是侗族人民自古以来世代相传的民族团结友爱的生动形象的传统的教育篇。侗族人民一代一代地从启蒙时期就用这样富于寓意的诗篇在人们幼小的心灵里插下了美好的"幼苗"。

二　《侗族祖公》

《侗族祖公》是《章良章妹》的续篇，又称为古代侗族第二本书。这篇古歌包含着"祖公上河"和"破姓开亲"两个部分，除了它的主题外，还涉及古代侗族社会的很多方面，从中可以窥见当时的一些社会面貌。这里先从祖公上河说起。

"祖公上河"侗语称为■■■■■■■■，是"祖先沿着河流而上"的意思。它是一篇关于侗族祖先迁徙的歌。该篇从侗人、汉人、苗人……你来我往，安居乐业开始，首先描述当时的社会处于"没有朝廷，只有人们；没有衙门，只有萨老[1]；不知道有皇帝，只知道有父母；不知道要纳粮，只知道要种田"的没有剥削压迫的原始社会阶段。接着叙述侗族祖先的故地以及侗族祖先在故地的生活，后来人口发展，土地不够，于是侗族祖先率众迁徙，寻找安生之地。对迁徙的经过，道之甚详：

绿色的竹林/笋子是它的祖先/我们最初落在哪里/最初落在金门县/那里地势平坦/气候暖和安然/三个姑娘唱歌呼喃■/■■■■"■■"■圆圈/三弦琵琶好伴唱/竖笛芦笙也齐全/养着黄牛和水牛/开辟山坡种稻田/良田不够/人口繁衍/公寻吃/婆找穿/公公戴斗笠在前走/婆婆撑雨伞跟后面/过了梨子坡/过了特底山/过了森林/过了河川/过了三百亩地宽的大平川/过了年产六千担粮的大坝田/白鹭飞过要歇脚/花蔫越过要半天/来到梧州/梧州地方■不安/田里禾不熟/塘里鱼不见/养鸡像小鸟/禾苗像根线/荸荠大如梨/芋头像鼎罐/泥鳅像扁担/黄鳝像晒竿/水在下面/田在上边/百村千寨不养人/千寨百村没炊烟/公公说住不了/婆婆说快快迁/公戴斗笠在前走/婆撑雨伞跟后面/来到潭溪九宝地/潭溪九宝度华年/花开花落/秋冬天转/刀出鞘/牛出圈/牛相斗/刀相见/杀死了吴王/吴王儿子领兵七十万/乱了天下/烂了河山/柚子落地/人头下肩/父亲丢下村寨/母亲离了家园/公说找吃快快走/婆说找住快快迁/公戴斗笠在前走/婆撑雨伞跟后面/过水流/上京扣/来到河口汇流处/儿孙没主张/公说循着缓流上/婆说要把深浅量/公说用秤来称称/婆说哪条河水重走哪方/从此祖公上河/祖婆上滩/来到三宝古州/散进九洞地方。

目前，有关民族研究部门正在组织力量编写侗族史志，其中研究和探讨的重要问

---

[1]　萨老，侗名为"sax sis。sax mags"，"sax Laox"为"至高至大祖母"之意。南部侗区普遍供奉。

题之一，就是关于族源和民族迁徙的问题。侗族过去没有自己的文字，汉文史籍缺乏相关记载，追本溯源，莫衷一是。而反映民族迁徙的这篇"祖公上河"古歌，正好生动形象地为史学家们研究侗族历史提供了宝贵的资料和线索。古代侗族的一部分人很可能就如诗歌中叙述的那样，住在骆越故地苍梧郡一带，后来溯珠江—柳江—都柳江—浔江而上，从金门县—梧州—柳州到达今日侗族聚居的湘、桂、黔毗邻地带。歌中描述的唱歌和吹笙的风俗至今仍可在侗族地区见到，所涉及的地名和路线也都历历可考，看来是比较接近史实的。它是探讨侗族族源和民族迁徙问题的一个宝贵依据。民间文学作品不是历史科学，但可以反映历史事件，提供科学研究资料。因此，"祖公上河"除了在侗族文学史上有重要地位外，对研究侗族本身也有一定的现实意义。

古代侗族第二本书的第二部分是"破姓开亲"。"破姓开亲"侗语称作 pak singk weex senp，就是"破姓结婚"的意思。当祖公上河寻地安居之后，婚姻便成了社会的重要问题。男子成家立业往往要到很远的地方去找他们的表姐妹。侗族的这个习俗叫作"有女远嫁""养女还舅"。歌中唱道：

> 三十天路去找妻/七百里远去攀亲/到姑妈家看表妹/
> 不知称心不称心。

由于地方遥远，路途艰辛，即使结了婚，往返归宁也十分艰苦。歌中有这样的描述：

> 带饭成酒糟/带肉生蛆虫/挑糍粑/背袋挂破/担腌鱼/竹篮碰散/走山走不断/过水过难完/穿裙边脚烂/穿鞋底磨穿/姑娘怕过九条河/后生怕越七层坡/丈夫家清早启程赶不到/外公屋里星夜赶路差很多。

通过侗家省亲必备的一些食品、用具，以及它们由于路途遥远发生的变化，写出了远嫁探亲的烦恼。歌中又进一步通过具体人物的遭遇，说明"有女远嫁""有女还舅"的规矩必须改变的道理。歌中的主人公名美道，情节梗概是这样的：

美道是古州三宝龙塘井吴海宽之女，容貌如花，十分漂亮。按照侗族古礼，吴将她嫁到远乡崩龙，与姑表兄引郎为婚。合欢三年，夫妻亲睦。一次，美道返家探母，引郎因事不能同归。三天后，美道走到坪岗地方被蛇精所缠，逼入蛇窟，强迫成婚。苦度三年，身上也长了麟片。美道日夜思念丈夫和家人，一天趁蛇精酒醉，逃出回家。引郎大惊，不认己妻，经过解释，消除误会。夫妻团聚后，遂定计除魔报仇。美道引郎至蛇窟，先将石灰倒入洞内。蛇精两眼莫辨，呛得难受，伸头洞外换气，被引郎一刀劈死。后来吴海宽邀请寨老等人，陈述其事，要求废除"有女远嫁"之旧习。

于是由寨老银类出面邀请九十九寨老人共议破姓开亲:

　　吴家子弟住高坡/欧家子弟住中间/杨家子弟住低坝/石家子弟住河边/众住听着/事非等闲/商量破姓/近处开亲/年轻人要记着/立碑写字在上边/现在不去远地找姓/我们本地自相攀亲/杀头白母牛/杀条黑牛犊/吃头留角/吃肉留骨/牛角作号/牛骨来敲/南松树脚定条理/南修寨头破姓起/南松条里传大榕/南修破姓到银潭……

　　从这时候起/牵牛寨传寨/破姓开亲/男婚女嫁吹芦笙。

　　姓,本来在很早以前就是反映民族氏族集团的一种标志。在破姓结婚以后,侗族就由氏族的血亲集团过渡到按父系以房族为基本单位的家族组织。这时只是同姓同房族的不能通婚,不同房族的则可以通婚。并由同房族的男女青年组成一个歌队。实际上它是和外族外姓互相配亲的婚姻集团。侗族古歌中有这样的唱词:

　　正月初一进新年/年轻人,无不欢欣/我们五人一伙/三人一群/走乡访寨/觅姓成亲/踩歌堂里/会逢知心人。

　　这种集团的交往,既走亲访友,又通过歌唱进行民间文化交流,其内在目的在于求偶。歌舞是它的外壳,爱情常常通过歌舞形式开始。因而这些集团就形成歌队。这种交往的活动形式,至今在侗族民间一直保留着。这就是我们今天所看到的“为也”“大成梁”“行歌坐月”“光印光阳”等侗族地区流行的男女青年社交活动。

　　破姓开亲是古代侗族社会的大事。它是社会变革的一种现象,是氏族血亲集团向父系房族组织过渡阶段的现象。因此,从“破姓开亲”篇所反映的内容来看,它比“章良章妹”篇所产生的时间自然要晚得多。美道故事中的蛇精应该是代表当时的社会恶势力、旧习惯。它束缚青年男女的婚姻自由。由于人们强烈的反抗,有些恶势力、旧习惯不得不像主人翁美道和引郎所斩的蛇精那样走向死亡。但是,“有女远嫁”和“养女还舅”风俗的改变,并没有完全打开束缚男女青年婚姻自由的桎梏,所以后来又产生了许多的爱情悲剧。但是,不可否认,美道和引郎的胜利,鼓舞了人们埋葬陋俗的信心。正基于此,美道这个典型题材深受群众喜爱,歌师们不仅用侗族琵琶歌的形式在民间广为传唱,而且戏师们也把它编为侗戏在侗寨演唱,历来都受到群众的称赞。

三　《款词》

　　上篇古歌的最后部分叙述了侗族先民经过民族迁徙、寻地安居之后分人住地的情况，摘录一段如下：

> 发洛住涌尾/宗壁住高安/发仓住和里/龙漂住龙图/沙良住贯洞/发汤住章鲁/
> 万富住车江/富明住丙妹/贵别住独坡……

这一连串的叙述，一直列出九十九位老人及他们住的九十九个村寨。这段古老的唱词，前面指人名，后面指寨名。人名还需要进一步考查，寨名至今依然存在。从上述摘出的歌句来看，前三句在今天的广西，中五句在贵州，末句在湖南。古代侗族社会经历了破姓开亲，以族姓结寨，一寨一族或一寨几族，依山傍水，建楼筑屋，男耕女织，各得其所。为了维护社会秩序，保护生产，侗族人民制定了乡规民约。史诗《起源之歌》的第三篇——《款词》（也称款约）就反映了这样的一个中心内容。这就是有的称之为古代侗族的第三本书。

"款词"侗语称为 kuant。诵读款词称为 dos kuant，是唱款词的意思。要剖析"款词"，首先得介绍被人们称为"款"的古代侗族社会组织。这种组织有大有小，一般小款由三五个以至一二十个相邻村寨组成。大款则由若干小款组成。款词"从前我们做大款"篇可以说明这个问题：

> 头在古州/尾在柳州/古州是盖/柳州是底/食肉坏了要盐巴/风箱坏了要鸡毛/
> 远离亲戚难来往/远离水流怎救火/在今时，遇灾难/火烧快，水来慢/要等柳州的
> 盐巴/食肉已烂/要等古州的鸡毛/风箱已散/现在我们"集款"/九十九寨乡老齐
> 集会见/传到上八洞/传到了下八洞/在"集款"的地方/在"集款"的日期/蚊虫
> 都不乱飞/老虎都不乱吼/男女青年也不唱歌跳舞/不游乡走寨乱串/我们集聚在良
> 溪地方/小河汇成大江/联合各寨男女老幼/千军万马不可挡/我们拔来坚硬岩石/
> 立碑把"款约"写上/我们邀来勇敢的能人/立栅、围墙、设防……

从上面款词的内容可以了解侗族古代社会"款"的性质和范围。它原来之大，被认为是远水难救近火。实际上，它是以地缘为纽带的一种部落联盟形式，带有一定的军事性质。对外抵抗侵犯，对内维持社会秩序。在联盟于"款"范围的村寨，人们必须遵守制定的款约，违者将受惩罚。对于违犯者的处理，轻者受到"款首"和群众的斥责，罚银、杀猪；重则抄家，驱逐出寨以至死刑。"款"有"款首""款约"。"款首"由各寨公老推举，大款首由小款首民主选举。款约则是集款时共同议订的条条款款。这些条款虽非王法，实则成为约定俗成的法律，世代为人们所传唱。

款词的内容广泛，它是随着时代不同而不断增减充实的。目前所看到的款词大多是清代的产物，内容所涉及的确切时代，最早也只是明代。哪些是早起的款词，它的

原始面貌是怎样的，现在很难断定。但是从款词的性质及其作用来分析，它可能只限于维持社会秩序和加强款组织内部联盟的有关内容。下面举几首这些方面的款词。

（1）保护生产：

谁人私心重/心肠狠/砍人杉木/挖人鱼塘/偷牛盗马/罚银四十两。

（2）保护婚姻：

树生枝/藤生须/谁人良心歪/肠生蚁/强占人妻/要拿命抵。

（3）保护村寨：

阳间人世/生命从水火受益/水火之贵/爱不可违/莫乱放火烧山/莫乱放走寨水/谁人放火烧山林/放走养寨水/罚他千两银/谁人纵火失火烧寨/抓他剥皮/要他一条命。

（4）保护行走安全：

谁胆大如笼/头大如箩/动刀枪/拦路抢劫/有家当就用家当抵/没家当的关进衙门。

（5）保护村寨集团联盟利益：

鸟要合群/人要合众/谁人勾生吃熟/勾远虏近/给他三黄泥/九红土。（意为把人深深埋葬）

（6）战争记事：

竹子是从笋子长/父辈是从儿辈来/从前没有皇帝/大鹞子吃小阳雀/大地方破小地方/寨郎灭寨洛。

（7）并寨联防：

村并村/寨并寨/小村合成大村/小寨合成大寨/石洞并贯洞/永洞并龙图/屯洞守洞水/高贡守山林……

款词以丰富的想象力，用生动而又含蓄的文学语言来阐明法律条文，神奇而风趣。例如，"牵直角（盗黄牛），拉弯角（盗水牛）；牵走低谷（不走大道），拉住高山（不敢住在寨子里）"来刻画盗牛者，真是入木三分。又如对偷盗者，强调"抓到他的手，拿得他的髻"，即使把盗得的粮、鱼吃掉了，也要"拾到糠芒，拿得鳞刺"，形象而通俗地说清楚捉贼必须捉赃的规定。款约用韵文来表现。它的篇幅可长可短，一般是三、四、六字句，对偶排比。这种形式，既可能原来就是古老的侗族诗歌的一种形式，也可能是当初为了便于记忆和传诵而编成的类似顺口溜的条款，后来才发展成为侗族诗歌的一种形式。不管它的来源和形式如何，都应该把它看成另一体裁的侗族诗歌。

侗族史诗《起源之歌》在侗族民间世代相传，它对于侗族诗歌的发展有着深远的影响，无论反映社会生活，还是其艺术风格，特别是使用比兴的艺术手法，形成了侗族自己的文学体系。总之，侗族史诗《起源之歌》内容丰富，包罗万象：有民族，有历史，有语言，有风俗；有抒情，有描写，有叙事，有议论；天文地理，人物村寨；各种风物，各种知识。因此，侗族史诗《起源之歌》又被认为是一部小百科全书。

论文类

二　三江田野调查报告

"尔木威"祭祀及相关传说调查

王希萌*

据老人讲，林溪这个地方最早的居民是侗族。那时候还没有林溪这个名字，人们住在"乌牙"地方，现在的林溪地方是原始森林。不知是何年何月，大约在元朝末年，发生了 18 对青年男女自杀的事件，那以后人们才从"乌牙"搬出来，在现在林溪地方建寨立房，繁衍起来。18 对青年死后变成到处飘游的魂魄，有时显现，因此要祭祀他们，以免除灾祸。这就是"尔木威"祭祀。我们向吴道德和吴宗瑞调查了这种祭祀，并记下了流传很广的 18 对青年显现的传说数则。

在 18 对青年自杀前，乌牙地方住着四大姓人家：吴、陈、石、杨，总数约 1000 户。吴家是大姓，占 700 余户。当时规定：同姓不通婚。于是吴姓的青年找不到足够的配偶，同姓内部又禁止联姻，最终有 18 对青年相约自缢而死。他们死后，吴姓被迫分为两族，相互可以通婚；乌牙地方不能再住，于是迁下山来，在林溪定居。"尔木威"，意为封魂魄，隔年举行一次。林溪的河华寨、亮寨、岩寨和皇朝寨，各选数人，事前需斋戒沐浴，然后在一棵大松树下，用泥土将一个坛子口封严实，意为封住了 18 对青年的魂魄，使之不能出来作祟。选去封魂魄的，必须是 60 岁以上的、诚心的和干净的老人，所谓干净，就是自己不做坏事，家中没有怀孕妇女（他们称之为"有黑房"——孩子还未出世，被认为不净）的人。在那三天，需遵守禁忌：在这四个寨子中，不准大声喊叫，不许孩子哭闹，不准放鞭炮，也不能吹芦笙，不许唱歌，否则被认为会惊动 18 对魂魄，出来追扰犯忌的人。

在林溪，以前不许吹笛子，据说只要一吹，18 对青年就会来索要笛子，这时就会死人。这些魂魄总是向人要笛子，要其他乐器，要跳舞的东西，他们想娱乐。侗族以前"过寨"，小伙子行歌坐夜，都喜吹笛子、芦笙等。但在林溪，是不能吹笛子

---

* 作者信息不详。

的。18 对青年只在林溪地方出现，林溪以外不去。他们出现的时间，一般在天要黑不黑之际，或者天黑以后。

有一个流传很广的故事，说的是一个外乡人（高友的），来到林溪做长工。他不晓得这条禁忌，上山"抄牛"（放牛，割草喂），去了五六里地。他爱吹笛子，白天吹，晚上也吹。到夜间，听到有许多人的声音，一只手，两只手……18 只手伸进牛棚来："给我吹吹，给我吹吹！"他惊吓病了，第二天回家，头发全部脱落，人也残废了。据说这是真事，四五十年前的事，当时小伙子只有二十几岁，人蛮壮实。

据说有不少人见过这 18 对青年，有一人因此得病。得病后，他要请鬼师来"打佣"——撵鬼。

据我们调查，发现以下几点。

第一，侗族老人讲及 18 对青年之事时，是确信其有的，当作本乡、本姓的早年历史看待。他们相信魂灵显现，所述遇见魂灵的人，一般为他们能够确指的人。

第二，封魂魄仪式，20 年代至 30 年代，国民党政府禁止搞，老人们说，那时也不看见魂魄了。现在不再搞了，但偶尔也有人看见他们。

第三，关于 18 对青年为何自杀，没有详细说法，只停留在叙述这件事情本身。较多的传说是围绕后人如何犯禁遭到灾祸，以及各种奇遇等。据说这样的故事以前很多，但老人记不清了，他们只讲离自己较近的见过或听过的事情。事实上，这 18 对青年死后变魂魄，出来向人索要乐器的信念依然存在，各个时期演化出不同的故事。

关于歌手石怀芒传承线路的调查报告

苏韶芬 [*]

石怀芒是一个深受当地侗族人民欢迎的歌手。在三江侗族自治县林溪乡一带，她的名字家喻户晓。她今年 62 岁，已经有徒弟四十多人。这些徒弟中有些已做了师傅，有些是有文化的高中毕业生。她们比师傅更有出息，不仅懂唱，还懂记，懂编。石怀芒的经历，清晰地给我们提供了一条研究歌手传承关系的线路。一个歌手的成长是与其社会条件、家庭条件分不开的，一个民族的民间艺术的兴旺发达也是与歌手的积极传播分不开的。下面谨将对有关石怀芒歌手的传承线路所作的调查汇报如下。

一 家庭的熏陶

侗族人民富有唱歌的才能，他们历来就有小孩从小学歌，父母在家教歌，歌师走寨传歌，众人"夺耶"唱歌的习惯。

石怀芒就出生在一个酷爱唱歌的家庭。父亲石荣金是当地有名的歌师，母亲也是唱歌能手。石怀芒的家乡林溪乡华夏屯也和侗族各寨一样有着歌唱的传统。侗族有个风俗，哪个小孩唱歌唱得好，客人来了都请他唱，家长也会觉得体面。石怀芒有兄妹四人。哥哥石成进在华夏屯很有威望，带过十多位徒弟，这些徒弟都已成为师傅。两个妹妹在娘家时也是唱歌能手，后来出嫁了歌就唱得少了。石怀芒在兄妹四人中成就算最高的，她从小爱听歌，大人唱歌她就在旁边听，用心记，很快就入了门。她经常跟妈妈一起参加歌会，到别人家里听歌。她正式学歌是在 14 岁，妈妈是她的老师，姨妈也曾教过她。由于她聪明，记性好，只学了半个月自己就可以独立对答。此后边

* 苏韶芬（1957~ ），女，时任广西桂林市文联编辑人员。历任广西桂林市群众艺术馆馆长、研究馆员、中国民间文艺家协会理事、广西民间文艺家协会副主席、桂林市民间文艺家协会主席。

唱边学，积少成多，19 岁时她参加了林溪乡的歌会，一举击败了所有对手，一下子名扬几十里林溪。林溪乡位于三江侗族自治县北部，南北有四十多里地，就在这方圆数十里的土地上，石怀芒用歌声赢得了众人的爱戴，成为林溪乡有名的歌手。到目前为止，她懂唱多耶三百首，其中包括孝敬父母歌、开头歌等。双歌也懂唱三百首。情歌则肚里有歌数不尽，可以根据场合、对手的情况来进行答对。即便现在年过花甲，且现代化的娱乐活动经常有，她还是喜欢听歌，喜欢唱歌。考察队在林溪采风的日子里，我们都看得见她老人家的身影，听得见她的歌声。

就是这么一个贫寒而又充满艺术细胞的家庭培养了石怀芒的艺术天赋。当石怀芒通过对歌而有了相好时，父母满口答应他们的婚姻。结婚后，石怀芒在林溪乡亮寨落户了，这使她的唱歌才华得到充分发挥。她一到亮寨，便有许多人慕名而来，拜她为师傅。丈夫吴伟远虽然歌才不深，但非常支持她，使她在新的家庭里，为侗族民歌的传播贡献出自己的力量。

二　生活的乐趣

侗族有句俗话："饭养命，歌宽心。"石怀芒也说："心烦了，唱唱歌，心就会宽。"石怀芒觉得唱歌是一种生活的乐趣。她的喜怒哀乐都用歌来表现。当姑娘时，她向往美好的生活，最喜欢唱情歌。那时，没有约束，可以整天整夜地唱，用歌声表达自己的恋情。结婚后，有时和丈夫闹矛盾，丈夫要打她，她就唱起过去唱过的情歌："情郎啊，我们若做了父亲母亲，我们都要放宽心，有气大家忍一忍……"这时丈夫就会放下拳头，两人又和好如初。石怀芒爱唱歌是因为她爱生活。繁重的田间劳动，她唱起歌来就不觉得累："两人一齐去插秧，歌子一唱心欢畅，心畅秧子插得快，转眼一行又一行。"她爱唱歌，有时甚至用歌声来和别人斗嘴，别人引起她的不快也用歌去回应。唱歌是她生活中不可或缺的一部分。就在今年的农历初二文化馆组织的林溪乡合华村赛歌会上她还和徒弟奶玉花一起唱孝敬父母的双歌获得嘉奖，农历二月在崖寨的赛歌会上又获得奖励。

三　乡邻的重托

石怀芒出名后，邻寨、本寨办喜事都请她去唱歌。有些人家为新生儿做满月、做三朝都来请她，她便唱起夸赞歌为小孩起名字，祝福小孩健康成长。

她当年的徒弟奶春能（53 岁）、奶中显（45 岁）、奶谢群（45 岁）、奶纯花（53

岁）、奶玉花（57 岁）现在都是唱歌能手，当了师傅。其中奶春能、奶谢群、奶纯花、奶玉花原来都是亮寨人，石怀芒嫁来亮寨，她们便跟她学歌。到了出嫁的年龄奶春能嫁到大田寨，现在她在大田寨带了三个徒弟：吴爱花（19 岁，大田寨人）、奶群娟（27 岁，大田寨）、奶群尤（28 岁，大田寨）。奶纯花和奶谢群嫁到红木寨，在那里也当上了师傅。奶中显是从别寨嫁到亮寨后才跟石怀芒学歌的，也带过两名徒弟：吴培莲（30 岁，亮寨人）、吴新仁（31 岁，原亮寨人，现已嫁去斗江）。

奶玉花和石怀芒一起还在授歌，目前还有二十多名徒弟。这些徒弟都不像师傅那样"睁眼瞎"，她们大多有初中以上的文化，都会听汉语，会说汉话。奶玉花和师傅石怀芒说到这些新徒弟的时候都脸露喜色。她们的得意门生吴培银不但会唱，还会记词。吴培银是侗乡新一代的歌手。她既喜欢看电影，也喜欢唱流行歌曲，但她更爱自己本民族的艺术。从这个新歌手身上我们不难看到古老文化对她们的影响和她们对古老文化的态度。她向石怀芒学歌，也从另一侧面表明，石怀芒的歌有一定的吸引力。倘若没有众人的扶持和敬重，石怀芒的歌唱得再好，也不能穿寨过乡，使她名闻遐迩。所以石怀芒能有今天的影响是与乡亲们的信任、帮助分不开的。

四　歌手的作用

侗族的民间文学之所以有如此旺盛的生命力与侗家拜请歌师、尊重歌师、虚心向歌师学歌分不开，也是与歌师不辞劳苦、收徒授歌密切相关的。从石怀芒的传承线路中可以看到歌手在传播中有着不可忽视的作用。石怀芒娘家一家六口就撒开了一个庞大的传播网络，无怪乎人们说："如果寨子里有几个歌师的话，那全寨都会成为歌手。"

石怀芒授歌不收礼，不要任何报酬。她收徒的条件是：本人爱好唱歌、聪明、记性好。石怀芒自己是个文盲，她只能根据古老的授歌方法，循着口口相传的方式进行传授。她的基本方法是这样的。

1. 嘎弯端（开头歌）
2. 嘎登（换调歌）
3. 嘎墩（壮胆歌，进堂歌的总称）
4. 顿形（侗语译音）
5. 京音不（侗语译音）
6. 嗯地线（侗语译音）
7. 嗯国宗（侗语译音）
8. 根宗母（侗语译音）

9. 嘎崖安（侗语译音）

10. 嘎机山（侗语译音）

11. 嘎夫母（侗语译音）

12. 嘎森打（侗语译音）

13. 嘎更列（侗语译音）

14. 嘎一平（侗语译音）

15. 嘎牙宗（侗语译音）

16. 嘎山宗（侗语译音）

17. 嘎丝培（侗语译音）

18. 嘎品牌（侗语译音）

19. 更一不类（侗语译音）

20. 更巴一羊（侗语译音）

21. 该苏爷（侗语译音）

22. 该丝爷（侗语译音）

23. 该苏赛（侗语译音）

24. 嘎不爷妹（侗语译音）

25. 伏嘎奔兰（侗语译音）

26. 优该星北京文（侗语译音）

这些教歌方法是一代一代传下来的，词则会随时势进行创新。

大歌、双歌是祖辈已编好对答的，唯独情歌最自由。在崖寨的赛歌会上，黄成花、陆军兰、龙寅弯、吴培柳的情歌对唱使石怀芒想起了自己的当年。她说，她像她们这样年轻的时候（18 岁）也酷爱唱情歌，唱的方式也相同，是母亲这样教会了她，她当师傅后也这样教会了别人。侗族歌手就是这样起到了承上启下的作用，使民族的艺术能够一代一代传下去。

情歌在侗族可以和电影、电视、录音带媲美。老人喜欢，年轻人也喜欢。县里组织计划生育宣传队，唱宣传计划生育的歌没人听，只好先唱情歌吸引观众，然后再唱宣传计划生育的歌。崖寨的吴连爱、吴能纯、吴小风、吴练英、吴莲纯、吴刚莲都是十七八岁的有初、高中文化的女青年，她们对多耶、双歌是爱听、不爱唱，因为她们对其中的词意不理解，她们不知道本民族遥远的过去。而对情歌则爱听爱唱，家长也乐意教她们，每逢节日她们还跑到山上对情歌。石怀芒所带的徒弟中，情歌都可以随问随答，和师傅一样，可以唱无限首，可以唱上三天三夜。

石怀芒不啻是唱歌能手，她还会讲故事，她讲的卜宽娶妻的故事幽默风趣，引人发笑。只可惜她懂的故事不多，未能完全显示出她的讲述才能。她不懂讲款词，不懂唱古歌（这种情况在侗族女歌手中带有普遍性）。尽管如此，石怀芒在林溪乡一带在传播民间文学上还是起过积极的作用的。

五　女歌手的地位

侗族妇女懂唱多耶、双歌、情歌，是母亲一代一代传下来或是女歌师传授的结果。女人在唱歌时不能东张西望，一方面怕羞，因为都是村里的熟人；另一方面东张西望会被人说成不正经。妇女们听故事不像男人这么自由。男人可以聚集鼓楼，而女人只能在别家办喜事的时候去那听人讲故事。鼓楼在侗族是男人们集中的地方，鼓楼有一种威严的色彩。女人到鼓楼意味着"告状"。侗族有一个习俗，女人如果遇到儿子不孝的时候可以到鼓楼找族长"告状"。族长就会在鼓楼的柱子上钉上一颗"耻辱"钉，直到儿子向母亲跪地认错，态度改变后才拔下钉子。母亲状告儿子，自己也会觉得不体面，背后也会被人耻笑。所以女人一般不踏入鼓楼。另外，讲故事、款词需要有一定的记忆力和讲述能力。过去，妇女没有受教育的机会，对款词、故事中的天文地理、历史事件都不甚了解，加上家务事、农事的繁忙，她们也就不能像男子一样可以几小时地坐在那听故事。就是懂讲也只是懂些像卜宽娶妻一类的生活故事。由此可见，妇女不懂讲故事、款词不是因为她们没有这份天资，而是有其历史原因的。从整个民族的文化背景看，妇女的地位是低下的。家产由男子继承，家庭较富裕的婚后才能分得少量的田地。在婚恋上男子也比女子自由，女子结婚后交际受约束，男子则仍然可以去走寨。女子婚后当了母亲唱情歌会觉得不好意思，怕别人笑话，最体面的是唱"孝敬父母歌"。妇女这种社会地位无疑是造成女歌手只懂歌，不懂故事、款词的直接原因。

作为一个歌师，石怀芒仅仅在传播上像其父辈一样起到承上启下的作用，而在如何发展本民族的歌唱艺术方面则无多大贡献。究其原因有二：一是妇女的地位低下，她没有文化，只能口口相传，难免遗漏精华；其二是她对时代没有一定的观察力。尽管她生活在两个截然不同的时代里，她没能感受到时代对她的冲击力。同时，侗族古老的传歌方式：父教子，母教女或男歌师带男徒弟，女歌师带女徒弟这种师承关系对放开视野不能不说是一种障碍，它使歌与故事、款词不能很好地融洽，影响了歌手的创造力。这些局限性都使侗族的民歌发展受到一定的阻碍。如果这种局限性能在新一代歌师身上消失的话，我们相信侗族民歌将会更加繁荣和富有更旺盛的生命力。

1986 年 5 月中旬

侗族女歌手吴仕英侗歌传承和传播情况的调查

曾小嘉[*]

广西壮族自治区三江县林溪乡岩寨侗族女歌手吴仕英，50 岁，初中文化程度，现在家务农。她自 16 岁开始，跟其父——三江县最负盛名的侗族歌师吴居敬学唱侗歌。考察中，我着重就吴仕英侗歌的家族传承和族外传播情况作了调查，调查结果如下。

一 传承情况

吴居敬是林溪皇朝寨人，出生仅 40 天就死了父亲，10 岁死了母亲。据吴仕英的姨婆生前讲，吴居敬的祖父很会唱歌，母亲也会唱，吴居敬对此是否有所承继，不得而知。吴居敬年轻时，曾跟皇朝寨一个叫吴功岩的榨油人学侗歌。后来，吴居敬从桂林读书回来，开始了边教书边编唱侗歌的民间艺人生涯。

1953 年，吴居敬根据侗族民间传说编的侗戏《秦娘美》，到北京参加全国少数民族文艺汇演，获好评。至"文化大革命"前，出版社曾多次出版他编写演唱的侗歌、侗戏集。"文化大革命"中，吴居敬所编侗歌被当作封建毒草批判，出版的集子也被烧毁。当时已是三江县文化馆馆长的吴居敬被游街批斗后，遣返回乡，由于女儿出嫁，儿子身体弱，家中缺少劳动力，生活十分清苦。1978 年吴居敬落实政策后，任文化馆名誉馆长，因年老体衰，依旧住在乡下家中。

1982 年，吴居敬去世，一代侗族名歌师走完了他 74 年的人生历程。

吴居敬有一子一女。儿子吴群章生性羞涩，虽跟父亲学过琵琶歌，但很少演唱。女儿吴仕英自幼聪颖，且在县中学读完了初中。吴仕英 16 岁那年，父亲开始教她唱歌。

---

* 曾小嘉，女，时任中国民间文艺研究会四川分会成员。

吴仕英最初学的是一种叫"gādiù"（音嘎丢，即双歌）的侗歌，内容包括一般的传统民歌和山歌（即情歌）。她最早学唱的是一首《父母嫁》：

> 父母生养我们多么辛苦，
>
> 我们出嫁了呀，可如今却去服侍别人的父母，
>
> 剩下自己的父母没人服侍。

以后，又学唱对歌、双歌，学唱侗戏。1953 年吴仕英参加北京全国少数民族文艺汇演，在《秦娘美》中饰演女主角秦娘美，获得成功。据吴仕英回忆，她唱歌最红火的时候是 1952 ~ 1953 年。那时她在林溪乡文艺宣传组，经常下乡，编唱一些配合中心工作的民歌。宣传性很强的歌，不受人们欢迎，吴仕英就先唱古歌、情歌引来观众，大伙情绪热烈不让她下台的时候，再宣传。吴仕英 16 岁开始学歌就在鼓楼演唱，鼓楼是每个侗寨商议处理重大事宜、传授民间技艺和集会等公共活动的地方，除了集会，妇女一般不进鼓楼。敢去鼓楼唱歌的女性，大多有几手拿手"好戏"，以保证在同众多的歌手对歌中不被击败，赢得观众。可见吴仕英演唱侗歌是很有些功夫的。

吴仕英有三子一女，最大 28 岁，最小 16 岁，都具有中学文化水平。四个孩子中，没一人愿意跟母亲学歌。吴仕英解释说，他们想唱歌的时候不让唱，让唱的时候，又忙工作忙读书去了，哪个都不唱。而其弟基本也不唱歌。家传侗歌处于"绝后"的状况。

二 传播情况

"文化大革命"中，侗歌没有公开演唱的可能。但在民间，侗歌却在流传。岩寨的一些年轻媳妇，就喜欢聚集在吴仕英家的火塘边，跟她学唱古老优美的侗歌。

吴仕英侗歌所传者主要有肖爱英（32 岁）、杨玉纯（35 岁）、练军（37）、吴平花（21 岁）、吴仙练（23 岁），其传承情况是：

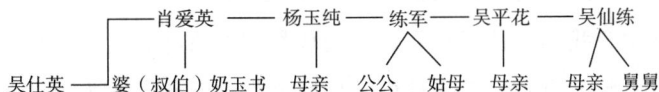

```
          ┌─ 肖爱英 ── 杨玉纯 ── 练军 ── 吴平花 ── 吴仙练
吴仕英 ────┤
       婆（叔伯）奶玉书   母亲   公公  姑母   母亲   母亲   舅舅
```

五位青年妇女家里，或母、舅、姑，或公婆，都是有名气的（如奶玉书和练军的母亲）或一般会唱侗歌的人。但五人皆师出吴仕英，没有一人是家传侗歌的承袭者。1978 年，吴仕英带肖爱英去柳州参加了粉碎"四人帮"后第一次对歌；1985

年，吴仕英带吴平花、吴仙练参加了南宁"三月三"对歌；考察队在三江期间，吴平花和吴仙练又应柳州银行系统邀请，唱歌去了。

如今在岩寨，问到唱歌高手，众人公推老歌手即吴仕英和奶玉书，青年歌手即肖爱英、杨玉纯、练军。我们听了三位青年歌手唱的"换段歌"：

> 要喝泉水岩边找，
> 要吃鹅肉塘边寻，
> 要找漂亮的姑娘别地有，
> 要是不论嘛就和我们好。

这是演唱技巧很高的段子，由于衬音多，不易掌握，一般歌手不大唱。这几位青年歌手，除肖爱英有一个五岁的儿子吴小涛跟母亲学唱情歌外，其余均无。

三　几点想法

历来各民族民间文学的保存，通常是通过传承和传播途径得以实现的。吴仕英侗歌调查结果表明，民间文学的传承线路在今天愈来愈模糊，甚至中断；而传播范围则愈来愈受限制，愈来愈狭窄。考察过程中，在对吴仕英作纵向、横向调查的同时，我采访了一些侗族老百姓，了解他们对侗歌流传的看法，大致如下。

1. 人为地中止侗歌流传

县商业局干部吴方能（侗族，男，34 岁）说："四清"开始，地方政府和工作队就讲民歌侗戏是"四旧"，禁止唱。"文化大革命"时更是扫得干干净净。我们当时想听听不到，想学没处学。现在准唱了，我们年龄大了，要做的事又多，哪还有心思去学。

侗族民间文学，作为古老的百越文化的一支，在长期的政治、经济、文化演变过程中，出现了大量反抗封建统治、维护民族尊严、向往自由幸福等的优秀的口头文学作品，这些作品代代流传，显示出强大的生命力。而口头文学由于特殊的保存方式，必然受到社会变革、民族文化变迁诸因素的冲击。如果说民族民间文学由兴盛到衰弱是一个必然过程，而这一过程在我们这个急剧变革的时代又表现得尤为清晰，那么，对现存的口头文学，我们只能保护它，用现代科学手段保存它，并赋予它以新的第二次生命。那种以政治的方式，人为地中止民间文学的流传，人为地加速民间文学衰亡的蠢事，今天是再也不能干了。

2. 社会生活方式的改变影响侗歌流传

亮寨农民杨怀周（侗族，男，38 岁）说："乡镇街上经常放香港录相，武打的，好看，哪个还听歌。"

皇朝寨农民吴仲辉（侗族，男，27 岁）说："现在小伙子找妹子，基本不唱歌了，就说话。在山上劳动碰上了，才对情歌。"

在乡镇街上，随处可听到录音机在大声播放香港流行歌曲。

在吴仕英家里，我们看到了她儿子儿媳卧室里的电风扇、录音机和火塘边的电饭煲等现代家庭生活设施。

行歌坐月习俗，在交通不便的水团、枫木等地，保存较好，会唱本民族民歌的青年男女也不少。

现代文明对传统民族文化的影响，正逐渐改变少数民族的生活方式、心态结构和审美习惯。侗族面临新的选择，这个选择是新鲜的，充满诱惑力的；同时，又是矛盾的、痛苦的。作为老一辈的歌手、故事家，他们一方面把满肚子口头作品视若珍宝，另一方面，也兴致颇浓地加入年轻的追求新生活方式的队伍。至于年轻一代，则多数对传统民间文学仅仅采取欣赏态度，不学、不唱，没有承袭的责任。

3. 侗歌自身的原因阻碍了侗歌的流传

年轻人普遍反映，现在老人们唱的歌听不懂，不懂的原因有二：一是语言不懂，古歌中有一部分古侗语今天听来非常困难；二是歌（尤其是长歌）中涉及的历史、传说、人物离今人太远、太陌生。

因此说，吴仕英侗歌传承"绝后"不是一个孤立的事实，与上述原因有着不可否认的联系。至于它有限的传播，也是吴仕英和女歌手们的民族感情、个人喜好和生活环境所致（侗族妇女婚后主要操持家务，难得参与社会活动）。

吴仕英是一个热爱本民族民间文学，热爱自己的父亲的优秀女歌手，在整个调查过程中，我为她强烈的个人情绪所感染，对其侗歌的家族传承"绝后"和传播受囿生出了一些哀叹。实际上，在吴仕英诉说时的眼泪和歌唱时的绵缠感情面前，很少有人不动容。然而作为一种文化现象，口头文学传承和传播线路的变化并非就是坏事。通过吴仕英侗歌传承和传播情况的调查，有一点是很明确的，即传统的口头文学正在以我们先前没有预料到的速度消融于现代文化。成为现代文化之始祖当然最好，只怕在消融过程中流失了，便永远找不回来了。所以，认识今天口头文学保存方式的变化，要紧的不是哀叹，是抓住时机，把该抢救的抢救出来，该保存的保存下去，该继承发展的就继承发展，给传统民族文化在现代文化中以应有的地位。

1986 年 5 月于成都

关于三位侗族讲故事能手的调查报告

李 扬 马 青*

1986 年 4 月 8～15 日，作为中芬民间文学联合考察队队员，我们参加了对广西壮族自治区三江侗族自治县林溪乡马鞍村、冠洞村两个自然村落的民间文学进行调查采录的田野作业。先后调查采录的民间文学种类有：歌谣（包括款词、情歌、耶歌、双歌、琵琶歌等）和传说、故事，同时重点采访了三位讲述民间故事的能手。在调查采录过程中，我们采用了笔录、录音和照相等记录手段，较为完整、科学地记录了有关资料。

一 三位讲故事能手情况综述

1. 杨奶孝凡

采录时间：1986 年 4 月 10 日

采录地点：林溪乡马鞍村杨奶孝凡家

讲述语言：侗语

侗语翻译：陈能金

（1）个人简况

杨奶孝凡，女，侗族，现年 40 岁，林溪乡马鞍村人，出嫁后移居程阳村。11 岁时在程阳村上过两年小学。

（2）故事传承线路

杨奶孝凡初次接触民间故事是在 11 岁左右。绝大多数故事是从能讲很多故事的

---

* 李扬（1962～ ），男，时任辽宁省民间文学研究会成员，现为中国海洋大学教授；马青，时为中国民间文艺研究会宁夏分会成员。

母亲那里听来的，而母亲的故事又是来自杨奶孝凡的外祖母。

（3）故事内容

杨奶孝凡共为我们讲述了两则故事：一则是扬善惩恶、教育后代不做坏良心事情的故事，一则是鬼怪故事。杨奶孝凡还会唱情歌（十七八首），但主要擅长讲述生活故事。

（4）故事讲述场所及听众

一般是在自家木楼里、火塘边讲述，主要讲给自己的孩子听。

2. 何永芬

采录时间：1986 年 4 月 12 日

采录地点：林溪乡冠洞村何永芬家

讲述语言：侗语

侗语翻译：石军航

（1）个人简况

何永芬，男，侗族，65 岁，林溪乡冠洞村人。小时读过一两年书（现已基本遗忘，不会阅读）。身体较健康，还能上山和从事农业劳动。

（2）故事传承线路

何永芬的父亲、母亲、祖父、祖母都不会讲故事，何永芬掌握的故事都是来自家庭成员以外的故事讲述者。

（3）故事内容

大体有下列五类：①历史故事；②长工和地主（家主）的故事；③笑话；④荤故事；⑤民间节日传说。

（4）故事讲述场所及听众

何永芬讲故事的地点主要在村中鼓楼内，听众较多，老年人、中年人、青年人和儿童都有。有时应邀到外村去讲故事。

3. 杨通成

采录时间：1986 年 4 月 13 日

采录地点：林溪乡马鞍村杨通成家

讲述语言：侗语

侗语翻译：杨能金

（1）个人简况

杨通成，男，侗族，68 岁，林溪乡马鞍村人。

（2）故事传承线路

同何永芬一样，杨通成的故事均无家庭传承关系，而是从别的民间故事讲述人那里听来的。

（3）故事内容

共有四个方面的内容：①生活故事（包括爱情故事、荤故事等）；②动物故事（主要听众是儿童）；③鬼怪转世故事；④风物传说（这一部分数量较少）。

（4）讲述场所及听众

主要在鼓楼讲述，听众男女老少都有。出门走亲戚时，亦在外村讲述故事。

二　三位故事讲述能手特征初析

上述三位讲故事能手，是当地侗族村寨里公认的故事讲述家。由于时间仓促，我们未能穷尽搜集他们会讲的所有故事，但根据他们自己提供的数目及他人提供的情况，杨奶孝凡大约是一位50则级的故事讲述能手，而何永芬、杨通成二位老人大致可以认定为100则级的故事讲述家（何永芬老人曾说自己的故事可以连讲十天十夜，所以他可能是一位100则级以上的故事讲述家）。他们作为故事讲述家，初步归纳有下面几个特征。

其一，男性故事讲述家与女性故事讲述家在传承线路上呈现明显不同。杨奶孝凡的故事传承线路是外祖母—母亲—杨奶孝凡，这是一条典型的母性祖传线路，与其他民族的女性故事讲述家（如蒙古族金荣、满族李马氏等）相同。但侗族男性故事讲述家何永芬、杨通成二位老人的传承线路却是很特殊的，他们的故事均来自家庭成员之外的传承途经，这与现已发现的其他民族的男性故事讲述家截然相异［如汉族故事讲述家张文英所讲的212个故事中，只有30个故事是非家庭成员（或亲戚）传承的；满族故事讲述家佟凤乙讲述的115个故事中，也只有18个是非直系或旁系血亲传承的］。这种现象的产生，与男性故事家的经历及个人素质有密切的关系。

其二，个人经历和素质与众不同是故事家的又一特征。何永芬十几岁时曾出外撑船，到过柳州等地；杨通成到过桂林、南宁、柳州、融安、融水等地，还远至贵州。这在偏僻闭塞、交通不便的侗乡山寨，确是为数极少的见多识广者。远游期间，他们接触了不同地区、不同民族的民间文学，听到了大量的民间故事，这些故事，同在侗乡鼓楼里听到的本族故事一道，形成了他们肚子里储量丰富、内容多彩的民间故事宝库。

此外，他们都有惊人的记忆力和极好的口才。他们听故事，往往听一遍，最多两遍就可终生不忘；他们讲故事，绘声绘色，抑扬顿挫，使听众如痴如醉。故事家们还是生产劳动的能手，聪明而富有才智，如何永芬就是有名的营造木楼的巧匠。这些经历和素质，是他们之所以成为故事讲述能手的决定性主客观因素。因此，我们就可以了解非血亲传承这种较为特殊情况的某些原因，同理，故事家的儿孙如果不具备类似的因素，同样没有成为故事讲述能手的必然性（如何永芬、杨通成的儿孙就不是故事讲述能手）。

其三，故事讲述能手的讲述场所特征。侗族男性故事家讲述故事的场所，主要是在侗寨的鼓楼。鼓楼是侗族村寨议事、聚会和娱乐的特有公共场所，冬闲时期或节日的夜晚，侗族人民常在里面举行各种娱乐活动，其中很重要的一项就是听故事。按照侗乡惯例，这种动辄几十人、上百人听故事的场合，是杨通成、何永芬这样的男性故事家大显身手的时候，而妇女一般是不在鼓楼里讲故事的（只是偶尔非正式地说个笑话），故杨奶孝凡讲故事的场所也就仅限于自家木楼火塘边，在那里给自己的孩子或其他妇女讲故事。讲述场合、听众不同，女性讲故事能手的知名度远不能同男性讲故事能手相提并论。像杨通成、何永芬这样的故事讲述能手，在四乡八邻均闻名，常被外寨人请去讲故事，外地来的采录者曾访问过他们，而杨奶孝凡的故事从未有人采录过。比较而言，妇女到鼓楼娱乐的机会少于男人，主要是受繁重的家务所累。另外，男性讲故事能手的讲述场合也有例外，如不宜在鼓楼讲述的荤故事，一般就在上山、下田劳动时只对少数较熟悉的朋友讲述。

其四，故事讲述能手所讲述故事的内容特征。三位故事讲述能手讲述的故事，以生活故事居多，其他故事和传说较少，很多故事赞颂了侗族人民的勤劳、智慧和优秀品德，讴歌了美好的爱情，具有浓郁的民族特色。还有一些没有积极意义的笑话（如嘲笑生理缺陷者）以及不在大庭广众下讲述的有关性的故事。但所有这些故事，在侗族人民的生活中，都明显地或潜移默化地起着特定的作用。

故事经过故事家这个中介传承、讲述，不可避免地要发生变异。从侗族民间故事讲述能手的故事讲述情况来看，对故事内容的大幅度改动情况较少，而主要是在外在语言表现方式上的变异。在鼓楼讲故事时，不同的故事讲述能手常以自己独特的语言风格、表情、手势等吸引听众，有时兴之所致，也有即兴发挥的情况。但故事原型主干一般不做大的改动。

杨奶孝凡、何永芬、杨通成是马鞍村、冠洞村较有代表性的故事讲述能手，因此，上述几方面的特征也具有一定的典型意义，从中可以了解侗族民间故事传承的一般状况。

三　关于采录工作方法

为了在短短几天内能够较全面地了解故事讲述能手的情况并采录一部分他们的故

事，我们采取了如下的具体工作方法。

其一，进寨后首先寻访有代表性的故事讲述能手。地方上提供的故事讲述能手每个村均有数个，一一采访恐流于空泛。因此我们每到一村便先找群众了解最有名望的故事家，以点窥面，深入采访。在翻译不足的情况下，我们在当地寻访到了两位翻译（石军航、陈能金），顺利地解决了语言关。

其二，寻找最佳讲述环境。原先安排故事家在鼓楼讲故事，考虑到围观群众多、环境嘈杂等，必然要影响故事家的讲述情绪，我们便请故事家回到自己家里，在火塘边讲故事，除采录者、翻译外，听众均是家庭成员，从而有了一个较理想的讲述氛围。

其三，努力在感情上接近、沟通。我们为故事家的儿孙们买礼物，给他们照全家像并合影留念，穿上侗衣、戴上银饰，一起吃生肉、腌鱼、打油茶，很快消除了陌生感、距离感，他们热情、真实地回答我们的提问，达到了很好的效果。

其四，采录工作既合作又分工。在提问时，我们一起进行，互相补充。在记录故事时，由马青负责笔录和录音，由李扬负责摄影和保持讲述环境。

由于采用了上述较为有效的工作方法，我们的采录工作取得了令人满意的结果，我们也在田野作业的实践中获取了宝贵的经验。

以上分三个大的方面简述了我们对两个侗族村落部分故事讲述能手的调查采录工作及这些故事讲述能手的情况。应当指出的是，由于时间短促，语言不通，以及其他一些客观因素的干扰，我们未能对故事讲述能手及其故事进行更深入、更全面的调查、采录和研究，仍有大量的课题值得进一步去探索。我们所做的工作，只能说走出了小小的一步而已。我们期待着侗族民间故事讲述能手的研究取得新的进展。

一个侗族故事之家传承诸因素的调查

李路阳[*]

中芬民间文学联合考察队 1986 年 4 月在广西三江侗族自治县进行民间文学实地考察时，我有幸对八江乡八江村侗族杨雄新老人及其一家的故事讲述情况、传承路线作了初步调查。在调查中，不仅发现了杨雄新老人讲故事的才能，而且发现这个家庭中的成员如妻杨奶正群、长子杨正群、次子杨玉群、小女杨群凤、长孙杨宏岗、次孙杨宏哨等都具有讲故事的才能，都程度不同地掌握了一定故事量。这个发现引起了我的兴趣，使我从对个人的孤立调查转向家庭乃至更宽广的形态上的调查。根据第一次考察情况，我撰写了一篇关于这个故事之家的调查报告。[①] 事隔半年，我第二次来到八江侗寨，对杨雄新及其一家传承诸因素进行了进一步的调查，感到初稿的某些部分比较单薄，尚有误差之处，因此，作了必要的修改、补充。

根据杨雄新及其一家故事讲述情况和与之有关材料的调查、采录，我发现了几点与本题有关的信息：第一，故事讲述者已打破了老幼界限；第二，讲述者基本为同一血缘关系；第三，传承路线并不完全是血缘意义上的传承，相当一部分为社会意义上的传承；第四，即使是同血缘的家庭成员，也仍旧有"游离子"——不善讲故事的人出现；第五，即使为同血缘的兄弟姊妹，其讲述风格、选材也多有差异。那么，产生这种种现象的原因是什么呢？我打算从三方面陈述我的看法。

一　传承者生活本土的地理形势及其历史、文化的沿革

八江村地处八江乡文化、贸易、政治中心，是公路、铁路的交通要塞。村寨坐落

李路阳，女，时任《民间文学论坛》编辑部助理编辑。
① 《民间文学论坛》1986 年第 5 期。

于雷公坡，下临武洛江水，上接枝柳铁路，南靠八江中心小学，北对八江乡政府驻地。武洛江的对岸是乡文化贸易街，街面除农贸市场、饭馆、百货及食品等商店外，还有乡卫生院、乡文化站电视录像放映室及图书阅览室、邮电局、露天电影院、平江中学。连接村寨与这条文化贸易街的是横架于武洛江上的风雨桥。八江村距离三江县城仅30里。"武洛江源出自县西北马胖乡①高滩村之山冲……过八江乡境……合流于林溪，而入浔江。"②

武洛江两岸均为山岭，解放前，山岭为原始森林覆盖。

1. 30年代至40年代八江的历史、文化背景概况

这个时期，侗族传统文化如多耶、芦笙、款、琵琶歌、传说故事、行歌坐夜等十分兴盛。除行歌坐夜外，多数文化娱乐活动都在鼓楼及鼓楼前的坪台上进行。当时的鼓楼有专人打扫，饮水不断、火塘不熄，每天晚上，村上的男女老少围着火塘听那些会讲故事的老人们谈天说地；讲述传统故事、风俗人情、历史地理；人们还在那里交流生产经验；等等。当时的鼓楼几乎彻夜都充溢着欢声笑语。同时，汉文化也以不同渠道向这个中心地区渗透，20年代末期正值广西省独立，李宗仁、白崇禧、黄旭初提出"建设广西、复兴中国"的口号，为了实现乡村建设，"省令打倒神权，捣毁偶像，县属观宇悉为学校校舍校款之用"。③ 不仅增设公立学校（八江中心小学便是此时所建），而且建立扫盲学校。杨雄新的妻子阳培宁对我说："当时，我在扫盲学校里学的是农民识字课本，讲的叫作要爱国货，反对洋货，中国人要爱中国人。"扫盲夜校设在鼓楼，通常在上课之前先讲些故事，然后听先生讲课。课罢，继续讲故事。侗族从此开始普遍接受汉文化。加上县城至八江乡的马路修成，打通了村寨通往外界的道路，从此，逐渐走向开化。广西省政府在实行开化边民政策时，对侗族的某些传统文化也采取了扼杀手段，如不准穿侗族服装而要汉装，不准行歌坐夜等。杨雄新老人对我说："那时，如果哪个妇女穿侗裙，就要被学生、积极分子拿钩子勾烂，有的妇女干脆把裤子挽到膝盖，到了八江（乡公所驻地）便把裙子脱下，把裤腿放下，过了八江再穿上裙子。为了防止后生因行歌坐夜而不去上夜校读书，故采取禁令。远离乡公所的村寨照旧行歌坐夜，而距乡公所咫尺之远的八江村只好偷偷摸摸地行歌坐夜。40年代，侗族传统文化基本是顺其自然，没有太多的干扰，鼓楼文化依旧占据

---

① 马胖乡现为八江乡的一部分。
② 三江侗族县地方志编纂委员会编《三江县志》（卷一），三江侗族县地方志编纂委员会办公室，1946年版，2002年翻印。
③ 三江侗族县地方志编纂委员会编《三江县志》（卷五），三江侗族县地方志编纂委员会办公室，1946年版，2002年翻印。

着中心地位。"

2. 50 年代至 60 年代八江的历史、文化背景概况

50 年代初期鼓楼依旧是传播侗族传统文化的场所，1958 年"大跃进"之后，鼓楼改头换面，成了政治夜校、集体食堂。因为讲故事一来影响生产劳动（当时要求白天黑夜都干活），二来故事内容不健康，缺少革命色彩，故反对讲故事，会讲故事的人也不敢讲了。60 年代初期，"大跃进"的浪头逐渐低落，那些愿意讲故事的老人和那些愿意听故事的后生们便从鼓楼转移到木楼，在单身老人家的木楼里谈天说地、讲故事。"文革"开始后，那些讲故事的人都成了复古的代表，成了批判对象。在这个时期，现代科学文明同样影响了侗族人的生活。不光八江乡有中心小学，几乎每个自然村寨都有小学，而且还办成了一所中学。八江中学在 1958 年始建；解放初期建成卫生院，通电话；中期有了流动电影放映队；1964 年通电，有线广播等接踵出现，长途汽车由县城通至八江。这些现代设施，沟通了侗族与外界的联系，相应开阔了他们的视野。

3. 70 年代至 80 年代八江的历史、文化背景概况

这是人所熟知的历史时期，故略而不述。值得说明的是近几年，特别是实行改革开放政策以来，现代文明、科学对该地区侗族人民的生活的冲击和影响。1978 年枝柳铁路通车，方便了本地与湖南、贵州的交通往来。1982 年露天电影院建成，电影放映一场人次最高达 800 余人。1985 年乡文化站建立电视录像放映室，每日观众有 200～300 人，这些观众除八江村的外，还有八江乡所属十几个村寨的群众。不仅如此，文化站还设立了图书、报刊阅览室，读者也很可观。1982 年 8 月火车站修建了电视转播发射台，1986 年八江乡政府又投资修建了第二个电视转播发射台；不少农民家纷纷购买电视机，八江村有五六户置备了电视机，杨雄新家便是其中的一户。尽管现在提倡保护民间文化，但电视、录像、电影所产生的艺术效果、精神食粮又是侗族传统文化难以取代的。

二　不同的社会存在决定了传承过程中各自不同的选择

杨雄新，男，61 岁，故事传承路线来自祖父、父亲及寨上会讲故事的老人家，讲述内容主要包括：神话传说、风俗传说、生活故事（含爱情故事）、机智人物故事、寓言、笑话、鬼故事等。杨雄新是八江中心小学的退休教师。他的祖父、父亲都是本寨讲故事能手，他的父亲还是个大多耶手。杨雄新从小爱听父亲讲故事，不幸的是，他的父亲过早去世，7 岁后的杨雄新接受故事的渠道从此便转向寨上其他会讲故

事的老人家。他从小不仅爱讲故事，而且爱多耶，13 岁到八斗参加多耶比赛，一举击败高手。行歌坐夜时，他只唱了四首歌，便轻易成了八斗村漂亮姑娘阳培宁家的座上客，喜结良缘。这至少说明杨雄新也很会唱情歌。由此看来，杨雄新对侗族传统文化的继承可谓全面了。为何杨雄新对侗族传统文化能够全面继承呢？

　　从 30 年代至 40 年代八江地区历史、文化背景看，侗族传统文化的发展基本是顺其自然的，尽管有过禁止行歌坐夜的年月，但因难以禁止，时隔不久便自行取消。所以说，侗族传统基本保持了它在发展演变过程的完整性。这位故事世家的后代、受影响于鼓楼文化的杨雄新，他的继承也就顺理成章了。但是，杨雄新又不同于那些无文化的故事继承者。在他父亲去世后不久，他母亲依照丈夫遗嘱，卖田送子念书。30 年代初期，杨雄新就读于八江中心小学。初小四年毕业后，杨雄新首次离开家乡，投考丹州北平香山慈幼院（由北平迁入丹州的学校）。高小毕业后，又考入柳州中学，终因日本打入南宁而辍学回乡，后又听说县里办中学，来了不少外地疏散来的好老师，便第二次离开家乡，到县城继续读书。初中毕业后回八江中心小学教书。抗战胜利后，杨雄新第三次离开家乡，到柳州师范学校就读两年，毕业后再次回到八江中心小学教书。三次离乡，辗转上学，使杨雄新受到了不同于唱读教育的新的启发、诱导式教育及现代文化的熏陶。他逐步开始了解山寨外面的世界，了解那个世界的科学与文明，他对那个世界了解得越多，越想知道侗族的来历及传统文化习俗的来源，也就越想通过新的教育改变侗族的落后面貌。他回乡教书，身体力行，采取新的教学、教育方法教课，吸引了远近山寨 250 名左右的学生入校念书，有的学生年龄甚至比他还大。正是这种进步的思想基础，导致他对侗族传统文化继承的自觉意识。他留心本民族的传说、故事、多耶、情歌、乡里民风、信仰习俗等，加上他聪明过人，记忆极好，那些从鼓楼听来的故事便深深地储藏在他的记忆之中。可惜，1958 年之后侗文化发展中出现的 20 多年中断状况，使这位在传承关系中应由输入转向输出的文化人丧失了应有的传播环境，那些具有活的生命力的故事、传说在记忆的脑海中变得枯萎了。杨雄新老人感叹地对我说："过去我可以讲几百个故事，20 多年不敢讲，现在可以讲了，但因时间隔得太久，好多故事都忘记了。"我问起他这些年是否在家里偷偷对家人讲故事，他告诉我："讲也讲一些，但讲得很少，内容也很一般。那些古老的传说、做善事的故事、孝敬故事等都是不敢讲的。"

　　杨奶正群，女，60 岁，故事传承路线来自母亲及寨上裁缝杨宁福，讲述内容主要包括：生活故事（含爱情故事）、技艺故事、动物故事、笑话、寓言、童话。杨奶正群记忆最佳时期与杨雄新一样是 30～40 年代。在接受故事的渠道上，在对传统文化观念的认识上，在讲述风格、特点上，二人不无一致。只不过杨奶正群缺少杨雄新所受的先进文化教育，鲜少知道外界事物，因此，她不像杨雄新那样活跃于侗文化的各方面，求教于诸家以得所需，而是局限于家庭的传承影响以及在自家做裁缝的半家庭成员的传承影响，不自觉地成了故事的接受者。可以说，她是封闭式环境中的封闭型人物，而杨雄新则是封闭式环境中的开放型人物。

杨正群，男，37 岁，故事传承路线来自寨上 20 余位会讲故事的老人及裁缝吴义发，讲述内容主要包括：生活故事（含爱情故事）、技艺故事、动物故事。杨正群是杨雄新的长子，也是八江乡副乡长。就家庭传承中的位置而言，作为长子，他是最早接受父母传统文化教育的，是最早聆听父母讲述侗族传说故事的，自然，也是最先获得这种独特的语言艺术环境熏陶的。按理，他的故事应承自父母，或者说，起码有一部分承自他们，奇怪的是恰恰相反。他对我说："我小时候最爱到鼓楼听故事，当时，寨上有 20 多位老人家特别能讲故事，我常常一夜一夜地坐在那里听。"据了解，这 20 多位老人家都比杨雄新年长一辈，就其故事量来说，比杨雄新多；就内容、题材而言，20 多位加起来也远比杨雄新多得多。这是杨正群离开父系传承关系的原因之一。正当杨正群在朦胧之中不知不觉对故事产生兴趣时，其父又几乎不是在家乡度过的。解放初期，杨雄新参加剿匪，剿匪胜利后，他到县教育局工作，1956 年又到中南民族学院学习，直到 1960 年才回到八江中心小学。尽管这时父子日日生活在一起，但政治形势又发生了极大变化，鼓楼失去了原有的娱乐意义，讲故事已被作为宣扬迷信禁止了，父虽有故事许多，也不能传子。当时，寨上有一位叫作吴义发的裁缝，非常爱说笑话、幽默故事，他常常利用别人来做衣的机会，讲上几个笑话，笑话又与迷信相距甚远，故没人来禁止他讲故事。结果，他家的木楼成了传播故事的中心。杨正群听故事的欲望便在这里实现了。这正是杨正群离开父系传承关系的原因之二。从社会环境看，杨正群记忆最佳时期与其父记忆最佳时期的历史时代有着本质的区别，旧的传统观念受到剧烈冲击，而杨正群从小学一年级起就开始接受社会主义思想教育，新观念逐渐占据了主导地位，而传统的多神信仰（如雷神、落神、土地神、天神、关岳神等）、多种禁忌、迷信风俗等越来越失去了固有的神圣地位。他对我说："前不久，邻居家不慎起火，木楼变成一片废墟，按照侗族习惯，那家人只能在水田旁搭一个小棚露宿，三天之后才能被亲戚家接走居住。可是，这种惩罚在过去是三年，后为三个月，还要赶出寨。因为火家破坏了村寨的风水。"他对这种愚昧、落后的观念深感不可思议。他的认识代表了一代年轻人观念的变化，特别是 30 多年来现代文明的发展，逐步渗透到侗族的生活之中，时时满足着他不断增长的好奇心、神秘感。因此，作为故事的接受者，杨正群更喜欢听幽默故事（含笑话、机智人物故事），也最爱讲这类故事。而杨雄新更多地喜欢那些与侗族风俗、历史有关的传说、神话。这又是杨正群离开父系传承关系的原因之三。杨正群选择幽默故事作为自己讲述故事的重点，恰恰反映了远古与现代在他心目中截然不同的位置，其讲述的内容题材与现实的接近性也说明了这一点。他的工作性质、职业特点的务实性又对他的这种选择起到了促进作用。他对我说："过去我不爱说话，自从讲故事后，才变得能说了。"的确，讲故事培养了他良好的口头表达才能，使他能够适应、胜任现职工作。他意识到讲故事的实用价值，对我说："因为讲故事能锻炼人的口头表达能力，所以，我有意识地锻炼我的两个孩子讲故事，使他们的思维、反映更敏捷、灵活，从而适应各种新的场合。"这种传承中的新观念又是他的父辈们所不曾意识到的。

杨玉群，男，29岁，故事传承路线来自父亲及寨上裁缝吴义发，讲述内容主要包括：生活故事、笑话。杨玉群生活的背景与杨正群大体相同，唯有一点不够相同，杨玉群没有得到接受鼓楼文化的机会。他接受故事的渠道主要是"木楼文化"。除在自家木楼里听父亲讲述那少量的故事外，多数故事是从本寨裁缝吴义发家的木楼里听到的。

杨群凤，女，20岁，故事传承路线来自父母及同龄人，讲述内容主要包括：生活故事（含爱情故事）、笑话。杨群凤是杨雄新的小女。她生长于六七十年代。当时，不光不许多耶、情歌对唱、行歌坐夜，也不许讲故事、吹芦笙、弹琵琶歌，就连那些掌握侗族传统文化的人也要被扣上"复古"帽子，不断地被批斗。杨雄新老人就是其中的一个。尽管如此，在自家木楼里，当家人围坐在一块吃饭的时候，似乎还能感到一种慰藉与和谐。杨雄新夫妇常常经不住孩子们想听故事的苦求，便讲几个不大要紧的故事给孩子们听听。杨群凤告诉我，她的故事都是听爸爸、妈妈、同伴讲的，还有从小说中看来的。这个传承关系看上去实在有些不伦不类，很难说是根本意义上的传承关系，但是当我们了解了杨群凤生活的社会背景的全部内容后，便能体会到其中的真实。生活在这贫瘠而又积重难返的文化土壤上的杨群凤，精神上的饥饿感常常使她无法满足于父母偷偷讲给她的那一点点故事，同伴间相互传递的寥寥无几的故事也难以填饱饥肠，于是，她将听转为看，从小说中吮吸那些未满足的部分，然后讲给同伴们听。

这就解释了杨家的大女杨金群、二女杨玉芬、三女杨玉莲、小儿杨丙群为何都不善于讲故事。从年龄看，杨金群33岁，杨玉芬25岁，杨玉莲23岁，杨丙群17岁。杨金群与杨玉群基本为同时代的人，记事后的杨金群没有受过"鼓楼文化"的熏陶，尽管经历过"木楼文化"的阶段，但她性情安静，很少杨正群、杨玉群这些男性的独立意识与不安分的心理，多是依偎在母亲的身边，所以，她也就较少接受"木楼文化"的影响，而不好讲故事。杨家的其他姐弟，他们不仅缺少接受故事的环境，而且性情也与杨群凤相异，比较腼腆、安静、少言寡语。这决定了性情开朗、活泼的杨群凤寻求故事、对精神文化的欲望要比他们强烈，求而不得所引起的饥饿感也比他们严重许多，所以，她从听到看，从看到讲，自创一套讲述方法，成为特殊环境下一位特殊的讲述人，而其他四姐弟，因饥饿感不甚强烈，自然与环境相适应，成为不善讲故事的人了。

杨宏岗，男，10 岁，故事传承路线来自祖父、祖母、父亲，讲述内容主要包括：机智人物故事、笑话。杨宏哨，男，8 岁，故事传承路线来自祖父、祖母、父亲、兄。讲述内容主要包括：动物故事、母亲话。杨家第三代杨宏岗、杨宏哨又是在新的历史时期中生长的一代。这个时期，侗族传统文化重新获得了应有的地位，侗族传统文化受到政府的扶持，伤痕逐渐愈合。八江村地理位置的特殊优势，杨家成员中特殊的职业，决定了杨家讲述人最先消除顾虑，重操旧业。杨家传承关系上呈现的多渠道交叉的故事传说网，为杨宏岗兄弟二人提供了良好的故事接受环境。杨宏岗兄第二人成为杨家有意栽培的小故事手。

三　不同的心理需要导致传承过程中各自不同的心理状态

在对杨雄新一家故事讲述情况进行全面调查后，我发现了一个非常有趣的现象：每一个讲述者在规定的讲述数量前提下，讲述内容都不甚相同，极少有重合部分。

当时，因考察时间所限，我请每位讲述人只讲三个故事。杨雄新讲述的是：鼓楼的传说、蚌壳精、芦笙的传说，除此之外，他还讲述了月亮的传说、七仙女的传说、风雨桥的传说、女娲补天、鬼的故事、姜良姜妹创人类及侗族来历的传说等。杨奶正群讲述的是：刘金与刘二、养蛙郎、孝敬公婆。杨正群讲述的是：贪财的大嫂、两兄弟分家、猴子跟蚂蚱打架。杨玉群讲述的是：上山打猎、雅郎与雅香的故事、驼背的故事。杨群凤讲述的是：砍柴郎、蝉、懒汉。杨宏岗讲述的是：卜宽分牛、偷锅头、打平伙。杨宏哨讲述的是：小鸡报仇、小猫的故事、狼外婆的故事。以上故事均为个人随意选择，即兴讲述。

在讲述中间，每个人讲述的内容都显示了他个人的特点，反映了心理面貌。

杨雄新与杨奶正群夫妻俩虽然共同生活、养儿育女、振兴家业 40 余年，但是，由于他们的知识结构不同、社会经历不同、家庭主事不同，讲述中虽涉及了与他们的道德观念、生活经历相吻合的生活故事（如杨雄新讲述的蚌壳精，杨奶正群讲述的养蛙郎故事，这些故事反映了人要行善、不要图谋不轨的主题），但讲述更多的、居首位的则是与心理状态产生某种默契的故事。杨雄新讲述的"鼓楼的传说""芦笙的传说""风雨桥的传说"等神话传说故事，显示了这位文化老人对侗族历史、文化追根溯源的欲望。这与他几十年的教师生涯养成的职业责任感分不开。他讲述的"风雨桥的传说"，以独特的内容反映了该传说中的又一类型：仙人下凡帮助侗家建桥。仙人之所以下凡帮助侗家建桥，是因为仙人为侗家人的善行所感动，这类行善故事在杨雄新掌握的百余则故事中占相当比例，这不仅反映了杨雄新的道德观念，也反映了饱经坎坷与不平的老人家对善行的一种渴望。

杨奶正群讲述的"刘金与刘二""孝敬公婆"的故事，都一致反映了儿女孝敬或虐待老人这一主题。作为家庭主妇，杨奶正群将全部精力投入家庭中：为儿子成亲，替他们攒钱盖木楼；为女儿找个好婆家，替她们置办嫁妆；里里外外的家务事都要由她管，还要帮儿媳带孙儿、孙女。可以说，她是高尚、辛劳而又无私的。一个人的付出需要得到同等报偿。杨奶正群这种无法用金钱计算的付出同样需要得到那不能用金钱衡量的报偿，即儿女的孝心。上年岁的最怕儿女不孝，最怕承受因此而变得孤独、凄凉的心。她讲述孝敬老人的故事恰恰反映了她此刻的心理状态。她利用讲故事训导儿女孝敬父母、孝敬公婆，从而使她一生的辛劳有所报偿。这使我联想起在八斗鼓楼看多耶的一个场面：当女队唱到"敬母歌"时，场下许多上岁数的妇女都流下眼泪。她们的心理状态与杨奶正群不无共同之处，这一点使我们从侧面看到杨奶正群希望自己在年迈之时，精神有所慰藉。

杨正群、杨玉群、杨群凤兄妹三人的讲述风格也各有特色。杨正群讲述的"贪财的大嫂""两兄弟分家"的故事均涉及了兄弟间财产继承的问题。杨正群为家中兄长，成家立业已十几年，尽管他从大家庭中分出去时间不长，但作为小家中的一家之长及兄妹中的兄长，他的独立意识早就形成，而不是依赖于父母。正因如此，他讲述的重点也会因为年龄、经历的变化发生无意识然而是在潜意识作用下的转移。但是，幽默故事仍然没有失去它在心里的位置。所以，"分家"型故事，一时间以压倒性的优势占据心里重要位置则是很自然的事。尽管如此，我们仍旧能从他讲述的故事中看到幽默的情趣，这又与他从小形成的幽默诙谐的性格分不开。

杨玉群虽已结婚，也有了孩子，但他并没有独立生活，或者说，还没有形成独立意识。侗家有个习惯，结婚时的女子只在夫家过三夜，便回转娘家，三到五年后，才到夫家长住，甚至有了孩子还要在娘家住上几年。杨玉群虽然结婚四年，但实际上，真正开始小家庭生活的时间仅仅是今年，还不到一年。可以说，他的生活与婚前并无太大差别，妻子、孩子在岳母家，家中钱财由父母管，家内议事由兄长出头，他无忧无虑、无牵无挂地生活，心里照旧像婚前一样年轻，充满朝气。而婚前的杨玉群曾是对越自卫反击战最前线的战士，他曾经历过生与死的考验。他讲述的"上山打猎"

"雅郎与雅香的故事"都反映了人与虎的较量及青年后生怎样以机智、勇敢战胜凶猛的老虎。而这些，正是杨玉群曾经体验过的，也是他刻意追求的，他把这种能表现自己力量的男性美放到故事的讲述之中，来满足内心情感的需要，这自然合乎情理。

姑娘喜欢幻想，喜欢借用想象中的幸福模式勾勒自己未来的爱情生活，喜欢回味它以满足心理与生理情感的需要。20岁的杨群凤正是如此。她的身心发展已使她的兴奋点停留于恋爱阶段，她在感受一种无形的、朦胧的然而又是理想的爱情。爱情故事能使她从中获得快感，照她的话说，可以"陶冶性情"，所以她比家庭中的任何人更爱讲爱情故事，比他们中的任何一个人更爱谈梦幻中的仙境，仙境中善良、美丽的仙女。她讲述的"砍柴郎""蝉"都不同程度地反映了这方面内容。还有一个事实可作佐证：杨雄新曾向我介绍他的老伴非常善讲爱情故事。在请杨奶正群讲故事时，我曾提示她讲讲这方面的故事，老人家却笑着对我说："年轻的时候，爱讲爱情故事，现在老了……"她的话从侧面告诉我们，青年女子爱讲爱情故事，是由于心理与生理的需要。同时也说明了另一点，讲述风格与特点是伴随着个人心理、生理状态的变化作曲线运动的，并非固定不变。

再看看杨家第三代的讲述情况，问题就更明朗化了。10岁的杨宏岗讲述了机智人物故事和含有机智成分的笑话。8岁的杨宏哨讲述了动物故事和童话。他们兄弟俩讲述内容的不一致性恰好反映了不同年龄阶段的少年各自不同的心理状态。杨宏岗告诉我，他会讲20多则故事，而且都是机智人物故事和笑话。对杨宏岗来说，动物及动物故事的神秘光泽已黯然失色，那种幼稚的美已不再像过去一样彻底为他所接受。对他来说，某人施展小小聪明，治了某某自作聪明或愚弄了某人的招数更富有诱惑力。按心理学的观点，小学二、三年级的学生和初中一、二年级的学生，尤其是男生，其心理情绪最不稳定，常处在骚动状态，最易产生某种破坏性的、奚落他人的恶念头。因此，那些机智人物便成了最被崇拜的英雄。杨宏岗正是这样，才把机智人物故事及含机智成分的笑话当作最好的、最拿手的故事讲给别人听。8岁的杨宏哨就不同了。他对我说，他的故事都是听爷爷奶奶、爸爸、哥哥讲的。毫无疑问，杨宏岗把他最为得意的机智人物故事讲给弟弟听了，但杨宏哨对此并不在意，并没有接受。他的注意力还停留在"狼外婆故事"这类童话世界中，停留在那些具备儿童心理的"小鸡报仇""小猫的故事"等动物故事中。只有童话世界和动物的天真能与他幼稚的心灵产生和谐的节奏，启发他天真浪漫的想象，唤起他讲述这类故事的欲望。

根据对杨雄新一家的调查，我发现，杨家故事讲述人对故事的接受很大程度上带有选择的随意性。这中间除了存在社会环境、文化背景的制约与影响外，还存在心理需要与心理反馈在多人心中平衡点不同所造成的内在影响。这个平衡点决定了讲述者个人某方面需要的强弱与反馈的强弱的正比关系，需要越强烈，反馈越强烈，反之，亦如此。当然，这种心理平衡是建立在打破旧有平衡基础上的，应说成相对时间内的平衡更确切些。这种心理平衡，有人可以通过自身内部情感、思维调节后达到，如杨家不善讲故事的几人正是如此；而有些人内部调节失灵，只能依靠外力，像杨家的故事讲述者均属此类。他们通过讲故事等外力的援助，达到心理需要与反馈的平衡。杨群凤说她讲故事是因为心里太闷得慌，是为了陶冶情操。杨奶正群说她讲故事是因为整日做饭、织布，生活太寂寞，为了欢乐才讲故事。摆脱寂寞与烦恼而讲故事，几乎是杨家所有故事讲述者的共同感受。尽管其他不善讲故事的人也存在寂寞与烦恼的环境，但他们对此的反应远没有故事讲述者的敏感，抵触情绪也偏低，故能自行调节，达到平衡。而杨家那些故事讲述者们对此不仅十分敏感，而且难以忍受而无法自制，于是寻找寄托。故事便是他们顺手拈来的良药了。

1986 年 11 月修改稿

广西三江侗族自治县独岗乡独岗村民间故事生存状况调查

杜　萌[*]

时间：1986 年 4 月 14 日上午

地点：三江侗族自治县党校招待所

被采访人：

吴申堂（男，侗族，66 岁，三江县独岗乡独岗村人供销社干部）

吴天益（男，侗族，38 岁，三江县独岗乡独岗村人，现任独岗乡副乡长）

采访人：杜萌（汉族，28 岁，北京民研会）

调查报告[1]

问：你们乡距离县城多远？

吴天益：距离这里四十七公里。

问：你们村有几个鼓楼？

吴天益："文革"以前有四个鼓楼，"文革"中毁了两个，1982 年又建起一个。

问：你们讲故事在哪个鼓楼？

吴申堂：一个鼓楼里唱歌，一个鼓楼讲故事。

吴天益：我们有一个中心鼓楼，是全村的中心，另外三个按地区划分。讲故事一般在中心鼓楼，中心鼓楼比较大，里里外外能有一千人的他方。讲故事最多不过三、五百人。

问：你们村有多少人？

吴申堂：有 300 户。

---

* 杜萌，时任中国民间文艺研究会北京分会成员。——编者注

① 说明：本篇调查采用问答方式。被采访的两人是在同一地点同时采访的。由于不是在当地采访，没有观察报告。

问：全村有几个善讲故事的？

吴申堂：有四五个人。

问：这几个人都是多大年龄的？

吴天益：杨愿宪 70 岁了，一辈子不识字，近两年眼睛瞎了，弄点糖，拉着一帮小孩子扯故事。剩下是 60 来岁的。

问：有没有年轻的？

吴天益：有两个 40 岁左右的，是小学、初中毕业的，他们是从 20 来岁就开始讲故事了。

问：一般讲什么故事？

吴天益：《水浒传》、《薛仁贵征西》、卜宽故事、努济故事，还有些短故事。

问：什么内容的短故事？

吴天益：这里面不健康的笑话比较多，有些是低级下流的，也有一些是真人真事，还有一些是嘲笑人的故事。

问：什么时候讲故事？

吴天益：冬天农闲时，鼓楼里升起火，有 100 多人，从夜饭后讲到凌晨两三点钟。

问：都有些什么人来听故事？

吴天益：老人、小孩，30 岁以上的爱听故事。女的爱听歌。

问：讲故事有报酬吗？

吴申堂：人家不请，只要有人愿意讲就去讲，从来不讲报酬。

完

1986 年 4 月 22 日整理

三江林溪乡琵琶歌流传情况的调查

杨通山*

林溪乡位于广西三江县的北部，东北与湖南省的通道县相连，西邻侗族聚居的八江乡，南接汉族聚居的洲坪乡。全乡有十六个村（街），总共有24048口人，其中侗族22625人，苗族909人，汉族458人，壮族15人，瑶族7人，其他少数民族7人。侗族是主体民族，占总人口的94%。林溪乡人民一年四季弹唱琵琶歌，有时唱到通宵。通过对林溪乡的调查，可以了解在没有民族文字的侗乡，琵琶歌是怎样传承和发展的。

一 林溪乡琵琶歌篇目及分类

据文字记载，明代已有侗族琵琶歌，清代是侗歌发展的高峰。侗族不仅有边弹边唱的"嘎常"体的琵琶歌，还有边弹边唱边说的"嘎锦"体的长篇叙事琵琶歌，[①] 并在琵琶歌的基础上又产生了侗戏。

林溪乡琵琶歌流传时间较久，内容比较广泛，篇目较多，由于主要是口头文学，随着岁月的流逝，有的歌因人亡而失传了，有的由后人继承和新编，如今在林溪乡流传的琵琶歌，总共有180多首。按形式分，有"嘎锦"体的长篇叙事琵琶歌7首（传统的3首，现代的4首），有"嘎常"体的叙事琵琶歌22首（传统的16首，现代的6首），还有"嘎常"体的抒情琵琶歌159首（传统的113首，现代的46首）。最长的"嘎常"体琵琶歌是《回顾长征》，有794行。最长的"嘎锦"体琵琶歌是《二度梅》，有2000多行，要三个晚上才能唱完。比较著名的抒情琵琶歌是《银情

---

* 杨通山，男，时任广西三江侗族自治县文联主席。——编者注

① "嘎常""嘎锦"，侗语，嘎即歌，只唱不说叫"嘎常"，又说又唱叫"嘎锦"。

内》《银情放》等"十大银情"①。这些歌只有简单的情节，大段大段的抒情，很能吸引人，随着歌情的发展，有时使听众发出阵阵欢笑，有时又叹息低泣。比较优秀的叙事歌有《助郎娘梅》《秀银吉妹》，这些歌有曲折的情节，有鲜明的人物形象，使人听后留下深刻的印象。现将其篇目分述如下。

（1）"嘎锦"体的长篇叙事琵琶歌7首

《二度梅》，高步杨信斌编于1890年前后，林溪吴居敬修改于1943年。

《李旦凤姣》，合华大田吴行桢编于1890年前后。

《薛仁贵》，合华大田吴荣邦编于1946年。

《红灯记》，林溪吴居敬编于1974年。

《破碑记》，林溪吴贵元编于1974年。

《老树新花》，林溪吴贵元编于1978年。

《娘梅歌》，林溪吴贵元编于1982年。

（2）"嘎常"体的叙事琵琶歌22首

《助郎娘梅》，作者不详。《秀银吉妹》二首，吴朝堂、杨公编。

《刘梅》，作者不详。《毛红玉英》，杨文光编。

《梅良玉》，杨信斌编。《山伯英台》，吴昌俊编。

《白玉香》，莫如爵编。《天子与竹杞》，作者不详。

《李旦凤姣》，吴富浩编。《陈世美》二首，杨再隆、吴银龙编。

《胡奎卖人头》，粟文堂编。《花木兰》，吴仲儒编。

《刘爱连》，吴仲儒编。《李三娘》，作者不详。

《杨洪英》，杨再书、吴贵元编。《回顾长征》，吴贵元编。

《三打白骨精》，吴永生编。《李奶和请》，吴居敬编。

《李时珍》，吴荣欢编。《何玉英》，姚荣义、吴贵元编。

（3）"嘎常"体抒情琵琶歌159首

《银情放》②、《银情内》、《银情告》、《银情美》、《银情斗》、《银情大》、《银情笨》、《银情莽》、《银情共寨》、《银情路远》、《银情十三》、《银情十四》、《银情十五》、《银情配》、《苗不引当》、《半担茶油》、《郎金哉生》、《结上白》、《堂结堂

---

① "十大银情"是一套情歌的统称，其实不止十首。
② 这一段歌多是侗语，有的是汉字记音，有的是汉意，注解在文末。

放》、《郎来川主卜在屋》、《情各寨》、《情困赖》、《嘎相大》、《相大光南》、《光南搭转》、《搭过贵州》、《十八结上》、《仔老结上》、《雄成隔》、《结上庆立》、《十八良情内》、《嘎放媒》二首、《衙安送信》、《嘎平老》、《嘎平你》、《洲郎金》、《十八结》、《十八散》、《十八怕》、《十七十八》20 首、《父母恩》、《人做媳》、《二十四孝》、《奶老奶妃》、《敬老歌》、《常文》、《常理》、《十劝》、《酒色财气》、《十二月歌》、《七十二艺》、《八反歌》、《劝仔女》、《叹仔女》、《人半代》、《嘎汉零》八首、《甫家新》、《告双》、《一婼》、《四婼》、《盘古》、《阴阳歌》、《嘎登》十首、《嘎消散》十首、《三江巨变》、《时代曲》、《铁路》、《文盲错》、《家庭和睦》、《家庭副业》、《爱护耕牛》、《妇女翻身》、《共产十色》、《歌颂毛主席》、《士农工商》、《交公粮》、《社会治安》、《庆祝丰收》、《歌唱侗文诞生》、《欢迎中央代表》、《侗家本来爱唱歌》、《讲卫生一曲》、《区域自治》、《歌也凤浓》、《不忘本》、《拥军爱民》、《三线建设》、《反五风》、《普选意义》、《庆祝土改胜利》、《公社条例》、《提倡晚婚》、《计划生育》五首、《追十年毛主席》、《怀念周总理》、《批判四人帮》、《道德礼貌》、《论古读会》、《反击战》、《堵歪风》、《历史决议》、《新时期任务》、《永远忠于工作》、《永跟共产党》、《东风压西风》、《防火安全》、《组织法》、《安全用电》、《贺喜》、《有歌尽唱》……

上述篇目从内容上可分为以下几类：①神话传说，如《阴阳歌》等；②青年谈情说爱，如《银情放》；③男女婚姻和世态人情，如《刘梅》等；④劝人行善，如《酒色财气》等；⑤孝敬老人，如《父母恩》等；⑥赞颂劳动，如《七十二艺》等；⑦叹苦情，如《人半代》等；⑧唱革命，如《回顾长征》等；⑨怀念英雄人物，如《怀念周总理》等；⑩移植汉族传说，如《毛红玉英》等。琵琶歌的内容极为广泛，从古至今，包括生活中的各个侧面，像其他文学形式一样，是各个时期社会生活的反映。

二　林溪琵琶歌承传情况及歌手队伍

林溪乡的琵琶歌之所以经久不衰，一是因为琵琶歌这种艺术形式富有生命力，深受侗族人民的喜爱，二是因为这个地方有一支既能唱又能编的歌手队伍。他们一面继承前人传下来的歌目，一面创编，为琵琶歌这朵山花不断添肥培土。

百年之前，林溪乡就有一批著名的歌师，如杨再隆、吴银龙、吴行桢、吴富浩、杨文光等。他们编的《陈世美》《李旦凤姣》《毛红玉英》叙事琵琶歌，早在侗乡广为流传。30 年代以后，又出现吴居敬、吴锦礼等一批歌师。吴居敬不仅创编了许多新歌目，还修改了前人的作品，他将杨信斌编的"嘎锦"体《二度梅》进行修改，加入自己编的240首歌，成为今日流传的《二度梅》。许多作品就是这样经过多人多次的修改而不断提高的。

吴居敬早年当教师时，就边教书，边教琵琶歌。如吴贵元、吴启学二人，当年读书是他的学生，唱琵琶歌是他的徒弟。如今这两位徒弟已成为歌师，又在培养新一代的徒弟。他俩的孩子吴利全、吴利华也都成为歌手。侗族琵琶歌就是这样师传徒、父传子、子传孙，一代一代往下传。本人拜访的20位歌手中，就有6位的父母原是歌师。如65岁的老歌师吴荣邦，他现在唱的28首琵琶歌，有8首是他的歌师父亲吴永安传给的。39岁的中年歌师吴仲儒，他现在唱的55首琵琶歌，有18首是他的歌师母亲教的。歌师们把培养自己的儿子成为歌师当作光荣的任务。

歌手们学歌的方法有以下几种。①口传。这是普遍的，主要的方法。除歌师平时口授外，每到冬天农闲时，大家晚上集中到"歌堂"①，请歌师教歌，教一句学一句，直到背得为止。②耳听。这是盲人和初学者的费劲办法，如歌手吴庆儒说他自己就是这样学的，人家唱歌他去旁边"拣"，一次、两次、三次，就把整首歌"拣"回来了，这要记性很好的人才能办得到。③手抄。这是有文化的人才能采取的方法。借用汉字记音，加上符号，各人记法不一，现在留下来的歌书，都是用这种方法记录的。④录音。这是近年来才能采用的方法，随着人民生活的提高，这种方法将不断增多。如今又在推行侗文，采用侗文记录，会记得更为准确。

目前，林溪乡有歌手104名（其中能唱能编的39名，能唱不能编的65名），除汉族聚居的林溪街外，其余十五个村，村村有歌手，分布情况如下表。

村别	歌手人数	歌手姓名
平岩村	6	李运丑、杨雄书、陈永杰、陈基云、杨金贵、陈长秀
程阳村	5	杨庆连、杨正光、杨岩山、杨达永、杨严述
吉昌村	2	吴仕伪、吴仕光
高友村	3	李秀光、杨昌义、韦仕全
高秀村	4	杨正尤、吴昌贤、杨正辉、杨昌平
弄团村	2	杨浓才、吴甫国权
水团村	3	石子成、向大凤、杨通仁
茶溪村	3	吴成芳、吴庆锦②
牙己村	2	龙怀堂、吴庆锦

① 歌堂，经常集中许多人学歌的木楼。
② 原稿缺一个歌手名。

村别	歌手人数	歌手姓名
美俗村	9	杨付能、吴成华、吴国干、杨居爵、龙道录、杨成旺、杨居文、杨居义、吴成荣
枫木村	10	黄全贵、杨付春、吴仲儒、吴启学、吴利全、王启荣、王启贵、吴甫海、吴永敬、吴玉欢
平铺村	12	杨再玉、杨正美、杨林善、杨再元、杨产已、杨克、杨炳香、杨林书、欧安玉、杨善德、杨通金、杨春芒
冠洞村	17	杨日宾、杨通成、吴日春、石均能、杨水平、杨月喜、杨春义、杨荣瑞、陈文章、杨怀义、石玉忠、杨正宝、杨日忠、杨居仁、杨晏德、石银宗、石日富
合华村	12	石金刚、石甫玉荣、石成美、吴荣邦、吴荣欢、吴长征、吴长远、吴玉良、吴学会、吴安永、吴条明、吴怀远
林溪村	14	吴明华、物玉书、吴兴德、吴焕昌、吴甫海义、吴庆儒、吴生华、吴月龙、吴道德、吴贵元、吴利华、吴琼璋、吴新春、吴仲能

全乡 104 名歌手中，既会弹唱又会编歌的有吴贵元、吴仲儒、吴启学、吴成芳、杨成旺、杨正尤、陈长秀等 39 人。其中有的弹唱技巧水平较高。他们的歌声为全乡群众所熟悉。

三　林溪乡琵琶歌的艺术特色

侗族琵琶歌的弹唱形式，有男弹男唱、女弹女唱、男弹女唱等三种。林溪乡琵琶歌都是男弹男唱，弹的是定弦 5663 的四弦琵琶，它有自己的特色。

第一，语言通俗，比喻生动，大量运用"赋、比、兴"。每首歌都有许多比喻，这些明喻和暗喻，都是运用当地常见的花草鸟兽、工具农具和生活用具，通俗的语言使人一听就懂。即使是移植汉族故事，其语言和比喻也都本地化了。唱悲歌时能催人泪下，唱欢歌时又能引得一阵又一阵的笑声，使听众在悲伤和欢笑中得到美的享受。

第二，内容多彩，就地取材。林溪乡流传的琵琶歌，内客广泛，有唱古代的，有唱现代的，有唱神话传说，也有唱一代英雄，有唱欢乐风趣的人生故事，也有唱丧母失夫的社会悲剧，有唱青年男女的恋爱婚姻，也有唱劝人行善、敬老爱幼、传达侗家的道德标准。许多行为规范都是因固定于琵琶歌而保存和流传下来的。虽有一部分题材移植于汉族地区，但多数来自侗族地区，甚至来自本村本寨。歌师们常常把本地生活中发生的事件，编成琵琶歌来传唱，反应及时，针对性强，群众易于接受。虽然他们不懂诗歌理论，但他们的创作实践，符合"文章合为时而著，歌诗合为事而作"①的现实主义精神。

第三，弹唱自如，格律严谨。这是琵琶歌不同于侗戏和其他侗歌的最大特点。演戏要舞台，唱其他侗歌要看场合，而琵琶歌则不论人数多少、男女老少、白天晚上、屋里鼓楼，可以随时根据听众的要求而演唱。除了青年人"行歌坐夜"② 必唱琵琶歌外，平时只要人多聚集在一起，就请歌师唱歌。遇上婚嫁喜事或逢年过节，往往唱到通宵。有的专程远道前来接请歌师去传歌，如枫木村的吴仲儒歌师常被湖南通道县的同胞接去，在侗族人民心中，歌师倍受群众的尊重和欢迎。

林溪乡琵琶歌的格律极为严谨，虽然句子长短不一，但讲究平仄，兼押内、中、外三种韵（有的叫内、勾、正或内、腰、脚三种韵）。外韵是脚韵，双句的尾字必须押韵。除了"嘎锦"中间一段道白之后可以转韵外，其余的琵琶歌，不论几十行还是几百行，都是一韵到底。中韵或叫勾韵、腰韵，即上句的尾字和下句的第一字或第一第二音节的末字押韵，时时转韵。内韵就是在一句歌内，上一音节的末字和下一音节的首字，用同音字或近音字将两个音节相联。内韵可时时转韵，不一定句句有内韵，但有内韵，能使长达二十多字、三十多字的歌句易念易唱。可以概括为四句："句数必双字数单，三韵都有最完全；内韵中韵随时转，没有外韵不能示。"

林溪乡琵琶歌的格律与三江县的八江、独岗，龙胜县的广南、平等，通道县的高步、横领等地的琵琶歌格律相同。这一带通称为浔江河琵琶歌。与本县的良口、富禄一带（包括贵州的从江、榕江县）的榕江河琵琶歌相比较，其格律相似，不尽相同。浔江河琵琶歌强调外韵，榕江河琵琶歌强调内韵，其唱法两样，各有特色，都为当地人民群众所喜爱。

四　歌手的两种情况及唱歌的动机

为了了解歌手的具体情况，采取个别访问和会议座谈相结合的办法，对林溪乡二十位琵琶歌手进行了重点调查。他们当中年纪最大的73岁，最小的28岁。文化程度初中二人，高小五人，初小十人，文盲三人。他们能唱的歌加起来共495首（有的是相同的），平均每人能唱24首。最少的唱4首，最多的能唱55首。有手抄本的歌手记得多，文盲歌手记得少，说明没有民族文字，给发展民族文化事业带来一定困难。

---

① 这是唐代诗人白居易的语句。
② 行歌坐夜是侗族青年男女之间的一种社交方式。每当夜幕降临，后生们弹着琵琶，走村串寨，边走边唱，最后走上姑娘的木楼，大家围坐在火塘边，谈话唱歌。有的通过这种活动，找到情侣。

唱琵琶歌能给人带来很多好处，歌师也受人尊重。但歌手是为了什么开始学唱琵琶歌的？带着这个问题，我们面对面采访了 20 位歌手，他们的回答各不相同，综合起来有四种。(1) 为了娱乐而学的有 2 人。如陈长秀见人唱歌好玩，近年学唱琵琶歌，因有文化，进步较快，现在不但能自弹自唱，还能自编。有相当的演唱水平。(2) 因是歌师的后代，受逼而学的 2 人。如吴仲儒开始不会唱歌，"行歌坐夜"时，被姑娘唱歌挖苦，说他枉是歌师的后代。他从那以后，发奋学歌，如今成为林溪一带水平较高的歌师。(3) 羡慕歌师被人尊敬，受人欢迎，自己下决心学歌的 5 人，如吴庆儒说："见人家歌师到处受人看重，做人抵得，我才下决心去拣歌。"吴荣邦见歌师父亲不论走到哪里都受人欢迎，因此向前辈学习，最后成为歌师。(4) 为了"行歌坐夜"方便，讨得姑娘的欢心，最后找到对象。抱这个目的而学的有 11 人。年轻人学歌多是为此。如吴荣欢、杨再书两位歌手，都是通过唱琵琶歌，和姑娘建立了感情，最后成为夫妻。高秀有个盲人歌手杨昌平，因唱琵琶歌，有个姑娘嫁给他，侗语叫"应琵琶邓"①。这说明琵琶歌确实有相当的艺术魅力，不但能帮助初识的青年人建立情谊，还可以帮助那些忘记前言的人回心转意。如从前有对情人，感情本来很好，因男方有事外出时间较长，女方受人挑唆而嫁了别人，当男方回家时已经晚了，于是他去求歌师帮编一首琵琶歌，晚晚到女方的屋外去唱，最后把女的唱回来了，终于成为夫妻。为了表达谢意，他给歌师送去 50 斤茶油。从此，这首琵琶歌被命名为《半担茶油》。直到如今，这首歌在林溪到处传唱。

1985 年 12 月 31 日至 1986 年元月 7 日初稿，

1986 年 7 月 8 日修改。

前文中的抒情琵琶歌篇目中，有的是侗语，今注释如下。

《银情放》(被拆散的情人)、《银情内》(病了的情人)、《银情告》(旧情人)、《银情美》(新结识的情人)、《银情斗》(被抛弃的情人)、《银情大》(骄傲的情人)、《银情笨》(愚笨的情人)、《银情莽》(半信半疑的情人)、《银情共寨》(共在一寨的情人)、《银情路远》(远路的情人)、《银情十三》(十三岁的情人)、《银情十四》(十四岁的情人)、《银情十五》(十五岁的情人)、《苗不引当》(白瓜牵藤)、《郎金哉生》(多情的后生)、《结上白》(白白结交)、《堂结堂放》(结交一个丢一个)、《郎来川主卜在屋》(我来找你不在家)、《情各寨》(别寨的情人)、《情困赖》

---

① 侗语，即跟着琵琶来的意思。

（远地来的情人）、《嘎相大》（私奔歌）、《相大光南》（私奔去广南）、《光南搭转》
（从广南转回家）、《搭过贵州》（私奔去贵州）、《十八结上》（十八岁结交）、《仔老
结上》（老后生结情）、《雄成隔》（隔一重山）、《结上庆立》（急忙结交）、《十八良
情内》（十八岁的病情人）、《嘎放媒》（媒人歌）、《衙安送信》（雁鹅送信）、《嘎平
老》（唱给老人听的歌）、《嘎平你》（唱给青年人听的歌）、《洲郎金》（后生的情
人）、《十七十八》（专为十七八岁青年人而唱的歌）、《奶老奶妃》（妻妾之歌）、《嘎
汉零》（单身汉的歌）、《嘎登》（开头歌）、《嘎消散》（消散歌）、《告双》（告状
歌）、《一婄》（一位姑娘）、《四婄》（四位姑娘）。

　　（原载《中芬民间文学搜集保管学术研讨会文集》，中国民间文艺出版社，1987，
第 274～283 页。收入时略有改动）

八江琵琶歌传承情况的调查

贺　嘉　张学仁　杨惠临*

我们作为中芬民间文学联合考察队的成员，于 1986 年 4 月 6～15 日，在广西三江侗族自治县重点调查了流传在八江乡的琵琶歌的传承问题。现报告如下。

一　琵琶歌传承的主体

侗乡群众对于琵琶歌，尤甚于老北京人对于京剧和大鼓，不仅人人喜爱，而且大多会唱。他们成为琵琶歌永唱不衰、世代传承的坚实基础。当然，从传承学的角度看，侗乡群众大半只是受传者，是传承的客体，而传承的主体则是琵琶歌手，特别是其中被誉为"歌师"的少数佼佼者。

这次调查，虽仅以八斗一村为点，但因全乡的主要歌手几乎全都聚集于此，所以，我们对八江琵琶歌传承情况的概貌有了一定程度的了解。我们调查的歌手有：

梁同云，马胖人，45 岁；

邝明礼，八斗人，57 岁；

孙善忠，归令人，28 岁；

莫以章，八斗人，50 岁；

杨永芳，汾水牙龙寨人，22 岁；

吴永勋，原八江人，现调县城，38 岁。

这些歌手，老中青皆有，大多荣膺"歌师"之称。从他们身上，我们发现有两

*　贺嘉（1939～　），男，吉林四平人，时任中国民间文艺研究会书记处书记，历任中国民间文艺研究会《民间文学》编辑部编辑，《北京文艺》编辑部评论组编辑，中国民间文艺家协会副秘书长，中国民间文学集成总编辑部主任；张学仁，时任西藏自治区民间文学研究会成员；杨惠临，时任中国民间文艺出版社编辑。（三位作者系第三考察组成员）——编者注

个问题值得研究。

1. 八江乡的琵琶歌手，都是自弹自唱的男子。而其他地区，如贵州侗族聚居地区，则有女性演唱，男子琵琶伴奏的现象。

八江何以没有女性琵琶歌手？尚需进一步探究。但是，八江之所以成为琵琶歌之乡，确与男性歌手的传承活动密切相关。据调查，八江素有远走湘、黔学歌的传统，而湘黔侗乡也早形成到八江邀请歌师传唱的习惯。在崇山环阻、路途崎岖的三省交界地带，男子的行动，毫无疑问远胜于女性的。加之，自弹自唱，无须搭档，一人一琴，捷足轻身。于是，学歌者不拘泥于一师一地，成为一个流动式的"传承客体"，便于博采众长；传歌者不驻足于本乡本土，成为一个游移式的"传承源"，大大拓展了琵琶歌的传承范围。这一优势，导致了八江琵琶歌的内容丰富多彩，演唱技艺娴熟，歌手人才辈出。故而，前辈歌师黄相甲（以编唱《半担茶油》闻名）得以蜚声黔东南，当代歌手吴永勋能够扬名湘、桂、黔交界地区。

2. 八江琵琶歌手的结构，日趋知识化。

尽管琵琶歌的演唱，特别是叙事长歌"嘎锦"的演唱，颇类汉族的单弦、评弹等曲艺形式，但侗乡的琵琶歌手中尚无专业艺人。我们调查的六位歌手，除吴永勋外，均务农为业，闲暇时才弹唱琵琶歌自娱并娱人。这些非专业性的民间艺人，以前大多没有文化。而今我们接触的歌手中，仅邝明礼老人未曾读书，余者一般小学文化。吴永勋则具备中专学历，他任教多年，现为干部，是侗家的知识分子。歌手结构的这一变化，为琵琶歌的传承开创了新局面，主要表现在以下两个方面。

（1）以前的传承，多凭习歌者的听觉和记忆，因此，几经传唱，难免疏漏、讹误。有的时候，后辈对前人所唱不甚理解，也只好生吞活剥，照样传唱；有的时候，发现歌师所传瑕瑜并存，自己都无力去粗取精。而当代歌手则不然，不仅可借歌书（由汉字记侗音的手抄本）抄录唱词，而且具备润色、加工、整理传统古歌的能力。

（2）由于当今的侗族歌手有了一定的文化素养，既能借鉴其他民族、其他地区的各种艺术形式，又具备了新的审美观，因此，编写的新歌艺术质量较高。过去，一支长歌编出后，往往需经众多歌师的加工，艺术方面才逐渐完美，从而被广大歌手接受，并使之流传。现在的歌手却不然，如吴永勋，他编的《青石碑》及移植的《刘兰芝》，一经问世，即刻传唱，足见其艺术魅力已经征服了其他歌手。

二　琵琶歌传承的途径

琵琶歌的传承途径是什么？从调查材料看：

（1）梁同云青年时代始学"银情歌"（琵琶歌中的恋情长歌），无固定歌师，从师多人，其中有公学凯，今善唱苦情歌。

（2）邝明礼青年时代受木匠甫腾香（歌师）影响，先学唱《栢玉霜》，后游走学歌，并靠记忆和苦练（边学作边背唱）掌握长歌多种。

（3）莫以章，其伯父莫仁会、父亲莫仁甫、叔父莫志彬均为歌师，自幼受到熏陶。莫志彬曾手把手教莫以章琵琶弹奏技艺，又讲解韵律要求，使他不仅学会演唱，还可自编。曾编配合宣传的新歌多种。

（4）孙善忠曾从多人学歌，其中有歌师吴相友。

（5）杨永芳主要从叔父学歌。

（6）吴永勋自学生时代即迷上琵琶歌，后四处学唱，70年代末曾自己钻研一年有余，终于成为著名歌手。

以上情况说明，八江的琵琶歌既有社会传承，又有家族系统的传承，而主要的还是社会传承。

许多歌手没有专一的师承，甚至没有明显的师承。一方面这是由于近百年来八江歌师辈出，如清代的吴朗塘（平善人，曾编唱著名叙事长歌《秀银吉妹》）、近代的黄相甲（三团歌师）、甫求晏及盲歌手何显等，他们潜移默化的影响，使得侗乡群众自幼便浸润在琵琶歌的大海洋中，其中的耳聪心灵者，凭借歌师的演唱，边听边学，便无师自通地会唱琵琶歌了。另一方面，这是因为琵琶歌这种艺术形式尚处于"自然传承阶段"，远远未进入戏曲行的"门派传承阶段"。歌手拜师，并不履行什么手续，算不上真正的"投入师门"，故而师徒之间互不承担任何义务。学唱者今日从某甲学唱一曲"嘎常"，即尊某甲为"师"；翌日又从某乙学唱一曲"嘎锦"，则又尊某乙为"师"了。这样，能者均可为师，结成了社会性的传承网络。这种横向的传承网与纵向的家族传承体系互相交织，遂增强了琵琶歌"传承源"的密集度。八江正是有了传承途径纵横交错的背景，成为琵琶歌之乡的。

三　琵琶歌的传承媒介

根据调查，就传承媒介而言，八江琵琶歌的传承史可分为三个时期：（1）仅凭口耳相传的传承阶段；（2）除口耳相传外，伴以传抄歌本的传承阶段；（3）口授心记、歌本传抄与有线广播及录音器材并行的传承阶段。而且，口耳相传大有被其他传承媒介全部取代的趋势。

琵琶歌的构成因素包括：音乐方面，琵琶弹奏和声腔运用技艺，唱词的韵律；表演方面，弹唱者的表情、眼神及少许动作；文学方面，说唱内容。那么，什么是传承的主要成分呢？尽管歌手在弹奏、演唱方面确有高下优劣之分，但作为受传者的听众并不从这些方面苛求歌手，他们主要听的是说唱内容。再者，琵琶歌虽有调式变化，但掌握弹唱技术并非难事。大多歌手并没在这些方面投师，仅凭听、看，然后琢磨便掌握了。而琵琶歌的唱词（包括"嘎锦"的说白）韵律要求极严（除要求一韵到底外，还要讲究内、中、外韵的变化），于是，唱词成为学唱者的难点，它也是传承中最主要的"传承核"。

因此，琵琶歌的传承几乎无须面授。

侗族有语言而无文字，早期的传承自然唯用口耳。由于汉族文化的影响，侗乡逐渐出现了用汉字记侗音的手抄歌本。这一现象最早产生在何代，尚待考证，八江流传至今的有六七十年前的抄本。歌本的出现，既有利于传统长歌的保存，又方便了受传者。但是歌本的局限性也很明显，主要表现在：（1）汉字并不能完全记录下侗音，因此，一部歌本中往往有许多唯有手录者可以辨识的代音汉字，成为他人难以猜详的"密码"。（2）侗语方言的复杂性，如八江话属侗语南部方言第一土语区。八江人抄写的歌本，就很难流传到湘、黔等省了。于是，现代音响器材被广泛用作琵琶歌的传承载体，如录音带与歌本并行传承，则互相弥补了各自的缺憾。

侗乡歌迷使用录音器材的普遍程度，令考察者惊讶。如前述六位歌手在介绍琵琶歌开堂程序的那天，有六七名异乡乡农民来此录音，最远的系湖南通道的歌手。再如吴永勋演唱的《青石碑》，经三江桥头商店和湖南通道的一些人翻录磁带出售，已销数百盘。

琵琶歌传承媒介的发展和变化，皆因文化的普及与社会的前进。

四　琵琶歌传承的变异

琵琶歌在传承中，其"传承核"即唱词较为稳固，不似其他民歌，而更接近汉族的说唱曲艺。歌手在弹唱时，即兴增删润色的情况殊不多见。这是因为，琵琶歌，特别是"嘎锦"，内容多属真事（或由传承者认定为真事），歌者必须言之有据，而长歌的韵律节奏的要求又极严格，从而使受传者对前辈歌师传唱的作品，审慎对待，不做轻率的处理。

当然，这并非说琵琶歌在传承中没有变异，按传承者的心理划分，其变异有二。

（1）被动变异。即传承者虽然力求保持传统作品的原貌，但由于辗转传承，口讹耳误而产生变异。这种传承变异是令人遗憾的。

（2）主动变异。即传承者发现传统作品的不足之处后，有意识地给予弥补。大多数歌手从事这一工作，还仅仅是对个别字句的加工，属于"润饰型变异"。而少数歌师则对前人留下的作品，从内容到形式均予以整理。于是琵琶歌在传承中就出现了"改革型变异"。

中年歌师吴永勋近年来潜心探索，对传统琵琶歌做了许多改革性工作。他首先对唱词进行整理，把唱句太长的加以精炼，将其中的古侗语易为现代语，使群众更易接受。他又把重复拖沓的音乐整理得明快悦耳，使原来需用三小时方可唱完的长篇爱情叙事歌《刘梅》，仅用一小时即可唱完。节奏的加快，符合现代人的口味，许多歌手（包括湘黔歌手）接受了吴永勋的这一改革。

吴永勋的事迹表明，琵琶歌的传承已进入一个崭新的时期。

五　琵琶歌传承的效益

琵琶歌在侗族人民生活中的位置，是其他地区的人无法想象的。八江曾多次发生这样的事：鼓楼坪放电影的同时，歌师在鼓楼内弹唱琵琶歌，于是，看电影者寥寥无几，男女老少都拥至鼓楼。琵琶歌不受时间、场地、季节、气候的制约，随时可唱，唱则有人听。因此，它的传承在侗乡产生的作用是多方面的。

（1）民族内聚作用。琵琶歌运用侗族自己的语言、自己的音乐，演唱侗族的神话（如《开天辟地》）、历史（如《挽刘官歌》）以及发生在自己周围的事件（如《秀银吉妹》），唱词中又包含侗族的传统风俗、伦常观念，从而保存了侗族的传统文化。

（2）教育作用。琵琶歌中有许多可当教材使用的篇目，如"嘎常"《孝顺父母歌》。八江常有这样的事，每逢婆媳龃龉，便把歌师请来，唱一段"嘎常"，龃龉便烟消云散了。

（3）宣传作用。在居住分散的侗寨，开群众大会是件难事。吴浩在八江任党委书记时，每次开会之前，先约歌手吴永勋把会议内容编为唱词。然后，吴永勋便在鼓楼弹唱琵琶歌。侗乡群众不唤自来。听完琵琶歌，开会的目的亦达到了。

（4）交际作用。前辈歌师甫腾香当年游走四方，一度流落湖南某地，身无分文，食宿无着，只好弹唱消愁。谁知当地人一听琵琶歌，欢喜若狂，当即把他请上木楼，待如上宾。青年歌手杨永芳，曾因笨嘴拙舌而苦恼。后来刻苦学会琵琶歌，成为侗乡的活跃分子，终于与一侗妹结成美满姻缘。

（5）娱乐作用。侗乡人民喜爱琵琶歌，尤其喜爱悲欢离合、情节跌宕的爱情叙事长歌，他们把听唱琵琶歌当作一大快事。这是因为新创的侗文尚未普及，许多人没有阅读能力，适合他们欣赏的文学作品更少，而电影所反映的生活又距离他们较远。我们在八斗村考察期间，接触到许多远自他乡而来的听众。其中有位 70 多岁的老奶，她八岁即流落到柳州，此次回乡访亲，获知八斗聚集了许多歌手，便步行二十几里，借住在龙姓主人家，一连听了几天琵琶歌。

　　总之，八江乡琵琶歌的传承活动颇为广泛、兴盛，给我们留下了难以忘怀的印象。

广西三江县马鞍、冠洞两村寨侗族
"琵琶歌"调查报告

马名超　红　波[*]

在 1986 年 4 月间进行的中、芬民间文学联合考察中，第二分组重点调查了广西壮族自治区三江县林溪乡马鞍、冠洞两个村子里"琵琶歌"的流传概况。在调查过程中，先后两次与芬兰学者们配合，除直接观看了八名歌手的琵琶歌演唱以外，还利用鼓楼、木楼现场即席召开了琵琶歌歌手和有部分群众参加的大型座谈会，经过发问与回答，所得材料不少。这批源于田野实践的调查材料的最大珍贵之处，既在于它的客观性，也在于它的综合性质。其中既包括文字的详尽手记，也包括全面的声像资料；既有歌手实唱的记录，也有听众反馈的场记之类；既有关于琵琶歌本身传播的艺术史料，也有它的传播者师承关系方面的考据资料，等等。这里值得特别予以提起的，是以劳里·航柯教授为首的芬兰学者们在田野采集方法上的实际应用，早自考察前段的学术研讨会期间，就极大地引起了我国民间文学工作者普遍的学习和研究兴趣。这次，在调查琵琶歌的协同行动中，我们得到了直接观摩的机会，因而，这些实录也被视作十分有价值的内容，一并写进这份调查报告里。

一　琵琶歌手、歌师和演唱调查

按考察队原定计划，在进入考察点的第一天，第二专题组即在马鞍村鼓楼与近百名群众一起，观看了三名琵琶歌手的弹唱。他们是：

（1）陈长寿，27 岁，平岩村人。

---

* 马名超（1924~1991），男，辽宁辽阳人，曾任哈尔滨师范大学中文系副教授，中国民间文艺家协会理事，中国民俗学会理事，黑龙江省民族研究学会副理事长；红波，男，壮族，时任广西马山县文联副主席。——编者注

（2）李运丑，30岁，平岩村人，盲艺人杨朝安的弟子。

（3）杨进连，45岁，马鞍村人，林溪吴居敬的弟子。

演唱曲目是《孝顺歌》（即《父母歌》）、《秀银吉妹》和新编的《迎芬兰友人歌》。在三大类型琵琶歌里，除篇幅较长的"叙事歌"未予接触外，我们这次观摩了其中的两种类型，即"抒情歌"和"劝古歌"的作品演唱。按通常分类方法，琵琶歌有叙事与抒情两大基本类型。劝古内容的曲目，其有完整故事情节并篇幅稍长的，往往被归于叙事歌类型；其缺乏故事性而且篇幅较短的，则被划入抒情歌类型，因而一般分类时往往并不将劝古歌独树一类。

在冠洞村，我们观看了四名琵琶歌手的演唱。

（1）杨蔑崇，38岁，冠洞村人。他唱了一个妇女辛酸遭遇的曲目，代表另外一个支系的风格，与马鞍村有所不同。

（2）杨益宾，32岁，冠洞村人。他演唱了一曲妇女孝顺婆母的《媳妇歌》，表演技艺与杨蔑崇不相上下。

（3）石均能，35岁，冠洞村人。他唱了一支《常理歌》。

（4）石银宗，40岁，冠洞村人。他采用了二人合奏偕唱的形式，表现了琵琶歌演唱方式的多样性。

通常的，多是男性歌手自弹自唱，但个别地区也有男人弹奏琵琶，由女歌手独自演唱或数人合唱的。多人合奏偕唱盖为它的发展形式。琵琶歌这一民歌演唱形体，由来已久。对其最早渊源虽未及详加考据，但依明代邝露所著《赤雅》中记"（侗人）善音乐，弹胡琴，吹六管，长歌闭目，顿首摇足，为混沌舞"（卷一，第14页），所谓"弹胡琴"，即应属土制"琵琶"或行歌中操用的"牛腿琴"一类民间弹拨乐器的演奏，从中至少可以看到琵琶歌某些演唱的雏形。悠久的演唱传统，不能不说是琵琶歌直到今天仍旧拥有广泛群众性的原因。侗家琵琶歌手新人辈出，他们常常琵琶不离身，除年节外，连火塘行歌坐夜时都要来弹奏一曲，足见其在侗族人民文化生活中是怎样深扎根蒂了。

这样，便引起了我们对前记七名歌手学唱琵琶歌师承关系的探询兴趣。根据扩大的计划外线索，我们了解到本地已故歌师吴居敬、杨正合等人的当年演唱情况，并深入木楼，专访了冠洞村女歌师杨奶再方老人、歌师杨通成和马鞍村的著名琵琶歌师陈永杰。

杨奶再方，今年94岁，曾在大培山一处佛寺中学唱琵琶歌。她的歌技继承人杨蔑崇（也是她的族侄）讲述了杨奶再方的演唱经历，还亲自引领我们去到她家里访问。老人严重耳背，身体瘦弱，已难独自操琴弹唱。经说明来意，在杨蔑崇一再提示下，她为专题采访组成员诵念出《陈世美》和《毛洪》两部琵琶歌传统曲目的唱词。接近百岁高龄的女歌师杨奶再方老人的徒口朗吟倍极连贯、纯熟，没有一处崩挂掉字的痕迹，完全证实了她的技艺修养达到怎样精纯的程度。那脱口即出的大段唱词，音律自然、规整，节奏无比鲜明、和谐，虽未经译出，也使听者心醉如痴。这次无伴奏"表演"，使考察队获取了一份有关多声调侗语口头文学十分宝贵的资料。[①] 录取这部分唱词时，杨奶再方身边围坐着三位老年女人，与采集人同时潜心谛听，使人仿佛进入一个从未登临过的境界。此时，老歌师兴致正浓，作为穿插，又经杨戬崇口译，主动为采风队吟唱一首《进堂歌》：

> 客人来了，也没有虎皮椅给你们坐。
> 想找点鱼吃，
> 鱼还在江里游呢；
> 想整点肉吃，
> 肉还长在牛身上……

这虽是一首充满嬉笑、幽默情趣的短歌，但它对初来侗寨的民间文学探访者来说，也应是了解本地民族风情和有关韵语文学艺术特征的一个小小的注脚。

我们深感遗憾的是，没能直接听到杨奶再方老人亲自操琴进行琵琶歌实地演唱，这也许将是永远无法弥补的缺陷。原已约定的对老歌手杨通成的采访，由于时间关系，也被搁置了。不过，这里有一个全然意外的收获，是专题组的有关成员在马鞍村陈永杰老歌师家里，先后两次聆听了他在病中自编《歌唱程阳桥》的精彩演唱。

第一次，是陈禄秀等几位青年琵琶歌手向专题组介绍琵琶歌在本地流传概况时，临时借用了陈永杰家新建的木楼作采访场地，他以屋主人的身份同我们会面，但在考察队预先编就的歌手名单上并没有记入"陈永杰"的名字。后来，陈禄秀在谈及他们学唱琵琶歌的师承关系时，无意间提起了他，此时，陈永杰老人正在接待来访的客人，于是引起了我们的注意。经过请求，年已65岁高龄的陈永杰放下手中煎好的汤药，毅然摘下板壁上的琵琶，熟稔地调整琴弦，当即为我们弹唱了一个简短的片断。出人意料的是，他不但弹奏技巧异常出众，而且演唱也超越了我们已听过的七位中年歌手的水平，听者顿感耳目一新，无不连声赞佩。在回县城的路上，专题组红波同志拎着录音机播放刚刚采下的音响磁带时，众皆竞相聚听并交口称赞说："好像电台里

---

① 有关杨奶再方口诵《陈世美》及《毛洪》的音像资料磁带一盘，现存哈尔滨师范大学文学所资料室，编号SDG15。

的广播似的。"这样，我们便决定第二天再进行一次对他的专访。

第二次，是 4 月 13 日，是考察队采风下点的最后一天。这天晚上，预定进行"火塘采风"。上午，小雨过后，专题组与芬兰专家组的劳里·哈尔维拉赫蒂、马尔蒂·尤诺纳霍、安芬妮（芬语译员）专程去陈永杰家里再次听了他的《歌唱程阳桥》的实地演唱，并召开了一次座谈会。下面，是关于琵琶歌调查中，以航柯教授为首的两次歌手座谈会的采访实录。

二　两次琵琶歌手座谈会侧记

4 月 9 日，联合考察开始的第一天。上、下午都有机会观察劳里·航柯教授的实地田野调查方法。当在马鞍村鼓楼里听过陈长寿等三位琵琶歌手的演唱后，劳里·航柯提出下面的问题：

（1）你们的琵琶歌有几种形式？

考察队成员邓敏文（侗族）答：三种。即一，叙事的（故事的）；二，抒情的；三，劝古的。

（2）琵琶歌一般在什么情况下进行演唱？

陈长寿等答：一般说，可以随时演唱，除了丧事不唱以外。广西的侗族没有丧歌，但贵州侗族有丧歌。

（3）你们这个寨子里，除了唱琵琶歌以外，还有什么活动？

众答：清明节唱歌要从晚上一直唱到天亮。

（4）都唱什么歌？

众答：男女情歌为多。

（5）还想了解，村子里有人害病了，要找什么人医治？

众答：三种办法。①从前请"老师"，实际就是巫师，念些咒语来驱逐魔鬼；②民间的草医草药；③送医院诊治，这是近二三十年才有的。

（6）你们这里有医院吗？

众答：乡里有卫生院，村里都有自己的医师。小病都在本村看。

（7）巫师是怎样把他（她）的技艺传授给后人的？他们有什么传统方法吗？

众答：一般的都传给自己的儿子。另外，就是传给对它有兴趣的人。

（8）活着的人还记得那些人吗？假如不记得了，就说明以前很久就没有这样的人（按：指巫医）了。

众答：现在还有。但三十岁往下的，就没有了。

（9）对巫师的咒语，都搜集、整理过了吗？

众答：他们不轻易外传，保守得很。不是知心的，很难搜集。

（10）咒语有两种：①命令型的，喊"赶出去"；②也有讲病源的，说疾病是怎么染到病人身上的。你们这里是怎样一种情况？

众答：①对邪魔鬼神，就命令驱赶；②对祖先的鬼魂，就不赶，而是祈求免灾保佑。

（11）我们芬兰也有这等情形。除此以外，还有些什么情况？

众答：我们这里，在解放前有很多上边说的情况，可是解放以后就少了，没有了。

（12）你们对自己乡里的山、水、桥等，都有故事、传说吗？

众答：有不少故事。

这些，就是当时的问答。看来好像完全离开了琵琶歌的调查，实际上，从这些问题也可以了解芬兰学者们的兴趣所在，绝不只限于文学的即语言艺术的考察，他们的考察主旨更加广泛，即民间文化的全面性综合考察。结合他们声像资料录制的选材，就看得尤为清楚。举凡村寨的外观、自然环境、布局、建筑、民间服饰乃至人民生活的各个细部，均在他们的摄取之例。在田野采集的重点和方法论方面，从前记问题和他们的论文与答辩中，都可以得到有力的证实。①

4月13日，我们在马鞍村陈永杰家召开了第二次琵琶歌座谈会，主要采访对象为陈永杰。这次的谈话，是从陈永杰的一次琵琶歌手数字调查开始的。1976年，在一个百来户的寨子里，就有27名会唱琵琶歌的。他见过吴居敬。吴居敬从艺于吴学青老艺人门下。吴学青可连唱几天几夜的长篇，他边弹边唱，现编歌词。吴学青的老师是程阳寨的著名歌师杨文光。据此，仅马鞍临近各寨的琵琶歌传播即可追溯三至四年师承关系，约有近三百年的历史。

《歌唱程阳桥》系陈永杰的心爱之作。程阳桥一度被洪水冲瘫，寨里群众很是悲痛。后经群众自发募集捐赠，在当地政府领导下，重建了程阳桥。陈永杰有感于此，便编唱了这首歌，如今已在四乡流传开来。对此，芬兰专家们开始发问。②

（1）这首歌是你自己编的吗？

答：是自己编的。③

---

① 据田野日记及录音磁带 SDM2 号，现存哈尔滨师大文学所资料室。

② 这里的问话，均为劳里·哈尔维拉赫蒂所作，由芬语译员安芬妮翻译。本文材料均来自田野笔记和录音磁带，现存于哈尔滨师大文学所资料室。摄影资料均存于广西壮族自治区马山县文化馆红波处。

③ 发问者劳里与回答者陈少杰合略。

（2）这首歌是怎样传开的？

答：我编好了，别的寨子的人来要去，就在山里传唱起来。现在，山里都传唱这首歌。（有人插话：前天就听了他弟子的演唱。）

（3）是用书面形式写的，还是先唱过以后再来写定的？

答：先唱。唱完了，再一句一句抄写下来（由他自己记录的），然后再一句句地背诵下来。

（4）你有几位弟子呀？

答：有四个。

（5）都是年轻人吗？

答：有二十几岁的，也有三十多岁的。

（6）你的乐器，就是说弹奏琵琶的技术，也是你传授给徒弟的吗？

答：哎，是我教的。

（7）你唱的这种琵琶歌，一般都在什么时候唱？

（由侗语译员老吴代）答：一般说，在大家非常高兴的时候，比如逢年过节呀，在人们聚会时，为了表示侗族人民对这座桥（即程阳桥）的喜爱心情，就常常唱起这首琵琶歌。

（8）你一般都在什么地方唱？是在自己家里，还是到外地什么寨子里去唱？人家上你这里听，还是你上外边唱？

（侗语译员代）答：那不一定。一般的琵琶歌弹唱，都在火塘旁（他指了指木楼里间做炊事的火塘）。再有，就是在鼓楼大庭广众的场地唱。有时候群众赶来听，也有的时候由他拿起琵琶，到别的寨子去弹唱。

（9）你总共创作了多少首琵琶歌，还记得吗？

答：让我说一下。我从二十几岁起就爱好这个。我师父是吴居敬。他在我们县里头是内行，编也编得好，也编得快。所以我就向他学习。学过以后呢，又教得几个徒弟。我编的歌大约有三百首，长长短短的，现在都背不出来了，忘掉啦。老歌呢，过去都抄下来了。遇有什么运动，根据需要我就再来编。我能写字，大概能有三百首。

（侗语译员插话：他当过扫盲校长，认识汉字。）

（10）你有文化吗？

答：念过二年书，十七八岁时才上学。

（11）那么说，你上学很晚了？

答：很晚。

（侗语译员插话：他在林溪乡当过一段时间乡干部。）

（12）是在什么情况下，什么原因开始唱琵琶歌的呀？你当时自己的生活是怎样的？为什么要唱琵琶歌呢？

答：还是在小互助组的时候，当时我二十岁。过年过节，红白喜事，镇里集会什么的，就来约我唱，我就学着唱。演唱很容易接近群众，好了解群众各方面的要求，这样我就学了。这是一个原因。另一个原因，是1958年搞群众运动，每次发动群众都要唱侗歌，他们很爱听。开始时，都让我来编歌词，群众听得懂。开会，他们听不进，可是一唱歌，就都来了。用个琵琶一弹，他们说好听又好懂，就要求再编唱词。

（侗语译员补充：为什么要编琵琶歌？一个，是侗族人民没有别的文化娱乐，他们非常喜爱唱民歌，不管到什么时候都爱好。唱它，最容易接近群众啦，也最容易了解群众。另一个，是他二十多岁正年轻。跟姑娘谈恋爱呀，不会弹唱，人家就不大愿接近你。你弹得好，唱得好，必然受到姑娘们的喜爱，这也就激发了他的感情就要学习。慢慢就唱上了。光会唱还不行，还要想办法自己编，光唱人家的也不行，就学着编。开始，问吴居敬，给他看，说可以啦，就出师了。于是，他自编的唱本便搞出来了。当干部的，开会，传达指示，群众不容易懂；若把会议内容编成歌唱，编成琵琶歌，演唱完，会议精神也就贯彻了，要讲什么，群众也就都领回去了。就能起这么大的作用。把侗族文化发扬光大，如今的年轻人往往不大容易接受，刚才，他就讲了"文化大革命"当中的事。这段时光，他基本上没有弹唱。要怎样把那些好的东西继承下来呢？他就大胆地又唱起来，为的是把侗族文化更加发扬光大。）

陈永杰补充：过去大小集会都要唱歌，不唱，就感到不愉快，不热闹，必须唱琵琶歌。比方说，应当怎样对待老人家（即父母），唱两首侗歌，就知怎样尊敬老人了。有的青年夫妻不和睦，听完歌便又合好了。就有这样的作用。

（13）你几岁上的学？

答：十八岁。

（14）那么晚？

答：我八岁上就死了父亲……

（注：座谈至此，来人约去听款词介绍，被三位芬兰友人谢绝了。对陈永杰的专访又继续进行下去。）

（15）你编的歌词，都是些什么内容？大多数是唱什么的？

答：我在乡里工作时，唱丰收……按各个不同时期的生产情况编。

（16）其他流行的民歌或本地别的民间艺术，你会演唱吗？

答：会唱一点，并不多。

（17）这地方一般都唱什么？

答："多耶歌""情歌对唱""双歌"，还有"款词"。

（18）一般琵琶歌词，是由你自己选编呢，还是由别人定下，然后你来编呢？题材哪个占多数？

（侗语译员代）答：一般都是自选题材。比如观察一件事，就围绕着那件事来编唱词。

（19）也规定题材吗？

答：很少，有也不多。还是自编的多。

（20）你用的琵琶是自做的，还是别人做的？有琵琶制作师匠吗？

答：1979 年，村里学侗歌，发动二十几户都来学，自己会做。我这个是木匠做完，送我的。

（21）你也会做？

答：会是会，只是做不好。

（22）什么木头的？

答：樟木的（给安芬妮看木质），这种木头花纹好。

（23）侗语管琵琶叫什么？

答：也叫"bibá"，和汉语相同。有时也叫"木头"，如说"把那块木头扛来"，即请把琵琶拿来。侗语也称为"朋友"，如"拿那个朋友来"。

（24）编歌的时候，需要多长时间？是经过很长时间，还是一想马上就编出来了？

答：有时十来分钟就编成一首。有时需要一夜。长篇的，隔一天就编出来了。十多句、五七八句的，编一下就出来了。在县里开会，会开过了，也就编出一首曲词来。

（25）你们的琵琶歌，有没有常用的词或语言的部分，那些，基本上在每个琵琶歌里都能找得到的说法？①

（侗语译员代）答：不直讲，用比喻，多用成语。

（26）你开始唱琵琶歌时，群众对你有什么要求？愿听新的，还是愿听以前听过的？一般情况是怎样的？

答：一般情况是，群众喜欢听故事。比如《姜良姜妹》《孙悟空》就受欢迎。侗族故事比较少，后来就搬进了卷书（即成本大套的），如《陈世美不认前妻》，就来自汉族卷书。他们也喜听本族的神话故事。除此，还喜听伦理道德孝敬老人的。家庭

---

① 此处所说常用的词或语言指"套子语"。——编者注

和睦，也是受欢迎的内容。

（座谈至此结束，随后转向火塘演唱）

三 从陈永杰演唱看琵琶歌的音乐艺术特色

（这部分内容，因正在录制乐谱，故尚未形成音符乐谱记录，暂缺待补，预计写出二千字。歌词扣用国际音标注音，然后请杨通山、邓敏文、吴浩同志协助，共同译出。）

1986 年 5 月 26 日于哈尔滨初稿

马鞍村景色

冠洞村考察采录

论 文 类

三　民间文学研究的理论与方法

劳里·航柯的田野作业观

金　辉[*]

劳里·航柯先生是国际民间叙事文学协会主席、芬兰著名的民间文艺学家。他在原始宗教、民间传统医术、神话、信仰、挽歌等传统文化形式方面的研究卓有见地。作为一位民间文艺学家，他重视并亲身从事田野考察。多年来，他在芬兰、苏联、坦桑尼亚、瑞典、匈牙利等国的少数民族地区进行过多次民间文学实地考察，他撰写和发表学术论文和著作近 300 篇（部），其中对民间文化提出的一些观点和理论，引起了国际上许多学者的关注。

今年 4 月，他又率领芬兰土尔库大学比较宗教学部和赫尔辛基大学的四名学者，到中国参加了中芬民间文学搜集保管学术研讨会，并与我国几十名学者组成民间文学联合考察队，到广西三江侗族自治县进行实地考察。我有幸参加了这次学术考察活动，在随同劳里·航柯先生考察的一周多时间里，我对他的田野作业方法及理论进行了较为系统的观察与学习，并对他的学术思想特点进行了一些探索。我感到，他的田野作业观，对于我国民间文学界颇有教益，故不揣浅陋，将所知点滴情况简述如下。

一　田野作业的理论

人们要想从整体性的角度来研究民间文学，并通过这种研究去追踪人类的文化传统的作用，实地考察自然是必不可少的一种手段。劳里·航柯说："我与其他学者的区别就在于我是愿意进行田野作业的民间文艺学者。虽然不能排除'书斋学者'在民间文学研究领域里做出较为出色的成就的可能性，但应该说明，他们的研究恐怕只能是结构的研究，而不可能是实际的研究。我们从事实地考察的目的，是了解人群、

---

* 金辉，女，时任《民间文学论坛》编辑部助理编辑。——编者注

了解其传统①的作用，从而更深刻地了解他们的民俗。"

据我的询问和观察，劳里·航柯的田野作业的意向，主要在于研究传统的活的形态以及它是如何形成的。他认为，传统不是记忆，因为不存在一种供人记忆的模式，倒是需要制定某些结构的原则，而这些原则或理论，必须适应当时的情况。他举出挽歌②作例子。他说，人们创造了挽歌，而考察者在研究这种形式时，首先要懂得挽歌是适应死者和哀悼者当时的具体情况的。研究挽歌不同形式的变化时，要注意这些变化有无极限，哪些因素是原有的，哪些因素是后加进去的，从这些角度去研究，才能洞悉传统的形成方式。在谈到这方面的研究时，劳里·航柯讲述了1957年他在苏联的卡累利阿人群中研究挽歌的情况。卡累利阿人是非常丰富的研究对象，他们拥有最原始的挽歌形式，这些挽歌至今仍然完整地保留着。他说："我曾花费了三年多时间研究这个项目，其方法是每年让他们重唱一遍这些挽歌。我录下了近100个小时的磁带，了解了伴随这些挽歌留存下来的隆重的礼仪和宴会，以及这些现象在以后的年代中形成的若干固定的仪式和日期。这种传统的形成有点类似中国的清明节。在研究挽歌的同时，我还研究埋葬的习俗、葬礼宴会的食品以及哭嫁歌、战士出征前母亲的送行歌等，我在这方面掌握的材料超过了我在其他领域的研究。"

劳里·航柯说，他在考察中的兴趣与其说在搜集材料本身，毋宁说是要了解整个传统体系在这个村里发生什么作用，谁跟谁学来的，哪些是一般人都懂的，哪些是专门的知识，这些传统在村民们当中分布不均匀的原因何在。由此可以得出结论：传统的存在及其作用，比传统本身更为重要。这种方法可以在田野作业中取得真正丰富而深入的资料。

劳里·航柯认为参与观察（Participant of the observation）是田野作业中的一种重要的研究途径，研究者应成为参与者（participant）。参与观察方法本是人类学中的一种研究方法，即研究者与其被研究的民族或群体共同生活，甚至在其中担任一定的社会角色，以达到深入了解的方法。虽然参与观察是早已行之有效的一种研究方法，但劳里·航柯着重强调这种方法在民间文学田野作业上的应用，仍然得到了现今各国学者的重视。劳里·航柯提出在实地考察中研究者必须深入当地人民的生活中，与他们同吃、同住、同行，学习他们的语言，了解他们的生活习俗，深入的程度如同你就是他们的养子。在一个地区进行田野作业，如果没有一年以上的时间，不懂当地的语言就无从谈研究。他还认为，观察研究者根据自己在民间文学表演情景中所引起的反

---

① 航柯先生所用的传统有其自己的概念，是指一种特定的文化形态，而不是汉语里这两个字所指的那种较为狭窄的含义。下文中亦同。

② 挽歌（Lamemts）指人死后，晚辈哀悼亡灵的歌。有人译为哀歌、哭灵歌。

应，并根据自己的体验，进行辅助研究是十分有益的。对此我提出了质疑：这种自我分析的方法会不会带有主观成分，研究者本人的体验能在多大程度上起到帮助捕捉非正式含义（transformal meaning）的作用。劳里·航柯说：研究民俗的意义甚为复杂，利用研究者本人作为材料的来源很重要。根据他的理论，只从字面上理解意义是不可能完整、正确的。比如说谚语，研究谚语要知道上下文，才能真正了解其在某个特定情况下的意义，因为谚语本身就是在某个特定情况下存在的，一则谚语从产生到使用到加工，要经过很多变化。因此，其意义必然有所变化，或在不同地区有所不同。例如，我们在自己的工作中常使用一些谚语，在使用时我们很清楚这些谚语所表达的意思，如果别人对你说谚语，你就是接受者，你就可以研究这则谚语对你产生的影响。假若有一次你处于旁听者的位置，别人说谚语时即使你不插话，你也了解他们说话内容的上下文及气氛，这样你就比较接近这些谚语的真正意义了，如果不注意环境对参与观察的影响，你就无法深入地了解民俗所具有的内涵。

在田野作业时应怎样向采集对象提问题？应先从哪些角度来提？在我就这些问题向劳里·航柯请教时，他介绍了1967年，他在芬兰北端的拉普兰（Lapland）地区进行考察时的做法。他认为那次考察是他多次考察中最重要的一次。他说：

> 我们考察的地点是一个仅有6户人家35个村民的小村寨，考察的对象是16岁以上的人。开始，我们先测验他们对于传统的知识以及讲故事的能力，然后向他们提问题，根据他们的回答再提出新的问题。第一批分为三个步骤，提出几个问题，先问容易的，从现象着手。
>
> 比如问："你知道有这么一种鬼魂吗？"
>
> 答："知道。"
>
> 问："这些鬼魂都做些什么？你看见过吗？"（这个问题就较难回答了。）
>
> 问："你能给我讲讲这些鬼魂的传说故事吗？"
>
> 对这些问题，一般的村民很可能回答不出来，由此我们便了解了我们采访对象的知识面和回答问题的能力：他对于传统究竟了解多少。在这个基础上，提问就按 $12 \times 3 = 36$ 的几何级数增加。我们根据这个办法可以渐次提出1000个以上的问题，甚至同一个采访对象能谈上五六个小时，这种采访可以进行多次，在下一次采访时，仍谈同样的题材，但问题比第一次更加深入了。

二　在三江的田野作业实践

中芬民间文学联合考察队来到三江林溪乡马鞍—冠洞村、岩寨—皇朝寨、八江—

八斗村这三个考察点进行实地考察，劳里·航柯作为一个芬兰学者，要对这里的民间文学进行他所提倡的参与观察，显然客观条件对他是不利的。一个外国人来到异国、异民族地区进行民间文学考察，语言不通，要通过翻译（从侗族到汉语，再从汉语到芬语或英语），加上时间很短，因此，劳里一行毅然改变了以往的做法，扬长避短，充分利用自己的优势（先进的录音、录像设备，深厚的比较民间文艺学和文化学的修养等），进行这次实地考察。他把芬方学者分成两个小组：劳里·航柯带领阿托斯·佩泰耶（主修海洋生物学的哲学硕士，在此次考察中专司录像）、安芬妮（芬兰使馆文化专员，在此次考察中任翻译）为一组；马尔蒂·尤诺纳霍（土尔库大学主修比较宗教学的哲学硕士，在此次考察中专司摄影，也录像）、劳里·哈尔维拉赫蒂（赫尔辛基大学主攻民间文学专业的哲学硕士，此行专司录音，也摄影）为一组。他们用录音、录像等技术手段，把实地采访的每一个歌手、故事家所演唱和讲述的内容一律录制下来，一般不采取当场翻译的办法（只了解其大概内容），而在多数情况下观察讲述者的表情、声调、动作，不破坏讲述环境。他过去在田野作业时，比如在拉普兰地区考察时，有时对一个人提上千个问题，过细地弄清楚该地传统的现状与演变过程。在三江，他提的问题很少，而提倡保护讲述环境，让讲述者心情舒缓地、自由自在地演唱完、讲述完，从而得到讲述者心理因素对讲述环境的影响等方面的第一手资料，在每次采访结束之后，他及他的同行们都把自己的观察所得用录音机录下来（有时在休息时，有时在汽车行进中，抓紧一切时机）。对每一个录音带，每一个胶卷都及时编号，注明摄、录的内容。他们印制了一份考察对象登记表，每到一村，都要在初步摸清情况后认真填写，作为考察的必要项目。我简略地对劳里·航柯先生的田野作业作了一些"场记"，也许会对了解他的田野作业观有所助益。

4月9日，考察队员参观了侗族宏伟的建筑艺术杰作——程阳桥之后，劳里一组随第二考察队来到程阳桥旁边的马鞍村进行考察，村子不大，有7户人家。考察地点是本寨鼓楼，被采访者是若干位侗族歌手。在场的有100多个本寨村民，陈奶能饮等一组女歌手，陈能谋、陈基云等一组男歌手，各自拉手围成圆圈，交替轮流欢唱，一边唱一边转动。男歌手一队，每进十步，退回四步，然后再进，再退。他们所唱有十二个歌牌，即：①进堂歌；②踏新年；③秦娘歌；④父母歌；⑤父母生歌；⑥女儿嫁歌；⑦萨岁歌（侗族先祖女神）；⑧轮年歌；⑨生产歌；⑩猜谜歌；⑪讽刺歌；⑫赞歌。后三个歌牌已失传。

下午，男女两组歌手相对而坐，交替唱双歌。双歌是生男育女伴酒和行歌坐月时青年男女唱的歌。女歌手是陈奶祥引等人，男歌手是杨光明、陈能清等。他们唱的双歌有：①请土地公；②起源歌；③父母歌；④结双歌（或十七十八歌）；⑤定情歌；

⑥礼赞歌；⑦消散歌。在马鞍寨的田野作业中，劳里的谈语和工作方法，有两点值得注意。

（1）由于侗语翻译不很熟练，致使演唱停顿时间较长，甚至有词不达意的情况，故劳里·航柯在录音、摄像的同时，采取了静心屏气听唱歌的旋律、观察演唱者和接受者的情绪的方法，不要求当场给他翻译。他认为，在这种时候，当场翻译会破坏歌手的情绪，有碍于采录的进行。

（2）当考察队员中有人要女歌手们唱"十七十八歌"（私情歌）时，她们表现出难为情的样子。对此，有的考察队员表示惋惜。当劳里得知这几位女歌手都是已婚女子，她们不愿意演唱这种私情歌，是因为鼓楼里坐着众多的亲戚、长辈、晚辈，鼓楼也不是演唱这种私情歌的场合时，他谈了自己的意见。他认为，这非但不应惋惜，相反地应该感谢她们。她们能在这许多人面前尤其是在外国人面前，道出了自己内心的活动，这一点无论对于我们了解这类歌子的性质和演唱环境，还是了解演唱这类歌子歌手的心态，都是弥足珍贵的。不同的民间文学有不同的演唱环境。

4月10日，八斗小村。八斗是一个古老的村寨，这里既保留着古朴的生活方式和民间文学形式，又有火车站、电灯以及商品经济（集市），可以说，是个古老文化与现代文化交融的所在。在八斗村采风的那天，劳里·航柯听了民歌手唱侗歌，在鼓楼观看并采访了讲款词的活动，又到老乡家里听了杨友保等两人讲民间故事。在一天的考察中，航柯先生都是个静默观察者，除了录音、拍照以外，一言未发。午休时，他向三队的全体考察队员讲了一次话，其内容有如下几点。

（1）在这种人数较多的环境下，如何进行田野作业的问题。他说遇到这种情况，可以两三个人一起在一旁静听观察并录音，其他的人则分散开，到各个角落化整为零进行小组活动。

（2）采访方式上要注意，有的队员刚刚接触一些人，就立刻紧盯着一个人问，而置其他讲述者于不顾，这不是一种最好的方法。正确的方法应该是先询问周围所有的人，不让任何人产生局外感，觉得与他无关，这样便于你了解更多的情况，也不会使在场的其他讲述人感到多余：是听？是走？他们的不知所措会使你失去很好的采集对象。

4月12日，皇朝寨。主要考察琵琶歌与讲款。著名的琵琶歌师吴仲儒和歌童吴利金（歌师吴启学之子）进行了演唱，最使劳里感兴趣的是讲款活动。"款"本是侗族古代地方政治、军事组织，讲款是侗族叙述历史、宣布法规的最古老的文化形式，款词是包含上述内容的一种与侗歌有区别的韵文体。款词基本句式是对偶句，句中多是警句、谚语，颇富哲理。款的结构分为六面阴、六面阳两种。六面阳是宣布法律，六面阴是赞诵老人、中年男子、中年妇女、青年、姑娘小孩。讲款的地点是在鼓楼前的石坪上。讲款前，十几个侗族男子手执芦笙、树枝…列队走进石坪，边走边舞，这叫踩堂。约半小时，踩堂仪式毕，开始讲款。三位款首（演颂款词的人）身着特制的服装，头上插着羽毛，站在一个长凳上，几十个侗族男子面对着款首肃立着，讲款者与听款者表情都很肃穆庄严。款首语调抑扬顿挫，铿锵有力，听款者们不时发出"是啊""是啊"的赞同声，与款首的提问相呼应，俨然像是古代的将领向武士们发布命令。

劳里·航柯一行录制了讲款的全过程以及当场演颂的款词。演颂完毕后，他向当地的侗族民间文学学者杨通山同志询问了一些问题，如讲款的场地、时间等，还询问了款词与丰收、祈祷的关系，他特别详细地询问了什么人有权讲款，这个人在村寨中处于什么样的地位，有没有关于村寨的来源、动物的来历的款词，讲款时是否要吃饭。他了解了这些情况以后，说："款首的地位很重要，款首高高站在一个长凳上，下面的人认真地听凭他来宣布法律、规范，由他来告诫人们该做什么与不该做什么，这至少说明，在这短暂的时间里，他的地位高人一等。因此，我们应该研究这个人在本部族生活中的地位和表现，研究人是不是可以自己开创自己的地位。"

三　学术观点与研究方法

劳里·航柯在南宁召开的中芬民间文学搜集保管学术讨论会上提出了民间文学的保护问题。他认为，由于各国的文化交流日趋繁盛，文化因素和传统必然是人民之间相互交流的主要内容之一。当前，民间文艺处于被国际娱乐性文化吞噬的严重危机之中，竭尽全力拯救民间文艺势在必行。要保护民间文学，首先应了解民间文学的概念以及它在国际组织活动中确定的定义。他介绍说，民间文学的定义在1985 年联合国政府专家第二次委员会议上已有定论，即："民间文学（更广义地说，传统的和大众的民间文化）是一种集团或个人的创造，面向该集团并世代流传，它反映了这个集团的期望，是代表这个团体文化和社会个性的恰当的表达形式，它的准则和价值观念通过模仿或其他方式由口头流传下来。其形式主要包括语言、文学、音乐、舞蹈、游戏、神话、宗教仪式、风俗习惯、手工艺品、建筑及其他艺术。"

对于民间文艺的积极保护，劳里·航柯提出了八字方针，即鉴别、保管、保存、传播。他认为，民间文学的保护之所以具有世界性的迫切性，根本原因不在民间文学的第一生命即自然生命，而在于它的第二生命，即把民间文学制成文本之后，使民间文学得以再度循环传播。①

前不久，劳里·航柯就民间文学的体裁提出了一个新的观点，讨论 genre 的问题。他写了一篇长文，收入了联邦德国即将出版的百科全书条目之中。在这篇文章中，他指出民间文学的 genre 有两种：一种是精神的，一种是实践的。前一种是指学者们共同公认的东西，它是一种语言或词汇，这种 genre 可以用来在不同的文化中识别相同的东西；第二种 genre 存在实际的、具有不同文化的生活当中。换言之，理想的 genre 是学者们认定的东西，而实际的 genre 是学者们可以通过实践加以研究的。实际的 genre 是在拥有某种特定文化的人群中特殊地存在的。但应指出，这种区分并不等于说这两种 genre 不能发生互相的影响，相反地，理想的 genre 总是部分地以实际的 genre 为基础，而这两种 genre 的实际研究工作总是互相起作用的，即学者们总是通过自己实践中对 genre 的观察，来调整思想上对 genre 的观念。

民族文化特征问题是劳里·航柯的研究视野中的一个重要课题，他的基本思想是研究者不应单纯地研究民族文化本身，而应研究产生这些民族的集体的感情。因为，民俗（Folklore）是作为同族人民之间的一种联系物而存在的，它可以具有某些非民俗方面的意义。有些民俗在一个民族当中可以作为这个民族的标志而存在，但不是所有的民俗都可以作为民族的标志的。我们应该力图去找出哪些民俗是起着民族标志作用的，这样才能获得某些民俗的完全不同的含义。

一个出色的研究者不应单纯地追求从学者角度来看完全正确的词句，而应具有从材料中找出对于有关民族特有意义的能力。例如，中国滇川许多民族之间共同流传的一些民间故事，它们大约只能为一两个民族所特有，这些故事在这一两个民族的生活中具有举足轻重的意义，而在其他民族中其情节模糊且不具体，不过是一个传说或故事而已。他说，我们只要对这些现象稍加分析就可以看出：同样的因素具有不同的地位。对于民俗的研究要注意它的生存环境与来龙去脉，这种研究方法可以使我们了解民族文化特征和民俗的真正意义。目前，这方面的研究已得到国际上许多学者的重视。我们应力图找到一种用来研究民俗与文化特征之间关系的田野作业方法。

劳里·航柯的研究方法大部分是采用功能主义的观点，他研究某些传统是如何形成的，何时开始表现在人们的行动中以及是如何表现的，他研究传统形成的顺序、形成这些顺序在社会学和心理学以及其他方面的原因。他说："我的这种功能主义观点

---

① 详见劳里·航柯在中芬民间文学搜集保管学术研讨会上的报告《民间文学的保护——为什么要保护及如何保护》，后收于《中芬民间文学搜集保管学术研讨会文集》（中国民间文艺出版社，1987）。

有一部分是不自觉的，因为我必须把潜在的与明显的功能加以区分，潜在的功能只有学者才能发现，而民俗、故事、诗歌等明显的功能则可以由产生这些民俗、故事、诗歌的民族本身表露出来。所以我编制了一套较为复杂的名词、一整套概念以提供研究者在研究民俗时应用。"

劳里·航柯在研究工作中一向沿用功能主义的方法，并逐渐发展为文化生态学理论①。他认为环境之间区别的存在，并不仅指不同地理自然环境的不同（当然，这种区别是非常重要的，是自然历史的基础），地理环境的不同只是环境不同的一部分。因为人类作为一个文化的实体，通过文化来观察自然环境——他的文化的种类、语言、习惯，这一切文化手段是他和他的生存集体所共有的。因此，实际上一个人是生存在一整套文化生态系统之中，这种生态系统能够使某些文化结构得以长期的保存，尽管某些文化因素从形式到内容都有所变化，但在某些地区文化生态的暗流却是一股能够保证某种文化因素继续存在和发展方向的力量。

一定的传统如何与某些特定的环境相适应，这一点似可以用几种相适应的形式作为基础而加以解释。劳里·航柯先生把这种传统与环境相适应的形式称为形态学的生态学典型性适应。这个名词是他 1980 年在芬兰科学院首次提出的。

劳里·航柯现在正从事芬兰民歌的研究，他将 14 种不同语言的民歌进行比较研究，按照民歌的主题加以排列，从现象主义②的原理加以研究。这种不从历史的联系而只从现象的联系去研究的方法，使他找到了这些不同语言的民歌的共同点。他得出的结论是：这些共同点不是来源于历史的传说，而是来源于他们类似的形式和类似的内容。这一结论又推动他引申出某种宏观生态学的观点。他认为某些特定地区的传说是沿着相同方向发展的，在不同民族当中也有这种现象。例如，某一地区发现的长篇叙事诗在几个不同民族中同时存在，还可以发现，人们总是喜欢把故事叙述得很长。在诗歌、挽歌中也有这样的现象，这些现象就可以称作宏观生态学的因素，这种因素不单纯依赖人们本身的传统或环境，而是取决于更为悠久的、历史上的发展。之所以如此，是原因这些现象所存在的民族其社会发展达到了同样的阶段，而造成这种发展的自然环境对于民俗的形式也发生着影响。

1986 年 5 月于北京

---

① 劳里·航柯所用 Tradition ecology 一词，直译为"传统生态学"，"传统"在汉语中用作定语时的含义与作者原意略有出入，故汉译文化生态学。

② 英文 phenomenalism 也译现象学。

关于中国民间文学的搜集和整理
——为中、芬联合调查而作

贾　芝*

一　简要的历史回顾

中国民间文学的搜集整理工作有悠久的历史传统。远在 2500 年前编选的我国第一部诗歌总集《诗经》①，包括风、雅、颂，而最被称道感人的是"风"，即民间歌谣。以后历代都有过对韵文体或散文体的民间文学的搜集工作。一是由政府搜集。《汉书·艺文志》②载："古有采诗之官。王者所以观风俗，知得失，自考证也。"《礼记·王制篇》③也说："命太师陈诗，以观民风。"那时是怎样采集民间诗歌的呢？《汉书·食货志》中也有一段描写："孟春之月，群居者将散④，行人振木铎徇于路，以采诗，献之太师，比其音律，以闻于天子。"太师是掌管音乐的官，也是搜集民歌的参与者。有人提出："采诗观风之说，未必可信。但乐工们为职业的缘故，自动或被动地搜集各地的'土乐'（国风）以备应用，却是可能的。"⑤古代有采风之举，看来还是可信的，而且借以了解民情也是很可贵的。《诗经》中留下十五国风是我们

---

* 贾芝（1913~2016），男，山西襄汾人，民间文艺学家、民俗学家，中国社科院荣誉学部委员、中国文联第八届荣誉委员、中国民间文艺家协会名誉主席、国际民间叙事研究会资深荣誉委员。——编者注

① 《诗经》是中国最早的诗歌总集，编成于春秋时代（前 722~前 483）晚期，共 305 篇，分风、雅、颂三大类。大抵是周初到春秋中叶的作品，产于今陕西、山西、河南、山东及湖北等地。风，或称国风，即民歌，包括十五国风；雅、颂为当时统治阶级的宴会的乐歌、祀神祭祖的诗歌，也有讽刺时政的作品。

② 《汉书·艺文志》《汉书·食货志》。《汉书》，东汉时期（25~220）班固撰，是中国第一部纪传体的断代史。"艺文志""食货志"是其中两篇，前者是中国史书、政书和方志等记载图书目录的篇章；后者是专叙经济史，即关于食物、生活用具等生活必需品的篇章。

③ 《礼记》是秦汉以前各种仪礼论著的选集，共 49 篇，相传为西汉戴圣编纂，是研究中国古代社会情况、儒家学术和文物制度的参考书。

④ 《汉书·食货志》原注："师古曰：谓各趣农畮也。"（趣同趋，畮即亩）。

⑤ 朱自清：《中国歌谣》，作家出版社，1957，第 68 页。

今天还能读到的。也正是在记载古代有采风之说的汉代，设立了专门收集民间歌曲的机构，叫作"乐府"。《汉书·艺文志·诗赋略》也记下了一笔："自孝武立乐府而采歌谣，于是有代赵之讴，秦楚之风，皆感于哀乐，缘事而发，亦可以观风俗知厚薄云。"乐府①所搜集的"汉世街陌谣讴"成为中国文学史中的灿烂诗篇，这些诗篇后人就称为"乐府"。二是诗人、作家、学者的个人搜集。我国第一个伟大诗人屈原不仅以楚地的民歌形式创作了与《诗经》媲美的名篇《离骚》，在他的《天问》等作品中也记载和运用了大量的神话传说，他还根据民间祭祀乐舞歌词改写成《九歌》。春秋、战国时期的一些经史典籍、诸子百家的学术著作以及历代的文人笔记小说、地方志中，都记录保存了一些神话、寓言、谣谚和民间故事。

情况正如著名诗人、剧作家、历史学家郭沫若在中国民间文艺研究会成立大会上所说的："如果回想一下中国文学的历史，就可以发现中国文学遗产中最基本、最生动、最丰富的就是民间文艺或是经过加工的民间文艺作品。"② 他所说的经过加工的民间文艺作品就是指采用民间文艺的形式，吸取民间文艺的养料或完全是在民间流传的口头文学的基础上创作的作品，如楚辞、元曲、明清小说（《水浒》《西游记》）等。而刻意搜求民间文学，并写下了脍炙人口的不朽之作的刘禹锡、冯梦龙、蒲松龄、黄遵宪等人，也将名铸史册。

五四时期，在反帝反封建的民主革命运动中，北京大学提倡搜集近代歌谣。他们受到西方近代民俗学、人类学等流派的影响，《歌谣》周刊编者在发刊词中明确提出，搜集歌谣的目的：一是文艺的，即为了发展民族的诗歌；二是学术的，可作为研究民俗学的材料。20世纪30年代，以《民俗》为阵地的民俗学研究活动，继承"五四"反对封建贵族文学、提倡平民文学的传统，扩大了民间文艺的搜集范围。从抗日时期到1949年全国解放，以毛泽东同志的《在延安文艺座谈会上的讲话》为指导，提倡文艺为人民服务，作家、艺术家与工农兵群众相结合，正确地解决了文艺的普及与提高的关系，由此掀起了解放区作家、艺术家和广大文艺工作者深入生活，参加群众文艺活动，搜集和改造民间文艺的热潮。文艺界由过去崇拜西方文艺、鄙薄中国民间文艺一变而为尊重人民群众的文艺创作，向人民大众学习。这个时期的搜集工作的特点，一是为人民服务；二是深入劳动人民之中进行搜集。这是历史上从来没有过的。这时的搜集整理工作也很注意科学性。在中国民间音乐研究会领导下的陕甘宁

---

① "乐府"始于西汉的音乐官署，掌管朝会庙堂所用的音乐，制定乐谱，训练乐工，采集民间诗歌和乐曲。后来，把乐府官署所采集、创作的歌词，统称为"乐府诗"，简称"乐府"。

② 郭沫若1950年3月29日在中国民间文艺研究会成立大会上的讲话，题为"我们研究民间文艺的目的"。见《民间文艺集刊》创刊号，人民文学出版社，第7页。

边区的多次采风活动，共采集陕北民歌上千首，其他地区民歌近千首。这近 2000 首民歌当时用中国民间音乐研究会统一印制的调查采录表格进行记录，至今已成为非常珍贵的原稿档案，收藏在文化部文艺研究院的音乐研究所。

建国后的三十多年来，是我国多民族的民间文学在全国范围内进行广泛而深入搜集采录的时期，也是打开各民族文化宝库的时期。我们是沿着解放区的革命文艺方向前进的，同时继承了五四时期的传统，把民间文艺学作为一门新的学科进行研究。

二 中国民间文学储存、流传和搜集的特点

中国是世界文明古国之一，历史悠久，地大物博，有 960 万平方公里的土地，同整个欧洲的面积相差不多。中国还是一个五十六个兄弟民族和睦共处的多民族的国家，除汉族外，有五十五个少数民族。这种自然环境和社会历史条件就决定了中国民间文学必然非常丰富与绚丽多彩。

中国有五千年的文明史，封建制度延续了约三千年之久，发展迟缓的自给自足的自然经济长期占主导地位，农村人口至今还占 79.4%，社会经济结构和文化的落后却为民间产生和流传口头文艺保持了良好的土壤和环境条件。全国解放时，许多少数民族是从不同的历史发展阶段进入社会主义社会的，其中有的是封建农奴制社会，有的是奴隶社会，甚至还有的处于原始社会阶段。大多数少数民族没有自己的文字，有的还是象形文字。他们处于不同的社会历史阶段，也就保留了不同历史时期的色彩各异的古老的民间文学。

然而，在解放前漫长的历史时期中，民间文学与它的创造者——劳动人民和少数民族群众处于受压迫、受鄙视的地位。以往的搜集工作大多着眼于汉族，限于局部地区，而且多半是少数作家、学者的个人活动，因而，搜集的成果与实际蕴藏量相比显然是微乎其微了。大量的民族文化宝藏还不曾发掘，还是未开垦的处女地。

建国以后，我国进入社会主义时期。民间文学是文艺工作的一条重要战线。人民在政治上的翻身解放，为广泛搜集整理我国各族人民的民间文学创造了最好的条件，工作呈现了新的特点。这在全国解放以前是根本不可能办到的。新的条件和特点是：第一，党和政府重视民间文学遗产，并且根据各民族一律平等的政策，尊重、保护和发扬各民族的民间文化遗产；第二，以马克思主义科学的世界观和方法论为工作的指导思想；第三，成立了由党和政府支持的群众学术团体——中国民间文艺研究会，作为搜集整理出版和研究中国各族人民民间文学的中心。当然，任何事物总是由小到大发展的，并非有了这些优越条件就能做到一呼百应。我们经历了极其曲折复杂的道

路。众所周知，"十年浩劫"，中国民间文学界是个重灾区。但是，总的说来，我们的工作是不断前进的，建国三十多年来取得了引人瞩目的成绩，尤其是恢复工作后的七八年中成绩更为显著。我仅将近四年发表的作品、论文和出版书籍的数字作一统计就可以说明问题。1982年在全国性刊物上发表民间文学作品3111篇（其中含故事1474篇，传说1061篇），论文1140篇（包括民俗316篇），出版书籍159种（其中作品集143种）；1983年发表民间文学作品3109篇（其中含故事1709篇，传说1119篇），论文1706篇（包括民俗366篇），出版书籍114种（其中作品集94种）；1984年发表民间文学作品3081篇（其中含故事1840篇，传说1096篇），论文994篇（包括民俗378篇），出版书籍72种（其中作品集64种）；1985年发表民间文学作品2595篇（其中含故事1578篇，传说815篇），论文674篇（包括民俗175篇），仅中国民间文艺出版社就出版书籍69种（其中作品集55种）。全国尚未统计。这个统计数字是不完全的，据此可知，每年发表的民间文学作品近3000篇，没有递减现象，有时还略有增加。从这里可以看到民间文学的搜集、发掘在中国还处于一个风华正茂的兴旺时期，这一工作不仅没有结束，而且有必要抓紧和加强。我们不像发达国家，民间文学大多已搜集完了，今天只是把它作为历史遗产来研究，我们的研究工作必须建立在广泛的搜集工作的基础之上。我们有耳闻目睹的方便条件，可以边搜集边调查研究。任何轻视搜集或忽略搜集与研究工作的辩证关系的做法都是不正确的。在某种意义上说，没有搜集就没有研究，这正如沙砾上不能建筑高楼一样。

前面说过，我国农村人口占全国总人口的大多数，这是不容忽视的中国的基本国情。在广大农村、牧区至今还有对歌，演唱史诗、叙事歌和讲故事的习俗，少数民族更是能歌善舞。内蒙古自治区的哲里木盟，就有蒙古族民间艺人近600人，其中演唱长诗的艺人20人，歌手125人，说书艺人413人，并且大部分为三代艺人①。这些民间艺人不仅演唱民间传统作品，还自编自唱，创作新的民间说唱文学。

目前，我国民间文学除了蕴藏丰富之外，一个突出的特点就是它还在流传和发展，还有着旺盛的生命力。它是人民生活中不可或缺的文化娱乐手段。这种情况在工业发达的国家已是罕见的了。尽管如此，现代科学技术的发展正强烈地冲击着民间文学阵地。随着现代化生产的发展，随着人民生活和娱乐方式的改变，随着年岁大的故事家、歌手、民间艺人不断去世，我国民间文学也面临着衰亡。在现代社会生活的急剧变化中，这一趋向衰亡的历史现象是不可避免的。这种既丰富又面临衰亡的特殊情

---

① 内蒙古哲里木盟群众艺术馆。布拉敖日布1983年7月25日报道。见中国民研会《民间文学研究动态》1983年第1期。

况，决定了我们必须迅速搜集和保存民间文学。"文革"之后，我们重新提出"抢救"的口号，使大家认识到工作的紧迫性。许多地区都自觉地行动起来，搜集本地区、本民族的民间文学。现在我们又发起编纂出版"中国民间故事集成""中国民间歌谣集成""中国民间谚语集成"三套丛书，要求在全国各省、区进行普查的基础上来完成。现在各省、区在党和政府的直接领导下正开始进行一次全国性的民间文学普查。

三　搜集整理的目的和科学性问题

我们搜集整理各民族的民间文学有一个明确的目的，就是为人民服务，为社会主义服务。当前，在举国建设社会主义物质文明和精神文明的时候，民间文学是一支不可或缺的力量。它联系着千千万万的人民群众，具有巨大的鼓舞和教育作用；同时，也是现代科学文化建设中极为珍贵的资料。

搜集的目的，具体地讲，一是"取之于民，还之于民"，为建设社会主义精神文明服务。民间文学作品既熔铸着中华民族的传统美德，凝结着各种经验和知识，又是人民群众喜闻乐见的，是进行启蒙教育的良好方式。搜集、整理和出版民间文学作品，对于培养民族自豪感和自信心，对于增强民族团结和建设精神文明有着不可低估的潜移默化的作用。二是保护我国多民族的民间传统文化。要尽可能全面地、忠实地记录和保存各民族自古至今的民间文学遗产和新作品，使其在文化建设中发挥多方面的作用，为社会科学和自然科学的研究提供第一手资料。三是发展和繁荣社会主义文艺创作。民间文学从来是文学之母。只有从民间文学中吸取丰富营养，才能使新文艺创作植根于民族传统，富有民族特色，也只有这样的作品才能屹立于世界文化之林。四是建立有中国特色的民间文艺学。一切研究、一切理论只有从实际出发，尽可能全面地搜集和占有各民族的民间文学资料，才会使我们民间文艺研究获得长足的进展并独具特色。五是继承我国的优良传统，把民间文学作为一面镜子，听取人民的批评和意见。

民间文学是人们在社会生活中凭借口头传播的一种活的文学，它具有多方面的功能和作用，更具有它自己多变而独特的表达方式和语言特点，这就要求我们在记录和保存民间文学作品时，严格注意科学性的问题，绝对不允许随意乱改。我们在记录作品时，尤其要注意翔实地记录文字以外的东西，包括讲唱环境，讲唱者的表情、手势甚至舞蹈动作以及听众的反映与情绪变化等。同时，还要了解、考察和搜集与作品有关的风土习俗和社会历史等背景材料，了解和记录作品的产生、流传及演变的情况，讲唱者的生活经历和师承关系等。没有这些材料就不可能透彻地了解作品。现代科学技术的发展为我们全面地、忠实地、立体地记录和保存民间文学作品及有关材料提供了便利的条件。将来人们也可以耳闻目睹今日活的民间文学了。

在这里，我还要简单谈一点"整理"的问题，在这个问题上长期以来存在着分歧，也引起过一些误解。整理是在搜集了原始资料之后保存建档以及作为文学读物出版之前的一道常有的工序。整理大致可分为三种。第一种是将采到的录音资料整理成文字资料，核实记录，通顺文字，并加标点。去掉因语病和个人讲话习惯引起的重复和语气词。这种整理一般都是需要的。第二种是作为向人民推广的作品需要经过挑选和编辑的工作。有的作品需要删去某些无损于作品全貌的糟粕成分。第三种是有异文的作品，其中有一部分可以综合整理，根据同一故事在同一地区、同一民族以同种语言流传的不同异文，进行取长补短的综合性整理。这样才能使忠实于本民族的一个作品的完善整理本问世。如果同一地区有 100 个人讲述 100 遍同一个故事，就会有10000 种记录。在这种情况下，进行综合整理才益于推广。我们推广的作品不仅应当忠实于某一演唱者，更重要的是要忠实于作品隶属的民族和人民。当然，对于科学研究来说，必须保存各种异文，对研究才有用；如果一经综合，不见异文，就无从用以研究了。因此，注意编印、保存各种异文是十分重要的。不能以综合整理一个故事替代一切异文，那是科学研究者不欢迎的。

上面所讲的第二、三种整理只用于出版、推广的作品，而出版和推广只是搜集的一个目的（当然它是首要的目的），出版、推广的作品只是搜集到的作品的一部分，而大部分世代流传的久经群众公认的作品，不需要这两种整理。原始记录较完整的，作为出版物也有不需要进行这种整理的。

四　搜集、普查的几种方法

解放后，我们的搜集工作从大多由兴趣出发，凭听祖母、母亲、亲戚朋友讲故事的记忆整理故事，发展到有组织、有计划地深入各族人民群众中直接调查采录。这是进行忠实记录、保证作品的科学性的起点。随之而来的变化就是由少数作家、学者、爱好者的自发搜集进而为全国各地基层文化馆、站的工作人员以至农民和作家、学者的多方面的调查采录。这些发展变化，为全国民间文学普查奠定了坚实而广泛的基础。

我在这里介绍七种行之有效的搜集方法。

1. 办民间文学骨干培训班，就地实习搜集民间故事、传说，编印资料。云南的第一个讲习班于 1980 年 8 月在德宏傣族景颇族自治州举办，四十天的时间，记录翻译傣族《阿銮》故事二十余万字，景颇族民间故事八万多字，崩龙族（1985 年改称德昂族）民间故事四万多字，并在当地编成资料出版。云南共办了十九次各有特点的讲习班，培训干部 950 余人次。以后，各地相继办培训班，各有经验，其中特别值得强调的是湖北办的培训班。湖北培训班的特点是：每一个地区办一个培训班，训练一批骨干，出一本资料集。湖北的这种路子为民间文学普查找到了一条入门的捷径①。

2. 大学民间文学教师带领学生下乡搜集。这种方法的特点在于有教师、专家的直接指导，培养年轻学者，以保证工作的科学性。在座的航柯教授，在培养年轻学者方面，也有很丰富的经验，我们就是请他来传授经验的。

3. 发动各省、市、地、县、所属文化馆、站、群众艺术馆的基层文化工作人员，组成一支浩大的民间文学搜集队伍。他们在当地地、县领导下，易于将搜集整理民间文学列入工作计划，便于开展民间文学普查，也易于解决经费和其他问题。同时他们也熟悉本地区的风土人情，与当地群众有深厚的联系，他们是我们进行普查必须依靠的实力。最近各省、市、自治区已在开展民间文学普查，他们把编纂民间文学集成丛书，看作精神文明建设的工作之一，摆到日程上来抓，各级有关领导亲自挂帅，组织、动员广大基层力量，工作进展极快，这就充分说明在社会主义制度下由党和政府直接领导采录民间文学的优越性。

4. 从不同的角度抓重点作品的搜集整理。例如史诗《格萨尔王传》由七个省、区联合开展调查搜集工作，列为国家科研重点项目。《江格尔》《玛纳斯》在新疆也都作为重点项目进行专题搜集。仅《江格尔》已经搜集到由一百多位歌手演唱的 65 个章回及其他异文②。某一种形式的作品的搜集，如甘肃、青海、宁夏都在注意"花儿"的搜集；上海、江苏、浙江对吴歌的搜集；黑龙江省对赫哲族"伊玛堪"的搜集等。一个民族、一个地区的民间文学的搜集，如云南怒江、保山对傈僳族民间文学进行了全面的调查，相继发表了傈僳族民间长篇叙事诗二十五部，民间故事集三部；还编印了数本内部资料。再如吉林省东丰县开展了全县民间风物传说的普查，他们调查了全县 1175 个地名、108 个山峰、15 条河流、3 座碑、25 座庙宇，一共搜集风物传说 3000 多个，精选 200 篇，编了三集《东丰县民间风物传说》，其中还包括地方小考和有关的民俗资料。有的地区还将民间文学普查与地名调查或与编纂县志的工作结

---

① 1982 年，在全国民间文学培训骨干经验交流会上，我曾将办培训班的好处总结出 7 条经验加以推广。

② 《瑰丽多姿的新疆民间文学》，《民间文学》1985 年第 9 期。

合起来。这些都是开展民间文学普查的有效办法。

5. 以故事家、歌手为对象进行搜集。故事家、歌手是民间文学传承的代表人物，也是民间集体创作的参与者和民间的作家。我们都早已知道演唱史诗《玛纳斯》的著名歌手朱素甫、玛玛依，还有藏族的扎巴老人、玉梅，壮族的歌手黄三弟等。近几年又注意到故事家的发现。找到一个故事家也就可以找到大量的故事，就像找到了一条步入民间故事宝库的小径，如辽宁的裴永镇搜集整理朝鲜族故事家金德顺的故事，湖北搜集整理故事家刘德培的故事等。

6. 提倡"民间文学民间办"的新经验。湖北大冶县农民自己出资设立"民间文学奖"，自己搜集整理，自己出钱编印各种民间文学集子。例如，狮山陈氏的《钱六姐的故事》《民间谜语汇编》，殷翠兰的《殷翠兰民间故事集》，柯小杰的《民间故事》，等等。这种新的风尚应当加以推广。陕西农民林宏还自己建立了民间故事档案。这不仅标志着农民不满足物质生活，向更高的精神世界追求的历史性的巨变，也展示了搜集民间文学工作遍地开花的可能性。我们提倡发动农民、工人、牧民、渔民中的有心人自己起来搜集自己的民间文学，这也为普查开辟了一条新途径。

7. 不应当忘记不同专业的学者，如音乐工作者、语言学家、民族学家、人类学家、历史学家、宗教学家、考古学家、气象学家等对民间文学的参与搜集和研究。从五四时期起，他们就开始搜集民间文学，像社会学家费孝通早在20世纪30年代就与他的新婚妻子深入瑶山搜集民歌；黑龙江省有两位考古学者近年来搜集民间传说，并以考古发掘的文物，证实赫哲族伊玛堪中英雄人物莫日根所处的社会历史阶段；语言工作者长期以来都保持了记录作品比较准确的传统。今后，我们仍需要重视他们从各种不同角度出发的搜集和研究工作，他们是我们的合作者，并促进了我们工作的科学性。

上述几种方法，说明在我国已开始形成从专家到普通农民的浩浩荡荡的民间文学搜集大军，他们从各种不同的角度，从不同的侧面，对民间文学进行认真的、忠实的采录和发掘整理工作。在当前发动的全国民间文学普查中，我们应提倡专家与群众相结合，多种方法交错使用，我们还要借鉴外国的先进经验，像在座的航柯教授和芬兰朋友们，在这次学术讨论会上，就将向我们介绍他们搜集和保存资料的经验。全面地搜集和保存我国各民族的古老的民间文学遗产，并注意采集当代之风，这是我们的工作任务和目标。

（原载《中芬民间文学搜集保管学术研讨会文集》，中国民间文艺出版社，1987，第1~12页，略有改动）

照片是重要的科学依据——中芬民间
文学联合考察报告

红　波[*]

一　照相机应有它的地位和作用

怎样才能做到科学地采录民间文学？光靠录音录像是不够的。录音机可以录下采录对象的声音，但无法录下采录对象的环境和形象，也无法录下采录工作者的工作情况。录像机可以录下采录对象的环境、外貌形象和语言感情，多部录像机同时工作，也可以录下采录工作者的工作情况。录像机是理想的采录工具。但是录像机也有自己的极限，首先是录像设备比较庞杂和笨重，少不了电源，全套设备比较昂贵，普遍无法用上。同时放录像也要另有设备，根据录像进行制版也比较麻烦。因此，光靠录像机来工作，在目前是不尽全面的。

照相机介于录音机和录像机之间，刚好补充这两者之不足。照相机体积小，携带方便，使用灵活，它可以起到连续录像的作用。把拍下的照片放晒出来，采录情况历历在目。它可以大量制版和发行。因此说，照相是不能缺少的采录手段，照片是重要的科学依据，采录民间文学，照相机是不能缺少的采录工具。采录时，照相是重要的环节，因此说，照相机应有它的地位和作用。

这次我参加中芬民间文学联合考察工作，发挥了照相机的作用，拍下了一批照片。这些照片的内容将在下一节介绍。

二　这次拍照的内容

根据我的设想，在这次中芬民间文学联合考察暨研讨会活动时，我在自己遇到的

　＊　红波，男，壮族，时任广西马山县文联副主席。——编者注

一切机会中，用 135 相机拍下了 11 筒胶卷，共 400 张底片，包括了一系列内容。这些内容总的来说可以分为两大部分，即南宁研讨会和三江考察。这两大部分照片简介如下。

第一部分：南宁研讨会。这部分拍了大约 100 张底片，按顺序分为这些内容。

1. 会场；

2. 签到，拍下了芬兰代表团团长航柯先生签到的情景；

3. 开幕，拍下了开幕及致辞的盛况；

4. 宣读论文，拍下了部分代表宣读论文的镜头；

5. 发言答辩，拍下了部分代表上台发言，或起立答辩的情况；

6. 与会者，拍下部分与会者的听讲神态。

7. 闭幕，拍下了闭幕致辞和赠送礼品的情形；

8. 书法表演，闭幕后区文联书法家为大家作书法表演，外宾也在旁观看；

9. 欢宴，与会者与来宾共同欢宴，以庆贺研讨会圆满成功。

以上这些照片，基本上把整个南宁研讨会情况作了新闻性地记录、介绍和报道。

第二部分：三江考察。这部分内容繁多，我大约拍了 300 张底片。我把这些底片稍作归纳，大约分为如下一些栏目。

1. 途中，拍下途中下船步行过渡一些镜头，还有吃午餐的镜头；

2. 三江县城古宜镇，包括古宜镇的外貌街道、农贸市场，以及考察队员所下榻的招待所外景；

3. 拦路歌，考察队员来到三江县城古宜镇，受到了三江县侗家男女老少的拦路欢迎，镜头拍下了侗家姑娘设下的拦路草标，考察队员唱了答谢歌，特别是外宾领队航柯先生喝了拦路酒，送了红封包的情景，都一一入了镜头；

4. 招待所迎宾，外宾走入招待所，三江县领导在接待室与外宾同坐，并对三江县情况作了介绍；

5. 晚宴，三江县政府为欢迎远道而来的外宾举行了隆重的晚宴，会上欢歌此起彼落，侗家歌手围着外宾唱酒歌，芬兰朋友受到了感动，两次即席起立表演，歌唱芬兰民歌；

6. 马鞍村风情，这是联合考察队第二组重点采录的村庄，因此特地全面介绍了侗家的特点：木楼、鼓楼、风雨桥，还有河边古老的水车，村姑手中的纺纱车等。在这里特别拍下了一组风雨桥的照片，从不同角度介绍了这一民族艺术的风姿雄貌；

7. 马鞍村采录，这里只录下一部分采录场面，其重要内容如琵琶歌、款词等另作专栏介绍；

8. 冠洞村采录，这是第二组采录的第二个村庄，介给了冠洞村外貌，欢迎盛况，以及部分采录场面，其重要内容如侗戏、情歌对唱则另立专栏介绍；

9. 侗家姑娘，这里把所拍下的侗家姑娘的外貌服饰作一组介绍；

10. 古宜花炮节，这里拍下了一筒胶卷，记录了三月三古宜在炮节游行队伍的各个部分和抢花炮的壮观场面；

11. 多耶，贵宾来到，侗家的青年男女举行的第一项欢迎仪式，他们手拉手围成圆圈，唱起优美的欢迎歌和其他的歌。多耶相当于一种集体舞蹈；

12. 琵琶歌，这是侗家最优美的民间艺术，拍下了好几个歌手详唱琵琶歌的情形，特别是拍下了老歌手陈永杰弹唱琵琶歌的一组照片，达 10 张左右；

13. 款词，这里面内容大多数是村规民约，是侗家的传统法律。在唱款词时，往往举行庄重仪式，这里也拍下了一组照片；

14. 酒歌，侗家人喜爱喝酒，也爱唱酒歌，照片把喝酒及唱酒歌情况归作一组介绍；

15. 情歌，情歌又叫双歌，是青年男女双方对唱的歌，这也拍下了几张照片；

16. 侗戏，侗戏在冠洞村演出，那里留下一座古老的戏台。侗戏是侗家古老的民族艺术之花，他们演出严肃认真，我拍下了一批照片；

17. 讲故事，侗家有不少的故事手，这里仅拍下了几张采录照片；

18. 行歌坐夜，也叫作行歌坐妹，是侗家青年男女接触谈情说爱的一种形式，都是晚上进行的，别具侗家独特风情；

19. 打油茶，这是侗家饮食方面的特点，侗家姑娘在火塘边炒阴米，考察队员集体喝油茶的情况，放在一处介绍；

20. 各种采录，把又好集中归类的采录照片归为一组，特别拍下了航柯先生采录情况的几个镜头；

21. 研究与总结，反映了考察工作及其队员们的认真、严肃的态度；

22. 参观博物馆，特别突出了航柯先生参观三江县博物馆的几个镜头；

23. 签订协议，记录下了两国三方领导人在协议书上签字的认真、严肃和友好的场面；

24. 合影留念，拍下了芬兰朋友在临别前与中国朋友合影及赠送礼品的部分镜头；

25. 分手，芬兰朋友及北京和外省来的部分同志，在结束三江的考察活动之后离开三江前往桂林，留下的同志及三江县同志挥手相送。至此，三江考察完满结束。

以上的这些照片，基本上记录下了三江考察活动的全过程，录下了三江侗族各种艺术表演盛况。它们使我加深了对侗家的美好印象，它们将永远列入中芬联合考察的史册，它们将令人回味无穷。

三　对芬兰学者采录工作的观察

芬兰学者强调科学采录民间文学，这次来中国，他们设备齐全，有录像机两台，照相机和录音机几乎人人齐备。我发现他们使每一项工具都发挥了各自的作用。他们对工作的严肃、认真以及科学态度是值得赞赏和借鉴的。他们在采录工作中注意了内容的完整性和多角性，既概括整体，也注意个体和细节。例如南宁研讨会，他们用录像机录下了会议盛况，同时也运用了照相手段，拍下了每个发言人员的形象，还拍下了与会人员的单独照片。行动中，他们利用一切机会，录下进入他们视野的事物，如在从南宁行车前往柳州的过程中，一路上，他们就拍下了好几筒胶卷；在三江的考察活动中，他们对采录的同一对象，往往是既录像又拍照片。航柯先生在采录两位从贵州来的小姑娘唱歌时，则是一手按录音机，一手拿照相机，既录了音也拍下了照片。

以上这些情况，说明了即使是录像设备齐全的芬兰学者，仍然没有忘记发挥照相机的独特功能和作用。这说明芬兰学者对照相机和照相程序的重视。在他们看来，即使录了音录了像又作了笔记，照相仍然是不能忽略的。不管在什么情况下，采录者都不应忘记必须配备好照相机，这大概是芬兰学者的科学态度吧。

四　我对拍照的一些构想

我觉得，自己能从始至终参加这次联合考察活动，是一种幸运。我知道这次工作的意义，我更清楚这次自己所承担的重任。因此应该以积极想办法完成自己的工作任务为天职。我在这次考察活动中，基本上录音和拍照是同时并行的，而且我对拍照比对录音还要注重。

我对这次拍照的构想是这样的：应该拍下这次活动的全过程，同时要系统地拍下侗家各种艺术形式和民族风情，要使每一种重要的文化现象都留下一组照片。以上所列的内容，说明我的这些设想已付诸实践，并有所收获。侗家一些重要的艺术形式，基本上都在我的照片上留下了影象。这就是事前有所构想而产生的结果。

另外，工作要大胆，要有新闻记者的头脑和眼光，要抢拍一些别人不注意而瞬息即逝的镜头。同时应该是自然的，要在不知不觉中进行。这次我所拍下的照片，事先作好安排，站好架势，是没有多少张的。而属于这一类情况，其科学价值就不大了。

五 我对照片的冲洗、印晒、编集与保管

我的主张是，懂得拍照片的人，应该懂得冲洗和印晒。自己拍了照片，叫别人冲洗和印晒，我是不放心的。这次考察活动的全部照片都是我本人亲自冲洗和印晒的。这样做一方面可以提高自己的技术，一方面是对所拍场面又一次加深理解。

我把所拍的照片，按顺序编号放于底片盒保存，这样方便于查阅和了解。

我把这次拍下的 400 张底片，选择放晒了 300 张左右，并把所晒出的照片，按如上介绍的内容分类、编集，并装订成册，然后上交广西民研会和中国民研会，作为这次考察活动的一份成果。我希望这个成果，成为一份文化遗产，放进国家资料馆和档案馆里，使其永远保存下去。

通过这次中芬两国联合考察活动，我学到了不少东西，特别是拍下了这一批照片，使我进一步理解，要科学地采录民间文学，照相手段是不能忽略更不能缺少的。也希望通过这次总结能引起同行们的兴趣和重视。

1986 年 5 月于广西马山
广西马山县文化馆通讯处

民间文学的实地采集方法

〔芬〕马尔蒂·尤诺纳霍

白　琳　译　刘瑞祥　校

　　现代民间文学的调查，不深入实地采集是无法进行的。因为，只有在实地才能采集到大量民间文学的研究素材。实地采集是调查研究的基础，其重要意义不仅仅限于获取素材。实地采集对调查的各个阶段，直至最后的结果报告，影响都是显而易见的。

　　大规模实地调查的计划与实施，是一个极其复杂的过程。在它的各个阶段都必须考虑到各种容易变化的因素，以本文的篇幅论及与实地调查有关的所有因素是不可能的。即便是实地调查手册也不可能做出详尽的论述。因为，归根结底，每次实地考察实际上都是一个独特的过程。不过，我还是愿意从头至尾论述一下实地调查的整个过程，至少不遗漏最重要的问题。

　　实地考察计划要决定的第一件事就是考察最终要达到的目标。因为，从很大程度上说，总目标决定着实地考察所应采取的方法。因此，全面采集某一地区的民间传说，同简单地与几位随便挑选出来知道当地传说的传承者谈谈是完全不同的。根据某一种分类方法，民间文学的采集至少有以下几种主要形式。

　　1. 全面采集，用于某一从未做过民间采集的地区，或是对某地区的民间文学情况了解不够、需详细采集的情况下。这种方法的采集对象可以是任何形式的民间文学，目的在于获得该地区民间文学的整体情况。该形式的采集工作也可以由没有受过培训或受过极少培训的采集人员来做。当然，这样调查所产生的结果其水平可能会有很大不同。

　　2. 分类采集，集中对某一种类或某一传说主题进行采集（如神话故事、田园传说），而不管其他类型的民间传说。这种采集可以由不同水平的采集人员来做，但他们至少要熟悉如何分类。这类采集人员往往是已选定研究课题的学者，他们采集或补充其实地考察资料。

3. 深度采集，用于小范围的民间文学采集，有时甚至可能只采集某一个人。这种采集的性质可能会有很大不同，通常需要详细而周密的计划。调查本身可能会花费几年的时间，常常需要组织调查小组。采集人员需要受过良好的训练。

4. 穷尽采集，指对某一传承者的采集，彻底了解他所能记得的一切，或者具体某一方面的一切。

5. 局部采集，这是把全面采集与深度采集结合在一起的方法。采集人员的水平稍低亦无妨。例如，可以让一位"在当地生活"的自愿采集者，或传承者本人来做采集工作。这样一来，采集者本身就是这一文化的一个自然部分。这种调查方法，对研究人员或调查小组有时是很有益处的。

6. 周期性采集，这种方法很适于研究民间传说的变化等情况，因为研究民间传说的变化需要每隔一段时间重复采集一次。以往采集到过好素材的地区尤其适用这种方法。

7. 集体采集，上述各种形式原则上讲可以由一个人来进行。不过，有些工作需要多位采集人员相互合作来完成。这种合作可以是同时的，也可以是按先后顺序的。这就需要组成一个小组，将工作分派给组内成员，使各项不同工作得以协调进行。实地采集开始之前，可以先制订好计划，但往往是随着工作的展开而制订计划的。开始工作之前，小组成员一般说应该先接受些实地采集工作的培训。

一　初步研究

确定采集目标和适用的方法后，就可以规划如何实施。展开正式采集工作之前，对研究要素进行审定，被称为初步研究。这是整个实地调查的必要而基本的组成部分。审定工作不仅必要，而且极为有用，非常值得花力气去做。它可以节省实地采集人员的精力和体力，并大大减少采集工作本身所花费的时间，从而有助于取得良好的采集结果。细致的初步调查至少应包括如下几点。

1. 调查人员必须尽可能地熟悉所有可获得的与实地调查有关的文件资料。采集人员，至少是小组领导，必须了解以前对该调查项目和地区所做过的一切研究和所发表的文献资料。在拟定采访提问单时，这种情况了解就是很关键的。

2. 对调查地区内过去所采集到的任何档案材料必须仔细研究，这将为诸如何种民间文学在该地区能够采集到，何种已经大量采集到，何种尚未采集到，以及何种民间文学广为流传等问题提供各种线索。如果已有该地区的录音材料，就应听一听，以便熟悉该地区的口音和方言。

3. 熟悉采集地区情况的本身同样可以被看作初步调查。可以从阅读当地报刊和与该地区有关的文学作品入手。了解有关该地区的人口、人口结构、教育水平、职业种类等基本情况（比如，根据统计资料）是十分有益的。这一切有助于调查人员把握具体的方向。如果采集人员不会讲采集地区的语言或方言，就有必要采取措施克服这一困难。从学习当地语言或方言入手，有时是有益的，而大多数情况下找一位称职的翻译或许更为实际。在个别情况下，实地调查人员可以对采集地区做一次短暂的考察旅行，以便确定采集的具体方向。考察人员还可以同当地政府取得必要的联系，以促使当地政府对采集工作持赞成态度。同时，还可以同当地传说的主要记述人进行初步的接触。

一般来说，初步调查搞得越细致，正式的实地采集工作就越可能取得成功。暂时不要在细节问题上花费太多时间，虽然这些细节对研究工作很重要。采集人员完成初步调查后，应该明确在该地区的采集对象或内容。技术设备和实地采集方法的选择属于准备工作，而不是初步调查。对此问题我已另有专门的记述，在此不做讨论。

二　实地采集方法

正式实地采集工作开始之前，采集人员至少应部分地掌握一些主要实地采集方法，它们的有利及不利方面。尽管只有通过真正实地采集环境中的感性认识和错误才能正确掌握如何实地作业，但了解一些理论知识通常会使采集工作较为顺利一些。

采集民间文学所运用的最重要的实地作业方法就是采访。这种方法是采访者口头提出问题，然后记录下被采访者的回答。因此，采访者和被采访者之间相互理解得越深，采访效果就越好。多数情况下，采访这种方法的最大好处无疑是使采访者可以对提出的问题得到满意的答复。因为，两个人进行个别谈话时，往往能够多问一些问题，并可以解释问题，这样有利于被采访者明白采访者的意思。采访最大的不利之处是要很长时间才有结果，颇费力气。不过，应该指出的是，这种方法在多数情况下对采访者和传承者都很有益。而且，事先认真准备好问题，加上当被采访者明显离题时巧妙地将他引回话题上来，可以加快采访的进程。

民间文学的采访通常分为自由采访和指导性采访两种。在自由采访时，被采访者对采访者提出的问题可以谈得自由一些，广泛一些。只有离题太远时，采访者才稍微提醒一下应谈的题目。

自由采访的长处在于素材的积累自然而且可靠，不受问题框框的约束。同时，被采访者作为民间文学的传承人在叙述时可以带有自己的风格和特点。除了分类采集和深度采集，自由采访适用于上述各种形式的采集。自由采访的缺点之一是费时间和需要大量磁带。这样搞来的素材，从某种程度上来说，要在将来某一时期才能利用上。但是，这种自由采访的确可以提供颇有价值的线索，为新的调查工作打下基础。

进行指导性采访时，采访人应该非常主动地引导交谈的全过程。他采访的目的，在于获取某一专门类型的素材。因此，必须事先拟定出采访的问题来。应该指出的是，做指导性采访时，采访人员要反应灵活，保证传说叙述人不会有受到盘问的感觉而反感。指导性采访尤其适用于分类采集和深度采集。实地作业中这两种类型的采访常常需要交叉使用。由自由采访入手，先同传承人建立起相互信任的关系，然后，采访者可以逐渐将谈话引到指导性采访上来。对好的传承人往往需要多次采访，后面的采访一般是指导性的。

三 问题提问单

我已经讲过，指导性采访通常以事先拟好的各种问题为基础。这种问题提问单是成功的采访不可缺少的先决条件之一，特别是在自传体采访，以及询问口述者对微妙问题的看法时，提出问题的顺序及如何提出问题是很重要的。不用说，开始不能提很难或涉及个人私事的问题，这样的问题应该放到采访接近结束时再提出来。那时口述者能够自信地回答这类问题。因此，有必要说明，在采访开始时，最好尽可能提出些简单而易于明确回答的问题。另外，还应注意提问时要逐字说清，以免造成误解。

在采集民间文学，进行民间传说研究而采访时，要提出的问题至少可分为三类。

1. 测试性问题，可以检验提供者对民间文学，如对当地的传说了解的程度。许多测试问题可以在采访的同时进行，或者在采访之前先搞。测试性问题不仅能显示出传承者对民间传说了解的程度，还能了解他是否知道其他方面的事情：他是否善于讲述故事，是否精于鲜为人知的传奇，等等。测试问题可以用一般措辞来提出，如"你听说过什么当地的藏宝故事吗？"或是作为一系列问题的组成部分去处理，逐渐加大难度，逐渐深入涉及传说故事本身，如"所说的珍宝藏在哪里？""怎样才能得到珍宝？""是否有神灵保护或看守着这些宝贝？"

2. 来龙去脉问题，旨在确定各民间传说的来龙去脉、作用、表述以及意义。传承者自己对民间文学作品的态度以及对这些作品内容的看法往往不能从叙述本身表现出来，所以，最好是另外了解一下这类问题。关于来龙去脉问题可以问："你在什么时候、什么地方听到这个有关珍宝的故事的？""你自己是什么时候开始讲这个故事？""你去过所说的埋有珍宝的地方吗？""你是否曾见过或是听到过珍宝存在的迹象？"　"你相信这样做真能找到宝物吗？它是不是永远找不到？"

　　3. 来源考证问题，旨在确定传说的出处和可靠性。例如可以问被采访人："这是谁告诉你的？还有其他人讲过这一珍宝吗？在什么地方？什么时候？他还讲过什么别的故事吗？"如果故事的题目或主题显得奇怪，应就此专门询问清楚。假如发现找不到出处，采访者可以问："你自己认为是这样吗？"有些时候，应通过采访其他知道此传说内容的人核查有关情况。提出这类来源考证问题时，千万不可造成对传承者所讲故事的真实性有怀疑的印象。对采访人来说，被采访者永远是对的。

　　每次采访，采访人都要表现得灵活、顺应、理解，提出的问题要尽可能适合当时的采访气氛。

四　观察

　　尽管采访无疑是实地采集民间传说的重要方法，却不能在进行采访时排除观察的作用。对采访者来说，在采访的全过程中，注意观察是十分重要的。要注意叙述人的反应，并根据这些反应来掌握下面采访的进程。采访人还要不断检查叙述情况的可靠性，以及对叙述是否有利的各种因素。采访过程中，往往无法记下观察情况，但必须在合适的时候尽快补上。须记住，再好的采访，没有采访时的观察报告也会显得美中不足。

　　观察，通常是民间文学采集中进行采访的辅助手段。但是，有时它也可以成为主要方法。调查人员或调查小组可能作为观察者参加当地的婚礼或当地民族的节日，在这种情况下，他们应该尽可能地积极参加庆祝活动，整个活动期间要注意观察。在实际活动期间，往往不可能做笔记，但至少对部分情况可以录音、照相、拍成电影或录像，而观察笔记可在稍晚些时候补做。观察这类活动的重要意义还在于，它们常常会导致以后富有成果的采访。

　　实地考察时用纸和笔做笔记，往往要求调查人员付出额外的努力。调查人员往往会认为，采访时的录音磁带和电影胶片能提供充足的素材记录，因而忽略了做笔记。然而，这是一种错误的看法。在以后对素材进行分析时，笔记有着不容忽视的重要意义。因为，笔记中常常有对诸如故事来龙去脉等问题的重要注释。因此，一般说来，在实地采集时决不能忽视观察和做笔记。

五　询问

　　作为一种调查事实的方法，书面提问表的形式在社会科学方面要比民间文学的采集使用更为广泛。然而，资料存档部门经常通过发提问表的方式来获取重要的民间文学资料，民间文学的调查并不经常使用要求了解情况人通过邮局来回答问题的邮寄提问法。它通常使用其他类型的民间文学邮寄采集法，例如比赛法，这种方法曾为部分民间文学获得过十分有用的资料。邮寄提问法同采访相比，其优点是同一内容的提问表可以同时发给成千上万的人，得到的答复可以用计算机进行分类处理。这样，提问表的使用就能节省大量时间，并可以免去很多麻烦。但是，许多人往往对收到的提问表置之不理。此外，使用邮寄提问法不可能获得非常详细或深入的资料。它只能产生出用于像统计册那样的表面材料。结果是量多质差。

六　采集后的初步资料整理

在实地搞到的各种采集成果，如录音、照片、录像片和笔记资料等，自然是依靠设备和各种方法的使用而得到的。即使在采集期间，也要注意保护容易损坏的磁带和胶片，并将它们编好临时序列号。如果有可能，应在外包装上注明时间、地点，被采访人姓名、年龄、出生地、职业，采访人姓名以及简要内容。比较详细的说明应分类记在几个笔记本里。记录内容包括：（1）采访资料（使用了录音机就应有录音磁带）；（2）观察笔记；（3）照片；（4）胶片。在实际情况中，各项说明通常记在一个笔记本里，例如，用（1）+（2）和（3）+（4）的形式，即用一页纸的一面记采访主题，另一面记观察记录；同样，用另一页纸的一面记录图像材料，而另一面记注解和评论。用过的所有辅助材料，如问题表、题目单等，都应附在资料上，对不大引人注意的内容都尽可能记录下来。

应该把资料按年月日顺序的原则作为"采集实体"封存起来，不论归档还是用于研究，各部分都应是相互补充的。在实地作业时，笔记和记录往往很不完整，支离破碎。因此，应该由采集者本人来完善，增加补充资料，原始记录不应销毁，可以存入档案。材料的补写工作在实地就开始最为理想，但是由于很少有机会这样做，也可在采访结束后立即动手。（有些时候）采访者也可以"采访采访"自己，即听听自己录的磁带，看看拍的照片和影片，然后记录下想起的要点和细节。

（原载《中芬民间文学搜集保管学术研讨会文集》，中国民间文艺出版社，1987，第 55~62 页）

民间文学的分类学和分类体系

张紫晨[*]

　　任何一种学科在处理其考察和研究对象时，首先最重要的步骤就是分类。分类学的建立与分类体系的完善程度，往往标志着该学科的成熟程度。

　　民间文学的分类理论是民间文艺科学的重要组成部分。民间文学作品品种多样，在形态上既相近，又有不同，既有整体特征，又有个体表现。民间文学的分类学正是在这同和异之中求出规律。因此，分类学的建立有赖于结构学与形态学的发展。

　　实践证明，民间文学的分类是一件科学性很强的工作。它必须提出相应的原则与方法，具有明确的分类目的，合理解决分类中的体系与层次，说明各类定义及其相互间的网络关系，使其理论系统具有独立的意义。分类工作是对考察对象的一种认识手段。它是科学工作者依据不同的目的，对于考察对象的总体区分其性质、形态与表现形式的异同而做出的分类处理。考察对象的种种特征，表现着事物本身的客观属性，它为科学的分类提供了可能。而分类工作正在于探求这种客观属性，并使其结果符合这种客观属性，应尽力排除不符合实际的主观色彩。

　　从世界范围来看，民间故事的分类从十九世纪中叶便开始了。1864 年，芬·哈恩（Vonn Han. J. G.）在其《基里西亚及阿尔夫尼亚故事》中便作了分类理论的最初尝试。此后出现三种分类型式：第一种是以著名故事的题目来概括民间故事的重大类型，如灰姑娘、白雪公主等；第二种是用序号称谓表现民间故事的类别，如格林兄弟在其《儿童与家庭的故事》中所使用的序号型式；第三种便是按情节、母题分类，即以阿尔奈（A. Aarna）和汤普森（S. Tompson）为代表的 AT 情节类型分类法及母题索引分类法，后者是在世界各国民间文学资料得到大量发掘之后进行的。这个分类法具有广泛

*　张紫晨（1929～1992），男，吉林长春人，民间文艺学家、民俗学家。历任中国民研会秘书，《民间文学》编辑，中国民间文艺家协会常务理事，北京市民间文艺家协会主席，北京市文联主席团委员，北京师范大学中文系民间文学教研室主任，教授、博士生导师。——编者注

的国际性。但在 AT 情节类型分类法中，汤普森并没有把神话和传说包括进去。而在其后来所作的母题索引分类法中才把神话作为一项，进行了系统的归纳。但是他把民间故事分为动物故事、本格民间故事、笑话等三大类，树立了三合一的体系，对西方的研究者产生了很大影响，对东方的研究者，如日本和中国的研究者也产生了很大的影响。《日本昔话大成》的编辑者，如野村纯一、大岛广志等采用的便是这个体系。

但是，民间故事只是整个民间文学中的一个组成部分。它离不开民间文学总体分类学的体系。民间文学总体分类学的体系，我认为在大的层次上，可分为四个部分，即分类基本理论、分类史、分类法、分类与研究四大方面。其中，分类基本理论在于从总体上说明分类的目的、原则、指导思想及对各种方法的论证与比较；分类史，是从历史发展的角度探讨分类学史，包括民间文学总体分类史及具体体裁分类史的探讨，它可以说是分类史学；分类法，概述在现有研究中各种不同的分类处理方法，及其交错的网络关系；分类与研究解决分类工作在研究工作中的位置，分类与研究的关系等等。这几个部分（或方面）构成民间文学总体分类学的第一个层次，下面还应该分出不同的若干中、小层次，使得民间文学的总体分类学成为一个完整的系统。其具体体系与结构层次，可如下图。

分类基本理论——分类目的、原则、指导思想、各种分类方法的论证与比较
分类史——世界分类学的历史、体裁分类史的发展、重要分类法在分类史上的地位与贡献

民间文学总体分类学 —— 分类法：
- 思想内容分类——劳动、政治、爱情、生活
- 体裁分类——
  - 散文体裁——神话、传说、故事、寓言、笑话
  - 韵文体裁——史诗、叙事诗、歌谣、谚语、谜语
  - 韵散合组体裁——民间说唱、民间戏剧
- 情节类型分类——天鹅处女、蛇郎、羽毛衣、狗耕田、田螺女、婚女、灰狼
- 母题分类——变难、身题、咒物、诈骗、命运
- 表现方法分类——幻想性强、现实性强
- 创作传播对象分类——儿童、妇女、农民、渔民
- 历史分类——
  - 传统的——原始社会、奴隶社会、封建社会、资本主义社会——野蛮时期、文明时期
  - 现代的——近代、现代、当代
- 地理分类——欧洲、亚洲、印度、东亚、美洲——北欧、东欧——日本、朝鲜、中国、甘尔曼、布须曼、虾夷、俄罗斯、蒙古
- 民族分类——民族、历史、地区、体裁、材料、题型——多层次的综合
- 综合分类
- 其它分类

分类与研究——分类工作在研究工作中的位置、分类与研究的关系

这样一个分类体系，可以大体反映出目前民间文学整体分类学的状况。它可以使我们树立一个宏观的全局的系统观念。其中，无论是分类理论、分类史以及具体的分类方法都是民间文学总体分类学中有机的组成部分。而分类方法一项，虽然角度各有

不同，但从整体系统看，它们都是面对同一考察对象——民间文学作品，特别是民间文学散文体裁的作品。因此，它们之间是处于互相联系、互相制约、互相影响之中的，具有交错复杂的网络关系。有了这种总体的分类系统，便可使分类中方方面面的问题，从总体需要出发进行调节和发展，以便打破割裂的局于一端的做法。

但是，工作的实际表明，任何的分类体系都不会是尽善尽美的。分类总是在一定条件下进行。分类的原则与尺度，在不同的研究者手中，往往有不同的标准，而且有时代的因素、思潮的影响，传统的观念以及材料掌握的程度和认识力的差异等诸因素的存在，因而其分类的结果，在完美程度上是不会相同的。其分歧也是不可避免的。但是尽管如此，科学的分类，所追求的正应该是客观依据与主观标准之间的统一。

我认为，民间文学分类体系的建立，必须从全面着眼，从事物之间的联系观点出发，充分看到考察对象的历史、地理、民族、语言、表现形态以及与人民的生活、感情倾向的关系等诸条件的综合表现。因为民间文学的历史、地理、民族、语言及人民生活等诸因素不仅对作品结构、形态特征的形成有不可忽视的意义，而且对分类学理论的建立也具有重要价值。此外，民间文学的传承对象与传播线路，也是民间文学分类应该探讨的课题。传承对象的异同，不仅形成不同的文化传承圈和传承系统，而且往往影响到作品的情节、型式和表现方法。

基于上述观点，我主张民间文学的分类，特别是民间传说故事的分类，应以下列几点为原则。

（1）应该是多角度、多层次的。使所分类别有较大的概括面。一个分类体系中应通过不同层次，体现出民间作品多方面的特征。不应该是单一侧面，或狭窄的局部。

（2）所分类别各层次之间应具有对等的原则，注意层次的均衡和概括面的对等。类别层次之间，特别是同一层次之间，不能有的失之过大，有的失之过小，有的宽泛到无所不包，有的只限一点。

（3）指导思想具有一贯性。整个分类体系思想一贯，相同层次指导思想统一，分类体系与思想体系一致。

（4）局部的分类要照顾到整体系统，具体体裁分类要照顾到它在整个民间文学中的整体位置。

（5）在具体体裁分类中，既要考虑世界各国民间文学的实际，也要区分广义和狭义概念的使用。在一个分类体系中广义概念与狭义概念应该统一。一般应取狭义的科学的概念。

（6）各类之间应尽量避免或减少交叉和互相拉扯的现象。使分类（特别是大层次）具有独立的意义。

为此，我认为：首先可以分析一下历史上各种有代表性的分类法的得失；其次提出一些关于分类的新的设想。

神话的分类是随着人们对神话的理解与认识而展开的。由于对神话理解的不同，在其分类上各持一端的现象十分严重。在神话研究史上曾活跃一时的自然神话学派①，把科学的方法引进了神话研究领域。他们以太阳神话为中心来解释神话的产生和演变，认为由日出至日落，从以太阳为中心的自然现象产生了所有的神话。再由于语言的疾病，使它出现各种不同。这种太阳学说不可能展开对于神话全面的分类。十九世纪后期随着世界各地的原始民族和原始文化的被重视，出现了以泰勒（Edward. B. Tylor，1832－1917）为首的人类学派的神话研究，认为万物有灵观念产生了原始宗教，宗教是神话发生的根本原因。因此，后世文明神话是起源于原始未开化人的神话。从此确定神话的性质是宗教的，把神话分为文明神话与原始神话。这一学说的统治势力一直延续到二十世纪初。此时又出现了新自然学派，它是由太阳神话学派②与泛巴比伦学派③组成。他们强调月亮是形成神话的主要力量。神话的主体源于太阴。主张所有神话是天体神话。对于星辰神话特别看重。研究中国神话的杜而未博士也是典型的泛太阴主义者。他认为中国神话系统仅仅是"月亮"二字。中国古籍所有至今不能解释的问题，多可用月亮神话和月神宗教作解释。这些神话观念，产生了对神话的最初的分类，即宗教的、自然的、原始的、文明的、地理的，等等。

在神话分类中，比安其（G. H. Bianohi）教授根据希腊与罗马神话组织提出以神为主体的分类，分为（1）天地开辟及神统，（2）奥林波斯诸神（包括海及水诸神，天上及下界诸神，家及家族之罗马诸神），（3）英雄。这种分类打破了自然神话的分类体系，扩大了神话的范围。到20世纪30年代，汤普森民间故事母题索引分类法④中对神话母题的概括就出现了创造者、神、半神和文化英雄、天地创造、世界大灾害（洪水等）以及动植物及其特征的起源等。但在此之前斯宾塞（Spence）氏提出了比较完善的综合分类法，共将神话分为二十一类，即：

①创造神话

②人祖神话

---

① 其中最有名的学者是德国的 Adaibert Kuhn（1812－1881）和在德国出生的英国学者 Friedrich Max Muller（1823－1900）。

② 太阴学派的代表人物是 E. Siecke, E. Bokien, G. Husing 等。1906年在德国柏林比较神话学会上，发刊了《神话学丛书》。

③ 泛巴比伦学派是以 H. winckier, A. jeremias, E. Stucken 为代表。

④ Mtif－Index of Folk－Literature。

③洪水神话

④褒赏神话

⑤刑罚神话

⑥太阳神话

⑦太阴神话

⑧英雄神话

⑨动物神话

⑩习俗和祭仪神话

⑪冥府神话

⑫神圣降诞神话

⑬火的神话

⑭星辰神话

⑮死亡神话

⑯死者食物神话

⑰禁忌神话

⑱解体神话

⑲神战神话

⑳生活起源神话

㉑灵魂神话

这个分类比将神话只分为哲学的、科学的、宗教的、社会的、历史的五个过于笼统的分类要好；比只见细类不见总体的琐细的分类也要醒目；比那些用"唯美的"、"解释的"或"历史的"、"传奇的"、"合理的与不合理的"概念分类也具体得多。它有统一的指导思想，各类分量也基本均等。所分类别大多有一定的概括面。由此可见，一种较好的体裁分类，是需要长期摸索并在前人的研究成果基础上进行。但其中有些对中国神话来说，还不能完全对口。因此，茅盾在《中国神话研究》中将中国神话概括为六大类：天地开辟神话、日月风雨及其他自然现象的神话、万物起源的神话、记述神或英雄的武功的神话、幽冥世界的神话、人物变形的神话。日本学者出石诚彦也将中国神话分为：开辟神话、日月神话、星辰神话、大地神话、旱祓与洪水神话、古帝王神话等六类。尽量使分类符合中国的情况。目前，我国即将出版的《中国大百科全书》（文学卷），将中国神话分为开辟神话、日月神话、洪水神话、动植物起源神话、部族战争神话、其他神话等主要类别，还是一种传统的分类法，从思想上来讲，是比较拘谨的。

在民间故事分类方面，AT 情节类型分类法是最有影响的。它是由芬兰地理历史学派的创始人卡尔·科隆（Krohn Karie）发起，由阿尔奈继续，最后由汤普森完成的。它既有分类项目，又有序号系统。情节类型分类法与母题索引分类法互相补充，使民间创作的流传学派获得许多有力的理论根据，展示出许多民间故事的历史传播过程。其理论虽然受到过非难，但对故事分类的推进，以及精心搜集的可靠的故事资料，仍然受到人们的称赞并发生不小的影响。但它被介绍到中国是较晚的。在中国，对故事类型的研究是从钟敬文、杨成志翻译《印欧民间故事型式表》之后开始的。这个表是英国学者班恩（C. S. Burne）在《民俗学手册》中的一个附录。它试图为中国民间故事划分情节类型。当时有些类型的划分，具有较大的概括性，如蛇郎型、猫狗报恩型、偷听话型、问活佛型、狗耕田型、老虎外婆型等①，并有情节提要，使人们开始认识到情节类型划分对民间故事进行比较研究的重要作用。1937 年，爱本哈特（W. Ebrhard，又译爱伯哈德）在曹松叶的帮助下，编纂出版了《中国民间故事类型》，因没有中译本，当时并没有产生影响。1931 年，钟敬文发表《中国地方传说》② 一文，列举出九个类型，如鸡鸣型、动物辅助建造型、试剑型、望夫型、自然物或人工物飞徙型、美人遗泽型、竞赛型、石的动物型、物受咒型等，成为传说类型分类的一个开端。但是这种情节类型分类法，在中国没有继续下去。原因有很多，如民间文学的国际比较研究，在中国并没有怎样开展就是原因之一，也因为这种情节类型分类法不能体现作品的思想内容和题材特点，更看不到作品的社会背景和作用。民间作品的情节与思想内容是浑然一体的。情节类型有其醒目之处，但代替不了作品思想内容方面的意义。我们的分类工作不仅使人看到作品结构类型构成的多样性，还应该使人看到内容以及题材的特点。因此，我认为类型索引分类法应作些改进，使其目的和作用不只限于索引的意义，而是具有更高的分类方法论的意义。为此，我作如下设想。

（一）加大类型的概括性。所取类型应是有代表性的典型形式，能够代表着若干个情节结构方法相同或相类的故事，具有一定的覆盖面。不能把容量较大的类型与个别体式不加区别地混编在一起，更不能以篇定类，以便充分显示其分类学的意义。

（二）分类体系的层次，作必要的调整。主要层次应以内容题材为主。情节类型可以作为辅助层次，使两者相得益彰，充分发挥多层次多角度的分类作用。例如民间传说一项，如作分类处理的话，首先应设题材内容方面的大的层次，然后是具体类别

---

① 见钟敬文《中国民谭型式》，1930～1931 年载杭州《民俗周刊》、《开展月刊》，共四十五式。
② 载 1931 年《开展月刊》第 10、11 期合刊。

的层次，再次是具体类别诸方面的层次，最后是结构类型的层次。下面以中国民间传说中人物传说为例，做出图表以见这几个层次之间的关系。

体裁类别	题材层次	内容方面层次	具体表现层次	情节类型层次	其他
民间传说	人物传说	英雄人物传说	氏族英雄人物 民族英雄人物 地方英雄人物	奇迹型 智勇型 出生不凡型 神助型 官逼民反型	
		历史人物传说	杰出政治家传说 佞臣奸相传说 封建帝王传说	为民除弊型 智断奇案型 招贤纳士型 贪弊失败型 专权为祸型 荒淫无度型	
		生产技术人物传说	技术发明家传说 行业祖师传说 能工巧匠传说	仙人指点型 受误启发型 隐身助人型 兄妹比赛型 暗示点化型 留迹感念型	
		文艺人物传说	文学家传说 艺术家传说 才子传说	怪癖狂士型 诗文斗智型 活动遗迹型 画物成真型 赴难应试型 星宿转化型	
		文化人物传说	名医传说 名厨传说 工艺艺人传说	起死回生型 偶得奇方型 错治得胜型 急中生艺型 勤奋成功型 比赛技艺型	
		其他人物传说	虚拟人物传说 术士星相家传说 佛道传说	化身型 祈雨应验型 神机预测型 仙人争地型 成仙型	

　　属于散文体的传说、故事大体都可以作这样的层次划分。而且还可以增加层次和细部。

　　关于歌谣的分类系统，我国研究者也做过不少探索，抒情歌谣一般不存在情节类型问题，有些歌谣有母题和变异问题。董作宾《看见她》的歌谣比较研究就是从母题和变异着眼的，但民间歌谣的分类我认为也可以运用多层次的分类法。而且歌谣分类的标准与尺度最多面，只有运用多层次才能处理得好。朱自清在《中国歌谣》一书中曾把中国研究者的标准归纳为十五种，如音乐、实质、形式、风格、作法、母题、语言、韵脚、歌者、地域、时代、职业、民族、人数、效用等。前八种是从歌谣诸侧面来看，后七种则从歌谣的外部因素来看。朱自清把它平列起来，实际上正可以互相补充，而且比较有意义的分类，大多是这样做的。例如傅振伦在《歌谣分类问题的我见》① 中以歌的用法为标准分为事物歌、生活歌、滑稽歌、习俗歌、游戏歌、儿童教育歌六个并列层次。之后，又将生活歌进而分为家庭的、社会的、职业的三个层次，再进而将职业歌分为夯歌、春歌、工歌、行歌、厂歌、抉择歌、农歌、秧歌、山歌、牧歌、樵歌、船歌、渔歌、采茶歌等具体层次。这几个层次的划分，不仅递层而进，由主干到分支、由分支到细部，而且是多侧面，多角度。又如胡怀深《中国民歌研究》也采取历史、地域、体裁、民族等多层次分类法。第一层次是将中国抒情短歌分为古代和近代，第二层次将古代分为国风、吴风、越风、楚风、胡歌、吴声歌曲、西曲歌、竹枝词、莲花落、道情等，近代分为北京俗歌、凤阳花鼓、扬州小调、苏州山歌、江浙民歌、粤讴、两广山歌、苗瑶等族情歌。这个分类在同一层次间有些破坏了对等原则，不得体处不少，但是其先历史、再体裁、再地区和民族等多层次的处理是有意义的。

台湾学者朱介凡在《中国歌谣论》中也运用了多层次分类法。第一层次将歌与谣分开。第二层次将儿歌与民歌分开。第三层次将民歌分为情歌、劳作歌、生活歌、叙事歌、仪式歌等并列层次。第四层次为细类，如劳作歌分渔歌、采茶歌、牧歌、工歌、夯歌、船歌、兵歌，生活歌分日常生活、家族及妇女生活、社会生活、经济生活，仪式歌分喜歌、丧歌、神曲、酒曲、节令歌、巫祝歌、乞歌等，层次匀称，对等分明，特色突出，很接近我们现在的分类。

总之，民间文学的分类体系是一项学术性很强的工作。它需要借鉴历史经验，确定一些基本原则。这个原则总的说来，应是准确的概括研究对象，采取多层次的综合方法，及层次间对等的原则，显现其性质和特点。这对于民间文学的各种门类，都是有指导意义的。希望通过讨论能取得更加科学的结论。

（原载《中芬民间文学搜集保管学术研讨会文集》，中国民间文艺出版社，1987，第 181~191 页）

---

① 见《歌谣》周刊，八十四号，1925 年 3 月 29 日出版。

民间文学的分类系统

〔芬〕劳里·哈尔维拉赫蒂

李 扬 译

分类的目的是科学研究、系统整理和命名民间文学资料，更重要的是有利于存档，允许为研究而选用资料。这里，我将集中探讨两种分类程序，即题材分类法和型式分类法，并略微旁及其他的分类可能性。

一 题材分类法

把口头文学作为一个整体来看，区分其主要内容特征所具备的形式，尤其在交流功能上差异显著的各个类体是可以做到的。世界上大多数国家承认采纳某些形式和名称，如谚语（可定义为凝练的语句，表达有普遍意义的深刻内容的语言），抒情歌摇（表达和交流感情的语言，有特殊的形式和内容）。

民间文学资料可以按不同标准分为确定的种类，这种看法导致了"种类"概念的形成，导致了种类分类法系统的发展，它是最主要的分类标准之一。民间文学工作者使用的大部分种类名称由研究者创制发明，并成为普遍应用的概念。种类定义的确定是基于其典型的特征，以其不同于它类的区别性为标准，而不去管对类别区划意义不大的其他方面的特征。因此，种类的定义并未以准确的名称描述现存的真正的种类，是建立在区分特征基础上的理想化的分类法。这些种类的确定是为了实际工作和学术研究，以便资料可以（1）被认识和命名，（2）为研究而筛选，（3）与其他资料做比较，（4）可作为研究者交流的相当工具使用。

作为一种研究工具的种类系统，必须因适应不同研究项目的需要而改动。它绝不是存在于活着的民间文学领域之外的、由研究者建立的僵死不变的事物。一种分类体系的功能起作用和发展，需要经常的修改，需要与活的材料保持联系，需要对资料动态的观察。自然形态中的民间文学有其自身的种类系统，特殊名称的构成，亦常常来自它们的语言、文化、地区甚至个人的用法。例如，一种常用的档案分类法如果不适用于某个少数民族或特殊群体的民间文学，那么就应当注意研究在其文化中发现的分类法。

然而，从民间文学的生产者（表演者）和接受者这一点来看"种类"的重要性，既不是其自身，也不是它们作为一个体系而被承认。重要的是民间文学表达的信息。在分析民间文学种类时，我们实际上是在分析可从民众文化中获得的各种信息的表达手段，它用以描述和阐释其生活和环境。

民间文学的表达方式并非一成不变，它们都有其自身的历史。某个种类可能产生并逐渐发展、流行，然后又趋消失淹没。一般说来，种类的命运往往受历史、社会潮流和文化条件的影响。例如，当芬兰进入工业化、都市化、知识化后，在芬兰农民文化中曾繁盛一时的民间故事、史诗等，就不再是活着的民间文学种类了。消亡的种类被更适应变化条件的新种类所取代，尽管仅靠口头传播的种类曾经减少。有时亦会出现相反的趋势：在显著变化的影响下，一种被认为已消亡的种类可能再度兴盛。

二　芬兰文学协会的档案分类法

种类分析的目的之一，是寻找一种能容括所有口头文学的种类分类法——一种综合的体系。这在诸如档案归类等方面是很需要的。长期以来，芬兰文学协会民间文学档案馆所使用的分类法，是基于民间文学的种类划分的。这个体系特别适用于手稿资料，因而一直在应用。但也存在某些问题，我将在后面提及。应当强调的是，这个体系是基于芬兰的民间文学资料创立的，不包括其他国家、民族的种类。

A 1. 民间故事，轶事

2. 宗教传说

3. 信仰传说，亲历传说

4. 历史传说和地方传说

5. 推原故事

6. 象声词

B 1. 卡勒瓦拉韵律的古诗

2. 押韵的民歌

3. 咒语

4. 巫术实践及信仰

5. 游艺（比赛、游戏）

　　6. 挽歌

　　7. 童谣、耍戏谣（绕口令，嘲弄的训诫，等等）

　　8. 拉普人的 joiku 歌，唤牛歌

C 谚语

D 谜语

此外，档案馆亦使用下列与民间文学有某种联系的种类（在此不加详述）：E 曲调，F 个人创作的仿文学作品，G 民族学的描述，H 历法知识等。

实际上，芬兰文学协会民间文学档案馆中的手稿资料被（1）通过搜集存档，（2）按上述种类分类法加以分析，并载入卡片，（3）这些卡片按种类整理，以形成一个系统的索引。

尽管上述大部分种类可能是你熟悉的。这里我仍写出它们的简明定义。

A1. 民间故事叙事散文体，通常包含多个情节和丰富的幻想因素，作为娱乐消遣的一种形式讲述。同一种类里还有类似民间故事的轶事（这多少有些不合逻辑），它可定义为描述与日常生活和现实环境有关的事情、活动、有趣状态、情景的叙事散文体种类。

A2. 宗教传说宗教主题的叙事散文体，在芬兰主要与基督教信仰有关。

A3. 信仰传说以典型化方式讲述超自然的神奇经历和事件、情节，通常是单一的故事。亲历传说与信仰传说的不同之处是：据讲述者声称，超自然的神奇经历是他自己或当时在场的某人所亲历过的。

A4. 历史传说和地方传说与上一类不同，其主题是属于现实世界的。它们通常解释和证实过去的人物和事件。

A5. 推原故事解释某现象或事物起源的散文（有时是韵文体叙事故事）。

A6. 象声词词语构成，通常玩笑地模仿动物或在自然界中听到的其他声响。

B1. 卡勒瓦拉韵律的古诗由叙事诗、抒情诗、婚礼歌等组成，其共同特征是同一诗歌手法（古代芬兰诗歌的韵律是基于扬抑格的四音步诗行之上的）和作为基本文体的头韵法的运用。

B2. 押韵的民歌是跳舞、游戏和运用押韵或准押韵诗歌形式的场合所唱的歌谣。其起源晚于 b1 的歌谣。

B3. 咒语的主要特征是它们的功能：用被传统控制的词语手段、去得到或预防某事，或强迫某种超自然物按所需要的样式起作用。

B4. 巫术实践是某人企图得到或预防某事或强迫超自然物按所需样式起作用的过程。同类还有（亦不甚合逻辑）信仰，指通过祈求超自然事物和现象的形式表达出来的观念。

B5. 游艺（比赛、游戏）指有规则的为娱乐而举行的传统活动。这一种类包括唱歌的游戏和与游戏有关的诗歌片断，包括与口头词语无关的活动。

B6. 挽歌主要是一种以吟诵方式表达悲痛之情的诗歌形式。它主要靠传统的隐喻语言和触景生情的即席创作。

B7. 童谣和耍戏谣（绕口令，嘲弄的训诫，等等）由语音的、词语的或概念的游戏或旨在消遣娱乐的模仿组成。

B8. 拉普人的 joiku 歌是由芬兰的少数民族拉普人演唱的歌谣。这种歌谣词句很少，主要重复无意义的音节。唤牛歌是简短的民间创作，是由少数词句和无意义音节组成的歌谣，用于唤牛回栏。

C 谚语由普通格言，简洁而全面、定型化的评论构成。

D 谜语包括简短的两部分：谜面和谜底。谜底的特征隐于谜面中，通常采用隐喻或直喻的形式。

这里所描述的体系，是使用种类分类法，从而有利于存档和筛选研究资料的一个范例。严格说来，种类分类法并非面面俱到、包揽无遗。例如，卡勒瓦拉韵律的古诗这一名称在这一种类（诗歌体系）中强调其文体和形式，而这个种类在内容和用途上是十分复杂的，它包括叙事诗、抒情诗、婚礼歌等；相反，某些非常小的种类（如唤牛歌和象声词）却又自立一类。某些广泛使用的种类在此分类法中没有出现，如神话，芬兰的民间文学工作者不得不在不同的标题下寻找它（A2，A5，B1，B3）。

总的说来，整个种类系统的最大问题，是种类分析方法的发展。在全国性的种类系统中，这个问题尤显突出，关于通用分类法难题的争论亦是如此。这种状况可以通过将种类名称纳入一个公认的一致的系统中而加以改进。一个特殊的难题是：用新的田野作业技术采集的资料，似乎不适合于现存的任何分类系统。劳里·航柯提出了一种用以确定种类名称间关系的术语分析法。一套名称术语系统为各个研究项目而设计，研究者对自己在研究项目开始时要使用的术语加以定义说明和选择。术语分析本身包括两个步骤：首先，确定术语名称生成的标准；其次，考察术语名称间的关系。

当前，人们的注意力都转向电子计算机。如果所有的民间文学资料都可以输入电子计算机，将来可能创造一种以电子计算机为基础的分类法、内容统计法和语义的种类系统。

三　型式分类法

种类分类法是重要的，但它并不是唯一有助于对研究资料进行筛选分析的分类法。要从民间文学资料所包含的无数的变体中探寻其特征是十分困难的，一种方法是使用型式索引，它简洁精确地表现了归在一起的民众作品（实际上是不同的民间故事、传说等）的基本概念。词语的定义由各个型式的字母、数码加以补充说明。

20 世纪初，芬兰学者安蒂·阿尔奈创造的民间故事分类法堪称型式索引的典范。在阿尔奈的分类体系中，民间故事被分成主要的三类：①动物故事，②普通故事，③轶事。普通故事又进一步分成四个小类：魔法故事、宗教故事、生活故事和愚蠢魔鬼的故事。这里我必须强调指出，阿尔奈所说的"型式"实际上是不同的故事，而不是故事群。每个童话加以编号，所以 1～299 号是动物故事，300～1199 号是普通故事，等等，例如，"魔戒的故事"是 560 号，"三件魔物和神奇水果的故事"是 566号。型式索引编码的优点（原则上说来）在于其普遍性：数字的号码是独立于语言的。这里应着重指出：同一型式的变体并非互相依赖而产生，这种分类法亦不能完全容纳、适应活着的口头文学的不断变化。实际上，它需要大量的号码对大多数民间故事变体进行分类，编码中没有的新型式亦常可发现。

依据阿尔奈体系，无数由欧洲和一些非欧洲国家学者设计的民间故事分类法已经问世。美国学者斯蒂恩·汤普逊采用并进一步发展了这种方法[①]，后又出版了他的不朽巨著——《民间文学母题索引 1－5》（赫尔辛基 1932～1936 年版）。

阿尔奈和汤普逊的追随者中包括丁乃通，他出版了一部将中国民间故事进行分类的著作——《中国民间故事类型索引》（赫尔辛基 1978 年版）。

世界上其他种类的民间文学资料，主要是散文体作品，亦有歌谣和小种类（如谚语和谜语），也据此进行了型式分类。

四　其他分类法

除了上述两种分类法，还有大量的用以对民间文学资料筛选和存档的其他分类法。以下略述一二，不做详细论述。

（1）专题分类法，一般指基于来源资料即按搜集地区和时间、搜集者进行分类的方法。

（2）关键词语分类法，即挑选对认识民间文学资料有重要作用的因素作为关键词语。这种方法用于制定小种类的索引，还可应用于将难以归类的日常叙事记述和记储知识加以系统化。

---

① 参见《民间故事型式》，赫尔辛基 1927 年版。

（3）相关描写资料分类法。在过去的几十年里，随着田野资料记录中丰富的描写资料的增多以及对民间文学产生、交流的语言和社会机制研究的开展，这种分类法已引起了人们的注意。这种分类法涉及的是表演和情境的状况、表演者和听众的反应、传记资料等。

在未来几十年中，电子计算机技术可能导致民间文学分类系统的一场革命。使用一台电子计算机，可以同时顾及许多变量，如不同的分类法种类。检索的资料可按所需方式迅速加以分析。当然，即使使用计算机亦需要费时的设计和基础的工作。

五　芬兰民间传统现象的基本种类

最后，我们探讨一下在民间文学资料分类和研究的发展过程中出现的一个问题。芬兰口头传统今天的整个状况同几十年前已大不相同。这可由口头传统在今天和过去的表现形式来加以说明。近至 1954 年，芬兰民间文学家尤柯·霍特拉还宣称民间文学的研究可以视为"一种旨在研究并非直接基于现代文明之上的人类精神生活中所有传统现象的科学"。今天，我们可以将作为一种现象的民间文学划成（至少）五个分隔部分，它们各有其自身的分类、基本依据和研究领域。某些研究的现象与当今的状况有直接的联系。

（1）档案馆中的古老传统。

在芬兰，真正的民间文学搜集工作，始于 19 世纪前半期对卡勒瓦拉韵律诗歌和咒语的搜集。在世纪交替时开始搜集民间故事，1930 年搜集传说，并逐渐扩展到农民文化的所有领域：小的种类，信仰传统，挽歌，等等。得到的这些知识中只有相对少量的对表演环境、表演者自身的描写的研究资料。

（2）承继传统的老人记忆中保存的古老知识。

芬兰几十年来的民间文学研究，已经开采了所谓的记忆文化。我指的是，处于变化环境中的许多芬兰人虽已不能适应他们曾学习过的民间文学，却储存在其记忆中，可以通过搜集的方法获取之。这种日益减少的传统表达渠道尤为重要，因为在民间文学研究中，可以运用现代化的研究方法对传统的项目进行研究；回忆再现民间文学的传统，可通过社会科学、心理学和语言学的方法加以研究。这个研究领域的重点（除了常规的分类手段外）是描写研究的分析和整理。

（3）当代民间文学。

民间文学的许多种类，随着熟悉它们的传统承继者的逝去而永远消失了。但在我们周围亦有活着的民间文学：复杂的工作——地方知识，幽默，闲话，公共场所的涂写，对谚语和谜语的模仿，丰富的儿童传统，等等。当代民间文学提出了挑战：怎样才可能将包罗万象而又混杂不清的录音带划分种类、型式和区分其内容情节段落。这些难题尚未找到有效的解决办法。

（4）应用的民间文学。

应用的民间文学的表现形式包括民间节日、各种民间歌舞演出，以及芬兰各地在地方夏季节日里举行的民间文学表演、劳动表演及常源自古代传统的各种节目演出。从研究角度看，应用的民间文学是很有趣的，但迄今尚未引起人们足够的重视。

（5）通俗文化。

通俗文化出现于工业化和都市化的过程当中，由大众传播工具传播普及。它包括通过多种联系渠道出版通俗读物、举行应用民间文学活动的组织，展览橱窗和广告节目、流行小调，甚至侦探故事和西部片。在某种程度上，通俗文化是农民民间文化在都市社会中的继承者，对农民民间文化的研究方法亦可部分地运用于通俗文化的研究。

毫无疑问，通俗文化和（特别是）应用的民间文学是民间文学工作者研究的课题，但我们在对它们进行分类整理时却出现了困难——我们完全没有足够的经验和设备去处理这些成分复杂的资料。

在不远的将来选择研究材料时，将会很有趣地发现传统的农民民间文学资料与当代民间文学型式间的关系，以及为研究它们而建立的种类分类法和其他的分类法。

（原载《中芬民间文学搜集保管学术研讨会文集》，中国民间文艺出版社，1987，第 171~180 页）

简论中国民间故事的分类体系

李 扬*

关于中国民间故事的分类问题，历来众说纷纭，莫衷一是。学者们提出的各种分类法，据不完全统计，有二十余种。然而，无论是在对民间故事分类的重视程度上，还是在分类的科学化、系统化、深层化方面，同国外一些国家民间文艺界对民间故事的分类和研究工作相比，尚有不小的差距。这与我国浩如烟海、储量在世界上首屈一指的民间故事比较起来实在是太不相称了。随着全国性的编纂"民间故事集成"工作的进展，建立、完善中国民间故事分类系统、深入开展对民间故事分类法的研究，已成为一项刻不容缓的重任。在本文里，笔者试图就中国民间故事分类的几个问题谈谈自己的意见。

一 关于中国民间故事的历史和现行分类法

1918 年开始的歌谣学运动，揭开了中国现代民间文学运动的序幕。从二十年代初至三十年代初，在搜集、出版、研究民间故事的同时，一些学者陆续提出了关于民间故事的种种分类法。如周作人的分类法。[①]

（一）纯正童话（包括二类）：

甲 代表思想者

乙 代表习俗者

（二）游戏童话（包括三类）：

甲 动物谈

---

* 李扬（1962~ ），男，时任辽宁省民间文学研究会成员，现为中国海洋大学教授。——编者注

① 参见周作人《童话略论》，载《周作人论儿童文学》，海豚出版社，2011，第 25~31 页。

乙　笑话

丙　复选故事

还有顾均正、谢云声、王任叔、冯飞、张梓生等人的分类法①。由于当时的民间故事研究尚处于幼稚阶段，搜集的民间故事的种类、数量亦有限，加上学者们研究的出发点也不尽相同，分类所依据的标准不一，因此，这个时期的各种分类法，均较粗率，不尽符合科学分类的要求。

1949 年建国后，关于民间故事的分类有了新的进展。目前国内较有代表性的分类法有以下三种。

（一）天鹰先生的分类法如下。②

1. 现实性因素较强的故事

（1）近代人民革命斗争故事

①农民反封建统治的起义故事

②近代人民反帝斗争故事

③义和团运动故事

（2）现代人民革命斗争故事

①土地革命战争时期的故事

②抗日战争和解放战争时期的故事

（3）工矿工人斗争故事

（4）长工斗地主的故事

（5）劳动阶级人物故事

（6）生活故事

（7）讽刺故事

2. 幻想性因素较强的故事

（1）传奇故事

①表现人与自然界关系的传奇故事

②表现人的社会关系的传奇故事

③反映人民的道德观念的传奇故事

（2）传说故事

①古代人民革命传说故事

---

① 参见吴一虹《关于我国学者对民间故事分类研究的述评》，载《中国民间文学集成通讯》第 2 期。

② 参见天鹰《中国民间故事初探》，上海文艺出版社，1981。

②古代英雄传说故事

③各行各业劳动能手传说故事

④风俗传说故事

⑤地方传说故事

⑥专题传说故事

（3）动物故事

这种分类法尝试以故事内容作为分类的标准，但其缺陷是显而易见的。其一，这种分类法包容的故事是广义的民间故事，但未包括广义民间故事中的神话，介于广义、狭义之间。一般说来，现代故事学研究大多倾向于使用狭义的概念，故事学已成为相对独立于神话学、传说学的一项专门学科。其二，由于分类标准不统一，有悖于分类学应遵循的逻辑原则，因而造成了分类项目的混叠不清。例如，"工矿工人斗争故事"和"长工斗地主故事"以故事内容为标准各分一类，而"抗日战争和解放战争时期的故事"却以故事的时间为标准列为一类，那么这个时期的工矿工人斗争故事或长工斗地主故事究竟应属哪类？

（二）钟敬文主编的《民间文学概论》对民间故事的分类如下。

（1）幻想故事（童话）

（2）生活故事

①长工和地主的故事

②工匠故事

③反封建礼教故事

④巧媳妇和呆女婿故事

⑤生产经验故事

⑥新生活故事

（3）民间寓言

（4）民间笑话（包括民间轶闻）

这部书是高等院校的通用教材，它的民间故事分类体系是被公认较权威的。

（三）刘守华先生在此基础上提出了更加系统、细致的分类体系。①

（1）民间童话

①反映人和自然关系的童话（分三种类型）

②反映阶级关系的童话

---

① 参见《故事学纲要》，中国民间文学刊授大学讲义。

③表现伦理道德主题的童话

（2）生活故事

①长工斗地主的故事

②百姓打官司的故事

③巧女故事

④呆女婿故事

⑤机智人物故事

（3）民间寓言

①动物寓言

②人物寓言

（4）民间笑话

刘守华先生将民间故事先按体裁划分为四大类，再按内容列出亚类。

以上所有分类法，或以体裁为标准，或以内容为标准，或以体裁为标准划分大类再根据内容划分细类，但均是将大量的民间故事集中概括为几个大的类项，或在大类项下再列数个亚类。同对整个民间文学门类的分类法相对应，这种分类法一般被称为种类分类法（Genre Classification）。

六十余年来，这种分类体系始终占据着中国民间故事分类方法的统治地位。随着民间故事搜集和研究的开展、深入，它也渐趋规范化、科学化，不失为一种有意义的分类法。但是民间故事学理论和实践的发展亦揭示了这种分类法的某些局限性。首先，它毕竟是一种一般性的、概括性的理论上的分类，与成千上万、丰富多彩的民间故事的实际存在形态比较，显得较粗略、不完备；由于这种粗略性，分类实践过程中的一些"模糊域"问题仍旧没有得到解决，如部分笑话和生活故事、部分寓言和童话、部分寓言和笑话间的界域游离不清，处于两可状态。其次，作为一种研究工具，在对民间故事进行纵深、精细的研究，如不同国家民族民间故事比较研究、对故事情节流变及异文的研究、故事分布地域研究等方面，它不能为研究者提供便利。最后，随着现在和未来民间文学档案系统的发展以及电子计算机技术的应用，这种分类法亦不能适应新的更为先进、更为便利的储存和检索方式。换句话说，在特定的应用需求中，这种分类法如不改变，势必也要影响档案系统和先进科技工具应用的发展。

1927 年冬，钟敬文与杨成志合译了由古尔德（Baring Gould）编写、约翰·雅各布斯（Joseph Jacobs）补充修订的《印欧民间故事型式表》，此后数年间，钟敬文先生参考仿效这个型式表，将中国的民间故事陆续整理出四十五种类型。尽管由于种种原因，钟敬文未完成原定的整理出一百个类型的计划，已整理出的类型由于当时各种条件所限也失之于简约，但其首创意义及影响却是不可低估的。

1937 年，由爱伯哈德（W. Eberhard）编纂的《中国民间故事类型》问世。

1978 年，丁乃通编纂的《中国民间故事类型索引》在赫尔辛基出版，1983 年出版了中译本。

这种不同于种类分类法的分类体系，一般称为类型（或型式）分类法（Type Classification）。虽然这种分类法在国内始终未能通用、流行，但其影响却不断扩大。这种分类法应用于中国民间故事的尝试，过去和现在都引起过怀疑甚至诘难、批评，因此，有必要对它做出认真的评述。

二　关于类型分类法

在国际民间故事学研究中，设计一种统一的将故事情节划分类型的分类系统的尝试，早在一百多年前就开始了，许多学者根据不同原则设计了形形色色的、初步的类型分类系统①。最初，类型标题是故事的某些字词，如"灰姑娘""穿靴子的猫"等，在早期的研究中，格林故事集子中的号码也仅出于参考的目的。但随着民间故事搜集数量的不断增多，其缺陷渐渐出现了，如"灰姑娘"在斯堪的纳维亚故事中通常是一个绰号叫阿斯克莱登（Askeladden）的男孩；大部分故事在口传中掺杂了其他故事的情节，等等。这样，格林故事的编号除了适合自身外，就很难再扩展运用于对其他故事的分类。其他种种分类法，如丹麦学者斯万德·格朗德特威格（Svend Grundtvig）等人的分类法，均因范围狭窄、不能普遍运用而未流行。

1910 年，安蒂·阿尔奈（Antti Aarne）发表了《民间故事类型索引》一书，后经斯蒂斯·汤普森（Stith Thompson）多次增订补充，形成了著名的 AT 分类体系。嗣后，各国学者纷纷按照 AT 系统对本国民间故事进行编码分类，一时间形成一股热潮，AT 系统也就成为一个国际上公认的通用分类系统。

国际知名的民间文艺学家、美籍华人学者丁乃通教授，于 1978 年出版了《中国民间故事类型索引》。它亦以 AT 系统为基础，采用国际通用的编码（这与爱伯哈德不同），所引据的书刊资料达 500 余种，容括故事约 7500 个，成为目前中国民间故事类型分类资料最全最新、影响最大的一部权威工具书。

由于类型分类法具备种类分类法不能替代的许多功能，其重要意义逐渐为人们所认识。但一些学者却不同意利用 AT 系统对中国民间故事进行类型分类。我认为这是

---

① 参见刘魁立《世界各国民间故事类型索引述评》，载《民间文学论坛》1982 年第 1 期。

值得商榷的。

有人认为，AT 分类是以欧洲故事为基础创立的，不适合中国民间故事的情况。这是不符合实际的。众所周知，在不同国家和民族中流传的故事大约 1/3 具有国际性，我国也不例外。丁乃通博士曾经驳斥过"东方故事特殊论"的观点，多次强调：中国许多民间故事与流行于印欧和爱尔兰的故事，并无太大区分，它们之间是可以比较的。丁先生指出，他所编制的《中国民间故事类型索引》中的一些类型"与西方类型酷似"，瓦尔特·安德逊也曾证实：许多中国民间故事与 AT 分类体系中的类型一致。① 由此可见，丁博士的分类体系并不是没有根据和基础的。

还有的学者不加分析地将 AT 分类体系斥为忽视故事思想内容等方面的形式主义的分类法。诚然，类型编制本身并不能反映民间故事研究的所有方面，从中确实看不到民间故事的思想意义、艺术特点、社会功能等，但能否正确评价这种分类法关键在于我们评价的出发点。我们进行故事类型的研究编制，并不等于说我们必然会因此而忽略和抛弃民间故事思想意义等的研究，它只是我们故事学研究的一个侧面和角度，只是事实业已证明的一种有效手段和有用的工具，而不是根本的目的和唯一的途径，这也是我们同芬兰学派的片面性之间的根本区别——其片面性正如美国学者理查德·道尔逊所一针见血指出的：民间故事的风格和艺术、创造和转变的微妙过程、民族文化的影响、社会内容、个人天才等，不是百分比表格和情节概括所能包含容纳得了的。② 事实上，从分类学的意义来讲任何分类法本身，即使以思想内容为分类标准的种类分类法，都不可能超越作为分类法的各种功能而取代对故事诸元素的深入研究探索，而只能成为易于满足不同需要的工具。反之，如果很好地运用，即使是类型分类法，除了它已被公认的功能外，它未尝不能有助于故事内容等方面的研究。例如，丁乃通博士通过对中国民间故事类型的统计归纳，探讨了它反映中国社会的特点，有说服力地指出："中国民间故事的多样性、丰富性和原始性都生动地说明，认为中国人不善想象的理论是与事实相违背的、荒谬的。"故事类型索引"不仅在民间故事研究本身，而且可能会在更广泛的范围内、更重要的方面有所帮助，至少能帮助了解中国部分人民的情况，即了解农民和源于农民的城市贫民"③。

与任何分类法都存在这样或那样的局限一样，AT 分类法并不是十全十美的，丁

---

① 参见丁乃通《中国民间故事类型索引》前言。
② 关于道尔逊和其他学者对芬兰学派的批评，参见拙文《略述关于芬兰学派理论的论争》，载辽宁民间文艺研究分会编《民间文学论集》第 2 集。
③ 参见丁乃通《中国民间故事类型索引》前言。

乃通博士按 AT 体系对中国民间故事进行的类型分类也远非无懈可击，^① 但它在众多分类法中应占有一席重要地位，这是不容否定的。

三　关于中国民间故事不同分类体系的并存问题：合理性和设想

多年来，学者们不懈地进行着艰苦的探索，企图设计出一种放之四海而皆准的民间故事分类系统，而且，从某种意义上说，AT 体系已得到了许多国家的承认，成为目前国际通用的分类体系，但由于其自身的局限和应用的局限性，断言它将取代其他所有分类法为时尚早，似乎也是不可能实现的。况且，民间故事处于活动形态中，任何僵死固定的分类法都不可能具有长远的意义。

如前所述，民间故事分类的本质是为满足不同的需要而提供便利的工具。既然需要不同，就应当承认相应分类法存在的必要性、合理性，而不应当抬此抑彼，互相排斥。当然，这并不意味着可以随心所欲地滥造分类系统，每种分类系统应具备有说服力的分类标准和体例，以及公认的实用价值。结合当前中国民间故事分类状况，以下三种分类法无疑是很重要的。

（一）种类分类法。以钟敬文主编的《民间文学概论》和刘守华的《故事学纲要》中提出的分类法为代表。这种为我国学者所习惯的传统分类法，简明扼要，易懂易记，在概括性、普及性上具有别的分类体系所缺乏的长处，因此，今后很长一段时期内，在更加科学、完善的基础上，它将被继续应用。

（二）与 AT 分类体系一致的中国民间故事类型分类法。丁乃通先生的《中国民间故事类型索引》已为我们奠定了坚实的基础。然而，丁先生的类型分类亦有其局限性，如在资料方面，只收入了"文化大革命"以前的资料，而且难免或缺；编辑体例等方面，亦有不少有待改进的地方。我们完全有可能在此基础上增补、改进、完善之。以 AT 分类体系对中国民间故事进行类型分类，可以为我们提供一种"搜集、存档和比较分析的基本工具"，^② 有助于将中国民间故事纳入国际研究的轨道，有助于各国学者包括我国学者比较便利地开展故事的比较研究，有助于我们研究确定故事原型、产生地点及形成的年代、异文产生的路线及形态等，也有助于故事资料的检索存档。

---

① 参见《故事学纲要》，中国民间文学刊授大学讲义。参见刘魁立《世界各国民间故事类型索引述评》，载《民间文学论坛》1982 年第 1 期。
② 参见 J. H. 布鲁范德《美国民俗学》，李扬译，汕头大学出版社，1993，第 127 页。

（三）母题（Motif）分类索引。母题分类对于故事的更深层、更精细的研究来说是一种重要的工具。与类型索引对情节的分类不同，它进一步将故事中的行为、行为者、物件、背景等叙述因素进行分类。一个完整的故事，其构成因素是很复杂的，要对它进行研究，就必须事先划分成若干最低限度的叙述单位——母题。一般认为，母题在故事上下文中相对独立，可以进入无数叙述性的关系之中，母题的转移，可能是民间故事相似的原因之一。正如卡尔·科伦在《民俗学的研究方法》一书中指出的那样，这种可孤立的叙述特质是可再现和恢复民间文学形式原型和追溯他们历史变化的研究和分析工具。为了更好地研究中国民间故事，我们理应将中国民间故事进行母题分类、编制索引。这项工程将是浩大而艰巨的，但从国际民间故事分类体系发展趋势和我们的实际需要来看，又确实是十分重要、应当勉力完成的一项任务。

这三种分类体系大致可以满足民间故事搜集、研究和存档的不同方面的需要。同时，在使用它们的过程中亦可互为参照，取长补短。

有的学者提出，中国民间故事的类型分类，应仿效关敬吾先生对日本民间故事独立编号、划分类型的做法①，建立一个独立的中国民间故事类型分类系统。这也是一项有意义的工作，如果成功，它亦很有可能成为中国民间故事的一种主要分类体系。不过，为了比较研究和使用便利之需，应同时编制与 AT 分类体系直至各国不同分类体系的对照表。在这方面，日本学者的做法确实是值得我们借鉴的②。

（原载《中芬民间文学搜集保管学术研讨会文集》，中国民间文艺出版社，1987，第 192～202 页）

---

① 《日本昔话大成》
② 参见关敬吾《日本的昔话·比较研究序说》中的昔话比较对照表。

民间文学普查中几个问题的探讨

刘锡诚[*]

刘锡诚[*]

一　问题的提起

中国是一个幅员辽阔的多民族国家。由于关山的阻隔，气候的多异，语言的复杂，特别是由于社会经济和生产方式发展的不平衡，形成了中国各民族、各地区民间文学发展的不平衡状态。不仅主要居住在平原及沿海地区的汉族与主要居住在边地山区的各少数民族的民间文学显示出巨大的差异，而且主要居住在边地山区的各少数民族的民间文学之间也显示出各自的独特性。这种不平衡性和地区的、民族的乃至心理的独特性，构成了中国民间文学的色彩斑斓和风格多样。中国民间文学的主流是农民的口头文学。一则因为中国工人阶级兴起较晚，他们的口头文学在渊源上、内容上、气质上与农民的口头文学有千丝万缕的联系。二则因为中国的少数民族大多也是以农耕为主。在新中国成立的时候，各少数民族处在不同的历史时期，也有的少数民族尚处在以狩猎为主要经济的时期，但为数不多。中国民间文学从横向看是多色彩、多风格的，从纵向看由于经历了不同的历史时代的风尘，积淀着不同时代的文化因子和人民群众对自然界和世事的朴素的观念，是一宗弥足珍贵的文化遗产。全国解放三十六年来，我国从中央到地方，陆续进行过多次民间文学调查采录工作，取得了很大的成绩，积累了可观的民间文学资料。但我们的民间文学实在是太丰富了，已经搜集起来的资料与仍然流传于群众口头上的民间文学相比，可谓沧海之一粟。而且由于种种原

　*　刘锡诚（1935～　），男，山东乐昌人，历任中国民间文艺研究会研究和编辑人员，《人民文学》文学评论组组长，中国民间文艺协会分党组书记、副主席，《民间文学》《民间文学论坛》等杂志主编，中国俗文学学会副会长、中国当代文学研究会副会长兼秘书长，中国文联理论研究室研究员，中国民间文艺家协会顾问等。——编者注

因，搜集是不平衡的。有的省、自治区，特别是云南、贵州、广西、黑龙江、辽宁等少数民族聚居的地区，有组织的考察进行了多次；有的省、自治区，虽然也搜集过一些，但多是由个别爱好者和研究者自发进行的，真正按科学指导进行的有组织的普查则没有搞过。不论哪个省、自治区，都有未曾进行过普查的空白点。那里的民间文学还鲜为外人所知晓。因此，对我国各民族人民创造的民间文学这一宗文化遗产进行一次普查，即全面搜集，应当成为我国第七个五年计划期间民间文学界一项极其重要的、刻不容缓的任务。

当前，技术革命的浪潮席卷着我们这个有五千年文明历史的国家，现代化的进程把我国引入一个伟大的历史转变时期，旧的生产关系和社会关系随着生产方式，尤其是生产力的迅猛发展而发生着急剧的变化。相应地，婚姻家庭、道德规范、风俗习惯以及人们的观念，也在悄悄地发生着令人不易觉察的变化。现代文明的发展——新技术的采用、信息传播手段（最强有力的是广播电视）的发达、商品经济的发展，以及民族间政治、经济、文化交往的加强，对老百姓中间固有的民间文学产生着深刻的影响，甚至不可逆转地导致传统民间文学的弱化。作为民间文学传承者的老一辈的说唱家、故事家、歌手等逐渐由衰老而死亡，年轻一代又由于世界观、信仰、文化兴趣等的转移，以及全体社会成员对越来越多样化的文艺欣赏的选择，从而导致了人们对民间文学的淡漠倾向，使民间文学传播的载体迅速减少。中国是一个大国，民间文学的发展极不平衡，现代化的发展也极不平衡，上面的意见仅是对民间文学发展总的趋向的一种宏观估量，至于地处边远的少数民族地区，活的民间文学仍然是社会成员中间几乎唯一的文化生活。1985 年，我先后到云南的德宏傣族景颇族自治州、楚雄彝族自治州、大理白族自治州、保山地区（有傈僳族）、临沧地区的沧源佤族自治县、西双版纳傣族自治州以及新疆伊犁哈萨克族自治州的察布察尔锡伯族自治县、阿勒克县的哈萨克帐篷等地作民间文学调查，了解情况，接触了许多民间文学研究者和民间艺人，充分地领略了民间文学传统的活力和稳固。即使在那些地区，人们也一致感到，保护和抢救民间文化，变得越来越迫切了。

为了保护和抢救民间文学，中华人民共和国文化部、中华人民共和国民族事务委员会和中国民间文艺研究会于 1984 年决定在 1990 年以前编辑出版中国民间文学集成（包括《中国民间故事集成》、《中国歌谣集成》和《中国谚语集成》），而"集成"编纂工作的前提，是在全国范围内进行一次有计划、有组织、有领导的民间文学普查。不进行这样一次普查，就不能掌握更多的民间文学资料，从而把"集成"编好。这项宏大的工程正在实施，各地已经提出了许多理论问题和实践问题，有待于民间文学界的同行们在研究探索中加以解决。

二 普查的含义与范围

所谓普查，就是在一定范围（在全国范围内，在一个省、一个地市、一个县范围内）按照科学的原则对民间文学进行的全面的搜集、记录、考察、研究。对一个地区进行的普查，有别于单项的或专题性的考察。由于时间的关系或其他原因，一个考察队到一地进行田野研究，或是搜集民歌，或是搜集民间故事，而对其他体裁的民间文学弃之不顾，是谓单项的考察。为解决某一专门课题，一个考察队或个人到一地或几地围绕这个课题而进行的考察，是谓专题性的考察。普查或曰全面搜集与单项考察和专题性考察不同，它的任务不止于搜集某些体裁、某些形式或某种题材的民间文学，而是力求全面地搜集、记录、考察和研究这一地方的民间文学，把民间文学作为该地文化的一个组成部分加以系统的考察。

中国民间文学大体上是由四种形态的作品和资料构成的。

（1）在社会成员（某层面、某范围、某地区）中世代口耳相传的口头作品，这是民间文学的骨干，具有传承、无名和积淀等特点。从创作过程看，这种形态的民间文学大多是不自觉的艺术创作。产生于人类童年时期的作品或与图腾活动和祭典礼仪有关，或直接地反映着社会生产力的发展水平。产生于文明时代（在中国，主要是封建时代）的作品则直接或间接地反映了社会生活的样相，阶级的和世俗的内容尤其鲜明而突出，与巫术等原始信仰的关联显然减弱了。在民间故事中，劳里·航柯先生提出的本人故事（Personal〔experience〕narrative）在我国民间文学中也是存在的，① 但仅仅是传统故事的补充，尚未形成一种独立的文体。在民歌中，特别是对唱、联唱一类作品中，即兴演唱是一种普遍的形式，个人因素占重要地位。这种形态的民间文学由于跨越几个时代而流传至今，其中像一座座古文化遗址那样积淀着不同时代人们的观念，在思想内容上呈现出相当的复杂性。

（2）以抄本、摹本、印本为存在形态的，至今仍在民间流传的民间文学。这种形态的民间文学在许多文明古国都存在，苏美尔史诗《吉尔加美什》甚至是以泥板的形式保存下来的。这种形态的民间文学作品是经过民间的知识分子记录加工过的民间文学作品，有的今天还可能在民间流传，有的则早已失传或半失传。在汉族居住的广大地区，藏于民间的这种抄本、摹本、印本很多，并且时有发现。"五四"以后民

① 参阅《国外民间文学研究新动向拾零》中有关劳里·航柯《空洞的本文，丰富的含义》一文的报道，见《民间文学论坛》1985 年第 3 期。

间文学工作者们曾搜集了不少一向被称为俗文学的弹词、鼓词、子弟书、俗曲一类说唱文学。1932 年 5 月，中央研究院历史语言研究所曾印行过刘复、李家瑞编的《中国俗曲总目稿》（16 开，1276 页）。据刘复序文记载，搜录工作从 1925 年起，北平孔德学校从车王府购得大批曲本，后刘氏再以中央研究院历史语言研究所的力量继续搜集，加上北平图书馆、故宫博物院和他本人所藏，共得 6000 多种。这项成就是可以彪炳青史的。但可以相信，这还仅是很小的一部分。可惜这项工作后来没有人继续下去。台北学者齐如山、何容、吴守礼、方师铎、黄得时、吕诉上、朱介凡等曾作俗曲搜集工作，未见到他们的成就。去年在北京成立的中国俗文学学会是否有此计划，尚不得而知。目前从《文摘报》上得知该学会的薛汕的一本《书曲散记》最近由书目文献出版社出版。以宣传佛教义理为主要内容的宝卷，数量之众难以确论，20 世纪 50 年代中国民间文艺研究会曾搜集两万多件，成绩堪可称赞，可惜在极"左"思潮下全部处理了。近年在河西走廊一带不仅在群众中又兴起"念卷"和"听卷"活动，而且搜集到了宝卷手抄本 50 多种。随着社会生活的变迁，宝卷中注入了大量与人民生活息息相关的非宗教的内容。① 近年来以上海、浙江、江苏吴语地区为中心进行的民间叙事诗的搜集考察，收到了令人瞩目的成果，在考察过程中，也发现了手抄本。一部题名《林氏女望郎》的 1914 年手抄本，有 1500 行的规模。② 在湖北神农架地区，当地文化馆的干部发现了一部题名《黑暗传》的长篇叙事诗，叙述了人类自开天辟地造世界以来的历史故事，包含着许多神话因素，很有研究价值。③ 在少数民族地区，类似的抄本、摹本、印本也颇多见。藏族史诗《格萨尔王传》、蒙古族史诗《江格尔》都有手抄本在民间流传，近几年收到了不少，对于这两部史诗的整理翻译起了重要作用。云南纳西族东巴经书的搜集与翻译，取得的成绩，引起了国内外东巴文化研究者的瞩目。傣族叙事长诗的抄本、印本在民间颇为流行，近年来傣族民间文学研究者已经掌握了几百部。去年在允景洪，一位同行向我展示了一部鸿篇巨制的傣族创世史诗的手抄本；在德宏州的芒市，一位同行告我，他们也购得一部罕见的手抄本。满族民间文学研究者们，近几年收到一些包含着大量民间文学的抄本或印本，可惜未能读到刊本。可见，这种形态的民间文学是不可忽视的，各地都已经注意到，有的已经做出了成绩。

---

① 参见段平《河西民间宝卷》，载《民间文学研究动态》第 8～9 期合刊，中国民间文艺研究会研究部编，1985。
② 参见上海民间叙事诗采风组《有关〈林氏女望郎〉的一些情况》，载《民间文艺集刊》1983 年第 4 集。
③ 载《神农架民间歌谣集》，胡崇俊搜集。参见刘守华《民间文学概论十讲》，湖北教育出版社，1985，第 186 页。

（3）作家创作的作品和地方戏曲中的故事返回民间，经过社会成员添枝加叶的改造，广为流传，家喻户晓。有些作家广泛吸收流传于民间的传说故事、歌谣一类口头文学，经过提炼、加工，重新熔铸构思，写出了作品，如著名的古典小说《水浒传》和《西游记》等，后世人又把这些作品中的若干人物传说、片断故事情节加以丰富，流传起来。如今，我们在鲁西南水泊地带还能搜集到梁山泊英雄好汉的传说，在连云港一带还能搜集到有关孙猴子和花果山的传说。对这种情况不可一概而论，要作具体分析。有的可能是世代口耳相传的传统传说故事，有的则可能是从书本返回民间的。至于地方戏曲与民间文学，往往是你中有我、我中有你。有些是戏曲吸收民间文学而得到活力，有些则是从戏曲到民间文学。

（4）从毗邻国家（或民族）、从佛经故事中移植或外借而来的民间文学。最值得注意的是印度的史诗、民间故事和佛经故事，随着佛教的传入和商业的来往，而在一些信奉佛教的民族或虽然不全信奉佛教却毗邻而居的民族中生根、流传、发展、衍变，如尸语的故事之于西藏、青海藏族，阿銮的故事之于云南的傣族。①

古波斯、阿拉伯诸伊斯兰民族的民间文学，通过古丝绸之路传入新疆诸民族，新疆诸民族的民间文学传入阿拉伯民族，发生着文化上的借用，例子是很多的。

以上四种形态的民间文学，在普查中均不应排斥，而应一律看待，均在搜集、记录、考察、研究之列。

普查要处理好点和面的关系。只抓面，不抓好点，并不能达到普查的要求。所谓面，是指对所要考察的地区各个村落、乡镇所作的一般性的调查采录；所谓点，是指对那些说故事家、史诗演唱家、歌手荟萃的村落、乡镇的重点调查采录。现实情况是，并不是每个自然村、每个家庭里都有能够比较完整地讲述民间文学作品的能手，对于多数人来说，只是知道片言只语、故事梗概，语言缺乏光彩，构思也缺才能，因此，他们不能代表当地民间文学的传统和特点。在实地考察之先，最好能选一些说故事家、史诗演唱家、歌手比较集中的村落作为考察点，通过各种途径找到有才能的讲述家。在少数民族地区，最好能找到那些群众公认的记忆好、讲述民间文学比较多、比较完整的巫师一类的人物，如彝族的毕摩、纳西族的东巴、傈僳族的尼扒、哈尼族的背马等。他们讲述的民间文学，大体上能够代表本地民间文学的概貌，而且他们的讲述比一般人完整，构思上、语言上有更多的独创性和艺术的魅力。找到了这样的考察对象，考察就能取得事半功倍的效果。

---

① 阿銮的史诗是否来自《罗摩衍那》，是学术界的一个有争议的问题，我这里提到，只是为了谈民族文化的交融与影响。

三　田野作业的理论与实践

　　正如十五世纪以后新大陆的发现，提供了不同的原始民族的大量奇风异俗的资料，从而为人类学的建立打下了最初的基础一样，处在不同历史阶段的民族的民间文学的田野考察，将会以客观性的、翔实的科学资料，为民间文艺学（Folkloristics）和神话学（Mythology）这些学科奠定基础。民间文艺学在世界各国学术界至今尚未能成为一门独立的学科（尽管有许多学者在努力呼吁建立独立的学科体系），其原因主要在于还没有建立起独立的理论框架和独立的方法。记录、搜集民间文学资料固然是田野考察的一个显而易见的目的，但民间文学田野考察本身作为一个手段，其最终目的并不在此，而在于把民间文学作为民族文化的一个组成部分，揭示出它的发生、发展、消亡的规律，确定它在整体文化中的地位和作用。

　　人类学和民间文艺学中有所谓"书斋学者"的雅称。"书斋学者"所读到的民间文学资料（本文）是平面的，或者说是扁形的，而在田野考察中所研究的民间文学则是立体的，或者说是圆形的。自马林诺夫斯基（Bronislaw Malinowski，1884—1942）开启了人类学家必须进行长期的实地调查的研究方法以来，不仅欧美的人类学家们奉行不渝，我国的人类学家们也广泛采用。这种方法也是民间文学研究家的基本方法。由于实地调查的广泛采用，学术界日益认识到从整体性的角度来研究民间文学更容易把握民间文学的规律与特点。在实地考察中，不仅要用笔记录下当地人讲述的神话、传说、故事、歌谣等的本文，还应尽可能地记录下讲述时的非语言因素（即感情、情绪、表情、手势）、民俗因素（我曾看到卫拉特蒙古老江格尔奇在说唱《江格尔》前，先当众喝酒并洒酒祭天）和讲述环境（在什么场合下讲述，是鼓楼，还是火塘边；听众是些什么人，是男女都有，还是只有男人；老年人与青年人是否同场；是庄严地演颂还是轻松地讲述；等等）。在讲述民间文学时，讲述者是信息发出者、传递者，而听众则是接受者，整个讲述活动是由讲述者的讲述和听众的反馈完成的。讲述者故事结构本文深层的潜在的东西，要靠听众的丰富的想象力的发挥才能实现。因此，要特别注意讲述者的讲述在听众中所引起的心理感应（通常在文艺理论中称为"影响"），注意听众在讲述过程中的反应对讲述所起的作用。听众在听讲述时，是根据个人的生活经历和遭遇、个人的理解力和想象力以不同方式来接受并创造性地完成作品的。讲述者在讲述神话或民间故事时，只是提供给听众一个作品的框架和连贯的思想内容，还留给听众许多空白（接受美学理论谓之"未定点"），让听众在接受的过程中去填补。听众在听讲述时，听了一句讲述后，立即在头脑中流动着一个"语句思维"（SatzdenKen）。当听众头脑里产生的这个"语句思维"与讲述者的继续讲述相符合、相连接的时候，讲述者与听众是处在"同一"之中。但讲述者的讲述出现了出人意料的跌宕起伏、变化转折的时候，听众的预想与讲述的本文产生了脱节，语句思维被打断了，这时往往引起听众感情的波澜，或惊叹，或愤怒，这些内心的感应是因人而异的，是讲述本文中所没有的，是听众的创造性的补充。在研究讲述活动时，我们是把整个讲述看作一个整体，而不是把本文解析出来，仅仅注意到本文就够了。因此，考察者除了笔录之外，还要辅以录音、录像等技术手段，借助于这些视像手段，能够较为理想地对民间文学作整体性考察。为了弥补现场记录的不足，离开讲述现场后，还应把当地人的心理资料（包括他们谈到的种种意见、当地的掌故、趣闻、事物的来历、咒语等）以及当地人的风俗习惯、宗教信仰、禁忌等补记下来。

田野考察所获资料的客观性，应受到严格的保证和充分的尊重。这是任何一个科学工作者起码的素质与作风。在田野考察中，必须坚持马克思主义的历史主义，坚持实事求是的科学态度。防止在考察过程中以任何形式歪曲和篡改民间文学材料使其失真，即使遇到在今人看来是可笑的或悖理的思想、情节和语句。对资料的鉴别、评价，是考察后期的工作。

考察者不应是消极的观察者，而应是参与观察者（Participant observation）。如果时间宽裕、条件许可，考察者最好能与被考察者同吃、同住，取得他们的信任，成为他们的朋友，学会他们的语言，这样就能去掉他们的戒心与隔阂。在这方面，我们已经有过许多值得效法的先例了。自1956年以来，我国的民族社会历史调查就非常成功。近几年来，辽宁的裴永镇对朝鲜族故事讲述家金德顺故事的记录、张其卓等人对满族三个故事家的故事的记录、湖北王作栋对故事家刘德培的故事的记录，也取得了较好的成绩。如果由于种种原因做不到同吃、同住，也应采取各种可行的办法，善于提出问题，打破僵局，务求得到你所要的资料。能否在比较生疏的场合下打破沉闷紧张的心理，而取得势如破竹的考察效果，就要靠考察者在学术上的功力、事先的准备（包括提出什么问题、拟定调查提纲）和临场的经验了。不论在什么情况下，切忌居高临下，摆着知识分子的架子，从而造成人为的心理障碍与隔阂，或给被考察者造成单纯来挖材料的印象。要善于做好被考察者的思想工作，使他打消顾虑（比如害怕讲的是迷信的东西，因而受到批评等），心情愉快地讲述，要善于引导被考察者正确对待考察，让他知道他的讲述对于研究他的民族文化所做的贡献，而不要敷衍应付。有一次，日本学者到舟山渔村进行民俗考察，当学者提出当地居民有何信仰的问题时，被考察者只从政治的角度考虑问题，回答说："我们信仰共产主义。"这就不是科学的态度，对于考察是无益的。

在少数民族地区考察民间文学，翻译是起重要作用的。如果能找到一位熟悉该民族民间文学情况、配合默契的翻译，可以收到预期的效果。1956 年，我们在西藏几个地区采风时，在当地请的翻译与我们配合很好，当场翻译，每晚回到住地核对记录、推敲译文，使采风得以顺利完成。

普查中还有一些学术问题，如宗教对民间文学的影响问题、民族关系问题，以及考察中所提资料的处理问题等，将另文讨论，这里就不赘述了。

（原载《中芬民间文学搜集保管学术研讨会文集》，中国民间文艺出版社，1987，第 30～40 页）

关于民间文学资料的运用问题

毕　桪[*]

民间文学是各族人民群众从遥远的古代起逐渐积累起来的宝贵文化财富。那些经久而不减其魅力的口头语言艺术创作具有重要的审美功能、教育功能和认识功能。因此，人们可以从学术的或是实用的需要出发，在广泛的领域里运用民间文学资料。但是，因为民间文学具有许多特殊的性质，所以运用起来需要特别地小心和谨慎。

民间文学首先是一种语言艺术，是文学的一个重要门类。它也像作家文学一样，是现实生活在人们头脑中的反映的产物，是用语言以构成美的形象来表现生活，来感染人、教育人。不过，因为它是各民族人民群众在创造历史的过程里为了教育自己、鼓舞自己，为了表达自己的切身感受而创作的文学，所以它往往比作家文学能更直接、更真实、更鲜明地表达出人民群众的社会理想、审美观念和艺术情趣。民间文学又是以口头方式来创作的，既经济又灵活，也便于传播、便于记忆，能够紧紧地同人民群众各方面的生活联系在一起，从而成为人民群众喜爱的自我教育和自我娱乐的形式。因此民间文学具有重要的文学和美学价值。它主要表现在：其一，民间文学能给作家文学以宝贵的借鉴，成为作家文学发达的源泉，以及哺育优秀作家成长的摇篮。这一点，对于繁荣我国作家文学创作具有重要现实意义。因为直到1949年前后，我国大部分少数民族都是口头的民间文学独霸"文坛"。一些民族的作家文学甚至在今天才刚刚开始起步。他们无疑需要民间文学这个源泉和基础。其二，民间文学的生动材料在文学与美学理论研究中也是不可或缺的。但这不是为了证明已有的理论。在以往的研究中，人们的注意力多集中在作家的书面文学上，很少顾及民间的口头文学。这就使过去的文学与美学理论有一定的局限。通过运用民间文学大量的生动材料做出

[*]　毕桪（1941~　），中国民间文艺家协会会员，中国突厥语研究会会员，中国少数民族作家学会会员。1980年至今于中央民族大学哈萨克语言文学系任教。——编者注

理论概括，对于充实和丰富文学与美学理论具有不可估量的意义。其三，民间文学里珍藏着历代人民群众所要传授给后世的具有普遍性规律的经验，久经考验的美好道德、情操。因此，它虽然主要是人民群众在过去时代所创作的、口耳相传下来的文学，但它的大量作品在今天仍然有着积极的思想意义，能够提高人的精神境界、净化人的灵魂，给人以启迪、教益。《灯花》的故事鼓起了日本人北岛岁枝重新生活的勇气，并且成为今天中日友好交往的佳话，就是一个很好的例子。

但是，民间文学并不单纯是文学。它在口头语言艺术形式之下，包容了各民族人民群众在以往时代里关于人类的和自然界的、物质的和精神的、社会的和家庭的、思想意识的和行为活动的一切知识的总汇。因此，我们有可能从不同的学问目的出发，从不同的方面运用民间文学材料。

例如，民间文学可以作为历史学的资料。像《苗族史诗》就是一部形象化的苗族历史，其中，《苗族史诗》对苗族从原居地江西、湖南一带西迁的原因、时代、过程、所经路线都有详尽叙述，"如能详加考证，或可勾勒出一幅西迁的路线图"①，对于研究苗族历史是很有价值的。我国五十五个少数民族在 1949 年前后处于不同社会历史发展阶段。他们的民间文学不仅成为本民族的形象化历史，而且记录了人类所经历过的不同社会阶段的社会关系和生活情况，因而为民族学、民俗学、宗教学、语言学、哲学、心理学等科学，甚至为某些自然科学提供了丰富的资料。其中，一些少数民族民间文学材料对于研究原始社会状况尤为重要。例如，白族《氏族来源的传说》、景颇族《木瑙斋瓦》、纳西族《创世纪》等都有兄妹成亲繁衍人类的情节，还隐约透露了排除同胞兄弟姐妹通婚的信息；傣族的《难夕河》则反映了由排除同胞兄弟姐妹通婚到排除族内通婚的转变，等等，都是具有科学认识价值的重要材料。

显然，人们可以在广泛的领域里运用民间文学资料。任何一门学问若想把民间文学视为自己一统的世袭领地都是不切实际的，各门学问也只有通力协作才可能从民间文学资料中获得益处。此外，民间文学作为一种特殊的文学，它虽然同其他一些文化现象交错杂糅在一起，却有着只属于自己的特点和规律。而我们的一个重要任务应该是通过运用民间文学资料去探索并弄清这些特点和规律。这是其他任何学问所代替不了的。

但是，无论是出于怎样的学术目的和实用目的，人们在运用民间文学资料的时候，都必须以民间文学的基本性质和特点为依据，舍此别无他途。

---

① 马学良：《古代苗族人民生活的瑰丽画卷》，载马学良、今旦译注《苗族史诗》，中国民间文艺出版社，1983。

我们曾经说过，民间文学同作家的书面文学之间存在许多共性。然而，民间文学是一种以口头方式诉之于听觉的语言艺术，它同以书面形式诉之于视觉的语言艺术有很大差别。

首先，民间文学总要在一定的场合，同祭典、礼仪、民俗活动等融汇在一起来创作和传播。它在讲唱的时候必定要直接面对听众。民间文学是用有声语言来表述的，当然是靠言传，却也少不了会意。人们在讲唱时常常辅之以眉目传情，或手舞足蹈，以及讲唱者的水平、情绪、听众的品评、附和等，都会影响作品的形态。因此，当我们把民间文学作品作为资料运用到研究过程的时候，必须结合着作品讲唱的动因、场合、环境，以及讲唱者和听者的情绪，把它们看作一个整体。而要做到这一点，研究者应该亲身做局内的调查，搜集活的材料，并亲身体会这种口头语言艺术过程。相反，坐在书斋里，信手拈来失去本来形态的死板板的第二、第三道手文字记录，难免不出差错。当然，如果光是凭着民间文学读物提供的材料来利用，就更不保险了。

再者，民间文学总是处于不断流动、不断变化的过程里，它既有历时的纵向传承，又有共时的横向扩散。一方面，它在历时的进程里同其他文化现象掺合在一起，形成历史的文化沉积。但这些积淀着的文化并不是僵死的化石，而是蕴含着无限活力的有机体。前代人的作品一经传递给后代，后代人就会给它注进当代的血液，使它既是古老的，又充满新的朝气；而后代人的创作犹如从母体脱胎的新生命，它既是新的肌体，又带着种种遗传的基因。另一方面，它在共时的横向扩散里既保持着原有形态的因素，又会因为地域、民族、场合的不同而呈现出多彩的风姿。这些特点尤其给运用民间文学资料带来复杂的情形。

其一，各民族民间文学在其历史发展中总会形成一个完整系统，任何一类作品都不会孤零零存在。它们既不会突然产生，也不会突然消失，总要表现出历史的延续。如果对特定民族的民间文学全貌心中没数，恐怕难以判断手中材料的意义和可靠性，当然很难说得上正确地运用。有一篇论述中国神话传播途径的文章，作者引用某汉文杂志登载过的一篇所谓哈萨克神话的材料，就断言哈萨克神话同其他民族的神话不发生联系[1]。这是不对的。伟大的腾格里神不仅曾经在今天的突厥语各民族，甚至曾经在蒙古民族中广泛传播。他的名字至今还经常出现在哈萨克民间文学作品中，并且活在人们的口头上。另一位伟大的神是乌弥女神。她被看作司掌生育、福佑儿童和妇女的神，据说还是音乐之神。她也在突厥语各民族中有广泛影响。就是说，哈萨克神话

---

[1] 参见陶立璠《关于少数民族神话传播研究》，载《中央民族学院学报》1985 年第 3 期。

并非孤立地存在和发展，它同其他民族的神话有密切联系①。况且，作者所引材料本身也表现出外来宗教神的影子，但问题不在这里。我们引用这个材料只想说明，不了解一个民族民间文学基本面貌，仅凭偶然遇到的一点儿材料来运用，是难免不出差错的。

其二，"每一个故事都是有生命的，传过一个时代有一个时代的变化，传到一个地方染一个地方的色彩"②。民间文学总要表现出时代的、民族的、地域的特点和特殊性，这是在运用民间文学资料时不能不注意的事情。中国地方大，民族多，历史久。各民族曾经处在不同的社会历史发展阶段上，因此，运用民间文学资料，尤其应该把它放在一定的历史、民族、地域的背景下去做认真考察。例如，毛衣女故事在各民族中几乎普遍存在。在许多民族那里，毛衣女往往是可爱的小动物和飞禽，但在哈萨克那里却是一只通常被人看作凶残、丑陋的恶狼。之所以如此，因为长期生活在北方干旱荒漠草原、从事游牧业生产的哈萨克先民很早就有了对狼的崇拜，而这种崇拜又对后世有根深蒂固的影响。属于毛衣女故事的《小伙子和魔女》，其实就是由古时讲述狼禁忌的《白狼》故事演化而来。

其三，民间文学在各民族中是普遍存在的现象。它们虽然有各自的民族特点，但存在着许多共同的规律。同时，任何民族的民间文学都不会存在于一个封闭的系统中孤立地发展。总要同其他民族发生交流和影响。因此，在运用民间文学资料时，既要充分考虑作品的民族特点，眼光又不能囿于一个民族、一个地区之内，不能不关心民间文学的共性。这在中国尤其如此。中国各民族自古就生活在中华大地上，各民族的交错杂居、长期往来，以及历史上复杂的民族分化、融合、同化，造成民间文学上的相同和近似是很多的。研究者只有掌握同一件或同一类作品更多的、更完备的异文资料，运用起来才可能得心应手。有一篇研究民间故事的文章，说唐代皇甫氏《原化记》中的《无堪》故事"把田螺姑娘和农夫的结合写得很美满，引起一个第三者出来破坏，田螺姑娘便施展妖术，使第三者大吃苦头，不敢再生妄想"是皇甫氏"煞费苦心"的"节外生枝"，是"蛇足"③。其实，这个"蛇足"正是"田螺姑娘"一类故事固有的情节结构，并非一两个人的杜撰。显然，只凭不完备的资料来运用是难免不出差错的。

其四，民间文学在长期的流传过程中总会受到后世人思想意识的影响，特别是在阶级社会里流传，往往还会被统治阶级篡改和利用，而且，记录、整理下来的材料往

---

① 拙文《论哈萨克民间文学中的女性形象》（《民族文学研究》1985 年第 4 期）对哈萨克神话稍有提及。
② 顾颉刚：《〈六月雪〉故事的演变》，载《民间文学论坛》1983 年第 1 期。
③ 参见缪咏禾《略论人和异类恋爱的故事》，载《民间文艺集刊》第四集。

往也掺进记录整理者斧凿的痕迹，因此，运用时也应下一番存真辨伪的功夫。

同时，由于民间文学同多种文化现象相混杂，它是文学，却不是单纯的文学；它有历史根据或内容，却不是历史的翻版；它既与民俗相融，却不是单一性的民俗，等等，这就要求我们认准民间文学现象同其他各种文化现象的交叉点或邻接处，认准各种文化现象在民间文学这个领域里彼此又有怎样的联系。我们在运用民间文学资料的时候，既不应该抛弃美学与文学的原则和标准，又不能把一般文艺学的个别结论硬安在民间文学上。

比如，哈萨克仪式歌中有一种叫作"叶斯提尔吐"的歌，是在报丧时唱的。按照习惯，报丧时不能直述某人死了，必须委婉地唱出来。因而这种歌的最大特点是含蓄、比喻贴切，例如这样唱："天鹅向着池塘飞去了，／隼鹰向着荒漠飞去了，／它们并非是迷路，／它们都有各自的归宿……"这当然是文学，可是如果离开特定的场合去唱它，那会让人感觉莫名其妙的。哈萨克人伴随着婚礼过程逐一有婚礼起始歌、接亲调、加尔—加尔、哭嫁歌、远嫁歌、劝嫁歌、揭面纱歌。它们是作为婚姻礼俗的一部分而存在的。可是，它们不仅有语言艺术的美，而且表现着重要的社会主题。有一首哭嫁歌唱道："我家门前莫非是悬崖，／崖边莫非全是弱柳？／人家拿我去换牛羊，／有谁比女孩子命更苦？"[1]

再比如，我国藏族的《格萨尔王传》是一部以战争为主要题材的英雄史诗。它所叙述的一系列战争有很多都可以从历史上得到印证：诗中所述格萨尔王的降生、立国之地、邦国位置等似乎也可以找到某些现实依据；格萨尔王本身仿佛也带有真实历史人物的影子。于是，一些研究者精心搜求史诗的片章断句，一定要证明史诗实属记述某真实历史人物的真实业绩。论说者当然都是旁征博引，振振有词。可是，它当初即便真的是叙述某个真人真事，但它已经成为语言艺术，就离不开创造典型环境，离不开塑造典型形象和性格，也免不了渲染、夸张、比附等艺术手段，也就必然会离开那原来的真人真事。而作为有声语言艺术，它在漫长世纪里流传，经过了无数演唱者之口，既经传承，就必有择取，又必有增删，演唱者和听众随时都会把现实感受糅合进去，把新的史事、新的人物攀扯、附会上去。这样，经过不断的加工、复合、增删、润色，在艺术上愈加完美，臻于成熟，也就愈加见不到真实的史事、真实的人物了。那种抛开语言艺术规律，一定要"强求指定艺术典型的格萨尔王就是历史上某一人物的写照和演义，格萨尔王所处社会环境就是某一邦国的再现和翻版，那就未免

---

① 见拙文《哈萨克传统生活习俗歌简介》，载《青海湖》1983 年 10 月号。

有牵强附会，以偏概全之嫌"了①。

最后一个问题。民间文学终归是表达民族感情和情绪的一种方式和手段。它伴随着民族过程而存在和发展，代表着民族文化的基本传统，生动地折射出民族历史的光辉，忠实地述说出民族生活和生产经验，鲜明地标示出民族的共同心理素质。那些优秀的民间文学遗产尤其集中地体现出民族的精神和尊严，象征着民族的凝聚力。因此，无论是为了怎样具体的学术和实用目的来运用民间文学资料，在根本上它应该是为了发扬民族文化传统。民间文学的各项研究工作应该是振奋民族精神，加强各民族的团结和友谊的事业。这样的目的根源于对各民族人民的热爱，对继承和发扬民族文化传统的强烈责任感。应该使每一个民间文学工作者都树立起这样的目的。虽然各个人只从事具体的理论探讨、作品搜集和整理，以及翻译和出版工作，当然没有必要随时把目的标榜出来，但假如每一个人对它都是明确的，并且自觉遵循它所指示的原则，那么正确运用民间文学资料也就从原则上有了保证。而那种凭只言片语运用材料，对民间文学作品随意加工，甚至歪曲原作、向壁虚构的做法，以及按照自己的出身、民族的心理揣度其他民族民间文学的做法，都是伤害民族感情的，也是有悖于发扬民族文化传统这一目的的。

此外，应该培养各个民族自己的民间文学研究家、搜集家、翻译家。应该培养有两种以上语言和文化修养的专家，并且使这两种专家结合起来，相互配合，相互合作。但是，任何一种专家既应该有民族科学的知识，也应该有语言科学的知识。以语言科学知识来说，包括应该懂得一般语言学知识和理论，以及鼓励汉族的民间文学工作者掌握一两种少数民族语和少数民族民间文学工作者懂得汉语。因为各民族的民间文学都是用本民族通用的口头语言创作的。在我国，虽然部分人既通晓本民族语言，也兼通其他民族语言，因而有可能兼用两种或两种以上的语言参加民间文学的创作和传播。但是作为一个民族的民间文学，其基本的、大量的，特别是那些传统的部分仍是靠本民族的口头语言创作、传播和保存的。而我们知道，各种语言之间在语音、语法、词汇以及修辞手段、表情达意方式等各方面很不相同。如果我们不了解那个民族的语言，却要研究和运用它的民间文学材料，那是不可想象的。当然我们可以运用译文材料。可是，翻译得好的材料总是极有限的很少一部分。而且，当一个民族的民间文学材料被译成另一种语言的时候，无论翻译者有多么高明，也都不可能绝对地忠于原材料，只能是追求大体的近似。特别是两种语言间完全对等的词极为鲜见，但恰恰是词或短语在表达意义上最重要。因此，为了保证资料得到正确运用，理应依据原语

---

① 参见佟锦华《格萨尔王与历史人物的关系》，载《民间文学论坛》1985 年第 1 期。

言材料，尤其像《玛纳斯》《格萨尔王传》这类内容宏大的巨作，只凭片断译文材料，恐怕是不保险的。即使在迫不得已非用译文材料不可的时候，也应该设法请精通两种语言和文化的人做仔细的解释和说明。否则，所谓滥用资料问题恐怕难以避免。举一个小例子。在《格萨尔王传》的研究中，有的研究者不知道"岭·格萨尔"和"林·格萨尔"中的"岭"和"林"同是藏语 gling 在汉语中不同的音译写法，只根据这两个汉字的字形和读音不同，便旁征博引，各成一说①。又比如，韵文类作品的音乐性是由语言内部结构的特点决定的。分析这类作品的音韵、格律、修辞只能是依据原语言材料，这应该是一种常识。可是，依据汉语译文而大谈某某民族韵文类作品的音韵、格律、句式结构、修辞手段等等的文章在报纸杂志上并不鲜见。无疑，这是同正确运用民间文学资料大相径庭的。

（原载《中芬民间文学搜集保管学术研讨会文集》，中国民间文艺出版社，1987，第 302~310 页）

---

① 参见开斗山、丹珠昂奔《〈格萨尔王传〉研究述评》，载《少数民族文艺研究》1982 年第 1 期。

论对民间故事讲述家故事的科学整理

张其卓*

自 1980 年 4 月至 1983 年 6 月，辽宁省岫岩满族自治县共发现了四位民间故事传承人。他们的名字和简况如下。

李马氏，女，满族，1902 年（清光绪二十八年）生人，讲述故事 73 篇。李马氏主要是沿着从外祖母到母亲再到自己这一条女性祖承线路将故事遗产继承下来的。

佟凤乙，男，满族，1929 年生人，讲述故事 117 篇。佟凤乙主要是沿着从祖父到父亲再到自己和外祖父到母亲再到自己这两条祖承线路将故事遗产继承下来的。

李成明，女，满族，1914 年生人，讲述故事 115 篇。李成明主要是沿着从祖父到父亲再到自己这一条男性祖承线路将故事遗产继承下来的。

张文英，男，汉族，1943 年生人，讲述故事 212 篇。张文英的故事主要是沿着从祖父到自己和旁系血亲到自己，即男性祖承线路传承下来的。

这四位故事传承人共讲述故事 517 篇，约占同期在岫岩满族自治县搜集到的民间故事总数量的 3/5。他们和近年来辽宁省发现的故事传承人金德顺、金荣、武德胜、李明等，证明了辽宁大学乌丙安教授结合我国实际提出的民间故事传承人的应用理论是正确的。

民间故事传承人的理论，开拓了民间故事搜集研究的新的科学途径和领域，同时也提出了对故事传承人的故事进行科学整理的新课题。作为这一理论的实践者，也是辽宁省岫岩满族自治县四位民间故事传承人（李马氏、佟凤乙、李成明、张文英）故事的主要搜集整理者，我愿就关于民间故事传承人故事的科学整理问题谈谈浅见。

---

* 张其卓（1939～ ），女，先后任岫岩满族自治县县文化局副局长、丹东市地方志办公室主任、辽宁大学民俗研究中心特约研究员。——编者注

一 没有民间故事讲述家的个人艺术风格，也就没有民间故事讲述家的存在

民间故事传承人，在我国习惯地称为民间故事讲述家。民间文学理论认为，民间文学是人民群众集体创作的。个人的智慧和名字，淹没于集体之中。现在我们提出了民间故事讲述家个人的名字，就必须回答民间故事讲述家的故事与人民群众集体创作的关系。这一问题，涉及对民间故事讲述家故事的科学整理。

我们承认民间文学集体性这一特征，承认民间文学在其创作过程中个人和集体的融合。民间文学从产生的那一天开始，就是集体智慧的结晶。但我们又必须看到，民间故事传承人是民间文学这一集体财富创作中的主要贮存者、传播者和再创造者。这也是提出民间故事讲述家个人名字的依据。

请看他们成为民间故事讲述家的过程。

①他们从小就喜欢听故事；

②他们都有过耳不忘的惊人记忆力；

③他们都有一张巧嘴。

这些特点，使他们将听到的故事记住，将记住的故事讲给别人听。

④他们都有直系的或旁系的血亲传承人。

这一特点很重要，有了这一点便形成了故事讲述家故事的原始积累。但这仍然不够，民间故事讲述家不是复述式的转述者，他们还有如下的特征。

⑤经历多，见识广；

⑥有再创作的能力。

民间故事讲述家不满足世代的承袭、简单的复述，而是饱吸生活的乳汁，经过融化，不断琢磨，反复提炼，用独具创作个性的艺术语言将民间故事再现出来。正如乌教授在《论民间故事传承人》中论述的："民间生产与生活的丰富内容与千姿百态的生活样式，都成了不断加强故事传承人修养的素材；多次反复的讲述实践，锤炼了口头艺术语言，使他们形成了远比一般转述人的口语优美得多的讲述语言，使故事情节在不断熟练的构思中有了更精巧的组织。"这"优美得多的讲述语言"和"故事情节在不断熟练的构思中有了更精巧的组织"，就是故事讲述家的再创作。这种再创作便形成了民间故事讲述家的个人艺术风格。

岫岩的四位民间故事讲述家各有独特的艺术风格。李马氏讲述起故事来绘声绘色，娓娓动听，细腻得每一个眼神、每一个动作都清清楚楚。那故事中的苦难，仿佛

就是她的苦难；那故事中的追求，仿佛就是她的追求。她的故事给听者留下无穷的回味。佟凤乙善于渲染，长于拟态，语言干净利落，情节紧凑，那种男子汉大刀阔斧的阳刚气概与李马氏的文静细腻的风格恰成鲜明对比。人们说，听他的故事"真解渴"。李成明作为女性，融会贯通男性故事传承人的艺术个性，又有一番功夫。她将男性的粗犷和女性的细腻糅合到一起，刚柔兼备。张文英与前面的三位故事讲述家又有不同，他舌巧如簧，语言诙谐，有着相声演员般的幽默，对人民中的缺点和落后现象，尤其善于给以辛辣而又善意的讽刺与嘲笑。他的故事，令人想起阿凡提。

民间故事讲述家不同的艺术风格，还表现在讲述故事时的不同神态。李马氏善于用眼神；佟凤乙善于打手势；李成明爱动感情，常用笑表示赞美，用泪表示同情；张文英则用富于感情色彩的夸张语调表示喜怒哀乐。这眼神，这手势，这表情，这语调，都是文字稿中没有的，无疑也构成了民间故事讲述家的个人艺术风格。

李马氏、佟凤乙、李成明、张文英这四位独具艺术才能和艺术个性的民间故事讲述家，不仅在家族、村落中获得了"故事大王""故事篓子""巧嘴"的称号，他们还走出了家庭、村落。李马氏在她七十九岁高龄的那一年，参加了丹东市故事汇演，这是我国的民间故事讲述家第一次登上文艺舞台。张文英所在乡的文化站和当地学校，经常请他去讲故事，他的精湛表演获得好评。1984年春风文艺出版社出版了《满族三老人故事集》，书的首页是三位老人的照片，目录中清晰地标出了"李成明的故事""李马氏的故事""佟凤乙的故事"。与作家一样，民间故事讲述家的名字与他们的作品连在了一起。他们的作品所表现出来的艺术风格，在读者中留下了深刻印象。

我们承认了民间故事讲述家在民间文学集体创作中所做出的再创作的贡献，承认了这种再创作所形成的民间故事讲述家的个人艺术风格，就应该尊重这种艺术风格。就像尊重作家的艺术风格那样，整理出具有民间故事讲述家个人艺术风格的作品。民间故事讲述家的个人艺术风格，是民间故事讲述家的生命，没有个人艺术风格，也就没有民间故事讲述家的存在。

二　不具有地方史志知识，就无法对民间故事讲述家讲述的故事进行科学整理

佟凤乙讲述的《长白仙女》、李成明讲述的《天鹅仙女》，是一组关于满族起源的神话，产生于满族有文字记载之前，说明满族也曾有过图腾崇拜和只知有母、不知有父的母系氏族社会。佟凤乙讲述的传说《打虎》，从他的祖先开始，已经讲了近三百年。佟氏族人是将这则故事作为迁居到岫岩佟家沟族居地，在一片荒原上安家落

户，与恶虎搏斗的家族史来讲述的。佟凤乙讲述的《姑嫂石》，从他的祖先开始，大约讲了近二百年。这则传说记述了在岫岩开发时期，满族学习放养柞蚕的情景和柞蚕在人民经济生活中的重要地位。李马氏讲述的《滴泪玉杯》，估计是李马氏的外祖母或母亲在世的年代，方开始创作，流传了百余年。因为如果没有始于清代末期的岫岩玉的开发和玉制工艺品的兴起，就没有故事中会唱歌的玉杯。张文英的故事《学京话者》，到他这辈大约流传了也有三百年，反映了满族初到岫岩时仍在说满语，以及满汉在语言上需要交流的客观情景。四个故事家讲述的同一母题故事《金马驹》（或称《黄土变成金》），表现了勤劳致富的主题。可结尾的引驹方法各有不同：李马氏是用灯光，佟凤乙用红线，李成明用粮食，张文英用香料。不同的引驹方法，反映了不同的习俗。

《满族三老人故事集》和已整理完的《张文英故事集》，内容极为丰富，多方记录和反映了满汉族人民，尤其是满族的历史与生活，有民族的，有地域的，有家族的，集中了岫岩自大规模开发以来，即自清初至今三百年间的故事积层，使我们从中看到了一部活生生的民族地方史、地区发展史。岫岩地区大规模开发的具体情况，史料上很少记载。四位故事家讲述的故事，可以说是岫岩满汉族人民曾经经历过的开发创业历史阶段的折光反映，是人民悲欢离合的记录。人民的业绩，在传说中找到了佐证。四位故事家讲述的故事，为满、汉族起源发展、历史变迁、意识形态、生产生活习俗和关于地理、农耕、工艺等多种知识提供了丰富的资料，具有重要的科学价值，可以说是研究岫岩，尤其是研究满族的百科全书。

民间故事讲述家故事的科学价值，要求民间文学工作者，必须具备严肃认真的科学态度，对他们的故事做科学的整理，也就是说，整理者必须既做文学工作，又做科学工作。

所谓做科学工作，就是必须系统全面地掌握故事讲述家生活地区的历史情况、地域特点、群众的生产生活方式、文化发展状况、宗教及民风遗俗。由于传承人的祖承特征，尤其要研究他们的家族史、民族史和所生活地区的村落及周围村落的历史，包括家族、民族的起源、发展、变迁、社会组织等。要注意搜集家谱、族谱，阅读地方志书；要亲自做社会调查，获得第一手资料；要对故事积层产生的历史背景了如指掌，不然是不能进入整理阶段的。

很难设想，不了解满族入关后又重新调拨回东北这一段历史的整理者，居然能准确整理出关于满族迁徙的作品；不了解满族婚俗中尚有古代抢婚制遗俗的整理者，竟会明白"插车"时一个新娘变成两个是怎么一回事；不了解满族的原始信仰萨满教的整理者，就难以把家萨满祭神和野萨满跳神治病区别开来，更无法剔除迷信之类的糟粕。包括满语在消亡过程中有些词汇被汉语吸收为方言了，如"昂帮"，满语为"大"，转为汉语方言为趾高气扬的意思；"罗嗦"，满语为"不利落"，直接被吸收进汉语中使用了。运用带有满族特点的方言，无疑会增加作品的民族特色。甚至对讲述者的个人身世经历都应该了解，如果不了解李马氏本人和她的母亲都做过萨满，也就理解不了她们讲述的故事原始信仰色彩浓重的原因。因此，一个民间文学工作者，除必须有文学工作者的才能和热情外，还必须有科学工作者的知识领域，方能从宏观到微观，高屋建瓴，不然就无法对民间文学作品，尤其是民间故事讲述家讲述的故事进行科学整理。

三　忠实记录与"出土文物复原法"

民间故事讲述家故事的高度文学价值与科学价值，要求整理者有较高的整理水平，具有科学的整理方法。要做到这一点，我认为，忠实的记录是基础。

高尔基说过："记录民间的口头创作，要求最严格的准确性，如果不保持这样的准确性，民间文学的资料就要受到损坏。"忠实的记录，是保持准确性的最可靠保证。而有了准确性方能保证真实性，有了真实性才能有科学性。那种搜集时既不录音也不记录，只凭大脑记下的梗概进行整理的做法，是无法保证真实性的。李马氏讲述的《滴泪玉杯》中有这样一段话："'玉杯呀，你唱一个吧！'哦嗬，这玉杯就来劲了，赶着滴溜滴溜转圈跑，赶着唱。"这段话中的祈求、惊讶、赞美，描述得异常分明、生动，表现了口头文学特有的艺术特点及魅力。可是有的整理者竟弄巧成拙。民间文学作品的整理，也是同样的道理，伪造、乱编，都是对人民创造的亵渎。我们必须在保持原作品情节、风格、语言、民族特色的基础上加工润色。那种为了加强思想性、教育性、文学性，不研究作品宗旨，不细察故事产生的时代背景和条件，任意改变和杜撰人物、情节，拔高主题思想，增强文学性的整理方法，是绝对要不得的。不是有人为了配合计划生育宣传，竟把民间故事中反映"重男轻女"观念的"盼望生个儿子"改成盼望生个女儿吗？真是滑天下之大稽！

贾芝同志发表在《民间文学》1958 年第 8 期上题为《采风挖宝，繁荣社会主义新文化》的文章中曾说："要把作品的主干，民间的形象、语言，毫无损害地保留下来；同时按照自己的感受，把所有偶然的、非固有的、艺术性很差的东西洗掉，把某些与民间文学的本质不相抵触的补充因素写进来。"这一段话，对于我们今天科学地整理民间文学作品，尤其是民间故事讲述家讲述的故事，仍然是有借鉴作用的。

（原载《中芬民间文学搜集保管学术研讨会文集》，中国民间文艺出版社，1987，第 252～259 页）

我国各民族口头文学的多种价值

祁连休 *

我国各民族的民间文学作为集体性的口头创作，以其独特的艺术形式反映不同历史阶段的社会生活，表现作者——以劳动者为主体的人民群众的思想愿望、审美意识和艺术情趣。千百年来，它们在传承的过程中不断得到加工、锤炼，逐渐成熟。其中的一大批精品，具有很高的艺术水平，是我国各民族人民的共同的精神财富。充分认识口头文学的各种价值，将有助于提高发掘各民族口头文学遗产的自觉性，促进我国民间文学事业的健康发展，以便更好地利用这宗文化财富来为人类服务。

本文拟从科学研究、艺术欣赏与借鉴、实际生活中的应用三个方面，探讨我国各民族口头文学的多种价值。

一

我国各民族的民间文学，在整个人文科学乃至自然科学的某些学科的学术研究中，有着广泛的科学价值。具体地讲，有着广泛的学术研究的资料价值。随着我国民间文学搜集工作的不断深入，各民族的口头文学被大量发掘出来，它们的研究资料价值也越来越受到我国学术界的重视。

民间文学作为文学的一个分支，因此，民间文学是整个文学研究的对象。在文艺理论、文学史、文学批评史以及许多作家、作品研究等方面，我国各民族的口头文学都具有相当的学术价值。我国历来有不少远见卓识的文学史家、文艺理论家、文学评论家都一再强调民间文学对于整个文学研究的重要性。因为离开我国各民族的口头文

* 祁连休（1937~ ），男，四川崇州人，历任中国社会科学院文学所研究员、学术委员会委员、民间文学研究室主任、中国社会科学院研究生文学系教授，《文学评论》《民族文学研究》编委等。——编者注

学，我们的文学研究将带有相当的片面性，我们写出的《中国文学史》只是"汉民族文学史"，我们的文艺理论体系也不可能是完善的。

我国各民族有着极为丰富的口头文学遗产，而且大多储存在人们的脑海里和活在人们的口头上，是活的口头文学遗产。它们是建立具有中国特色的民间文艺学的坚实基础和可靠保证。半个多世纪以来，尤其是新中国成立以来，我们在进行民间文学理论建设的时候，就是从各民族口头文学资料建设入手的。民间文艺学是一门具有国际性的学科。借鉴世界各国的民间文学理论，包括向芬兰的同仁讨教，对我们来讲无疑是重要的和必不可少的。但一切努力都离不开扎扎实实的口头文学资料建设这个基础。离开这个基础，就无从建立具有本国特色的民间文艺学体系。对于我国各民族口头文学的科学价值的高度重视，将成为我国民间文学理论建设的巨大的推动力。

民间文学以口头语言作为建筑材料。口头文学资料向来为我国语言学家所注目。新中国成立以前，我国一些语言学家便在采录口头文学资料方面作了许多有益的尝试。新中国成立以后，大批语言学工作者深入少数民族地区采集口头文学作品，用国际音标进行记录，目的就是为了掌握第一手的语言材料，这方面的科学资料，有少部分已经作为科学版本编印出来（如苗族、彝族），多数则以手稿的形式保存在中央及地方的各有关部门。对于民间文学和其他学科的研究者来说，这些资料也是有用的和值得珍视的。

我国各民族的口头文学资料，在历史学、民族学方面同样具有科学价值。历史学、民族学家们常常可以从我国各民族的口头文学中，发现一些难得的"活化石"。那些缺乏文学记载的少数民族，它们的口头文学资料对于历史学、民族学的研究尤为可贵。譬如，珞巴族的长篇神话《阿巴达尼》，在作品中展示出原始社会末期父系氏族社会的家庭形态、原始的宗教崇拜、民族或部落的盟誓活动、原始的血族复仇、原始社会人们同大自然的斗争等情景，对于研究珞巴族古代社会，乃至研究整个父系氏族社会都有一定的价值。又如，彝族史诗《勒乌特依》（历史的书）里的《施尔俄特》，以及《子生不见父、找父、买父》《蜘蛛的故事》一类传说故事，反映了从母系制社会向父系制社会过渡的社会现象，赫哲族"伊玛堪"《希尔达日莫尔根》等描绘的原始社会部落之间的战争，傈僳族长诗《生产调》反映的古代"刀耕火种"的原始生产方式状态的社会状况，在不同的方面对史前史、民族史有相当的研究价值。

宗教是社会意识形态之一，它同民间文学有着千丝万缕的联系。新中国成立以前，我国各民族分别处于不同的历史发展阶段，各种形态的宗教——从自然宗教、原始宗教、部落宗教到世界宗教，在我国各民族的口头文学当中几乎都有所反映。因此，这方面的各种口头文学作品，便为宗教学提供了许多有用的研究资料。举例来讲，信仰萨满教的少数民族的一些口头文学作品，像鄂温克族的《伊达堪》（即女萨满）等神话，满族的《珠浑哈达的传说》、达斡尔族的《德莫日根的故事》等传说故事，满族的"萨满祭歌"、锡伯族的"萨满舞春"（舞春，歌的意思）等古老的民歌，以及蒙古族涉及萨满教的古老祝词，对于研究原始宗教颇有价值。我国各民族同道教、佛教（喇嘛教）、伊斯兰教有关的口头文学作品的数量相当大。它们从不同的方面为宗教学提供了研究资料。以佛教（喇嘛教）为例，汉族地区有许多历代名僧的传说和各地佛教名山名寺的传说，傣族有许多关于佛祖古德玛（即释迦牟尼）的阿銮长诗和庙宇里的阿銮故事，白族有不少关于观音的传说以及《黄氏女对金刚经》一类宗教色彩浓厚的长篇叙事诗，藏族和蒙古族都有许多关于喇嘛教的传说故事，藏族、蒙古族共同流传的著名史诗《格萨尔王传》，不但涉及佛、菩萨，而且涉及喇嘛教和喇嘛，这些口头文学作品对佛教（喇嘛教）研究，无疑是有价值的。还须指出，我国不少兄弟民族的宗教职业者，如满族及通古斯满语族的其他一些民族的萨满、彝族的毕摩（或称贝玛、汝摩）与苏尼、纳西族的东巴与打巴、景颇族的斋瓦与董萨、普米族的韦规与师毕、傣族的摩古拉与摩皮，大都是本民族口头文学的传承人。他们在保存和传播口头文学中做过有益的贡献。有的少数民族的宗教经籍，如纳西族的东巴经、彝族的贝玛经、傣族的贝叶经，往往将人民群众的口头文学作品加以篡改，用来为宗教服务。但是，在保存人民群众的口头文学方面，它们又有一定的积极意义。这类宗教经籍，以及上述宗教职业者的作用，不论从宗教学还是从民间文艺学的角度来讲，都是值得探讨的。

民间文学同民俗学的关系非常密切。有关民俗的口头文学作品，自然是民俗学的学术资料。例如，侗族的《拦路歌》《开路歌》《酒歌》《赞歌》《哭歌》《踩堂歌》，布朗族的《新年歌》《关门节歌》《开门节歌》《盖房子歌》《新婚歌》《叫魂歌》，独龙族的《结婚歌》《丧葬歌》《猎神歌》《剽牛歌》，佤族的《砍头歌》《祭头歌》《祭神歌》《古战歌》《送鬼歌》等歌谣，对于民俗学家了解少数民族的风习，特别是研究原始风习和古代的宗教信仰、婚姻形式、部落或民族之间的械斗、战争等无疑是有用的。又如，云南宁蒗彝族自治县永宁区摩梭人的黑底干木神话中关于女神阿注（伴侣）生活的篇章，四川盐源县左所区有关女神交阿注的神话，以及摩梭人直接反映阿注婚姻关系的情歌，对于研究群婚及早期对偶婚的残余——阿注婚姻，对于研究家庭、婚姻史有重要的资料价值。当然，从民俗学的角度来看，整个口头文学——民间诗歌、民间故事、民间戏剧、民间谚语和谜语，等等，都是这一门学科的研究资料。它们的学术资料价值是不言自明的。

此外，口头文学对于美学、哲学、教育学、伦理学、社会学、法学、考古学、地理学、心理学、人类学、天文学、文化史、自然科学史等，都具有不同程度的学术价值。各有关学科的科学家们，都可以从我国各民族丰富的口头文学遗产中找到科学研究的有用的资料。

二

　　前面已经谈到，民间文学是文学的一个分支，是文学的一个不可缺少的组成部分。我国是一个历史悠久的文明古国。我国各民族的口头文学宝藏无比丰厚，光华四溢，其中的许多艺术珍品为举世瞩目。不仅如此，经过千百年来的发展，我国各民族的口头文学已经形成了自己独特的艺术传统、艺术风格、艺术技巧，积累了系统的艺术经验。这一宗口头文学遗产，有很高的艺术价值。如果忽视它们的艺术价值，仅仅把它们当作科学研究的资料，对它们的认识显然是不全面的。

　　民间文学的艺术价值，可以从欣赏和借鉴两个方面来理解。首先要提及的是它们的欣赏价值。民间文学是口头艺术，它们的一个重要的使命就是满足人民群众（他们既是创作者又是欣赏者）的艺术需要，获得美的享受，并且在这样的享受中陶冶情操，汲取各种教益。今天，除了旧有的自发的传播方式之外，我们还应当采用各种新的传播方式，有意识地促进它们的传播。用出版物作为媒介的这种传播方式，是一种最基本也最重要的现代传播方式。我们应当经必要的挑选和整理，将各民族的各种优秀的民间文学作品编印成读物，供广大读者阅读、欣赏。这种把从各民族人民群众中采集的口头文学珍品再送给他们，用以丰富他们的文化生活的做法，是尊重人民群众、尊重人民群众的艺术创作的表现，也是发挥民间文学的艺术价值的有力措施。事实证明，这种做法受到各民族人民的肯定和赞许。只有充分认识我国各民族民间文学的艺术价值，才可能真正认识我国民间文学工作者所做的这项工作的必要性和积极意义，把这项工作做得好上加好。

　　民间文学的艺术借鉴价值，既是对文学艺术家而言，也是对人民群众而言。我国各民族人民在进行口头文学创作的时候，往往自觉不自觉地借鉴前人传承下来的各种体裁的口头文学遗产，从创作题材、主题思想、人物形象，到结构形式、表现手法、语言技巧，都有所学习、借鉴，目的是丰富自身的表现力，提高作品的思想价值和艺术境界。对于那些影响较大的作品和造诣较高的民间故事家、歌手、艺人来讲，这种艺术借鉴的作用，表现得尤为显著。譬如，蒙古族著名史诗《江格尔》，是一部继承歌颂草原英雄这一蒙古族古代民间文学传统的杰作。它在形成和发展的过程中，直接受到在它之前已广为流传的短篇英雄史诗的影响。如果我们将它们进行比较就不难发现《江格尔》同蒙古族短篇英雄史诗之间的一定的渊源关系，其中包括艺术上的借鉴。又如，湖北省的汉族民间故事家刘德培在讲故事的时候，每每显示出与众不同的艺术才华。这位从民众中产生的语言艺术家除了民间传说、故事之外，他还熟悉鄂西的山歌、小调、跳丧舞、皮影戏、通俗对联、谜语、歇后语、俏皮话、酒令等民间文艺形式，有相当广泛的涉猎。他讲的故事，常常经过他的一定的加工、创造，包括借鉴各种民间文艺形式，所以大多比旁人的故事更充实、更生动、更有艺术魅力。当然，我们从琶杰、毛依罕、波玉温、康朗英、王老九、霍满生、李永鸿、李四益等各民族民间诗人、歌手、艺人的创作中，同样能窥见民间文学传统的巨大影响。他们的艺术成就，毫无疑问是同他们借鉴各种口头文学遗产，大量吸收民间文学滋养分不开的。

作家文学借鉴民间文学，包括一般性的借鉴和运用民间文学题材进行再创作。我国现代和当代作家创作的许多事例，对于我们认识民间文学的这种艺术价值颇有裨益。

一般性的借鉴，主要指作家接受我国各民族民间文学的熏陶、影响，从思想、艺术诸方面吸收各种民间文学的养分，用以充实作家创作，使作家的创作具有中华民族的风格和气派，能够为广大人民群众所理解和喜爱。赵树理、李季、贺敬之、马烽、姚雪垠、纳·赛因朝克图、尼米希依提、刘绍棠、刘章、高晓声、吴琪拉达、汪玉良、岩鹏等小说家、诗人的创作，都同民间文学有这样、那样的关系，在不同程度上受过民间文学的哺育。他们借鉴民间文学，有的侧重于思想内容、故事情节，有的侧重于艺术形式、语言技巧，有的两者兼而有之。

利用民间文学题材进行再创作，是艺术借鉴的一个重要的方面。它可以分为以民间文学原有的式样和风格进行艺术创作与将民间文学作品改变为其他形式的文学作品两种类型。后一种类型的作品，首先要提到的是 1945 年根据晋察冀边区"白毛仙姑"的传说创作的大型歌剧《白毛女》。它的成功，对以后的作家创作产生了积极影响。新中国成立以后，这种类型的作品不断问世，在长诗和影剧方面收获尤大。如根据壮族民间故事创作的长篇叙事诗《百鸟衣》、根据苗族民间故事创作的长篇叙事诗《虹》、根据纳西族史诗《黑白争战》创作的长篇叙事诗《格拉茨姆》、根据藏族同名民间故事创作的话剧《青蛙骑手》、根据壮族同名民间传说创作的歌舞剧《刘三姐》、根据傣族同名民间叙事诗创作的傣戏《娥并与桑洛》、根据白族同名民间传说创作的白剧《望夫云》、根据彝族同名民间叙事诗创作的电影文学剧本《阿诗玛》、根据维吾尔族民间故事《阿凡提的故事》创作的电影文学剧本《阿凡提》、根据傣族民间叙事诗《召树屯》创作的电影文学剧本《孔雀公主》。从事这种再创作的大都是专业作家，其中有好些是少数民族作家，如《百鸟衣》的作者韦其麟（壮族）、《虹》的作者包玉堂（仫佬族）、《格拉茨姆》的作者戈阿干（纳西族）。他们对于民间文学是很有感情的。

按民间文学原有的体裁和艺术风格进行再创作，新中国成立以来出现过许多作品，比较有影响的如董均伦、江源著的《三件宝器》（中国少年儿童出版社，1956年），肖甘牛编著的《龙牙颗颗钉满天》（少年儿童出版社，1956年），肖崇素编著的《奴隶与龙女》（中国少年儿童出版社，1957年），肖甘牛编著的《双棺岩》（北京通俗文艺出版社，1957年），金受申的《北京的传说》第一集（北京通俗文艺出版社，1957年）和《北京的传说》第二集（北京出版社，1959年），董均伦、江源著的《匠人的奇遇》（中国少年儿童出版社，1958年），康濯编写的《新传说录》（百花文艺出版社，1960年），田海燕编著的《金玉凤凰》（少年儿童出版社，1961年），钟建星编著的《桂林山水传说》（广西人民出版社，1980年），陈玮君著的《王羲之的传说》（中国少年儿童出版社，1980年），肖甘牛著的《孔雀的翅膀》（四川人民出版社，1981年）、《金芦笙》（少年儿童出版社，1983年）。张士杰写的一部分民间传说故事，也是这种类型的作品。这类作品，是介乎民间文学与作家文学之间的作品，是兼有民间文学和作家文学特点的作品。其中的优秀作品，具有较高的文学水平。在外国文学中，我们也可以读到同一类型的作品，如阿·托尔斯泰的《俄罗斯民间故事》、坪田让治的《日本民间故事》、貌阵昂的《缅甸民间故事》，保·特拉吕的《法国民间故事》、比拉戈·狄奥普的《阿马杜·库姆巴故事集》和《阿马杜·库姆巴新故事集》、达迪耶的《非洲的传说》、卡尔维诺的《意大利童话》。与国外不同的是，我国从事民间文学再创作的主要不是专业作家，而是民间文学工作者。当然，其中有的民间文学工作者同时也是作家（如董均伦），但工作的重点仍然放在民间文学方面。我们高兴地看到，新中国成立以后在我们的民间文学园地里，已经培育出一些在国内外有影响的民间文学作家。我们相信，在我国各民族口头文学的沃土上，今后必将涌现出一批卓有成就的民间文学作家。

三

我国各民族民间文学，同人民群众的生活有着广泛而密切的联系。在人们的生活中，它具有作家文学往往不具备的各种实用价值。而这样的实用价值，恰恰又是同它的文学价值紧紧联系在一起的。我国各民族民间文学的实用价值，大致包括五项内容：（1）传授知识；（2）协调、指挥劳动；（3）社交活动；（4）仪式活动；（5）其他应用。

过去，我国各民族，特别是没有文字的少数民族，一直把口耳相传的民间文学作为传授知识的一个重要手段。其表现主要是：

第一，传授历史知识。重点是传授有关本民族历史（包括部落史）方面的知识。例如，畲族史诗《盘瓠歌》、瑶族传说《盘王的故事》讲他们祖先的英雄业绩。傈僳族长诗《古战记》、锡伯族的民歌《迁徙歌》讲的是他们民族被迫迁徙的历史。苗族有关乾嘉起义的传说、侗族叙事诗《六洞起义歌》、白族有关白旗军起义和杜文秀的传说、维吾尔族叙事诗《英雄沙迪尔》、回族叙事诗《歌唱英雄白彦虎》、蒙古族叙事诗《嘎达梅林》等，讲的是各少数民族反对民族压迫、反抗反动统治者的斗争历史。

第二，传授阶级斗争的知识。如各民族有关奴隶反对奴隶主，农奴反对领主，长工、佃户反对地主的传说、故事，就有这方面的作用。

第三，传授生产的知识。如苗族的《造船歌》《造酒歌》《造房歌》《种棉歌》《种麻歌》《养鱼歌》，仡佬族的《砍荒歌》《采茶歌》《织布歌》，布依族的《栽靛歌》《刺绣蜡染歌》《下种与收获歌》《造壶歌》《造碗歌》《造猪刀歌》等作品，通过对农业、手工业生产过程的吟咏，向人们传授生产知识。

第四，传授生活常识。例如，有关中草药的传说、故事，有传授医药常识的某些作用。又如，民间流传的一些"荤"故事，实际上起着进行性常识教育的作用。

当然，口头文学作品毕竟不是科普读物和科学著作，它们所传授的各种知识，有时可能不一定那么科学。这一点我们是不会苛求的。

协调劳动，指挥劳动，鼓舞劳动热情，以保证劳动生产顺利进行，并且取得较好的劳动效果和生产较多的劳动成果，是口头文学的实用价值的另一表现。我国各地区、各民族的劳动号子名目繁多，使用的场合各异，常见的有搬运号子、板车号子、捕鱼号子、拉纤号子、船夫号子、挑担号子、打夯号子、伐木号子、采石号子、建筑号子、车水号子、打粮号子、连枷号子、盐场号子、油房号子、苎麻号子等，此外还有打夯歌、摇船歌、号子歌等，其性质与劳动号子相同。劳动号子是一种与劳动节奏紧密配合的民歌，通常由一人领唱，众人唱和，领唱人亦是劳动成员。有的地方的劳动歌，歌唱形式与劳动号子大不相同。它不是劳动者自唱，而是加上了伴奏。例如，贵州省遵义、仁怀一带仡佬族地区的"打闹歌"，是过去乡间换工、帮工薅地时，由一人边打鼓边唱歌，内容有催促勉励，有指斥讽刺，有盘话，有笑话、谜语等。土家族有整套《挖土锣鼓歌》（又称《薅草锣鼓歌》），农事季节到来时，请歌师在劳动现场对唱，对歌时一人敲锣，一人击鼓，如系三人则另一人吹唢呐或敲马锣。全歌由

"歌头""请神""扬歌""送神"四个部分组成。

我国许多少数民族常将口头文学（主要是民歌）用于未婚青年的社交活动。他们的群众性的节日活动和文娱活动，如彝族的火把节、壮族的歌圩、侗族的行歌坐月、白族的绕三灵、布依族的赶表、苗族的游方、黎族的三月三、瑶族的耍歌堂、仡佬族的走坡、傣族的泼水节等，大都是未婚青年男女相互交往，进而谈情说爱的好时机。此时，他们少不了要对唱情歌，把情歌作为倾吐感情、选择配偶的工具和手段。他们如果不会唱情歌，是很难找到对象的。

过去，我国各民族的仪式歌往往是举行各种仪式的一个不可缺少的内容。在这种场合，就充分显示出它们的实用价值。仪式歌的应用范围甚广，包括婚丧仪式，以及庆丰收、贺新房、贺满月等仪式。以景颇族为例，他们在举行结婚仪式时，要请歌手用"孔然斋瓦"调唱《结婚歌》。他们为死者举行悼念仪式时，晚间要跳"葬舞"。跳"葬舞"时所唱的仪式歌叫《丧葬歌》，即"送魂调"。他们在吃新谷庆丰收时，要用"穆占"调唱《种庄稼歌》。

在仪式歌中，还有一类宗教仪式歌。这种宗教仪式歌，同各民族的宗教信仰和习俗密切相关，内容和特色各不相同。譬如，锡伯族的《萨满舞春》通常是萨满跳神做法时唱，就其曲调和内容来讲，种类颇多，有斗鬼的《阿尔坦库里》、驱赶瘟疫的《吾亚喇厄爷》等。裕固族每年有四次大的集会，集会上要举行朝圣（点佛灯）仪式，观看小喇嘛戴鹿头、牛头等面具跳"符花"、跳"施工子"，同时要唱敬神、敬佛、敬活佛、敬喇嘛、敬寺院的宗教歌。黎族的宗教迷信活动的主持者"娘母""道公"在举行宗教仪式时，要跳宗教舞蹈，并配有吟唱。黎族的宗教仪式歌有赶鬼歌、祭祀歌、殡丧歌等。

除了上述几项外，我国各民族的口头文学还在社会生活的其他领域、其他场合显示出它的实用价值。下面举出几个例证。

在我国南方的一些少数民族中，有一类用于民间争讼的口头文学式样，即广西大瑶山瑶族的石牌话①、黔东南地区苗族的理歌与理词、侗族的理款、② 水族的"诘俄伢"③。

---

① 石牌制是旧时广西大瑶山瑶族地区一种带有原始民主残余、维持社会秩序的政治组织和它的法律表现形式。一般以村为单位，分别联合组成小石牌、大石牌、总石牌。将有关维护当地生产活动、社会秩序和治安的原则制成若干规条，经群众集会通过，刻在石牌上。并推举公众领袖为石牌头人，执行石牌法律。石牌话即石牌头人宣布石牌法律、处理民间纠纷时说的"话"。

② 理款系侗族"款词"的一种。侗族朗诵体的款词是古代侗族对外共同御敌，对内保持团结、维持治安和维系社会道德风尚的神圣法典，内容丰富，几乎是侗族的一部小百科全书。理款相当于民法，供劝善惩恶，调解纠纷时使用。

③ 诘俄伢：韵白说词。水语"诘"是"说理辩论"，"俄"是"五"，"伢"是"婆婆"，"诘俄伢"直译为"五个婆婆说理辩论"。

这种说辞和歌谣，是人们争山场、争地界、发生婚姻、财产纠葛等时，石牌头人、理老①、诘手②用来调解纠纷、处理案件的。其中有一部分说词有记存公约和解释习惯法的作用。这类口头文学式样的出现，同旧时瑶族的石牌制度、苗族、侗族和水族的民族法典法规密切相关。

在我国的许多少数民族中，一些韵文或散文的口头文学式样，如藏族的赞词和婚礼祝词、蒙古族的部分祝词和赞词、苗族的祝颂歌和酒礼歌、瑶族的彩头话，是一种表示祝愿、赞美的应用文体。在逢年过节、新婚嫁娶、出猎征战、牲畜繁殖、立房造屋、走亲访友、恭贺生辰、婴儿诞生或满月等各种喜庆场合，这些应用文体是供应酬之用。

我国某些少数民族过去有以歌代信的习俗，最典型的是瑶族。瑶族的信歌跟一般书信一样起到传递信息、交流思想的作用。从目前掌握的资料看，瑶族信歌大都是七言体，每首数十行、数百行不等，内容大致可分为迁徙、查亲、求援、恋爱等几个方面。

以上列举的我国各民族口头文学的实用价值，是从过去时代的情况中概括出来的。新中国成立以后，我国各民族都发生了深刻的社会变革。随着各民族人民的社会地位的提高和文化生活的改善，口头文学的实用功能和应用范围也起了变化：有的被保存下来，甚至有了新的发展；有的开始萎谢，应用范围日渐缩小；有的已经消亡。可以预料，这种变化还将继续下去。因为口头文学的实际应用受社会生活制约，总是随着时代发展而变化的。

对于我国各民族口头文学的多种价值的深入探讨，不但在学术上有一定的意义，而且直接关系到我们的实际工作。当前，我国的民间文学事业正面临一个开创新局面的大好时机。民间文学事业是一个包括众多方面、众多层次、众多环节的集体事业，需要调动尽可能多的人员来共同完成。全面认识我国各民族口头文学的各种价值，将使我们自觉地站在应有的理论高度上认真地、切实地对待民间文学的发掘、整理、档案、出版、研究、教学等各项工作，让我国从事民间文学工作的所有成员都能施展才干，发挥各自的积极性和创造性。

（原载《中芬民间文学搜集保管学术研讨会文集》，中国民间文艺出版社，1987，第 217~229 页）

---

① 理老：旧时苗族、侗族民族法规的执掌者，是专门调解纷争的人。
② 诘手：水族旧时解调民间纠纷的人。

多学科的民间文学

蓝鸿恩[*]

　　民间文学就像一座迷宫，它那光怪陆离绚丽多姿的外表，产生无限的魅力，使人们眼花缭乱、心旷神怡、浮想联翩，从而迸发出对生活的幻想与憧憬。于是诗人们赞叹：民间文学是文学的母亲！而其他社会科学工作者，又认为那是一座深藏着无数矿藏的宝库，有待大家去开发。

　　然而要打开这座迷宫的大门，也是极为不容易的。许多人认为现在有了录音机、录像机，可以一字不漏地录下来。其实，那只是外壳，里面还有很多东西，那里面有人类童年的幻想，古人走过的脚迹，那里有人类古代社会的经济形态，也有人类智慧总和的文化和知识。它既是文学，也包含有历史、宗教、哲学、伦理、民俗、文化人类等多学科。它是综合性的科学。科学的东西从来不能虚伪、粉饰和马虎。必须要从所有学科的角度去加以考察，才能得到整体的东西，其材料才能算是有价值的。

　　比方说，我们曾在广西龙胜壮族地区收集到一个故事，说的是古时天帝创造了十二个太阳，把大地都晒得干裂了。于是就产生这样的疑问：是唱述人搞错了？还是流传中有变异？因为很多民族都说十个太阳，连古籍记载也是这样。《山海经》就说："帝俊之妻，是生十日。"《淮南子》也说："尧之时，十日并出，焦禾稼，杀草木，而民无所食。"

　　然而考古材料却有十二个太阳。这是河南郑州大河村出土的陶片上出现的图像。考古材料证明：大河村吸收了大汶口文化的因素，而大汶口文化居民的遗骨说明，其体质和现代华南人接近。另外，从大汶口的习俗来观察，他们有文面、拔牙的习俗，与古籍记载的古百越族习俗相同。而今天壮族的先民，据历史学家和民族学家推定，

　* 蓝鸿恩（1924～　　），男，广西马山人，壮族，时任中国民研会副主席、广西民间文学研究会副主席。——编者注

正是百越族的后裔。这不能不说明十二个太阳是最古的观念，而史书上记载的"十日并出"，却是后来变异的结果。

这说明搜集中具备考古学知识、历史学知识、民族学知识是何等的重要。

又如，在壮族创世神话中说：古时天地粘在一起，像一团球状由气体结成，由一个拱屎虫推它在宇宙滚动。后来飞来一只螟蛉子叮在这圆球上，不久就叮出一个洞眼来。以后逐渐裂开，终于爆炸开来，才发现里面有三个蛋黄的东西，一个飞上去变成天，一个飞下来变成海洋，中间那个便是大地。

现代人看起来觉得古人像小孩一样幼稚可笑。但德国伟大哲学家康德，不正是从这样幼稚的想法中提出"星云学说"的假想吗？在康德之前，英国伟大科学家牛顿也曾说天体的运动第一动力是上帝起作用的。如果我们掌握一点人类思想发展史的知识，就可以知道古人在探索大自然的奥秘时，是企图了解自然的规律而加以运用，进而知道古代人类在脱离浑浑噩噩的愚昧状态后开始有思维活动，这是多大的进步。

接着的故事就讲那时的大地上没有人，没有动物。后来荒漠的大地上长了一棵草，草上开了花，就出现一个全身一丝不挂、披头散发的女神，这就是人类始祖姆六甲。

究竟这个不见经传的说法靠不靠得住，是巫师的胡编，还是讲述人的虚构，这就要靠民俗学来检验了。

考之壮族人的观念，认为人是姆六甲女神的后花园的花朵投生于世间的，所以结婚后怀孕的妇女要请巫师去做"接花"仪式：孩子生下来了，要拜母亲床头安置的花神座位，以求保佑健康成长。壮族地区红水河上游的凌云县，有一座山，传说姆六甲女神当年就住在那上面，凡是结婚而不怀孕的妇女，到春三月必然到山上去，采摘花朵回来，据说就可以怀孕了。

在这里，民俗从属于原始宗教的信仰，不是研究宗教史的很宝贵的资料吗？

故事接着说：那时天和地分开，晃晃荡荡不平稳，姆六甲就命螟蛉子去整理天，派拱屎虫去整理地。谁知螟蛉子懒，把天整小了；拱屎虫勤快，把地整大了，天盖地不牢。姆六甲用手往地中心一抓，地边缩小了，天才能把地罩牢。于是，被抓起的地方便是高山，抓成了褶纹的就成为山谷、河床。

这里包含了很多古人类观念的东西。哲学观念：哲学的根本观念是宇宙观，这是说明古代壮族人对宇宙的观念是"天盖说"。宇宙是物质构成：天就是空气，地是泥土，海洋是水，山脉是矿；加上花草植物和动物（人、螟蛉子、拱屎虫）构成了宇宙的元素。人可战胜自然，因为大自然是姆六甲所安排的。在这里还可以探索人类初级阶段是如何崇奉女性，这不能不带有母系氏族社会的痕迹。这就包括了哲学、人类社会发展史、文化史等多方面的资料。

以上可以概括为民间文学的资料是否可靠，要用民俗来印证，再用多学科来考察，最后以考古资料来检验，才是可靠的材料。这些资料才呈现出光彩来，也才有科学价值。一字不漏地录音是远远解决不了的。但是，考古有时候也因历史年代的久远，风俗习惯随着社会的变异而被人们忘怀了。例如，壮族地区发现很多铜鼓，历史学家们都说是古百越的遗物，然而拿来做什么用，那鼓面、边、旁为什么要铸立着青蛙，这时，考古学家、历史学家、民俗学家就来找民间文学提供资料来解答。原来百越先民曾有过对青蛙的崇拜，在民间故事里说：青蛙原来是雷王的儿子，雷王掌握天上一切事务的大权，主宰人间风调雨顺。人间如果需要雨，就向青蛙说一声，青蛙对天上雷王一鼓噪，雷王听到了，便发下雨水来。因此，青蛙是雷王派到人间的使者。

后来因为有人不理解，听到蛙鸣就不耐烦，一锅开水泼出就把青蛙烫死了。雷王知道后便不给人间雨水。人们没办法就去求创世神布洛陀和姆六甲。他们说：谁叫你们把雷王的儿子弄死了，你们必须为雷王的儿子举行丧礼，为它来守灵。雷王饶恕了你们，人间就有雨水了。

有了故事，又以民俗印证，现今壮族部分地区还有祭青蛙的节日。那就可以说明古代壮族先民有崇拜青蛙的信仰。铜鼓就是神的器物。然而人类为什么要崇拜青蛙这样弱小的动物，就不得不从壮族古代社会生活去寻找了。

原来古代壮族先民是发明种植稻谷的民族。种植稻谷要用雨水。当他们发现青蛙鸣噪的时候，不久就有雨来。从他们那幼稚的观念形成的原始宗教中，便认为青蛙大概和天上那个看不见下雨的神灵有血缘关系，于是崇拜的信仰就形成起来。

在这里就看到民间文学和考古学、历史学、民俗学、宗教学、物候学（青蛙鸣噪后下雨）等已经纠缠在一起了。

最后想谈一下语言学与民间文学的关系。在这里我不想谈那些讲述生动故事的具有无限魅力的文学语言，这是大家都公认了的，而是想从语言历史学角度来论述。

就说龙这种神物吧。现在壮族地区大部分都接受了汉族地区"龙"这个神物的概念。它是祥瑞的神物，是帝王权威的象征，它还会行云布雨（这大概也因汉族接受印度文化而有的概念）。壮族民间故事也有他们自己的"龙"，不过却喊它作"图额"。在壮族民间信念里，它是管江、河、湖、海的水神。壮族民间认为地是浮在水面的，所以地震就叫"图额"翻身，洪水是"图额"对人类发怒或怨恨。它可以变成美貌的男子上岸来勾引少女；也可以化为漂亮的女人来诱惑少男，它是邪恶势力的化身，是个讨人厌的妖物，因而后来翻译成汉语叫作"孽龙"，也翻成"蛟龙"。

然而在古代壮族先民那里，却是对之崇拜，大家仿照它身上的花纹进行文身。古籍就有百越先民"断发文身，象征龙子，避免蛟龙之害"的记载。

这里面就有一个信仰变异的问题。

根据考古材料，百越先民在未进入农业社会的时候，是经过渔猎社会的。他们经常到水中去打捞蚌、蛤、蚬、螺过生活，至今邕江两岸都经常发掘到贝丘遗址，有些贝丘堆积达十多米之深。

因为靠水谋食，就经常受到鳄鱼危害，因而对鳄鱼产生恐惧而加以崇敬。现在"图额"这个词汇，还带有鳄的语根（"图"在壮语里是代表动物的冠词，"额"才是名称），可见历史语言学在研究民间文学中有时会解决历史现象的大问题。

后来离开了渔猎而进入农耕，不需要靠水来生活了，也就离开了鳄鱼的侵扰和危害，转而向和雨水有关系的青蛙崇拜了。

崇拜的对象变了，旧的崇拜对象有很多旧的残余观念还留在人们脑子里。所以壮族民间故事里，有很多铜鼓与图额斗争的故事。甚至《浔州府志》还记载有江水大发而用铜鼓下沉镇邪的记载。

如果没有历史语言学的知识，恐怕就难考察出这么多的事来。

其他如民间文学中的兄妹结婚的故事，现代人就认为不正经，为伦理不容，然而在血缘婚时代却是天经地义的。这里就不再论述伦理与民间文学的关系了。

总之，我觉得民间文学是光怪陆离绚丽多彩的迷宫。民间文学工作者必须具备多学科的知识，才能找到打开这座迷宫的钥匙，才能跨进这座迷宫的门槛，找到有价值的宝贵资料。

（原载《中芬民间文学搜集保管学术研讨会文集》，中国民间文艺出版社，1987，第211~216页）

民间文学在儿童文学中的广泛应用

贺 嘉[*]

　　儿童文学与民间文学是两个完全不同却又相互紧密联系的文学门类。儿童文学是成年人专门为少年儿童创作的文学作品，而民间文学则是劳动人民集体进行的口头创作。民间文学的创作者虽然也是成人，但并不像儿童文学那样有专门的创作人员，特别是在漫长的旧社会，民间文学的作者就是那些一字不识的老百姓。作为民族传统文化的积淀，民间文学也是民俗学、人类学、社会学、民族学等的一部分。如果从文学的角度来探讨民间文学与儿童文学的关系，我们便可以看到，民间文学的对象不同于儿童文学，它主要是成人而不是儿童。但是，民间文学作品（口头的或文本的）也有一部分是专门给孩子们讲唱的，即使是那些成年人讲唱的民间文学，孩子们也会经过自己的咀嚼消化，选出一些他们能够接受的部分来。所以，在儿童文学诞生阶段，民间文学中的一些神话、传说、歌谣、故事等就归入了儿童文学的范畴。随着儿童文学的发展，儿童文学作家和一些民间文学工作者将某些民间文学作品改编或再创作，以满足少年儿童对文学欣赏的多种需求。民间文学在儿童文学中的广泛运用，不仅推动儿童文学作家更加积极地向民间文学学习，创作出具有民族特色的儿童文学作品，同时，也培养我们的小读者从小就开始熟悉和喜爱民族的传统文化，随着他们年龄和知识的增长，逐渐具有民族的思维方式和欣赏习惯，让祖国的优秀传统文化在新一代的成长中得到继承和发展。正如著名老一辈儿童文学作家冰心所说："我国是个统一的多民族国家。除汉族外，还有五十五个少数民族。自古以来，各个民族就在祖国的广阔的土地上劳动、生息和斗争，共同创造了中华民族的悠久历史和灿烂文化。今天，我们祖国的两亿少年儿童，应当知道我们祖先共同创造的历史和文化。阅读关于

---

　　[*] 贺嘉（1939~ ），男，吉林四平人，时任中国民间文艺研究会书记处书记，历任中国民间文艺研究会《民间文学》编辑部编辑，《北京文艺》编辑部评论组编辑，中国民间文艺家协会书记处书记、副秘书长，中国民间文学集成全国总编委、总编辑部主任，《民间文学论坛》杂志主编、编审。——编者注

各民族的童话故事，是个极能引人入胜的开端"（《中国少数民族童话故事选》序）。

一

由于民间文学所具有的那种单纯而富于变化的结构，通俗口语化的语言，以及浪漫色彩的想象力正适合儿童的性格、心理和阅读趣味与欣赏能力，在近代社会以前，或者可以说从人类具有自己的历史以后，民间文学就成为儿童的亲密伙伴。成年人专门为少年儿童创作文学作品，这是近代社会以后的事，但是，在此之前，儿童并不是与文学无缘的。长期以来，他们主要是从成人或同伴们口传的民间文学中获得文学的享受。在原始社会和古代社会，儿童从宗教仪式的祭祀诵唱中以及长者们关于英雄人物业绩的叙述和对周围自然界神秘现象的解释中，听到许多关于万物起源、天地开辟、人类变迁的神话传说。虽然孩子们对于这种原始的信仰并非完全理解，但是，我们可以想象出他们听起来会是那样津津有味，乐在其中，并且根据自己的认识能力与审美好恶去鉴赏和享受。

随着社会的发展，人们逐渐认识到，民间文学不仅能够满足儿童好奇与愉悦的兴味，而且还是向他们传授知识、道德、民俗风情的手段，于是，便有意识地为孩子们讲述一些他们可以理解和接受的神话、传说、故事等。从此，儿童也有了属于自己的口头文学。

到了近代社会，又出现了以少年儿童为对象的民间文学选本和各类民间文学读物。这部分供少年儿童阅读的民间文学作品的特点是：第一，它们是人民群众（主要是劳动人民）的口头创作，是作家从群众的口头流传中搜集而来的。第二，这些作品基本保持了民间文学的原貌，从故事情节到结构安排，叙述语气都完全尊重群众的创造，而不加进整理者个人的色彩或按整理者个人的意识去进行较大的加工，所以，这些作品具有一定的科学性和学术价值。但是，同那些专门为民俗学、人类学、民族学等进行科学研究而提供的资料不同，它们具有浓厚的文学特色和可读性。第三，适合于少年儿童理解和接受。由此看来，这些为少年儿童精选的民间文学作品，既有儿童文学的特点，又不失为民间文学的精品。

近代社会以来，世界上许多国家的文学大师都非常重视为少年儿童搜集和编选本民族优秀的民间文学作品。具有里程碑意义的应当是德国格林兄弟在十九世纪初搜集出版的《德国儿童与家庭童话集》。在格林兄弟之前，虽然也曾有人开始挖掘整理民间文学的工作，如布伦塔诺、贝洛、鲍曼夫人等，但是他们大多按照自己的想法将人民群众的口头创作进行重新编写，甚至涂上当时贵族阶级伦理的色彩，失去了民间文学作品的真实性。格林兄弟则不然，他们编选的《德国儿童与家庭童话集》，大多是他们亲自从当时德国劳动人民中搜集而来的，其中有的是邻居的女佣人以及朋友家的农妇。对于古老的民族传说，格林兄弟尽力去忠实记录，力图保持每一篇民间故事的原貌，甚至在初版时，还对某些故事附有详细注释。因此，这些故事具有严谨的科学性和文学性。当然，在后来的几次再版过程中，由于作家更注意了读者对象的特点，对某些不适于儿童阅读的内容进行了适当地删节和改动，但作家在将民间文学儿童化时，仍注意到尽量不减弱原作品的科学性。所以，格林兄弟不仅开创了从学术研究角度搜集整理劳动人民口头创作的道路，而且对于世界儿童文学的诞生和发展产生了重要的影响。《德国儿童与家庭童话集》出版之后，又陆续出现了《俄罗斯民间故事集》（亚·阿法纳西耶夫）、《挪威民间故事集》（培特尔·阿斯比伦桑）、《英国神话故事》（约瑟夫·雅各布斯）、《爱尔兰民间故事集》（威廉·叶芝）等专门为儿童编选的民间文学集。

我国丰富多彩的人民口头创作是形成中国儿童文学的摇篮。在近代社会，为儿童编写的传统读物中，也包括中国古老的神话传说、歌谣、童话、寓言等，如明代的《三字经》《龙文鞭影》《幼学琼林》《演小儿语》等，但这些内容大多取材于古籍而不是真正劳动人民口头上流传的作品，而且，这些读物大多是为封建伦理道德服务的。十九世纪中期，清代的《天籁集》（郑旭旦）、《广天籁集》（悟痴生）以及《北京儿歌》的相继问世，开了我国为儿童编选民间文学专集的先河。这些专集入选的儿歌，几乎都是当时广泛流传的民间儿童歌谣，而且不同地区还出现了各种异文，不仅易于口耳相传，而且对于我国歌谣研究也提供了宝贵的资料。遗憾的是直到全国解放，我国还没有一本具有一定规模的专门为儿童编选的中国民间故事专集。

中华人民共和国成立以后，随着民间文学与儿童文学受到社会应有的重视，专门为儿童编选的民间文学出版物也越来越多。同欧洲各国不同的是，我国为儿童采录或编选民间文学作品的作者，大多是民间文学工作者，很少有作家来从事这一工作。我国作家的兴趣似乎主要在于对民间故事的改编或再创作上。"文化大革命"以前的十七年里，据国家出版局版本图书馆编的《全国少年儿童图书综录》（1949－1979）统计，儿童文学中的民间故事读物（包括神话、童话、故事、笑话等）近八十种；其中除像中国民间文艺研究会编选的《青蛙骑手》《隐身草》（均为少年儿童出版社出版）等不多的几本专集是科学性与文学性结合得比较好以外，大多是经过改编的读物。

粉碎"四人帮"后的十年里，如果说民间文学进入了第二个黄金时代，那么，儿童文学也开始了自己的黄金时代。由于清除了极"左"思潮的影响，保护民间文化和教育青少年引起了全社会的重视，这一切为儿童民间文学的发展提供了可靠保障。此外，在这十年里，全国儿童报刊和出版事业的空前发展，也为向少年儿童推荐他们喜爱的民间文学作品提供了较为充足的园地。比如，出版少年儿童读物的专业性出版社在"文化大革命"之前，只有两家，现在却有二十几家。1980年创立的中国民间文艺出版社是我国唯一专门出版民间文学图书的全国性出版机构，这家出版社每年出版民间文学作品（包括少儿读物）三十余种。此外，一些少儿报刊和民间文学报刊也都开辟了有关民间文学或讲给孩子们听的民间故事专栏，而且这些报刊品种多，发行量大。1986年，全国少儿报刊达180多种，民间文学报刊在"文化大革命"前只有一两种，而现在也发展有二十余种，有的民间文学报刊发行量超过了百万份。如果我们将近十年来为少年儿童发表的民间文学作品全面地统计一下，其结果一定蔚为壮观。这些作品的特点是：

第一，由于有更多的民间文学工作者关心并亲自参加了向少年儿童传播民间文学的工作，所以，近年来直接从民间文学作品中精选出适于少年儿童阅读的读物增多了，这些作品具有儿童文学与民间文学双重特点，尽量保持着人民群众口头创作的原貌。

第二，编选者摆脱了极"左"思想的羁绊，为少年儿童选择作品的天地更加广阔了。过去由于受庸俗社会学的影响，把教育少年儿童仅仅理解为政治思想教育，所以，为他们选择的民间文学作品也只能是长工斗地主、奴隶反国王之类的故事，一些幻想性较强的民间童话，常常被不加分析地一律说成宣扬封建、迷信、宿命论等，从而堵塞了向少年儿童传播的渠道。近年来，民间文学中的儿童读物的出版，就像童话里描绘的神奇世界一样，五彩缤纷，百花齐放。民间神话、童话、笑话、寓言等都有大量出版。少年儿童从灿烂的民间文化里，得到美的陶冶和艺术享受。

第三，出现了一些具有一定规模的儿童民间文学选集。这些选本有的是按民间文学的不同体裁成集，如袁珂的《中国神话选》（人民文学出版社），祁连休的多卷本《中国民间故事选》（中国少儿出版社），吴蓉章的《中国民间故事选》（四川少儿社），董森、肖莉的《民间童话故事选》（北京出版社），曹廷伟的《中国民间寓言选》（辽宁少儿社），蒋风的《中国传统儿歌选》（广西人民出版社）等；有的是按不同民族、地区编选成集的，如李耀宗的《中国少数民族童话故事选》（四川民族出版社），青岛市文联编选的《神奇的石门崖》（山东少儿出版社）等；还有的是民间文艺家、作家将自己搜集整理的儿童民间故事结集出版，如张士杰的《秫秸船》（新蕾出版社），董均伦、江源的《奇异的宝花》（新蕾出版社），肖甘牛的《金芦笙》（少儿出版社）等。对外国民间文学的介绍也引起了一些少儿出版社的重视，近年来山东少儿社出版了《日本民间故事选》《南亚民间故事选》，少儿出版社编辑出版了《世界民间文学丛书》等选本。

第四，照顾了不同层次的少年儿童读者，特别是为低幼儿童精选出适合他们阅读的民间文学作品，使他们从小就吸吮民族传统文化的乳汁。如《中国神话》（少年儿童出版社）、《三湘传说》（湖南少儿社）、《黑龙江民间故事》（黑龙江少儿社）、《台湾民间传说画丛》（陕西少儿社）等，这些出版物图文并茂，装帧讲究，深受家长和小读者的欢迎。

二

置身于过去与未来交汇点的当代少年儿童，他们从小就要树立远大的理想和奋斗目标，同时，还应当从传统民间文化中特别是从他们喜闻乐见的民间文学中了解民族的历史，汲取生活的经验和知识，学习各族人民和历代先进人物的高尚品德、优秀情操。可见，民间文学是少年儿童健康成长的不可缺少的精神食粮。为了更广泛地满足少年儿童对民间文学的需求，我们不仅从浩如烟海的民间文学宝库里选出珍宝，原原本本地传承给下一代，而且可以采用改编的方式，使更多的民间文学作品为孩子们所接受和欢迎。茅盾同志早在五四时期，就亲自为小读者编写了希腊神话故事，粉碎"四人帮"之后，当儿童文学的春天再度来临的时候，他又向我国儿童文学工作者指出："希腊罗马神话、北欧神话，有许多可以写成瑰奇的少年儿童文学作品。庄子、列子、中国神话、中国寓言、百喻经（那是印度的寓言），其中都有可以改写为少年儿童文学的材料。精卫填海、夸父逐日、刑天舞干戚等等，加以发挥，可以写成极好的少儿文学。甚至《西游记》、《镜花缘》、《太平广记》、《一千零一夜》（阿拉伯故事集），也可以淘出儿童文学的金沙来，写成灿烂的作品。"（《少儿文学的春天到来了》）

所谓"改编"就是对民间文学的原始材料进行较大的艺术加工。从民间文学的研究角度来讲，最忌讳的就是对人民群众的创造按个人的需要和意愿进行修改和编造。民间文学是人民群众自己的艺术创造和智慧的结晶。一般来讲，民间文学属于历史范畴，它反映了千百年来我国各族人民对于社会、自然的认识，记录了他们的生活、风情和斗争。如果我们随意用今人的观念去代替古人的一切，使后人对民族传统文化的真面目真假难辨，就会丧失民间文学应有的历史价值。所以，民间文艺家对劳动人民的口头创作一直坚持"忠实记录、慎重整理"的原则。但是，民间文学的功能是多方面的，不仅为科学研究、认识历史提供文献资料，同时，它又是文学的一部分，更能为人们所欣赏和娱乐。作为文学读物，特别是给少年儿童阅读的某些民间文学作品，只有经过必要的改动才能够提供给我们的小读者。如上所述，民间文学正是由于它是历史的产物，必然反映出古老的习俗和观念，而这些又很难被今天的少年儿童所理解。比如，中国各民族人民的神话传说所体现出的那种创造、奋斗、百折不挠、自我牺牲精神对于今天树立新一代少年儿童的社会主义的新风也是不可缺少的，然而，神话毕竟是一种原始的意识形态，它与原始宗教、仪式、图腾制等有着密切的关系，其中如兄妹结婚、人与动物结亲等内容，如果不经过一定的艺术加工和改写，是很难让今天的孩子所理解和接受的。此外，民间文学既然是历史文化的积淀，它必然存在着一定的时代局限，其中也有一些夹杂着宿命论、封建迷信，甚至低俗的内容。这些作为历史遗产和研究资料也许还有某些价值，然而，作为少年儿童读物就必须"取其精华、去其糟粕"，否则，对于还缺乏一定鉴别能力的小读者会产生不良的影响。所以，对于民间文学的原始材料的运用，取决于我们的态度和做法。著名民间文艺学家钟敬文先生说："如果你是一位民间文艺学者或语言学者，你就要求那有关的记录是绝对忠实的，完全客观可靠的；如果你是一位民众（尤其是青少年）文学读本的编纂者或供给者，你就要根据自己的目的去选择，甚至于下笔去润色或改写那些原始材料；如果你是一位作家，那么你对那些故事、传说的处理和上面那两种情况大不同了。"（《关于故事记录的忠实性的问题》）对于民间文学来讲，我以为"改编"并不可怕，改编也是传统民间文学普及、推广、古为今用的一种方式，通过改编可以使更多的人了解我国各族人民和世界民间文化，吸引更多的人特别是使青少年养成对于民族传统文化的兴趣。比如对著名的"三大史诗""四大故事"进行科学的整理和出版，就是十分必要的，这是保护民间文化的基础，是发扬民间文化传统的根基。但像藏族英雄史诗《格萨尔王传》这样的史诗，连同各种异文在内，大约有六十部以上，长达一百多万行，而且以韵文为主。单纯从阅读方面的困难来讲，那样长的鸿篇巨作就很难一口气读完，可是作为民族的文化瑰宝，我们应当设法让更多的人（包括少年儿童）去了解古代藏族英雄格萨尔王一生降妖伏魔、英勇战斗的光辉业绩。四川民族出版社近年出版的多卷本连环画册《格萨尔王》以及降边嘉措改编的有关故事，在这方面做出了有益的贡献。有人说，改编是作家的事，不是民间文学工作者的工作范围，其实，民间文学工作很重要的一个方面就是"大力推广"，况且，民间文学工作者特别是那些长期坚持同人民群众生活在一起的搜集整理家们，由于他们对群众的生活、习俗、语言都非常熟悉，并有较深的民间文学修养和丰厚的民间文学积累，经他们改编的民间故事更容易保持民间文学固有的风貌，不至于使民间文学"串味"。新中国成立以来，民间文艺家张士杰、董均伦、江源、陈玮君、肖甘牛、邬朝祝等都为少年儿童改写了大量优美的民间文学作品,有的还在全国儿童文艺创作评奖中获奖。他们在民间文学与儿童文学之间架起了一座美丽的彩桥,他们对于民间文学的普及和推广所付出的辛勤劳动,应当得到应有的评价和尊重。然而,他们却往往遭到不公平的待遇。肯定改编的意义并不是意味着让所有的民间文学工作者都去搞改编,也不是想把民间文学的工作重点转向去领导"改旧编新",那种在采录人民群众口头创作时还没有进行科学的整理,留下真实的原始材料就直接进行改编,甚至以假乱真,将改写的民间文学作品不负责任地冠以"搜集整理"等做法,都是不宜提倡的。但是,为了民间文学的普及和推广,为少年儿童改编民间文学作品不仅是儿童文学作家的事情,也是民间文学工作者的责任。

为少年儿童改编民间故事大致包括:

第一,对民间文学作品的内容进行较大的增删。给少年儿童改编民间文学作品同其他儿童文学创作一样,必须充分考虑到读者对象的特点。少年儿童不同的年龄特征形成了小读者之中不同的层次,所以,我们在改编过程中仅仅注意到成人与儿童的区别还不够,还应当明确是为多大年龄的孩子阅读而改编的作品。同样一篇民间故事,对于中、高年级的学生和供低幼儿不同读者对象,在故事的内容、结构、语言等方面,其要求也不尽相同。还应当指出的是,越是中、低年级学生,就越喜欢阅读童话和民间故事,而随着年龄和知识经验的增长,他们对民间故事的兴趣就逐渐让位于现实感较强的文学作品了。儿童心理学家吴风岗于1980年在北京地区小学阅读课外读物调查的一份报告中表明,在他所调查的对象里,喜欢童话、神话、民间故事的学生,三年级学生占63%,而在五年级仅占37%。阅读有打斗情节的中国古典小说和历史故事,在三年级占26%,而在五年级却占57%。这一信息启示我们,为低幼儿童改编民间文学更为值得重视。低幼儿童读物不仅要求内容健康有益,在故事的情节结构和语言运用上更要突出儿童特点。张士杰同志在五十年代搜集整理的民间童话《渔童》,通过老渔翁得宝的传统情节反映了中国人民强烈的爱国主义精神。1979年和1981年人民文学出版社分别出版的儿童文学集(1949~1979)《童话寓言选》(金近、葛翠林主编)和《幼儿文学选》(任溶溶、鲁兵、圣野主编)都选了《渔童》。两篇童话虽然主题、情节、人物都基本相同,但是由于读者对象不同,前者直接选用了民间故事的搜集整理稿,而后者对故事某些内容进行了较大的删节,去掉了人物过多的内心活动和政治色彩较浓的人物对话,使故事情节更加单纯、精练,在叙述语言上也突出了动词的运用。因此,如果说《童话寓言选》中的《渔童》是忠实于原作的民间童话,那么《幼儿文学选》中的《渔童》便是为适于低幼儿童阅读而改写的民间文学读物。然而,为了一定读者的需要,这种改写是必要的。

第二，为了使民间文学作品更加完善、臻美，在改编时可以对作品的故事情节、结构，以及人物形象欠缺或多余的部分进行合理的增删。阿·托尔斯泰在改写俄罗斯民间故事时，除了从不同的异文中选择最理想的蓝本外，还要对蓝本中不足的地方，进行增添改变，"……再用别的语言和情节生动的故事来丰富它"（《俄罗斯民间故事》序）。肖甘牛父子将苗族民间故事《龙牙颗颗钉满天》改写成了电影剧本《桑哥哥》。原民间故事中，桑哥哥本来是迫使老熊王交出会补天的女儿，可是当他见到老熊王时，开口就向老熊王硬要个女儿"做老婆"，"做老婆"与"补天"没有什么必然的联系，同时也损伤了桑哥哥的形象，所以在《桑哥哥》的电影剧本里，作者便删去了这一情节。四川少儿出版社刚刚出版的《希腊神话英雄故事》的作者朱彦，在该书"后记"中谈到他为少年儿童改写古希腊神话时写道："我对故事内容的取舍，首先看它们是否适合少年儿童。希腊神话是奴隶社会的产物，其中的一些内容对于今天的孩子来说，有些是不能理解的，有些是不很合适的。从作品所反映的社会生活来说，神和人的关系，奴隶主和奴隶的关系，希腊城邦和城邦之间的关系，城邦国家的政治经济制度和社会状况等等，大多不能为孩子所理解，也很难在文字上作深入浅出的解释。在展开社会环境描写的时候，有些内容就需要简化、改造甚至避免，而对那些神和神、人和人、神和人之间两性关系上的乱伦，则必须予以剔除。其次，神话传说中有许多不同的说法，或有一些相互矛盾和不合理的部分，或有一些繁复、雷同的故事。我尽可能在这些故事中采取一种比较合理的说法，避免矛盾、重复和不合理……"朱彦同志的经验，对于我们如何为少年儿童改写各类民间文学作品有一定的启示作用。当然，改编中的增删都要以保持民间文学的传统艺术风格为前提，正如张士杰所比喻的那样，他说："一件挺好的衣服要是有的地方破了，就要用补丁补上；但是一件红袄硬给补上一块白补丁，谁看了也不会顺眼的。"

第三，按照作者的意图，根据民间文学进行再创作。

《宝船》是流行于我国江苏铜山一带的汉族民间故事。20 世纪 50 年代曾收入贾芝、孙剑冰编选的《中国民间故事选》的第一集中。20 世纪 60 年代初，著名作家老舍根据这篇传统民间故事改编成童话剧《宝船》；1979 年少年儿童出版社又以剧本《宝船》为蓝本，改编成同名低幼故事。同是《宝船》，如果我们对三篇不同体裁的作品进行比较研究，从作品的主题、人物、情节、语言等方面所发生的更易，将会了解改编民间文学作品的特点和规律。

民间故事《宝船》与剧本《宝船》中的主要人物除了名字变化外，没有过多改动。如主人公在原故事中叫王小，赠宝船者叫"老人"，那个"忘恩负义"者叫张三，而在剧本中便改为王小二、李八十和张不三；被主人公在洪水中救出的小动物，原故事只有蛇、蚂蚁和蜂王，在剧本里删掉了蛇，增加了大白猫和仙鹤，这大概是作家考虑到舞台演出的特点而进行的必要调整。民间故事《宝船》的基本情节是：打柴为生的青年王小救出落水老人——老人赠他"宝船"——教宝船施法并了嘱：发水时遇上什么动物都可救，千万不能救人——果然按老人预指时间发大水——王小乘船救大蛇、蚂蚁、蜂王——救出财主儿子张三——大水后张三将宝船据为己有，进京献宝——王小进京寻宝被张三所害——大蛇口衔灵芝草救活王小——皇上张榜求医为皇姑治病——王小扯榜进宫——皇姑病愈许身王小——张三为皇上献计难王小——蚂蚁帮王小分芝麻、谷糠——蜜蜂帮王小辨皇姑——王小得胜与皇姑拜花堂——皇上知真相处死张三——王小带着公主回老家过好日子。经老舍改编的童话剧《宝船》的情节是：王小二救落水老人李八十——李八十赠宝船——教宝船用法并嘱：救活物要分清好坏——发大水——王小二乘船救活蚂蚁、蜂王、仙鹤——救出张不三——大水后张不三骗走宝船进京献宝——王小二等追宝——王小二被张不三所害——李八十及众动物救王小二——皇上求医为公主治病——王小二等给公主"治病"——向皇上索宝——张不三献计难王小二——猜谜——辨认公主——李八十出证——王小二等团结斗争使张不三和皇上现出原形——得宝船共庆胜利。通过比较，我们不难看出，经过改编的剧本与原民间故事虽然情节发展的脉络基本相同，但故事的开头与结尾发生了实质性的变更。原故事开头过多渲染了"仙人"的神力，造成了一种使今天儿童难理解的神秘气氛，特别是送宝老人对王小的叮嘱："水上遇着什么动物都可以救，千万碰着人不要救。"刘守华在分析这篇故事时指出，这种愤世嫉俗的情绪，是"由于对阶级社会中人们思想道德的本质缺乏阶级的历史的分析，因而把坏人的忘恩负义归结为'人性恶'，这种认识是有片面性的"（《中国民间童话概说》）。剧本便改变了这种消极思想，仙人李八十逐渐从虚幻走向现实，他不是凭神力去预示大水的到来，而是告诉王小二："你看，咱们的皇上多么懒哪！日上三竿他才起，先喝一大碗香油，然后吃好几大张葱花烙饼；吃完了就再睡，睡醒了再吃；既不修河，也不开渠，怎能不闹大水呢？"李八十叮嘱王小二救被大水冲走的活物时，要分清好坏，"你要是救起一条毒蛇呀，它会咬死你！坏人哪，也许比毒蛇更厉害！"通过改写，剧本的思想内容比起原民间故事具有了深刻的社会内涵和积极的教育意义。这种内容上的改动正是由于两篇作品不同的主题所决定的。原故事是民间文学中常见的"报恩"主题，由于缺乏具体分析，笼统的"报恩"很容易让青少年被假象蒙蔽，而剧本却以阶级分析观点为指导，教育新时代的少年儿童，在复杂的阶级社会里，不要被现象所迷惑，要不断增强自己的识别力，善于分清好坏，分清是非，只有靠团结才能取得同恶势力斗争的胜利，低幼故事《宝船》同剧本《宝船》的主题思想、情节结构基本相同，只是在内容和语言上，更符合幼儿文学的特点。

第四，将一定体裁的民间文学作品改编成其他体裁。

五十年代和六十年代初期，根据民间故事改编成儿童剧的《大灰狼》（张天翼）、《果园姐妹》（乔羽）、《马兰花》（任德耀）、《宝船》和《青蛙骑手》（老舍）以及改编成叙事诗的《金色的海螺》（阮章竞）、《马莲花》（熊塞声）改编成美术电影的《大闹天宫》等都已成为我国当代儿童文学的名篇。这些经过体裁变更后的作品，虽然基本上已成为作家个人的再创作，但是由于它们还没有完全改变原故事的面貌，因而还属于改写之作。近年儿童文学作家葛翠林将安徒生根据丹麦民间故事创作的童话《野天鹅》改编成中国木偶戏，受到了国内外好评。肖甘牛、肖丁三将他们自己搜集整理的民间故事《龙牙颗颗钉满天》改写成电影剧本《桑哥哥》（后拍成美术片《龙牙星》），作家雁翼根据中国神话《羿射九日》，改编成儿童叙事诗《羿的悲剧》等，都受到小读者的好评。

民间文学作为传统文化的一部分，它虽然反映的都是"过去"的事情，但绝不仅仅是历史的遗留物或博物馆的展览品。就其本身而言，民间文学永远是活生生地被一定的时代所理解和运用的形态。每一代人不仅是传统文化的继承者，同时，总是根据一定时代的需要，影响和改变着传统文化。但是，变与不变是对立统一的，有变就有不变。为少年儿童改编民间文学作品，是变掉那些民间文学中不宜于少年儿童阅读的内容和表现形式。也有变不了的，比如，尽管对原作品进行增删或在主题、内容、语言等方面按照个人意图进行改编，甚至从一种文体改变成另一种文体，但原作的民间文学风格没有变；如果这一点也变了，那么就谈不上民间文学的"改编"了。

三

以少年儿童为读者对象，在民间文学作品的原有面貌的基础上，进行适当的增删或变更，使之成为更完善的艺术品，并为新一代的小读者理解和接受，这固然是儿童文学对民间文学运用的一种较好方式，但是，从儿童文学创作来讲，过多地为传统所囿，将会束缚作家丰富的艺术想象力。民间文学既然是旧时代的产物，它必然受旧有观念的局限，这种观念不仅反映在作品的思想内容上，而且也体现在某些艺术表现形式之中。比如，在民间神话、传说、故事中常常有许多离奇的幻想，动物会讲话、神仙能施魔法、宝物可以拯救人的命运……这些艺术表现手段实际上常常受到一定时代、地域、民族的习俗和信仰的制约。作为民间文学，它是存在的灵魂，然而作为艺术欣赏品，这种制约束缚了作者与读者奔放的想象。由于民间文学长期口耳相传，在叙述方式和表现手法上也逐渐形成了某些"模式",这种"模式"也常常限制了故事情节的展开和人物个性的发展。所以,当民间文学成为作家文学的一部分时,必然被作家匠心独具的构思和自由翱翔的想象所突破,成为完完全全的个人创作。正是这种"突破",才使以集体性为主要特征之一的民间文学成为以个人创作为主的儿童文学。世界儿童文学的发展也恰恰表明了这点。如果说,十九世纪初期,格林兄弟最早以少年儿童为对象搜集整理民间故事的话,那么,在他们之后的安徒生,又是最早一位作家在丹麦民间文学的基础上进行个人的再创作。因此,我们把安徒生的作品《豌豆公主》《拇指姑娘》《海的女儿》《皇帝的新装》等看作近代儿童文学诞生的标志。

民间文学的再创作,是指作家对民间文学作品的内容和形式,完全按着自己的意图以及个人对于生活和儿童心理的理解进行自由发挥的创作活动。这种经过"再创作"的作品,有的仍可能保留民间文学的风格,有的纯粹是新作,甚至很难看出传统文学的痕迹。

对民间文学再创作也由于作家个人创作的风格不同而方式不一。有的作家是从民间文学中索取素材而进行再创作的。

我国当代著名童话作家洪汛涛和葛翠林于五十年代创作的文学童话《神笔马良》《野葡萄》在国内外都享有盛誉。两位作家长期以来,热爱和熟悉民间文艺,他们不但亲自搜集整理民间文艺作品,还以民间文艺为"母亲",从斑斓多彩的民间文艺中吸取营养,创作出具有鲜明民族特色的作品。

《神笔马良》与《野葡萄》都是取材于民间传说的文学童话。同改编不同,这两篇童话都不是以某一篇民间文学原作为蓝本进行加工创造的,而是作家根据自己长期对民间文学的积累,从中寻取素材,将同类型的各种传说进行创造性地提炼和艺术概括,塑造出具有一定典型意义的童话人物。葛翠林在谈到《野葡萄》等作品的酝酿过程时写道:"五十年代我经常去农村,那时,儿童书籍在农村里很少见到。但许多孩子,刚会讲话的时候就听故事。那些没有写成文学的民间故事,把人民的智慧和美好的愿望,撒种在幼小的心灵里,使孩子们发出快活的笑声,也引得他们张大眼睛思考:'这是为什么?……'在秋收的场院里,严冬夜晚的热炕上,在夏季的瓜棚菜园里,春天青草吐芽的放牧场上;在热闹的小客店里,长途运输的火车上;在老农小憩的茶桌旁……到处都能听到许许多多的民间传说,这些故事像安徒生童话一样吸引我,感动我。……我从民间文学中吸收营养,为孩子们写童话。"(《我喜爱儿童文学》)。洪汛涛的《神笔马良》,无论是在史料和民间传说中,都没有马良其人(据作家本人透露,马良这个名字还是在构思的过程中受夫人的点拨而定的),但是,关于"神笔"的能工巧匠类故事在民间广有流传。不仅在作家生活的江浙一带,而且在我国东北的满族群众中，都有《神笔六指儿》的故事流传。这篇故事讲的是在清代盛京城里，有一个画画出名的老先生。他从小爱画画，也很想学画。有一回，一个卖画的人想收下他当徒弟，可因他多长了一个手指头，又拒绝了。但这个六指儿的孩子坚持要学画，卖画人感动了，收下他当了徒弟。这个孩子跟着师傅学画三年，勤学苦练，学得了真功夫。后来，他越画越好，画了喜鹊能飞，画了蜡烛能照明，所以人们称他为"神笔六指儿"。据说，在广东，也有关于李子长的传说。类似题材的技艺故事，大都反映"功夫不负有心人"的传统主题。然而，功夫学到手之后，又该怎么办？对于少年儿童这是要帮助他们认识的课题。《神笔马良》在深化作品主题的艺术构思中，不是拘泥于传统故事情节的铺叙，而是运用各种艺术手段着重塑造一个具有鲜明个性的人物典型。所以，尽管作品风格近于民间文学，但是《神笔马良》纯属个人创作。有人在评论该作品时，认为这篇童话是作家根据民间文学改编的。有的甚至还把它称作"民间故事"。作家本人说："童话是个人创作。民间故事是许多人创作的——可能最先由一个人创作，然后在群中加工，再创作，广泛地流传。随便把个人创作的童话，说成是民间故事，是不对的。"这种以假乱真，只能表明作家创作技巧的纯熟。同样，葛翠林的《野葡萄》等也是取材于民间故事的个人创作。

粉碎"四人帮"之后的十年间，两位作家在创作上，就童话如何反映现实、如何体现时代精神方面进行了新的探索。比起五十年代来，他们的童话现实感更强了，迷人的幻想更贴近了孩子们的实际生活。即使如此，他们仍没忘记创作的母亲，没有忘记为童话创作提供了肥沃土壤的民间文学。近年来，洪汛涛创作的童话《乌牛英雄》《"亡羊补牢"的故事》《天鸟的孩子们》等都不同程度地从民间故事传说中选取素材。

《天鸟的孩子们》取材于满族人民流传的关于神鸟、乌鸦的传说。过去，在童话创作中常出现动物角色类型化的倾向，比如狐狸必然狡猾，豺狼必然凶恶，小白兔必然温顺，老黄牛必然勤劳……这种将某一动物固定为一种性格象征，甚至将生活中的动物同想象中的动物等同起来，很容易造成读者思维的"模式"化。但是，民间故事却不然，有的把蛇写成美女，有的把狐狸也写得令人同情喜爱……洪汛涛从满族神话传说中得到启发，在《天鸟的孩子们》里塑造了一个好乌鸦的童话形象。然而，创作童话的乌鸦与神话传说中的乌鸦虽都是正面形象，却有着完全不同的性格内涵。满族神话传说中的乌鸦是该民族图腾信仰的残余，动物救主的品格始终受着"神力"的制约，而《天鸟的孩子们》却是作家从生活中提炼出的具有中华民族传统美德的艺术典型。此外，作家在《乌牛英雄》《"亡羊补牢"的故事》里也是从民间文学里借题发挥，另有新意。作品故事本身却难见民间故事的原来面目。

在儿童诗创作上，近年阮章竞又取材于"狼外婆"型的民间故事，创作了儿童叙事诗《小姑娘与乌猿婆》，作品不仅像民间故事那样，告诉小读者善于识别伪装的坏人，而且更深刻地教育小读者，要他们从小就善于培养自己成为一个勇敢的人，敢于同恶势力、同一切困难进行斗争。

儿童文学作家除了从民间文学获取一些创作素材外，为了保持作品的民族风格，在创作过程中，还直接运用民间文学中的传统形象和表现技巧。

葛翠林的《看不见的珍宝》写的是在乌云滚滚的日子里，一个孩子立志要做一个高尚的人，于是他想找到做人的秘诀。他从老模范那里找到了看不见的宝秤，从战斗英雄那里找到了看不见的宝镜，从先进生产者那里找到了看不见的宝尺。最后，作家满怀深情，画龙点睛地写道："那看不见的珍宝——宝镜、宝尺、宝秤，就是周总理为我们做出的榜样啊！"这篇童话完全写的是新人、新事、新思想，几乎看不到传统文学的样子，但是，由于作家采用了民间传说中关于得宝故事的叙述方式，以及三段式的重复，使作品的风格仍保持民间文学的神韵。作家赵燕翼在他近作《小燕子和它的三个邻居》中，也运用了民间文学的"三段式"，并且采取了与之相适应的"三度反复"，这不仅构成了波澜迭起的故事情节，同时，也集中地揭示了童话主人公小燕子诚挚、善良、英勇不屈的性格。河北省的郭明志是近年涌现出的一位较有成绩的青年童话作家。他的短篇童话《小仙女》是借助于民间文学中的仙女形象构思成的一篇幻想故事。仙女型故事在民间童话里多为爱情题材，这类故事常常是写一个普通的小伙子同一个具有神奇魔力的女子相爱。这个女子有的是从天上下凡到人间，有的是小伙子在日常生活中所接触到的动植物精灵所变。她不仅长得美丽，而且是小伙子劳动和生活的好助手。当他们爱情生活受到恶势力威胁时，仙女又运用自己的机智或魔力帮助小伙子与之斗争，使他们的爱情排除种种危难。如大家所熟知的《牛郎织女》《田螺姑娘》等就是这类故事。从这类故事中我们可以看出，仙女在许多民间故事里实际上是一种美的象征，她是旧社会劳动人民受到剥削压迫，本该得到的爱情婚姻无法实现的一种幻想。所以，仙女的传统形象体现的是劳动人民对美好生活的追求。文学童话《小仙女》中的主人公与传统形象不同的是，这个小仙女的经历紧紧同儿童的现实生活联系在一起。小仙女是一个飘然不定、出神入化的仙人，同时，她又是我们身边的一个聪明美丽的小姑娘。小仙女长得美丽，穿得漂亮，她也希望人们都能以此来夸奖她。"爱美之心人皆有之"，随着生活水平的提高，今天的女孩子更加注意自己的着装打扮，然而，究竟什么是当代社会美的观念？作品通过小仙女在人间三次遭到冷遇和三次受到欢迎的故事启迪小读者——"不能仅仅凭自己长得美丽、打扮得漂亮去博得人们的喜欢"，真正的美在于有一颗肯于为别人做出贡献的善良的心。民间故事的传统形象在文学作品里又有了新的升华。

除童话创作，儿童文学的其他样式如戏剧、诗歌、小说、寓言、科学文艺等也都从民间文学中采蜜，为少年儿童酿出甘甜美味的精神食品。1980 年中国儿童艺术剧院上演的话剧《东海人鱼》，借用了民间传说中龙女的传统形象。在我国各民族口头文学中，都有流传龙女与劳动人民相爱，并以神奇的反抗精神与相爱人结合的故事。一般来讲，这类故事大多是龙女最后由龙变人，而《东海人鱼》却描写了一个由人变龙的渔家姑娘的悲惨遭遇。故事通过真善美与假丑恶的强烈对比，向小观众提出了与他们每一个人都切身相关的问题：怎样对待生活，怎样做人，怎样去实现自己的志向。在这里传统形象富有耐人深思的现实意义。

新儿歌与民间传统儿歌的关系更为密切，许多民间传统儿歌的写作技巧都被运用到新儿歌的创作上。刘猛的《大红花》"一二三四五，敲锣又打鼓，朵朵大红花，献给军烈属。慰问多少户？一二三四五……"使传统儿歌的"数数歌"具有了新的内容。张继楼的《错了歌》，继承了四川传统儿歌中"颠倒歌"的幽默、讽刺的特色。

近年来，儿童小说作家也十分重视从民间文学的宝库里汲取养料，创作具有中国民族风格和时代特色的作品。把民间歌谣、传说、故事以及民间风俗运用到小说中来，使其同人物的命运水乳交融，对于塑造人物形象起着重要的作用。同时，儿童小说创作对传统文化的运用，使作品生活气息浓了，也增强了作品的真实感和历史深度。长篇小说《盐丁儿》开卷就对清末京城里一个官宦家庭中的封建礼俗进行了生动、细致的描绘，为主人公叛逆性格的形成，创造了具有一定历史和民族特征的典型环境。短篇小说《祭蛇》写了几个农村孩子模仿民间哭丧的习俗，为一条被他们打死的蛇举行葬礼的活动。当然，作者的意图不在于写这场野性的闹剧，而主要是通过孩子们的哭蛇道出了今天社会上一些不正常的现象给少年儿童心灵造成的重压。当孩子们的辛酸、期望在生活里得不到表达的机会，他们便借助于古老的落后的习俗来发泄，作品中真实而饶有情趣的哭蛇游戏，是传统文化在新一代身上的积淀。

随着改革开放的发展，外国文学创作中的一些表现方法不断为我国作家所借鉴、吸收。一些作家在接触外国文学中不断认识到，任何一种文学都应当植根于本民族传统文化的土壤之中。越是民族的，越是世界的。为了振兴中国文学创作，作家对于中华民族的传统文化开始了重新审视。他们从传统文化中寻找瑰宝，以扩大文学的表现领域和内容。有的作家不只为了在自己的作品里增添一两个神话、传说以及关于异风奇俗的披露，他们寻求的是民族思维方式与民族思维的优势与审美心理。这一点对于儿童文学创作也不无裨益。儿童文学的儿童特点最重要的一个方面就是它的形象性、具体性。这一特点也正是由于一定年龄儿童的思维方式所决定的。过去，由于单一地用理性认识代替了作家的灵感和直觉，使得作品公式化、概念化的倾向一直得不到彻底解决。在成人文学的影响下，儿童文学作家也在探索吸取和借鉴古老的文化传统，特别是神话传说的思维方式，以及所表现出的民族文化心理。原始思维方式能否完全适于当代儿童文学创作，这是个值得探讨的问题，特别是此类作品在儿童文学创作上还不多见。然而，作家们对民间文学所表现出的热情和关注，以及他们对民间文学的一些新的认识，扭转了一些人对民间文学的偏见，以及进一步清除了在民间文学运用上的庸俗社会学的影响。

民间文学在我国儿童文学的创作中得到了广泛的运用。但也必须指出：近年来作家对民间文学的重视不够，有些人甚至还错误地认为民间文学只不过是一些庸俗、低等的货色，对于从民间文学取材的作品也不屑一顾……民间文学是儿童文学的根，根深则叶茂，只有进一步向民间文学学习与借鉴，才能为少年儿童创作出具有独特民族风格的艺术佳品。

（原载《中芬民间文学搜集保管学术研讨会文集》，中国民间文艺出版社，1987，第 230~251 页）

激发人们对民间文学的广泛兴趣

〔芬〕劳里·哈尔维拉赫蒂

惠剑峰　译

任何民族或种族集团的文化都是由多种因素构成的统一体，这些因素受到多方面的影响，例如历史、观念、各个时代的政治和经济条件等。即使现在，不同的民族和种族集团也处于各种不同的文化发展阶段。一个民族有着几千年高度发展的文化，而另一个民族却刚刚摆脱无文字的状态，开始致力于自己的文化工作，这两个民族的情况大相径庭。

这里，我想只探讨两个民族，它们的现代文化与广泛的民间传说有着十分密切的关系。当然，这样的民族可以找出几十个。

一　芬兰民间传说的主要趋势

十七世纪以来，芬兰一直在搜集民间传说。开始时搜集的传说很少，这些材料又于十九世纪初，大部分毁于图尔库大火。十九世纪前期，开始有组织的搜集活动。1809 年起，芬兰是俄国沙皇统治下的自治公国，那时民族主义倾向席卷整个欧洲，这种倾向在遥远的芬兰也越来越强烈了。具有民族主义思想的知识界人士于 1831 年成立了芬兰文学协会，这是芬兰民族主义研究史上的一个里程碑。该协会的第一任书记兰罗特在他本人搜集的民间诗歌的基础上编辑了一部芬兰民族史诗——《卡勒瓦拉》。第一版于 1835 年出版，印数大大增加的第二版于 1849 年出版。兰罗特还编辑出版了抒情诗、谚语、谜语和咒语，他还开始搜集神话。19 世纪前半期，民间传说的搜集工作除了兰罗特本人以外，主要靠学生们进行。从十九世纪中叶起，新闻界也向公众提出了搜集民间传说的要求，这些要求引起了积极的反响。到十九世纪的末期，一个民间传说搜集网建立起来并出版了搜集指南。民间传说的搜集工作普遍受到鼓励。各种组织和教育部门也在开展这一工作。自此，比赛成为一种有效的渠道，也就是说，鼓励被采访的人把他们所知道的民间传说奉献出来。通常，比赛都是涉及民间传说的某些以前鲜为人知的领域。

现在，一般搜集工作都使用磁带录音机。但很多材料还需从自愿提供情况的人的书信以及各种搜集比赛中取得。广泛地记录芬兰民间传说是从诗歌、抒情诗和咒语开始，它们都是采用卡勒瓦拉韵律。类型在逐渐增加。传说的源泉没有任何枯竭的迹象，尽管人们在 19 世纪 70 年代就已经认为所有重要的材料都已搜集完了。1900 年，芬兰文学协会的档案馆只有大约 20 万种民间传说；到 1930 年，数字已超过 50 万种，现在已有 300 万种了。

二　《卡勒瓦拉》和文化生活

芬兰在《卡勒瓦拉》出版之前，用芬兰文出版的书籍几乎都是宗教性的。这部史诗的出现掀起了民族文化的热潮，这股浪潮逐渐波及所有的艺术、学术团体以及学会的活动领域。《卡勒瓦拉》是文学、绘画、音乐以及戏剧的主题。芬兰一些著名的民族人物在创作他们的主要名作时都受到了这部史诗的影响。虽然民族主义文化热情的顶峰在 20 世纪初已过去了，但《卡勒瓦拉》即使在近年也仍被当作艺术（比如当代的电影和音乐）的源泉。去年（1985 年）举行了纪念《卡勒瓦拉》出版 150 周年的庆祝活动，这部被当作瑰宝的史诗再次唤起人们的注意。这一年，围绕《卡勒瓦拉》这个主题举行了一千多次活动。这次纪念活动也引起了国际上的兴趣。《卡勒瓦拉》的芬兰文版本大约已出版了 70 种，还有几十种节本以及为各种目的而改编的改写本。到目前为止，它已被翻译成 34 种文字，中文就有两种版本。

三　民间传说的出版

可以说，所有的芬兰人都熟知兰罗特编纂的《卡勒瓦拉》，然而相对来说，很少有人研究了它的原始资料——真正用卡勒瓦拉韵律写成的诗集，芬兰文学学会档案馆收藏的这部诗集大约有两百万行。我们的民族史诗成了民族的象征，引起世界人民对芬兰传统文化的广泛兴趣，具有重大的意义，但它不是民间传说研究的原始素材。大约有 2/3 各种异文的原诗已搜集在《芬兰人民的古诗》中，分 33 卷出版。这些版本当然不是供广大群众阅读的，而是供学者及对这个主题深感兴趣的人们研究之用。

民间传说的出版主要分三种：（1）研究；（2）科学本选集和目录；（3）通俗出

版物。最后一种主要是供广大群众阅读的，范围很广，如：论述某个特定地区民间传说的一般性通俗读物及有关某些行业或职业传说的书刊等。这些出版物常常受到人们极大的欢迎，读者众多。一般说来，这些作品的指导原则之一，是以尽可能接近其原始面貌的形式来保存民间材料。

四　民间传说的改编

现在，民间文化在芬兰享有盛誉。尤其在过去的十五年中，人们对各种民间节日的兴趣越来越高。在芬兰，几乎每个地区都有自己的民间节日（多半在夏季），每逢这样的节日，人们都要举行主要与当地传说有联系的规模盛大的庆祝活动。有些节日是面向整个民族的，它们通常都有数百名表演者，吸引着数以千计的观众。现在特别流行的是民间音乐节。事实上，把民间文化改头换面加以运用在全世界都很时兴。对于娱乐业和民众文化中片面刻板的那一套，是一种推陈出新。然而，民间传说却随之成为一种商品，其商业价值在很多年以前就为人们所认识，娱乐业中出现了很多根据传说编写的节目。目前，兴旺的民间艺术很可能变成——至少是部分地变成商业性的，它将像被广告宣传置于死地的其他文化形式一样走下坡路。对民间文化的广泛利用还涉及一些伦理问题及民间文学的保护问题。航柯教授将在他的论文中予以论述。因此，广泛利用民间传说一方面有积极的价值，另一方面也有消极作用，需要慎重。

五　民间传说在蒙古的广泛利用

像芬兰一样，到十九世纪末期很多新兴国家都在民间传说中找到建立它们自己文化的主要基石。虽然源流略有不同，苏联（包括蒙古人民共和国的文化）很多少数民族也大致如此。这些民族中，有很多民族以前没有形成建立在现代文明基础上的艺术和文化。请允许我谈一谈蒙古的例子，在那里，民间传说是文化各领域各层次的主要题材。

20世纪前半期之前，对蒙古民间传说进行研究的全都是一些外国学者。蒙古人自己的民间传说搜集工作是20世纪20年代末在科学院院士林文倡议下开始的，但是直到1950年前后，他们才开始进行系统的搜集和研究工作。只是到20世纪50年代后期，蒙古才出版了史诗和民歌选集，还有谚语和谜语等书刊。那时他们还进行了小规模的科学研究作品的出版工作。

某些类型的搜集工作在蒙古还处于起步阶段。很少有人研究典礼仪式和信仰方面的传统文化，同样对于有关萨满教的传统——咒语、萨满唱的歌等也没什么人研究。蒙古科学院（1961 年建立）每年都安排 7 ~ 10 名研究人员进行民间传说搜集考察工作。近几年，他们常常选择其中一个少数民族作为搜集的对象。

六　民间传说和当代文化

蒙古人民共和国的当代文化绝大部分都是以传统形式为基础。蒙古现在的文化是旧的形式和新的内容相结合的产物。按照社会主义革命的需要（以及按照苏联的榜样），开始建立起一些文化俱乐部和文化团体。开始时，节目只是些纯民间的歌舞表演。以后，逐渐按照传统形式增加了宣传新制度的内容，出现了与民歌极为相似的新歌曲。这些歌曲的名字体现了它们的主题："红旗""红太阳""第三国际之歌"……很多城市的俱乐部里出现了民间音乐管弦乐队、戏剧团和歌舞团。20 世纪 20 年代他们还没有职业作曲家或者受过训练的乐队指挥，因此这些任务就仍然落在那些精通民间文化的人们身上。例如，20 年代的民间歌手乌力结·鲁卜桑呼尔奇就曾在阿尔丹布拉克市的业余剧场担任过经理、演员和乐师，以后他成为著名的歌颂新制度的作曲家和抒情诗人。他从未读过书，也不会写字。

1931 年，乌兰巴托建立了国家音乐戏剧院。开始，这个剧院依靠民间文化专家们管理，最初一些年，剧目主要是即兴戏剧，这些戏剧大多根据民间传说的主题创作，经常批评过去的社会。同时按照民间音乐主题创作了第一批歌剧。

到 1951 年，除音乐戏剧院外，又增加了一个民间音乐舞蹈团。民间音乐舞蹈团现在大约有 150 名演员。它的剧目包括传统歌曲和乐器演奏，他们穿着传统民间服装表演舞蹈，音乐会上还表演颂扬社会主义蒙古及其领导人的颂歌，由民间乐器组成的管弦乐队也表演了西方大师们的作品——从室内乐到大型管弦乐作品。

总之，蒙古的文化深深地扎根于传统之中。作家们仍然在运用民间传说中史诗的主题和风格手法进行创作，尽管近年来散文受到俄国古典文学及苏联文学的很大影响。民间传说的手法还普遍应用于抒情诗的创作。作家协会和城市民间音乐剧团的艺术家们经常到农村地区巡回演出。除此之外，用民间传说和民间音乐形式编写的节目还通过电台和唱片以及电视传播到全国各地（后两种形式尚未普及）。这些艺术家和剧团精心排练和创作的节目本身就证明人民重视传统的文化形式。然而，它们必然也影响现存的民间传说本身，这是很明显的。比如我要录民歌，人们通常首先给我唱一些歌颂列宁或歌颂党的大家都知道的歌曲，只有在此之后才唱民歌本身。相同的歌曲重复一次又一次，而且都是国家剧团节目单上的歌曲。这样，至少在某种程度上，就会有这样的危险：民间传说将会变成"官方的御用工具"。政府雇佣受过训练的演员向人们讲解民间艺术应如何表演。

实际上，某些类型的有价值的民间艺术已消失了。蒙古人民共和国成立后，某些传统的领域被看作封建主义的残余，这包括一些英雄史诗。1930 年，政府禁止流浪艺人演出，虽然在一些边远地区他们仍在继续表演。只是在近几年，才采取行动记录一些正在消失的种类（史诗和祭歌）。

在蒙古西部以及北部和东部的那些交通闭塞的地区，英雄史诗仍然在流行。这些传说保存在七八十岁的老年人的脑子里，这些人一死，传说也就会消失。萨满教徒在边远地区仍十分活跃。

蒙古首都在过去十年中出现了演奏电吉他和风琴的流行音乐及轻音乐团。这些乐团的音乐仍然来源于传统曲调，乐谱仍然遵照民间文学的风格手法。随着都市化和工业中心的出现也出现了各种形式的大众文化。我们希望，在蒙古不可避免的文化变革进程中，当地的传统将得以继承。

七　结束语

对于很多民族来说，在创造本民族文化、艺术以及在发展书面语言方面，民间文化，特别是精神文化，起着非常重要的作用。

对传统文化的兴趣几乎总是由某种思潮激发出来的，这种思潮的代表有时是成为这种思潮的核心力量的文化活动家或代表这种思潮的组织；在另外一些时候，是社会的权力机构，它们在思想方面或民族政治方面给文化工作以原动力。借助这种原动力而进行的民间文化大规模的搜集和出版工作常常为拯救该民族的古老而濒于消亡的文化遗产提供了最重要的机会。总的来说，大规模地激发人们对民间传说的兴趣出自想要增强民族自尊心和尊重民族自己的语言和文化的愿望。

无论社会制度如何，在不同民族中，民间传说工作的开展都经历了类似的阶段。这些阶段可以简单归纳如下。

使人们对民间传说感兴趣的思想发动、着手进行大规模的搜集工作；根据传统文化，发展各种新的文化形式；确立传统文化的应用，使其成为文化生活的一部分。

民间文化是文化工作恰当的起点。人们感到，对它的内容、体裁和表达方式都是熟悉的。根据民间文学各种题材和人物进行的艺术创作很容易使读者置身其中，引起共鸣。对于民间资料的归档、收藏以及出版来说，大规模的搜集工作是起点。它还是主流的源泉，根据民间传说产生的文学史诗和其他文学作品都来源于这个主流，绘画、音乐和戏剧艺术也从中吸取传统的主题和要素。

（原载《中芬民间文学搜集保管学术研讨会文集》，中国民间文艺出版社，1987，第 203～210 页）

论文类

四　民间文学档案管理及书刊出版

民间文学的保护——为什么要保护及如何保护

〔芬〕劳里·航柯

白　琳　万　琼　译　刘瑞祥　校

民间文学在整个世界文化中的地位正在发生变化。在过去二三十年中，这一趋势有着明显的迹象，其根源是第二次世界大战后，发展中国家，尤其是亚洲地区的发展中国家的民族解放运动。正在努力摆脱殖民主义枷锁争取民族独立的国家，当它需要共同的语言、文学和历史的时候，往往由于感到捉襟见肘而借助于在文化政策方面从其独特的、自由流传下来的民间文学中汲取新的精神力量。我们芬兰正是这样：1809年，芬兰同瑞典达七百年之久的联系被斩断，变成一个附属俄国的自治大公国。这意味着要借助文化造成一种新的民族团结的感情，芬兰语成为上流社会的语言，根据民间诗歌改编成的民族史诗《卡勒瓦拉》成为芬兰文学的奠基石。整个芬兰民族的历史必须重新编写，或者更确切地说，是第一次独立自主地撰写。然而，整个进程是缓慢而艰难的，到真正赢得政治上的独立又经过了108年。但是，如果同当前各发展中国家必须在二三十年内达到同样的成就相比较，我们这种从容的步伐未尝不是一件好事。

长期以来，民间文学这一精神财富在世界上大多数国家中是被人们不屑一顾的。但也有例外。最明显的例外就是在十九世纪兴起的民族主义国家，这些国家主要集中在欧洲。世界各大国和文明古国在它们自身的发展进程中不必强调主要以口头传说、诗歌、信仰和风俗习惯等形式保留下来的民间文学所起的作用。以美国为例，早在一百多年前，美国就开始了民间文学研究工作，但直到1976年，才成立起负责研究民间文学所固有的精神财富的机构——美国民俗中心。而在苏联，只是在新的科学院体制中才确立了民间文学研究工作的地位。那些拥有令人仰慕的古老文化的国家——无论是像中国这样的大国，还是像冰岛那样的小国，对口头民间文学的兴趣均不如那些只是在近期才创造出本民族文学的国家浓厚。

然而，民间文学对世界文学真正产生影响，是20世纪70年代以后的事情，其范围并不只局限于发展中国家。在发达国家，技术的迅猛发展导致了生活和价值观念的变革。为了平衡这种发展，出现了走回头路的现象，强调个人的、社会的、民族的以及文化的个性。社会变革来得如此迅猛而又变化无常，在这种压力下，个性发生了动摇，于是在环境运动和地方主义的光环下，把民间文学用于商业目的的现象也迅速蔓延开来。在这种动荡混乱之中，形成了两极分化：中央文化和地方文化（或者说周边文化和种族文化），同样的分化也产生在受到名流支持的国际上流文化、得到广大群众支持的国际娱乐性文化和得到地方主义和环境主义者支持的地方民间文化之间。这些文化上的论战在很多西方发达国家可能要比一些发展中国家更为激烈，因为在发展国家中对立的力量充分展开论战的条件尚不具备。

看来基本症结是，一方面要解放被忽视或孤立的团体和文化，即文化上的少数派；另一方面在变革的压力下感到有必要重新塑造人们的文化特征，在某种程度上，文化上的多数派也同样感到有此必要性。在这种适应社会变革的进程中，民间文学以各种传统的及新兴的方式被加以开发利用。职业民间文学工作者（相对来说人数总是很少的）发现对民间文学资料的新兴趣及使用方式使他们的地位发生了问题，于是在七十年代，他们开始讨论他们的工作与社会的关系，对社会的影响，采集民间文学的前提以及版权问题，并着手研究伦理问题。

一　国际组织对民间文学之兴趣

1973 年，玻利维亚政府对联合国教科文组织总干事提出要求，希望联合国这一文化机构开始研究民间文学的状况并对增加万国版权公约条款提出建议。补充条款应包括关于保护文化遗产和在保护、支持和传播民间文学过程中产生的版权问题。该建议还对输出传统文化以及脱离原来的背景以一种与产生和保留这种传统文化的人们格格不入的方式表现这种文化的现象表示关切。

这就是国际组织关心民间文学的开始。十六年过去了，在两个国际组织——联合国教科文组织和世界知识产权组织的关怀与赞助下，这种情况仍在继续下去。其间很多民间文学工作者，包括我自己在内，积极参加了由上述两个国际组织在巴黎和日内瓦召集的政府专家委员会的工作。在这里要叙述整个过程是不可能的。1985 年 10 月，在索非亚举行的联合国教科文组织大会第二十三次会议上，该组织决定需要通过保护民间文学的国际通用规则，并决定召集一次政府专家特别委员会会议起草提交给大会第二十四次会议（1987 年）的最后草案。

尽管十几年来举行过一系列会议并做了大量工作，迄今为止还很难说联合国教科文组织成员国最终是否能签署一项国际条约。很可能把重点放在通过国际建议上，由各成员国来决定应选择什么样的司法机构和法律来实施这些建议。无论其结局如何，这十几年的历程已经大大提高了民间文学和传统文化在整个世界文学中的地位。与此同时，由于民间文学和艺术处于被国际娱乐性文化所吞噬的严重危险之中，有关方面正在再次做出努力，竭尽全力拯救民间文学和艺术，支撑它仍然十分重要的成分，为子孙后代整理记录，并维护和保证人民保留自己民俗的权利。

对民间文学的保护采用的方式主要有两种，一为限制性方式，一为积极方式。下面我将扼要地解释一下这两种方式的性质并论述有关的目的和任务。但是，我们必须首先了解民间文学的概念以及它在国际组织所举办的活动中的定义。我在这方面的阐述大多摘自两个文件，一是联合国教科文组织总干事为 1985 年 10 月索非亚大会准备的文件，题为《关于保护民间文学国际通用规则中技术、法律和行政方面的初步研究》（简称《初步研究》）；二是我为联合国教科文组织 1985 年 1 月在巴黎举行的保护民间文学政府专家第二委员会会议所写的工作文件。

二　如何给民间文化学下定义

对民间文化所采取的态度几乎同为它下定义而挑选的字眼儿一样重要。上面提到的《初步研究》的引言恰如其分地表现了普遍流行的态度。

> 民间文化包含人们形成赖以生存的基础而提供给自己的一切。它是，并明显地表现出隶属于某一人类集团的文化，一种流行的、传统的文化，它在这个集团的历史进程中随着这个集团需要的变化而变化；而这个集团又紧紧依附于这种文化，因为它是这个集团社会生活的根基。

因此，民间文学是反映人们精神的人类文化的基本要素之一。

各种不同形式的民间文学是人类文明文化或某一社团文化的一个侧面。它们是一个集团或一个民族的共同产物，依据该集团或民族特有的习惯和艺术形式而发展，表达了该集团或民族的成员对自然环境的态度和反应。它们与人们的日常生活息息相关，反映了人们最迫切、最基本的需要。它们为每一个人提供了与之共鸣的内容，使人们产生一种归属感。一个人如果失去了自己隶属的这种文化，就会显得没有价值。

民间文学的表现方式总是同它们的源泉紧密相连的。一旦与源泉相分离就会失去一个非常重要的成分，很可能会失去原来的含义。它们的内容只有根据它们的文化背景才能真正地领悟，脱离了这种背景，整个内在含义就全都变了，变成了解说人的意思，而失去了创造者的原义。

民间文学的真实性和保存这种真实性是至关重要的。目前民间文学的地位变得越来越重要，主要原因是由于文化交流越来越多，而文化交流的增加一方面是由于对其他民族的人民和文明感兴趣，另一方面同样是由于对民间文学的美学感兴趣。今天的世界，国际联系和交往日趋广泛，文化因素和传统是人民之间相互交流的主要内容之一，民间文学则是文化和传统的一个基本组成部分。

现代技术在复制、表现及传播方面的应用（在传播方面的应用更普遍），对这些交流起到了重要的作用，事实上，现代化技术是主要传播媒介。联合国教科文组织章程前言里有一段话：

"签署本章程的各成员国，相信人人都有充分与平等地享受教育之机会，相信应不受限制的寻求客观真理，相信自由交换思想和知识，一致同意并决心发展和加强各国人民之间的交流工具，用这些工具增进相互谅解和了解。"主要由于这些新技术的应用，这段话显得更为贴切和现实。

对于人类的各种文化遗产，人们主要把它们看作一个整体，构成该整体的各个组成部分，正在日益吸引着人们的注意力。

随着年代的推移，越来越多的表现形式取得了同名胜古迹、文学、艺术及音乐作品相媲美的地位。

为此，尽一切努力来保存文化遗产的必要性日复一日地变得更为现实。不久前可能还模模糊糊的轮廓，由于各方面特别是联合国教科文组织的努力，逐渐清晰可辨了。其他组成部分也是如此，我们应从建立保护制度方面予以考虑。

在想办法保护民间文学的过程中，曾做出各种努力给这一主要概念下定义。在前面提到过的工作文件里我已分析了这些定义的前提。让我们不更多细谈而看一下保护民间文学政府专家委员会在 1982 年巴黎会议上提出的定义，该定义在 1985 年已被政府专家第二委员会加以修改和补充，很可能就是最终的有效提法了："民间文学（更广义地说，传统的和大众的民间文化）是一种集团或个人的创造，面向该集团并世代流传，它反映了这个团体的期望，是代表这个团体文化和社会个性的恰当的表达形式，它的准则和价值观念通过模仿或其他方式由口头流传下来。其形式主要包括语言、文学、音乐、舞蹈、游戏、神话、宗教仪式、风俗习惯、手工艺品、建筑及其他艺术"。

该定义着重于文化和社会个性。人们可能并不会单纯因为民间文学而对民间文学感兴趣，他们关心保护自己民间文学或传统文化的创作和成果，很可能是因为这些创作和成果象征着他们自己的文化和社会。他们还可能对民间文学所表达和留传下来的准则及价值观念比对民间文学作品本身更为感兴趣。该定义强调了使民间文学熠熠生辉的因素和途径，即：传统的传承和通过民间文学所表达出来的价值准则方面的启示。

民间文学传承的基本单位是社会集团。一个人可以属于几个社会集团，但是当他（她）演唱民间文学的时候，他（她）必须做出抉择，在艺术背景中他（她）将属于哪个社团。

表现价值观念的是民间文学本身所固有的，部分地在实际说唱之中，但未必存在于普通个人身上，除非他（她）成为该集团的象征，成为该集团的偶像。因此，通常是演唱的民间作品被看作特定集团文化和社会个性的适当表达形式。

对民间文学的积极保护可概括为八个字，即：鉴别、保管、保存、传播。

三　民间文学的鉴别

在制定保护措施之前，首先应鉴别民间文学的各种形式和类别，并分门别类地登记注册，从一个国家的具体某一类型作品的分类造册到全世界的民间文学分类。这方面已经进行了大量的工作，但很少合作协调，因此政府专家委员会认为迫切需要开展国际鉴定工作："民间文学作为精神财富必须受到保护，它所代表的集团（家族、职业、国家、地区、宗教、种族等等）既是保护措施的施事者，也是保护措施的受益者。"为此，需要：

（1）将同民间文学有关的机构登记注册；

（2）制定鉴别和记录制度（采集、录制、分类），对已有的制度要加以完善；

（3）建立标准的民间文学的分类学；

（4）协调各机构使用的分类体制。

世界民间文学在这里被看作由精神文化和物质文化，即各种各样的民间文化所构成。识别这些形式是我们的首要任务，需要适当的研究方法。资料应按所属的社会集团组织整理。按照这一思路，必然要建立一个国际机构，它能帮助世界各国人民和机构获得已被记载的现存民间文学的有关情况。这个机构还能帮助联合国教科文组织和其他国际组织制定保护民间文学的必要措施。联合国教科文组织将编辑一套国际性的档案簿册，散发以国家或地区为单位搜集、归档、录制和做资料索引的指南，它还要训练人员以及至少提供一些必要的设备。

如果不知道能为编辑一套全世界民间文化财富档案簿册大全提供多少财力，则难以判断编辑这种簿册的可行性到底如何。只要看一下需要登记的项目、数字，工程之巨大便可见一斑：赫尔辛基的一个民间文学档案馆内，用其他各国读者难以理解的语言和方言记录的资料就有三百五十万种，这还仅仅是民间文学一部分——精神文化部分。如果包括物质文化，对博物馆系统中的搜集品也要登记注册。一座城市各机构中要考虑的资料数量及其复杂性就足以令人瞠目。在芬兰有二十四个研究民间文学的机构。北欧各国（丹麦、芬兰、冰岛、挪威、瑞典）共有九十五个这样的机构都需要列入名单，这还没有包括那些地方上的和小的单位。这些机构是目前贮存一个地区——北欧国家民间文学知识的基础结构，贮存的主要是民间文学资料文件。这类机构可说是五花八门，包括民间文学档案馆、民族博物馆、院校有关各系、手稿档案馆、特殊档案馆（民间音乐、工人文化、方言、沿海文化等）、图书馆、广播公司，等等。但是，它们能够进行合作，无论是在本国还是在整个地区。

鉴于仅仅一个比较小的地区的基础结构中所贮存的民间文学资料数目就如此巨大，要把所有资料都统一起来似乎是行不通的。只有脱离逐项造册，按大类记录整理，在理论上才是可行的。例如一个档案馆内，民族医药类有十万项，对这些项目不是逐项造册登记，甚至不是以一种疾病、一种医疗法或某组疾病造册，而是仅仅说收藏有关于民族医药的资料，说明资料总数量及这些资料放置的主要原则，如果只详细到这种地步，档案馆就可相对迅速地提出有关它们资料的初步简明报告。时间和具体需要将显示出什么样的资料需要比较精确地造册以及用何种技术来造册。

这里分析的实例选自一个发达地区。显然，没有设立或者基本没有设立这类机构的地区需要一套不同的方法。这些地区要着重于训练。然而，每个国家一定都有一批主管民间文化的人员。他们能够帮助画出一份民间文化基本情况的图表，即使他们能力有限。执行该计划的第一步是对那些从事民间文化和民间文学工作的机构作一番调查。作调查既不特别费钱又不费时间。实际上联合国教科文组织精神遗产处早已开始进行这种机构的调查工作。北欧民间文学研究所列出了北欧各国这类机构的一览表，并于 1978 年发表。

下一步是对民间文学和民间文化进行综合分类。各类索引和目录里的民间文化现象范围都很广泛，但并不均衡。许多国家已按标准对不同类型的民间文化，像民间故事和民谣彻底地进行了分类。分类结果发表在《民间文学会员通信》（自 1910 年起）和其他民间文学研究者丛书上。某些方面的资料已相当系统地编入目录。换言之，分类工作不必从零开始。由于使用累积计算机系统来搜集许许多多国家的民间文化现存档案记录，民间文学的某些领域的分类可能达到相当令人满意的水平。

但是，为了国际协调和创造一种通用索引语言，目前最为需要的是一个更高度抽象的统一分类系统。理想的是资料系统化的思想能够应用于野外作业和搜集、材料录制和编制索引等档案工作全过程的各个环节。通过推荐某些民间文学搜集和归档标准化的方法手段，将会为这一工作的国际协调铺平道路。当前，为在民间文学资料索引化协调工作中取得令人满意的结果而实施一些试验工程以及各国为此做出努力是极有价值的。如果，至少某些目前进行的野外作业能够同时作为一种试验，按照统一标准把所获材料编成索引并归档，那是大有益处的。

一种可能的做法是对民间文学中要保护的作品应有选择。这一办法目前已得到联合国教科文组织精神遗产处的赞同。会员国最近都收到了调查表，目的是造一份处于危险状态，各国希望优先作成文件加以保存的民间文学作品一览表。

四　民间文学的保管

保管的目的和任务如下。

"保管涉及将民间文学作成文件。其目的是利用或发展这些传说，为研究者和传说说唱者提供资料，供他们了解传说演进及变化过程。活生生的民间传说，由于其本身的演进特性，不能始终得到直接保管，已经固定成形的民间传说则应得到有效保管。为此目的，需要：（1）建立一个贮藏收集资料和文件的档案系统。（2）创建展出民间文化的博物馆。在多学科博物馆里增建民间文化博物馆或开辟民间文化处，并设立资料或档案中心。（3）归档方法标准化。（4）拟定一份存有民间文化的机构及个人的索引。（5）培训搜集人员、档案员、文件员以及保管民间文化其他方面的专门人员。"

时代在变，民间文化也在变，一时鼎盛的文化会湮没无闻。保存一幅昔日的图像也许是管理民间文化财产的学术机构系统的首要任务。该系统将某些传说作成文件，从而贮存保留了部分民间文学供日后查阅观赏。

档案室里搜集的记录、磁带和胶卷等与活生生的民间文学是什么关系呢？可以说它们只是民间文化财产的墓地。一篇无声记录怎能取代一部在说书人和听众心目中不断更新的民间故事呢？民间精神文化没有可以贮存、又能代表一切可能表现形式的一成不变的"总形式"。如果一部民间文学作成了文件，它的形式便不再改变，也就脱离了民间文学生气勃勃的传播过程。于是它的生命完结了，因为它既不能再变化，也不能参与传说的自然传播。记录和磁带不是民间文学，正如一位专家曾经说过的，它们是"从民间文学衍生出的作品"。

大部分档案材料长期死寂地躺在那里，使其复活的唯一办法是查阅。民间文化财产的"第二次生命"的标志是人们想利用它们，这可能是出于学者的好奇，寻找个人的社会和文化属性的材料、商业性出版计划、教育上的需要等等。也可能是想把它们反馈到原来的搜集地区。使用动机影响着材料的选择、编辑和表现。正是在这一点上产生了为保护民间文学采取控制措施的问题。也许可以这样说，只有对作成文件的民间文学，即"从民间文学衍生出的作品"才能够实施有效的保护，而活生生的民间文学，传承人心目中的、在演唱过程中以千变万化的方式表现出来的主题和思想是无法直接保护的。因为它随着个人和社会生活而存在、变化和消亡，而其方式又不能从外界加以控制。也许可以做出尝试，去保护民间文学说唱者个人，保持他这方面的才能，保持他说唱民间文学的传统环境及表演这些节目的特殊背景。然而，在现代世界上，几乎没有什么文化能够完全与外界隔绝而不发生变化，而这种变化除其他作用外，常常导致民间文化发生变化甚至消亡。因此，把活生生的民间文学保持在它某一自然状态使之不发生变化的企图从一开始便注定要失败。可能被滥用或被适当地加以贮存和保护的，不是民间文学说唱表演，而是说唱表演的记录。如果走得太远，保管和保护的想法可能很容易地变得不利于民间文学，不利于它的创作人及合法使用者。

这就意味着，除了别的问题外，上面谈到的基础设施承担的责任比联合国教科文组织在保护民间文学的过程中一般意识到和承认到的责任更为重大。利用计算机传递信息的时代就要到来。到那时，现在深深埋在专门检索系统里的民间文学档案室的许多资料将出现在家用计算机的显示屏幕上。毫无疑问，这一发展将有助于学生、教师和学者在教育和学术工作中使用民间文学。但是，有理由相信也会出现非法使用民间文学资料的问题。所以，这一发展应当置于国家和国际某些机构的控制之下。

五　民间文学的保存

保存民间文学的定义如下。

"保存的任务是保护民间文学，这是因为注意到这样一个事实：人们有权拥有自己的文化，而电视、报刊和广播等工业化文化的冲击使他们对自己文化的信仰受到侵蚀。必须采取措施保证民间传说的地位和对民间传说的经济支持。无论是在产生这些传说的团体的范围之内，还是范围之外。"欲达到此目的，需采取以下措施。

（1）以适当的方式把民间文学的研究编入各级教学课程；
（2）既要照顾到广为流传的乡村文学，也要考虑到在市区产生的类似文化；
（3）要向地方研究所提供储存在档案中心的有关某一团体或地区的文件副本；
（4）保证各种族集团和民族团体拥有自己民间文化的权利；
（5）建立综合学科的有各文化集团参加的民族民间文化委员会或类似的机构。

上述定义的意思是民间文学在一定的条件下有助于消除某种文化形式（如西方工业化文化，上流文化和电视、报刊及广播文化）完全占统治地位造成的失去对称和平衡的现象。这种垄断往往伤害人们的自尊和自信，损害注重传统的社会或文化个性。距自己最近的、真正属于"自己的"文化同那些占统治地位的文化形式相比，显得苍白无力、过时而又无足轻重。即使是同文学生态环境不沾边的教学工作也会散布类似的思想和情绪。这就导致他们失去根基，空洞地模仿由一心追求利润的娱乐业等部门塑造的偶像。要阻止这一事态发展，并不意味着所有民间文学，无论优劣，都要保存、使用或在必要时不惜一切代价使它获得新生；也并不意味着，人类文化中最优秀的成果只是因为变成了国际上流文化的一部分就要加以反对。要保持平衡是很困难的，充其量也只能是一种微妙的平衡，而且应对不同的国家和亚文化群按具体情况单独拟订平衡计划。

上面所谈的基础结构的影响不会起决定性的作用，因为不同个性的群体必须自己解放自己，站出来为自己说话。一个民间文学专家，如果他不是出生和生活在这个群体之中，他只能把知识奉献出来或提出建议，供人参考。比如，他可以用特别的方式告诉那些对使用民间文学感兴趣的人各种传说的真实性及其适用性。生机勃勃，富有活力的民间文学无须任何管理控制，它的特征是自由发展并与人类社会水乳交融。但是，诸如节日、喜庆日、展览会、电影、座谈会、专题讨论会和大会等专门民间文学活动可能是另外一回事。在这些场合，一句恰如其分的说明就可使民间文学免于成为滑稽可笑的东西，免于对它的真正面目进行歪曲。

贾芝先生说："民间文学来自人民，因而应当服务于人民。"这句话对旨在保存民间文化的计划作了恰如其分的概括。

六　民间文学的传播

民间文学作品要产生影响就必须进行传播。传播的定义是：让人们认识到作为文化实体组成部分的民间文学的重要性。必须广泛地传播构成这种文化遗产的作品，从而使民间文学的价值和保存民间文学的必要性得到承认。然而，在传播民间文学时，应避免拙劣的模仿和歪曲以确保原来的面目。要达到这个目的，应该做到：

（1）鼓励组织全国性的、区域性的和国际性的民间文学活动，如博览会、文化节、电影、展览会、座谈会、专题讨论会、专题座谈会、训练班、大会等，以传播民间文学。

（2）用公告和期刊的形式出版资料。

（3）吸引有广泛影响的宣传工具报道民间文学活动。

（4）建立专门研究民间文学的研究所，文献中心和图书馆。

（5）促进与民间文学有关的个人团体及单位间的会议与交流。

各文献中心不应成为古老文化形式的墓地。这里的资料应通过适当的方式反馈到社会上去。这是使人们通过民间文学这面镜子研究、了解自己的天地的唯一办法。今天，有许多曾是缺乏生气的文化都充满了活力。普通人嘴里也说出了"民间传说"这个词，他们使用这个词的熟练程度与研究隐藏在这一概念后面的无穷现象的学者完全一样。在这一方面，民间文学史上任何时候都没有出现过如此的对称。有关的民间文学集团自己整理自己的资料的日子可能为期不远了。

之所以提出要保护民间文学并不主要是由于民间文学的第一生命，即自然生命，而主要是由于它的第二生命，即把民间文学制成文件，特别是使民间文学再度循环使用。在这一过程中，非书面的民间文学似乎总是变成了书面文学或其他艺术形式，从而在民间和地区文化中占有一席之地。这个过程一定要继续下去，因为这是使民间文学不囿于某一孤立团体的财产，能为世界文学甚至为反对我们这个时代的文学垄断做出贡献的唯一机会。只是还需要制定某些基本规则。

七　限制方法：把民间文学的使用看作法律和道德问题

既要使用就有可能滥用。我们还记得玻利维亚政府不是寻求帮助保护或保存其民间文学，而是反对外国，还可能包括国内不恰当地使用其民间文学。这正是联合国教科文组织一开始就把保护民间文学的问题当作法律和道德问题的原因。此后，扩大版权法或制定保护民间文学的某种类似的立法便成了许多国际会议的主题。滥用民间文学似乎有两种形式，一种形式是冒犯了某些亚文化群和社团，这些文化群或社团创造了这些民间文学，同时从文化个性的观点看，他们又把这种文学看作是其文化的代表作；另一种形式是把民间文学用于商业目的，但获得的利润一点也不给这种民间文学的创造者。

第一个问题是道德问题。它常常是发生在脱离自然背景上演民间文学时。外行的表演、选材时放错重点和非故意的老大态度都会使最有价值的传说成为滑稽可笑的东西。当用电子手段或其他现代化工具把这些传说从产生它们的自然环境中搬到遥远的地区时，这种危险性就变得非常明显。民间文化材料这种脆弱性迫切地要求我们找到保护产生民间文学社团的方法，因为这些社团认为滥用民间文学污辱了它们，有些民俗是神圣的和秘密的，应由产生民间文学的社团决定哪些可以在传统的文化环境之外的范围流传。

经济问题，至少在理论上可以通过与版权类似的办法解决。在得到允许和支付费用的条件下，使用民间文学中的某一作品是合法的。1982 年 6 月联合国教科文组织和世界知识产权组织在日内瓦举行的会议通过了一项法律范本草案，目的是要在今后使每个成员国采用这一法律，以便使某种形式的版权法确保当地民间传说的保存。这个法律范本的目的是，只有在得到批准的情况下，才能上演和出版，从而防止非法利用具有艺术价值的民间文学表达形式。这样还会避免有损于民俗社团文化个性的走了样的表演，保证至少让民间文学的创造者得到出版民间文学的部分收益，这部分收益的使用则由保持这些民间文学的团体决定。用于民间文学的教学工作，借用来创作新颖的作品，用作插图、报道公开展出的民间文化作品等情况可作为例外，不收费。

但是，民间文学并不与版权法体现的思想很合拍。活生生的民间传说是不断发展变化的，因而不可能像文学或艺术作品那样保存。一个传说材料表演者或歌唱者只能申请他个人表演的版权，至于材料本身，由于很难搞清原作者，直到现在谁都可以利用。然而，如果要使这些材料保留下来以免歪曲、讹误和庸俗化，就必须采取某种保护措施。日内瓦委员会裁定，版权属于保持该民俗的团体；如果这个团体已不复存在，版权就属于国家。这个国家要借助国家档案馆、博物馆和研究组织为后代保存这些材料。利用民间文学材料所得的经济收入的一部分应交给国内有关组织，如果可能，应交给保持该民俗的团体。

对于采取法律措施保护民间文学的计划，人们既有想入非非的一面，又有对版权法机械搬用的一面，在各成员国讨论决定是否应采用条款范本时可能出现问题。更为糟糕的是，这一法律范本并没有明确承认基础结构的作用和权利，正是这种基础结构负责档案馆中民间文学资料的保管，因而也负责控制这些资料的使用。在民间文学文献中心和档案馆已受到保护的和今后也应受到保护的权利至少有四种。

第一，保护提供材料的人。在民间文化的采访中，常常有这样的情况：被采访者所谈的问题如果在他提到的社团中流传开，对他本人会很不利。有时需要把提供材料的人作为叛逆本集团的文化传承人加以保护。民间文学采集者和提供素材的人在某种程度上可以说越出了他们的文化界线。前者越出了学术文化的范围，后者可以说迈出了传统文化的圈子。他们一起建立了情况交流及相互信任的边缘区。在采集民间文学工作中遇到微妙的问题时，很少使用书面协议和书面允诺。采集者有义务保证这些材料不致因为疏忽或故意而被滥用。采集的材料归档后，档案馆则承担起这一义务。在研究工作中使用这一材料的学者同样要负担起这样的责任。

第二，首次使用权。一般来说，首次使用权是属于想在采集材料的基础上进行调查及准备发表文章或出书的采集者的。未等采集者在适当的时间内有机会完成自己的计划，就允许他人用类似的方式使用这些材料是不道德的。

第三，采集者有权期望他放到档案馆的材料得到妥善保管（如磁带、胶卷，应采取特别保管措施，复制副本，供人使用和借阅等）。采集者还有权期望对他的材料编出适当的索引，分门别类，从而使资料便于查找使用。

第四，档案馆有权，或者确切地说有责任控制资料的使用和使用人员。它必须能够决定用何种方法、为何目的和在何种条件下才能使用这些资料，换句话说，档案馆必须有自己的工作章程，根据这种章程，通知民间文学资料的使用者在使用这些精神财富中需注意的问题。

保护民间文学政府专家第二委员会 1985 年巴黎会议的工作文件中承认了这四种权利的存在。然而还不能肯定这些内容是否会加到条款范本中成为各国保护民间文学的法律条文。联合国教科文组织中有两种不同意见：积极的和限制性的。虽然两者的终极目的完全一致，但由于采用的手段不同，有时很难统一起来。

最后，也许应当提及，自然形态的民间文学作为社会生活中与其他事物融为一体的活生生的现象，根本不需要保护，也不容许任何形式的保护。要人为地使它的生命永远存在下去，那势必就要对它歪曲。谁也不能阻止人类集团摒弃民间文化的某些形式而发展一些新的形式。这就是为什么把民间文化作成文献的工作如此重要的原因。要想全部贮存或保留是绝对办不到的，然而通过这种办法，至少可以保存一部分，也许这是唯一的保存办法。

（原载《中芬民间文学搜集保管学术研讨会文集》，中国民间文艺出版社，1987，第 13~29 页）

中央和地方档案制

〔芬〕劳里·航柯

李 扬 译

　　并非所有的文化传统为了后代而均被搜集和储存起来了。口头文学作品在博物馆和档案馆中似乎格外不易找到它们的位置。这种情况即使在诸如像芬兰这样拥有政府扶持的高度发达的博物馆网络和档案系统的国家里，也是十分明显的。博物馆主要储存实物，而不是口头的、书面的和视听资料——这正是口头传统保存所依附的基础。人们不难想象：要让无言的实物开口显示其自身的文化信息，文字、声音、图像是至关紧要的。人们尝试使博物馆活动现代化、使展览生动化，但在博物馆的工作方式、资料的搜集和对有关资料的重视方面，这些尝试并未带来任何变化，至少在芬兰是如此。

　　公共档案馆和一般档案馆——我们称之为历史档案馆——的确采用了语言资料，但它大大远离了民间口头文学，主要由行政和其他社会文献组成。历史档案馆的工作是消极被动的，它们接受法定的资料却不主动搜集之，因此也不去变更资料的基本种类。这种状况多少是与口头传统的入档方法相反的，口头传统的数量和质量，关键依赖于积极的搜集活动。

　　谈到民间文学档案馆，应该记得，任何地方都没有同图书馆、博物馆、公共档案馆同样发达的系统保持的民间文学档案馆网络。由于作为满足特定文化需求而确立的民间文学种类尚未被人们所明确认识，加上没有像博物馆、普通档案馆和图书馆有关组织那样的国际组织或协会，因而导致了民间文学档案馆的薄弱地位。芬兰的民间文学档案馆亦处于无组织的状态，尽管芬兰拥有世界上最大的档案馆之一的（如果它不能说是最大的口头传统档案馆的话）芬兰文学协会民间文学档案馆。考察芬兰其他作为民间文学档案馆的机构，我们可以发现其规模和资料都是不同的，它们倾向作为学术研究的机构甚于作为搜集地区资料的机构。它们为除学术研究需要之外的更广泛的公众服务的范围也是很有限的。相似的情况亦见于北欧的其他国家：瑞典、挪威和丹麦。近年来，北欧的民间文学档案馆开始有了定期的联系，这主要是北欧民间文学协会工作的结果。

一　民间文学档案馆的工作是什么

虽然就口头民间文学而言，提到"中央和地方档案系统"似乎有些苛求（至少与博物馆和图书馆比较而言），但无论如何，在过去、现在、将来它都是适用的。没有一些有组织的活动方式，芬兰文学协会民间文学档案馆决不能在 155 年间取得 350 项资料。现在，如此众多的人从事搜集工作，使搜集过程中不免有重合交叠之虞，有关机构也正在寻求更广泛的合作。民间文学档案馆网络正渐具雏形，它依照标准的系统途径工作，通过这个途径信息可迅速传到所需的地方。就此而论，"档案制活动"这一术语并不是建立几个民间文学档案馆，而是指资料搜集和保存的整个过程，这个过程发生于下列活动之中：各种资料的搜集活动，科研机构（如大学和研究院）的研究和出版，各种档案馆、博物馆、图书馆的研究和服务，某协会甚至出于自发兴趣组成的临时组织所进行的搜集活动，出版社、广播和电视中的节目活动，印制有某种商业目的的民间文学出版物，以及最重要的人们——对民间文学感兴趣的个人，如研究者、作家、编辑及其他职业的或业余的爱好者的活动。换句话说，只要某人对某一特定资料感兴趣，要求提供有关口头传统资料或某人作为一个搜集者或资料提供者活动时，亦应纳入"档案制活动"的过程之中。

无论这些活动过程是民间文学团体进行的，还是常见的出于兴趣的结果，都可以肯定，其中一些活动远不能达到民间文学档案制的标准。因而在这里，民间文学档案制的目的之一，就是设计对常出现的规模大小不一的搜集活动有指导意义的方案，以便使搜集工作长期进行，其资料可被应用。民间文学档案制的四根支柱是搜集、储存、研究和交流（出版和服务功能），其三个基本因素是文字和视、听资料。如果这些活动和资料形式都被系统组织、相互影响补充的话，就较为接近民间文学档案馆的理想模式了。当然，各个档案馆并不需要完全一致，而可以各自把重点集中在不同的领域。

二　档案馆如何处理一项资料

在赫尔辛基的芬兰文学协会民间文学档案馆，资料的处理有九个不同的步骤，这个处理过程的变动范围依据于资料的形式：是手稿（文字），还是视、听资料。处理文字资料的步骤可描述如下。

1. 入库。地方上许多通讯员把资料寄至档案馆。这些纯粹出于兴趣而参加搜集工作的人们年复一年地为档案馆提供民间文学的资料信息。1977年，这些资料的原稿达到了约10000页之多。除此之外，还有其他有组织领导的形式，如搜集竞赛、为科学研究而进行的搜集和通过资料提供者网络而进行的调查。搜集竞赛常通过出版社印制通告和说明的方式，或通过其他的途径举行。最优秀的搜集者给予奖励，搜集主题原则上适用于所有人或局限于某些特殊的职业。为研究目的而进行的搜集有多种方法，如从通信调查到个人访问等，它可以补充民间文学的分布图、获取某些种类的综合材料或获取某个种类的一件作品。通过资料提供网络而进行的调查具有两重意义：可用来为大规模的搜集项目做准备，可相对迅速地获取可信的资料。而且，可以保持提供者和档案馆之间的联系。1977年，有组织领导的搜集活动取得的资料数量，已约等于自发搜集的资料。

2. 分析。通读所有回信、来稿并编上标明其种类的字母、数码（劳里·哈尔维拉赫蒂在他的论文中详述了其方法）。比起新的资料来，旧的资料能被更好地进行种类分析，因为随着搜集方法和目标的转变，其重点亦从童话、传说、谚语等转向个人经历、职业经验以及民间文学的表演和社会关系等。当今搜集的所有资料，仅对其进行种类分析已没有意义了。对资料内容进行分析并加以简要题解和参考文字是必要的，但困难在于尚未设计出统一的参考文字或内容分类，因而对内容的分析同种类分析一样是缺乏逻辑条理的。

3. 编号。给每一项资料编上数码。在区别明显的种类中，数码指单个的变体，在指诸如谚语、谜语等小种类时亦可经常改变，反之篇幅较长的民族学的描述则归入一个数码。（例如，对婚礼的描述归一个数码，或婚礼仪式的不同步骤各归不同的数码。）由于资料篇幅如此不同，所以一所档案馆资料的数码通常不能说明其拥有资料的可靠限度。在搜集个人经历情况竞赛中获得的大量特征鲜明的传记资料，则不标项目数码，而代之以标明原稿的页数。

4. 搜集者的搜集和登记册。历史档案馆和民间文学档案馆均遵循"出处原则"，即同一根源的各项有关说明资料，无论何地均应作为一个资料本身的统一体而加以保留。在这种情况下，一项搜集活动的"构成者"就是搜集者或提供者。同时提交给档案馆的来自某个搜集者或提供者的资料被同时存放在一起。有关搜集的资料载入三个登记册：（1）种类登记册（所有资料）。（2）主题登记册（只登记拟进行内容分析的资料）。（3）搜集地区登记册（所有资料）。

5. 装订。初步整理后，需装订所搜集的资料。虽然这样不免增加费用，但业已证明它是比装入封袋保存更好的方法。应该知道，搜集的资料每时每刻都在被使用，如，常常被重复抄写，所以应装订成册，并按姓名字母顺序将搜集者存档。例外的情况是：在搜集竞赛时，有大量的资料提供者，但从某一个搜集者处得来的资料却不是很多，这些资料分别给以连续的编号，卷册亦先顺序编号，再按搜集者姓名字母顺序排类归档，这样就始终遵循了"出处原则"。

6. 复制。由于从原始卷宗中寻找资料既费力又费时，又使原本不易长久保存，故应将各原件复制在 10.5 厘米 × 10 厘米的卡片上，复制一份至数份。如容纳不下，可多用几张。每张卡片包括资料原文、地区代号（搜集地区）及关于搜集地区、搜集者姓名、搜集活动项目的数字、入库时间、提供者的姓名、年龄等附注。如果某资料的起源地与其被搜集的地区不同，两者均要说明，以箭头表示其方位。复制抄写在拼写和语法上不能改动，换句话说，必须保持其原始面目。

7. 种类登记册的系统整理。复制完的卡片收进种类登记册，它们不再按搜集者分类而是按主题分类，如同一传说的异文编在一起。例外的长篇资料，如童话和民族学的描写，仅取简略的摘要或附注（有时仅是附注）载入登记册。

8. 登记册和索引。档案馆拥有大量的经常增加的不同索引和登记册。这在下文中还要谈到。

9. 研究、出版、信息。已被处理的资料这时已由未被分析的田野资料变为档案馆中供不同人使用的资料，其中主要是研究人员，档案馆通过档案的扩展和系统整理来满足他们的需要。档案馆的职员也是研究者，有时，至少他们中的大多数参与有关出版事宜：他们为出版搜集的资料提供有关地区、种类、职业的知识。协助出版、接待顾客、进行调查，这些是档案馆日常工作的重要部分。一个工作良好的档案馆，不是埋葬资料的沉默的墓地，而是民间文学开始第二次生命的摇篮，在这里民间文学又进入流传过程并使更多的人认识它。

音响资料的处理步骤如下。

1. 入库。这些资料几乎全是在有组织领导的搜集活动中采录的（一年约 250～350 小时），大部分是搜集竞赛以及学者、学生田野工作的结果。马尔蒂·尤诺纳霍将介绍田野作业的准备及作业时为存档而对资料加以标记的方法。

2. 把田野作业时的录音带复录到质量好的录音带上（我们称之为 0 录音带）以便于存档。如研究需要，可再录制供使用的录音带。如原带来自他处的搜集者或档案馆，复录后当归还原带。

3. 编号。田野作业中搜集者已根据情况将录音带编号，但在档案馆里，常根据连续编号（有时根据年代）重新编制最后的存档号码，然后为录音带编写入库卡片。

4. 内容目录。档案馆工作人员将搜集者提供的内容目录分析整理，打成两份，内容目录同时也是基本的搜集目录，它是编制索引的基础。

5. 编制索引。为录音带制作卡片并编入基本索引。卡片上标明录音带上各个项目的录音带号码、在录音带上的位置、其长度和内容、提供者的个人简况、该项目的流传地区、录音时间和地点、搜集者、录音速度和录音机型号及抄录情况等。卡片复制三份，一份入种类登记册，一份入地区登记册（包括搜集地区），一份入提供者登记册。

6. 记录稿。音响资料只有在有记录稿的情况下才能充分利用。在许多情况下，学者们只需记录稿而并不需要听原录音带。当然，记录稿应一字不差，与原带相符。记录时可进一步把原文划成合适的章节，将打字稿登入记录稿登记册。在录音带的内容目录和基本卡片中，记录稿亦被提述。

7. 登记册和索引。音响资料登入下文要提到的登记册中。

8. 研究、出版、信息。

照片资料的处理步骤如下。

1. 入库。档案馆每年接收到 1000～2000 件不同类型的照片资料。这些资料也是通过搜集竞赛和田野作业搜集而来的。

2. 复制。复制档案底片，将外地的原件奉还。

3. 附加复制。存档的底片不可能存而不用，但使用时可用附加复制的照片资料。

4. 编号。

5. 照片分析。对照片加以分析，并配以描述其内容的文字。

6. 编制索引。每张照片制作卡片，载进入库登记册、地区登记册、拍摄者登记册和主题索引。

7. 保存。照片集中存放于专门的卷宗内。

8. 登记册和索引。各项资料归入下文将列出的登记册中。

9. 研究、出版、信息。

不同类型资料的有关部分拍摄成电影特别是录像，看来是可行的。现已制订了一个尝试性的计划，准备由芬兰文学协会民间文学博物馆协建一个独立的视听中心。

三　档案馆的资料检索

为了资料的使用更为便利，芬兰文学协会民间文学档案馆备有多种登记册和索引。最重要的是总登记册，分为搜集者登记册和地区登记册。前者约有 25000 张卡片，后者有 20000 张。搜集者登记册标明搜集的种类，地区登记册有利于使用者按照搜集地区查找有关资料。搜集竞赛备有单独的登记册，按搜集者登记，有的也按地区登记。总登记册是基于电子计算机的编目而制定的，以便于电子计算机处理登记册中的资料。用此登记册可以就搜集活动和搜集者数量的变化、资料的地区和种类分布等写出说明性的评述。关于搜集者、提供者的年龄、性别、职业的研究可以就其搜集活动兴趣方面进行更深入的社会分析。

为了保存档案资料，如可能的话，原稿应全部拍成缩微胶卷存放。如芬兰的约恩苏民间文学档案馆和两所美国大学（印第安纳布卢明顿大学和洛杉矶大学）已经这样做了。缩微胶卷亦有单独的索引。

最大的索引是种类登记册（1800000 张卡片和出版物剪辑、歌片等），共有 30 个种类，如童话、轶事、宗教传说、信仰传说、历史和地方传说、推原故事、卡勒瓦拉韵律的诗和咒语、新韵律的民歌、民间信仰、民间医药、有关动物的信仰、游戏及游戏歌、挽歌、谚语、谜语及曲调等。约有 100，000 份按地区归类整理的叙事散文体稿子，但还是不完全的搜集。在不同的索引中，还有民间文学调查的主题索引，它对计划新的调查很有价值。另有民族历史研究文章的索引，主要是搜集竞赛的结果。还有一些专门的索引，如古老或罕见的大型集子的索引、学术会议和学术论文的索引、不同文学的索引、其他机构举办的调查活动详情的索引，等等。在日常服务中，通过信函或电话对民间文学进行的查询登记入册是有用的。民间文学资料的出版物及其类型目录也有索引。声像资料备有多种专门索引，主要供档案馆工作人员使用。

为了转换成资料自动处理，主要的登记册和索引应首先存入资料库。这样，档案使用者就可以（特别是在资料可以从一个地方或机构传输到别处的情况下）在自己书桌前索取资料，而不必亲赴自己认为可能需要的资料的档案馆，麻烦那里的工作人员。不久，资料本身亦要开始输入电子计算机，获取资料将更为迅速，许多情况下完全不需要去档案馆。然而，由于芬兰文学协会搜集的原稿确是汗牛充栋，所以很难预料何时才能把它们全部输入磁带。看来，发展电子计算机系统的重点，现阶段应放在汇编目录和登记册、形成资料库上，这亦可表明已"储存信息"的搜集物和出版物在档案馆的位置，那时档案馆的工作人员就可对此了如指掌，特别是可为任何一位研究某专题而希望得到所有材料的人提供指导。

四　为口头传统编制索引的难题

档案的技术发展不能完全展开进行，第一个原因，可能是档案管理人员和口头传统的学者不能提出一个真正全面、有效的资料分类方法，不能提出通用的民间文学类型学原则。旧分类法的功能看来正在衰减，而新的分类系统尚未设计出来。其原因有几个，首先我们不能忘记：有其自身独特起源、成长和发展的民间文学档案馆原则上并不为协调同等、统一标准的企图所左右。档案馆搜集它们认为重要的资料，按最适合它们需要的方法加以整理，况且短时间内禁止其采用过的实践方法也是不可能的。就此而言，档案馆是固执而又保守的。

第二个无疑更有意义的原因是搜集观念的变化。有一段时期，搜集、研究的指导思想是为了重新恢复古代农民社会的本来面目，许多档案馆在那时应运而生。但对现代社会和现存文化则兴趣不大，所有注意力都集中在可能揭示古代之谜的历史文物和文化领域。这种倾向，一方面忽略了对当代民间文学进程和现象的考察，认为它们不值得研究。所以，即使在搜集活动已经进行的时代，某些传统的形式可能悄无声息地消失了。另一方面，搜集和研究局限于某种理想的文化，至少在北欧国家，局限于假设的、强烈理想化的模式，这种文化就是纯粹的、古代的农民生活方式，它的存在阻碍了其他社会类型和生活方式进入档案馆。在这种搜集活动中，市民、工人、商人甚至农村手艺人和游民都是不受重视的外围，用那时的眼光来看，这也许是顺理成章的。这种情况主要发生在 19 世纪，当时欧洲民间文学研究和存档已有了固定的形式，新兴的资产阶级试图从自由农民中找到模式，找到文化同一性和民族自我意识的基础。今天，亲身经历过农民生活的北欧研究者已是凤毛麟角，同百年前的思想意识保持一致是既不容易又不可能的。因而，对长期作为档案活动基础的观念，学者们在某种程度上已感到不适应，他们要求新的社会事物，首先是城市，作为研究和搜集的项目。

未成功的原因，还有一部分是由于在早期民俗学者中流行的第三条基本原则，即孜孜于孤立文化特征的研究。19 世纪的先驱们倾力去进行要素分析，对孤立的文化特征进行比较研究，对其起源进行调查，以及假设其移动路线等，而没有去研究整个系统、文化统一体和现存文化的作用方式。结果，如同曾出现过的情况一样，文化特征独立于人和社会之外，仅能从书面上研究而脱离了其社会环境。这种研究方法仍存在于民间文学档案系统的基础之中，实体被分割成越来越小的片断，并且不依照其在文化中的功用和结构而依其内容和形式予以分类整理。

1970 年，这种分割现象在芬兰文学协会民间文学档案馆中表现得最为明显，那时旧的种类搜集被围绕专门职业的搜集竞赛所取代。这些竞赛所激发的广泛兴趣证明社会本身具备了这种转变的条件。1969 年搜集竞赛的主题是伐木者的传统（789 名参加者，18000 页资料），1970 年是疗养院传统（350 名参加者，9000 页资料），1972

年是木材贸易的传统（344 名参加者，115000 页资料）和邮局职业传统（504 名参加者，7000 页资料），1973 年是前线的传统（265 名参加者，12000 页资料），1975 年是鞋匠和裁缝的传统（711 名参加者，85000 页资料），1977 年是狩猎的传统（215 名参加者，3800 页资料）和喝酒的传统（522 名参加者，10000 页资料）以及关于电话的传统（344 名参加者，3500 页资料）。这意味着档案馆的大门已向新的领域开放。在对它们的分析研究中，已确立的分类法不再运用。然而，尚不能发展到马上取消索引，这个难题的解决似乎要等到电子计算机采用之后，可能要到 21 世纪才能全部解决。

正如我在别的论文中所说的那样，许多部门认为，创造一个通用的分类法是至关紧要的。如联合国教科文组织，它们从事保护民间文学的工作始于 1970 年。北欧民间文学协会亦支持了一个旨在估价建立北欧民间文学联合资料库可能性的研究项目。在这方面，如同教科文组织调查的那样，人们很快认识到：人类学的分类法（首先是归于人类关系范围档案的美国分类系统）、图书馆采用的流行的十进位分类法和纯粹的基于种类体裁的民间文学分类系统，皆已不能适用了。当然，所有这些分类系统可一并使用，但创立另一种通用分类法也是可能的，这种分类法首先着眼于民间文学资料的需要，这些资料并不局限于"原始人"和"自由农民"范围而兼容包括我们得到的不同文化、民族和生活方式的资料，从而为新的研究开通道路。

五　项目档案馆和地方档案馆

关于这个问题，更进一步考察小型的档案馆单位是很重要的。其起源和功能较搜集所有种类资料的中央档案馆更易于了解，因为，将来开展的搜集活动很有可能删繁就简，专门调查某个专门项目。这意味着，将不再有过去采用的搜集方式，那时人们急于抢救濒临消失的民间文化遗产并试图填补档案馆里所有的空白部分。而现在，民间文学的搜集不得不接受这样一个事实，即民间文学资料永远不会被详尽无遗地搜集，未曾记录的民间文学将不断产生、死亡，这种事态并不一定意味着研究探索的决定性失败，民间文学将按其所显现的基本过程不断受到检验，这就是说，其相同的功能和基本结构可以通过许多不同的形式来认识。假如我们可以认识这些基本过程并确定它们与群体的关系、其社会结构和个体生命后，因资料上的经常增加而难以简单解决的问题就自然可以理解认识。以尽可能完善的方法，对特定事例、特定地区、特定资料的基本问题加以详细的调查研究，将是非常重要的。同时，一项成功的研究可以使同一问题的多项其他研究成为不必要的事情，学者们可以转而探索其它难题。专为档案馆的搜集在某些方面将失去其意义，而研究者的反馈任务将增加，仅搜集是不够的，重要的是把搜集研究的成果回报应用于社会和所研究的群体，以及日益增多的使用者。

北欧的大学已拥有多种项目的档案馆，它们因确立的研究领域和档案研究而产生，虽然较少但整理较好的资料的系统，已为研究策略及需资料解决的问题而完全确立。研究工作常依据经验进行，研究者自己搜集所需资料，或由一个搜集队搜集，但也有项目档案馆收存其他来源的有关资料，如文学和各种档案馆搜集物。这说明，即使研究工作终结，项目档案馆亦应保留。公认的难题是，如何整理搜集物？因为没有经费后，就无法处理这些资料。这在芬兰亦是一个有待解决的问题。原则上，这些资料可转送到中央档案馆或其他起作用的档案馆，或其他多少能处理它们的档案机构。在后一种情况下，资料的数据应保存在某中心卷宗里，资料应由胜任者监督管理，以保证其可用性和安全存储。

马尔蒂·尤诺纳霍在他的论文中提到土尔库大学文化研究所的民俗和比较语言学档案馆。在档案馆中"因格利亚的民间文学"和"拉普族的民间文学"是地区性的，"波罗的海芬兰人的挽歌传统"则是按种类分的。项目档案馆在特征上也互不相同：因格利亚的资料有主要在移民中进行的田野工作所搜集的资料做补充，但主要是来自档案馆；而对拉普族民间文学的研究却高度集中于研究人数相对少的民间传播和村落故事。在后者中，采访占据了很重要的位置。波罗的海芬兰人的挽歌这个项目搜集了时间跨度为150年的资料，尽管还未包括接近结尾时的深入研究时期。土尔库项目档案馆的模式在1970年后期芬兰—坦桑尼亚合作开发活动中亦被运用：在研究村落改革过程中文化变迁情况的芬坦巴格马约项目中，将所搜集的资料系统整理，归入达累斯萨拉姆的一所项目档案馆。经验证明，项目档案馆决不局限于一两项研究，相反，可望它将具有更重要的价值。各种研究方法，可在不同的学者、不同的时间里对同一材料的研究中产生。

我所说的关于项目档案馆的一切亦适用于地方档案馆。其目的通常倒不需要与学术的目的相同，因为地区的一致性和居民的一致性本身增加了资料的科学兴趣。有个很重要的值得考虑的问题是：作为自身文化的象征，民间文学档案馆增固了文化的同一性。为避免这种情况，每个社团、少数民族和文化群体应有机会建立民间文学档案馆，这大体上与图书馆相同。这个场所可用来尽力开展自发的整理活动和教育训练、文化启蒙活动，宣传强调民间文学的地位和意义。

六　一个中央资料库的需要

什么是中央档案馆？过去和今天对这个问题的回答无疑是不同的。人们或许会说：中央档案馆就是存放不同来源资料的地方，如果需要它可复制其他档案馆的资料。多年以来，芬兰文学协会民间文学档案馆正是依此工作的。流行的观念是：记录下来的民间文学资料只有被储存在这个博物馆内才算是达到了最终的归宿。这样，一个颇有声望的大机构，便成为变化了的人类群体和文化地区的民间文学资料的拥有者和保护者，与最初搜集地的联系主要通过资料网来加以维系。另一种反馈大部分是通过民间文学资料的出版，其目标自然不再是仅为搜集地区的个人和群体。这提醒我们一个事实，即民间文学已从其真正的发源地传至很远的地方。

现代中央档案馆的概念基于资料的传输。原始资料在何处并不重要，因为按理想的情况，可以通过交流网在任何地方得到资料。我们可以稍做夸张地说：一所中央档案馆可由一个工作人员和一部电话组成。中央档案馆的任务并不是搜集原始资料，而是可以获取信息资料，即：资料存量的多少，在何处，允许使用及费用的有关事宜。这样的资料库在将来是必不可少的，它可以提供档案内容的信息，回答公众的一般性询问并给研究者提供帮助，如为某项研究查找基本资料，并对其所需经费做出估计。原则上，中央档案馆应同所有民间文学档案馆保持联系，索取它们的资料目录，并在田野搜集工作有关问题上予以帮助，并协调它们与其他档案馆和资料库保持联系。当然，我们不可忘记外国的研究者、研究机构和档案馆。中央档案馆在民间文学的保护方面亦起着重要作用——这个问题我将在另外的论文中加以讨论。最棘手的编制索引方面的优秀专家亦应在中央档案馆里工作，因为这个问题的解决至关紧要。资料的标准化未必能先进到可按同一标题的通用分类法写记内容目录的程度，所以，中央档案馆和资料库须经过一个步骤：将内容目录"翻译"成适合编制索引的语言。研究、发展这种语言，应是中央档案馆的任务。

中央档案馆应告知搜集者在汇编资料（用以增加搜集者自己的档案和资料库积累的资料）时应遵守的准则，这特别适用于民间文学必须注明的有关资料（如时间、地点、搜集者、提供者、题目、使用条件等）、不一定要注明的有关资料（如搜集情况的细节、干扰因素、民间文学的起源、使用方法、搜集者的评注等）及取决于搜集方式的技术资料（器材和录音、照相、摄影时情况的专门细节）。出版推荐资料最有权威的机构也是中央档案馆。

进一步设想，中央档案馆有大量的协调任务。其一，备有最新的列入计划的不同搜集项目、调查、竞赛等活动的一览表，以免出现对同一资料的搜集研究出现重合、费工现象。同样，与民间文学资料有关的版权和道德问题，亦可成为中央档案馆信息服务的一部分。现在，芬兰约有 30 个储存民间文学资料的机构，它们至少应在某种情况下互相联系并知道对方在做什么。到目前为止，尚没有任何真正有效联系这些档案馆的交流网，但这种设想并不是不能实现的。一个资料网将精细到坐在自己终端的各个研究者可与不同的机构取得联系，而不必花费大量的时间和金钱去奔波寻找资料。中央资料库在某项研究的开始阶段特别有用，它可提供有关资料的储存目录。

七　国际协调

1974 年，与国际图书馆、文献和档案组织一道，联合国教科文组织宣布了一个简单 NATIS（国家信息系统）的计划。这是联合国教科文组织成员国发展国家信息系统的一项具体计划。其基本概念是：每个国家应试图就特定信息服务在中央和地方政府间达成协议，给予它与公民教育相等的地位。这样，对图书馆、档案馆和其他文献中心在获取、储存和传输资料方面的支持，就将同对学校的投资援助一样的重要。对资料信息的权利，亦将被当作一项公民的基本权利。

虽然迄今这仅是一个想法，但随着技术的迅速发展，它毫无疑问地影响了人们的态度。民间文学档案在计划中并未提及，但显然它们太应该纳入一个系统了，创立这样的系统，最大的困难是什么现在尚难确定，也许是许多不同的机构各行其是，它们粗陋的装备不足以采用新的系统，也许是所有机构都因物力财力的匮乏而难以有规划的自主权？

同年，北欧民间文学协会召开了首届北欧档案文献大会，商讨北欧民间文学档案馆间的协调合作。从国际的角度来看，这是开辟性的工作。议题之一是民间文学的保护，特别是版权问题，协会还请了一位律师进行调查。同时，正如我在其他文章中说过的，在玻利维亚政府建议下，联合国教科文组织也开展了保护民间文学的工作，这与大会是无关的。这些国际性的活动，特别是联合国教科文组织保护民间文学的活动，在加强巩固民间文学在世界文化中、特别是在某些发展中国家文化中的地位方面，具有重大的意义，人们开始要求过去从未被当作文明组成部分的民间文学得到国际上的承认。当然，这种态度上的变化，对民间文学档案馆来说也是重要的，因为档案馆的工作常常在没有援助、得不到公众承认的情况下进行。

转变态度、寻求和解，对国际合作来说也是很重要的。北欧民间文学协会致力于以电子计算机为基础的民间文学存档项目的合作。令人困惑的是，这个新方法的实施，问题不在于经费的困难，而在于人们缓慢而勉强地改变其思考和工作的习惯。因此，在这个时期的国际合作需要一场"电子计算机运动"，管理档案材料的工作人员可以首先从中了解这种新的工具及其潜在的能力，否则，就没有后期解决编制索引问题、档案馆间的联系、各种工作步骤的标准化等工作所需要的智力资源。国际上的参加者多多益善，因为我们进行的是一项长时间的大工程。

（原载《中芬民间文学搜集保管学术研讨会文集》，中国民间文艺出版社，1987，第 101～116 页）

芬兰档案管理技术介绍

〔芬〕马尔蒂·尤诺纳霍

刘秋禾 译

一 档案馆的任务

民间文学研究不建立档案则不能持之以恒，实地采录搜集的材料如不及时归档很快就会变成一团乱麻。从另一个角度讲，整齐有序、存取方便的档案，给研究工作带来莫大的帮助。档案馆的基本任务是保存资料。对实地采录的一切材料，都必须当时或之后不久加以整理，做好归档准备。也就是说，对这些材料进行加工整理，以保证能够完好地保存。手稿、采访笔记、考察报告等都应当誊清与原件一起归档。档案馆的条件至少能达到妥善保存文件的要求。这一点我这里只简单提一句，因为这次讨论会上还有另外一份文件专门讨论这一问题。

档案馆的第二个任务是提供材料。档案馆中的任何材料都必须在用得着时，例如在写研究报告时能够直接方便地查找出来。也就是说，查找录音带、录像带或照片能像查找实地采录日记一样容易。

档案馆工作最基本的要求是馆内的资料便于查找。只有能够比较容易、比较快地找到所需要的情况和材料，档案馆才有作用；如果在查阅大量资料之后才能找到所需要的资料，那么档案馆就不实用。至少可以从两个方面不断改进，使资料的查找方便迅速：如果档案馆的资料分类科学细致，则查找方便；同样，新的资料应当加以分类，然后再存放。在这次讨论会上，我们还另有一份文件专门谈档案的分类，所以这里也不必再赘述。

档案管理技术对保证资料方便而迅速的查找也具有同样重要的作用。只有掌握了真正实用的档案管理技术才能确保资料放置恰当，好查好找。下面我还要谈这一问题。

二　档案馆的设施

　　磁带（包括录像带等）档案室是档案馆最重要的部分，因此对它的规划、地点和管理必须精心注意。如有可能，磁带档案室与其他室应不在一个地方，以便遇到意外情况时，至少可以保住部分资料。在多数情况下，磁带档案室应有各种技术设施：（1）最好把实地采录设备放入磁带档案室，在不进行实地采录时，这些设备可以派作其他用场，为档案工作服务；（2）实地采录设备（如磁带录音机）一般只适用于实地采录，因此，档案室内还需要有听、看、编辑和放映这些材料的设备，包括放音机、电影和幻灯放映机、电视摄像器材等。（3）设备良好的档案室还应有录音复制、处理电影胶片和维修机器等方面的设备。当然，档案室内最重要、最关键的是档案员，没有档案员，档案馆就要关门。只有靠档案员，档案管理制度才能得以实施，档案管理技术才能发挥作用。实地采录的档案资料可供研究人员使用，如果档案馆设备良好，这些材料就不仅仅限于研究之用。例如，可用于教学，或放映给不是专门从事这方面研究工作的人看——当然，需要做一些剪辑改编的工作。实地研究项目的目标之一是为以后的工作提供素材。例如编辑专题录像带。为这种录像带写解说词无论如何应当是从事该研究项目的有关人员（或档案室人员）的事，即使录像带的制作最后要交给专门生产视听器材的单位去加工也应如此。

三　档案管理技术

　　现在让我们简单地看一看，每次实地采录人员把录制的材料和其他实地采录材料交到档案馆时，是如何对这些材料进行档案管理技术处理的。各档案馆管理办法大致相同，只是在小的方面有些差异。没有必要对各种档案管理技术进行比较。我下面举的例子是我自己所在的单位——土尔库大学文化研究所采用的一套办法。

　　土尔库大学档案馆是按研究项目分类的档案馆，同一研究项目的材料都放置在一起。该馆建立时，录音录像技术已经比较发达了。因此，采集工作逐渐改用录音、摄影、摄制电影等手段。这意味着用纸笔记录的传统采集方式逐渐被录音录像所代替。然而，本档案馆的分类方法与芬兰文学协会民间文学档案馆等采用的按文艺作品的类型分类的方法不同。土尔库大学档案馆内的材料都是为专题研究项目搜集的，档案内容直接由专题研究的课题决定（见表1）。

表 1　土尔库大学按研究项目分类磁带一览

专题	1964	1965	1966	1967	1968	1969	1970	1971	1972	1973	1974	1975	1976	1977	1978	1979	1980	1981	1982	1983	总计
英格里阿民传说	31	3		70	65	29				1					3						246
拉普族民间传说		64		375	271	161	104		41	21		144	3			9					1223
波罗的海—芬兰地区哀歌			36			35	2			76		12	43	33	23		2				277
村社综合研究					23	64	168	35	66	49						1					406
土尔库地区的宗教							2			68	48	6	9	10		8	2	28	2	21	204
宗教传说研究				4	63	40	40	40	30	14	17	63	5		7	23	27	42			415
土尔库卡累利采录									7						13	55	2	8	9		94
芬马克地区芬兰人的传说													76			42	3	2	29	22	108
吉赛赛传说										1						2	8	9	4	7	31
																					3004

　　档案馆工作的原则是，采集人员把实地采集的材料全部交给档案馆。在交材料时采集人员应当对自己采集的材料已进行了适当的处理。他记录采录材料的录音带应当按时间先后编上实地采录编号。带盒上应写明录制时的主要现场情况。如果录音的人不止一个，每一个人对自己采录的材料都应照上面的要求处理，同时在实地采录编号之前加上自己的姓名缩写。例如 LS22 号带表示采录人员 LS 在某一次实地考察中录制的第二十二盘带。带盒上至少应当写上以下基本情况：采录的日期和时间；讲述人的姓名和出生时间（如果能搞清楚的话）；采录人的姓名和有关技术的细节（录音持续时间，录音速度，磁带录音机的类型）。采录人员在交上录音带时，同时也交上其他誊清材料，同时清楚地注明有关情况（如属于第××号带），供档案馆编号用。

　　在档案馆内，每个录音带都编上查找编号，包括档案馆的编号及表示进馆年份的数字。例如，上面提到的实地采录带 LS22 可能变成档案馆的第 TKU75/102 号原声带。TKU 表示土尔库大学文学研究所宗教和民间文学录音档案室，75 表示归档时间是 1975 年，102 表示这一年按时间顺序排第 102 盘带。在同一时间存入本档案馆的隶属于这一磁带的所有其他材料也都编上同一号码。例如，某次当面采访的磁带有一些辅助材料，如采录人员收集的报纸剪辑，这些材料也要编上与磁带一样的号码。实地采访记录也应编上同样的号码；于是所有与磁带有关的材料都附属于磁带。

四　磁带卡片

　　给一盒磁带编上查找号码之后，接着就填写两张磁带卡片。一张是档案馆按时间顺序的卡片索引，另一张作为它用，例如作为档案馆的研究项目卡片索引。磁带卡片可以由采录人员本人填写，也可以由档案人员填写。实地采录日记和磁带盒上的基本情况应转写到磁带卡片上：查找编号，磁带录音机的类型，录音速度，持续时间，磁带隶属的采录专题的代码等。卡片上还应写上采录人员的姓名，采录的日期和地点，以及口述人员的详细情况。磁带卡片非常重要，因为做好磁带卡片后，任何一个到档案馆来的人都可以借助卡片索引找到所需要的磁带及有关的辅助材料（见表 2）。

表 2　磁带卡片

TKU/	机器　速度　尺寸	研究项目
内容		
采录人	日期	地点
复制带		

续表

| 内容概要 |
| 全文记录稿 |
| 讲述人：　　出生时间　　出生地点　　住址 |

五　录音带的编辑

　　磁带卡片本身并不能保证档案馆内录音材料都能顺利地查到。磁带卡片只是指示材料在那些磁带里可以找到。谁想知道磁带的确切内容，必须把有关磁带听一遍，这是很费时间的。如果磁带要放几百小时，那么，即使采录者本人也不可能记清每一盘磁带的确切内容，不熟悉这一材料的人困难就更大了。因此，为了使材料便于查找，必须对磁带进行编辑，从而不必使每一位研究人员都要从头至尾把所有材料都听一遍。

　　使录音材料便于查找的办法之一是全部抄写，即把录音带的内容逐字逐句地记录下来。这样做有两点好处：第一，把磁带内容变成书面形式，便于阅读；第二，这种材料便于在报告中指明材料来源，因为除了可注明普通的磁带编码外，还可以注明在记录的哪一页。例如，编码 TKU75/102，3 是指哪一盘磁带逐字逐句记录稿的第三页。

　　磁带内容编辑的另一种办法是作磁带内容概要，即从研究工作的角度着眼，把磁带中最有意义的叙述段落按先后顺序摘录下来，这就需要对录音带的内容至少作一些分析。因此，这是一项比逐字逐句记录要求更高的工作。但是，如果做得好，对研究工作会有很大的帮助。需要提到磁带内容概要时，可以采取与提到逐字逐句记录稿相同的方式。当然，一盘磁带最好同时既有逐字逐句的记录稿，又有内容概要。研究人员只有在特殊情况下，需要搞清细节时，才去听原始录音带。

　　如果档案馆有复制录音带的设备，可以复制一套或几套工作磁带，把原始磁带保存起来，一般只借出复制磁带。磁带时时有丢失危险，同时，如果不把磁带复制，而把原始磁带借出，档案馆的材料也就不完整了。

六　影像材料

　　档案馆对电影和电视材料的处理在很大程度上同录音材料的处理相同。电影胶片和电视录像带也在实地采集过程中编上了实地采集号码，在这些材料送交档案馆存档时，就变成了档案编号。我所在的研究所里，电影材料的编号是 TKU/F/年份/查找号。影像材料的档案编号是 TKU/Vid/年份/查找号。最好对电影胶片和电视录像带也写出内容概要。这意味着电影胶片和电视录像带的编号自成一个系统。这种内容概要可以帮助研究人员找到他们要找的东西，如果利用原带编制专题节目或集锦节目，这类内容概要也会很有帮助。

七　照片

与实地研究项目有关的照片和幻灯片常常存放到档案馆里。因此，详细写明这类材料隶属的视听材料非常重要。存入档案馆的其他各类材料同样必须注明它所包含的图片材料。要做到这一点，需要在实地摄影时尽可能精确地填写照片说明，写清照片的日期、地点，属于哪个研究主题、哪个项目，摄影者及其有关的细节。在实地采集结束，照片冲洗之后，就做出索引。照片档案（TKU/V/查找号码），把照片按时间顺序贴到档案卡片上。档案卡片上有空白处，可以填入必要的数据（及摄影时作的照片说明中摘抄）。安排照片档案时，底版必须按相同的次序保管。幻灯片另作索引（TKU/D/查找号）。幻灯片索引中必需的数据也从摄影时作的照片说明中摘抄（见表3、表4）。

表 3　照片卡

土尔库大学
文化研究所民间传说、民俗学和宗教研究

研究项目	TKU/V	底版
	号码	
	地点	
	主题	
	项目	
	摄影者	
	拍摄日期	
	有关档案号	
	备注	

表4　幻灯卡片

TKU/D/		研究项目	
城市	村庄		主题
项目			
照片编号	摄影者		
	有关档案号		备注

八　小结

从以上谈的情况可以看出，档案工作绝不可掉以轻心，马马虎虎，而是一项需要时时谨慎认真，准确细致，注意力高度集中的任务。档案工作给人的感觉常常是，花费的劳动甚大，而收益甚微，似乎得不偿失。然而，必须记住，建立档案馆并不仅仅着眼于目前或近期。档案馆还必须着眼于未来，为将来的民间传说研究人员提供最好的研究条件。还应当记住，在不久的未来，档案管理工作中可能采用计算机系统。这将极大地方便档案资料的查找。很明显，常规档案系统中的材料组织得越好，就越容易搬到计算机存储器中。

（原载《中芬民间文学搜集保管学术研讨会文集》，中国民间文艺出版社，1987，第128～138页）

资料技术保护规范

〔芬〕劳里·哈尔维拉赫蒂

高雅嘉 译 刘瑞祥 校

安全存档包括防止来自水、火、有害动物和蠹虫对档案的损坏，还包括对档案室提出的基本要求，像通风良好，湿度适宜，温度和照明适当。但是，贮存档案数据还有许多其他方面的要求，实际上达到最严格标准的档案室寥寥无几。因而在财力许可的情况下切合实际地制定防护措施，逐条遵守各项标准更为重要。现在，我想概述一下我们在芬兰所遵循的各项原则。

一 书面文件

阳光会使纸变脆，颜色变暗，还会使文字褪色，这些现象主要是由于紫外线的影响。因此，笔记、手稿、书信以及其他书面文件应当分门别类贮存在文件夹里加以保护，避免阳光照射。恒温（17℃～19℃为宜）和适宜的相对湿度（45%～55%）也是重要因素。湿度过大尤其有害。蠹虫、真菌和霉菌只在受潮的纸上生长，可以采用干燥和灭菌的办法阻止危害进一步发展。所以地下室、仓库和阁楼均不宜用来贮存档案材料。这些地方不仅潮湿，而且有害动物（主要是啮齿动物和蠹虫）也易侵入。寒冷的屋舍一般也不宜用作档案室。

由于尘土、烟灰和其他污染物会损坏纸张，因此定期清扫档案室也是至关重要的。使用档案工具也有讲究。金属订书钉、曲别针等物会生锈，留下污迹，甚至造成破洞。不可用胶布修补文件，因为胶布终究会失去其黏性，留下抹不掉的污迹。各种浓胶也有危害，只有某些水溶胶没有危害可以使用。大部分塑料制品都不是理想的贮存材料。塑料不利于湿气蒸发，使字迹模糊。

纸张贮存在文件夹中为宜。文件夹要：

（1）防尘；

（2）大小适中；

（3）不可有任何金属部分。

笔记不可折叠，存档前要摘除曲别针、橡皮筋和线绳。材料可用软质铅笔轻轻写上编号并另附一份目录。易损坏的材料应先包在薄纸里。贵重手稿还可用硬实的封皮捆包成书状。

二 录音、录像、磁带

近年来，盒式录音机日益频繁地应用于现场工作，这种录音机性能可靠，使用方便，提高了录制材料的质量。今后几年还将出现适用于档案贮存的最新式的盒式磁带。然而目前人们普遍认为盒式录音磁带的贮存性能不如盘式磁带。换言之，盒式磁带又薄又窄，最厚的盒式磁带相当于最薄的盘式磁带。盘式磁带的贮存性能在大多数情况下远胜于盒式磁带。盒式磁带的另一不便之处是磁带不能剪辑。慢速录音还会缩短贮存寿命。用盒式磁带在现场录制的材料应再转录到盘式磁带上，这样磁带寿命可延长数年。市场上盒式磁带的质量差异很大，劣质盒式磁带会使录音一塌糊涂。最安全的办法是使用名牌磁带，而且最好采用 60 分钟的磁带，因为 90 分钟和 120 分钟的磁带太薄。使用盘式磁带录音机，录音速度最好为每秒 7.5 英寸，即 19 厘米。

随着生产磁带的原料由醋酸脂变成聚酯，录音磁带的贮存状况大大改善。如果精心保管，一盘聚酯磁带至少可贮存 15~20 年，不会出现任何技术变化，时间久了的录音磁带应当重录。区别磁带原料的简易方法是对光检验：老式的醋酸脂磁带透光，而聚酯磁带不透光。

录音磁带和录像磁带都极易受磁场影响。声音和图像在磁场附近会逐渐完全消失。因此，磁带应贮存在没有电动机，没有大型无线电设备或其他产生强烈磁场装置的地方。录音磁带和录像磁带也需要适当的温度（17℃~19℃）或相对湿度（45%~50%）。温度和湿度骤变尤其有害，阳光直射也同样有害。

盘式磁带应当竖着放入盒内，每年倒盘一次。

最好录制复制带，至少最贵重的材料要录制复制带。可将它们与原盘分开，置于别处。凡档案室要出借的任何材料都应有复制品，而且还可以复制一套常用材料的外借磁带。

三　照片

（1）底片

底片可用硝酸纤维或醋酸纤维制作。硝酸底片极易燃烧，所以必须放在安全地点。芬兰从五十年代起就不再生产硝酸胶片。但是，收藏的底片里仍有硝酸底片。

芬兰除有硝酸胶片和醋酸胶片外，还有一些老式的玻璃板底片。无论是何种原料的，都应当只拿底片的四边。既使一个小小的手印也会在胶片上留下永远抹不掉的痕迹。有时还须戴上棉布手套或用小镊子来拿底片。底片材料应当贮存在用聚乙烯塑料或无酸纸（即中性 pH 酸碱度）制作的护封内。聚氯乙烯塑料护封会引起有害的化学反应，因而不宜使用。

底片表面上的尘土可用小型手动空气泵或软毛刷拂去，但决不可用口吹掉。贮存盒最好是铝制品，搪瓷制品或不锈钢制品。某些种类的塑料制品也可使用，但不可用聚氯乙烯塑料。

（2）正片

处理底片的基本方法也适用于正片：手取照片要拿它的边缘（必要时戴上手套）。照片表面的灰尘可用气泵或软刷清除掉。对于存档照片来讲，把它们贴在硬纸板上或相框都是非常好的方法。安镶片框是一个安全可靠的解决办法（另文说明）。几乎没有什么胶水能用来粘贴照片，最理想的方法是快干胶。某些水溶胶也是可以用的，但决不能使用胶布。专家们认为，安镶片框是最好的方法，可以避免使用胶水。照片也可放在硬纸夹层里，或放入适于存档的无酸纸制成的纸袋里。

（3）彩色照片

遗憾的是，至今还没有一种方法能保证彩色照片同黑白照片保存的寿命一样长。黑白照片的基本保管方法也适用于彩色照片，然而，应特别值得注意的是彩色照片受光易损。拍立得照片的耐久性是最差的，不宜存档。

四　幻灯片

以上提到的底片操作方法同样适用于幻灯片，除了一些常用的资料外，存档的幻灯片应不使用玻璃载片。如果是常用资料，则用载片，以便易于排除灰尘和脏物。

档案室中的感光材料通常应保持 30% ～50% 的相对湿度和零上 15℃ ～20℃ 的温度，因为如果温度在 22℃ 以上和湿度在 60% 以上可能出现真菌和其他损坏情况。对于长期不用的材料，如果可能的话，可以把它们存入档案贮藏室内，其温度应在0℃左右。−5℃对彩色照片和幻灯片的保存更合适，档案贮藏室中的材料在使用前应该慢慢预热。

对要常用的感光材料最好制作一些出借的拷贝。

五　档案室

我已提到过，温度不适或潮湿的地方都不适于档案资料的贮藏。地下室不宜用作档案室，因为可能灌水。档案室应是无窗的，因为这样能较好地防火，防止易损材料受到日光的不利影响。如果没有无窗的档案室可资利用，只能用有窗户的房子，但要装上百叶窗。在一些小的档案室里，工作人员和资料在同一个地方，在这种情况下，把窗户封上就不行了。保存的档案最好放在关严的柜子里。在一切可能的地方，都要明令"禁止吸烟"。灭火器必须保持在临用状态，一旦需要随手可取。靠近底层的格子也易受潮。档案资料绝不应放在地上。

保持空气的清洁和流通是另外两个重要因素，当然房间应保持清洁。在工业区附近，空气中硫的含量是很高的，污染的空气对档案资料的保管是个威胁。档案室应建立在离污染严重的地区尽可能远的地方。还有，停车场、来往车辆很多的道路等也会对档案室带来直接的威胁。

档案室的设备应放置得当，与墙之间要空出一段距离，以便空气流通。架上的文件夹及盒子不应靠墙。室内设备自然不应放在散热器前。用以保存档案的盒子、箱子及架子最好是用铝（阳极的铝），不锈钢，聚乙烯或聚丙烯塑料制成。木制材料设备不很合适，至少它对储存感光材料和磁带不合适。特别要避免用软木制成的设备，因为这种材料含有松油，对感光材料尤其有害。

各地的条件和设备常常是不同的，如今在芬兰，保存档案的办法也有很大的差异。在国家主要档案馆中可能实现的办法在偏远地区的小档案室里当然无法实现，因为它们的资金有限。但是有许多是可采用简便方法解决的。最为重要的是确定贮存和防护的最低要求，以此作为制定更具体措施的基础。

（原载《中芬民间文学搜集保管学术研讨会文集》，中国民间文艺出版社，1987，第148～153页）

试论民间文学资料的保管

富育光[*]

近年来，在我国民间文学论坛上提出一个很活跃的问题：如何加强民间文学资料管理，迅速建立起我国民间文学和民俗学资料中心？对这个问题的探讨，显示我国的民间文学事业将跨入一个更科学化的崭新历程，也是我国民间文学事业兴旺发展的生动体现，令人振奋。本文试就多年来组建满族等中国北方少数民族民间文化遗产资料基地的尝试，略述浅见，以求正于诸专家学者。

民间文学和民俗学的资料管理，是历来为国内外人文学者和社会学者所关注的大问题。法国著名的史学家朗格罗瓦曾说："凡欲征求有关近世之事，必用询访故旧之法。"[①] 我国商周以来，便有"采风问俗"之习，设太师"观察民隐"，"补察其政"[②]，故有"诗三百"传世。作为自发地产生、流变、影响于民间的伟大群众文化艺术，像富饶的潜流滋漾在民众的沃土之中。这是民间文学特有的自生发展规律。我们若要了解、汲取或打开这座艺术的宝殿，唯一的手段只能凭借记录等搜集方法，采撷并收藏下来，把丰富的民间文学和民俗学资料由散在的民间存储变为专业部门的系统存储。过去我们在理论研究中，往往忽视民间文学功能作用中所具有的多学科的存储价值，或称存储性这一重要的特征。因而，对于民间文学自身运动规律以及搜集整理等问题论著浩繁，而对民间文学整体现象中不可分割的资料保管这一重要组成部分，则很少探研。民间文学理论研究似乎头重脚轻，有点像个跛子。事实上，民间文学资料的保藏与管理，不单是技术性工作，还是关系民间文学

---

[*] 富育光（1933~2020），男，黑龙江爱辉县人，满族，吉林省社会科学院民族研究所研究员、长春师范大学萨满文化研究所名誉所长、吉林省民俗学会名誉理事长、中国民间文艺家协会长春师范学院萨满文化研究中心名誉主任。——编者注
[①] 吴贯因：《史之梯》，上海联合书店，1930，第200页。
[②] 转引自杨公骥主编《中国文学》，吉林人民出版社，1980，第157页引文。

事业健康发展的基因和条件，绝不可漠视，在整个民间文学发展中占举足轻重的地位，试看图解①：

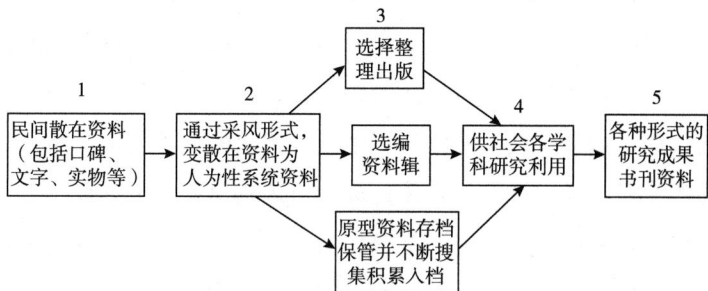

上图清晰可见，从散在民间的大宗资料到搜集整理、入档保管或形成书刊资料，大致上可分五个环节，其中唯第二环节有搜集资料活动，但主要仍是搜集后的资料入档存储工作，其余各环节不论是资料的原型保管，还是利用或提取资料从事进一步的整理、借鉴、研究和著书出版，均属于对民间文学资料不同性质的管理与利用。可见，资料保管是民间文学工作贯穿始终的基本活动。严格说来，搜集整理也属于民间文学资料保管的范畴。搜集推动保管，保管促进搜集。我们常讲搜集整理，实际上就包括了从民间采风后将零乱资料予以系统登记、鉴别、分类、筛选、整理、存储等过程。整理并发表的民间文学作品总是局部的，少量的；将大宗田野采风资料分类存储，甚至一次性二次性地重复积累，充实资料库藏供社会研究所用，则是基本目的。

事实正是如此。多年来，我们致力于满族等中国北方少数民族民间文学、民俗学资料的搜集和抢救工作，从老一代民族文化传承人口中或遗物中，整理濒于失传的民族文化遗产，使之能够较完好地保管下来，不至于在我们手中失落或被遗弃。所以，我们把民族文化资料的征集保管始终作为科研的第一位工作。目前，我们民族文化资料室珍藏北方十个少数民族百万字的口碑与民俗等书面资料，包括：流传三百余年的东海女真人创世古歌《乌布西奔妈妈》、《东海沉冤录》以及渤海时期的《红罗女》和明中叶流传北方的《两世罕王传》，用九层白桦皮雕制的远古图案象形书，用椴树皮系结和用青石镂制出水纹形的古代"猎谱"和"路标"，用驯鹿权角和公野猪獠牙镂空制成的五音号角，用木、石、革、帛制成的大大小小、神秘奇幻的神偶和"神歌图谱"，等等。这些具有我国北方古代文化特征的历史遗存，都是近年在东北地区搜集来的文化珍品。又如，我们在少数民族聚居区域采风时，还注意搜集各族记述自

---

① 《从信息革命看资料工作的紧迫性》文中列民间文学活动图示，笔者认为该图示没完全反映民间文学特有的活动规律，资料工作不仅占有三个环节，实际上贯穿始终。（参《民间文学论坛》1984年第3期）

己祖先社会生活的手抄资料，包括本族家传、谱册、文诰、轶闻故事及遗物，其中有些字稿刻在桦皮、熟革或兽革上，还有满族诸姓萨满神谕、神裙、神帽、神鼓、神镜、神铃、神刀等，除此，还搜集到满族先民的蟒式古乐谱、古乐器残件等。北方的满族及鄂伦春、鄂温克、赫哲、达斡尔、锡伯等少数民族，有许多民间口碑文学与生活实物是相互补充、相互依存地世代传承下来，往往一块石块、一个柳人、一个鱼雕，在本族故事家或歌手口里，能滔滔不绝地讲述出绘声绘色的故事。所以，我们保管原藏于民间的民俗实物，就是储存该民族的口碑资料。正因如此，我们在民间文学和民俗资料保管中，不单重视民间口头资料的积累，更以浓厚兴趣注重征收民族文化实物。因为它像一幅幅出土的古画，一件件精美的古陶，有同样的珍藏价值和鉴赏价值，也同样富有强烈的美学魅力。这些宝贵的民族文化遗物的收藏和保管，具有重要意义，为北方民族学、民俗学、历史学、宗教学以及民间文艺学研究，提供了佐证资料。我国卓越的史学家郭沫若院长在强调民间文学的社会价值时指出："过去的读书人只读一部二十四史，只读一些官家或准官家的史料。因此要站在研究社会发展史、研究历史的立场来加以好好利用。"① 郭老深彻和精辟的阐述，为我们进一步指明了搞好民间文学资料保管工作的特殊的重要意义。

除此之外，从社会不断进化发展的观点看，突出强调要重视民间文学和民俗学资料管理，也是非常必要的。众所周知，社会学与人文学研究，是从人类历史昨天的诸种特征中，揭示和认识社会发展规律的。现实社会的急速进化，历史的陈迹（文化遗留物）正在随社会变革而日趋消逝。因此，我们要善于挖掘和捕捉转瞬即逝的难以复现的各种社会形态，记录并保存下来。如，为国内外学者所重视的北方原始宗教萨满教，过去在我国东北比苏联远东区以及北欧、北美洲等地区所保留的宗教遗迹，更为丰富，直到不久前，我们还发现了完整的祭神神祠和萨满。但是，也不能不看到这只是个别现象，仅 1983 年至 1985 年统计，吉林省永吉县乌拉街乡能通晓神词并能进行萨满祭祀活动的人家，由七户减至两户。主要因本姓穆昆（族长）和萨满病亡，无法举行神事活动。而所余两户中的一户近年也因穆昆去世，所传满文神词神话无人解释，许多民俗古礼因社会变迁已被扬弃。因此，抓紧抢救和保管各民族古老文化遗产，刻不容缓。各民族深孚众望的故事家、民歌手以及年高的民俗知情者，相继谢世。这种不可抗拒的自然规律，催促我们必须按区域、按民族、按人头设立资料档案，采取录像、录音、摄制资料短片等形式，记录保管他们所世代承袭下来的本民族文化遗产。这种资料抢救与保存，不仅是保留民族文化遗产所必需，而且是对丰富祖

---

① 郭沫若：《我们研究民间文学的目的》，载《民间文艺集刊》第 1 集，第 9 页。

国和世界文化艺术宝库都具有重要意义。如，苏联学者加勒丹诺娃著文论证北方民族有崇火拜火古俗①，但她未能找到现实存在的例证。我国吉林省珲春县板石乡八十岁满族何玉霖老人，就能用满语唱萨满火祭古歌，内容叙述神女盗火、运火、争火的神话，可惜，我们在请人记述时，他与世长辞。再如，吉林省永吉县乌拉街满族著名故事家、"民俗通"赵文金老人，谙熟辽金时代乌拉掌故。日本学者曾请他讲解古迹，原定请他将清初乌拉街向朝廷贡献鳇鱼的百篇传说讲述出来，在记述中，他因癌变殒逝。在北方我们熟悉的许多各民族老人，与我们永别了，我们在泪水中整理并保管下来的各民族文学资料，显得无比珍贵。我们保管民间文学和民俗学资料，"并不是纯粹为了当作艺术品来欣赏，甚至奉为偶像，而是要去寻找它的优点来学习"②。人民口头创作（包括手写稿与实物），虽带有旧时代的稚气和历史的局限性，但恰恰表明是特定历史时期的社会形态。历史不能复演，然而真实可信的古代文化遗物，却为我们了解和认识历史先民一定时期的社会生活，提供形象生动的文化依据。民间文学和民俗资料，是历史文化的凝聚物，有着相对稳定的时代特征。因此，对人类"文化标本"的收藏与陈展，有着严肃的时限性，要鉴别真伪，要保持独有的原始形态，不能凭主观随意性去改造它，编创它，那便失去了保管民间文学和民俗学资料的价值。

那么，民间文化资料应该包括哪些内容呢？泰勒有句名言："神话的例多，则证据也充实。"③　中国有些俗语也颇有启迪："手中有粮，心里不慌。""巧妇难做无米之炊。"历来的社会学家，都把充分据有资料视为探索科学迷宫的阶石。民间文学资料的管理，犹如储粮，一般地讲，应该囊括所能搜集到的更多的民间文化遗产资料，力求广征博采，兼收并蓄，做到博、广、全。但亦应根据历史特点、民族分布、地域条件、文化信仰等不同状况，资料保管的内容范围，选定主辅，有所侧重。这种突出地方优势的分区专责法，能够保留更丰富的民族文化遗产资料。另外，要力求保管民众中传承的第一手原始材料和原件实物。若复制或模制原件，应标注说明并附彩照，保管资料不怕重复积累，不厌繁细零碎，不断充实资料存储内容，不断扩大资料存储范围，逐步做到所保管的各系列资料的完整性，特别要注意保管从多渠道搜集上来的同一主题的不同异文、异谱，有利于研究民间文学在不同国度、不同区域、不同民族中的变异特征，日积月累，集腋成裘，便可形成在某几个方面或某个区域资料占有与存储的优势。

资料保管的具体做法如下。

我们将采集于社会各方面的各种体裁、形式的民族文化遗产资料，统归资料库，不

---

① 〔苏〕R. P. 加勒丹诺娃：《蒙古语族的拜火及其在喇嘛教中的反映》，《资料与情报》1981 年第 1 期。

② 郭沫若：《我们研究民间文学的目的》，载《民间文艺集刊》第 1 集，第 8 页。

③ 林惠祥：《神话论》，台湾商务印书馆，1933，第 32 页。

提倡分散储存。由专人负责，经整理、装订、登记等初步手续后，再予以系统地分类、立宗、存档、造册制卡。其中有突出价值的资料，还力求复制被搜集者的声像资料，对于存疑资料要做入档的民俗鉴核，写入资料卡便于检索。在此基础上，制定借阅手续。

资料分类，是资料保管程序中最重要的环节，也是资料发挥社会价值和长久保存的前提。我们根据研究范围、对象、查找资料方便的原则，作如下民间文学资料分类。

按民族分类并统属编目资料，如满族分类（如下图）。

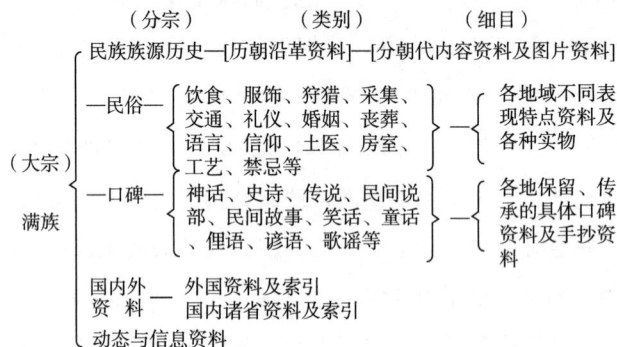

```
                （分宗）        （类别）        （细目）
        民族族源历史─[历朝沿革资料]─[分朝代内容资料及图片资料]

                ┌ 民俗 ─ 饮食、服饰、狩猎、采集、    ┐ 各地域不同表
                │        交通、礼仪、婚姻、丧葬、    ├ 现特点资料及
                │        语言、信仰、土医、房室、    │ 各种实物
（大宗）        │        工艺、禁忌等              ┘
  满族   ┤
                │ 口碑 ─ 神话、史诗、传说、民间说    ┐ 各地保留、传
                │        部、民间故事、笑话、童话    ├ 承的具体口碑
                └        、俚语、谚语、歌谣等        ┘ 资料及手抄资
                                                       料

        国内外 ── 外国资料及索引
        资  料    国内诸省资料及索引
        动态与信息资料
```

其他民族也这样分宗类，条理系统，能多容纳系列资料。根据上述分类法，将国内及苏联境内少数民族分十三大宗，保管数百万字资料。

对内容丰富，又带共性的资料，我们在前表基础上设立专柜，保管专门资料。如，我国北方阿尔泰语系等民族历史上均信仰过萨满教，为使资料保管专门化、系统化，设立"萨满教宗"，单独保管国内外各种发表或未公开发表的论著、随记、游记，以及各种萨满祭祀等珍稀资料。此多为少数民族语，有满文、日文、俄文、朝文或用汉字标音的满文及其他民族语言等。由于单独保管，就不至于在众多资料中难以抽寻，只要按编号到"萨满教全宗"中翻看，就一目了然（见下图）：

按上述两种类型分类登记存档，使民间文学和民俗资料保管更趋系统化。凡归档的各类资料，都要整理装订，编号编页，与之有关的调查记录、笔记、图片及录音等亦应妥善整理，附于主件后，便于参考。以后，凡有新资料入档，都应依序归档。细目中的号页会不断增大，管理者应细心登记，填好查阅卡。

要特别留心以下内容的充实和管理。

要做好资料卡片的保管。养成随时积累资料卡片习惯，是保管民间文学和民俗资料最便捷的手段。我们除注意长篇民间文化遗产的记录与整理外，在与广大民众共同生活接触中，会随时听到、看到许多平时难以搜集到的民间掌故、轶闻、民俗趣话、生活常识及信仰禁忌、俚谚歌谣等，不使遗忘，就最好借助于随身携带的卡片，即席记录，随听随记，随问随记。卡片有文字卡，有素描卡及彩照卡。若有条件时可一件

```
          （分宗）        （类别）        （细目）
（全宗）─满      族┌清宫堂子祀    ┌野神神谕资料
萨满教            └诸性民间祭祀 ─┤
                               └家神神谕资料
       ├其它民族─鄂伦春、达斡尔、赫哲、锡伯、鄂温克等
       ├苏联境内诸内诸族─埃温基、果尔特、涅吉达尔等
       ├北      欧─斯堪的纳维亚半岛等地古民族
       └北      美─印第安人

                         ┌观世音
附其它宗├佛      教┤释迦牟尼（资料）
教资料            └关圣帝
                         ┌蒙古情况
       └喇    嘛   教┤锡伯情况
                         └柯尔克孜情况
```

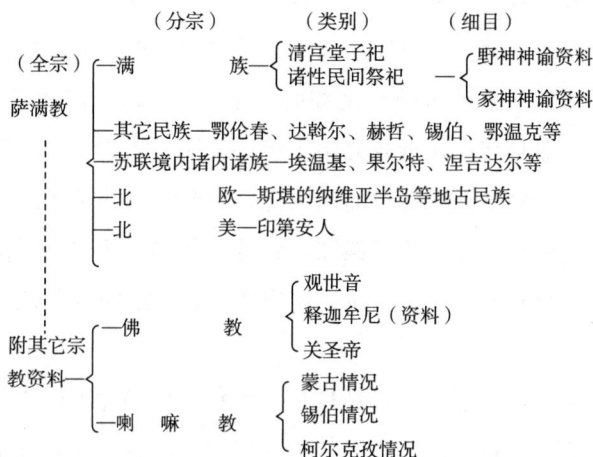

事情、一个主题便记在一张卡片上。卡片不够可设总号码连用数张。返家后，要及时整理，字迹潦草要誊清楚，然后分类用卷绳串好。下次再调查或偶闻同类问题，再记录新卡，按已编串好的卡片内容序列，共同串在一起就可以了。随着时间的推移，这批汇集社会各方面的资料卡，将变得最有价值和应用性。卡片资料也按类别入档保管。此外，还应设四类备忘卡。

（1）故事家、收藏家、民艺家、民歌手、民族民俗知识知情人、民族知名人士名录、小传、成果、住址卡；

（2）国内外有关新书新刊、通讯资料索引及信息卡；

（3）国内资料存储线索卡；

（4）国外情报卡。近年来，我们注意积累欧、美、苏、日、韩等资料信息。

要保管实物性资料。可分手抄体资料和各种实物两大类，这是民间文学和民俗学资料中最有代表性的珍贵史料，是建立资料中心的条件和基础。其中，不少资料的发现和寻得，多者达数年，是长期在民众中劳动生活所得的成果，不少实物我们还付给了酬金。根据清代吉林乌拉的历史，复制了"打渔楼"模型、制成东北名鹰"海东青"标本，收藏了萨满神鼓、神帽、神裙、腰铃、神匣、神偶、铜镜、铜币等实物和满族人服饰、顶珠等，除此还搜集了许多辽金以来的古城寨陶器等。

为妥善保管文化珍品和扩大线索增加资料贮藏，聘请民俗顾问和建立采风基地非常重要。正如旅游需要导游一样，踏查寻访民间故事家和收藏家，都该有本民族本地区的热心文物事业的人。几年来，我们在东北、关内数省，凡满族历史口碑资料较多发现的地区，均建立联络基地，聘请顾问，组织就地采风，鉴定实物，形成社会性资料暂存站和资料源。

要多搜藏舆图资料，作"地理通"。作为意识形态的民间文学和民俗现象，都是

一定社会生产条件和地域环境下形成的，具有浓厚的地域特色。在一个大地域中往往出现几个特征各异的故事圈。这就要求我们必须研究地理，通晓地理，不仅知道现实地理特征，还更要熟悉一个地区地形地貌特征的不同名字和自然变异以及其地产资源。满族先民女真诸部及其他邻近各兄弟民族，长期开拓的生活领域包括白山黑水乃至西伯利亚部分地区和黑龙江出海口的库页岛、东濒大海的整个广袤地区，掌握民间文学和民俗资料，必须储存北方历代舆图、各姓家传部族迁徙表、山川名谱、著名古城寨图势等，除此广收陈旧照片、画页、踏查速写，并绘制各种地图，构成资料存储的又一内容。

要发展电化存储。随着国内外科技进步，资料信息通过现代化手段，为社会各个领域服务，迫切要求我们将民间文学的传统管理方法同新兴的系统论、信息论、控制论等方法结合起来，提高民间文学资料存储的高密度化、缩微化，检索的自动化，信息传递的网络化，以及为国际民间文学资料交流采用统一的现代化传递手段，开拓灿烂的远景。民间文学资料的存储保管，就是将人类历史中形成的语言与思维信息，加以科学搜集、储存、提用的一种形式。目前，国内一些地方和部门已经开始采用电化手段存储与研究民间文学浩如烟海的资料。实践证实，采用科学的电化手段可以迅速抢救各民族濒于失传的大量散在资料，用现代化的声像设备完整、准确地记录下来，人物图像既生动，又有实感，不仅大大减少过去人力、物力、财力资源，而且使资料的保留更有长远性价值。我们于去年在吉林省满族聚居区合作拍摄了《满族瓜尔佳氏萨满祭祀》《满族陈汉军张氏萨满祭祀》《海东青》《神偶与宗谱》等七部满族风俗资料录像片，为北方少数民族濒于失散的民俗资料的永久保存，开辟了新途径，受国内外专家学者的重视与好评。这种开拓民间文学研究与保管新方法、新领域的尝试，我们还要继续进行。当然，做好北方民族文化遗产资料的抢救与保管，单靠一两个单位或某个地区是远远不够的，要依靠各兄弟省市、单位互相支持，携手合作，才会事半功倍，达到更理想的境地。

我们在实践中体会，多年来各地在民间文学和民俗资料积累与保管方面，都做了大量的工作，已有一定基础。我们应该充分发挥和利用这一有利因素，首先建立区域性或某一专题的资料中心，发挥各方面积极性，在此基础上，再建立全国性的民间文学和民俗资料中心，就有了可靠的基础。这项艰巨而重大的学科工程，是会逐步迅速建立起来的，使我国民间文学事业出现更加蓬勃发展的喜人局面。

（原载《中芬民间文学搜集保管学术研讨会文集》，中国民间文艺出版社，1987，第117～127页）

中国民间文学的编辑出版

张　文[*]

中华人民共和国建立之后，非常重视流传在各民族人民间的民间文学。新中国成立不久，即成立了中国民间文艺研究会，创办了专门刊物——《民间文学》，陆续编辑出版了大量的民间文学作品及有关资料。对民间文学作品的出版，在我国目前的经济技术条件下，仍是保存民间文化的最有效的办法；同时也是推广民间文学，使它能够更好地为广大人民服务，更便于各阶层人士，各门社会科学的研究人员广泛运用民间文学的好办法。我国民间文学的编辑出版方式，除理论研究及国外民间文学论著的翻译外，大体可分如下三种：第一种是为了社会科学及民间文学的研究而编辑出版的丛书、资料；第二种是为广大读者提供优秀的民间文学读物、兼顾民间文学的研究而编辑出版的各种选本；第三种是各种民间文学刊物。现分述如下。

一　为社会科学研究而编辑出版的丛书和资料本

五十年代中期，全国人民代表大会常务委员会曾组织了九个社会历史语言调查队，分赴全国各少数民族地区进行实地考察和采录。这些调查队的成员，都进行过专门的训练，当时虽无现代化的技术装备，他们采用国际音标、速记等方式，严肃认真地忠实记录了大量的民间文学作品及有关资料。这些民间文学作品及根据考察所写出的调查报告，现已按民族分门别类地陆续编辑出版，总名为"少数民族社会历史调查"丛书。这套丛书中的各种资料，是我国制定民族政策、创立民族文字的依据，也是发扬各民族文化的优秀传统，建立中国的民间文艺学的可靠资料，具有较高的科

---

[*] 张文（1930~2020），男，时任中国民间文艺研究会书记处书记，先后担任《民间文学》编辑部编辑组长、主编，《中国民间文学集成》全国编辑委员会委员，《中国歌谣集成》副主编等职务。——编者注

学价值。其中不少是优秀的民间文学作品或很有见地的科学论著。

三十多年来，各地民研会在广泛搜集和实地采集来的大量原始记录的基础上，还编辑出版了一些资料集。这些资料集以作品为主。据不完全统计，贵州分会已出版了近七十集，广西已出版了八集，云南出版了六集，湖北省各个地区都出版了自己的民间故事集，《黑龙江民间文学》已出版到第十七集，《辽宁民间文学资料》也已问世。这些集子，都是以内部资料的形式出版的，除本省民研会保存外，也送中国民间文艺研究会、各地分会及有关研究单位和个人。它既是民间文学读物或进行整理的基础，又是很好的科研资料。

还有一种是以某一作品为中心的专题资料集，像新疆出版的《江格尔》资料集（用蒙文出版）、《玛纳斯》资料本（用柯尔克孜文出版），青海、四川、西藏等地出版的《格萨尔》资料集，马学良先生编辑的《阿诗玛》专题资料集已用彝、汉文对照的形式问世，中国民间文艺研究会还编辑了《中国歌谣资料集》和《中国谚语资料集》。此外还有《孟姜女》资料集，《白蛇传》资料集，等等。这些资料集给研究人员对某一作品进行专门研究提供了方便。

二　各出版社为广大群众提供民间文学读物，也兼顾科学研究的需要而出版各种选本

如五十年代出版的《陕北民歌选》、《信天游》、《爬山歌》，人民文学出版社出版的《中国故事选》，上海文艺出版社出版的《中国歌谣选》、《故事大系》（已出版了十五个民族的民间故事选）、《中国长诗选》、《中国民间小戏选》、《中国谜语大全》等。为了民间文学事业发展的需要，中国民间文艺研究会于1980年成立了中国民间文艺出版社，编辑出版了《民间文库》及各种选本，每年都有几十本书问世。各出版社还出版一些专题选集，如《老一辈革命家的传统故事》《历代农民起义传说故事集》《中国动物故事选》《中国植物故事选》《机智人物故事选》《中国文人故事》《义和团故事》《中国风俗故事》《西湖民间故事》《桂林山水传说》等，还出版了故事家的专集，如《金德顺故事集》《刘德培故事集》。各种单行本就更多了。

三　各种民间文学刊物

"文化大革命"前的十多年中，民间文学刊物很少，只是北京、上海两地有《民间文学》和《民间文学集刊》。"文化大革命"以后，民间文学刊物如雨后春笋般的

涌现，目前，除个别省外，每个省都有自己的民间文学刊物。这些刊物的发行量，少的几万份，大多在十几万份至几十万份，有的多达数百万份。这些刊物发表了大量的民间文学作品，它们为广大的民间文学搜集者提供了园地，有力地推动着我国民间文学的发掘和采录，也为各出版社出版各种选本打下了深厚坚实的基础，同时，也培养了一批专业人才。下边试以《民间文学》为例，谈一点编辑工作中的经验和教训，以见我国民间文学编辑工作的一斑。

衡量一个刊物编辑工作的得失，主要看它是否正确地执行了方针，是否很好地完成了任务以及读者对它的反映。《民间文学》创刊号的发刊词中对它的任务是这样规定的："这个刊物的主要任务，是推动对全国各民族口头文学的搜集、整理。同时促进这方面的理论研究，和帮助群众创作，通俗文艺的发展。因此，我们要用较多的篇幅来刊载各种人民口头创作。我们要发表那些力求用马克思主义理论阐述民间文学的研究论文和批判资产阶级错误观点的文章。关于各地区、各民族间人民创作的传布和活动情况，以及搜集、整理的经验的记述文字，我们也要给以一定的地位。此外，还要刊载一些与民间口头文学有关的民俗历史资料。"

根据上述的任务和目的来检查《民间文学》的编辑工作，我觉得它是基本上正确地执行了方针，是完成了任务的，当然还有不足之处。

第一，通过《民间文学》推动广大的民间文学爱好者挖掘、搜集了大量的优秀民间文学作品，从发掘搜集的广度、深度来讲，那是"五四"时代以及过去任何时代所难以比拟的。因为它团结了广大的搜集、整理者，他们大都是基层文化馆站的干部或当地的中小学教师，都是当地人搜集当地的民间文学作品，他们对当地的地理、历史、风俗、习惯、宗教信仰、群众语言及人民所喜爱当的艺术传统等都比较熟悉；他们就生活在当地的人民群众之中，与人民有着密不可分的联系，在搜集作品时不论是发现线索、找到善于讲述故事或演唱民歌的讲述人，创造有益于讲述故事或演唱民歌的场合或气氛等都比较容易，较之外地人去搜集有着很大的方便。因而使民间文学的搜集面广，发掘得也较深入。

第二，这些年来《民间文学》确实为广大群众提供了大量的各民族的优秀的民间文学作品，在潜移默化中教育了人民，团结了人民，尽管它不像电影、戏剧、小说那样直接和明显，也并不那么轰轰烈烈、有声有色，但它确实起到了宣传教育的作用。

第三，从整个中华民族的文化发展来看，由于《民间文学》几十年来发表了我国各民族的大量的优秀民间文学作品，使得一向不被人重视的人民文化逐渐受到重视，使我们能够全面地、有批判地继承和发扬各民族的优秀文化传统，对新文艺的繁荣昌盛，对提高民族自尊心、自信心，增强各族人民的团结都起着一种不可代替的作用。

第四，《民间文学》团结了一大批读者和搜集整理者，有着广泛的群众基础。据不完全的统计，在《民间文学》上发表文章或作品的人已近两千人。在这个群众基础比较广泛的队伍中也培养了一批专门家和著名的搜集整理者，如董均伦、孙剑冰、张士杰、肖甘牛、刘思志、康新民等，所有民间文学的专门家、研究工作者都和《民间文学》有着密切的联系，初步形成了一支民间文学工作的队伍，培养了一批骨干力量，这是近几年来民间文学事业蓬勃发展的基础。

第五，它受到了广大群众及民间文学爱好者的欢迎，发行份数从几万份、十几万份到四十八万份。

我们主要是发动广大群众去从事民间文学的搜集、整理和研究工作的，是利用刊物发表作品、为群众提供读物的办法去推动广大的民间文学爱好者和基层文化馆站的干部去搜集、整理民间文学作品的。当然，这不是唯一的办法，例如云南等地曾组织大专院校的师生以调查采录队的形式到某一少数民族地区去进行较为集中的调查和采录，收到了良好的效果，也培养了一批人才，但从全国来说，利用刊物发表作品推动搜集整理工作，仍是一个主要的方法。这种发动群众的方法较之专业调查采录队的办法有发动面广、易于深入、见效快的长处，但较之专业调查采录队的办法也有它的短处，由于是群众性的个体的调查采录，每个人的文化素养、专业知识、艺术趣味以及从事这一工作的目的都有很大差异，又大都没有经过专业知识技能的训练，这都会影响记录的质量，整理方法的是否科学，所拿出来的作品的科学价值等。另外，群众性的个体的采录，在专业知识技能的训练、技术装备等方面，较之专业调查采录队也有很大的悬殊，这也给工作带来很多问题。大家议论最多的是《民间文学》所发表的作品的科学价值问题。有人指责它发表的作品加工太大，掺水太多，损伤了作品的科学价值，甚至有的就是赝品。我认为，《民间文学》发表的作品可分为三类：第一种是接近于或忠实于这个作品在群众中流传的原貌的，也就是说它是在较好的忠实记录之后，没有作更多的艺术加工的作品；第二种是根据记录（有的是同一故事的几种或多种异文）作了一些加工的作品，这些作品有的加工大些，有的加工小些，但基本上是原来的故事，是通过搜集整理者根据他对故事的理解用文字复述出来的，当然会较多地带有搜集整理者的痕迹，甚至有些不恰当的心理刻画和景物描绘；第三种是根据某一故事的梗概，或以某一作品为素材进行再创作的作品。前两种是绝大多数，后一种是极少数。这后一种情况，作为一般读物，当然应当允许，但作为民间文学读物或科学研究的资料，显然是不能采用的。问题是《民间文学》在发表这些作品时，没有把各种情况的作品严格地区分开，一律称为"搜集整理"，使人真伪莫辨，让人觉得《民间文学》发表的作品是靠不住的。这个问题虽然早已发现，五十年代末、六十年代初还曾展开过全国性的讨论，特别强调了"忠实记录，慎重整理"，但没有采取有力的措施。只是纸上谈兵，至今没有彻底解决问题。

不能不引以为训的第二点是：在"文化大革命"前的十几年中，在以阶级斗争为纲的思想指导下，过分强调了阶级斗争，过分强调了直接服务、思想教育作用，而忽视了或不敢涉及民间文学在文化史及其他社会科学方面的价值，以至于有关帝王将相的传说故事、清官故事、公主与平民恋爱的故事、风俗故事、与宗教有关的作品等，都成了禁区，使民间文学工作的路子越来越窄，范围越来越小，搜集对象也只能是苦大仇深的贫下中农或工人，对在中产阶级、知识分子以及巫、觋之类的人物中流传或保存的民间文学作品，则不敢问津。这个问题，《民间文学》复刊后已经有所改变。在党的"实事求是，解放思想"的思想路线指引下，作了种种努力，冲破了过去人为的种种禁区，把民间文学工作推向了一个更为广阔的天地。发掘、采集工作越来越广泛，越来越深入，采录时所运用的方法也越来越多样化、科学化，采录的技术装备也越来越现代化，录音机已经较为普及，随之而来的研究工作也蓬蓬勃勃、广泛深入地开展起来。近两年来以编辑《中国民间故事集成》《中国民间歌谣集成》《中国谚语集成》为目的，各地正在进行着民间文学的普查采录工作，在这一工作中，从中央到地方，为了保证采录作品的忠实性，层层办起了骨干培训班，对普查、采录的方法进行培训，对采录来的作品提出了更科学的要求，这一工作的顺利完成，不啻会出版一大批符合科学要求的民间文学作品，更将为我国民间文学事业开拓出一个崭新的局面。

（原载《中芬民间文学搜集保管学术研讨会文集》，中国民间文艺出版社，1987，第 260~266 页）

附录一　鬓霜发落喜归来

王　强

在中芬三江民间文学文献资料的交接仪式上，我说了这么一句话："在三十三年后我能在今天把这批珍贵的资料交还给中国民协，心情可用两个'如'来形容：如释重负，如愿以偿。"经历了这么长的时间，这批资料终于可以以文献的形式正式出版了，对应于中芬三江民间文学联合考察活动在中国民间文艺史上的前无先例，后尚未有来者的地位，实在应该算是一件大事。

在这件大事中，因为以上所提到的原因，我成了凸显的人物之一。中国民协驻会副主席邱运华先生鼓励我把其中的来龙去脉写一下，我想也好，写下在这件事中我的经历和心路，对我来说，是一个历史的交代。对今后这批文献的阅读者、研究者来说，也许可以带来一些余兴。

在中芬三江民间文学联合考察活动中我担当了两个角色：第一个是联合考察秘书处秘书；第二个是《三江侗族民间文学》一书的编辑组组长。后一个角色实际上是前一个角色的延伸。

秘书在秘书处中是人微言轻的打杂的角色，但又是举足轻重的角色，是将各个计划决定落到实处的人物。我作为这次活动中唯一一个全职脱产的工作人员，事无巨细，都得做到位，所以当年干得很辛苦。在组联部的小办公室里不分日夜地工作和以后编辑文稿，与三江县的同仁们一起度过的日日夜夜，至今记忆犹新。所以，对这批文献产生的"情结"，可能就会比其他的参与者要重一些，大一些。这大概就是我后来精心、"顽固"地保存和"把持"这批资料达三十三年之久的原因吧。

我参与该项目始于《1986年中芬学者联合进行民间文学考察及学术交流计划》签订后。我当时是《民间文学》编辑部理论组组长，正在准备报考中国社科院的研究生。当时的民研会领导几次找我谈话，我最终放弃考研担任秘书一职，所以也可以说，参加中芬民间文学联合考察活动改变了我的命运。

尽管开始有些心不甘情不愿，但过程和结尾却是非常正面的。在参与三江联合考察的过程中，我都处在一种兴奋和享受的状态中，虽然很累很辛苦。作为这次联合考察项目的唯一的脱产工作人员，我经手了活动从开始到结束直至今天达成出版三江文献的所有巨细工作。名单、书信、电报、计划等无一不是通过我的手开始和完成的。加之还得和各方面、各地的工作人员协调、配合。记忆中，为筹备和完成这项工作，我或单独或与刘锡城先生一道，不下四次去南宁、桂林、三江。这些工作，对一个二十四岁的年轻人来说，无疑是难得的锻炼机会，甚至对我今后的人生都产生了很大的影响。我至今很感谢刘锡诚先生。

中芬民间文学联合考察活动于 1986 年 4 月 15 日结束。联合考察的时间并不长，前后十天，但善后工作却十分繁复、耗时。联合考察第二阶段的工作即汇集各地参加联合考察队员的资料，复录所有队员上交的录音磁带，组织队员撰写调查报告，研究文章、采风日志，收集队员手里的逾千张照片，同时配合对考察活动录像的剪辑整理工作，进行了近九个月的时间。所有资料都由我接收保管。

1986 年 11 月底，受刘锡诚先生的委托，作为中芬三江民间文学联合考察资料编辑组的负责人，我和《民间文学论坛》的李路阳女士一起携带所有资料赴三江开始编辑工作。三江县委非常重视这一工作，抽调了十一位专职文化干部参加此次工作，其中包括原三江县文联主席杨通山、文化局副局长吴浩，并聘请了一些民间歌手、故事家协助工作。

这次工作完成了三项任务：一是组织当地干部将全部侗文资料翻译成汉文，以便今后保存和利用；二是拾遗补阙，甄别真伪，并对所有队员调查报告中事实部分进行审核；三是为编辑出版《三江侗族民间文学》提供材料。工作严格按照当时我们所理解的科学方法进行，即"一字不动，忠实记录"。体例上采用汉字记侗音（国际音标）、字对字翻译（句对句翻译）、意译。我和李路阳除了参加故事组部分记录工作外，还审阅了全部论文并完成了《三江侗族民间文学》一书初稿的审定稿。12 月底，李路阳回京述职，汇报情况。我继续留在三江完成未竟之拾遗补阙及缮写工作，并会同杨通山、吴浩二审《三江侗族民间文学》书稿。1987 年 1 月底，此项工作基本完成，我携带全部磁带及文字资料乘火车返回中国民研会述职。之后，用两个月的时间，我和李路阳又完成了《三江侗族民间文学》一书的三审工作，交刘锡城先生终审通过。与此同时，我作为责任编辑，编选出中芬民间文学联合考察特辑"中芬民间文学联合考察"，发表于《民间文学》1987 年第四期上。至 1987 年 8 月，我又将全部磁带重新编码，编码按汉语拼音字母缩写编出，必要部分以英文注明，体例包括日期、地点、讲述人、记录人和编码。共编码磁带 120 盘，移交中国民研会资料室。

1987 年底，我由《民间文学》编辑部调中国民间文艺出版社任社委会委员、理论编辑室主任。1988 年初，《三江侗族民间文学》一书列入 1989 年本社出版计划，我为责任编辑。

万事俱备，下一步出版《三江侗族民间文学》应该是顺理成章了。但孰料1989年世事多变，这一变，出书之事就被延误了。

1989年下半年中国民间文艺家协会发生了三件大事：第一是中国民间文艺出版社被撤销；第二是中国民协由西单太仆寺街搬往农展馆附近的中国文联大楼；第三是中国民协领导班子改组。这三件事对中芬联合考察资料的出版都产生了直接的影响。影响之一自然是因出版社的被撤销而导致出版计划泡汤；之二是因为搬家，协会内包括被撤销的出版社到处都是无序乱哄哄的，为了安全起见，我把这批资料由我在出版社的办公室转放到了我在民协的咫尺之遥的宿舍中；之三，据我后来知道，负责中芬联合考察并任此书主编的刘锡诚先生于1989年脱离了民协领导岗位，1990年调入中国文联研究室，对于书的出版，当时的他恐怕也是无心顾及或是爱莫能助了。

1989年底，我赴澳的签证以大大超过我想象的速度签发了给我，我甚至都没有时间整理我在民协的宿舍就匆匆打点行装离开了北京，留下来的物品包括上千册的书籍都由我哥哥在我走后打包托运回了成都的家中，其中也包括这批资料。

这一去，学习和生计的压力让我重新踏上祖国的土地已是七年之后。旧时相识告诉了我当年我收集编码的120盘录音磁带和珍贵的专业考察录像都已荡然无存。同时我也知道了当年编辑部大厅里所存的以吨计的几十年积累的民间文学资料和稿件都已不复存在。这一方面让我庆幸当年我把三江这批资料转放到了我的宿舍中，另一方面我也下了这批资料只有在得到正式出版承诺的情况下才能交出的决心。1998年底，我在澳大利亚委托新婚后的妻子把我的所有书籍托运到澳大利亚，这批资料也随之来到了澳大利亚。

这之后，退了休的刘锡诚先生通过电子邮件向我询问这批资料的下落。2010年，我回到北京，与刘锡诚先生商谈了这批资料的处理办法。我们约定：由他在北京联系有关单位或基金会，申请资金出版这批资料。一旦合同签订，我即自费携资料回国。与此同时，我也做过一些邀请有关人士包括当年参加过考察的同仁一同参与此事的努力，但都因太忙或无兴趣而无果。这件事就成了我和锡诚先生的"二人转"。

据后来锡诚先生的介绍，他这些年来，从来没有放弃过出版这批资料的努力，曾多次向有关方面反映情况或试图募集资金来出版这批资料，但始终未果。我也从未收到过任何单位的函件索取这批资料。这更坚定了我必须将这批资料的出版事宜落到实处的决心。

在为这批资料的出版奔走无果后，年逾八旬的锡诚先生曾向我提及：万不得已的话，他愿意亲自打字、编排、出钱将这批资料印刷出来赠送研究机关、图书馆，也算是给后人的一点交代。看着他写给我的这些文字，当时我的真实感受是除了感动就是心酸。他曾两次发电子邮件给我，让我把资料寄给他，我没有回复他，我内心的想法是：中芬三江侗族民间文学联合考察是中国民间文艺研究会（中国民间文艺家协会）史上的一件大事，而成果的汇集与出版也应该是中国民协的一件作品。由中国民协来对这次活动进行完美收官是对这次国际合作的三方的一个负责任的交代，我在等待这一机会。退一步讲，真到了刘锡城先生说的那一步的时候，做这事的应该是比他年轻二十多岁的我，而不是他。相信锡诚先生曾对我迟迟不交出这批资料的行为有过不解；我也听闻过曾有人对我的做法表示疑惑。但后来我把我的想法再次和锡诚先生交流，并向他郑重承诺我一定会毫无私欲地把这件事进行到底，万般无奈的情况下我会自费出版这批资料，得到了他坚定不移的支持，这让我感到不孤单。

事情的转机发生在 2016 年底，由中国文联书记处书记陈建文先生带队的中国年画展览到墨尔本办展。锡诚先生发信给我，让我把这批资料交给民协带队的吕军副秘书长。我和吕军先生相约在大洋艺术中心见面。在去和他见面的路上我其实非常纠结，反复考虑是否应该提出出版要求，最后还是决定按原来的计划办，虽然我知道这会显得有些不礼貌。见面之后，我坦率地提出了我的要求：由民协和我签署一个出版协议，落实经费、人员，正式、完整地出版中芬联合考察文献。同时我也表示了我在此事上没有任何私欲，有的只是对这份资料的一个"情结"和守护。吕军先生表示他不能为此做决定，把我介绍给了当时在场的中国文联的陈建文书记。

我向陈建文书记做了一些我为什么要坚持得到一个书面协议的解释：鉴于先前发生的令人痛心的中芬民间文学联合考察音像资料全部遗失的事实；也鉴于这份资料在我手里保存了三十多年的事实，在我交出之前，我希望得到一种书面的、正式的承诺，即这份资料能够根据当年的计划、协议得到妥善的、恰当的处理，公开出版，成为中芬民间文学联合考察这一中国民研会（中国民协）成立以来规模最大、级别最高的中外合作项目，同时也是联合国教科文组织资助和指定的典型项目的成果之一。这也是当年中国民间文艺研究会和芬兰文学协会、土尔库大学所签订的文化协议的内容之一。自然，我也再次提到了我对这份资料的个人"情结"是我坚持这一条件的原因之一。

陈建文书记听完我的话后马上向吕军先生表示："这样的移交应该有正式的手续，民协应该向王强先生出具正式收据。而且由于这份资料年代已有三十多年之久，已是一种文物，更应该办得正式。这次就不要带回去了。民协做好出版准备后由王强先生把资料带回民协，举行一个出版移交仪式并向王强先生颁发证书。"陈建文书记的话超过了我的预期，我非常高兴，也立即把这个情况通知了锡诚先生和一些当年参加考察活动的朋友、同事。老人家很兴奋，朋友同事们都很高兴。不久之后，我和刚刚就任的中国民间文艺家协会分党组书记邱运华先生建立了联系，开始商讨这批资料的编辑出版事宜。

2019 年 4 月 8 号，我的前同事、现任中国民协副秘书长的周燕屏女士受邱运华先生的委托正式通知我，中国民协承诺由社会科学文献出版社正式出版这批资料，并指定年轻干部楼一宸同志专门负责。也就是说，在我回国之前，出版事宜、经费人员都将一一落实。得到这个大好消息之后，我立即买了机票于 5 月 20 日到达北京。多年之后，我又一次在北京见到了锡诚先生，当我们拥抱在一起的时候，我看到了老人家眼中的泪水，泪水中包含的深意不言而喻。

2019 年 5 月 22 日，中国民协举行了三江民间文学考察资料交接仪式。莅会者包括中国文联党组成员、书记处书记陈建文，中国民协分党组书记、秘书长邱运华和中国民协各位副秘书长、出版社代表、媒体等。交接仪式上，陈建文书记亲手将证书交给了我。最让我高兴的是，邱运华先生在会上特意指出：这批资料将作为文献出版，能收入的资料都要收入。这让我非常欣慰，当年因经费原因，一百万字的资料，我们仅能收入三十万字，照片二三十张。所以这次出版的规模与规格是远非当年能做到的。就冲这一点，我也觉得三十三年没有白等。幸事！

"踏入社会"始于工作，我踏入社会至今三十八年，在祖国的时间只有七年半，中国民研会（中国民协）的五年半中有三年时间是在专职参与中芬联合考察的工作。因而这一经历也就成了我在祖国工作最坚实的回忆了。这篇文章，也可成为我故国情怀的一点释放吧。

多年的愿望、期盼实现了，如愿以偿！多年的担心、焦虑没有了，如释重负！

2019 年 8 月 14 日于墨尔本

附录二　贾芝和航柯：中国与芬兰乃至世界民间文化交流的一个开端

金茂年

一　历史性的事件：土尔库初见

1983 年 9 月，秋高气爽的一天，土尔库火车站。贾芝刚刚走下车，一个高高大大的芬兰人迎上前，第一句话就是："您的到来，我们的见面是一个历史性的事件。"这位芬兰朋友就是世界知名民俗学者劳里·航柯。他时任国际民间叙事研究会主席、北欧民俗学会主席、芬兰文学协会主席、土尔库大学教授。他也一度在联合国教科文组织工作并参加了世界保护非物质文化遗产公约的起草与制定工作，曾给予中国很大的帮助。

那时中国刚刚改革开放不久，北欧很少见到中国人。之后，贾芝与冰岛作家协会的朋友们见面时，一位年轻的女作家奥尔加（Olga）说："我第一次看到中国人！"贾芝回答："我作为中国人第一次被您看到，感到非常荣幸！"贾芝的这次访问，也引起了芬兰方面的极大的兴趣，格外重视与关注。出访前，1983 年 5 月，芬兰大使馆安芬妮（档案秘书）应邀到中国民间文艺研究会（简称民研会）座谈。她详细了解我们访问芬兰的意图，并做了日程安排。当天，她还拿了一份《光明日报》，报纸上贾芝的名字被画了记号，[①] 可见她们工作的细致与用心。

这次出访源于改革开放初期外事局安排的一次会见。1978 年 7 月，贾芝到和平

[①] 根据 1983 年 5 月 4 日贾芝日记内容："上午九时，由会内约芬兰大使馆安芬妮（档案秘书）谈访芬的意图。安芬妮曾在北京大学学习三年，中国话说得非常流利。参加的人有刘魁立、王炽文、赵光明。安说到，从前在芬兰看不起《卡勒瓦拉》那些民间的东西，认为不是文学。开头只是几个人提倡，是文学协会的人。在芬兰，瑞典语为第二国语。在芬兰，民间文学是独立的，与民间艺术分开。有不少的资料库，或称研究所，好听点。地方上也有爱讲故事的人。文学协会是统一对外接待的。"

宾馆接见世界知名民俗学家美籍华裔教授丁乃通先生。丁先生特别真诚，他对贾芝说，他发现中国对世界各国的情况太不了解。他介绍了国际民间叙事研究会（IS-FNR）。国际民间叙事研究会是德国人发起，由 75 个国家的学者组成的世界民俗学的中心组织。他愿意推荐贾芝加入。1978 年 6 月，贾芝也曾获得时任国际民间叙事研究会副主席的小泽俊夫先生的邀请。① 贾芝获准加入国际民间叙事研究会。贾芝加入国际民间叙事研究会的介绍人，除了丁先生，就是丁先生的朋友国际民间叙事研究会主席航柯先生。丁先生同时提出了关于建立中国民间文化博物馆的建议，得到周扬等领导同志的重视。航柯先生兼任北欧民俗学会主席，他立即为贾芝安排为期两周的北欧五个国家的民间文学资料馆考察，② 贾芝由此便有了这次对芬兰与冰岛的访问，也有了航柯这位忠诚的芬兰朋友。

他们的考察从土尔库大学开始，一切在航柯先生的筹划中进行。他们先到民俗学与比较宗教学系，助教安娜·古斯塔夫桑（Anne Gustabsson）介绍了芬兰谜语；执行系主任卡里欧（Aili Nenzota Kallio）介绍了她对北部因格利亚人（Ingniens）哭丧歌的研究。经过通信与贾芝熟悉的北欧民俗学会秘书耿·海瑞娜（Gun Herranen）一直陪同，她介绍了芬兰瑞典语与芬兰语两个体系以及北欧民俗学会。航柯先生介绍了他主持下的田野作业和研究课题，他多次带领师生到因格利亚做调查，卡里欧的《因格利亚哭丧歌》就是他指导完成的。航柯先生很愿意了解中国。贾芝把他的《近几年来的中国民间文学》英译稿拿给航柯看，他立刻复印了一份。他问："中国有史诗吗？"贾芝介绍了藏族史诗《格萨尔王》、演唱《格萨尔王》的民间歌手以及现在的搜集情况；同时介绍了蒙古族史诗《江格尔》和柯尔克孜族史诗《玛纳斯》。这些对航柯先生来说都是新闻。他非常兴奋地说："史诗在中国还活着！"那天下午，他就领贾芝去见土尔库大学校长，并报告了这一喜讯。

在土尔库待了三天后，贾芝一行返回赫尔辛基。芬兰文学协会秘书长兼出版部主任温斗（Urpo Vento）先生接待贾芝一行。协会档案馆是芬兰人文科学研究的中心，温斗先生陪同参观原稿档案馆，最珍贵的是埃利亚斯·隆洛特（Elias Lonnrot）记录《卡勒瓦拉》的手稿。我们知道，芬兰曾受瑞典统治，瑞典语为统治语言。1917 年芬兰独立，芬兰语与瑞典语并用。《卡勒瓦拉》的记录出版，不仅促进了芬兰民族意识

---

① 根据 1978 年 6 月 16 日贾芝日记内容："下午到对外友协接见日本民间文学专家小泽俊夫，同时参加的有曲艺团童大为、曲协要德臣。""在交流中小泽俊夫介绍了日本民间文学工作现状……世界上有一国际民间文学组织，即国际口承文艺学会（日本习惯这样翻译，我们统一译作：国际民间叙事研究会），明年将在英国开第七次会议，希望中国参加。我答复，我们可以考虑。"

② 贾芝：《芬兰民间文学·档案馆的考察》，载《播谷集》，人民文学出版社，1994，第 623 页。

的觉醒，对芬兰语言文学的形成起到了重大作用。这是埃利亚斯·隆洛特自己都没有想到的。档案馆第一任主席卡尔·克伦（Kaarle Krohn）主持搜集材料 18000 件，有 7000 人参加搜集。

贾芝一行还参观了国家图书馆（即赫尔辛基大学博物馆）、约恩苏大学档案馆、《卡勒瓦拉》展览馆、芬兰历史与民俗博物馆等。1983 年 9 月 13 日，在芬兰文学协会的座谈会上，贾芝介绍了中国的民间文学工作，双方互赠书刊与礼物。与会学者对中国尚存活形态的民间文学，同样感到惊讶与振奋。这是中芬合作的一个新开端。

1983 年 9 月 16 日中午，芬兰教育部国际司司长希尔卡拉（Kalervo Silkala）宴请贾芝一行，出席作陪的有芬兰文化部参事契特瓦·凯皮阿（Kitva Kaipia）夫人。她负责签订 1984 年中芬文化交流协议。她问贾芝有什么要求？双方都谈到应把中、芬民间文学学术交流列入政府签订的文化协议中。这就是中芬联合在广西三江联合考察的缘起。

二　航柯首次访问中国

1984 年 4 月 9 日，航柯先生回访中国，同行的有温斗教授和罗欧达林（Raotaline）女士。贾芝与民研会副主席刘魁立、组联部主任赵光明到机场迎接。芬兰驻中国大使馆秘书安芬妮亦到机场迎接。客人下榻于北京四合院式庭院竹园宾馆，宾主在咖啡厅谈了接下来的日程安排。10 日上午，刘魁立陪同芬兰代表团去游览长城与十三陵；下午，在竹园宾馆主持航柯教授的学术报告会，报告芬兰的民间文学的研究情况。晚上，中国民研会在崇文门外便宜坊烤鸭店设宴招待芬兰客人。贾芝主持宴会，对航柯先生邀请出席 1985 年世界史诗讨论会，[①] 谈了自己的意见。他说史诗讨论会是一次很好的学习机会，中国史诗的发掘与研究也将对世界做出贡献。他还说，1985 年 2 月，中国也将举行《卡勒瓦拉》出版 150 周年纪念活动，届时邀请芬兰驻中国大使及有关人员出席。贾芝继续介绍中国史诗的情况，将刊有他论文《"江格尔奇"与史诗〈江格尔〉》的《民族文学研究》分赠每位客人。航柯代表芬兰文学协会向中国民研会赠送该会铜铸的纪念品，他详细地做了介绍：正面上方铸有泉水；背面是一棵树，树上有人看书，树下还有一些……。他又赠送每人一幅画与一个木质幸福鸟。贾芝告辞时说，他第二天去杭州参加《白蛇传》学术研讨会，4 月 17 日赶不回来送他

---

① 1985 年 2 月，芬兰举行《卡勒瓦拉》150 周年纪念活动并召开世界史诗讨论会。贾芝积极汇报，得到了文联领导的支持，可以努力争取参加。

们了，祝航柯等人云南之行愉快，收获多多！航柯等人是去西双版纳的泼水节采风，还与昆明的各族民间文学专家座谈交流。这些协会都做了妥善的安排并有专门陪同。晚宴由芬兰驻中国大使馆安芬妮女士担任翻译。①

与此同时，贾芝还收到了航柯的邀请信和 1984 年 6 月出席挪威国际民间叙事研究会第八次代表大会的登记表。贾芝汇报并办理手续，找卞之琳共同斟酌修改论文《民间故事：取之于民，还之于民》的英文译稿。② 他准备充足却迟迟不能完善出国手续。

1984 年 6 月，大会在挪威准时召开，丁先生和发展中国家都热切盼望中国代表出席，以改变由某个超级大国控制大会的局面。大会给贾芝打电话，航柯主席亲自坐在一旁等候回讯。丁先生忽听有人说"中国代表来了"，兴奋不已，与夫人跑了卑尔根众多旅馆，找不到贾芝，误了宴会。1985 年，丁先生回国，第一件事就是兴奋地告诉贾芝：国际学界正朝着承认中国、赞美中国、渴望和中国合作的方向发展。然而，我们却失去了一次可贵的时机。

三　国际讲坛首获殊荣：史诗在中国还活着

1985 年 2 月，贾芝率团赴芬兰参加《卡勒瓦拉》出版 150 周年纪念活动与世界史诗讨论会。当时，文联外事经费紧张，他们只好乘火车到莫斯科换机。1985 年 2 月 13 日清晨，他们乘国际列车出发，全程 7865 公里，六天五夜，只吃方便面和面包，感动得列车员送来电炉让他们煮粥。贾芝那年 72 岁，翻译家孙绳武 68 岁，藏族《格萨尔王》专家降边嘉措 48 岁，翻译于小星刚从北京大学毕业不久。他们谁也没有觉得苦，丝毫没有怨言，反而庆幸有如此充足的安静时间做学术讨论，没有事务干扰！经过冰雪覆盖的西伯利亚贝加尔湖时，车外气温为零下 46℃，贾芝到站台上走了一圈，回来耳朵蜕了一层皮，竟诗兴大发起来。

2 月 18 日，他们到达莫斯科。2 月 19 日，是中国的大年三十，他们在中国大使馆过。他们说要帮助贾芝与苏联民间文学方面接触。2 月 20 日，大年初一，贾芝一行乘飞机到赫尔辛基。到机场迎接的是中国驻芬兰大使馆一秘石敬励、替代大使工作的参赞任远华（彦华）同志。芬兰文学协会秘书长莱欧达琳小姐也到机场迎接，她把贾芝一行安顿在市中心一家旅馆，又领他们吃饭，一件件事情都妥帖安排。第二天

---

① 根据 1984 年 4 月 9、10 日贾芝日记。
② 根据 1984 年 5 月 21 日贾芝日记内容。

送他们乘火车去土尔库。航柯亲自开车去车站接了贾芝，送回旅馆，他们交换了论文。

2月22日，《卡勒瓦拉》与世界史诗讨论会在芬兰学院会议室召开，除芬兰学者外，还有德、法、美、英、中国、日本、苏联、瑞典、丹麦、冰岛、挪威、匈牙利、保加利亚、波兰、希腊等21个国家的140余名学者参加。航柯主持开幕式，致开幕辞；芬兰教育部长居士塔夫·卜柔斯坦先生致欢迎辞。贾芝将1981年、1985年两个版本的《卡勒瓦拉》的中译本，扎巴老人演唱的藏文版《格萨尔王》赠送给大会。航柯先生非常高兴，说要放到他们学校的图书馆供阅读。接下来，航柯主持记者招待会。有人提问中国史诗搜集和研究的情况，贾芝作了回答：中国是一个多民族国家，许多民族都有自己的史诗，包括创世史诗和英雄史诗。他特别讲到了《格萨尔王》，中国史诗的一个值得注意的特点是史诗还活着，还有艺人演唱；讲到不久前在拉萨召开的艺人演唱会，还在会上放映了那次演唱会的录像，大家很有兴趣。大会期间，《赫尔辛基报》、《土尔库报》、《晨报》、芬兰广播电台等媒体记者不断把贾芝从会场中请出去采访。报道开幕式的报纸，用半版刊载贾芝的头像，并介绍了他的论文《史诗在中国》。晚上，土尔库市长宴请学者。航柯带夫人（瑞典人）见贾芝。航柯夫人说，上次没能见面，邀请贾芝第二天晚上到他们家作客。航柯告诉贾芝，贾芝用中文答记者问，刚刚由电视台播放，有五分钟之久。贾芝说，刚刚也看到航柯在电视中讲话。航柯说他用的是夫人的瑞典语。

2月23日晚上，贾芝在大雪中乘车去航柯家。那是一座木结构的小楼。航柯的办公室在楼下，夫人住在楼上。贾芝将刘魁立在北京"《卡勒瓦拉》出版150周年纪念大会"上发言的英译稿送给航柯，同时递交了刘魁立填写的国际民间叙事研究会入会申请表格，说："我推荐他入会！"航柯说需要两个介绍人。航柯与贾芝同时签名介绍刘魁立入会。贾芝为1984年未能参加在卑尔根举行的国际民间叙事研究会第八次代表大会遗憾！航柯说："下一次在匈牙利开会请你参加！"贾芝说只要身体允许一定出席。航柯谈到中芬共同实地考察问题，问贾芝有什么要求，是否要带什么资料，年轻人去还是年纪大的人去。他还说他们周五专门研究一次，听听中方的意见。航柯夫人殷勤招待，贾芝将有《清明上河图》图案的织锦送给她，她甚为惊奇。航柯租车送贾芝回宾馆。

2月26日，在会议的最后一天，中国驻芬兰大使馆的任远方来了。中午，航柯请任远方和贾芝吃饭。他说："会议开得很成功，中国的参加提高了会议的水平。"航柯提出了中芬联合考察的问题。贾芝认为，联合考察对提高搜集调查的科学水平，对培养年轻研究人员有好处。他接着说，具体落实还有许多问题，须纳入中芬文化交流协议才好办。任远方表示赞成。

2月28日，赫尔辛基雪花纷飞，在有埃利亚斯·隆洛特雕像的广场上，人们聚集在那里，芬兰教育部长主持仪式，隆重纪念这位民族英雄。晚上，在人民大厦举行《卡勒瓦拉》出版150周年纪念大会。芬兰总统毛诺·科伊维斯托出席并讲话，在会议休息期间，他接见了贾芝等10余位外国学者。贾芝坐在总统身边，总统不断与他交谈，说时间还长可以多谈谈。贾芝说道："今天，在北京，我们中国也在召开《卡勒瓦拉》出版150周年纪念大会。"总统很高兴，随即谈到，一个民族的文学作品翻译成另一个民族的语言很不容易。他问贾芝中国搜集民歌的工作情况。其间，总统还向贾芝介绍了几种小点心，让他品尝。散会，说到中芬联合考察民间文学的问题，因航柯临时生病未能到会，任远方表示愿意帮忙代劳，支持办理。

四　航柯访华：落实中芬文化交流协议

1985年3月，航柯依据《1985～1987年中芬文化交流协议》，将两国学者学术讨论与实地调查的初步计划寄给贾芝。10月15日，贾芝到机场迎接航柯教授，遇到芬兰驻中国大使馆安芬妮女士。航柯从印度来，已飞行30多小时，十分疲劳。在去燕京饭店的路上，贾芝与航柯谈到了中芬联合考察的计划和他去西安的日程安排。晚上，贾芝应芬兰大使于韦里宁邀请，与刘魁立同赴芬兰大使馆，航柯也匆匆赶到，同时出席的有五位芬兰作家，他们带来了芬兰总统接见贾芝的照片。宴会上，芬兰大使讲话，并授予贾芝《卡勒瓦拉》银质奖章，授予刘魁立铜制奖章。大使夫人主座，贾芝在她的右侧首位。喝咖啡时，大使与航柯、贾芝坐在一起，趣谈贾芝从事民间文学工作的历史。

10月16日，在燕京饭店，贾芝与航柯讨论中芬联合考察计划，出席的有刘锡诚、贺嘉、农冠品（广西）、赵光明、赵长工等。计划草案基本肯定调查地点定在广西三江，亦排了考察日程。航柯认真详细地倾听三江地方及侗族的情况，他愿意就一个点深入调查。中午宴请，席间大家谈了很多中国民间文学与民族情况，航柯非常高兴和满意。下午，航柯去西安，确定回京后再座谈一次。

10月19日，航柯从西安回京。贾芝在文学所开会，航柯到贾芝家里取他临走时存放的两只箱子。在演乐胡同一所四合院里，贾芝住一套里外间小平房，外间会客藏书，里间卧室兼书房。他参观了贾芝的住处，看到了他陈旧的书桌。贾芝匆匆赶到日坛宾馆；取行李的航柯也赶回来，下午2：00以前，他要赶到机场。贾芝与航柯边便饭边交谈，航柯对联合考察计划提了几点意见：他希望对三江地区及侗族有细致具体的材料，包括一个村子已做过哪些调查工作，有哪些故事家和歌手，如要调查一个人，可反复讲一个故事；参加的当地翻译者应是内行；等等。他们的团队是由土尔库大学、北欧民俗研究会、芬兰文学协会等几个单位的学者组成。他还关心三江的电力情况，怕没电不能保障记录、拍摄影片。他想不拍电影而拍电视，可以节省开支。关于经费，我们可以给联合国教科文组织写一申请报告，他帮助办理。他最后问贾芝住的房子有一百多年了吧？他喜欢那胡同里的大树。临别前，航柯送贾芝一本《北欧传统研究》与一块麻布。

五 中芬联合考察：广西南宁、三江

1986 年 4 月 1 日，贾芝、赵光明、廖东凡与外联局欧洲处石敬励一起去机场，迎接航柯教授，同来的还有两位年轻助教：尤诺纳霍（土尔库大学文化研究系比较宗教学）、哈尔维拉蒂（赫尔辛基大学民间文学系），还有一位土尔库大学视听教学协调员佩泰纳。他们在机场还遇到了安芬妮女士。燕京饭店，晚餐时，贾芝与航柯谈了中国方面参加联合调查的人员，交流会的开法和三江的调查安排。

4 月 2 日，贾芝、石敬励陪同航柯一行参观故宫。晚上，贾芝与刘魁立赴芬兰驻华大使馆，应邀的还有孙绳武、石敬励和赵光明。芬兰驻华大使说，中芬民间文学合作是一个很好的开端，希望今后继续下去。航柯说，联合国教科文组织注意到中芬合作考察事，可能拨款给中国 3000 美元。他们现在也比较困难，英国要退出，但是保护民间文化，中国是重要的，所以他们表示要支持。席间还谈到三江的情况，更广泛地座谈，如萨满文化的研究、中国邻国的合作研究等。贾芝在致辞中强调：这次中芬合作有开创性，将会产生广泛影响。

4 月 3 日，贾芝飞南宁。下午，两国学者座谈，首先秘书处汇报日程安排，航柯主张芬兰学者只到两个考察点。晚宴由广西壮族自治区顾问王祝光主持，刘锡诚讲话，贾芝致辞，航柯补充说中芬合作将产生广泛的世界影响。讲话后，他就退席了，显然不忍宴会费时太久。在下午时，他就提出吃饭简单些，要赶快进入安装录像机等工作。

4 月 4 日，中芬民间文学搜集保管学术研讨会开幕，航柯因身体不适推迟半小时。刘锡诚主持开幕式，他代表秘书处讲述筹备经过与日程安排。贾芝致开幕辞，广西文联书记处丘行书记代表广西文联致辞，航柯致辞。休息会后，研讨会与会者发言，第一个发言的是航柯，讲民间文学保护问题。贾芝第二个发言，安芬妮小姐翻译。张振犁第三个发言。讨论时，据代表提问，航柯介绍了联合国关于保护民间文学的情况；贾芝回答了"除历史文物外，中国对保护民间文化是否有措施，有无可能性"的问题。下午，宣读论文仍集中在普查问题。讨论很活跃。会议由马尔蒂·尤诺纳霍主持，他介绍了他们到拉普兰人中做调查的经验。贺嘉提出了采录者与被采录者相互了解的问题，这关系到采录的质量。贾芝补充说，交心才能做到深入搜集。晚上，贾芝、刘锡诚与航柯交谈。刘锡诚谈到三江调查的分组与芬方的参加办法。航柯的意见是分成三组，芬方可以自由参加。双方还协商了录音复制、论文出版等问题。

　　4月5日，上午，蓝鸿恩主持大会，航柯、富育光、尤诺纳霍、贾木查发言。下午，劳里·哈尔维拉赫蒂主持大会，发言的有乌丙安、张紫臣、西藏的顿珠。上午谈档案问题，下午谈分类问题，讨论很热烈。几位年轻人王强，蔡大成，北师大、民院的学生都上台提问。航柯多次上台回答问题。贾芝也就"folklore"的含义与译法上台做了发言。晚上，富育光到贾芝住处谈他搜集萨满教资料与研究计划，要贾芝支持。晚上，陪航柯及芬兰朋友看富育光带来的萨满教录像，贾木查带来的著名江格尔奇加布的演唱录像。航柯很注意萨满教资料，说他从来没有见过。

　　三天会议是三江调查的一个准备，航柯先生介绍了国际民间文学发展和研究现状。马尔蒂·尤诺纳霍与劳里·哈尔维拉赫蒂分别介绍了芬兰文学协会民间文学档案馆、土尔库大学档案馆建档以及利用现代科学技术器材采录和保存民间文学遗产的经验。中方学者介绍了我国搜集整理民间文学的历史经验，尤其是近年各地的搜集调查，如新疆柯尔克孜族史诗《玛纳斯》、蒙古族史诗《江格尔》、中原神话的采录，三江琵琶歌流传调查等方方面面的普查与保管以及全国民间文学书刊的出版发行。实际上也是一次小的总结与检阅。

　　4月7日下午，贾芝主持闭幕式，最后一个发言的是三江文联主席杨通山，谈琵琶歌。航柯先生致闭幕辞，他从与贾芝在土尔库第一次见面说起，说到这次联合考察是第一次，研讨会也是第一次，第一次就意味着仅仅是开始。这天晚上，航柯又找贾芝，在安芬妮小姐的207房就出版论文集进行谈话，航柯提出了几点。①中国与芬兰分别出版论文集，芬兰由他编辑，中国要有一位德高望重的学者编辑。②未在会上宣读的论文也可以选用，以质量标准取舍。③英文本与中文本要求基本相同，亦可稍有差别，按国内外的不同需求和习惯。英文稿有表达方式的不同，须按国外的文字要求修改。中文译稿要求翻译准确（现在错误不少），英文本要按国际表述习惯与要求修改编辑。论文中重复的句子或段落，全书要求精，可以适当删减。④注释问题：论文中有许多方言、地名，外国读者不易理解的风俗习惯等，均需加以注释。⑤请刘锡诚写一写筹备工作的经过，说明一些事实。贾芝答应转告刘锡诚。

　　4月8日，中芬两国学者赴三江，贾芝和航柯、石敬励、安芬妮同车。路过贾芝土改时住过的柳城，贾芝给航柯讲述他的房东夫妇怎样通过对歌相识并结了婚。航柯问有没有哭嫁歌。贾芝说中国很多民族和地区都有哭嫁歌和哭丧歌，可以集中起来做系统的比较研究。航柯的助教就有专门研究因格利亚哭丧歌的。下午到达三江，首先遇到的便是拦路歌。县政府欢迎嘉宾，有芦笙舞表演，五个侗族服饰的姑娘唱拦路歌。乌丙安教授上去唱了一段甘肃花儿，贾芝以诗代歌，即兴朗诵八句诗。姑娘举杯敬酒，贾芝回敬了酒，并送红包。三次拦路均放行，贾芝一行上坡到达县政府招待所。在会议室，主客见面，相互致辞。航柯从贾芝1983年访问芬兰讲起，说到双方共同感兴趣的问题，提出合作；1985年《卡勒瓦拉》出版150周年贾芝又带三人去参加了世界史诗讨论会，随后有了今天中芬根据文化协议的联合考察。除了贾芝的功绩，民研会做了许多工作，才有了今天的合作。晚宴开始，刘锡诚致辞。接下来，乌丙安唱起蒙古族民歌，各地和三江的民族同志连续唱歌，民研会的年轻同志也唱起来，航柯和三位芬兰朋友集体唱了两段非常有趣的情歌。马名超载歌载舞表演了一段二人转，侗族青年围绕在主宾身旁唱着他们特有的迎客歌。贾芝即兴朗诵他的诗《赞英雄树》，"远来的芬兰朋友，依依不舍，愿把他们的面容永远照在自己的水中"。宴会在欢声笑语中结束。

4月9日，马鞍村，程阳桥①所在地。在村中鼓楼②，12个女人颈戴银项圈、头包白纱巾、身穿褐色衣裤，围火塘唱耶歌，迎接远道的客人，唱一首女人们转动一次。男子又围了一个圈子，也边唱边转动。女人们又唱着转起来："欢迎芬兰客人到，侗家儿女喜盈盈，你来是坐车还是骑马走路？既有心来就要长住。"接下来他们围坐下来唱耶歌12种：①进堂（塘）歌，②踩新年，③张郎歌（张郎、张妹创世），④父母歌（伦理），⑤父母分歌（男大当婚、女大当嫁），⑥嫁歌，⑦萨堂歌（祖先迁徙来历），⑧轮年歌（过完春节劳动开始），⑨生产歌，⑩猜谜歌，⑪讽刺歌，⑫赞耶歌。下午继续火塘边，男女对唱双歌，分七部分：①请土地进堂歌，②歌的起源，③父母歌，④结双歌（又名十七、十八歌），⑤换段歌，⑥礼赞歌，⑦消散歌。女歌手们说，她们已经30多岁了，十七、十八歌，不好唱了。航柯说，这很好，说明她们唱的是真货，而不是单纯表演。再后来是琵琶歌，陈玉秀唱了《半担茶油》，这是一个凄婉动人的故事。休息之后，贾芝陪航柯、安芬妮到陈永基家的木楼，陈成秀弹着琵琶唱《劝世歌》。忽然，两个蓝衣女孩笑闹着进来，她们只有18岁，是贵州黎平县来传歌的。她们唱了《赞新房歌》，大家很感兴趣，又唱了《十二月歌》、

---

①　无论当年筹建还是后来恢复均由群众自愿捐款、捐木料；有钱出钱，有力出力修建完成。

②　有重大集会和男女对唱情歌的地方。

琵琶歌《赞主人》等,最后唱《寻找茶油歌》。她们到每家给人唱歌,每家给一点茶油,她们那时已经有一担茶油了。原来,按当地习俗,歌手可外出传歌,每到一处,为人唱歌,受到欢迎,招待吃饭,有送粮食,有送棉花或其他东西的。晚上,小组会上,航柯说,他认为群众声音嘈杂不足为怪,采录人员不应嘈杂,影响讲唱者的情绪和记录工作。他还说,看到蔡大成能自己发现值得深钻的问题,引导一个不敢唱歌的群众到别处,仔细提问调查采录很好。邓敏文准确记录侗语,有不懂的话,立刻向讲唱者问清楚,这也是科学记录的范例。作品记录准确的同时要尽可能理解内涵并记清楚其背景情况。航柯说,今天是第一天,以后会一天比一天好。芬兰有一句成语:"工作是最好的粮食。"

4月10日,到八斗小寨,鼓楼里讲"款",讲的是开天辟地;对面戏台,贾芝陪航柯听情歌对唱,航柯手持麦克,边听边用笔记;鼓楼院子里女人们在唱耶;后面木楼里请来的六位歌手弹唱并介绍琵琶歌;另一个木楼里老人用汉语讲故事,有声有色,还有手势。贾芝陪航柯听故事,55岁的杨保友讲的侗族机智人物卜宽的系列故事。他还会讲解缙的故事,有传说他们是从江西迁徙去的。晚上,侗族歌舞表演,可惜不断停电,芬兰朋友退场。原来是雷打断了电线杆。

4月11日,农历三月三,古宜镇,花炮节。早上,江边几条乌篷船,船上渔民生火煮饭。杨通山带领贾芝和航柯去看枪炮敬二王神的神龛。杨通山讲二王的传说:永历帝巡游浔江,船行古宜镇,河中两条红鲤紧随其后。曹应元将军禀告,此地曾有乐于行善的蓝氏兄弟为搭救临盆姑嫂,遇难于江心。莫非是兄弟前来护驾平安?龙颜大悦,遂传旨敕封为二圣侯王。百姓化缘兴建二圣庙。每年三月三花炮祭礼。贾芝、航柯在观礼台就座,贾芝向航柯转述"二王"的故事。四面八方山头、山坡、道路、房顶站满了人,据说有十万之多。台下,绿色的庄稼地里,侗、瑶、苗三个民族的芦笙队身着漂亮服饰舞着、吹着入场。接下来有舞花伞,有妇女耍龙灯等。下午1时开始抢花炮。花炮落地,群起抢之,夺到者一阵猛跑,人群跟着流动,到报炮台前,还在激烈争夺。锣鼓一响,胜利者拥上台,几次被抛向空中。这种习俗其实就是侗族锻炼体魄的运动。一个民族,要有这种勇于进取的精神,才能生存。懦夫绝不能成为民族的代表!晚上,招待所门前广场上踩歌堂、侗戏表演。两处踩堂,燃起篝火,跳芦笙舞,也有对歌。会议室里听六甲人特有的细声歌,航柯在录音。

4月12日,到林溪乡皇朝寨。杨通山说,明万历年间,一王妃葬于对面山坡的300冢之一,因此得名皇朝寨。贾芝、航柯一行登上350级台阶走到寨门。在鼓楼听琵琶歌。第一位歌手便是贾芝1980年来时认识的吴仲儒,他40岁,能唱300多首琵琶歌。第二个节目是鼓楼院里讲款。三个头插两支翎毛、戴织锦围腰的歌者,其中持伞长者为首。据说，伞是决定在哪里建寨的老祖母传下来的。纪念老祖母的"脚步芦笙舞"与歌唱之后，三个人站在桌子上开始讲款，一人仍持花伞。原本是庄严的仪式，那次破例表演。第一章讲万物起源，接着讲恋爱，讲战争，讲六阳六阴①等。每讲一章，要问："对不对？"台下答："对！"念款词，实际是宣布法规、讲法律、讲道理。为了民族的生存繁衍，为了本民族社会生活稳定有序。一定要子孙后代不忘历史，不忘先人的艰苦创业，要大家知理守法。旧时代，每年三、九月讲款。解放后被认为迷信活动，没有讲过。1948 年，最后一次讲款，一个实例：失去双亲的儿子与父亲的妾相爱，按款要处于死刑。全款（寨）人开会讲款，讨论是否处死。结论，两人虽触犯了款，但年龄相当，又不同姓氏，不同氏族，免于死罪，判处流浪他乡，不许在本款范围内居住。款与款词，让人们看到活形态的原始氏族部落生活，航柯非常有兴趣。

4 月 13 日，航柯感冒，需要休息。贾芝在杨通山陪同下再去林溪，那是琵琶歌的故乡，一个月也记不完的歌。在鼓楼听杨富春弹唱《半担茶油》，一青年编唱叙事歌挽回恋人的心，半担茶油感谢歌师的故事。杨居全弹唱《年十四》反对婚姻不自由私奔的故事，全诗 100 多韵，200 句。唱到一半，杨显能接唱后半篇。后又唱《孝敬父母歌》。昨天，湖南来了八个小伙子、七个姑娘，要同林溪对歌。晚九点对到两点，湖南姑娘打败了林溪的小伙子。大家都忙着采访录音录像。贾芝听歌手吴启学讲琵琶歌救他命的故事：他在国民党时期当过县长，"文化大革命"时，他跑出来在山洞躲十几天，饿得不行，逃到贵州舅舅家。生产队长认出了他，他过去常去贵州传歌。队长说，躲在我家安全，他们不敢到生产队长家抓人。一天，队长找来琵琶，让他小声唱琵琶歌听。村里人知道了，就给全村唱，全村人养他。

4 月 14 日，到党校听融江歌手唱大歌，航柯与芬兰朋友录音。安芬妮趴在地上为航柯录音，成为航柯的好助手，其他几个人也配合得非常好。他们的工作是一个协作的整体。航柯一手录歌手的表情，一手做笔记。他还说，这次记的东西得用两年时间才能整理出来，才能写文章；要理好这批资料，他还会再来三江弄清一些问题。贾芝、杨通山、黑龙江省马名超、河南省张振犁等各地朋友不断为航柯这种工作精神所感动，并不断学习着。大家还注意到，航柯不仅记录作品，而且对村中的自然地理环境、侗族的房屋结构，民间习俗，演唱仪式，歌者表情等，都做了全面录像与笔记。这样做才能更好地了解与记录作品，也能够真正完整地保护民族民间文化遗产。六个姑娘唱大歌，唱了七首歌，有二声部的、三声部的、四声部的、五声部的，还唱了一

---

① 六阳六阴：阴六条是杀身的罪；阳六条是非死刑罚款的罪。

首有十五个声调的多声部民歌。每一首都有两位同志与歌手讨论如何翻译，都是翻译了大意，具体巧妙的用词很难译出。贾芝早已提出下一步工作关键是把好翻译质量这一关。晚上，杨通山代表三江县请大家打油茶。

4月15日，贾芝陪同航柯等芬兰朋友参观三江文物与风情展览。三江古称怀远，原始公社时间较久，例如鼓楼的击鼓聚众，为了鼓声传得远，鼓放在一个高木架上。陈列有1898年一块石碑，刻《永定条规》。有一张图像，画着不守条规者，用钉子打入柱子，开除出"款"。从此，不准人们与他说话，说话，也要打入柱子。只有认了错，借100斤酒，100斤肉，请群众吃，才解除处分。因此，侗族地区无偷盗，收了谷子放在地里半个月也没人偷；走路热了，衣服挂在树上，回来取，没人拿。展览的是平寨鼓楼里的柱子。陈列的还有吴居敬①用汉语记音的歌本和他的琵琶。航柯一行与贾芝拍一次成像的快照。

4月16日，贾芝陪航柯游漓江，广西电视台苏新生为航柯摄像。回到桂林，贺嘉、王强采访航柯；张振犁与航柯谈河南大学与土尔库大学建立交往的意向。

中国学者与芬兰学者联合考察、交流经验，对民间文学国际化的研究，有很好的推动作用。贾芝与航柯更是始终启动与坚守这一事业的同道者。4月17日，他们回到北京。

4月18日，贾芝陪同航柯到他开创的中国社会科学院少数民族文学研究所，航柯的讲演题目是"《卡勒瓦拉》与史诗"，他还讲了对组织采风的几点意见。中午，少数民族文学研究所请航柯先生在便宜坊吃烤鸭。晚上，中国民间文艺研究会在全聚德烤鸭店设宴为航柯与芬兰朋友践行。钟敬文主席主持，贾芝致辞：这次中芬联合调查是成功的，收获很大。航柯考虑下一步合作问题，提出中国派一青年到芬兰提高理论，亦可到拉普兰人中做调查。他说派代表团也是一种可取的方法，可以宣传中国民间文学。他做联合国工作，他可以向世界宣传中国民间文学。他这次带两个青年来是为以后继续交流。航柯说，他已经去南方两次，下次愿意去中国北方。

4月19日，贾芝到机场为航柯送行。贾芝将自己的诗抄送给航柯，他很高兴。他问能不能出版，贾芝说可以；安芬妮用芬兰语翻译给他。贾芝送给芬兰朋友，包括安芬妮，每人一件陕西凤翔的老虎泥塑面具，盒子上写着"虎年赠友"祝福大家，并一一握手道别。

航柯回去以后加紧支援中国的工作。1986年9月，联合国教科文组织非自然科学遗产部主任贝尔基·林德尔博士致函贾芝："根据劳里·航柯先生推荐，愿意资助

---

① 吴居敬：侗族著名歌手。1955年，他与女儿到北京演出他编的《秦娘美》。

中国民间文艺研究会 3600 美元购买录音器材，用以培养田野作业人员。附英文本合同三份。"1986 年 12 月，贾芝复函："接受 No700638·6 号合同，并将签名后的合同寄回两份。"遗憾的是，由于莫名的干扰与误解，直到 1988 年合同方实施生效。

六　拨乱反正，阔步走向世界

国际民间叙事研究会第七届（1979，苏格兰）、第八届（1984，挪威）代表大会，两次盛情邀请贾芝。他都未能参加，尤其卑尔根的会，那么多人盼着中国去。他一直感到抱歉！航柯主席说："下一次在匈牙利开会一定请你参加！"

1987 年 9 月 30 日下午，匈牙利沃伊格特先生由少数民族文学研究所关纪新与翻译带领到贾芝家。他与贾芝在芬兰史诗讨论会上认识。进门后，他说，我们是第二次见面。贾芝说，能在自己的家里见到沃伊格特先生非常高兴！沃伊格特先生首先说，布达佩斯后年召开国际民间叙事研究会第九次代表大会，邀请贾芝参加，随即取出一封信给贾芝。他说，这次会议专门有讨论中国民间文学的会议室，希望中国多几个人参加。下面，他们就民间故事类型索引、谜语研究、受民间文学影响较大的作家等问题进行了交流。他们还相互通报了各自对工作的设想。沃伊格特和丁乃通夫妇很熟悉，贾芝送他一本由他作序的、由丁乃通著的《中国民间故事类型索引》。1987 年 10 月 8 日，航柯先生也发来正式邀请函。1988 年 12 月 2 日，航柯访问中国，欢迎宴会上，航柯的第一句话就是：希望明年贾芝代表中国去参加布达佩斯的第九次会议。他说，以前会议受美国和西方国家影响较重；明年二月，联合国教科文组织将召开保存民间文化资料会议，中国可以有专家参加（届时航柯先生在教科文工作）。他还带来了新的书目分类，对保存资料有用。贾芝当即表示准备组团参加会议，并说匈牙利大会应是民研会重点项目；民研会领导回避不谈。会下领导却说，匈牙利会议是要取消的项目，他更看重航柯答应的邀请中国学者回访芬兰一项。贾芝直接对他说：互访项目可多可少，参加国际组织会议重要，不能取消。1984 年的卑尔根会议就是这样取消的，1989 年匈牙利会议，贾芝是下定决心，一定去参加。之后困难重重是可想而知了。

1989 年 6 月，非常时期，办手续几乎不可能。在众多朋友的帮助下，贾芝赴会，迟到三天，没有赶上开幕式和换届改选。外国朋友难免感到失望，一些人甚至对中国产生误解。

贾芝到会后，没有任何人说一句不友好的话，他们非常重视中国的参加，尊重与欢迎是始终一贯的。贾芝宣读论文《民间故事讲述在现代中国的地位与演变》，主持大会的匈牙利沃伊格特先生说："你讲得很好，我代表与会代表表示感谢！第一次听到中国演讲，听众深感兴趣。你的论文很有价值。"他还说："中国是第一次参加会，很好，但还有很多人没有来。"雷蒙德主席说："您为大会带来了最新的信息，您的论文是这次大会最好的一篇，反响很好。"他认为中国论文是深层研究。雷蒙德主席代表主席团倡议在中国首都北京召开一次学术研讨会。西德年轻学者傅马瑞会后对贾芝说："听众认为您讲得很好，对会上没有延长时间讨论，甚表不满。"

大会闭幕式公布执行委员会的几条规定，第一条就是"关于下届会议地点：应到发展中国家去开，不应以欧洲为中心。"根据这条规定，第十一届代表大会中印度迈索尔（Mysore）召开，也是国际民间叙事研究会第一次中亚洲召开。雷蒙德主席倡议在中国的首都北京召开一次学术讨论会，在这次会议上还要商定在这个世纪的最后一年1999年召开第十二次大会的计划。对中国的重视与寄予的希望，不言而喻。

16日，大会闭幕宴会，收费每人50美元，参加为大多系欧美及发达国家学者。沃伊格特事前通知贾芝，免费邀请中国代表出席。同一时间，西德出版社为联络学者，也举办宴会欢迎与会者参加，发展中国家大多参加了这一宴会。中国代表同时收到双方邀请，无论哪个宴会，都是热情洋溢、广交朋友的场所。在这世界民间文学界的盛会中，中国受到极大的关注，许多国家的学者愿意与中国学者交流。英国《国际民俗杂志》主编奈瓦尔（Venetia J. Newall）女士、芬兰耿·海瑞娜女士、日本小泽俊夫、以色列民俗学会主席沈哈（Alisa Shanhar Alroy）；新选的国际民间叙事研究会主席雷蒙德、副主席美国林达（Linda Degh）女士、副主席印度贾瓦哈拉尔·汉都先生等各国学者都热情与贾芝交谈，诚挚盛情邀请，回国后纷纷来信并寄图书资料进行长久的交往。

匈牙利会议是中国代表首次出席国际民间叙事研究会代表大会，也是中国民间文学走上国际讲坛的开始。会议的态度是明朗的："应到发展中国家去开（会），不应以欧洲为中心。"并积极倡议在中国首都北京召开一次学术讨论会。

这次会议，是贾芝在航柯先生的积极邀请与帮助下圆满完成的。

在航柯先生的关心与新任主席雷蒙德的努力下，1992年7月，贾芝出席奥地利茵斯布鲁克召开的国际民间叙事研究会第十次代表大会，大会宣布了在中国召开学术研讨会的决议，并就时间、地点、讨论内容、会议语言进行了具体磋商。

七　贾芝第三次访问芬兰：又一次历史性的事件

1993年9月6日，应雷蒙德主席与耿·海瑞娜秘书长的邀请，贾芝第三次率团访问芬兰，主题研究北京学术研讨会。这次出访再不用途经莫斯科了，中芬已直航，8 个小时到达，想到 1985 年那次是 8 天才到达哦。

晚上，七点半航柯先生请贾芝一行吃饭，在餐厅，大家先喝茶闲谈。贾芝说，十年前，第一次到土尔库，航柯先生到车站接他，第一句话就是："我们的见面是个历史性的事件"，这话他长久难忘。十年过去，他们在赫尔辛基再相见，还有了雷蒙德主席。他们共同的第一句话依然是：这又是一次历史性的事件：国际民间文学团体要在中国召开一次学术讨论会，这将是一个新的里程碑。航柯先生说，他记得他的话，他们从那里开始聊起，说到茵斯布鲁克的见面；说到丝绸之路史诗的研究；说到航柯计划组织的西藏调查与史诗《格萨尔王》的研究；说到蒙古族史诗的研究；还说到航柯要写一部关于"丝绸之路"的书。他们都有很多很明确的考虑，关于丝绸之路与史诗与中国合作有很好的前景，不像国内有些学者的理解与看法。贾芝在芬兰的座谈会上再次谈到与少数民族文学研究所合作的问题。很快谈到 1996 年在中国召开讨论会，航柯说，这是要谈的主题了；边吃边谈直到最后的甜点与咖啡。

9 月 8 日，在国际民间叙事研究会秘书处，商谈了在中国召开学术研讨会的问题。雷蒙德主席与耿·海瑞娜秘书长根据贾芝事先准备的方案，共同考虑研究了讨论会的中心议题和具体的组织工作。贾芝回国后一个多月，收到雷蒙德 11 月 17 日发出的致顾问委员会的信，通报中国民间文艺家协会赴芬商谈在北京召开国际民俗学者大会一事，附上双方商谈决议记录作为正式文件。1，讨论主题：a，民间叙事的地方性与同一性。b，新的叙事类型的发现，新材料，新理论。c，方法论。2，时间：1996 年 4 月的一周，开会 4 天，游览 2 天。1994 年 12 月前发第一次通知。3，地点：中国北京。4，语言：英、法、中文。5，宣读论文时间：20 分钟，论文摘要 1995 年 4 月底前交，论文 1995 年 10 月底前交。6，会议发言：外国 50 人，中国 25 人。选一部分大会发言，余作小组发言。7，工作委员会，贾芝任主席，雷蒙德（挪威）任顾问委员会主席，其他有首席副主席林达（美国）、亚洲副主席哈森罗凯穆（以色列）、秘书长耿·海瑞娜。

协商完成，9 日，航柯先生邀请贾芝参观土尔库大学芬兰学院，看了档案室和几个研究人员的办公室，他们各有各的研究专题，每人都使用电脑。航柯已经不教书了，进行自己的专题研究。他的夫人在楼上编国际民俗协会的刊物《民俗之友》（*Folklore Fellows*）。航柯主持座谈会，七八个年轻研究员中有一位曾到秘鲁研究比较宗教学，研究萨满教；还有参加过三江联合考察的小劳里，贾芝很快从中芬联合考察论文集前的合影中找到了他。他刚从孟加拉邦回来，近几年他研究印度宗教与史诗及其在少数民族中的变化。他们有较好的现代化设备，使用电脑，又有档案，研究比较方便。外出调查，不懂语言，他们与当地人合作完成。贾芝主要谈萨满教的研究情况，介绍了富裕光、孟慧英、杨恩红与宋和平的著作。

楼下电子屏上介绍了他们如何保存资料，其中突出的是中、芬广西三江联合调查的资料 118 册，已全部录入电脑，成为完整的历史档案，包括文字资料、录音、录像、图片等。他们保存的全部资料有 12 万册。档案只对研究人员开放，一般人不能使用。航柯先生还带贾芝到楼下看印第安人治病的录像。

航柯请大家吃午饭，之后开车带贾芝一行到一个荒凉的郊外，穿越一片土丘起伏的草地，看了 13 世纪土尔库的第一个教堂，只有一个大十字架竖立在那里。东正教与罗马教在此地汇合。他说，此后，附近又建了两个教堂，一个尖顶教堂，一个圣玛利亚教堂。他感慨，这里是最古老的教堂，现在，以城市商业为中心，教堂没人管了。芬兰比较重视宗教研究，赫尔辛基大学专有民间文学与宗教系。

随后，贾芝一行参观了瑞典语学院，阿兰博物馆与图书馆，私人古堡，航海博物馆。访问了约恩苏大学，民俗系主任希卡拉女士（Avna – Leena Siikala）介绍她们非常重视田野考察，如卡累利亚民俗调查与苏联一些地区的调查。16 日到赫尔辛基，小劳里到车站接待。在赫尔辛基大学任教的东方文化学会会长高歌（曾任芬兰驻中国大使馆代办）参加宴请，邀请到东方文化学会参观。而后小劳里又带领他们去看了芬兰文学学会，下午送贾芝一行赴机场回国。

八　北京学术研讨会在有条不紊地推进

贾芝经过十年的不懈努力，带领中国民间文学走向世界，终获国际民俗组织到中国开会的主办权。中国民间文学事业正好借此契机，与世界民俗学界更好地交流合作，以中国各民族独具特色的文化瑰宝与学术成果丰富世界文化宝库。然而，一切都不像想象的那样顺理成章。贾芝已经退休多年，工作难度可想而知。但他从来没有怨言，只为一个目标：宣传中国，宣传中国民间文学。这次国际会议不仅可以更生动直接地宣传中国，也是中国大步走上国际讲坛的良好契机。他努力说服大家，要看清大好形势。他更是身体力行，一丝不苟地全力投入这一工作。没有经费，他费尽周折到处找朋友、学生帮忙，周秉建出面协调，财政部批给文联 10 万元用于这次国际会议。没有工作人员，我们两人共同承担。我不会英语，就为每一位报名的代表编号。来往信件请人翻译，之后梳理清楚建立档案。我对每一位代表是哪个国家，从事什么工作，论文情况，使用什么语言，有什么困难与特殊要求都了如指掌，并且随时与他们书信沟通。好在国际方面给予了许多理解与支持。1994 年 2 月号的北欧民俗学会

《通讯》刊物发布北京国际研讨会的信息；1995年1月号该刊又发出会议通知：要求1995年4月30日前交论文摘要，1995年10月31日前交论文全文等重要内容。航柯先生除了帮我们争取到开会的主办权，还具体教会我们国际会议从策划到实施的每一具体操作，还有他们办会的经验体会。给予帮助支持的还有日本的小泽俊夫、君岛久子，印度的汉都，丹麦的易德波，当然，最为关注与支持的是中国台湾学者金荣华先生。1996年他借回大陆探亲的机会，与我们好好研究探讨解决会议经费问题，以他熟悉了解的国际惯例解决了我们的日夜焦虑。他说，论文不必全部翻译成英文，也不必翻译成中文。我们不承担这个义务，谁需要自己想办法翻译。大会只提供论文原文，为了大家交流方便，翻译论文摘要，中英文各一册。会议分大会与小组讨论，大会要翻译，小组讨论分中英文，代表根据自己的兴趣与语言能力选择不同的小组参加讨论。这个事情定下来，比多少资金的投入都重要，从此有了更规范明确的办会方向。

贾芝与航柯先生的友情也与日俱增地推进。1993年4月贾芝收到航柯的信。他说，国际民俗协会顾问委员会决定吸收贾芝为荣誉会员，贾芝接受并表示感谢。信中同时提议共同合作《丝绸之路与史诗》的专题研究。贾芝与中国社会科学院少数民族文学研究所协商未果。

1993年11月16日，贾芝收到航柯的信。航柯先生计划建立一个史诗学者的联络网，名为"口头叙事诗的民俗之友"（Folklore Fellows in Oral Epics）。他邀请贾芝作为一个成员，总共吸收50到60名学者，计划1996年，在土尔库召开一个"口头叙事诗的民俗之友"的学术讨论会；1995年，在迈索尔大会上组织一个"Oral and Semiliterary Epics"小组，他很愿意邀请贾芝参加。航柯很着急，他将于14日动身去印度两个月，让贾芝快点用电传告诉他。

1995年1月4日，82岁的贾芝经香港，辗转到孟买，再换公共汽车。5日下午到达迈索尔，出席国际民间叙事研究会第11次代表大会，贾芝的论文是《当代民间叙事的嬗递与演变》。会议期间，航柯先生按计划主持了三次史诗讨论会，贾芝以论文《说唱艺人——史诗研究的金钥匙》助阵，航柯先生安排贾芝第一个发言。

1996年4月，国际民间叙事研究会北京学术研讨会顺利召开。航柯先生没有到会，但是，会议自始至终在他的支持与帮助下。最初就是他提出了"不再以欧洲为中心，要向东方，向中国转移"的倡议，83岁的贾芝积极响应他的倡导，亲自执棒，独自主持了这一世界民俗学者的盛会。他始终不忘航柯的初心，合力在中国建成一个民间叙事研究的中心。

1996年11月3日，贾芝收到芬兰来信：劳里·航柯要退休了，几位学者倡议给他制作一幅画像，愿意捐款赞助者，11 月 30 日前回信并将赞助款寄到指定银行。贾芝那时工资很少，仅几百元，他毅然决定赞助 200 美元。一个月的工资不够不算，到哪儿去换美元呢？好在，我妹妹在美国工作，找她换。11 月 22 日，我们先到邮局给芬兰发了信。寄钱就复杂了，一般银行不办理，必须到雅宝路的中国银行。我们又匆匆赶到。银行里排队人很多，中午还休息，不放号了，我们必须等到下午。贾芝怕寄不出去，误了事，坚持在附近小馆吃点东西，守在那里。下午营业后又排队办理，办妥后，他笑了，轻松了。一件小事，如此用心，足见他与航柯情深意切。

航柯教授退休以后仍然坚持研究工作。他常去印度调查史诗，亦频频从印度改道访问中国，调查北方吉林、新疆等地；在国际会议上，航柯与贾芝也频频见面。1998年，贾芝更是不顾 85 岁高龄奔赴德国哥廷根，出席国际民间叙事研究会第 12 次代表大会，争取在中国召开第 13 次代表大会，由于多重原因，没有成功。他与航柯丝毫没有气馁。7 月 30 日，贾芝在 007 会议室发言时，航柯始终坐在台下，成为中心人物。7 月 31 日，我在小组讨论会上发言《蒙古族民间文学中的"马"》，航柯先生以他非凡的风度为我主持。他还与德国汉斯先生为我请了一位德国小姐做翻译，宣读论文。时间关系问答讨论较短，大家饶有兴趣，稍感遗憾。希卡拉竖起大拇指对我说："good paper！"七八个女学者与我合影留念。

会议休息期间，航柯还多次与贾芝亲切交谈，介绍几位年轻学者与之认识交流。会议结束，贾芝把他的诗选送给航柯，他很高兴，说他正在编印度会议上的论文集，贾芝关于史诗的论文很好，已编入文集。编好文集，他打算来北京送给贾芝。

之后，贾芝与航柯或许还有短暂见面，我记忆不清。我知道书信往来依旧，航柯主编的刊物，虽然换了新任，依然是准时寄到。多年依旧。

2002 年，航柯去世；2016 年，贾芝去世。这份友谊却长存在中芬友好的历史中。

2019 年 11 月 15 日

潘鲁生　邱运华　主编

（全二卷）

中芬三江民间文学联合考察文献汇编

作　品　卷

＋

社会科学文献出版社
SOCIAL SCIENCES ACADEMIC PRESS (CHINA)

主编简介

潘鲁生 1962年生，文学博士，教授、博士生导师。现任中国文联副主席、中国民间文艺家协会主席、政协第十三届全国委员会民族和宗教委员会委员、山东省文联主席、山东工艺美术学院院长。系中国文化名家，享受国务院政府特殊津贴专家，担任国家非物质文化遗产保护工作专家委员会委员、教育部高等学校艺术类专业教学指导委员会委员。

邱运华 1962年生，文学博士，教授、博士生导师。现任中国民间文艺家协会分党组书记、驻会副主席兼秘书长，中国俄罗斯文学研究会副会长、中国马列文论学会副会长、中国文学艺术界联合会第十届全委会委员。曾任首都师范大学副校长、文学院院长。

目 录
CONTENTS

档案论文卷

档案类

论文类

作品卷

故事类

歌谣类

故事类

神话传说

开天辟地

从前，天上和地下是混合的，后来分开了，轻的就浮上为天，重的沉下为地。从那时起，天地就分开了。

那时，大水把大地漫完去了，把人也漫死了，就还有张良、张妹没死，他俩躲在一个葫芦里头，随水漂流，所以，天下就还剩他俩活着。后来，两兄妹就自己结婚，人类从此就又有了。

那时，水还没有流散，禹王大帝才来开河道，把水引走了。他为了开河道，几次过家门都没有进屋。水退后，地上没有火，人都是吃生的。后来，燧人氏钻木头发火，人类得火了，人就吃熟起来。后来，侯席①又教我们种地，就得稻谷来了，人们把稻谷舂成米，把米煮成饭，吃熟的了。

后来，有人讲，我们一天吃一餐饭，后来，又有人讲，吃一餐太多了，三天吃一餐。于是，就派人去报。那人在半路上忘记了，走到地方，他说："现在我们每天吃三餐饭。"所以，一直到现在，我们还是一天吃三餐。那人还说："夜晚我们不做什么，所以夜晚我们没吃了。"所以，我们晚上不吃饭。

后来，玉帝大王看见人类种田太辛苦，犁田、耙田都靠人来拉，很着力，于是，他就从天上派了"牛大王"和"猪将军"下地来帮人们种地。"猪将军"太懒，一天就是吃了睡、睡了吃，只有"牛大王"一天为人们犁田、耙田。人们就去告诉玉帝大王，② 大王下来一看，"猪将军"一天都睡在那里，拉也拉不起。玉帝说："你们以后把猪养得肥大后，就把它杀了吃肉，因为你们太辛苦了。"所以，直到现在，人们都把猪养肥，然后杀了吃肉。

现在我们又来讲牛。那"牛大王"天天给我们犁田、耙田，有一天，一只老虎经过那里，看见人们用鞭子抽打牛的屁股，还用绳子牵住牛鼻，老虎就说："咳！你这个老牛啊！人用什么来治你？想把你怎样就怎样。人有十二计，我们斗不过他

---

① 侯席：侗语人名，是侗族一祖先的名字。
② "玉帝大王"同"玉帝""大王"。民间故事，称呼不严格一致。余同。——编者注

们。"那"牛大王"就说:"哪有十二计,你拿那个计来看看。"老虎说:"你去问人。"于是,"牛大王"就去问人,人说:"我们不止有十二计,我们的计多着呢,都放在屋里,你去要回来。"老虎一听,对牛说:"不行,你一走,就不回来了,我去要。"人说:"不行,你一走,就跑了。要不这样吧,我把你捆在大树下,我回家要计来。"老虎为了看人的计,就同意了。于是,人就把老虎捆在树下,回家拿了斧头、火枪,来了。人对老虎说:"老虎,我的计太多,我拿不了多少,只拿这三四样来了。""牛大王"在田坎上一看,知道老虎受骗了,人要用计杀死老虎了,于是老牛笑了,笑来笑去不慎失足跌下了田坎,门牙都跌掉了半边。所以,直到今天,老牛的上边门牙还是缺的。后来,那人把老虎砍死,抬回家去剥皮、吃肉。

后来,有一只燕子和一只蚂≧①议论,燕子说:"种田太累了,我们种一年田应该分九年吃。"蚂≧要下蛋,它就说:"没得,没得!我没地方下蛋了,要多年多种!"然后,两个就比赛,谁先到目的地,那就依谁的。燕子说:"你先走吧,我在这里还要养几个崽。"蚂≧呢,就想了一个办法,摘来一片树叶,坐在那上面,漂下河去。燕子养大崽后才飞去,等它飞到时,蚂≧已经先到了。所以,直到现在,田还是各年各种。人们可怜燕子,就让它进家里做窝。人们年年种田,就恨那个蚂≧,所以,直到现在,人们在路上一遇见蚂≧,就拿棍棒来打它。现在,老人家教育小孩子,不要用手去指点燕子,这样手指会断的,所以,人们都让燕子在屋里做窝。

讲述者:吴申堂,男,65岁,独岗乡供销社,退休干部,独岗乡人

讲述语言:桂柳汉话

采录地点:三江县委党校校舍

录音者:贺嘉

记录者:莫俊荣

---

① 蚂≧即青蛙。

务牙的传说

老辈讲：我们最先不是这样子居住的，我们最先全部住在岩寨后面的山上，那个山叫务牙。我们的祖先是从江西逃到贵州又逃到这儿来的，也不知是避秦还是避汉。那时，这里还是一片原始森林的，谁都不懂得。后来，人丁兴旺咧，务牙有一千多户，有吴、程、杨、石四个姓。

到了明朝，洪武年间，皇帝要征服苗侗，就派邓子龙坐镇靖州，邓子龙要斩龙脉，坏侗族的风水，到了务牙，一看这里有条龙脉，风水蛮好，不行，要造反咧。好，就斩龙脉，在山梁子上挖了一道一丈多深的沟。

那时候，寨子外面还有一块白石头，好大的，石头外面围着一圈水桶一样粗的葡萄藤，邓子龙挥刀把藤砍断了，又把白石头推下河去。藤子断了，流了三天三夜的血，石头掉到河里激起了三天三夜的波涛，打那以后，寨子就不安宁了啵，就出了十八对男女青年上吊的事。

那时候规定，同姓的人不准结亲，务牙吴、程、杨、石四姓当中，吴姓是最多的，一千多户占了七百多户，吴姓的青年要和外姓结亲，外姓就供不应求了。就有十八对吴家的男女青年相爱了，老辈又不准结亲，怎么办呢，他们在一起玩、在一起吹笛子，后来，他们就一起上吊了，他们的鬼魂经常在寨子里出现，找人要笛子吹。

老辈们就商量，吴姓的青年不能结婚，这个寨子也不能住了，怎么办？就分，全部搬出务牙，吴姓也分开住，分成白头吴、上吴、下吴等，成了不同的寨子，不同寨子的吴姓就可以结亲了，所以才有了现在的岩寨、皇朝寨、亮寨等寨子了。从那以后，务牙就没有人住了，后来，每年吴姓的人还要请鬼师来封那十八对男女的魂魄。这也是现在林溪村的来历。

讲述者：吴道德，男，70岁农民，林溪皇朝寨人

讲述语言：黔东南汉语

采录地点：三江县林溪皇朝寨

录音者：王强、杜萌、邱希淳

记录者：吴仁、王强

皇朝寨村落远景

皇朝寨寨门

八斗*风雨桥的传说

听说很久以前，还没有这座桥，涨大水的时候，对面河的人过不来，这边河的也过不去，年长月久，很不方便。老人就召集寨上人在鼓楼商量。造桥要很多木头，要石墩，工程很大，没有钱，怎么办？有的提出乐捐的办法，说不单我们这两个村，还可以到八江、独洞、林溪，甚至更远的地方去乐捐。捐多捐少不管，只要大家出力办好这件事。

这样，筹备了三年，得了一笔款来了。大家又商量怎么做？后来，决定做桥了，大家都去河边挖桥墩，田里的活路也丢荒了，山上的山林也丢荒了。这样做不行呀？这事感动了一个上帝，就是天上的仙人。他看见人间热心做公益的事，心想："下面的人，为了公益事业，田也丢荒了，山林也丢荒了，他们吃苦耐劳都不说，可他们的力量有限。这渡桥，起码要三个墩，现在做一个都花了这样多工，还没得，我要去助一臂之力。"

于是，他就下来了。那时，人们正在做活路，他就变成一个讨饭的过来问："你们做什么呀？"有的老人家告诉他："我们正在做桥，因为过河不方便。"有些年轻人性急，说："我们做工正着力，跟他说这么多干什么？还跟他扯闲话？马上赶他走！"老人家说："不要紧的。既然他到这里问我们，讲两句有什么要紧？"那些年轻的后生却你一句我一句，七嘴八舌讲话打击那叫化子。

天快黑的时候，他对领头搞桥的老人家说："今天我到你们这个地方，现在天要黑了，我到你们家住一夜行不行呀？"那老人说："可以，等下收工了，我带你到家去。"那些年轻的后生却说："不要理他，不要理他。""叫化子，跟他说什么？把他推下河去吧！"老人说："不要紧，我那里可以住。"后来，就带他回家。那天晚上，他们在火塘边谈起做桥的事情，那叫化子说："你们村才有百多家，要搞这样大的桥，光搞一个墩就把田也丢荒了，再搞几个墩，不是要饿死人？我看，你们这件事做不成，还是不做的好，免得以后弄出大问题。"老人说："我们虽然是吃苦、劳累，

田地也丢荒了，但我们为全村全寨，一定要把桥修好，为子孙万代造福。"　"你们的想法不错，但能力有限呀！要真是这样的话，是不是我为你们帮点忙？"老人说："好嘛，为了这渡桥，我们已经四面八方去乐捐了，一吊两吊钱也可以，一两个铜元也可以，不论多少，我们都非常乐意接受帮助的，如果你能帮我们的忙，我们也是乐意的。"

第二天，叫化子就出去跑啦，夜晚又回老人家住。一连三天，他看老人家的话都很坚决，一定要把桥修好，就对老人说："我没有能给你们帮什么忙，我给一点点……"嗳，就是他身上的污垢。他在身上搓出三颗像米一样大的污垢，说："你们要搞三个桥墩，你们想在哪里起墩，就放一颗在那里，保证做得很快。"那老人嘴巴不说，心里怀疑："几百人、成千人都做不赢，放这一点点污垢就行了？不管他，既然他有这样的诚心，明天就试试看。"

第二天，叫化子就走了。老人对大家说："昨天那个叫化子说帮我们的忙。"　"帮什么忙？那是个叫化子，讨饭的。"　"嗳，不管他嘛，他给了我三颗身上搓出来的污垢。"　"嘿，这个是什么东西？"许多老人说："管他成不成，可以试试看。"结果，在第一个墩的地方丢了一颗，一个钟头后，嗬，生出一墩石头。大家感觉非常奇怪，老人醒悟过来："这个不是叫化子吧？是天上的仙人来帮忙吧！再试一个。"又放了一颗，又长出来。结果，三个桥墩就这样做好了。

桥墩做好了，接着就架木头做桥。起先，桥上没有加盖，没有做楼，后来，大家讲，桥是做成了，过得河了，但是，夏天乘凉呀，讲故事呀，还是不方便。有个人讲："那我们可以在桥上起房子呀。"大家认为这也是个办法，就建成现在这个样子。

那时也还不讲是风雨桥，风雨桥是解放后才讲的。那时候，什么桥就叫什么桥，比如八斗这座桥，过去叫"吴岳桥"。

风雨桥又是怎样来呢？桥总是架在村子的下游，它是有道理的。说这条河下来，把我们村的宝气带走了，怎么办？就做一渡桥，把它拦起来，富气、宝气就拦下来了。哦，它的前身是"风水桥"，后来讲这是迷信，不行呀，就改叫作"风雨桥"啦。

讲述者：杨雄新，男，61 岁，退休教师，八江乡八江村人

讲述语言：普通话

采录地点：三江县八江乡八江村

录音者：李路阳

记录者：肖启中

程阳桥

程阳桥（桥内景）

鼓楼的传说

从前，我们侗家人口很稀少，四五十户的村寨是最大的了。

夏天的时候，人们就吹芦笙，冬天的时候，人们就围着火塘讲故事，弹唱琵琶歌和多耶，以此来娱乐。这样呢，寨中的老人们就商量，我们村就是少一个公共娱乐的场所，不知道用什么形式来建一个娱乐场所好。大家都只会做一般的木楼，不会做比鼓楼更高、更美的楼亭。

寨中有一户人家，有三个弟妹，老大叫阿板，老二是个女的，叫楼妹，老三叫阿泽。后来，老大就想出了一种像今天的鼓楼那样的形式。有一天，他就对他的弟妹讲："我现在已经想出一种新的木楼形式，来给我们侗寨添上一个新的娱乐场所。"后来，他又跟寨上的老人们说了自己的想法。老人们一致赞同，说如能建成这样一种美观漂亮的木楼该有多好。老大说："好是好，但需要很多木料，那四根柱子就是要最大的木头，要有四丈长的木头。"老人们说可以找到，于是就开始筹建了。

不多久，鼓楼的架子就搭起来了，它立在寨子中间，人们一片赞叹，说这下侗寨更美观了。

后来，老二楼妹就说："哥哥做的鼓楼算不了什么，我织的侗锦还要漂亮，不信我拿给你们看。"老三阿泽也说："哥哥的鼓楼虽好，但我织的竹器也不简单。"

于是，在鼓楼建成那天，楼妹把她织的侗锦也拿出来挂在楼上，老三阿泽也把自己做的精美的竹器，如竹篮、竹篓等挂在楼上，让大家来评比。结果，大家说楼妹织的侗锦最美，天下少有。大家又到老三的竹器堆前，又一致说老三手艺精美。最后，众人一致以为大哥的鼓楼比不上二妹和小弟的织物精美。所以，一直到今天，侗寨起楼房时，总爱把侗锦和精美的竹编挂在新楼上。

后来，大哥想："我为什么比不上弟妹们呢？"有一天，他看见人家在河边杀一头大牛牯，他想："我何不用牛皮来做一个大鼓放在楼上，村上有事就敲鼓，这不更好了吗？"于是，他就在家里做成了一面大鼓，又把鼓安放在鼓楼上。一敲，不光是那个侗寨听得到，上下几个寨子也听得清。于是，大家都跑来看，称赞这个鼓做得好。因为这个楼有楼有鼓，大家就称为"鼓楼"。

这就是鼓楼的来源。

那时，寨上有一个财主，他的儿子长相丑极了。还有一个小伙子，他长相很好，但家境贫寒。楼妹就一心一意地爱上了那个贫穷老实的小伙子，不爱财主的儿子。财主的儿子又觉得楼妹太漂亮了，逼她与自己成亲，但楼妹不肯。她说："你家有财有势，但我不想，我爱勤劳勇敢的后生。"后来，财主的儿子硬是把楼妹抢到家中，关在屋背的小房子中。

第二天晚上，那个勤劳的后生到楼妹家楼下，房子静悄悄的，听不见笑声笑语，他就走了进去，看见楼妹的父母亲哭得很伤心，就关心地询问出了什么事。他们说："寨上的财主家把楼妹抢去了，关在房后的小楼上。"那后生说："不要紧，老人家！我一定要把楼妹姑娘救出来。"

后生就跑到财主家背后的花园里去，吹起笛子。楼妹知道是她情人来了，就跑到窗口来看，这时，那后生又吹了一段，姑娘知道了他吹的意思：你安心在楼上等着，我很快就有办法救你。

财主的儿子溜进楼妹的房里，对她说："三天之内，我就要结婚，你要与我成亲。"楼妹这时心里已有底，于是就不慌不忙地说："可以，如果你三天之内备好东西，我可以和你成亲。"

第二天晚上，那后生又来到花园里，向楼上吹笛子，楼妹知道她的情人又来了。小伙子拿来一根长长的绳子，绳头绑上一个大木钩，朝窗口甩去，正好钩在窗框上。他就爬上楼去，破窗而入，把楼妹背了出来。背出来后，小伙子说："我们跑吧。"楼妹说："不，我们回寨中去。"小伙子疑惑不解，姑娘说："你跟我来就知道了。"于是他们就回到寨中。楼妹带着小伙子直奔鼓楼。小伙子说："进鼓楼干什么？我们两个人又没有多耶。"姑娘不说什么，马上朝楼上爬去，她爬到鼓楼里安放大鼓的地方，抓起棒子，一阵猛擂，"咚咚"的鼓声传了出来。

寨中男女老少听到鼓声，持刀、持矛往鼓楼跑来。因为鼓楼里的鼓不能乱敲，非有大事不可才敲，所以人们很快到齐，黑压压一大片。楼妹这时就站在高处，说："各位父老乡亲，我今天敲鼓，有一件大事要大家做主。财主家的少爷把我抢去，关在小屋里，逼我与他成亲，我不愿，我已有了情人。今夜，是情人把我救了出来，大家要替我做主，强抢民女应受寨规款约的惩罚。"众人一片响应。

寨老站了出来，他说："把财主的儿子拉到前面来！"众人就把财主的儿子拉了过来。寨老说："财主少爷犯了侗规，强抢民女应罚猪肉五百斤。"众人一片欢呼，奔向财主家，把五头大猪拉出来杀了，当晚在鼓楼坪大吃一餐。

从此以后，鼓楼的作用更大了。

讲述者：杨雄新，男，61 岁，退休教师，八江乡八江村人

讲述语言：普通话

流传地区：三江县八江乡一带

录音者：李路阳、蔡大成

记录者：莫俊荣

岩寨鼓楼全景

冠洞村鼓楼全景 竖版

冠洞村鼓楼楼顶外观

马鞍村鼓楼全景

芦笙的传说

贵州六峒那个地方，有个人叫覃田，他有一天上山，砍了一根竹子回来，他想："我们侗家青年要行歌坐夜，谈恋爱，怎么能光光地坐着？"他就用竹子做成一根侗笛，侗家吹的笛子。做成以后，吹起来声音非常悠扬，悦耳动听。

贵州野峒还有个覃善，听了覃田吹的笛子之后，就去山上砍竹子做芦笙。第一次，样子做成了，但笙簧没有东西做。侗笛是用竹片做的，吹响了。他做芦笙，把竹片修得薄薄的安进去，一吹，响一点，再吹，不响了，失败了。后来他老婆说："你用竹片怎么行，你另外用别的办法嘛。"他想："竹片不行，木片不知行不行。刨出来的木屑，薄薄的，是不是可以响呢？"又来试，一点声音不出，又失败了。后来，他看见一头水牛，他又想："竹片不响，木片也不响，如果把牛角修成薄薄的片是不是行呢？可能响的。"他把牛角修成薄片安进去，响是响了，不成曲子，吹不好，总是一个音。他就有点灰心了，又是他老婆讲："既然有这样的志气，为什么失败两三次就丢下来？总是要想办法嘛。""怎么办呢？""侗锣打起来是很响的，我们可以试试看嘛。"覃善说："好是好，但是我们现在没有钱。"他老婆说："你拿一匹上好的侗布出来，我拿一对银耳环，我们去找黄铜。"到什么地方去找呢？找来找去，到了一个地方，叫洋铜寨，他们就问："有铜器吗？"结果得了一两黄铜，回来做成了，一吹，真的漂亮，铜的笙簧成功了。但是响了以后要定音呢，到哪里去定音呢？结果，他们夫妇到一个大山的瀑布面前去定音，把大的，小的，中等的都定音了，后来一吹，就像现在的芦笙一样了，吹起来特别好听。

做芦笙，是因为侗笛引起的，因为他要做到个个都能吹，大家都听得到。经过几次失败，终于成功了。

讲述者：杨雄新，男，61岁，曾任小学教师，八江乡八江村人

讲述语言：普通话

采录地点：八江寨

录音者：李路阳

记录者：肖启中

几名侗族男子吹笙

几名侗族男子吹笙

林溪花炮节的来历

林溪的花炮节不是三月三，是农历十月二十六，放的炮不是三环，是五环，这是有来历的哩。

林溪最先和外界不通，后来水陆都通了，广东的盐可以从这里到洞庭湖，洞庭湖的米可以从这里到广东，慢慢地，这里就成了交通要道。后来，广东、广西、贵州、湖南、江西的客商都到这里来做生意，最早来开铺的安昌陆，民族也多了，苗、瑶、侗、汉、壮，生意非常兴隆。但是后来就不安宁了，闹纠纷了，三江人砸了安昌陆的铺子，流官①也出面干涉，民族之间也打架。

后来，各寨长老、各族头人、客商代表就开会，决定成立"五省会馆"，五省团结，五族共和。会堂就在现在乡政府后面的山坡上，好漂亮哩。是在十月二十六日正式成立的。

从那以后，林溪就安定繁荣了。以后，为了继承传统，五省会馆的长者头人决定，以抢花炮的形式纪念十月二十六日。每次放花炮五枚，代表五省五族。推选五位长者做炮手，五枚炮同时点放，团结一致，共同上升。后来才改为先后顺序放。每寨二十六人组成一个抢炮队，谁先抢得谁就是头炮，其余按次序排列。放炮仪式上头人还要讲款。还有信炮条款："长者花炮怀中斜，六十寿者穿袍褂，姑娘头上插银花，青年白裤捆长帕。"火炮肩上扛，鸣炮放火花，两广耍狮、江西玩龙、贵州吹笙、湖南抬红［猪］，用这个来表示丰衣足食，六畜兴旺，人寿年丰。

花炮节到现在已有一百多年历史了。

讲述者：吴永繁，男，48岁，小学教师，林溪乡人

采录地点：三江县林溪乡

录音者：王强

记录者：王强

---

① "流官"指明清时在四川、云南、广西等少数民族集居地区所置的地方官，有一定任期，相对于世袭的土官而言。

一周的人群中，几个男子在点炮

争抢

古宜花炮节

古宜花炮节

扛着的猪和人海

挥舞布龙的女性（静态）

挥舞布龙的女性（动态）

吴姓人家过社节的来由

社节，是吴姓人家吃的节气。我们这个吴，原来不是吴，是姓知的，知道这个知。它把口字放在高头，就变成吴了。吴有两个吴，另一个，口字下边一个天，叫口天吴。也就说这个知，相传也是由江西那边过来的。江西那边有个官，姓知的，叫知山贵。知山贵在朝廷当了武官，是给朝廷镇守边关的总兵吧！外边的人来打边关，知山贵兵力不足，向朝廷请求援兵。朝廷中有个奸臣想害知山贵，故意压下皇帝打发援兵的圣旨。援兵不到，知山贵守不住，打了败仗。知山贵打了败仗回到京城，奸臣在皇帝面前诬陷他勾外打内，勾生吃熟，把外兵引进。皇上信了奸话，要向他的斩罪，要杀他。杀他不是杀他个人，要灭九族，把姓知的全部杀掉。姓知的家族中，有一个消息灵通的人晓得了，他就逃跑了，逃到广西。广西这里有姓吴的，这吴是口天吴，他也就改姓吴。镇守广西的官兵晓得他逃跑的消息，一路追来，追得他无路可走。

这时，正是老历八月天气。天上为了救他，救他这一家，这个独苗、火种，留他以后发展，忽然吹来一股很冷的风。田里禾苗正在抽穗扬花，都扬不起。后边追来的官兵，吹得睁不开眼睛。那些官兵说："算了，这股风把我们吹得睁不开眼睛，那他也走不了，十成是冷死了。"追兵停下不追了。他拜谢天地刮来这股风救了他。拿什么来祭天地呢？什么也没得，他就下溪边，用两手捧，捞虾子，捞得几个虾子，放在桐子叶里，摆在那里，跪倒，谢天地。为了纪念这天，把这个日子定为谢日①。以后，每年到这个日子，就拜天敬神，过"社节"。从那时到现在，凡过社节，都要捞虾子煮酸，置放糍粑上面。

我们这个吴，吃社节，是吃中午，是个大节日，要请亲戚朋友来喝酒。别的吴姓有吃早上的、晚上的，也有提前一天吃节的。这个不能吃错了，时间错了，冷风就会

---

① 谢日：立秋五戌为秋社，社日。

提前来。提前来冷风，禾苗就抽不起穗，扬不起花，要减产的。

　　讲述者：吴成安，男，35岁，村干部，八江乡八江村人

　　讲述语言：桂柳汉话

　　流传地区：三江县八江乡一带

　　录音者：蒙宪

　　记录者：周东培

人为什么一天吃三餐

那时候，地球上人很多，吃饭也不晓得吃几多餐，爱吃十餐吃十餐，爱吃八餐吃八餐。吃多屙屎多，人一天屙几回屎，臭气上升到天上。

老人家讲，那时候的天不像现在的天，那时候天矮。天上有神仙，有玉皇大帝，他们觉得太臭了，要控制人吃饭的餐数。

玉皇大帝就派狗下来，交代它说："人吃饭太多，屙屎太臭了，你交代他们，三天吃一餐饭就可以了。"狗答应了，就下来。哪晓得他忘记了，不晓得三天吃一餐还是一天吃三餐，就瞎乱讲："玉皇大帝交代你们，每天吃三餐饭，不要吃多。"狗传达了圣旨转回到天上，玉皇大帝问它怎样传达，狗说我是照你的话讲的，喊他们一天吃三餐。玉皇大帝讲："你怎样搞的，讲三天吃一餐，你喊一天吃三餐。这样还是吃得多，屙屎多，臭气熏到天上来。你太不中用了，你还是到地下去，人家屙屎你就去吃，将功赎罪，不然要处你死刑。"于是，狗到地下，除了我们给它喂饭，它就到处去吃屎。

狗不中用，玉皇大帝喊牛下来："你去，你大个点，记清楚点，你下去传达，三天吃一餐饭。"牛也点头答应。牛下到地下来，东边山吃草，西边山吃草，也打忘记了，照样喊人一天吃三餐。它以为自己传达了命令，就回天上去汇报。玉帝骂牛："你这样不中用，又传达错了。好，人一天吃三餐，要种很多谷子，很辛苦，又要拿牛，又要拉犁，你有力气，就下去帮他们拉犁，种田种地。五谷丰登，人们才有饭吃，不然人要饿饭了。"这样，牛就被派到人间来拉犁，帮我们种田种地。

玉帝又派拱屎虫下来，结果也传达错了。回到天上汇报，玉帝讲："你也到地下去，人屙屎多，狗也吃不完，牛帮种地，也养不活他们。你下去，哪里有屎你就拱泥巴埋去。"所以，拱屎虫头上有个角，是玉帝送给它的，让它刨土快当点。

玉帝几次派下来传达的都搞错了，玉帝想："算了算了，一天吃三餐就三餐，困难是他们自己造成的，辛苦就辛苦点……"

　　讲述者：梁光新，男，62 岁，退休教师，良口乡人

　　讲述语言：桂柳汉话

　　流传地区：三江县良口乡一带

　　录音者：贺嘉

　　记录者：肖启中

故事类

二 生活故事

两兄弟分家

有两兄弟，父母都不在了。哥哥结婚要分家，但家里只有一头牛、一条狗，哥哥要了牛，把狗分给老弟。①

老弟要耙田，没有牛怎么办？他想了个办法，把糯米饭捏成一个个小饭团，狗不走，他就在前面丢饭团，结果狗也会耙田了。

哥哥虽然得头牛，但他很懒，也不割草给牛吃，结果牛饿死了。没有牛耙田，他就去向弟弟借，说："把你的狗借给我耙田吧！"弟弟说："可以呀，在楼底下，你拿去用吧。"哥哥带着狗去耙田，但又不带饭团，狗一步不走。他就用鞭子抽狗，打来打去把狗打死了。他把那只死狗丢在田坎上，便回到家里，对弟弟说："你那狗不会耙田，我把它打死了。"

冬弟把死狗拿回来，四脚朝天地埋在菜地里。后来，菜地里长出四蔸竹子，弟弟就去给竹子除草培土。有一次，锄头碰对竹子，上面就掉下几锭银子。弟弟感到奇怪，又碰一下，又掉下银子，一会儿，就得了一竹篓银子。回家后，大嫂看见了就问："你在哪里得这样多的银子？"弟弟说："大哥把狗打死，我拿来埋在地下，长出几蔸竹子，我铲草碰对竹子，就掉下银子了。"贪财的大嫂说："明天给你大哥帮你铲草。"

第二天，大哥真的去了，他不是去除草，而是用锄头去敲竹子，哪晓得，一敲，却掉下许多毛虫，搞得他浑身又痒又辣。回家后，弟弟问："大哥，你今天去，得什么？"大嫂生气地说："得什么？你大哥快要辣死了！"

后来，大哥和大嫂就把那些竹子砍了，丢在那里。冬弟见了可惜，就破开竹子编鸡笼，笼门还没有来得及编，就把鸡笼挂在屋边上做活路去了。从山上回来，他发现笼里有鸡蛋，感到奇怪。此后几天，天天都有。

大哥没养鸡，又没种菜，见冬弟天天吃鸡蛋，就问："你怎么天天有蛋吃？"冬弟讲了这件事。哥哥就说："那你借给我用用。"他见牛栏里有很多鸡，就把鸡笼挂

---

① 手稿中弟弟、老弟、冬弟三种称谓都有，汇编时不做改动，保留文献的原始性。——编者注

在牛栏那里，等天黑了，他也不点灯，把手伸进笼里摸鸡蛋，结果，摸了一手牛屎。他生气了，把鸡笼踩烂，丢在地下。

冬弟见鸡笼被踩烂了，就拿去烧火，把烧成的灰埋在一苑刚种的黄豆下面。黄豆长得很好，成熟后收回家炒着吃，吃过后放屁有香气。他说："我的屁是香的啵。"哥哥知道后就说："拿点给我炒着吃。"哥哥吃后觉得放的屁真有香气，就上街去卖香屁。屁怎么会香？大家都不信。哥哥说："不信？你们围过来闻，是香的，你们给我钱；不是，随你们怎样打我。"大家围着他，结果，放出来的全是臭屁，哥哥被大家狠狠打了一顿。

讲述者：杨正群，男，37 岁，乡干部，八江乡村人

讲述语言：普通话

流传地区：三江县八江乡一带

录音者：李路阳

记录者：肖启中

贪财的大嫂

很早以前，有两夫妇在山上开山种地。他们种了一大片高粱，只出了一株，其他的都长不出来。那一株长得很好。山上有老鹰，就让小叔子在山上搭了木棚，拿鸟枪到那里守着。

有一天，一只老鹰飞来把高粱叼走了。小叔子扛枪去追，准备把老鹰打死。一追追到一片大森林，天又黑了，没有地方住。他看见远远有一点星火，他想那里一定有人住，就朝那里走去。走到那里，见有一位老者，头发白白的，胡须长长的，就像是个土地公。

他问："老公公，晚上是不是可以在这里住？"老公公说："住是可以住，但到晚上，我这里有很多野兽来，到这里唱歌、跳舞、讲故事。我叫你住哪里你就住哪里，不要乱走。"

老公公让他在自己背后的一个木桶里蹲着，一会儿，老虎、山羊、猴子这些野兽都来了，说："你家里好像有什么阳间的气味？"老公公说："没有什么，你们有歌就唱歌，有故事就讲故事。"老虎呀，山羊呀，他们就讲啦，讲老公公屋底下有两株花：一株白花，花脚下有个缸子，埋有白银；一株黄花，花脚下埋有黄金。如果阳间的人知道了去那里挖，就富足啦。

第二天早上，野兽都走了。老公公问那小叔子："昨晚他们讲的故事你听到没有？你可以挖挖看。"吃完早饭，小叔子就去挖了，在白花下面挖得一罐银子，在黄花下面挖得一罐金子。然后就回家去了。他那大嫂很贪财，见小叔子得了金子银子，就问："你在哪里得这样多金子银子？"小叔子把昨晚的事情讲给她听。贪财的大嫂说："有这样的事呀？明天给你大哥去。"

第二天，大哥扛着鸟枪去了。他走到那大森林里，也没有去打鸟，而是去等天黑，在那里睡大觉。睡到天黑了，他故意装着找地方住，找到那老公公。他说："天黑了，我回不去了，想在你这里住一夜。"老公公说："可以，但是你不要乱说话，不要乱动，我叫你住哪里，你就住哪里。"吃完饭，老公公让他在屋顶的天花板上面住。一会儿，老虎、山羊、猴子这些野兽都来了，一进门就说："有人的气味，好像有什么人在这里住？"老公公说："没有的。"山羊抬起头看见了，说："哎，那上面有人。"猴子手脚快，爬到上面就抓住大哥的鼻子往下拉，把他的鼻子拉得长长的，一直拉到下面。大哥不好意思在那里了，就转回家来。弟弟问他："大哥呀，你到那里得了什么东西？"大嫂骂道："得什么？你去那里得金子银子，你大哥到那里挨野兽把鼻子拉得长长的回来。"小叔子说："大嫂，不要紧，我再去一次，要点药回来，会医好的。"

小叔子又去了。那天晚上，野兽又来了。它们在聊天时讲："昨晚被我们拉长鼻子的那个人，如果他晓得那种药，把药放进花朵里，把花朵摘下来放在鼻子上，然后打小铜锣，念一声，打一下，鼻子就可以缩回去。"

小叔子记清了，第二天就带了药花回家。当时，他还没有吃饭，说："等我吃完饭再帮大哥治。"大嫂心急了，说："你去吃，给我去放药。"大嫂拿着花朵放在大哥鼻子上，密密地打锣，结果，丈夫的鼻子缩到没有了。

讲述者：杨正群，男，37岁，乡干部，八江乡八江村人

讲述语言：普通话

流传地区：三江县八江乡一带

录音者：李路阳

记录者：肖启中

猎人与母虎

很古很古的时候，有一位猎人上山打猎，不小心掉进了一个老虎坑。

掉进虎坑以后，他看见一群老虎崽在那里大块大块地吃生肉。那些老虎崽也渡几块给他，他觉得太生了，不敢吃。不久，那母老虎下洞来了，她扛了一大块猪肉，"啪"地丢在洞中。"唰"地撕一块，递给老虎崽，又"唰"地撕一块，在口中哈上几口气，递给打猎人。猎人觉得饿了，就接了过来，硬吃了。

后来，他就跟老虎们同吃同住，习惯了那里的野生活，母老虎对他也很关心、爱护。

有一天，猎人想家了，就对母老虎说了，母老虎就说："我飞上洞口时，你只要抓住我的尾巴，闭上眼睛，就可以了。"猎人听了母老虎的话，就照办了。"噗"的一声，母老虎飞了起来，不一会儿，母老虎说："开眼吧。"猎人睁眼一看，已到了地面。猎人告别母老虎，回家去了。

过了不久，猎人突然听说有一个村寨套得了一只大老虎，人们纷纷地跑去看。他也去看了，一看，惊呆了！这不是救了他的那只母老虎吗？这时，母老虎也看见了他，一下子眼泪就流了出来。猎人一看，忙说："乡亲们，我要买这只老虎！"

于是，大家就商量交换的事情，最后决定，猎人要出两头一百多斤的大猪，才能换这只老虎。猎人听后，马上回家，从猪栏里赶出两头大猪，把母老虎换了出来。

这样，他送母老虎回山，走到小河边时，他对母老虎说："我不能远送你了，以后你可要自己小心了，不要到处乱跑。那时，恐怕我不在你身边，再也救不了你了。"

于是，猎人告别了母老虎，回家去了。

口述者：杨玉群

流传地区：八江乡一带

记录者：莫俊荣

农夫打鬼

　　有一个农夫，他特别勤劳，他的田地也整得比人家漂亮，养的鱼也比别人多。有一天，他站在田边望，只见田里的红鲤鱼很多很多，都翘着尾巴，他很高兴。但他想到，我的鱼有这样多，人家会胀眼睛，可能会来偷。他就拿了一支鸟枪，到田里守。

　　以前，养鱼的田里，中间挖得特别深，那实际就是鱼窝，上面搭有棚子，他到夜晚，就到那里守，等了两三个晚上，不见动静。到第四个晚上，看见一个"鬼"来，实际上是个来偷鱼的小偷。这个"鬼"，和别的不同，特别快，好像闪电一样。他特别高大，一边脚站在一边田埂，用手去摸鱼。他背一个很大的口袋，把鱼一尾一尾装进袋子。那农夫想，这个"鬼"真够厉害的，想打，又有些害怕。到鸡叫的时候，那"鬼"走了。农夫回到家，心想，如果天天给他这样拿，不是给他拿完去了？

　　第五天晚上，他又去守田，他准备好了，不来便罢，再来我就开枪打。突然间，像闪电一样，那鬼又来了，像昨晚一样又在捞鱼。农夫"叭"的一枪，打中了，可能不中要害，那鬼叫了一声，跑了。他见鬼跑了，他也跑回家来，他吓了一跳。

　　这件事，农夫从来不对别人讲。他也不去守田了，他怕了。那个"鬼"也不去了，他挨了一枪。过了差不多十年，有一次，大家在鼓楼谈天，谈今年怎样丰收，谈来谈去，谈到鬼，这个说这里有个什么鬼，那个说那里有个什么鬼，挺厉害的。那农夫说："你们讲什么鬼厉害，我那次碰到的鬼才厉害啊！""怎么样？""他来得像闪电一样快，去也快，我打了他一枪，打伤了，不知道死不死。"那天，那个"鬼"也跑到鼓楼来，就把他一抓就抓走了。这个实际是个恶人，他到处偷摸，被打伤了，就到处打听谁打伤他，现在打听到了，就出来抓人。

　　口述者：杨雄新

　　讲述语言：普通话

　　流传地区：广西三江八江一带

　　记录者：肖启中

龙太子报恩

从前，有一个后生，专门以砍柴为生。他家里面生活很苦，天天到山上去砍柴。

有一天，他上山砍柴，在半坡上，他看见了一只绣花鞋，他把它捡了起来，砍完柴后，他把绣花鞋带回家里。正在这时候，官府中的一位小姐失踪了，官府就贴出告示，说谁能把小姐找回来，就给他多少多少钱，或者谁能把她送回来，就许配给谁做妻子。这样的话，砍柴郎就拿那只绣花鞋到府台大人那里给他看，府台大人说就是自己女儿的鞋，于是就要他带领人们去找小姐。砍柴郎就带他们上山了，他知道那坡附近有一个山洞，是不是小姐到那里去了？于是，他就带他们到那里去。

走到洞口，那些人害怕洞中有什么怪物，就用绳子把一个大筐筐绑在一头，然后又吊上一吊铃铛。他们让砍柴郎先下去，到洞底的时候，就摇响铃铛。这样，砍柴郎下去了。下洞后，洞里很黑，没有一点光亮，走了一段之后，他看见前面有一条小溪，再往前走就看见一个姑娘在溪边洗菜。

"你是什么人？为什么到这里来？"姑娘问。

他说："我为什么到这里来你还不知道？我就是为你来的。你失踪后，你家里的很着急，因为我捡得你的一只鞋子，所以，他们让我带他们来寻找你。"

姑娘说："哎呀！你下来很危险，这里有一条大蟒蛇，它是一个精怪，很凶恶，你是很危险的。"

"是吗？那它现在在什么地方？"砍柴郎问。

"现在他刚刚喝过酒，正在房里睡觉。"

"那我们俩去看看，如果有机会的话，就把它杀掉。"砍柴郎说。

那姑娘就带着他进去了。开门一看，蛇精正在熟睡，现出了原形，那是一条很大的蟒蛇。

砍柴郎就问姑娘："你这里有什么利器呀？刀什么的有没有？"

"有是有的。"姑娘说，"它拿了一把大刀，有四五百斤重，没有办法拿得动呀。"

两人在想办法，后来姑娘说："门栏上面放有一碗魔法水，是那蛇精的。你把那碗水一喝，你就有力气拿动它的刀了。"

砍柴郎走过去，端起水碗喝了一口，果然，四五百斤重的大刀在手中就能挥舞自如了。他们俩走进房间，砍柴郎一刀下去，蟒蛇一下被砍成两段，那蛇又"呼呼"蠕动，又接了起来。砍柴郎又一刀下去，又接，又一刀，又接。砍柴郎满头是汗！怎么办？后来还是姑娘想出了一个办法，她说："不要紧，我拿个铜盆来，你一刀下去，我就把铜盆扣上去，它就接不起来了。"

姑娘拿来铜盆，砍柴郎又是一刀，铜盆扣上去了，那蛇精跳来跳去，果然接不上，就死掉了。

杀死蛇妖后，砍柴郎说："姑娘，妖怪已经死了，那我们就回去吧。"

这样，两人就摸到洞口来了。砍柴郎用手把绳子一拉，铃铛响了，上面的人知道人已经来了。

砍柴郎说："你先进筐里去，让他们先把你吊上去。"

姑娘说："这样不行，砍柴郎哥，还是你先上吧，因为现在的人心太糟了，恐怕我上去后他们就丢下你不管了。"

两人推辞了一番，最后还是砍柴郎先上了。

当人们把砍柴郎拉到洞口时，他们只见砍柴郎一人，就说："噫？你怎么不把小姐带上来啊？"

"这个筐子一次不能装上两个人，所以我先上来了。"砍柴郎说。

"不行！你还是下去，先给小姐上来再说。"那帮人说。

这样，他们又把他放下去了，到了地下，姑娘问："砍柴郎，你为什么到了上面又下来啊？"

砍柴郎说："不行，当我到离洞口一丈远时，他们不给我上去，要我下来，要你先上去。"

这时，姑娘心中想，他们肯定想陷害砍柴郎，我得想个办法。于是她说："好吧，那我先上去看看。"

当那筐子吊到洞口后，上面有人一刀把绳子砍断了。"哎呀——！"姑娘惊叫了一声，"你们怎么这样没良心呢，砍柴郎还没有上来啊！"

但，讲是空的，姑娘被他们拥走了。

洞底下的砍柴郎看见筐子掉了下来，知道是他们砍断了绳子，同时，又听见上面有石头的响声，知道他们是想把洞口堵住。这样，砍柴郎没有办法，只好顺着那条小溪向下游走去。走了一段，忽然听到有人喊救命。他就问："什么人呀？"那边答："你来救我先吧，我是个好人啊。"

砍柴郎说："我没什么办法来救你。"

那边答："你只要捧点水来给我喝，我就有办法了。"

于是他就捧水过去，那人喝了几捧，不够。怎么办呢？他就去把那铜盆端来，端了一盆水让那人喝。

那人喝足了水就说："朋友，你现在躲远一些，我就要出来了。"

砍柴郎正躲时，只听"轰隆"一声，从石壁上跳出一个人来。那人说："朋友，现在我出来了，你过来吧。"

砍柴郎走了过去，那人说："朋友，多亏你救我一命，现在我们先到我家去吧。"

柴郎说："好吧。"就跟他去了，他们走到一条大河边。那人说："我的家就在河下面。"

"那我没办法下去啊。"

"不要紧的，你不要怕。我背上你，你就把眼睛闭上，到我让你开眼时，再开眼，不要在半路上开眼啊。"那人说。

这样，柴郎就骑在那人的背上下水去了。不一会儿，那人说："朋友，你可以开眼了。"柴郎睁开眼睛，他们已经到了龙宫下面来了。那些房子漂亮极了。

那人就把柴郎带到自己的父母身边，家人都非常感激他，待他非常好。

一个多月过去了，有一天，他就对龙太子说："我已经住了一个多月了，你们待我非常好。但我不能再留了，我家里还有老母亲，我想念她，所以，我想回去了。"

龙太子就说："我也不能挽留你了。如果我父亲问你要带什么东西回去，你就说什么金银财宝都不要，只要灵台上的第三朵花。"

那第三朵花呢，正是龙王的第三公主。这就使龙王为难了："三女儿是我最心爱的女儿，但柴郎又是我儿子的救命恩人，怎么办？"后来还是决定给柴郎。龙王对柴郎说："这朵花我把它放在一把伞下，你到家后再开伞，半路不要开。"柴郎记住了，于是就告辞龙宫，回到地面上来。

他走呀，走呀，走到天黑时，来到一个旅店里，这个店里住着一伙强盗之类的坏人。柴郎就在里面住一夜，在吃晚饭时，他不慎把伞弄开了，从伞里跳出了一位非常漂亮的姑娘。店里所有的人都惊呆了，那伙强盗顿起歹心，于是在饭桌上狠命灌酒给柴郎。那是一种叫"蒙汗酒"的毒酒，这样，柴郎就醉倒在地。那伙人一拥而上，把那姑娘围了过来。那姑娘一阵烟雾，变成一条小龙飞上天空，她回到龙宫。龙王问："女儿啊，你怎么又回来了？不是让你去六十年的吗？"

姑娘说："柴郎已被人害死了，我去不了啦。"

龙太子就说："我再带你去看那个旅店。"于是龙女又变成一朵花跳进伞里，他们来到那个地方。当晚，龙太子与店主饮酒，龙太子问："你昨晚杀了人是不是？"

"我没杀人啊!"店主说。

龙太子喝道:"你杀不杀你要说实话,不然我就杀了你!"

店主怕了,说:"我杀了,杀了。"

"你埋在什么地方?"

"埋在屋背后。"

"你带我去看看。"

于是他们来到屋背,把柴郎挖了出来。然后龙太子把店主杀死,丢进了坑里。龙太子用法术把柴郎救活了。

柴郎说:"朋友,我睡得一觉了。"

"哪里睡得一觉,"龙太子说,"你看你身上,到处是血呢。"

龙太子说:"你以后要注意,不能乱开伞。好吧,你把伞带上,我们分手了。"

于是,柴郎又走了回来。不论遇风遇雨,柴郎始终没有开伞,终于回到了家。柴郎把伞打开,一位美丽窈窕的淑女站在他面前。

从此以后,柴郎一家和和睦睦,过着幸福的生活。

口述者:杨群凤,侗族,女,17 岁

流传地区:三江八江乡一带

记录者:莫俊荣

蛇郎报恩

在很古的时候，有一个村子，有二十户人家，其中有一家姓孙的，他有三个女仔，大的叫月娥，二的叫婵月，第三个，将要出生的叫婵燕。他家里很穷，晚上点灯的油都没有。他将要生第三女的时候，天上忽然有一道光亮，照到他家里来。他家的房子很小，小茅棚。她就跑到茅坑边生下那小女。

小女十多岁的时候，上山砍柴。有一天，到一个山上叫环山。在一株大树下，忽然间感到身子发冷，打颤，周身痒痛，砍了柴，挑回家来，周身还是痒痛不舒服，不知道得了什么病。请了村子里的医生来，吃草药，都医不好。这时候，有个高明的医师来帮检查，说："你这个小女仔得的病是没有办法医好的。"什么病呢？他说："是中了麻风毒。病我是检查出来了，药我是没有办法。"村子里一传十、十传百，大家都知道了。麻风病会传染的，大家都怕了，要他家处理。杀掉吗？太残酷了。最后决定在她得病那个地方扎个草棚给她住。意思是让她在那里饿死后，用火烧，免得让麻风病传染人。

开始时，他家几天给她送一些吃的，久而久之，两三个月以后，就不大送去了，以为那个女仔要死了。可是，那个女仔没有死。有一天，她自己哀叹自己命苦，说："天天有这样多人来这里砍柴，没得麻风病，偏偏给我得。唉，要是有什么妖怪来吃我去就好啦。"她这样叹了一夜。突然间，对面山坡上有一道白光，好像有什么东西从那里滚下来一样。她瞪眼一看，面前是一条大蟒蛇。她并不害怕，因为她准备死去算了。那蛇来到她小草棚面前，把头抬起来，她就用手去抓蛇的颈部，对蛇说："你干脆把我吃掉好啦。"蛇并没有吃她，说："我不是来吃你的，我知道你有一种病，没有哪个医师能治好，我特地来为你治病的。但是，我有个条件，治好病后你要做我的妻子。"那女仔也不怕了，她说："如果你真能治好我的病，我就同意和你结婚。"蛇说："能治好你，一定要做我的妻子，不是开玩笑的啵？"女仔答应了，蛇就给她治病。

后来蛇郎就去给她找药去了。去了几天，找来百草，制成药粉给她吃，她服了一个多钟头，肚子响了，把病毒全部泻出去。她说饿饭了，蛇郎说："那你在这里等着，我去找饭给你吃。"蛇郎出去一会儿就回来了，蛇尾卷着个竹篮，里面有饭有菜。

过了十天八天，原来黄黄瘦瘦的女仔好起来了。她说："现在我的身体好了，是先到你家还是先到我家？"蛇郎说："还是先到你家，我要去认认亲人。"这样，他们就下山了。

路上，那女仔唱一首歌，意思是：跟蛇郎做夫妻人家会笑我的，九村八寨都会笑我们。你如果这样去不行。蛇郎说："你的麻风病是哪个治好的呢？你如果反悔，你的良心真不好。"女仔讲了她的难处。蛇郎就一变变成个漂亮的后生，姑娘说："现在这样就好了，去吧。"

到了她家，一喊门，家里人出来看，不认得了："这是哪里来的人呀？"姑娘说："我就是你的女儿呀！""过去病得黄黄瘦瘦的，怎么变成这样子？"姑娘说："就是靠这个青年把我治好的，所以，我已经把我的终身大事许配给他了，现在我把他带来看望老人家。"

事情一传出去，九村八寨的人都来看，称赞她。在那里住了八天，蛇郎说："现在到我家去好啦。"实际上，蛇郎是东海龙王的三太子。他们一起去不久，就到了一个地方，叫九曲黄河，那里波浪涛天，姑娘害怕了："你的家就在这里？怎么住得？"蛇郎说："我家就在水底下。""那我去不得呀。""不要紧，你抓住我的衣角，我马上带你到我家去。"姑娘抓住他的衣角，波浪忽然分开两边，中间一条路，一级一级台阶下去，走不久，就到了。进屋一看，是金光闪闪的龙宫。

她结婚后两三年，生了一个孩子，叫作金贝。她说："我到这里三年了，我要回家看看母亲，探望娘家。"老龙王说："说来有道理，你想回娘家是应该的。但你千万注意不要乱洗头。"我们侗家妇女洗头要用茶麸，如果用了，龙王会头晕，会死的。所以，龙王说："你千万不要用茶麸水洗头，就可以啦。"

回到家，又有个外甥，大家非常欢喜。在龙宫时，龙王交代："你回家最多一个月，到下月初十，就来接你。"在家里二十多天，大姐和二姐洗头，喊她也去洗，她说："我的家公交代我不要乱洗头。"大姐、二姐说："你真傻，二十多天了，你的头不洗，好臭的，洗嘛！"她说："我不洗。"后来说："要洗，我洗清水好啦。"她就去洗清水头。大姐、二姐说："你真傻，洗清水头怎么干净呢？"就用茶麸水倒到她头上，用水搓。过了一会儿，她头晕了，感觉房子打转转，一下子就昏迷了，死去了。

她们去对父亲讲，父亲说："你们为什么硬要她用茶麸水洗头？现在死去了怎么办？"二姐说："我的样子和她一样，要是他来接，我就假装成小妹和他去。"他们把小妹埋到后园，到了下个月初十，二姐就穿着小妹的衣服，背着孩子去了。到了半路，那龙王三太子来接了，说："为什么这样慢？我等你好久了。"二姐说："在家里这样那样，耽搁时间了。"后来，那太子认出了，说："金贝的母亲为什么不来呀？你是假充的。""就是我呀，你为什么不认识啦？"那太子心里明白这是假的，但二姐硬要跟去，太子说："你要去就去吧。"他俩就走啦，到了九曲黄河边，太子下去，河水打开一条路，像一级一级台阶。那二姐只见波浪涛天，一个浪打着一个浪，心里慌了。那一级级台阶，在她眼里就是一把把利刀，她下不去了。三太子生气地说："我讲你是冒充的。你把金贝妈搞到什么地方去了？"这时，二姐没有办法了，只好把真实情况跟他说了。"那你赶快带我回去，救人要紧。"他们转回娘家，在后园地挖开棺木，只见那三妹就像生人一样睡在那里。三太子从口里吐出一颗珠子，放进她嘴里，灌了水，过了十多分钟，三妹醒来了，说："睡了一觉，真舒服。"三太子说："舒服？要不是我赶来，你死啦。"后来，她想起那天用茶麸水洗头的事，知道自己是中毒死去的。

三太子对二姐说："你如果想去龙宫也可以，为什么要冒充呢？"

后来，二姐也一起去了龙宫，另外配成了夫妻。

老龙王对她们说："以后你们回去，千万注意不要乱洗头，世人居心不良，会害你们。最好不要回去，在这里逍遥自在。"

讲述者：杨美荣，男，65岁，农民，八江乡八斗村人

讲述语言：侗语，杨雄新用普通话翻译

采录地点：三江县八江乡八斗村

录音者：李路阳、蔡大成、蒙宪

记录者：肖启中

编者说明：林溪乡马鞍村杨乃孝凡讲述的"七妹"故事，主要情节与此故事相同，只是开头与结尾相异。七妹许配给蛇郎的原因是：蛇郎帮其父砍柴，父亲首先答应了将女嫁与他。结尾姐姐用茶麸水给七妹洗头的情节，也非无意，而是姐姐有意要害七妹死，结果，父亲得到金衣，而六个姐姐富贵不成反而更贫穷。

孝敬公婆

有一家人，生活比较苦，但是儿媳妇很孝顺，总想弄点什么好吃的东西给公婆吃。

有一次，她回娘家，对她母亲说："妈妈，我总想给家公家婆弄点好吃的东西，但那边家境贫寒，不知怎么办才好。"她母亲说："过几天，你回去的时候，我们杀一只大鸡，包一包让你带回去。"

过了几天之后，那儿媳妇就要回家了，她母亲果就杀了一只大鸡，打了一大包让她带回婆家。不想走到半路上厕所时，那包鸡肉不小心掉进茅坑里去了。怎么办呢？她想了想，赶快把那包鸡肉捞出来，到河边洗干净，拿到家里后，又在热锅上炒了一次，才拿给公婆吃。公婆正在吃的时候，突然天上雷声隆隆。她想："天啊，我做了对不起上天的事情，现在雷公要来惩罚我了，我不如赶快到菜园里去，免得惊动公婆。"于是，她就走到菜园中去了。

"轰隆隆"一声巨响，那儿媳妇以为自己死定了，闭上眼睛。不想突然有一包东西掉在她的前面，她睁开眼一看，是一包银子。她抱起银子就往家里跑，到家后，她对公婆说："这下子我可以买些好吃的东西给你们了。"

雷公掉下银子的事传到了官府，官府中有一个官吏很贪财，他忙跑回家，对他的老婆说："你现在马上回一趟娘家。"接着，又把其他事交代了一遍，然后他老婆就动身了。

他老婆回到娘家后，对母亲说："你要杀一只鸡，让我带给家公家婆吃。"于是，她母亲就杀了一只鸡，包了一大包让她带回去。走到那个厕所时，那女人就故意把那包鸡肉丢进茅坑，然后拿到田水边匆匆洗了一下就拿回家去给公婆吃。家公家婆一看："咦！这儿媳妇平常连饭都不给我们吃饱，现在突然拿这么多的鸡肉来给我们吃，怪事！"

这时，天上响雷了。那官吏很高兴，忙拉着他老婆也跑到菜园里去等，怕掉大包银子自己一个人扛不动。"轰隆隆"两声响雷打了下来，结果，这位贪财的官吏和这位不孝顺的媳妇双双被雷公劈死了。

讲述者：杨乃正群，女，60岁，农民，八江村人
讲述语言：侗语，杨雄新用普通话翻译
采录地点：三江县八江乡八江村
录音者：李路阳
记录者：莫俊荣

养蛙郎

很久很久以前，有一个后生，家境贫寒，靠打柴为生。有一天，他上山砍柴，在山沟里遇到了一只青蛙，他就把它带回家养起来。四年过后，有一天，养蛙郎对青蛙说："我养你四年了，现在你也大了，自己上山去找东西吃吧。"青蛙说："你养了我四年，我没有什么东西报答你。这颗珍珠，你就拿去吧。"说着，青蛙从嘴里吐出一颗亮闪闪的珍珠。养蛙郎说："这颗珍珠有什么用处啊？"青蛙说："用处可大了，以后你上山遇到什么死东西，你只要把这颗珍珠放到它鼻子边吹上一口气，它就转活了。""有这个用处啊，那我试试。"养蛙郎收下了珍珠。青蛙走了。

有一次，养蛙郎上山砍柴，在路边看见一条死蛇，他想试试珍珠是不是灵验，就拿出那颗珍珠，在蛇鼻子边吹了口气。小蛇果然活了，钻进路边的草丛。

他接着走路，又遇见了一只死黄蜂。他拿着珍珠对着死黄蜂吹了口气，黄蜂活了。它说："是你把我救活的啊！以后你有什么事需要我帮忙，尽管来找我。"黄蜂飞走了。

养蛙郎又走了一段路，遇见了一只死老鼠，他又吹了口气，老鼠活了。

养蛙郎继续走路，在路边遇见了一个死人，他又去吹气，结果那人活了。那人对他说："朋友，我没有什么报答你，从今以后，我愿陪你挑着担子走村串寨，解救穷苦的人们，你说行吗？"养蛙郎说："行啊。"

于是，他俩一路走了。当他们走到一个寨子旁的时候，忽然听到一家屋里有哭声，他们沿着声音走进一座木楼。原来，这家的独生仔死了。养蛙郎说："老人家，你们别急，我有办法。"他拿着珍珠到死者嘴边吹了口气，小孩果然活了过来。两位老人高兴极了，不知怎么感谢养蛙郎，拿出仅有的几块钱要养蛙郎收下。养蛙郎不肯收，告别了这家。

就这样，他们走村串户，救了不少人，银钱也多了起来，满满一担。那个挑担的人就起了歹心，想把那些钱财和那颗珍珠偷走。有一天，那人趁养蛙郎睡觉的时候，偷走了珍珠，挑着那担银元走了。养蛙郎醒后，不见珍珠和银元，就起身去追，他追上了挑担人，两人扭打起来。打来打去，两人打到官府那里，请县官评判。县官听了他们的陈述后，说："好吧，既然你们都说自己救活了很多人，那么，你们都各自去把他们叫来，看哪一个救的多。"

于是，他们两人就站在官府门口喊自己救过的人和动物。结果呢，养蛙郎叫来了一大帮老鼠、黄蜂、蛇。县官说："你两人究竟谁真谁假，请他们来评判吧！"黄蜂说："是养蛙郎把我们救活的，也是养蛙郎把他救活的。今天，他反倒诬告养蛙郎，太无耻啦！"黄蜂一群群地飞到那挑担人头上，紧叮他的头皮。蛇和老鼠也上去咬他。那人倒下死了。

这时，县官就说："这叫作善有善报，恶有恶报。现在，这担银子和这颗珍珠是你的了。"

讲述者：杨乃正群，女，60岁，农民，八江村人
讲述语言：侗语，杨雄新用普通话翻译
采录地点：三江县八江乡八江村
录音者：李路阳
记录者：莫俊荣

不奈其何（蚌壳精）

很古以前，有两娘仔，家住河边一带。家里很穷，全靠娃仔钓鱼养活娘姥。娘姥又是瞎眼。这个娃仔天天到河边钓鱼，钓得几个鱼到街上卖得几个钱买点米养活母亲。有一次，他去钓鱼感动了龙女，龙女看见这个娃仔忠诚、老实，有意地去成全他。龙女呢，变成一个蚌壳。这个娃仔去钓鱼，把钓放下去，一提起来，好重。这回想必得个大的了。哪晓得，拿起来，是个蚌壳。呸，鬼老二要你哟，哪去卖得出钱，又转丢去。他又把钓放下水去，第二次、第三次提起来，都是那只蚌壳来咬。嘿！在这地方钓不成，换过河塘去钓。换过河塘钓又得个蚌壳。天又晚了，蚌壳也好，拿回去喂给妈吃去。回家来，妈问他今天钓得多少鱼，他说："今天背时，妈，钓来钓去只得一只蚌壳，我拿回来给你煮汤吃算了。"他妈说："也好。那有天天得？有天把没得，你也莫生气。"他家没锅头，就放进沙罐去煮。刚把沙罐坐上火，加上盖，没煮滚，沙罐水就溢出来，将火灭了。又重张生火，刚坐上去，水又溢了。嘿，怪啦！"我两娘仔莫吃它，拿去腌酸吧！"这样就放进酸坛去，盖起来。

第二天，娘出门玩去，仔也去钓鱼。这时，龙女从酸坛里出来，烧火、弄饭、炒菜，弄十二大碗，香喷喷的。这娃仔回到家，不见妈在，见满桌饭菜，还以为别人来他家办酒席。"答他个鬼，我饿得半死，吃光。"伙就吃了。吃罢，他又去钓鱼。第二天中午也是这样。他妈问他："是不是你做的饭？"他说："不是我，我还当是你做咧。"妈说："也不是我。"邻居听到锅勺乒乒乓乓响，就问："你讨儿媳妇怎么不告诉我们，你怕我们吃那一杯酒？"妈说："不是呀，我哪时能讨儿媳妇啊，我这穷鬼。"邻居说："昨天有个妹仔在你家做饭哩，不是你儿媳妇？"妈说："怪啦，哪来个妹仔做饭呢？我不相信。"邻居说："真的哩！"两娘仔就商量，明天步①，看到底怎么回事。

---

① 步：盯梢。

　　第二天，那娘姥假装去钓鱼，那婆姥也假装出门去了。他们都躲在门边步着。龙女以为他们娘仔都出去了，又从酸坛里出来，烧火、做饭。饭将熟了，那娃仔闯进门去，把酸坛盖一捂，妹仔进不去了。那娃仔说："你为什么要变个蚌壳来呢？你生得那样漂亮，来帮我忙，为什么又要躲进坛里去？"妹仔说："现在我俩还不该见面。见面早了，以后还有点灾难的。"那娃仔说："管他灾难不灾难，你现在要做我的妻子。"妹仔说："那也好。日后有灾难，我们再商量解决。"

　　这个娃仔得了个漂亮老婆以后，鱼也懒得去钓了，柴也懒得去砍了，一天在家里看那老婆。那妹仔说："你怎么不去钓鱼，不去砍柴了呢？""嘿，你生得太好了，我总觉没看饱。""哎呀，你真癫，要看，你明天去买张纸来，我画一张让你看够，大家都好去做活路。"

　　第二天，他真的买得张纸来，龙女就画上像，画得和她一模一样。那娃仔带着画像上山砍柴，一边砍，一边看。哪晓得给一股风一吹，吹吹吹好远，一落，落到上个县城里。县城里的兵差衙役捡得一看："这张够漂亮的啵，难道人间真有这样漂亮的妹仔？我们拿去，拿去给县官老爷看看。"县官老爷接过一看，确实啵，这张真好看啵！他想一下："啊，对，现今皇上正挑选美女做老婆，如果我送这个妹仔给皇上，他不知要给我好多钱呵！"县官马上派差人下民间去找，正巧逢那妹仔下河边洗衣服，差人拿画像一对，一模一样，一点不差。差人看妹仔洗罢衣服走进哪一家，派人跟尾进去，对那娃仔说："你去哪抢人家老婆来，现皇上下了令旨，要拿她到京城里面去，给皇上做老婆。"

　　好，这娃仔想："是我的老婆，怎么讲是偷来的。"于是他说："我没给。"差人说："没给不要紧，你同我先去进城。""进就进嘛！"那娃仔跟他进了城。进城以后呢，皇上就对他说："你把她拿来给我做老婆，我给你很多钱。"娃仔说："没做没做。"皇上说："没做，我就杀你去。""杀我去，我也不给。"皇上说："不杀你也行，我这城是个旱城你同我开一条河，我就不杀你。"

　　娃仔想："这旱城要开一条河，去哪开来啊？"他就回家找老婆商量，哭呀呀地跟老婆讲。老婆说："哭什么？""哭什么？今天进城去，皇上要我在旱城里开一条河，开不出来，要把我杀掉，还要把你抢去做老婆。"他老婆说："啊，不要紧，你拿把锄头去，从街上一画，你一画就快点跑啰，水就来了啵。"他真的拿把锄头，去跟皇上说："皇上，我跟你开河来了。""好，好，你开。"他就用锄头从街上一路画过去，真的一股水堆来，街上顿时成了河。皇上看了，"真的啵，真的开了一条河啵，不能杀伙啵，怎么办？"皇上又生一计，说："这个事情算你做得好，明天，你跟我找三十六只老虎进朝廷来。"那娃仔说:"这怎么去要呵。"皇上说:"如果没得我就杀你啵。"

那娃仔回来又哭给老婆听:"河是开得了,如今又要我搞三十六只老虎给他。老虎我都怕得要死,怎子捉给他呵!"老婆讲:"不要紧,你去街上买纸来,我帮你剪。"她就剪了三十六只老虎,对他说:"老虎剪了,放在布口袋里,半路莫拿出来看,看了就不得了啵。到皇上那里再看。"那娃仔说:"放出来以后怎么收呢?"老婆说:"你打开口袋喊它进来进来,它就自然会进去的。"这样,他进城去对皇上说:"皇上,得老虎来了。"皇上说:"老虎在哪块?"他说:"在这块。你走过边点,老虎出来了。"他把口袋一张,纸老虎落地就变成三十六只大虎,叫得吼起,整个朝廷都怕了。皇上说:"收回去,收回去。算你狠,算你狠。"他把老虎收进口袋。皇上又说:"老虎你做得,我现在又要一百只老鹰,老鹰很厉害,看你怎么找?"

这回,他又回去哭给老婆听。老婆说:"明天,你照样要纸来,我跟你剪老鹰。也是这样搞。"他得了老鹰进城去跟皇上说:"皇上,我又得老鹰来了。"皇上叫他拿出来看,他又从口袋里放出老鹰,老鹰飞上金殿,到处叮得稀巴烂。皇上叫他赶紧收起来,他又收回口袋。这回皇上又说:"你老鹰要得了,老虎要得了,河也开了,真有本事。但你用什么法子弄成的?"他说:"哎,皇上呵,我也不奈其何呵。"皇上马上接着说:"呵,我就要你这个'不奈其何'啰。"他想:"'不奈其何'又不走得路,又没是活的,看又看不了,话是讲'不奈其何',谁也没见过。"

他回去跟老婆讲,如果不得"不奈其何"去,皇上真的要杀了。老婆说:"这个还不容易办嘛,你去找个葫芦来,在葫芦两头通个孔眼,穿根绳子,把老虎、老鹰放进葫芦里,两头拉绳,'不奈其何'就得了。"他照样做了,在葫芦两头拉绳,果然发出一种怪声音:"不奈其何,不奈其何。"他高兴了,有办法了,马上进城见皇上。"皇上,'不奈其何'得来了。""得来了,你试拿出来看看。"他说:"慢看先,你喊文武百官都出来,都出来,少一个我都不做。"皇上说:"依你。召文武百官都进宫。"文武百官全进了宫。娃仔问:"都到齐了?""到齐了。"他就拿出葫芦,这边一拉绳子:"不奈其何。"那边一拉绳子:"不奈其何。"大家都笑了。文武百官都笑了。皇帝问他:"真的啵,真搞出个'不奈其何'出来啵。那你是怎么搞的?"那娃仔说:"我讲出来你们莫怕啵,你们莫跑啵。"好!他把葫芦盖子打开,三十六只老虎跳出来了,一百只老鹰飞出来了,老鹰叮眼睛,老虎咬脑壳,把皇上和文武百官一个个叮死、咬死。那娃仔也回家跟老婆过快活日子去了。

讲述者：吴成安，男，35 岁，村干部，八江乡八江村人

讲述语言：桂柳汉话

采录地点：三江县八江乡八斗村

录音者：蒙宪

记录者：周东培

驼背骑马

从前，有一个驼背人，年纪很大了，还没有成家。有一个媒婆就上门来说，答应给他相一个媳妇。

媒婆说："去相亲那天，你骑着一头大马去。"驼背人答应了。

然后，媒婆又到女方家，原来，女方也是一个驼背的，媒婆就对那驼背女说："相亲那天，你去河边那里捞虾子。"女方也同意了。

相亲那天，驼背女就在河边装着捞虾子，那驼背男子就弓着身子骑马过来，双方一看，都以为对方不错，就认了那门亲事。

结婚这天，人们欢喜地来庆贺，鞭炮响成一片，特别热闹。有一位宾客酒席上当场作诗以助酒兴，诗云：

> 男的骑马女捞虾，
> 前世姻缘后一家。
> 别的夫妻一对蛾，
> 你们夫妻驼对驼。

口述者：杨玉群
流传地区：八江乡一带
记录者：莫俊荣

偷锅头

以前有个妇人家,非常懒,家里的家具从来不洗。她家里有一口锅,久而久之,沉淀成一层厚厚的壳壳,和那锅头一样样。

有一天晚上,有个小偷跑到她家里,看见没有什么可偷的,只看见一口锅,就一拉拉走,恰好把那壳壳拉去,锅头还留在那里。那家人喊:"哎呀,有小偷!"全寨人都出来了,喊抓小偷。小偷跑来跑去,被人赶上了。有人用棍子打过来,小偷拿那锅壳壳来挡,被打烂了。小偷心想:这不是锅头呀,是什么东西?一边想一边跑了。

第二天,那懒妇人说:"啊!为什么我这个锅头这样漂亮?"实际上是那沉淀的壳壳被小偷拿走,锅头现出了原先的铁来。

口述者:杨宏岗,男,10岁,学生,八江乡八江村人

翻译者:杨雄新

流传地区:广西三江县八江一带

录音:李路阳

记录:肖启中

打平伙

　　有四个很懒的朋友，一个头上生虱子，一个有眼屎，一个有鼻涕，一个身上生虱子。

　　有一天，他们凑在一起，说："我们凑凑钱打一餐平伙，好不好呀？"大家都说好，几个人就凑钱买东西来吃。要吃之前，生头虱那人说："那我们讲先，大家都不许动手。""为什么呢？""我生头虱，如果吃饭时用手抓头虱就很不好。你有眼屎，吃饭时用手搓眼屎也不好。还有流鼻涕的，也不好动手。"大家都赞成，说"好好好"。

　　他们吃到一半，有头虱那个感觉痒得很，忍不住了，他说："那天，我看见只山羊，这样跳，那样跳。"说着就用手在头上抓了三四回，他的头痒也抓去了。

　　第二个有眼屎的，他说："如果给我看见，我就拿枪打他一枪。"他一面讲，一面用手把眼屎一擦就擦去了。

　　第三个，是有鼻涕那个，他说："你有那种本事？一枪就打中我才不信。如果你真能打中，刮我鼻子去。"他随手把鼻涕刮掉了。

　　还有第四个，他说："如果真是那样，你们看见不要紧，我看见就怕了。"说着，他做出打颤的样子，身上的痒也减轻了。

口述者：杨宏岗，男，10岁，学生，八江乡八江村人

翻译者：杨雄新

流传地区：广西三江县八江一带

录音：李路阳

记录：肖启中

守李树的人

有一个人有几棵李树，结果的那时，他就去等，怕人来偷。有一个贪吃的婆老走过来，问要李子吃。他就讲："可以，可以，你吃吧。你吃冷的还是吃热的呀？"那婆老想，开天辟地哪有吃冷李热李的事！没得。他就讲啦："人家没有我有。""那你去摘来。"那个后生就上树去摘了两颗下来。他一下到树底，就喊那婆老看好，丢李子给你。就丢了过来，那婆老接不到，李子掉在地下，那婆老捡起来又吹又拍，弄得那个李子热乎乎的就吃了。还有一个李子，后生就直接渡给她，婆老一接住，就进了嘴里。婆老问："哪有冷李热李？"那后生仔就讲啦："你吃的第一个是热李，第二个是冷李。"

流传地区：三江八江乡一带

记录者：莫俊荣

做香肠

　　我们这个地方咧，河上面住着侗人，河下面就住六甲人，经常来往。有一次，六甲人来到侗家里做客，侗家做香肠来给他们吃。他们讲好吃，就问是怎么做的。侗人就讲啦："你们回去把狗用饭用肉喂饱，过半天后就杀了，把狗肠拿出来，不要洗掉肠子里面的东西，然后，用绳子把两头绑起来，就成了。"

　　六甲人回去后，真的把狗喂饱，下午把那狗杀了，按照侗人讲的去做，到了晚饭时，就拿来切，煮起来，很臭。六甲人闻到臭味就吃不下，吃下去的也吐了出来。有一个六甲娘姥贪吃，就吃下了一条狗肠子，她还讲："吃了，不吃留着也是臭，太可惜。"就这样，六甲人上了侗人的当。

　　流传地区：三江八江乡一带
　　记录者：莫俊荣

讲故事

故事类

三 机智人物故事

卜宽跟岳父分牛

　　卜宽的岳父想叫卜宽来耙田，对他说："卜宽，你跟我耙田，我送一边牛给你。"卜宽说："那我去。"卜宽把牛赶到田里去了，他给牛装犁耙时，只装牛的一边身，这样，牛就耙不起田，他也到田坎上睡大觉去了。后来，他岳父来了，说："卜宽，你为什么偷懒？叫你来耙田，你在这里睡大觉，哪行呢？赶快耙。"卜宽说："岳父，你不知道呀，我来耙田，只用我那一边牛，还有你那一边牛我没用，怎么耙得起来？你看嘛。"他照旧装上一边牛，当然耙不起来。岳父说："好嘛，你帮我耙田，整头牛送给你。""真的吗？""真的。""那好，你看吧，整头牛送给我，包你耙得好的。"卜宽装上犁耙很快就耙起田来。

　　讲述者：杨宏岗，男，10岁，学生，八江乡人
　　讲述语言：侗语，杨雄新用汉语翻译
　　流传地区：三江县八江乡一带
　　录音者：李路阳
　　记录者：肖启中

卜宽智斗岳父

　　在侗族居住区，这一带七村八寨中有个寨子，叫"归也"，寨中有三四百户人家，有两兄弟，没有父亲母亲了。两兄弟从小就帮有钱人家养牛生活。哥有点机灵，老弟就比较老实了，有会唱歌，会多耶，人们就叫他作郎耶。郎耶很会唱歌，七村八寨"月也"的时候，他是一个耶头，耶头就是最能唱歌多耶的人。他白天上山放牛，夜晚就去行歌坐夜，很受姑娘们欢迎。

　　郎耶很会唱歌，他的歌才远近闻名。寨上有一个大财主，家财万贯，良田很多，家里只养了一个妹仔，妹仔十七八岁了，人很聪明，是那一带最有名的女歌头。她每晚都跟大家坐夜，她立志要嫁给一个会唱歌的人，不会唱歌的她不嫁。七村八寨就只有郎耶最会唱歌了，郎耶每晚就去那财主家行歌坐夜，久而久之，双方建立了感情，女的就想嫁给他，而郎耶家里穷呀，怎么能娶到富裕人家的女子呢！有一天哩，妹仔上山去砍竹子做竹梭，在山上看见郎耶在那里劈柴。两个就对话了，郎耶说："我家里穷哩，怎能娶你？"妹仔说："我愿嫁给你，你一点田没得我也不怨，我宁愿在场上晒太阳，没得房子住也可以。"

　　妹仔名字叫作婙梅。有一天，婙梅来找郎耶，说："我父亲有胃病，病了蛮久不知怎么办才好。"郎耶说："我有办法给你父亲治病。"于是，婙梅就回家去了，她想了一个妙计。她对父亲说："爸爸，你是不是去鼓楼贴一张告示，就说谁能医好你的病，就把女儿嫁给谁，老年人的就赏银多少多少。"她父亲觉得也有道理，于是婙梅就到鼓楼那里去贴了一张告示，人们围观起来。这时，婙梅就悄悄地对郎耶说："明天早上，你要起得早早地来揭下这张告示，对人们说自己能医好病。"第二天早上，郎耶照办了，村寨里一片惊讶。

　　郎耶就上山去装了一头稀有的野兽，扛回家来，用这头野兽的血泡酒拿给婙梅的父亲吃，结果治好了那老财主的病。

　　财主只得信守诺言，同意把女儿嫁给郎耶。郎耶家太穷了，财主无奈，就说不要什么彩礼了。就这样，婙梅嫁给了郎耶。

　　几年后，婙梅生了一个儿子，取名叫阿宽。侗家人有儿女后，就叫是某某的父亲，某某的母亲，不再叫本名，于是郎耶就成了"卜^①宽"，婧梅就成了"奶^②宽"。

这样，要过年了，卜宽家很穷，没有什么东西过年。奶宽就对卜宽说："你到外婆家去一趟，外公对我们不好，外婆对我们好，你去悄悄地对外婆讲，叫她给点米、钱来过年。"卜宽就说："我没有一条像样的裤子。"于是，奶宽就连夜缝好了一条裤子，对他说："你要节约着穿，不要一下子就穿烂了。"卜宽应了一声："嗯。"第二天，卜宽起来了，他想，奶宽要我节约着穿，我就先穿一条裤腿吧。于是，他就两条腿一起塞进一条裤腿中去，走不得路，就在门背待着。到中午了，阿宽吵闹了，奶宽说："乖乖，别哭，阿爸从外婆家带粑粑给你吃。"谁知卜宽在里面喊："什么粑粑，我出不了门呢！"奶宽跑进屋一看，哭笑不得。

年关就要到了，七村八寨都要到庙里去敬神。卜宽就想了一个办法。于是他一大早就起来，画了一个大花脸，就躲到神庙里面去，在灵位牌后面藏好。不一会儿，一个大财主带着一帮人，抬着大猪头、挑着糯米饭，敬神来了。……^③锄头挖地吗？财主无奈，只得叫他下来。接着，财主说："那你上山把一块水田搬到家里来吧。"卜宽说："行。"他上山去了。不一会儿，他拿着一根棍子回来了，他拿着棍子在财主家的大门西侧比来比去，量了一会儿，然后把小棍一丢，扛起斧头就在大门西侧砍了起来。财主忙喝道："卜宽，住手！你怎么乱砍我的大门！"卜宽放下斧头，说："那块田大，进不了门，我得把门加宽，好让水田进得来。"财主无可奈何，只得付给卜宽一年的工钱。

第二年，外婆家有人来传话，让卜宽到外婆家去做工，好歹歹是自己的郎仔。卜宽去了。转眼冬天又来了，外公去收账。卜宽想，外公是财主，有的是钱，我要想点办法弄到一些。于是，在一个寒冷的早晨，卜宽用纸剪成一件衣服，套在身上，又用青苔沾上水放在头上，用帽子盖好。见外公远远走来，他就迎了上去。外公说："今天早晨真冷啊！"卜宽说："真热啊。"外公一看，卜宽果然汗流满面！就问："你怎么这么热啊？"卜宽指着纸衣，说："神仙看见我太穷了，就送给我一件火龙袍，你看，我穿在身上，热成这个样子。"外公说："真的？我用这件长袍换你这件，怎么样？"卜宽说："不行，这是神仙给我的，好着呢！"外公说："我再补二十两银子。"卜宽还是不肯。旁人就说："卜宽，不看僧面看佛面，他毕竟是你的外公佬，就算了吧。"卜宽这才勉强答应了。就这样，卜宽穿着外公的新长袍，怀揣二十两银子，回家过年去了。

---

① 卜：侗语，父亲。
② 奶：侗语，母亲。
③ 此处原稿有遗漏。——编者注

外公佬穿上纸衣，冷得不行，知道受骗了，就带上一帮人，去找卜宽算账。这个郎仔，竟敢骗到外公头上了，这还了得！卜宽知道外公要来了，就到楼下把一个旧臼子用大火烧热烧红，放在屋角那里。外公和一帮人怒气冲冲地进屋来。卜宽忙喊："哎呀！外公来了，快打油茶招待！"于是就走到屋角，舀了一碗水，往臼子放去，水马上就滚了起来。外公很纳闷：怎么又不生火，又不用锅头，水就滚了？怪事！就问卜宽。卜宽说："神仙看见我们长工生活苦，做活累，就把这臼子送给我们，好让我们舒服一些。"外公就想要，卜宽说："不行。"外公说外加二十两银子，卜宽同意了。外公付了银子，叫那帮人抬起臼子就走出门。原想来教训教训郎仔，现在得了宝物，也就忘了那事。

抬到家中，冷水一放，毫无动静，才知又受骗了，外公佬气得眼都瞪大了。

外公屡屡受骗，便对这个郎仔失去信任，也不让卜宽在自己家里做工了。

后来，外公佬去收账，有一天正好经过卜宽门前，卜宽马上喊外公佬进屋，然后马上递上一碗香喷喷的甜酒。外公吃后，连声叫好，就问是怎么做才这样香甜的，卜宽说："是我孵出来的。"外公说："那你明天到我家挑百把斤米来，给我做甜酒。"卜宽第二天真的去外公家挑了一百多斤大米来。过了三四天，外公来要甜酒了，开门一看，只见卜宽四肢伸展，爬在米堆上"孵"甜酒，一阵恶心，连那一百多斤大米也不要了。卜宽家于是又有一阵子白米饭的日子了。

有一次，在外公家做长工的那些人对卜宽说："卜宽，我们好久不得吃肉了，你能给我们弄点来吗？"卜宽说："可以。"因为卜宽早已知道外公家的酸肉坛放在什么地方了。于是，卜宽找来一些还在蜂窝中的小黄蜂仔来，那些小蜂仔太像蛆虫了。他就在晚上溜进外公家的酸坛房间，把小蜂仔放进坛里。第二天早上，他跑进外公家，对外婆说："昨晚我得了一个不好的梦，大兵大马跳进你的酸肉坛里去了，这可能有什事儿，你去看看酸坛。"外婆忙跑进里屋，打开酸坛一看，呀，不得了，都生蛆虫了！卜宽说："真的？"外婆说："是真的。肉臭了，拿给长工们吃去算了。"于是，卜宽就抱起酸肉坛，到长工屋去大吃了一顿香喷喷的酸肉。

还有一次，农历十一月初一是侗族的"冬节"，外公佬做了很多的糍粑，吃不完就晾干放着，想吃时就可以拿一块到火塘边烘热、烘软，再来吃。卜宽就发现每次他进外公屋时，外公佬总是把烘软了的糍粑藏到衣襟下，等卜宽走后又拿出来吃。于是，他就想了一个办法。一次，他正巧遇着，外公佬忙把热糍粑往怀里藏，卜宽忙跑过去，紧抱住外公，口中喃喃："外公，我太爱你了！外公，我太想你了！"

"哎呀！卜宽，别动了，都快烫死我了！"外公边嚷嚷边使劲往外推开卜宽。

"什么？我的好外公？"卜宽佯装不知道。

"我怀里有热糍粑，烫死我了，哎哟！"外公脱口而出。

"怎么？外公，你有糍粑？"卜宽故弄玄虚。外公无奈，只得拿出热烘烘的糍粑，让卜宽饱吃了一顿，方才罢休。

到了明年三月，外公佬在家中开了一个小店。有一天，外公佬叫卜宽挑一担盐去山外卖，临行前交代他："到那边以后，有人喊要你就卖给他，不要留，啊。"

"嗯。"卜宽应着，挑担出门了。当他走过一遍田野时，田里大小青蛙"要，要""也要，也要"地叫个不停。卜宽放下担子，想起了外公佬的话，于是就抓起一把盐，往田里撒去，说："好，给你们。"青蛙们停了一会儿，又叫了起来，卜宽又是一大把，又叫，又一大把。半天过后，两箩筐盐空了，青蛙还叫，卜宽喊："我都没有了，你们还叫。"挑着空担子回到外公家。外公看见卜宽把盐卖完了，一阵欣喜，忙问："把钱拿出来记账。"卜宽说："没有钱。"外公佬眼睛都睁大了："钱呢？盐钱呢？"卜宽说："你不是说，谁还要，就给吗？我过一遍水田边时，青蛙们大叫要，我都给它们了。"外公大怒，把卜宽大骂了一顿了事。

又有一次，卜宽和外公佬去山上看田水，看完以后，卜宽累了，他就想了一个办法。他大喊："外公，外公，我听见老虎叫了！"外公一惊："在哪，在哪，我怎么没听见？""你年纪大了，听不清楚的。"卜宽说。

"那怎么办啊？"外公仓皇失措。

"外公，如果你跑在前面，老虎从前边窜来，先咬你了，这还了得！你家财万贯，不能白白被咬死。如果你跑在我后面，那老虎从后面来，也先咬你。这样吧，我趴在你背上，老虎来了，会先咬我的。"卜宽说。外公想一想，也是，就背起卜宽，向山下跑去，使外公佬气喘吁吁，一阵大汗淋漓。于是，就有了这一个"外公背郎仔"的故事。

这又是一个故事。

卜宽送外公去见阎王之后，回到家来。过不久，家境又穷困起来。有一天，奶宽见家里盐也没有了，就拿出一匹布给卜宽，说："你拿这匹布去换些盐回来。"卜宽抱着布匹出门去了。

这天太阳暖洋洋的，走着走着，卜宽走到一座风雨桥上，他想睡一会儿，就头枕布匹，在桥上睡去了。他睡着后，有一个强盗经过这里，见有个人头枕一匹新布在睡觉，就走到水车前，把一只竹筒取出来，把它枕在卜宽头下，扛着布匹走了。

卜宽睡醒时，太阳已快落山了，他起来一看，布匹不见了！怎么办呢？他抱着那只竹筒想着。

想着想着，办法有了。于是，他就抱着竹筒回到家来。他先把奶宽的银梳藏在米缸下面，又把奶宽的银项链藏在床边，然后抱着竹筒出门出了。

等到傍晚，奶宽从山上回来了，刚进屋一会儿，卜宽抱着竹筒也进来了。奶宽一见，忙问卜宽："得盐来没有？"卜宽说："我用布给一位仙人换来了这个宝筒。"奶宽拿过去一看："什么宝筒，这是臭尿筒。"卜宽说："别说了，你看你头发这么乱，也不梳理一下，像什么话。"奶宽欲梳头，噫，银梳不见了。奶宽就说："你说你那竹筒灵，你就算一算，我的银梳在什么地方？"这正中卜宽的计，他说："你拿三筒米来摆着，烧一些香，就可以算了。"等奶宽摆好东西，香烟缭绕之中，卜宽手拍竹筒说："咚当，咚当！奶宽的银梳在米缸。"

"去，去米缸下面找找看。"

奶宽去找，果然在缸下得到。奶宽梳好头，正准备着银项链，突然又不见了银项链，又叫卜宽算，卜宽又手拍竹筒，口中喃喃："咚当，咚当，奶宽项链在床边。"

"去，去床边翻翻看。"

奶宽果然又在床边翻到了银项链。

"噫，一匹布换得这样一个宝筒还值得。"奶宽心里想着，于是，变恼怒为欣喜。殊不知，这是卜宽的妙计。

过不久，靖州县官来到卜宽家征粮征税，出口就是一百斤粮、一百两银子。卜宽说："你们等一下，我去扛来。"卜宽出门去。一会儿，卜宽扛着一根百把斤重的木头放在县官面前。"嗯，梁①来了。"卜宽说。

"谁叫你扛来木头，我们要米，要一百斤大米！"县官怒了。

"你们又不说清楚，我们侗家都是用木头做屋梁，我以为你们要一百斤重的木梁，害得我扛得半死。要米嘛，我有啊，刚才我喂鸡的时候，还剩几颗在我口袋里。"卜宽欲伸手摸口袋。

"我们要一百斤，知道吗？一百斤大米！"县官不耐烦了。

"好吧。你们在鼓楼里等吧。"

县官走进鼓楼。等呀等，太阳都快落山了，还不见卜宽拿米拿钱来，他们就上卜宽家去问。

卜宽说："你们看对门河那座山，等它崩下来后，填成一块田，我们才能种粮交给你们。那山里面有一百两银子，山崩后，我就找来送给你们。"

县官知道已被卜宽捉弄了，于是大怒："好啊，你胆敢抗粮抗税，抓到官府中去。"

---

① 梁：与"粮"同音。

卜宽被押进官府。去时，卜宽还抱着竹筒一起去，到官府后，县官问他："你怎么抗粮？"

"我没有抗粮，我们侗人是老实的。"

"跪下！你还敢诡辩！"

"我们侗人在皇帝面前都不跪下，何况在你面前，你算个什么官。"

"把他关进牢里去，这个人胆敢反抗官府！"县官大人命令。

于是，卜宽被关进了牢房。

卜宽进牢后就睡。当时坐牢是真要坐着不给躺下睡觉的。县官就派一个叫黄阿狗的人去监督他。

黄阿狗进牢房后，卜宽立即说："哎呀，你这个人快要死了，你将大难临头！"

阿狗一惊，忙说："你怎么知道。"

卜宽说："我看得出来，你肚子里有一样东西，那是别人没有的，是它引来了灾难。"

阿狗不信。卜宽说："你下去征粮征税，偷偷地藏了很多钱粮，不全交给官府。现在官府知道了，他们马上就要来杀你。"

阿狗一听，完了！他确实这样干过。于是，他害怕起来，卜宽这个人是神秘有法术的，难对付。

卜宽看出阿狗做贼心虚了，就说："如果你愿意拜我做师的话，我就可以教你法术，使你免受灭顶之灾。"

阿狗忙说："愿意，愿意。"

"那么，"卜宽镇定地说，"你得答应我三条。第一，你得听我的，我说什么，你做什么。第二，你要给我做门徒，我可包你发大财。第三，县官大红印正放在桌面上，你把它偷来，放在一块青石板下面。"

阿狗听说偷大印，这还了得！卜宽说："你放心去干，我包你发大财。"

于是，黄阿狗就去偷大印，把它放在一块大青石板下面。

县官一发现大印不见了，惊动全城！立即下令分头去找。一个人说："大人，听说被关着的卜宽有一个宝筒。能算出来。"

县官大人一听，马上说："把他请出来算。"

去请的人空手回来了，说："大人，他要你亲自去背他出来。"

县官大人为了尽快找到大印，就同意去背卜宽出来。卜宽说："你背我出去还不行，进牢容易出牢难。你得给我一百两银子，我才肯出去。"县官无奈，给了卜宽一百两银子，又把他背了出来。

卜宽出来后，堂堂正正地坐在县官大人的位置上，说："这件事我可以帮你们办理，不过，你们把我关进牢来，我的脸面丢光了，你们得付给我二百两银子，作为'洗脸费'，这样，我才有脸面去见父老乡亲。"

县官大人也同意了。卜宽又说："你们开始准备东西吧。要一只叫得最好的大公鸡、三丈布、三十六筒米，一包三十六两银子的吉利红包，还要烧好香。这样，就可以算了。"卜宽接着说："在我算的时候，全官府的人都要在我面前下跪。"

于是，县官大人派人办东西去了。所需东西很快备齐。卜卦开始了。

卜宽说："现在，县官大人第一个下跪。"县官大人求印心切，扑通跪倒在卜宽脚下。然后，所有的人都跪了下来。

卜宽手拍竹筒，口中念念有词，不一会儿，他说："你们去看看，在台阶上的第一块青石板下面。"

有人去抬起青石板，果然见了大红印。全官府的人惊喜万分。

卜宽说："刚才我是请一帮神仙来卜卦的，所以现在我要请你们拿些银子来，送神回家。"县官大人又送给卜宽一些银子。

接着，卜宽又说："我来的时候是被押着来的，现在我要走了，你们要送我走。"

"现在，我们要用轿子来抬你回家。"

于是，卜宽被官府用花轿抬回家。到家后，卜宽用从官府那里得来的钱，建了一座风雨桥。

讲述者：杨友保

讲述语言：桂柳汉话

流传地区：八江乡一带

记录者：莫俊荣

卜宽娶妻

　　有一年秋天，郎耶在田里剪禾把，有三个姑娘从田边过，她们就开玩笑说："那汉真勤快呀！"郎耶说："姑娘来帮我们单身汉剪禾把呀！"那三个姑娘真的进田里来剪禾把。

　　到傍晚的时候，剪得的禾把已摆满田埂，郎耶说："姑娘们，你们帮我挑回去吧，我挑不了那么多。"三位姑娘真的帮挑回去了。

　　到郎耶家后，郎耶说："三位姑娘就在这里住上一夜吧，我要慰劳慰劳你们。"三个姑娘就住下了。

　　郎耶当晚杀了一头大公鸡来待客，还端出一大盘酸草鱼来。郎耶把大公鸡煮熟后，把它切成四块，每人一块。三位姑娘偷偷地笑。郎耶说："你们不要笑，如果我一个人时，我连砍都没砍，从头咬到脚。"三位姑娘笑个不停。

　　吃过晚饭后，郎耶心想：这三个姑娘中，我必须要一个做爱人。于是，他就想了一个办法。到睡觉的时候，他说："三位姑娘，你们去睡吧，我坐在火塘边过夜，不过，我有话在先，如果哪位姑娘拉屎着床，那位姑娘就要答应做我妻子。"三位姑娘笑着进房去睡了。

　　到半夜的时候，郎耶就拿着一碗米糊糊，进房里去，倒在最漂亮的那个姑娘的裙子里头。

　　第二天早上，郎耶架锅开始打油茶了，姑娘们也醒了，那个叫婍梅的姑娘发现自己的裙子黏糊糊的，知道不好，就害羞，不敢起来，其他两位姑娘就先起了。

　　这时郎耶就喊："婍梅，你还不起来呀，是不是真的拉屎着床了？"就这样，其他两位姑娘喝罢油茶就走了，婍梅留了下来，成为郎耶的妻子。

　　讲述人：杨友保，男
　　采录地点：八江
　　录音者：罗秀兴
　　记录者：莫俊荣

卜宽戏弄山霸仔

卜宽是很会戏弄人的，在我们这一带，大家都晓得。有一天，两个山霸的儿子，认为自己很精，不会挨卜宽骗，就去卜宽的寨子找他，但他们不认卜宽。他们两个一到寨门口，就碰着个人从寨子的石板路走出来，山霸的仔就问："同伴呀，卜宽的家在哪一路？"实际上，从寨子走出来的就是卜宽，他问："你们两个找他做什么？"山霸仔讲："听讲他很能戏弄人，我们两个想来试试他看。""啊，你们两个想来和他比乖，看哪个狠。""他的家在哪里？"卜宽讲："他的家在寨脚那里，现在他不在家，他在那边坡脚那里，你看嘛，那里有个人。"两个山霸的仔真的看见那里有人，也信了。卜宽说："你们在这里等一下，我去喊他来和你们比乖。"

这时候是热天，两个山霸的仔把远地来，很辛苦，这个人去喊要走很远，打转回来起码要个多钟头，这里近河边，又太热了，就把衣服脱光，跑到河里洗凉。卜宽偷偷转回来，看见那两个在洗凉，互相逗戏，热火朝天，就把他们的衣服收起来。

我还漏讲了一点，在寨门那时，卜宽问他们："你们叫什么名字呢？"那两个，一个侗话叫作"囊"，汉话叫"看"；老弟侗话叫"努"，汉话叫"瞧"，都是"看"的意思。

现在卜宽打转来见他们在洗凉，就大声喊："来啊，看啊！""来啊，瞧啊！"这实际就是喊他们的名字，这两个想，为什么喊我们？是卜宽来和我们比乖吗？寨上的人呢，听见卜宽这样喊，以为是有什么好看的，就跑出寨来看。那两个以为喊自己，就跑上岸找衣服，到处找不见。寨上的人看见两个光着屁股的在那里摆来摆去，在自己的寨门口这样搞，就是对我们的最大侮辱，就进寨子拿棍子来，那两个跑到哪里大家就追到哪里。卜宽又在那里大声喊："来啊，看啊！来啊，瞧啊！"搞得全寨的人都出来了，那两个人挨棍子打得一身红肿。

后来卜宽问他们两个："你晓得我是哪个？"两个说不晓得，卜宽说："我就是卜宽。"那两个才晓得已经挨他整了。

讲述者：覃垣

讲述语言：桂柳汉话

流传地区：广西三江同乐一带

录音者：贺嘉

记录者：肖启中

吴勉起义

吴勉是贵州黎平府蓝洞村人，他家世很穷，他有一个父亲、一个母亲，有个妹妹。

听古来传，生这个孩子时，有三天光亮，有三天的香味，满屯满寨都香。那么他一出世就带着两样宝贝：一样是一本书，一样是一根鞭子。那么他这个家呀，是个贫穷之家。但是他这个人很灵，书也没读得起，就是从小帮人家放牛。后来呢，黎平发生几年灾害咧，官府又追粮税，地方没有粮上，那就抗粮，抗粮就起了义兵，去打黎平府，他的父亲也就在其内啦，也是义兵的一个首领。那时候打到黎平，黎平也关了城门，府台也危险了，到处拉救兵。结果呢，连打了几仗，打不过义兵。后来，府台官就想了一个办法，只要把义兵的头头抓来，义兵是一群乌合之众，百姓凑起来的，它就必定要散。后来呢，他就派了个代表来和义兵讲和。许可义兵不上粮，也不要打了，还要义兵派几个代表到府里去商议，后来义兵上了当，把那几个头子送上门去，结果被府台扣留了。义兵没有了首领，后来就打散了。结果，吴勉的父亲在那一次中挨杀了。在他父亲被扣留期间，吴勉是十一二岁，他到牢中去看望父亲，父亲说："孩子，父亲是为抗粮而死的，你要继承我的志。"

吴勉回家后，就加紧练他的功夫，他拿着从娘胎里带来的书本和鞭子，练他的法术。有一天，他放牛，平地里的草都光了，独有陡坡上的草很好，可牛上不了，因为那里尽是石头，他就拿出他的赶山鞭，把那些大石头赶开，放牛上高头去吃草。真奇怪，他的鞭子能赶大石头，他心里很高兴，后来就不养牛了，在家里面练法术，练剑，练纸人、纸马。他用剪刀剪出人和马，很像。

吴勉又是个很孝顺的孩子。有一年冬天，天气冷极了，吴勉母亲想吃鱼，可冷天去什么地方要呢？吴勉说："妈，我有办法。"他妈不信，以为他要去开人家的田，不让他去，但他一定要去，只要妈想吃他就去。他母亲拗不过他，就说："我们一同去吧。"吴勉说："天寒，妈不要去了。"妈妈不语，便去拿起捞绞和竹篓，走出大门外等着。吴勉无奈，只得带妈妈出门了。走到东山脚下时，他想，近处溪小，不如到转水河去。于是，他领着妈妈，下潘老，过中潮，到达引所，他们沿河走到转水屯，他对妈说:"妈妈,你在这儿等,儿去把河塞断,如果妈妈见下游河流干了,便动手捡鱼,我先把鼓安在这里,鱼捡够了,妈就到这儿来擂鼓,儿就放水了,放水时,妈就不要下水去了。"妈说:"知道了,快去塞吧。"吴勉走进转水屯水坝,入河中间,横江躺下,大河的水便一下子塞断了。吴勉妈一看,河床上好多鱼啊,她就急忙下河去捡鱼。正在忙碌的时候,忽然从远处飞来一只小翠鸟,啄得一条鱼儿,鱼儿太大了,它吞不下,就飞到吴勉的鼓面上,连连地啄。当时吴勉妈单注意到捉鱼,哪还注意到鼓响啊!小翠鸟越啄越响,声音传到了吴勉耳朵里,他想妈妈捉鱼够了,该放水了。他就起身,把水开了。哪想,水头轰隆隆向下游冲去,他妈妈来不及避开,被大水卷走了,等到吴勉来到下游,不见了妈妈和鱼篓,就大喊:"妈妈,你在哪?"喊了一阵,不见任何音响,他吓坏了,急忙四处寻找,只见江水滔滔,哪见亲娘影子,他急得哭了,跪在大石上,哭得昏了过去。吴勉就这样失去了妈妈。一直到现在,转水河边大石头上,还留着他跪着哭娘的脚印、手印。

后来,吴勉回家了,只有兄妹二人相依生活了。他对妹妹说:"妹妹,现在法术已经练到了,我修好了三支箭,明天够七七四十九天了,明早我必须五更起来放箭,现在我的身体连天连夜地练,已经困倦了,要守到明早五更是不行了,那么你给我守一守,到鸡叫的时候,你就喊我起来,我要用我的法术替父亲报仇。"他妹妹就说:"好,那我就等到鸡叫的时候喊你。"

他妹就守夜,鸡没叫就感到困了。她想:"我哥为什么要我守一夜呢?我困死了。"于是她就想了一个办法。她拿来一只簸箕来拍,拍了几下,公鸡惊叫起来。她就跑进屋去,喊:"哥哥,鸡叫了,鸡叫了。真的,鸡叫了。"他就把门打开,脚踏上门槛,三支箭就射了出去。三支箭都射向京城金銮殿,第一支箭射向皇帝的咽喉,第二支箭专打皇帝的心脏,第三支箭就射皇帝的下阴。这下皇帝就完了!可惜,天色尚早,皇帝还没有上朝,没有到五更时期,皇帝是不会来上朝的。

吴勉以为皇帝已被射死,就聚集义军,准备杀上朝廷。朝廷也知道了,皇帝也知道了。因为皇帝第二天一上朝,呀!龙椅上钉着三支箭!马上下令派人去下面巡查,好,果然发现吴勉造反了。带兵的官儿就来向皇帝报告,说吴勉带了许多蛮侗、蛮苗来造反了。皇帝就派兵向湖南、贵州杀了过来。吴勉有本事,就放出纸人纸马,天上也喊杀,地上也喊杀,把朝廷的兵马打败了。连打了几仗,都被吴勉打败了。但他那时太着急了,纸人纸马还没有上光油就放出去了,碰不得水。官兵上报朝廷,说这个吴勉厉害呀,我们去打时,他有天兵天将。这一下,明帝紧跟到又发兵,打发他的崽——楚王朱桢派几万兵去打。吴勉起头的几仗是打赢了,后来落下大雨来,把他的纸人纸马消灭了,因为纸被雨打湿,溶去了。

他怎么办呢？打败了就跑？朝廷的兵就追，只要抓到一个吴勉，就是大大的功劳了。楚王就追去，追到信洞①坎那地方，吴勉就想了个办法：黎平背后的羊角岩，到处是岩石，用赶山鞭把岩石赶起来，赶到信洞，然后把八洛的水用大坝拦起来，等官兵来时，放水淹了他们，不就行了呗。哪晓得不成功，当他把岩石赶到信洞坎时，遇着一个妹仔，他就问她："妹仔，你看见一群牛马羊过去好久了没？"妹仔不知道内情，感到乱石走动很奇怪，就说："我没有看见牛羊马，只看见一群石头在那里走。"吴勉说："你不能说是看见一群牛羊马在走吗？"妹仔说："我明明是看见石头在走嘛。"如果妹仔说是牛羊马在走动，石头就会继续走，但妹仔说是石头，石头就不走了。吴勉一生气，"啪"的一巴掌打过去，把妹仔的发髻打歪了。所以一直到今天，信洞一带的妇女发髻都是梳偏的。

吴勉又跑咧，跑到他的那个石屋里头来。那个屋是一座大大的石山，屋门现在都还在。吴勉跑进去后，就跟他的部下讲："现在我们要跑，我们抵不住了。"部下就说："大王，你跑了以后，我们怎么办？"吴勉说："我们只要还剩一个，也要坚持到底。"吴勉于是就带领起义军到迁岭寨来，作一个根据地。官军也追到迁岭寨来，对人们说："你们要把吴勉拿出来，不然就把你们寨全部剿完。"父老们就问吴勉："那怎么办呀？"吴勉说："要死是躲也躲不了的，不死，他们怎么搞也不死。"说罢，他就把一根树枝扯起来，倒插在地上，说："要是这根树枝倒插能活，那我就不会死。"结果，树活了，一直到今天都还活着，几人抱都抱不过来。结果能呢，他的部下们欢喜起来，我们的大王不会死！哪晓得还是打不出去，因为吴勉生病了，被官军抓去了。

官军把他押到黎平，准备杀了。这时，他妹妹来看他，他对妹妹说："妹，我讲个法给你，他们杀不死我的。当我被砍下头后，你就把我的头拿到脖子上放稳，然后喊我三声：'亲爱的哥哥！亲爱的哥哥！亲爱的哥哥！'我就会活起来的。"杀吴勉的兵看见吴勉已被杀死，得意地回家去了。哪个晓得吴勉的妹妹又把他的头给接起来，然后跪在地上喊，喊第一声，吴勉的头就合得没有纹路了；喊第二声，脸就红了；喊第三声，起来了。

吴勉转活以后，又来召集义军，又打。后来又失败了，吴勉就跑进石屋，明朝的兵怎样去推，也不开，是一个石头山。石门上现出两行字：要想石门开，要等吴勉转回来。官兵没办法，只好走了。

后来，听说有时那石门也开一点。有一次，有人听说吴勉的石屋里有很多的金银

---

① 信洞：贵州有七十二洞，信洞是一个地名。

宝贝，这种传说传到黎平府，府台大人就派人来，一看，门真的开了一点。

府台大人就来了，进去一看，果然有金杯银杯、金碟银碟、金盾银盾、宝剑、兵书，都在那桌子上。那帮人一哄而上，可手刚触到，一阵雷打下来，把大石门震得关了起来，把府台大人等一伙人关死在里面了。[笑声]

这就是吴勉的故事，我只晓得这么多了。

口述者：吴道德，男，70 岁，三江林溪皇朝寨人
讲述语言：黔东南汉语
流传地区：三江林溪一带
录音者：王强
记录者：莫俊荣

小骗子阿龙阿来*

以前在三江八太江，有个寨子里有两兄弟，叫阿龙、阿来，大的十五岁，小的十三岁，很精，很会骗人。有一次，他两兄弟到湖南"福图"那地方了，碰到一个老人，那个老是个有钱的，看见这两个小孩，就问他们："你们到来做什么？"他们就讲："外公，我们是有事才来的哟，有事情还得麻烦你老人家哟，先让我们吃饭吧。"他们二人很穷，没有钱，但为了骗人，就背了一袋石头，外面看作很像装的银子。那个老人也是很贪钱的，就带他们回家吃饭，吃完饭，老弟就出去耍妹仔去了，哥哥留在家里，什么也不说。在老人屋里住了三四天，两兄弟也不讲什么，老人就问："你们到底要干什么事情，要我帮干什么？"他们就说："外公，我们在家乡被欺负了，现在来找你帮我们申诉一下，以前我们父母在世时，山上有山，茶山，田地有几百亩，现在老人家死了，人家就把我们的地占完了，一点都没有了。现在，我们来求你帮我们去县里打官司。"他们又指着口袋说："我们拿了银子来。"那个老头是个贪财鬼，说："那好，明天我们就出发。""外公呀，你骑马还是坐轿？""骑马太颠，还是坐轿吧。"

第二天，两兄弟在寨上请了人抬那个老头，抬到丹州县府门口要告状。其实根本没有那回事，他们只是想骗下那个老头。阿龙就问阿来："啊，老弟，我们那袋银子呢？""哎呀，搞忘记了，搞忘记了，忘在门背后了。""哎呀，没有银子怎么打官司呀，快去拿来。"这样呢，阿来就去了。

阿来到那家后，就对那老太婆讲："外婆啊，我们去告状，外公讲没有零钱用，我们先在你这拿点钱用，以后还你们呀？""要好多呵？""三四百两就够了。"那老太婆给他了，他又讲："我还要坐马去哩，快点到。"老太婆又让他把马牵出来了，"还要十两鸦片呀！外公要哩。"老太婆又给他了。这样咧，阿来就拿着四百两银子、十两鸦片、一匹马，跑湖南那边去了。

这边呢，等那一直等，阿龙就讲："吡，我老弟那久没来，我上高坡上去看看。"

---

* 龙：肚皮；来：脊背。

老头讲："你快点下来呵。"他哪里去看去了，他早就和老弟约好了在湖南靖县会齐。

老头等了一天，两兄弟一个也没来，就到林溪去住了一夜，又等，不见来，就回家去了。老婆子一见，忙问："你怎么回来这么快？你的大红马，还有四百两银子、十两鸦片，都拿去了。""唉！上当了，这两个是骗子！"

那两个娃仔得了银子、鸦片、大红马，就赶到湖南靖县，把马卖了，又得了一笔钱，两人商量还要骗更多的银子。他们看到河边有一个叫化棚，有很多叫化子在那里，他们两个就到那里去，看见一个五十多岁的汉族叫花子，他们就穿着大红袍跪在那个叫化佬面前哭："爸爸，你以前为什么丢下我们，我们跑出来都要成叫化子了。""我没有娃仔哩，我不认得你们。""你不要不承认哩，我们是你的娃仔哩。"叫化佬还是不承认。旁边几十个叫化佬都说："笨哩，有娃仔你不承认，你娃仔穿得还蛮漂亮哩，我们是没办法才讨饭哩。"叫化佬就承认了，两兄弟给叫化佬换上寨老穿的衣服，把带虱子的衣服全换光了。长袍、礼帽，蛮排场哩。

好哩，现在有父亲了，还要有一个服侍父亲的人。他们又请了一个十二岁的小叫化来服侍他，他们两个就要搞大生意了。

长沙有个大老板，很有钱的，他两个就去了，那个老板开了一家铺子，他两个进去："老板，生意好呵！""好，好！""你这里收桐油吗？""收呀，你们有多少？""五千斤。""太好了，五千斤我全要。"老板就接待了他们，住了三四天，老板见没有货，就问他们，阿来说："大哥呀，干脆你去看一下吧。"阿龙就去了，在外边转了天把，回来了："来了，就要来了，他们结交了几个朋友，正在款常哩，我的父亲先来。"他们去把父亲接来了，他们那个假父亲，一身打扮很华丽的，这个老板一看，哟，比我还有排场哩。他就给阿龙阿来说："你们一定要把桐油卖给我哟。"阿龙阿来就说："那干脆你先给我们货吧，我们还要赶路，留父亲在这里等桐油。"老板说："行呵行呵，你们要什么货呢？"他们说："给我们十匹绸缎，其余的付银子。另外，我们要走水路，再把船给我们准备好。"老板都答应了。他们两个得了十匹绸缎、一大笔银子，走了。

等了十天半月，老板见桐油还没来，就去问父亲："你们的桐油呢？"假父亲说："什么桐油不桐油，我没晓得。"老板一气之下，叫人把假父亲打了一顿，假父亲才说："我不是他们的父亲，我是个叫化，他们认我作父亲，叫我来我就来了。"老板没办法。

两兄弟回家后很高兴，这次发大财了，他们想谢酬谢酬湖南那个外公佬，有了他的四百两银子，才能办成这件事，要把东西还给他，但马没得了，长袍也没得了。银子有了，两个人就到大城市去找。广东找了，没得，到上海去找，要找像样的长袍，走了几个铺子都没得。他们就问人家，哪里有像样的袍子。人家讲，这样的袍子只有外国进来的，没有卖。两兄弟又问，哪里有，再贵我们都买。人家又讲，只有一个五十多岁的扒手有一件，是外国骗来的，天天穿着在街上走，他也不会卖的。两兄弟一出铺子，正好碰着那个大骗子，两兄弟马上跪在他面前："伯父呵伯父，你还认得我们两个不？""我哪认得你们两个，认没得。""你不要不承认哩，你以前和我父亲是八拜之交哩，那时候我两个还小，你老人家记性不好，已忘了啵？""有这回事吗？"他俩个早已搞了假的，用白石头装在袋子里扛在肩上，那个大骗子问他俩："你们扛的什么呀？"两个说："是银子哩，我们出来用的。"老骗子一下就把两个仔扶起来："你们怎么到这里了，侄仔。""有点事。"老骗子就叫上他们去喝酒。喝酒时，他俩和老骗子共一个长板凳，老骗子喝热了，就把袍子脱了下来放在身边，他两个就拉拉拉拉到这边来，坐到屁股下，然后装作醉酒，老骗子说："侄仔，侄仔，醒来回家去睡。"两个装不醒，其实老骗子不想他们醒，他想这袋银子我得了就发财了。看他们不醒，他就叫跟他一起来的娃仔把口袋先背走了，他也想走，但一看袍子在阿来屁股底下，就想取，取不出来，没要紧，我有那么大一袋银子了，袍子不要了。他就走了。

老骗子一走，老板就来叫阿龙阿来："赶紧醒了，你们的银子让那个人拿跑了，你们没晓得，他是有名的扒手哩。"两兄弟只好说："我们得了这袍子就够了。"

老骗子和那个小娃仔走了很远，老骗子说："起快打开看看，有几多银子呀？"打开一看，全是石头，赶紧回去找，鬼影子都没有一个。老骗子没有办法："哎呀，我当了一辈子骗子，还骗不过两个娃仔。"

两兄弟拿到了袍子，又买了一匹马，还给湖南的老头了。完了。

讲述者：黄传贵，男，50岁，农民林溪乡枫木村人

讲述语言：侗语

翻译：吴启敏

采录地点：林溪皇朝寨

录音者：王强

记录者：莫俊荣

杨条正*哄骗生意人

在杨家那帮侗寨妇女，一旦空闲点，不做什么活路，两两三三地合在一家，有老年的、中年的，在一起煮豆粥。杨条正咧，他就有一回，到那里一看，你们这帮妇女搞哪样名堂。他故意在屋边咳嗽："咳！咳！"妇女们说："听，那个死馋鬼佬又来啰，我们莫讲给他听。"条正问："你们搞什么？"妇女说："没什么，款常①点！"条正说："怎款常款得更味道？我也参加你们款常得没得？"妇女说："你个男子汉参加我们款常，人家会笑话的。"条正问："你们鼎锅里煮什么东西哟？"妇女说："没煮什么，猪潲呗！"妇女们也不留他坐。

他就到溪边荡荡点。那里不有许多小鱼？他就急急忙忙捞点小鱼回来。故意紧紧张张地跑回来，对妇女们说："哎呀，你们还在这里款常呀？"妇女们吃了一惊，问他出了什么事。他说："溪河上游牙己寨正放药闹鱼咧，好多好多的鱼死满河，好多人捡死鱼仔都捡不完咧。"妇女们正爱趁闹鱼的热闹，一个个涌出门找捞绞②，都顾不上吃豆粥了。等妇女们一走，他就进屋去舀豆粥吃，吃了四五大碗，吃饱了，就找来两半桶细糠［笑］，捞进粥锅里。

妇女们回来，大叫上当，责问他："你哄我们。"他说："我哪哄你们，你们不见我的鱼仔？"妇女们说："那你为哪样不去捞鱼？""我不想去了，我在家帮你们煮猪潲。"

条正这个人爱搞些小生意，他到湖南的峒雷，张正那边［林溪乡附近］侗寨。他那人，身材也不那么漂亮，只是嘴巴会刮。那地方的人，都不热情招待他住宿。这家不让住，那家不让住，今晚问哪住呢？他想，好，他看见河边有一帮老人家都提鸟笼养一种鸟，在那里斗鸟。这种鸟，讲侗话叫"诺廖"。他就对那帮人说："哎呀，你们这种鸟，打架打得这样不狠的？"那帮人说："还不狠，我们这种鸟都花几十两银子才买得的咧。"他说："这种鸟，我们那地方多得很。"那些人说："你们是哪块

---

* 条：侗语念 tiu。

① 款常：聊家常。

② 捞绞：捞鱼的工具。

［里］的？""我是林溪那边的。""你们林溪那边真有点啵？""是呀。"接着他们就讲起养鸟的板路来，对答如流。好，大家都高兴起来，这个要拉他住一晚上，那个要拉他住一晚上。都说二天要跟他回林溪找鸟。

他住了三四个晚上，又做了点生意，准备回了。心想：我们那里哪有这种鸟，人家是用银子买来的，哄他们，他们也信。他回家的那天，真有三五个后生跟着来。到半路，他指着一蔸大树，说："哎呀呀，你们看，还去哪找鸟，大树上一大帮哩！"那帮人说："不是这种鸟哩，这哪是'诺廖'哟！"他故意说："不是吗？我们那地方尽是这种鸟哩！"那帮人说："不对，你弄错了，弄错了。若都是这种鸟，何必还辛苦到你那地方去，不去了，不去了。"那帮人都折转回去。他也笑在肚里往前走了。

他的生意还没有做完。他又进一个寨子，他想在哪家住一两个晚上，问这家，这家讲没有被窝，问那家，那家讲没有办法，我们生活困难。

怎么办呢，天就要黑了。他看见对面山上有一帮人在那里剥桐子，就走过去看。那帮人一个个地剥，手指都疼了。他就说："你们剥什么桐子？""什么桐子，难道你不看见？"

"这样实在辛苦。"

"年年都是这样剥呀。"

"可我们那地方有一种桐子，一到秋天就自己开裂，自己掉的，最好啦。"

"你们有这种桐子？"

"有，多得很。"

"你搞什么的？"

"我搞生意的。"

那帮人想找点开壳的桐子，就跟他款常，让他进屋去住了一个晚上，就回来啦。

那帮人送他出来，问他住在哪里，条正说："我住在三江林溪美俗村。""那明年我们去你那里换点桐子种啵。""好嘛。"条正讲。

哪晓得第二年春天，他们真的来了一大帮人。好啦，来这么多，怎么办呢？他就讲："你们来慢了，贵州、湖南的来要完了。这种桐子，只有我有，他们放火烧田坎时，把我的桐子树也烧光了。"条正又问："你们来这么多人，有人想搞点生意没有？"他们有人答："有。"就住下了。

一到晚上，吃晚饭了，他就去开腌鱼的大磅桶，那帮人一见就讲："你有这么大的鱼呀？"条正讲："是呀，这种鱼种只有我有。"他们又问，条正就讲："去年，我放了些鱼母在上下两块田里，大水来时，上面那块崩了下来，把下面那块田里的鱼母都压扁了，那鱼蛋标到上面去，才得这么多鱼，这种鱼是好。"那帮人更加相信了。

他又讲："那天我拿五十条鱼去田里养，哪晓得天热得很，我就拿到杨梅树下，把那装鱼的瓜钵①挂在树上，去吃杨梅去了。吃饱杨梅之后，忘记鱼了，没有拿去，后来一直都记不了，到开田时，谷子都收了，我把田水一放，一个鱼都没得。奇怪呀，我就坐在田埂上吸一口烟，后来想起来了，我的鱼仔还挂在杨梅树下哩！我跑去看时，好大的鱼呀！大尾巴撑出瓜钵外，那大瓜钵都被吃薄了，还剩鸡蛋壳那么薄的一层，如果我迟到一天，瓜钵就被咬通了，我这种，随便乱挂都可以，又没要田，又没要塘。"

"现在还有没有？"那帮人问起来。"有是有。我们是朋友，我不高价出卖。"那帮人就讲："我来五十条。""我也来五十条。""好，好。"条正答。"我们没有什么装去，你那种瓜钵还有没有？""瓜钵？我去问我老婆看。"条正去问，出来讲："还有，还有，去年种了一蔸，结了五六十个，这种瓜钵最好。"

结果，那瓜钵一个卖了两元钱，鱼仔也卖几元钱一个，捞了一大把。好，你们这帮来我这里吃了一餐，我捞你们一大把，羊毛出在羊身上。

就完了，条正的骗人故事。哈哈，

讲述人：吴启敏，男，45 岁，农民，林溪乡美俗寨人

讲述语言：桂柳方言

采录地点：林溪村皇朝寨

录音者：王强

记录者：莫俊荣

---

① 瓜钵系当地一种白瓜壳，比南瓜大，侗人多用来装糯米饭。

杨条正骗红薯

　　有一次，有十多个老人和他们告状，到怀远去告，告状给他们告行了。告行了县长老爷就赏给他们一个银票，十两重。条正就去拿，拿后他们就回家了。他们就讲："我们那银子是哪个拿的？"后来有人就讲是条正拿。有人就讲，怎么给条正拿，他那个人是不行的，怎么给他拿。条正听不清楚，就问他们："你们讲什么？"大家又不讲了。条正就讲："你们又不去拿，这是大家的东西，我一个人拿，大家莫要算了。"就丢进河去。那个河又大又深，大家又埋怨。莫讲好了，现在银子又进河去了，怎么办？人就去河里迷水，哪里得？就这样咧，银子不见了。他就是这样一个人，什么人做事情也逃不过他的眼睛。

　　有一次咧，在冬天，在屋里烧红薯，烧红薯也要分给他咧。条正进屋来了，大家就讲，不要让他知道。条正在火塘边坐下，大家没拿他又不好讲，拿出来才好讲。他想，我要搞你们一个也不得吃去。他就讲："哎，我昨天去跟两兄弟分田地，怎么分他俩也不答应。"他就拿起火钳，在火塘中比划："我这样划他们也不答应，我这样划他们也不答应。"结果把火塘里的红薯划烂了。有人忙喊："哎哎，那里头有红薯！""你早讲点啰，不然搞烂了。"于是大家扒出来，他又得吃了。

　　口述者：吴道德
　　流传地区：林溪一带
　　记录者：莫俊荣

爱开玩笑的和尚

和尚这个人是我们本寨的，活到现在该有一百多岁了。这个人很爱讲笑，他讲了他自己也不笑。他还很爱做好笑的事。

我们爱行歌坐夜，爱行年，亮寨咧，大田咧，大家一起每个寨子去做客，斗歌、斗耶、斗讲古，还有斗武术，以前每个寨子都有一、两个武术师父。有一次，别寨的人到皇朝寨来做客，散客的时候，天已经黑了，和尚领得一个客，要回屋去歇。和尚家蛮好，他是一个富裕农民，够吃够用。他是一个单身，一世没讨老婆。没有客，他就和他哥哥一起吃，有客就自己煮。

那以前，我们这里没得电灯，没得灯亮啰，就点煤油，哪家有点，就点一个灯笼，哪家没得，就是一根香。和尚的家就住在河边上，天黑了，人家没晓得他住哪坎，也看不见路，他就带着客朝另一边跑去，把整个寨子都穿完，又把客引到一丘大田边。他讲，我家在对门河去，要过这田，这田是泥的，没要紧，脱鞋就行了。那个客也只好跟他踩过烂泥田。到屋了，屋里没有灯，他引他进门，没有门的时候，他讲："客，过门了。"客把脚抬得好高，跨过去，又没见门栏。到有门时，他又不讲，客又把头碰在门栏上。这里进那里出，他讲我屋里有十二重门哩。后来哩，他到火塘边了。他办得很好，鸡肉、牛肉、猪肉、鱼、腌鱼，什么都有。他讲："我是个单身哩，没得人，没得妇人，也没得娃仔，尽量吃饱。"他俩又换酒，客吃得饱饱的。他又拿来一大坨糯米饭，放在客面前："客，这个饭你要吃去，这是我们这里的规矩，叫作好客饭。"那个客讲："什么好客饭？""你到哪家都一样，吃了一餐饭后还有好客饭，你不能不吃。"我们这里的糯米饭要发的，吃饱了又吃这么一大坨，要胀死的。那个客吃了胀一天肚痛。还是个年轻的。是一个老的就被他害死了。

第二天，那个客换了一家。上桌的时候，他就讲："少点，少点。"吃了一点点，主人就讲你吃这么一点就饱了？他讲饱了。他以为还有好客饭。可是没得了，其实本来就没得什么好客饭，是和尚骗人，害得那个客饿了一天。等到下午全寨会餐时，那个客已经饿了个半死。

他就是爱耍人，总要害到你，没害到你心里就没舒服。

有一次，又来一个客，那个客很精明，他这样害，害不到，那怎么办呢？那晚上，他就引那个客去外头要到十一二点才回来。睡觉时，和尚把他的衣服全部脱光，一纱都没沾身的。对那个客说："客，你睡里边，我睡外边。"睡下了，他就说："客，我要解溲。""解溲你就去嘛，又不是不认识路。""没得衣服，好冷哩。""你的衣服呢？""没晓得丢在那坎了，借你衣服一下。"那客明明看见和尚把衣服挂在钉子上，他也晓得和尚爱整人，不正派，借了衣服肯定就去要姑娘。"你就这样去吧，没多远，现在又没哪个看见。"和尚又说："那我把被窝包起去。"那客一想，包被窝去解溲，跑不了，马上就能回来，就同意了。和尚就包起被窝出去了，哪晓得这一去就没转来。那时候这里下雪，不是冷嘛。那个客在床上冷一夜。

后来，他又用好客饭整了一个人，那个人恨他，成了仇人，回去就给哥哥嫂嫂商量，和尚这个人好坏的，下次他来我们这坎做客，我们也要整他。后来，和尚和皇朝的人真的去了。

人家在月也①时，都是好衣服、好裤子、好鞋拿包袱包起，要到了时，那不是把旧衣服脱去，把新衣服穿上。和尚不穿，他就打着一对草鞋，就走进去。那个寨子里的人认不得他是个客人，结果在散客的时候，他一个人没得哪个散②。

他那个仇人的哥哥在那地方是个头人的，他说："和尚还未来呀？"有的讲："没晓得啵。"别个没敢讲他。只有他在那个角落里头，他讲："喂！这里还有个客。"那个头人听讲这里有个客，就来看，说："你是客呀？"他心里想：你是客呀？这样打扮？穿着件烂衣服，打着对草鞋。"好，好，你是客，你是……你讲和尚来没来呀？""和尚是没来，我是帮和尚做长工的，我来。""好，好，他没来你来好，你跟我来。"他一走到他家，他已经晓得了，懂得那个客是和尚，可能被我整过，或者是被家里什么人整过。那个头人是蛮灵的，把和尚让到屋里去，他就出寨去看，哪家的客人多，去分个把来。

他一走，家里就剩一个妇女，一个小孩，七八岁。和尚没找凳坐，他就坐到火炉边那个石头上，坐在石头上，他就拿两个脚放在灰上。在我们地方看就不像个客的样子。哪个人凳子不坐坐在石头上，放两个脚在灰里？那个妇女以为这个人是个不懂事的傻子，好，那就不招呼他，也不喊他坐。她就去井里挑水去了。

他在屋里怎么办呢？他坐一下就爬起来啦，晓得那个妇女挑水去了，他就把那个小孩说："包呀包呀③，我两个做牛打架吧。"那个娃仔还是娃仔性子的啦，就和他做

---

① 侗族集体出外做客叫月也。
② 集体做客时，先至主寨鼓楼，由各家分领客人回家招待，叫散堂。
③ 侗族长辈叫小辈"包"。

牛打架，四个脚在地下，真的用头擂。他呢，一搞那个小孩，做出没打得赢他那个样子，那小孩子就更加好耍。

哈哈哈，听见那个妇女来啦，脚步已经响进屋啦，他就攒劲了，就把那个小孩推到板壁上去，推上去那一米多高，那个小孩就哭起来。那妇女听见屋里头孩子哭了，她就走进来，咦！这个客为什么把我那个娃仔用头顶上那个板壁上去？"嗳！"她讲："客，客，你快放手，莫拿我小孩这样搞。"他也没作声，他退下一边，四脚这样站到，那眼睛像牛一样鼓鼓的，"皮，皮"地放气。哈哈哈……

他在那里歇三天，拿一床席子，就放在楼板上，吃饱了就在那里睡。那个头人看他不像样，也不拿他当客，也不理他。他也三天没出门，他睡呀。

我们皇朝寨，算还歌，还是第一号的，我们到鸡林寨，那是一个蛮大的寨子，去试对歌，就还不清楚。和尚是我们这儿的歌师。就着人找他，找来找去，他在屋里头睡。

"那个客没出门呀，来我这屋里头三天啦，没会还歌呀。"那个头人讲。试一试，看一看，是不是和尚，好，当真是和尚。他们讲："我们今天被歌难倒了，你还在这里睡，你怎样门就没出，人家唱歌啦，我们还不去啦。"他讲："要唱歌就来屋唱。"那个女的就这样子讲："这个人会唱歌呀，恐怕这个灰尘就要掉下来。"歌唱得好灰尘会自己掉下来，这句话有点讥诮他的意思。他讲："我不出去唱，我在屋里头唱。"连到唱几天歌，别个还去几天歌。他每一支歌，都要有一句"早保奶也假盖缸"，他讲是灰尘落下来，你要盖那个水缸。那些人讲，嗬！这个人这样子会唱歌呀，我要把这个水缸先不先盖起来，怕灰尘落下来。

那时候我们这里有一个广东人，在我们这个街上开铺，铺子是很兴旺的。有一次三十夜晚，做生意的来来往往，买东西的也是人多的，没得空。和尚喊那个老板："朋友，我有一句话最当紧的。"那个老板讲："什么话，你讲。""这个话不能够泄露的。"那个老板不晓得他要讲什么话，在这个屋里都不能讲，恐怕那个话语有些秘密事情，要到远地方讲，就引他到离家不远的地方去："这里讲得吧？""没讲得。人家听见了就没好，等到那高头去。"他又要解溲，解溲完了。"你讲给我听。""讲，我讲是讲给你听，你莫要跟人家讲，跟人家讲就不好。""我晓得，恁秘密的话我跟人乱讲？生意高头的话是怎样？""今天是三十夜晚，明天是初一哩。"［大笑］"初一别个没晓得？"［大笑］搞得那个，［大笑］……"该死的，你挨死吧，别个这样好不得空间，三十夜晚的生意，你是讲笑怎样的？你搞……"［笑］"我以为你没晓得，我才讲给你听。"他又不笑。哈哈，他就是搞这些事情。

和尚一世人都是搞个名堂。他买肉，案上去买，买得一斤两斤就拿到铺子里来休息，来款呀，和那个老板谈话呀，肉就挂在那个盐桶上。那时候盐很贵，肉掉下盐桶他又拿起来，又搁起，又掉下去。"咦，"他讲："这个肉硬是有点蛮气呀，你要进盐，你要进盐我就索性搓溶你去。"他就把肉在盐里使劲搓："哈哈，好啰，咸去啰，你这个肉不连着要盐？你是对我来的，我不是搓你熟去就算了。"

有一次他还搞了个好笑的事情，他没得钱用，去跟那个老板讲："这两天呀，困难呀，家里头没得个钱用，跟你老板想个办法，想没想得到？""想什么办法？"他讲："跟你借几两银嘛。""借呀，借是借得，我这个钱是拿做生意的，本钱是多有点更好。"他又怕他借去不还，又怕他还得迟。他只有讲："你怕我还没还，那就当过，拿个什么来典当给你。""那拿什么来典当？""我有个母鸡，好大的，有一窝鸡崽，我拿来当给你去。要是我得钱来就赎这个鸡，没得钱来就没得办法啰。我讲定三天来赎就三天来赎。"把鸡拿去了，两三个月也没来赎。"和尚喂，你的鸡呀你来赎去吧。""哎呀，哪要钱呀？"他讲："我当给你，一个母鸡，十几个鸡崽，给你养，养了恁大了还未熟（赎）呀？"〔大笑〕搞得老板没办法，讲："算了算了，给你拿去算了。"〔大笑〕

我们这里有个八担柴，那个你们喊做什么？菌子。八担柴的菌子，蛮韧的，是那个枯木上生的，他到山上去讨得一篓，那个菌子是煮汤吃的，很香的。他头一天得来，夜晚就煮一锅汤吃了。第二天又拿去卖，卖给那个广东人，他讲："这个菌子是我今天得来的，很好吃，又嫩，又香。"那个老板没晓得，要来一煮，一点没香。"哎，和尚，和尚，"第二天他讲，"你那个菌子不晓得把那个地方讨来，一点也没香。""咦！昨晚我吃是香的。"〔众笑〕

和尚是一个单身，他不会炒菜，又不会蒸糯米饭。他拿了一个鼎锅，把一只鸡杀了，剁得碎碎的，放进锅里去煮。我们这个地方是这样，都是吃糯米饭的，吃稀饭很少，你要是吃稀饭度日，就说明你是很穷的了。正月天，和尚家来了一个客，他只煮一锅粥，一样菜也没得。他盛了两碗粥，对客人说："吃了，吃了，就是这样了。"那客人一看，哎哟，吃粥啊，心里不大高兴，说："我已吃过饭了，不吃了，不吃了。"和尚再三邀请，和尚说："别看这锅是粥，它好吃咧，什么好料子都在里头呢。"〔笑声〕客人还是不想吃，和尚说："你先吃一碗嘛，嘿，你先吃一碗。"客人于是就吃了，哟，那个粥好香！那里面又有木耳，又有香料，配得很好。〔众笑〕那客人尝到了甜头，于是就大碗大碗地喝。〔众大笑〕吃完粥后，客人就满意地走了。

我们这里有个待客的习惯，那个鲤鱼哇，拿来一点一点地切，恁大个草鱼是拿来切得恁厚、恁长，拿那个盘子装起，底大要放一个大大的鱼垫盘子，高头是切碎的。客人尽量去吃那切碎的，没得哪个去吃那个大鱼，客人也不能吃，主人也不吃。和尚去做客，他就把底下那个挖出来吃，别个就好笑："这个人就没讲客气，为什么垫盘那个鱼他也拿来吃呢。"好多人讲他的空话。

第二年，他就还礼，人家来到他屋里做客啦，他就要那个怎大的草鱼。那是蛮咸的啦，我们这里是一斤草鱼四两盐。他拿出十多个，拿个盘子堆起怎高。那个场上买的猪肉一斤猪肉切作两段，煨好。到吃的时候呢，他喊："动手，动手。"你晓得把哪头吃起，一个整的，又怎长，那是酸鱼的，没吃得。和尚吃得咸，他吃，他拿一个草鱼，把头咬到尾，一个一个吃整的。那个肉，一斤、两斤作两截，你去吃？你宁愿不吃，吃那个做什么？怎大一坨。菜也没得吃，他也没得菜，就是那两样。[笑]

和尚是个单身佬，有时寄居在哥哥家，哥哥嫂嫂人都很老实，但和尚却老是想开他们的玩笑。哥哥很气恼，就骂他："你没像个样子，尽搞七搞八的。"他听了那句话，就跑到市场上砍了四五斤肉，还买了一个鸡。那晚他就去喊他的大舅、小舅来，舅舅说："有什么事？""你们先去，到家里就知道。"舅舅就来了。和尚端酒出来，为他们上酒，大舅就问："和尚啊，喊我们来到底有什么事啊？"和尚讲："舅舅，你们带点黑墨来没？""带墨来干什么？""我嫂经常骂我是白眼睛，舅舅你带点墨来没了？"[众笑]和尚又说："如果我今后还挨嫂子骂我是白眼睛，我就用得着黑墨了。"[众大笑]

和尚开玩笑也不怕蚀本。有一次，他请得个做日工的小孩子帮他到山上捡茶籽，那个小孩子把那头捡过来，他把这头拾过去。他那个人少说笑，也不大讲话。他两个距离得有一丈样子，那小孩就看他，他就把那两个眼睛鼓得怎大[笑声]，那小孩子看见他脸又青，眼睛又鼓得怎大，就怕了。他站起来，站起来就……他柴刀背在背上，就马上拉出柴刀来，那小孩给他吓得半死，跑啦，就一直跑，跟到他就追，箩也没要，那箩是拿去装茶籽的。一个跑，一个追，追到屋里来，他的哥哥和嫂嫂就骂："为什么？为什么？"那小孩讲："他拿刀来撵我。""我不是咧，不是这样咧。"他讲："我看他捡得那里来，他就站起来看我，我又看他，我以为他是碰着老虎了，他一站站起来，那我不是要拿刀？我不拿刀，那老虎扑进来，把人家娃仔扛去了，我们要赔命的。"[笑]工钱要开给人家，茶籽又没得，蚀本生意。

和尚也有上当的时候。有一次，他引一个客去帮他挑柴，那客有点灵，为什么我来做客也喊去挑柴？也奈他不何。到山上，他上那个柴堆去，丢柴下来："你捆呀，我丢下来你就捆。"他丢下柴，那客喊一声："哎哟！"他问："什么？""藤，藤子碰了一下。"我们这里讲藤是一句外话，是讲那蛇。"咿，要紧吗？"他跑下来问："痛不痛？""有点痛。""那我背你。"他就把那个人背起来，背就背到家："现在怎么样啦？"那客人讲："没有什么。""咿！藤子……那蛇咬是很毒的咧。""不是蛇，是捆柴的藤子碰着我。""哎呀,这个背时鬼,那我背你来你又没讲?"客讲:"我讲也空嘛,你背就背我来了。"

和尚口才很好,没有多少学问,就是口才好,他也没有后代,就他自己,怀远县知县也是他的好朋友。有一次他哥哥犯了法,被知县抓去,和尚对知县说:"那是我哥。"知县就把他哥哥放了。

和尚就是这么一个人。

讲述者:吴道德,男,70岁,林溪皇朝寨人
讲述语言:黔东南地区汉语
流传地区:三江县林溪乡一带
录音者:王强、邱希淳、杜萌
记录者:肖启中、莫俊蓉

长工为主家骗婚

从前，于冲有一个姑娘非常漂亮。林略有一位青年非常漂亮，他跟张家做长工，他的名字叫唐青。

一天，张家财主的儿子到于冲买猪，卖猪的人家招呼他吃饭，端来糯饭、一盘鱼。他吃完饭，那漂亮的姑娘来收桌，把剩下的糯饭倒进潲水桶，她母亲说："妹呀，你为什么把剩饭倒去？"她说："给我们猪长快点。"

到捉猪的时候，那姑娘说："咦！可怜我们的猪。这个人长得又丑，跟他去，不知道他懂得可怜猪没有？"母亲说："人家没有糠没有饭吗？"

他得猪来了，一帮青年人问他："你今天去买猪，那家怎么样？"他说："真气人，冤枉他们有几屯田，把剩饭都倒进潲水去。要是得那个姑娘嫁到我们寨上来就好，我愿出十屯田给他。"

唐青说："你讲这样话，就是要给你做老婆都可以。""要是真能给我吃这堂酒[意即结婚]我给三十屯田给你。"唐青说："这样可以，今晚我们去走寨，但是我没有好衣服。"主家给他换上好衣服。

那天晚上，唐青到于冲去走寨，他弹着琵琶，走过那家屋边，故意不进去。那家姑娘说："这帮青年不进屋，难道不晓得家？"就含着口水，从窗口"噗"地喷下去。唐青说："啊！今晚下雨呀？下雨我们就回家去。"姑娘们吃吃地笑，说："要死？下雨？你们过我们家也不进屋。"这样，他们就进屋了。在火塘边，姑娘们问："你们这帮大哥，总不见你们来，是上边来还是下边来？我们一点不认识。"唐青说："不是上边也不是下面，大哥我唐青和你们共条梁。"姑娘们知道他叫唐青。他呢，坐了一下就走了，说："我跟人家约好了，还要到那里坐坐。"出屋来到别家走走，没有姑娘，就转回家了。

有人问："你们昨晚去走寨怎么样？对路吗？"和唐青一路去走寨的人说："我们两人光坐了一下，唐青又要转回来。"唐青说："明天我还要做早工，不转回来怎样办？第二夜我们睡饱了再去嘛。"第二夜去，唐青就和姑娘谈了，谈来谈去，那姑娘对他有意了，又约定明晚再来。

这一次，他隔了六七夜才去，到了姑娘家又要在凳上睡。姑娘说："唐青，到我们家来，怎样总讲要睡？"唐青说："唉！你不晓得我的姐妹要出嫁了，我家又没有衣服，又没有布，怎样嫁呢？"姑娘说："如果你哥唐青要我做妻子，衣服我有，布我也有，你不用跟别人借。"唐青说："我们两个这样好，怎么不要你？"姑娘就衣服呀，布匹呀，银钱呀，抱出来给他。他把这些交给同伴［主家的儿子］，喊他帮拿回家。他又对姑娘说："我这次回家，要出外头去做活路，打帮工要几个月。"

实际上，他没有出去，因为他在张家做长工。到十月，那帮青年对他说："讲你去谈得对路，那几天你外婆家扛头也没喊你，现在起房子也不喊你。"唐青说："嗬，那你们有糯米吗？"青年们凑了两筒多米，他说："好，既然外家起房子，我们就去吧。"他约那帮青年去，他们都不肯，因为不晓得他是不是真女婿。他说："你们不去我自己去。"他来到姑娘家，正是吃早饭的时候，他放下米箩，就爬上柱头装房子，用锤子敲得屋架摇摇晃，他说："你这个吴老头，起房子，光一个女婿你都不讲我听，难道你有十个八个女？你这样做不合理。"吴老头不知怎样出来个女婿，去问老婆，老婆说："我哪时嫁女，要真嫁，也要讲你听嘛。"又去问女儿。姑娘出来见了他，说："你这个唐青要死了，为什么几月不来？"他从柱子滑下来，人家留他吃饭他也不肯，回家去了。

那些人对吴老头说："你这样做，得罪了他，连饭都不吃，回去了，明天要去讲，就让他先接过屋。好在林略也不远，明天早上去喊他来接。"

唐青由于冲回来，在独峒场上拿那姑娘给他那四毫子买酒喝，喝得眼睛昏花，回到寨子，那帮青年问怎么样，唐青说："你们这帮同伴，一个也不愿陪我去，我做个新女婿，那些亲戚，这个一杯，那个一杯，把我搞成这样。"实际上，他是在场上喝的酒。

第二天，那边来讲接亲，他不推辞了。

唐青偷偷跑来找那姑娘，说："我们俩不要人家接，我们自己相好，自己走好了。"这样，他们就不用媒人，自己走了。

他原来先和那同伴［主家的儿子］商量，同伴讲："你如果得姑娘给我吃酒［意即结婚］我多给二十屯田给你。"唐青说："好，我把她找给你做妻子，你在她家后面高定［地名］路边的杂树丛里头守着，你不停地装鸟叫，'呜呜，有一个好，有一个坏，两个都好有一个死'。"

现在，唐青和姑娘走上这条路，真的听见鸟老是叫："呜呜，有一个好，有一个坏，两个都好有一个死。"唐青说："这只鸟叫得奇怪，两个都好有一个死？我们要两个都好呀。"说着他一滚，滚进杂树丛里。姑娘问："起得来吗？唐青呀。""起是起得，肩膀痛得很。"唐青趁机把同伴推出来。姑娘看见不像原来的样子，但也没有多想，跟着到张家结了亲。

张家是财主，有钱，喜事办得很热闹，姑娘家也高兴。但后来姑娘不大愿意，他父亲说："那时是你自己愿去的，又不是我们为你找，你不去怎样对得起人家？"姑娘只好去了。

过了一年，姑娘生了个孩子。到办酒的时候，主家的儿子对唐青说："她来了以后，你一直躲着不见她，难道一世人就这样难相逢？今天我办酒，你来帮做菜吧。"

唐青来帮做菜，楼上那姑娘听见喊他的名字，就下楼来，扯着他耳朵，抬起下巴。唐青说："哎呀，你们这里有跳蚤。"姑娘说："跳蚤？你为什么不赶呢？你这个唐青，不该这样哄我。"唐青说："咦！哄你，你们现在娃仔像砖头这么大。快点炒菜好点，现在林略寨上也来，于冲妇女嘴巴厉害，你不炒好菜人家会讲我们。"这时唐青才和她相见。

口述者：何永芬
流传地区：广西三江林溪一带
记译者：肖启中

长工"吹破天"捉弄地主

"吹破天"是一个人的名字。

很久以前，我们侗家有个地主，是有钱有势的，姓潘，叫潘进财，他是见钱眼开的。他家里雇请有一二百长工和短工。

"吹破天"是其中一个穷人。在长工中，人家很佩服他，他会讲会说，和他在一起好过日子。

那年闹灾荒，很严重，除了旱灾，还有虫灾。人们没有饭吃，山上的草皮、树根都挖出来吃，只有地主家有大把粮食。怎么办呢？有一天，长工们在山上商量说："我们给地主做活，今年收获没得希望了，按照过去，收成七成给地主，三成给我们，今年怕一成也没得了。租要交，税要还，饭都没得吃，怎么办？"有一帮人对"吹破天"说："这回看你啦，如果你能让地主打开粮仓，那就是最大的恩情，就救了我们这一二百人和这一带侗寨的老百姓了。"

"吹破天"心里想：有什么办法呢？打，打不过他，只有用骗的办法。但怎样骗呢？想来想去，好！想出个办法来。

山上工棚里有一匹小马，长工们连饭都没吃饱，拿什么喂它？那小马又脏又瘦，一身的屎。"吹破天"望着小马，问长工们："你们身上有没有银子？"大家想尽办法凑了点银子给"吹破天"。他把银子用竹篓装起来，挂在小马屁股后面，然后把小马往地主家门口赶，一边大喊大叫："宝马呀，走快点。"

潘进财一见："好个'吹破天'，我的墙壁都是用桐油油过的，你赶这个到处沾屎的东西来，你想搞什么名堂？你看我们大户人家不起，把他抓起来。""吹破天"说："老人家，不是看你不起，这是个宝马。""宝马？"潘进财说："瘦瘦的，差不多要死了。""吹破天"说："我们穷人没有料喂它，但你不要小看它，你看，它屁股后面挂的什么？""挂什么，烂竹篓嘛。""吹破天"翻开竹篓说："你看呀！""咦！竹篓里有银子呀！""吹破天"说："这个马就是屙屎出银子。"

潘进财是个见钱眼开的，他想："要是我得这头马，就发大财啦。"他打定主意，就说："真是宝马，你卖给我吧。""吹破天"说："哎，我一家人，就靠这匹马养活。

整个工棚一二百人，也是靠这马吃饭的，卖给你，不是断送我们的生命了？”潘进财说：“你们没有好料喂它，不是更瘦了，如果真是宝马，你们没有粮食，没有饭吃，那好办。”

他们就讲起价钱来，潘进财问要多少银子，“吹破天”说：“这个价钱不好讲，讲起来是蛮惊人的，讲老实话，到你潘老爷手里，喂好料给它，莫讲多，一天屙三回屎，一回斤把两斤，年长月久，你就有得算了。现在讲少点，要三个仓库的粮食，最少几千两银子。”潘进财说：“得了得了，决定买了。”“那这样子啵，一边交货，一边交钱。”“好，马先放在你们那里，明天先开仓给粮食，你们再把马赶来。”

第二天，三个大仓库都开了，大家你一担、我两担把粮食挑了，银子分了。“吹破天”对潘进财说：“老爷，马到你家，你要招待好点，第一要一间房子，黑点，第二要铺毯子，用被窝把它盖起来。如果你要它屙银子，你就要洗好凉，穿好衣服，在它前面拜三拜，在屁股后面拜一拜。如果它还不屙银子，你就对它的小肚子捶它一捶。”

潘进财以为发大财的机会到了，把马带进屋子，铺了毯子，盖了被子，然后就在马头前拜了三拜，到屁股后拜一拜，用盆在屁股后面装。那马没有屙银子，他把马的小肚子用力一捶。那马本来是屙烂屎的，这一捶很够，马把烂屎泻出来，泻了他一头，他并不忙抹屎，发气起来，讲这马哪是屙银子，是屙烂屎的，就把马杀去。

他大发雷霆，说“吹破天”骗了我这样多的银子，搞得我一头一身都是屎，把他抓起来，把“吹破天”杀去。

他就派人去抓“吹破天”。工棚里的长工都得了“吹破天”的好处，把他藏起来，抓不到。潘进财千方百计要抓住他，消心里的气，就用种种办法，花几个月时间，在一个寨子把“吹破天”抓到了。

潘进财说：“现在你落到我的手，我不用刑罚也不用什么法，要慢慢地搞你。”当时是寒冬腊月，下雪天，他把“吹破天”关进一间房子里，那房间是特制的，封得好好的，也等于是牢房一样，高头是通天的，爬又爬不出去。把他的衣服全部脱光，留一条短裤，一件烂内衣，想让他在寒冬中慢慢死去。每天也给一点饭给他吃。

“吹破天”心里想，要就是这样，纵许给酒你吃，你怎样熬得过寒冷的天，一两天就要冷死。他看见房里有一个大磨，有百把斤吧，他说：“好，这就是我的衣服。”他站起来，扛起大磨在屋里跑，跑得一身大汗。

潘进财想看他死不死，就走过来，他听见脚步声，就轻轻地把石磨放下来。潘进财一看，咦！没死哩，不但没死，还冒大汗。“奇怪！”潘进财想：“再关他一天。”

过了一天，潘进财来看，又不死。古怪，有什么名堂呢？再关他一天，看他死不死。

第三天来看，也没死，冒的汗还大。潘进财问："'吹破天'，你搞什么名堂？寒冬天，我穿大棉衣，还冷得腰都弯去，你只穿一件内衣，为什么冒大汗？"

"吹破天"说："也难讲，讲起来又讲我哄你。""什么道理？你讲嘛。""不讲了，现在我到要死的时候了，还讲什么，你要杀就杀，要砍就砍。""你先讲出来。""讲出来也可以。我这件内衣，是祖先传下来的，公佬到舅爷，舅爷到我，穿了几代人，到我这一代，做功夫不小心搞烂点，它是我们的传家宝，叫作火龙袍。""嗬！真是这样？""你看嘛，我穿这件，尽管你们有大棉衣、大长袍，比不上这个。"潘进财想："以前我也听说过有火龙衣，哪晓得在这里。明年冬天，我岳父做生日，岳父有几个女婿，都是大户人家的，到那几天，都要要要自己的手段，要要自己的排场。到那时，如果他们都穿自己的长袍，我穿这件火龙袍去。岳父不晓得几佩服我。"这样想了，他就对"吹破天"说："好，现在免你的罪，只要你把那件衣服给我。"

得了"吹破天"的破内衣，他满心欢喜。第二年冬天，岳父生日那天，他穿上这件"火龙袍"，以为可以在岳父面前要要排场。哪晓得天又冷，风又紧，雪又大，他冻得牙齿打颤，脸色灰白，差点挨冷死，反被那几个女婿羞辱了一场。

讲述者：吴启敏，男，45 岁，林溪乡人
讲述语言：桂柳汉语
流传地区：广西三江县林溪一带
录音者：王强
记录者：肖启中

故事类

四　动物故事

螃蟹与野牛

从前，有一条小溪有螃蟹，小螃蟹天天在溪边来往觅食。有一天，从山林里走来一头高高大大的野牛，野牛一直走进小溪去喝水，并把溪水搞得很浑。这就激怒了螃蟹，螃蟹胆子也很大，它鼓圆两只眼睛盯着野牛，走过去想把野牛夹死，谁知还未走近，就被野牛一脚踏死了。螃蟹原来又圆又好看，现在被野牛踏得扁扁的，而野牛若无其事地走去。

过了不久，有一个农夫来到溪边喝水。"耶！"农夫似乎吃惊不小，他看见那只螃蟹被踏得扁扁的，很是可怜。于是轻手轻脚把螃蟹捧出水面，拿回家来放进瓶里。他又上山去找药，回来又帮螃蟹捣药、放药。经过三天耐心护理，哟，螃蟹转活过来了，农户很高兴。自然螃蟹也万分感激农夫，螃蟹说："靠你呀，农夫老大哥！不然我给野牛踏死了，靠大哥救命才有今天！"

螃蟹过一会儿又说："野牛太欺负人了，要想个办法整一整它。喂！农夫大哥，你们做工那么辛苦，不晓得拿野牛来耙田？"那时候农夫们还没有牛耙田，就靠人用耙来刮平田的。农夫答说："野牛那么高大，我们怕呀，不敢抓呀！"螃蟹说："你是我的救命恩人，我没什么来报恩！这样，明天等野牛来到溪边，我就把它拉来给你们耙田。""屁！你去要得……"农夫蔑视说。螃蟹说："你放心，你要准备好葛藤呀，棕绳呀，我抓到你就来帮拿呀！"

第二天，螃蟹重回到它生活的那条小溪。等不多久，屁啰！那头野牛又来啰！螃蟹怒气冲冲地说："就是你这坏蛋，我前几天在这里喝水，你把我踩了，我原来很好个的，圆溜溜的，给你踩我一脚变成现在扁扁的，原来我的脚是长在肚底下的，被你踩后就岔过两边，我现在走也走不得，要横着走。我一定要报仇雪恨！"

"屁！你敢报仇呀！"野牛说。"敢！"螃蟹边说边跳去抓野牛的腿，野牛伸腿抖几抖，螃蟹被甩去好远。"耶，搞不过它哟！"螃蟹自言自语。螃蟹鼓起勇气，大声说："我也不怕你！"随着飞去夹紧野牛的尾巴。野牛将尾巴甩几甩，又把螃蟹甩去远远的。"野牛这么厉害，我还夸口说拿去给农夫耙田……"螃蟹心里这么想。等它擦擦眼睛清醒后，又爬起来。"屁你妈的，我不怕你！"螃蟹大声骂着，第三次跳去抓野牛。野牛低头眯眼迎战。谁知螃蟹呼一声跳进野牛的鼻孔，又一阵猛夹，疼得野牛哞哞叫，走也走不得。"屌你妈的，我把你鼻子穿破！"螃蟹用力夹。野牛疼得难忍，求饶了："螃蟹老弟呀，我上次不是有意踩你，你不要生那么大的气。放下我呀，疼得很呀！活不了啦！""嗬！活不了呀，你太欺负人了！现在要你去跟农夫耙田，你答应不答应？"野牛想："拿我去耙田不着力呀！"野牛再次求饶："不要那样做嘛，螃蟹老弟！放下我嘛，我俩讲和嘛！不要拿我去耙田嘛！""不，不放你，那天你差点把我踩死，靠农夫救我，农夫要拿你去耙田。你答应不答应，不答应我还要夹得紧！"螃蟹真的把野牛鼻子穿空。"哞哞……"野牛疼得直叫唤。螃蟹也喊："农夫老大哥呀！快来呀！我现在抓到了野牛了！""你在哪里呀！"农夫在问螃蟹。"我在鼻孔里呀，你快拿藤来把牛鼻穿起来！"螃蟹催农夫快去。农夫走向前去，怯怯地用葛藤穿进牛鼻，绞一圈到头上。螃蟹问："农夫大哥，你穿好了吗？我出来啵！"农夫回答："穿好了，你出来吧！"螃蟹出来了。

野牛想跑去，被农夫一紧藤，野牛痛得哞哞叫，不敢走了。螃蟹说："农夫大哥，就这样啊，我报答你的恩情只到这里，你拉野牛去耙田啊！"螃蟹又警告野牛说："你要老老实实地跟农夫耙田，不老实我又来夹你。"此后，农夫有了牛耙田，野牛也变成了家牛。

野牛耙田很辛苦，它也更恨螃蟹了，但又拿它没办法，唯一的报仇办法就是每次走进水去，都要拉屎拉尿来欺负螃蟹，以此减轻一点对螃蟹的愤怒。

流传地区：程阳、林溪一带

鸭变婆

以前，有个四十多岁的单身汉，家里很穷，老婆也娶不上。有一天夜里，有一个十八岁的姑娘讨饭讨到他家门前。那妹仔讲："你有饭给我吃，我愿嫁给你做老婆。"那人就讲："我太老了，你愿意吗？"妹仔讲："愿意。"就嫁给了这个单身汉。

过几年后，他们就养了一对孩子，大的四岁，小的三岁。两个孩子去寨上玩，总听别个讲去外婆家的事。回家后，孩子就问母亲："妈呀，没听讲过我们去外婆家，我们想去外婆家。"她们母亲就讲："我们也有外婆家，在很远的地方，要走四五天的路才到。""路远我们也要去一次。"讲这话时，被鸭变婆听到了。母亲又讲："你俩去外婆屋不要过那条狗屎道，要过猪屎道，狗屎道在下面，猪屎道在上面。"鸭变婆知道后就把猪屎移到下面，把狗屎移到上面。两个小孩就去了，走下面那条道。

走了好几天，天黑时两人看见远处有一点火光，就讲到外婆屋了，他们就在屋外喊："外婆！外婆！"鸭变婆奔了出来，抱住那个小的就亲，其实鸭变婆是在吃人血，不一会儿，那个小的就死了。

到晚上睡觉时，鸭变婆又在床上吃那个小孩的肉。那个大孩子很怕，也睡在另一头。大孩就问："外婆，你吃什么？"外婆讲："吃黄豆。"不一会儿，大孩又听见响声，又问："外婆，你吃什么？"外婆又讲："吃炒豆。""给点给我。""没得了。"那小孩害怕起来，外婆吃完妹妹就会吃她的。她就想办法，准备逃出来，她就对鸭变婆讲："外婆，我要屙屎。"外婆就带她到屋外，把她捆在一根柱子上，怕她逃了。捆完后，又进屋吃人肉去了。

那个小孩被捆后，就在身上摸得一个大虱子，她就讲："虱子，你放我走吧。"虱子真的把绳子咬断了。小孩就逃了出来。逃出来后，半夜奔到了家。那鸭变婆不一会儿从屋里出来，喊："屙完了没有？"虱子答："嗯。"鸭变婆就扑了过来，对准那根柱子就咬，把柱子咬去一半，牙齿也给弄断了一根。

那小孩逃出来后，跟她家里说了这事，她妈就讲："喊你们不要去，你们偏要去。"于是他们就商量怎样杀了鸭变婆。他们就在家门口挖了一个大坑，里面插好刀刺，然后用红绸从上面铺过去。又叫那小孩喊鸭变婆。

小孩跑到鸭变婆那里，喊："外婆，外婆，我来了。"鸭变婆正饿得很，就扑了出来。小孩讲："到我家去，我家杀牛请你吃。"鸭变婆听后高兴起来，进屋去换上新衣出来了。走到小孩家门前时，鸭变婆一看有红绸铺路，高兴起来。哪晓得刚走几步，就掉进坑里，被刺刀扎了。她就边挣扎边讲："你们杀了我，但你们要留住我身上的跳蚤、虱子。"于是，我们今天才有跳蚤和虱子。后来，大家用火把鸭变婆烧死了。

讲述者：杨奶孝凡，女
讲述语言：侗语
采录地点：三江县林溪乡马鞍村
录音者：马青
记译者：莫俊荣

编者说明：同乐乡覃垣古县委党校校舍处讲述的"鸭变婆的故事"的中间部分与结尾部分情节与此故事略有不同。两个妹仔到鸭变婆家，鸭变婆给她们吃鼻涕煎蛋。睡觉时，大妹仔因摸到鸭变婆的毛尾巴而恍然大悟，找解手的借口带小妹仔逃跑。结尾部分，鸭变婆发现两个妹仔跑了，便追了出去。两个妹仔在舂米杆的另一头挖了个洞，使鸭变婆从舂米杆上翻下来，摔断了几颗牙。两个妹仔继续跑，被渡船佬送过河。鸭变婆跑来时，渡船佬告诉它那两个妹仔跳河了，鸭变婆在河里看见了自己的影子，误以为那是妹仔，听信了那渡船佬的指点，用葛藤在身上套了个大石头跳进河里。

好吃懒做的蝉

从前，蝉很好吃懒做，山上的鸡、鸟都去找吃了，就是它在家玩。

到了冬天，鸡、鸟都有东西吃，它却没有东西过冬。天上的仙人知道了，就派一位仙女下来问蝉："你为什么没有东西吃？"蝉说："因为我力气小。""那你想要什么东西？"仙女问。"我想要很多东西，金房子、金板凳、金碗筷都要。""那么，明早你就起早来说吧。"

第二天，蝉起来了。它对天上喊："我要很多很多的东西。"这时候，鸡叫了，"喔，喔，喔！"天上没有掉下什么东西。

第二次鸡叫的时候，蝉又说："我要金房子。"这时，天上掉下来许多猪粪、牛粪、鸡粪，淋了蝉一头一身。

等到鸡第三次叫的时候，蝉又说："这些东西我都不要了。"于是，仙女送给它的金房子刚落地又飞走了。这时候，蝉才惋惜起来，直叫："傻呀，傻呀！"

所以，直到现在，蝉还是"傻——，傻——"地乱叫。

讲述者：杨群凤，女，20岁，小学教师，八江乡八江村人

讲述语言：侗语，杨雄新用普通话翻译

采录地点：三江县八江乡八江村

录音者：李路阳

记录者：莫俊荣

小鸡报仇

过去在山上，动植物都会说话。有一次，有个母鸡带小鸡在路上寻食，这时，忽然来一个狐狸，把母鸡抓走了。后来，小鸡想到妈妈，准备报仇。走到路上，树上掉下一颗板栗，那板栗说："你到什么地方去呀？"小鸡说："朋友，你不知道，我的母亲被狐狸吃去了，我准备去报仇。"板栗说："好，如果你有这样的灾难，我协助你，我和你一起去，帮你报仇。"

到了半路，遇见一只秤砣，秤砣问："你们两个到什么地方去呀？""我们去找狐狸报仇，因为狐狸把母鸡吃了。"秤砣说："如果这样，我也愿帮你去。"

三个一路去了。走了不多久，到大路边蹦见牛屎，牛屎问："朋友，你们三个到什么地方呀？"小鸡说："我的母亲被狐狸吃去了，我准备去报仇，这两个朋友是去帮助我的。"牛屎说："那我也可能有用处，我帮你去，好不好呀？""好，好！"

他们一起去了，快要到的时候，碰着杉木蔸，杉木蔸问："你们去哪里呀？"小鸡又讲了一遍，杉木蔸说："如果是这样，那我就同你们一路去。"

找来找去，他们找到了狐狸窝。

怎么办呢？秤砣就爬在门槛上面，牛屎就在出门槛走路的地方，板栗壳也在旁边，杉木蔸就在门里。它们布置好以后，就让小鸡叫，小鸡一叫，狐狸听见有鸡叫声，就准备出来抓鸡。它把门一开，门槛上的秤砣就掉下来，打对狐狸。狐狸抬脚过门槛，踩对牛屎，滑脚滚下去，一屁股坐在板栗壳上，被板栗刺刺地叫起来，杉木蔸又倒下来，把狐狸打死啦，帮小鸡报了仇。

黑猫白猫

　　有一对小猫，一个黑猫，一个白猫。白猫长得比较漂亮，黑猫比较丑，所以，大家都喜欢白猫。白猫虽然漂亮，但它很懒；黑猫虽然丑，但它很勤劳，天天抓得老鼠。它抓得老鼠，白猫就伸手向它要："送给我吃吧?"黑猫有时送给它吃，但人们得东西来，比如鱼呀什么的，只是给白猫吃，久而久之，黑猫抓得老鼠，有时就自己吃光了，白猫就挨饿了，饿来饿去，白猫就死去了。家里人见白猫死啦，黑猫还在这里，大家就生气啦，把黑猫打死。

　　黑猫打死了，老鼠没有谁来抓了，成了灾害。

讲述者：杨宏哨，男，8岁，八江乡八江村人
讲述语言：侗语，杨雄新用汉语翻译
讲述地点：三江县八江乡一带
录音者：李路阳
记录者：肖启中

猴子跟蚂蚱打架

　　一片竹林有一群猴子在那里住，田塅里有一群蚂蚱，有一天早上，它们打起架来。早上雾大，蚂蚱飞不了，打来打去，差不多被猴子抓完了。剩下的蚂蚱回来说："派一个去跟猴子讲，中午再打一场。"因为中午太阳大。没有雾气，蚂蚱飞得高，相信一定能打赢。它们派一个大蚂蚱去讲，猴子不信它，伸手过来一抓，蚂蚱的头被抓成尖尖的。现在的尖头蚂蚱就是这样来的。

　　后来又另派一个大蚂蚱去，这是个能说会道的，它去说后猴子同意中午再打。回到家，就交代蚂蚱们把腿上的锯片磨得锋利。

　　中午，猴子们来了，每只猴子手上都拿有木槌。他们来到田塅，蚂蚱都躲在禾叶里，一个都不见。猴子说："蚂蚱怎么能打赢我们？睡觉。"就在田基边晒太阳睡觉。这时，蚂蚱全部飞出来，用腿上的锯片在猴子的头上、脸上到处猛锯，猴子见蚂蚱爬在自己头上，就用槌子往自己头上打，打来打去，猴子打死了不少，剩下几个，也跑了，回山上去了。一边走一边还唱一首歌。

　　这里还有一首歌，大意是："蚂蚱自己聚会在田塅里，猴子自己聚集在竹林里，不是我蚂蚱要来打你猴子，是你猴子自己把头打肿。"侗话是有韵的，意境是很深的。

　　讲述者：杨正群
　　讲述语言：普通话
　　流传地区：广西三江八江一带
　　记录者：肖启中

歌谣类

一 款词

款　词

　　编者按：款词是侗族特有的一种民间文学形式，它源于侗族古代社会的条理话。"款"是侗族居住区保留的一种类似原始社会末期部落联盟的社会组织，对内是一个民众自治的团体，对外则带有军事联盟性质。"款约"则是侗族人民生活、伦理道德的准则。各村寨款民推选出的"款首"组织"讲款""开款""聚款"等活动，历代款首为了使人们能熟记款约，不断对款约进行加工和提炼，逐渐形成了十分丰富的朗诵体文学体系"款词"。① "款词"内容包含法典条规、祭祀礼仪、赞美、事物起源、祖先来历、人类起源、人物传记、历史大事等。"说款"也由原来仅作为宣传法律的一种活动而扩大为具有娱乐性质的活动。

　　根据本次收录的材料，款词可分为法律款、娱乐款、祭祀款三类。法律款包含款约，娱乐款包含开场款、暖款、当初款、起源款、创世款，祭祀款包含富贵款、祭笙款、庆丰收。讲款的地点一般都在鼓楼坪或固定的款场。法律性的款词由有威信的寨佬头人来讲，头人在桌上讲，听众在场上呼应。娱乐性的款词则由青年人讲，一寨到另一寨去集体做客的时候，由客寨的后生头或歌手来讲。时间在正月。而我们采录的时间是在三月，少了看出讲款的过程，则由一部人打扮成客寨的客人，穿着百鸡衣，吹着芦笙进鼓楼坪，进行表演。内容有法律性的，也有娱乐性的。有二人讲的，也有一人讲的。磁带中只录到少部分。先是二人讲，后是一人讲，今记译如下，先记侗语汉字注音，括号内为汉文直译。

---

① 参邢志萍《三江侗族的"款"和"款词"》，《民俗研究》1991 年；吴浩《刍议侗族款词的科学价值》，《贵州民族研究》1985 年。

两名侗族男子执伞

三名侗族男子执伞讲款 村民围看

三人站凳子上讲款近景

三人站凳子上讲款全景

法规款

款　约[*]

一

赛尧刚到一层一步，（给我讲到一层一簿，）

亥刚步花。（不讲簿左。）

兑耳场左，（对讲场左，）

星星之周。（寨门立州。）

星星立府，（寨门立府，）

周夫记嘎。（州夫造歌。）

六郎记规，（六郎造规，①）

张松正。（张松正。②）

李松长，（李松长，）

才是地乃骚腊平王西。（才是这里立了坪王西。）

地乃戍到，（这里联到，）

人头三百三。（人头三百三。）

人命三千三，（人命三千三，）

要累夏膝。（取得上膝。）

炮累夏杀，（炮得上肩，）

拉累夏挑。（挑得上担。）

关公丧事，（款公理案，）

---

* 款约指具有法律作用的款词。

① 规：约。

② 张松正、李松长为人名。

西公丧朱。（巫师埋鬼。）

要拜天夏十里盘，（要去天上十里盘，）

闷抗丑贝荫。（天晴就莫阴。）

闷雨丑贝沸，（天雨就莫沸腾，）

扛枪丑贝熟。（扛枪就莫凶。）

扛相丑贝横，（扛矛就莫横，）

事收了日。（案收了日子。）

星收了塘，（星收了黑夜，）

抗收了荫。（日头收了荫。）

岑山了，（山坡无水，）

六冲扛。（六洞干法。）

扛归对埧，（沽溪死鱼，）

扛河对龙。（沽河死龙。）

胜道地乃——（村我们这里——）

辣散月偷别。（辣散偷黄瓜。）

辣社月偷芋，（辣社偷芋头，）

金卯月偷安。（金卯偷麻。）

汉随月偷羊，（汉随偷羊，）

西萨隙旁这河偷灭萨。（四妇边桶也河偷纱奶。）

安宋亥对肠亥腐，（根棕不死心不腐，）

乙美葵谁。（牵母水牛谁。）

乙美葵杨松龙，（牵母水牛杨松龙，）

夏条胜怒。（上座村哪。）

夏条胜平王相，（上座村坪王相①，）

还没扬长老鹞。（还有杨姓老鹞。）

砍南多道，（砍肉进锅，）

捞南多跌。（捞肉上砧。）

砍莽昂多多周夫，（砍边头上祭州夫，）

砍莽昂跌祭六郎。（砍边头下给六郎。）

开到——（开到——）

---

① 坪王相：在今三江县八江乡八斗村附近。

二六十二面规，（二六十二面规，）

三六十八盘。（三六十八盘。）

六面规阴，（六面规阴，）

六面规阳。（六面规阳。）

六面规那，（六面规厚，）

六面规莽。（六面规薄。）

所没四方，（禾晾有四方，）

规没八面。（规约有八面。）

所没四方打，（禾晾有四方过，）

规没八面收。（规约有八面收。）

要劳圈，（要进圈，）

料劳古。（要进笼。）

要劳四胜八河，（要进四村八河，）

要劳四样背岭。（要进四方背岭。）

丁胜没甲头，（脚村有甲长，）

高胜没样老。（头村有乡老。）

没努台耙，（有峰肉背耙，）

没王台胜。（有帝王管乡村。）

没主台财，（有主人管家财，）

没齿台规。（有牙齿说规约。）

丁胜多底，（脚村放底，）

高胜多盖。（头村放盖。）

打胜多箍，（中村放箍，）

多箍定。（放箍定。）

多底团，（放底园，）

岑空宋。（岑没语。）

冲空累，（冲没话，）

贝赛腊人努宋气学所。（莫给儿人谁发气大叫。）

刚到地乃，（讲到这里，）

拜了一层一步。（去了一层一簿。）

要夏金度，（要上金度，）

撬夏银款啦。（撬上银款。）

［众：吵！］

意译：

让我讲到一层一簿，不讲左簿。对讲右簿。

塞门多了立州城。

塞门多了立府城，州夫最先编歌。

六郎最先编规约，张松正。

李松长，才开始立了王西坪①。

这时联款联到——头人三百三，款民三千三。

取得上膝，抛得上肩。

挑得上担②，那才请款公来理案。

那才请巫师来埋鬼，妖邪鬼神送去天上十里盘。

晴天莫让有阴云，雨天莫让水沸腾。

扛刺刀的莫乱行凶，扛长矛的莫乱蛮横。

这样——案子才能了结清楚，星星才能驱赶黑夜。

日头才能驱赶阴云。

山中无水，溪河干涸，溪涸鱼死。

河涸龙亡，现在我们村寨——辣散偷黄瓜，辣社偷芋头。

金卯偷麻，汉随偷羊。

有四个妇人在河边的木桶里偷奶奶的棉纱，棕根不死树蕊不腐。

罚没谁家的水牛？罚没杨松龙的水牛。

牵去哪村款坪？

牵去王相款坪。

让他们杨家老子，砍肉进锅，拖肉上砧。

要他砍上半边头祭州夫，要他砍下半边头祭六郎。

这时我才能讲道——二六十二面规章，三六十八条款约。

六面阴规，六面阳规，六面厚规，六面薄规。

禾仓有四方，规约有八面。

禾仓有四方路走，规约有八面处结。

堆进圈栏，关进罩笼。

---

① 王西坪：即在王西这地方立款坪。

② "取得上膝，抛得上肩，挑得上担"：指对案情的调查确实。取得来，抛得起，挑得走，罪证俱在。

拖上四村八河，埋入四方高岭。

乡尾有甲头，乡头有乡老；黄牛有峰肉背耙，人群有帝王管辖。

家财有主人料理，规约有口齿传扬。

乡尾安底，乡头安盖，乡中围箍。

箍围得平稳，底安得圆正。

山冈没有吵闹，山冲没有争议，莫让谁人无由无缘乱发气。

讲到这里——去了一层一簿，让我提上金坛，撬上银款啦！

［众：对啦！］

二

刚到二层二步，（讲到二层二簿，）

亥刚步花。（不讲簿左。）

兑耳场左，（对讲场左，）

滚时开闷立堆。（古时开天立地。）

公甫劳胜，（祖公进村，）

巴劳闷。（雷公进天。）

朱劳坟，（鬼神进坟，）

人劳墓。（人死进墓。）

滚戊午年，（前戊午年，）

立到六洞甫头度雷。（立到六洞甫头度雷。）

丁胜塘头，（脚村塘头，）

高胜庙粟。（头村庙粟。）

打胜垟洞豆，（中村坪潭豆，）

没乙嫩占。（有一个吃。）

没牙嫩刚，（有两个讲，）

三步约柴。（三月禁偷柴。）

七步约细柴，（七月禁砍枝，）

仑戊午年。（后戊午年。）

立到了胜黄土，（立到脚村黄土，）

打胜坪坦坪墓。（中村坪坦坪墓。）

没理这河，（有款边河，）

没理这归。（有款边溪。）

没乙嫩占，（有一个吃，）

没牙嫩刚。（有两个讲。）

丁未年，（丁未年，）

立林溪。（立林溪。）

戊子年，（戊子年，）

立程阳。（立程阳。）

壬寅癸卯立河马，（壬寅癸卯立河马，）

壬戌癸亥立叭墓。（壬戌癸亥立叭墓。）

丁胜没公葵，（脚村有公水牛，）

高胜没公神。（头村有公黄牛。）

丁胜没公葵乙岑，（脚村有公水牛像山，）

高胜没公神乙所。（头村有公黄牛仓。）

没巴洞东，（有林长青①，）

没雄古老。（有盘古老。）

立丁搞河，（立石里河，）

立石坪瓜。（立岩坪瓜。）

盘结丑盘放，（盘结就盘离，）

盘努丑盘裂。（盘重就盘裂。）

占苗空响装，（吃饭不响碗，）

称银空响盘。（称银不响盘。）

十六报，（十六订，）

十八要。（十八娶。）

宋闷公，（话天公，）

累闷甫。（话天文。）

十二坪度，（十二坪度，）

十三坪款。（十三坪款。）

上八洞，（上八洞，）

立到坪良柳。（立到坪良柳。）

下八洞，（下八洞，）

立到坪凹广。（立到坪凹广。）

---

① 长青：植物名。

共丙伞架抗，（共把伞挡阳光，）

共朋堂架雨。（共把伞挡雨。）

共款大，（共款大，）

宅款小。（夜款小。）

牙道没巴没丁，（俩我们有岩有石，）

贝腊人谁翻巴翻丁。（莫儿人谁翻岩翻石。）

怪贝乱月，（怪莫乱狂，）

愚贝乱害。（愚莫乱害。）

月事要没大，（办案要有眼，）

削萨要没棱。（削棒要有棱。）

月事要没脉，（办案要有目，）

拍美要没墨。（拍木要有墨线。）

宅腊人努——（如儿人谁——）

月事空没大，（办案没有眼，）

削萨空没棱。（削棒没有棱。）

月事空没脉，（备案没有目，）

拍美空没墨。（拍木没有墨。）

牙道亥——（俩我们——）

胜亥容，（村难容，）

洞亥忧。（洞不留。）

努腊人努——（如儿人谁——）

占打塘，（吃过当，）

浪打起。（浪过梁。）

牙道——（俩我们——）

皮虎牙贝架，（皮虎也莫盖，）

仔贝架胸。（儿莫遮胸。）

奶贝架来，（母莫遮背，）

甫呀贝架腊。（父也莫遮儿。）

斋呀贝架农，（兄也莫遮弟，）

刚到乙乃。（讲到这里。）

拜了二层二步，（去了二层二簿，）

台夏金度。（拿上金度。）

撬夏银款。（撬上银款。）

［众：吵！］

意译：

讲到二层二簿，不讲左簿，对讲左簿。

古时开天辟地。

祖宗入村，雷公登天，鬼神进坟，死人入墓。

前戊午年——开辟六洞、甫头、度雷，乡尾是塘头村，乡头为庙粟村，中间立了潭豆坪［款坪］。

有一样吃，有两样讲。

三月不准偷盗干柴，七月不准偷砍树枝。

后戊午年，开辟黄土为乡尾，坪坦、坪墓为乡头，款坪立在河旁，款坪立在溪边。

有一样吃，有两样讲。

丁未年，开辟林溪一带。

戊子年，开辟程阳地方。

壬寅、癸卯开辟八江，壬戌、癸亥开辟八墓。

乡尾有头公水牛，乡头有头公黄牛。

乡尾的水牛似山冈粗壮，乡头的黄牛似禾仓肥胖。

有长青林木，有古老礼俗。

竖河中岩，埋坪瓜①石。

有结有离，有合有分，吃饭莫要响碗，称银莫要响盘。

十六订亲，十八过门。

公时之言，父日之语。

十二款坛，十三款坪。

上八洞，立款良柳坪；下八洞，立款凹广坪。

共把纸伞遮阴，共把布伞挡雨。

共个大款聚会，共个小款断案。

我们同坪共岩，莫让谁人翻石倒岩。

聪明人莫乱怪罪，愚昧人莫乱加害，办案要依法度，削木要顺刀痕。

办案要有极限，盖板要有墨线。

---

① 坪瓜是款坪名。

如有谁人——理事不长眼睛，削木不依刀痕。

办案不依法度，锯板不依墨路。

那我们俩人——村寨不能容忍，溪洞不能收留。

如有谁人——吞没过头，罚改无故。

那我们俩人——虎皮莫遮盖，儿子莫遮胸，母亲莫遮背。

父莫遮儿，兄莫遮弟。

讲到这里，去了二层二薄，让我提上金坛，撬上银款啰！

［众：对啦！］

三

刚到三层三步，（讲到三层三簿，）

亥刚步花。（不讲右簿。）

兑耳场左，（对讲左簿，）

十二行占。（十二样吃。）

十三行登，（十三样穿，）

偷不偷甲事两一。（偷瓜偷茄罚两一。）

偷鸡偷鸭事两二，（偷鸡偷鸭罚两二，）

偷对偷梨事卦妹。（偷李偷梨罚骂空。）

夏岑偷鸟丢，（上山偷鸟套，）

下河偷巴钩。（下河偷鱼钓。）

夏岑偷多，（上山偷豆，）

搞冲偷瓜。（里冲偷瓜。）

面事乃差，（面款这轻，）

骨事乃薄。（骨款这薄。）

夏岑偷棉泡，（上山偷棉花，）

搞冲偷骂苏。（里冲偷青菜。）

早起，（早发，）

夜收。（夜断。）

拜了三层三步，（去了三层三簿，）

要夏金度。（要上金度。）

撬夏银款。（撬上银款。）

［众：吵！］

意译：

讲到三层三簿，不讲右簿，对讲左簿。

十二样吃，十三样穿。

偷瓜偷茄罚一两，偷鸡偷鸭罚三两，偷李偷梨受人批。

上山偷鸟套，下河盗鱼钓。

上山偷豆，进冲偷瓜。

这是轻犯，理当薄罚。

上山偷棉花，进冲偷青菜。

上早，夜断。

去了三层三簿，让我提上金坛，撬上银款啰！

［众：对啦！］

四

刚到四层四步，（讲到四层四簿，）

亥刚步花。（不讲右簿。）

兑耳场左，（对讲左簿，）

务岑务起。（上山上岭。）

贝腊人努，（莫儿人谁，）

偷美柴。（偷树柴。）

怕美细柴，（灭树枝，）

它腊人努——（卯儿人谁——）

偷美柴，（偷树柴，）

怕美细柴。（扯树枝。）

砍条弯，（砍条弯，）

拱条直。（拖条直。）

砍条所，（砍条干，）

角条先。（拖条生。）

爬败亥累拜寻彭，（爬山不得去寻柴堆，）

选盘角。（选路过。）

选抓立，（选路走，）

面事西差。（面款是轻。）

骨事西簿，（骨款是薄，）

面事亥熟南。（面款不熟肉①。）

骨事亥熟钱，（骨款不熟钱，）

拜了四层四步。（去了四层四薄。）

要夏金度，（要上金度，）

撬夏银款。（撬上银款。）

［众：吵！］

意译：

讲到四层四簿，不讲右簿，对讲左簿。

山头岭顶，莫让谁人——乱砍生柴，乱伐树枝。

如有谁人——偷砍生柴，偷伐树枝。

砍弯木，盗直木。

砍干树，盗生树。

爬山不得寻柴堆。

选小路过，选大路走。

这是轻犯，理当薄罚。

罚不了九斤肉，罚不了几两银。

去了四层四簿，让我提上金坛，撬上银款啰！

［众：对啦！］

五

刚到五层五步，（讲到五层五簿，）

亥刚步花。（不讲簿右。）

兑耳场左，（对讲簿左，）

牙道工夫相杂。（俩我工夫相杂。）

牛马相熟，（牛马相熟，）

兵竹山林。（林竹山林。）

没钱买乙块，（有钱买一块，）

空钱格堆鸡。（无钱另地块。）

没钱买乙弱，（有钱买一角，）

---

① 熟肉、熟钱：侗俗，凡众人上案犯家中论罪，所有人等的饭食，工钱都由案犯家中出，要价由众人定。
称作熟肉、熟钱。

空钱格山坡。（无钱另山坡。）

朝廷记江山^①，（朝廷的江山，）

国王记水土。（国王的水土。）

岑王土，（山王土，）

河王帝。（河王帝。）

石王土，（石王土，）

报王恩。（报王恩。）

岑没厂，（山有石，）

岭没封。（岭有疆。）

牙没埂，（田有埂，）

堆没行。（地有沿。）

头美金，（根树金，）

蕊美银。（尾树银。）

嫩丁贝赛打，（个石莫让跨，）

达泥贝赛移。（团泥莫让移。）

台限丁苏，（以限石青，）

台月丁白。（以界石白。）

丁白齐，（石白整齐，）

丁苏挤。（石青划一。）

贝腊人努——（莫儿人谁——）

贪生争熟，（贪生争熟，）

它散八努——（犯儿人谁——）

贪生争熟，（贪生争熟，）

要冒——（要他——）

能拜头低，（水去头下，）

理拜头欠。（理去头欠。）

拜了五层五步，（去了五层五簿，）

要夏金度，（要上金度，）

撬夏银款。（撬上银款。）

［众：吵！］

---

① "朝廷记江山""国王记水土""报王恩"：三句用汉语。

意译：

讲到五层五簿，不讲右簿，对讲左簿。

我们田地混杂，牛马相熟。

竹林山林——有钱买下一块，无钱另找地界。

有钱买下一角，无钱另找山坡。

朝廷之江山，国王之水土。

山归王土，河归帝水。

岩归王石，孝报王恩。

山有界石，岭有封疆。

田有田埂，地有地沿。

树根长金，树尾长银。

界石莫让跨越，泥团莫让移动。

青石为限，白石为界。

白石整齐，青石划一。

莫让谁人——贪生争熟，

如有谁人——贪生争熟，

那要他：水往低处流，罪往恶方究。

去了五层五簿，让我提上金坛，撬上银款啰！

［众：对啦！］

六

刚到六层六步，（讲到六层六簿，）

亥刚步花。（不讲簿右。）

兑耳场左，（对讲簿左，）

胜那胜尧。（村你村我。）

贝赛腊人努，（莫让儿人谁，）

记心亥长。（造心不良。）

记肠亥款，（造肠不好，）

横塘挖堂。（拱塘挖牢。）

横河挖龙，（拱河挖龙，）

拱到所苟务闷。（拱到仓谷上楼。）

拱到金钱堆地，（横到金银地下，）

努报——（如果——）

抓亥累麻，（抓不得手，）

爬亥累髻。（拉不得髻。）

胸亥累抓，（胸不得抓，）

发亥累真。（发不得根。）

记乃——（这里——）

高美奔，（尾树逃，）

性脱钱。（身脱银。）

甫赔工，（父赔工，）

奶赔规。（母赔银。）

奶报——（如果说——）

抓累麻，（抓得手，）

爬累髻。（拉得髻。）

髻又累抓，（髻又得抓，）

发又累真。（发又得根。）

牙道地乃——（俩我这里——）

美累笋，（竹得笋，）

萨累头。（棒得头。）

多美丑乙臂，（打棒粗如臂，）

应丁丑乙光。（提石大如碗。）

多冒所拜阴，（打他气归阴，）

多冒性拜堆。（打他身归地。）

月偷丑台拜杀，（做偷就拿去杀，）

月假丑台拜对。（做假就抓去死。）

刚到地乃，（讲到这里，）

拜了六层六步。（去了六层六薄。）

要夏金度，（抓上金度，）

撬夏银款。（撬上银款。）

［众：吵！］

意译：

讲到六层六簿，不讲右簿，对讲左簿。

你村我村，莫让谁人——

心地不良，肝肠不善。

撬开水牢挖鱼塘，撬开河坝挖龙宫。

拱入楼上禾仓，拱入地窖金银。

如果——抓不得手臂，拉不得发髻。

抓不得胸口，拢不得发根。

这只得让他——从棒尾逃脱，从银堆^①脱命。

〔盗者〕为父的枉费工夫报案，为母的枉费银财请人。

〔被盗者〕如果说——抓得手臂，拉得发髻。

发髻在握，发根在手。

那我们俩人——因竹得笋，因棒得槌。

举棒粗如臂，提石大如碗。

打他气归阴曹，打他身归地府。

强盗就该斩杀，欺诈就该处死。

讲到这里，去了六层六簿。

让我提上金坛，撬上银款啰！

〔众：对啦！〕

七

刚到七层七步，（讲到七层七簿，）

亥刚步花。（不讲簿右。）

兑耳场左，（对讲场左，）

贝腊人努——（莫儿人谁——）

骚记兽，（做计兽，）

寻记虎。（寻计虎。）

月大略利，（做眼犀利，）

月肠略偷。（做肠转弯。）

大十二偷，（眼十二望，）

胸十二川。（胸十二川。）

砍兰神，（砍栏牛，）

---

① 银堆：指处罚时被重罚，银子成堆。

拱牛圈。（拱牛圈。）

闷拱牛栏，（白大拱牛栏，）

夜拱牛圈。（夜晚拱牛圈。）

砍条栏务，（砍木栏上，）

收条栏跌。（收木栏下。）

乙报一圆，（牵角圆，）

牵报别。（牵角扁。）

乙独马，（牵头马，）

拖独羊。（拖头羊。）

台打岑龙，（牵过山龙，）

通打弄虎。（通过弄虎。）

合打十二凹，（牵过十二凹，）

拖打十二盘。（拖过十二盘。）

乃尧寻丁叠家，（那我寻脚叠蹄，）

乃尧斗苟寻嫁。（那我丢来寻糠。）

乃尧斗鱼寻困，（那我丢鱼寻鳞，）

寻到堆甫胜那。（寻到地盘村你。）

努那多丁累打，（如你寻脚得过，）

努那多把累奔。（如你寻翅得飞。）

架那——（那你——）

鹰脱丢，（鹰脱套，）

鹞脱场。（鹞脱场。）

努那——（如你——）

多丁亥打，（寻脚不过，）

多把亥奔。（寻翅不飞。）

丁冲累报，（脚冲得角，）

高冲累屎。（头冲得屎。）

累得岑天场土，（得到山天场土，）

血弱所龙。（血鳝气龙。）

乃尧——（这我——）

教缠它，（藤缠树林，）

那缠灭。（绕纱架缠纱。）

要那——（要你——）

撬巴白，（撬石白，）

挖巴梨。（挖石梨。）

要那皮虎贝邓架，（要你皮虎莫与遮，）

要那皮龙贝邓盖。（要你皮龙莫与盖。）

贝架到高河，（莫盖到头河，）

贝架到王帝。（莫盖到王帝。）

台夏多，（抓上门，）

拖夏款。（拖上款。）

台夏四丁瓦，（抓上四石众，）

台夏入格胜。（抓上入条村。）

乃那月旗黄打滚，（这你做旗黄走先，）

乃尧月旗亚应仑。（过我做旗红跟后。）

多冒甫斗事大，（要他父挨罚大，）

多冒腊斗事多。（要他儿挨罚多。）

尾神牙奔扫，（尾牛两边扫，）

尾马牙莽了。（尾马两边摆。）

三通江哈，（三通江河，）

四冲记水。（四冲江水。）

要夏金度，（抓上金度，）

撬夏银款。（撬上银款。）

［众：吵！］

意译：

讲到七层七簿，不讲簿右，兑讲簿左。

莫让谁人——

出野兽一样的主意，施老虎一样的计谋。

眼光犀利，肚肠曲弯。

眼窥十二方位，胸思十二物类。

砍栏扳，拱牛圈。

白天㧮牛栏，晚上拱牛圈。

砍上边栏木，取下边栏木。

牵圆角，拖扁角。

牵匹马，拖只羊。

牵过龙岭，拖过虎山。

牵过十二砌，拖过十二盘。

那我沿蹄找印，那我丢米找糠。

那我丢鱼找鳞，寻到你村地盘。

如你寻得脚印翻过山梁，如你寻得翅膀飞过高天。

那算你——老鹰脱出圈套，鹞鹰脱出捕场。

如你——寻不见脚印过山梁，寻不见翅膀飞高天。

我在冲脚得牛角，我在冲头得牛屎。

我问明山高土低，我辨清鳝血龙气。

那我就——山藤缠树林，棉纱绕竹架。

要你——土坡撬出水晶石，大路挖出石英岩。

要你虎皮莫遮，要你龙皮莫盖。

莫遮到河神，莫遮到王帝。

抓强盗出寨门，拖罪犯登款坪。

游过四乡八寨，游过四寨八村。

你扛黄旗走先，我扛红旗走后。

让他父受重罚，让他儿受严惩。

牛尾两边扫，马尾两边摆。

江河沟通，溪水同流。

提上金坛，撬上银款！

［众：对啦！］

十二

刚到十二层十二步，（讲到十二层十二簿，）

亥刚甫花。（不讲簿右。）

兑耳场左，（对讲簿左，）

牙道——（俩我们——）

美竹同母，（报竹同节，）

美苟同塘。（菀禾同塘。）

郎娘同世，（郎娘同世，）

内囊岑占果。（悄悄山吃果。）

内敏冲占梨，（偷偷冲吃梨，）

人相斗。（人相像。）

空相累，（不相得，）

腊人没女，（儿人有女。）

仔狗有棕，（腊狗没宗，）

另有金妻。（班没金对。）

女有银失，（灭没银当，）

乙打朋罗。（牵过棚船。）

拖打朋货，（拖过棚货，）

相打逃。（私奔逃。）

相扯拜，（私扯走，）

拉打千嫩丁。（拉过千个岩。）

拖打万潭能，（拖过万潭水，）

丁瓦能锈。（脚脏水锈。）

额瓦些弱，（额缠蛛网，）

丁到地步。（脚到地盘。或翻译为，脚落外乡。）

家到堆方，（嫁到地方，或翻译为，家落远方，）

丁廊相丑。（走廊相等。）

劳问钱，（进到中房，）

拉打丁胜长高胜苗。（私奔脚村汉头村苗。）

跳岑裂冲，（翻山越冲，）

跳河裂归。（渡河越溪。）

到条胜努，（到座村哪里，）

到条胜牙道。（到座村俩我们。）

言孟架高，（屋盖盖头，）

能暖洗丁。（水暖洗脚。）

能垫坝冷，（水垫腿冷，）

叺打劳。（外逃进。）

架牙高泡四丁，（那就酒浸四石，）

搞打出，（里逃出，）

号多能多丁。（沟放水洗石。）

拜了十二层十二步，（去了十二层十二簿，）

要夏金度。（要上金度。）

撬夏银款。（撬上银款。）

［众：吵！］

意译：

讲到十二层十二簿，不讲右簿，对讲左簿。

我们两人——竹子同一节，禾蔸同块田，郎娘同一辈。

悄悄结对上山吃果，偷偷约伴下冲吃梨。

人长得匹配，却不能联亲。

男儿已有女配，狗崽已套棕绳。

男有金妻，女有银夫，

却相邀钻船棚，结对下货仓。

私奔远逃，结伴远行。

奔走千个岩洞，淌过万潭深水。

脚脏锈水，额缠蛛网。

在外地落脚，在远方成家。

檐廊厮守，中堂欢聚，走过汉村苗寨。

翻山跨冲，渡河越溪，来到哪里？来到我俩村寨。

搭棚遮头，热水洗脚，水热腿冷。

外逃进，那就酒架坛石。

里逃出，那就水涤坛石。①

去了十二层十二簿，提上金坛，撬上银款。

［众：对啦！］

十三

刚到十三层十三步，（讲到十三层十三簿，）

亥刚甫花。（不讲簿右。）

兑耳场左，（对讲场左，）

牙道——（俩我们——）

---

① "外逃进，那就酒架坛石。里逃出，那就水涤坛石。"侗俗，从外地逃入本寨的，寨民须聚会，以酒洒
坛石，商议收纳；从本寨逃出的，以水洗坛石，商议除名。

刚到金对，（讲到金妻，）

刚到银夫。（讲到银夫。）

怕了千斤告，（用了千斤酒，）

怕了万斤弱。（耗了万斤肉。）

怕塘记，（灭堂①气，）

立塘信。（立堂信。）

怕塘败，（灭堂败，）

害塘情。（害堂情。）

没苟拉，（有饭筐，）

没填刀。（有鱼草。）

没埙古应，（有腿猪提，）

没埙神挑。（有腿牛挑。）

没苟塘岑黄，（有如整山黄，）

没南塘岑亚。（有肉整山红。）

没告占，（有酒喝，）

没南咬。（有肉咬。）

告伏伏，（酒沉沉，）

南兰归。（肉黑红。）

灭丑独占，（女是吃的，）

男丑独登。（男是穿的。）

落财大，（嫁财大，）

选财赖。（选财好。）

闷嫁赛尧，（白天嫁给我，）

夜嫁赛冒。（夜晚嫁给他。）

闷乃——（天今——）

起斤同武，（聚众同武，）

起排同甲。（领队同甲。）

丁多那哭，（脚门你哭，）

高别那又。（头梯你□。）②

---

① 堂即一对夫妻。

② □为不明字，编旁描述左边为"石"右边为"尊"，疑为"蹲"字。余例同。——编者注

相本所，矛靠禾廊。（那本言，箭靠房屋。）

要冒——（要你——）

三十斤安穿耳糯，（三十斤麻穿耳鼠，）

五十斤多喂腊猫。（五十斤豆喂小野鸡。）

要那开风书，（要你开风水地，）

要那立凤木。（要你立风水木。）

要你开到，（要你开到，）

水涧乙埙。（水井像腿。）

水河乙星，（水河像膝，）

大月工。（外公做工。）

扫占银，（女婿吃银，）

大月事。（外公办案。）

扫占钱。（女婿吃钱。）

闷乃——（天今——）

黄旗打滚，（黄旗走先，）

少旗应仑。（小旗随后。）

要美骂更，（取兜菜苦，）

计美骂咬。（留兜菜窖。）

那月盆铜舀，（你做盆铜舀，）

尧丑月篡行。（我就做簸箕装。）

那月涧三丈，（你做天三丈，）

尧丑月九层。（我就做九层。）

刚到地乃拜了十三层十三步，（讲到这里去了十三层十三薄，）

要夏金度。（要上金度。）

撬夏银款。（撬上银款。）

［众：吵！］

意译：

讲到十三层十三簿，不讲右簿，对讲左簿。

我们俩——讲到金妻，讲到银夫。

用了千斤酒，耗了万斤肉。

鼓气而离，倾心而结；心变而散，情移而别。

有饭筐相赠，有草鱼订亲；提猪腿为礼，挑牛腿送。①

糯谷遍山黄，牛肉满冈红。

有喜酒喝，有猪腿咬。

酒沉沉，肉红黑。

女靠男吃，男靠女穿。

嫁到财主之家，又慕富豪之所。白天嫁给我，夜晚嫁给他。

今天——聚众同施武威，领队同严族规。

来到你门前哭闹，来到你梯头喊叫。

长矛靠禾仓，弓箭靠屋檐。

要你——三十斤麻穿鼠耳，五十斤豆喂野鸡。

要你开风水地，要你树风水木。

要你开到——井水大股而涌，河水淹膝而流。

那是外公做工，却让女婿领银。

那是外公办案，却让女婿得钱。

今天——黄旗在前，小旗随后，

把野菜挖掉，留青菜守窖。

你用铜盆舀（血），我用簸箕装（肉）。②

你做得三丈高，我做得九层高。

去了十三层十三簿。

提上金坛，撬上银款！

〔众：对啦！〕

十四

刚到十四层十四步，（讲到十四层十四簿，）

亥刚步花。（不讲簿右。）

兑耳场左，（对讲场左，）

牙道刚高媳刚扫买。（俩我们讲媳妇讲夫妻。）

事高龙，（案头龙，）

事高虎。（案头虎。）

---

① 送亲时，侗族人喜欢送猪腿、牛腿为礼，故常把送亲称为"送猪腿"。

② "把野菜挖掉，留青菜守窖，你用铜盆舀（血），我用簸箕装（肉）。"此四句均为暗喻。野菜比喻作风败坏的女人；青菜守窖，比喻让其夫守空屋；舀血、装肉，指罚没其猪、牛，宰杀以酬劳众人。

要那金开口，（要你金开口，）

要那银开规。（要你银开款。）

匹述垫埧，（匹绸垫腿，）

匹亚垫生。（匹布垫生。）

刚规本骨，（讲款依规，）

拍美本目。（量木依墨。）

千斤本道理，（千人靠道理，）

铁钢本花灶。（铁钢靠火灶。）

本侗占熟，（靠侗吃熟，）

本簸占净。（靠簸吃净。）

本侗占苟白，（靠侗吃米白，）

本规占金银。（靠规约吃金银。）

本累刚，（靠话讲，）

本理要。（靠理取。）

占南本搞年，（吃肉靠里年，）

占银本搞理。（吃银靠理。）

三十斤安替发岩，（三十斤麻替发长，）

五百银替肠龙。（五百银块替肠肚。）

银夫多胸，（银圈配胸，）

银麻多面。（银花配面。）

多周夫，（祭州夫，）

多六郎。（祭六郎。）

多门现，（祭门庭，）

多问晾。（祭本仓。）

多九十九步银公甫，（给九十九度银祖公，）

多四十四步银刀堆。（给四十四度银土地①。）

多苟散多苟廊，（交白米交饭盆，）

多金度多银款。（祭金度祭银款。）

要那三闷响刀，（要你三天响刀，）

要那五闷响剪。（要你五天响剪。）

_____

① 土地：土地公。

量财熟，（量家产赎［罪］，）

量苟骂。（量白米浸泡。）

挖苟呆辣，（掏饭大筐，）

挖填呆朋。（掏鱼大堆。）

独培占培，（只肥吃肥，）

独瘦占瘦。（只瘦吃瘦。）

拜了十四层十四步，（去了十四层十四簿，）

要夏金度。（要上金度。）

撬夏银款。（撬上银款。）

［众：吵！］

意译：

讲到十四层十四簿，不讲右簿，兑对左簿。

讲到儿媳讲到夫妻：这是龙头案，这是虎头案。

要你用金来启口，要你用银来开款；要有绸布垫腿，要有棉布垫坐。

说款依法规，量木依墨线，千人依礼俗，钢铁依火炉。

依靠侗规吃熟饭，依靠簸箕吃白米。

依靠侗人吃糯米，依靠法规罚金银。

动嘴靠言语，动手靠道理。

吃肉靠过年，取银理当先。

三十斤麻替长发，五百银块买肚才。

银圈配胸，银花配面。

祭州夫，祭六郎；祭门庭，祭木仓。

罚九十九度祖公银，罚四十四度土地款。

交白米交熟饭，祭金坛祭银款。

要你三天响刀，要你五日响剪。①

论家财赎罪，量白米蒸饭。

糯饭用筐装，酸鱼论堆数。

胖者吃胖，瘦者吃瘦。

去了十四层十四簿。

----

① 响刀、响剪指切肉、剪菜。

提上金坛，撬上银款。

［众：对啰！］

十五

刚到十五层十五步，（讲到十五层十五簿，）

亥刚甫花。（不讲簿右。）

对耳场左，（对讲场左，）

贝腊人努——（莫儿人谁——）

戳别月苦，（戳埧变沽，）

戳塘月扛。（戳塘变干。）

水怕骚，（水灭臊气，）

闹怕臭。（以话乱真。）

早勾秋，（早勾溜，）

夜勾秋。（夜勾溜。）

早卫皮，（早火皮，）

夜卫斗。（夜火窝。）

聋把丁，（拱板脚，）

劳把麻。（进板手。）

聋高胫，（拱颈脖，）

劳高萨。（进肩膀。）

要那埧神撑跌，（要你腿牛撑衣，）

要那埧羊撑务。（要你腿羊撑上。）

挑柴扯杀，（挑柴痛肩，）

背刀扯归。（背刀痛腰。）

把美更命，（叶树塞渠，）

些弱更额。（蛛网缠额。）

央柳亥出多，（杨柳不出门，）

些弱亥出丁。（丝蛛网不出寨门。）

丁滚踢岑，（脚前踢山，）

丁仑踢唯。（脚后踢地。）

台言月桩，（以屋当树桩，）

台胸月别。（以胸为城墙。）

班亥捡毛屎古，（男不捡粪屎猪，）

灭亥当堂扮步。（女不当众打扮。）

务影跌乱，（上护下乱，）

心家打旱。（尖茅过隙缝。）

翻相亥打，（翻矛不过，）

拍马亥蹬。（拍马不行。）

千累丑贝刚，（千语就莫讲，）

万累丑贝顺。（万语就莫说。）

安老丑贝占，（陈年酸菜就莫吃，）

累考丑贝刚。（话语古时就莫讲。）

孝装丑占告，（动碗就喝酒，）

孝杯丑占韧。（动杯就喝茶。）

抬臼劳洞考，（抬臼进洞旧，）

孝磨劳洞平。（抬磨进址平。）

骂韭转堆槽，（菜韭转沟边，）

骂割转堆盒。（菜青转山头。）

能转高河，（水回头河，）

埧转高三。（鱼归头滩。）

拍那碰鼻，（拍脸蹬鼻，）

摔灭斗杆。（摔纱碰杆。）

得罪天丑要打天条，（得罪天上就要过天条，）

得罪堆地丑要地塘土。（得罪地土就要社塘土。）

欠腊人努——（莫儿人谁——）

西哇骚计，（小蛙编计，）

弱汪骚事。（田虾肇事。）

公要略围媳，（公要懂得网络媳妇，）

萨要略围贯。（奶要懂得网络儿孙。）

闷奶——（天今——）

呆没收，（大没收，）

烧几孟。（少几人。）

十个头人当个官，（十个头人当得官，）

三个老者当知现。（三个老者当得县令。）

闷乃——（天今——）

报亥台，（牛角未拿，）

死亥哭。（死莫哭。）

努又——（如果——）

报孝台，（牛角已拿，）

死西哭。（死再哭。）

地乃——（现在——）

吹发空洞略，（吹发没伤疤，）

宋所空更拜。（放声没路去。）

巴磨邓镰，（石磨配镰刀，）

木匠邓真。（木匠配铁锛。）

告打川，（酒过一圈，）

南打胜。（肉撒一寨。）

多祝多龙多柱胜，（敬舅舅敬姑爷敬柱村，）

多柱萨。（敬柱祖婆。）

送拜丁胜卡高胜苗，（送去尾村汉头村苗，）

卡跌丁是衙门凶。（汉底都是衙门状。）

贝本死心亥妈脾，（莫总死心不软脾，）

贝本死美亥扬枝。（莫总死苑不枯枝。）

拜了十五层十五步，（去了十五层十五簿，）

台夏金度。（拿上金度。）

撬夏金款。（撬上银款。）

［众：吵！］

意译：

讲到十五层十五簿，不讲右簿，兑讲右簿。

莫让谁人——戳水埧变干枯，戳鱼塘变荒芜。

以水冲臊气，以话乱真情。

他早晨鬼鬼祟祟，他夜晚偷偷摸摸。

天没亮用木皮点火当灯，到夜晚用禾草点火照明。

他用脚板拱路，他用两手爬行。

他用颈脖来钻，肩膀随后面入。①

那你就杀他的牛，

那你就宰他的羊。

挑柴痛肩，背刀痛腰。②

树叶爱阻水渠，蜘蛛爱缠额头。③

杨柳树叶不出庙门，蜘蛛织网不出寨门。④

前脚踢山，后脚顶地。

头屋当木桩，以胸当城墙。

好男不在寨中捡猪屎，好女不当众人来梳妆。

上护下乱，矛尖穿缝。⑤

长矛不高举，拍马也不行。

千言你莫讲，万语你莫说。

陈年酸菜莫吃，古时言语莫传。⑥

动碗就要喝酒，动杯就要喝茶。

抬臼安原处，抬磨放旧址。

韭菜转种沟边，青菜转种山冲。

水流回河头，鱼游归滩头。⑦

打脸要打到鼻根，摔纱要摔到竹竿。

得罪天就按天条处罚，得罪地就要祀祭土地。

莫让谁人——小蛙也来编计，田虾也来肇事。

当公的要懂得网络媳妇，当奶的要懂得网络儿孙。

今天——大人还没有收拢，小孩也缺几人。

十个头人当得府官，三个老者当得县令。

今天——牛角未拿到手，死人不准啼哭。

---

① "他早晨鬼鬼祟祟……肩膀随后面入。"描述挖墙拱壁的强盗行为。

② 背刀、挑柴，比喻积案。积案不处理，就会痛肩、痛腰。

③ "树叶爱阻水渠，蜘蛛爱缠额头。"这两句把树叶、蜘蛛比作坏人。

④ "杨柳树叶不出庙门，蜘蛛织网不出寨门。"这两句指作案者在近处。

⑤ "前脚踢山，后脚顶地。头屋当木桩，以胸当城墙。好男不在寨中捡猪屎，好女不当众人来梳妆。上护下乱，矛尖穿缝。"均为告诫款首应无所畏惧，秉公办案。

⑥ "长矛不高举，拍马也不行。千言你莫讲，万语你莫说。陈年酸菜莫吃，古时言语莫传。"指积案不处理，款规就没有效用。

⑦ "动碗就要喝酒，动杯就要喝茶。抬臼安原处，抬磨放旧址。韭菜转种沟边，青菜转种山冲。水流回河头，鱼游归滩头。"指款首能严格执行款规，那万物就会各归原处，山寨也就太平。

如果——牛角已拿到，死了再啼哭。

现在——吹发不见伤疤，呼叫没有路走。

磨石配镰刀，木匠配铁锛。

酒过一圈，肉撒一寨。

敬舅舅敬姑爷，敬头人敬祖婆。

送他去汉村尾苗寨头，汉家处处有衙门。

莫总心死脾不死，莫总菀死枝不枯。

去了十五层十五簿，

提上金坛，撬上银款！

［众：对啦！］

十六

刚到十六层十六步，（讲到十六层十六簿，）

亥刚甫花。（不讲薄右。）

兑耳场左，（对讲场左，）

牙道——（俩我们——）

竹独丑牙莽抽，（鞭牛就两边抽，）

尾独丑牙莽了。（尾牛就两边扫。）

一西约那，（一是约束你，）

二西约尧。（二是约束我。）

竹独牙莽抽，（鞭牛两边抽，）

尾独牙莽拍。（尾牛两边拍。）

一西约班，（一是约束男人，）

二西约灭。（二是约束女人。）

贝腊人努——（莫儿人谁——）

抡买生，（抡妻生，）

争买熟。（争妻熟。）

甘行不过夜，（奸情不过夜，）

人命不过时。（人命不过时。）

甘行向班灭，（奸情问男女，）

强盗向窝家。（强盗问窝家。）①

---

① "甘行不过夜……强盗问窝家。"这几句用的是汉语。

贝腊人努——（莫儿人谁——）

花罗花烂，（拖沓偷懒，）

它腊人努——（如儿人谁——）

花罗花烂。（拖沓偷懒。）

杀人国张，（杀人不讲，）

汪人亥刚。（枉人不说。）

独人白，（个人白，）

夏丁苏。（押石青。）

屎神贝泥街，（屎牛莫涂墙，）

屎鸡贝泥臼，（屎鸡莫涂臼，）

屎古贝泥垱，（屎猪莫涂腿，）

屎狗贝烫高。（屎狗莫抹头。）

上界无层，（大款不追报，）

中界无罪，（中款不追罪，）

三罪道牙贝混坡，（三罪我们莫乱加，）

六罪道牙贝混烫。（六罪我们莫乱惩。）

混坡月大，（乱加成大［罪］，）

混烫月重。（乱惩成重［罪］。）

汪人十八独，（枉人十八个，）

烫人十九两。（惩人十九两。）

班独廊，（男儿放浪，）

灭独关。（女儿关闭。）

贝月独人场，（莫做个人中场，）

万独人累事。（万个人得处罚。）

拜了十六层十六步，（去了十六层十六簿，）

要夏金度，（要上金度，）

撬夏银款。（撬上银款。）

［众：吵！］

意译：

讲到十六层十六簿，不讲右簿，兑讲左簿。

我们俩——牛鞭两边刷，牛尾两边扫。

一是约束你，二是约束我。

牛鞭两边抽，牛尾两边拍。

一是约束男人，二是约束女人。

莫让谁人——抢生妻，争熟妇。

奸情不过夜，人命不过时。

奸情问男女，强盗问窝家。①

莫让谁人——拖沓偷懒；

如果谁人——拖沓偷懒。

杀人不兼报，枉人不呼叫，他虽清白，也要押上款坪。

牛屎不涂墙壁，鸡屎不涂白坎，猪屎不涂大腿，狗屎不涂头额。

大款不追根由，中款不追罪过，

三罪我们两人莫乱增加，六罪我们莫乱惩罚。

乱加成大罪，乱惩成重罚。

妄加罪，罚十八两银；乱罚钱，罚十九两银。

男儿外边跑，女儿生门庭。

莫做场中人，让万人来处罚。②

去了十六层十六簿，

提上金坛，撬上银款。

［众：对啦！］

十七

刚到十七层十七步，（讲到十七层十七簿，）

亥刚步花。（不讲簿右。）

兑耳场左，（对讲场左，）

刚到花时刀老，（讲到年华换老，）

人打世，（人过世，）

早打秋，（早过秋，）

牙过毛。（田过肥。）

关门不紧，（关门不紧，）

① "强盗问窝家"，劝告款民，一经发案就应立即报告。
② "让万人来处罚"指犯罪示众。

家中不宁。①（家中不宁。）

现多鸟搞亥鸟叭，（栅门在里不在外，）

良柳这河还牵当，（杨柳边河还牵藤，）

成人奶刚还想结相。（成人母亲还想结亲。）

闷乃——（天今——）

努报抓累麻，（如果抓得手，）

爬累髻，（拉得髻，）

抓臂丑两二，（抓臂就两二，）

伏堆丑美神。（伏地就母牛。）

面规占苟白，（面款吃米白，）

骨规占金银。（骨款吃金银。）

拜了十七层十七步，（去了十七层十七簿，）

要夏金度。（要上金度。）

撬夏银款。（撬上银款。）

〔众：吵！〕

意译：

讲到十七层十七簿，不讲右簿，兑讲左簿。

讲到年华已过，人已变老，春已到秋，田已放肥。

关门不紧，家中不宁。

门栅在内不在外，河边杨柳又牵藤，成人母亲又结亲。

今天——如果抓得到手，拉得发髻，

拥抱罚银二两，卧地罚宰母牛。

轻处还要加罚白米，重处还要加罚金银。

去了十七层十七簿，

提上金坛，撬上银款！

〔众：对啦！〕

十八

刚到十八层十八步，（讲到十八层十八簿，）

---

① "关门不紧，家中不宁。"是用汉语讲述。

亥刚步花。（不讲薄右。）

兑耳场左，（对讲薄左，）

欠腊人努——（莫儿人谁——）

月能多闷，（做水上天，）

月人格样。（做人不同样。）

公卯媳，（公配媳，）

萨卯贯，（奶配孙，）

斋公卯姑妣，（兄弟配姐妹，）

斗腊断媳卯叔祝，（丢儿断媳配叔舅，）

斗奶叠腊，（丢妈叠儿，）

斗松叠亚。（丢织机叠布匹。）

略占亥略鸟，（会吃不会居住，）

开独岑，（像只兽，）

开独刀。（像只鱼［草鱼］。）

才钱丑赖冒哑，（亲戚就因他丢丑，）

斋农丑赖冒坏。（兄弟就因他坏。）

才钱赖哑那，（亲戚因丢脸，）

斋农赖哑额。（兄弟因丢面。）

胜亥容，（村不容，）

公亥周。（公不留。）

量财蒸，（量家财蒸，）

量苟骂。（量大米浸。）

多冒呆财了，（惩他大财空，）

多冒王财老。（惩他王财败。）

拜了十八层十八步。（去了十八层十八薄。）

台夏金度，（拿上金度，）

撬夏银款。（撬上银款。）

［众：吵！］

意译：

讲到十八层十八簿，不讲右簿，兑讲左簿。

莫让谁人——做天上雨水，做人间恶相。

家公配媳妇，奶奶配儿孙，

兄弟配姐妹，嫂嫂配小叔，

母亲配儿子，织机配布匹。

会吃不知礼仪，好似野兽，好似鱼群。

亲戚因他丢丑，兄弟因他羞愧。

亲戚因他无脸见人，兄弟因他无容会亲。

村寨不能容忍，祖公不能收留。

凭家财惩罚，依谷仓蒸煮。

财主罚他贫穷，王库罚他一空。

去了十八层十八薄，

提上金坛，撬上银款！

［众：对啦！］

十九

刚到十九层十九步，（讲到十九层十九簿，）

亥刚步花，（不讲簿右，）

兑耳场左。（对讲薄左。）

牙道——（俩我们——）

孟孟没班，（人人有男，）

孟孟没灭，（人人有女，）

世世没老，（世世有老，）

世世没你。（代代有孙。）

世老拜，（辈老去，）

世你替。（辈少替。）

收妹凸，（收个坡，）

套嫩起。（换个岭。）

牙道——（俩我们——）

胜收事，（村收坏事，）

桩收影。（桩收影子。）

斗篝赛孟撮，（留簸箕给人撮，）

斗刀赛孟砍，（留紧刀给人砍，）

斗臼赛孟舂，（留臼给人舂，）

斗到赛先生。（留书给先生。）

斧砍柱巴，（斧砍柱石，）

刀砍柱？（光天）。（刀砍柱枫。）

月事依亥主，（办案依不得主人，）

砍南依亥砧。（砍肉依不得砧板。）

报那——（叫你——）

岑斗工，（山丢工夫，）

弄斗柴，（岭丢紧堆，）

务斗刀，（上丢刀，）

跌斗斧。（下丢斧。）

斗河世八，（丢河十八，）

斗能新周。（丢水靖州。）

呆没公呆没甫，（大有公大有父，）

设呆辣收没呆辣吊。（有大筐收有大筐吊。）

没钱银白，（有钱银白，）

没腊爬黑。（有儿摸黑。）

利事成嫩，（结案数个，）

利钱成两。（结银数两。）

贝翻腊耙，（莫翻耙齿，）

贝翻公木。（莫翻公木。）

翻事劳张杀，（翻案进界杀，）

翻事劳张对。（翻案进界死。）

坪金公，（坪金公，）

坪银母。（坪银母。）

嘴母嘴嘎，（嘴母啃乌鸦，）

大母大鹞。（眼母眼鹞鹰。）

千事除，（千案除，）

万事收。（万案收。）

闷收事班，（白天结案男，）

夜收事灭。（夜晚结案女。）

事收了日，（案收了日子，）

星收了塘，（星收了夜，）

抗收了荫。（阳光收了阴。）

岑现了［能］，（山坡无水，）

六洞扛。（六洞干涸。）

扛归对垻，（沽溪死鱼，）

扛河对龙。（沽河死龙。）

月事闷寅道丑了闷寅，（结案日寅我们就去寅，）

月事闷卯道丑了闷卯。（结案日卯我们就去日卯。）

闪寅要月了，（日寅处为尽，）

闷卯要月更。（日卯处为完。）

省臼贝冒丧，（底臼莫冒根，）

萨丧贝冒枝。（嘴臼莫冒枝。）

贝翻腊下，（莫翻齿耙，）

贝翻柱木。（莫翻柱木。）

太阳落岑贝令仑，（太阳落山莫望后，）

人道月事贝兵事。（我们办案莫编案。）

事马要月事小，（事大处为事小，）

事小要月国没。（事小处为没了。）

拜了十九层十九步，（去了十九层十九簿，）

要夏金度，（要上金度，）

撬夏银款。（撬上银款。）

［众：吵！］

意译：

讲到十九层十九簿，不讲右簿，兑讲左簿。

我们两人——人人有男，人人有女，世世有老，代代有孙。

老代去，少代接。

收个坡，接个岭。

我们两人——村庄让坏事绝迹，木桩让影子消没。

留簸箕给撮泥人，留柴刀给砍柴人，

留舂坎给冲米人，留书本给教书人。

好斧能断石柱，好刀能断枫木。

办案依不得罪犯，砍肉依不得砧板。

叫你——

山上放下功夫，岭上丢下柴堆，

山头丢掉柴刀，山脚丢下斧头。

丢下十八条江河，丢下靖州水流。

公公和父亲树了榜样，竹筐里装下他们的事迹。

自包银两，莫让人搬往黑处。

案子按个数来结，银子按斤两来数。

莫翻齿耙，莫倒公木。①

翻案临杀罪，翻案近死罪。

金公立款坛，银母立款坪。

银母有乌鸦嘴，银母有鹞鹰眼。

千案除，万案绝。白天结男案，夜晚结女案。

坏事绝别了日子，星星吞没了黑夜，阳光消除了阴云。

高山无流水，六洞就干枯。

溪枯死鱼，河枯死龙。

寅日发案寅日办，卯日发案卯日办。

寅日处结清，卯日处结完。

臼夜莫长树根，臼嘴莫长树枝。

莫翻齿耙，莫倒木柱。太阳落山莫转头，我们办案莫偏刑。

大事化为小事，小事化为了了。

去了十九层十九簿，提上金坛，撬上银款。

[众：对啦！]

二十

冷边了咧冷边了，（结尾了咧结尾了，）

星西散星月散月，（星自星散月散月，）

班西散班灭散灭。（男自散男女散女。）

阴行西拜阳西转，（阴间自去阳世回还，）

人老跌土转跌土架咧跌土架。（人老底土转去底土盖。）

九十没话填没经咧填没经。（九十有话鱼肚有歌咧鱼肚歌。）

---

① "莫翻齿耙，莫倒公木。"侗族每处理一案，就把一齿耙钉在木柱上，以示铁定的了，永不翻案。

闷乃说款了啰传胜河咧传胜河。（天今说款完啰传乡村咧传乡村。）

意译：

结尾了咧结尾了，

星星月亮各分散，男男女女自分离。

阴魂远去阳人归，墓中老人回土穴。

九十九公传话，左时鱼肚传歌，

今天我来讲款传乡村。

演唱者：吴申堂，67岁，高小文化，独峒乡独峒村人

采录地点：马鞍村

录音者：董凤兰、邓敏文

记译者：吴浩

娱乐款

开场款

编者按：每年正月，侗族村与村之间常进行文化交流、互相集体作客等活动，此种活动称为"享年"。"享年"时，讲款是内容之一。这时所讲的款词，多为娱乐性的。下面录的这首款词，是"享年"讲款活动中的"开场款"，多由客队的一个小孩念诵，以示人才辈出。

亥刚真，（不讲头，）

敏没别；（没有尾；）

亥刚这，（不讲边，）

敏没打。（没有中间。）

亥刚闷公，（不讲日公，）

敏没闷甫；（没有日父；）

亥刚闷甫，（不讲日父，）

敏没闷牙道。（不讲日我们。）

当初公真记真冒，（当初公真造根稻，）

公冒记真款。（公冒造根款。）

甫午记真嘎，（父午造根歌，）

奶午记真耶，（母午造根耶，）

老太关公记个真享年拜啰。（老大款公造个根"享年"。）

［众，吵！］

姜良记盘邓滚，（姜良造礼采先，）

姜妹记本邓仑。（姜妹造俗来后。）

姜良记能多河，（姜良造水给河，）

姜媄记巴多岑。（姜妹造岩给山。）

记朱多坟，（造鬼给坟墓，）

记人多寨。（造人给村寨。）

甫记埂塘赛打，（父造埂塘给过，）

奶记埂牙赛走。（母造埂田给走。）

妹记岑塘，（未造山塘，）

早记郎娘；（早造郎娘；）

妹记岑堆，（未造山地，）

早记花时刀你。（早造年华青春。）

花时亥打，（年岁不过，）

把美亥落。（叶树不落。）

妆条竹，（妆条竹，）

弯嫩囊；（换个笋；）

拜世老，（去辈老，）

套你郎；（换少郎；）

妆嫩凸，（妆个坡，）

套嫩起；（换条梁；）

世老拜，（辈老去，）

世你替。（辈少替。）

世接世，（辈接辈，）

李接李。（代接代。）

闷乃赛尧腊小端皱，（今天给我小孩屁股皱，）

腊勾角扫。（小鹰蓬松。）

站亥平当，（站不齐凳，）

坐亥平整。（坐不齐桌。）

稳刚稳报牙累，（乱说乱讲两句，）

稳刚稳说牙宋。（乱说乱讲两话。）

刚累斗，（讲得对，）

老贝补；（老莫赞；）

刚亥斗，（讲不对，）

你贝抓。（少莫笑。）

贝赛腊人奴——（莫给儿人谁——）

嘴锉识货阵阵拜啰，（嘴笑讯声阵阵去啰，）

［众：吵！］

……［没录上］

拜砍美王良骂骚码①，（去砍树王良来做码，）

拜砍美腊乙骂骚灰②。（去砍树五倍子来做灰。）

丁寨码行劳，（脚寨定行劳，）

头寨码兰鲤，（边寨定兰鲤，）

这寨门码兰盼，（边寨门定兰盼，）

打寨码宋列③。（中寨定宋列。）

胜村寨尧，（村你寨我，）

班怒没买，（男哪有妻，）

要买月衣花；（娶妻做衣花；）

班怒空买，（男哪没妻，）

赛冒应嘎月花落髻。（让他与鸦做花结髻。）

摇髻多务，（摇髻在上，）

朋鸡应珠多跌；（毛鸡与珠在下；）

尾猫花，（尾锦鸡，）

插莽右；（插边右；）

孟花架滚，（朵花盖面前，）

朋毡架仑；（披毡披后边；）

还没丙伞满堂架高，（还有把伞满堂盖头，）

茅草忌符架性，（茅草符水盖身，）

西仑三川，（吹笙三遍，）

圈堂三回。（转圈三回。）

腊你寨尧，（青年村我，）

碰星碰月亮，（碰星星碰月亮，）

碰年碰月，（碰年碰月，）

骂到地甫胜那。（来到地盘村你。）

呆耶胜乃，（众客村这，）

赛尧要夏金度，（给我要上金度，）

---

① 码：为记事用，在木上刻上格格，一格表示一事。这种刻木记事，称为"码"。

② 这里指五倍子木烧制的木炭，碾碎来制火药。

③ 王良、行劳、兰鲤、兰盼、宋列皆为人名。

撬上银款拜啰。（撬上银款去啰。）

［众：吵！］

意译：

不讲头头，没有尾尾；不讲边边，没有中间。

不讲公之日，没有父之时；不讲父之时，没有我们今日。

当初真公造水稻，冒公是款头。

午的父亲编歌，午的母亲编耶，老太公定下"享年"风俗。

［众：是啦！］

姜良先造下习俗，姜妹后造下礼俗。

姜良造水给江河，姜妹造石给山冈。

造鬼给坟墓，造人给村寨。

父造塘埂来行，母造田埂来走。

未造山塘，早造郎娘；未造山地，早造年华青春。

年华不过，村叶不落。

妆条竹，换竹笋；老辈去，后辈承；

妆个坡，换个岭；老代去，后代兴。

辈接辈，代接代。

今天让我们——

小孩屁股皱，小鹰毛蓬松。

站不齐凳，坐不齐桌。

乱说乱道两语，乱说乱道三言。

说得对，老莫赞；说不对，少莫讯。

莫让谁人——笑声讥声阵阵！

［众：是啦！］

去砍王良树来记事，去砍五倍子树来制作火药。

寨脚行劳，寨头宋雷，寨边兰鲤，寨门旁兰盼，寨中间宋列。

你村我村，款首议齐。

哪男有妻，让妻子做花衣；哪男无妻，让他取鸟羽做衣。

发髻在上，鸡羽百珠①在下；

锦鸡尾羽，插在右边头；

---

① 百珠，指山中各种植物的果实串成的串珠，这是讲款、芦笙踩堂时所穿的服装的装饰品。

银花饰额，红毡披后；

布伞满堂遮盖，茅草符水护身。

笙吹三遍，转圈三回。

我村青年，趁着星光月光，在大年正月，来到你村地盘。

贵村众位客人，今天让我登金坛，今天让我登款坪啰！

［众：是啦！］

演讲者：吴成芳，65 岁，高小文化，退休干部，广西林溪马鞍村人

采录地点：马鞍村

录音者：黄凤兰、邓敏文、谢选骏

记译者：吴浩

讲款者服饰

讲款者服饰

暖　款

一

巴伏伏，（雷沉沉，）

缠了闷。（缠了天。）

龙伏伏，（龙沉沉，）

缠了孟。（缠了潭。）

告乃亥是告能河，（酒这不是酒水河，）

南乃亥是南家岑。（肉这不是肉菇山。）

告能河，（酒水河，）

随巴骂。（沿岩来。）

南家岑，（肉菇山，）

随困梨。（沿木爬。）

转雄三川，（转桌三次，）

多南三回。（放肉三回。）

腊怒累滚牙贝补，（儿哪得先也莫赞，）

腊怒累仑牙贝抓。（儿哪得后也莫笑。）

欠牙贝抓条，（欠也莫笑我们，）

累呀贝哇杀。（得也莫说话。）

主相闷公呀累甫，（主上日公呀语父，）

登丢呀条当。（款条呀硬朗。）

说话呀打骂，（说话呀过来，）

赛那呀拜想，（给你呀去想，）

青龙呀平款。（青龙呀坪款。）

意译：

雷沉沉，绕长天；龙沉沉，缠深潭①。

这酒不是河水酒，这肉不是蘑菇肉。

---

① "雷沉沉""龙沉沉"预示着天将下大雨。侗族习惯把喝酒比作下雨。天将下大雨了，即预示要
痛饮一番。

河水酒，沿岩流；蘑菇肉，沿木走。

转桌三次，分肉三周。①

哪家小孩先得莫羡慕，哪家小孩后得莫讥笑。

得少莫讲我分得不均，得多莫说我对你厚道。

这是祖上传下的礼俗，规条硬朗朗。

传说这样讲，让你去想呀，青龙登款坪啰！

二

亥刚拜岩，（不说去长，）

亥刚拜远。（不说去远。）

乙风平凹，（似风登凹，）

乙妈平闷，（似云登天，）

乙人平寨。（似人登寨。）

亥刚闷公，（不讲日公，）

敏没闷甫；（没有日父；）

亥刚闷甫，（不讲日父，）

敏没闷牙道。（没有日俩我们。）

亥刚公甫怒，（不讲祖公哪，）

亥刚公甫苗。（对讲祖公苗。）

鸟搞怒？（住哪里？）

鸟搞平培平洲。（住在平培平洲。）

竹腊肉县，（九儿欢笑，）

竹腊肉样。（九儿浪荡。）

爬岑占糯，（爬山吃鼠，）

盘他占英。（进林吃蕨根。）

下溪挖社占弱，（下溪挖沙吃鳝，）

务本占内。（上坡吃虫。）

亥刚公甫怒，（不讲祖公哪，）

还没公甫腊坦。（还讲祖公儿坦。）②

---

① 侗族酒席，肉不摆在碗内，而是切成大块，分摆各人面前，每人一堆，故有"转桌三次，分肉三周"之说。

② 坦为侗族一支，居住地在湖南潭溪一带。

鸟搞怒？（住在哪？）

鸟搞分坦溪。（住在分坦溪①。）

拜了公甫腊胆。（去了祖公儿坦。）

亥刚公甫怒，（不讲祖公哪，）

还没公甫卡跌。（还讲祖公汉底下。）

鸟搞怒？（住哪里？）

鸟搞平溪洋洞贯寨梅。（住在平溪洋洞叫寨梅。）

登衣四别花格条，（穿衣四叉花成条，）

早冒登衣怕，（早他穿衣兰，）

夜冒登衣亚。（晚他穿衣红。）

早冒敲铜辣，（早他敲铜锣，）

夜冒敲铜钻。（晚他敲铜钻。）

洪午朱拜西报享赛，（洪午鬼去吹牛角阵阵，）

洪午朱骂拜了公甫卡跌。（洪午鬼来去了祖公汉底下。）

亥刚公甫怒，（不讲祖公哪，）

还没公甫腊绞。（还讲祖公儿绞。）

鸟搞怒？（住在哪？）

鸟搞堆绞堆三丈，（住在堆绞地三丈，）

拜了公甫腊绞。（去了祖甫儿绞。）

亥刚公甫怒，（不讲祖公哪，）

还没公甫卡壮。（还有祖公汉壮。）

鸟搞怒？（住在哪？）

鸟搞丁洲塘口。（住在丁洲塘中。）

登分镏家，（脚裙监菇，）

琵琶七收。（琵琶七弦。）

把美竹层，（叶树九层，）

开花七结。（开花七结。）

拜了公甫卡壮，（去了祖公汉壮，）

亥刚公甫怒。（不讲祖公哪。）

还没公甫卡甲，（还有祖公汉甲，）

---

① 坦溪即潭溪。

鸟搞怒？（住在哪？）

鸟搞甫条甫贯花，（住在甫条甫贯花，）

拜了公甫卡甲。（去了祖公汉甲。）

亥刚公甫怒，（不讲祖公哪，）

还没公甫腊卡。（还有祖公儿汉。）

鸟搞怒？（住在哪？）

鸟搞金条王帝。（住在金朝王帝。）

金条王帝，（金桥王帝，）

银面多来，（银面挂背，或译背披银面。）

银排多胸，（银排挂胸，）

沙帽多高，（纱帽戴头，）

礼包多麻。（礼包推手。）

结事卡，（结案汉，）

事卡卡收。（案汉汉收。）

事侗打口刀，（案侗过口刀，）

事卡打果岑；（案汉过山果；）

事侗苏桑铁，（案侗酬劳匠铁，）

事卡苏桑笔。（案汉酬劳匠笔。）

走更亥接腊卡行夫，（走路不比儿汉巡府，）

碰路亥接腊卡朝廷。（走路不比儿汉朝廷。）

主相闷公呀累甫。（主上日公呀话父。）

登丢呀条打，（规条呀硬朗，）

说话呀打骂。（说话呀过来。）

赛那呀拜想，（给你呀去想，）

青龙呀平款。（青龙呀坪款。）

意译：

不讲太长，不讲太远。

似风过坳，似云登天，似人入寨。

不讲公之日，没有父之时；不讲父之时，没有我们今日。

不讲哪个的祖公，讲苗族的祖公。

住在哪里？住在平培平洲。①

九儿欢笑，九儿浪荡。

爬山捕老鼠，进林挖蕨根。

下溪掘沙吃黄鳝，上坡草地捉百虫。

不讲哪个的祖公，讲侗族"坦"的祖公。

住在哪里？住在坦溪地方。

讲完"坦"的祖公。

不讲哪个的祖公，讲下游汉族的祖公。

住在哪里？住在平溪洋洞梅寨村。

穿衣四叉有花条，

早晨穿兰服，夜晚穿红服。

早晨敲铜锣，夜晚敲铜鼓。

吹起牛角阵阵送迎洪午老鬼，讲完下游汉人祖公。

不讲哪人祖公，讲侗族"绞"的祖公。

住在哪里？住在堆绞三丈地方。

讲完"绞"的祖公。

不讲哪个的祖公，讲壮族的祖公。

住在哪里？住在丁洲塘口。

裙脚有白监，琵琶有七弦。

树叶九层，花开七朵。

讲完壮族的祖公。

不讲哪个的祖公，讲到六甲人的祖公。

住在哪里？住在甫条甫贯花地方。

讲完六甲人的祖公。

不讲哪个的祖公，讲远方汉族的祖公。

住在哪里？住在皇帝的京城。

王帝京城地方，背披银面，胸挂银排，头戴纱帽，手持礼包。

汉人发案，汉人结处。

侗人发集过刀口，汉人发案翻山梁；②

---

① 平培平洲为地名。

② "汉人发案翻山梁"指汉人犯罪，被刺配某地，故"翻山梁"。

侗人结案酬劳铁匠，汉人结案酬劳笔匠。

巡府走不到我们地方，朝廷差夫管不到我们村寨。

这是祖上传下的礼俗，规条朗朗，话语这样讲，让你去想，青龙呀登款。

演唱者：广西三江林溪马鞍村众老人，覃永彰、覃永荃等

当初款*

听宋闷公，（听话日公，）

台累世甫。（依话代父。）

听宋志哇，（听话老说，）

刚到当初时架——（讲到当初时那——）

闷没，（天未有，）

唯没记，（地未造，）

阴阳凳妹分。（阳阳都未分。）

鸟校时候架，（在里时候那，）

报努定斗亚，（说什么不像什么，）

报云亥斗云，（说云不像云，）

报妈亥斗妈，（说雾不像雾，）

叫月混沌之世。（称为混沌之世。）

到甲子年甘，（到甲子年间，）

两报分离，（两极分离，）

气架差明月务闷，（气轻浮为上天，）

气架重沉日堆地。（气重沉为大地。）

闷堆发发，（天地聊化，）

变更日月王星。（变成日月王星。）

堆地溶更千年巴坎，（大地溶成千年岩坎，）

万呆岩山。（万代岩山。）

没了姜古老盘古四，（有了张古老盘古少，）

姜古认闷，（姜古造天，）

---

* 当初款，又名真当初。

盘古记堆，（盘古造地，）

记到六桩人们。（造到六乡人们。）

时候架记人——（时候那的人——）

牙国记到父母亚娘，（也不记住父母爷娘，）

牙国记到斋农姑妣。（也不记住兄弟姐妹。）

意译：

听公时言，依父时语。

听老代传，讲到当初那时——

天未有，地未造，阳阳未分。

在那时候，说什么不像什么，

说云不像云，说雾不像雾，称为混沌之世。

到甲子年间，两极分离，轻气浮为上天，重气沉为大地。

上天变化，变成日月王星。

大地沸溶，溶成千年岩坎、万代岩山。

因有姜古老盘古少，姜古造天，盘古造地，造到乡村人群。

那时候的人——

记不住父母爷娘，记不住兄弟姐妹。

演唱者：杨通义，男，23 岁，高小文化，八江乡牙龙村人

采录地点：八斗村

录音者：刑志萍、张振犁

记译者：吴浩

起源款

亥刚真，（不讲头，）

敏没别。（没有尾。）

亥刚这，（不讲边，）

敏没打。（没有中间。）

亥刚闷公，（不讲日头，）

敏没闷甫。（没有日父。）

亥刚闷甫，（不讲日父，）

敏没闷牙道。（没有日俩我们。）

一刚滚时累，（一讲旧时话，）

跌能平闪电。（大水登天。）

妹没公亡，（还没公什么，）

没公哈记是起一。（有公下界是第一。）

起一妹养公亡，（第一还没养公什么，）

养公龙郎。（养公龙郎。）

起二妹养公亡，（第二还没养公什么，）

养公雷郎。（养公雷郎。）

牙这裂想月安范拖推，（俩他们都想做闲玩享福，）

亥桑亚娘父母。（不养爷娘父母。）

亚娘父母发牙泡酉记，（爷娘父母发气施计，）

送拜怒。（送去哪。）

送拜半天昏黄，（送去半天昏黄，）

送拜半闷昏糊。（送去半天昏糊。）

起三妹桑公亡，（第三还没养公什么，）

养公蛇郎。（养公蛇郎。）

起四妹桑公亡，（第四还没养公什么，）

养公豹郎。（养公豹郎。）

牙这裂想月安范多推，（俩他们都想做闲玩享福，）

亥桑亚父母。（不养爷娘父母。）

亚娘父母发牙泡酉记，（爷娘父母发气施计，）

送拜怒。（送去哪。）

送拜江哈百里，（送去江河百里，）

送拜万丈岩山。（送去万丈岩山。）

起五妹桑公亡，（第五还没养公什么，）

桑公虎郎。（养公虎郎。）

起六妹桑公亡，（第六还没养公什么，）

桑公猫郎。（养公猫郎。）

牙别裂想月安范多推，（俩他们都想做闲玩享福，）

亥桑亚娘父母。（不养爷娘父母。）

父母亚娘打发牙泡酉记，（父母爷娘发气施计，）

送拜怒。（送去哪。）

送拜弄独岭长，（送去坡孤岭长，）

送拜六间花卢。（送去六间屋架。）

起七桑姜良，（第七养得姜良，）

起入桑累姜媄。（第八养得姜妹。）

姜良牙别姜妹，（姜良俩他们姜妹，）

同桑父母亚娘。（同养父母爷娘。）

姜良记盘骂滚，（姜良造盘来先，）

姜媄记兵骂仑。（姜妹造根来后。）

姜良记云多高岑，（姜良造云给高山，）

记人多高胜。（造人给头村。）

姜妹记云多高梁，（姜妹造云给高坡，）

记人多丁胜。（造人给脚村。）

姜良牙别姜妹，（姜良俩他们姜妹，）

应得雪公雷母。（与得雷公雷婆。）

相争亥深，（相吵不停，）

相卦亥哑。（相骂不厌。）

牙孟雷公雷母邓捶，（俩他们雷公雷母来打，）

姜良牙别姜妹。（姜良俩他们姜妹。）

孟空计想，（一人没计想，）

孟量计了。（一人量计完。）

拜同老太关工，（去同老大款公，）

老太关工邓报。（老大款公来报。）

牙孝打拜这河，（俩你们去到边河，）

要豆邓缠三间所。（要水藻来缠三间禾廊。）

五间屋，（五间房屋，）

巴落下闪，（雷落下天，）

碰落堆地。（跌落地下。）

姜良邓到多累三盘打，（姜良到来打得三圈过，）

姜媄邓到多累六盘用。（姜妹到来打得六圈转。）

又同拜拖，（又同去拖，）

绳宋拜梱。（索棕去捆。）

办劳所商，（关进仓钢，）

关劳所困。（关进仓铁。）

地乃姜良打拜前世竹宝，（这时姜良过去前世九宝，）

应别月累求神放款，（与别人学得赶牛放野猪，）

略拜定略转。（知去不知回。）

姜媄打拜这河要能，（姜妹过去这河挑水，）

累努腊规翻化，（得见小鱼变化，）

略拜丑亥略骂。（知去就不知回。）

牙孟雷公雷母邓报。（两个雷公雷母来说。）

腊规翻化赖压亡，（小鱼变化好看什么，）

亥打牙条雷公雷母赖压强。（不比俩我雷公雷母好看多。）

腊埧翻化赖压努，（小鱼变化好看什么，）

亥打牙条雷公雷母赖压头。（不比俩我雷公雷母好看。）

那要筒能赛尧占，（你要筒水给我吃，）

衣登赛尧登。（衣来给我穿。）

雷公月计深，（雷公做计深，）

姜媄冒计浅。（姜妹她计浅。）

姜媄筒能真赛占，（姜妹筒水真给吃，）

衣登真赛登。（衣来真给穿。）

尝能一巴，（喝水一口，）

两眼闪闪。（两眼闪闪。）

尝能二巴，（喝水二口，）

两眼义义。（两眼烟烟。）

尝能三巴，（喝水三口，）

随破所丧，（捶破仓钢，）

抗破所困。（抗破仓铁。）

牙孟雷公雷婆，（两个雷公雷婆，）

上拜半天昏黄，（上去半天昏黄，）

上拜半天昏糊。（上去半天昏糊。）

上拜丁廊巴，（上去赶廊雷，）

跌妈闷。（底云天。）

摇月水大平闪电，（摇做水大登天，）

摇唯裂平塘拜啰。（摇地都成塘去啰。）

［众人：咿！］

记乃姜良姜媄波了计想，（这里姜良姜妹也无计想，）

波量计了。（也量计完。）

拜投老太关公，（去投老大款公，）

老太关公邓报。（老大款公来说。）

牙孝要粒种不拜秩，（俩你们要粒种葫芦瓜去种，）

一怀冒芽。（一扇冒芽。）

二怀吐心牵当，（二扇长叶牵藤，）

三怀开花。（三扇开花。）

四怀更嫩藤不瓜结，（四扇成个藤葫芦瓜结，）

更嫩所胖屋马。（结个仓高屋大。）

姜良亥打姜媄没记，（姜良不比姜妹有计，）

姜良台凿。（姜良拿凿。）

姜媄台先，（姜妹拿铲，）

先破藤不卦子。（铲破藤葫芦瓜。）

开得嫩所团团，（开得个仓圆圆，）

嫩所团丁。（个仓圆定。）

台拜平闪电堆杀，（拿去登天边地沿，）

老杀邓报。（老蛇来说。）

……

地乃姜良牙别姜妹，（这里姜良俩他们姜妹，）

应粒藤不卦子打猜。（与粒藤葫芦瓜打谜。）

能乃淹东，（水这淹东，）

那牙贝拜东。（你也莫去东。）

能乃淹西，（水这淹西，）

那牙贝拜西。（你也莫去西。）

牙条要夏拜，（我们要上去，）

半堆昏黄。（半天昏糊。）

夏拜丁廊巴，（上去走廊雷，）

夏拜跌妈闷。（上去底云天。）

打落雷公，（打落雷公，）

杂落雷母。（杀落雷母。）

地乃牙孟雷公雷母，（这里两个雷公雷母，）

心肚听朋。（心肚觉惊。）

搞龙听忧，（里肚觉忧，）

地乃牙孟雷公雷母邓报。（这里两个雷公雷母来说。）

能乃央洋，（水这汪洋，）

那呀退拜本塘。（你呀退去本塘。）

能乃度油，（水这悠悠，）

那呀转拜本洲。（你呀转去本洲。）

地乃这拉姜良牙别姜媄，（这里还剩姜良俩他们姜妹，）

别胜空大跌，（边村没有外公外婆，）

丁胜空斋农，（脚村没有兄弟，）

高胜空祝东，（头村没有舅爷姑爷，）

打胜空甫奶。（中村没有父母。）

牙别结对月夫，（他们俩结亲做夫妻，）

桑得尼子果妹。（养得儿果妹。）

喂苟亥占，（喂饭不吃，）

拉妹亥要。（喂乳不要。）

略黑大吉，（惊黑眼酒，）

砍南多辣，（砍肉放筐，）

撒南下堆。（撒肉下地。）

要骨月苗苗骨瓜，（要骨做苗苗骨硬，）

要肠月卡卡波怪。（要肠做汉汉也乖。）

要南月更多真片，（要肉做侗住里头田墩，）

南碎邓丢散胜样。（肉碎来丢散乡村。）

姜良姜媄记了无万斤拜啰。（姜良姜妹造了无万人去啰。）

［众人：吵！］

意译：

不讲头头，没有尾尾；不讲边边，没有中间。

不讲公之日，没有父之时。

不讲父之时，没有我们今日。

讲到古时候，洪水滔天，还没养下谁人，成为下界先人。

第一没养哪个公公，养下龙郎公公；

第二没养哪个公公，养下雷郎公公。

他俩都想闲玩享福，不愿抚养父母爷娘。

父母爷娘气而施计，送他们去哪？

送去高天伴黄霞，送去高天伴乌云。

第三还没养哪个公公，养下蛇郎公公；

第四还没养哪个公公，养下豹郎公公。

他俩也想闲玩享福，不愿养父母爷娘。

父母爷娘气而施计，送他们去哪？

送去百里江河，送去万丈岩山。

第五还没养哪个公公，养下虎郎公公；

第六还没养哪个公公，养下猫郎公公。

他俩也想闲玩享福，不愿养父母爷娘。

父母爷娘气而施计，送他们去哪？

送去孤坡长岭，送去六间屋架。

第七养下姜良公公，第八养下姜妹女郎。

姜良与姜妹俩人，一同抚养父母爷娘。

姜良先造下礼俗，姜妹后造下习俗。

姜良造云给山冈，造人给乡头；

姜妹造云给高坡，造人给乡脚。

姜良姜妹俩人，与雷公、雷婆，

争吵不知停口，对骂不知厌烦，

他们与雷公雷婆打架。

姜良姜妹，无计可想，无计可施。

去找老大款公①商量，老大款公来说：

"你们去河边，要水浔缠过屋檐。"

五间房屋，雷落下天，雷公雷婆来到，一踩跌落地面。

姜良到来打了三圈，姜妹到来打了六转。

又一同去拖，用棕绳来捆。

---

① 款公，侗族神话传说中的仙人。

关进钢仓，关进铁房。

这时姜良去九宝地方，向别人学赶野牛放野猪，一去不知回。

姜妹去河边挑水，贪看鱼儿在产卵，知去不知回。

雷公雷母对她说：

"鱼儿产卵有什么好看，不如我俩做游戏好玩；

鱼儿产卵有什么热闹，不如我俩翻滚给你看。

你拿筒水给我们吃，要衣服来给我们穿。"

雷公计谋深，姜妹计谋浅。

姜妹真的给他一筒水，拿来衣服给他穿。

雷公喝下一口水，两眼射出火星；

雷公喝下二口水，两眼冒出火烟；

雷公喝下三口水，捶破钢仓，打破铁房。

雷公雷婆两人，逃上高天黄霞，逃上高天云层。

雾气腾腾，那是他们门庭。

瞬间洪水滔天，大地都成了深塘。

［众：是啦！］

这时姜良姜妹无计可施，无计可想，去求老大款公。

老大款公又说："你俩取颗葫芦瓜籽去种，

一扇冒芽，二扇长叶牵藤，三扇开花，四扇结个葫芦瓜。"

那瓜似禾仓高似房屋大，姜良不比姜妹会想。

姜良拿凿，姜妹拿铲，破开葫芦瓜——

圆圆像个仓，稳稳似座房。

从天边荡进波涛洪水，老蛇来说……

这时姜良姜妹两人，与葫芦瓜对答：

"水往东流，你莫往东走；水往西流，你莫往西走。

你要送我们去——

高天黄霞，高天云层，雷公屋檐，九天门庭。

去打雷公，去杀雷婆。"

雷公雷婆知晓，六腑吃惊，心里觉忧。

雷公雷母这时来说：

"大水汪洋，退去本土本乡；大水悠悠，退去本湖本洲。"

这时只剩姜良姜妹两人，

乡头找不到外公外婆，乡脚找不到兄弟姐妹。

乡头找不到舅爷姑爷，乡中找不到父母爷娘。

他俩结为夫妻，养得儿子果妹。

喂饭不吃，喂乳不吮。

他俩惊得黑了眼，只好锉成肉浆装竹筐，拿去分撒四面八方。

骨变成苗苗骨硬，肠变成汉汉聪明，

肉变成侗守田塅，碎肉丢撒满乡村，

姜良姜妹造了万千人。

［众：对啦！］

创世款

猪的来源：真古①

因为戍因为，（因为呀因为，）

因为四孟公猪母猪。（因为四只公猪母猪。）

格没甫养，（自有父养，）

格没奶拉。（自有母喂。）

格没更角，（自有路过，）

格没弱骂。（自有因来。）

因为戍因为，（因为呀因为，）

因为甫腊正杨。（因为父子姓杨。）

甫月堆多，（父种地豆，）

堆多深膝。（地豆深膝。）

奶月堆骂，（母种地菜，）

堆骂深耳。（地菜深耳。）

因为戍因为，（因为呀因为，）

因为四腊公猪母猪邓刚。（因为四只公猪母猪来到。）

早到早踢，（早到早踩，）

夜到夜占。（夜到夜吃。）

---

① 真古又名猪的来源。

占蕊刚真，（吃蕊到兜，）

钻真到丧。（钻兜到根。）

因为戍因为，（因为呀因为，）

因为甫腊正杨。（因为父子姓杨。）

朋龙夏气，（胀肚生气，）

发气花甲，（发气花蛇，）

发风花午。（发疯下洞。）

因为牙独起一邓到，（因为两只第一来到，）

跳累打更，（跳得过栏，）

翻累打桩。（翻得过桩。）

牙独起二邓到，（两只第二来到，）

跳亥打更，（跳不过栏，）

翻亥过桩，（翻不过桩，）

变更山人亥亮，（变成鹿茸不灵，）

相聚牙别。（相垒俩它们。）

因为戍因为，（因为呀因为，）

因为甫仔正杨。（因为父子姓杨。）

甫抓尾扯，（父抓尾扯，）

奶抓耳拉，（母抓耳拉，）

扯骂咧咧，（扯来咧咧，）

喊骂咧咧。（喊来咧咧。）

要骂丁廊多，（要来底廊关，）

要骂跌所宋。（要来底仓放。）

请别滚人木匠，（请到前人木匠，）

仑人木匠。（后人木匠。）

砍美咧咧，（砍树咧咧，）

骚更圈古圈列。（做成猪圈羊圈。）

砍美哪哪，（砍树哪哪，）

骚更圈古圈羊。（做成栏猪栏羊。）

乙古劳当，（牵猪进栏，）

乙羊劳圈。（牵羊进圈。）

甫要淌骂多，（父要淌来喂，）

奶要巴骂拉。（母要糠来养。）

甫拜旦栗，（父去找板栗，）

奶刨毛玉。（母去刨魔芋。）

甫拜旦栗累呆归，（父去找栗得大筐，）

奶刨毛玉累呆篾。（母刨魔芋得大箕。）

砍打弄同，（砍过弄同，）①

同打盘路，（同过盘路，）

又打啊兵，（又过啊兵，）

经过巴烂，（又过巴烂，）

骂到地言叫响啵。（来到边屋叫声啵。）

独乃占了三月塘拨，（只这吃了三月水草，）

九月囊块。（九月竹笋。）

腊侗邓到呀亥杀，（人侗来到也不杀，）

腊卡邓到呀亥别。（人汉来到也不卖。）

乃条太耶程阳马安邓到，（这我们众客程阳马鞍来到，）

甫呀愿杀，（父也愿杀，）

奶呀愿别。（母也愿卖。）

牵古落场，（牵猪到地坪，）

别古落堆，（扳猪落地，）

乙刀苏，（提刀青，）

度刀亚，（递刀红，）

盆铜铿打。（铜盒铿中间。）

杀古累血，（杀猪得血，）

割古累肉。（割猪得肉。）

独乃四丁落搞。（只这四脚落地。）

保道千斤男女拜啰。（保我们千人男女啰。）

［众：吵！］

意译：

因为呀因为，因为四只公猪母猪，

---

① 弄同以及下面报到的程阳、马鞍都是地名。

自有父养，自有母喂，

自有路去，自有路来。

因为呀因为，因为杨姓父子：

父亲挖地种豆，豆苗青青齐膝；

母亲挖地种菜，菜苗青青齐耳。

因为呀因为，因为四只公猪母猪来到：

早到早踩，夜到夜吃，吃苗到苑，吃苑到根。

因为呀因为，因为杨姓父子：

气得肚子胀，气得脖颈胀，气得又叫又哭。

因为头两只到来，跳得过竹栏，翻得过木桩。

后两只到来，跳不过竹栏，翻不过木桩，

好似山鹿行走缓慢，它们叠脚难逃。

因为呀因为，因为杨姓父子：

父抓尾扯，母抓耳拉。

扯来叫咧咧，拉来叫咧咧，扯来楼底关，拉来禾仓养。

去前村请来木匠，到后村请来木匠。

砍树咧咧，做成猪圈羊圈；砍树哪哪，做成猪栏羊栏。

牵猪进栏，牵羊进圈。父要潲来喂，母拿糠来养。

父去找板栗，母去刨魔芋。

父去找板栗得大竹筐，母去刨魔芋得大簸箕。

砍路过弄同，找路过盘路，

经过啊兵，又过巴烂，来到屋边啵啵叫。

这只吃了三月水草，吃了九月竹笋。

侗人来了也不杀，汉人来了也不卖，

我们众客从程阳马鞍来，父也愿杀，母也愿卖。

牵猪到地坪，迅速扳倒地，提青刀，递红刀，铜盒铿中间，

杀猪得血，杀猪得肉。

它四脚落地，保佑我们千人男女。

［众：对啦！］

演讲者：陈永基，男，70岁，初小，广西三江林溪马鞍村人

覃建荣，男，60岁，八江乡八江村人

采录地点：马鞍村、八斗小村

录音者：金辉、黄凤兰、邓敏文、兰鸿恩、刑志萍、谢选骏

记译者：吴浩

草鱼的来源：真刀

乙乃刚拜啰！

［众：吵！］（这样讲去啰，）

乙十八河朝皇帝，（一十八河朝皇帝，）

条河衡州戌给埧，（条河衡州出蛋鱼，）

腊卡六神关连刀，（人汉六神①管草鱼，）

腊卡跌河关给埧。（人汉底河管蛋鱼。）

埧乃埧乃赖，（鱼这填这好，）

人道要冒夏巴岩，（人我们要他放水石岩，）

埧乃埧利西利西，（鱼这鱼利西利西，）［衬音］

人道要冒宋塘西。（人我们要他放塘里。）

塘且占，（塘找吃，）

牙本本。（田纷纷。）

独务下，（条上下，）

独跌夏。（条底上。）

独大独没独，（条大条有条，）

独小且占无千呆万独。（条小我吃数千数万条。）

丁月壬午埧拜宋，（正月壬午鱼去放，）

二月金鲤让拜拉，（二月全鲤②草去养，）

三月夏巴慢拜望，（三月上岩常去看，）

滕性一柱头乙古。（粗身如柱头如鼎。）

甫耶拜努大尖，（父客去看眼如杯，）

奶耶拜努眼工装，（母客去看眼如碗，）

还没牙焙金姑留媄拜努样字龙。（还有两个金姑留妹去看如条龙。）

---

① 六神即六神县。

② 全鲤为日子之称谓，据说此日放鱼吉利。

竹月初竹开塘鬼，（九月初九开塘鱼，）

开得牢蛋寻牢美。（开得牢公寻牢母①。）

贝赛把美邓架，（莫让叶树来塞，）

贝赛把安邓庚。（莫让叶树来挡。）

美甲亥花，（流水哗哗，）

美甲亥嘎。（流水哼歌。）

尾垻拍马它瓦性，（尾鱼拍泥脏花身，）

尾垻拍马它瓦大。（尾鱼拍泥脏花眼。）

要垻夏埂埂互马，（要鱼上埂埂沾泥，）

要垻劳寨寨臭鲤。（要鱼进寨寨臭鲤。）

砍美金丁骂骚捶，（砍树金钢来做锤，）

要美王良骂骚砧。（要树王良②来做砧。）

惯老骂破高，（斧大来破头，）

刀老骂破来。（刀大来破背。）

鱼铜骂装赛，（盆铜来装肠，）

桶长骂装心。（桶长来装肝。）

要嫩骨来月齿抓，（要条脊骨做齿锯，）

要嫩更角月弱丧。（要个鱼肚装铁沙。）

甫耶言乃下拜卡跌买乙千盐骂腌，（父客家这下去汉底下买一千盐来腌，）

奶耶言乃麻涌苟糯台拜腌。（母客家这泡些米粒拿去腌。）

要篾片邓架，（要篾片来盖，）

要巴邓朋。（要石头来堆。）

要巴邓砌砌波稳，（要石来砌砌也稳，）

对比对乙贝用。（留下留下莫用。）

斗独乃丑呆东，（留下酸鱼等舅公，）

对比对乙贝剪。（留下留下莫剪。）

斗独乃丑呆丁，（留下酸鱼等众亲，）

对比对乙贝别。（留下留下莫卖。）

斗独乃丑呆耶，（留下酸鱼把客待，）

---

① 牢公、牢母：侗人称水田下水口为"牢"，位于上者为"牢公"，位于下者为"牢母"。

② 王良：树名。

龙兵波龙兵角晾邓甫条。（龙进仓龙进仓来慢慢收缩。）

孝要独乃赛条补，（你们要条这给我们赞，）

条补独乃要夏剪。（我们赞条这要上剪。）

龙兵波龙兵角晾砍打更，（龙进仓龙进仓来砍成节，）

孝要独乃赛条补。（你们要条这给我们赞。）

条补独乃耶道述，（我们赞条这众客敬献，）

耶道咧耶多剪还没牙独凶手切了两边头嘛哟呼。（众客咧众客持剪还有两个凶手砍了两边头嘛哟呼。）

装饭食的饭筐

意译：

这样讲啰，〔众：对呀！〕

十八条河朝皇帝，只有衡州产鱼苗，六神县人管草鱼，下游汉人管鱼蛋。

这鱼是好鱼，我们要它养在水石岩；这鱼吉利真吉利，我们要它养在水塘里。

塘里寻食，田中跳跃。有的从上游下，有的从下游上。

大条的屈指来数，小条的千千万万无数目。

正月壬午日挑鱼去放，二月全鲤日割草去喂，

三月登岩去观望，身粗如柱头如鼎。

你们男客去看眼如杯，你们女客去看眼如碗，

还有两个小姑娘去看说是像条龙。

九月初九开鱼塘，公牢母牢①水洋洋。

---

① 公牢、母牢指大小排水沟。

莫让树叶塞水口，莫让麻叶阻水沟。

流水哗哗，流水哼歌。

鱼尾拍泥花了身，鱼尾拍泥花了眼睛。

抓鱼上岸满岸泥，抓鱼进寨满寨鲤。

金钢树砍来做捶，王良树砍来做砧。

大斧来破头，大刀来破背。

铜盆来装肚肠，木桶来装肝脏，

取条脊骨做锯齿，取个鱼肚做沙袋。

众客去下游买汉人千斤盐，你们妻子好糯米拿去腌。

篾片盖在下边，岩石压在上边，岩石压得安稳，岩石压得紧紧。

留下留下莫乱用，留下酸鱼等舅公；

留下留下莫乱剪，留下酸鱼等众亲；

留下留下莫乱卖，留下酸鱼把客待。

龙进酸坛龙肉干，让我们唱起歌把龙肉夸赞，我们夸赞龙肉剪来真好看；

龙进酸坛龙肉被砍，让我们唱起歌把龙肉夸赞，我们夸赞众客把龙肉敬献。

众客咧，你们有的拿剪，有的拿刀，只为我们来操劳嘛，哟呼！

演唱者：覃建荣，男，60 岁，八江村人

　　　　陈永荃，男，70 岁，马鞍村人

采录地点：八斗小村、马鞍村

录音者：金辉、兰鸿恩、刑志萍、邓敏文、谢选骏、黄凤兰

记译者：吴浩

祭祀款

富贵款*

闷乃老亡记人，（天今老太公的人，）

经亥打兵，（经不过病，）

跳亥打影。（跳不过影。）

刀老弯湖，（草鱼老了换湖，）

日头背岗，（日头下山冈，）

赞别阴州呆堂，（赞别府阴间大堂，）

亥应道阳人同兑。（不愿与我们阳人同住。）

闷乃赛孝张男戴孝，（今天让你们儿孙戴孝，）

接到西公务闷，（接到仙公上天，）

开书邓努，（开书来看，）

折书邓看。（折书来阅。）

闷亚鸟运，（天坏在远，）

闷赖鸟近。（天好在近。）

时亚鸟远，（时坏在远，）

时赖鸟近。（时好在近。）

又累老匠开路，（又得老仙师开路，）

送拜阴州呆塘，（送去阴州大堂，）

送拜真菜山。（送去根菜山。）

送拜高胜牙安，（送去高胜牙安，）①

---

* 富贵款即安葬歌词。

① 高胜牙安，传说为鬼的村寨。侗族人认为人死了以后，阴魂都到那里住居。

金童引劳，（金童引进，）

逍遥堆方；（逍遥地方；）

玉女接拜，（玉女接去，）

快乐行宫。（快乐行宫。）

地乃累到闷赖时好，（这里得到天好时好，）

赛条带斗甫腊应孝张男戴孝，（让我带众房族与你们儿孙戴孝，）

送拜千年巴坎，（送去千年岩坎，）

抬劳万代岩山。（抬进万代岩山。）

岑山架没宝，（山坡那有宝，）

地卦架没龙。（地盘那有龙。）

丁岑没斗金，（脚山有斗金，）

高岑没斗银；（头山有斗银；）

丁岑没未马，（脚山有栏马，）

高岑没未神。（头山有栏牛。）

公龙男努，（公龙得见，）

转尾骂保；（转尾来保；）

奶龙累努，（母龙得见，）

转高骂朝。（转头来朝。）

青龙莽左跌夏，（青龙边左底保上，）

白虎莽右架棺杀。（白虎边右盖关杀。①）

条岑乃亡呀一架角样，（座山这呀那么异样，）

行行裂旺强，（样样都旺强，）

冒贯条岑亡。（它叫座山什么。）

啊，尧听人老刚，（啊，我听人老讲，）

定贯牛眠山。（是叫牛眠山。）

闷乃，（天今，）

赛道葬劳牛眠吉地。（让我们葬进牛眠吉地。）

呀定累了富贵双全，（也就得了富贵双全，）

闷乃，（天今，）

孝骂求财真呀累财。（你们来求财真呀得财。）

---

① 巫师的一种特有称谓，为灾难的一种类型。

碰东呀兵东，（往东呀偏东，）

碰西呀兵西。（往西呀偏西。）

碰东亥离金银多麻，（往东不离金银在手，）

碰西亥离述亚多袋。（往西不离绸布放袋。）

乃定贯，（这叫作，）

空手出门，（空手出门，）

饱手归家。（饱手归家。）

地乃，（现时，）

垃到闷赖时好。（找到天好时好。）

赛条一斗寸钱甫腊，（让我们一伙亲戚父子，）

应孝办到千两黄金。（与你们办到千两黄金。）

赛孝台拜，（让你们拿去，）

东方记岑，（东方置山，）

西方记堆。（西方置地。）

聚银月财，（聚银做家财，）

买牙高别。（买田头塇。）

聚银月生意，（聚银做生意，）

买牙高片。（买田高垌。）

片片十八塘，（垌垌十八塘，）

塘塘十八屯。（塘塘十八屯。）

买塘务，（买田上，）

又塘跌，（又田下，）

买塘邓打泡腊妹。（买块田中间泡鲤鱼。）

腊妹独大独没目，（鲤鱼条大条有数，）

独小千千无万独。（条小千千无万条。）

腊妹独大独没愿，（鲤鱼条大条有限，）

独小千千银呆万。（条小千千银几万。）

腊妹发卵样当巴，（鲤鱼产卵似方堆，）

要道买牙样妈闷。（让我们买田似云天。）

六月旺黄，（六月艰难，）

亥离苟多务昂。（不离禾糯放禾炕。）

赖打务州，（好过上州，）

盖打务县。(盖过上县。)

九件风浓,(九业兴旺,)

累到十雄富贵。(得到十层富贵。)

打西地乃,(从这时起,)

呆吉呆利,(大吉大利,)

呆发呆旺。(大发大旺。)

[众:对啦!]

意译:

今天太公老人,抗不住病魔,逃不过阴魂。

草鱼换了江湖,日头下了山坡,

去称赞阴间殿堂,不愿与我们阳人同住。

今天让你们张郎披麻戴孝,又请下天上的仙公到来:

开天书察看,折天书查阅。

不吉利的日子渐遁远了,吉祥的日子已靠近了;

不吉利的时辰渐遁远了,吉祥的时辰已靠近了。

又请下老仙师到来开路:

送他去阴间殿堂,送他去菜山坡脚,送他去牙安村头。

金童引进,逍遥地方;玉女接去,快乐行宫。

这时得到日吉时良,让我带你们众父子们为太公戴孝,

送他去千年岩坎,抬他去万代岩山。

岩坎坎有宝,岩山山有龙。

坎脚有金斗,岩头有斗银;坎脚有马圈,岩头有牛栏。

公龙看见,圈尾来护;母龙看见,弯头来朝。

青龙从左边护卫,白虎从右边保驾。

这是一座奇山呀,处处开兴旺之花。

它叫什么山?

啊,我听老人讲,是叫牛眠山。

今天,让我们把太公葬进牛眠吉地,吉地给子孙带来富贵双全。

今天,你们祈求钱财就会得到钱财。

往东走东方偏袒,往西走西方护祐。

往东走不离金银在手,往西走不离绸缎随身。

这叫作——空手出门，满载归家。

这时——寻得日吉时良，让我们众位亲戚，与你们备办千两黄金。

让你们拿去——东方置山林，西方置田地。

聚银发家，买进田垗；聚钱做生意，买下良田肥地。

垌垌十八块，块块十八屯。

买上一块，购下一块，买进中间一块养鲤鱼。

大条鲤鱼条条在目，小条鲤鱼千千万万难计数；

大条鲤鱼条条有蛋，小条鲤鱼换得银子千千万。

鲤鱼产卵多得似云堆，我们买下的水田宽得似云天。

六月艰难，也有糯禾存放火炕①吃不完。

富过州府，贵过县官。

九业兴旺发达，十层富贵齐全。

从今以后，大吉大利，大发大旺。

（众：对啦！）

演唱：杨通义，男，22岁，高小文化，广西三江县八江乡牙龙村

采录地点：八江乡

录音者：张振梨、刑志萍

记译者：吴浩

祭笙款 *

姜良记盘骂滚，（姜良造礼来先，）

姜媄记兵骂仑。（姜妹造俗来后。）

姜良记云多高岑，（姜良造云给高山，）

姜媄记人多丁胜。（姜妹造人给脚村。）

记云多高岑，（造云给高山，）

记人多胜样。（造人给乡村。）

妹记腊更，（未造儿侗，）

早记腊卡。（早造儿汉。）

---

① 火炕，一种悬挂于火堂上的竹木框架，作为烘烤糯禾之用。

* 又名"祭笙款"真仑。

兑刚腊卡公甫金条王帝，（对讲儿汉祖公金朝王帝，）

空亡凤农闹你。（没什么欢乐热闹。）

吹得波罗金，（吹得喇叭金，）

吹得波罗银。（吹得喇叭银。）

西呀滩寨，（吹也震寨，）

响呀震胜。（响也震村。）

拜了公甫卡跌啰，（去了祖公汉底下啰，）

［众：吵！］

兑刚公甫腊苗应瑶。（对讲祖公儿苗与瑶。）

空亡凤农闹你。（没什么来欢乐热闹。）

银面多来，（银面盖背，）

银排多胸，（银排披胸，）

礼包多麻，（礼包挂手，）

拜了公甫腊苗。（去了祖公八苗。）

空亡凤农闹你，（没什么欢乐闹热，）

沙要闷乃凤农你拜啰。（就要些这欢乐闹热去啰。）

［众：吵！］

兑刚公甫卡跌，（对讲祖公汉底下，）

空亡凤农闹你。（没什么欢乐闹热。）

早登衣苏，（早穿衣兰，）

夜登衣亚。（夜穿衣红。）

早捶铜辣，（早敲铜锣，）

夜捶铜古。（夜敲铜钻。）①

早冒西报五朱格拜，（早他吹角五鬼自去，）

夜冒西报五朱格骂。（夜他吹角五鬼自来。）

拜了台甫卡跌，（去了祖公汉底下，）

空亡凤农闹你。（没什么欢乐闹热。）

沙要妹乃凤农闹你拜啰，（就要些这欢乐闹热去啰，）

［众：吵！］

兑刚公甫？（月更）更牙道，（对讲祖公儿侗俩我，）

---

① 铜钻，小铜锣。

空亡凤农闹你。（没什么欢乐闹热。）

夏岑砍教，（上山砍藤，）

下岑砍根，（下山砍木，）①

架洞盖，（塞洞盖，）

料下步。（推下坡。）

老太公？（老太公？）

太公三千，（太公三千，）

三千竹宝，（三千九宝，）

七千塘姐，（七千塘姐，）

腊六劳胜梭，（儿陆进村梭，）

腊五劳胜杰，（儿吴进村杰，）

腊那劳胜巴。（儿你进村巴。）

发兑牙公多牙巴，（见对两公安两石，）

尧呀亥赖骂玩那，（我也不好去走你，）

那呀亥赖骂玩尧。（你也不好来走我。）

当初公用记真猫，（当初公用造根稻，）

公料记真款，（公料造根款，）

孔子记真列，（孔子造根书，）

梭列记真耶，（梭列造根耶②，）

四也③记真嘎。（四也造根歌。）

记到罩戌记到真享年拜啰。（造到罩戌造到根"享年"去啰。）

［众：吵！］

地乃要刀骂码更桨啪，（这里要刀来劈成笙斗，）

要三邓钻更六洞。（要錾来钻成六洞。）

六洞多务，（六洞在上，）

六箍多跌。（六箍在下。）

条胖砍胖，（条高砍高，）

条矮砍矮。（条矮砍矮。）

美筒近美拉，（根筒根剩，）

---

① 木，此处指围园用的木条。

② 耶即侗歌之一种。

③ 公用、公料、孔子、梭列、四也、罩戌皆为人名。

美二近三麻，（根二近三簧片，）

抓条美生齐铜辣。（抓条根塞近铜锣。）

真仑鸟怒高贵州，（根笙在那高贵州，）

俄妹胜东骚琵琶。（俄妹胜东做琵琶。）

起一多麻竹呀亥响，（第一放簧片竹也不响，）

起二多麻美呀亥叫，（第二放簧片木也不响，）

起三多麻板呀亥梭。（第三放簧片牛角也无声音。）

甫略计想，（父无计想，）

奶量计了。（母量计完。）

劳拜贵州更远，（进去贵州路远，）

五快胜宽。（五快村宽。）①

买得白铜乙斤，（买得白铜一斤，）

金铜四两。（金铜四两。）

打铜彭彭，（打铜彭彭，）②

翻打麻仑。（翻打簧片芦笙。）

打铜当当，（打铜当当，）

翻打淋良。（翻打片簧。）

空洞要所，（没地方取音，）

打祥丁胜能滩嗟嗟。（过去脚村水滩嗟嗟。）

要浆过罗。（取把过罗。）③

能滩耶耶，（水滩耶耶，）

要浆这咧。（取把这咧。）④

能滩范范，（水滩范范，）

要浆漏半。（取把漏半。）⑤

能滩畅畅，（水滩畅畅，）

要则筒推打装样。（取把筒推放中场。）⑥

---

① 五快即今贵州黎平。

② 彭彭、当当、嗟嗟、耶耶、范范、畅畅为拟声词。

③ 过罗，中音芦笙。

④ 这咧，高音芦笙。

⑤ 漏半，低音芦笙。

⑥ 筒推，低音竹筒，称为"地筒"。

仑世二世三，（笙十二吹十三，）①

伙仑乃响音拜胖。（众笙这响震去高。）

仑世二多世四，（笙十二吹十四，）

伙仑乃响音太起。（众笙这响震太空。）

六条竹，（六根竹，）

三嫩洞，（三个眼，）

三嫩洞弹哇出邓啰。（三个眼弹得出声来啰。）

［众：吵！］

［架尧邓刚啦！众：吵！］

芦笙队伍吹芦笙

意译：

姜良先造下礼俗，姜妹后造习俗。

姜良造云给山冈，姜妹造人给山乡。

造云给高岭，造人给乡村。

未造侗人，先造汉人。

讲到汉人祖公在京城是王帝，没什么来欢乐热闹。

吹响金唢呐，吹响银唢呐，吹得震山寨，吹得震乡村。

① 笙笙有多种调式，分为笙七、笙八、笙九、笙十、笙十一、笙十二、笙十三、笙十四等八种调式。

讲完下游汉人祖公啰。

［众：对啦！］

讲到苗瑶祖公，没什么来欢乐热闹，

背披银面，胸挂银排，

手持礼包，讲完苗人祖公。

没什么做欢乐热闹，就要这些做欢乐热闹。

［众：对啦！］

讲到下游汉人祖公，没什么做欢乐热闹。

早穿蓝服，夜穿红衣。

早敲铜锣，夜敲铜鼓。

早晨吹号送五鬼，夜晚吹号迎五鬼。

讲完下游汉人祖公，没什么做欢乐热闹，就要这些做欢乐热闹。

［众：对啦！］

讲到我俩侗人祖公，没什么做欢乐热闹。

上山砍藤，下山砍木，封住山口，推下高坡。

老太公有多少人？老太公有三千人。

三千人进九宝①，七千人进唐姐，

陆姓进梭村，吴姓进杰村，

你们的祖公进巴村。

俩祖公竖石为界，我难去你那玩，你难到我这耍。

当初是用公造水稻，料公立款坪，

孔子造书，梭列造耶，四也造歌，

到了覃成才兴"享年"。

［众：对啦！］

这时要刀削木成笙斗，要錾錾竹铝六个孔眼。

六孔在上，六箍在下，需长的砍长，需短的砍短。

竹筒套响管，响管安簧片，没安簧片的竹管插一边。

芦笙源流在贵州，胜东的俄妹做琵琶。

第一用竹簧片吹不响，第二用木簧片无声音，第三用牛角簧片也不行。

父无计可思，母无计可想。

---

① 九宝、唐姐、梭村、杰村、巴村皆为地名。

去到贵州很远地方，五快大村大寨，买得白铜一斤，买得黄铜四两。

铸铜嘭嘭，铸得簧片做芦笙；铸铜当当，铸得簧片有声响。

没地方取音，去到瀑布听水声：

水声嗟嗟，做把过罗；

水声耶耶，做把这咧；

水声潺潺，做把漏半；

水声畅畅，做把筒推放堂中。

笙十二可吹调十三，这堂芦笙震远山；

笙十二可吹调十四，这堂芦笙震太空。

六根竹管，三个孔眼，三个孔眼吹弹得音乐来啰！

〔众：对啦！〕

庆丰收 *

丁月，（正月，）

能淋岑。（水淋山。）

二月，（二月，）

劳岑动土。（进山动土。）

三月，（三月，）

爬兵腊羊。（爬山小羊。）

四月，（四月，）

莽左台辣骂落谷。（边左拿筐来播谷。）

五月，（五月，）

华央脱岑。（禾苗出田。）

六月，（六月，）

塘小几打，（塘小凸中，）

塘马丢把打更。（塘大长叶过埂。）

七月，（七月，）

苏样工姐，（青似菀韭菜，）

扯样工本，（发似菀芭芒，）

---

* "庆丰收"又名色福款。

黑样把甲。（绿似叶茄子。）

八月，（八月，）

齐齐多粒，（密密装粒，）

挤挤多丁，（密密长穗，）

丁丁凤浓，（穗穗饱满，）

亥没丁怒风清。（没有穗哪飘风。）

九月，（九月，）

男人拜挑，（男人去挑，）

女人台剪拜探。（女人拿剪去剪。）

探乙屯，（剪一屯，）①

朋乙言，（堆一屋，）

探乙略，（剪一块，）

朋乙所。（堆一仓。）

探累干担架骂立门，（剪得千担来入门，）

探累万担骂立府。（剪得万担来入户。）

乙年耕工，（一年耕工，）

两年亥怕。（两年不愁。）

乃那乙西扮言，（这你一是料理家，）

二丑丁盘扮它。（二是山盘料理山林。）

月赢成赢，（做赢成赢，）

月行更行拜啰。（做胜成胜啰。）

［众：吵！］

意译：

那我又来讲啦！［众：好呀！］

正月，春雨润大地；

二月，上山耕田地；

三月，遍山是羊群；

四月，左手持筐播谷种；

五月，秧苗离了秧田；

_____

① 屯，侗族的面积单位，相当于十分之三亩。

六月，梯田禾苗涌波，田塅掀起稻浪。

七月，稻叶青似韭菜，禾兜粗似芭芒，禾秆绿似茄子。

八月，谷粒密集，稻穗拥挤，穗穗饱满，没有哪穗飘风。

九月，男人扛扁担去挑，女人拿禾剪去剪。

剪一屯，堆一屋；剪一块，堆一仓。

剪得千担来入门，剪得万担来入户。

一年种田地，两年不愁吃。

让你料理好家务，让你料理好山林。

祝你做那样那样合心，让你做那样那样合意。

［众：对啦！］

演讲者：陈俊强，67 岁，文盲，广西三江林溪平岩村人①

　　　　覃建荣，60 岁，八江乡八江村人

采录地点：马鞍村、八斗小村

录音者：邓敏文、蓝鸿恩、刑志萍、金辉、谢选骏、黄凤兰、

记译者：吴浩

---

① 　陈俊强从 16 岁开始讲款，由平岩村的陈启龙传授。陈启龙也将款书传给了他。

歌谣类

二 仪式活动歌谣

侗族多耶

编者按：耶是侗族一种兼歌兼舞的文艺形式，耶歌也是侗族最古老的歌谣，有固定的内容和形式，按表演方式和曲调的不同分为"耶补"和"耶堂"两类。侗族人称唱耶为"多耶"，演唱时多是女唱男答，每一组女唱三支，男答三支。男方须答女方歌意，步女方歌韵。

女对唱时，手拉手围成圆圈，合唱一句，重复一句，两声步合唱，唱一句挪舞一步。男对唱时，手攀高围成圆圈，边唱边晃舞移步，领唱者领唱一句，歌队合唱重复末尾三字。因其形式为人成圆圈，又多在鼓楼进行，故又称"团歌""踩堂歌"。耶歌多有固定内容、程式。多耶须经过长年训练才能胜任。

春节期间，从正月初一至十五，侗族村寨每天都举行"多耶"（唱耶）活动。不同宗族之间互派耶队到鼓楼坪比赛，如杨氏宗族出女队，那吴氏宗族就出男队。也可以一个宗族同出男、女队与另一个宗族的男、女队对赛，即甲宗族男队对乙宗族女队，乙宗族男队对甲宗族女队。如有几个大姓的村寨，常常数十支耶队同时对唱，气氛热烈而欢乐。进堂耶，为各耶队初入堂时必唱的耶。

多耶表演现场

耶歌演唱场面

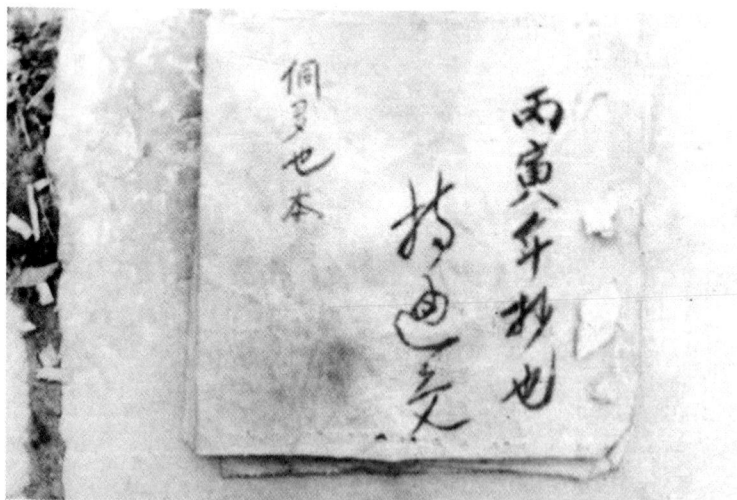

歌本翻拍

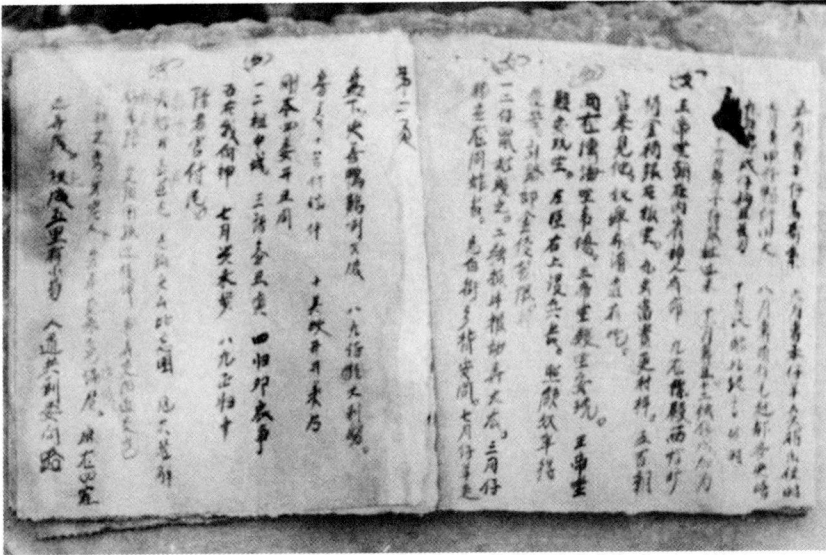

歌本翻拍

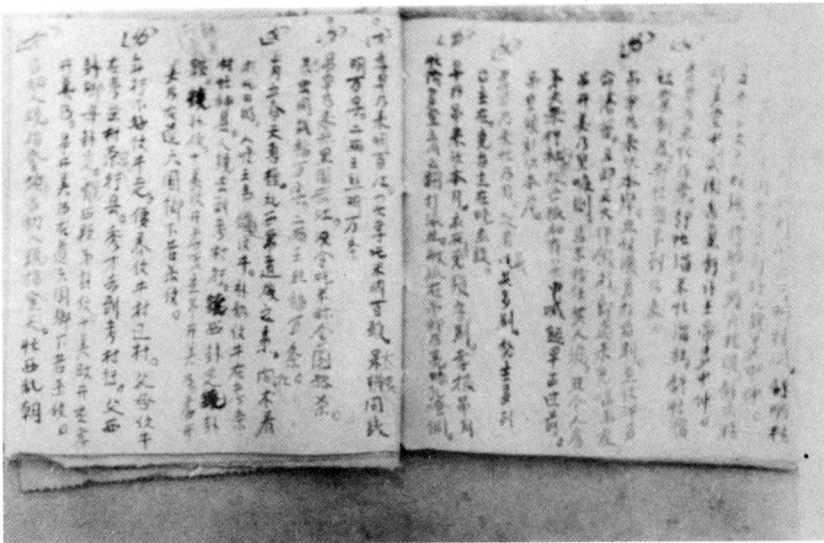

歌本翻拍

女声齐唱耶

正文：

（呀号耶）初一初二起邓郎耶，

耶哈亥约务累记跌骂（耶哈亥），

耶哈亥哟务累记跌骂，

亥哟务累记跌下耶亥约务累记跌下，

（耶）耶呀哈孝骂赛乃西拜努呃（耶），

耶哈孝骂赛乃西拜努呃（呀嗨号耶）。

译文：

（呀号耶）初一初二遇情郎耶，

耶哈不知情郎哪方来（耶哈亥），

耶哈不知情郎哪方来？

不知情人来自何方耶，

不知情人来自何方？

（耶）耶呀哈情人到这里，

还是去哪里呃（耶），

耶哈情人，到这里还是去哪里呃（呀嗨号耶）。

演唱者：奶生农等

采录地点：马鞍村

意译者：吴浩

男声齐唱耶

正文：

喊：（半斤嗟，嗨啦哩！肉嫩呀哈啰呀啰号呀），

占丁劳堂尝卡耶呀！

占丁劳堂尝卡耶呀，

呀乙贝月赛也亥劳堂，呀呀！

呀乙贝月赛也亥劳堂，

人邓审尼贝建义呀，

人邓审尼贝建义呀！

呀乙角乃拜伦当别尼止转亥云，呀哈呀，

呀乙角乃拜伦当别尼止转亥云，

年纪妹胖亮月兑呀，

年纪年纪妹胖亮月兑呀，

呀乙台盘张妹兵张良，依呀哈呀，

呀乙台盘张妹兵张良，

台盘张妹乙世考呀，

台盘张妹乙世考呀！

呀哈空没云赖努月应孝保生囊，呀哈呀，

呀哈空没云赖努月应孝保生囊，亥咧花亥咧呀。

译文：

喊：（半斤嗟，嗨啦哩！肉嫩呀哈啰呀啰号呀）

齐步进堂唱耶歌呀！

齐步进堂唱耶歌呀，

莫像别人那样不进堂，呀呀！

莫像别人那样不进堂，

青年男女莫摆架子呀，

青年男女莫摆架子呀！

莫让青春年华虚度把歌场丢荒，呀哈呀，

莫让青春年华虚度把歌场丢荒，

趁年纪还轻放声唱呀，

趁年纪趁年纪还轻放声唱呀，

沿着姜良姜妹的礼俗，依呀哈呀，

沿着姜良姜妹的礼俗，

沿着古时的传统呀，

沿着古时的传统呀！

真想与妹栽竹育笋一同上山岗，呀哈呀，

真想与妹栽竹育笋一同上山岗，亥咧花亥咧呀！

演唱者：八江乡寨卯村杨再茂等男耶队

讲述者：杨再茂

采录地点：八斗小村

意译者：吴浩

记录者：苏甲宗

女声领唱耶

正文：

（呀号耶）（领）占丁劳堂三天宝呀耶，

（众）占丁劳堂三天宝（耶），

（领）白头照交赖劳堂（耶耶），

（众）日头照光赖劳堂，

（领）劳堂第一麒麟地（耶），

（众）劳堂第一麒麟地（耶），

（领）劳堂第二累登郎（耶耶），

（众）劳堂第二累登郎，

（领）劳堂第三打拜南方五龙府（耶），

（众）劳堂第三打拜南方五龙府（耶），

（领）东方条路日头光（耶耶耶），

（众）东方条路日头光，

（领）西方乙妈架性相（呀耶），

（众）西方乙妈架性相（耶），

（领）丁上太白邓道量（耶耶），

（众）丁上太白邓道量，

（领）性相王龙同灭学（耶），

（众）性相王龙冈灭学（耶），

（领）放所雷风空所娘（耶耶耶），

（众）放所雷风空所娘，（呀呀介咧花介了介耶）。

译文：

（呀号耶）（领）齐步进堂踏宝地呀耶，

（众）齐步进堂踏宝地（耶），

（领）日头高照好唱歌（耶耶），

（众）日头高照好唱歌，

（领）进第一堂麒麟地（耶），

（众）进第一堂麒麟地（耶），

（领）进第二堂逢情郎（耶耶），

（众）进第二堂逢情郎，

（领）进第三堂南方王龙齐来护祐（耶），

（众）进第三堂南方王龙齐来护祐（耶），

（领）东方阳光添彩裳（耶耶耶），

（众）东方阳光添彩裳，

（领）西方云霞送披毡（呀耶），

（众）西方云霞送披毡呀（耶），

（领）天上太白来帮忙（耶耶），

（众）天上太白来帮忙，

（领）河底龙王同助威（耶），

（众）河底龙王同助威（耶），

（领）我们歌声如雷响（耶耶耶）

（众）我们歌声如雷响（呀呀介咧花介咧耶）。

演唱者：八江乡寨卯村奶志美等女耶队

采录地点：八斗小村

意译者：吴浩

领唱耶：颂鼓楼

je33 pu23 ləu11

颂　鼓　楼

正文：

ja33 lo55 ji33, ja33 lo55 həi31!

呀　啰　侬，呀　啰　咳！

mɐn55 nai33 tiu55 ma35 pu23 nɐn55 ləu11 ti55 nai33

日　今　我们　来　颂　个　楼　里　这，

iəu11 mak23 te55 cai33 kəm53 jaŋ35 sən55

楼　大　边　寨　盖　乡　村。

nin11 təŋ55 ŋwet31 jai23 ti23 ləu11 mak23

年　久　月　长　起　楼　大

lau31 cau55 kwai55 ak23 kak33 la33 mɐn55

老　你们　乖　报　各自　讨日子。

ti11 mən11 tən55 ta11 au55 ta453 mja tən55 ken23

奇　门　遁　甲　拿　上　手　来　选。

ken23 li23 So31 toŋ55 nok31 taŋ11 hap23 jo31 tim55 nɐn55 ləu11 ta453 mən55

选　得　仓　中　鸟　堂　才　会　竖　个　楼　上　天。

tai11 le11 tən55 lau35 au55 nɐn55 nən11 kwaŋ33 cən33

拿　出　来　翻　取　个　人　光　兴，

ju33 li33 soŋ33 ŋən33 hwaŋ11 tau55 liəp11 tai33 mən11

又　得　松　恩　黄　道　立　大　门。

lau31 lai55 pet33 si33 sui53 nɐn55 ti33 an55 wən23

老　好　八　字　坐　个　地　安　稳，

saŋ31 li23 su31 sən33 uk33 kwan55 toŋ55 koŋ33 mjən11

养　得　子孙　出　名　中　功　名。

kun53 toŋ55 koŋ33 mjən11 lən11 toŋ55 tui53

前　中　功　名　后　受　贵，

saŋ31 li23 ni11 si23 hu53 tui53 sui53 pak55 tən55

养　得　儿　子　富　贵　坐　北　京。

tai31 ci33 sui53 tu55 noŋ31 sui53 hu23

兄　是　坐　州　弟　坐　府，

wen33 sɐm33 səi11 tu33 sui53 təm55 mən55

万　代　财　主　坐　登　天。

lau31 nən11 nai33 wan11 jan11 nai33 nau33

老　人　耐　烦　屋　这　住，

nəŋ55 me11 ni11 si23 təŋ33 sak23 koŋ55

还　有　儿　子　帮　耕　工。

pan55 ja33 i55 sɐm33 ci11 wjən55 hau23

男　也　一　辈　对　运　好，

tiu23 tin55 tok31 nau33 wan35 pai55 tən11

绞　脚　独　住　免　去　山。

lau31 nən11 jan11 nau33 pek33 jaŋ33 koŋ35 səu11

老　人　屋　住　百　样　不　愁

pai55 kau31 ləu11 təm55 toi33

去　里　楼　聚　伴，

sui53 ti33 jaŋ33 kwai35 lai55 ta33 mən55

坐　地　央　快　好　过　日。

pu23 ljeu31 lau31 nən11 təu453 nəi31 kaŋ33

赞　罢　老　人　到　妇　少，

i55 təu33 tok31 paŋ33 təu33 tok31 kwən11

一　对　镯　块　对　镯　园。

tin55 mja11 pu33 cəi55 nəi35 ja33 lju53

手　脚　也　精　动　也　熟，

i55 nin11 saŋ31 ku453 mjiŋ11 pek33 tən55

一　年　养　猪　几　百　斤。

lak31 ni31 pan55 mjek23 tu55 cek23 pu23

仔　嫩　男　女　都　皆　颂，

ju33 pu23 pu31 kaŋ33 waŋ33 kui11 sɔn11

又　颂　父　壮　旺　水牛　黄牛。

kui11 sən11 nəu11 ma31 tik23 ljeu31 ton33

水　黄　牛　马　满　了　圈，

pət55 kai53 jən35 ŋan33 tik23 to55 mən11

鸭　鸡　和　鹅　满　家　门

tiu55 saŋ33 to23 ka55 ma35 wet23 cɔi33

我　师　唱　歌　来　发　彩话，

tai33 tat55 tai33 lji33 tai453 pjiŋ11 nən11

大　吉　大　利　太　平　人。

cəp11 haŋ11 pek33 jaŋ33 tu55 cek23 pu23

十　行　百　样　都　皆　颂，

mu23 tau55 wet23 ke55 li23 ta453 nən11 jaŋ33 pja55 tin55 tin35 wen33 nin11

明儿　咱　发　家　得　上　银　如　岩　石　千　万　年。

ja33 lo55 ji33 ja33 lo55 həi31 ja11 lo55 ji35 ja35 lo33 həi11

呀　啰　依　呀　啰　咳！呀　啰　依，呀　啰　咳！

意译：

今天我们赞颂这座新鼓楼，这座高大鼓楼远近村寨都闻名。

建造这高大鼓楼年长月久永牢固，你们寨上父老自选吉日好聪明。

"奇门遁甲"①　随便拿上手来挑选，选得吉日良辰才建造高楼耸入云层。

翻开历书选个人丁兴旺日，又请得松恩②黄道老者立大门。

他老人家八字美好坐个安稳地，今后你们养得子孙出众中功名。

中功名享荣华，子孙富贵生在北京城。

兄坐州城弟坐府，万代财主富得登天庭。

老人安心在家享清福，自有儿孙去耕耘。

男人一世好时运，跷脚守家不用爬山岭。

老人百样不愁同到鼓楼来欢聚，愉愉快快坐地谈天度光阴。

赞罢老人赞少妇，手戴银筒银镯相辉映。

手脚灵巧人勤快，一年养猪几百斤。

青年男女都赞过，再赞中年男子善养家畜和家禽。

牛马成群满栏圈，鸡鸭鹅群满家门。

我们歌师唱歌来祝福，祝福你们大吉大利享太平。

十行百样齐赞颂，今后你们发家致富，银堆成山永长存。

演唱者：马鞍村男耶队

采录地点：马鞍村

录音：蔡大成

记译音标：吴仕华

整理：吴浩

领唱耶：赞颂耶

编者按：这首耶歌实际包含颂新鼓楼、欢迎芬兰客人两个部分。

颂新鼓楼

闷乃教骂补嫩楼这乃，（日今我们来颂个楼里这，）

---

① "奇门遁甲"，为孔明完成，此处用以形容老人们有学问。

② 松恩，侗族传说中的仙人下凡，是侗族祖先之一。

楼妈这寨盖样村。（楼大边寨盖乡村。）

年久月利起楼妈，（年久月利起楼大，）

老孝怪啊各拉闷。（老你们乖报自选日。）

奇门遁甲要上手卯选，（奇门遁甲拿上手来选，）

选利所仲鸟堂才约占嫩楼上闷。（选得仓中鸟堂才知鉴个楼上天。）

台列卯捞要嫩人光兴，（拿书来翻取个人光兴，）

又利所恩黄道立太门。（又得所恩黄道立大门。）

老赖八字坐嫩地安稳，（老好八字坐个地安稳，）

养利子孙出功中功名。（养得子孙出功中功名。）

滚中功名伦中区，（前中功名后中区，）

养利儿子富煮坐北京。（养得儿子富贵坐北京。）

姐西坐州侬坐府，（兄是难开弟坐府，）

万代财主坐登闷。（万代财主坐登天。）

老人乃玩屋乃鸟，（老人耐烦屋这住，）

远没儿子登杀工。（还有儿子伴耕工。）

办呀一世时运好，（男也一世时运好，）

独走独鸟万拜岑。（跷脚独住免去山。）

老人屋鸟百样空愁拜搞楼金兑，（老人屋住百样不愁去内楼聚伴，）

坐地尖快赖打闷。（坐地愉快好过日。）

补了老人到奶刚，（颂了老人即妇少，）

一周镯邦周镯坤。（一对镯块对镯园。）

定手卜社内呀柳，（脚手也精动也熟，）

一年养苦明百斤。（一年养独几百斤。）

仔你办女度皆补，（仔嫩男女都皆赞，）

又补卜刚旺葵存。（又颂父少旺水牛黄牛。）

葵存牛马满了圈，（水牛黄牛牛马满了圈，）

鸭鸡应安满堕门。（鸭鸡和鹅满门门。）

教桑多歌骂发西，（我们匠唱歌来发吉言，）

太吉太利太平人。（大吉大利太平人。）

十行百样度皆补，（十样百样都皆颂，）

戊道发家利上银央岂进千万年。（明儿咱们发家得上银如岩石千万年。）

意译：

今天我们来赞这鼓楼，这座楼大盖乡村。

鼓楼高大年长久，你村老人自择日。

"奇门遁甲"随手翻，选得"仓中鸟堂"才鉴登天楼。

翻书选个光兴日，选得黄道吉日安大门。

老人好八字坐个平安地，养得子孙中功名。

前中功名后在区做官，子孙富贵坐京域。

兄在州府弟省府，万代财主与天齐。

老人在家多欢快，子辈上山种田地。

男人一世好运气，无忧无愁不劳累。

老人不愁聚鼓楼，愉愉快快好过日。

颂罢老人赞少妇，一对扁镯对圆镯。

手脚伶俐又熟练，一年养独几百斤。

男女后生都颂过，还颂中年汉子们。

牛马健壮满栏圈，鸡鸭鹅群塞家门。

我们歌师发彩话，大吉大利太平人。

十样百样都赞颂，今后发家致富万千年。

<h3 style="text-align:center">欢迎芬兰客人</h3>

迎接芬兰人骂，（迎接芬兰人来新，）

老你皆爱猛路陆。（老少都爱欢呼呼。）

孝日乃骂该若走路志坐车，（你们今天来不知走路还是坐车，）

没腮骂久要造卯①。（有肠来久要造粘浆。）

意译：

欢迎芬兰新来客人，老少欢喜笑盈盈。

不知客人走路还是坐车来，有心久住我们要造粘胶把客留。

演唱者：马鞍村群众

记译者：吴世华

录音者：蔡大诚

---

① "卯"是粘鸟树胶，此为留客久住，特别好客。

齐唱耶[*]：进堂耶^{**}

一

（一）女唱：

1 呀浩耶——捞塘多耶——（呀浩耶——进塘唱耶歌——）

捞——塘多——耶叶——（进——塘唱——耶叶——）

伴该捞塘道捞塘耶叶——耶叶——（同伴不进塘我们进塘耶叶——耶叶——）

伴该捞塘道捞塘耶叶——（同伴不进塘我们进塘耶叶——）

伴该多耶道多耶叶耶——（同伴不唱耶歌我们唱耶歌叶耶——）

伴——该多耶——道多耶叶——叶耶——（同伴——不唱耶歌——我们唱耶歌叶——叶耶——）

耶叶——抬盘姜媄丙姜良——耶叶——（耶叶——根据姜妹姜良礼俗进塘唱歌——耶叶——）

抬盘姜良丙王土，啰那——（姜良礼俗根据祖先礼俗传下来，啰耶——）

十该应夫九该应周保生囊。叶耶——耶叶——（十分不肯跟娘，情郎不肯跟我们保竹笋。叶耶——耶叶——）

乃呀这列万这咧耶——

［衬音下略］

2 捞塘多，（进塘唱，）

要周勉亚多打塘。（要我们丑姑娘站塘中。）

要周勉亚打塘多，（要我们丑姑娘塘中站，）

勉赖哟哟这假看。（美美姑娘那也看。）

3 捞塘多，（进塘唱，）

捞塘多耶比多嘎，（进塘唱耶不唱歌。）

志月算上斗月八，（从正月算上到八月。）

些报冒赖盖天下，（都说它好盖天下。［意为都说是最好唱歌时节］）

呆神呆刀列上簿，（大神们都列上本子，）

---

[*] 齐唱耶，侗语念作"耶堂"。

^{**} 进堂耶，侗语念作"耶劳堂"。

些上列簿尧报你；（都列上本子我告诉你；）

嫩你独人浓果奔，（还趁年轻乐几分，）

勉得二九米打花，（姑娘得二九花未过。）

得四十一唱荫打，（得四十一阳光背，）

你忙月打针穿耳？（你为什么过界针穿耳？）

得五十二登条凳影坐打撒，（得五十二伴条长凳坐鼓楼坪中，）

比派打瓦冤村伴报校。（不要去犯众人犯村规同伴数落你。）

老得六十比刚瓜，（老得六十不要讲硬话，）

比派骑马相杀穿魁甲。（不要去骑马相杀穿魁甲。）

六十年众共嫩奔忙丑，（活六十岁没有少什么，）

老比阳周奔弄双安衙，（老比双双雁鹅飞进山峹自由自在。）

七寸冒手抬上簿，（七寸指节算命搬上本子，）

灾该有戊同派屋问师傅娘。（心不灵便答不出同去屋问娘师傅。）

（二）男还：

1　抬定捞塘量嘎耶，（抬脚进塘商量唱耶歌，）

呀有比尾灾癫该捞塘。（也要不做疯癫不进塘。）

人矮辈你比争意，（人矮辈小不要争装意，）

头乃派轮当这灭姐想列忙。（从此以后当家带仔想也难。）

年纪米棒亮尾推，（年岁未高爱做伴，）

抬盘姜媄丙姜良。（沿袭姜妹和姜良礼俗。）

抬盘姜媄一辈搞，（沿袭姜妹一辈子旧，）

共灭忙讨怒越应校保生囊。（没有什么怎样跟你们种下竹子长笋子。）

2　抬定捞塘娘刚话花共壳柄，（抬脚进塘娘讲俏话无把柄，）

提人百姓赖哑共一航。（众人百姓好丑共一样。）

该张人熬勒官夫，（不是哪个是官人儿子，）

早报你主比刚话假该捞塘。（早说你情人不讲那种话不肯进塘。）

年刹当给困乃刚，（明年当家成少妇，）

斗奔道赖远假阳。（留份我们欢乐远地枯。）

意译：

（一）女唱：

1　齐步进堂唱耶歌，同伴不进歌堂我们进歌堂，同伴不唱耶歌我们唱耶歌。

沿着姜良定下的规章，依着姜妹传下的礼俗，情郎呀，你愿不愿与我栽竹育
笋同山冈。

2　进堂唱——落我这貌丑姑娘站在堂中央。

貌丑姑娘呆呆堂中站，留那美丽姑娘站在远地方。

3　进塘唱——不唱别的唱耶歌。

腊月正月至八月，放开歌喉好时节。

好时佳节神灵簿本多记载，阿哥呀，我们要珍惜好歌节。

趁我们年轻多欢乐，趁美好年华多歌唱。

妹妹我年满十八花正红，阿哥不要错过赏花好时光。

年满四十好比太阳下山冈，再也难想穿起耳朵挂银环。

满五十二配条长凳坐在鼓楼坪中央，唱歌欢乐只当话柄笑中谈。

六十花甲更不要说大话瞎吆喝，与世无争求安康。

满头银霜好似双双鸿雁飞山，

路断脚印鼓楼坪前断歌声。

七寸指节测算命运无差错，阿哥心不开窍劝你再去请教歌师傅。

（二）男还：

1　起步进堂商量唱耶歌，阿妹不要扭扭捏捏站在外歌堂。

小字辈分不得装腔拿架子，此后当家带仔你想多耶哭也难。

芳年妙龄喜相聚，依着姜妹姜良礼俗来歌唱，依着姜妹旧风习，无缘无分怎
跟阿妹栽竹育笋度春光。

2　起步进堂妹讲俏皮话儿无把柄，生得美丑父母带来无异样。

唱歌凭着好歌嗓，不凭容貌进歌堂。

没有谁人容貌出众又是官儿子，阿妹不要借口懒进堂。

明年当家抱起娃娃成少妇，美好时光宛如风吹落叶多凄凉。

二

（一）女唱：

1　抬定捞塘三千包，（抬脚进塘三千宝，）

日头唱糟赖捞塘。（太阳暖和好进塘。）

捞塘第一麒麟的，（进塘第一麒麟地，）

捞塘第二得登郎。（进塘第二得逢郎。）

捞塘第三打派南方五龙布，（进塘第三过去南方有五条龙神保护我，）

东方条路日头光。（东方那条路太阳光照。）

西方引大石相高，（西边云朵也来保护我，）

南方开情登道量。（南方的太白老星跟我商量。）

身伤龙王独有哟，（五方龙神来保哟，）

送嚓雷公通嚓娘。（放声音雷公像声音娘。）

2　抬定捞塘问年美，（抬脚进塘问新年，）

人道些爱敏共忙。（我们都爱欢乐得很。）

四方门楼老人鸟，（四方门楼老人住，）

嫩灭六十千包保道娘。（还有六十千宝保姑娘。）

呆神呆刀冒灭主，（大神小神他做主，）

龙神的土古派棒。（龙神土地顾去高。）

3　抬定捞塘问年美，（抬脚进塘向年新，）

娘金怕唱郎主相。（姑娘怕唱郎情人。）

伴看尧久脸尧亚，（情郎看我久脸我红，）

该砌买校搞亚千割呆帮让箍庞。（比不上你妻子田里项圈成块像桶箍。）

伴吊银这太赖相，（同伴吊银梳太好相貌，）

架周千割一莽想该光。（剩我项圈一边想不光。）

千割捞莽想都癫，（项圈共一边想却癫，）

美衣娘金亚多良。（件衣姑娘布放巴芒根水。）

（二）男还：

1　抬定捞塘郎带桂英三时轮百包，（抬脚进塘带贵人相还有三个吉星和天宝来护着我，）

高年添乱颠想摇花骂捞塘。（头年添乱本想玩乐来进塘。）

捞塘麒麟神呆汪，（进塘麒麟神发旺，）

男勉留当相偏郎。（男女高兴和健壮。）

南方五龙同坐殿，（南方五龙王同坐殿，）

东方摇印整太阳。（东方晃晃照太阳。）

西方相阶太白务问正神仙，（西方上寨太白天上真正神仙，）

男勉浓念颠风光。（男女欢乐趁时光。）

龙王赖约嚓让雷公凤冒呆，（龙王美丽声像雷公它威风，）

长故消灾太平阳。（永远消灾真太平。）

2　抬定捞塘踩年美，（抬脚进塘踩年新，）

人道些爱耶尾浓。（我们都爱耶作乐。）

四方门楼龙神鸟，（四方门楼龙神守，）

龙神的布古郎娘。（龙神土地保郎娘。）

呆神呆刀冒越笨，（大神小神做靠山，）

龙神莽黑古道厚。（龙神阴间保护多。）

3　抬定捞塘娘有走，（抬脚进塘娘会走，）

娘金有走看主相。（姑娘会走看情人。）

伴看校久哥一肉哈亚，（同伴看你久好像肉参红，）

比批买周个假坐搞志火菀美丝盖桃。（不要比我妻子那个坐在塘火像件蓑衣

盖甜酒罐。）

浓带银这借赖相，（妹戴银梳太美貌，）

百再周想心肚亮。（百给我想心里爱。）

意译：

（一）女唱：

1　起步进塘逢吉日，太阳暖和伴进塘。

一步进塘脚踩麒麟地，二步进塘会情郎。

三步进塘五方龙神保护我，东边红日舔衣裳。

西边云朵簇拥我，南边太白老星和我道端详。

龙神星云围我转哟，姑娘嗓音方如雷公好歌嗓。

2　新春佳节进歌塘，众人欢喜歌嘹亮。

鼓楼四旁老坐镇，还有六十天神保姑娘。

大神小神来做主，龙神土地保护姑娘到歌塘。

3　起步进塘迎新年，姑娘我胆怯不敢眼望好情郎。

众人看我我面红，难比阿哥妻子田里扯秧戴那手镯银项圈。

阿哥妻子头戴银梳貌更美，剩下我项圈缺边心凄怆。

项圈缺边心郁郁，姑娘家无蓝靛衣服染黄茛①。

（二）男还：

1　郎进歌塘上有吉星高照下有天神护祐，新年佳节又添几份忧愁心彷徨。

---

① 黄茛，一种汁液可以染布的植物。

一度春光如今我还是单身汉，强颜欢笑进歌塘。

进麒麟塘神采旺，男女兴奋放声唱。

南方五条龙王同坐殿，东方隐隐见太阳。

西方上界太白金星眨巴眼，男女欢乐趁这好时光。

龙王美丽声像雷公威风振，消灾除难太平保安康。

2　起步进塘贺新年，耶歌庆贺新年曲悠扬。

四面鼓楼龙神守，龙神土地保郎娘。

大小神仙做靠山，龙神阴间来帮忙。

3　起步进塘姑娘舞步翩翩绕歌塘，姑娘舞美歌甜只因相中好情郎。

你的身段美如十二月亮脸色白透红，我的妻子弯腰低头坐火塘边丑如蓑衣盖酒缸。

妹妹油亮球髻配把银梳衬美貌，惹我心神不定想得慌。

进堂歌（女声）

（领）劳堂嗨，

（合）堂多嗨耶（嗨嗨嗨嗨耶）劳堂多耶开岁面，

（合）（嗨嗨嗨呀嗨嗨），

（领）腊温多列开孔西（嗨嗨嗨嗨呀嗨耶）老桑多伦开岑先（嗨嗨嗨衣呀嗨）扮勉劳胜开团寨（嗨嗨嗬嗨呀嗨耶）姣多梅乃开多闸，

（嗨嗨嗨呀嗨）姣嘛劳嗨堂开多仙（呀嗨呀嗬嗨嗨）。

演唱者：富禄乡高安村歌队、同乐乡平溪歌队

音标：吴世华

录音：金辉

进堂歌（男声）

iaŋ11 ju33 hau55 lo33

（领）洋　肉　号　啰，

je33 ha11 je33 jaŋ11 ju33 hau55 je33

（合）耶　哈　耶　洋　肉　号　耶，

ta53 ju211 lau33 taŋ23 to35 a33 je33 ha11 je331

（领）假　肉　劳　堂　错（呵　耶　哈　耶），

lau33 taŋ11 to35 je33

（合）劳　　堂　　错　耶，

ta53 tau55 lau33 taŋ11 to35 je11 ca11 pən33 con33 wən55 wən11 a11

（领）假　道　劳　堂　错　耶　　漩　　　文　文（哈

je35 ha33 je11

耶　哈　耶），

con33 wən55 wən35 lə11 je11 ha11 je11

（合）漩　　文　文（呼　耶　哈　耶）。

演唱者：同乐乡平溪村韦明华等
采录地点：古宜
音标：吴世华
录音：金辉

溶江耶：进堂耶[*]

一

（一）

女：捞堂喂，（进堂喂，）

　　捞堂党耶开岁面。（进堂唱耶开歌坪。）

　　腊温多书开孔西，（小孩读书开孔子，）

　　志桑学伦开岑善。（老师傅做芦笙开山岭。）

　　扮勉捞胜开团寨，（男女进村开村寨，）

　　姣多梅乃开多仙。（我唱支这开寨门。）

意译

女：进堂唱，进堂唱耶开歌坪；

---

[*]　进堂耶，侗语"耶捞堂"。

孩童读书开书读孔子，老师傅造芦笙开坛祭山岭。①

男女进村"月吧"② 掀标开村寨，我唱支歌开寨门。

（二）

女：占丁捞堂拜萨岁，（迈脚进堂拜萨虽，）

敬神败庙拜阴王。（敬神去庙拜阴王。）

人卖姑牛甲有开墟铺，（人卖猪牛也要开墟铺，）

开条能桥怒哈光。（开条水桥看才亮。）

岑善鹅哥要开善岑祭土地，（山岭江河要开山岭祭土地，）

神山神鬼敬姣女孟王。（神山神鬼敬我女孟王。）

孔西开歌扮灭旋，（孔子开歌男女传，）

传捞打萨尖钟通败福万强。（传进内坪千众通去福万强。）

萨勒萨讲轮捞它，（妖魔鬼怪逃进森林，）

刀独画独金麟开口高样腊。（我们就画上金麟开口头像筐。）

一画晏堂移老鬼，（一画晏堂移老鬼，）

二画金麟四丁落地灭毛溪岑善。（二画麒麟四脚落地有它顶山岭。）

轮乃之人扮时灭府勉灭指，（辈这的人男是有符女有计，）

夜乃溪发风雷乖一圹坝打吉始首能练练。（夜今试发风雷整个鱼塘岭上恐自水汪汪。）

意译：

女：迈步进堂就要拜萨岁，③ 庙中敬神就要拜阴王。

卖牛的人就要开墟铺，撑船的人要有江河才通航。

劈岭引水就要祭土地，山中百鬼要敬女孟王。

孔子造歌后代传，今日坪内传歌千人齐唱震四方。

妖魔鬼怪听到歌声逃进山，我们画只麒麟张开大口似箩筐。

一画庵堂收老鬼，二画麒麟四脚卧地守山岗。

今夜男有符咒女有谋，唱起耶歌好似雷鸣电闪掀起江河翻波浪。

---

① 祭山岭，侗族风习，凡村寨制作芦笙，造笙师傅必到寨边祭山借音。

② "月吧"，是侗族民间社交活动，每开展活动，主寨持草标和他扬拦路口。主客对唱《拦路歌》后，主人才迎客进寨。

③ 萨岁，侗族传说中的祖婆。

（三）

女：捞堂喂，（进堂喂，）

　　捞堂党耶开萨钟。（进堂唱耶开歌坪。）

　　宜请萨孟开党耶，（先请萨孟开唱耶，）

　　开了独耶河榕龙哈下占练半浓。（开了部耶江榕龙才下殿寻欢乐。）

　　宜安萨孟开江姣哈多梅歌开寨，（又请萨孟开江我才唱支歌开寨，）

　　多歌开寨所给孟。（唱歌开寨声才轰。）

意译

女：进歌堂，踩堂唱耶开歌坪；

　　拜请孟婆开耶头，

　　开唱溶江耶歌龙王下殿也来寻欢心。

　　孟婆开了江河我们唱起开寨歌，唱歌开寨喜盈盈。

二

（一）

男：捞堂党啰，（进歌堂啰，）

　　捞堂乃党多梅乃溪刹欠地理先生开地腊。（进堂这唱唱支这起好比地理先生开罗盘。）

　　依欠蒙人请苗不存开岑吉，（好比猎人诱野鸡也要开山岭，）

　　月正月宜梅开花。（月正月二树开花。）

　　梅述开花歌开所，（树木开花歌开音，）

　　乃刀开了口波移条所哈骂。（现我们开了唱腔引条声才来。）

　　依贝老拜阴神不有要桑道骂开路，（好比志去阴间也要请师傅导灵来开路，）

　　乃刀宜要迢夫不些有开影。（现我们年轻人娶妻子也却要开歌。）

　　映陶稿缸不有开熬酒，（酿酒糟内缸也要开熬酒，）

　　夜乃斗刀捞堂开所歌。（夜今众我们进堂开声歌。）

　　多歌多耶赛这老中卡。（唱歌唱耶给他们老辈装耳。）

意译

男：进歌堂，迈步进堂唱起耶歌好比地理先生开罗盘；猎人诱引山鸡也要钻山岭，正月二月树木发芽要开花；树木开花歌开音，开了嘴腔歌声嘹亮响过大铜锣；老人死去阴间要请导灵师傅来开路，后生娶妻开了一条姻缘河；酿在缸里的酒糟发酵要熬酒，今晚我们进堂拉手唱耶歌，唱歌唱耶老人听到日西落。

（二）

男：捞堂党啰，（进歌堂啰，）

捞堂党耶门学学。（进堂唱耶乐呵呵。）

伦步伴门刀压先伴门，（趁段友乐我们也跟伴乐，）

伦步伴孝刀压先伴孝。（趁段伴闹我们也跟伴闹。）

伴孝步怒刀甲孝步假，（同伴闹哪样我们也闹哪样，）

必去各律刀奔随伴笑。（莫去别调我们本随伴笑。）

灭灯扮怒阶敬捞堂党耶轮毛不该述绵百，（有个别男子不敢进堂唱耶后他也不寿几百，）

灭灯勉怒阶舍父母稿言，毛自难到胜。（有个姑娘哪不舍父母内家他自难到村寨。）

乃姣梅乱灭姣多丢打莽，（现我变乱是有我却丢过边，）

丢腊条乱拜远姣哈这假歌癫常。（丢哪条乱去远我才把耶歌来唱。）

意译：

男：进歌堂，进堂唱歌乐呵呵。

同伴欢笑我欢笑，同伴欢乐我欢乐。

同伴嬉闹我跟着来嬉闹，歌不换调我与同伴俩随和。

有的男子不敢进堂唱歌我看他不会活百岁，有的女子舍不得离开父母我看她也会自寂寞。

我们也有苦愁但我们把它丢一边，把苦愁抛得远远转身牵手来唱歌。

（三）

男：捞堂党啰，（进歌堂啰，）

捞堂党耶旋文文。（进堂唱耶转纷纷。）

乃这纯公纯卜毛剎指堂党，（那时辈公辈父他们是创歌堂，）

指堂党赖乃哈晒刀宜又常。（创歌堂好现才给我们年轻人唱。）

滚这纯公灭盘捞稿萨多耶，（旧时辈公有盘进邻坪唱耶，）

纯卜灭盘哈定捞稿萨移困。（辈父有盘才是进内坪拉手。）

纯公多打到纯卜，（辈公唱过到辈父，）

纯卜多打到纯刀。（辈父唱过到辈我。）

乃到纯刀夜乃堂嫩阴神些弯刀哈骂乃鸢尖众，（现到辈我夜今整个阴间都合我们才来这旋千众，）

打了纯刀暮又到纯温。（过了我辈后又到辈小。）

暮这纯温大骂听这腊温多歌稿瓮刀使败稿林中卡。（后他辈小大来听他们仔小唱歌歌堂我们再去内苍装耳。）

意译：

男：进歌堂，进堂唱起耶歌一同转圈喜盈盈。

我们祖先造下这歌堂，美好的歌堂代代传唱到如今。

古时祖公礼俗年年登坪唱耶歌，父辈的礼俗年年牵手攀肩进歌坪。

祖公唱了到父辈，父辈唱了到我们。

传到当今整个阴间鬼神附和我们传千众，我们传给下代众儿孙。

等到下代长大进堂唱耶歌，我们再到巷道当个听歌人。

演唱者：良口乡晒江村、富禄乡高安村歌队

采录地点：古宜

录音：金辉

记译：韦会明

溶江耶：结情耶*

痛腮寻祝上河大，（痛肠寻情人上河大，）

盘腮寻祝上河孟。（横肠寻情人上河孟。）

吞腮寻祝奔想要月累，（狠肠寻你本想要做得，）

姣比梯所爹岜牙两自生姣奔邓寻岽。（我比芒草底也不自生我本来寻岽。）龙寻闷深鹰寻菟，（龙寻深潭鹰寻窝，）

雾佬上河寻岜月道脑奔寻竹松。（雾大上河寻岩做缠绕竹鼠本寻竹笋林。）

姣月药飞条川管嘎甲莘中卡多宜大慢鬼，（我做寄生枝条穿转在两傍装耳放点眼慢望，）

---

* 结情耶，侗语"耶结主"。

滚刚莽子导鹍巴碰乃哈蹬媄同。（旧时莽子寻鹍巴碰才是逢刘媄同。）

卡锄地冬鸟稿崇六归，（客挖地冬在那崇六归，）

乃尧媄没溪丁姣败千园驭际龙年能工工本灭段溶。（现我妹未起脚我去阴间算命龙阁看相相本几次溶。）

密近公萨刀嫩鸟壳卜妮牙格困人主，（未近公婆刀还在壳又妮也把我当娇子，）

密灭腊对当善刀自三顿浓。（没有仔他成对我自三餐味。）

勉阶立退这牙保刀人灭病，（勉零鸟单始闷班勒稿枕连累人怒书打刚，）

女不立夫他人也讲我们人有病。（女人孤独有天歪脖靠枕没得人哪料理问。）

热能软败转姣自遍多闷地冲，（询翻来覆去我自喊给天地看，）

密月姑巴佬翻月奴州独鸭鹅本假连灭主。（未做姑和姑妈老人喂做奴赶只鸭鹅分那没有主。）

暮西捞墓努这腊贯怕鬼书打九崇祝龙宋姣，（后死进墓若他子孙怕鬼安葬九崇哥兄放我，）

鸟这不难这旋雄。（在傍也难近傍围桌。）

想到巴乃把肠时威刹仲只船退下三，（想到这些悽肠得很好比只船流下滩，）

乃尧腊鲤上挑跳岑偏冲夜乃寻祝登孝仲衣占宋仁。（玩我小鲤上滩跳山越冲夜今寻情人逢你好比梦放云。）

意译：

诚心寻找情人我跨上了大河，横心寻找情人我越过了孟江。

一心寻找你啊本想结成双，我好比芒草寻找山崇落根长。

龙寻深潭鹰寻窝，浓雾上河寻找岩石盘绕，竹鼠寻找竹林藏；

我好比孤独的寄生枝抬头望，一心寻你同根生来日久天长。

旧时莽子寻鹍遇上刘媄两人结夫妻，……

未近公婆好比刀不离壳，我一日三餐也觉香；

孤独的姑娘太孤单，卧床不起无人料理我只能对着苍天长叹；

想到这里眼泪滴呵，凄惨楚楚好比船只流下滩。

我好比鲤鱼寻找水头跳龙门，今晚遇上你情郎好像在梦中游荡。

演唱者：富六乡高安村女歌队

采录地点：古宜

录音者：金辉

记译者：韦会明

齐声耶：问讯耶*

侗族在春节期间，村寨与村寨之间进行文化交流活动——"享年"。"享年"时，第一天唱的对答耶，就内容来说，称为"问讯耶"。

一

女唱：

（一）

呀——浩——耶——

闷乃校骂几百江？啰耶——（今天你们来几百步？啰耶——）

闷——乃校骂几百江？吧叶——耶叶——（今——天你们来几百步？吧叶——耶叶——）

买校舂米几百刹？啰耶——（你妻舂米几百下？啰耶——）

买——校舂米几百刹？耶叶——吧叶——（妻——你舂米几百刹？耶叶——吧叶——）

四个铜钱几百字？啰耶——（四个铜钱几百字？啰耶——）

四——个铜钱几百字？呀——（四——个铜钱几百字？呀——）

二两王丝几百条？啰耶——（二两弹丝几百条？啰耶——）

二一——一两王丝几百条？吧——一耶叶——（二一——一两弹丝几百条？吧——一耶叶——）

乃呀该列万该列耶——

［注：衬音和反复句下略］

（二）

呀浩耶——闷乃校骂打几卵？（今天你们来过几座桥？）

打是几卵戈几盘？（是过几座桥进几条盘道？）

打是几盘骂斗乃？（过几条盘道来到这里？）

塘塘占水塘怒甜？（塘塘喝水哪塘甜？）

（三）

呀——浩——耶——

---

*　问讯耶，侗语"耶斋"。

闷乃校骂忙引路？（今天你们来什么引路？）

忙是引路，忙引困？（什么引路，什么带路？）

忙是引困骂斗乃？（是什么引路来到这里？）

抬忙引路斗乃骂？（用什么引路到这里来？）

（四）

呀——浩——耶——

正月勒改咧共推，（正月鸡崽只因无缘分，）

该有搞灾校主想一忙！（不知心肠你情人想到什么程度！）

灭灾结相刚丙布，（有心结情讲彻底，）

比再人熬半路该诉箍乱庞。（不给哪人半途反悔留个箍圈乱庞桶。）

周尾二月勒猫保转花卢独颠丑，（我们好比二月小猫伏卷楼条耐心等，）

单忧校主古尾领略应别远背娘。（担忧情人故为偷偷跟别人远背娘。）

三月挂论约同九，（三月猎狗约同双，）

主相骂斗有相华。（情人来到要说悄悄话。）

四月落雨缸哈江，（四月落雨江河涨，）

王龙哈浪影派棒。（龙王摇浪溅去高。）

五月勒鸭列伴骂买得钱用，（五月鸭崽靠同伴来买得钱用，）

牙道郎娘相走雨灾亮。（我俩郎娘往来因心爱。）

灭灾结相呀有搭提心中想，（有心结情呀要两方心中想，）

比批六月蛇当想晒唱。（不比六月扁头蛇想晒太阳。）

七月勒鼠戈爹本，（七月小鼠躺坎底，）

比报勒主割陡想占万。（不要说情人喉陡想吃现成。）

灭灾结相农奔想占让奔田，（有心结情妹本想吃份田地，）

抬嫩塘钱派莽想哥郎金心肚亮。（情结一半想哥郎君心肠爱。）

八月马背皮鞍派爹，（八月马背皮鞍下离去，）

癫灾想校桃乱龙。（想你们失魂心肠乱。）

九月勒温旋神岑占草，（九月小孩追赶牛群山吃草，）

尧旋你主邀结相。（我追求你情人求结双。）

莽阳旋校算该得，（阳间追求你算难得，）

该砌主应买主台簿姜良哈有牙校船共舱。（比不上你跟你情人沿袭姜良只有你俩同船共舱。）

上月十一安忙子娘早晚漩，（登十一月不知什么娘早晚漩，）

丑比水该近涡旋交梁。（好比水难靠涡旋涡沿。）

主比月年美鸭校呀稳骂旦占喊各些，（郎君好比腊月母鸭你呀乱来觅食喊各寨，）

乃该相逢溶主情赖派登让。（这难相逢任好情人去连别人。）

二

男还：

（一）

背岑丑，哈啦嘀——咿呀呀——浩呀——（雨嘀呀浩呀——）

闷乃周骂算梁算里该算江，咿呀——（今天我们来算山梁算里程不算步，咿呀——）

乃周郎金共买熬利有冒春米几百刹，——咿——哑呀——（我们郎君无妻哪晓得春米要几百下，——咿——哑呀——）

四个铜钱福万字，啰呀——（四颗铜钱千万字，啰呀——）

二两王丝算钱算分该算条。咿——哑——呀——（二两弹丝算钱算分不算条。咿——哑——呀——）

（二）

闷乃周骂打三卵，（今天我们来过三座桥，）

打是三卵戈五盘，（通三座桥过五条盘道，）

戈是五盘骂斗乃，（过五条盘道来到这里，）

刚一塘塘占水塘乃甜。（塘塘喝水这塘甜。）

（三）

闷乃周骂笙引路，（今天我们来笙引路，）

笙是引路该引困，（笙是引路不指程，）

刚一要笙引困斗乃骂。（芦笙引路带到这里来。）

三

女唱：

（一）

阿哥呀，遥遥路程你走几百步？

你的妻子舂米咣啷咣啷响了几百下？

四颗圆圆铜钱面上写有几百字？

二两蓬乱弹丝几百条？

（二）

跋山涉水阿哥来过几座桥？

过几座桥走几条盘旋道？

走几条弯弯盘道到这里？

喝过的山泉哪方甜？

（三）

阿哥今天到来谁带路？

靠谁带路谁领程？

谁带你到破烂的寨子来？

谁带你来到我们穷山村？

（四）

我是正月小鸡难高攀，不知阿哥心装哪姑娘。

有心连双约定白头老，不给哪个半途反悔好似木桶断箍各一方。

我似二月小猫伏蜷楼条耐心久等待……

盼望阿哥到来行歌坐夜吐衷肠。

黑夜逝去白昼来也不听见楼梯响你脚步声，担忧阿哥背地又跟别人相好把我忘。

三月猎狗相约结双对，阿哥到来我俩心里话儿悄悄讲。

四月暴雨哗哗江河涨，龙王戏水欢笑迎郎娘。

五月鸭崽因有同伴双双来选购，我俩也就偷偷常来往。

男女成配需要相互吐衷心，莫像那六月的扁头黑蛇无声无息晒太阳。

七月小鼠躺在田坎底，我姑娘不愿像他坐吃现成粮。

有心成配糯饭共甑地同耕，若是饭分两锅何必双双共个火炉堂。

八月马背皮鞍远离去，妹妹想你失魂落魄心惶惶。

九月小孩围追牛群吃嫩草，我追求你早早成家结一双。

阳间追求你呀也许难成对，真怕你和你的情郎就像，姜妹姜良同坐一船共把桨。

登十一月妹妹心烦意乱如同旋涡转，好似水滩漩入涡心绕在涡边泪汪汪。

阿哥好比腊月母鸭到处觅食到处走，我难挽留只好让你走他乡。

四

男还：

（一）

我们跋山涉水到来，只计里程不算步，哥哥家无贤妻何谈舂米几百下，四颗圆圆的铜钱千万字，二两蓬乱弹丝算钱算分不算条。

（二）

今天我们走过三座桥，过三座桥又走五条盘旋道。

走五条盘道到这里，喝过的山泉阿妹寨边水最甜。

（三）

我们翻山过岭靠把芦笙来引路，芦笙引路到你村。

芦笙引路到你寨，一路笙歌把妹寻。

齐声耶：争平等耶 *

一

男：父母养道相再奔，（父母养我们相给份，）

分奔再你你该台，（分份给你你不拿，）

十奔再媄搞台别。（十份给姑娘搞浪费。）

女：父母养道相再奔，（父母养我们相给份，）

再奔再尧尧应台。（分份给我我愿拿。）

分奔再尧尧呀有，（分份给我我也要，）

尧比五别村东有台这。（我比五个村东会掌财。）

意译：

男：父母养下我们把家产平分，分份给郎分份给姑娘。

给你一份你嫌少，给你十份你也难管得周详。

女：父母养下我们早把家产分，一份给我我收上。

---

* 争平等耶，侗语"耶见本"。

给我十份我也不嫌多，我像村东五妹理财大有方。

二

男：父母养道搭提相再奔，（父母养我们都是分给份,）

分奔再你你该领。（分份给你你不领。）

分奔再你你该有，（分份给你你不要,）

媄灭奔布叠奔钱。（姑娘有份布叠份钱。）

女：父母养道相再奔，（父母养我们相给份,）

该灭熬报奔再尧。（没有谁说份给我。）

分奔再尧尧应种，（分份给我我肯种,）

尧种该得比拐校。（我种不得不怪你们。）

意译：

男：父母养下我们把家产平均分，分份给你你谦让。

分份给你你不领，姑娘拥有布匹箱叠箱。

女：父母养下我们早把家产分，没有谁说分给妹姑娘。

分给田地我愿种，我种不下不怪父母不怪郎。

三

男：父母顿用只成基，（父母打锄开山地,）

父母顿禁只成塘。（父母打耳环起结塘。①）

只特呆端娘苟耕，（开得田塘姑娘不会耕种,）

金银再媄坐的占。（金银给妹坐地吃。）

女：熊屋校赖分各该分各？（座屋你好分割不分割?）

亚大十屯分再该分再？（田大十屯分给不分给?）②

奔塘奔亚奔姐浓，（份塘份田份哥弟,）

尧想奔奶端该再。（我想份这定不给。）

---

① 结塘指结亲。

② 屯，当地的面积单位，七屯为一亩。

意译：

男：父母打锄让我耕田地，父母打对银环让你去拜堂。

　　买了田塘姑娘劳累难耕种，打对银环让你坐地去吃现成粮。

女：木楼高大你愿意分不愿分？十屯大田你更不愿分为两。

　　鱼塘田地老定给兄弟，我想沾边除非西边升太阳。

四

男：熊屋校赖你忙尾约约分奔？（座屋你好你为什么做约约分份？）

　　亚大十屯你忙尾巴拉该再？（田大十屯你为什么做硬赖不给？）

　　川割拢像布立媄，（项圈箱方布姑娘，）

　　灭闷定跨屋兄媄台派，（有天脚跨屋哥姑娘拿去，）

　　你忙骂屋争塘亚，（你为什么来屋争塘田，）

　　屋嫂头假灭钉赖。（屋夫头那有太好。）

女：父母养尧该有别，（父母养我不会嫁，）

　　姑表搞些该有台，（姑表里寨不会拿。）

　　晓量再尧嫂搞些，（晓量给我夫里寨，）

　　敏苦斗周娘乃打了二九熊岑雾各唱。（何必留我娘这过了二九座山雾隔太阳。）

　　父母养尧林有嫁，（父母养我不会嫁，）

　　嫁打中让上千楼，（嫁过他乡上千楼，）

　　金盘银未金盘马，（金盘银无金盘马，）

　　林庞中呆人共钩。（林大荆棘人同钩。）

意译：

男：木楼高大你为哪样闹分开？

　　十屯大田凭什么理分做两？

　　项圈布匹锁在姑娘木箱里，有日姑娘出嫁你就把它抬出房。

　　夫家那头富有姑娘不知足，我真为你羞愧回家争块小鱼塘。

女：父母养女不会嫁，本寨姑表不嫁嫁远方。

　　若是为我作想嫁给表兄落本寨，

　　如今我也不用翻过十八道山钻云破雾太凄凉。

　　父母养我不会把我嫁，嫁我远去千里翻过万道梁。

说是金盘银盘牛马走的盘旋道，荆棘丛生不知剐破姑娘几多新衣裳。

五

女：父母有养该有嫁，（父母会养不会嫁，）

　　父母嫁媄落齐让。（父母嫁姑娘落她乡。）

　　十月走困怕闷冻，（十月走路怕天冻，）

　　六月游路怕闷唱。（六月游路怕天太阳。）

男：父母晓养又晓嫁，（父母会养又会嫁，）

　　父母嫁媄落奔让。（父母嫁姑娘落他乡，）

　　十月走困鞋叠袜，（十月走路鞋叠袜，）

　　六月游路各灭丙伞铜锣架日头。（六月走路自有把伞铜锣遮日头。）

意译：

女：父母养女不会嫁女儿，父母嫁女落他乡。

　　十月出门担心百里路程结冰冻，六月走路又怕九层高坡大太阳。

男：父母养女会嫁女，父母嫁女落本乡。

　　十月出门穿鞋袜，六月走路撑把罗伞遮太阳。

六

女：甫养勒甫只屋大，（父养崽父建屋大，）

　　乃养勒乃屋该灭。（母养崽母屋没有。）

　　媄屋该灭媄怕灾，（姑娘屋没有姑娘忧心，）

　　水大因因捞屋别。（泪水汪汪进屋别。）

男：父母养道共龙同浪海，（父母养我们共龙同浪海，）

　　该亏你报人该灭。（还亏你说屋没有。）

　　台盘姜良郎要兑，（拿盘姜良郎娶妻，）

　　台盘姜媄媄派让，（拿盘姜妹妹嫁他乡。）

　　呀灭志婄乃台娘金奔怕困人垫，（也有个别母拿姑娘本怕成人垫，）

　　应嫂提楚黑斗愿拔手剖来。（跟夫同心黑留愿摸手拍背。）

意译：

女：父亲养男为他建造高大吊脚楼，母亲养女没有为她造下一扇窗。

　　女儿没有房屋心凄惨，泪水汪汪嫁往别村庄。

男：父母爱男疼女都是一腔骨肉情，看似一条龙神同在大海共起浪，

　　你不该说高大木楼不占一扇窗。

　　依着姜良盘礼哥哥娶贤妻，沿着姜妹俗规妹妹嫁情郎。

　　也有父母心愁女儿出嫁受人欺，干涉联姻逼迫男女偷来往。

七

女：甫养勒甫只屋大，（父养仔父建屋大，）

　　乃养勒乃只条盘，（母养仔母建条盘，）

　　媄鸟屋久哥呀该爱乃该温。（姑娘在屋久哥也不爱母不应。）

　　列占果等鸟果月。（赖吃几顿住几月。）

男：甫养勒甫只屋大，（父养勒父建屋大，）

　　乃养勒乃只条盘。（母养仔母建条盘。）

　　媄鸟屋久哥呀该骂乃该温，（姑娘在屋久哥也不骂母也应，）

　　灭闷妹爱夫赖派斗屋。（有天妹爱夫好去留屋。）

意译：

女：父母养男为他建造高木楼，父母养女为她开辟礼俗嫁情郎。

　　养女不嫁哥兄厌烦兄弟不欢喜，待在娘家枉度好春光，

男：父母养男为他建造高木楼，父母养女为她开辟礼俗嫁情郎。

　　姑娘晚嫁不惹哥生厌，妹还没相情郎愁断母心肠。

　　日去月来花转开，一旦姑粮相中情郎嫁去离爹娘。

八

女：伴该打也你打也，（伴不过也你过也，）

　　伴该打塘你打塘。（伴不过塘你过塘。）

　　派嫂困远赌双裙，（嫁夫路远烂脚裙，）

　　听嗪轮练怕灾娘。（听声蝉虫忧心娘。）

男：婣怒大钝嫂搞些，（姑娘哪眼睛钝夫里寨，）

婣怒大利嫂困远。（姑娘哪眼睛利夫路远。）

派嫂困远得嫂抵，（嫁夫路远得夫健，）

派嫂搞些伞忙赖。（嫁夫里寨有什么好。）

意译：

女：同伴早嫁正当年华花未过，姑娘晚嫁好像花儿落地余残香。

妹嫁远方翻山过盘荆棘剐裙裙脚烂，翻山过坳但听蝉声连连心凄怆。

男：哪个姑娘眼钝嫁本寨，哪个姑娘眼尖嫁远方。

嫁去远方郎夫健壮心地好，嫁在本寨郎夫矮小好哪样。

九

女：父母养娘迎娘伎，（父母养姑娘可怜姑娘得很，）

呀比木树打弄东花红。（也比木树中弄冬花红。）

占这甫久打这兄，（吃财父久过财哥，）

命众娘带牙辈工。（命中娘带两辈工。）

男：父母养郎只得八肉九牛爬田堆，（父母养郎建得八肉九牛爬田地，）

父母养媄只得四定勒马骑派州。（父母养姑娘建得四脚仔马骑去州。）

该张甫乃嫌你主，（不是父母嫌你情人，）

出门三川礼相收。（出门三次礼品收。）

意译：

女：父母养下姑娘多疼爱，把我当作冬日树林红花开。

姑娘长住娘家就会多占哥钱财呀，我命注定两家上下长往来。

男：父母养郎积买八九头牛给郎耕田地，父母养女送给一匹马驹骑到远村庄。

不是父母嫌你回家走，姑娘出门每次总有礼品相赠送。

十

女：伴加命赖打条占塘占亚割把苟，（伴那命好过条基塘基田割叶稻，）

命尧该赖打了二九十八熊岑雾各唱。（命我不好过了二九十八座山雾合太阳。）

死葵死神腌肉斗，（死水牛死黄牛腌肉留，）

死甫死乃咔鹰鸟又省斗你。（死父死母雄鹰雁鹅信到你。）

男：娘金不爱嫂搞些，（娘金不爱夫里寨，）

　　娘金打利嫂困远。（娘金眼利夫路远。）

　　死葵死种腌肉斗，（死水牛死黄牛腌肉留，）

　　死甫死乃各娘骂斗立墓坟。（死父死母姑娘来到立墓坟。）

　　跨是墓坟娘怕灾，（跨那墓坟娘凉心，）

　　水大温温下爹巴。（水眼盈盈下底巴。）

意译：

女：同伴命好嫁在平地走过一节田埂就到家，我命不好嫁到高山云雾压顶遮太阳。

　　家死水牯黄牛腌酸待客人，父母谢世传递噩耗靠只鸿雁高飞翔。

男：姑娘不爱嫁本寨，姑娘眼尖嫁远方。

　　家死水牯黄牛腌肉待客人，父母去世待女到来坟堆草木长。

　　女儿跨过坟堆悲泪如雨下，泪眼沾湿几件布衣裳。

演唱者：八江乡寨卯村杨再茂、奶志美等男女耶队

采录地点：八斗小村

录音者：吴浩

记译者：杨树清

耶年：新年对唱耶*

一　入堂耶

（一）女唱

占定捞堂纠杰杰，（抬脚入堂紧缩缩，）

定踏门楼桥杀收。（脚踏门楼桥即收。）

美化麒麟志乃多，（条歌麒麟里这唱，）

化了麒麟千神百鬼走方忙。（画了麒麟千神百鬼走方何。）

---

* 据推测原曲本应是依照演唱顺序记录，为还原演唱过程不建议依据内容题材拆分，顺序为：1 入堂耶；
2 问候、盘问、客气耶；3 一般问客耶；4 一般新年耶；5 耶父母；6 古典耶；7 告别离散耶。——编者
注

意译：

举步入堂战兢兢，脚踏楼门收去桥。

麒麟耶歌这里唱，画上麒麟千神百鬼走何方？

（二）男答

1

占定捞堂纠杰杰，（抬脚入堂紧缩缩，）

占踏门楼桥杀上。（脚踏门楼桥即上。）

美化麒麟对乃多，（条歌麒麟对这唱，）

画了麒麟千神百鬼教呀要拜酉地藏。（画了麒麟千神百鬼我们也拿去酉地藏。）

意译：

举步入堂战兢兢，脚踏楼门桥架上。

麒麟耶歌这时唱，画了麒麟千神百鬼我们送到酉地西方埋藏。

2

占定捞堂郎要刀，（抬脚入堂郎要威，）

闷应侬鸟本该忧。（日跟妹玩本不忧。）

坐地能列没了无万天书度能打，（坐地看书有了无万天书都看过，）

在邬吴堂拜考捞新州。（给他吴堂去考入靖州。）

到新州拜赖干多，（到靖州去好快读，）

亥江考堂志怒度该愁。（不是考堂里哪都不愁。）

意译：

举步入堂郎逞威，跟妹同玩更不愁。

坐看天书千万卷，我们去考到靖州。

到了靖州快用功，不是到处考堂都不愁。

二　问候、盘问、客气耶

（一）

女部1

开正年美郎骂览，（开正年新郎来玩，）

郎金骂览利孝同。（郎情来玩得你们同。）

教未捞楼孝出所，（我们未入楼你们出嗓音，）

听所郎金忙乃用。（听声郎情啥这雄。）

意译：

开春新年郎来玩，情郎来玩同欢乐。

我们未到鼓楼你们先唱了，阿哥们歌声为啥这么雄壮？

女部 2

年乃初一该若落亥志落子，（年今初一不知落亥是落子，）

年乃初二该若落未志落寅。（年今初二不知落未志落寅。）

一年阳信忌明戊，（一年阳春忌几戊，）

初一初二忌个忙。（初一初二忌个啥。）

意译：

今年初一不知属亥是属子？

今年初二不知属未是属寅？

一年阳春忌几戊？

初一初二忌什么？

女部 3

捞堂多，（入堂唱，）

在教女雅多打堂。（给我女丑在中堂。）

在教女雅打堂多，（给我女丑中堂唱，）

女赖约约远价能。（女好约约远那看。）

嫩教娘乃颈空串国扮部练，（还有我女这颈无颈川耳环也无有，）

美枯尧轻亚曼茛。（件衣我短布黄茛。）

意译：

入堂唱，我们丑姑娘在堂中。

我们丑姑娘堂中唱，美女们吱哇远处观。

我们颈上无银耳无环，着件短衣黄如茛。

演唱者：马鞍女歌队奶能喜等

记译者：吴世华

录音者：蔡大成

（二）

男部 1

[回答女部 盘问]

年乃初一甲该落亥甲落子，（年今初一天干地支不落亥天干地支落子，）

年乃初二甲该落未甲落寅。（年今初二天干地支不落未天干地支落寅。）

一年阳信忌六戊，（一年阳春忌六戊，）

初一初二忌太阳。（初一初二忌太阳。）

意译：

今年初一不是属亥是属子，今年初二不是属未是属寅。

一年阳春忌六个戊日，初一初二忌太阳。①

男部 2

老年初一郎骂览，（节年初一郎来玩，）

初二开唱空巴闷。（初开出阳光响雷天。）

久该骂行生情谊，（久不来玩情谊疏，）

苗该行基百板十破孝洒邓。（野鸡不走坡反伴十破你们就退后。）

独郎走路该没哟，（独郎走路无有色，）

报教仔汉相所赖热身。（说我我仔汉大声为热身。）

意译：

年节初一郎来玩，初二晴天响春雷。

久不来行生情谊，好比野鸡不走山坡，受惊就退缩。

单独郎走无光彩，你们说我们高声歌唱太羞人。

演唱者：平寨陈骏祥等

记译者：吴世华

录音者：蔡大成

男部 3

占定捞堂娘刚理弄空北柄，（抬脚入堂妹讲话错无把柄，）

中人百姓赖雅中一杭。（同人百姓好丑共一样。）

亥江人奴仔官府，（不是人谁子官府，）

---

① 即初一初二不要上山晒太阳，要在鼓楼内尽情对歌。

早报孝主不合理乃该捞堂。（早说你们情妹别拿话此不入堂。）

信箱该赖卜奶指，（身材不好父母生，）

面目该赖容邪忙。（面目不好容他何。）

年纪当家困奶刚，（年纪当家成妇少，）

皆西难江孝牙要拜远加能。（都是难违你们也要去远那观。）

意译：

举步入堂妹讲错话无把柄，同是一样百姓人。

不是哪人官家子，妹别执拗不愿进歌堂。

身材不好父母生，容貌欠佳何相干。

年到当家成少妇，到那时只能远处观。

演唱者：陈基云等

录音者：黄凤兰

男部 4

定捞楼踏年美，（抬脚入楼踏年新，）

人道皆爱西巴门。（人咱都爱就挨门。）

五福临门多堂打，（五福临门放堂中，）

要仔皇帝多打中。（给仔皇帝在中央。）

意译：

举步入楼踩新年，老少都挨楼门看。

五福临门置堂中，皇帝儿女生中央。

录音者：蔡大成

（三）

女部 1

年乃初一忙先 ［sin23］ 滚，（年今初一啥鸣先，）

年乃初二忙先伦。（年今初二啥鸣后。）

独忙先伦人们旺，（只啥鸟后人们旺，）

独忙先滚在道阳干地的太平洋。（只啥鸣先给咱阳间地上太平洋。）

意译:

今年初一啥先叫,今年初二啥后鸣。

啥后鸣来人兴旺,啥先叫来人间得太平。

录音者:蔡大成

女部2

孝闷乃骂忙乃外 [we35]?(你们天今来何这晚?)

要忙滤米忙滤社?(用啥滤米啥滤沙?)

要忙滤沙卯到乃?(用啥滤沙来到此?)

要忙滤米到乃骂?(要啥滤米到此来?)

意译:

你们今天为何来得这么晚?

用啥滤米啥滤沙?

用啥滤沙来到此?

要啥滤米到此来?

录音者:蔡大成

(四)

男部1

教闷乃骂真呀外 [we35],(我们天今来真正晚,)

单身汉令打伦别。(单身汉另过后别人。)

郎想未光唱满寨,(郎想未光阳光满寨,)

孝问理乃赖二色。(你们问话这为害羞。)

意译:

我今天来实在晚,单身汉子在人后。

郎想未亮阳光满寨,你们问这怪羞人。

男部2

捞堂多,(入堂唱,)

太永听官水满号。(突然听名水满沟。)

太永听官水满区,(突然听名水满溪,)

亥想夜乃买伴人赖太永邓。(不想夜今妻别人好突然来。)

意译：

入堂唱，乍听芳名水满沟。

乍听芳名水满溪，未料今夜别人美妻突然到。

演唱者：马鞍陈能谋等

录音者：黄凤兰

男部 3

捞堂多，（入堂唱，）

捞堂多耶要多歌。（入堂唱耶要唱歌。）

捞堂多歌老人寡，（入堂唱歌老人训，）

多歌多耶老仲嫁。（唱歌唱耶老装耳。）

意译：

入堂唱，入堂唱歌要唱耶。

只唱山歌老人训，唱歌唱耶老人听。

演唱者：马鞍杨通成等

录音者：黄凤兰

三　一般问客耶 ［女部］

该若务下志西上？（不知上面下还是上去？）

孝骂寨乃志拜怒？（你们来此寨还是去别处？）

意译：

不知从上面下来，还是从下面上去？

你们来这个寨，还是到别处去？

演唱者：马鞍姑娘

录音者：黄凤兰

四　一般新年耶 ［女部］

（一）

冷年了，（末年了，）

年校西拜年美骂。（年旧已去年新来。）

年校西拜年美到，（年旧已去年新到，）

滔弯金銮龙弯河。（调换金銮龙换江。）

意译：

过年了，旧年已去新年来。

旧年已去新年到，调换金銮龙换河。

（二）

冷年了，（末年了，）

冷年冷月未冷月。（末年末月未末日月。）

早报老人为兑鸟，（早说老人做伴住，）

早报你人杀工信。（早说青年耕工春。）

意译：

年节过了，年月过了光阴在。

告诉老人同欢聚，告诉青年闹春耕。

演唱者：马鞍姑娘

录音者：黄凤兰

五　耶父母

（一）

1

应奶九月骂之卯，（跟娘九月在处黑，）

通打走闷骂之光。（通过脚天来处光。）

骂到之光父母扪，（来处光父母怜，）

父母该扪落人忙？（父母不怜降人间何？）

意译：

暗处跟母九个月，走过黑暗的天边，到亮处降生。

来到亮处父母疼，父母不疼何必降生人间？

2

开根张良卜村低，（开根张良父村地，）

刚婣张媄奶本村。（讲女张妹母本村。）

滚时水大合江架牙猫，（前时水大合江剩两他，）

伦在太白邓留放个卜下闷。（后给太白来留放个瓜下天。）

官共邓报不刚人本难结谊，（官共来说别讲人亲难结婚，）

搞要人奴骂立村。（不知要人谁来立村。）

合理官共为替夫，（拿话官共做妻夫，）

转拜古州为屋人。（转去古古做家人。）

养利八男八女皆落嫁，（养得八男八女都该嫁，）

赖他为根成个无万人。（靠他做根成了无万人。）

打条村道照登镜，（从条村咱藤果串，）

水先邓定呀平岑。（水铲到底也平山。）

大村样了人岑了雅，（村乡绝人山无田，）

闷收牙别指辈伦。（天收两他置辈后。）

村道人少走该滑 ［Pjhun453］，（村咱人少走不滑，）

旦听猿猴哭问文。（只听猿猴哭纷纷。）

旦听猿猴问文哭，（只听猿猴纷纷哭，）

爹水辛未太平人。（底水辛辛太平人。）

意译：

追根问底张良为父亲，讲到张妹为母亲。

古时大水漫江剩他两人，太白仙放下葫芦瓜收留他们。

共工说道别讲亲人难结婚，不知靠谁来立乡村。

照共工话儿结夫妻，回到古州成了一家人。

养得八男八女皆成人，靠他们才有千万人。

我村原有许多花菜，水登山铲干净。

乡村绝人山无田，天留他俩生后人。

咱地人少路不平，只听猿猴哭纷纷。

只听猿猴纷纷哭，辛未年退水享太平年。

3

当初人奴卜盘古？（当初人谁父盘古？）

当初人奴卜张良？（当初人谁父张良？）

当初人奴奶姓妞？（当初人谁母姓女？）

姓妞人奴卜姓张？（姓女人谁父姓张？）

意译：

当初谁人是盘古的父亲？

当初谁人是张良的父亲？

当初谁母为姓女？

姓女是谁，谁父姓张？

演唱者：马鞍奶生荣

录音者：黄凤兰

（二）耶父母（女部）

父母养娘亏娘喜，贱娘恶。（父母生妹亏妹极，贱妹极了。）

丢娘定且哭哇哗。（丢妹脚壁哭哇哇。）

丢娘定且哇哗哭，（丢妹脚壁哇哇哭，）

卜道邓报皆西崩犁该崩耙。（父咱来说都是靠犁不靠耙。）

努该崩耙忙该杀？（如不靠耙何不杀？）

留四两命害教娘。（留四两命害我姑娘。）

意译：

父母生妹当贱人，丢妹墙脚脚纷纷。

丢妹墙脚哭哇哇，爹说靠犁不靠耙。

不带耙来何不杀？

留四两命害我女儿家。

演唱者：马鞍奶朝宾（兆斌）

录音者：金辉

（三）耶父母（女叹）

1

父母养道千万苦，（父母生咱千万苦，）

道打阴神六戊来投光。（咱从阴神六墓来投光。）

乌天黑地奶温吞，（昏天黑地母辛苦，）

九月盘温定骂阳。（九月养育才来阳间。）

养未落地多瓜规，（生未下地多辛苦，）

男化妞且皆西亮。（男右女左都是爱。）

湿西邓洒瓦邓洗，（湿就来晒脏来洗，）

饼所包多甫乃玩。（片干包着也耐烦。）

奶睡床湿斗床所，（母睡床湿留床干，）

奶罢狗多喊金亮。（奶水喂饭喂喊金爱。）

仔定粒豆盘道大，（趾脚粒豆抚咱大，）

想嫩情恩该利忘。（想个情恩不得忘。）

千行该介生教大，（千样不该生我大，）

尧嫁拜兑打远样。（我嫁去别过远乡。）

姐要人别台奶分，（兄娶人别把母分，）

斗奶身内远价藏。（丢母身病远那藏。）

爹弓冻狗柴难寻，（底楼煮饭柴难找，）

瓜瓜更更水添缸。（摸摸爬爬水添缸。）

闷赖短真稳价打，（日日健倒真乱那，）

没闷务信该沙瓦务床。（有日上身不舒脏上床。）

湿瓦身义空人洗，（湿脏身衣无人洗，）

堆鸟且角出所臭造牙难盘。（堆在边角出气臭臊也难搬。）

痛鸟务床难成高，（痛在上床难抬头，）

买兄坤卯本独若战鸟区忙。（妻兄骂她本独会吃活鬼何。）

媄鸟远样芒利听，（妹在远乡少得听，）

利省听刚表骂屋。（得信听说跑来家。）

骂屋三闷买呀闷，（来家三日嫂也闷，）

理乃理价瓜教娘。（话这话那骂我姑娘。）

台伞出屋奶该抄，（拿伞出门母不舍，）

水眼脸哭为教娘。（泪眼脸哭为我姑娘。）

尧亮奶尧拜到巴延望［kwiŋ53］明旋，（我爱母我去到外屋望几次，）

买姐昆尧格格官官忙该委拜鸟为忙。（妻兄骂我去去停停何不快去住干啥。）

尧悔命娘化命娘，（我悔命妹啊命妹，）

伴价若量情校寨。（伴那知量夫内塞。）

尧该若摆丁打千困里路打远样，（我不会摆走过千路里程过他乡，）

因尧嫁鸟搞寨早晚本利斋。（如我嫁在内寨早晚本得问。）

千乃媄拜远样斗亚娘，（现在妹去远乡丢爷娘，）

美歌女叹多到乃。（条歌女叹唱到此。）

劝道男女团寨煮亚娘。（对咱男女团寨贵爷娘。）

意译：

父母生咱千万苦，咱从六墓阴间来投阳。

母怀咱们头眩昏，养育九月才到降生期。

未生下地多辛苦，生男生女都疼爱。

脏了洗净湿晒干，干布包儿好耐烦。

母睡湿床儿睡干，喂奶喂饭还叫金宝贝。

豆大脚趾养成人，慈母恩深不能忘。

千万不幸我大了，嫁离母亲过远乡。

兄娶嫂子把母分，丢下病母住一方。

楼底煮饭找柴难，爬摸挑水添进缸。

健壮日子还勉强，身不佳时脏床上。

衣裳脏了无人洗，堆在墙角出臭气。

痛在床上难抬头，嫂子还骂，只晓得吃为啥活？

妹在远方少知恙，听说母病回家急。

回家三日嫂子厌，骂我姑娘话相逼。

我出门去母不舍，泪水汪汪为我泣。

我懂我母几回头，嫂子又骂去去停停何不走？

我叹我命好受苦。

别人会想嫁近处，我不会想嫁远乡。

嫁在寨内早晚问母安，嫁到远处弃爹娘。

女儿自叹歌唱到此，劝咱男女敬爹娘。

演唱者：八江寨杨全英等6人

六　古典耶

滚别女赖拜和番，（前别女美去和番，）

务重台山理相会。（上重台山话相会。）

金银多党想仔巴，（金银换凭想仔姑妈，）

十想该沙且姓梅。（十想不舍兄姓梅。）

梅璧邓报被西杠炉鱼杠三，（梅璧来说大已离炉鱼离滩，）

郎娘美难亏日对。（郎妹件难亏日死。）

六十年仲杀约难得道为兑，（六十年中当知难得咱做伴，）

满当化街沙若辈乃该赖再辈伦。（满堂花盖当知辈这不好再世后。）

意译：

从前有个美女去和番，重台山上话相别。

金簪定情念表兄，十分难舍梅家郎。

梅璧说，炉已熄火鱼离滩，郎妹灾难到死时。

此辈难得长相聚，金花满冠①待来生。

演唱者：马鞍女声

录音者：金辉

七　告别离散耶

男声：

消散去，（离别分散去，）

星西散星月散月。（星还散星月散月。）

散鬼拜坟神拜庙，（散鬼去坟神去庙，）

卡鹰鸟鹞散森山。（鸦鹰鸟鹞散去山。）

散比孝娘郎金该快鸡未关，（我们比你们姑娘郎情不空鸡未关，）

努侬十想一辈闷戊教骂道赛量。（如妹真想一辈天明我们来咱再商量。）

意译：

分别去，星散星子月散月。

送鬼归坟神归庙，乌鸦鹞鹰归山林。

我们还有鸡鸭未关要回家，如果情妹真想结交。

一辈子明天咱来再商量。

演唱者：平寨陈骏祥

记录者：吴世华（补记）

---

① 金花满冠意为婚礼盛装。

拦路歌

编者按：侗寨大多聚居在崇山峻岭中，侗寨之间交流困难，每当客寨到主寨做客时，主寨寨民会在路口或寨门前设置板凳、水桶等路障，同时主客双方摆开歌阵唱起"拦路歌"（侗语"嘎刹困"），主问客答，并只有当客方用歌声回答出所有的问题（唱出开路的理由）后，主人才会拆除路障，隆重地将客人迎进寨门。而"拦路歌"是在这种特定的民俗活动中产生的礼俗类歌曲。这也同样出现在侗族娶亲新婚的仪式中，新娘三朝回门，男方寨需要回答出女方寨"拦路歌"中的问题，才可以移开纺织机、织布机、干辣椒等路障，顺利入寨。拦路歌可分为进寨拦路歌和出寨拦路歌。

进寨拦路歌

一

唱：巴斤嗟，起伙耶，（巴斤嗟，起伙耶［衬词］，）

郎基寨，郎基寨。（郎祭寨，郎祭寨。）

郎金基寨多部荃，（郎金祭寨放标草，）

郎金基寨多标旺。（郎金祭寨放标禾。）

多西标旺亥赛人美劳，（放了标禾不给人就进，）

人美劳寨寨亥英耶呀。（人就进寨寨不宁耶呀。）

意译：

唱：郎祭寨，郎祭寨，金郎祭寨插草标，金郎祭寨插禾标，插放禾标不让生人进，生人进寨寨不宁。

还：巴斤嗟起伙耶，（巴斤嗟起伙耶［衬词］，）

抬标初台标初。（起标收拿标收。）

闷乃条骂孝老寨，（天今我们来你们祭寨，）

闷乃基寨累福先。（天今祭寨得福生。）

闷乃基寨累天宝，（天今祭寨得天宝。）①

孝宋条劳打闷乃上累安宁耶呀。（你们放我们进从今天起得安宁耶呀。）

意译：

还：收标走取标去，今天我们到来恰逢你们祭村寨，今天祭寨逢福生，今天祭寨
逢天宝，你们放我们进寨门从今天起得安宁。

二

唱：风学学，打跌所，（风潇潇，过底廊，）

风学艳，打碾盘。（风沙沙，过碾盘。）

奴多信，孝才略，（谁放信，你们才知，）

奴拜报，孝才邓。（谁去讲，你们才来。）

台亡打凹骂列邓。（拿什么过凹来到这里。）

意译

唱：风潇潇，过檐廊，风沙沙，下碾房。

谁去信，你才知？

谁去喊，你才来？

你拿什么东西翻坳来？

还：风学学，打跌所，（风潇潇，过底廊，）

风学艳，打碾盘。（风沙沙，过碾盘。）

听孝说条才略，（听你们讲我们才知，）

乃孝报条才邓。（是你们报信我们才到。）

人道撑伞打凹邓。（人我们撑伞过凹来。）

意译：

还：风潇潇，过檐廊；风沙沙，下碾房。

你们讲，我才知，你们请，我才来。

我们手撑雨伞过坳来。

---

① 侗族把"福生""王宝"之日，当作最吉利的日子。据说，福生与天宝，是为两人，同天降临侗寨，给
侗寨带来康宁。

土地庙

土地庙

三

唱：明嫩多丁月一起？（几个寨门做一体？）

明嫩刀堆月一凸？（几个土地做一坡？）

明则萨样明萨安？（几个萨样几萨安？）

明萨劳寨太平仁？（几萨进寨得太平？）

意译：

唱：几个寨门成一体？

几个土地成一坡？〔土地庙〕

口个萨①样几萨岁？

几萨进寨得太平？

还：尧报三嫩多丁月一起，（我说三个寨门做一体，）

　　四嫩刀堆月一凸，（三个土地做一坡，）

　　三西萨样四萨岁，（三个萨样四萨安，）

　　七萨劳寨太平仁。（七萨进寨太平。）

意译：

还：我说三个寨门为一体，

　　我说三个土地为一坡，

　　三个萨样四萨岁，

　　七萨进寨得太平。

四

唱：闷乃孝骂打明卵，（天今你们来过几桥，）

　　打西明卵角明盘。（过兮几桥走几山梁。）

　　角西明盘邓到乃，（走兮几山到这里，）

　　塘塘占水塘怒贯？（潭潭喝水潭哪甜？）

意译：

唱：今天你们到来过了几渡桥，

　　过几渡桥呀走几条山梁。

　　走几条山梁呀才来到这里，

　　处处喝水呀你说哪处甜？

还：闷乃条骂打三卵，（天今我们来过三桥，）

　　闷乃条骂角五盘，（天今我们来走五山梁，）

　　角西王盘邓到乃，（走兮五山到这里，）

　　塘塘占水塘孝贯。（潭潭喝水潭你们甜。）

---

① 萨，侗语，即婆婆之意。萨样、萨子，是侗族传说中的圣祖母。

意译：

还：今天我们到来过了三渡桥，

今天我们到来走了五条梁，

走王条山梁呀才来到这里，

处处喝水呀你村的井水最甜。

五

唱：人奴主那打三卵，（人谁嘱你过三桥，）

人奴主那角五盘，（人谁嘱你淌五盘，）

人奴主那邓到乃，（人谁嘱你到这里，）

人奴立那塘塘占水塘条贯。（人谁嘱你潭潭喝水潭我们甜。）

意译：

唱：哪人嘱咐你走过三渡桥，

哪人嘱咐你走过五条梁，

哪人嘱咐你来到我这里，

哪人嘱咐你处处喝水只有我处水才甜。

还：姜良立条打三卵，（姜良嘱我过三桥，）

姜媄报条打五盘，（姜妹叫我过五盘，）

姜媄报条邓到乃，（姜妹叫我到这里，）

姜良报条塘塘占水塘孝贯。（姜良嘱我潭潭喝水潭你们甜。）

意译：

还：姜良嘱咐我走过三渡桥，姜妹嘱咐我走过五条梁，姜妹嘱咐我来到你这里，

姜良嘱咐我处处喝水你处水最甜。

演唱者：广西三江同乐平溪村歌队

韦明华，49岁，男，高小文化

荣善明，58岁，男，文盲

韦甫应姣，49岁，男，初小文化

采录地点：古宜

录音者：贺嘉

记译者：吴浩

出寨拦路歌

一

女唱：

（一）

嗟卯伙嗨，呀哈嗨，

坏咧溜坏咧坏哈嘿嗟伙嗨，

台主啰鸟哈哩嗟伙嗨，（留情人啰住下哈嘿嗟伙嗨，）

台主鸟夜啰哈嗨贝鸟月哈嗨，（留情人住夜啰哈嗨莫住月哈嗨，）

台主鸟日啰哈嗨加买主卦哈嗨，（留情人住月啰哈嗨加妻子情人骂哈嗨，）

宋主拜言嗨抱腊务告啰哈嗨买打干嗨。（放情人归家嗨抱仔上膝啰哈嗨妻子搓麻嗨。）

意译：

留情人呀，我留情人住下一夜不是住一月，住下一月情人的妻子骂呀，

我放情人归家帮抱宝宝，好让妻子搓麻线。

（二）

台主鸟，（留情人住下，）

台主鸟月贝鸟年，（留情人住月莫住年，）

台主鸟年买主卦，（留情人住年妻子情人骂，）

宋主拜言抱腊务告买沙棉。（放情人归家抱仔上膝妻子纱棉。）

意译：

留情人呀，我留情人住下一月不是住一年，住下一年情人的妻子骂呀，

放情人归家帮抱宝宝，好让妻子去纺棉。

二

男唱：

（一）

嗟哈嗨，呀啊哈，

坏哈溜坏嗨，嗟伙咳嗨，

贝台哈鸟哈嗨，嗟伙咳嗨，（莫留哈住哈嗨，嗟伙咳嗨。）

贝台尧鸟哈宋尧拜哈咳嗨，（莫留我住哈放我归哈咳嗨，）
贝台尧鸟嗨宋尧哈去哈嗨，嗟伙咳嗨，（莫留我住嗨放我走哈嗨，嗟伙咳嗨，）
条转拜言空没行加哈亡沙棉哈咳嗨，（我转为家没有样那哈什么纺棉哈咳嗨。）

意译：

莫挽留啰，莫再挽留放我行，莫再挽留放我走，

我回到家孤孤独独去哪里找纺棉人。

（二）
贝台鸟，（莫留住，）
贝台尧鸟宋尧拜。（莫留我住放我归。）
贝台尧鸟宋尧走，（莫留我住放我走，）
条转拜言独郎汉零亥没行加亡搓干。（我转归家独郎汉孤没有样那什么搓麻。）

意译：

莫挽留，莫再挽留放我行，莫再挽留放我走，

我回到家孤孤零零再难找到搓麻人。

三

女唱：
（一）
台主鸟，（留情人住，）
尧台那主盘靶臂，（我留你情人掰两臂，）
一莽盘臂台主鸟，（一边掰臂留情人住，）
主亮买主跳断丁。（情人爱妻情人跑断脚。）

意译：

留情人呀，我留情人两臂横，两臂拦横留下情人住呀，

真怕情人痛爱妻子跑断脚后跟。

（二）
台主鸟，（留情人住，）
尧台那主绳乓萨，（尧留你情人绳抹肩，）

一绳兵萨台主鸟，（用绳抹肩留情人住，）

主亮买主跳断块。（情人爱妻子情人跑断腿。）

意译：

留情人呀，我留情人拉棕绳，手拉棕绳留下情人住呀，

真怕情人痛爱妻子跑断大腿根。

四

男唱：

（一）

贝台鸟，（莫留住，）

贝台尧鸟宋尧拜，（莫留我住放我走，）

贝台尧鸟宋尧去，（莫留我住放我归，）

嫩没腊小跑更远，（还有小孩跑路远。）

意译：

莫挽留呀，莫再挽留放我行，莫再挽留放我走，还有小孩随后赶路程。

（二）

男唱：

开更三掰宋条走，（开路三掰放我走，）

判让三丈宋条拜，（判草三丈放我归，）

贝棉台斤棉台抓，（莫慢留久慢留勒，）

努孝板赞合是加条又骂。（如你友赞合适那我们又来。）

意译：

开路三掰放我走，判草三丈放我归，莫再挽留又挽留，

如果姑娘倾心那我今天去行明天回。

演唱者：呈玉黛，20 岁，女，高小

扬凤述，21 岁，女，初中

呈富全，45 岁，男，初中

采录地点：古宜

录音者：贺嘉

记译者：吴浩

歌谣类

三　生活歌谣

侗族酒歌

　　编者按："酒歌"是侗族大歌中的一类，专指侗家酒宴礼仪中宾主敬酒过程中唱的歌，侗语称为"嘎靠""嘎告"。"酒歌"有对唱形式、合唱形式。在酒席上，一般由主人唱邀请歌，酒席过程中，有领唱、合唱，并有提问、应答的对唱，最后是客人唱谢歌，主人唱谦逊歌。

酒歌表演现场

酒歌表演现场

酒歌表演现场

酒歌对唱之一*

（一）女唱：

哇啊外呀表外吼外呀呀呆斋外，

雄亡月呀哎雄乃贾，（什么桌子月呀哎，）

雄美亡唎呆斋唎。（这桌子贾。）

雄美亡唎呆斋唎，（什么木唎呆斋唎，）

雄亡雄奶呀。（桌子什么桌子这里呀。）

美亡扫哇，什么木唎呆斋唎。（什么木头做哇。）

大斋外吼外呀呀啊大斋外，（大斋外吼外呀呀啊大斋外，）

闷亡唎呀哎要骂贾。（什么东西列呀。）

道哈浓唎大斋唎，道哈浓唎大寨唎。（放上它我们才欢乐唎。）

（二）男唱：

嗨，呆农外呀，呀啊呆农外，

雄亡奶呀啊呆农外吼呆农唎，（桌子什么这里，）

雄亡唎呀啊。（桌子什么唎呀。）

雄奶贾，（桌子这里，）

雄美松唎呆农唎。（松木桌唎呆农唎。）

---

*   这篇酒歌对唱收了侗语汉字注音，括号内为直译，无意译。——编者注

雄美松咧呆农咧，（松木桌咧呆农咧，）

雄亡雄奶呀。（桌子什么呀桌子这里呀。）

美松扫哇呆农外吔，呆农咧。（松木做哇呆农外吔，呆农咧。）

苏万咧呀啊又冒贾，（酒菜咧呀啊摆上它，）

道哈浓咧呆农咧，道哈浓咧呆农咧。（我们才欢乐咧呆农咧，我们才欢乐咧呆农咧。）

酒歌对唱之二

一

女唱：

呀哈哎呆斋坏咧，坏呀，呀哈哎呆斋坏，（呀哈哎几位哥哥坏咧，坏呀，呀哈哎几位哥哥坏，）

雄亡咧嘿哈雄乃加雄美亡咧呆斋咧，（桌子什么咧嘿哈桌子这加桌子树什么咧几位哥哥咧，）

雄亡雄乃咧嘿哈美亡骚咧嘿呆斋咧，（桌子什么桌子这咧嘿哈桌子什么做咧嘿几住哥哥咧，）

坏咧呀哈哎呆斋坏，（坏咧呀哈哎几位哥哥坏，）

闷亡咧嘿哈夏冒加道才浓咧呆斋咧，（东西什么咧嘿哈上它加我们才欢乐咧几位哥哥咧，）

道才浓咧呆斋咧。（我们才欢乐咧几位哥哥咧。）

男唱：

呆农坏呀，呀嘿哈呆农坏，（几位妹妹坏呀，呀嘿哈几位妹妹坏，）

雄亡乃嘿哈呆农坏咧呆农咧。（桌子什么这里嘿哈几位妹妹坏咧几位妹妹咧。）

雄亡咧嘿哈雄乃加雄美松咧呆农咧，（桌子什么咧嘿哈桌子这里加桌子木松木咧几位妹妹咧，）

雄美松咧呆农咧，（桌子木松木咧几位妹妹咧，）

雄亡雄乃呀美松骚呆农坏咧呆农咧，（桌子什么桌子这里呀木松木做几位妹妹坏咧几位妹妹咧，）

苏元咧嘿哈上冒加道才浓咧呆农咧，（咧嘿哈加我们才味道咧几位妹妹咧，）

道才浓咧呆农咧，尖啦友呼［反复三次］！（我们才味道咧几位妹妹咧，尖啦友呼！）

意译：

女：几位哥哥呀——这是什么样的桌子？

　　这是什么木头做成的桌子？

　　什么东西摆上它我们才欢乐呀？

男：几位妹妹呀——这是什么样的桌子何必问，

　　我说这是松木做成的，

　　我说酒菜摆上它我们才欢乐呀。

二

女唱：

抬丁劳言亡坐滚，（抬脚进屋什么坐先？）

亡西坐滚亡坐仑，（什么坐先什么坐后，）

亡西坐仑饱拜了，（什么坐后饱去了，）

亡西坐滚嘴国累占湿了性。（什么坐先嘴不得吃湿了身。）

男唱：

抬丁劳言雄坐滚，（抬脚进屋桌子坐先，）

雄西坐滚道坐仑，（桌子坐先我们坐后，）

道西坐仑饱拜了，（我们坐后饱去了，）

嫩加雄西坐滚嘴亥累占湿了性。（还剩桌子坐先嘴不得吃湿了身。）

意译：

女：迈步进屋你说谁先坐？你说谁先坐来谁后坐，

　　谁后来坐吃得饱饱走去了，谁先去坐嘴不得吃湿了身。

男：迈步进屋我说桌子它先坐，桌子先坐我们人后坐，

　　人们后坐吃得饱饱走去了，桌子先坐嘴不得吃湿了身。

三

女唱：

当初人奴岑批学？（当初人谁山上削筷子？）

闷闷批学多搞亡？（天天削筷子装里头什么？）

闷闷批学搞亡多？（天天削筷子里头什么装？）

嘴西世亡交世亡？（嘴巴刻什么头头刻什么？）

男唱：

当初撼王岑批学，（当初撼王山上削筷子，）

闷闷批学多搞筒，（天天削筷子装里头竹筒，）

闷闷批学搞筒多，（天天削筷子里头竹筒装，）

嘴西世龙交世花。（嘴巴刻龙头头刻花。）

意译：

女：当初谁人最先削筷子？天天削筷拿什么来装？

　　天天削筷装在哪里面？筷嘴刻什么筷头刻什么？

男：当初撼王最先削筷子，天天削筷拿竹筒来装，

　　天天削筷装在筒里面，嘴刻青龙头刻花。

四

女唱：

嫩装嫩尖啊怒戍？（个碗个杯哪里造？）

地怒戍冒地怒骂？（哪里造他哪里来？）

地怒西骂散胜堆？（哪里要来分撒乡村？）

搞西没亡叭没亡？（里边有什么外边有什么？）

男唱：

当初嫩装嫩尖鸟搞窖州戍，（当初个碗个杯在里头窖州造，）

窖州戍冒罗传骂，（窖州造它船运来，）

罗传西骂散胜堆，（船运它来分撒乡村，）

搞西连略叭没花。（里面光滑外头雕花。）

意译：

女：当初碗盏哪里造？

　　哪拿营造哪里来？

　　哪里运来传乡村，里里外外什么样？

男：当初碗盏窖州造，窖州营造船运来，

　　舟船运来传乡村，里面光泽外刻花。

五

女唱：

当初人奴骚萨苏？（当初人谁做酒品？）

冒骚萨苏多搞亡？（他做酒品装里边什么？）

多西搞亡明早努？（装里边什么几早去看？）

明早拜努明早嘎？（几早去看几早发酵？）

男唱：

当初萨样骚萨苏，（当初萨样造酒品，）

冒骚萨苏多搞旁。（他造酒品装里头木桶。）

多西搞旁三早努，（装里头木桶三早去看，）

三早西努三早嘎。（三早去看三早发酵。）

意译：

女：当初谁人造酒品？他造酒品藏在何地方？

　　藏在何方有几日？几日去看有芳香？

男：当初萨样造酒品，他造酒品拿去木桶里边藏。

　　藏在木桶有三日，三日去看有芳香。

六

女唱：

闷亡呆怕鸟搞省？（什么东西灰黑在里头房？）

人奴累怒要冒骂？（人谁得见要它来？）

丁西多亡交多亡？（脚穿什么头戴什么？）

闷亡蛮样水协露水河？（东西什么黄样水茶清像水河？）

男唱：

嫩翁呆怕鸟搞省，（个坛灰黑在里头房，）

人道累怒要冒骂。（人我们得见取它来。）

丁西多所交多更，（脚戴锁头头戴帽，）

巴开嫩更蛮样水协露水河。（打开坛帽黄样茶水清像河水。）

意译：

女：什么东西灰黑放在里头房？脚穿什么鞋来头戴什么帽？

　　哪人见了要它来？什么东西黄似茶来清似水？

男：我说酒坛灰黑放在里头房，脚套锁来头戴圆顶帽，

　　我们客人见了要它来。打开圆帽米酒喷香黄似茶来清似水。

七

女唱：

当初嫩亡敏拜务巴留杀滩？（当初东西什么逃去上面岩留杀滩？）

人奴累怒打跌台？（人谁得见走过下边拦？）

人奴累怒打跌接？（人谁得见走过下边接？）

人奴打拜务巴引冒骂？（不比人谁走到上面岩牵它来？）

男唱：

当初米华敏拜务这留杀滩，（当初稻谷逃去上面岩留杀滩，）

蚂蟥累怒打跌台。（蚂蟥得见走过下边拦。）

蚂蟥累怒打跌接，（蚂蟥得见走过下边接。）

亥接蚂蟥筛赖没胆引冒骂。（不比蚂蟥心好大胆牵它来。）

意译：

女：当初什么东西逃去留萨岩？谁人见了跑去下边拦？

　　谁人见了跑去下边接？是谁从留萨岩牵它往回还？

男：当初稻谷逃去留萨岩，蚂蟥得见跑去下边拦。

　　蚂蟥得见跑去下边接，蚂蟥胆大牵它往回还。

八

女唱：

敬告多斋斋贝涨，（敬酒给哥哥莫让，）

沙略腊商独底河，（早知仔师个底河，）

腊龙跌水源竹贯，（仔龙底水翻九坳）

敬告目限水呆下。（敬酒目限水太差。）

男唱：

贝敬告，（莫敬酒，）

敬告多尧呆装盘，（敬酒给我大碗钵，）

敬告多尧亥见礼，（敬酒给我不是礼，）

胜盘样舍告共占。（村俗乡规酒共喝。）

意译：

女：敬酒给哥就请哥哥莫推让，早知你是酒匠潜得深水河，

　　河底小龙翻得九个坳呀，一杯水酒怎能奈你何。

男：莫敬酒，敬酒给我大碗钵，

　　敬酒给我理不合呀，村俗乡规酒同喝。

九

女唱：

板没牙片告竹月，（友有田塅酒九月，）

娘牙岑冲告呆下，（娘田山冲酒太差，）

告乃对内亥对斋，（酒这死雪不死哥，）

告乃伏假亥对孝。（酒这掺假不死你们。）

男唱：

呆洞孟蒙龙骂鸟，（大洞蒙蒙龙来住，）

王龙桃东云除务冲难脱苏。（王龙掀波云除高冲难脱青。）

雨马水老崩岑起，（雨大水大崩山地，）

告赖更仑云黑大。（酒好成烟油云黑眼晴。）

意译：

女：别人有好田他的酒香甜呀，我家山冲田熬出的酒差得远，

　　这酒醉得霜雪醉不了哥哥，这酒掺假软绵绵。

男：蒙蒙田塅龙常居，龙王喷云撒雾遮高天，

　　大雨降落山崩塌呀，好酒生烟熏得黑了眼。

演唱者：独峒镇干冲村

　　　　吴月銮，女，22岁，初小，农民

　　　　吴花梅，女，21岁，初小，农民

覃惠荃，男，34岁，高小，农民

黄东显，男，35岁，高小，农民

采录地点：古宜

录音者：贺嘉

记译者：吴浩

酒歌对唱之三

女唱：

当初人奴开荒高岑东嘛，斗耶睡说？（当初人谁开荒高坡东嘛众客睡说？）

高岑兰洞耕工亡嘛斗耶睡说？（高坡兰洞耕工什么嘛众客睡说？）

冒杀葵奴台拜控闷堆嘛斗耶睡说？（他杀水牛谁拿专控天地嘛众客睡说？）

嫩瓜葵奴台拜控闷胖嘛斗耶睡说？（还剥水牛谁拿去撑天高嘛斗耶睡说？）

男唱：

当初松恩开荒高岑东嘛斗耶睡言，（当初松恩开荒高坡东嘛斗耶睡言，）

高岑兰洞耕工岑言。（高坡兰洞耕工山地言。）

杀独公葵金见台拜控闷堆嘛斗耶睡说，（杀头公水牛金见拿去控天地嘛斗耶睡说，）

杀独公水牛金朋才丁台拜控闷胖言。（杀头公水牛金朋才是拿去撑天高言。）

女唱：

当初人奴桑萨岁？（当初人谁养萨岁？）

肉累人奴桑萨样，（又有人谁养萨样，）

人奴务闷桑太记，（人谁上天养太仪，）

人奴堆地养姜良。（人谁地下养姜良。）

周家竹斤人奴邓？（对草鞋九斤人谁穿？）

把述竹称人奴任？（把锄九称人谁提？）

男唱：

当初公老桑萨岁，（当初公老养奶子，）

铜辣伏地桑萨样。（铜锣卧地养奶样。）

太白务闷桑太记，（太白上天养太仪，）

松恩堆地养姜良。（松恩地下养姜良。）

周家竹斤松恩邓，（对草鞋九斤松恩穿，）

把述竹称松恩任。（把锄九称松恩提。）

女唱：

当初人奴当月亥斗样？（当初人谁成家不像样？）

肉累人奴桑妮斗个嘎？（又有人谁养崽像个蘑菇？）

独腊人怒滴滴血？（个仔人谁滴滴血？）

冒滴滴血半岑怒？（他滴滴血半山哪？）

亡兵更苗苗拉瓜？（什么变成苗苗骨硬？）

亡兵更咔咔才怪？（什么变成汉汉才怪？）

亡兵更侗耕岑堆？（什么变成侗耕田地？）

亡兵更瑶丑姐弄？（什么变成瑶守高山？）

瑶丑姐弄跌条美；（瑶守岭弄底兜树；）

侗耕岑堆斗装粮；（侗耕田地被纳粮；）

记嫩亡赖赛多卡？（造个什么好给汉人？）

记嫩亡亚斗多道？（造个什么坏留给侗人？）

男唱：

当初姜良当月亥斗样，（当初姜良结亲不像样，）

肉累姜妹桑妮你子斗嫩嘎，（又有姜妹养个儿子像蘑菇，）

打腊姜良滴滴血，（从仔姜良滴滴血，）

冒滴滴血半岑刀，（他滴滴血半山茅草，）

拉兵更苗苗拉瓜，（骨变成苗首骨硬，）

筛变更咔咔才怪，（肠变成汉汉才怪，）

南兵更侗耕田堆，（肉变成侗耕种田地，）

心兵更瑶丑姐弄，（心变成瑶守高山，）

瑶丑姐弄跌条美，（瑶守高山底兜树，）

侗耕岑堆斗装粮，（侗耕种田地被纳粮，）

记嫩算盘赛卡记浆刀赛道。（造个算盘给汉造把刀给我们。）

女唱：

人奴记盘赛道骂刚规？（人谁造盘话给我们后人讲？）

人奴记累赛道你邓传？（人谁造乡规给我们后代来传？）

那报人奴记列传胜堆？（你说人谁造书传乡村？）

人奴记嘎月软才丁台骂传堆方？（人谁造歌做欢乐才是拿来传地方？）

男唱：

当初姜古记盘骂刚规，（当初姜古造盘话来讲礼俗，）

当初盘古记累赛道你邓传，（当初盘古造乡规给我们后代来传，）

孔子记列赛道传胜堆，（孔子造书给我们传乡村，）

四也当嘎更软才丁台骂传堆方。（四也造歌成欢乐才是拿来传地方。）

女唱：

当初人奴骂开洞？（当初人谁来开井？）

当初人奴骂骚笙？（当初人谁来造笙？）

当初人奴邀月也？（当初人谁邀"月也"？）①

当初人谁邀亲？（当初人谁邀结寸？）

男唱：

当初姑留邓开洞，（当初姑留来开井，）

牙马本松邓月，（牙马本松来造笙，）

亚常款公邀月也，（牙常款公邀"月也"，）②

姜良姜媄邀月亲。（姜良姜妹邀结亲。）

意译：

女唱：

当初谁人开荒造地高坡东？兰洞高坡做的什么活？

他杀哪家水牛拿去遮天地？不剥哪家牛皮拿去撑天高？

男唱：

当初松恩开荒造地高坡东，兰洞高坡做那旱地活。

他杀金见水牯拿去遮天地，还剥下金朋水牯的皮拿去撑天高。

女唱：

当初谁人养下萨岁先祖母？又有谁人养下萨样先祖母？

谁人天上养太仪？谁人地上养姜良？

一双草鞋九斤谁人穿？一把锄头百八十斤谁人提？

男唱：

当初公老养下萨岁先祖母，铜锣卧地养下萨样先祖母。

天上太白金星养太仪，地上松恩养姜良。

一双草鞋九斤松恩穿，一把锄头百八十斤松恩提。

---

① 月也，侗族村寨与村寨之间互相交往、作客、进行文化交流的一种习俗。

② 牙马、牙常为地名，木松、款公为人名。

女唱：

当初谁人成家不像样？又有谁人养个孩子像蘑菇？

谁人孩子滴滴血？他滴滴血落在哪个半山腰？

什么变成苗人苗人骨头硬？什么变成汉人汉人心聪明？

什么变成侗人耕田地？什么变成瑶人住高山？

瑶住山嵒大树底，侗耕田地换交粮。

造什么好东西送给汉人，造什么坏东西留给侗人。

男唱：

当初姜良婚配不像样，又得姜妹养个儿子像蘑菇。

从姜良儿子身上滴滴血，他滴滴血落在半山茅草中。

骨变成苗人苗人身硬朗，肠子变成汉人汉人心聪明，

肉变成侗人耕田地，心脏变成瑶人住高山。

瑶住高山大树底，侗耕田地换交粮。

制个算盘送给汉人，打把刀子留给侗人。

女唱：

谁人开辟礼俗留给后人讲？谁人制定乡规留给后代来传扬？

谁人造书传乡村？谁人造歌演唱欢乐传侗乡？

男唱：

当初姜古开辟礼俗留给后人讲，当初盘古制定乡规留给我们后代来传扬。

孔子造书给我们传乡村，四也造歌给我们演唱欢乐传侗乡。

女唱：

当初谁人来挖井？当初谁人来造笙？

当初谁人邀"月也"？当初谁人邀结亲？

男唱：

当初姑留来挖井，牙马本松来造笙。

牙常款公邀"月也"，姜良姜妹邀结亲。

演唱者：同乐乡平溪村

　　　　杨韦英，女，19岁，高小

　　　　杨挂花，女，19岁，高小

　　　　韦明华，男，34岁，高小

采录地点：古宜（县城）

录音者：贺嘉

记译者：吴浩

整理者：杨树清

酒歌领唱：赞新屋*

一

ljok211 ŋwet31 jaŋ55 jaŋ213 qoi55 cau55 pu31 lak31 soŋ55 ljaŋ213 pau55 qau31

六　　月　　阳光灿烂　　你们　　父　子　商　量　去　那

tən213 pɐm33 toŋ21

山上　　砍伐 柱子，

cau55 jət21 toŋ211 ma35 sai55 qe35 lau31 saŋ21 ljaŋ213

你们　拉　栋　来　给　别　老　匠　量。

tiu213 toŋ21 tai21 toŋ52 sa55 qe35 lau31 saŋ21 mak21 tɐŋ55 qai33

条　柱　略　弯　给　他　老　匠　墨　来　改，

mai21 cau55 saŋ21 wo31 pu35 pai23 qai33 tiu213 toŋ21 pu21 sɐŋ213

今　你　匠　知　布　置　改　条　柱　也　直。

ni31 saŋ21 tɐi213 toi35 pu21 nɐŋ213 ljɐn55 Iju53 Iju53

嫩　匠　拿　刨　倒也真　滑　溜　溜，

lau31 saŋ21 tɐi213 toi35 ljɐŋ55 tuŋ33 tiu213 co211 ləŋ213

老　匠　拿　刨　滑　如　条　毛线针，

ni31 saŋ21 tɐi213 ta33 sai55 qe35 lau31 saŋ21 kha33 təm213 tuŋ21

嫩　匠　拿　锛　给　别　老　匠　修　眼　柱。

ljan31 me213 ta33 nɐu35 ta211 ljuŋ21 tɐu53 sai55 pan31 ta55 nɐŋ213

无　有　锛哪　过　偏　留　给　友　眼　看，

nai21 tau55 tim55 tiu213 qau55 ljaŋ213 to33 ta53

今　咱　竖　条　高　梁　在　中，

mu33 tau55 qak33 ləi33 wen211 nin213 lai55

明儿咱　自　得　万　年　好。

---

* 赞新屋，侗语"嘎朴言"。

二

pet33 ŋwet31 mɐn55 lai55 qoi55 cau55 pu31 lak31 un55 qwan55 lau33 ta33 pɐm33
八　　月　　日　　好　　众　　你　　父　　子　　扛　　斧　　进　　林　　伐

mok31 cu211
木　　树,

qat55 saŋ55 mau211 tu53 pe35 ta453 tən213
砍　　根　　它　　断　　尾　　上　　山。

qat55 tiu213 ti33 ət55 loŋ31 ləi33 ŋo31 caŋ21 ta21
砍　　条　　第　　一　　就　　得　　五　　丈　　多,

qat55 tiu213 ti33 ni21 pai31 tik33 tən213
砍　　条　　第　　二　　摆　　满　　山,

qat55 tiu213 ti33 sam55 loŋ31 ləi33 kaŋ35 tɐŋ21 ca53
砍　　条　　第　　三　　就　　得　　阳　　光　　帮　　晒,

mɐn55 cau55 hem31 qe35 lak31 han53 tɐŋ21 wən21 qe35 pu33 tɐŋ21 cau55
天　　你们　　喊　　别　　仔　　汉　　帮　　运　　别　　也　　帮　　你们

wən21 co21 co21
搬纷纷。

ləi33 mɐi31 tɐu453 ɣan213 qoi55 cau55 pu31 lak31 ju33 soŋ55 pau53
得　　木　　到　　家　　众　　你　　父　　子　　又　　相　　说。

me213 muŋ31 saŋ21 hau33 nau21 qən35 ljai55 hem31 saŋ21 tɐu453 ɣan213
有　　个　　匠　　好　　在　　路　　远　　喊　　匠　　到　　家

qoŋ55 qɐi33 te453
夫　　不　　怕难,

au55 qwan55 pai55 te53 toi35 cau53 Ijen55
要　　斧　　去　　劈　　刨子　　修　　滑。

we31 i55 tot31 nan55 pu33 nɐŋ213 qən35 con213 cu211
做　　一　　半　　月　　也　　真　　成　　全　　齐。

lai55 la21 si55 hu21 tɐŋ21 tɐi33 mɐn55 ɣan213 cau55 an55 cə55 ɣɐm55 pai55
好　　找　　师　　傅　　帮　　看　　日　　屋　　你　　奠　　基　　深　　去

sam55 tæ21 si53

三　丈　四，

pji31 ləi33 ceu213 toŋ55 waŋ213 ti53 nau21 pak55 təŋ55

比　得　朝　中　皇　帝　在　北　京。

nai21 cau55 au55 nɐn55 tiŋ55 qau53 tɐi213 pai55 tun53 tiŋ55 qak23

今　你　要　个　钉　旧　拿　去　打　钉　瓦角，

tak33 mau21 min35 sɐi213 tɐi213 pai55 wen21 nin213 tɐŋ55

钉　它　跟　桁　接　好　万　年　长。

kau33 sɐi213 kau33 con55 pu33 nɐŋ213 tɐi213 tɐn33 tɐn33

头　梁　头　榫　也　真　接　紧　紧，

ja33 toŋ33 nən213 tau55 toŋ55 tiu55 ta53 qwɐŋ53 tən213

也　像　人　们　装　鸟　套　中　坊　山。

nai21 cau55 au55 paŋ21 ɣwe31 su55 ta21 te33 muŋ55 ta453

今　你　要　块　瓦　屯　从　那　下　盖　上，

ta21 lən213 then33 caŋ55 lo11 jui31 cau55 cet33 Ijan31 sɐu213 səm55

过　后　天　上　落　雨　你　们　都　不　愁　心。

ɣan213 cau55 ɣan213 mak33 pu33 nɐŋ213 lai55 pai55 pek33 soŋ21 caŋ21

屋　你　屋　大　也　真　好　去　百　样　兴旺，

nai21 cau55 jaŋ21 jaŋ21 cet33 lai55 mu33 tau55 lau33 mɐi31 qa55 nai21 se213

今　你　样　样　皆　好　明儿　咱　进　只　歌这样讲一样。

三

qoi55 cau55 pu31 lak31 soŋ55 ljaŋ213 pei33 ŋwet31 mɐn55 lai55 pai55 cau53

众　你　父　子　相　商　量　八　月　日　好　去　修　整

sak31

地基，

si53 waŋ35 tak31 tɐu21 tik33 tɐŋ21 ljaŋ213

四　方　测　合　尺　帮　量，

tem55 ton55 nɐn213 ton55 tɐi213 ma35 ti23

金　砖　银　砖　拿　来

we 31   caŋ33

□① 做   基础,

tai3   səi33 tuŋ21 səm55   pən33 nɐn213 mak33 jaŋ21 paŋ213

那些 根   柱   心［中柱］本   真   大   如   大桶。

nai21 cau55 teu35 tu213 ljoŋ213 waŋ213 to33 maŋ53 te33

今   你   雕   只 龙   王   在   边   下,

ju21 nɐŋ55 teu35 tu213 lioŋ213 lje33 to33 maŋ53 u55

又   还   雕   只 龙   羊   在   边 上,

sam55 pek33 lak31 mi53 nɐŋ55 me213 si53 pek33 ljai23

三   百   鸟 鸭雀 还   有   四百   麻雀,

ho31 pek33 qaŋ55 cu55 cu33 qau31 u55 lak31 ŋaŋ213

五百 燕子   守 里 上 屋   廊枋上。

tin213 taŋ213 ni21 nu213 tau55 ju53 tu213 ta53 ljon21

田   圹   花 鱼 咱   要   只 那   转。

nai21 cau55 saŋ31 qui213 mak23 wɐi453 taŋ213 ton21 pa35

今   你   养   水牛   长   快   整   圈 灰兰。

Pau55 ci33 i55 pa55 pu21 nɐn213 ka35 i55 tɐŋ53

角 是 如 腿 也   真   耳 如 凳,

Nu53 cau55 soŋ53 ma35 pɐŋ453 pɐŋ453 pu21 nɐn213 ljɐn53 qa55 ha55

见   你们   放 来 纷   纷   也   真   塞 江 啊。

ləi33 qe35 muŋ31 muŋ31 ma35 nɐŋ213 pu21 nɐn213 cet 33 pau53 hau21

得   别 个 个   来   看   也 真   皆   说   好!

Tot31 nai21 pai55 lən213 mu33 cau55 qak33 ləi33 təm55 nɐn213 jon213 pau33

端   这 去 后 明儿 你们   自   得 金   银   元   宝,

men21 nau21 u55   mja213

经常   在   上面 手,

mu33 cau55 qak33 ləi33 ɤa213 maŋ53 lai55

明儿 你们   各自   得   两 边   好。

---

① 原笔记显示这个字左边为 "石",右边为 "个",无法识别与辨认,故用□代替。——编者注

意译：

一

阴历六月好阳光啊，

他们父子共同上山砍树做新房。

砍倒的树木满山又满岭，

不知哪根适用抬来给木匠师傅慢比量。

木匠师傅你们手艺真灵巧，

弯弯木条只用墨线也能把它弄直线一样。

徒弟手巧屋梁刨得光溜溜，

师傅艺强把根柱子刨成针样亮。

徒弟挥锛凿眼师傅一边把尺寸，

锛落不差毫厘技得游人把声叹。

瓜柱穿枋榫对榫啊，

还有那屋顶横梁雕龙画凤明日定能呈吉祥。

二

八月吉日你们父子进山砍木头啊，

砍倒的木头根根尾朝上。

砍第一根足有五丈长，

砍第二根摆来满山岗，

砍第三根就得太阳来照晒，

得到"腊汉"来运都说木头好搬喜洋洋。

木头搬到家来你们父子又商讨，

去那远方请个技艺高超好木匠。

为请木匠不怕费工时，

请来木匠手艺真高强，

三间大屋做半个月就做好，

屋架做成又请先生看时辰。

新屋七柱一排三丈四尺深，

四百只麻雀到此来歌唱，

五百只春燕屋檐边上同起舞啊，

深塘里的鱼儿也要到此迎龙王。

房屋落成你们人丁旺，

有猪有牛又有羊。

牛羊成群满河岸，

稻谷成堆粮满仓。

金银元宝满箱笼，

幸福生活胜天堂。

比得皇宫坐在北京城。

你们用竹子削成钉子拿去钉瓦角，

榫枋衔接长安稳。

块块青瓦从下往上盖哟，

天降大雨不担心。

房屋宽大真是样样好啊，

人畜兴旺享安年。

三

你们父子商量选定吉日整地基，

用目测来尺来量。

深深地脚埋金砖，

又粗又长的中柱竖中央。

穿枋两头画金凤，

横梁四面雕龙王。

三百只阳雀到此来唱歌，

四百只麻雀到此来歌唱。

五百只春燕屋檐边上同起舞啊！

深塘里的鱼儿也要到此迎龙王。

房屋落成你们人丁旺，

又有猪牛又有羊。

牛羊成群满江岸，

稻谷成堆粮满仓。

如今你们好比得了金元宝啊

来到你家就是睡在梦中也要把你来赞扬。

口述者：石善福，男，34 岁，初中，良口乡白毛村人

采录地点：古宜

录音者：蔡大成

音标记录：吴世华

记录、音译者：韦旺智

侗族情歌 *

编者按：侗族情歌是侗族青年男女社会交往活动中唱的情歌，所唱内容根据青年男女从刚认识到建立爱情的过程发生相应的变化。因而侗族青年男女各个阶段所唱的情歌表现的正是他们恋爱时的心理轨迹，折射出侗人在婚恋观方面特有的精神文化。

侗族情歌的词体结构形式多样，有很强的节奏感和音乐魅力，一般常见形式是每首歌四句。其歌词中也多运用了比兴、重复、双关和借代等表现手法。侗族情歌通常采用五声调式，节拍多变，依字行腔，即兴为歌。

情歌独唱 *

一

世七十八利里主上宁亮鸟，（十七十八得话情人真爱耍，）

主比美要三包打山弄。（你像枫树三抱中山弄。）

共腊为工是忙央，（同是做工什么样，）

行尧利郎动登动。（若我得你咚的咚。）

各想听宋难配主，（自想家贫难配你，）

肉亥利孝邓乱隆。（又难得你真乱心。）

五两银铜尧亥想，（五两银铜我不想，）

本有江西里搞道。（只要浆丝①旧情话。）

本有江西里搞主，（只要绵绵你的话，）

乃时坪素又坪套。（现时草坪青又青。）

---

* 该部分根据演唱形式（情歌对唱、情歌独唱）与演唱环境（如走寨歌、火塘对歌等）分类——编者注。

* 上句侗语汉字注音，括号内直译，第 14 篇起无直译。

① 浆丝：绵绵不断的情话

坪素坪套人道讲，（草坪青青我们讲，）

尧未忘主主忘尧。（我未忘你你忘我。）

主上忘尧风刮莽务肉莽底，（你忘了我像风刮上又刮下，）

下拜半地王纪怒利美药神仙哈立赛主早赛尧。（去了半块玉米怎得神仙良药才能得你和我做丈夫。）

二

世七十八任郎讲赖水敌滩，（十七十八跟郎讲好水冲滩，）

困时牙道里赖信弯安共双。（从前我俩好话相传鹅一双。）

闷该赛道结情二，（天不给咱结情谊，）

地该赛道岑共工。（地不给咱同做工。）

教比妇老穿弄空洞花，（我像画眉穿林没处唱，）

困时牙道里赖刚打为独你子赛郎形像旁乱故。（从前我俩好话讲过做个孩子给你。）

阳条报教嫔拜寻，（阳雀叫我莫去找，）

打拜岑冲绕山怕。（飞过山岭绕山冈。）

山怕羊油鸟基让，（山上野猫住草堆，）

听宋伴刚该登娘。（听别人讲不跟娘。）

尧听里乃哉六颠，（我听这话心纷乱，）

多尧水大纳哭湿布刹。（给我眼泪流来湿肩膀。）

桃溃水大里难刚，（眼泪流来话难讲，）

身伤王龙拜了三百你肉刹想三宝又该干。（好像龙王落了三百胡须再想取宝也不能。）

一哉尧想郎娘结上要为利，（依我心想郎娘结情要结成，）

旦怕孝主哉该任道难共屋。（但又怕你心不跟我难共屋。）

教比蜂根花油鱼根三，（我像蜂爱茶花鱼爱滩，）

信时额安本有转骂团乃要。（好像雁鹅总要转来这里要。）

三

主情早客一西文平二文转，（别人丈夫一是乱连二乱想，）

没定水观文冲同。（水车没水乱装筒。）

没空水观文冲把，（水车没水乱装页，）

三温拜绕要郎骂。（三乱去连要郎来。）

四西文行五文转，（四是乱走五乱缠，）

六目相逢教本想道龙共江。（六眼相望本想我们龙共江。）

七本想孝道妻夫，（七想我们做夫妻，）

八想孝主共一屋。（八想和你共一家。）

九不想郎结情二，（九也想郎结情谊，）

十想要利六十年。（十想要得六十年。）

四　氿令歌

一品当朝本教郎乃无用定妻夫，（一品当朝只是我郎无用没夫妻，）

二度梅花家冲贫寒时教难带孝。（二度梅花家中贫寒我们难配你。）

三元及第西结二，（三元及第再结情，）

努刚四逢四喜丑牙道。（若是四逢四喜就是我二人。）

五金归手你各寻，（五金魁手你另找，）

六位高兴卡你若亮抗背号。（六位高兴等你知爱日落坡。）

七子团园嫌贫爱富度比论，（七子团圆嫌贫爱富就不论，）

八仙过海孝要板假厌教娘。（八仙过海你讨别人丢我娘。）

九长万代远冲弯，（九长万代远处望，）

全家幸福祝孝头假拉闷要。（全家幸福你舅那边选日要。）

［中间有二首是重唱］

报主要骂比赛斗，（叫你要来莫要丢，）

相仁相赖比赛隔夜牙。（相亲相好不要隔两夜。）

比隔夜牙主要颈，（莫隔两夜你要记，）

夜三孩颈主情该扭里翻麻。（三夜不记情人不理话翻舌。）

主情丢教孩关事，（情人丢我不管事，）

屋有买赖情二利周桂多孩有腊。（家有好妻情人得双大箩不要簸。）

主情路远孩利哉，（情人远路难得心，）

隔困隔寨水隔河。（隔路隔寨水隔江。）

五

雄岑隔，（重山隔，）

雄岑隔岗又隔河。（重山隔岗又隔江。）

条隔岗又隔路，（大山隔岗又隔路，）

尧约你主结妻位共刹。（约你结为夫妻火共塘。）

隔困隔河本有人哉路，（隔路隔江只要人诚心，）

心仲孩路了办法。（心中不想没办法。）

心仲仁头有主意，（心中愿意有主张，）

心仲太随尧报你主要慢骂。（心中同想我叫情哥要常来。）

六

情隔寨，（你隔寨，）

搞哉尧亮十想宁。（内心我爱十想真。）

搞哉尧亮十想利，（内心我爱十想得，）

本赖隔岑隔基人隔村。（只因隔山隔岭人隔村。）

隔冲隔困人隔路，（隔冲隔坳人隔路，）

水隔条归雅隔岑。（水隔条溪田隔岭。）

隔水印魏渠隔基，（隔水碛圹渠隔基，）

搞哉尧亮十想宁。（内心我爱十想其。）

搞哉尧亮十想利，（内心我爱十想得，）

本赖隔岑隔基人隔村。（只因隔山隔岭人隔村。）

隔冲隔困人隔寨，（隔冲隔路人隔寨，）

水隔条归雅隔岑。（水隔条溪田隔岭。）

心隔哭动人各哉，（心隔灌煮人分心，）

主情早别各哉祝起彭。（情人别个分心故意缠。）

隔夺印魏渠隔基，（隔塘积垾渠隔基，）

乃教哉亮情二本愁孩利苦命侗。（给我心爱情人只愁难得拼命瞒。）

乃数闷亮夜盼想李颠，（给我日思夜盼想你颠，）

果要时忙利孝人主就挡亲。（不知哪时得你情人就结亲。）

乃道嫩你当堂闷夜同为兑，（我们年轻时期日夜同做伴，）

老拜隔寨人隔甚。（老后隔寨人隔村。）

生要为熟丑独牙道双妻夫，（生转为熟就是我俩结成双，）

端利牙道结主丑枉心。（但得我俩结亲就放心。）

七

世七十八任哥讲赖里相愿，（十七十八跟哥讲好话相愿，）

乃哥郎金邓绕教本想孝道结上。（今你情哥来玩我想我们结夫妻。）

乃道相彭桃里寒贺教本想道船共三，（我们相爱情话绵绵只想我们船共滩，）

本想灭西共干关哉任孝龙慢亮。（只想棉布共竿倾心跟你心常爱。）

夜娘守郎桃里信赛影个夜该长，（我娘等你情话相传限个夜不长，）

次乃任孝墨听忘久闷又光。（这次跟你未觉几久天已亮。）

闷娘拜岑打拜岑冲耕工空忙改，（白天上山走到岭冲种田没啥想，）

利里郎金劳隆牙本赛教隆哉甜。（得你情哥话语只觉心里甜又甜。）

占大拜望本努腊板岑冲杀又用田段，（举目去望只见朋友岭上做活种田地，）

果要时忙利主鸟搞岑冲杀工随登帮。（不知几时得你同在岭上做活互相帮。）

独娘想孝闷六颠，（独我想你日夜晕，）

全闷拜灭颠哉在孝工牙荒。（整天去想颠心给你工也荒。）

平板报尧你忙为工孩相兴，（朋友说我为什么做工不努力，）

登闷生生孩更忙。（整天晕晕不成样。）

教音腊板大努平板岑冲杀工用随梭，（我音朋友眼望别人岭上做活成双对，）

各叹五命难利一乃行。（自叹命苦难得这个样。）

独娘宿星身空刀，（独我孤零身无劲，）

容郊斗嫩田段荒。（管他丢个田地荒。）

夜骂任哥立靠少心肚，（夜来和哥相诉暖心肠，）

桃里别部兴苗果努为要道共屋。（话语绵绵不断怎样讨你共一家。）

尧报你哥桃里牙道闷夜刚大牙有步，（我说阿哥我俩情话日夜讲过也有头，）

报主有彭年乃牙道棉共央。（叫你要连今年我俩棉同种。）

教牙约孝哥结二，（我也约哥结情谊，）

田地牙道比斗荒。（田地我俩莫丢荒。）

尧报你哥放心本一告，（我叫阿哥放心本依旧，）

本怕搞隆郎金该记娘。（只怕阿哥心里忘记我。）

紧牙比紧慢比慢，（急也莫急慢莫慢，）

随随常常牙道灭部光。（不急不慢我俩有日成。）

乃教搞隆娘金硬刚瓜，（这时我和阿哥讲硬话，）

端到年杀你牙独骂大主上。（一到明年你也就来讨我去。）

尧报你哥说若你主该扭果个计忙教牙冲身耐烦守等，（我说你哥不知是真是假，什么主意我也装身耐烦等，）

打仑一怒比莫娘。（以后怎样别误我。）

乃尧想主时时都盼闷络颠，（给我想你时时在盼整日晕，）

台利郎金拜天睡常得运闷想孝。（拿你的话去想夜睡得梦日思念。）

教想台利牙道灭闷要平部，（我想我俩讲过有日会成双，）

颠到月年结主你又任他板堆量。（到了腊月接亲你又另跟别人量。）

年十二月根哥娘金哉慢想，（年十二月爱我阿哥心常想，）

乃时你主敏个良心打莽主情该纽丢二娘。（这时你又做个良心缺半旧情不念丢我娘。）

滚道相彭哉慢想，（前时相爱心常想，）

谁若你主扭个良心硬哉胖。（谁知你哥做个良心歪又硬。）

干苦在教娘慢守，（冤枉给我妹常等，）

乃时你主又比匹西捲斗次乃在别收底傍。（这时情人好比布已卷好给人芷在木桶底。）

结该困妻教牙任孝劳里告，（结不成亲我也跟你叙旧情，）

想嫩桃里牙道孝度该记娘。（想起我俩情话你莫忘记我。）

头乃拜仑杀若你主该扭丢拜套，（从今以后当然阿哥不愿丢罢了，）

果要时忙相报少心甜。（不知何时相劝转心甜。）

次乃难要道本雅，（这次难得算了吧，）

孝要板假杀本斗教娘乃六十年仲哉亮郎金心该忘。（你讨别人只是丢我六十年中心里留恋总难忘。）

八 坐早

夜道坐魏比坐米，（今晚坐夜莫坐空，）

有要为利丑太平。（定要得到就太平。）

有要边赖丑更部，（定要做好就成双，）

尧亮你主大央岑。（我爱你哥大过山。）

尧想你哥深央海，（我爱你哥深像海，）

该结板加逢推条命别赖邬得人。（不及同伴有运他的命好他得人。）

该及买孝命赖你亮邬，（不及你妻命好你爱他，）

多尧搞隆难鸟夜乃任孝哥刚正。（给我内心难过今晚和哥讲真心。）

笋生平尾条赖卡，（笋长到屋发好枝，）

又想笋老冲竹葬放深。（又像竹林老笋放深根。）

地龙安葬孩怕歪，（基础打好不怕歪，）

谁若时乃闷样地哈害教久。（谁知这时天昏地暗害我久。）

该溃你主咀西报亮哉该路，（亏你阿哥嘴是讲爱心不想，）

半部丢教情乃难。（半途丢我这么难。）

教想坐晚〔魏〕术独利，（我想坐夜就能得，）

谁若你主里未刚教甚。（谁知阿哥空话讲做玩。）

九　古典

拿打加丛美该嫩，（拿纱上机打不响，）

教空谁登邓打西立空有灭赖孩利措。（我没谁跟起了布头因没好纱难织成。）

邓打该困剪术任，（布织不成刀就剪，）

空有谁帮随登尧。（没有谁帮当我量。）

拿打加丛灭术邓〔关〕，（拿纱上机就织布，）

尧愿任孝灭登措。（我愿和你纱绞纱。）

苟共所行人共哉，（谷共仓放人共心，）

独台狸乃比要别。（就拿这话莫跟人。）

匹亚务丛在教娘骂邓，（机上布匹给我妹来织，）

独猪告专在教娘多更。（拱里小猪给我妹来喂。）

鸭鸡告言尧骂关，（屋里鸡鸭我来管，）

冲共盆浪时乃在道苟共金。（碗共盆洗这时我们饭共吃。）

拿打加丛灭穿过，（端纱上机梭穿过，）

比在谁断灭穿措。（莫给谁变纱断线。）

教身言教空有早，（我在我家没有夫，）

老拜空主怜又尧。（老还没夫真可怜。）

拿打加丛在教任孝哥打路［纱砣］，（端纱上机给我和你绞纱砣，）

任哥情二同登到屋要到手。（跟我情人同头到屋要到手。）

打络借兵边火转，（绞纱梳纱火边转，）

尧愿任孝灭登梳。（我愿跟你同梳纱。）

拿打加丛比在修，（端纱上机莫给少，）

妹端直教灭邓亚。（妹愿跟你纱织布。）

美打便便脚丑踏，（捧打便便脚就踩，）

尧孩怕惹任哥情二登亚那。（我不怕苦跟我情人织厚布。）

见及边河石及基，（河边碛石碛成基，）

更哥和以有慢骂。（想哥合意要常来。）

更哥合式有骂立里搞，（想哥合式要来叙旧情，）

内哉想孝有骂台多手。（内心想你要来拿到手。）

共立文章教牙拿孝挂上部，（同立文书我们也要写上部，）

乃道你人结主比在半部又路啦。（我们青年结情莫给半途不认真。）

见及边河石及笨，（河边石头碛成坎，）

本有同登及困见。（本要同底碛成墙。）

你任尧意心仲路，（你肯我愿心合意，）

牙道结主十乃困。（我俩结情十分成。）

前及困见仑困雅，（前碛成墙后成田，）

乃尧孩厌你放心。（我是不变你放心。）

见及边河石及上，（河边碛石层层碛，）

尧该杀厌任哥情二鸟边身。（我是不厌跟我情哥在身边。）

见及边河孩怕长，（河边碛石不怕长，）

利哥合哉述太平。（得哥合心就太平。）

见及边河石及金，（河边碛石土来添，）

有妹随登边身你。（有妹随你在身边。）

岑冲峯深努有决心任孩怕，（山高峯深若有决心也不怕，）

妹任你廖定冲杀。（妹跟你挖定装肩。）

见及边河石及金，（河边碛石土来添，）

宁正孩登仁信帮。（真正不退愿相帮。）

宁在信帮亮平限，（真愿相帮爱到底，）

办哉任郎尧度九世亮。（心愿跟哥我是九世爱。）

见及边河石及井，（河边碛石碛成井，）

尧仁任孝直登直。（我愿跟你脚跟脚。）

水井石连再拜总，（水井碛成再去咠，）

赛教娘金登随任哥情二绕边火。（给我情妹随跟和哥一起绕火塘。）

见及边河石及归，（河边碛石碛成溪，）

条哉尧亮人主情。（内心其爱我情人。）

有哉相亮挡相守，（有心相爱要相守，）

牙道结主半月年。（我俩结亲腊月中。）

十　嘎述主

述孝主，（等你哥，）

抱考坐地述孝骂。（抱膝坐地等你来。）

述孝主，（等你哥，）

空有妻夫本述你。（没有丈夫本等你。）

述哥骂早波该到，（等哥早来又不到，）

任板玩厌哥正骂。（跟伴玩厌哥才来。）

述孝全，（等你哥，）

尧本述你时乃头夜晚。（我总等你等到下半夜。）

乃教述孝宁利盼，（给我等你其得盼，）

主有人登哉亮别。（你有伴跟心恋人。）

述孝主，（等你哥，）

六十妻夫本述你，（六十夫妻只等你，）

本述孝郎六十水。（只等阿哥六十岁。）

努哥宁爱要慢骂，（若哥真爱要常来，）

努主该骂命在娘述米。（若哥不来只给妹空等。）

乃尧本愁孩利亏斗手。（给我只愁不得亏丢手。）

述孝主，（等你哥，）

宁正别不主该亮。（真是别扭哥不爱。）

你主该亮干苦在教娘述米，（阿哥不爱冤枉给我妹空等，）

闷西斗工夜述你。（日丢活路夜等你。）

十一　主骂到

主骂到，（哥来到，）

主情到骂忙乃赖。（情哥来到真是好。）

骂到屋教空凳坐，（来到我屋没凳坐，）

空有苟都凳邓在。（没有木砝板凳递给你。）

主骂到，（哥来到，）

主骂到屋占咀嫩问教。（哥来到屋开口就问我。）

占咀问教为农亚赖刚里要，（开口问我装得这好讲乖话，）

屋有买赖情二孩想教。（家有好妻阿哥不想我。）

主骂到屋未办问，（你来到屋不及问，）

考哉娘金本想孝。（阿妹内心本想你。）

考哉想孝坐地守，（内心想你坐地等，）

努哥十分任路丑牙道。（若哥十分真想就我俩。）

骂到屋教殿郎该宽放脚该，（来到我家走廊不宽难放脚，）

温西斗孝哉该亮。（所以给你心不爱。）

温西斗孝哉该路，（所以给你心不想，）

主上有堂牙孝买孝人共方。（你有情人你和妻子共一方。）

主骂到，（哥来到，）

乃孝到骂为娘哉笨借该乖。（这次到来怪我愚笨心不乖。）

搞哉该乖为娘冷［笨］，（内心不乖怪我傻，）

比报牙教孩贤孩问主像骂。（莫怪我们不讪不问你到来。）

主骂到，（哥来到，）

屋斗个篓难落正。（屋像个篓难装人。）

屋难落正空凳坐，（屋难装人没凳坐，）

总该主人尧度孩放心。（愧不贵待我也不放心。）

主骂到，（哥来到，）

主情到骂尧哉明。（情人到来我心浮。）

条哉尧亮守孝主，（内心我爱等你哥，）

亮主难斗有骂做兑话凤浓。（爱你难丢要来做伴话甜蜜。）

主骂到，（哥来到，）

全斗到骂条哉生。（大家到来心亢奋。）

郎金到骂条哉路，（情哥到来心欢喜，）

尧想你主果怒久。（给我想你已好久。）

主骂到，（哥来到，）

主情到骂娘金甜基闷拉贾［高兴］。（情哥到来妹我欢喜真高兴。）

尧闷拉贾放生述，（我真高兴放心等，）

对哉灰灰多教困人三八。（心绪绵绵给我好像个傻笨人。）

十二

问主滚，（问哥先，）

问主你骂里刚路拉记刚宁。（问哥你来是讲假话是讲真。）

正骂咯骗在里米，（若来欺骗给空话，）

屋有买赖情二古骂行。（家有贤妻你又故意玩。）

屋有情二古骂玩，（家有情人故来耍，）

娄教隆乱想孝多。（害我内心想你多。）

问主滚，（问哥先，）

问主太隐夜乃骂。（问哥突然今夜来。）

骂到屋教屋该奔，（来到我家不干净，）

努哥孩贤西观骂。（若你不嫌尽管来。）

问主滚，（问哥先，）

问主甲川打努骂？（问你着急从哪来？）

打屋买骂多若任，（从妻家来真高兴，）

任买同心利干你。（和妻同心羡慕你。）

问主滚，（问哥先，）

问主骂远人有妻。（问哥远来有妻人。）

问主骂远人有买，（问哥来远人有妻，）

屋有妻夫古玩意。（家有夫妻故玩意。）

主骂玩意牙本在教想孝要该利，（你来玩意只是给我想你要不得，）

乃教空望情二宁正亏。（我们没有情人真吃亏。）

问主滚，（问哥先，）

问堂情赖骂走教。（问你情哥来走我。）

孝骂走教乃教又空有妻又空夫，（你来走我而我无伴又无夫，）

努哥十分仁路尧任孝主贤共条带仑登吹。（若哥十分真想我和阿哥脚绑共带笙同吹。）

问主滚，（问哥先，）

问主人双夜乃骂。（问你有双今夜来。）

问主人双夜乃到，（问你有双今夜到，）

本尧人单难鸟园古大。（只我单身不快睁大眼。）

行行都聚心头乱，（样样都难心头乱，）

专专度难本若娘金条命下。（处处也难只叹阿妹真薄命。）

问主滚，（问哥先，）

问主领利记西空。（问哥领得还是不。）

问主领利记领该，（问哥领得领不得，）

乃教六十年水想孝苟共雄。（我想六十年中和你饭共桌。）

想哥斗隆又斗哉，（想哥合心又合意，）

在教女人温问该斗盘村又报错。（给我女人乱问不合情理又说错。）

问主滚，（问哥先，）

问主刚假记刚宁。（问你讲假是讲真。）

教刚条宁直困竿，（我是讲真直像竿，）

口教难弯揩哉想孝怒央久。（口讲直话内心想你已好久。）

教想孝主要该利，（我想你得要不得，）

孝灭买赖情二古命隐。（你有贤妻情人拼命瞒。）

问主滚，（问哥先，）

问主情别早主甚。（问你别人的情人和丈夫。）

尧问情赖本腰拜屋买孝骂，（我问阿哥只怕回家挨妻骂，）

努宁一贯报哥比刚当教隐。（假若那样叫你莫讲帮我瞒。）

十三

见及边河石及登，（河边碶石碶基石，）

报哥有记比在忘。（叫哥要记不要忘。）

报主比忘牙有放哉光，（叫哥莫忘也要放宽心，）

台里道刚独要为利结主上。（我们讲过结情总要结成双。）

当桥胖胖地龙安稳石及上，（架桥高高地龙安稳石碛上，）

比在谁厌台部桥乃架打河。（莫给谁厌把这座桥架过河。）

见及边河不及昌，（河边碛石碛成阶，）

皇朝林溪石昌花。（皇朝林溪花阶石。）

猛匠消石手台鬼，（石匠凿不手拿锤，）

道结情二根条相亮难斗手。（我们结情只因相爱难丢手。）

及昌花路千人根［赞］，（碛条花阶千人赞，）

道结情重走久走长万年久。（我们结情义重情长万年久。）

十四

见及边河石及桑，雄屋五柱厢困间。

屋厢困间鸾困山［壁］，孝有情赖买肯斗教单。

孝任买孝川跌直扛挂直坐，教空情二稀哉难劝三等白万务雄尧度孩听荡。

见及边河石及平仁在道你人鸟，你人相料老登相帮结主情。

结亲结情乃道你人相亮心同爱，尧想你主赖赖里刚正。

见及边河石及基田开水打，想孝哥赖塘秧直共内。

想哥塘田共扫水共少，听里尧报独要牙道耙共犁。

耙西共犁地共衰，园共肥塘工共岑。

见及边河石及雅，比在谁厌有及困塘在道秧共扯。

十五

脚每占梨台中拜央共一告，忙该听里尧报比要别。

脚每占李尧本嫩记里孝主，努哥十分宁路述独牙道告登灭。

十六

脚每占泡尧本想孝道妻夫，谁若主情该纽丢打河。

脚每占橘为教条命差，孝任伴加各有田塘雅犁水共月。

脚每占柿沙若领主该，孝任买主沙上文服务字列。

脚每占果个素雅，每胖难上杀该到娘守乃借。

劳铺占糖独人主上哉嫩记，占糖月冰考隆尧本想道孝想别。

水井边困尧牙有骂占登瓢，沙若仔伴人赖难太赖玩意。

想邓滚时牙道卡嫩里忙孩刚打，谁若你主翻万偏报孩。

良心主上放底刹，乃孝利鞋斗驾（草鞋）打放灭。

十七

雄岑隔，雄岑隔岗薄努郎。

雄岑隔岗薄努主，主比日头务闷万丈胖。

闷娘拜岑打拜岑冲耕工望早兑，水大贤珠望哥情二夜骂量。

望哥情赖夜骂走，水深三丈报哥情赖比斗娘。

雄岑隔岗条困嫩深比火走，条盘冥草踏邬光。

雄岑隔岗薄相逢，夜乃相聚约哥情赖结主情。

雄岑隔岗薄相见，果要时忙利主同肯共脚郎。

雄岑隔岗薄人因（踩），利宁同世哉相亮。

雄岑隔岗薄利努，夜乃任孝筷台困周水共缸。

千宋万里在教娘慢水，独台里乃比在亮（错过）。

十八　坐晚

夜道坐晚比坐米，约哥情二为一双。

邓主相逢朋心肚，报主比忘宁正想主盆共仲。

教本想道困妻夫，该亏孝主台嫩银情道丢本部容。

斗从文百度易利，为哥情二该亮抗背等。

乃道闷温地乱牙波愿相守，马龙行路主利买赖仔良魏。

十九

多嘎到乃道消散，千行百样散朋朋。

务闷散星风散吗，地地万独鸟打散拜崇。

田圹散秧鱼散汪，岑山散草花散容。

居上连［恋］连［雅］散散慢慢，神灵刀地散拜萌。

高屋高所散鼠雀，搞屋仲见散务雄。

乃道阳人相聚散涞额，血散拜睡早仑成邓相兴工。

二十

尧多美嘎骂消散，鸭西拜远安拜河。

一散主屋二奶半，道血消散比仲耳。

七月水井紧该兑［舀］，该江道树水井岩。

［以上口述者 归打村，陆婄仁；牙龙村，杨婄友］

二十一　分离歌

约主分困挑乱哉，利努大乃可要时忙逢主努大仑。

二十二

嘴拜主，该有桃里忙赖乃散场。

二十三

分困主，教杜鸟屋怜刹你主走困远。

二十四

次乃孝败比败着，慢要骂到地方八江这乃行。

口述者：陆婄仁，归打村人；杨婄友，牙龙村人

录音者：王光荣

记译者：杨通山

情歌对唱 *

三名女子在情歌演唱现场

数名男子在情歌演唱现场

---

* 按侗族走寨习俗，情歌对唱一般是先由男方在巷里唱几首歌，然后进屋与女方对唱到深夜。本文献汇编
收录了林溪乡上寨、林溪乡冠洞村、八斗村、马鞍等地的情歌对唱。按本文献汇编体例，先录侗语汉字
注音，随后括号内为直译。——编者注

一名男子坐着对女子唱歌

情歌表演现场

林溪乡上寨鼓楼坪情歌对唱之一

男：骂了夜一肉夜宜，（来了一晚又一晚，）

根浓情二和式畏夜三。（赞情人的情义深又来第三晚。）

夜郎睡常未到鸡应梦东主，（晚上我睡觉时梦里见到你，）

滚想小郎空部波该忘。（突然想到我没份也难忘却。）

开多坐，（开门坐，）

腊故宁煮有耐玩。（姑妈的贵女要耐烦。）

女：开多中门在且劳，（打开中门给哥进。）

　　限且尧骂堨共上，（约哥前来鱼共塘。）

男：占脚劳言任主花，（抬脚进屋和妹讲，）

　　沙若郎骂堨合上。（当然我来鱼共塘。）

女：打惊吽！（突然的！）

　　田圹大路打惊崩，（田塘大块突然崩，）

　　大路田塘打惊坏，（大块田塘突然坏，）

　　打且宁赖打惊骂。（好人哥哥突然来。）

男：田塘雅稿教慢走，（旧时的田块我常到，）

　　孝比报教打惊邓。（你不要说我突然来。）

女：米灭情二利干刚，（未有情人值得谈，）

　　古月堨亮高三时乃在格鸾上夜。（滩头的鱼如今给人家拱进大网。）

男：板加灭夜格宁利，（同伴有网他拱得好，）

　　剩教空夜拿米仑肉帮格伴弱岩，（剩我无网空手只帮人家赶鱼洞。）

女：板加灭夜格宁利，（同伴有网他真得，）

　　时乃在尧手米空夜当搭就。（我是无网空手帮人赶鱼群。）

男：板加灭夜格鸾利，（人家有网他拱得，）

　　乃尧空部不该赖忙时度乃单。（我没有网也没有好这时还是单身。）

女：劳孖装雷为空推，（下河装鱼因无缘，）

　　鱼鸾这海该鸾赛。（鱼绕海边石进网。）

男：米利塘袍厌圹萍，（鱼得深塘浮萍田，）

　　孝利主情告寨忘困远。（你得本寨情人忘记远路的情人。）

女：堂情告寨该仑基，（本寨情人结不到尾，）

　　本更手米梭甚要。（两手空摆到处找。）

男：背关仔早又报假，（背名有夫又说是假，）

　　背关仔巴平过三江本邬平。（背名那样走遍三江算你太平。）

女：背关灭早尧度该，（背名有夫我不愿，）

　　拌关仔巴上关尧。（抹她的名字换我的名。）

男：嫩加有刚容邬刚，（人家要说随他说，）

　　板加有破不过牙道比有忘，（人家要破不过我俩不要忘。）

女：板加有刚容邬刚，（人家要讲随他讲，）

　　板刚三年尧本要嫩钱洗格。（人讲三年让我们拿钱去退给他。）

男：早主有钱钱在郏，（丈夫要钱拿钱去给他，）

　　本要早主有人神若在教郎乃亮。（只怕丈夫要人冤枉给郎心里爱。）

女：板加要钱硬比多，（若他要钱硬莫给。）

　　要人为恶转骂村。（给人评理转回程。）

男：板加有钱钱在郏，（若他要钱就给他，）

　　要钱多郏转牙道。（给钱给他转来我俩再结夜。）

女：板贾要钱钱在郏，（若他要钱就给他，）

　　板贾有雅你拜报郏赖要关。（若他要田你去叫他换名字。）

男：牙道刚赖比退哉，（我俩讲好莫反悔，）

　　报浓比弯丑牙道。（叫妹不要变心就我两个人。）

女：努刚里乃丑里乃，（讲这里就是这里，）

　　努刚岑兴记怒教西孩。（若讲别处那我还没有。）

男：努刚里乃丑里乃，（你讲这话就是这句话，）

　　努刚里仑你比报教郎该亮。（若讲二话你莫怪我哥不爱。）

女：努刚里乃丑里乃，（你讲这话就算这句话。）

　　努刚里仑你比要嫩里乃兑，（莫要讲二句话你又故推脱。）

男：尧台里你斗一盐台蒜，（我记你的话好像盐沾蒜，）

　　算定孩要独丑你。（算定不讨硬要等着你。）

女：尧台里主本一主。（我拿你的话拿得紧，）

　　主台里尧台拜外坳丢。（你拿我的话到山坳外面去丢。）

男：尧台里主本一主，（我记你的话总记在心，）

　　主告里尧告拜外多柯肉忘。（你记我的话走到门口一笑又忘记。）

女：里主在尧告拜内赛贾收务笼打，（你的话我拿到箱子里收箱里藏，）

　　时努妈妈开笼骂能行当你主鸟这身。（何时心烦开箱来看好像情人在身边。）

男：共美底岑该若条怒条龙树，（山脚的树不知哪一株是榕树，）

　　这里你主该若婄怒婄主尧。（身边的姑娘不知哪位肯做我的情人。）

女：条怒堵心条龙丑，（哪株断尾哪株是榕树，）

　　着怒业纽着主尧。（哪位最丑哪位是我的情人。）

男：高岑美多条怒直直条龙树，（山上树多哪枝最直是榕树，）

　　揩寨宁多着怒干干着主孝。（寨里人多哪位最好是你的情人。）

女：早教嫩鸟主，（情人还看你，）

　　弟夫教娘时度嫩鸟孝。（我的丈夫还待你身上。）

男：滚时米灭国双刚，（前时未有总不讲，）

　　乃时美张落脚比慢填教美乱多，（这时你有落脚地方给我搅得心烦乱。）

女：行宁一孝度报乱。（像你那样还说心乱。）

　　努为报教比乱多？（怎不叫我乱得更多？）

男：努为报郎忙国乱，（怎么叫我不心乱，）

　　团转脚闷血主格。（绕到天脚都是人家的情人。）

女：比有乱，（不要心乱哟，）

　　灭乱脚拌尧乱孝。（纱砣乱绞我也为你心乱。）

男：努教利孝空忙乱，（若我得你心不乱，）

　　利你一基太平洋。（得你一世太平洋。）

女：仁教利孝岑牙同拜远同去。（若我得你高山远处一同去，）

　　努刹田圹时乃在教娘斗尧。（若是耕田让我和你同刈禾。）

男：努教利孝岑牙同拜远同去，（若我得你高山远处一同去，）

　　晚转骂言尧扛骂哭你扛述。（傍晚归家我扛猪菜你扛锄头。）

女：努教利孝赖条命，（若我得你真好命，）

　　努尧利主条命告化更命龙。（和你结情叫花命也变成青龙命。）

男：努教利孝帮漂化，（若我得你没话讲，）

　　本嫩意行你主该沙人主兴。（只因你的心意倾向你的情人。）

女：桃里任孝道比斗。（同你讲真你莫丢。）

　　报主有彭容郳迷嫩十二月。（只要真心管他几个十二月。）

男：利里孝娘死比斗，（得你的话死莫丢，）

　　又比共棉告地开花更好一定要虽到闷收。（像地里棉苗开花结桃一定要等到收棉那一天。）

女：利里孝郎刹赛纸，（得你的话心里真欢喜，）

　　利哥情二晚晚周筷共盆贾丢教丑平。（若得和你天天筷子同夹同放心才平。）

男：堵了故盆又故元，（断了盆箍又断桶箍，）

　　堵了灭次故叫大难要孝冲共盆。（断了藤箍铁箍实难和你碗共盆。）

女：任主结上主纳等，（约你结情你黑着脸，）

　　任主漂花勒兴主纳宽。（约你谈话玩耍你腹带笑。）

男：打告阎王注骂条命差，（阎王说来我的命不好，）

　　难带孝娘时本在教郎乃贵。（难配阿妹这时给我空自叹。）

女：阎王注骂教本零，（阎王说来我命差，）

命该带孝道共言。（命不带我和你共一家。）

男：阎王注对国注命，（阎王注死不注命，）

四腊王传忙赖添命在教带利你。（若是四个阴鬼帮我加命才得你。）

女：比刚命，（莫讲命，）

宁奴刚命国利孝。（若是讲命难配你。）

男：有刚命，（要讲命，）

郎金命血只时寸孝条命龙。（我的命小当然难配你的龙命。）

女：美胖难上架梯若，（树高难上架楼梯，）

早格难亮胖鸟闷。（情人高在天上我难攀。）

男：主情买格亮牙难亮想难想，（人家的情人爱也不能想也难想，）

教比田圹雅当赖吃化。（像田里禾苗只能看你开花。）

女：主情早格肉本丢夜鸟打三，（别人的情人我乱撒网急水滩，）

金买难换早在教。（金钱难买做我的丈夫。）

男：灭哉丢夜尧牙国腰打水三，（有心撒网我也不怕大水滩，）

灭哉架条尧牙国腰水马贵。（有心架桥我也不怕大水冲。）

女：且刚里乃赖宽基，（哥讲这话我心欢喜，）

努刚里利妻夫娘。（若是真话当成我的丈夫。）

男：浓刚里乃太宽基，（你讲这话我心欢喜，）

嫩刚嫩要道共言。（就讲就讨才能共一家。）

女：嫩刚嫩要道丑利，（就讲就结成夫妻，）

结堂情二斗久尧本腰孝且哉多。（谈情太久我又怕你哥多心。）

男：嫩刚嫩要道丑利，（就讲就结我们才成夫妻，）

结堂情二赖赖尧丑平。（结个好好的情人我心平。）

女：努刚一乃丑一乃，（你讲这样就这样，）

比斗尾埧牙莽摇。（莫像鱼尾两边摆。）

男：你刚一乃比一贾，（你讲这样就莫那样，）

比斗桐古赖把打中弄。（莫像桐树叶子青青心里空。）

女：努刚牙道宁正好，（若是我俩结情真是好，）

水打孖烘万架仑。（水流溪边免架视。）

男：这埧水闷想水闷，（站在井边我只想井水，）

这埧水淘尧本想孝国想格。（站在情人身边我只想你不想别人。）

女：教本想孝为宁本，（我只想你作亲人，）

时本想孝道共言。（时时只想和你共一家。）

男：教本想道为宁本，（我只想我们作亲人，）

　　老爱灭堂时孝娘凳格。（只因老人不给你又跟别人。）

女：努且宁想当骂弯，（若哥真想就换挡，）

　　比要身依尧烘想孝那。（莫让想你想得身体生了病。）

男：浓灭忙赖在且滚，（你有好东西给我先，）

　　打仑你骂困闷道。（以后你来变成我们的。）

女：要衣在你你国村，（给衣服给你你不穿，）

　　台拜交常为满干苦在。（拿去床头当枕冤枉给。）

男：你亮尧亮宁言妻夫不衣利，（你爱我爱结成夫妻也容易，）

　　乃时尧亮你厌杀若塘雅该共论。（只因我爱你退当然难和你同插用。）

女：尧亮你亮亮冷基，（我爱你爱爱到头，）

　　雅莽血亮水输命。（两人都爱才能成为夫妻。）

男：主你若想放骂该，（你说你想你又不来，）

　　加你若亮抗背梁。（等到你想来时又来不及。）

女：空忙放，（没有什么可放开，）

　　打拜孖河水干放岩见。（只有到大河边水干了放石头。）

男：孖河水干放算中，（河边水干放虾子，）

　　孝放仔舅述牙道。（你放表哥我两个。）

女：你报教放空饶放，（你叫我离我无处离，）

　　打拜孖河尧本约孝弱共漂。（若到河边我想约你虾共篓。）

男：约主结，（约你结情哟，）

　　本愁鱼该占竿皮底岩，（只怕鱼不吃钓躲进岩石底。）

女：想孝喘，（真想你，）

　　为打务丛国更硬为你。（坐上织机忘了织布只为你。）

男：想主嘻，（真想你，）

　　想主一时迷拜灭传阴。（想得一个时辰昏迷了几次。）

女：努主想教灭闷利，（若你真想有日得，）

　　灭闷利孝工共岑。（有日我俩同一山来做工。）

男：李任早李岑牙随岑冲随冲，（你和丈夫一同上山同下冲，）

　　熟登忙宽郏该舍占台多你。（有好果子他不舍得吃留给你。）

女：早牙空早主空主，（没有丈夫也没有情人，）

宁言妻夫盼孝要。（真心情人还望你帮找。）

男：你有尧要尧述问，（你要我找我帮问，）

你有尧问尧述尧。（莫问别个就问我。）

女：行宁一你教难带（像你这样的人没命带，）

鸡白赖蓬时教国命啦。（美丽的白公鸡我难得养。）

男：鸡白赖蓬时孝苟慢多，（美丽的公鸡你用米喂，）

养邪培培牙道随共占。（养他肥肥我俩共桌吃。）

女：鸡白赖蓬部脱，（美丽的鸡羽有一天脱。）

台利牙道为利国。（我俩的话永记行不行。）

男：鸡白赖逢独间颈，（白鸡羽美颈有花，）

劳时国闷斗撬嫩。（不知哪下被穿鼻。）

女：想孝喘，（想你得很呀，）

等占拉巴台拉条唆打闷夜。（一餐吃两口饭怎能过日子？）

男：打纳教郎报占少，（在我面前你说吃得少，）

背纳教郎个光多多要莽哭。［众笑］（背我的面你扛大碗吃去半顶瓶。）

女：十婄想孝劳婄利，（十女想你一女得，）

嫩灭九婄打米想孝那。（还有九女未得想得憨。）

男：十婄任教九婄该，（谈了十女九女都不愿，）

劳你打米郎吃亏。（还有一个骗我郎吃亏。）

女：板加利孝赖条命，（同伴得你好条命，）

尧该利主条命金一乃亏。（我不得你自叹命苦真吃亏。）

男：灭哉结上比刚命，（有心结情莫讲命，）

根宁合式一生平。（只要真心一世平。）

女：赖赖灭，（好好想，）

比笨在教瞒灭穷（莫癫给我的穷姑娘。）

男：你报国灭尧告灭，（你说不思早已思，）

仑笨在孝灭刚龙，（真癫给你们美龙女。）

女：比贾补，（莫那样赞哟，）

教腊宁苦补加忙。（我是穷苦人家赞什么。）

男：该江补，（不是赞，）

孝宁财主又底重。（你有家财人又得好情意。）

女：国赖讨，（我不好，）

妈告空盐时教本乃卡。（好像没盐的旧菜总是剩。）

男：能主斗大比神仙，（看你漂亮像神仙，）

　　慢能慢赖哉慢亮。（越看越好心越爱。）

女：能主更更斗条竹打基，（看你漂亮像林中一根竹，）

　　面目郎路诉样月。（脸面白嫩像月亮。）

男：努主斗大斗一代龙风，（看你漂亮像那龙凤花，）

　　打拜外河澜东斗一龙底孟。（又像澜东河里的青龙沉河底。）

女：尧国拜格有骂主，（我不跟人要跟你，）

　　为主哉多哈一丛放告。（因你心多布又难织成。）

男：你国拜格国拜该，（你不跟他不行的，）

　　合同百字鸟格抓。（你的八字人家拿。）

女：尧国拜格国拜利，（我不嫁人是可以，）

　　合同百字都在孝。（八字当面递给你。）

男：你都在尧合同假，（你递给我是假合同，）

　　里化一加该干净。（花言巧语不真心。）

女：该江卡，（不是假，）

　　约孝仔巴六十年。（我愿和你成家六十年。）

采录时间：1986 年 4 月 10 日

采录地点：广西三江县林溪村上寨鼓楼坪

内容：情歌对唱

演唱者：吴焙柳，女，17 岁；龙红鸾，女，20 岁；黄琼花，女，19 岁；陆军芝，女，19 岁；黄健，男，21 岁；王峰，男，20 岁；黄杰，男，19 岁；龙汉斌，男，23 岁；吴仲儒，男，40 岁，歌师

录音者：吴薇

记译者：杨通山

林溪乡上寨鼓楼坪情歌对唱之二

女：条苑多报稿空杰，（我们像白豆壳里无籽空声响，）

　　贾爹救济条井梅。（别个救济我们才有。）

男：贾爹救济救济央，（别人救济救济被子，）

个梅人奴救济情你买赛郎。（没有哪个救济情伴妻给哥。）

女：培刚有人骂救济，（莫讲要人来救济，）

孝完应个为中萨。（你已与别人共火堂。）

男：孝应早孝引晚中雄龙亮呵，（你与你夫早晚同桌心爱很，）

茒尧美乱灯妈肉比独别送。（给我心乱得很好比牛分对。）

女：条牙报孝且培乱，（我们劝你阿哥莫烦乱，）

买孝鸟稿言加赖赖那乱忙。（你妻在家里好好你乱什么。）

男：逃乱筛，（心烦乱，）

茒尧逃乱昏父人肚奔想孝。（给我心烦意乱人都本想你们。）

女：庆三肉想亏，（埬滩水又想溪水，）

那牙培傲迁多条。（你也莫要埋怨作我们。）

男：尧奔想孝克想堆，（我本想你们不想别伴，）

想那阿妹结弟一生人。（想你阿妹结成夫妻一世人。）

女：想鸟梅龙克赖刚，（想在心里不好讲，）

古为龙光报亮条。（故意做心宽讲爱我们。）

男：尧奔想孝克想堆，（我本想你们不想别伴，）

应迁南条人穷呆难旋孝为夫弟。（因为我父人穷很难讨你们做夫妻。）

女：克赶成塘赶郎好，（不赞田地赞哥好，）

克赶成端赶孝郎。（不赞山田赞你们人才好。）

男：肉赶成塘赶郎好，（又赞田地又赞人才好，）

那租拜卯斗条单。（情妹嫁他留我们单身汉。）

女：克赶成塘赶郎好，（不赞田地赞哥好，）

克赶甫租个那尧奔善孝埬中塘。（不赞你家底厚我本恋你鱼共塘。）

男：克赶成塘赶娘好，（不赞田地赞妹好，）

尧赶甫租个梅尧奔赶孝那租看。（不赞你家富有我本赞你人才好。）

女：千屯雅塘乃条娘克想，（千屯水田我阿妹也不想，）

条奔想且情弟为中萨。（我本想与哥结成夫妻共火堂。）

男：克赶成塘赶娘好，（不赞田地赞妹好，）

克刚甫租个梅尧奔赶嫩龙租怪。（不讲你家富有我本赞妹人心乖。）

男：赶人合戏梅闷里，（赞人合意有天得，）

努孝租赶神占河约克达全称孝。（若阿妹要讲钱来拿肯定难比你那头称重。）

女：赶人合戏克有雅，（赞人合意不要田，）

打撒骗唱克用言。（坪中晒太阳不用屋。）

男：打撒骗唱奴度克，（坪中晒太阳哪个也不愿，）

努刚成塘尧英约孝娘个个。（若讲田地我也知阿妹不同意我。）

女：老克赛傲雄言甫孝道培有，（老人不给要你家那屋我们莫要了，）

老克赛行劳搞成真等个钖造朋。（老人不给相爱去到山冲里砍树枝再造棚来住。）

男：努报老克赛骂千万交塘尧报孝娘道培有，（若是老人不给来千屯万块我讲阿妹我们莫要它，）

嫩梅成真尧奔勒干拜耿井门梅。（还有山林我本马上去封山树有多。）

女：老克赛骂尧骂里，（老人不给来我来得，）

奔愁巴克赛傲腰道难劳言。（只怕你妈不给讨怕我俩难进屋。）

男：男报老克赛傲不过全年欺，（若讲老人不给讨不过上半年，）

达全年轮老条报那拜肉骂。（过了下半年我父母告诉你去又来。）

女：老克赛拜达朵灯，（老人不给走后门去，）

加老尧昏板成烂。（留老人守困已到对面半坡上。）

男：那亮尧亮人言弟夫布义里，（你爱我爱结成夫妻也容易，）

乃石尧亮那闷劳巴叫固条灯奴。（这时我爱你闷剩丛野藤我配谁。或：我爱你闷像困在藤丛中我配谁。）

女：那亮尧亮结嫩人言弟夫布义里，（你爱我爱结成夫妻也容易，）

尧亮那闷结嫩人言个瓢破员尧。（我爱你闷结个夫妻不愿意空背名。）

男：雄言肯长腊闷劳，（房屋起成找天进，）

楼嫩傲堂情你腊闷尧腊石。（像那结亲阿妹选天我选时辰。）

女：雄言肯长胖一柱，（屋架起成高如柱，）

登言些盼且骂傲。（全家都盼哥来讨。）

男：雄言胖胖达务两，（屋座高高高过禾廊，）

老条光想尧傲孝。（我父母本想我讨妹。）

女：遮一雄成胖一机，（隔一座山高似岭，）

乃孝登言些沥克赛傲。（你们全家都怨不给讨。）

男：乃条登言愁克里，（我们全家愁不得，）

奔悲倍堂情你挑骂造①。（本怕脱了阿妹只闻味。）

---

① 骂造即一种有气味的菜。

女：老英赛傲多媒灯楼参假雷，（老人给讨着媒来讲走上下，）

　　屯田春亏奎春弄。（蜻蜓穿小溪画眉穿山林。）

男：撵撵斗骂花里梅，（夜夜到来讲空话，）

　　克努情你里怒正。（未见阿妹哪话真。）

女：努且英义锡派不，（若哥愿意再安排，）

　　努且英路丑陀牙道告灯篾。（若哥答应就是我俩配成对。）

男：努告灯篾①乃条克肿用，（若配成对我不中用。）

　　奔愁阿弄克赛真难真，（只怕你爸不给那真难又难。）

女：努且英义锡摆布，（若哥愿意再安排，）

　　努且英路那牙有赛里真。（若哥答应你也要给话真确。）

男：租尚有里克约努行多，（阿妹要信不知怎样讲，）

　　英报条灯石乃赛条都灯垮。（若是一丘果子这时我给阿妹递一抓。）

女：善品斗人大能梅，（租偏避人眼望空，）

　　忙克品肯瓢里嫩灯报克赛占折长台。（怎不变成抓李子果子哥不给吃折枝拿。）

男：能租荒大花腊英，（看妹中意好像金银花，）

　　肉比共灯长盘郎都光奔约骂。（又比果树枝垂哥已伸头来想吃。或，又像斜伸果枝哥已伸手扯来吃。）

女：能租看看恰嫩花爷解，（看哥美美好似山上的梨花，）

　　命尧难太腊孝困。（我命难配舅妈女。）

男：能租看看恰一花爷解，（看妹美美好似山上的梨花，）

　　玉赛板外斗条单。（因为别人要了留我单。）

女：能租看看军条竹打钦，（看哥美美像那岭中竹，）

　　面目仲旋板假里孝团央念。（面目堂堂别伴得你像满月那样团圆。）

男：能租看看恰一花打排，（看妹美美好似山中花，）

　　克里昨乃忙度赖。（未得阿妹怎么都不甘心。）

女：正大能租央花丘，（抬眼望哥像团花，）

　　钦共花红肉难同孝团央念。（好似一株红花又难同你来团圆。）

男：租比美蕨务把打念你，（妹像蕨菜出叶二月中。）

　　肉比共骂定屁遮把孝完赛个差多宋，（又似荒菜菜根已动拨叶已给别人拿去

---
① 告灯篾即棉纱配提纱件。

放进坛。)

女：共骂移燕空奴关，(园里那菜没人管，)

　　孝宪克多楼条亮。(你原不种哄我爱。)

男：共骂移燕梅人关，(园里的菜有人管，)

　　尧度难贪篾些孝。(我是难想你赛的姑娘。)

女：共骂稿盘难里爽丧培奔赛条独人娘金空弟夫，(像盘里的菜难得生根莫本给

　　我阿妹难配对，)

　　些一尧路道中盘。(都如我想我们同一盘。)①

男：共骂空盘完梅捞送仲病堆，(菜株没折还未放进坛被雨淋，)

　　克梅奴主斗条妹。(没有哪个关照留我们霉烂。)

女：善 [A]② 有英培赛人奴里善悔，(相爱要愿莫给哪个又悔话，)

　　孝网买对应条道中言。(你退妻伴跟我我们共一家。)

男：共忙网，(没有什么妻伴离，)

　　劳拜河河能讲陇石钦。(只有去河里等水退了松河石。)

女：哇孝，(情哥啊，)

　　网堂情你赛孝翁克胜。(哥离情伴跟你怕还有丝连。)

男：买牙空买租克租，(妻也没有伴无伴，)

　　六十年仲官姑大。(想六十年夫妻眼睁睁。)

女：那报 [K] 梅度 [K] 灯，(你讲没有都不像，)

　　孝拜成兴灯条又。(你去别处帮我们找。)

男：那有条又 [K] 打金，(你要我找不要紧，)

　　努那 [K] 论丑牙道。(若你不论就我俩。)

女：的龙美松困美因，(松木作垫基樱树作桩，)

　　丧劳芭钦千万年。(安作基石千万年。)

男：的龙美松困美稿，(松木作垫基青皮树作桩，)

　　傲能同包比亏河。(拿水浸泡配溪河。)

女：的龙美松庆井井，(松木垫基重沉沉，)

　　能妈逃射灯印牢丁河。(大水冲沙来盖渗河底。)

男：的龙③美松庆井井，(松木垫基重沉沉，)

---

① 上句的盘指碗盘的盘，下句的盘指搬动。

② [A] 及下面的 [K] 为记录者特殊记音符号，今不考，疑似国际音标。——编者注

③ 的龙：指民间用松圆木埋在地下、水中，打桩定稳作垫基木，称土钢筋。

克梅射印等雷河。（没有沙盖冲下河。）

女：的龙美松乃孝独人郎金完梅租，（松木垫基你们情哥已有伴，）

　　亏劳打河能族台。（流进河中漩水拿。）

男：能逃雷勇空忙井，（水冲下溪没什么拉扯，）

　　奔孝灯板人赖界西娘。（阿妹有好伴来配妹有幸。）

女：成兴记怒条克想，（别处哪里我不想，）

　　奔想人租遮填领里克。（本想身边情哥答应不。）

男：石石度领里，（时时都答应得，）

　　克梅石加记怒领克那。（没有哪里哪时不答应你。）

女：培刚石石度领里，（莫讲时时都答应得，）

　　劳石领克租傲［K］。（只一时不答应哥讨别人。）

男：傲［K］克，（没本事讨别人，）

　　论有傲那结你梅肯光。（就要讨你结亲有路亮。）

女：那克傲卯克傲［K］，（你不讨她不讨不得，）

　　合同别锡沙肯江。（合同八字写成一张。）

男：克傲里，（不讨可以，）

　　合同别锡完搞烧。（合同八字早已烧。）

女：克傲［K］，（不讨不行，）

　　别锡牙孝中把列。（你俩八字共一页。）

男：板贾行尧傲［K］堆培审，（别人讲我讨别人死莫信，）

　　能闷石旋完达石怒奔想孝。（石头围井水早从那时本想你。）

女：乃孝个索年梅板差刚，（阿哥当真有了伴才讲，）

　　沙约梅江多定板差行。（知道有处落脚伴才议论。）

男：板贾行条奔行梅，（那伴讲我本讲空，）

　　八十贯欺英骂傲。（八十岁了高兴影子来要［意为到八十岁高兴了才让影子来要］。）

女：板贾里孝平平肯嫩能屯斥，（那伴得你平平成个冲里塘水那样平，）

　　剩尧克里租苑能逃雷南散东西。（剩我未得情哥像水流下滩散东西。）

男：能逃雷南伞飘飘，（水流下滩散纷纷，）

　　乃孝达梅情你赖正英篾龙。（阿妹有好多情伴像龙女。）

女：克梅套，（没有一点点，）

　　达莽年搞想应孝。（从去年本想跟你了。）

男：奔想应孝道为惯，（本想跟你我们相熟惯，）

　　奴约姻元克见显度难。（哪晓得阎王不批成亲难配对。）

男：奔想应孝结堂惯，（本想与阿妹相熟结亲，）

　　毛见金记孝梅夫弟楼底郎。（野鸡配山鸡你有丈夫骗阿哥。）

女：奔想应孝结堂美，（本想跟阿哥新结伴，）

　　奔列且完梅堂迁孝完灯 [K]。（只因哥已有伴早配别人了。）

男：奔想应孝道弟夫，（本想跟阿妹我们结夫妻，）

　　乃孝老肉杰拜梅堂石乃赛孝娘灯 [K]。（你们老人把你嫁了这时给阿妹配别人。）

女：老刚赛条条克有，（父母讲给我我不要，）

　　肉比腊肉腊苟有长样。（又比茶桐树苗要自育。）

男：老刚赛孝正兜筛，（父母讲给你正合心，）

　　老拜刚吃赛那克梅成斗书。（父母去讲亲给你没有哪处输。）

女：老办赛条 [K] 合已，（父母办给我不合意，）

　　记石达道你长量。（哪比得过我们年轻人自己商量。）

男：老办赛娘灯合已，（父母办给妹真合意，）

　　端董嫩忙克伟你拜胖。（一生碰有什么忙不开你去帮。）

女：老刚赛条肉古烧苟度报生，（父母讲给我猪肉炒饭都讲酸，）

　　你人长门苟药难就条更帮。（年轻人自己欢喜稀饭难爽条更帮。）

男：请刚关条老度业，（听讲我名老人也怕，）

　　[K] 砌那应早租盐糖果别六十年。（难比你与你丈夫白糖蘸粽粑那样六十年甜。）

女：老刚赛条顿占三筒度克想，（父母讲结我一餐吃三筒都不想，）

　　愿骂孝租爹两板筒苟边煮见能兴稠。（愿来生阿哥空屋楼底半筒小米煮粥水还水。）

男：顿占三筒约嫩龙那想，（一餐吃三筒知道你心里也想，）

　　培骂应尧爹两板筒苟边煮见轮肉善欠打拉哭。（莫来跟我住空屋楼底半筒小米煮粥以后又相争抢吃打烂罐。）

女：顿占三筒奔有龙租井，（一餐吃三筒只要阿哥的肚饱，）

　　斗堂情你占差浓全哭。（留阿哥吃剩妹括罐。）

男：顿占三筒那肉想嫩龙那井，（一餐吃三筒你又想要你的肚子饱，）

　　尧差傲仲浓拿哭。（我刚拿碗妹端鼎罐走。）

女：顿占三仲报克呀，（一餐吃三碗讲不饿顿，）

　　占三光努尧克刚那嫩庆。（一餐吃三大碗若我不讲你还想添。）

男：顿占三筒奔有龙那井，（一餐吃三筒本要你肚饱，）

　　差达苟焦溜多尧。（剩块锅巴丢给我。）

女：闷占三筒报克呀，（一天吃三筒讲不饿，）

　　顿占三光那牙克赛龙欺亏。（一餐吃三碗你本不给肚吃亏。）

男：顿占三仲条嫩呀，（一餐吃三碗我还饿，）

　　应迁那租克春忙灯煮。（因为阿妹不春米拿什么来煮。）

女：顿占三仲尧牙克妖闷乃耶，（一餐吃三碗我也不怕那天长，）

　　顿占三达尧牙克妖芭乃深。（一餐吃三坨我也不怕草丛深。①）

男：顿占三仲空奴摊，（一餐吃三碗没人摆，）

　　三顿百万空奴中雄石奔赛条郎乃愁。（三餐白饭没人共桌时时本给阿哥愁。）

女：果傲石忙请美限，（不知哪时请到有约定，）

　　三顿百万斗雄尧奔灯亮同租占。（三餐白饭到桌我本想爱同哥吃。）

男：莫尧里孝三顿务雄同百万，（老我得你三餐桌上同吃饭，）

　　有占苟井嫩梅里赛情你觉占那达轮。（要吃饭饱还有话交代情妹你慢吃过

　　后点。）

女：刚里正正克楼租，（讲话真正不哄哥，）

　　老嫩移龙胜肚赛郎孝奔报条娘刚错。（整个内心的话儿给哥你本讲我妹

　　讲笑。）

男：移龙胜仲空里努，（心里思念不可见，）

　　里花令柳楼郎亮。（空话滑溜哄我爱。）

女：克约里花一怒鸟，（不知空话怎么样，）

　　接龙朋包想孝那。（内心情盟想哥多。）

男：移龙朋包那想卯，（内心情盟你想别个，）

　　努那想条道中言。（若你想我们我俩共一家。）

女：克梅卯，（没有想哪个，）

　　努尧梅卯台骂大家看。（若我有哪个拿来给分开给大伙看。）

男：克哑傻，（没有那样傻，）

　　［K］梅人奴乃傻引卯骂。（没有哪个那样傻引他来分开。）

---

① 陀：吃糯米可不用碗，一陀就是一大团，三陀即三大团。

女：想孝傻，（想你人都傻，）

　　拜成朵灭果肯为工列租穷。（去山老想不会做工赖你穷。）

男：英尧里孝成牙同拜烈同斗，（若我得你山也同去这同到，）

　　达拜定共美贾官嗽牛大骂煞独人娘善正茪大。（去那树根歇息转眼来望阿妹
　　真中意。）

女：想孝人度黄，（想你人都瘦黄了，）

　　黄肯皮王［K］奔报条娘黄唱。（黄似黄连别人本讲我挨太阳晒黄了。）

男：克想讨，（不想我一点点，）

　　孝梅觉情特赖克想尧。（你有老交情好不想我。）

女：多尧想租愁傲克，（只我想哥怕要不了，）

　　些一孝郎克亮能定轮。（都像阿哥不爱想下步。）

男：尧亮那亮人言弟夫布义里，（我爱你爱一家夫妻也容易，）

　　尧亮那闷达拜打芭石奔孝溜条灯奴。（我爱你闷去到岭中只有你丢我配谁。）

女：尧亮那亮人言弟夫布义里，（我爱你爱一家夫妻也容易，）

　　尧亮那闷达拜令芭能大冲。（我爱你闷去到岭中泪水流。）

男：尧亮那亮亮轮机，（我爱你爱爱登岭，）

　　六十年欺冷牙道。（六十年长就我俩。）

女：六十刚正几刚长，（讲六十年讲真是讲假，）

　　努些刚正尧达务兴问觉台。（若都讲真我问阿哥从身上要信物来拿。）

男：能能度正空能长，（句句都真没有一句假，）

　　苦龙胜筛赛孝娘那奔多条克井拌。（全部心里话儿给阿妹完你都还经不住我
　　来想。）

女：尧西完尧孝完孝，（我是我来你是你，）

　　乃条板同那牙克有斤多拌。（我是半筒你也不要本来想。）

男：那租板同尧同板，（阿妹半筒①我筒半，）

　　傲嫩板筒那租骂庆道丁筒。（拿阿妹那半筒来添我们就满筒。）

女：美肿弯神条克抓，（弯树板直那也不久，）

　　多尧弯郎为夫布克赖忙石条娘芙单。（只我逼哥做夫妻也不会成那时妹
　　也单。）

男：美肿弯神条赖都，（弯树板直那条好给人，）

---

① 半筒即半桶水之意。

弯郎为夫买赛条。（巴不得逼哥为丈夫妹做妻给我。）

女：美肿弯神条克抓，（弯树板直那也不久，）

多尧弯租为夫布克肯。（只我硬要郎哥做丈夫不是也难成。）

男：轮秀达贯边那约，（风吹过坊下河边，）

弯娘为夫布克肯。（硬要妹来做妻不是也难成。）

女：美肿弯神条克抓，（弯树板直那也不久，）

美神弯身包猫难。（树直板弯那也难。）

男：培刚条难量条愿，（莫讲难那条量那条愿意的，）

一正有灯六十年。（一定要配六十年。）

女：六十年仲空命歹，（讲六十年没命待，）

刺板花红条牙列孝浓灯问。（赖情哥沾点伤数我也赖你乐天把。）

对歌地点：林溪岩寨鼓楼

对歌者：吴仲儒、龙明新、陆军兰、黄成花

录音者：吴薇

记译者：吴炳金

林溪乡冠洞村情歌对唱之一

［上句侗语汉字注音，下句括号内直译］

女：租报租神租牙筛，（哥讲哥直哥两肠，）

咀西灯尧尤灯克。（嘴是配我腹配别人。）

男：要报要神要把肿，（枫讲枫直枫叶弯，）

蚕报蚕神蚕中采。（桔讲桔直桔像犁。）

女：记王何月杨长开花怕成机，（正月二月杨长开花遍山岭，）

里里情何布克兰。（得话情伴不是不忘。）

男：正月腊列占把杉，（正月仔羊吃叶杉，）

滚道逃里先善癞克兰。（以前我们讲话相邀本不忘。）

女：三月轮南开花古，（三月风南开花桐树，）

石石想斗里租尚。（时时想到话情伴。）

男：三月腊安参那爹，（三月仔鹅走河下，）

想堂情你那边逃乱燕。（想你情伴睡晚移乱祀。）

女：四月成堂毛旋加，（四月田塘肥围秧，）

　　奴沙斗堂情赖拜灯克。（谁舍留你情伴好去配别人。）

男：努浓梅筛结尚尧培那，（若妹有肠结伴爱莫闷，）

　　四月能雅打弄蚕。（四月水田中冲桔木。）

女：俄月呆样些年端，（五月做浪工寨"年端"，）

　　一闷六旋想孝郎。（一天六次想你们阿哥。）

男：俄月金鸡随机醒，（五月金鸡随山梁啼，）

　　苑我租零人克宽。（像我哥单人不甜。）

女：六月唱妈些应雅，（六月阳光大裂埂田，）

　　培近板怕那牙道。（莫听伴破闷俩我们。）

男：六月腊令炭雅讲，（六月野狐贪田减水，）

　　滚道金银弯党石乃斗条溜驴岗。（古我们金银换信物时这留我们去下岗。）

女：七月"灯赵"结钖球沾柄，（七月"红果"结个丘沾柄，）

　　尧明牙道等筛亮。（我恋俩我们底肠爱。）

男：含石应孝道刚苑，（平时与你们我们列同，）

　　七月楼勾肉望忙。（七月变化又进什么。）

女：八月腊比独唱早，（八月仔鱼个煮酸汤，）

　　想斗里犒牙道捞门梅。（想到话旧俩我们唠越有。）

男：八月腊龙同最钦，（八月仔龙同坐殿，）

　　孝应门叫哈命零条郎。（你们与茹藤合面单我们阿哥。）

女：九月轮梦把美牛，（九月风猛叶树皱，）

　　含时应租刚苑中一家。（平时与情伴讲同共一家。）

男：男租苑大应龙封，（看妹中眼似龙凤，）

　　这那困租恰嫩囊打射。（边河望妹恰似个笋中沙。）

女：能租苑大肉苑筛，（看伴中眼又中肠，）

　　尧达家条明筛骂。（我从家我们起肠来。）

男：能租苑大恰嫩花银排，（看妹中眼恰似花银山，）

　　灯亮到人一乃情赛条。（真爱到人这样情给我们。）

女：能租那雅假宽妻，（看哥脸红那样欢喜，）

　　沙约情你里务皮。（肯知情伴话上皮。）

男：男孝苑大唱独诺路务美撒，（看你们中眼像只鸟白露上树歇，）

　　难那萨雅怒归想条腊汉穷。（肉脸参红怎么想我们仔汉穷。）

女：务闷甲妈达梅块，（上天盖云过有块，）

情赖难太石奔赛条娘想孝。（情好难待时本给我们妹想你们。）

男：努租蒐大蒐嫩念十四，（看妹中眼像个月十四，）

果傲石忙转已筛亮条。（不知拿时什么转意肠爱我们。）

女：能租蒐大恰嫩花十二，（看哥中眼恰个花十二［月］，）

石奔赛条娘乃亮。（时本给我们妹这爱。）

男：努租蒐龙恰独龙务钦，（看妹中腹恰个龙上殿，）

面目团正英拜胖。（面目团正影去高。）

女：正大能租一样日头吊胖光移妈，（抬眼看哥一样日头照高光里么，）

乃尧十奔亥河大门令。（这我十分不舍眼常望。）

［配木叶］

女：滚西先彭年欺嫩等影条条，（以前相恋年纪还矮多情情，）

时乃斗尧美蕨务岗唱下阳。（时这当我们棵蕨菜上岭阳光晒枯。）

男：正月闷赖闷闷邀孝娘为堆，（正月天好天天邀你们妹为伴，）

娘金果烈文报美蕨务岗唱下羊。（阿妹不告想乱讲棵蕨菜上岭阳光晒枯。）

［略几首］

女：条比腊诺犒盐难乌派，（我们比仔舅里家难出后，）

行行克亮稳达纳那骂捞堂。（样样不是抬个脸厚来进堂。）

男：八猴善路租情筛胖免腊堆，（百猴相往情伴肠高爱仔伴，）

那拜成背被条郎。（你去处暗避我们阿哥。）

女：杀冥金记克达机，（蛇盼金鸡不过岭，）

忙里应姐情你里正项。（少得与哥情伴话正当。）

男：美妈交成灯叫娘，（树大头山盖藤草，）

赶农情赖道结尚。（赞妹情好我们结伴。）

女：奎神逃探望成端，（水牛牛逃秋收望山岭，）

蒐尧美乱甲一门盖唱。（给我条乱恰似务盖阳光。）

男：租比花步一石英，（妹比花步一时衰，）

条比花棉移的灯各开。（我们比花棉里地整各开。）

［配木叶］

［略几首］

男：克为筛胖赛约本，（不做肠高给知底，）

努那克审达拜娃看问干净。（如你不弱过去众人问清楚。）

女：培为筛胖亮牙租，（莫做肠高爱俩伴，）

　　牙租克傲石奔赛条为达堂。（俩伴不讨时本给我们晚过者。）

男：腊丧嫩肃条郎赞，（差树迎青我们哥赞，）

　　奔想腊姑登苋尤。（本想仔舅真中腹。）

女：努刚想条犒石里，（若讲想我们早时得，）

　　中已腊板牙这克里孝。（中意仔伴两边不得你们。）

男：平板牙这条克路，（同伴两边我不想，）

　　尧奔想孝那租多。（我本想你们你妹多。）

女：双西完双零完零，（双就是双单是单，）

　　培赛人奴里花差面报想条。（莫给人谁话空盖面讲想我们。）

男：盐梅独埧奴嫩拜那傲弱中，（家有条鱼谁又去河解虾分，）

　　盐梅腊弄奴呀嫩骂见边那。（家有妹舅爷谁又迎来争份你。）

演唱者：

　　　男：吴利发、冼仲均

　　　女：杨连花、杨述花

记译者：吴炳全

林溪乡冠洞村情歌对唱之二

女：奔想赛孝刀中正彭门中当，（本想与你们刀同磨石茹共藤，）

　　个甫克光克梅忙赖赛租亮。（宅文［也］不壳①没有什么好给哥爱。）

男：克赶［K］那克赶成，（不赞宅厚不赞山，）

　　奔赶周大孝租零。（本赞双眠你妹灵。）

女：努刚情义傲里达，（如讲情意讨得过，）

　　努刚成堂雅加尧达孝。（如讲田塘田那不过你们。）

男：努刚行义比里达，（如讲情义比得过，）

　　努刚难那在达早较那。（如讲肉脸不过夫由你。）

女：独人早条嫩盼租，（个人夫我们还盼哥，）

　　人租条赖嫩鸟那。（人情我的好还在你。）

----

① 宅文［也］不壳：财富不足。

男：那刚里乃丑里乃，（你讲话这就话这，）

努刚轮郎在义。（如讲话后郎不依。）

女：那租刚还几刚首，（你哥讲真是讲假，）

努租刚还脱达务兴问贺台。（如哥讲真脱件上身分东西拿。）

男：租梅忙赖赛尧滚，（妹有什么好给我先，）

尧梅忙赛嗽鸟家。（我有什么给还在家。）

女：手表嘎倾台骂赛农滚，（手表架臂拿来给妹先，）

达轮尧骂肯门道。（以后我来成东西我们。）

男：手表务倾到扳灯，（手表上臂赖伴戴，）

在将门尧台骂赛租男一大。（不是东西我拿来给妹看一眼。）

女：租尚尧灯完克灯，（情伴不配还不死，）

那奔傲嫩里加退。（你本拿个话那退。）

男：尧瓶那农一样先胜瓶烈克约那，（我想你妹如同先生爱书不知闷，）

那租瓶条甲成腊温瓶瓢淄肉兰。（你妹意我恰似仔娃爱瓢秀又忘。）

女：先生瓶烈英得那，（先生弄书也知闷，）

尧瓶那租由比腊温瓶瓢嫩有仁。（我爱阿哥又比仔娃弄瓢还要句。）

男：腊温瓶瓢兴梅步，（仔娃弄瓢兴有段，）

尧瓶那租六十三。（我爱你妹六十三。）

女：克纷郎双几郎零，（不知郎双是郎单，）

因得郎零里干亮。（若知郎单值得爱。）

男：条鸟胜条空弟夫，（我们在村我们无妻夫，）

嫩丑那骂吃正梅。（还等你来才是有。）

女：空梅套，（没有点，）

狗人郎金嫩盼孝。（个人郎哥还盼你们。）

男：培假选，（莫那样选，）

些义那选条傲奴。（都依你选我们讨谁。）

女：那报尧选尧盈选，（你讲我选我真选，）

选斗记那一扴难选拜。（选到处你一点难选去。）

男：培假选，（莫那样选，）

克时巴稿术仙门拜备。（不是把镐锄锈常去锻。）

女：务闷神仙莫有选，（上天神仙真要选，）

的里阴干选加忙。（地里人间选什么。）

男：培应选，（莫那样选，）

　　皮片梦家不戏克鲁病。（皮松盖家不是不漏雨。）

女：腊筱弄条旺的偏，（仔女山冲我们荒地松，）

　　成那拜选克菀大。（除你去选不中眠。）

男：梅筛结相培赛旺的松，（有肠结伴莫给荒地松，）

　　梅筛结你那租培拜克。（有肠结踏你阿妹莫去别人。）

女：梅筛结相租培妖，（有肠结伴哥莫怕，）

　　杰冤赛孝包吴娘。（溢犯给你们包名娥。）

男：那报克妖尧肉妖，（你讲不怕我又怕，）

　　尧妖早孝克妖那。（我怕夫你的不怕你。）

女：尤牙培尤妖培妖，

　　犹也莫犹怕莫怕，

　　租情买孝妖赶傲。

　　情伴妻你的谁敢讨。①

男：尤牙有尤 ［K］ 尤妖，（犹也要犹不犹怕，）

　　奔愁郎金 ［K］ 里孝。（本愁郎哥不得你们。）

女：共美交成梅丧浓，（棵树头上有根攀，）

　　奔愁买孝克爽那。（只愁妻你们不放你。）

［配木叶］

男：美要交成把义弱，（树枫头上中皱疏，）

　　沙□难达早较那。（肯知难过夫由你。）②

女：共要交成克离把，（棵枫头上不离叶，）

　　雅克离毛尧克离孝人租尚。（田不离肥我不离你的人情伴。）

男：奔匹斗干安斗菀，（匹布留杆我鸟留窝，）

　　南射斗朝尧肚难斗孝。（泥沙留翘我都难留你们。）

女：共要交成把义略，（棵枫头山叶稀疏，）

　　奔愁早孝尧斗那。（本愁夫你们不留你。）

男：买条嫩盼租，（妻我们不盼妹，）

　　弟夫条郎嫩盼租帮又。（妻夫我郎还盼妹帮找。）

---

① 此四句缺直译。——编者注

② □处为不明字体，原稿无法辨认。——编者注

女：遮垾娘舅这刚卡，（也腿阿妹太讲假，）

　　肉培你牛刀耿深底纳。（又莫鱼虾搞混浊深底河。）

男：刚条键正农脱务兴庆昨帮，（讲条真正妹脱上身臂镯块，）

　　合同盖章门赛郎。（合同盖章东西给阿哥。）

女：昨帮较庆列扳灯，（镯银里臂赖伴戴，）

　　列扳牙这灯登石。（赖伴两边戴时把。）

男：克用庆国克用昨，（不用项链不用镯，）

　　独劳那骂尧英亮。（只是你来我也爱。）

女：咀报亮亮赛留底，（咀讲爱爱给知底，）

　　列定赛郎石肚培苑下。（傻脚给郎时都莫给差。）

男：因报挑庆挑差大里努，（若是挑重挑轻眠得见，）

　　犒龙尧亮那约忙。（里腹我爱你知什么。）

女：挑庆挑差拉扳起，（挑重挑轻赖伴替，）

　　努孝结堂情你拜那达轮尧骂汇戈培。（如你们结堂情伴去厚过后我来养
　　猪还。）

男：条命条细比租尧，（条命我们细比你不得，）

　　因报条命尧多过索道。（如讲条命我大肯定我们。）

女：命多命细道培刚，（命大命小我们莫讲，）

　　赶人合戏一忙多。（赞人合意一半多。）

男：孝应扳假合戏儿，（你们与伴那合意很，）

　　记石多条甲弯鞋。（那时与我们草鞋换鞋。）

女：成塘鸟胖呆难占孝能命爹，（田塘在高太难吃你的水沟下，）

　　情你克亮旺雅蚕。（情伴不爱荒田梯。）

男：梅筛结相培赛旺成端，（有肠结情莫给荒山地，）

　　梅筛结租培斗成端想。（有肠结情莫留山地荒。）

女：空轮登都布雅夸，（没筒来渡不是田硬，）

　　难比那租成堂定他妈达冬。（难比你阿哥田塘脚上软过冬。）

男：租布雅零交成丑能采，（我不是田旱头上等水耙，）

　　孝雅老定些加梅傲从完奔应［K］同路插。（你们田大脚村秧未到期已经与
　　别个同行插。）

女：腊界中游癫义里，（鸡仔同笼那易得，）

　　奔然独叫独克叫。（本怕只雄只不雄。）

男：独思在雄傲苟多，（只哪不雄拿饭喂，）

　　腊猫培培轮里牙道锡中占。（喂他肥肥后得俩我们［K］同吃。）

女：中的妈闷占苟妈，（月是①云天吃饭软，）

　　中腊张良甫奶丧孝忙假干。（同仔张良父母养你怎么那样美。）

男：甫奶丧条空弟夫，（父母养成们没妻夫，）

　　尧约傲奴帮租租赛尧。（不知拿谁帮我伴给我。）

女：应条盐梅独填奴嗽骂河实多夫，（如我们家有条鱼谁还去河买豆腐，）

　　盐梅肠弄奴愁。（家有仔舅爷谁还愁。）

男：加令唐务那肉培骂占唐多，（秧插块上你又莫来占块下，）

　　梅早记人那肉培骂搂底条。（有夫的人你又莫来哄底我的。）

女：难箧唐多尧牙有骂探唐爹，（难想块口我也要来剪块下，）

　　唐务难角尧牙有骂唐爹探。（块上死杆我也要来块下剪。）

男：探苟斗光造筛雅，（剪禾留秆暖肥田，）

　　布甲留挧造筛燕。（摘瓜留挧暖肠园。）

女：探苟斗旺造筛雅，

　　剪禾留杆暖肠园，

　　独人租尚克梅尼怒造筛娘。

　　个人情伴没有点哪暖肠阿妹。②

男：探苟斗昭选筛雅，（剪禾留杆暖肥田，）

　　孝里扳假闷我的郎。（你们得伴那闷我们阿哥。）

女：克射斗，（不舍秀，）

　　尧比王朝星就难斗念。（我比王朝星宿难秀月。）

男：王朝多念光通通，（王朝与月光通通，）

　　乃孝［K］梅租美比鸳鸯。（这你们自有情转比鸳鸯。）

女：王朝应念离达步，（王朝与月离大段，）

　　考夜扳假结堂弟夫六十年。（你们与伴那结堂妻夫六十年。）

　　［或，尧想那朝六十年（我想你哥六十年）］

男：王朝应念离登步，（王朝与月离段把，）

　　丑独排布名孝道结情。（等只排布与你们我们结情。）

---

① 月是：园地。

② 这四句缺直译。——编者注

女：孝刚应条结情怕 [K] 收，（你们讲与我们结伴巴不得，）

    尧比王朝金就难斗念。（我比王朝星宿难留月。）

男：狗埧较雅记石应条跳捞汪，（条鱼里切那肯寸我们跳进小坑，）

    腊箧胜胖地石有条腊汉劳。（姑娘多高肯要我的仔汉穷。）

女：傲买胜弄妖孝闷，（付妻乡沟怕你的闷，）

    转应扳假六十年。（转与伴那六十年。）

男：傲买移弄肉梅囊冬应囊沙，（休妻里山又有笋冬与笋春，）

    送吴赛巴为骂肃。（送吴给舅妈做菜青。）

女：捞条囊赖尼肉咬，（六条笋好等又咬，）

    捞堂情赖伴肉见。（只处情好伴又争。）

男：孝条囊赖板肉咬，（你们条笋好伴又咬，）

    条条囊牙板有溜。（我的条笋坏伴多秀。）

女：想都空，（想都空，）

    孝梅成浓想都难。（你的有处拉想都难。）

男：独人朝尚梅党培金交，（个人情伴有当莫向头，）

    情你梅朝培门楼条娜乃亮。（情伴有当莫本哄我们哥这爱。）

女：达较铜钱嫩温奔想孝，（从那铜钱还少本想你们，）

    达较铜钱嫩温本想它。（从那铜钱还少本想哥。）

    在云那租，（不语你哥，）

    丑乃溜农情你娘单岔培梁。（就这秀妹情伴妹单月背梁。）

男：想条够西里，（想我们早已得，）

    想扳牙这 [K] 里那。（想伴两边别得你。）

女：腊扳牙这条在跨，（仔伴两边我的不想，）

    情你这堧嫩苋龙。（情伴边腿还中腹。）

男：里花务皮堆培审，（话花上皮死莫信，）

    有望合同盖引审筛孝。（要得合同盖印俪肠你们。）

女：里花务皮令溜溜，（话花上皮滑溜溜，）

    犒龙那租本审尧。（里腹你哥本仅别人。）

男：克纷里花一努鸟，（不知话花怎乃样样，）

    移龙朋包想孝那。（里腹浮泛想你的厚。）

女：里花务皮令溜溜，（话花上皮滑溜溜，）

    奔愁鬼梅先贺罗往见。（本愁话空相哄能脱缆。）

演唱者：

　　　男：罗香全、罗先良

　　　女：杨连花、杨述花

录音者：何承文

记译者：吴炳金

采录地点：林溪乡冠洞村

八斗村情歌对唱之一

女：

占苟晚早脚郎望，望堂情二孩骂买邬台。（吃罢晚饭走郎盼，盼情人不来妻子留住。）

尧想约孝道妻夫，引样同路主各堪。（我想约你做夫妻，两人同路走他乡。）

引样同路主困长，该想闷乃任妹娘金花登宋。（两人同路不怕远，会晚跟情人讲几句真心话。）

灭哉相想挡骂弯，比要身依尧换想孝那。（有心相爱挡来换，莫给我心身不安想得多。）

男：妹灭忙赖在尧滚，打仑你骂困敏道。（妹有什么好货先给我，以后你来我家是我们的。）

女：哥灭忙赖在尧滚，打仑尧等定在你。［打颈穿］（哥有什么好货先给我，以后父亲打得颈穿再给你。）

男：妹灭忙赖在尧滚，尧灭忙赖屋鸟远。（妹有什么好货先给我，我有好货还在屋里头。）

女：哥灭述亚台骂换，尧空忙椒斗在你。（哥有绸布拿来换，我无好货留给你。）

男：妹灭忙赖在换挡，你妹若想挡聚银。（妹有好货来换挡，你若会想慢聚钱。）

女：挡金挡银为挡茗，要结鞋鸦为挡重。（金挡银挡是轻挡，要对布鞋作重挡。）

男：周鞋捂脚赖板登，仁刚货尧牙道台骂为挡重。（脚上布鞋同伴穿，如果是我的拿来作重挡。）

女：灭哉结挡相守，比在人谁半路肉相丢。（有心结情慢相等，莫给谁人半途又丢情。）

男：你亮尧亮抗平基，独劳尧亮抗背梁。（你爱我爱阳光照高山，光是我爱阳光照不到。）

女：你亮尧亮里赖刚，独劳尧亮水水仓。（你爱我爱话好讲，光是我爱水流去。）

男：你亮尧亮人屋妻夫端易利，本腰哥亮妹厌刹度难。（你爱我爱夫妻也容易，光是阿哥爱妹很是难。）

女：努主赖赖斗嫩花神仙，慢能慢更哉慢朋。（看你好像朵神仙花，越看越美心越想。）

男：尧亮你妹打底看上斗独燕，打务看下到脚斗一祝英台。（我看你妹人他像只小燕子，从下看又像祝英台。）

女：努主更更斗条竹打殿，慢能慢更哉慢朋。（看你漂亮像竹林中的笋子，越看越美心越爱。）

男：努主更更斗独龙打浪，咀该赖刚揩哉想孝道共屋。（看你美丽像河里的龙女，嘴不敢讲心中想你共一屋。）

男：十七十八揩哉想孝道妻夫，翻个心肚主下留。（十七十八心中想你做夫妻，交个心底总不留。）

　　滚时任娘刚正灭闷地，谁若情二里务祝。（前时和妹讲真有天地，谁知情人里不实。）

　　闷多月长太邓把，但腰孝主厌情妻。（日长月久人来破，但怕情人讨厌妻。）

　　人该争意孝该，太难相利眼至流。（人不争气不妹配，我难得你眼泪流。）

　　反了述亚台骂换，新乃江河水滩散东西。（衣了绸布拿来换，这回江水下滩散东西。）

　　但本要列灭美赔，该及主上当登鱼。（但求人家陪一首，不及情人心当时。）

　　十二墨手你拜排，言要歌赔该斗祝。（十二手指你去数，话用歌还对不起。）

〔以下多耶，只有侗语汉字注音〕

女：呀唔耶，

　　正月仔鸡赖空推哪，〔重唱句〕

　　该若揩哉孝主想一忙，〔重唱〕

　　灭哉结上刚半部耶，〔重唱〕

　　比在人谁半路该素故乱傍，夜耶〔重唱〕

　　主比二月仔猫白转花油独专守，

　　但腰孝主故为流涟任别远背娘，

　　三月狗追登同相，

　　主上骂到要相鸾，

　　四月落并江河张，

王龙纳赛影拜胖。

五月仔猪赖板骂买利钱用，

牙道郎娘相凶丑哉亮，

灭哉结上牙有搭随心仲想，

莫比六月蛇当想烘抗，

七月仔鼠过底崩，

莫斗老守各等想占万，

灭哉结上妹本想占香伴纸，

台嫩堂情拜莽想哥郎釜心肚亮。

八月马背鞍皮骑拜底，

颠哉想孝桃乱隆，

九月仔少鸾独岑占草，

芝鸾你主边结上，

莽阳鸾孝杀要该，

该及主任买主端部相鸾哈若牙孝船共汤，

上月十一干忙小娘早晚绕，

主比虎该还专宣高粱，

主比月年美鸭温骂等占烂各寨，

乃该相逢容主人赖拜登弓样，

加牙该咧哇该咧耶。

［翻译员讲解内容，是用天干地支，甲子丑寅卯等来还的。……］

［继续唱情歌］

女：约主相搭拜比转，报别揩言比算你一办。（约你私奔去不回，叫屋里莫算你一后生。）

男：你妹约尧西打困怒度西路，台嫩哭同任锅该论记怒度西言。（你约我私奔不论在哪里都愿意，拿上锅头和碗不论哪里都是家。）

女：约主相搭河卡客，男女血全仑又转骂鸾公道。（约你私奔过六甲河，以后生男生女再回来劝老人家。）

男：约主相搭上河程阳下河冠，搭打河晒报堂情二一概比想言。（约你私奔走过程阳再上冠洞，走到晒江叫你情妹莫想家。）

女：约主相挤拜一部，守别老人困路虽骂言。（约你私奔去一段时间，等屋里老人把事情办妥再回家。）

男：约主相搭拜比转，了本拜那次仑转骂养猪赔。（约你私奔去莫回，若花钱多
　　以后我们养猪来赔。）

女：约主结上主纳等，约哥桃花里米主纳甜。（血一尧想困妻夫，为主哉多困嫩
　　丛放告。）

　　约你结情你黑脸，约你开点玩笑你心欢。（照我想法我们成夫妻，因为你心
　　多现在好像棉晚纱。）

男：结度米结冷约放，血一搭哉你想罕度难。（还未结情你就约我离，若像你的
　　想法肯定结不成。）

记译者：杨通山

录音者：王风等

采录地点：八斗村

八斗村情歌对唱之二

男：闷乃相逢哉冠纸，杀一冲堂戈一龙底孟。（今日相逢心欢喜，好像鱼虾遇龙
　　在潭底。）

女：闷乃相肘哉冠纸，昆该相剥时乃浓。（今日相遇心欢喜，以后难得现在乐。）

男：闷乃相时落相利，果要时忙利孝情二岑共工。（今日相逢难相得，不知何时
　　与你同做工。）

女：努尧利孝岑牙同拜远同刹，脚共美假努风登谈牙道哥赖团唆哨。（若我得你
　　一同上上同去园同休息，大树脚下如有风来我俩同吹哨。）

男：脚共美假听嫩风妖妖，同唆吹哨尧牙要一个里挡量。（大树脚下风飘飘，给
　　我们同吹口哨好商量。）

女：岑牙同拜远同刹、脚共美假要哥情二吹哨妹多嘎。（山也同去同休息，大树
　　脚下让哥吹口哨妹唱歌。）

男：打拜脚共美贾多嘎尧打远滚听孝主，努得孝娘同路郎面甜。（大树脚下唱歌
　　我从远处听，若得情妹一路我脸甜。）

女：时乃逢孝时乃讲，水壶和糖时教忘登闷。（这时相逢这时讲，话甜像糖水我
　　什么也忘记。）

男：独要牙道讲个金银夫，早在你主买在教。（只要我俩讲真言，丈夫给你妻
　　给我。）

女：刚里正正利干刚，刚里路啦比刚多。（讲真实话有心讲，若讲假话莫讲多。）

男：刚里路啦果观刚、刚里正正独要牙道分当台。（若讲假话不会讲，讲话真真我想和你换把凭。）

女：刚里正正该喽主、搞隆心肚苦在孝。（讲话真真不哄你，腹里心肝端给你。）

男：里化务皮教孩省，美手上行省在孝。（皮面花言我不信，手拇盖印我才信得你。）

女：乃教该若里化一努鸟，搞隆朋包想孝教正骂。（我是不知花言怎么样，内心上下不安我只想来跟你。）

男：闷乃逢孝正冠之，努报利堂情二尧度赖主重。（今日见你真欢喜，若得你成为夫妻我就很满意。）

女：努道讲赖次乃同拜道就利，本要次昆你骂别利孝。（若是讲好一同回家那就得，下次你来恐怕人家又得你了。）

男：平板牙边比骂滚，独要牙道为利孩？（两边的朋友莫讲是，只讲我俩得不得？）

女：时时度领利，该灭时努领该孝。（时时都领得，没有那时不认领你。）

男：时时度领利，本芳一时领该主拜别。（时时却领得，一时领不得你就嫁别人。）

女：本米拜谁芝，鸟言教独守孝。（我不嫁谁呀，总在我家等着你。）

男：比雅刚，努哥宁要孝肉难。（莫那样讲，若我真要付你又后悔。）

女：比刚条难量条肯，一定要登六十年。（莫讲后悔商量真的，一定要得六十年。）

男：想六十年太难利，想六十天尧牙赖孝重登时。（想六十年想不得哟，想六十天也许我赖你得体面。）

女：十想人本正骂观。十想为观独要尧骂彭主那。（十想结情要来走，十想结亲让我想天来缠你。）

男：你观尧守度易利，尧鸾你避忙乃无用空本浓。（你等我缠就容易，只怕我缠你又回避那也真无用。）

女：鸾岑为园占骂刘，骂刘教苦道要黄交葱。（围山做园吃青菜，青菜苦苦就加韭菜和葱花。）

男：骂刘西苦尧占利，本愁淘里尧苦情二该占哈。（青菜苦苦我吃得，只怕我的话语苦苦你不能吃。）

女：骂园西苦独要黄交葱。（青菜苦苦就要韭菜和葱配。）

男：黄甜菜刘为利打，本愁独人仔巴该纽教牙难。（青菜掺韭菜也吃得过，就怕
　　姑妈的女不肯嫁我我才苦。）

女：主情该纽教该怪，尧各怪尧条命空推难代孝。（情人不爱我不怪，我只怪的
　　命不好难配你。）

男：不刚条难独要牙道量条肯，担重不论登郎帮。（莫讲难配我俩总要商量好，
　　担子重重互相帮。）

女：担重不且报哥情二快骂帮。（重担不怕，请哥快来帮上肩。）

男：硬要替，意行浓赖努为忘。（硬要代替他，妹的情意这好我怎样忘记。）

女：孝任独人买孝脚未［nA］［入］门笑又忘。（你和妻子刚走进门一笑就把我
　　忘记。）

男：独人买教嫩盼主，妻夫教郎必是还盼主拜我。（我的妻子还盼着你，还望你
　　帮情哥去找个对象。）

女：哗孝，孩有尧要主告灭。（你呀！不用我找你早有啰。）

男：哗孝，次乃努堂情二孩要尧努灭。（你呀！若你这次不帮我找我哪里
　　有啰。）

女：乃孝老人还定堂赖赖。（你们老人家早已和你定得好好的。）

男：老人定骂教该有，本比仔油仔狗有再央。（老人定的我不要，像那油桐茶树
　　要再种。）

女：仔油仔狗央有部，尧有你主六十年。（种油桐茶树有季节，我要和你六
　　十春。）

男：农刚里乃丑里乃，不刚里仑独要牙道岑共工。（妹讲这话就这话，莫讲别的
　　就得我俩同山共做工。）

女：里乃丑里乃，该灭里忙仑肉在孝郎该依。（这话就这话，没有别的话给你以
　　后不能依。）

男：你农依利尧依利，本要独人早孝依该你。（妹你依得我依得，就怕你的丈夫
　　不依你。）

女：哗孝，独人老教随西娘。（你呀，我们老人随便我。）

男：努尧要你但忧老孝郊该沙，不及言巴孝赖盖天下。（若我讨你又怕老人不愿
　　给，因我家不比你姑妈家富裕。）

女：教牙懒拜人情告，转骂熔银合钦任堂情二烧个瓦合窑。（我不愿嫁旧情人，
　　转来熔银共钦跟你做个瓦共窑。）

男：主告本主告，主告嫩彭你本告嫩主美丢。（旧情总是旧情，旧情人来缠你又

把我新情人丢。）

女：人情主告斗伴关，努伴难关容郊单。（旧情人留给人家管，若人难管随他单身。）

男：年乃砍竹为笙美，笙告屁同该亏你主是。（今年砍竹子做新芦笙，旧芦笙没有笙筒亏你还去吹。）

女：笙告屁同必是响唆拥拜胖。（旧芦笙虽然没筒声音也还响去很高。）

男：笙拥拜胖仁听厌，共一塘田牙孝早孝秧共田。（芦笙号响吹得厌，同是耕田你和你的丈夫共块插秧。）

女：牙道相彭比在厌，铜钱合破同鞋仁挡沙丢天。（我俩相爱不要厌烦，免得破了的铜钱和布鞋都是没用。）

男：王龙搞江拜寻海，等尧厌主果闷怒。（河里龙王去找海，要我厌你不知是哪日。）

女：主上斗尧端斗利，尧斗独人主上尾乃难。（你若丢我真丢得，要我丢你为什么这么难。）

男：匹亚斗竿安斗窝，皇帝斗朝尧度难斗孝。（布离竹竿鹅离窝，皇帝离朝我也不离你。）

女：〔重上〕

男：龙拜斗江罢斗海，主拜斗尧斗嫩菌斗脚。（龙去丢海鱼丢江，你丢我呀像那菌子丢了脚。）

女：努尧斗孝端斗该，牙手抓纸死就忘。（若我丢你真难丢，两手拿钱纸时死了才忘记。）

男：主上斗尧斗了套，斗个饭告该邓撬。（情人丢我真丢了，像丢旧饭懒得铲。）

女：端斗该，对困独居本任你。（真难丢，死成个鬼也跟你。）

男：主上斗尧沙一笋斗殿，闷抗背岑牙孝早，孝背仑〔ton〕尧。（情人离我像那竹离林，和你的丈夫一同上山做工，背着我们又是那么好。）

女：独鸟金鸡飞打海，哥又有别尧努骂。（一只金鸡飞过海，哥有别人我怎来。）

男：教比金鸡燕离窝，又比汉彭全世转骂主绕孝。（我家金鸡不离窝，又比汉彭一世回来缠着你。）

女：主比金鸡拜了套，尧比占钱又本转骂绕主上。（你家金鸡飞走了，我比土家雀本回来缠着你。）

男：金鸡飞岑独有兑，媄有早赖该登教。（金鸡飞过是有伴，你有好夫不跟我。）

女：孝比虽毛翻你劳冲套要难转。（尧牙果要里忙邓劝劝堂情二任教会梭龙。）
　　你家公山鸡翻生走进草冲难要转回，（我也不知用什么好话来劝劝你情人回
　　来和我龙共江。）

男：虽毛翻岗冲打冲，行苦教骂彭主情。（雄山鸡翻岗冲过冲，亏我常来缠
　　情人。）

女：鸟随拜河罢寻三，安该占弱在妹娘全果努亮。（鹭鸶下河鱼寻滩，鹅不吃虾
　　给我冤枉爱。）

男：金鸡灭兑独飞上，孝任早孝该厌果努亮。（金鸡有伴飞上天，你和情人好好
　　我怎爱。）

女：教任早教该仑基，报哥情二骂要头世尾。（我与丈夫难定一世，叫哥要来和
　　我后半世。）

男：孝拜伴贾六十年仲七十水，椿苟务碓早孝帮。（你嫁别人六十年中七十岁，
　　舂米碓上夫来帮。）

女：教任早教难仑世，乃教少条美压该开告。（我和丈夫难成一世，少一根压板
　　难织布。）

男：孝拜伴贾拜一世，斗条美压开告肯起灭。（你嫁别人去一世，好像织布机上
　　经与纬。）

女：孩拜邪，转骂言鸟道再谈。（不嫁他，回到娘求我们再商量。）

男：六十年仲孝本任别工同耕，七十年水你本任别火共杀。（六十年中你本和人
　　工同做，七十岁是你与别共火塘。）

女：教本懒拜人情告，转骂熔艮合钡任堂情二烧个瓦合窑。（我只跟我的旧情
　　人，转来同钦熔银同个窑来烧瓦。）

男：你孩拜邪孩拜该，老孝任堂情二为一困。（你不嫁他怕不行，因为老人和你
　　的丈夫共一边。）

女：尧孩拜邪孩拜刹，该江奶教言邪骂。（我不嫁他也可以，不是我妈以前从他
　　的家来。）〔姑表亲〕

男：婚姻自由老孩懂，老孝本滚该在骂。（婚姻自由老人不懂，老人为什么总不
　　给你嫁过来？）

女：婚姻自由道有走，孩有老刚你相通。（婚姻自由我们要坚持，不要老人讲青
　　年人自己商量。）

男：婚姻自由太孩懂，老人本滚骂腊汉穷孩有忙顾爹。〔众笑〕（婚姻自由老人
　　不太懂，他不给嫁给我这个穷汉是怕我以后难题顾外婆。）

女：比刚苦，牙比刚穷独要牙道龙共孟。（美讲苦，世美讲穷我们做个龙共江。）

男：主上拜客全世［好］，努主骂尧甫主该亮奶主甚。（情人嫁给别人一世好，如果嫁我你爸不欢心你妈又恨。）

女：雄言胖胖打务雨，老教嫩想大庇你。（木楼高高高过禾廊，老人也想我嫁给你。）

男：雄言胖胖打务基，老该在你情二买在教。（木楼高高高过山，老人不给你嫁我也是难。）

女：雄言胖胖打务基，老教本望你骂要。（木楼高高高过山岗，老人本想你来娶。）

男：骂次第一甫主骂，骂次第三美主那就教出言。（来第一次你爸骂，来第三次你爸拿棍子撵我出门。）

女：主骂次怒拜江贾，年年月上比相收苟内雅朋苟为宽贾央毛。（你来一次算一次，年长月久总有一天我们共一块田好刘又共田施肥。）

男：骂要一次又一次，老孝该愿整西教彭田地牙道本斗荒。（来了一次又一次，老人不顾，我们常来也空田地总会丢荒。）

女：你西要拜老要嫁，报哥惹言教远。（青年要好老人才同意嫁，叫阿哥美怕我的家离得远。）

男：老该在骂人穷苦，劳堂财主老孝亮。（老人不让嫁给穷苦人，如果是财主老人就喜欢。）

男：田圹雅干嫩犁利，主情有妻行苦亮。（田塘干了还可再犁，你有了情人不能再爱。）

女：田圹雅干鸟边海，任哥情二同推要加花。（田塘干了在海边，如果哥顾我们再灌水。）

男：反字该仲主该爱，结堂款美主情美亏喽教亮。（八字不同你不爱，你结个新情人给我们吃大亏。）

女：结堂情美尧亮你主六十年。（结新情人就要和你结个六十年。）

男：牙人相爱本想拉平基，但要情二半丢教。（二人相爱总想爱到尾，谁知你半路又丢我。）

女：努尧斗主端斗该，努他客下斗竿油杀孩收尧斗仔姑该用彭。（若我丢你真难该，除非商店不收茶油我才不来缠你。）

男：和尚揩晏外拜走，主上斗尧拜村结夫妻。（庭里的和尚在外面走，你丢了我又去和别人成夫妻。）

女：主上报你比放寨，结堂情二先化努你宁骂比劳屋。（情人莫去跟别人，如果结个叫花子恐怕你不给进屋。）

男：老教报尧拜寨比拜米，端利行人一孝尧想孩要郊观［骂］尧。（老人叫我走寨不要空走，若得像你这样的人老人早就要我讨。）

女：老孝报你骂你骂，努讲行人一乃比要拜。（老人是叫你来走玩耍，像我们这种人莫要讨。）

男：任孝结堂孩亏讨，等早孝厌果天怒？（和你结情不吃亏，等你丈夫放你等到几时？）

女：结堂性美人高迈，等买孝该若天怒。（结新情人在高迈村，等你妻子放弃到几时。）

男：教鸟高迈岑胖矮，拉隆日晚本亮孝。（我连高迈山高高，早早晚晚本想你。）

演唱者：

　　　　男歌手：杨永芳、吴健、吴农胜、陆万团

　　　　女歌手：杨社端、杨腾引、谭婄旺

记译者：杨通山

录音者：贺嘉

八斗村情歌对唱之三

女：努教利堂该离许，王轻任月该沙离。（苦我得收总不离，像星子和月难相离。）

男：王轻任日你努嫩怒科打滚，尧正王轻月明夜打滚月。（星子和月你看那个走在先，我是星子半夜比月先落。）

女：王轻任月光灭部，买之离堂独要娘登孝。（星子和月有时亮，你离妻子拿我去跟你。）

男：王轻任月同翻界，报妹比惹屋教远。（星子和旧同翻山，说妹不怕我家远。）

女：三十里困脚仔女，百万里路更主太时尧牙孩情言主远，（三十里路女人脚，一百里路我也不怕你家住得远。）

男：困远赖一哈，任哥刚打述相搭。（远路好得很，和哥讲好就私奔。）

女：教本想道结堂困远正情二，怕你里花里米时乃孩邓仑波邓。（我本想我们结情真是好，怕你花言巧语现在不退以后又悔。）

男：困远赖忙嘻，一年四季难骂行。（远路好什么，一年四季难回家。）

女：拜早困远宁赖嘻。言灭节季约堂情二滚闷骂。（嫁到远地好得很，家有季节我和情人头天回。）

男：堂情困远堂情坏。该及堂情揩寨早晚相邓手拍来（远路情人有什么好，不及本寨情人早晚相逢手拍肩。）

女：夫妻西灭孩斗字，乃本守哥情二困远孩守谁。（丈夫是有不中意，我只等你远路情人不等谁。）

男：主鸟村东早村东，孝度各灭时度孩到教。（情妹一村丈夫共一村，你已早有几时轮到我们。）

女：教鸟村教妻牙空妻夫空夫、努报灭妻灭夫芝牙敏苦到村孝。（我在本村没有情人没丈夫，若有情人丈夫我也不到你村来找。）

男：孝本任别臂镯邦，脚手留良盖三江。（你已和人戴手镯了，手脚勤快盖过三江县。）

女：臂西空镯耳空剪，高空银梳，努堂情二要别远乃看。（手没银镯耳无银环，头无银梳，看你们结亲我远处望。）

男：闭大孩努述易利，牙大要要斗堂情二拜别正该平。（闭眼不见那也容易，两眼睁睁看你和人结亲我心里不平。）

女：斗主拜别正该沙，容邶闷努秧转诉。（留你讨人真难舍，管他几时总有一天秧转青。）

男：放圹萍本塘萍，努放圹袍尧度难想孝。（秧撒在秧田，秧插进禾田我也难想你。）

女：淘里牙道要比斗，一定要有彭灭闷尧困人寨孝。（我俩情话莫要丢，一定要缠有日我会成你寨的人。）

男：比赛斗……

　　莫要丢……

女：……

男：尧台里主本依主，本腰主台里别晚肉邓。（我记你的话总记前，只怕你记别人的话后来又丢我。）

女：尧台里主斗一剪台蒜，算定孩拜独守你。（我记你的话像剪刀记得蒜，算定不嫁人一定等着你。）

男：独人主上里衣米，里花登尧时孝隆登别。（情人只爱讲花言，花言给我你的心跟别人。）

女：该若里花一努鸟，搞隆朋包想孝哥共言。（不知花言是哪样，内心不安只想和你共一家。）

男：……斗堂情二拜别尧端难。（……留我情人出嫁我真难平。）

女：报孝比量条难量条肯，一定要登六十年。（叫你莫讲难得讲相好，一定要好六十年。）

男：想六十斗太难利，想六十闷独人主上竹合笋。（想六十年太难得，想六十天情人和我竹跟笋。）

女：想六十年一定有平部，揩隆心肚补想孝。（想六十年一定要到手，内心想你不想谁。）

男：喽郎上美主收梯，砍教未到主拜别。（哄我上树你收梯，未砍得藤来拿你已嫁人。）

女：刚里正正咧，孩灭一笨喽主情。（讲话真真呀，没有一点骗情人。）

男：孝度里花米，宣乃述哥有要主报难。（你是讲花言空语，这次我讲要来讨你你又请难。）

女：哥要时努教度秤时贾，两相共华搞雅报哥比厌邓用毛。（哥要那时讨去那时去，像田里禾苗我们只等哥来放肥共田长。）

男：是留开花盖平败，主为里花善丙尧。（希榴花开满山红，情人花言来哄我。）

女：彰若里花一努鸟，揩隆朋包想孝道孝各灭。（不知花言是哪样，心中想想只想和你共一家。）

男：孝任早孝平困水塘深水井，卡尧若省伴得利孝。（你和丈夫情深像井水，等我醒时人家已得你。）

女：教本想孝要为利，情二灭堂干若在教娘乃亮。（我只想你结为夫妻。因你已有情人冤枉给我心爱你。）

男：郎金甚净本甚净，娘宝甚净任堂情二孝拜岑刈干。［蓝靛］（我郎单身本单身，阿妹单身又有丈夫一同上山刈芝靛。）①

女：娘金甚净本甚净，娘金甚净空有处努领多扛。（阿妹单身本单身，阿妹单身没有那个来领情。）

男：……

女：独劳尧刚你孩省，孝拜问伴牙这别刚正。（光是我讲你不信，你去问同伴他们会讲真。）

---

① 蓝靛疑为唱腔或曲牌名，类似"蓝靛花"，又名剪剪花，靛花开等。——编者注

男：正难省，问伴牙这血报灭。（真不信，我问别人都说你有了。）

女：努教灭早虫灭骨，和尚灭梳夜灭报。（若我有夫虫有骨，和尚有梳蚂蚱也有角。）

男：……

女：你报芝灭尧嫩欠，任刚三月出蕨约堂情二拜要道血灭。（你说我有我说无，若是三月蕨菜我约你去找那我们都会有。）

男：放早度难你孩欠，任刚三月出蕨约妹情二拜要岑打岑。（你难离去你不少，若是三月蕨菜我和你一同去找山过山。）

女：孝灭情二抗打基，尧空情二互比该挑果要谁登教。（你有情人好像日头过山梁，我没情人好比单果不知谁跟我。）

男：教牙报孝比有选，皮杉孟萌时乃独要尧登孝。（我说你也莫要选，木皮盖棚这时只望你跟我。）

女：主报尧选拜怒选，选得行人一孝难选拜。（你说我选去哪选？选得你这样的人没法再选了。）

男：尧报你妹比有选，该江神仙慢拜祭。（我说阿妹莫要选，不是神仙不要常去拜。）

女：教牙报孝比有选，血一你选，在教仔妹人穷仑一乃鸟说困妻。（我说你也莫要选，像你这样选我的穷妹仔去哪找丈夫！）

男：你报比选牙有选，该江美杉这困劈求梭（你说莫选也要选。不是路边杉木砍了就成扁担。）

女：……

男：同世结上比有选，你主选别别选教。（同一辈人莫要选，你选别人人选你。）

女：比有选，皮杉孟言时教难选孝。（莫要选木杉盖房我们难得你。）

男：皮杉孟言嫩灭主骂放，选拜选转该若时怒打基人。（木皮盖房还有瓦来替，选来选去不知几时误青春。）

女：教牙报孝比雅论，要吉瓢更起冲当利孩？（我说你也不要选得很，拿个调羹在碗行不行？）

男：……

男：努孝独人主上心仲血路尧牙头乃拜仑写信拜言有到谷，信孩到谷比报郎金孩信骂。（如果你真心想我今后你写信一定要等到手，信不寄到手莫说我情哥没信回。）

女：哥多信骂果识字，忙乃怜杀情二哭骂那。（阿哥写信我又不识字，可怜情妹的苦太深。)

男：骂了信一信二，骂了信三孩努情赖复信骂。(写一次信又二次信，写第三次信如你有心就要等信。)

女：果识字，努若识字任堂情二信相通。(不识字，若我识字就和情哥互写信。)

男：算哉尧想在行货，在嫩亚包交别妹主情。(若心想我给一样东西，给个头巾给你好情人。)

女：在行货，在个镯果要哥情二任月劳央园。(给样货，给只银镯给哥好像月亮一样圆。)

男：在行货，在尺亚素赖孝仔姑利补鞋。(给样货，给尺蓝布给我得补鞋,)
　　看主虽身登平正，……①

女：乃教秤岑耕工整正妹，比本报教该登孝。(每天上山做活总想妹，别说我不愿和你好。)

男：主上该仑报该仑，比刚拜岑仔兴加耕工。(情人不论传不饱，莫说此山做活就是一下子。)

女：言空夫妻打拜岑冲耕工干苦为，邦别祝舅只家，岑冲耕工斗梭娘。(我无丈夫上山做活冤枉辛苦，帮人家做活人得发家我着力。)

男：努主一大利头世、努主一笑值利一船银双毫。[众笑] (见妹一眼像得半世，见妹一笑值得一船的银双毫。)

女：时乃世界用银纸，努用银毫时度尧利孝。(如今世界用纸币，如用双毫我也早得信。)

男：努主一大骂头世，乃教闷昆各亮头世尾。(见妹一眼来半世，留我日后想你后半世。)

女：本赖人教高干懒，[毛扛] 任刚高干担毛时度尧利孝。(只因我是尖头竹扁担，如是挑肥的木扁担我也会得你。)

男：高干担毛你度本该教。(你是挑肥的木扁担几时肯跟我？)

女：该亏你主报尧该，时怒骂问尧该你？(亏纳你说我不肯，几时问我我说不愿？)

男：在尧彭彭度孩利，在别伴加太彭该彭果郊时怒本利孝。(给我缠缠又没得哟，人家不来缠倒反成为夫妻。)

女：十猛想孝劳猛利，嫩灭九猛孩利桃乱那。(十人想你一人得，还有九人不得心里乱。)

---

① 原稿有缺漏，无直译。

男：你妹挑乱嫩灭独人早孝任你刚，宣乃多尧揩哉桃乱主上添。（你心中烦乱还有情人安慰你，我心中烦乱只为你增添。）

女：不要乱，乃孝灭人为宣赖困忙？（不要烦乱，你家人妻子做活烦乱什么？）

男：努为报教比有乱，乃教少人为赛端正亏。（怎么叫我莫烦乱，只因无人做活真吃亏。）

女：孝任买孝随鸟这火同为宣，邬开盖哭你又不拜观翁干。（你和妻子同在火塘同烧火，他去拿鼎罐你又跑去拿酸坛。）

男：……

女：孝度二人合式火同起，起火烧麻牙孝买孝随登烤。（你们二人合气同烧火，火烧起来二人又同在一起烘暖。）

男：空独起火亏老伙，尧劳这大邬出言。（没人烧火真吃亏，我进大塘他又出去）

[指狗]

女：乃孝利人合式同脚同江刚里细，刚里纽艺忙雅合式一世人。（你和情人合意同步走路讲细语，细语绵绵真是配做一世人。）

男：孝任早孝笑拟宁，在别老人孩闷该若牙孝生意忙。（你和丈夫笑眯眯，老人不知猜不出你们笑什么。）

女：乃道你人本彭本笑哈正利，努报本彭本哭别利你。（我们年轻人边谈边笑才相得，如果边谈边哭人家就得你。）

男：灭哉结口本刚本笑道述利，努报本刚本万宁有哥加赖办正利孝。（有心结情越讲越笑我们就得，如果边谈边哭真要个很漂亮的后生才能得你。）

女：乃教时乃逢主哉甜低，昆该相利时乃浓。（我们这时逢你心欢喜，以后不得这时也心甜。）

男：果努为报斗条哉，果努为鸢宣乃要孝娘登教。（不知叫我怎样死心，不知怎样纠缠要你来跟我。）

女：冷结冷要道述利，结堂情二斗久哥哉多。（就讲就结我们就得，结情久久怕你又变心。）

男：条哉郎金本一先，该若娘金一先孩。（我的心和原来一样，不知依旧或是没有？）

女：孝咧！雄岑隔岗该若你亮记西孩？（你呀！隔山隔岭不知你真爱还是不？）

男：雄岑隔岗该若孝娘努央想，血一尧想结妻比谁更合式。（隔岭隔山不知阿妹怎样想，如依我想结情只要人合意。）

女：乃教孩更共苟更共草，约哥随刚早在教。（我不爱稻我爱草，给哥同讲做我的丈夫。）

男：雄岑隔岗该若孝娘双记零，努刚堂妻未定述牙道。（隔一层山冈不知阿妹双
　　或单，如来与人定情就我两个。）

女：本嫩零，该灭谁定本嫩卡。（还单身，没有谁定本是剩。）

男：你报你零尧仁零，宣乃在道太随宿星登一双，（你说你单我也单，这次给我
　　们两个单身做一双，）

女：哥刚里乃述里乃，努刚里仑尧罢曾血就。（哥讲这话就这话，若是反悔我就
　　要去你家赶牛。）〔惩罚〕

男：妹刚里乃述里乃，努刚里仑尧本想道岑共工。（妹讲这话就这话，若讲另话
　　就是我俩同山做工。）

女：本腰里花略略故该闷，里米相贺本愁牙道哥赖船放朋。（只怕花言故意骗
　　人，如果花言巧语相欺只有船丢棚。）

男：孩灭咀多贺情二，嫩灭千宋里米客主台拜努央行。（没有多嘴骗情人，如有
　　半句空话随你拿去怎么样。）

女：村怒度该行咧，尧本行嫩人寨孝。（我寨我不想哟，我只想你们寨的人。）

男：水打坪谢别打滚，水打坪岑孝本该骂人寨教。（水过沙坪人过足，水过山岭
　　你也不愿来我寨。）

女：两打困怒西孩路，晚想为部劳村孝。（过哪一路也不想，一心只想进你寨。）

男：你想村教赖忙喜，占苟王纪累骂剪。（你想我寨好什么？吃苞谷饭送野菜。）

女：本有牙道人合意，苟杂王纪为道妹。（只要我俩心合意，饭和苞谷共锅煮。）

男：苟杂王纪尧问你妹台利记占该，努刚占利脚地搭朋牙道同拜高基要。（饭参
　　苞谷我来问你吃得吃不得，如果吃得我俩上山搭棚同地种。）

女：苟杂王纪教占利，剩同苟赖多劳包。（苞谷掺饭我吃得，我吃苞谷你吃饭。）

男：独人主上太若刚，里刚一漂在哥郎金尧端亮。（情人真是太会讲，讲得漂亮
　　给我心中更想你。）

女：仔妹村教正孩仑、温里温告该若条怒该斗孝。（我寨姑娘真不论，胡言乱话
　　不知哪处对不起。）

男：尧努你主处处斗，本劳一条你拜早早该斗教。（我看处处对得起，看一个对
　　不起的就是你不该嫁别人。）

女：仔你寨孝要买了，本卡仔妹寨教未平楼胖亮鸟言。（你寨后生却有妻子了，
　　只有我寨姑娘像木楼一样高了还单身在家里。）

男：仔妹寨孝拜早了，卡教郎乃斗甲……（你寨姑娘却也嫁了，只剩我寨后生

　　像……）

女：装苟拜要人合意，锄地王纪处劳灭见要哥情二远站妹挡吉。［拦］（装饭难找中意人，挖地种苞谷时请哥站地休息妹却挖。）

男：锄地王纪处努灭石，要妹情二多大尧多述。（挖地种苞谷遇有石头时，叫妹远看给哥用锄挖。）

女：地空灭石方贾虽赖大随发，翻地爱刺要哥情二远站妹翻去。（挖地遇石头我俩一起挖，若遇刺蓬给哥远站妹用手去扯。）

男：共败样血不过牙道灭闷利、多地王纪意行你赖尧努忘，（共山种茶叶我俩有一天会得收，挖地抖苞谷呀你的情意我不忘。）

女：孝利骂园忘骂雅，孝利伴贾厌教娘。（你得园里的菜忘记田里的禾，你得人家讨厌我们。）

男：教孩厌，你堂性二刚上，独妻牙道人包田共央。（我不厌呀，约你从今讲上，就要我俩田共插。）

女：同伴央橘条伴西数条尧雅，杀若你主该亮荒女穷，（同是种橘别人的青我的红，知道你是不爱荒了女。）

男：同随央橘条教雅，杀若难吃荒汉头。（一起种橘我的红，知道难吃荒了后生头。）

女：同根央瓜本想牙道尾共利，本部央甲谁若你主台拜插地别。（开头种瓜只想我俩后共收，半路种茄谁知你又栽别人地？）

男：同根央瓜本想牙道壁随利，半部央橘条教抗晒洋。（开头种瓜只想我俩一起收，半途种橘我的被晒枯。）

女：教比花李该若阴，主比共橘条当肉嫩数。（我像李表不知谢，你比橘子生枝又结果。）

男：主比花李开若阴，教比花油搞地本嫩开。（你像李花开了又谢，我像油茶花开满岭。）

女：花李米开花梨阴，花尧米开花主容。（李花未开梨花谢，我的花未开你向花已熔。）

男：花已西容花尧鸟，你拜克郊斗里在尧果努为西忘利孝。（你的花已熔我的花尚在，你去人家屋头留我不知怎样才得你。）

女：主比美邓这败把嫩嫩，教比……（你家坡胶骂树绿荫荫，我像……）

男：孝比美邓本一告，努为要堂情二买在教。（你像胶树总依旧，怎得和你讲好做我妻。）

女：努之往尼哉甜低，铜钱四季台骂分。（听你好言心里甜，破开铜钱分边拿。）

男：铜钱牙道滚时务手都，乃时你主台拜丢。（我俩过去破钱用手递，这时你又拿去丢。）

女：里主在尧台拜箱收务箱贾，时努烦烦要邓能［看］。（你的话给我拿去箱子里收，几时想使拿来看。）

男：莽你西丢莽尧乃嫩鸟，努为要堂情二到手牙道人主同坐月。（你的那边铜钱丢了我的还在，几时才能和你共月圆。）

男：占大看主度想乱，当劳尼样难绕斗堂情赖拜登别，（开眼看你心烦乱，因为难得共家留你情人去跟别个。）

女：……

男：斗堂情二尧赖拜登兑，伴利孝娘时乃在教郎背骚，（留我的情人去跟伴，同伴得人这时给我空背名。）

女：未拜人谁讨，打莽年先想任道。（未去跟别人，从去年起总和来跟你。）

男：行人一孝你报米拜尧孩省，打揩年去斗滚还告任别苟共雄。（你这样的人说未嫁人我不信，早在去年前年已和人家共饭桌。）

女：未拜人谁讨，到行年干一乃嫩未拜谁尧本愁教冷乃单。（未曾跟别人，到了这种年纪未嫁恐怕就要单身一世。）

男：该若灭人若灭约，听妹出梭若灭双。（不知人心知人像，听你讲话知道你有双。）

女：未拜人谁讨，骂告难占剩底盘，（未曾嫁别人，剩菜难吃丢盘里。）

男：孝任早孝更合果，早听伴么比要隐，（你和丈夫布共织，早听人说你不要瞒。）

女：教米任谁至合果，么伴牙这该江尧。（我未跟谁布共织，人家说别个不是我。）

男：早听伴刚独人主上双说零，比有温更喽教亮。（早听人说你有丈夫不是单身，不要说讲哄我们空爱。）

女：……

男：该乃伴贾若旋别牙利孝困妻夫，尧冠旋主干苦任孝道乃浓。（不及人家会缠早已得你做夫妻，我不会缠只是在这里和你玩一下。）

女：努若见本要见本，尧空见本本想任道竹共笋。（若能争得要力争，我无力争妄想和你竹共林。）

男：主拜早早怜己嘻，利年十四姑祝拿拜运加蓝。（你早嫁人真可怜，刚得十四岁就被舅爷拿去他家收。)

［姑表亲］

女：仔灭寨教米拜早，米平楼胖亮走甚。(我寨的姑娘未嫁人，未登楼高爱走寨。)

男：孝拜早早斗独鹰起把，孝拜伴贾阴花棉，(你早嫁人像个山鹰展翅飞，你嫁了别人像棉衣已落。)

女：伴贾利人合式花开打，乃教人该合式花转开。(朋友得人合意开过花，我们不合意花也会转开。)

男：花尧刚开花主阴，阴了十八花蝉尧本愁孝难转开。(我花刚开你花落，落了十八之花恐怕也难转开。)

女：主比花李开若打，尧比花棉揩地全闷开。(你家李花开会过，我家地里棉花整日开。)

男：花棉开花牙灭部，主有情二各江你牙有骂加叹尧。(棉花开花有季节，你有远地情人也不要来这里安慰我。)

女：花季米开花梨阴，花尧米开花包熔。(李开未开梨花谢，我花未开你花熔。)

男：教比禾米开花牙火部，宣乃各难谷打牙有报堂情二帮要人登教。(我家禾苗开花有季节，这次很难遇上请情人帮我找个朋友。)

女：你报尧问尧述问，你报尧要莫有人谁独要人自加。(你委托我找我就去问人，你若要人莫要别个就要我自己。)

男：努妹宁肯这乃刚，过拜锄地坪草样利瓜。(若你真肯这时就讲定，恐怕过后给我挖地人种瓜。)

女：锄地多棉年杀利，锄地多姜尧利名声伴利你。(挖地种棉明年收，挖地种姜我得名声同伴得你。)

男：锄地多姜仑拜灭闷利，锄地多搏［白芋苗］独人早孝独贾要。(挖地种姜以后有日能收成，挖地种白芋你的丈夫早得你。)

女：锄地多稀乃教干苦锄，该及伴加锄地多正灭闷利主情。(挖地种棉给我冤枉挖，不及人家挖地种薯有日得情人。)

男：锄地多棉年杀利，锄地样蓝独要牙道双对人。(挖地种棉明年收，挖地种蓝靛就要我俩成双对。)

女：锄地多棉年杀台拜多王纪，锄地多姜尧利各声伴利你。(挖地种棉不要拿去种苞谷，挖地种姜我得名声人得你。)

男：锄地多棉台拜多王纪，锄地多额打仑你骂道多茶。(挖地种棉又拿去种包谷、挖地种芝麻以后我们一起打油茶。)

女：努哥宁肯时乃刚，比斗坪岑仑肉骂困坪草驾。（若哥真肯这时讲定，莫留山地荒了以后变成草坡。）

男：水打坪沙别打滚，水打坪仁伴加利孝岑共工。（水过沙坪人家在前，水过山岭人家早也和你同山做工。）

女：水打坪沙，别打滚，水打坪宁宣乃在道哥打仑。（水过沙坪人家号在前，水过小沟这次我们同走后。）

男：水打坪沙别打滚，水打江河你主任别弱共瓢。（水过沙坪人在前，水流江河你和人家虾共篓。）

女：主上彭尧尧彭邬，努主该彭尧牙嫩拜彭邬忙？（情人爱我我爱他，若你不爱我又还去爱什么？）

男：太亮该亮荒登部，该彭该路行苦郎金嫩有要。（像爱不爱怎到头，家肯不肯冤枉情郎尤想要。）

男：伴加样不瑞想利孝比蜻蜓飞地到村务。（别人种瓜他已收，我像蜻蜓飞天到别处。）

女：教比蜻蜓穿归魁穿。（我像蜻蜓飞过小溪。）

男：教比蜻蜓起把下拜胖。（你家蜻蜓飞高到半天。）

男：教比蜘蛛结得独空地，打邑冲套杀若难要道共屋。（我像蜘蛛结网没翅膀，林中装套也知难要你共屋。）

女：孝利伴贾斗独塸斗浪，该灭人谁本刚要教远乃看。（你得别人像鱼得滩，没人说要讨我给我远处望。）

男：教比蜘蛛独空地，任刚独鹰打挬岑地远远起地旋。（我比蜘蛛没翅膀，若是山鹰早从高空远处展翅飞来缠。）

男：该想闷乃逢孝主仔人赖穿边肯各浓念念，任刚共果务邑尧牙难占折卡台。（想不到今晚逢你好漂亮的情人甜蜜蜜，如果是果树我吃不到也要折一枝。）

女：乃教空人多哞空人主，努为报教比想你。（我是没人相好未有主，怎么叫我不想你。）

男：独人主上荒了田虾梭，刀斗塘袍该亏你斗教。（情人丢我像丢了荒田，草塘离塘亏纳你离我。）

女：努尧斗主本斗该，该用钱买本嫩亮。（若要我丢真丢不得，就是用钱去买也还爱。）

男：主情买别牙道难同世，任利共屋牙道人主利干亮。（别个的妻子我们难共世，若能共一家也值得我心里爱。）

女：雄岭隔岗落人阴，利人同世利干亮。（隔山隔岭人少走，得人同世值得爱。）

男：利人同世尧牙孩怕条路努央长，利人同妻尧牙孩怕记贾难。（得人同世我也不怕路程怎样长，得人做妻我也不怕大困难。）

女：雄岑隔岗落利努，夜乃约孝主台节乱难聚麻。（隔山隔岭少相见，今晚见你心中烦乱像散麻。）

男：牙道刚赖皇忙央，报妹人主等抗拉主占。（我俩讲好多满意，野菜煮酸我俩一起吃。）

女：雄岑隔，雄岑隔岗肉隔河。（大山隔，隔山隔岭又隔河。）

男：雄岑隔，忙该收边雄岑打揩尾教利努孝。（大山隔，为何不搬走大山给我从家里望见你。）

女：村孝亮易灭主意，努孝灭情尧报人主牙闷骂。（你寨有人也容易，若哥有情我说你要经常来。）

男：骂了夜一肉夜二，骂了夜三该若你主人赖嫩记孩。（来了一夜又二夜，来了三夜不知情人还记得我没有。）

女：报主有骂比拜斗，隔岭隔岗比赛隔夜牙。（叫你常来莫丢久，隔山隔岭不要隔两夜。）

男：骂了夜一肉夜二，根妹情二合细骂夜三。（来了一夜又二夜，赞我情人合意又来第三夜。）

女：比隔夜牙主有记，夜三孩闷主情想别里翻麻。（莫隔两夜你要记，隔了三夜你又反悔去跟别人。）

男：郎骂夜三肉夜四，主情难代赖玩意。（情郎来三夜又四夜，就怕配不上你只能玩一玩。）

女：你主该纽丢教孩关事，屋灭情二孝各赖打［配抓配大说有鞋］该有娘。（情人不爱丢了我们也不管，家有妻子你和人好忘了我们。）

男：屋灭情二尧牙孩骂这乃排，屋灭贵腊尧牙孩骂哥主上。（家有妻子我也不来这里找你呀，家有竹筐成双我也不去找竹篓。）

女：主情路远箔努喜，夫妻合意主路远。（远路的情人难相逢，结成夫妻真满意。）

男：雄岑乃远尧哉路，努主愿彭尧度荣邬远。（山高路远我心愿，若你真肯再远我也不在乎。）

女：衣该合意教赞长，人孩利哉赞堂情二刚利赖。（衣不合身我也不嫌长，人不知心我也知道你讲好话。）

男：……

女：孩限时努哥骂走，孩利一世利玩意。（不限几时哥要常来走，不成一世夫妻
　　也能在一起玩。）

录音者：蓝鸿恩
记译者：杨通山

马鞍情歌对唱

一

傲亚配术端配［K］，（拿布比绸那比不得，）

傲尧比那甲一首比面。（拿我比你恰似蘑菇比面条。）

乃尧彭孝苑［K］先生彭列果肯那，（这我想你们像那先生爱书不会闷，）

奔那彭条甲成腊温彭飘溜肉兰。（本你想我们恰似仔娃弄瓢走又忘。）

姑白所肃跑把安，（衣白裤缘露翅鹅，）

怒为报尧克贪腊孝姑。（怎么叫我不贪仔你们舅母。）

定美占灯培妖审，（脚树吃杨梅莫怕酸，）

梅筛应条培妖穷。（有肠跟我们莫怕穷。）

租情买［K］为文鸟，（情伴妻别人晚乱在，）

梅闷买猫斗赛条。（有夫妻他留给我们。）

轮骂轮骂情你奔，（常来常来情伴亲，）

正正腊夜克约情你这坝情你奴。（久久把夜不给情伴边腿情伴谁。）

牙道刚赖钦砌假，（俩我们讲好石砌上，）

雅砌肯唐培肉赛克报假论。（田砌成块莫又路别伴那据。）

独人租尚往买克，（个人情伴退妻不得，）

往买克离甲义钖港浪。（退妻不离好似粑沾糟。）

钖西港浪石样仙，（粑是沾糟锅铲铁铲，）

石样难仙双望楼。（铁锅铲难铲镐锄挖。）

二　起问起答　［女扮男答］

起：能租苑大恰一花神仙，（看阿哥中眼恰似花神仙，）

　　门能门赶筛门亮。（越看越美肠越暖。）

答：能租兜大忙一花犒捕，（看阿哥中意恰似花里铺，）

条空神杰努一大。（我们无钱买看一眼。）

起：能租兜大样把蕨，（看伴中眼像叶蕨菜，）

租应甲烈克约情赖朝莽怒。（伴竖耳羊不知情好朝边哪。）

答：牙道刚赖里嫩书轮打那石万生，（俩我们讲好得个分糟中脸时免争，）

癫腊合同茶猫石怒龙中闷。（已分合同由他时那龙共潭。）

条命细，（条命细，）

英条条命一抛不戏英里孝。（如我们条命像柚子不是也得你们。）

起：务闷星那"王朝"零，（上天星厚北斗单，）

的历正从孝培斗条娘零正。（地下人多你们莫留我们阿妹单久。）

答：尧亮那亮端义里，（我爱你爱那易得，）

尧刚那义轮里牙道为中堂。（我讲你依就得俩我们火共笔。）

起：梅筛善想党骂参，（有肠相想慢来走，）

培赛兴己尧乱想孝那。（莫给心意我乱想你们厚。）

答：独鸟达闷信梅钖，（只鸟过天身有字，）

梅平十二早孝妹。（未登十二夫你们号。）

起：独温达闷独尾见，（只飞过天只尾格花，）

甫空银扮难骂孝。（父无银扮难来你们。）

答：克有庆各克有扴，（不要项圈不要耳环，）

人梅骂条尧扮那。（人空来我们我扮你。）

起：雄成［K］岗克约孝郎双儿零，（重山隔岭不知你们阿哥双是单，）

英约郎金因零里干亮。（若和情哥也单值得爱。）

答：郎金肃肃银肃肃，（阿哥净净真净净，）

娘离报肃嫩梅情你应轮同拜成杂工。（情妹讲净还有情伴跟后同去山做工。）

起：孝应买孝合戏儿，（你们与妻你们合意很，）

多门多哈克有忙用猫［K］赖。（种红薯种芋头不要什么放它自好。）

答：孝应早孝合戏儿，（你们与夫你们合意很，）

记石应条加弯鞋。（哪肯与我们草鞋换鞋。）

采录地点：马鞍

演唱者：杨绍凡（摘录）

记译者：吴炳金

三　情歌对唱

男：多嘎条牙报孝独人租尚唱达滚，（唱歌我们也讲你们个人情伴唱过先，）

　　些嫩梅短嘎空梅。（都还有猜歌没有。）

　　多有多苗不引波吊能念，（唱要唱藤瓜引瓜吊密麻，）

　　条牙报孝独人租尚培中己，（我们也讲你们个人情伴莫装意，）

　　老拜牙年当［K］尼钖奴嫩上农情你挖定送。（老去两年当家生仔谁还邀妹情伴开玩笑。）

　　培有妖，（莫要怕，）

　　梅堂情你达交那妖忙。（有哥情伴打头你怕什么。）

女：里花梅，（话讲空，）

　　里花灯尧石孝人灯［K］。（话空给我时你们人配别人。）

男：咀讲一怒筛一假，（嘴讲那样肠那样，）

　　培兜神坝牙莽尧。（不像尾鱼两边摇。）

女：租尚网买［K］，（情哥离妻不得，）

　　网买克离甲嫩钖港浪。（离妻不离恰似粑沾槽。）

男：钖西港浪石骂仙，（粑是沾槽锅铲来铲，）

　　石骂难仙双荒楼。（铲菜难铲镐锄挖。）

女：克梅套，（没有关，）

　　英梅登裳时乃赛条娘报孝。（若有把堂这时给我们阿妹告诉你们。）

男：达那条租楼报想条租，（面前我们哥哄讲哄我们阿哥，）

　　背那条郎石孝娥报亏。（背面我们阿哥时你们阿妹讲亏。）

女：独人哪赖尧傲［K］，（个人你好我讨不得，）

　　英义王己稿燕条乃克宽西弯条。（若是玉米里园条这不甜再换条。）

男：培假刚，（莫那样讲，）

　　中条干娘头孝庆。（同条扁担草头你们重。）

女：努郎梅买尧牙克报租尚克，（若阿哥有妻我也不讲情哥不愿，）

　　尧奔悔尧条命高花难待孝。（我本悔我条命叫化难配你们。）

男：培刚难太报命差，（莫讲难待讲命差，）

　　还平牙道傲假手。（凭证俩我们拿上手。）

女：克有巴平奔有人诚心，（不要凭让只要人诚心，）

　　人克诚心把平牙道傲为忙。（人不诚心凭证［信物］俩我们拿做什么。）

男：努刚行义结里达，（如讲情义结得过，）

努刚兴随沙约难达那嫩孝。（如讲身材肯知难过脸鼻你们。）

女：那嫩克赖甫奶指，（脸鼻不好父母生，）

义情克赖整租台拜列加能。（意情不好随租拿去远那看。）

男：努刚行义结里达，（如讲情意结得过，）

努刚兴随难那沙约亥达早犒孝。（如讲身材肉脸肯知还过夫旧你们。）

女：早条应神成占草，（夫我们与牛山吃草，）

夜骂赛尧台嫩栏圈架。（夜来给我把那栏圈关。）

男：租尚梅早培傲独神灯达比，（情伴有夫算拿只牛来打比，）

条空情二主肯金。（我们没情伴贵成金。）

女：行人义孝十八养，（行人像你们十八像乱，）

达拜盘成牙莽想赖丁。（过去盘山两边想好多。）

男：行人义孝条难待，（行人像你们我们难待，）

条奔太里老刚长。（我们本配得老蘑菇。）

女：条玩早想拜养养，（我们已早想去很了，）

努梅奴约想网买西傲篾些条。（如有谁会想离妻再娶女案我们。）

男：结度梅结奔刚网，（结都未结本讲破，）

台义尧想喊都难。（拿依我想可能难。）

女：扳梅罗都达罗都，（伴有船渡过船渡，）

尧梅罗渡空朋难里应孝同三亏。（我有船渡无棚难得与你们同滩流。）

男：扳梅罗都达罗都，（伴有船渡过船渡，）

条空罗都边肯芭。（我们没船渡过路草丛。）

抓臂台手那培能，（抓臂拿手你莫逃，）

一空有灯六十年。（一空要配六十年。）

女：刚六十年里干刚，（讲六十年值得讲，）

刚六十闷刚加忙。（讲六十天讲什么。）

男：刚六十年呆难里，（讲六十年肯难得，）

刚六十闷沙约买克刚加忙。（讲六十天肯知妻别人讲什么。）

刚六十年呆难里，（讲六十年肯难得，）

刚六十闷怒为应孝庆灯石。（讲六十天怎么与你们重时把。）

女：太租尧，（配阿哥不得，）

英尧里租送嫩报龙同租鸟正正。（如我得你送个角龙同你在久久。）

男：板加里孝六十帅，（伴那得你们六十岁，）

　　阿租务对浓这金。（阿哥上春妹边春槽。）

女：板假里孝双龙弱，（伴那得你们双龙黄鳝，）

　　尧克达案硬有彭。（我不过声硬要缠。）

男：孝刚里乃怕克羞，（你们讲话这巴不得，）

　　尧比星丘达滚念。（我比星宿过前月。）

女：旋成为燕占腊练，（围山做园吃仔辣，）

　　腊练三极尧奔想孝［K］想奴。（辣椒三角我本想你们不想谁。）

男：努刚想条稿石里，（如讲想我们早时得，）

　　奔迁想扳牙这克里孝。（车因想伴两边不得你们。）

女：美称灯送牙头农，（条称杵头两头扯，）

　　买孝克爽楼条亮。（妻你不放哄我们爱。）

男：美称灯送牙头农，（条称杵头两头扯，）

　　报堂情你培赛偏。（讲你情伴莫给偏。）

女：雄成［K］岗莽里努，（重山隔岭少得见，）

　　男傲石忙引线劳些孝。（不知拿时什么引线进寨你们。）

　　雄成有［K］茶猫［K］，（重山要隔任他隔，）

　　成［K］灯闷硬有亮。（山隔登天硬要爱。）

男：雄成［K］岗引样路，（重山隔岭这乡路，）

　　努租引尧尧牙克妖像租到。（如你同意我边不怕家你远。）

女：梅筛结扳尧牙克妖千里路，（有肠结伴我也不怕千里路，）

　　中苟应轮尧牙在妖家租到。（装饭跟后我也不怕家你远。）

男：孝上骂燕兰骂买，（你们吃菜园忘菜买，）

　　里早稿些那肯到。（得夫里寨闷路远。）

女：买吨买雅爱吨那，（买塘买田爱塘长，）

　　结唐情你爱肯列。（结堂情伴爱路远。）

［江县欢迎宴会］

采录地点：马鞍

演唱者：

　　男：梁能光、陈连生、梁能芳

　　女：陈六先、梁先浓、陈连绍

情歌对唱合集*

一　十二月情歌

男：正月留信闷转造，（正月立春天转暖，）

稿龙朋包想孝娘。（内心浮动想阿妹。）

女：你月戏留开哇怕成机，（二月栖榴①开花白山岭，）

历里情你果肯兰。（得话情伴不会忘。）

男：你月戏留开哇怕成机，（二月栖榴开花白山岭，）

应堂情你同拜爹的中垾榜。（邀你情伴同去挖地装酸鱼②。）

女：三月梦蒙开哇苟，（三月蒙蒙桐树开花，）

石石想斗里孝郎。（时时想到得阿哥。）

男：三月机石开花苟，（三月之时桐树开花，）

尧音难斗想孝娘。（我也难丢想阿妹。）

女：四月成塘毛联加，（四月田塘肥围秧，）

奴沙斗堂情你人赖拜灯［K］。（谁舍留你情伴人好去配别人。）

男：四月成塘郎令加，（四月田塘哥护秧，）

达了留哈莽务尧奔丑孝农灯杰。（过了立夏以后我本等你妹来扯。）

女：俄月念板租神买租扁业加，（五月中旬哥喊哥妻田埂扯秧，）

蔸尧十门克沙大门另。（让我十分不舍眼常望。）

男：俄月念板扁业加，（五月中间田埂扯秧，）

乃尧十奔克沙梦租胖。（这我十分不舍盼妹帮。）

女：六月唱拆些燕雅，（六月天热裂田埂，）

培亲板把那条娘。（阿妹莫听人挑拨把我丢。）

男：六月唱妈牙燕雅，（六月天热裂田埂，）

尧沙该那果一忙。（我心不变永一样。）

女：七月"灯赶"结肯井，（七月橄果结成球，）

条报孝姓培亲索轮唱。（我讲你阿哥莫听风言风语。）

---

* 根据演唱顺序为十二月情歌、走寨歌、喊门歌、初识歌、结情歌五个部分。——编者注

① 栖榴：一种植物的名字。

② 酸鱼：是侗家腌制的待客佳品。

男：索轮索唱道钖钦，（风言风语我们都碰逢，）

　　培赛成塘道瓶雅道旺。（莫给田塘我们崩塌田丢荒。）

女：八月腊米独唱早，（八月鲤鱼仔好煮酸，）

　　里稿牙道捞门梅。（我俩情话越讲越多。）

男：八月腊米独唱早，（八月鲤鱼仔好煮酸，）

　　尧度门报牙道占。（我来请你一起吃。）

女：租月轮楼把美中，（九月风猛树叶卷，）

　　石石应郎赖苑中一盐。（时时与哥中意共一家。）

男：租月轮倒小苟肚，（九月风吹糯禾长势好，）

　　尧应那租同拜探。（我邀你情妹同去剪。）

女：十月工探共富欢，（十月秋收工夫忙，）

　　英报孝姐仁骂一旋妙条娘。（也盼你情哥多来一次看阿妹。）

男：十月工探工克伟，（十月秋收工不空，）

　　春节过门就办酒，①

　　敲宽难浓哈约能英里孝同命占。（酒甜肉香才真的能与阿妹同桌吃。）

意译：

男：正月立春天转暖，内心想妹情丝暖。

女：二月栖榴开花遍山冈，阿哥的话妹不忘。

男：二月栖榴开花遍山冈，装上酸鱼糯饭邀妹上山挖地忙。

女：三月桐树开花白蒙蒙，时时都想与哥结成双。

男：桐树开花三月间，难丢阿妹情紧连。

女：四月护好田里秧，哪舍丢下这样好的情哥另配郎。

男：四月整田哥育秧，到时扯秧盼妹来帮忙。

女：五月中旬看见哥与贤妻同扯秧，让我心中羡慕眼常望。

男：五月中旬叹扯秧，心中本盼阿妹来帮忙。

女：六月天热田埂焦，莫听挑唆心动摇。

男：纵使六月天热裂田埂，与妹结情不变心。

女：七月橄榄结成球，莫要听信谣言把妹丢。

男：风言风语免不了有人讲，莫让我们的田塘崩塌留丢荒。

---

① 此处缺少直译。——编者注

女：八月鲤鱼煮酸味道鲜，我俩的情话越唠情越牵。

男：八月鲤鱼煮酸味道鲜，常念我俩同吃情更甜。

女：九月树叶皱于巴，妹跟阿哥一心不变共一家。

男：已经扶好了九月寒风吹倒的勾肚糯，哥邀阿妹一块去剪同收获。

女：十月秋收工夫忙，仍盼阿哥多来跟妹话情长。

男：十月秋收虽然剪禾忙，想念新结识的情人再忙也要来看望。

女：十一月冬天天落雪，一心想哥把情结。

男：十一月雪飘漫山岗，更要与妹相互关照情意长。

女：十二月过年本欢畅，我俩讲好过年办酒更心宽。

男：春节办酒娶过门，酒甜肉香与妹同吃夫妻成。

二　走寨歌

男唱：

约些梅娘郎应板骂记乃兰，（知寨有姑娘哥邀伴来这里坐夜，）

肉比垱善能旋旋遮月。（又比鱼恋水旋围边水坝。）

意译：

知道妹还未嫁特邀伴来玩，好比鱼恋水缓游坝边。

男唱：

应郎骂兰参贾驴，（邀伴来玩走上下，）

登板登对克登娘。（碰伴碰友不碰姑娘。）

意译：

与伴来玩上下找，未逢哪处妹来邀。

男唱：

达拜三间堂屋略空空，（过了三间堂屋静悄悄，）

达拜交家空执冥索娘金克正略。（过了头尾未逢盼声阿妹不见醒。）

意译：

绕了三间堂屋静无声，站在屋头静听未见阿妹醒。

男唱：

冥索娘金克正嫩，（盼声姑娘不听响，）

干姑赛尧郎骂怕连定。（辛苦给我郎来石硬脚。）

意译：

未见阿妹喊声哥，辛苦给哥走远石头碰时脚。

三   情歌对唱——喊门歌

男唱：

开多最，（开门坐，）

腊姑人主有耐完。（表妹贵人要耐烦。）

忙克开多赛尧捞，（怎不开门结我进，）

克张斤多独捞牙条合机骂。（不是人多只是我俩伙伴来。）

成骂随腊兴，（起来坐一下，）

轮梅肯灯想度难。（以后嫁了想也难。）

成骂遮为大锡随，（起来火边大伙坐，）

丑条稿龙头肚罗赛娘。（给我把满腹心事诉给妹。）

交美王丧唱梅远，（树头阳光还在照，）

论农年妻能矮夜乃条骂应孝告灯篾。（趁妹年纪还轻今夜特来与妹纱棒配纱砣。）

意译：

开门坐夜对歌玩，表妹贵人心放宽。

阿妹莫怕把门开，不是人多只是我们两个伙伴来。

年华正当坐夜玩，以后成家想也难。

起来火进来聚会，哥把满腹心事诉给妹。

树头阳光正照还未阴，趁妹年纪正当阿哥特来邀结情。

四   情歌对唱——初识歌

女：克想斗（未料到，）

    克想夜乃早板人赖台引骂。（未料今夜别个丈夫偶然来。）

男：培刚台引滚门兰，（莫讲偶然以前常坐夜），

    条比独张限路克离那；（我像滩鱼走路不离河；）

    郎比嘎鹰克离兴木丑，（哥像乌鸦老鹰不离树木梢，）

〔K〕亏那租报条台引骂。①

女：仙傲为学端义里，（生变为熟那易得，）

　　学傲为仙条英难。（熟变为生我真难。）

男：仙傲为学端义里，（生拿做熟那易得，）

　　学傲为仙条比独苗打机奔拜鸢。（熟拿做生我像岭中山鸡飞去窜。）

意译：

女：未料到，未料情伴突然登门来。

男：莫讲突然哥来过，哥像游鱼不离河，

　　哥像鸟鹰不离林中树，为何阿妹嫌弃忘了哥。

女：由生变熟情渐深，熟再转生真难人。

男：由生变熟情渐深，熟又变生哥像山中野鸡无伴乱觅寻。

五　情歌对唱——结情歌

（一）十七、十八歌

女：戏七十八结相尧赖赛娘赶，（十七十八我结好伴让母赞，）

　　十八当滩尧肚嫩赶郎那路；（正当十八我还赞哥脸白嫩；）

　　孝比七姑务闷人长灯，（哥像七仙天上又一等，）

　　龙赶怨鸯假赶福（龙赞鸳鸯汉赞福；）

　　卤赶花肉梦成机，（蜜蜂赞油茶花满山岭，）

　　筛亮情你腊姑祝。（心爱情伴是表哥。）

男：卤赶花肉正成机，（蜜蜂赞油茶花满山岭，）

　　筛亮情你腊姑祝，（心爱情伴是表妹，）

　　随里苗不傲假参，（护理瓜苗拿上签，）

　　郎脱信义交干弯下路；（哥脱杆上衣物换银锭；）

　　努农十分银爱最布排，（若妹十分真愿再打算，）

　　十分愿筛牙有赛嫩里正肃。（十分诚愿也要给个真确话。）

意译：

女：十七十八结得好伴妈放心，

　　我也赞哥脸白嫩，

哥像天上仙人高一等，

龙赞鸳鸯成对人赞情，

蜜蜂赞花满山岭，

我爱表哥一片心。

男：蜜蜂赞花满山岭，

我爱阿妹一片情，

护理瓜苗扶上签，

愿脱身衣去换银；

若妹十分诚愿再寻觅，

只要表妹话真诚。

（二）赞美与自谦

男：努租兜大应龙封，（看妹顺眼像龙凤，）

这那困租恰嫩囊打射。（河边望妹好像沙中笋。）

女：能租兜大肉兜筛，（望哥顺眼又合心，）

尧达盐条朋筛骂。（我从我家起心来。）

男：能租兜大恰嫩花银排，（望妹顺眼恰似山上金银花，）

灯亮行人一乃情赛条。（真爱这样的人给我做伴。）

女：能租那雅假宽妻，（看哥脸红那样欢喜，）

沙约情你里务皮。（定知情伴是表面话。）

男：努孝兜大唱独诺路务美撒，（看妹顺眼像只白鹭树上歇，）

难那萨雅努为仁条腊汉穷。（脸面红润怎么肯跟我穷汉子。）

女：务闷甲妈达梅块，（天上云罩罩有块，）

情赖难太石奔赛条娘想孝。（伴好难待只让我们想你们。）

男：努租兜大兜嫩念十四，（看妹顺眼像个十四的月亮，）①

果傲石忙转已筛亮条。（不知哪时转意爱我们。）

女：能租兜大恰嫩花十二，（看哥顺眼恰似十二月花常开，）

石奔赛条娘乃亮。（只让我们阿妹爱。）

意译：

男：看妹如龙似凤哥倾意，站在河边望妹好像沙中竹笋步不移。

---

① 侗家将十二、十四的月亮比作未出嫁的少女。

女：望哥中眼又中怀，我从家里带心来。

男：看妹中意好似山中金银花，真想与妹结情配对共一家。

女：看哥笑脸心欢喜，担心话不真心把妹欺。

男：看妹顺眼好像树上白鹭鸟，哪肯和我们穷汉把情交。

女：天上祥云盖有块，妹无命待难配阿哥空思怀。

男：看妹中眼好似十四的月亮圆又美，不知何时转心跟哥来配对。

女：看哥中意好像月季花常开，让我阿妹时时想念情满怀。

（三）盼结情

女：独温办闷独尾间，（空中飞鸟尾花格，）

　　条空银扮难骂孝。（我没银扮难配你。）

男：独温达闷独尾亚，（鸟飞过天尾巴红，）

　　孝应板假撒刚正。（你与那伴已讲真。）

女：独温达闷独梅堆，（鸟飞过天鸟有伴，）

　　妹空成拜嫩鸟盐。（妹无处去还在家。）

男：尧努那农正菟筛，（我看你阿妹真合心，）

　　哈想多媒骂妹奴约情赖早稿梅。（正想放媒来订谁知阿妹早已有。）

女：尧努那租条条菟，（我看阿哥条条中，）

　　迁条那租傲该克菟尧。（只因阿哥讨别个我不中。）

男：克傲猫，（不讨她，）

　　尧克傲猫兴乃金交有灯那。（我不讨她这时一心要配你。）

女：那克傲猫克傲［K］，（你不讨她行不通，）

　　合同百钖买孝念。（合同八字你妻抓。）

男：克傲猫，（不讨她，）

　　努尧傲猫独埧稿溜转拜河。（若我讨她榜桶里的腌鱼转下河。）

女：独人租尚网买［K］，（阿哥情伴难离婚，）

　　网买克离甲嫩钖港浪。（妻不愿离好像粑粑沾槽。）

男：钖西港浪石骂仙，（粑是沾槽锅铲铲，）

　　石骂难仙双旺楼。（锅铲难铲镐锄挖。）

女：独人那赖尧傲［K］，（阿哥人好我难配，）

　　英西王指搞燕条乃克宽西弯条。（若是玉米园里这条不甜再换条。）

男：培假刚，（莫那样讲，）

中条干娘穿孝庆。（同条挑草扁担你那头重。）

女：努郎梅买尧牙克报租尚克，（若哥有妻我也不讲哥不愿，）

　　尧奔悔尧条敏高化难待孝。（我本悔我命如叫花难配你。）

男：培刚难太报敏差，（莫讲难待讲命差，）

　　巴本牙道傲假拿。（把凭我俩拿上手。）

女：克有巴本奔有人诚心，（不要信物只要人诚心，）

　　人克诚心巴本牙道傲为忙。（人不诚心信物我俩拿来做什么。）

女：那嫩克赖甫奶指，（脸鼻不好父母生，）

　　义情克赖整租台拜列加能。（情意不好随便阿哥拿去远处看。）

男：努刚行义结里达，（如讲情意还能结成伴，）

　　努刚头随难那沙约克达早稿孝。（如讲身材相貌比不过你的丈夫。）

女：早条应神成占娘，（我的丈夫好像牛一样上山吃草，）

　　夜骂赛尧台嫩拦圈架。（晚上回来我把栏圈关。）

男：租尚梅早培傲独神灯达比，（阿妹有夫莫拿牛来打比，）

　　条空情你主肯金。（我看情伴贵如金。）

女：板梅罗都达罗都，（哥有船渡过渡船，）

　　尧梅罗都空棚难里应孝同三亏。（我有船无棚难跟你们同滩流。）

男：板梅罗都达罗都，（妹有船渡过渡船，）

　　条空罗都达肯芭。（我没渡船过草丛路。）

女：刚六戏年里干刚，（讲六十年值得讲，）

　　刚六戏闷刚加忙。（讲六十天讲什么。）

男：刚六戏年呆难里，（结六十年夫妻定难成，）

　　刚六戏闷沙约买克刚加忙。（交六十天朋友你成别人妻子我还进什么。）

女：太租［K］，（配哥不得，）

　　英尧里租送嫩报龙同租鸟正正。（如我得哥送个龙角给哥久久长。）

男：孝刚里乃怕克羞，（妹讲这话巴不得，）

　　尧比星丘达滚念。（我比星星赶月前。）

女：美称灯宋牙头农，（一根秤杆两头吊，）

　　买孝克爽楼条亮。（你妻不放哄我爱。）

男：滚石先彭年欺嫩等阴条条，（以前相好年纪还小静悄悄，）

　　时乃斗尧美蕨务岗唱下阳。（这时留我好像山上蕨草晒枯黄。）

女：杀冥金记为达机，（蛇盼金鸡跑过岭，）

忙里应姐情你里正项。（少与情伴阿哥话真心。）

男：美妈交成垦叫娘，（山上树大盖藤草，）

赶农情赖道结尚。（赞妹情好我们结成伴。）

女：奔想应孝牙中正彭门中当，（本想与哥刀同磨名薯共藤，）

　　[K] 甫克光克梅忙赖赛租亮。（家也不富没有什么结哥爱。）

男：克赶 [K] 那克赶成，（不赞宅富不赞山，）

奔赶周大孝租零。（只赞阿妹双眼灵。）

女：独人早条嫩冥租，（阿妹丈夫还望哥，）

人租条赖嫩鸟那。（找个好伴还在你身上。）

男：尧瓶那农一样先胜瓶列克约那，（我想阿妹如同先生爱书不知烦，）

那租瓶条甲成腊温瓶瓢溜肉兰。（阿妹恋哥好像小孩玩瓢丢又忘。）

女：培假间，（莫那样选，）

克张巴镐术仙门拜备。（不是镐锄铲锄常去锻打。）

男：那报尧间尧盈间，（你讲我选我真选，）

间斗记那一捡难间拜。（选到你那里一点难选去。）

女：腊篾弄条旺的偏，（山沟姑娘荒杉地，）

成那拜选克兜大。（随你去选不中意。）

男：梅筛结相培赛旺的偏，（有心结情莫给杉地荒，）

梅筛结你那租培拜 [K]。（有心结伴阿妹莫嫁别人。）

女：共美交成梅丧浓，（山上大树有根牵，）

奔愁买孝克爽那。（只愁你妻不放你。）

男：美要交成把义弱，（山头枫树叶稀疏，）

纱约难达早稿那。（定知难比你丈夫。）

女：共要交成克离把，（山头枫树不离叶，）

雅克离毛尧克离孝人租尚。（田不离肥我不离阿哥情伴。）

男：奔亚斗杆安斗兜，（布匹留晒杆鹅留窝，）

皇帝斗朝尧肚难斗孝。（皇帝丢宫殿我也难丢你。）

女：遮堪娘金这刚卡，（阿妹身旁讲假话，）

肉培你牛刀看渊顶那。（又像鱼虾搞混沉河底。）

男：因报挑庆挑差大里努，（若是挑重挑轻眼能见，）

稿龙尧亮那约忙。（内心我爱你知什么。）

女：挑庆挑差拉板起，（挑重挑轻赖伴替，）

努孝结堂情你拜那达轮尧骂桑古培。（如你结亲花钱多等我回来养猪还。）

男：条明条细比租［K］，（我们命细比不得你，）

　　因报条明尧多过索道。（若还我的命大也是我们成。）

女：明多明细道培刚，（命大命小我们莫讲，）

　　赶人合戏一忙虫。（赞人合意一半多。）

男：孝应板假合戏啊，（你跟那伴很合意，）

　　记石应条甲弯鞋。（哪肯跟我草鞋换布鞋。）

女：达稿铜钱嫩温奔想租，（从铜钱那样小本想阿哥，）

　　克亏兴乃溜农情你娘单念培梁。（不该这时丢下阿妹月偏西。）

男：里花务皮堆培审，（表面的话莫死信，）

　　有里合同盖引审筛孝。（要得合同盖印信你心。）

女：里花务皮令溜溜，（表皮空活滑溜溜，）

　　奔愁里梅先贺罗往见。（本怕空话相哄船脱缆。）

意译：

女：鸟飞过天羽毛花，妹无银饰难出嫁。

男：鸟飞过天尾花红，妹与别个早成双。

女：鸟飞过天鸟有伴，妹无嫁处愁正浓。

男：看妹合意哥倾心，请媒来问又怕阿妹已嫁人。

女：妹看阿哥样样好，就恨讨了别人把妹抛。

男：不娶别人不讨她，倾心与妹共一家。

女：注定阿哥要讨她，合同八字在她拿。

男：我不讨她发誓过，若我讨她坛里腌鱼转游河。

女：你不讨她她不依，好像粑粑粘槽难扯离。

男：粑粑粘槽锅铲扒，锅铲难铲镐锄挖。

女：阿哥人才出众妹难称，若是园中玉米这根不甜另换根。

男：莫要随口把哥捧，同条扁担不如阿妹那头重。

女：哥已有妻我也不讲阿哥推，只信阿妹命差难相配。

男：莫说难配讲命差，互换信物手中拿。

女：不用信物只要人诚心，人不诚心信物在手也不成。

女：貌不由人父母生，若是情意不好随哥论。

男：如讲情意连得上，若论身材容貌难比阿妹旧情郎。

女：丈夫人笨像牛样，晚上回来关进栏。

男：妹有丈夫莫当牛来称，哥无情伴贵如金。

女：哥有渡船用船渡，我有渡船无棚难与你们同滩流。

男：妹有渡船用船渡，哥无船渡翻山路。

女：讲六十年值得讲，讲六十天何必谈。

男：讲六十年妹不愿，讲六十天配不成对空思念。

女：难配阿哥空思量，若能成双送个龙角给哥共久长。

男：巴不得阿妹这样讲，哥像星赶月前早就想。

女：哥像杆称头头两边扯，情妻不放莫哄妹来结。

男：小时欢聚谈笑妹早忘，而今丢哥好像山上蕨菜半枯黄。

女：蛇盼金鸡走过岭，妹等阿哥话真诚。

男：大树遮荫盖藤草，盼妹行好结情配对白到老。

女：本想与哥刀共磨石薯同藤，只怨家不宽裕难使哥动情。

男：不赞家财不讲山，只赞阿妹两眼传神人好样。

女：想找情伴还望阿哥帮，盼结好伴寄托你身上。

男：我念阿妹好像先生爱书天天想，妹想阿哥不过娃仔玩瓢丢就忘。

女：莫要那样心高太选人，不是锄头不好锻打能翻新。

男：你讲我选我真选，选到阿妹喜连连。

女：山中姑娘林地已丢荒，随你去选没有哪根哥看上。

男：有心结情莫让地丢荒，有心结伴阿妹不要另嫁郎。

女：山上树木有根攀，只怕你妻不放情哥郎。

男：秋天枫叶渐枯落，只怕夫不放妹让我空欢乐。

女：葱葱树木不离叶，中意情哥妹难舍。

男：布脱晒杆鹅留窝，我想阿妹好像皇帝难离金殿坐。

女：当妹身边太讲假，莫要把水搅（浊）鱼混虾。

男：不是挑重挑轻见清楚，内心想妹妹不知。

女：挑重挑轻喊人帮，若是结亲费钱我来养猪还。

男：阿哥命小难配妹，若是命大早成对。

女：命大命小都莫讲，赞人合意比命强。

男：妹有好伴心花开，哪肯跟哥草鞋换布鞋。

女：从背铜钱那时还小本想你，该现在丢妹孤单月偏西。

男：表面空话难相信，要得合同盖印才算真。

女：表面空话滑溜溜，只怕到时船断缆索妹添愁。

（四）喻物寄情

女：孝培王怒浪拜了，（你莫念别处去静悄，）

　　肉培蜜蜂炭花稿花园。（又莫蜜蜂探花花园里。）

男：空梅闷傲为纳弄，（没有哪里讨得给父母做媳妇，）

　　条比蜜蜂所燕乱。（我像蜜蜂整园窜。）

女：纳美交成克肯达，（栽树山头不成林，）

　　妈转轮封苑堂情你［K］弄工中成。（云转风封搞得别个情伴错与我来工同山。）

男：金丁交成美假瓜，（山头金钢树木硬，）

　　妈转轮凤［K］论石怒工中成。（云转风来不论哪时我们都能同做工。）

女：美老交成［K］离把，（山头老树不离叶，）

　　雅克离毛尧肉难离人租尚。（田不离肥我又难离你阿哥。）

男：蚕要赖把达念八，（檀枫好叶八月中，）

　　央梅美发冥租占。（杨梅未发盼妹吃。）

女：要蚕赖把假念租（枫拾好叶九月上，）

　　妖那难丑一假正（怕你难等那样久。）

男：傲要比蚕克善苑，（拿枫檀比不相称，）

　　傲尧比租克相邓。（拿我比妹难相配。）

女：道中共干转肯准，（我们像青麻以后能成梱，）

　　滚道先行刚达尧奔梅怒能中岗。（以前相恋讲过我本未与谁水共缸。）

男：稿成共干三灯顺，（山中青麻三段衣，）

　　论里孝娘为本容猫石怒里哈盐。（就得阿妹为靠山任它哪时能共家。）

女：爹的样瓜奔想牙道别轮沾，（挖地种瓜本想我俩后登签，）

　　奴约那租台灯骂尼别肉羊。（哪知阿哥把根来扯尾枯黄。）

男：爹的多瓜奔想牙道为年乃，（挖地种瓜我俩今年年底收，）

　　里的样甲因玉那里为。（得地种茄瓜因为栽晚收不成。）

女：旋成为燕纳骂姑，（围山做园种苦麻菜，）

　　骂姑条苦怒为邀孝能哈通。（苦麻菜我们苦怎好邀你韭菜和葱花。）

男：旋成为燕样骂姑，（围山做园种苦麻菜，）

　　骂姑英造行苦赛条傲假盘。（苦麻菜味苦给我拿上盘。）

女：旋成为燕道多断，（围山做园我们种大蒜，）

肯条溜溜板拜尼。（成条直直哥去扯。）

男：旋成为燕道达算，（围山做园我们打算，）

　　受断弯行牙道肉多瓜。（收蒜换样我俩又种瓜。）

女：旋成为燕纳骂"干"，（围山做园栽青菜，）

　　努那克砍达怒邓。（如你不割从哪来。）

男：旋成为燕孝多多，（围山做园你种豆，）

　　破多劳标克约那租别条〔K〕。（摘豆进篓不知阿妹分给我们不。）

女：成堂鸟胖太难骂了能爹，（田塘在高难享下沟水，）

　　克界赛郎喜条挑乱那。（不该给哥逗我心乱多。）

男：梅筛结相培赛旺成端，（有心结情莫给荒田地，）

　　梅筛结租培斗成端旺。（有心结伴莫留田地荒。）

女：空轮邓都布雅夸，（没筒送水菜田也硬，）

　　难比那租成塘定他妈达冬。（难比阿哥山冲田块泡过冬。）

男：租布雅领交成丑能采，（哥也是山头旱田等水耙，）

　　孝比雅老定些加梅傲从完奔论。（妹像赛边大田秧未到龄已经插。）

女：王朝应念离达步，（北斗与月离大段，）

　　孝应板假结堂弟夫大戏年。（你与别伴结成夫妻六十年。）

男：王朝应念离登步，（北斗与月离几段，）

　　怒为布排应孝道结情。（怎样摆布与妹我们结伴。）

女：独填稿雅记石应条票捞汪，（田里游鱼那肯依我跳进小水坑，）

　　腊汉胜胖记石有条腊篾穷。（大寨郎哥哪肯要我穷妹子。）

男：傲买稿弄肉梅囊冬应囊沙，（讨山村妻子又有冬笋和春笋，）

　　神检赛巴为骂肃。（送点给舅妈做青菜。）

女：捞条囊赖尼肉咬，（只根笋好虫又咬，）

　　捞堂情赖伴肉见。（看哥中意伴又争。）

意译：

女：莫恋别处不见影，又像蜜蜂采花不出园。

男：没有结得好伴老人叹，哥无目标好像蜜蜂四处窜。

女：山头栽树难成林，愿风云突变阿哥错来与妹同耕耘。

男：山头的金钢木质硬，任凭风云突变也要与妹同耕耘。

女：山上树木不离叶，妹恋阿哥情切切。

男：八月枫树檀木叶正茂，杨梅未发想妹未尝哥先留。

女：枫檀叶茂要到九月九，怕你难等那样久。

男：拿枫比檀不相对，拿哥比妹哥难配。

女：好比同苑青麻揉成梱，我本念哥情意不变心。

男：山上青麻一年三次长，有妹作靠山不论哪时成家哥不慌。

女：挖地种瓜本望瓜苗登竹竿，哪知阿哥把根来扯尾枯黄。

男：挖地种瓜本望我俩年尾收，茄瓜种晚结不成果哥心愁。

女：围山成园种苦麻菜，苦麻菜苦怎和葱花配得来。

男：围山成园种苦麻菜，只怕妹嫌味苦端上桌来也不爱。

女：围山成园种蒜苗，长大成条哥来要。

男：围山成园同筹划，收蒜换样来种瓜。

女：围山成园种青菜，哥不去收哪里来。

男：围山成园种豆角，摘豆进篓不知阿妹分不分给哥。

女：田塘在高空望低沟水流过，阿哥莫开玩笑逗妹心乱多。

男：有心结情育青山，同心结伴莫给地丢荒。

女：没有简渡田枯干，难比阿哥山脚田块水泛泛。

男：哥像山上旱田等水耙，哪比阿妹村边大田秧末到期就已插。

女：北斗跟月离得远，难与阿哥白头夫妻六十年。

男：北斗与月离大段，不知怎样摆布与妹结成伴。

女：田里游鱼哪愿进小坑，大村郎哥怎肯要我们山沟人。

男：山里姑娘竹笋多，若是会想送点给阿哥。

女：根把好笋虫咬根，阿哥人好有伴争。

（五）隔山不隔情

男：本成［K］岗莽人染，（重山隔岭少人踩，）

　　癫里牙人同世克妖烈。（只要得两人同世不怕远。）

女：厷成［K］岗莽人钦，（重山隔岭少人过，）

　　果傲成忙引兴钦傲娘。（不知拿什么引线娶阿妹。）

男：厷成［K］岗郎亮钦，（重山隔岭哥爱走，）

　　旋乃赛尧引兴贯孝娘。（这次给我引线贯阿妹。）

女：厷成有［K］卯西［K］，（重山要隔它隔它，）

　　成［K］灯闷硬有旋。（山隔登天硬要来坐夜。）

男：成机［K］胖河［K］等，（山岭隔高河隔低，）

　　夜夜灯瓶为嫩年萨念。（夜夜来谈做个年接月。）

女：成机［K］胖河［K］等，（山岭隔高河隔矮，）

　　金交骂瓶轮牙肉妖买租胜。（埋头来走又怕你妻恨。）

男：买条胜尧克胜梅，（我嫂恨我不空恨，）

　　胜尧克里买骂盐。（恨我不得妻来屋。）

女：厷成有［K］荣猫［K］，（重山要隔任它隔，）

　　成［K］灯闷硬有亮。（山高登天硬要爱。）

男：［K］成［K］河克［K］筛，（隔山隔河不隔心，）

　　正克努人独傲审为赖。（久不见人只拿信做好。）

女：梅筛结相尧牙克妖千里路，（有心结情我也不怕千里远，）

　　中荷应轮尧牙克妖盐租列。（装饭跟后我也不怕哥家远。）

男：孝占骂燕生骂且，（你吃园里的菜忘了买的菜，）

　　里早稿些那肯列。（得寨里丈夫闷路远。）

女：且吨且雅爱屯耶，（买塘买田爱块长，）

　　结唐情你爱肯列。（结情配对爱路远。）

意译：

男：重山隔岭少人踩，得妹一世路远哥也来。

女：重山隔岭人少过，不知拿什么引线妹熟哥。

男：重山隔岭不怕难，这次给哥引线与妹谈。

女：重山要隔拆不开，山隔登天硬往来。

男：山岭隔高河隔低，夜夜来走年接月。

女：山岭隔高河隔低，埋头来走又怕阿哥妻生气。

男：我嫂恨我不空恨，恨我讨不得妻不中用。

女：重山要隔拆月开，山隔登天硬相爱。

男：隔山隔河不隔心，久不相见信连情。

女：有心结情千里来相见，装饭跟后不怕哥在远。

男：菜园有菜怕妹忘了买的菜，寨里有情人阿妹不会嫁远来。

女：买塘买田选大块，阿妹嫁人选远来。

（六）结情要真心

女：党赶能雅埧丑里，（慢减田水鱼就得，）

结党情你斗正灯妖租筛穷。（谈情留久真怕哥变心。）

男：租报租神租牙筛，（妹讲妹直两条心，）

傲条灯〔K〕条灯尧。（拿条配别人一条配我。）

女：中重占卡培赛人奴巴胜肚，（共碗吃菇莫给哪个翻了心，）

些依尧路培赛下。（都依我想莫给差。）

男：哑讲一怒筛一假，（哑讲那样心那样，）

培蔸省埴牙荞尧。（莫像鱼尾两边摇。）

女：培为筛胖亮牙租，（莫做心多爱俩伴，）

牙租克傲石奔赛条为达堂。（俩伴不要到时给我晚过场。）

男：克为筛胖赛约底，（不做心高把底交，）

努那克审达拜瓦香杰干净。（姑你不信去问乡亲清楚。）

女：双西完双零完零，（双就是双单是单，）

培赛人奴里花差面报想条。（莫给谁人空话盖面讲想我们。）

男：盐梅独埴奴嫩拜那傲弱中，（家里有鱼谁还下河寻虾公，）

盐梅腊弄奴呀嫩骂见奔那。（家有表妹谁又还来争你伤。）

女：尧克拜〔K〕有骂租，（我不嫁别个要来跟阿哥，）

应迁那租筛穷神往告。（就因你心多棉纱离了织布机。）

男：肉培米鸟闷深条难想，（又莫鲤鱼在深潭哥难想，）

条比干勾肉奔赛条又的能。（我像挑水扁担只能蹲地看。）

女：米鸟闷龙赛条骂旋旋肉旋，（鲤鱼在龙潭给我来望一次又一次，）

米鸟闷为买孝牙这耶稿旋。（鲤鱼在水塘边两边同伴网早围。）

男：努尧里那成呀尧拜燕尧书，（若我得你山也我去园我种，）

斗农盐鸟帕肯尼。（留妹在家白似雪。）

意译：

女：慢慢减水抓塘鱼，定亲留久怕哥多心想别处。

男：妹讲妹直妹两心，一心想我一心想别人。

女：同碗吃菇莫要哪个翻心眼，一心结情莫要偏。

男：嘴讲那样莫心高，莫像鱼尾两边摇。

女：莫要心多踏俩船，到时不要让妹悔难转。

男：还未结伴尚孤身，妹若不信问旁人。

女：单就讲单双是双，莫要已配成双又把妹来哄。

男：家里有鱼我也不会下河去抓虾，若已成双我也不会哄妹又讲假。

女：不想别个想跟哥，哥莫心多两相脱。

男：就怕深潭鲤鱼见难想，哥像屋角扁担蹲地望。

女：深潭鲤鱼辛苦给妹来看一回又一回，坝边鲤鱼刚想来要别人网早围。

男：若能得妹山也我去园我种，留妹在家像雪一样白蒙蒙。

（七）通信、换信物

男：鹰鸟务成〔K〕离〔K〕木书，（山上老鹰不离树木尾，）
　　尧冥那租多审骂。（我盼阿妹写信来。）

女：赛审赛那有记英，（给信给你要记心，）
　　报租人奔条骂亚旋鞋。（告诉阿哥情伴常来像布围鞋。）

男：里审捞手尧玩面，（得信到手我本念，）
　　条骂应农情你一双工中逃。（特来跟妹情伴一同忙双工。）

女：那租刚正几刚卡，（阿哥讲真是讲假，）
　　努租刚正脱达务兴问贺台。（如哥讲真给点东西妹来拿。）

男：手表务倾列板灯，（手上手表赖伴戴，）
　　克将门尧台骂赛租努一大。（不是我的戴来给妹看一眼。）

女：租尚克灯完克灯，（阿哥不配还不配，）
　　那奔傲嫩里加退。（你本拿那个话来推。）

男：刚条银正农脱务兴庆昨帮，（讲条真正妹脱身上银手镯，）
　　合同盖章门赛郎。（合同盖章东西给阿哥。）

女：昨帮稿庆列板灯，（臂里银镯赖伴戴，）
　　列板牙这灯登石。（赖两边伴戴一时。）

男：克用庆国克用昨，（不用银项圈不用银手镯，）
　　独劳那骂尧英亮。（只是你来我也爱。）

意译：

男：老鹰和树离不开，我念阿妹写信来。

女：给信给你记在心，盼哥前来相结情。

男：得信进手心中念，本想与妹一双情相连。

女：阿哥讲假是讲真，若还讲真妹问信物来定情。

男：手上手表赖伴戴，给妹看点寻开怀，

女：哥不愿配就莫配，莫拿这种话来推。

男：讲当真妹给银镯算情真，哥拿银镯好像合同盖了印。

女：臂里银镯赖伴戴，赖伴戴点开开怀。

男：不用手镯和项圈，两手空来阿哥也心欢。

六　情歌对唱——离别

女：斗乃滚，（先到这，）

　　克梅忙赖道散场。（没有什么好我们散场。）

男：梅人正孝摇同冬，（有人盯妹走快点，）

　　奔条难离怒央应孝锡中亮。（本我难舍怎样和你爱相同。）

女：转拜租，（哥转回，）

　　人盐弟夫丑孝正。（家里妻子等你久。）

男：牙有耐完同夜乃，（也要耐烦同今夜，）

　　怒刚夜轮情赖一些尧一胜。（若讲明夜阿妹一村我一寨。）

女：有骂参，（要来走，）

　　培赛都兰门庆旺。（莫给绳断常添草。）

男：肉骂参，（又来走，）

　　赶堂情你合戏难斗拜肉骂。（赞妹合心难丢去又来。）

女：夜一肉夜你，（一夜又一夜，）

　　努堂情你合戏西夜光。（看哥中意再夜欢。）

意译：

女：先到这，没有什么好谈暂分别。

男：有伴盯妹快点走，只我难舍阿妹心中犹。

女：阿哥转回慢慢走，家中妻子等哥久。

男：也要耐烦生产夜，如讲以后阿妹一寸哥另寨。

女：要么走，要么转，常漾禾秆莫结绳子断。

男：来要到，赞歌人情意好难丢去又来。

女：夜相识一夜欢，看妹合心来不断。

演唱者：吴仲行、吴焙柳、龙银弯、吴利发、冼仲均、杨连花、杨述花、杨绍礼、
　　　　梁先浓、陈连绍、罗香全、罗先良、黄成花、陆军兰、梁能光、陈连生等

录音者：王强、李路阳、蔡大成、何承文、谢选骏

记译者：吴炳金

溶江情歌——劝老歌

万郁钟耳尧多美嘎坦人老，（大家竖耳我唱首歌来劝老人，）

夜吊骂鸟吵聋耳。（我们今晚相聚吵聋耳。）

夜吊骂鸟保孝人老培台腮，（我们相聚吵耳劝你老人莫计较，）

古假遂长指条盘乃骂。（古时本是有条规矩这样来。）

指盘腊班不些有坐夜，（本有规矩男子都是要坐夜，）

指盘班灭刘妹达阳间。（本有规矩男子女子才来到阳间。）

妹达阳间不些伴坐夜，（女到阳间也都要陪男坐夜，）

乃孝老西坐古假吊你坐伦。（你们老的早已先坐如今才到我们年轻人。）

你西坐伦保孝人老培台腮，（年轻的人后坐劝你老人莫计较，）

四月腮长义假长样河。（慢慢做个心肠宽广比那河更长。）

四月腮长赛吊郎乃台拜远假补，（慢慢做个心肠宽广我们后生拿去远处赞，）

六十长古转骂初腊宽。（六十长古转来带子孙。）

六十长古转骂初宽坤，（六十长古又来带曾孙，）

暮孝老拜年纪你自斗孝老初言。（以后你们年纪老了年轻的后生自然留给你们老人来看家。）

意译：

竖起耳来慢慢听啊！

我唱首歌来劝慰老人家。

今晚我们相聚唱歌真吵闹，吵吵闹闹劝你老人不要来计较。

古往今来行歌坐夜本是老规矩，不是我们今日有意乱嘻哈。

千年规矩男的都是要坐夜，姑娘十八也要唱歌找夫家。

行歌坐夜你们老人早经过，如今长了年纪才又传到我和她。

后生坐夜请你老人放宽心，做个心肠宽宽肚量像海大。

宽宏大量让给我们拿到外面去赞扬，他年六十长寿自有儿孙爱你老人家。

年长月久又有曾孙给你带，年纪老了留你看屋不是也过好年华？

溶江情歌——邀请歌

多嘎决主忙介多，（唱歌吧，情人为何不唱歌，）

抖嘎介多暮你不忘对不斗。（留歌不唱后你会忘死也丢。）

抖累介瓢介将花倒棉漩盂，（留话不说不是花开一年有几次，）

花倒一庆不柯盂一漩。（花儿一春也只开一次。）

乃道班灭月宜不介有怒久，（我们男女青春年华又能有几长，）

主介多嘎吊保孝娘对培拗。（妹不唱歌我劝姑娘死也不应太执拗。）

牙杯就显放了笨三形奔记假荒了穷，（好比撮箕断了竹篾那也就是空有架，）

嘎砌三雄你忙台拜龙假斗。（歌砌成三层你为何拿去肚里留。）

伦扣你主腊肿决八信义不怕尧奔肖你嘎不忘。（等那以后你有儿女靠在腿边衣裳也破恐怕你也把歌忘。）

意译：

唱歌吧！

情人为何不唱歌，常常唱歌能解忧愁心也乐。

有话不讲春花一年不会开几次，有歌不唱久会忘记死了也丢落。

花开花落一春也只有一次，男女青春年华一生又能有几多？

妹不唱歌难道这样不是太执拗？

要是撮箕断了竹篾它又怎么还能用得着。

妹有三层好歌不应拿去心里放，到你有了儿女穿衣都难整齐怎能有闲再唱歌。

溶江情歌——陌生情人

贝烧岑牙减腮拜辣拜，（火烧草坡阿哥有心去找地，）

乃道多了拜乃道熟上拜务。（我们喝歌结束一层那才又唱上一层。）

主情宪拿吊牙点关讪巴累点问，（陌生的情人我也但管说句话来问，）

介俄主伤肯念吊郎坐夜西介咧。（不知情人愿跟我们坐夜还是不愿意。）

主杯公设捂园达拜三月兴，（妹像茶树在那园里三月长，）

吊保棉孝念吊郎单坐古伦扣你主四拜别。（劝说姑娘跟我单身汉子先坐然后你们再去嫁别人。）

意译：

火烧草坡阿哥有心把它挖成地，不比唱歌唱了一层又上一层怎能太着急。

陌生的情人只能开口慢慢来相问，不知阿妹有心陪哥坐夜还是不愿意。

你有情人像那茶树早在别人园里长，只求和你相聚一晚明日再嫁别人也不迟。

溶江情歌——异乡情人

主情自样鸟条仁汉路，（异乡情人在于勤来往，）

是如岑胖隔主形奔隔了步宪岑。（就因高山隔情好比隔了万重山。）

山高隔眼假吊骂斗乃，（山高隔眼我才到这里，）

吊骂斗乃不柯得条腮乃乱。（来到这里只得心里乱。）

航一乃乱不柯乱心尧，（这样的乱也只乱在我心中，）

主月等倒丁崇孟议花杆漫。（哥像山脚下的果树花开有多色。）

乃吊胜空人惯吊想达骂惯孝郎，（村无熟人我想来到这里和哥亲，）

乃尧学主有对中一大晕更。（我爱得阿哥要死走路眼睛也打盹。）

央尧得主种鸟条胜，种堂种翁，种变刹工，早肉同拜，夜转同骂决你主坐，使不及得主灯议。（若我得哥共住一村，共堂共坐，共山做工，早又同去，晚又同归到你身边排坐，也许就能值得哥一点。）

乃壳念主一蒙一胜，自人自寨，儿扣你栽肉自灯伴结炖，形奔斗吊亮拜五世人。（如今我跟阿哥一个一村，各人各寨，阿哥你又跟了别人结亲，这才结我想去五世人。）

意译：

远方的情人真是难来往，路途遥远又隔万重山。

崇山峻岭本想割断人情爱，遥远路途也要分离有情的姑娘。

寻找情人翻山越岭来到阿哥村寨里，又想见你心里又彷徨。

哥有情人好比桃树开花红绿自相间，妹无伴侣就像孤舟流下急滩亏我空想郎。

想入非非本是单相思，若我和你同村共寨，同山种地，同堂对歌，同你早出晚归，同你喜怒哀乐，也许就能和你结就夫妻俩。

如今我俩不同村寨，一人一方，阿哥你又早已跟人结亲，那才使我怎样想你也冤枉。

溶江情歌——美丽的情人

主腊人赖走条街十字，（美丽的情人在那十字街上走，）

吊想达骂念孝刚议话伦累没肉肖多斗美骂轮。（我想过去跟你讲点悄悄细语又怕有人来议论。）

主念买主月议虽美莫门仁所刚哈走告河沾太，（哥和别人早已成双结对常在一起漫步大河边，）

丢吊娘乃达拜仙岑不介得你人主情。（留我姑娘走在高山真难得你做情人。）

央吊得孝要议文钱添命使尧得主种糖包，（若我得你给点文钱添命那我就得和你糖同包，）

央吊得孝要议金钱添命。（若我得你要点金银添命。）

吊杯美令镇告岑胖，（我像孤树枯在岭上，）

努肉达丧更卡，使尧得主化堂吨。（若又从根生枝，那我就能和你结成亲。）

念主同更，检议身衣种袋；（跟哥同路，衣裳同装共袋；）

压吊压培同孝栽拜言。（姑娘我俩同你哥回家。）

意译：

美丽的情人在那十字街上走，我想追你讲点悄悄细语又怕两旁说多情。

见意中人我的心潮起波涛，阿哥跟了别人成双对我的心中更难平。

你有情人丢我姑娘做单身，怎得你投情相爱像那纸包糖。

若我得哥同情相爱就像岭上枯树又从根底生芽，就能得你共一家，跟哥同路，衣衫同拿，姑娘我就能和你结亲。

溶江情歌——夜深歌

夜道鸟月白鸟没，（今晚我们相聚到了深夜也是白白空相聚，）

甫空田地水奔念主种虚围。（父母无田无地水也跟人共水渠。）

冷孝能没念别订盘吊想珍娘种杆吓，（乘你还未跟人订婚我想约你同杆晒，）

乃你念别肉自另有更傍尧一怒月得主种塘慌。（谁知你跟了别人另有地方依靠我又怎能得妹共火塘。）

种塘也捏伦肉斗赛伴叶轮，（同塘的鱼儿过后又结朋友拿网盖，）

角虽绵道郎娘同世夜乃岁坐次贝伦肉斗赛伴种。（冤枉我们几个男女同辈今晚同坐火塘以后又留言朋友得你共一家。）

意译：

深夜同坐本想结就夫妻情，谁想哥有情人今晚又是白费灯。

当初本想阿哥未有人爱我想和你好，如今知道树有藤缠给我姑娘枉痴情。

家无田地难与众人比富有，妹缺美貌怎争得哥做情人。

鱼养同塘以后也给别人来撒网，男女枉自同辈同坐火塘，过后也是别人得结成亲。

溶江情歌——短歌

迗大能主白样白，（抬眼望你白又白，）

白样纸纱脸中豆付，（白如棉纸脸像豆腐，）

吊努你主肉龙有占仙。（我见你情人马上要吃生。）

迗大能主白样白，（抬眼望你白又白，）

向样画美姁峑压孝买孝奔娘通打堂。（白如门中桐树开花你与你的老婆最漂亮。）

意译：

眼望阿妹见你白又嫩，

白如棉纸脸嫩像豆腐，

我得见了心里直想咬一口。

眼望阿妹见你白又嫩，

白像桐树开花整个世界只有你和他漂亮。

溶江情歌——离旧夫

放扫骂尧肯介主，（离夫嫁我妹愿不，）

胜多有盘乃路连捞你。（村寨也有这样规矩不光你一人。）

放扪扫奔孝娘压道年乃要月兵，（离去你那丈夫我和姑娘今年把亲定，）

努保扫孝起灯刚新道奔荣卯扣棉月。（若是你的丈夫牵头告状我们也就随他告儿月。）

努卯刚寸道多能有胜月蟒，（若他告得很重我们还有村寨做一边，）

理常卯赖道熟赛别五两银。（道理他好我就送他五两银。）

五两银锻道不连肖夫，（五两银子我也不怕穷，）

央尧得浓达揩底土乌囊假娘赛吊郎补笨。（若是我真能得妹像那土下出笋那就真正给我郎护竹。）

意译：

离夫嫁我阿妹你愿不，分分离离本是千年规矩不光你一人。

若你离那旧夫我俩今年把婚定，要是你那丈夫牵头告状我愿陪他进衙门。

他告得重村寨也会跟着我们做一边，若他讲情说理我就送他五两银。

费五两银我们穷不了，要是得妹好比笋从土长那就给我得护竹。

溶江情歌——无题

饭饭中耳尧多美嘎压蟒拍，（慢慢中耳我唱首歌两边劝，）

一西保灭哈月百保班。（一是说女又是再讲男。）

有灯班努选灭不有有一百哑变，（有些男子挑选姑娘要她家里有百屯好田，）

有灯灭努选汉不有桔言那。（有些姑娘挑选"腊汉"同样也要家底厚。）

乃吊灭空笼亚戏难得主腊汉高，（如今我们原有存布箱子很难得你头等好青年，）

央吊闷刀棉漩使尧不得你。（要是我能每天更换几次衣裳也许我就得配你。）

意译：

竖耳静听我唱首歌儿两边劝，一是劝女工又再劝男。

有些男的选女要求她有百屯好田地，有些女的选男也要男有好家底。

只因姑娘我家无嫁妆成箱才难寻找好"腊汉"，

若我每天更换几次衣衫也许得你做情郎。

搜集地点：三江县城

演唱者：伟明、甫怡、婄花、婄颖

录音者：韦明智、吴浩

记译者：韦明智

走寨歌

编者按：行歌坐夜是侗家习惯。每当夜幕降临，后生们三五成队，弹着琵琶去走村串寨，哪家有姑娘就到哪家屋檐下唱歌，请求姑娘开门，如姑娘同意，即开门迎后生进屋一同坐夜，火塘边大家谈情唱歌，有时唱到天亮。从喊门到告别，有一套比较有系统的情歌，这种歌叫走寨歌。走寨歌应该是情歌对唱的一部分，但由于它自成完整体系，因此可将它单列一项。

走寨歌之一*

一 开门歌

男：开多租，难累月夫努一大，（开门啊情人，难成夫妻看一眼，）
拜金拜言丈胖矮，端离半夜必千多。（上山去园脚高脚矮，等到半夜不要闩门。）

女：多亥千，租还闲气亥捞言。（门未闩，你是嫌弃不进屋。）

男：透刘一玄育一玄，租情阶临端千多。（到了一次又一次，情人不愿才关门。）

女：斗金斗言尧邀累，租情亥骂尧努平。（丢山丢园我丢得，情人不来我心不平。）

男：开多租，租情介六尧累梅古尿屋兴。（开门啊情人，情人不愿我得辛苦在身上。）

女：言就空多育空先，雄言就堵先多皮。（我家没门又没闩，我家屋烂门闩木皮。）

男：1. 生神主较临刘粮，育听梅帮加县多。（你家寨子人聪敏，又添木板加闩门。）
2. 主月独临勒班沾生苦，给多你主累病喉。（我们作为男人真辛苦，在你家门前得了咳嗽病。）
3. 尧保主情开多岁，主情人主有耐烦。（我说情人开门坐，高贵的情人要耐烦。）

---

* 演唱顺序为开门歌→进屋歌。——编者注

4. 开多中门赛再捞，当堂骂尿情告刀。（打开中门让我进，在堂屋中坐我们是旧情人。）

5. 耐烦开多赖达夜，里忙胖矮保堂情尼必坐月。（耐烦开门好度过今夜，有话高低劝你情人不要坐到深夜。）

二　进屋歌

女：1. 各坑月忙等较租，明堂摆布等较骂。（不知做什么只知等着你，摆摆布布等你来。）

2. 骂透言就空当岁，空灭忙都党当筛。（来到我屋没凳坐，没有什么凳子度给你。）

3. 骂列言就言介净，努再亥轮术捞骂。（来到我家家不净，若你不嫌就进来。）

男：金口再，介约农赖姓关忙？（开口问，不知情妹姓甚名谁？）

女：金堂席胖糠尧阻，紧西再问农空官。（山岭真高我的阳光已暗淡，你阿哥问我我没名。）

男：卜奶较灭你介刚，古月行深阴底龙。（你父母已起名你不讲，故作高深深藏心中。）

三　山那边的情人歌

男：雄临隔冈亥跃校娘双记林，育泪达情流林一刚再。（隔山隔岭不知你是单还是双，若你还单才好谈。）

女：腊灭寨就本懒零，空双脑定本嫩单。（我寨的姑娘还孤零，没有谁来走现在还单身。）

男：行临一校亥筛零，空婂术神同较再。（你们那样的人不会单身……）①

女：努有埋赖虽洞新，人穷灭零寨就概。（要找好妻别处找，孤单穷女我寨多得很。）

男：行人一较亥透零，命介透单达嘎常安月照骂。（你们那样的人轮不到孤零，命中注定不会孤单从那长安月照来。）

男：你要尧要亥有近，努农亥轮边巴灭。（你寻我找不要紧，若你不嫌身旁有。）

女：边巴西灭就难歹，列班花红就牙列较尿夜月。（身旁是有我们难得到，趁哥

---

① 缺后半句直译。——编者注

红花时我就得有幸与哥坐夜深。）

男：必刚条难良条应，一定有当六十年。（不要讲难讲情愿，一定要得六十年。）

女：良六十年代难累，六十一基沙约租灭席轻育堂［K］。（讲六十年真难得到，六十年我已知你已有好情人你去跟她去了。）

男：没当人脑讨，达忙年旧想借笑。（还没有跟谁过，从旧年起我就想邀你了。）

女：努刚想就靠席累，于租想班压边［K］累较。（若讲你想我早就得了，若你想别人就别人得到你。）

男：平伴压边必紧滚，席奶晒倒月累亥？（其他的情人莫管他，现在就讲我俩能行吗？）

女：你再义累压义累，本愁埋笑衣给你。（情哥情愿我情愿，就怕哥妻依不了你。）

男：较本保主人灭埋，埋主关忙你拜借毛压较骂。（你总讲我已有妻，我妻名甚你去约她你俩来。）

女：埋较一深你一筛，努毛同寨尧拜借毛压就骂。（你妻那村你这寨，若她同寨我去约她一起来。）

男：你拜借毛有累毛，努亥累毛抓臂你租述两刀。（你去约她要得她，若不得她抓妹手臂就我两。）

女：抓臂带手你必跑，一定有当六十年。（抓臂挽手哥别跑，一定要得六十年。）

男：抓臂带手泪水哭，班假保傻哭祝相。（抓臂挽手泪水流，同伴说傻哭情人。）

女：你流泪水育灭埋你帮你抹，饶空谁抹贵醒刚。（你流泪水自有你妻帮你抹，我无谁抹流满下巴尖。）

男：你流泪水育灭淆你帮你抹，就空谁抹刀乱拿。（你流泪水自有你夫帮你抹，我没谁抹心真乱啊。）

女：就牙保较必有乱，独人埋较传专月赖你乱忙。（我说阿哥不要心乱，你的妻子那样好你还烦什么。）

男：传专月赖尧亥乱，金冲沾枉踏栏毛。（如果有她样样做好我不乱，但是她还在山冲吃草踏烂草。）

女：祝相灭埋你牙必［ao］韦神告专骂达［B］，就空情尼贵中金。（情哥有妻你就不要拿圈里的黄牛来比喻，我没有情人你贵如金。）

男：行人一较赖则累，六十一欺贵中金。（你们那样的人才抵得，六十年中贵如金。）

女：行人一就赖忙喜，似公五记半死虫。（我们这样的人好什么哟，像株玉米虫蚀半。)

男：育赖独人育赖以，邀你结尼邀亏较。(又好个人又好意，邀妹结情怕亏
　　了你。)

女：努再娘愿记奶刚，挖地金草［ao］多瓜。(若哥真愿就在这里谈，挖荒草坡
　　来种瓜。)

男：努农娘愿席奶楚，晒［K］平伴牙［K］泪努保再郎金逢命赖。(若妹真愿
　　现在就走，给那同伴看见说我郎金逢好命。)

女：班假泪较好条命，努饶泪祝条命龙。(同伴得你真命好，若我得你我的命像
　　龙一样。)

男：当就再，达手你租布派亥轮脑。(跟妹说，从你那里安排我不论谁。)

女：你有饶再绕述再，你有尧又尧述又。(哥要我说我就说，哥要我找我就找。)

男：农刚历奶楼人本，坑古饶厌难配笑。(妹讲这话骗亲哥，衣袖我短难配
　　上你。)

女：坑古你情英接累，条命牙就各努干。(衣袖你短还接得，我命不好不知从
　　哪添。)

男：坑古瓜衣端比给，奶主空堂情尼灯比抬头轮。(衣袖衣服真的比不得，现我
　　没有妻子就好比被风吹了的阳光。)

女：坑古你清茶猫清，年杀饶骂灯较比。(衣袖你短留它短，明年我来跟你补。)

男：花较，术堂情尼灯比各神忙。(哎呀呀，等到情人来补不知哪一辈去了。)

女：神奶结相神奶累，呆拜世仑结工［K］累孝。(今世结情今世得，等到二世
　　结情人得你。)

男：神奶相兵有相累，相兵亥累伴刚刀。(今世相连要相得，相连不得同伴会议
　　论我们。)

女：奶倒相兵必筛厌，一定有兵月懒人自嘎。(现在我们相倾心不要让它相厌，
　　一定要真心做好自己。)

男：必筛厌，金堂压刀必斗必筛荒。(不要让它相厌，山岭我俩不要遗弃不要让
　　它荒。)

女：金堂呆荒良必厌，保租有平容毛棉嫩十二月。(山岭慢荒我们要相思不厌，
　　你要倾心管他几个六十年。)

男：饶平租相良各厌，梅良一假毫给两刀金冲田用毛。(我倾心于情妹思量不知
　　厌烦，那番思情留给我俩山冲肥田块。)

女：努饶厌较端厌给，压有较再情尼虽良水需轮。(若我厌你真厌不了，也要你

情哥也想像水过槽。）

男：水希需轮拜常田，较泪班假厌就郎。（水虽流过槽去养田块，你得同伴厌
我郎。）

女：努饶斗校端斗给，句斗倒头饶多难斗较。（若我弃你真弃不了，鬼弃祭品我
也难丢你啊。）

男：主相拜 ［K］斗压刀，饶比灯油剥沙堂天光。（情妹嫁人空留我，我比油灯
哗剥整天亮。）

女：灯油光光灭席哑，饶亥厌祝祝厌饶。（油灯光光有时暗，我没厌哥哥厌我。）

男：灯油同光阶同阴，必筛人谁屋金结榜堂闷倒。（油灯同亮该同暗，不给谁人
石上砌墙整天崩。）

男：边校希拜边饶尿，比晒很谁拜毛板丢就。（你虽弃我我不弃，不给谁人嫁人
你丢我。）

女：势再仁衣虽结尼，刀破铜线四虽带骂分。（若你真愿才结情，刀破铜钱拿来
共分。）

男：刀破铜钱滚席牙刀握手都，介亏校租带拜丢。（刀破铜钱从前我俩握手相
换，想不到你已拿去丢了。）

女：铜钱筛饶带拜龙术握龙假，席努灯厌［ao］灯看。（铜钱给你拿到箱底放，
哪时你烦拿来看。）

男：努竹坑坑头独霸上三，努懒心意难担百斗情赖拜当［K］。（见你漂亮像条鱼
上滩，可我心思难想空留情妹去嫁给别人。）

女：本没拜［K］嫩盼竹，倒行银干一奶饶本愁就娘奶嘎。（还没嫁人还等着阿
哥，到了这样的年纪我总愁我嫁不了。）

男：校灭情赖拜灯堆，伴泪较娘席奶泪在就郎背涌。（你有好情人你去跟他了，
同伴得你现在留我空眼望。）

女：没拜人谁讨，达边年告想邀较。（还没嫁给谁人过，从去年以来就等着
你了。）

男：行人一校你保没拜尧亥省，达告年别年滚还本韧［K］饭中雄。（你们那样
的人你讲还没嫁我不相信，从那去年前年时你就与别人饭共桌了。）

女：没拜人谁讨，本没拜谁尧本愁就一奶单。（还没嫁给别人过，还没嫁人我总
愁我一世单。）

男：介约灭人约灭药，听农出梭约灭双。（不会认人会认音，听妹吐声知你已
成双。）

女：没拜人谁讨，菜告班瞻嘎底盘。（还没嫁给谁人过，剩菜吃了剩在盘底。）

男：拜了讨，菜告空盐牙校扫校盘学臭。（嫁去了，旧菜空盐你们夫妻筷子同挑。）

女：没拜讨，达边年告本鼻嘎。（还没嫁，从那去年就孤单过来了。）

男：竹相拜班拜了讨，达边年告还三双。（情妹嫁人嫁过了，从去年时就已三双。）

女：多捞饶刚伴亥省，你拜问班两［K］［ao］底饶。（单我一人讲你不相信，你去问两位同伴漏底给你。）

男：平伴牙边饶靠再，还保校娘还本年［K］结无退。（两边的同伴我已问过，她们讲你已是别人的人已结成夫妻了。）

女：平伴牙边莫伴没，莫伴牙边给仗饶。（两边的同伴代不了，两边的同伴不是我。）

男：伴保校娘刃伴结退育结尼，骂口遥遥历没楼就良。（同伴说你跟人结情又结亲，你来轻口骗我害我空思量。）

女：就本想较六十级，保再情尼有骂走。（我总想你六十岁，说你情哥要常来玩。）

男：介结班加约连累校租，饶空连租减苦刃较刀奶量。（我比不上同伴会走得你情妹，我没会连辛苦与你现在谈。）

女：班约张本飞张本，饶空张本嘎饶约灭班本量。（同伴知道争份总争份，我不知道争份等到我知道同伴就早已思想。）

男：租拜丈夫早亏租喜，泪年十四老本给拜远加量。（你嫁得早真亏了你，得十四岁老人就嫁你去远方过了。）

女：勒灭寨就没拜淆，没平老高良育校。（我寨姑娘没有嫁人，没和老人一样高就等你。）

男：主拜淆早头独鹰起把，校拜着假因花棉。（妹嫁得早像那鹰起翅，你嫁那边棉花谢了。）

女：校泪独人合式花油阴，就空独人合式花转开。（你得合适的姑娘茶花谢，我没得合适的人花又开。）

男：花饶刚开花竹阴，阴了十八花禅饶本愁校难转［K］。（你花刚开我花谢，谢了十八岁的合木花我就怕你难转别人。）

女：竹比花对开约达，尧比花棉告堆本鼻开。（哥比李花开会谢，我比棉花在地里总还开。）

男：竹比公棉告堆开花多灭布，奶饶想竹难［ao］巴转堂。（妹像地里的棉株开
　　花知时令，现在我想你难要就像鲤鱼转回塘。）

女：花对没开花梨阴，花饶没［K］花租茶。（李花朱开梨花谢，我花未开你花
　　已凋零了。）

男：就比王尼开花牙灭布，夜奶当堂讲达呀有宝堂情尼帮要人当就。（我好像那
　　荷花开放有时节，今夜明白讲过也要你情妹帮找个人来跟我。）

女：你有要术再，必［ao］人谁独［ao］饶自加。（你想找就会得，不找别人就
　　要我自己。）

男：努农娘愿几奶讲，达拜控堆金草秧堆瓜。（若你真愿现在讲，去挖荒草地种
　　瓜地。）

女：挖地多棉年杀泪，挖地多应饶泪名姓伴泪你。（挖地种棉明年收，挖地种姜
　　我背空名同伴得到你。）

男：挖地多应轮不泪，挖地多白独人淆较刚假［ao］。（挖地种姜后就得，挖地
　　种萝卜你的丈夫白捡得。）

男：挖地多棉灭席泪，挖地秧干多［ao］牙刀双对人。（挖地种棉有时得，挖地
　　种秧给我两个人成双。）

男：挖地多棉累王纪，挖地多麻多轮你骂得多蛇。（挖地种棉得玉米，挖地种麻
　　以后你来得打油茶。）

女：努再娘愿纪奶刚，必晒平琴轮育炳昆平草加。（若妹真愿现在讲，莫让平地
　　后又变成剩余的草坪。）

男：水达平沙［K］达滚，你本刃［K］人中公。（水过沙滩别人走先，你就与
　　别人做工同山。）

女：水达平沙［K］达滚，水达平毫席奶晒刀虽达轮。（水过沙滩别人过先，水
　　过干沟现在留我们慢慢从后边来。）

男：水达平沙［K］达滚，水达河和你本刃［K］弱共篓。（水过沙滩别人先，
　　水过"和河"你就与别人虾共篓。）

女：竹相平饶饶平毛，竹相介平饶牙啃告金啥公。（情人倾心我倾心，情人不愿
　　我就低头在山上做工。）

男：竹比虽弱月功独空把，打嵓中涛沙难［ao］稍独跟王。（你比蜘蛛做工就没
　　有翅，草坡装草是难跟你好王虫。）

男：介想闷奶顿校育赖独人育赖笑，仍讲公灯饶牙难占折嘎拿。（想不讲今天逢
　　你又好个人又好貌，就像果树我已难吃也要折枝手中拿。）

男：努饶忘校端忘给，死坑独句晒还良。（苦我忘你真难忘，死成山鬼我的心中也还想。）

女：堆坑独句转骂给，达拜生牙介约你租地方努。（死成山鬼转不回了，等到再世不知你在什么地方。）

男：坐尿定郎牙刀亥同生，努累中言一干量。（同坐屋廊我俩不同辈，若得共屋才称得上相思。）

女：雄人隔岗忙人因，累人同生独相量。（隔山隔岭少人应，得人同辈好相量。）

男：得人合式绕呀亥怕陪因长，累人合赛饶牙亥怕困加远。（得人合适我也不怕路途长，得人合意我也不怕那路途远。）

女：条金奶远忙泪透，夜奶顿校保再情尼有庆帮。（路途遥远难得到，今夜逢你要你情哥帮添稻草。）

男：雄金隔忙介别术雄金达告言就泪努校。（隔重山，何不收起高山从我家门口看见你。）

女：隔山隔田茶毛隔，主情亥录了办法。（隔山隔田留它隔，情人不理无办法。）

男：雄山隔冈挖毛清，金隔登天挖它平。（隔山隔岭挖宅平，山隔天脚挖宅平。）

女：心中郎金灭主意，心中呆虽饶宝你主有曼来。（郎金心中有主意，心中合意我要情哥你常来。）

男：来了玄一育玄尼，来了玄三该约祝情临就比西亥。（来了一次又二次，来了三次不知情人你愿意不愿意。）

女：保主有骂必隔夜，隔金隔冈必筛隔夜牙。（情哥常来莫隔夜，隔山隔岭不要隔两夜。）

男：来了夜一育夜尼，更塘情尼和细育夜三。（来了一夜又来第二夜，看你情妹合意又来第三夜。）

女：校必隔夜祝鸦临，夜三亥临祝相想［K］历翻麻。（你莫隔夜你要来，第三夜忘记你已想别人话翻口。）

男：郎来夜三育夜四，祝情该门列完义。（郎来第三夜又来第四夜，情妹不注意情意尽。）

女：你祝该牛丢就亥棍晒，言灭情尼校刚赖过该有娘。（情哥不愿丢我心不欢，家有妻子你自欢乐不要娘。）

男：言天情尼饶压亥骂几奶派，言灭贵腊饶压亥骂神主相。（家有妻子我就不到这里来摆了，家有大箩小箩我就不来找情妹。）

女：主情昆远忙努喜，夫退合意祝给巴。（远路的情人真少见，合意的情人就在

　　　身边。）

男：雄金奶远饶中六，努竹愿兵饶多茶毛远。（隔山真远我心愿，若你愿谈我管
　　它有多远。）

演唱者：

　　　男歌手：吴建、陆万团

　　　女歌手：陆培明、杨培尼、杨培育、杨社端

记译者：莫俊荣

走寨歌之二[*]

一　走寨歌

男：约些梅娘郎邀板骂记乃兰，（知寨有姑娘哥邀伴来这里坐夜，）

　　肉比垱善能旋旋遮月。（又比鱼恋水旋围边水垱。）

　　邀郎骂兰参贾驴，（邀伴来玩走上下，）

　　登板登对克登娘。（碰伴碰友不碰姑娘。）

　　达拜三间堂屋略空空，（过了三间堂屋静悄悄，）

　　达拜交家空柱冥索娘金克正略。（过了头屋无逢盼声阿妹不见醒。）

　　马所乡南盐租英，（马锁乡南家"租英"，）

　　果傲石忙近命吨孝娘。（不知哪时哪见面碰你们阿妹。）

　　冥索娘金克正嫩，（盼声姑娘不听响，）

　　干姑赛尧郎骂怕连定。（辛苦给我郎来石硬脚。）

二　喊门歌

男：开多妈，（开门大，）

　　培门斗尧鸟八难捞盐。（莫老留我在外难进屋。）

　　开多最，（开门坐，）

　　腊姑人主有耐完。（仔舅母人贵要耐烦。）

　　忙克开多赛尧捞，（怎不开门给我进，）

克张斤多独捞牙条合机骂。（不是伴多只是俩我们伙伴来。）

条奔凤浓龙追海，（我们本好浓龙追海，）

奔想门登为应庆香门。（本想找根烧烟添香门。）

成骂随腊兴，（起来坐一下，）

轮梅肯灯想度难。（以后有路配想亦难。）

忙克开朵赛条张为姑，（怎不开门给我们点火束，）

达轮人租孝骂尧肉吨。（以后情伴你们来我又退。）

滚时租尚鸟家赛条郎金引夜旋，（以前情伴在家给我们阿哥早夜扶，）

忙克小嫩梦骂锡能官转仲伦。（怎不调个篮来随水转再装水简。）

成骂随，（起来坐，）

成骂遮为锡随沙约买克奴敢亮。（起来边火大家坐知道妻别人谁敢爱。）

成骂遮为大锡随，（起来边火大伙坐，）

丑条稿龙兴肚罗赛娘。（等我们里腹心肚诉给阿妹。）

成骂鸟，（起来坐夜，）

培台里猫斗拜溜。（莫拿话他留去秀。）

交美王丧唱梅远，（头树"王丧"阳光未阴，）

论农年妻能矮视乃桥骂邀孝告吨篾。（趁妹年纪还轻视今特来邀你们提沙器配棉纱。）

能常晕骂务央随，（躺床迷来上被坐，）

乱龙历历迁孝娘。（乱腹犹犹因为你们阿妹。）

三　火堂（塘）对歌

女：克想斗，（不想到，）

克想夜乃早扳人赖台引骂。（不想夜今夫伴人好偶然来。）

男：培刚台引滚门兰，（莫讲偶然以前常坐夜，）

条比独张限路克离河。（我们好比个鱼走路不离河。）

郎比嘎鹰克离兴木丑，（郎比鸟鸦鹰不离未树木，）

［K］亏那租报条台引骂。（不该你阿妹讲我们偶然来。）

台引卡，（突势假，）

努那留机爽里赛尧尧肉约拜管兴又。（如你有意放话给我我又知去处别找。）

女：尧肉奔亮租记乃，（我又本爱阿哥这里，）

孝梅早租一时尧都条妻亮。（你们有夫情妹一时我都特意爱。）

租尚甲骂梅贯对，（情伴刚来未贯伴，）

亏梅贯尤尧肚梅贯孝。（画眉未贯笼我亦未贯你们。）

男：仙傲为学端义里，（生拿为熟那易得，）

　　学傲为仙条英难。（熟拿为生我们真难。）

女：学傲为仙，（熟拿做生，）

　　独人腊姑劝央眉。（个人仔舅母生疏像画眉。）

男：仙傲为学端义里，

　　生拿做熟那易得，

　　学傲为仙条比独苗打机奔拜鸾，

　　熟拿为生我们好比个山鸡中梁飞去窜。①

女：独奔办闷独尾间，（只飞半天只尾格花，）

　　条空银扮难骂孝。（我们没有银扮难嫁你们。）

男：独奔达闷独尾亚，（只飞过天只尾红，）

　　孝应板假撒刚正。（你们与伴那才讲真。）

女：独奔达闷独梅堆，（只飞过天只有伴，）

　　妹空成拜嫩鸟家。（妹没处嫁还在家。）

男：独捞打间独梅钖，（只进中天只有字，）

　　里年十二早孝妹。（得年十二夫你们号。）

女：克拜猫，（不嫁他，）

　　斗秾年重一乃嫩梅拜好尧肚愁妖为。（到了年岁这样迎未嫁谁我都愁怕晚。）

男：克拜猫克拜〔K〕，（你不嫁他不嫁不得，）

　　甫应奶孝应堂情你中一肯。（文与母你们与他情伴共一路。）

女：梅拜人奴套，（未嫁人谁一点，）

　　达莽年稿想应孝。（过边年旧想邀你们。）

女：条达成怒肚克路，（我们过处那都不想，）

　　成唐摆布些孝又。（田塘摆布村你们找。）

　　尧骂占那占尧能，（我来邀你邀不动，）

　　美成兴兴克劳尧为那因为。（树山荫荫不只我晚你也晚。）

男：尧努那农正兜才，（我看你阿妹真中肠，）

　　哈想多媒骂妹奴约情赖早犒梅。（正想放媒来号谁知情好早已有。）

---

① 此处四句话缺直译。——编者注。

女：尧努那租条条莵，（我看你阿哥条条中，）

迁条那租傲克［K］莵尧。（因条你阿哥讨别人不中我。）

男：克傲猫，（不娶她，）

尧克傲猫兴乃金交有灯那。（我未娶她这时理头要配你。）

女：那克傲猫克傲［K］，（你不讨她不讨不得，）

老孝应觉情你中一肯。（老你们与她情伴共一路。）

男：尧克傲猫克傲里，（我不讨她不讨得，）

克张奶条盐猫骂。（不是妈我们家她来。）

女：那克傲猫克傲［K］，（你不讨她不讨不得，）

百锡牙孝中把列。（八字俩你们同页书。）

男：阎王马官空假步，（阎王抹名没上簿，）

怕官娘假贾官那。（抹名姑娘那上名你。）

女：那克傲猫克傲［K］，（你不讨他不讨不得，）

合同百锡买孝念。（合同八字妻你们拿［抓］。）

男：克傲猫，（不讨她，）

男尧傲猫独埧稿治抟拜河。（若我讨她只鱼里榜桶抟去河。）

嫩你独人培为己，（迎年轻个人莫做意，）

老拜牙年为［K］你几奴赖占农情你挖定送。（老去两年为家生仔谁好邀妹

情伴叙情话。）

金空里努古亮堆，（久不得见特爱看，）

克约租尚嫩彭目条记西空。（不知情伴还恋想我们还是不。）

女：金空里努古亮堆，（久不得见特爱看，）

克约独随龙王英闷克英闷。（不知个公龙王记海不记海。）

男：金克骂善情你，（久不来走生情伴，）

金克灯彭情你遮埧肯租［K］。（久不来接触情伴边想成情伴别人。）

女：克努套，（不看一点，）

嫩囊稿草斗肯奔。（个笋里草留成竹。）

男：克男套，（不看一点，）

从达年稿努一大。（从过年旧看一眼。）

女：嫩囊稿草斗肯卡，（个笋里草留成枝，）

孝傲腊巴六十年。（你们讨仔舅母六十年。）

男：梅努套，（未见点，）

劳石消烧租拜克。（只下一会儿妹嫁别人。）

女：尧克拜［K］有骂租，（我不嫁别人要来阿哥，）

　　应迁那租赛多神往告。（就因你阿哥肠多织布机离提纱器。）

　　乃尧刚里正正克梅一分楼孝租，（这我讲话真真没有一关骗你们哥，）

　　灯嫩犒龙兴肚姑赛孝郎孝奔报条娘刚错。（整个里腹心肚全给你们哥你们本

　　讲我们妹讲笑。）

男：里花令溜努克温，（话花滑溜看不稳，）

　　奔愁孝租里刚含贺印都见。（本愁你们妹话讲玩笑船断缆。）

女：克约里花一努鸟，（不知话花怎么样，）

　　犒龙朋包想孝那。（内腹浮泛想你们厚。）

男：里花务皮堆培审，（话花表皮死莫信，）

　　傲嫩合同盖应审里正。（拿个合同盖印信得真。）

女：那梅租假租假旋，（你有伴那伴那圈，）

　　尧空租假傲成里花骂旋郎。（我没伴那拿个话空来圈郎。）

　　太成［K］岗克约孝郎双几令，（重山隔岭不知你们阿哥双是单，）

　　努刚达钖肃胜里干亮。（若讲大家没有俺得爱。）

男：人克情你里边冬，（人没情伴话直爽，）

　　奔妖孝租报亮交三奔填留又兴乃赛［K］旋假也。（本怕你们阿妹讲爱头滩

　　摸鱼秀钗这时给别人围上网。）

女：填亮交三显梅甫，（鱼爱头滩约有段，）

　　克梅奴骂也灯旋。（没有哪来网来围。）

男：肉培米鸟闷深条难想，（又莫鲤鱼在潭深我们难想，）

　　条比干勾肉奔赛条又的能。（我们比扁担钩又本给我们蹲地看。）

女：米鸟闷龙赛条独人娘金骂旋旋肉旋，（鲤鱼在潭龙给我们个人阿妹来围次

　　又次，）

　　米鸟闷为买孝牙这那稿旋。（鲤鱼在潭坝妻你们两边网早围。）

男：米鸟登沧尧想傲也台拜耿，（鲤鱼在塘水草我想拿网拿去罩，）

　　孝结堂吨达滚那应板假赖双兴乃斗条板达这。（你们结门亲过前你与伴那好

　　奴这时留我们伴过边。）

女：那又尧又开大井，（你找我找开眼寻，）

　　努那克论这填梅。（如你不论边腿有。）

男：这填西梅苑腊界，（边腿是有群仔鸡，）

腊界飘鸟克约独怒独随嘎。（仔鸡吵闹不知个哪个自己。）

女：努条里孝亮难斗，（若我们得你们爱难留，）

奔正克平条奔叹孝情鸟列。（本觉不平我们本叹你们伴在远。）

男：肯列难多显，（路远难约邀，）

癫斗念团达稿盐条朋筛骂。（只到月圆从里家我们浮肠来。）

四　别离歌

女：斗乃滚，（到这先，）

克梅忙赖道散场。（没有什么好我们散场。）

条喊王龙抟拜害，（我们喊王龙抟丢海，）

条报弱采抟拜用。（我们讲虾螃蟹抟夸小溪。）

宽为筛，（宽为肠，）

轮达些条西视论。（风过寨我们再视后。）

抟拜租，（抟去阿哥，）

人家弟夫丑孝正。（人家妻夫等你们久。）

男：梅人正孝摇同冬，（有人盯你们走快点，）

奔条难离怒央应孝锡中亮。（本我们难离怎样与你们同共爱。）

女：散拜租，（散去阿哥，）

夜轮摆步肉西骂。（夜伦摆布又再来。）

男：牙有耐完同夜乃，（也要耐烦同夜这，）

努刚夜轮情赖一些尧一胜。（如讲夜后情伴好一村我一寨。）

租情肯列尧牙克雅假容易，（情伴路远我边不那么走容易，）

结堂情你里干骂。（结门情伴值得来。）

女：视昨变怨尧冥租，（视昨做梦我盼阿哥，）

努刚病门朋朋尧牙克冥物情骂。（如讲细雨蒙蒙我也不盼情伴来。）

男：有骂参，（要来走，）

培赛都兰门庆旺。（莫给断绳常添稻秆。）

女：情鸟交胜忙里斗，（情伴在头村少得到，）

刚堂情你合戏难写租赖拜肉骂。（讲处情伴合意难舍伴好合又来。）

骂有斗，（来要到，）

努姐成为西夜轮。（若哥起暗再夜以后。）

男：夜一肉夜你，（夜一又夜二，）

努堂情你合戏西夜光。（看处情伴合意再夜光。）

地点：三江林溪乡亮寨村、亮丘村

演唱者：男：冼仲均、吴利发；

　　　　　女：黄成花、陆军兰

录音者：王强

记译者：吴炳金

走寨歌之三

男喊：开门呀，姑娘！耐烦开门坐一下

女喊：门教空现肉空显，莫报揹显现门皮。（我们的门没有闩，莫说里面用皮闩。）

男唱：1. 甚行寨孝人留亮，又添美邦加现门。（你们寨的人真内行，又用板挡又加闩。）

　　　2. 教为独人腊办正辛苦，借门你主利病候，〔恰又出咳嗽声〕（我们做个男人真辛苦，在你们边久等得咳病。）

〔男：“开门，姑娘！”女：“今晚想睡得很，明晚再来。”〕

男唱：比骂讲睡耐烦坐，腊灭人主十有耐台门加开，（莫讲去睡耐烦起来坐，十分耐烦把那个门闩收。）

女唱：言教空门言萌草，主比雅刚比报揹显现门皮。（我家无门是草萌，莫讲我们里面加门闩。）

男唱：雄言孝赖盖八江，该亏独要美邦加现门。（你家好过整个八江乡，为什么你偏要加门闩。）

女唱：门教空现还开套，主情该劳报现门。（我家没闩早就开，你不进来说闩门。）

〔男白：“门已经开了，我们进去。”伸手开门〕

男唱：1. 开门中门在哥劳，斗哥难守明乃久。（开那中门给哥进，阿哥难等那么久。）

　　　2. 主该开门醒牙莽，忙该若想怜杀郎金外巷站？（你不开门怕惊动隔壁，为什么不可怜我在巷中久站？）

女唱：有哉骂行劳言坐，有哉劳寨比外巷站有劳言。（有心走寨进屋坐，有心来玩不要成天在外面站。）

〔男白：“我去看看，真开门了，我们进去吧！”〕

［男进屋问："做什么呀，姑娘。"女答："等你们呀！"］

［男白："等你的情人说是等我们，给个板凳来坐呀，姑娘！"］

女唱：骂到言教空凳坐，该有咯都在孝郎。（来到我家没凳坐，没有木凳给你哥。）

男唱：甚行寨孝赖龙树，龙树困凳报浓情二要骂坐凳时。（都说你寨榕树好，榕树做凳请你拿来我们坐。）

男唱：啦了一次肉一次，主情该愿斗教站。（赖了一次又一次，姑娘不给凳，故而我们站。）

［女白："站的是贵人，坐的是贱人。"］

男唱：闷骂走困怜杀嘻，主情故以该在坐。（我们走运真可怜，情人故意不让坐。）

［男白："给凳子来啦！"女答："火塘边的砖头也可坐吗？"众笑声］

［姑娘递板凳之后，就唱］

女唱：打醒主，田圹地土打醒崩，早板人赖打醒到，你主人赖打醒骂。（真突然，田塘土地突然崩，别人的丈夫突然到，你们远路情人突然来。）

男唱：该江打醒滚本玩，弱任圳干该离河，教比鹰弄该离心木树，该亏你主报教打醒骂。（不是突然常来走，鱼和虾子不离江，我们好像山鹰不离树，为何你说我们突然来。）

男唱：火烧底岑风吹上，火烧嵜烂尧问妹赖名滚忙？（火烧山脚风吹上，火烧对门坡我问阿妹何姓名？）

女唱：父奶养教这乃鸟，本养条梭米要名。（父母养我在这里，只养条命未取名。）

男唱：教闷乃骂江胖矮，当闷问主报空名。（今天我们来到此，整天问你总说无名字。）

女唱：教正姓扬滚娘媄，该若你哥邓问记事忙。（我是姓杨名娘妹，不知阿哥要问做什么？）

男唱：教问孝娘该若孝娘任衣论该路，努主任路都挡登台时努想主读名孝。（我问阿妹不知你愿意不愿意，如你愿意告诉姓名，给东西我拿，当我想起你的时候就能叫出你的名字。）

以下全唱：

女：底美王桑抗头夜，整西哥问尧空名。（王桑树下没日头，想阿哥问我也没名字。）

男：滚时老人还本早要名在主，主情该木隐报孩。（以前老人早就给你取名字，因为你不想我不愿意告诉。)

女：问主滚，尧问哥赖闷乃打努骂？（问你先，我问阿哥今天你从哪里来？）

男：闷乃教骂基打基，找堂情二到乃骂。（今天我们一山过一山，因找情人才到这里来。）

女：时努起风时努电，花美措搭时努落地时努开，时努落地时努勋，空双听信主上骂。（几时起风几时闪电，林中树木几时落叶几时发芽，几时树木才开花，几时都没有信你们怎么来？）

男：时努盖闷时假等，孩有通信尧骂行。（那时落日那时就天黑，不用写信我们就先来。）

女：故骂玩，主比刀老措河骂探谢。（故意来玩耍，好像河里的草鱼来玩沙。）

男：该江玩意骂玩主，乃教措隆心肚想娘时教郎正骂。（不是玩要是来找情人，因为心中想你我才到这里来。）

女：早板人赖打醒到，主情人赖打醒行。（别人的丈夫突然到，别人的好情人突然来。）

男：板拜朝仲萡次到，尧到言主该劳次正行仑要骂。（别人上轻很少到，我来你家不想这次以后还要来。）

女：骂到言教脚郎该宽放脚该，温西在孝哉该亮。（来到我家走廊不宽放不下脚，怪不得你们心里不爱我。）

男唱琵琶歌：

十七十八结主尧赖人共寨，（十七十八的时候结个共寨的情人，）

笋共占竹河共龙，一西共团该斗字，（笋子共林龙共江，我们共寨又同辈，）

哉想约妹结二但怕你主肉报穷，（心想和妹结情又怕阿妹嫌我们家贫穷，）

六十年仲教难带，赖板打拜借本浓，（六十年夫妻我配不上，借机和你们玩一玩，）

闷郎拜尝一西想工二想主，（白天我郎上山一是想工夫二又想你，）

忙乃多尧漂尿搞肚乱个隆，夜郎骂言赶拜外巷望，（为什么使我心中不安乱纷纷，晚上我回家又到巷外等，）

逢孝娘室外巷及定，忙赖孝牙有在里斗隆。（逢你在巷里你不能给，我什么也要和我讲句心里话。）

采录地点：八斗村

记译者：杨通山

录音者：金辉

走寨歌之四 *

三对男女对坐

火塘

---

* 演唱顺序为（1）求开门；（2）讨凳讨水问姓名歌；（3）互相试探；（4）约换挡；（5）互相倾诉；（6）告别。——编者注

一　求开门

男：开多主！（开门呀情人！）

　　难利丹夫努一大，（难成夫妻看一眼。）

　　拜岑拜音江胖等，（去山去园步高低，）

　　端到着晚比千多。（等到半夜莫闩门。）

女：多孩千，（门不闩，）

　　主玩闲气谈劳言。（你是嫌弃不进屋。）

男：开多主！（开门哟情人！）

　　主情该路尧利美枯鸟务信。（情人不想我得辛苦在身上。）

女：言教空多肉空冼，（我家没门又没闩，）

　　雄言教赌先多皮。（我家屋烂是木皮门。）

男：生神寨孝人刘梁，（你们寨上人聪敏，）

　　肉天美邦加县多。（又添木板加门闩。）

女：多教空县玩开套，（我家门开没有闩，）

　　主情该劳报县多。（情人不进说闩门。）

男：主该开多醒牙莽，（你不愿顾开门惊两边，）

　　忙该若想怜杀郎金巴巷应。（何不会想可怜情哥巷外站。）

女：灭哉骂行劳言坐，（有心来走进屋坐，）

　　早板人煮灭哉劳寨有劳言。（别人丈夫有心走寨要进屋。）

意译：

男：开门呀情人！

　　难成夫妻能看一眼也甘心，翻山绕园一步低来一步高，等了半夜请妹莫闩门。

女：门没闩哟！

　　只是你们嫌弃不肯进我屋。

男：开门哟情人！

　　若不开门害我得病苦自身。

女：我家没门哟更没闩上，一座烂屋不过几张木皮挡。

男：你寨的人哟真聪敏，大门上闩还用木板顶。

女：我家大门不闩总是开，不愿进来故意说闩门。

男：情妹不肯开门是怕惊动隔壁睡不安，为什么不可怜情哥整晚巷外站。

女：有心谈情就请进屋坐哟，别人的丈夫有心走寨也请进来玩。

二　讨凳讨水问姓名歌

［进屋后，讨凳讨水问姓名］

男：为忙腊灭呀？（做什么呀？姑娘！）

女：述孝啵！（等你们呀！）

男：孝述早，孝述早孝报述尧，（孝述早孝晚乃到，早孝米到时乃在教打滚骂。）
　　你们等丈夫，你等丈夫说等我，（你等丈夫今晚到，丈夫未到这时我们先来到。）

女：占苟晚早电郎望，望堂情二孩骂时乃在教大爆文。（吃罢晚饭走廊盼，盼你
　　情哥不来这时给我整得眼冒烟。）

男：在嫩等骂坐腊灭哩！（给个凳来坐咧姑娘！）

女：宁应宁煮，宁坐宁平宜。（站人贵人，坐人便宜人。）

男：拉了一宣肉一宣，主情该愿斗教应。（求了一次又一次，情人不给留我站。）

女：甚教空美言空等，空灭咯都在李郎。（我村没树家无凳，没有木砣递给你。）

男：甚行寨孝赖龙树，言灭美邦等叫客。（都说你寨好榕树，家有木板凳雕刻。）

［姑娘递凳后即问］

女：打引主，田圹地土打引崩，早板宁赖打引到，你主宁赖打引骂。（你突然，
　　田地山圹实然崩，别人的丈夫突然到，好个情人突然来。）

男：该江打引滚本烘，弱任埧干该离河。（教比鹰崇该离心木树，该溃你主报教
　　打引骂。）
　　不是突然前本玩，虾与袍鱼难离江，（我们好比山鹰不离树，亏纳你又说我
　　突然来。）

女：各贯月忙述孝主，明堂摆布述孝骂。（不是做啥只等你，明明摆布等你来。）

男：位哭听岑轮戏贾，位哭崇烘尧问浓赖关姓忙？（火烧山脚风吹上，火烘对门
　　山我问好妹何姓名？）

女：甫奶桑教这乃鸟，本桑条梭米要关。（父母养我这里住，只养条命未取名。）

男：该若灭关干苦想，该若灭宁干苦亮。（不知姓名枉苦想，不认得人枉苦爱。）

女：教正姓杨滚娘媄，时乃赛尧骂问你主甚怒关姓忙？（我是姓杨名娘媄，这时
　　给我来问你是何村什么名？）

男：教鸟甚教高迈村，关滚五郎吴家宁。（我在我寨高迈村，名叫五郎吴家人。）

［问过姓名之后，问讨水喝］

男：多水骂吕腊灭！（给水来喝姑娘！）

女：桶鸟云南、干鸟四川、学鸟王土、该若噢忙兑水晒主占。（桶在云南、扁担在四川、瓢在王土、不知拿什么舀水给你喝。）

男：瓢鸟务缸水这规、水鸟这规板主噢。（努教言灭夫妻尧牙孩骂委力主，应与言空妻夫斗骂委力孝。）

　　瓢在缸面水在溪，水在溪边情人挑，（若我家有妻子我也不来辛苦你，因无妻子只能劳驾你们了。）

女：水鸟搞缸，瓢鸟务昂，各兑各占宽样糖。（水在缸里，瓢在禾炕，自舀自喝甜像糖。）

[女的递水过后、男的递烟]

男：占烟腊灭！（抽烟姑娘！）

女：孝占起教。（你替我抽。）

男：王较起皆月，腊办起皆灭，不起皆甲，尧起皆你。（星子难替月，男人难替女，白瓜难替茄瓜，我唯替你。）

女：你该起尧述起腊行孝。（你不替我就替你情人。）

男：努灭行贾洒空东，尧度嫩望你拜要。（若讲情人真没有，我还等你帮去找。）

女：孩有教要孝告灭。（不用我找你早有。）

男：努尧灭买马灭报，努尧空买找你噢。（若我有妻马有角，若我无妻找你要。）

女：古骂烘，主比滔走捂河骂探谢。（故意来探，你像河里草鱼来探沙。）

男：该江玩意骂找主。（不是来要是找情人。）

捂隆心肚想娘时教郎正骂。（因为内心想妹我才远奔来。）

[这一段有道白、有朗诵、也有唱]

意译：

男：做什么呀？姑娘！

女：等你们呀！

男：你们等丈夫哟，你等丈夫讲等我，你等丈夫今晚来，谁知丈夫未到我先到。

女：吃罢晚饭我就在走廊盼哟，我盼你们盼得眼冒烟。

男：给张板凳坐呀，姑娘！

女：站的是贵人，坐的是贱人。

男：求了一次又一次，情人不愿给凳留我站。

女：我们村里没有大树没有木板，不知用什么做凳子给你坐。

男：都说你寨的木头多得很，你家的二人板凳还雕刻有花纹。

[递过凳子之后，女又问]

女：真突然，田地山塘突然崩，别人的丈夫突然到，突然来了好情人。

男：不是突然以前我是常来玩呀，就像袍鱼和虾子难离江，

　　我们好比山鹰难离树哟，你不该说我们是突然来。

女：我们什么话路都放开，一心一意等着你们来。

男：火烧山脚风吹燃上岭，烧对门坡阿哥问姓和名。

女：父母养我这里住哟，只养一条命尚未取姓名。

男：不知姓名枉费想哟，不认识人枉费爱。

女：我是姓杨名娘媄，不知阿哥住在哪村什么名？

男：我家住在高迈村，名叫五郎吴家人。①

[这时男的问要水喝]

男：给瓢水来喝哩，姑娘！

女：水桶在云南，扁担在贵州，水瓢在黄土［湖南省境］，不知拿什么舀水给你喝。

男：水瓢衣缸面，水在小溪边，情人常常去挑水。如果家有妻子我也不来辛苦

　　你，只因家里无妻口又渴，不得不来劳驾你。

女：水在缸里，瓢在禾炕上，自舀自喝甜像糖。

[女递水过后，男递烟给女]

男：抽口烟呀，姑娘！

女：你替我抽哩。

男：星星难替月亮，白瓜难替茄瓜，男人难替女人，我怎能替你呢？

女：你不能替我就替你的情人吧。

男：若有情人不来了，我还等你帮我找。

女：不用我找你早有啰。

男：我若有妻马有角，我若无妻找你要。

女：故意讲，你像河里草鱼来玩沙。

男：不是玩耍是戏情人，内心想妹才从远村奔到这里来。

三　互相试探

[对唱]

男：晚乃相邓哉宽纸，（今晚相逢心欢喜，）

---

① 娘媄、五郎：都是通称，不是真名，在这种场合讲村讲姓，可不讲名字。

　　杀一弱中邓格龙底孟。（好比大虾遇龙在潭底。）

女：晚乃相邓哉宽纸，（今晚相逢心欢喜，）

　　昆该相利时乃浓，（以后不得今时乐。）

男：雄岭隔岗该若孝娘双记零，（隔山隔岭不知阿妹双是单，）

　　努浓堂情嫩零利于亮。（若你阿妹是单值得爱。）

女：腊灭寨教本嫩零，（我寨姑娘本是单，）

　　空双谁定本嫩单。（没谁定亲都单身。）

男：闷乃相邓该相利，（今日相逢难相得，）

　　果要时忙利孝情三岑共工。（不知哪时得和情人同做工。）

女：努尧利孝岑牙同拜远同刹，（若我得你一同上山同休息，）

　　电共美贾要哥情二戏喂浓多嘎。（大树脚下哥吹口哨阿妹来唱歌。）

男：独要牙道刚嫩金银夫，（只要我俩讲个金银语，）

　　早赛你主买赛尧。（丈夫给你妻给我。）

女：刚里正正利于刚，（讲真实话值得讲，）

　　刚里路拉比刚多。（讲话掺假莫多说。）

男：刚里正正孩喽主，（讲话真真不骗你，）

　　捂隆心肚枯赛孝。（肚里心肠全端出。）

女：里化务皮尧孩省，（皮面花言我不信，）

　　美手上引省赛孝，（手拇盖印信得你。）

男：孝灭情赖拜登兑，（你有情人去跟人，）

　　板利孝娘时乃赛教郎背淆。（朋友得你这时给我空背名。）

女：米拜人脑讨，（未嫁谁人过，）

　　打揩年稿本想任孝道共言。（自从去年本想和你共一家。）

男：行宁一孝你报米拜尧孩省，（你这样人说未出嫁我不信，）

　　打揩年别年滚还本任别苟共雄。（自从去年前年早已和人饭共桌。）

女：宁正米拜人脑讨，（真正未嫁谁人过，）

　　骂告板战卡底盘。（剩菜人吃留盘底。）

男：骂尧底盘牙孝早孝同学业，（盘底剩菜你和丈夫同筷夹，）

　　买美咽咽尧问平板牙这格报你。（新娘英姿我问两边朋友说是你。）

女：努尧灭早尼灭拉，（若我有夫虫有骨，）

　　和尚灭借夜灭报。（和尚有梳蛙有角。）

男：努教灭买神灭拉，（若我有妻蚓有骨，）

挂若戏仑曾度若更燕。（狗会吹笙牛也会拉琴。）

女：你报尧灭尧嫩修，（你说我有我还少，）

　　因刚三月出匆约哥情二拜要道血灭。（若是三月出蕨菜和你去找我俩都

　　会有。）

男：主拜早早斗独鹰栖把，（情人早嫁像个鹰展翅，）

　　孝拜着假阴花棉。（你去那头棉花谢。）

女：主比花对开约打，（你像李花开会过，）

　　尧比花油揸地本嫩开。（我像地里茶油花正开。）

男：主比务岑花梨开灭部（你像岭上梨花有时开，）

　　赛尧想主难骂鱼转塘。（给我想你难来像鱼换塘。）

女：努哥宁愿时乃刚，（若哥真愿现在讲，）

　　打拜挖地岑让秧地瓜。（去挖草地我们再种瓜。）

男：爹堆多棉年刹利，（挖地种棉明年收，）

　　爹堆多应尧利名姓板利你。（挖地种姜我得名声人得你。）

女：爹堆多棉多王纪，（挖地种棉种苞谷，）

　　爹堆多干利于牙道双对人。（挖地种蓝靛我俩恰是一对人。）

意译：

男：今晚相逢心欢喜，好比鱼虾遇龙在那深潭底。

女：今晚相逢真欢喜哟，即许以后难见现在也快乐。

男：隔山隔岭不知妹已嫁人或是单身，若是单身才值得我们远地来求情。

女：我寨的姑娘都是单身哟，未有谁来订亲本是一个人。

男：今日相见难得再相逢，不知几时得和你共在一山同做工。

女：若我得你同路上山做工同休息，大树底下哥吹口哨让妹来唱歌。

男：只要我们都讲金银一样的语言，有一天我成你的丈夫你成我的妻。

女：真心实话才是值得讲，若是假话废话莫多说。

男：我是真心实意不哄人哟，肚内肝肠心肺全端出。

女：表面的花言巧语我不信哟，等到拇指盖印①那时才信你。

男：你有好的情人你就出嫁了，如今人家得了妻子给我空背名。

女：我没有出嫁呀！自从去年就想和你共一家。

---

①　拇指盖印，意思是结婚了。

男：像你这样的人说未曾出嫁我不信，前年已经去到夫家同桌吃饭共耕耘。

女：我是真正还未出嫁哟，像那盘子底下的剩菜谁肯吃。

男：盘底的剩菜你和丈夫同吃也觉香，朋友都说你已经成了英姿漂亮的新娘。

女：如果我有丈夫毛虫也有骨哟，除非和尚有梳子青蛙也有角。

男：如果我有妻子蚯蚓也有骨咧，除非狗会吹芦笙牛也会拉胡琴。

女：你讲我有丈夫我还少哟，若是三月蕨菜出了我俩去找都会得。

男：阿妹早嫁像那山鹰展翅飞，去到夫家像那棉桃开花又掉落。

女：你像李花开过不再开哟，我像地里油茶花开多洁白。

男：你像岭上梨花开过一时香，给我想你难得哟像那鱼离塘。

女：若哥真愿这时当面商量吧，我们再去刘草挖地另种瓜。

男：挖地种棉明年收哟，只怕挖地种姜人家得你让我空背名。

女：挖地种棉花也能种玉米呀，挖地种蓝靛哟定能染成双双一对人。

四　约换挡①

女：灭哉相想挡骂弯，（有心相爱来换挡，）

　　比要身依尧烂想孝那。（莫让我想得多身子坏。）

男：行宁换挡该相利，（换挡的人不得成，）

　　本有刚宁独人手米利赖丁。（只有真心的人空手也能成。）

女：要挡骂台省利哉，（拿挡到手方能信，）

　　里化务皮时乃孩邓仑波邓。（皮面花言现在不悔后会悔。）

男：浓灭忙赖赛尧滚，（妹有好货先给我，）

　　打仑你骂困闷道。（以后你来成了我们的。）

女：哥脱衣述台骂弯，（哥脱绸衣拿来换，）

　　周见捂卡尧牙台骂为挡重。（耳上银环妹也拿来作重挡。）

男：美衣务身赖板穿，（身上衣服赖人穿，）

　　仁刚闷尧哥牙台骂为挡重。（若是我的哥也拿来作重挡。）

女：努哥仁意西结二，（若哥真愿就结情，）

　　刀喇铜钱四字台骂分。（刀破四字铜钱②拿来分。）

男：刀喇铜钱牙道务手都，（刀破铜钱我俩手上递，）

---

① 换挡，即互换信物，也叫把凭。

② 四字铜钱：清代的硬币，上有"××通宝"四字。

比赛宁饶板部台拜丢。（莫给谁人半路拿去丢。）

女：铜钱赛尧台拜龙述务龙贾，（铜钱给我拿去箱里收藏箱面放，）

时怒听厌要骂能。（哪时烦闷拿来看。）

男：莽你西收莽尧鸟，（你收一边我留边，）

主比拜邬述牙道。（你莫嫁谁就是我两人。）

意译：

女：有心相爱呦我们就换挡。

莫让我心身不安把你想。

男：换挡的人不一定能成为夫妻，只有诚心的人空手也能谈得成。

女：换挡定情才能信得过你的心，表面花言现在不悔后来也会悔。

男：妹有什么好货先给我，以后你来我家货也就是我们的。

女：哥脱身上绸衣拿来换哟，妹从耳里脱下银环表重情。

男：身上衣服是借别人穿来哟，若是我的也愿脱下表深情。

女：若哥真心实意我们就结情，刀破四字铜钱拿来两人分。

男：刀破铜钱一边手递一边接，莫给那个中途拿去丢。

女：铜钱给我放在箱子里头好好收，哪时忧愁烦闷就拿出来看个够。

男：你收一半铜钱一半留在我身边，不要再跟别人我俩一定能团圆。

五　互相倾诉

男：肉赖独宁肉赖以，（又好个人又好意，）

约主结二邀溃孝。（邀你结情怕亏你。）

女：引宁一教赖忙嘻？（我这样人好什么？）

斗共王纪板对尼。（像蒗玉米被虫蚀。）

男：浓刚里乃喽宁本，（妹讲这话哄亲人，）

坑姑尧青难配孝。（我衣袖短难配你。）

女：坑姑你青荣邬青，（你衣袖短随它短，）

年刹尧骂当主比。（明年我来给你补。）

男：位肉同光该同等，（油灯同亮不同黑，）

比赛宁饶务金及本当闷崩。（莫给谁人石上砌坎常常塌。）

女：田塘比放亮比厌，（田莫丢荒情莫丢，）

保主有彭客邬棉嫩十二月。（叫哥要缠爱他几个十二月。）

男：该想闷乃顿孝肉赖独人肉赖研，（不料今日遇你又好人品脸又甜，）

　　仍刚共灯尧牙难占拆卡台。（若是果树我难吃也要折一枝。）

女：教比甚弱月共独空把，（我比蜘蛛织网没有翅，）

　　打邑中套沙难要孝独跟王。（草里装套很难得你金甲虫①。）

男：努尧忘孝端忘该，（要我忘你真难忘，）

　　对困独驹洒嫩亮。（死成个鬼也还爱。）

女：对困独驹转骂该，（死成个鬼难转回，）

　　打拜世牙该若你主地方怒。（等到二世不知阿哥在何方。）

男：比有喽郎上美主收梯，（不要哄郎上树你收梯，）

　　赛教板美加应空卡台。（给我树腰上站没枝扶。）

女：十猛想孝一猛利，（十人想你一人得，）

　　嫩灭九猛孩利桃乱那。（还有九人不得心烦乱。）

男：抓更台手牙大哭，（抓臂挠手双泪流，）

　　板加报哦哭主相。（同伴说傻哭情人。）

女：独鸟金鸡飞打海，（一只金鸡飞过海，）

　　哥肉灭格尧努骂？（哥已有人我怎来？）

男：教比独燕该离斗，（我像燕子不离窝，）

　　又比汉彭全世转骂立旋孝。（又像汉鹏②一世转来眷顾你。）

女：孝比虽毛翻生行劳冲套要难转，（你像山鸡翻岗走进草冲难转回，）

　　尧牙果要里忙邓劝，劝堂情二任教合校龙。（我不知用什么好话，劝你回来

　　和我龙共江。）

男：金鸡灭兑独飞上，（金鸡有伴任高飞，）

　　孝任早孝该厌果努亮？（称和丈夫不厌怎样爱？）

女：鸟随拜江埂寻三，（鹭鸶下河鱼下滩，）

　　安该占弱在浓娘金干苦亮。（鹅不吃虾给我情妹冤枉爱。）

男：孝拜板贾六十年仲七十水，（你嫁别人六十年久七十秋，）

　　杀苟务碓早骂帮。（舂米碓上夫来帮。）

女：教本懒拜人情告，（我不愿跟旧情人，）

　　转骂熔银合钦任堂情二再烧瓦共窑。（转来熔银共钦再和情哥做个瓦共窑。）

---

① 金甲虫是一种五颜六色的虫类，形美善飞。

② 汉鹏：群居鸟类，形比山鸡大，色美多情，若死一只，其余徘徊死鸟身边不走。

男：你孩拜邪孩拜该，（你不嫁他做不得，）

　　老孝任堂情二为一困。（老人和你情人同一路。）

女：尧孩拜邪孩拜利，（我不嫁他也可以，）

　　该江滚时奶教言邪骂。（不是前时我妈他家来。①）

男：水打坪谢格打滚，（水过沙坪人先走，）

　　水打坪号孝肉应格工共岑。（北过小溪你已与人同干活。）

女：水打坪谢格打滚，（水过沙坪人先走，）

　　水打江河牙道虾共瓢。（水过江河我俩虾共篓。）

男：孝利板贾斗独埧斗浪，（你和同伴像那鱼和江，）

　　该灭宁饶即刚要教远乃能。（没有谁人来讨，留我远处望。）

女：教比甚弱独空把，（我像蜘蛛没翅膀，）

　　任刚独鹰打揩岑地远远妻把旋。（若是个鹰就从高山远地飞来缠。）

男：努主一大利着生，（看你一眼得半世，）

　　努主一过值利一啰银双毫。（见你一笑值得一船银毫子。）

女：时乃世界雍银妻，（如今世界用纸币，）

　　努雍银毫时度尧利孝。（若用银毫我就早得你。）

男：本赖人教高干懒，（因我头像茅尖桢②，）

　　仁刚高干担毛时度尧利孝。（若是挑肥扁担我也早得你。）

女：教牙保孝比雅仑，（我也说你莫太选，）

　　要个条根起冲为利孩？（拿个调羹替碗做得不？）

男：你想甚教赖忙嘻？（你想我村好什么？）

　　占苟王纪累骂毛，（吃苞谷饭送野菜。）

女：本有牙道宁合以，（只要我俩人合意，）

　　苟杂王纪为道妹。（米与苞谷共锅蒸。）

男：你保比甘牙有甘，（你说莫选也要选，）

　　该江美边这困庇述杆。（不是路边杉树修了就是扁担。）

女：皮边孟言难甘嘻，（杉皮盖屋不用选，）

　　甘拜甘转该若时怒打基人。（选来选去不知何时误青春。）

男：王朝任月你努嫩怒拜打滚，（星星和月你看哪个走在前，）

---

① 侗家有女还舅门的风俗，表妹必嫁表哥，表哥不娶，方可嫁别人，这里指旧情人不是表哥，可以不嫁。

② 茅尖桢，竹制扁担，视为质量低劣的工具。

尧正王朝晚夜打滚月。（我是半夜星星翻山比月先。）

女：王朝任月同翻界，（星星与月同翻山，）

　　教度孩惹言主远。（我也不怕你屋远。）

男：灭哉丢夜尧牙孩夭尾水三，（有心撒网我也不怕大滩尾，）

　　灭哉卡桥尧牙孩夭妻登胖。（有心架桥我也不怕起高墩。）

女：卡条洛美崙肉馍，（架座木桥后会霉，）

　　卡条洛岜述独尧骂千万年。（架座后桥你我来走千万年。）

意译：

男：又好人才又好心哟，同你结情怕你亏。

女：我这样的人有什么好？像菀玉米早已被虫咬。

男：妹讲这样的话不真实哟，我的衣袖太短难配你。

女：你衣袖短就随它短吧，明年我来和你补它长。

男：寨上油灯同亮不同黑哟，莫给谁人石上砌坎常常塌。

女：田莫丢荒谈情也莫间歇的，叫哥常来爱他几个十二月。

男：今日见妹人才美貌笑眯眯，若是果树我吃不了也要折一枝。

女：我是蜘蛛织网没有翅膀哟！草里装套怎能网住金甲虫。

男：要我忘你丢你我是丢不开，即许死变成鬼也还把你爱。

女：死变成鬼去到阴间难回阳，二世投胎不知情人在何方。

男：不要哄郎上树你收梯，让我树腰上站没枝扶。

女：十人想你只有一人得到手，还有九人没得心中乱且愁。

男：抓手挠臂双泪淋，别人说我是傻仔哭情人。

女：你像一只金鸡飞过海，哥有情人叫我怎跟来？

男：我像燕子飞来飞去难离窝，又像汉鹏多情缠你一世怎样过？

女：你像山鸡翻过山岗走进草丛难回转，我不知用什么好话相劝，劝你回来和我
　　做个龙共江。

男：金鸡有伴任高飞哟！你和丈夫不离叫我怎样爱？

女：鹭鸶下河鱼下滩哟！鹅不吃虾给我情妹冤枉爱。

男：你嫁别人六十年好七十香，每天上碓舂米还有丈夫帮。

女：我是懒得①去跟旧情人哟！转来和你同炉熔银，共窑烧瓦几称心。

———————————

① 懒得是广西方言，即不顾。

男：你不去跟他做不得哩，老人和情人都是同一气。

女：我不嫁他理应该，不是前时我妈他家来。

男：水过沙坪别人走在先，水流溪边你和别人同山做工好几年。

女：水过沙坪我让别人都走光，水到大江我俩做个虾公同篓放。

男：你跟别人去了像那鱼进江，没有谁对我讲丢我远处望。

女：我是蜘蛛没翅膀哟，若是鹞鹰就从高山远地飞来缠。

男：见你一眼好像得半世哟，见你一笑值得一船的银双毫。

女：如今世界用纸币哟，若用银毫我也早就与你结情谊。

男：我是挑草的单竹茅尖桢哟，若是挑肥的木扁担也会被你看上。

女：我也叫你莫要太选人，拿个调羹替碗行不行？

男：你以为我村有什么好的值得爱，天天吃苞谷饭送野菜。

女：只要两人合意又称心，苞谷大米共做一锅蒸。

男：你说莫选也要选哟，不是路边杉树修了就是好扁担。

女：杉皮盖屋不用选哟，选来选去不知何时误青春。

男：星星和月你看哪个走在前，我是半夜星星翻山比月先。

女：星星和月夜夜同翻山哟，我跟你走不怕你家住远寨。

男：有心撒网我也不怕大滩深，有心架桥我也不怕起高墩。

女：架座木桥以后会霉烘哟，架座石桥你我来走千万年。

六　告别

女：夜道乃鸟桃里相赛引嫩夜该长，（今晚我们互诉情话只怨夜不长，）

　　宣乃任孝米听忙久闷肉光。（这次和你不觉多久天又亮。）

　　乃道相彭桃里寒贺教本想道船共三，（我们相爱情话绵绵本想我们船共滩，）

　　本想灭亚共竿关哉任孝龙慢亮。（只想绸布共竿倾心与你情更浓。）

男：夜道坐晚比坐米，（今晚坐夜莫空坐，）

　　独要为利述太平，（定要讲成心才平，）

　　尧亮你主深央海，（我爱情人深似海，）

　　尧想你主大央岑，（我想情人大似山，）

　　教想坐晚述独利，（我想坐夜一定成，）

　　本愁你主里来刚教甚。（只怕妹讲花言开玩笑。）

女：报主有骂比拜斗，（说你要来莫去久，）

　　隔岑隔基比赛隔夜牙，（隔山隔岭莫要隔两夜，）

比隔晚牙你有宁，（莫隔两夜你要记住，）

夜三孩闷主情想别里翻麻。（三夜不来你又变心跟别人。）

男：骂了晚一肉晚二，（来了一夜又二夜，）

根浓合式骂晚三，（赞妹合意来三夜，）

郎骂晚三肉晚四，（我来三夜又四夜，）

主情难代赖玩意。（情人难成且作伴。）

女：多嘎到乃道消散，（唱歌到此我们散，）

千竹百样散朋朋，（千种百样散纷纷，）

务闷散星风散吗，（天上散星风散云，）

地上万独鸟打散拜峯，（地下万只山鸟散回林，）

田塘散卡垱散汪，（田里散秧鱼散窝，）

居上留连散懞懞，（大小野鬼散四方，）

神灵土地散拜棚，（神灵土地散回庙，）

高言高所散鼠雀，（屋头仓边散鼠雀，）

掯言冲欠散务雄，（屋里碗碟散离桌，）

乃道阳宁相聚散碰额，（我们活人相聚散回家，）

血散拜睡早仑成邓相兴工。（都散去睡明早起来赶活路。）

男：尧多美嘎骂消散，（我唱支歌来消散，）

鸭西拜远安拜河，（鸭去田墩鹅去河，）

一散主言二散板，（一散主家二散伴，）

道血消散比冲耳，（我们都散莫再听，）

七月水井紧该兑，（七月井水不够舀，）

该江道树水井岩。（不是山泉岩下流。）

女：约主分困桃乱哉，（与哥分路心头乱，）

利努大乃可要时忙邓主努大仑。（看这一眼不知何时才能再相见。）

男：任主分困水大点，（和妹分路眼泪流，）

根堂情二尧赖拜肉骂。（舍不得好心情妹去又回。）

女：虽拜主，（哥慢走，）

教杜鸟言怜杀你主走困远。（我在屋里可怜情哥赴远路。）

意译：

女：今晚我们互诉情话只嫌夜不长，和哥坐夜不觉多久天已亮，情话绵绵但愿我们将能做个船共滩。像那绸子和布共晒一竿让我倾心把你爱。

男：今晚坐夜讲的都不是空话哟，一定要讲真讲成了心才平。

我爱情妹像海一样深，我爱情妹像山一样大，我只想常常坐到半夜将会讨得你，就怕阿妹花言巧语哄我空高兴。

女：叫我常来莫丢久哟，隔山隔岭不要隔两夜，莫隔两夜你要记在心，三夜不来你又变心跟别人。

男：来了一夜又二夜哟，见妹合心合意要来第三夜，三夜过后又四夜呀，难成夫妻也要和你作伴两三月。

女：今晚唱歌到此我们分散吧，千种百样纷纷散回程，天上的星星散入云端，地上的百鸟散进山林，田里的鱼儿散进窝，坡上的野鬼散进坟，屋头的鼠雀散进瓦底，家里的碗碟散进柜盆，我们活人相聚今晚散回家，回去睡觉明早还要赶去把田耕。

男：我来唱一支消散歌，鸭散去田墈鹅散去小河，一散主家哟二散同伴们，我们大家都莫再听歌，七月的井水经不起众人挑，不像岩下的山泉流成河。

女：让哥回程心头乱哟，看这一眼不知何时再相见。

男：和妹分手眼泪流哟，舍不得好心的情妹去又来。

女：哥慢走！

我走进屋可怜情哥走远路。

采录地点：三江县八江乡八斗村

演唱者：

男歌手：杨永芳、吴健、吴浓胜、吴万团、杨朝凤、杨荣幸。

女歌手：杨社端、杨腾引、谭婄明，杨婄友、谭婄凡、陆婄仁、杨婄尼、杨婄英。

录音者：贺嘉、蓝鸿恩、金辉、王光荣、黄凤兰。

记译者：杨通山、莫俊荣。

火塘对歌

对侗族人来说，"火塘"是家庭的象征，是他们招呼、款待客人的主要场所，同样也是侗族家庭的故事文化和歌谣文化传承场所。"火塘对歌"便是侗族人围绕在火塘边所唱的歌谣，人们在此对唱互答，别有一番情趣。火塘对歌的内容以情歌、酒歌为主。

火塘情歌对唱之一

男进屋问：为忙腊天呀？（做什么呀姑娘？）

女答：述孝吧！（等你们呀！）

男白：述板述兑比有要于在教郎。（等朋等友不要说等我郎。）

女白：一闷六时时时都都述孝。（孝述早一日六时时时都等你。）

男白：孝述早孝报述尧，孝述早孝，（你等夫你等丈夫说等我，你等丈夫，）

　　　晚乃到，早孝米到时乃在教打滚骂。（今晚到丈夫未到这时我们先来到。）

女白：占苟夜早脚郎望，望堂情二孩骂，（吃罢晚饭走廊盼，盼他情人不来，）

　　　时乃在教大爆烟。（这时给我眼冒烟。）

男白：述早孝，该江述尧你述早孝六十水。（等你夫，你等你的丈夫六十年。）

女唱：夜乃教骂占咀问，该若情赖这乃名滚忙？（会夜我来到这里开口问，不知
　　　这里的情人叫什么名字？）

男唱：教牙报孝比有问，老教这乃米要名。（我请你们不用问，老人家还未给我
　　　取姓名。）

女唱：该若人名干若想，该若灭人干若亮。（不认得名冤枉想，不认得人冤
　　　枉爱。）

男唱：主上亮尧度亮少，尧亮娘金闷地多。（情人爱我是很少，我爱情人天
　　　地多。）

女唱：你亮尧亮抗平基，独劳尧亮利米忙。（你爱我爱爱到尾，光我一个人爱没
　　　意思。）

男唱：你亮尧亮人屋妻夫波依利，尧亮你厌人尾妻夫该赖聚。（你爱我爱最后总
　　　会成夫妻，我爱你厌夫妻肯定结不成。）

女唱：你亮尧亮抗平基，尧亮主厌杀若难要道共屋。（你爱我爱爱到底，我爱你
　　　厌当然难得共一家。）

男唱：有哉结上亮平基，空哉结二比台文章半部藏。（有心结情结到底，无心结
　　　情莫讲花言巧语乱做文章。）

女唱：约主结上主脸等，约主桃代里米尧嫩米笑主本笑。（约你结情你脸沉，约
　　　你玩耍我还未讲你就笑。）

男唱：约主结上胖一匈，约主结情尧打屋教平到孝。（约你结情高一节，想你结
　　　情我从屋里跑着来。）

女唱：伴加利孝平困水塘深水井，尧孩利主水淘下滩散困内。（人家得你心里平平像深塘水，我不得你好像水落下山崖散成雪颗。）

男讲：水滴下三难拜碰额，孝任早上多茹多芋孩有忙用邪名赖。（水流下滩散纷纷，你和情人种茹不用肥料自然好。）

女唱：教任独人早教该仑世，乃教少条美压该开揩。（我和我的丈夫难完一世，好像织布时梭不穿纱那样。）

男唱：孝任早孝本一揩，忙该报尧郎金该用亮。（你和丈夫本像原来一样好，为什么不早告诉我不用爱。）

女唱：塘田高岑有头西深有头敢，台一尧想放买要教头世仑。（岭上的梯田一头有水一头干，我想你去离的丈夫让我们能共后半世。）

男唱：孝任早孝刚里细，乃教郎空夫妻拜放忙？（你和丈夫天天讲细语，我没有没妻子去和谁离婚？）

女唱：孝利独人合式一世夫妻该若厌，教空独人合式猛莽这位钳奔国。〔笑声〕（你有心爱的情人一世夫妻不知久，我那个丈夫坏得很经常在火塘边夹我的颈脖。）

男唱：孝任早孝猛莽这位里漂花，行行刚打利干亮。（你和丈夫火塘边常谈情话，样样却讲过真羡慕。）

女唱：孝任买牙人合式火同起，火起烧麻牙孝买孝远加笑。（你和妻子一同起床同起火，火烧起来了二人一同坐在那里笑。）

男唱：教本想道火同起，尧本想妹情二骂添头世仑。（我本想我们同起火，只想情妹过来和我后半世。）

女唱：教本想道要为利，谁若钱买孩到教。（我只想我们能成夫妻，谁知拿钱去买也不到我。）

男唱：努刚应教该有买，该有钱买独要主登教。（若你跟我不用买，不要金钱去买只要人。）

女唱：田塘雅挡赖吃萍，孩打钱买谁敢占。（田里萍浮不用买，没有钱哟怎敢要人。）

男唱：田塘雅挡空有萍，乃教空堂情二想孝娘。（我们田里没有浮萍，我家无妻只想来找你。）

女唱：想板兑，努主想尧玩打年怒利主上。（你想别人哟，若你想我去年已经成为夫妻。）

男唱：在教彭彭该利主，板贾太彭该彭时乃在别利主上。（给我想想我又不得你，人家不来走寨又得你共一家。）

女唱：孩拜邬，转骂屋鸟道相彭。（不嫁他哟，回家来住我们再商量。）

男唱：你孩拜邬孩拜该，老孝任堂情二一路论劳你。（你不嫁他做不得，你家老
　　　人和你丈夫共一边。）

女唱：尧孩拜邬孩拜利，该江滚时奶教屋邬骂。（我不去他不去得，不是前时我
　　　妈他家来。）

男唱：占大能主肉白杂红杀冠之，夫妻人言难利猛菀孝。（抬眼望你的脸色白里
　　　又透红，不知去哪里找个情人和你这样好。）

女唱：努尧利孝平美限，三等白万办苟到雄述哥喊办同挟骂。（若我得你心里满
　　　足，一日三餐饭菜上桌一声喊吃同筷夹菜。）

男唱：有哉相想挡相述，比赛人谁半部肉相丢。（有心结情怕久等，莫给谁人半
　　　路又丢人。）

女唱：有哉相想假挡骂弯，比赛身依尧乱想孝那。（有心结情就换挡，莫给我想
　　　天想你坏了身体。）

男唱：多人弯挡该相利，本要刚宁转人手米利赖丁。（很多人换挡不成夫妻，只
　　　有我们诚心不用换挡也能成。）

女唱：利挡骂台正信哉，里花务皮时乃孩邓仑又邓。（得挡到手我就信，花言巧
　　　语现在不丢以后又会丢人。）

男唱：美衣务身赖板单［村］，因刚门尧尧牙台骂为挡重。（身上的衣服是借人
　　　家的，如果是我的我就拿来作挡换。）

女唱：血门主、血西门你本要你该在。（都是你的、都是你的衣服就怕你不肯
　　　换挡。）

男唱：赖板穿，努尧孩穿板肉杀？（借人穿的，如果给你人家会问我要回怎
　　　么办？）

女唱：妹打务耳分钎慢，努哥要尧你打务身分衣服。（我从耳里脱下银环，请你
　　　从身上脱下你的衣服。）

男唱：教人为工本扛锄，你有钢笔独拜寻别老师要。（我是农民只会扛锄头，若
　　　要钢笔你去问那个老师要。）

女唱：哉尧彭彭斗猛先生教书该若厌，架桥引路尧本想道千万年。（我心想你好
　　　像老师想出本，架桥开路我想和你千万年。）

男唱：架条格每仑又莫［霉烂］，架条路石尧刚想骂早主收。（架座木桥后又会
　　　霉烂，架座石桥我刚想过你的丈夫又收走。）

女唱：有哉丢网比怕尾水三，有哉架桥比怕水大溃。（有心撒网莫怕下大滩，有心架桥莫怕大水冲。）

男唱：有哉丢网教牙孩怕尾水三，有哉架桥尧牙孩怕起登胖。（有心撒网我硬要到大滩尾，有心架桥我也不怕桥墩高。）

女唱：努哥十分宁想挡相述，比在人谁半部丢教坏哉人。（若哥十分真想不要怕等久，莫给谁人半路丢人坏良心。）

男唱：你报尧述尧独述，前别梁兄度述祝英台。（你叫我等我就等，好像前时梁山伯等那祝英台。）

女唱：硬有述，莫斗梁兄误别祝英台。（真要等，莫像山伯误了祝英台。）

男唱：硬有述，梁兄述别尧述你。（一空等，梁兄等别人我等你。）

女唱：藤米平巴你报述，时乃平巴平部主要别。（藤未缠树你说等，这时树上有藤你又讨别人。）

男唱：藤米平巴耐烦述，笋米平竹牙道还过迟登年。（藤未缠树耐烦等，笋未成竹我俩不过是晚年把。）

女唱：正项主尧十年八年度有述，该江主尧十天半月度报久。（真是情人十年八年也要等，不是真情十天半月也说等得久。）

男唱：本还述，述堂情二困婆仔甜你婆骂登尧。（我总在等，等你成了外婆叫你的孙女来跟我等。）

女唱：本还述，述堂情二困大仔甜你大骂登尧。（我硬等，等你成了外公那时我再嫁别人。）

男唱：本还述，述堂情二困婆约主拜别尧零王。（我等，等你成了外婆你是嫁人我变成个大单身汉。）

女唱：正有述，述孝吃水骂傍时教娘再要。〔找〕（真要等，等你结婚请人吃肉粥时我再找别人。）

男唱：孝刚里假耀身山，刚里为便〔耍〕刚多你，（你讲那话真肉麻、讲话玩耍是你欺我，）

女唱：里乃述里乃，努刚里仑打仑你骂曾血就。〔赶牛〕（讲话要算话，若讲假话以后看人会赶你家的牛。）

男唱：台里孝主本想主，该利里忙赛孝曾血就。（我是一心本等你，若我讲假随你几时来赶牛。）

女唱：里乃述里乃，努刚打仑里忙比报郎该衣。（讲话要算数，如果讲假话莫怪我以后不依你。）

男唱：努主更更斗个花神仙，慢看十慢赖哉慢亮。（看你漂亮像神仙，越看越好心越爱。）

女唱：努主更更斗个花梨巅，命尧难代仔孝姑。（看你漂亮像梨花，只怕我命不好难配你。）

男唱：努主更更斗嫩月搞妈，十想意引约主该杀大十分另。（望你漂亮像云里的月亮，十分想你难会走了走了回头看。）

采录地点：八斗小村

录音者：黄鸿恩

记译者：杨通山

火塘情歌对唱之二

女：努再亥邀就努灭。（若你不找我怎么会有。）

男：亥有再，亥有交邀你本刃［K］① 样中金。（不要讲，不需我寻你已跟别人同山种地了。）

女：你邀饶邀亥代金，努再亥轮术几霸。（你寻我找不要紧，若你不嫌就在身边。）

男：你刚历奶杀冲累，乃较妨塘情尼较赖些累孩。（你讲这话太容易，要你离弃你的好丈夫你舍得吗？）

女：努主累校介设妨，王朝刃校介虾离。（那人得你舍不得离异，王朝跟你舍不得离分。）

男：王朝刃月你努嫩努拜达滚，饶努王朝紧紧达滚月。（王朝星跟月你看见哪个走在先，我看见王朝星走在月前面。）

女：王朝离月官力夫，埋竹力塘独［ao］娘灯校。（王朝离月官离府，你妻离去就要我跟你。）

男：王朝刃月同翻嫁，保农必且言就远。（王朝与月同翻山，说你不要怕我家在远方。）

女：三十里昆千勒灭，八十里六饶牙亥腰言居远。（三十里路万语连，八十里路我也不怕哥家远。）

---

① 本对唱中的［K］，［ao］，［A］等为记录者特殊记音符号，今不可考，疑为国际音标。——编者注

男：路远赖一哈，[ao] 再送达金相宅。（路远好多啦，情妹送我过那私奔山。）

女：塘情路远近情尼，塘情告寨若花仙谈席奶亥顿轮育顿。（情人路远近情人，情人寨里话不投机现在不离以后离。）

男：路远赖忙喜，一年四季难拜走。（路远有什么好，一年四季难去走访。）

女：拜淆路远紧赖喜，言灭虽起饶多约再情尼来。（嫁夫路远真好啊，家有节令我就邀你情人来。）

男：校本保就塘情昆远塘情歪，校泪塘情告寨早晚相再手破来。（你总说我情人路远是差劲的情人，你得那本寨的情人早晚相见手攀肩。）

女：告寨希灭亥头虽，饶多保再情尼 [ao] 就必灯谁。（本寨虽有不称心，我说阿哥娶我别跟谁。）

男：主尿寨东淆寨东，校都刚灭龙凤配英央。（妹住东寨夫也住东寨，你已自有龙凤配鸳鸯。）

女：饶尿寨饶福空夫，努尧灭堆灭夫尧牙银苦透生校。（我在我寨没有丈夫，若我有丈夫我又何苦到你寨。）

男：身希灯术高灯端，借灭塘山透生就。（身着红绸头披缎，借件长衫到你村。）

男：临空庆脖卡空见，高空银 [K] [ao] 老情尼月爹你灯尧。（颈无项链耳空环，头无银梳要你老人当外婆你来跟我。）

男：高灭银 [K] 庆学帮，脚手留良通生河。（头有银梳手镯大，手脚灵巧赛村寨。）

女：庆希空学卡空见，高空银 [K] 斗唐情尼 [ao] [K] 尧远看。（臂无手镯耳空环，头无银梳留那情哥娶了别人我在远中看。）

男：闭大斗竹呀刚给，两达扰扰保唐情尼拜 [K] 真介平。（闭眼放弃你也讲不得，两眼睁睁留那情妹嫁了别人真不平静。）

女：斗竹拜 [K] 金介虾，荣毛曼努秧转素。（留那妹嫁人真不错，等它哪天秧转绿。）

男：追亚斗干安斗头，逃斗顿斗尧多难斗校。（布匹离杆烟离香台，香台离去我也难离你。）

女：逃历两刀量皮斗，一定有平月嫩人自嘎。（我俩的情意不给断，一定要常来往做成自家人。）

男：必晒斗，一定有兵月嫩行灯带子。（不让断，一定要来往做像绑腿布与绑腿带子。）

女：必晒斗，一定有兵荣毛几个十二月。（不让断，一定要来往管它几个十二月。)

男：尧带历主本依主，单怕校主主带历〔K〕尾育依。（我依你讲总依你，就怕你情妹依别人讲最后又依了别人。）

女：饶带历主头嫩育带蒜，算主亥败头术你。（我依你话就像那茶油裹蒜头，……）①

男：单怕独人主相历花梅，历花灯尧希校娘灯〔K〕。（就怕情人你讲是空话，空话跟我你已跟了别人。）

女：介约历花一努尿，告龙蓬包想校再中言。（不知空话是怎样，心中烦乱想与你哥哥共房屋。）

男：梅总弯梨尧弯泪，弯唐情尼月堆尧端难。（弯术成犁我弯得，劝你情妹成双我就难。）

女：必刚条难良条愿，一定有当六十年。（不讲那难讲那愿意，一定要跟六十年。）

男：讲六十年带难泪，讲六十天本愁情赖笨达笋。（讲六十年是难得，讲六十天总怕好情人笋子已成竹。）

女：讲六十年一定有〔ao〕毛泪，一定有兵月嫩人自己。（讲六十年一定要让它成，一定要情愿做成自家人。）

男：较本败〔K〕晒尧眼看梅，忙奶多饶引入晒良校。（你已嫁人给我空眼望，为何让我这样心想你。）

女：你良尧良康平基，轮捞尧良得味忙。（你思我量阳光才平那山坡，就我单想有什么用。）

男：搂郎上树祝术梯，板梅加应空嘎带。（哄我上树你收梯，树腰上站没得树枝攀拿。）

女：讲历真真介楼主，告龙生独孤晒校。（我讲真话不骗你，心中所想全端给你。）

男：搂郎上树祝术梯，砍交梅堵祝拜〔K〕。（哄郎上树你收梯，砍藤未断你嫁了别人。）

女：讲历真真亥一本搂主情。（我讲真话没有一点骗情人。）

男：历花梅，宣奶晒再情尼想〔ao〕祝保难。（讲空话，现在留我想娶你讲难。）

女：努再情尼真有骂〔ao〕希努拜希假，娘金任想兵央术发共各出骂想用毛。

---

① 此处缺少半句直译。——编者注

（若你情哥真想来娶哪时来哪时就走，娘急也想跟哥同花绸被共生活。）

男：希榴开花炸命打，祝月历花炸命郎。

（石榴开花盖天地，九月剧话满山梁。）

女：亥约历花一努尿告龙蓬包想较拿。（不知空话是什么，心中烦乱想你得很。）

男：校刃淆笑平捶水灯应水敏，奶尧独省历校骗。（你与你丈夫好像塘水与井水，现在我总相信你骗人的话。）

女：主本想［ao］刀月累，恼约情尼月塘干若晒就娘奶量。（你总想要我们就得，谁知情人做那样子经我想。）

男：郎金性生本性生，娘金性生还灭情尼同拜金卡蓝靛。

女：娘金性生术性生，娘金性生介灭洞努空头唐。

（娘金生来就这样，娘金生来没有哪个喜欢。）

男：郎金性生本性生，娘金性生还无情尼任孝巴共唐。

（郎金生来本这样，娘金生来就有情人跟你鱼共塘。）

女：头老尧刚你亥省，你拜问伴牙［K］［ao］底尧。（唯有我讲你不信，你去问两位同伴要我的底。）

男：金亥省，尧拜问伴牙边伴保灭。（真不信，我去问两边同伴伴讲有。）

女：努主灭淆虫灭骨，和尚灭梳蛙灭包。（若我有夫虫有骨，和尚有梳青蛙也长角。）

男：努就灭忙神月骨，狗若吹笙牛多若更燕。（若我有妻蚯蚓有骨，狗会吹笙牛也会拉二胡。）

女：你保尧灭尧还受，因刚三月出勾借再情尼拜又刀些灭。

你讲我有我还缺，假如三月收谷，给你去收我们都有。

男：你保亥选临有选，临讲术先曼拜比。（你讲不选也要选，不是铲除常去修。）

女：主压保校必有选，些一你选空希斗就勒灭人穷介荣退。（我也说你不要选，都像你这样选那就留我穷家女子不得丈夫了。）

男：你保亥选压有选，介将抓条梅奔边路批术杆。（你讲不选也要选，不是抓条杉木在路边削就成为扁担。）

女：真有选，中条梅奔达弄谁选谁。（真要选，像条深山的杉树谁选谁。）

男：当顿的人尧保主相必有选，你主选［K］［K］选就。（情人啊我说你不要选，你选别人别人选我们了。）

女：必有选，皮奔梦言希主难选校。（不要选，竹皮盖屋那我们难选你们。）

男：皮奔梦言还灭瓦骂问，选拜选转介你年努泪结情。（竹皮盖屋还有瓦来铺，选来选去不知哪年得成亲。)

女：主压保校必亚论，[ao] 嫩条根起中月累亥。（我要讲你不要论，要个匙羹替碗做得了吗。）

男：梦努灭淆口帐帐，梦努空淆历宣历介宣。（谁人有夫谁人口不停，谁人没夫谁人话答话不答。）

女：主相灭塘尧空淆，主相想凭保再郎金度凳骂。（情人有妻我没有夫，情人想谈说你情哥度凳过来。）①

男：独人主相生中些六饶怕着奶拜轮多省晒娘育保省有近，

努刚省亥透顿你必怪郎金亥省骂。

女：再多省骂各灭字，忙奶仍杀情尼乱骂那。

男：校骂了旋一又旋二，骂了旋三亥努情赖复信骂。

女：各灭字，努约灭字刃堂情尼省相通。

男：努主一达虾半生，努祝一笑则累船双毫。

女：实奶世界用线机，努用很毫不是尧泪校。

男：努你一眼沙半生，奶主放塘情尼 [ao] 校半生尾。

女：本作着主高干懒，努高干毛希多尧泪校。

男：高于担毛希笑娘该主。

女：该亏你主保尧介，希努骂再介你。

男：晒尧平平多亥泪，[ao] 晒伴假歹平该平凡达希努毛泪校。

女：十盟想校一盟历，还灭九盟亥泪桃乱拿。

男：你保你乱又灭淆校帮你介，努尧桃乱主伤千。

女：必有乱，奶校灭人月宣乱世忙。

男：努月保主必有乱，奶主修人月宣端斤亏。

女：校刃埋笑同尿边灯加月宣，毛拜转骨你呀拜转翁岗。

男：校刃淆校笑尼韧，你拿菜姓毛拿剪。

女：奶校累独人合灯同欺，欺灯燃麻两校埋笑边加烘。

男：主刃埋主介平不，饶捞边灯毛出言。

女：奶校得人合式走空同丈刚历细，讲历牛尼忙呀亥世一世人。

男：较刃淆校笑尼刃，晒 [K] 劳人难生介约牙校月纪忙。

女：奶道尼人朋讲朋笑亥仙累，努保朋讲朋呢 [K] 累你。

---

① 从此处起，缺失翻译——编者注

男：能讲能笑刀术累，努讲能讲能万娘有盟加赖班井泪你。

女：奶道席奶松顿近甜气，轮亥相泪席奶浓。

男：各努月保斗条晒，各努月圈席奶〔ao〕极娘灯主。

女：能讲能〔ao〕刀术泪，结堂情尼斗张再赛拱。

男：曼刚曼宣本一告，该得你拜机告亥。

女：雄金隔冈该约你希尧良机希亥。

男：雄金隔冈该约校娘努羊想，带一尧想法退必轮更活细。

女：亥刚共谷更共草，金塘亥刚更合适。

男：雄金隔冈该约校娘双机零，努刚塘顿没钉术牙刀。

女：本鼻零，介灭谁钉本鼻加。

男：你保你零尧临零，机保大堆叔新月一双。

女：再讲历奶术历奶，努讲历轮尧拜言校牛些笑。

女：金榜要勾主呀保校竹必闷，结把坑苗希奶晒〔K〕伴砍伤。

男：梅勾屋刚必算生，斗老坑棉谁派你拜淆呀早。

女：中饭拜又人合以，砍地王帝金努灭进〔ao〕再情尼远站饶党拉。

男：洞努灭石〔ao〕农情尼多打饶多术。

女：定堆灭石〔ao〕农敲，高地灭剩〔ao〕再情尼远站农党拉。

男：中拜央些不过牙刀灭曼历，挖地王纪一行农赖饶努忘。

女：校泪菜言忘菜田，校泪难假忘就娘。

男：主亥闷，多〔ao〕牙刀人主金中共。

女：中伴秧柑条伴希素条饶沙，沙约郎金介良荒零娘。

男：中伴秧柑条饶沙，沙牙难〔ao〕方汉头。

女：中伴秧瓜本想牙刀尾年奶，中伴秧茄你主〔ao〕拜栽地〔K〕。

女：校西岁拜就希转，月闷胜嗯参蒜转中言。

女：岁拜主，希乃校拜轮育骂。

女：借主分忧独乱晒，泪努大奶各〔ao〕希忙努达轮。

男：细拜主，该灭独历忙赖刀散场。

女：分坑主，主多尿言怜杀你主参坑远。

男：夜奶校拜轮有转，曼有转骂八江地方几奶行。

男：圈奶校拜各〔ao〕希主转，各〔ao〕希忙顿主努一大。

女：希奶校拜轮不转，保主必意棉天希有骂。

男：夜奶校拜尧呀听细筛，各〔ao〕希忙转面努一大。

女：夜奶校拜水大出，手带空衣该晒拜。

女：细拜竹，希奶校拜轮育骂。

女：打曼泪金各努转，各［ao］希忙元元保再情尼转骂谷中桌。

演唱者：

　　男歌手：杨永芳、杨朝凤、杨荣幸。

　　女歌手：杨社端、杨腾引、谭焙凡。

记译者：莫俊荣

侗族笛子歌 *

编者按：笛子伴奏歌，男吹笛，女唱歌。主要是青年男女在"行歌坐夜"交往过程中唱，在鼓楼坪吹笛子歌时，中年人也唱。吹笛集结多在夏秋。旧时侗笛由发音部位和六个音孔组成，发音部位由入气槽、共鸣腔、笛塞、分气音片组成。音区约有八度，演奏技巧高的能吹到十度，音色最好的是中音区。以循环换气和独特音色区别于其他乐器。解放后的改良侗笛加了助高音孔，可吹到十三度，加键盘可吹到两个八度以上。

开堂歌 *

女声：

引子：

> 抓啰和嗨哑哈嗨，
>
> 啊列坏啊坏哈耶，
>
> 抓和嗨！

一

> 久亥多嘎咧亥略要亡骂兴肠嗨耶抓和嗨！（久不唱歌咧不知要什么来安慰肠嗨耶抓和嗨！）
>
> 年久月长啰和嗨挑乱龙哈嗨，（年长月久啰和嗨愁乱肚哈嗨，）
>
> 丁月蒙蒙咧孟花妙哈耶抓和嗨，（正月蒙蒙咧开山茶花哈耶抓和嗨，）
>
> 当时十八道聚你报你哼啰哈嗨老相哼哈嗨。（当时十八我们聚少说少哼啰哈嗨老更哼哈嗨。）
>
> 你叹雄性咧加亥打板哈嗨，（少叹衣身咧加不比朋哈嗨，）

---

* 侗笛伴奏以循环换气法吹奏，使曲调连贯而不间断。乐句间的衔接以自由加花小过门引示下句。

* 开堂歌，侗语"嘎真"。

乙杯华米搞亚啰和嗨亥打韭哈嗨。（好似稻谷里田螺和嗨不过韭菜
哈嗨。）

华米亥打年十二月咧哟板打哈耶抓和嗨，（稻谷不过年十二月咧哟朋过哈耶
抓和嗨，）

你叹雄性亥没连没人谁啰和嗨随邓忧哈嗨，累架邻。（少叹衣身没有人谁啰
和嗨随帮忧哈嗨，累架邻。）

意译：

久不唱歌就没有什么来安慰自己，

年长月久这样下去就会烦死人。

正月山茶花开白蒙蒙一片，

到了十八青春我们欢聚叹苦情。

因为衣着不好难与朋友比高低，

好比田中禾苗难与韭菜比青嫩。

田中禾苗长得不好也有田草来作伴，

我的衣着破烂没有谁来俩相怜。

二

空亡月兴嘎月兴，（没什么助兴歌助兴，）

挑累亥贯亡月贯？（情话不甜什么做甜？）

记班苏财死斗印，（造男秀才死留印，）

记独公鸡弯赖死斗叫。（造只公鸡叫好死留声。）

葵神死拜斗岑起，（水牛黄牛死去留山弄，）

黄帝死拜斗殿龙。（王帝死去留殿龙。）

王龙搞没脱性亥打死斗宝，（王龙里没脱身不得死留宝，）

牙条平板趁甫乃赖嘎颠弹。（俩我同伴趁这时好歌随弹。）

趁甫乃赖嘎颠多，（趁这时好歌随唱，）

人死拜弱亥努骂。（人死去了不知还。）

人死拜弱亥努转，（人死去了不知归，）

闷道乃聚呀要慢弹嘎。（夜我们这里相聚要常弹歌。）

板亥团嘎花板打，（同伴不唱歌青春同伴过了，）

尧颠团嘎肠慢生。（我常唱歌心肠常乐。）

尧慢弹嘎慢生肠，（我常唱歌常乐心肠，）

　　共乃拜仑变更美蕨高岑起把更棉仑又赛别板锄丧。（从今以后变成菟蕨高山牵叶结穗后又让别人挖根。）

　　让挑弯根道弯世，（草芒换根我们换世，）

　　弯世牙道关冒亡。（换世我俩管他什么。）

意译：

　　没有什么助兴，让歌来助兴。

　　没有什么甜心，让情话来甜心。

　　秀才死了留府印，帝王死了留宫廷。

　　公鸡死了留啼声，水牛黄牛死了别草岭。

　　河里龙王死了别宝盆，我俩应趁着青春年少常歌吟。

　　趁着青春年少常唱歌，死去阴间成鬼魂，死去阴间难返回。

　　我俩今夜欢聚快弹琴，朋友不愿唱歌他的青春快干枯。

　　我们唱歌心地欢乐永年轻，经常唱歌心地欢乐人不老。

　　莫像那高山上们蕨草枉费长得葱绿却不知让谁挖了根，

　　青草换根人换代呀，换了我们这代到儿孙。

三

　　嘎颠多，（歌随唱，）

　　没占空占嘎颠弹。（有吃无吃歌随弹。）

　　花樨它烂呀没步生没步落，（花桔山那也有时生有时落，）

　　牙条平板混要美浓打滚容冒美苦一努宋打仑。（俩我同伴乱要欢乐在先容他苦愁那样放在后。）

意译：唱歌先，有吃无吃先唱歌，

　　　　山上的桔花也有时开有时落，

　　　　我知同伴先图欢乐不管今后苦愁多。

问候歌*

女唱一：

　　抓啰和嗨，哑哈嗨，

---

* 问候歌，侗语"嘎斋"。

坏啊列坏啊坏哈耶抓和嗨，

平平坐堆咧跌闷大哈耶抓和嗨，（平平坐地咧底天大哈耶抓和嗨，）

平化世万啰和嗨跌马楼哈嗨。（平桌吃饭啰和嗨底吊楼哈嗨。）

主腊哈人赖咧邓到乃哈耶抓和嗨，（情人哈人好吼来到这里哈耶抓和嗨，）

亥略多嘎啰和晦记西怒哈嗨。（不知唱歌啰和嗨还是什么哈嗨。）

意译：平平生地天底下，摆席吃饭吊楼下。

　　　美好的情人到这里，不知是来唱歌还是干什么。

女唱二：

夜乃主骂尧亥略，（夜今情人来我不知，）

愿尧累略头罗台。（愿我得知头桥按。）

愿尧累略头罗丑，（愿我得知头桥等，）

抓臂孝主劳言条。（抓臂你情人进我家。）

意译：今夜情人到来我实在不知晓，如我知晓一定跑到桥头接，如我知晓一定跑

　　　到桥头等，拉紧你的手臂去到我家歇一歇

　　　［以下为侗语汉字注音，另附完整意译］

女唱三：

夜乃主骂妹兵斋，

搞肠娘金里样夜，

怒累皮龙皮虎赛主坐，

怒累百万天挑亡赖赛主占，

苟山掺挑尧亥多。

颠累苟糯累坝戈多斋占斋四占。

意译：

今夜情人到来还没问一声，心中忧愁有如黑夜无光亮。

去到哪里找得龙皮虎皮来让情人坐，去到哪里找得百样仙桃来给情人尝。

□①子捞着酒糟我不忍心装进碗，如得糯饭配鱼我也摆席敬夫郎。

［以下为上句侗语汉字注音，下句括号内直译，另附完整意译］

---

① 此字原稿写为左边"米"字，右边"产"字，无法录入，用方框代替。——编者注

男答一：

　　抓和嗨，哑啊嘿伙，

　　坏哈刘坏哈嗨，坏和嗨，抓和哈嗨，

　　夜乃吊骂嗨丁妹劳言咧主考斋哈抓和伙，（夜今我们来嗨脚未进屋咧情早
　　问哈抓和伙，）

　　搞赛娘金加光样月哈和伙。（里肠娘金加光如月哈和伙。）

　　要寻皮龙嗨龙鸟哈海啊嘿抓和伙，（要寻皮龙嗨龙在哈海啊嘿抓和伙，）

　　要寻皮虎伙虎鸟山哈和伙。（要寻皮虎伙虎在山哈和伙。）

　　要寻百万千桃嗨闷苏述净咧要亥累哈抓和伙，（要寻百样仙桃嗨天青干净
　　咧要不得哈抓和伙，）

　　随人阳干堆地亥略种苦加记种贯哈和伙。（同人阳间地下不知种苦加还是
　　种甜哈和伙。）

　　亥略粒苏哈记粒亚哈嗨抓和伙，（不知颗绿哈还里粒红哈嗨抓和伙，）

　　牙条平板地乃连没行架伙累苟良加郎呀占哈嗨累加邬。（俩我平伴这里没
　　有那样伙得杂粮那郎也吃哈嗨累加邬。）

意译：

　　今夜我们到来脚未进屋你早问，姑娘的心中好似月亮一样明，要找龙皮龙
　　王住在深海底，要找虎皮老虎住在大山岭。

　　要找仙桃青天太高难去要，我们地下人间不知是红还是青，不知是苦还是
　　甜呀，我们两个穷汉如得杂粮来吃也甘心。

男答二：

　　夜乃条骂主累略，（夜今我们来情人早知晓），

　　主相累略空努时怒高罗台。（情人得晓不见时哪头桥接。）

　　主相累略空怒时名高罗丑，（情人得知不见时哪头桥等，）

　　沙努牙孝人主地乃只见俩你情人这里。（抓劈扫孝人主斗牙条抓臂丈夫你
　　情人丢俩我。）

意译：

　　今夜我们到来情人早知晓，情人知晓不见哪时桥头接，

　　情人知晓不见哪时桥头等，我只见你们两位情人拉着丈夫的手臂故意气我们。

男答三：

　　平平坐堆沙真跌闷大，（平平坐地真的底天大，）

平七世万沙真跌马楼。（平桌吃饭真的底吊楼。）

牙郎太下骂到乃，（俩郎太差来到这里，）

略主条嘎架早亥骂。（知情人唱歌那早不来。）

意译：

平平坐地真的坐在天底下，摆席吃饭真的坐在吊楼下，

我们丑陋的勒汉到这里，知道要来对歌早就跑回家①。

试探歌*

女唱：

道下溪乃拜摘安，（我们下溪这去摘野菜，）

扫板人赖学乃了。（丈夫朋友人好就这不见。）

道下溪乃拜龙丑，（我们下溪这去榕树，）

半溪践情哭奶女。（半溪情人哭妈女。）

下拜真美龙丑碰凳空碰郎，（下去蔸树榕树逢凳不逢郎，）

郎丢娘，郎丢娘。（郎丢娘，郎丢娘。）

意译：

我邀约情郎下到小溪摘野菜，情郎的妻子怪我把她的丈夫丢去了。

我们沿着小溪下去就会见一株榕树，情郎呀，你到半溪就哭着往回跑。

等我到了榕树只见空凳不见人，情郎呀，你把我丢了，你把我丢了！

男答：

家没骂安贝相让，（家有菜野莫相让，）

溪乃缠兵了一闷。（溪这弯曲去一天。）

凳金凳银凳龙丑，（凳金凳银凳榕树，）

亥没妹怒略戊打拜真美龙丑坐凳银。（没有妹哪会想过去蔸树榕树坐凳银。）

意译：

家有野菜你没有必要再去找，溪水弯弯枉费你辛苦走一天。

_____

① 姑娘如一气唱了三首，那勒汉（男青年）也必须对答三首。对答时，顺序从后往前答（即先答三、次答二、再答一）。

* 试探歌，侗语"嘎端肿"。

榕树底下摆有金凳银凳你也不愿去呀，

没有哪个姑娘心地宽广邀我到榕树边来会面。

互赞歌*

女唱：

看主赖着监对加亡呀乙扫板正主亮，（看情人好看花李树什么呀别人丈夫真逢爱，）

监花监花加。（开花开花呀。）

监钱边河三腊甫，（小鸟边河三度花，）

娘金空监三月亮。（我姑娘没花拿什么爱。）

意译：

我看情郎长得美呀像李树开花逗人爱，树开花呀树开花。

又像河边小鸟长有三样花羽毛，我姑娘没花心中爱郎也白搭。

男答：

看主赖美样蕊杉，（看情人好看像蕊杉，）

条杉槁冲家样胖。（条杉里冲枝去高。）

一家样胖千人爱，（一枝去高千人爱，）

千人爱主万人亮。（人人爱你万人喜欢。）

千人爱主本漏买主罗，（千人爱你只有丈夫你得，）

剩余郎乃零单身。（剩我郎这孤单身。）

意译：

远望情人的身材苗条好似一棵杉，山冲里的杉树长得直又高。

高高杉枝千人羡慕，千人羡慕呀万人叫好。

千人羡慕只有你的丈夫得哟，剩下我们两眼干干单身一条。

女唱：

看主赖美样柿黄，（望情人好美似柿子黄，）

柿黄圆主多它烂。（柿子黄灿灿在那边山。）

柿黄它烂没主空没主，（柿子黄那边山有主没有主，）

---

* 互赞歌，侗语"嘎端跌"，也称"嘎补"。

努报空主娘赖占。（如说没主娘讨吃。）

意译：

望着情人的倩影好似柿子一样金黄，

黄灿灿的柿子挂在那边山冈，

那边山的柿子不知有主没有主呀，

如果还没有主我去摘来尝一尝。

男答：

面貌郎下主牙贝报样柿黄，（面貌郎差情人也莫说似柿子黄，）

扮性太丑主牙见报柿黄园之驼烂。（打扮太丑情人也莫说柿子黄灿灿在那边山。）

柿慈它烂乌牙亥占兽亥要，（柿子黄那边山鸟也不吃兽不要，）

斗柿死内十二月。（留柿子死雪十二月。）

意译：

我的面貌丑陋你也莫拿金黄的柿子来夸张，

我的服装破烂你也莫拿金灿灿的柿子来颂扬。

那边山的柿子鸟不愿吃野兽不愿闻的，

只好留到十二月天让冰雪把它全埋葬。

结情歌 *

一 更人甫奶怪略想，（成人父母聪明会想，）

努尧亥快邓起火。（如我不空帮生火。）

努尧亥快火邓起，（如我不空火帮生，）

王气乙怒没要随。（发气那样也要依随。）

意译：

如果我俩结情成了父母那你要聪明会想，如果我没有闲空你要帮生火。

如果我没有闲空你要把火生，不管怎么发气呀你也要依随我。

二 三两油桐光样星，（三两油桐光样星，）

七两夫对情二跌底河。（七两夫妻情深下底河。）

_____

* 结情歌，侗语"嘎结情"。

独人夏料扫呆板，（个人抹颜料丈夫朋友，）

能打河烂夜端丢。（水打河那边网乱丢。）

夏美占对还记真，（上树吃李还记兜，）

砍美务更还记丧。（砍树上路还记根。）

累坏牙道记结对，（话旧俩我记结对，）

努哥还记尧还亮。（如哥还记我爱爱。）

努哥还亮尧还赞，（如哥还爱我道赞，）

打拜岑冲竹赞笋乙比条竹赞笋三月长。（走过山冲竹赞笋似竹赞笋三月长。）

累主游样管冒亡得情人游乡管他什么，（累主游样管亡冒得情人游乡管什么他，）

下拜衙门告边要条娘乃命那郎。（下去衙门告状要我娘这命帮郎。）

意译：

三两桐油也能闪星光，七两恋情也有河底深。

你擦上美丽的颜色变成别人的丈夫，河水冲打对岸我也胡乱抛网绳。

昔日一同爬树吃李我还记得哪兜木，昔日一同上山砍柴我还数得树根根，

昔日我俩的情话记着一对人，如今如果情人没有忘记我也还有情。

如果情人还有爱心那也值得我称赞，我愿像山冲里的竹子永远恋着笋。

竹恋着笋三月长呀，我得情人私奔丢掉一切也甘心。

我得情人私奔丢掉一切心甘愿，就是进了衙门告状我也舍得为你赔条命。

三　应郎刚赖亥纱压，（与郎讲好不相厌，）

樟耀赖把打善弄。（桔枫好叶中山弄。）

甫主月关搞朝相，（父情人当官里朝廷，）

孟架累孝光东冬别人得你亮通通。（孟架累孝光东呆别人得你亮通堂。）

剩条娘乃零单性，（剩我姑娘这孤单身，）

十层叹苦呆难累孝丁寨台。（十层叹苦也难得你脚寨留。）

呆难累孝丁寨追，（也难得你脚寨追，）

愿尧还快一丁尧呀累孝哥主情。（愿我还快一脚我也得你哥情郎。）

意译：

与情郎讲好不相厌呀，好似山中枫桔枝叶繁茂共条根。

只因你的父亲朝里当官我们难攀上，别个姑娘得你喜得全身放光明。

别个姑娘得你喜得全身亮堂堂，抛下我苦命的人孤孤单单多可怜。

十层悲叹也难见你来到寨底谈一谈呀，也许我快走一脚能对阿哥问一声。

四 甫空财塘郎亥玩，（父没财田郎不走，）

条比独干水扛鸟搞焖深应主量。（我比条花览鱼水浅在里潭深与情人商量。）

王龙搞河独没主，（王龙里河只有主，）

那命应孝道结相。（搏命与你我们结情。）

条比龙树务更斗枝拜胖仑又赛别扳架荫，（我比榕树上路留枝去高后又给别

人遮荫，）

努报你哥刚累没底那呀救嫩头世尾。（如你阿哥讲话有底那就救个半世后。）

夜道乃鸟尧报太常主又厌，（夜我们这相聚我说长谈情人厌，）

赛应板架坐夜暗。（后与朋友那坐夜暗。）

主睡烧烟臂抹胫，（情人睡着烧烟臂攀胫，）

脱妹出夜别累孝。（脱鲤鱼出网别人得你。）

甫空岑塘落胖呆难围孝独人主相应为哭，（父没山塘落高也难围你个人情郎

因为哭，）

乃尧百哭吐大情二亥亮荒牙梯。（这我百哭烂眼情人不爱荒田梯。）

胜样没盘累赛主，（村乡有盘话给情人，）

滚时郎路乃郎登。（昔时郎愿这时郎退心。）

十想刚正本想围孝登共溪，（十想讲真总想围你绿头鸟共溪，）

乃尧扮主赖丁情二胜。（这我打扮情人好久丈夫村上。）

意译：

只因家父没有田产情郎你才懒来走，

我好比浅水里的花览鱼今日来到深潭找情郎。

哪怕龙王藏在河里深潭早有妻哟，我也要拼着老命与你共厅堂。

怕只怕我像那榕树枉费枝叶伸得高远却让别人来遮荫，

但愿情郎讲话当真我后半生得到搭救也没空爱你一场。

今夜我们欢聚我说慢慢长谈你却有厌心，

我料定你与别人邀约结情也就订在今晚上。

情郎躺着烧烟手臂攀着情妹肩哟，

只怪我拦得不好让鲤鱼脱网跳进别人深水塘。

家父田产不丰我难与情郎相配任由泪水纷纷落，

哭得眼皮腐烂再难嫁人似那岭上梯田永丢荒。

乡间风俗也有离来也有合呀，昔日情郎倾心如今无故心肠。

十想与你一同围捕两只绿头鸟共居一条溪，

谁知完全枉费心机来为别的姑娘打扮丈夫郎。

五　务闷星厚花沟纽，（上天星繁花成堆，）

想约主鸟主亥兵。（想约情歌相聚情哥不空。）

主腊龙牙乃条娘龙弱，（情哥儿龙王我娘龙黄鳝，）

围园多豆亥成教。（围园种豆不成藤。）

多亥更孝还没真，（豆不成藤还有兜，）

本愁老孝亥温尧。（真愁老你不喜欢我。）

辛苦赛尧围岑日园仑又赛别板栽蒜，（辛苦让我围山做园后又让别友栽蒜，）

主情要别地架避。（情人要别人地里扩伸。）

亡牙多尧三转三想宋所哭，（什么使我三转三想放声哭，）

主情入避对夫别。（情人背避丈夫别人。）

主结乙闷更人友，（情人结亲一天成人友，）

亡舍多尧能大贤珠想亥光。（什么这样使我水泪淹珠想不光。）

意译：

天上繁星花万朵，邀约情哥欢聚情哥说是无闲情。

只因你是龙王我是小黄鳝哟，就是我俩围园种豆看来豆也不牵藤。

豆不牵藤也还有兜兜，我真愁你家中父母看不起我下等人。

我真怕让我辛辛苦苦围园后又让人去种蒜，你与别人来到园中挖地两相亲。

我所以三想四想放声哭，因为你背着我早成了别人新夫君。

你与她结情一天就是她的人哟，使我泪水泡胖眼珠再也不见光和明。

六　务闷邓兵冲拜归，（上天下雨冲去溪，）

浪西退下白蒙家。（浪水退下白蒙蒙。）

主相没累牙道夜乃刚西闷摇样亥略主相同亥同，（情人有话俩我夜今讲今后
游乡不知情人同不同，）

本愁那斋嘴西报同肠亥路。（本愁你哥嘴说同来肠不愿。）

主赞腊巴乙比河赞龙，（情人赞颂女姑好比河赞龙，）

乙河赞龙主赞买。（似河赞龙情人赞妻子。）

主赞买主乙比王帝坐朝中，（情人赞妻情人好似王帝坐朝中，）

坐妹朝中乙闷格没三堂敬，（坐座朝中一天自有三回敬，）

亥略时亡转面累孝道共家。（不知时哪转面得你我们共家。）

意译：

天下大雨归溪流，白蒙蒙的波浪下滩头。

情人有话趁着今夜讲，各自分离谁知情人今后哪方游。

只怕情人嘴说相亲心不愿，心中热恋姑妈的女儿就像江河热恋龙王情悠悠，

江河热恋龙王情人热恋妻子，情人热恋妻子又像王帝坐在朝中无忧愁。

坐在朝中一天自有三回相叩拜，不知哪日换张面孔才能与你共一座木楼。

演唱者：（独峒乡）

　　　吴月銮，女，22 岁，初小，干冲村

　　　吴花梅，女，21 岁，初小，干冲村

　　　吴玉黛，女，20 岁，高小，高定村

　　　扬凤述，女，20 岁，初中，盘贵村

　　　覃惠荃，男，34 岁，高小，干冲村

　　　黄东显，男，35 岁，高小，干冲村

演读者：吴雄标，男，50 岁，初中，高定村

采录地点：古宜（县城）

录音者：吴浩

记译者：吴浩

侗族琵琶歌

编者按：侗族人民用侗族琵琶伴奏弹唱的单声部民歌。以男歌手自弹自唱为主，也有男弹女唱，男女多人弹多人唱等形式。琵琶歌内容可分为抒情、叙事两大类。抒情歌有短有长，短歌多即兴创作，长歌除简单情节外，大段皆为抒情。叙事歌少则一、二百行，多则几千行，述事咏人，抒情论理。琵琶歌歌曲内容广泛，传说故事、历史事件、人情世故、伦理道德、爱情婚姻均有涉及。

侗族琵琶外形近似汉族三弦，有四根弦，分大小两种，大琵琶长于伴奏叙事性唱词；小琵琶长于伴奏咏叹性唱词。琵琶演唱多用自然嗓。演唱程式一般为"道白""开堂歌""正歌""消散歌"。

开堂歌之一

久亥多嘎了夜未，（真不唱歌了夜空，）

人骂阳千一之鸟忙久。（人来阳间一世住什么久。）

十八祭化条拗美嘎月浓念，（十八满花特地拿只歌做浓艳，）

乃道有穷贵贱本他阴神具定邓。（这我们有穷贵贱本从阴神具定来。）

鸟长鸟短本靠命，（住长住短本靠命，）

阴神具定难得阎王卦部都邓能。（阴神具定难得阎王马部都来看。）

条命领骂大空努，（条命领来眼不见，）

颠楚阴神岑乱崩。（但去阴神山乱崩。）

当时十八乃道美蕨同堂郎娘善金限多限，（当时十八这我们蔸蕨同山郎娘相聚约定着限定，）

砍美原杉莫拜选条直。（砍木砍杉莫去选条直。）

见办选妻伦斗苦，（见男选妻后受苦，）

多婧选夫边相苗卜坤晏咱干行。（多女选夫便像藤白瓜结晏尾杆吊。）

女选人屋难丙部，（女选人屋难登步，）

男赖人家晏另久。（男选人家晏孤单久。）

嫩拟图人架奴空想子人大，（还青年个人剩谁不想子人大，）

本劳亥丙美想党代晏太害宁。（本只有不如条想误半代晏太害真。）

如条哉胖荒了交然难丙部，（为了条肠高荒了头屋难登步，）

美乱坤图恰一鱼枉孟。（条乱成个恰如鱼离潭。）

多男半部落埠跳难过，（多男半路落难逃难过，）

对拜阴神莽贾西麦圹田萨难邓。（死去阴神边那虽有圹田明知难来。）

伦得甫邬勉哭岩岩鞋枉差，（后得父他常哭哭的声鞋离鞋，）

苦难太大各勉应。（苦难太大自常叹息。）

多婙星升病良杀信正难赔，（多女孤单病害侵害身难逃脱，）

可惜述亚考居在格子兑勉拿能。（可惜绸布内箱笼结别子同伴常拿看。）

奶冒旦报：宣乃丢了金贵女尧挑乱恶，（母他来说：次这丢了金贵女我淘乱很，）

从他枉亚花娄伦。（布机打布折离布花错雕花。）

文月哉瓜他闷任板坐，（胡乱做肠硬过日跟同伴坐，）

偷拜呈焙水大仁。（偷去处背水眼流。）

夜道乃鸟所道嫩近文拗美嘎来叹兑，（夜我们住气我们还齐胡乱拿条歌来感叹同伴，）

本愁麦闷田圹这归水淘崩。（本愁有日田圹边溪水淘崩。）

想到十外话乃麦呀莫门穷莫永，（想到十句话这有也莫喜穷莫悲心，）

文睡一猴准一猿。（随便睡一猴勾一猿。）

半乃拜伦亥若落岑落冲，（头这去后不知落山是落山沟，）

趁板登花嘎颠应。（趁同伴满花歌但唱。）

玩拜说化亥及嘎话美，（玩场说话不及歌话新，）

乃道多人些爱少人憎。（这我们多人都爱少人憎。）

四句嘎风见呈善金登主磋，（四句歌风见处相聚最贵久，）

呀麦多猛想多愁条所亥邓。（也有多个想唱愁条声不来。）

夜乃在尧条所歹下嘎歹少，（夜这给我条声带差歌带少，）

赖雅文英莫多久。（好丑乱敲莫唱久。）

拟哽桃花骂玩夜，（青年赞桃花来玩夜，）

捧苦劳河嘎颠应。（丢苦进河歌尽爱唱。）

十言八句虑歹差，（十言八句滤带差，）

乃道拟亮票哇呀应行。（这我们青年爱说话也应行①）。

—————————

① "这我们青年爱说话也应行"，形容唱得不好。

意译

想不唱歌枉费了一夜，人来阳间一世没有好久的。

人满十八花满枝头正是唱歌的时期，我们不论贫贵富贱都有这个兴趣。

命长命短靠阎王具定，等到老了快死那时想唱也迟。

十八正当年华好比蕨草同山男女欢聚多欢喜，上山砍杉莫要专选直。

常见男的选妻后来自受苦，姑娘选夫也像瓜苗枯尾受孤凄。

年轻的人有谁不想成家有儿女，就怕心多选来选去不如意。

心乱如麻恰似鱼离滩，死到阴间那时家有田地也枉然。

日后让他爸爸哀痛已难转，苦难深大长叹息。

也有姑娘因为孤单病缠身，箱里布匹遗给同伴也可惜。

母亲丢了金贵女儿心受苦，眼看绣花交错无人再上织布机，

硬着心肠渡跟人坐，她在背地偷偷把泪滴。

今夜我们相聚好在大家齐全我来唱支歌，本怕有田圹崩塌水下溪。

想起这些富的不要狂欢穷的也莫愁，像那猿猴身子一勾一夜就过去。

后头日子谁知落对南岭还是低山沟，只有趁此花满枝头尽情唱歌多得意。

谈今说古不如唱歌好，我们多数人喜爱也有少数人淘气。

几句没有成文的歌，每在相聚场所都应唱，也有的人想唱又怕嗓子唱不出，

今夜让我这个嗓子差的唱一首，乱唱不久大家不要笑又讥。

琵琶歌表演现场

年轻的人趁着黄花时期来坐夜，欢腾起来把苦恼丢进河里去，

十言八句的歌难免有差错，大家爱弹爱唱我也哼一曲。

录音地点：八斗小村

演唱者：孙善忠

记译者：吴贵元

开堂歌之二*

正亥多嘎了夜未，（想不唱歌完夜空，）

术亥挖地米术亚。（锄不挖地无绸布。）

尧想亥多板又拗，（我想不唱伴又拗，）

抱则琵琶上考靠脸那。（抱个琵琶上膝靠脸厚。）

多赖多雅嘎灭底，（唱好唱丑歌有底，）

各人拜听望仲耳。（各人去听试装耳。）

苟西养人嘎养腮，（饭是养人歌养心，）

苟散养改水养堤。（米粘养鸡水养鱼。）

刚到古时娥妹胜东鸟河背，（说到古时娥妹胜洞在河背，）

泵美上水骚琵琶。（伐树梓木造琵琶。）

骚困琵琶手化西刮手车小，（造成琵琶手右是弹手左调，）

作架务考作务手。（头架上膝头上手。）

四条美扭双对若，（四条木扭双对成，）

四线三所出所心西乃尧台骂类所嘎。（四线三音出声叮咚这里我拿来配声歌。）

灭大月本一双报登刮，（纱搓作音本一双角片来弹，）

形像夜若叫打峀。（好像蝉虫鸣叫中山林。）

古时州夫指嘎骂道多，（古时州夫制作歌来我们唱，）

乃尧移爽条所本愁难任嫩琵琶。（这里我试放条声音只怕难配个琵琶。）

所美所虽亥赖听，（音母音公①不好听，）

亥及水闷冷冷底岩石。（不及水闷凉凉底缝岩。）

努得水闷赖赖乃道占登，（若得水闷好好这里我们喝顿把，）

---

* 开堂歌，侗语为"开登嘎"。

① 音母、音公即琴弦的子母音。

夜乃孩得水闷河呀河。（夜今不得水闷河也河。）

鸟规叫赖亥他鬼，（画眉叫好不如多嘴鸟，）

夜乃稳娄板也坐为这哑大。（夜今乱哄同伴①坐夜太胀眼。）

板灭嘎经多嘎经，（同伴有歌锦②唱歌锦，）

尧空嘎经多嘎化。（我无歌锦唱歌花。）

平板平工扛则术任开，（同伴勤工扛把锄与耙，）

斗就郎乃抱则琵琶劳寨扯所嘎。（留我郎这里抱个琵琶进寨扯声歌。）

意译：

想不唱歌又空过了夜哟，想不种地哪来棉布缝彩衣？

我若不唱乡亲可不依，但管厚起脸皮拨弄琴弦试一试。

唱得好丑歌词仍在理，歌词的含意全靠各人去领会。

饭养人体歌养心哟，水养鱼儿米养鸡。

传说娥妹生在兰洞古州城哟，是她伐来梓木制作琵琶传乡里。

四根木键好比四只鸡棒腿，四根琴弦音调高、中、低。

两根棉纱作音本，牛角作弹片、弹出声音犹如蝉鸣咽。

州夫编创侗歌传给后人唱，我来试放歌喉乡亲莫说我是痴。

母音子音不因韵，不如石山岩缝冒出的闷水，叮咚声悦耳，清甜似蜂蜜。

清甜井水能解渴哟，今晚在座没有井水只好河水来顶替。

多嘴鸟的高鸣怎比画眉唱，我是徒弟怎跟歌师比！

老歌师"嘎花""嘎经"都能唱，我只靠厚着脸皮唱支"嘎登"大家听。

在座的同伴四季勤劳足食又丰衣，让我抱着这把琵琶唱歌游乡里。

采录地点：八斗村

演唱者：吴永勋

录音者：贺嘉

记译者：吴永勋

父母歌

夜道乃鸟尧多美嘎斗道听，（夜我们这住我唱支歌众我们听，）

---

① 同伴，互相作伴的人，即朋友。
② 歌锦即边说边唱的叙事琵琶长歌。

仲卡歹坤听嫩理嘎常①。（装耳大望听个理歌常。）

想道恰投天光嫩友抱，（想我们刚刚投天光还要抱，）

晨夜盘温靠亚娘。（早晨夜抚养靠爹娘。）

滚道米骂亚娘望，（前我们未来爹娘望，）

天门朋朋米见光。（天雾蒙蒙未见光。）

道米若闷甚苦奶，（我们未知天辛苦母，）

亥麦容易得九念。（不有容易得九月。）

养尼落的三笑哭，（养儿落地三笑哭，）

男化妞左些西亮。（男右女左都是爱。）

拗苟邓拉邑尼字，（拿饭来喂喂儿子，）

想嫩恩情占乳对婄兰。（想个恩情吃乳死莫忘。）

甫奶盘道湿西祭晒民祭洗，（父母料理我们湿是代为晒污代为洗，）

烘所包烛放劳常。（烘干包包放进床。）

一置勤办爱田地，（一设子男爱田地，）

二置勤女替造占。（二设子女替煮吃。）

想邓三宋话乃情奶婄丢友赖研，（想来三句话这情母莫丢要好记，）

人奴背义忘恩辛苦老人盘道金主亮。（人哪背义忘恩辛苦老人抚养我们金贵爱。）

麦占空占冠之鸟，（有吃无吃甜喜住，）

呀麦记猛黑脸多老百麦鱼肉邓排哉听淡。（也有的个黑脸着老虽有鱼肉来摆肠听淡。）

呀麦记猛闷善阶虽虽闷死，（也有的个日生不理理日死，）

烧香烧纸阶努占。（烧香烧纸不见吃。）

想邓三宋话乃甫奶嫩鸟得甘虽，（想来三句话这父母还在得有意思理，）

对坤图鬼百亮一怒度呀难。（死成个鬼百爱一怎么都也难。）

乃尧劝了等办又等女，（这我劝了层男又层女，）

些友若目都在杭。（都要知晤都在杭。）

嫁媄拜甚坤人媳，（嫁妹去村成人媳，）

桃话友吗脸友冠。（语言要温柔脸要甜。）

孝月勤女记人牙雄父母甫奶共，（你们做子女的人两重父母父母共，）

落婄哉怪若闷共拗意行叙仲通心肠。（少有女肠乖知懂共拿意情叙恭通心肠。）

① 嘎常，琵琶歌的一种类别名。

侗阶熟礼称甫月咙奶月巴，（侗不熟礼称父做舅母做姑母，）

阶及贾熟礼他称亚娘。（不及汉族熟礼过称爹娘。）

孝拜半贾虽理巴咙赖赖在板哽，（你们去头那料理理姑妈姑爹好好给他人赞，）

呀麦记猛任格公婆善争当脸怕顺焙的谈。（也有的个跟他公婆相争当脸怕谈背
地谈。）

当脸想刚怕得罪，（当脸想讲怕得罪，）

偷拜呈焙他笑闲。（偷去处背过笑闲。）

些报媳加宁筋正雅喜，（都说媳那真恶真坏狠，）

任格公婆善抵得个本仲忙。（跟他公婆相抵得个分像什么。）

人奴烂贱亚娘边相雄然世利堕用空下寸，（人哪烂贱爹娘便像幢屋檐水落沟无差寸，）

一央老社台印勉接坛。（一样老鬼师拿印仍接坛。）

中赖勉接雅勉替，（种子好仍接坏仍替，）

尼字后世勉台案旧称亚娘。（儿子后世仍拿案旧称爹娘。）

夜尧多嘎劝团寨，（夜我唱歌劝团寨，）

人奴亥台三宗话乃米层台交吗卡拗美嘎颠谈。（人哪不拿三句话这未曾拿头打耳
拿只歌任意谈。）

意译：

今夜我们欢聚同在这里我唱条歌大家听，希望大家静肃听听慢慢去品尝。

想起我们刚刚投生落地就要父母抱，早晚搬来运去全靠我们的爹娘。

尚未投生以前父母盼望又盼望，天雾蒙蒙还未见阳光。

我们还不懂事时候给父母亲多么的辛苦，好不容易过那九月怀胎的艰难。

养儿落地三声哭，男右女左都是爱。

找米来煮喂儿子，想那喂乳恩情切莫忘。

父母料理我们湿的勤晒污勤洗，烘干包好放进床。

一设男子耕田地，二设女子代煮吃。

想起这三句话父母恩情莫丢要好好记住，

哪个背义忘恩辜负老人抚养我们如黄金的贵和爱。

有吃无吃只要笑脸对父母，

有那么一些人经常对着老人青黑着脸虽有肉鱼也不香。

又有的人在生不理死到坟前去敬奉，烧香烧纸不见吃。

想起这三句话敬奉在生之年才是有意思，死成了鬼许你有一百爱也枉然。

我在这里劝告男的又劝女，都要知晤做个聪明人。

女的出嫁当上人家的媳妇，言语要讲柔和脸要放欢喜。

你们姑娘的人有两重父母，有些姑娘不是那么通情达理一样来对待。

侗家不熟礼尚称父为舅称母为姑妈，不及汉族懂礼得透称爹娘。

你们去到那头好好料理公婆给人们羡慕，

也有一些争对公婆吵闹当面不说背地谈。

当面想说怕得罪，偷去那些背地拿着公婆当笑谈。

人们也是在说都讲那个媳妇太狠恶，和那公婆抵触又有何好处。

哪个烂贱父母好比养水掉滴不会差一寸，好比鬼脚接印坛接坛。

好种经常继承坏种也经常接替，后代儿子经常遗传坛接坛。

今夜我唱的歌是规劝村村寨寨，

哪个没有道守这三句话我也没有打头板耳先用歌来谈。

采录地点：八江乡

演唱者：孙宪中

录音者：黄凤兰

记译者：吴贵元

劝父母

尧多美嘎报道人甫奶，（我唱支歌告诉我们人父母，）

美嘎尧劝劝道怪。（只歌我劝劝我们聪明。）

答得勒亥听教道莫利，（倘若得儿子不叫教我们不咒骂，）

达解闷的西阴在。（搭帮天地是阴给。）

呀有记奶骂勒得深登难听，（也有的母骂儿得深最难听，）

骂得登底祭冒烧心本愁阴又柴。（骂得登底为他担心本愁阴又拉。）

莫月所上卦绝中，（莫作声上骂绝种，）

努道亥有后代转宗研怕考隆翻并又报有一千亥介。（如果我们没有后代传宗仍怕内肚翻腾又说有一千不该。）

屋有十男又莫台骂烂柴烧，（家有十男也莫拿来烂柴烧，）

冒国穿鼻多索柴。（他不穿鼻作索拉。）

正多勒厚呀莫台骂月烂升，（人多儿厚也莫拿来做烂贱，）

道记条命亥若年王阴洲怒央派。（我们的条命不知阎王阴州怎样派。）

屋有男女些友主，（家有男女都要贵，）

对莫文桂听嫩话吊才。（死莫乱敲听个话我说。）

滚老盘道些一乃，（前老人抚我们都这样，）

各人友阶想拜远。（各人要解想去远。）

莫月则脸肯科骂果厌，（莫做那脸青形容骂不知厌烦，）

西格阴神养贾又拗拜。（是别阴神边那又拿去。）

嫩灭四萨化林呈等书，（还有四婆花林处黑等，）

人奴哉怪若目肚冒林利又独听吊一乃才。（人那个肠聪明知晤肚他伶俐又独听我这样说。）

呀灭记奶皮气冒青本亮卦，（也有的母脾气他短本爱骂，）

对他阴神养贾哭问外。（死过阴神边那哭哭的形容。）

百你叹冒亥努转，（百你叹他不见回，）

亥及虽嘎若观算人怪。（不及自己知转算人聪明。）

米旬丙话莫亮利，（未曾登顶话莫爱咒骂，）

他考八字冒问派。（过内八字他分派。）

人骂阳干亥劳主男连主女，（人来阳间不止贵男连贵女，）

百道拜求愁亥在。（百我们去求怕不给。）

办灭比论本友力，（男女不论本要得，）

颠灭尼字令溜度算赖。（只要有儿子滑溜都算好。）

呀灭记呈办灭空东望亥力，（也有的处男女不逢望不得，）

八字具仲空带来。（八字具装不带来。）

人道投光命带一怒力一贾，（人我们投光命带那样得那样，）

六国样吓难力太平劳央赖。（六国乡下难得太平一样好。）

意译：

我唱条歌规劝我们当父母的人，我这条歌规劝大家心地要实眼要明。

万一得个娃仔没有听教我们莫咒骂，搭赖天地和阴间给来。

有的母亲骂得狠恶不好听。

骂得到底为她担心就怕阴间拉回去。

切莫高声骂绝种，

如果我们没有后代传宗，也怕你那心中折腾后又自悔千不该。

家有十男不能当着烂柴烧，他不穿鼻套着索子拿。

子女虽多也不能烂贱，我们命根谁知阎王怎么来安排。

家有男女都要一样珍惜和贵重，切莫乱敲乱打要听我歌说。

以前前辈抚育我们都一样，各人要解脾气，要从远去想。

不要青起脸皮骂不休不止，恐怕阴神那边又拿去。

还有花林四婆黑处守，哪个心头知晤肚中伶俄只有听我这话说。

有的母亲脾气他蠢本爱骂，真的死去阴神那边恐怕他又哭你声高又声低。

到了那时千哭万哭不见他回转，不及自己早些聪明才算你是乖。

虽然——你骂他死，不一定死——也不要乱骂，从他八字已分派。

人在世间不光重男女的也要重，我们求神求庙还怕求不得。

男女莫论只要得，但有孩子就算好。

也有的人男女不逢盼望也是空，八字俱定不带来，我们做人命带怎样就怎样。

六国乡下难得太平一样好。

演唱者：林溪乡陈祥寿

翻译（记译）：吴贵元（三江文化馆）

劝儿媳*

夜道乃鸟尧多美嘎劝道人月媳，（夜我们这住我唱条歌劝我们人做媳，）

赖赖虽理□巴呀友依。（好好料理姑妈也要依。）

孝月子女记人脚跨然兑媖放广，（你们做子女的人脚跨屋他人妹放宽，）

莫在板刚甚东提。（莫给人家讲村洞提。）

想一然甫养女百央暖，（想像屋父养女百样暖，）

拟孝忙亥禁交虽信秤秤厘，（青年你们为何不垂头料理身秤秤厘，）

办西月工女月扣，（男是做工女做虹，）

莫文条当外拜跑。（莫乱浪荡外去跑。）

老教道冠占一代，（老教我们甜蜜吃一世，）

拟人当等女当时，（青年正当等女当时，）

呀麦记媖亥若孝顺偏角公，（也有的姑娘不知孝顺偏颈脖公，）

---

* □为不明字，原纸稿上写为左口右舅（口舅）。——编者注

媳占歹朋公占尼。（媳吃大堆公吃一点。）

又嫩刚话弄冲宋些枪，（又还讲话玩弄刺激话都强，）

卦舅任巴过罗妹①。（骂舅和姑妈过人名。）

婆刚媳山难团寨，（婆讲媳应震响团寨，）

莫月刀埃磨薄钢波利。（莫做刀利磨薄钢一步胜过一步利。）

牙人扑郡任老吵，（两人卷袖拳手手臂和老吵，）

多老难鸟水大流。（使老难住水眼流。）

水过坤怒豆坤贾，（水过路那青苔路那，）

萨若亥清转拜笨夫妻。（明知知不清转去附和夫妻。）

奶冒旦报：莫拗良心多务交，（母他来说：莫拿良心放上头，）

滚尧盘孝空鸟好费力。（前我们抚育你们无住好费力。）

你想容易盘坤所，（你想容易抚育成气，）

子脚颗多保坤尼。（子脚个豆保成儿。）

想邓甫奶盘道恰恰一□盘坭，（想来父母抚育我们恰似黄蜂搬泥，）②

捧屎盘巴瓦坤为。（抓屎搬屎尿污成水牛。）

嘎劝媳子本一乃，（歌劝媳子本像这，）

呀友各人考哉改果尼。（也要各人内肠改一点。）

意译：

今夜欢聚我唱首哥规劝当媳妇的人，好好料理公婆也就都顺心。

女人脚跨门栏去到另一家，莫要让人说长道短不好听，

想起父母养女百般恩爱贵如金，青年怎不值得好好理老人？

男织不要浪荡往外跑。

老少和睦甜甜蜜蜜过一生，男女青年风华正茂就更要做好，

有的姑娘没有孝顺爱偏心。

媳妇多吃公婆只得吃一点，说话像是枪刀激老人。

咒骂公婆胜过罗妹毒，婆讲一句她说十句吵得震全村。

我们为人莫像钢刀那样利。

卷袖擦拳恶老人，致使老人难过常流泪。

也有像青苔随水摆专门护妻的笨男人。

---

① 罗妹：名字，传说是最毒的姑娘。

② □为不明字，原纸稿上写为左虫右劳（虫劳）。——编者注

莫将良心头顶放哟，要想以前父母养育好费心，

父母养育不容易哟，自从脚趾豆大把你养成人。

像那黄蜂含泥搬蜜来做窝，抓屎搬尿使得老人好像水牛污一身。

劝儿媳的歌就唱到这里，也劝大家要从心头底各自问。

采录地点：八斗村

演唱者：邝明礼

记译者：吴贵元

录音者：黄凤兰、贺嘉

十劝歌

尧多美嘎斗边听，（我唱支歌众我们听，）

亥江娄底是宋正。（不是哄底是话真。）

代老对拜代拟替，（代老死去代青年替，）

刀朝王帝弯星天。（换朝皇帝改星天。）

老拜图人难争江，（老去的人难争傲，）

所冷仗相拗嫩难淋仗。（气断身上拿个难淋身。）

老拜图人难拿转，（老去个人难拿转，）

牙手台贯傍这仗。（两手拿拐杖靠边身。）

日痛日惹友善书，（日痛日衰要相守候，）

尼祝拜务恰嫩姑乱盆。（一去去上恰个箍松盆。）

女他桃化办他汉，（女过桃花男过汉，）

又比美卜勤练党对心。（又比蔸白底丝底逐渐死心。）

老拜难弯安斗蔸，（老去难换鹅丢窗，）

又比王朝星秋善别坤。（又比北斗星子相分路。）

一部劝边虽礼父母亚娘莫烂贱，（一条劝我从料理父母爹娘莫烂贱，）

呀友竹保笋殿研情恩。（也要竹保笋林认情恩。）

父母情恩重岩□，（父母情恩重岩□）①

苟喂乳饱背任偏。（饭喂乳饱背跟后。）

---

① 有两个不明字体，第一个是上面葵字去掉草字头，去掉天，取中间，下面一个丁，形似"孕"；第二个是左边一个木，右边上面为八，下面丁，形似"枔"。两字均用□代替。——编者注

牙条色杀手浓烂，（两条带背带手攀烂，）

歹邦交肩大努贫。（大块头肩眼见烂。）

老亮尼子几多主，（老爱儿子几多贵，）

嫩米若坐主坤金。（还未知坐贵成金。）

嫩果忙套靠老虽，（还不知什么形容靠老料理，）

你想容易大坤人。（你想容易大成人。）

甫西传子子传孙，（父是传子子传孙，）

人奴亥研情恩亥江人。（人谁不认情恩不是人。）

二部劝边人月媳，（二条劝我们人做媳，）

呀友开脸莫忌重。（也要开脸莫忘重。）

老痛务常空嫩忙占讨，（老人痛上床没有个什么吃形容，）

倒处拜买亥努笨。（到处去买无见灰尘。）

滚格孟女割肉务仗喂巴舅，（前他①割肉上身供吃姑妈姑丈，）

忠心孝顺正西人。（忠心孝顺真是人。）

婄贾月媳吗各央，（女那做媳软异样，）

代代传邓甚的能。（代代传来村地有。）

三部劝边报板仲卡化言语，（三条劝我们告诉同伴装耳花言语，）

莫拜养妹养妇己懒人。（莫去养山雀养画眉置懒人。）

图贾冤气费力喜，（个那冤气费力很，）

嫩友苟蛋骂富喂冒仁。（还要饭饭来喂喂他经常。）

游山打猎国若厌，（游山打猎不知厌恶，）

索岑跑化卦他岂刺仗睹贫。（沿着山路奔跨过蓬刺身烂［烂得吊下布片不齐］。）

呀有记猛甫报担毛报亥孔，（也有的个父说挑牛粪说不不闲，）

板约台枪朋书成。（同伴邀约拿鸟枪即站就起。）

乃冒包苟任偏成书奔，（这他包饭跟后起就奔，）

乙狗劳冲今闷追。（叫狗进山冲整天赶山。）

你想关拦完他之，（你想关拦已过岭，）

多枪他米努火烟。（多枪过空白看火烟。）

百你得肉骂李嫩友具苟□，（但管你得肉来菜还要盛饭饭搭配，）②

---

① 前他，人名。

② 该行有不明字，为上面葵字去掉草字头，去掉天，取中间，下面一个丁，形似"孕"，用□代替。

忙亥华很漏荒西边三餐仁。(为何不发狠挖荒是我们三餐正常。)

千两金银华米死,(千两金银禾米死,)

本条耕田耕的之一人。(只有条耕田耕地第一人。)

四部劝边人奶半,(四条劝我们人母半,)

莫月斗工亥叹想一门。(莫做丢工不心想想一门。)

斗工在巴媳拜鸟,(丢下工作给姑妈媳妇去住,)

劳寨占茶有兑金。(进寨吃油条有同伴相聚。)

闷闷票哇拉话刚,(天天谈话讨话讲,)

款话白话卡听顺。(谈话白话耳听垂吊。)

闷闷闲货笑响噜噜形容嫩嫩,(天天闲活笑,)

斗扣亥缪丢上笨。(丢下女工不沾丢上灰尘。)

脸呀空洗出外咙,(脸也不洗出外寨巷,)

黑央图猴亥有宣忙重。(黑像个猴不有什么重。)

交研娘舍黑央炭,(头颈娘舍黑像炭,)

十想亥介容冒斋上层。(十想不该随他汗腻上层。)

一西月萌二月瓦,(一是做秽①二是污浊,)

杭斗婆贾萨懒宁。(样妇人那硬是懒得很。)

冒月毛糙边度怕,(他做毛糙我们都怕,)

杭怒冒造怕占深。(样那他煮怕吃深。)

拜了三层又四部,(去了三层又四条,)

五部劝边人屋妻夫莫善邓。(五条劝我们人屋妻夫莫相吵架。)

呀有记猛上所彭培擂斗婆②,(也有的个上气恶的形容打妇人,)

杭贾雅他呀图棍。(样那恶过也个棍子。)

三拳得这额破更,(三拳断梳打破头,)

任猛糊涂一代端听久。(跟个糊涂一世真是听久。)

要比阳秋务岜你听尧山冠一代,(要比阳鹊上草蓬你听我应甜一世,)

莫月你侁尧咛干苦一代鸟忙久。(莫做你恶的声我恶声辜负苦一世住什么久。)

甫奶养边他外河汾约结谊,(父母养我们过外河汾邀约结谊,)

---

① 秽,不净。
② 斗婆,广称妇人,可在此作第二人称的老婆。

猛八颗字旧具正。（个八颗字早已具定。）

六部劝边人团人寨莫之恶，（六条劝我们人团人寨莫起恶，）

莫月上所多格切聪明。（莫做上气着他太聪明。）

呀有记猛行凶好勇澎上气，（也有的个行凶好勇澎上气，）

糊涂善随恰一妹沾邓。（糊涂相打恰似山雀沾膏①。）

约术善着落爹的，（拱拳头相槌打落下地，）

办女留媄朋邓能。（男女留妹挤来看。）

莫月交亮款月路，（莫做头灵敏涝做事，）

呀友各人各路度聪明。（也要各人各清楚都聪明。）

莫善骂奶话友广，（莫相骂娘骂要宽，）

让板三分亥江瘦歪人。（让同伴三分不是瘦坏人。）

乃尧一西报右二报左，（这我一是说右二说左，）

各人若灭拜这赖过闷。（各人知想去这好过日。）

七部劝边子女子拟莫国书，（七条劝我们子女子青年莫下流行动，）

各人若灭主本身。（各人知想贵本身。）

呀有记媠稳稳本分在格甚东哽，（也有的女稳稳本分给他人村洞赞，）

百空银穿板努重。（虽然无银穿他人看重。）

办他三女百赖汉，（男过三女虽然好汉，）

女他三办格本报孝浪当人。（女过三男别人本说你们浪荡人。）

乃尧一西报女百报汉②，（这我一是劝告女百劝告罗汉，）

加孝考隆若叹打邑刺银难观身。（等到你们内肚知叹中树蓬刺藤难转身。）

八部劝边莫月游手好闲难养所，（八条劝我们莫做游手好闲难养气，）

下索门路莫拜行。（下作门路莫去行。）

赌钱提牌莫拜努，（赌钱打牌莫去看，）

杭亥成数莫拜能。（样不成数莫去望。）

家甫边荡孝呀莫拜占洋烟，（家业父我们荡你们也莫去吃洋烟，）

买主占仁岑部崩。（买贵吃经常山也崩。）

水河尤尤务流下，（水河悠悠上流下，）

一得看水不看人。（一得看水不看人。）

---

① 沾膏：用一种树皮打成，黏性很大，用来取鸟。

② 汉即男子汉。

加你若略日头关，（等你知醒日头斜，）

日落西山半闷偏。（日落西山半日后。）

争直争种莫文生，（争直争弯曲莫胡乱争，）

人奴文生正亥正。（人哪胡乱争真不真。）

各管各业有干隔，（各管各业有干隔，）

拜西有路转有路。（去是有路转有路。）

莫月汉田夺地卖牙宣，（莫做汉田夺地卖两次，）

六甚亥用端刚正。（六村不用硬是讲真。）

九部劝边莫月叶障光杂黑，（九条劝我们莫作孽障光杂黑，）

听板邓绅半上坤。（听他人来套引诱上路。）

国走坤大又拜达坤种，（不走路大又去犯路弯，）

拱圹发唐月扪杭犯甚。（拱圹挖圹做那种样犯村寨。）

西则烂棍本月烂，（是个烂棍本做烂，）

多格了家切害人。（使他人了家太害人。）

挖垟拱壁时走夜，（挖垟拱壁时走夜，）

拱劳然格晏解应。（拱进屋他人晏鸡叫。）

盗牛盗马刀开先，（盗牛盗马刀开板壁，）

杭乃独台拜办犯六阴①。（样这独拿去办犯六阴。）

拗上打宅拜押百难他，（拿上中坪场去压百难过，）

脸央勒论在格甚东能。（脸像手指结他人村洞望。）

哥农隔采赖落脸，（兄弟隔板壁为落脸，）

独台拜杀沙空坤。（独拿去杀明知无路。）

贪钱平宜时贾得，（贪钱便宜时那得，）

钱有四字亥占深。（钱有四字不吃深。）

吃钱冤枉在格板利亥赖恶，（吃钱冤枉结他人同伴咒骂不好狠，）

有闷虎咬雷大括断筋。（有日虎咬雷劈拉断筋。）

杭贾扫叶恰条茶折枝，（样那造孽恰似条茶断枝，）

伦拜占亏难过呀报应。（后去吃亏难过也报应。）

十部劝边平宜不要边莫友，（十条劝我们便宜不要我们莫要，）

莫月少全温秤照良心。（莫做少全小秤照良心。）

---

① 六阴：侗款规的六条死刑。

北多卜甲莫月手立拿，（荚豆瓜茄莫做手偷手的形容，）

寺板千般在别乡卦旬。（夺他人千般给别人乡村骂牛。）

偷鸡两一鸭两谊，（偷鸡两一鸭两二，）

照务条规理义行。（照上条规理义行。）

修功积德月好路，（修功积德做好事，）

代乃月士古代伦。（代这做修善顾代后。）

小坤拜远好修功，（修路去远好修功，）

忠心行正在格甚东能。（忠心行正给他人村洞望。）

架部罗河在板他，（架度桥河给同伴过，）

阴神菩萨呀降灵。（阴神菩萨也降灵。）

桥亥赖他美拜架，（桥不好过木头去架，）

坤亥赖上坭拜淋。（路不好上泥去淋。）

将功助人人亥害，（将功助人人不害，）

改恶从善格度拜考庵修行。（改恶从善他人都去内庵修行。）

美嘎华林人仲部，（只歌华林①仲部②，）

乃尧文扴明部福万千宋台骂传代伦。（这我胡乱拾几条无数万千话拿来传代后。）

意译：

我唱首歌我们大家听，不是瞎编诱骗这是人生的真谛。

老的一代逝去青年一代来接替，皇帝改朝星星换新天。

老了的人不能傲性子，气衰体弱病害会多缠。

老了的火难挽回，两手持的拐杖难离在身边。

不论病痛不论衰老都靠人伺候，衷老到来恰如木盆断箍不齐全。

女的过了桃花男的过了壮，正好比那白瓜枯藤不伸延。

老难转青鹅丢窝，又好比那北斗和七星球路相别。

一劝我们好好料理父母不要烂贱看，也要比那竹生笋子笋记竹的情。

父母恩情好比石磴重，喂饭喂乳时时背在身。

两条背带手磨烂，肩头布块烂去一层又一层。

老人对着儿子不知何等的珍贵，未曾会坐贵如金。

---

① 华林，人名。

② 仲部，寨名，属湖南通道县。

自从朦胧童年全靠父母引，你想容易大成人？

父是传子子传孙？

哪个忘恩不是人。

二劝我们为媳妇，性莫傲慢用笑脸相迎。

老人病痛在床没有什么吃，到处去买一点都难寻。

以前孟女身上割肉喂姑妈姑舅，忠心孝顺这才真是人。

她为媳妇特别温柔又良善，代代传来地方称赞的美名。

三劝我们同伴请听妙言语，莫去养那山雀养那画眉那种生计是懒人。

那种冤气又费力，要用蛋炒饭喂天天勤。

游山打猎最讨厌，沿山奔跑跨过刺蓬烂衣袂。

有一种人父亲叫去挑肥他说不得空，有人叫去打鸟"嘭"地就起身。

讲到这个他就包饭随身急忙走，随急叫狗穿山跋岭整天奔。

你想拦路把关谁知禽兽已越岭，多数空枪只见一团烟。

许你杀得野肉还要一盆饭来配，何不发狠挖荒可使三餐能正常。

纵有千两金银还是死在无饭吃，本有一条耕田种地是一等的人。

四劝我们中年的母亲，不要丢下功夫不做去想另一门。

推工夫给家婆媳妇外闲住，串寨去吃油茶有伴在聊天。

天天无聊无话寻话讲，说长说短塌坏了耳根。

每天活路是谈笑，丢下女工不做剪裁了的衣服上灰尘。

脸也不洗串寨去，黑得像个猴子不像人。

姑娘你的项脖黑如炭，十分不该的啊为何随它汗渍厚一分。

一是污浊二不净，那种婆娘明知懒得很。

她做那事毛糙我们看都怕，是她煮弄的菜吃不成。

去了三层又四条，

五劝我们一家夫妻嘴莫争。

有一种人响声亮气随便搔妻子，那种恶得过火不是聪明是烂棍。

三拳打断银梳头打破，跟着那种糊涂一世日子过不成。

一世夫妻要比枝上阳鹊你叫载应甜蜜过一世，

不要你赌我气辜负一代夫妻情。

父母养育我们从汾酒口订结谊，每人八字早具定。

六劝我们一团以寨真好恶，不要对人大声大气自作最聪明。

也有的人行凶好勇恶气大，糊涂交手相打恰似雀沾膏。

拱拳滚打落下地，男女老少都来看。

不要带头自作敏感不怕事，各人要有那自知之明。

不要开口骂娘讲话有度量，让人三分不是瘦坏人。

我在这里一劝告左二又劝告右，人要从远去想日子就过得安宁。

七劝我们青年子女真轻浮，各要知道珍惜自己的本身。

有的姑娘稳稳本分让那村寨赞，虽无银饰穿戴人们赞她重如金。

男子讨过三女败坏美名男子汉，女子嫁过三男人们说你浪荡人。

我在这里一劝告男二劝女，等到你们醒悟已落刺蓬难转身。

八劝我们莫做游手好闲人，下贱门路莫去行。

赌钱打牌莫去望，无益处的事情莫去费眼神。

我们父业底荡更莫吹洋烟，那种货又价贵吃又成痨有钱成山山也崩。

河水悠悠流不断，只见水流不见深。

等到你知醒悟日头已西斜，日落西山已黄昏。

不管直的曲的不要去蛮争，哪个胡乱争夺不是真。

各行各业有线隔，去要有路回有程。

不要反悔卖田无理夺地变卖第二道，六村（地方）不许这种人。

九劝我们不做孽障的事光掺黑，莫听谣言诱引上路行。

不走直道又去走曲道，拱圹偷田干犯乡村。

成个烂棍变做坏，使人倾家绝产太害人。

挖墙拱壁行夜路，拱进人家在鸡叫夜深。

偷牛偷鸟刀戳壁，这种只有根据六阴去处刑。

拿到鼓楼坪中押你不好过，那时脸如手指难见人。

隔壁兄弟姐妹为你挨扫脸，只有拿去杀掉没有救路行。

贪便宜钱不过一时得享受，铜钱刻有四字拿得不安平。

吃冤枉钱给人咒骂不好受，有日虎咬雷劈拉断筋。

去做那种造孽犹如茶树雪雹打，果子打落难回生。

十劝我们便宜的钱不可取，切莫做那减斤少两黑良心。

一根豆角七个茄瓜不能用偷手，偷人东西被人咒骂似畜生。

偷鸡罚一两一偷鸭一两二，照上条规理义行。

修功积德做好事，这代修善后代有灵应。

架桥修路功德远，忠心行着正路地方看得清。

架桥给人渡河过，暗地菩萨也降灵。

桥不好过木头补，路不好走泥填平。

用工助人人不害，改恶从善有到庵堂去修行。

中步华林编出这条歌，我这阶得几条千言万语传子孙。

演唱者：邝明礼，男

录音者：贺嘉

记译者：吴贵元

世态人情歌 *

夜道乃鸟正亥多嘎老拜英忘对英斗，（夜我们这聚是不唱歌去去易忘死易丢，）

四句嘎风邓洒小哉朋。（四句嘎风来撒修肠浮。）

嫩拟图人善金一宣若一宣，（还年青个人相聚一次知一次，）

半乃拜伦美苦美乱亥善同。（头这去后条苦条愁心不相同。）

百道月板敛听长，（百我们做伴无听长，）

各想考哉条颠通。（自想内肠条任意通。）

人骂阳干口刚六十年仲呀本刚嫩话赖听，

（人来阳间咀讲六十年中也本讲个话好听，）

奴得若底条命仲。（谁得知底条命注定。）

呀麦记办十八对拜了一之，（也有的男十八死去完一世，）

呀麦记婍丙年十二斗千宗。（也有的女登年十二丢千话。）

女斗解干办斗端，（女丢解麻男丢田地，）

人们刀代美刀厷。（人们换代木换层。）

已图王龙考河喘信阶他打殿桢湖对斗水，

（设个王龙内河蜕身不过中殿江湖死丢水，）

人走坤鬼岑斗工。（人走路鬼山丢工。）

歹败岑山世八向，（大块山岑十八向，）

各人拜葬钦善同。（各人去葬不相同。）

埋考底泥烂仗骨，（埋内底泥烂身骨，）

各难相登心肚浓。（自难相逢心肚甜。）

---

* 世态人情歌，侗语"嘎常"。

死楚岑坟伦拜讨，（死去山坟后去了，）

亥及条所道鸟好比日头光东冻①。（不及条气我们在好比日头光。）

想道麦占空占鸟嫩年纪世八百赖他，（想我们有吃无吃在个年纪十八百好过，）

冒比二月阳秋粟娃打弄同。（他比二月阳鹊言语中深林同。）

颠到五十他浓又本得嫩隆胖矮，（但到五十过甜美又本得个肚高矮，）

呀有记猛麦晨空夜乱田仲。（也有的个有晨无夜愁心田中。）

呀麦记猛双妻同所筷破只，（也有的个双妻同气筷破只，）

锡哉阜纹桃乱隆。（淡肠淡的形容淘乱肚。）

女死斗办干容易，（女死丢男不但容易，）

西结情谊月一双。（另结情谊做一双。）

办死斗女百美乱，（男死丢女百条愁心，）

十杭欠宣恰一水桃用。（十样欠次恰似水淘溪。）

呀麦记奶西想结唐情傍逃拜亥，（也有的母另想结一门情靠逃去不得，）

各麦尼字这坝菜哽宋。（自有儿子边脚菜恋坛子。）

人骂阳干落得仁正分劳央，（人来阳间少有得匀正分一样，）

亥及坐庵和尚端人空。（不及坐庵和尚就是人空。）

想邓三宋话乃猛本闷对正难避，（想来三句话这个本日死真难避，）

半之骂光亮本浓。（半世来光爱本甜。）

夜道乃鸟趁板嫩全约叹苦，（夜我们这住趁同伴还齐约叹苦，）

目半代晏爹泥溶。（后半世晏下泥溶。）

意译：

今夕相聚，有歌当唱就要唱，

莫等老来把歌忘，莫等老死把歌丢，随唱几句喜心肠。

趁年轻，大伙团聚一次知一次，哪晓得今后，命里安排过哪样日子。

做伴的时日嫌太短，心里疙瘩各人知。

人生六十，这话说来多好听，有哪个预卜光知自己的命运。

有些少男未及十八成死鬼，有些少女年刚十二命归阴。

阿妹丢下桑麻不平恨，阿哥丢下田屯恨不平，龙王老死还丢下水晶殿，

世道多变，高高山岭换层林。

---

① "光东冻"有"赤条条"之意，也有赤贫之意。

大山大岭野茫茫，岭上坟堆方位不同各轻向。

堆堆黄土埋尸骨，想再相见难上难。

死去阴曹万般都了了，怎及人间日光高照好风光。

有吃穿，没吃穿，是穷是富莫叹了。

青春年少就是个宝。

好比三春阳鸟唱枝头，千山万峁一个调。

年华一过，千般烦恼接着来，忧忧虑虑挂心怀。

也有些人吃了上顿愁下顿，家无田地日子多难挨。

也有些夫妇中途相丢，好比筷子缺只难成双，心中惨惨叹哀哀。

妇撂下夫还好点，另寻对象结鸾偕。

夫丢下妇孤儿寡母百样难呵，苦命人就像山涧瀑布浪打崖。

年轻阿妈心想改嫁嫁不得，丢不下膝上孩儿，

好比腌菜离不开腌坛，腌坛离不开腌菜！

叹人间祸福不平分，倒不如庙里和尚万般烦恼免挂怀……

人世间生离死别难回避，年华不再来，得欢喜时就欢喜。

今夕相聚，趁同伴齐金相邀唱支叹世歌，百岁之后，黄土掩尸化成泥。

采录地点：八江乡

演唱者：莫以璋，八红乡平文寨人

录音者：金辉

记译者：吴贵元、周东培

阴阳歌 *

夜道乃鸟尧多美嘎斗道听，（夜我们这相处我唱支歌众我们听，）

仲卡歹坤听嘎谈。（装耳带望听歌谈。）

想道人骂阳干薄全书，（想我们人来阳间少有全齐，）

岑山六目矮庙胖。（山岭六石矮杂高。）

有吃有穿本靠命，（有吃有穿本靠命，）

鸟长鸟青本靠葬。（住长住短本靠根。）

---

* 阴阳歌，侗语念作"嘎阴阳"。

有男有女傍八字，（有男有女靠八字，）

有家有己他考前代有士富贵强。（有家财有家斗过内前代有修富贵强。）

有妻有夫部具定，（有妻有夫也具定，）

呀有记猛旦仗汉另他考年王领骂架冒旦。

（也有的人单身汉另过内阎王领来剩他单。）

当初有人部亥省，（当初有人也不信，）

正友走他莽阴干。（正要走过边阴间。）

十代转结有人到，（十代转接有人到，）

得话莽阴台骂立莽阳。（得话边阴拿来告诉边阳。）

夜道乃鸟在尧刚吞马帽鸟考条甚江西世忙央，

（夜我们这相处给我讲根基马帽①在内条村江西是何等样，）

乃冒各领大下骂之光。（这他自领带差来世光。）

科西人怪亥全书，（虽然人聪明不全齐，）

空妻目夫命苦寒。（无妻无夫命苦寒。）

夜冒能常多坤口，（夜他睡床着哆嗦，）

怪格阎王具娄斗上当。（怪他阎王具定错受上当。）

阎王具邓正亥西，（阎王具来真不是，）

英道共鸟阳干一之西尧任孝闹果样。

（假若我们同在阳间一世是我跟你们闹一场。）

四勒黄泉耳得听，（四个黄泉耳得听，）

仲卡歹坤听嫩话佞让。（装耳带望听个话短长。）

四勒黄泉转拜立川脚宋话弱鸟，（四个黄泉转去告诉次言语话委曲，）

阎王旦报乃冒各领友净莫怪郎。（阎王来说这他自承要净莫怪郎。）

孝拗冒骂翻部努，（你们叫他来翻本子看，）

宁尧具娄尧度亥西月阴王。（真我具定错我都不是做阴王。）

伦得马帽翻部邓能宁一贾，（后得马帽翻本子来看真那样，）

独劳沈卡空话忙。（独只有湿透耳无话怎么。）

阎王旦报：哽孝马帽人怪赖才子，（阎王来说：赞你马帽人聪明好才子，）

前格曹操孔明有一堂路揞上五百年久度嫩米散祥。

（前他曹操孔明有一堂事揞上五百年久都还未散场。）

---

①　马帽，人名。

乃时你拜赖赖改，（这时你去好赖改，）

劝格各猛自在拜莽阳。（劝他各人自在去边阳。）

代乃投推莫算之，（代这投胎莫算世，）

世二投推就独批孝月宰相。（世二投胎我就批你做宰相。）

刚吞马帽了一部，（讲根基马帽完一段，）

又刚龙银人把阳。（又讲龙银①人把阳②。）

滚时龙银月汉太，（以前时龙银做汉子大，）

夺侬团媄定心良。（夺妹团媄③定心良。）

前时团媄亥拜表，（前时团媄不去表兄，）

格比阳秋别虽亥斗堂。（他好比阳鹊别离公的不适合堂。）

任哥龙银盆善得，（跟哥龙银连相得，）

了一百二钱拜项。（失去一百二钱去使。）

骂然龙银养得一男又一婄，（来屋龙银养得一男又一女，）

如奶团媄斗天光。（为看母团媄丢天光。）

龙银旦报：乃尧美苦斗早正难他，（龙银来说：这我一条苦难受早真难过，）

沙愿约心所上文颠拜右怒央杭。（甘愿溅心声上胡乱尽管去寻找怎么样。）

捧勒在爹格拜寻，（丢子给外婆他去寻，）

科若岑冲寻吞葬。（爬走山沟寻根基。）

占脚出门流眼律，（举脚出门流眼泪，）

亥若侬就团媄地方忙。（不知妹我团媄地方哪。）

乃冒索坤勉拜哉勉叹，（这他依路慢去肠慢叹息，）

多一念半到街常。（挨一月半到街上。）

拜到街常寻铺歇店呈贾乌，（去到街上寻铺歇店处哪住，）

仑得祝格斋冒姓名忙。（后得主家问他姓名什么。）

龙银旦报：尧姓正覃人等比，（龙银来说：我是姓覃人等比，）④

如得夫妻对拟干斗美亏一乃杭。（因为得夫妻死嫩甘受一分苦难一这样。）

乃尧索坤哭骂大些烂，（这我一路哭来眼都烂，）

---

① 龙银，人名。

② 地名，湖南通边播阳。

③ 团媄，人名。

④ 等比，地名。

亥若条甚牙安地方忙。（不知条村牙安地方哪。）①

祝格旦报：条甚牙安沙甚鬼，（主家来说：条村牙安明是村鬼，）

隔五里路节阴干。（隔五里路就阴间。）

尧姓正罩牙边人哥浓，（我姓真罩俩我们人哥弟，）

结拜弟兄登善量。（结拜弟兄帮助相量。）

晨仑成早架门铺，（早晨后起早关门铺，）

引弟拜努共参吗闷雾合唱。（带弟去看同下云天雾合阳光。）

尧一乃刚你亥省，（我一这讲你不信，）

正友引弟到井省哉葬。（真要带弟到井信肠根。）

牙边拜考这井加能呈贾书，（俩我们去内边井那看处那守候，）

容冒闷目计一忙。（随他日后计怎样。）

仑得牙格拜考这井加能宁得团媄印仪邓拗水，

（后得两他去内边井那看真得团媄形身来舀水，）

龙银得努书吓蛮。（龙银得见就吓蛮。）

龙银旦报：乃孝阴人走坤央风电，（龙银来说：这你阴人走路像风电，）

抓郡团媄报拜然。（抓手团媄说回家。）

团媄旦报：百哥邓劝转亥得，（团媄来说白费哥来劝转不得，）

世二投推亥用亮。（世二投胎不用爱。）

哥转拜然保尼字，（哥转回家保儿子，）

嫩有钱嘎婄谊配孝郎。（还有钱家婄谊②配你郎。）

龙银旦报：滚就拗孝了百二，（龙银来说：前我讨你用去百二，）

斗勒尼字在就怒央杭。（丢儿子子给我怎么样。）

团媄旦报：滚孝拗就了百二，（团媄来说：前你讨我用百二，）

斗勒尼字在孝拗冒还。（留子儿子给你拿他还。）

哥转拜然保办灭，（哥转回家保男女，）

百尧骂阴十耐烦。（虽然我来阴十耐烦。）

龙银旦报：乃尧叮进阴洲歹堂本想骂拗孝娘转，

（龙银来说：这我奔进阴洲大堂本想来要你娘转回，）

奴若你弟又比心韭美蒜转斗烟火西勋葬。

---

① 牙安，地名。

② 婄谊，人名。

（谁知你妹又比心韭苋蒜倒受烟火另外生根。）

团媄旦报：娘比忽蒜考园鸟念九，（团媄来说：我比忽蒜里园在月九，）

尧记仅苏又比苟白考波难拜羡。（我的身子又比饭白内饭笋难去种。）

六十甲子日宿落尧把，（六十甲子日宿落我破，）

风飘翻过斗就娘。（风飘翻过看我娘。）

哥转拜然日头关，（哥转回家日头斜，）

骨世尧烂鸟务常。（骨尸我烂在上床。）

报孝哥莫温哉流眼律，（告诉你哥不要闷肠流眼泪，）

时乃任尧团媄别涞空话忙。（时这跟我团媄别开无话什么。）

拜了龙银记美苦，（去了龙银的一分苦，）

又刚芙蓉金定姓正潘。（又讲芙蓉金是姓潘。）

甫贯新绍勒愿包，（父名新绍儿子愿包，）

五媤劳冒主坤忙。（五女独有他贵成什么样。）

乃勒愿包得年十八仅退威，（这儿子愿包得年十八身退力，）

仅落美惹鸟务常。（身落苋灾难在上床。）

痛得一七完条新，（痛得一七完条气，）

五媤哭火多难然。（五女哭形容着响杂屋。）

公甫考然难照顾，（公父内屋难照顾，）

杀旬杀猪救亥葬。（杀牛杀猪救不根。）

烧香烧纸虽神边，（烧香烧纸料理神边，）

忙亥斗弟就鸟拗就五命颠拜当。（为何不留弟我在拿我五命一定去当。）

就月子女记人然甫善金鸟得年怒若年贾，（我们做子女的人屋父相聚住得年哪知年哪，）

呀比子鸟勋把虬拜胖。（也好比仔鸟生翅膀虬去高。）

甫有田圹上四百，（父有田圹上四百，）

斗就五媤子女些难吃。（留我五女子女都难吃。）

甫冒旦报：乃孝奶子莫勉哭，（父他来说：这你们母子莫不断哭，）

西弯美灭有坤光。（另换苋想法有路光。）

又拗金艮文拜跑，（又拿金艮胡乱去跑，）

时怒得冒嘴骂然。（时那得他再来屋。）

五十两银多考袋，（五十两银着内袋，）

努伎空架怕冒忙。（若果伎元剩管他什么。）

乃冒拜得一念到街相，（这他去得一月到街上，）

仗穿各央哇各杭。（身穿异样话异样。）

逢得姓谭然脚本，（逢得姓谭屋脚坎，）

宋胖话矮审吞葬。（话高话矮问根根。）

姓谭旦报：乃孝老人甚怒邓斗乃，（姓谭来说：这你们老人村哪来到这，）

亥若本甚团寨坐哪让。（不知本村团寨坐哪乡。）

老人旦报：尧鸟远坤甚金定，（老人来说：我在远路村金定，①）

命亥团正姓正潘。（命不园正姓姓潘。）②

尧贯新绍子愿包，（我名新绍儿子，）③

如冒斗早追卦让。（为他弃早追过乡。）

姓谭旦报：你下平洲度得努，（姓谭来说：你下平洲都得见，）④

到未申时齐共任道劳央杭。（到未申时一样同我们一样样。）

老人旦报：独劳你刚度亥省，（老人来说：独只你讲都不信，）

牙边同拜一兴努阴干。（俩我们同去一时看阴间。）

祝铺旦报：晨目成早尧引你拜甚牙安，

（主铺来说：早晨明天起早我带你去村牙安，）

愿包宁邓心肚谈。（愿包真来心肚谈。）

阴人走坤研赖怕，（阴人走路真为他怕，）

甫喊愿包边转然。（父喊愿包我们回屋。）

愿包旦报：怜杀甫邓辛苦喜，（愿包来说：可怜父亲到来太辛苦，）

如就丙了年纪难转阳。（因为我登了年纪难转阳。）

你甫转拜又报奶就莫亥沙，（你父回去又告诉母我莫不舍，）

五婧姑巴⑤亥用亮。（五女姑巴不用爱。）

你甫转团尧转寨，（你父回一寨我转寨，）

本劳话乃空话忙。（只独有话这无话什么。）

牙格姓谭齐劝亥愿哉，（两他姓谭同劝不愿肠，）

西想拜斋亥听山。（再想去问不听应。）

姓谭旦报：阴人刚话冒刚话怒本话贾，

---

① 金定，地名。
② 潘，盼。
③ 愿包，人名。
④ 平洲，地名。
⑤ 姑巴，姐妹。

（姓谭来说：阴人讲话他讲话哪只有话那，）

任边阳人票哇萨度难。（跟我们阳人说话固然都难。）

牙格转然姓谭量办酒，（两他回屋姓谭量办酒，）

开个金艮元宝努多光。（开个金银元宝见多光。）

一莽下路五两二，（一边银宝五两二，）

钱归祝格别转然。（钱归主家他回屋。）

冒转骂然西拗位，（他转来屋另讨后娘，）

仑接奶谊得未郎。（后接母二得未郎①。）

冒得未郎甚东补，（他得未郎村洞赞，）

半仑代务度得甘。（头后代上都得幸。）

完姓正潘人金定，（完姓姓潘人金定，）

又叹美苦旦仗人另姓正扬。（又叹支苦单身人另姓姓杨。）

滚时楼银欠情谊，（前时楼银②欠情人，）

冒怪八字利各杭。（他怪八字咒骂异样。）

怪格阎王具仲空妻夫，（怪他阎王具定无妻夫，）

沙障帖苏告阴王。（写张帖子告阴王。）

亥怕阴王部友杀，（不怕阴王也要杀，）

百你月雷部友办。（虽然你做雷也要打。）

多尧一西空妻谊空亡，（使我一是无妻二无家计，）

工付田的脸人帮。（工夫田地无人帮。）

阎王批娄斗辛苦，（阎王批错受辛苦，）

又想拜岑友造吃。（又想去山要做吃。）

阎王旦报：命你各带莫友怪具定，（阎王来说：命你自带莫要怪具定，）

拗你一时了命痛务常。（要你一时了命痛上床。）

仑得楼艮一年对洲度括归，（后得楼银一年对周都灾病，）

闷闷能的想亥光。（日日倒地想不光。）

拜接先生盘考骂杀杠，（去接先生盘考③来打杠同，）

扛交昂昂今多香。（仰头昂昂④常烧香。）

---

① 未郎，人名。

② 楼银，人名。

③ 盘考，地名。

④ 昂昂，形容词。

烧香烧纸得歹朋，（烧香烧纸得大堆，）

赖得杨老令公登开光。（好得杨老令公代为开光。）

杨老旦报：九殿阎王在你告，（杨老来说：九殿阎王给你控告，）

拗你坐进囚笼宏之三。（拿你坐进囚笼重等三。）

楼艮斗苦空奴救，（楼银受苦无谁救，）

倒数收筋阴土藏。（列处收筋阴土藏。）

刚了楼艮人代旧，（讲完楼银人代旧，）

英报嫩鸟呀本不过百岁长。（如果说还在也本不过百岁长。）

完层楼艮劳桐木，（完层楼银进桐木①，）

开姓正陆名宗良。（开姓姓陆名宗良。）

刚斗宗良任板交工弄砍代②，（讲到宗良〔人名〕跟同伴打背工深山砍代，）

赖别嫩石脚斗斧。（为了滑跌个石头脚挨斧。）

甫对斗早得十过，（父死丢早得十余，）

四婧姑巴嫩鸟然。（四女姑巴还在家。）

斗得登骨血老火，（伤得到骨血老火，）

屯然努冒又上当。（全家见他又上当。）

筋士度割血亥断，（筋青都割血不断，）

边相杀猪共一杭。（便像杀猪共个样。）

五猛伙计些落刀，（五个伙计都落魄，）

连时背冒转骂然。（即时背他转来屋。）

人背他仑省他滚，（人背过后信过前，）

虫人赖惊果一忙。（多人为了惊不知怎么样。）

平板邓努部亥沙，（同伴来看都无法，）

四婧姑巴哭难然。（四女姐妹哭震动屋。）

仑得宗良对拜阎王台坤亥在他，（后得宗良死去阎王拿路不给过，）

你莫哦哑转阳干。（你莫错乱转阳间。）

你要转拜威亮干，（你要回去快快赶，）

趁你仗相鸟务常。（趁你身体在上床。）

到闷你骂七十二，（到日你来七十二，）

---

① 桐木，地名。

② 砍代，糙树。

目你当格得四男。（后你当家得四男。）

宗良转骂叹气响唉平板江火跑邓努，（宗良回来叹气响嗨同伴点火跑来看，）

冒乙毡黑鸟这常。（他掀开毡黑在边床。）

宗良旦报：尧嫩亥忘呈出血，（宗良来说：我还不忘处出血，）

边相菜割考园亥颠阳。（信像菜青菜内园不一定枯萎。）

边比没下翻勉转，（我们为比水车翻常转，）

嫩嫩些乱共一杭。（个个都乱同一样。）

美嘎阴阳刚六央，（只歌阴阳讲六样，）

开到龙图贯洞呀有一办贯宗唐。（开到龙图贯洞①也有一男名。）

得三十三当格己，（得三十三当家主，）

西拗奶谊养一办。（另讨母二养一男。）

养得一男拗贯相条名字好，（养得一男取名相条名字好，）

奶冒相亮像汉王。（母他更爱像汉王。）

相条旦报：阎王具骂十八转，（相条来说：阎王具来十八转，）

得二十一完新郎。（得二十一完气我。）

转拜阎王空话报，（转去阎王无话说，）

走条坤旧斗亚娘。（走条路旧抛弃爹娘。）

甫冒宗唐出拜远寻冒，（父他宗唐出去远寻他，）

坤远拜跑本想寻子自嘎骂转然。（路远去跑本想寻儿子自家来转屋。）

拜得一念到甚贾，（去得一月到村那，）

得嫩然萨姓正障。（得个屋休息姓姓张。）

障嘎旦报：阴洲阳洲福数部，（张姓来说：阴洲阳洲无数村，）

阴神行路又各杭。（阴神行路又各样。）

宗唐旦报：就骂一念空努冒，（宗唐来说：我来一月无见他，）

时本友孝帮我量。（这本要你帮我量。）

障嘎旦报：就沙任孝造祝意，（张姓来说：我就和你没主意，）

拗你拜盖埋底庞。（拿你去盖埋底木桶。）

西时闷怕赖得相条拜买货，（酉时天黑好得相条去买货，）

障嘎旦报喊劳然。（张姓来说喊进屋。）

冒报相条甫孝宗唐到骂寻，（他告诉相条父你到骂寻，）

---

① 贯洞，地名。

本想拗孝刀转阳。（本想拿你转变回阳。）

相条旦报：甫就宗唐宁亮杀，（相条来说：父我宗唐真爱杀，）

努尧登脸刀具扛。（如果我见脸刀割下巴。）

滚就拜阳本刚十八转，（前我去阳本讲十八回，）

得二十一恰正完新郎。（得二十一才是完气我。）

如甫宗唐脚西多锁角多廖，（为了父宗唐脚是作锁颈作链，）

多尧难骂大赖王。（使我难来眼为作蒙眬。）

甫郊底庞耳得听，（父他底木桶耳得听，）

冷哉水大骂莽阳。（冰冷肠泪眼来边阳。）

冒转骂阳报团寨，（他回来阳告诉团寨，）

人奴有杭美苦一乃亥用亮。（人谁有这样苦像这不用爱。）

阎王莽阴早具定，（阎王边阴早具定，）

多人多望难转阳。（多人着望难转阳。）

南方小坤干苦米，（南方修路甘盖空，）

西方架桥部亥光。（西方架桥也不光。）

架桥修路度阴功，（架桥修路修阴功，）

靠格天门土公研转烟火西己念。（靠他天门土公也转烟火再置月。）

庵堂求善正赢升，（庵堂求签直灵信，）

神有感应闷转唱。（神有感应天转阳光。）

乾隆嘉庆正皇帝，（乾隆嘉庆真皇帝，）

冒呀得六十四养一办。（他也得六十四养一办。）

养得一办贯金汉，（养得一男名金汉，）

八寨甚贯些骂亮。（八寨村贯都来爱。）

拜了金汉人八寨，（去了金汉人八寨，）

多美嘎乃今边唱。（唱支歌这尽我们唱。）

十美嘎平美乃仔，（十首歌平只这透解，）

人奴果艾报嘎忙。（人谁不知多味说歌什么。）

美嘎七层多七东，（只歌七层唱七段，）

嫩有一兄果扪忙。（还有一段不知货什么。）

尧国得尾完记乃，（我不得尾完这里，）

猛怒若埃嘴西谈。（谁个知长另再谈。）

板有嘎锦多嘎锦，（人家有歌锦唱歌锦，）

尧空嘎锦多阴阳。（我无歌锦唱阴阳。）

意译：

今夜我们相聚唱一首歌给大家听，静静听我把歌唱。

我们来到世间很少有人得齐全，就像四面山岗高高矮矮不一样。

有吃有穿命中定，寿岁年华也靠命根定短长。

养男育女靠八字，家财田产全靠前世修善今生才能把福享。

有夫有妻也是早建定，单身孤零那是从阴间阎罗认领守空房。

我说这话当初也有人不信，他正为此去到阴间质问阎罗王。

十代都有人曾经到阴间，把阴间的事拿到阳间来宣扬。

古时有人名叫马冒住在江西省，他从阴间认领做个孤单郎。

他人长得聪明但有一样不称心，一世单身总难匹配一姑娘。

他躺在床上常赌咒，赌咒阎罗混账为何不帮忙。

阎罗混账认错人，如他也在阳间那我一定与他闹一场。

他骂阎罗让黄泉汉子①偷听到，偷听得清记心肠。

黄泉汉子回到阴间把话传，阎罗说道：他自己认领单身怎能怪我人混账。

你们去叫他到来自己翻簿看一看，如我搞错那我也枉做阴间王。

过后马冒到来翻开簿本吃一惊，真是自己认领有口难言转还阳。

阎罗说道："你马冒聪明好才学，古时曹操孔明相争如今五百年后未收场。

这时你去好好帮劝解，请他们各人互相礼让另投阳。

你这次投胎莫计较，下次投胎我一定批你当宰相。"

讲完马冒去一层，我又讲到龙银家住鄱阳②这地方，

旧时龙银当个芦笙头，他与团妹情深共火堂。

团妹原来嫁表哥，她和表哥好似阳雀鸽鹰难以同宿一座岗。

团妹龙银两结亲，她用三百二十两银作礼退夫郎。

来到龙银家中养得一男又一女。

团妹命短死去阴间不还阳。

龙银说道："我早年丧妻苦情多，我愿奔波去到阴间找一场。"

他把孩子交给外婆管，翻山越岭离家乡。

刚走出门泪水流，不知团妹如今魂魄飘在哪地方。

---

① 黄泉汉子，传说为阎罗王派往阳间巡夜的夫差。通常说黄泉四汉子。

② 鄱阳今属湖南。

他沿路一边走来一边叹，走一月半去到一条小街巷。

到小街巷寻得店铺暂歇宿，店主到来问端详。

龙银说道："我本姓覃屯比人，只因妻子早死抛我而去好心伤。

我沿路找来哭得两眼都肿痛，不知高胜牙安①在何方"

店主说道："牙安村寨是鬼村寨，从这里去只隔五百里山路一座岗。

我也姓覃我们两人是同宗，今晚我两结拜兄弟然后再商量。

明早起早关店门，我带老弟去那——云雾混着阳光鬼地方。

我这样说你一定不相信，领你到那黄泉旁边你就会知详。"

后来他俩真的去到黄泉边，看见团妹身影来到井边挑出好急忙。

龙银看见就走过去猛拉着团妹的手臂死不放，

龙银说道："你是阴间的人走起路来犹如疾风和闪电，

现在我抓住你的手臂叫你一同转还乡。"

团妹说道："随哥怎样相劝我也难还乡，今世爱情我劝阿哥早相忘。

哥转回乡带好儿和女，自有情人婧宜来配郎"。

龙银说道："我俩深深相爱难相忘，你莫要抛儿离女让我独凄凉。"

团妹说道："我俩真的深深相爱难相忘，如今留下一儿一女伴夫郎。

你回家去抚养他们快成长，我在阴间也就平安把心放。"

龙银说道："我辛辛苦苦来到阴间大堂一心要接娘回转，

我想你会像那灶边的蒜头韭头薰过火烟拿去园中又会再生长"。

团妹说道："我难比园中九月葱和蒜，我似竹笋里的糯饭难以种成米粮。

六十甲子算定我的命难接，风吹落叶我已早枯黄。

哥转回乡自有阳光来铺照，你莫要把我腐烂的尸体停床上。

我劝阿哥莫要悲伤莫流泪，如今团妹与你永远离别两相忘"。

讲完龙银苦情去一层，我又讲到潘家家住芙蓉金定②那地方。

父名新绍儿愿保，五女一男当作宝贝郎。

谁知愿宝年满十八身染病，卧床不起面色黄。

病得七天绝了气，五个姐妹哭声满屋欲断肠。

家中祖先难照应，新绍杀猪宰牛敬祖也冤枉。

五女烧香拜佛哭声哀——

---

① 牙安，传说为鬼居住的地方。

② 金定，湖南通道县新属。

"请用我们五条性命替换弟弟转回阳。

我们五女在家相聚住下一天算一天，

好比小燕长翅没有多久时间就要飞去远地方。

父有田亩数百我们也难享一份，没有哪人能够终身伴爷娘。"

其父说道："你们母女莫要再哭泣，慢慢思虑也许还有什么好计来商量。

我想背些银元出去走一遭，但愿能把愿保找回乡。"

他把五百两银子装进布口袋，告别母女泪沾裳。

他去得一月到了一条小街巷，那里的人服装不同语言也异样。

他走到山脚谭姓那一家，谭家见他问短长。

谭家说道："请问老人你从哪村到这里，不知是附近村庄还是远地方？"

新绍说道："我从金宝那来。

祖上姓潘路远长。

我名叫新绍儿愿保，

因他早逝我才找到贵家乡。"

谭家说道："你下到平洲就知晓，

未申时刻来到鬼神与人同模样。"

新绍说道："只听你说我有些难相信，你能伴我亲到阴间那我谢你好心肠。"

谭家说道："明早起早我带你去牙安村，但愿你的儿子愿保能来与你谈家常。"

第二天早晨他俩真的来到牙安村，新绍看见愿保赶快呼唤好儿郎。

愿保说道："可怜父亲千辛万苦来寻找，只因我年岁已死难还阳。

父亲回去告诉妈妈莫伤心，五位姐姐也莫为我太凄凉。

如今我和父亲分路走，我回牙安村里你还乡。"

新绍谭家一齐相劝难转心，再喊一声已不见愿保在身旁。

谭家说道："阴人说话说了一句算一句，难同我们阳人整天呱啦难收场。"

转回家谭家新绍致谢置酒席，取出一堆银元放毫光。

每个银元重量五两二，全部送给谭家转回乡。

他转回乡另取妾，后来妾生一儿名未郎。

生下未郎村人齐称赞，他后半世得安康。

讲完金宝新绍潘家事，我又说单身孤汉杨家郎。

他名叫楼银人命苦，娶不到妻他怪八字不吉祥，

他怪阎罗阴王狠心害他打单身，亲手写了状书控告阎罗王。

他说："阴王没有什么可怕我要杀了他，就是他有雷公一样的本事我也不心慌。

他害得我一无妻二无子，百样工夫没有人帮忙。

阎王朱笔点错让我枉受许多苦，上山劳动在家煮吃全是一人来铺张。"

阎王说道："你的命定苦寒莫要乱怪我加害，我要你重病缠身再也难强梁。"

后来楼银整整一年瘫在床，日日卧铺眼无光。

去接盘考的巫师来驱邪，摇头摆脑来烧香。

钱纸檀香烧了一大堆，才得杨老令公来开腔。

杨令公说道："九殿阎王让你全控告，他们把你关进囚笼三层地牢房。"

楼银之苦没有谁能救，一时四肢抽筋命也亡。

讲到楼银虽然已成旧世人，假若他活到如今也不过有百年长。

讲完楼银我又讲到桐木村，那里有个陆家子孙名宗良。

有一次宗良与同伴上山去砍树，因为跌了一跤被斧头砍伤。

当时父亲已死他只有十多岁，家中四个姐妹都未出嫁守闺房。

他伤到骨头血流多，全家见了个个心发慌。

青筋割断血不止，就像杀猪一个样。

五个同伴也都吓得魂魄落，背他到家垂头丧气站身旁。

朋友来看只好空悲叹，四个姐妹哭声震屋更凄凉。

后来宗良死去走在黄泉路上碰见阎罗不给过，他说："你怎么胡乱跑来这地方。

你要快快转回还，趁你的尸体还在床上未入葬。

到你来时年岁要到七十二，你还要结亲生下四男生火堂。"①

宗良转回叹气一声惊得同伴点灯近前看，只见他掀开黑色布毡落床旁。

宗良说道："我没忘记受伤出血身疼痛，好像园中青菜被阳光暴晒叶枯黄。

如今我似水车去去来来翻又转，只只水简装满转方向。"

阴阳这一首歌讲六人，我如今讲到龙图贯洞有一男子名宋唐。

他得三十三岁再接亲，另娶小婆生下一个男儿郎。

男儿取名相条爱如宝，母亲敬他像敬汉中王。

谁知年满十八他病死，临终之前他才把话告爹娘。

相条说道："阎王批我年满十八就要回阴间，如今我的阳气也断命也亡。

转去回报阎王我才免遭骂，走上黄泉旧路也就难顾爹和娘。"

相条死后宋唐远去他乡去寻找，一路奔跑总想找得儿子回身旁。

他去得一月进到一个小村庄，歇脚的屋主祖姓张。

---

① 火堂即火炉堂。

张家说道："阴洲阳洲隔了无数村，阴洲路远长又长。"

宋唐说道："我找得一月也还不见他，这真要你张家好友来帮忙。"

张家说道："我愿帮你出个好主意，我用木楼盖你你可莫声张。"

到了酉时黄昏真的相条来到张家要买货。

张家看见边喊边拖拉进房。

他说："相条呀，你父亲宋唐到来找，一心一意要你转还阳"。

相条说道："我父亲宋唐真该杀，如我见到他就用刀来割他的下巴和鼻梁。

过去我到阳间只说十八转，到了那时我阳气已尽命已亡。

谁知父亲让我脚套锁来颈套链，让我久等不能回到阴间盼得眼发黄。"

其父在那木桶底下耳听见，泪水汪汪暗定下心转回乡。

他转回乡告诉全村寨，谁有我这样的苦情你也莫要太悲伤。

阎王那边早处定，多人盼望也是难转阳。

你到南方修路也是枉费心，你到西方架桥也是枉费钱和粮。

架桥修路也难修阴功，靠那天门土公也许能把命延长。

庵堂求签才是真灵验，神灵感应阴天也能出太阳。

乾隆嘉庆皇帝那年间。

贯洞入寨养下金汉一男郎。

金汉也有好处故事讲，贯洞入寨早传扬。

今夜我唱这首歌，唱到金汉的故事我已忘。

歌唱七层弹七段，剩下最问一段不周详。

我捡不得尾嘴也笨，哪位记得完整那就请他再来唱。

朋友有好歌他唱好歌，我没好歌只好唱阴阳。

采录地点：八斗小村龙向仁家

演唱者：梁同云，男，50岁，农民高小文化，八江乡马胖村

录音者：金辉

记译者：吴贵元

整理者：吴浩

半担茶油

世七十八尧鸟寨尧祝鸟寨祝离空忙远赖兰夜，

（十七十八我在寨我情人在寨情人离不好远好玩夜,）

应如十八化时米隐踏请双鞋踩歪约。（因为十八花时未过踏瘟跟鞋踩坏样。）

庆亥骂行善旬谊,（久不来走生情谊,）

苗亥见之旦妖勒兑邓捂熬歪罗。（野鸡不争岭担怕子别人来弄熬坏船。）

想邓代乃记人月良心胖亮善喜,（想来代这的人做良心高爱相试,）

善量等计话骂破。（相量编计话来破。）

办西破郎灭破媆,（男是破郎女破妹,）

他拜人丛善金月兑报孝媆友月怪莫颠索。

（过去人多相聚做伴说你们妹要做聪明莫竟错。）

牙道刚赖他拜交甚庆远夫,（俩我们讲好过去头村庆远府,）

心仲娘路都我圹装就正任孝旬谊坐。（心中娘愿渡我来行我才跟你们情人坐。）

口刚圹装话化米,（口讲来行话花空,）

旦妖孝祝哉亮平王十字归甚学。（但怕你们情人肠爱平王十字归村学。）

祝比银别灭若勒板邓推亥相干,（情人比银宝有样子伴来看不相干,）

就比阳铜白瞻弯面同估妖你娘金退所约。（我比次铜白鲍鱼换面铜鼓怕你娘金退声约①。）

牙道刚赖熬水坤雪世忙央,（俩我们讲好熬水成雪是怎样,）

旦夭孝祝古月船行水浪他孖河。（但怕你们情人故做船行水浪过河河。）

夜郎骂兰参条路,（夜郎来玩走条路,）

甫祝憎郎干横隋。（父情人憎郎扁担闩门。）

奶祝卦娘夜任勒兑烧烟千飘哇,（母情人骂娘夜跟子别人烧烟千谈话,）

多就老人能常亥睡燕勉略。（使我老人卧床不睡夜常醒。）

呀灭记呈多媒邓斋你忙百赖哉亥路,（也有的处用媒来问你为何白好肠不愿,）

可惜行格歹夫你忙亥谬行善在就老勉贺。

（可惜旧传家大富你为何不心愿辛苦给我老常哄。）

拟亥在杭忙亥听就老人报,（青年人不在行为何不听我老人教,）

夭你灭问深稿倒定脚。（怕你有日深膝尖倒脚脚。）

祝比学院出题随升字,（情人比学院出题育懂事,）

奴若孝祝古月腾蝶崩之避丝弱。（谁知你情人故做蜻蜓过岭避蜘蛛。）

细留赖把打念吞,（石榴好叶中月根,）

_____

① 约,形容助词。

尧度嫩研本分约。（我都还认本分约。）

王龙吃水下兰东，（王龙吃水下兰洞，）

你度不用通大略。（你都无用通大略。）

闷崩的翻吗盖吉，（天崩地翻云盖星，）

水先平七夭拟娘金鸭厌弱。（水荡坪七怕你娘金鸭厌虾。）

问郎拜岑想到话考旬弱多心肚，（天郎去山想到话旧情前放心肚，）

桃话牙道人祝结亥丙部主比莽令上岑伦斗错。

（言语俩我们人情人结不成就情人比四脚蜥上山后丢花鱼。）

双大望娘一央日头隐庆定踏的，（双眼望娘一样日头阴天脚踏地，）

等了六国岑之的卦些愁沙愿求庙文昌阁。

（黑了六国山岭地面都愁甘愿求庙文昌阁。）

交甚米良门歹溪，（头村米良雾大起，）

嫩就郎乃他拜定岑娥眉占斋哉安乐。（还我郎这过去脚山峨眉吃斋肠安乐。）

娘金旦报父母嫁娘量拜兑，（娘金来说父母嫁娘量去他人，）

考哉偷悔如吊错。（内肠偷悔为我错。）

人骂阳干占西崩浓鸟崩喜，（人来阳间吃是赖浓住赖喜，）

友尧拜登万不作。（要我去成配万不作。）

滚格文公走雪灭北丙，（前别文公走雪有荚柄，）

岔你空听山宝配格引路娥。（耳你没听山宝配他引路娥。）

山宝斗苦又恶喜，（山宝受苦又最深，）

配女务闷神仙坐。（配女上天神仙样。）

滚格毛红配玉英，（以前他人毛红配玉英，）

甫冒妹秀亥研嫁各隋。（父他妹秀不认嫁别门。）

玉英哉平部嫩想格旬弟夫，（玉英肠平也还想他情的夫，）

又各作害勉割角。（又自作害小刀割喉。）

对他阴神人丙鬼，（死过阴城人变鬼，）

水路转骂阳县落。（水路转来阳县落。）

滚格印财山百些读字，（以前他英台山伯都读字，）

应如考隆果味想亥略。（因为内肚不觉想不醒。）

英台哉怪赖祝意，（英台肠乖好主意，）

他拜这水善喜亥灭之岑邓寻罗。（过去边水相试不有岭山来寻船。）

读书三年英台封拜赖善书，（读书三年英台回去好互守，）

考然立夫不奈何。（内家立夫无奈何。）

怜杀山伯斗了三年书呀亥谬丢拜莽，（可怜山伯丢了三年书也不念丢去边，）

枉了百万落对亥斗错。（放了百万致死不到错。）

傲亥老人身落难，（拗不老人身落难，）

弯变应样伦转合。（换变鸳鸯后转合。）

乃时老而吊娘亥江拜参三五夜，（这时老人押逼你娘不是去走三五夜，）

考隆胖矮美苦落身秤班砣。（内肚高低只苦落身秤离砣。）

板报勉邓不过嫩登宣，（他人说常来不过还把次，）

些一尧联边相水拱杠赫水底罗。（都像我连便像水流江河水底船。）

四句嘎风传让吓，（四句歌风传乡下，）

板贾嫩怪风冷约。（他人那还聪明秋蝉稀光。）

乃尧多嘎亥团传话文乙秘亥变，（这我唱歌不圆传话乱说说不变，）

板他远听呀亮错。（他人过远听也爱笑。）

古典当初度颠比，（古典当初都来比，）

人奴拾得月个子对午。（人谁扮得做个子对午。）

意译：

我欢唱着青春年华歌，正在十七十八岁时最欢乐。

男女结情寨离不远好来往，为了采集春天花儿把鞋子踩破。

久不往来就怕亲人也变陌生，山鸡不去占领山头又怕荒了坡。

想起这一代人良心向高兴戏弄，处心设计总想去把他人爱情来打破。

男的破男女破女，到那称朋道友众人场地我希望你清醒头脑莫错觉。

我们两人甜言蜜语已经达到最高层的庆远府，你甘我愿一船共渡我才和你尽夜坐。

口是心非谁知弄出一场花巧语，我也曾经料到十字街头你是走偏角。

情妹好比上等足银人们难讨价，我就好比锈烂碎铜怎能和你兑铜锣。

我们两人甜言蜜语白水结成雪，我也曾经料到你是水面上的空船渡过河。

再回想到当我夜来谈情坐月的时候，你的父亲不是闩门就是锁。

你的母亲经常骂你："每夜让人进火堂来烧烟，

为何又有那么多的千言万语说不尽，搞得我们老人躺在床上睡不着。

更有的是媒人来问你又为何百推心不愿，可惜那些富家大户白托老人来笼络。

你这姑娘太不良心才不听信老人话，怕就怕你总有一日水深膝盖翻倒脚。"

今天看来：情妹好比学院解开试题明了事，

更明白了情妹犹如蜻蜓过岭特意回避蜘蛛窝。

想起石榴好花为何开在月头不到尾，使我采花的人永远难忘女情薄。

如今龙王随水下兰洞（地名），这就是你始终骗人的大略。

天崩地裂云遮星，水洗沙坪我也早料情妹鸭子厌虾不下河。

使我上山做活想起我两当日情语都牵肠挂肚，说的盟言誓语今已撕不成章，

情妹你啊——好比蜥蜴上岸丢我花鱼在坎脚。①

两眼望你情人好像日头沉去，黑得使我脚踏不对地，

黑了整个大地使我无路可走，只有投身进那庵堂古庙或者文昌阁。

米良②山头云雾起，剩下我这孤寒的人去那峨眉山下撞鼓吃斋且安乐。

情娘开口说：凭着父母要我另婚配，我在背地常常忏悔是我错。

这时老逼我嫁不是去走三五夜，使我心中高低不平好比秤杆难定砣。

人在世间心地要甜吃要味，要我嫁他万不作。

四句口头没有成文的歌拿来传乡下，我比不上人家编得更好。

人家心眼明亮像那秋蝉窝，我的歌喉腔不圆润唱不好。

难免旁人偷笑我。

我是用上一段故事来打比，哪个记得就把子午来配合。

采录地点：林溪马鞍村

演唱者：陈祥寿，林溪乡程阳

录音者：邓敏文、金辉、黄凤兰、谢选骏

记译者：吴贵元

单身汉歌*

占口多嘎骂道听，（开口唱歌来我们听，）

刚到单身罕伶黑略瘤。（讲到单身汉伶黑痴呆。）

英刚杭忙用蛮用恶多平腮，（如果说样什么用蛮用恶搞满足心，）

本杭指乃难张求。（本样计这里不能争求。）

洞黑领骂空全丑，（处黑领来没全齐，）

---

① 侗族传说蜥蜴和花鱼是配种的两性。

② 米良，地名。

* 单身汉歌，侗语念作"嘎罕伶"。

尧计心肚本斗忧。（我的心胸本挨忧。）

尧计美乱端刚出，（我的条乱就说出，）

稿龙包都衣领扣。（里心包裹衣断扣。）

改他十四十五学劳寨，（自从十四十五学走寨，）

到杭年干一乃未讨奴。（到样年间这样没讨谁。）

单努初别骂啰劳，（但见情人别人来纷纷，）

尧计金妻奶邻亥若鸟稿项怒？（我的金妻娘她不知在里方哪？）

要板邓背得龙乱，（拿伴来比得心乱，）

小郎客观宣胜右。（小郎志忑穿村找。）

四项灭女些斗字，（四方有女都同辈，）

亥灭婞怒答应正艰扭。（没有哪个答应真难受。）

日头照胖劳时关，（日头照高进时偏，）

更乃他堂别又保道那软皱。（现在过期别人又说我们脸皱。）

他稿阎王注骂月罕伶，（从里阎王注来作汉伶，）

命亥歹妻完则高衙欧。（命不带妻原是个头尖头蚂蚱。）

乃尧正想挨初坐晚多别媄难脱 ［注：此处少了一句直译］

奴若初情偷科表溜就。（谁知情人偷逃跑夭夭。）

多就空灭洞要沙仲有登万，（使我没有处讨好像要上万，）

慢亥相同斗嫩松打布。（总不相同像棵松中坡。）

共场样留条就耍，（同场栽柑苗棵我晒，）

洒若难亮望罕头。（肯定知难爱荒汉头子。）

郎听三宋言乃沙愿剃高劳庵占多夫，（郎听三言话这样舍愿剃头进庵吃豆腐，）

月孟和尚占斋高科扣。（做个和尚吃斋头光颓。）

三等水血国灭菜有造，（三餐茶水没有菜要弄，）

部考领郡丁居右。（捞膝卷手脚碗柜蹲。）

平板保尧美苦牙道些劳央，（同伴说我条苦俩我们都同样，）

闷怒赶抢牙道买则改刚邓妹亥有皱。（日哪赶墟俩我们买个鸡鸪来蒸莫要爪。）

你刚罕伶单身正高学，（你说汉伶单身真头尖，）

尧努熟货忙冠万别奴。（我看熟东西什么甜免分谁。）

单身罕伶命道歹，（单身汉伶命我们带，）

杀登独改别本清色又转略若得一布。（杀把个鸡分份清楚又转刮收得一堆。）

有时怒占时假吃，（要时哪吃时那吞，）

办雄清色吃谬谬。（摆桌清楚吞默默。）

尧应平板单身罕伶赖忙使，（我音同伴单身汉伶好什么多，）

阎王注定条命指骂难引奴。（阎王注定条命生来难怪谁。）

罕伶单身臭哨你，（汉伶单身臭臭气虫，）

劳他讨柴底杀扑。（进山讨柴底胰窝夹。）

枝生枝洋郎各温，（枝生枝干郎自搬，）

仁得达敏兴勒路。（聚得堆细柴兴冲冲。）

讨柴骂然打为大，（讨柴回家烧火大，）

若角务加额跳肉。（仲脖上三脚额同油。）

多谷水热等地丑，（装鼎罐水热坐地等，）

烤你额柴跳褒漏稳素。（烘你腿膝出红点冒汉青。）

各灭登闷他岑骂晚壳锁这舵空人领，（自有的天从山来暗头锁边门无人取，）

嫩凳这为亥灭情妻直登收。（个凳边火没有情妻随邦拣。）

骂到丁郎弹所哭，（来到堂屋颤声泣，）

开舵拜灭然略瘤。（开门去想屋凄寞。）

爽担下杀爬劳计为拜寻勇，（放担下肩摸进堂火去寻桶，）

等则梁柴度肿欧困布。（撞个腿膝都弯肿成疱。）

空人收雄仲尖些稳碾，（没人拣桌碗杯随乱丢，）

碾稻计为亥若唱计怒。（丢里火堂不知唱照堂什么。）

骚点角占多勒路，（煮点嘴吃搞忙乱乱，）

手未拜部亥灭帮呀谷。（手空去摸没有块布鼎罐。）

水大水涕滴革革，（泪眼鼻涕流滴滴，）

讨手拜拭划则那黑谬。（拿手去擦画个脸黑糊。）

煮点湔古多你改应宜，（煮点湔猪搞你鸡啼二，）

水漆行西多你板夜务。（水漆涎坛搞你半夜上。）

然空夫妻赖忙使，（家无夫妻好什么多，）

斗嫩行西上卡素。（丢个涎坛起灰青。）

翁干这为亥灭情妻直帮抹，（罐酸水边火没有情妻随帮抹，）

只雄空抹血上卡为怕又素。（张桌没抹布起灰火灰又绿。）

闷假赶抢乃尧买腿难肉杂闹任筒酒，（日那赶墟这里我买块肉肥掺瘦与筒酒，）

台骂然骚刚办上雄奴若冷赛则挂抓又皱。（拿来屋煮刚摆上桌谁知就给只狗抓又叼。）

卡尧架架挂远啃，（待我喳喳狗远又啃，）

抓则兵凳奴若办对雄光些辣更扣。（抓个板凳谁知板对桌碗全破碎完。）

多尧园大言难哇，（使我睁眼话难说，）

你忙些占呀冷宜亥留。（你怎么都吞也就点不留。）

乃尧抓则同为本想扑拜打死邪，（抓个筒火本想扑去搐死它，）

奴若丁又台筒酒八一勾。（谁知脚又把筒酒拌一勾。）

乃尧各嗨闷地化闷地，（这时我自喊天地化天地，）

钱世亥素又台筒酒倒更扣。（前世不修又把筒酒倒清干。）

欧气邓扛郎想拜追及亥邪，（欧气登脖郎想去搐及不它，）

瘊丁等高额困布。（失足撞头额成包。）

尧应平板你刚罕伶单身熟货忙冠各得吞，（我音同伴你说汉伶单身熟东西什么甜自得吞，）

高疼务常然空情宜奴照顾？（头痛上床家无情妻谁照顾？）

刚到三宋言乃罕伶单身正丝腮，（说到三言话这里汉伶单身真凄心，）

想到美亏一乃世伦投胎乃道百宁赖，（想到条亏这样世后投胎这里我们百真好，）

办一怒努灭奶刚别卡呀不守。（男怎么样如有少妇别人剩也莫选。）

意译：
手弹琵琶口唱歌，单身汉伶苦情多。

自从成人到如今，心中闷闷不安乐。

十五十六游村去走寨，跟随勒汉坐夜又行歌。

四村八寨都走遍，无妹仔投情没奈何。

厚着脸皮求姑娘哟，骗我上山她下河。

日落西山天色晚，满脸皱纹青春过。

八字注定打单身哟，生来命薄怪不着哪个。

早知如此不比去修道，做个和尚光脑壳。

修身吃斋清闲在，烧香拜佛清闲多。

左右同伴安慰我：单身自有单身好，何必悲伤闷不乐。

平日杀鸡又宰鹅哟，叉开两脚自吃又自喝。

一口米酒三口肉，吃罢鸡腿甩鸡脚。

不用切来不用剪，慢吃慢吞打饱嗝。

我告同伴苦情多哟，诉起苦来眼泪落。

单身汉子有何好？命中注定没奈何！

那天我买肉和酒，心想够我吃来够我喝。

哪知煮熟桌上放，转脸端锅被狗拖；

急得我忙操柴棍把狗撵，没想脚拌酒筒满地泼。

气得我忙捡板凳扔过去，不偏不倚又打烂锅。

锅烂狗逃汪汪叫，恼得我身骨酥软泥一坨。

杀鸡可是自己吃，病倒在床谁找药？

谁来帮手弄饭菜？

谁来替你舀水喝？

衣服剐烂谁帮补？

舂得米来谁筛簸？

单身苦楚数不尽哟，倒进江河九万箩。

再说天天日头照，身强力壮赛头牛，也做不完家务事，也干不尽山上活。

清早出工门挂锁，天将摸黑下山坡。

盆里碗筷无人洗，乱七八糟东放一个西一个。

心思此情此景多凄寞，孤寒悲伤眼泪落。

边生火来边摘菜，边洗碗筷边擦锅，饭菜煮好又煮潲，喂好鸡鸭又关鹅。

鼻涕汗水往下淌哟，忙忙碌碌不知手和脚。

忙忙碌碌已深夜，饭罢鸡啼咯咯咯——

单身汉子苦情多，诉来诉去眼泪落。

唱了三年又五载，若有寡妇快结合！

采录地点：古宣

演唱者：吴永勋，男，四十余岁，县教育局干部

录音者：王强、杨道山

记译者：吴永勋

单身叹

尧多美嘎叹就人汉另，（我唱条歌叹息我们人汉子孤单，）

他孝阎王具定得条命空双。（从内阁王具定得条命不双。）

乃就嫩拟图人果天仗，（这我还年轻个人不知天信，）

占苟米饱书丢仲。（吃饭未饱就丢碗。）

同板拜行见拗本，（跟人家去行走争拿一份，）

美衣歹青顺条色袄从。（件衣带短吊垂条带子袄须须。）

呀有果婧者骂开门在尧劳，（也有个把姑娘跑来开门给我进，）

尧呀赖冒暖哉隆。（我也搭赖他暖肠肚。）

乃尧等夜这火尼果坤闷本要要，（这我整夜边火堂点点不知路取爱只闷闷沉沉，）

坐地烧烟仝又仝。（坐地烧烟烟筒又烟筒。）

小话空顺拿个鼻上差，（一点点无发拿个鼻上三脚架，）

多婧报尧月意切大骂所凶。（多女说我做势子太大骂音声响猛。）

等夜亥拜又还在老卦，（整夜不去又还给老人骂，）

得到杭话一贾恰是接冬浓。（得到样话那样才是是点灯灯笼。）

一夜额额过旺寨，（一夜呆呆样子过几寨，）

哉努埋格咱贾浓。（肠见嫂他人怎么那美好。）

年十二月空萨夜，（年十二月不休息夜，）

黑雾落雨正所同。（黑雾落雨卷起袄筒。）

十八就埃亥知荫，（十八我长不知花的菱结，）

呀有果夜放点所嘎恰则狗痛隆。（也有个把夜放点声歌恰如个狗痛肚。）

起脚出屋解应谊，（起脚出屋鸡叫二，）

颗话空得跑散涞。（一颗话不得跑散喷散的水滴。）

劳常拜睡冷卒升，（进床去睡冷冰冰寂寞，）

柴央架定练月同。（扯被窝盖脚卷做筒。）

睡普常旺像卷猪，（睡铺床禾草像卷猪，）

能图央睹他春冬。（睡能被窝烂过春冬。）

晨伦成邓唱满寨，（早晨后起来阳光满寨，）

光劳格采照务孔。（光进缝隙板壁照上楼上。）

咀八成骂劈萨碎，（跑爬起来劈木渣碎，）

拿苟劳对碎拜歹第亥得仝。（拿米进榷碎去好多堆不得仝。）

正想台筛筛亥观，（正想拿筛筛不转，）

正想拿聋巴国分路硬亥朋。（正想拿簸箕米糠不分路硬不浮。）

岩则苟茶呀有半日他，（岩那早饭也有半日过，）

洗脸拜岑格度晚萨工。（洗脸去山他们都几歇工。）

他岑骂晏切亥孔，（从山来晏太不空，）

担水围桶吊你浓念拿则竹月同。（担水无桶吊你那吊得七上八下浓浓喃喃拿个做筒。）

祥时拿水脚半夜，（常时担水脚半夜，）

平板邓审忙亥拿图人格骂替工。（同伴来问为何不讨人他人来顶替工。）

尧呀颗话难顺热脸起，（我也一颗话难应声热脸抵，）

报边平板伙计莫月眼胖荒汉龙①。（告诉我们同伴伙计莫做眼高丢荒如龙富美的汉子。）

意译：

我唱首歌感慨叹息我们孤单无配的青年，从那阎王具定讨得一命配无双。

我这个人还在青年时候那里懂得天高又地厚，在吃晚饭还未足饱就一摔碗去匆匆。

跟着同伴去游本想争取青年应有的一份，穿着一件短不适身衣服露出袄带一吊须。

也有一些姑娘忙来开门让我进，我也搭赖他们暖和了心胸。

我就坐在火塘旁边不会用话讨人喜爱只是呆呆默无语，呆呆坐在那里烧起叶烟一筒又一筒。

一句话都不讲鼻子架到三脚架上面，多数姑娘还说我是摆大架子还骂得很凶。

整夜不肯离开后来还被她家老人骂，等到得那咒话才点起灯笼。

一个夜晚痴痴呆呆串几寨，眼里有着那些具定配人与妻姑娘多么感人的美容。

我是一年十二个月夜夜去和姑娘陪坐没有空一夜，遇上阴沉落雨我就卷裤筒。

我的十八青春漫长开花不结果，也有的夜我学哼歌恰如狗痛肚。

每夜离开姑娘家门都是鸡二叫，没有得到姑娘一句好话就这样散场。

一上床睡冷冰冰，

拉着被窝盖脚卷一筒，睡那禾秆草的床铺如猪卷。

盖那溶烂被窝过春冬。

第二早晨起床阳光已满寨，光线透过板壁照满楼。

急忙爬起床来劈木屑，又忙搬着示把进椎春得好多碎米量不上得筒。

想拿筛筛不转，再拿簸箕米糠不分路子硬不浮。

挨着早饭中午已经过，洗一把脸到山上去人家已成几歇工。

收工回家太不空，没有木桶担水吊得七上八下是竹筒。

经常黄昏半夜才挑水，同伴问我：何不讨个人家来替工。

---

① 侗族习惯称那富有、美好的男子青年叫"汉龙"。

我是一句话都难答红着脸抵过，

劝告我们同伴伙计不要眼睛高望恐怕成龙好汉也丢荒。

演唱者：林溪乡杨进连

翻译者：吴贵元

银情歌

传统歌

世七十八结祝坤远雄岑隔，（十七十八连结情人路远重山隔，）

百尧想祝部难邓。（百我想情人也难来。）

祝鸟一团尧一寨，（情人住一团我一寨，）

路行坤埃隔莽闷。（路远路长隔边天。）

马鸟一州骆一县，（马在一州骆一县，）

歹难见面得相登。（太难见面得相逢。）

尧度亥惹怕辛苦，（我也不畏难怕辛苦，）

更祝和式位他岑。（赞情人和气跑过山。）

夜郎行路又中推，（夜郎行路又撞幸，）

亥若祝上鸟然记鸟甚。（不知情人在家还是在他村。）

十想娘恶各亥怕，（十想娘很自不怕，）

禁交任孝道结亲。（垂头跟你们我们结亲。）

虽苗旦占之他之，（雄野鸡讨吃岭过岭，）

夜乃条骂任侬旬谊哇宋正。（夜这特意来和妹情人话语真。）

亥若孝娘灭弟记空夫，（不知你娘有夫是无夫，）

尧呀早报你祝友刚正。（我也先告你情人要讲真。）

当双完双另完另，（当双就双单就单，）

莫月话化架面报单身。（莫做话花盖面说单身。）

约祝结上乃孝口西报亮隆报想，（邀情人结亲这你口是说爱肚说想，）

正想约侬弯当祝报嘴常娘又遁。（正想邀妹换当情人说慢慢娘又退。）

娄郎哉呆切果目，（哄郎肠呆太不知晓，）

夜乃条骂当脸你祝又开旬。（夜这特意来当脸你情人又开直。）

歹难任孝道祭吞，（太难和你们我们打办根子，）

边相砌本亥稳伦又崩。（便像砌坎不稳后又崩。）

六十年仲就难带，（六十年中我难配，）

道比改鸟务岑鸭鸟孟。（我们比鸡在上山鸭在水潭。）

旦夭老爱灭圹辛苦郎金骂立联，（担忧老爱有处辛苦郎金来纠缠，）

结亥丙寅乱登闷。（结不成功乱登天。）

目孝拜伦灭得尼字这坝骂然舅，（后你去后有得儿子边腿来家舅，）

嫩就郎乃月亥中用勉旦仗。（还我郎这做不中用仍单身。）

占大努娘边相日头照胖孝闷吗，（抬眼看娘便像日头照高内天云，）

十想亥沙大勉能。（十想不舍眼频望。）

美亮难斗报你亥，（只爱难丢说你不，）

及友牙手抓纸恰若忘孝道别坤。（及要两手抓纸才知忘你我们分路。）

意译：

正当十七十八青春交结远路情人隔着一重岭，百般想你也很难来连。

你在一团我一寨，路长途远相隔一边天。

马在一州骆另在一县，太难相逢得见面。

我都不是畏难怕辛苦，为了情人你哟——称心如意我又翻山来。

今夜我来我本打算赌幸运，不知情人在家还是已去夫家了。

十分想你得很，甚么都不怕，狠下心头要和你结亲。

一只雄的山鸡岭过一岭为讨吃，今夜我来特地要和情人讲句真心话。

不知你们这些姑娘已经订有情人还是没有夫，我先告诉你们一定要讲真实话。

当双就双单就单，莫要花言巧语掩饰脸面说单身。

邀约结情虽然口也说爱心也想，真要和你换当你又说着莫急你又退步行。

哄骗我这痴呆不醒晤，今夜到来当着情人的面揭真情。

太难和你——我们把头步扎稳，便像砌墙不稳后又崩。

六十夫妻我的命定难配你，我们好比鸡在岸上鸭在河中行。

又怕你的父母心所爱的已经有人只辛苦我来纠缠，

结不成就——使我心中撩乱乱登天。

后头日子——你们携带儿女来走舅舅家，

只还有我——做不中用远远落个单身人。

抬头望你便像日头高照云端上，使我十分想念，依依不舍，眼睛不停地仰望。

一条爱你的心，怎么消亡，怎么对你讲，只有两手抓纸①，
才能忘掉你我情人把路分。

演唱者：吴利全
翻译者：吴贵元

情人深*

《银情大》［嘎五十斤肉水］，《情人深》［五十斤油茶］
占口多嘎银情大，（开口唱歌情人深情，）
想农情宜邓额加联要。（想妹情人登额鹊鸟绕枫树。）
农比规拟赔他翻腮变，（妹似画眉嫩飞脱山林翻心变，）
神苦赛郎多哨邓见连引哨。（枉苦给郎吹哨来诱不听哨。）
板得占个赛郎我命亥戌滴落后，（同伴得吃籽给郎我命不全掉落桃，）
连到郎妻柴共瓢。（未到郎妻柴共捆。）
初相斗尧桃乱心仲空本宣，（情人丢我劳乱心中无份次，）
斗孝农拜板加多尧客观品乱桃。（留你妹去伴那里使我忐忑酒饼乱甜酒。）
孝拜板加结妻得洞嫩，（你去伴那结妻得处好，）
踏郎松矮上松高。（踏郎织机矮上织机高。）
牙道刚赖亥及孝任板加王花言甩说邓骨，（俩我们讲好不及你跟伴那黄花话碎说
到骨，）
就比桩打坭宋空紧熬。（我比桩打泥松没经摇。）
就比笋生变竹旦占鸟皮未邓底，（我比笋嫩变竹争吃在表皮未登底，）
刚岑站正板邓料。（刚起站正伴来推。）
道比安搞打弄本想牙道双对苟，（我们比雁鹅中岽只想俩我们双对双，）
仔鸭未谬变亥亏你衫斗困告。（仔鸭未出壳不该你情人留成蛋臭。）
田堂保萍亥冷支，（田塘保浮萍不完世，）

---

① 两手抓纸：死尸丧床两手抓冥纸习惯。
* 《情人深》（五十斤油茶）：相传是清代八江三团村著名歌师黄相甲给一位失恋青年编唱的一首琵琶情
  歌。此青年的恋人另攀高门，将他抛弃，使他陷入失恋的痛苦之中，当他把这件事的前后告诉给歌师
  黄相甲，黄深感同情，为他编唱了这样一首规劝、叹叙歌，果然打动了抛弃他的恋人，重新相恋，并
  结成终生夫妻。为表达对老歌师黄相甲的感谢，此青年赠送了一担茶油五十斤给黄，此歌又名"五十
  斤茶油歌"。——编者注

媄信言别邓拌联上套。（妹信话别人来玩笑倾上套。）

钱时任娘同面对脸呀些愿，（前时与姑娘同面对脸也都愿，）

本刚墨直水观端郎要。（本讲水车随水转就郎讨。）

宣乃农台话就丢他莽，（次这妹拿我话丢过边，）

多尧千曲万想慢邓捞。（使我千处万想常来捞。）

钱时任娘本想书打冷尾奴若斗缺亥改乃丢部，（前时跟娘本想理纱到尾谁知留梳不改这里丢下，）

奴若你初又听办怒邓都多道路枉告。（谁知你情人又听男哪来挑唆使我们线梭离纱线。）

孝拜仔兑关规劳尤愁难鬼，（你去仔伴关画眉进笼愁难分离，）

斗就郎乃各叫柳列底岩叔。（留我郎这自叫柳列底山藤。）

孝比马白朋扫稿仲锁，（你比马白棚里早装锁，）

板多仲鞍难枉糟。（伴放装鞍难离糟。）

年久月那石生考，（年久月长石生路鸡草，）

闷闷一稿多尧水大桃。（天天一旧使我泪眼标。）

难得任农情宜结妻再路鬼，（难得跟妹情人结妻再路分，）

再变银情衫美西再要。（再变情人情新再次讨。）

想到滚别毛红配玉英，（想到前时别人毛红配玉英，）

甫邬昌秀亥认硬有邬拜兄姓肖。（父他昌秀不认硬要她去哥姓肖。）

玉英旦保：乃我努兄毛红斗独龙乌海，

（玉英来说：这里我看见哥毛红像条龙在海，）

甫就反味亥赛尧拜兄姓毛。（父我反悔不给我去哥姓毛。）

努有尧拜肖家呀不叹，（若要我去肖家也莫叹，）

有刀岑山石坎弯江壕。（要换岭山石峭换江河。）

老台八字度难骗，（老拿八字都难骗，）

他稿南财完卷乃牙道。（从里南财已注这里俩我们。）

努尧亥得任兄毛红结妻再路星，（如我不得跟哥毛红结妻再路别，）

尧呀愿要本身条命拜用供登到。（我也愿拿本身条命去雍苑根草。）

就任兄本毛红党想党布排，（我跟哥亲毛红慢想慢布摆，）

代乃难得不叹尧。（世这难得莫叹我。）

滚道同鸟相阳忙酒连双空见面，（前我们同在相阳为什么不双空见面，）

限兄骂洛阳县定西要。（约哥来洛阳县订再讨。）

毛红旦保：农不刚瓜沙恶使，（毛红来说：妹莫讲硬太过分，）

甫衫翻意尧呀干利农本性宜乱瓢尿。（父情人变意我也干为妹亲情人乱糟糕。）

甫衫选寸神家夫，（父情人选亲老家富，）

白尧心仲腮路部难要。（枉我心中肠恋那我也难讨。）

代乃亥得道不算，（世这不得我们莫算，）

转拜代伦尧再任孝灭登告。（转去世后我再跟你纱配梭线。）

牙别岑西各石河各吞，（俩他们岑是另石河另源，）

伦得团园船共号。（后得团圆船共沟。）

张家姓毛劳然山甲结了牙代夫妻亥舍厌，

（张家姓毛进屋山甲结了两世夫妻不觉厌，）

上一乃久嫩慢瓢。（上了这么久还常谈。）

牙别结妻一假路，（俩她们结妻那样恋，）

枉我心中肠恋那我也难讨。

［注：此处少了一句直译。］

代乃亥得道不算，（世这不得我们莫算，）

转拜代伦尧再任孝灭登告。（转去世后我再跟你纱配梭线。）

牙别岑西各石河各吞，（俩他们岑是另石河另源，）

伦得团园船共号。（后得团圆船共沟。）

张家姓毛劳然山甲结了牙代夫妻亥舍厌。

（张家姓毛进屋山甲结了两世夫妻不觉厌。）

上一乃久嫩慢瓢。（上了这么久还常谈。）

牙别结妻一假路，（俩她们结妻那样恋，）

乃时牙道人衫刚熟仔部初情收身逃斗尧。

（这时俩我们情人刚熟一段情人退身逃离我。）

桃言牙道人衫又比苗朴仔脸板扛开花虽，

（情话俩我们情人好比苗白瓜丝瓜半架开花雄，）

娄郎邓推慢亥困嫩形苦尧。（哄郎来望常不结个枉苦我。）

乃孝选人选妻不加选，（这里你们选人选夫妻莫那么选，）

些一你选卡就仔汉人穷弯邪单身亥用要。

（都像你选剩我们仔汉人穷随他单身不用讨。）

代乃亥得死不算，（世这不得死莫算，）

代伦韭合园蒜转牙道。（世后韭菜合园蒜转俩我们。）

代乃亥得沙愿转拜这埧阎王相容同他仲本部，（世这不得转去旁腿阎王相容同过笔尖共本簿，）

容郊时怒转骂阳干结衫又再要。（随他时哪转来阳间结情又再讨。）

道亥相得不悔命，（我们不相得莫叹命，）

他稿阎王具定孝西双孝尧伶尧。（从里阎王注定你们是双你们我伶我。）

滚别三团相甲党嘎银情大，（前他们三团相甲编歌情人深重，）

劝别拟人灭书困打合共告。（劝他们年轻人纱理成匹合共梭线。）

美嘎相甲灭底字，（首歌相甲有底字，）

夜乃赛尧捡得传伙道。（夜今给我捡得传大伙我们。）

意译：

弹起琵琶叹惜我的旧情人，一心想你好比鹊儿迷恋枫树梢。

妹似出笼的画眉变了心，枉吹哨音鸟儿再也不进套。

同山种茶别人捡籽我落桃哟，想不到一心恋妹只徒劳！

妹抛旧情我的心烦乱，妹另结情好比鲤鱼迷恋灯笼草。

吃了鲜鱼忘了小鱼虾哟，我俩的爱情妹你全忘了。

昔日定情今变卦，沙滩上打桩，经不起水冲陶。

刚破土的嫩笋根不深，还没站稳就被蛀虫咬。

旱田保不住蝌蚪哟，妹听风言就上别人的圈套。

昔日妹家火堂换了把凭表心意，妹说酸罈里的鱼哟，随哥几时要！

只盼雁鹅高飞成双时，谁知鹅仔刚刚要脱壳，你却把母鸡赶跑。

昔日定情同理棉纱织布只等妹你缝衫衣，谁知妹听挑唆拆了织机梭也抛。

妹把旧情抛上九重天，使我千思万想心急如火烧。

妹有情人同山种兰草，他吹木叶你伴唱，哥我独自叹惜啊，多苦恼！

妹进了夫家，好比骏马四蹄结索套，别人配上羁头马鞍，寸步也难逃。

从通往妹家坐夜的道路起兰苔哟，哥难舍妹泪滔滔。

是父母逼你回舅门，还是妹你这山看到那山高？

难道你没听说毛红玉英结情的传说？

她俩生不能配偶，死也要同沟壕。

毛红玉英的纯朴爱情古来稀，后人编成侗歌侗戏世代传抄。

她俩的爱情那样坚不可摧，我俩的爱情为何这么不牢？

架上的丝瓜为何只见开花不结果？

枉我辛勤栽培把水浇！

讨不了情妹此生宁愿打单身哟，二世投胎再把情妹讨。

生不能结情空叹气，假若是姻缘相拒，只好吃斋去修道。

古时相甲编了《银情大》这首歌，说服了一对失恋情人转和好。

甲编歌真在理，今夜我试弹唱同伴莫讥笑。

演唱者：吴永勋

录音地点：八斗村

记译者：吴永勋

情人新*

多嘎玩腮猜情美，（唱歌玩心问情人新，）

努农太直心仲些爱再他笔宋通上列。（若妹共同心中都恋再过笔尖写上书。）

灭腮样朴不斗干，（有心种白瓜莫丢杆，）

安他三更项夜为。（雁鹅过三更游夜深。）

这寨无娘郎呀条骂打寨玩，（边寨无姑娘郎也特来中寨玩，）

干紧水宣联水坝。（拦刀鱼恋水旋绕水坝。）

丁美王丧抗未阴，（脚树王桑阳光未阴，）

冷农年纪嫩低夜乃约孝告灭。（趁妹年纪还轻夜今约你麻线配棉纱。）

指女隔干男走弄，（生女隔间男走巷，）

望初情大各央色。（望情人深重各样色。）

努初打扮落丁影龙凤，（见情人打扮落脚影龙凤，）

他拜这河兰东望初邓堂斗嫩笋打社。（过去边河兰洞望初聚堂像个笋中砂。）

乃道作黑果亮骂考光金兑，（这里我们处黑不知爱来里亮聚伴，）

他拜山怕六背约孝媄样瓜。（过去山坡六岭约你妹种瓜。）

初背日头照胖光他九州务岭寨，（情人比日头照高亮过九州上岭寨，）

亥想夜乃邓孝买板人主坐夜为。（没想夜今逢你妻子同伴人贵坐夜深。）

孝月蜡女计人台条腮妈雷他年月月收由别父母嫁，（你作仔女的人拿条心软翻过年月月初由他们父母嫁，）

---

* 情人新，侗语"银情美"，意为"新认识的情人"——编者注。

白娄郎金结也挖了田圹太端望初样发你考任别手共扯。（白哄郎金结亲挖了田圹大墩盼情人播种你早与别人手同扯。）

夜道乃鸟乃尧问猜独人初相亥若路卦情妻计西未，（夜我们这里聚这里我探问个人情人不知许愿情妻还是没有，）

本腰拟亮盘审讨嫩本闹业。（只怕年轻人爱问询要个份闹热。）

乃尧口亥赖猜腮偷望，（这里我口不好问心暗望，）

望农娘金心当血。（望妹娘金心蔓茶。）

努农未灭情宜得干刚，（若妹没有情人值得说，）

旦腰孝初右月填亮高三板崩船传孝考赛别联上夜。（但怕你情人故作鱼恋头滩伴备船只你早给别人围上网。）

父母养郎亥及板加命赖葬劳王龙朝山月背日头高歹金，（父母生郎不及伴那命好葬进王龙朝山月配日头头戴冠，）

尧呀嗨嫩本身条命念嫩文章亥上把见而。（我也叹个本身条命念个文章不上羞见惭。）

撑传上河郎多杆花望农娘金帮杆车，（撑船上河郎撑杆右盼妹娘金帮杆左，）

亥亏你初丑乃离丁分兑背风霜。（不该你情人就这样离脚分伴背风霜。）

滚时杏元人赖身落难，（昔时杏元人好身落难，）

嫁拜和番背外国。（嫁去和番配外国。）

跳劳万丈水路务石坎，（跳进万丈水清上岩峭，）

腮叹情妻桃东水大业。（心叹情妻劳乱泪眼吐。）

卡梅良玉亏只伶，（剩梅良玉亏单伶，）

命仲难歹赖拒绝。（命中难带远拒绝。）

劳庙晏堂打短劝相等，（进庙庵堂约定劝相等，）

妞脱针金约弯列。（女脱金钗约换书。）

估针鸟手腮慢叹，（金钗在手心常叹，）

斗农杏元各莽水大业。（丢妹杏元隔边泪眼流。）

伦郊本估赛胜身脱难，（后她甩苦给村身脱难，）

水弯朝山名汪月。（水换朝山名汪月。）

女西弯名男弯姓，（女是换名男换姓，）

听刚穆荣龙浪社。（听讲穆荣龙浪沙。）

他伦些骂大明府，（过后都来大明府，）

板路相逢浓代为。（半路相逢甜世晚。）

党登亥夜尾转运，（奠基不斜末转运，）

登合见嗨烧共色。（兰靛配石灰烧同色。）

引水劳伦笙合苟，（引水进枧芦笙配队，）

不斗田圹道所水联埧。（莫丢田圹我们干水绕埧。）

发样田端联上担，（庄稼田墵挑上担，）

春苟汤熬不赛奴登别。（春米仓库莫给谁配别人。）

颠台三宋第一滴言限，（就拿三言第一断话约，）

颠得两边神意些爱夜乃约孝结初情美再完尾。（只要得两边心意都爱夜今约你结情人新再结尾。）

意译：

唱首歌儿试探新认识的情人，邀妹笔墨写书把情连。

有心种瓜趁早搭瓜架，雁鹅高飞哥陪妹坐三更天。

村头寨尾虽有姑娘哥特地到寨中游啊，好比拦刀鱼儿觅食迷恋埧脚边。

王桑树下阳光照，邀妹结情经纱纬线来织编。

侗家妹仔坐夜男子来走寨，新认识的姑娘哟格外好窈颜。

梳妆打扮似龙凤哟，好比兰洞河边春笋刚冒尖。

昔日未相逢，今晚巧相会，六岭峇中邀妹围瓜园。

妹是十五明月辉映九州乡村寨，有幸逢妹把情连。

多少的姑娘依顺父母早出嫁，哄哥去播种，夫家已插田。

试问姑娘是否接了订婚礼，年轻人爱开玩笑装无缘。

口问心迷急窈问哟，花儿不知开在哪家园？

别人祖坟显灵青龙白虎远来朝，日头配月亮，龙凤配鸳鸯。

小船上滩哥撑右边盼妹来撑左，妹莫避风霜，与哥把缆牵。

传说古时杏元小姐身落难，逼去和番苦难言。

心恋梅壁死拒嫁，跳崖殉情也心甘。

悲叹姻缘陈小姐哟，梅壁日思夜想真可怜。

金钗把凭中手芷哟，重台发誓记心间。

昭君娘娘显灵念，护送小姐返中原。

潜名换姓匿真情哟，大明府相会有姻缘。

当初定情没遗弃，兰靛染布色更鲜。

竹笛芦笙音相配，竹枧引水到田间。

秋收剪禾把哥挑担，舂米盼妹在礁边。

万千情语归一句：若新情人有意那就请你吐真言！

录音地点：八斗村

演唱者：孙宪忠，男，34 岁，八江江头村

记译者：吴永勋

情人本寨*

世七十八就本想道情考寨，（十七十八我本想我们情人本寨，）

败共笨怕河共龙。（山共竹青河共龙。）

一西共团宜斗字，（一是共团二对字，）

腮想约农结宜旦腰你初又保穷。（心想邀妹结情但怕你情人又怨穷。）

六十年仲空命歹，（六十年中无命带，）

赖板烧烟争本浓。（搭伴烧烟沾点热闹。）

板加苦联各团各胜困妻夫，（同伴那里会追求隔团另村成妻夫，）

卡就郎乃亥若联初神估任孝道共团。（剩下我郎这里不会追求情人白费与你我们共团。）

闷郎拜岑一西叹工宜叹初，（白天郎去山一是叹工夫二叹情人，）

多尧瓢尿考肚乱嫩龙。（使我志忑里肚乱个腹。）

夜郎骂然出拜远加望，（夜郎来屋出去远那里盼，）

东农娘金他孔白空忙赖孝波有赛嫩言斗龙。（逢妹娘金过巷白无什么好你也要给句话甜心肠。）

意译：

同村共寨的情人，同村共寨的情人哟，十七十八岁的情郎就把你爱上。

我们好似青竹同山长哟，我们好比鱼游共条江。

同村的情人郎中意哟，约妹结情莫怨哥贫寒。

阿哥贫寒妹嫌气哟，今夜搭伴烧烟多羞惭。

别人会连隔村隔寨连得妹，哥不会连，枉哥木楼与妹对屋檐。

白天情郎上山无心干活迷恋妹，夜间烦恼难入眼。

_____

* 情人本寨，侗语"银情考寨"。

独自出门盼星光哟，盼得妹的一句好话也觉暖肠。

演唱者：吴永勋

录音地点：八斗村

记译者：吴永勋

藤白瓜牵蔓*

世七十八初蜡人赖腮郎想，（十七十八情人仔人好心郎想，）

初背苗朴乙当考劳材见伦本赛别板骚扛。（情人比藤白瓜牵蔓早进棺材石后本给别人伴造架。）

嫩少细念老嫁灭堂样灭端，（还少幼细老嫁有处庄稼有田堨，）

估郎立联伦本赛别板结上。（苦郎恋连后本给别人伴结情。）

夜郎书身邓玩走他丁郎甫初兵相蜡卡卖买亥斗利，（夜郎装身来玩走过脚屋爸情人好像仔客卖买不对利，）

神估赛郎白骂书嫩殿竹娘未板占囊。（枉苦给郎白来护理个片竹娘空伴吃笋。）

独人初上兵相木树打弄浓卡登，（个人情人好比木树中峯浓枝根，）

腮想约农月本亥若初上情宜想一忙。（心想约妹作亲不知情人情妹想怎样。）

独腮郎想冷农年纪嫩你苟西嫩素然甫鸟，（单心郎想趁妹年纪还轻禾是不青家爸住，）

颠农情宜禁高独劳赛就哥禁亮。（只要妹情人埋头单独给我哥倾爱。）

努农灭腮结相不台文章板路斗，（若妹有心结情莫把文章半路丢，）

空腮结相不台木契板路藏。（无心结情莫把木契半路藏。）

丁宋郎娘不赛乱，（话语郎娘莫给乱，）

初情亥愿神估亮。（情人不愿白费爱。）

郎月汉单干他未，（郎做汉单干过空，）

白骂阳干一支崩闷光。（白来阳间一世靠日光。）

应如甫空田圹雅赖赛我郎金略拜讨，（因为爸无田圹田好给我郎金痴去极，）

亥灭女怒邓保家甫就穷容邻芒。（没有女哪来说家爸我穷随他薄。）

胜三百家亥灭女怒空想扫财初，（村三百户没有女哪不想夫财主，）

---

* 藤白瓜牵蔓，侗语"苗朴乙当"。

亥灭女怒十亥吟估骂登郎。（没有女哪十不叹苦来配郎。）

闷郎拜岑想到独人初相各烧各解腮略呆，（天郎去山自捆自解心痴呆，）

嗨想我命落爹坐地样。（叹想我命落底坐地吟。）

郎背美大王丧千年杀，（郎比树大王桑千年自生自长，）

呀本单身正想娘。（也本单身真想姑娘。）

父母养郎他考阎王注骂戍嫩桃花亥赖赛你独人娘金腮亥路，（父母生郎从里阎王注来生个桃花不好给你个人娘金心不想，）

亥及板加得孝人初别呀得干骂莽阳。（不及伴那得你人情妹别人也值得来边阳。）

初蜡人赖刚言波浓龙波宽，（情人仔人好说话也甜心也宽，）

就背船传更桨棉更丧。（我比船只爱桨芒粑爱根。）

一西更人宜更言，（一是爱人二爱话，）

更农情宜腮平赛就情慢亮。（慕妹情人心平给我情哥更爱。）

奶初旦保你亮蜡尧想亥得，（妈情人诉说你爱仔我想不得，）

正有他了常元甲子伦恰得别龙共江。（真要过了常元甲子后才得她龙共江。）

郎听三宋言乃初相金银郎白张，（郎听三语话这样情人金银郎白拗，）

洒若难讨道晾背道抗。（肯定知难要锅蒸比锅煮酸。）

十屯甫芒亥赖以，（十屯爸薄不好意，）

背亥得孝人初相。（比不得你人情人。）

甫初盖胜娘盖寨，（爸情人盖村姑娘盖寨，）

沙引蒋面甫就亥利亥若强他计怒丑孝初蜡人赖金主娘。（只怪张面爸我不利不知强过处哪等你情人仔人好金贵姑娘。）

万里神常平怕铺，（万里城墙平地铺，）

稳想身衣郎估洒赖忙。（突然想身衣郎苦哪好什么。）

乃尧白骂联初三年亥困惯，（这里我白来联情人三年不成熟，）

初背灭所圹选扮沟旺。（情人比鲤鱼锁在圹产卵扮鱼窝。）

父母养郎本郎欠，（父母生郎份郎缺，）

当时宜月出蕨囊生丧。（当时二月出蕨笋生根。）

夜道乃鸟尧呀腮想月风亥困拉，（夜我们这里在我也心想起风不成闪电，）

夺板情妻无雅项。（夺伴情妻无田当。）

嫩少幼念初更蜡巴媳赛龙，（还幼细小情人慕仔舅娘媳给舅爷，）

乃孝各灭龙风背任样。（这样你们自有龙凤配鸳鸯。）

十人心花赛我郎金大能未，（十人心花给我郎金眼望空，）

情宜灭堂不慢赛就郎乃亮。（情人有处莫再给我郎这里爱。）

独人初相书身落圹恰一扛花脸，（个人情人装身到堂恰似架花丝瓜，）

神估郎贪叹农情宜心花结初相。（枉费郎贪叹妹情人心花结情人。）

杭人一初洒难得，（样人像情人肯定难得，）

英就生得杭人及得你初戊计王龙铜替钢。（要是我生得样人及得你情人后比王龙铜替钢。）

尧计桃花亥歹初，（我的桃花不带情人，）

肚我心中亮你娘。（都我心中恋你姑娘。）

灭闷初情拜样赛就水大下，（有日情人去乡给我泪眼下，）

沙本斗就郎乃眼律淋利亏本郎。（肯定只留我郎这里眼泪淋漓亏份郎。）

撒到正月宜王水爽田圹养别买板人赖书圹雅，（翻到正月二芒水灌田圹藏别人妻伴人好护理田圹，）

嫩就郎乃又背岑山堵水引水亥上哑我郎金圹雅望。（剩我郎这里又比岭山断水引水不上误我郎金圹田荒。）

亥及孝任扫孝刚赖又背务闷上妈沙灭块，（不及你与夫你讲好又比上天布云只有片，）

嫩就郎乃情赖难歹改他问龙伦又抗。（剩我郎这里情人好难配从过分龙后又阳光。）

韦牛共汤羊共专，（水牛黄牛共栏羊共圈，）

稳想身衣郎乱洒赖忙。（突然想身衣郎乱那好什么。）

牙道刚赖金捆冷旁不赛乱，（俩我们讲好聚捆捆桶莫给散，）

夜骂三宣联丁郎。（夜来三回绕屋堂。）

酉时怕闷敏联估，（酉时黄昏鸟绕窝，）

神苦赛就郎乃丁迈共舵甫孝人初肯困堂。（枉费给我郎这里脚迈坎门爸你情人凹成圹。）

应如甫就空钱赛你独人娘金腮亥路，（只因爸我无钱给你个人姑娘心不想，）

尧呀亥及板加得孝人初别呀得干骂莽阳。（我也不及伴那得你情人别人也值得来边阳。）

亥及孝任扫孝刚赖写了诗对文书努果厌，（不及你与夫你讲好写了诗对文书看不知厌，）

忙亥任就郎乃写登张。（怎么不跟我郎这里写把张。）

父母养郎忙乃亥成首，（父母生郎怎么这样不中用，）

亥及孝任板加烧酒养古铺开杭。（不及你与伴那熬酒养猪铺开行。）

占丁上岑郎多丁未初丁色，（起脚上岑郎打脚赤情人脚铁爪，）

呆腮想孝人初相。（痴心想你人情人。）

初背鱼占〔yai〕石赛我郎金大能未，（情人比鱼吃泥岩给我郎金眼望空，）

灭闷初情拜兑斗就郎乃兵相人病务常略计样。（有日情人去伴丢我郎这里好像人病上床痴计想。）

老人旦保，（老人来说，）

乃你不合难挂喂蜡优，（这里你莫拿肉狗喂仔鹞鹰，）

孝背蜡骨考庙白丑同钟空本样。（你比小菩萨里庙白守铜装无份香。）

郎听三宋言乃波列略，（郎听三言话这样也呆痴，）

兵相肉省蜡果空努光。（好像油浸蜡涂不见亮。）

夜道乃鸟赛尧嗨亥相得沙愿死拜再立墓，（夜我们这里在给我叹不相得宁愿死去再立墓，）

想骂郎无妻夫丑领阴神坟乱岗。（想来郎无妻夫就领阴神坟乱岗。）

条所任身赛我郎金心慢想，（条气跟身给我郎金心常想，）

死他阴神各莽敏估亮。（死过阴神另边免苦爱。）

丑乃斗孝独人初相拜别板加养男邓座灭本寨，（就这样留你个人情妹去别人伴那生男登年岁有份寨，）

初喂！嫩就郎乃白骂阳干一支沙若亥邓尧愿转拜阴丑娘！（情人啊！剩我郎这里白来阳间一世肯定知道不逢我愿转去阴等姑娘！）

意译：

十七十八岁的姑娘哟，你给情郎日思夜想。

妹似刚刚标芽牵蔓的白瓜苗哟，就被牵到了舅家的瓜棚上。

谷子刚冒芽哟，别人就把它当作秧，禾把未到收，别人就把它剪进了禾炕。

妹似林中枝繁叶茂的杉木，哥来拌荆培土，却给别人砍去当屋梁。

枉哥种竹给别人挖笋，哥来坐夜行歌，却给别人结妹相①。

当初定情妹拿把凭递给哥，妹怕走漏风声箱底藏。

生不离哟死不离，阿妹不离哥，船儿不离桨！

当初盟誓我不忘啊，妹家父母变卦害苦了情郎。

_____

① 妹相即情人。

哥无田地你的父母心变迁，哥不怨天地，更不怨你心爱的姑娘。

家无田地心里急哟，此世不能与妹共火堂。

是姑娘嫌贫爱富哟，还是你拗不过爹娘？

哥上山梁思念情妹自叹情哟，心知水中捞月是空想。

哥似山中自生自长的王桑树，又有谁人把它放在眼上？

情哥朝天对地自叹惜哟，阎王注定配不了姑娘。

妹心善良人温和哟，哥打心底迷恋着姑娘。

妹的母亲说：你爱我的女儿是梦想，莫非再过了常元甲子方能与她鱼共河来龙共江！

哥听此言心知妹难连，空桐木难比那金刚。

舅家财势盖乡里，哥贫如洗怎能连得妹相？

万千情丝被割断哟，哥的创伤多凄凉。

连妹三春不成妻哟，妹似鲫鱼塘里把身□。①

连妹三冬空费心哟，妹似二月竹笋蕨苗扎根肥土壤。

妹你年纪虽幼小哟，早已龙凤配鸳鸯。

妹嫁舅家枉我想哟，旧情难忘泪汪汪。

哥无家财难连妹，铜器难配铁和钢。

蝶恋瓜花团团转，哥因恋妹断肝肠。

心想连妹没本事，哥想抢婚又无田地去抵当。

画眉不进套呀枉吹哨，鱼儿不食诱饵，空拿钓竿长。

千思万绪心中藏哟，暗里流泪浸透了衣裳。

五月芒种舅娘接妹去扯秧，哥似旱田无水耕耘丢了荒。

六月舅家兰草地里要除草，情妹几时才能回家看亲娘。

苍天密布乌云何时晴，等到何日才能见阳光？

牛羊离圈猪离栏哟，哥离情妹多悲伤。

断箍的木桶要离散，再难奏合把箍上。

黄昏酉时鸟归林，枉哥再来坐夜，脚踏妹家门口起窝圹。

哥光脚板妹穿鞋，穷哥想妹也荒唐。

鱼儿觅食浅水滩，哥无拦网空嘴馋。

妹的母亲说：莫拿狗肉去诱鹞鹰仔，庙里的小菩萨，空守铜香炉钵没有你的那

---

① 　□为不明字，原纸稿无法辨认。——编者注

份香!

哥听此言心痴呆哟，好比天崩地陷人惶惶。

今夜侥幸逢妹叙旧情哟，不知阿妹怎么想？

不能与妹结情真孤寒哟，来日你成了孩子的妈妈，我也无心另娶当新郎！

演唱者：吴永勋

录音地点：八斗村

歌劝年轻人 *

嘎亥月门忙月门，（歌不作兴什么作兴，）

桃言亥净忙月净。（情话不清什么作清。）

拟人金花条讨美嘎骂叹估，（年轻人满花特要首歌来叹苦，）

滚别宜人当收度颠平。（前别人女子当初都相恋。）

郎娘相金恰条美勋卡，（郎娘相聚恰似根树生枝，）

孟本拗亥闷死难他奴沙闭大斗端田。（本拗不日死难过谁舍闭眼丢塅田。）

人骂阳于一央日头晨邬出东夜邬落拜考西地，（人到世间一样日头早它出东夜它落去里西地，）

滚别座引达妓六十年。（前别人座引达妓六十年。）

呀灭计男斗得伦笛亥吹道波努别荒了兑，（也有的男丢个芦笙笛子不吹我们也见他荒了伴，）

滚别张良张媄言宋千。（前他们张良张妹话语千。）

指男亥项道呀努别老他世，（生男不走寨我们也见他们老过世人，）

女亥坐夜伦拜然龙作假斗得然甫勒丢就枉神。（女不坐夜后去家舅爷头那丢个家爸空静绣离脚绑。）

斗了万宣千赖赛蜡兑，（留了万样千好给仔伴，）

滚嫩身色娘金退下阴花烟。（望个身色娘金退下阴花烟。）

初拜扫早斗独鹰把，（情人去夫早像只鹰半翅膀，）

孝拜作假阴花棉。（你去头那阴花棉。）

嫩拟独人忙亥他鸟登年然甫相金邓月兑，（还年轻个人怎么不多在把年家爸相聚

---

* 歌劝年轻人：侗语"嘎平拟"。

来作伴,)

乃时初背农媄党收丁。(这时情人好比蚕姑娘慢缩脚。)

滚时初相鸟然六月染亚一闷三宣联考孔,(前时情人在家六月染布一日三次绕村巷,)

离亥嫩孟周勇爽间钱。(离不个篮对桶放屋间。)

乃时初相拜扫一央蜡龙下三弯哈海,(这时个人情人去夫好像仔龙下滩换河海,)

亥灭人奴稳颠嫩骂手攞郡。(没有人谁乱敢还来手攀臂。)

面目娘赖巴龙爱,(面貌姑娘好舅娘舅爷爱,)

乃你正想亥拜腰多钱。(这里你真想不去怕花钱。)

灭闷巴龙邓讨乃孝斗别父母亚娘鸟考计为丝央水河斗独埧柳兑,(有日舅娘舅爷来接这里你丢她们父母爷娘在里火塘边凄似水河像只鱼离群,)

温想尧呀梦难东媄悔想孝娘人初难邓深万千。(突然想我也梦难逢妹叹想你姑娘情人难逢深万千。)

斗郎月缪十亥西。(丢郎不理十不该。)

意译:

年轻人的歌

歌不助兴什么能助兴哟,情话不清甜什么最清甜?

年轻人聚会唱首叙叹歌,古今男女听来不知厌。

男女青年聚会好似树上的叶和花,谁愿让那鲜花绿叶过早飘落下山涧。

人到世间好比日头早晨东升晚西下,自古到今人生一世相传仅有六十年。

有的勒汉未足十七就荒芦笙竹笛离了伴,从张良张妹到今又何止万千?

勒汉不行歌,好比入秋桃叶飘离树,勒勉不坐夜,好像侗布侗锦难相连。

万千情丝被剪断哟,望着姑娘,好比凋谢的花苞不能再吐艳!

早婚的姑娘,好比小鹰的翅膀还幼嫩,跨进了夫家好像棉桃落地絮难牵。

刚长翅的幼鹰不要早早飞哟,未冒芽的谷种不宜早撒到田间。

幼嫩的姑娘应还在几年来作伴,跨进夫家就像蚕姑娘哟吐丝茧。

昔日姑娘还没出嫁六月染布一日三回五次村巷转,离不开布篮染桶放在堂屋间。

日里染布淘兰静哟,夜间跟着勒汉捶布五更天。

如今妹进夫家好比蛟龙离江归大海,多少深情的勒汉空到妹家木楼前。

外孙女的美貌舅爷舅娘心宠爱,女不还舅门哟又怕挨花"洗面钱"。

来日成了年轻的妈妈，金不换哟十七十八美好的当年。

等到那一天，舅爷舅娘接媳妇，别离亲爹娘，恰似孤鱼漂游溪水边。

阿妹从此再难回家来坐夜，勒汉从此再也难到妹家火堂前。

演唱者：吴永勋

计化蝉[*]

夜道乃鸟正亥多嘎了夜米，（夜我们这住若是不唱歌完夜空，）

办灭郎娘坐的刚嫩话贺闲。（男女郎娘坐地讲个话常谈的话。）

姜良计盘燕月兑，（姜良置礼夜做伴，）

伦在姜媄计解干。（后给姜妹置设解麻。）

计灭解干办骂鸟，（设女解麻男来住，）

当初牙冒计化蝉。（当初两他设花合木。）

娥妹甚东鸟河林，（娥妹村洞在河背，）

砍美上说奔交然。（砍树上说靠头屋。）

造得琵琶及科基，（造得琵琶及科基^①，）

拟道扴得上下弹。（青年我们学得上下弹。）

怒得笛盘伦约邓闹浓空部，（哪得笛横芦笙笙名来闹喜无度，）

又得州夫计嘎勤相难。（又得州夫设歌完越响。）

四埃拜卖传让吓，（四埃^②去卖传乡下，）

当初时贾计得四句嘎风在道哉勉冠。（当初时那置得四句歌风给我们肠常甜。）

世相凡干约结也，（世上阳间约结朋友，）

别半月寸问各然。（分头做亲分各家。）

滚格凤光下爹的，（以前他下下地，）

任哥杨谊心仲动等冠。（跟哥心中猴桃果子甜。）

灭想约办月一之，（女想约男做一世，）

办约结谊月一然。（男约结谊做一家。）

然灭三正卡盘羡冷寨，（家有三枝枝平伸枝响通寨，）

---

* 计化蝉，侗语念作"置蝉花"，意为"谈情说爱"，传说为姜良姜妹设置。

① 科基，侗琴。

② 四埃，人名。

滚格坐引坐埃弯酒占。（前他坐引坐埃换酒吃。）

六十夫弟对莫厌，（六十夫妻死莫厌，）

他考阴神养贾办米心华合共探。（从内阴神边那办米心禾合共剪。）

办亥拗弟一央美宋空勋卡，（男不讨妻一样树棕没生枝，）

得则命仲菩萨呀度难。（得个命像菩萨也都难。）

然灭俄正问莫别，（家有五口分莫别，）

本愁灭问信落美意亥若拗奴骂造占。（本愁有日身受只病害不知讨谁来造吃。）

半拟好汉老难他，（一头青年好汉老难过，）

丛人八本黑空月。（多人摸石坎黑无月。）

万里岩山世八东，（万里岩山十八段，）

歹杠蒙蒙水漫漫。（大江蒙蒙水漫漫。）

夜道乃鸟务水月平爹胖矮，（夜我们这住高头水做平底下高矮，）

人骂阳干一代米听忙庆刀雅瞻。（人来阳间一世未觉什么久换改田岭上。）

想邓三宋话乃新道嫩鸟友善虽，（想来三句话这声我们还在妄相扶助，）

对坤图鬼入墓山。（死成个鬼入墓山。）

对他阴干马土踩，（死过阴间泥土踩，）

歹难封骂嘎颠谈。（大难封来歌尽管谈。）

意译：

今夜这里欢聚想不唱歌又觉可惜这盛会，男女青年坐谈一些有趣无趣的语言。

姜良设礼夜做伴，后来又得姜妹设置女织麻。

设女织麻男来伴，当初他两把这谈情说爱来遗传。

甚东娥妹在背河，砍上甩树靠在那屋头。

造了琵琶又科基①，我们青年学得拿来上下弹。

哪里又学得来笛盘②伦约③齐奏热闹无比。

又得助夫设歌更是没完没了的欢乐。

四埃去卖传乡下，当初那个时候编出四句口头的歌传给我们今天常喜欢。

世上人间定结也④，分头结亲划成一家家。

---

① 科基，牛腿琴。
② 笛盘，侗笛。
③ 伦约，八爱芦笙。
④ 世上人间定结也：意为结成朋友。

以前凤旷下人间，和杨谊哥心中融洽好比蜜猴甜。

女就约男做一世，男约结谊做一家。

家有三两枝花香满寨，以前坐引坐埃换酒吃。

六十夫妻死莫厌，经过阴神那边备办禾穗共田剪。

男不讨妻棕树不生枝一样，得个命像菩萨怕也难。

家有五口不要分，只怕有日身遭疾病不知去找哪个来煮吃。

年青这个半世好汉当然不怕什么就怕老来日子难度过，见多数人老来摸黑碰墙黑得没有见月光。

万里岩山十八段，大江茫茫水漫漫。

今夜我们欢聚也不过——

水面是平水底有高低，人来阳间一世不觉多久就换了山田。

想起这三句话我们在生之年要互爱，死成了鬼入山墓。

死过阴间泥土底下给人踩，大不可能回来把歌唱。

传统歌
演唱：林溪乡吴仲仟、吴利全合唱
翻译：吴贵元

散堂歌*

烧散楚，（消散去，）

如本凤浓同坐为。（为份奉浓同坐暗。）

衙安他更争张多，（雁鹅过更争硬唱，）

郎金空若波二色。（郎金不成样也丢丑。）

多作多弄空斗部，（多句唱错没对簿，）

腰灭计人偷戊他拜洞背时破过所牙。（怕有的人暗想过去处背挑剔笑干牙。）

亥及卡计文书路灭女，（不如客的文书清有珠，）

弹琴难背考字列。（弹琴难比里字书。）

应如奉光亮月边，（只因风光爱做玩，）

党燕勉勉辣角色。（整夜哈哈辣脖颈。）

---

* 散堂歌，侗语读作"嘎烧散"。

他更子时不慢关，（过更子时莫再毂，）

万相石山月背结。（万丈石山月背斜。）

条台美嘎骂烧散，（特拿首歌来消散，）

平板牙莽呀不慢贺今慢别。（同伴两旁也莫再夸奖再还催逼。）

一散老人斗蜡汉，（一散老人众青年，）

宜散奶板蜡宜业。（二散妈半仔细小。）

慢弹慢为这月抓，（越弹越晚太还磨，）

腰灭计奶蜡邠睡略科他尾。（怕有的妈仔她睡醒爬过边。）

鸟散鼬叔道散兑，（鸟散山藤我们散伙，）

区散拜坟岑散妹。（鬼散去坟山散霜。）

州夫六郎散拜龙领样州务兰东，（夫六郎散去龙岭乡州上兰洞，）

阴神太公散拜斩妖业。（阴神太公散去斩妖孽。）

大少老你不慢丑，（大小老幼莫再等，）

乃尧拨龙心肚部空灭。（这里我倒腹心肠也没有。）

本美乃滴扫地先，（本首这里完扫地净，）

夜伦再限办蜡条所净净尧再任孝吟夜为。（夜后再约准备个条嗓清清我再与你们唱夜深。）

意译：

散歌堂啊，今夜众伴相逢聚会夜已深。

雁鹅飞过已是半夜三更天，我不知丑胀着脖颈把歌吟。

唱错了不少的歌词自己还是不知羞，老歌手们暗里笑落牙齿已挤不出声。

侗歌不比文学诗书耐人寻味，弹这琵琶叮咚老是那么两个音。

只因众伴情投意合相聚会，我才厚着脸皮，歪着脑袋把歌哼。

鸡啼数遍该散堂啰，众伴亲友也莫劝我往下吟。

子时已过星星落哟，月亮已偏西山岭。

先散老人与携带着娃娃的妇女，后散勒汉、勒婄回家门。

老人耽搁睡眠把歌听，勒拟耽误行歌坐夜别痛心。

少妇听歌迷心窍，可怜孩儿在家睡醒跌下床铺哭伤心。

散歌堂吧，人们归家鸟归林。

花空已撒白霜和露水，鬼魂散去归山坟。

州夫歌师送去归兰洞，蛇鼠妖魔各自散去把窝寻。

男女老少莫再等啊，到这夜深歌也唱完好话也说尽。

搜肠刮肚再没什么歌来唱，恳求众伴体谅放宽心。

假若大伙还有歌兴再约会，让我清一清嗓音，明晚再与众伴唱到夜深。

演唱者：吴永勋

录音地点：八斗村

录音：王强、杨通山

记译：吴永勋

歌谣类

四　其他歌谣

其他歌谣

编者按：此部分包括了"双歌"、"嘴边歌"、"细声歌"、"童谣"和为欢迎芬兰友人而作的歌谣五个部分。

"双歌"指的是无器乐伴奏的侗族二男二女对唱，常见于"行歌坐夜""过节""月也"时，侗语称"gādiù"（音嘎丢）。"双歌"有一整套的演唱程序，分为开歌堂、敬老、初会、试探、结情、换信物、私奔、为人父母、送别、散歌堂等内容。

"嘴边歌"即开口就来的歌。

细声歌又称"嘎尼"，指的是无乐器伴奏、细声独唱或对唱的短歌。内容多属情歌，其中又分走寨歌、玩山歌。句式一般为二句或四句，也有八句或几十句一首的。

侗族童谣是侗族人用侗语世代传唱的韵话体口头短歌，内容丰富多彩，形式自然活泼。歌谣承载了侗人的民族语言、历史与德育，并在优美韵律中陪伴一代代侗族儿童成长。

"芬兰友人歌"，包含笛子歌与耶歌两种歌谣种类，是1986年广西三江侗族人为欢迎远道而来的芬兰友人专门创作的歌谣。

双 歌

双歌指的是无器乐伴奏的侗族二男二女对唱，常见于"行歌坐夜""过节""月也"时，侗语称"gādiù"（音嘎丢）。"双歌"有一整套的演唱程序，分为开歌堂、敬老、初会、试探、结情、换信物、私奔、为人父母、送别、散歌堂等内容，其曲调悠扬婉转，特别是"换段歌"最为动听迷人。

马鞍村双歌

[嗟嗨亚哈嗨呃了咧呃哈呃嗟呼嗨]，

夜乃主骂咧妹本斋 [哈呃嗟嗨]，

挰赛娘金 [啰呃嗨] 邓样颜 [嗨]，

怒累皮龙皮虎赛主碎 [咧哈嗨]，

怒累百万仙桃 [啰哈呃] 赛主占 [哈嗨]，

苟山参桃 [咧] 尧亥多 [哈呃嗟嗨]，

怒累苟糯累把尧多斋占 [啰哈嗨] 斋西占 [哈哈假文青]。

意译：

今夜情人来咧还没问喉哈呃嗟嗨，我的心里像夜一样黑，去那找龙皮虎皮给情人坐咧哈嗨，去哪找百样仙桃啰哈呃给情人尝哈嗨，籿 [此字为米产] 子参酒糟咧我不愿装，若得糯米送鱼我让哥吃啰哈嗨哥再吃 [哈哈假文青]。

演唱者：杨奶生农等

采录地点：马鞍村

意译者：吴浩

岩寨鼓楼双歌

一　黄均兰等演唱之岩寨鼓楼双歌

（一）

七刀上神引头的，（七道上神带土地①，）

头的旦报送钱占。（土地说道送夜钱。）

娘比牙安三更过，（娘比雁鹅三更过，）

安过三更在吊图人娘金记乃谈。（雁过三更让我姑娘这里唱。）

（二）

嘎颠多，（歌就唱，）

梦占空占嘎颠谈。（有吃无吃歌就弹。）

心蝉过烂呀梦□落梦□勋，②（对面山岭的禾木芽也有时生有时落，）

颠得美浓过滚容邬美苦怒样杭。（但得欢乐在前怎管后面苦衷怎么样？）

（三）

正阶占恩恩断当，（想不吃苗苗断藤，）

正阶占让让断丧。（想不吃姜姜断根。）

正阶多嘎叭年叭月于怕老，（想不唱歌忽年忽月但怕老，）

又比美骚河南党枝阳。（又如河边美骚③渐枯黄。）

美骚河南阳枝所，（河边美骚渐枯枝，）

时乃阶多戊研忘。（这时不唱后也忘。）

时乃阶多戊阶研，（这时不唱后难记，）

时忙转面年世三。（何时回到年十三。）

时忙转面年十九，（何时回到年十九，）

过了十八十九美苦邓厚哉想弹嘎嘎呀忘。（过了十八十九心事烦多心想唱歌歌也忘。）

---

① 土地：神名如门楼土地等。

② □为不明字体，形为"卩"。——编者注

③ 美骚：吐丝虫繁衍的灌木。

二　吴先恋等演唱之岩寨鼓楼双歌

（一）

同蜡克的四方黑，（铜锣盖地四方黑，）

脚夜克的四方光。（网脚盖地四方亮。）

听哥放所喻老伙，（闻哥唱声响老伙，）

喻到龙神架我娘。（响惊龙神盖我娘。）

（二）

嘎阶为喜忙为喜？（歌不为乐还有什么乐？）

桃话阶冠忙为冠？（言语不欢还有什么欢？）

己办士才死斗印，（男成才子也要死丢印，）

己图虽改应赖死斗燕。（叫得好听的公鸡也要死丢夜。）

王龙考河喘仪阶过死斗宝，（河中龙王蜕化不好死丢宝，）

牙吊娘乃善乃好嘎颠弹。（我俩姑娘选这好时歌尽唱。）

（三）

父母养边好容衣，（父母养育我们不容易，）

投光落地贵坤忙。（一生落地就多么珍惜。）

拗苟邓喂亚邓包，（急忙取饭来喂布来包，）

奶阶在出岑晒唱。（妈又不给出门晒太阳。）

乃尧米丙十八年仲哉本嫩亮任奶鸟，（我还未到十八年头心本爱和妈同住，）

嫁尧拜卯鸟各然。（嫁我配他另一家。）

染①鸟背园于背些，（春芽在园背后青麻在篱笆背后，）

百奶痛头能床难到亮。（妈病在床我难来料理。）

仲苦仲冠连得到，（苦一碗甜一碗不能敬到，）

吊比图夜子某斗圹堂。（我像蝌蚪青蛙丢开了水塘。）

圹堂雅甫滚呀阶得伦阶代，（父亲的水塘水田前不可得后不配，）

吊比美接梨改赖吞丧。（我像梨子接枝赖木苑。）

奶养乃大撕眼斗，（妈养成人睁眼就丢开，）

想到亚娘情重闷阶忘。（想起父母的恩情每日每时不能忘。）

---

①　染，春芽。

多尧稿隆阶平恰一岑崩败，（伎我内心难平恰如山崩塌，）

早若一乃沙愿走阴免想阳。（早知这样宁愿走阴不想阳。）

三 吴家凤等演唱之岩寨鼓楼双歌

（一）

庆相盖奔难脱吗，（天上混沌难脱云，）

日头出过吗脱闷。（日头出林云脱天。）

牙吊娘乃老虎岑善安交岭，（我两姑娘山中老虎安岭头，）

王龙吃水相板闷。（龙王吃水上半天。）

（二）

占口多嘎做浓寨，（开口唱歌乐村寨，）

一莽哉喜莽哉愁。（一半喜心一半愁。）

老相正正邓一伙，（都是高师来一伙，）

牙吊娘乃空嘎忙多我旦忧。（我两姑娘没有歌唱心担忧。）

（三）

夜边乃鸟嘎喜多，（今夜我们歌试唱，）

歹盘歹啵若兼论。（大段大唱如插秧。）

你西论拜尧论转，（你是插来我插去，）

算一杭谊己边侗。（算我侗家一艺长。）

四 吴培恋、杨玉纯演唱之岩寨鼓楼双歌

（一）

伦阶赖刀弯某，（芦笙不好吹换竹节），

笛阶赖弹刀弯麻。（笛子不好吹换竹片。）

嘎阶赖多刀弯端，（歌不好唱换端歌，）

贾弯同罗边弯嘎。（客换铜锣我们换歌。）

（二）

上岑砍竹阶同某，（上山砍竹不同节，）

美苟稿田阶同圹。（田里秧苗不同圹。）

郎娘牙边阶同代，（我们郎娘不同辈，）

莫说同代得孝郎。（若说同辈得你郎。）

（三）

友占水冷定岩滩，（要吃冷水岩壁下，）

友占肉安交洛让。（要吃鹅肉到洛乡①。）

友努女赖甚南仙，（要看好女南仙寨②，）

友努女另独骂任吊记乃量。（要看单身姑娘就和我们谈。）

五　奶玉书演唱之岩寨鼓楼双歌

（一）

郎娘相约下妇乃，（郎娘相约下此溪，）

边下妇乃拜摘恩。（同下此溪摘野芹。）

尧约你哥拜龙丑，（我约阿哥去那榕树歇，）

过拜定美龙丑阶得凳金坐凳银。（榕树下面没有金凳有银凳。）

（二）

圹弟之哇孟白雅，（棠棣之花展白红，）

桃哇李哇萨若结困求。（桃花李花结成球。）

对哇银、兰哇香，（银花对、兰花香，）

当口空宋木谈哇，（当口无言无谈话，）

早报你祝都莫愁。（先告情人心莫愁。）

（三）

图鸟过闷定歹黄，（只鸟过天脚带黄，）

哝落下的占颗珠。（拍落下地吃颗珠。）

占西颗珠肥各央，（吃了颗珠肥异样，）

仗相梦门哉梦尤。（身上有肉心有油。）

录音：曾小嘉

记译：吴贵元

---

① 洛乡，属贵州黎平。
② 仙寨，假设的仙境。

林溪乡双歌

［女方：龙婠柳等唱］

一　兑钱歌

舍民甫，（爸的钱，）

舍民甫祝稿盒报。（你爸的钱在牛角盒里。）

舍民甫祝盒报多，（你爸的钱在牛角盒里放，）

忙阶脱嫩金民甫祝拗吊娘乃，（你不舍出你爸金钱讨我们姑娘，）

做媳在舅里在孝。（做舅的媳妇给你。）

二　通媒歌

第一放媒落打扁，（第一放媒到垌中，）

第二放媒落打介。（第二放媒到街头。）

第三放媒落团乃，（第三放媒到你寨，）

媒进屋孝忙阶台。（媒进你家你不留物。）

三　姑表歌

阶拜歌，（不嫁表，）

尧阶拜表友骂你。（不嫁表哥要嫁你。）

尧友骂你占五交，（我要嫁你吃五厘，）

五交阶够杀菜岜。（五厘不够吃野菜。）

［男方还歌，吴启学等唱］

四

空双努媒走上下，（不见有媒走上下，）

空听刚媄放媒拜。（从不听妹放媒来。）

空双努媒到我寨，（从不有媒到我寨，）

英报媒进屋吊尧本台。（若有媒进我家我本留。）

演唱者［或讲述者］：龙培柳、吴启学等

录音：曾小嘉、磁带是小吴的

记译者：吴贵元

五 古典歌

古典当初度勉叹，（当初古典不断唱，）

女坐办汉叹当堂。（女长男大唱当时。）

世七十八祝梦桃话忙好忙阶立在听？（十七十八你有什么心里话儿何不讲？）

祝情又嫩空努？——平如衡、冷降雪，（你不见闻吗？——平如衡、冷降雪，）①

茬苒汝上亮阶梦，（邂逅汝上爱少有，）

相逢一面别空哇，（相逢一面别无辞，）②

吗闷流水如各项。（流水行云无所知。）

世七十八祝梦桃话忙好忙阶立在听？（十七十八你有什么心里话儿何不讲？）

祝情又嫩空努？——燕白含、常安到闲玩，（你不见闻吗？——燕白含、常安在闲游，）

山岱务闷看他郎。（山岱楼上见到他。）

闷的戍人情丑本，（天地生人情便了，）

情长情短吞哉亮？（情长情短有谁怜？）

劳塘多，（进塘唱，）

骑马奉喝坐化六。（骑马威风坐花驴。）

老西代拜拟代替，（老辈去了青辈替，）

颠戍人乖盖天福。（祝愿生出杰人盖天佛。）

一十三省管让夏，（一十三省管乡下，）

衙门猛贾管英州。（衙门那个管县州。）

衙门猛官空路字，（衙门那官无讼事，）

障堂猛英空路事。（县爷掌堂平无事。）

---

① 平如衡、冷降雪，以"四才子"为寓意。

② "相逢一面别无辞"，老辈歌师以"四才子"的诗译出绝妙侗歌。

阶江美嘎沙美耶，（不是条歌正是一条耶，）

哥好拜灭稿三五本扣当初。（你哥好好去想在当初的三五本书里去找。）①

讲述者：奶玉书、吴士英等

---

① "阶江美嘎沙美耶，（不是条歌正是一条耶，）哥好拜灭稿三五本扣当初。（你哥好好去想在当初的三五
　本书里去找。）"提醒男方还耶。因歌是以一般哲理编，还时，可随便以一些常理套成句。耶，是根据
　历书（侗称三本或五本书）来编，还时必须找到某段书，故耶不那么顺理成章。

嘴边歌

女生

［领］：qan55 sai55 he hɘi nɘn11 tu33 wɘi35 nɘn11 tu33 ho11

　　　［注：pdf中此处国际音标与文字无法对照起来］

　　　（干　赛　嗬嗨人　促　喂　人　促嗬嗨　呃呵嗬嗨促喂）

　　　mɘi31 qa55 pak33 ɘp55 tu11 ten33 sin23 maŋ53 lin23 ke55 na55 tu11

　　　梅　卡　巴　口　独　癫　仙　虻　练　这　河　独

　　　ten33 heŋ55 tu33 wai35　e　ŋ　e　a　　wai35 tu33 wai

　　　癫　先　（促外　呃哼呃呀呵外　促　外）。

演唱者：富六乡高安队歌队

音标者：吴世华

意译者：金辉

嘎尼（细声歌）

男声：

怒刚相亮国刚命［呃］，（真心相爱不讲命呃只讲呵，）

本刚［呵］合西一生贯［呃］。（诚心一生甜蜜呃。）

女声：

性相亥赖［哈］卜奶记［呃］，（身材不好呀父母造成，）

面貌亥啦亥赖［哈］斤主囊［呼］。（容貌呀不好呀任你判评。）

演唱者：马鞍村歌队

采录地点：马鞍村

意译：吴浩

侗族童谣

一　独丢学，（用小小的瓢把水浇出去，）

　　学几河，（浇呀浇呀浇到了河边，）

　　几河王都累独霸，（在河边的沙土中得了条鱼，）

　　独霸忙？（什么鱼？）

　　独霸耙，（一条紫青色的鱼，）

　　占几辽，（吃不完，）

　　斗筛大。（留给外公。）

二　独薄贝，（萤火虫，）

　　鸟金东，（在柱眼，）

　　你灭贵，（你有黄瓜，）

　　牙刀中，（我俩共，）

　　你灭切古，（你有锣鼓，）

　　牙刀闹，（我俩来闹热。）

三　《无名》

　　独兵若又金伤独，（下雨沥淅在山上养牛，）

　　顿空顿，（斗笠没有，）

　　伞空伞，（伞也没有，）

　　梁班喔，（山梁上一条路，）

　　梁班爹，（山梁下一条路，）

　　梁班唐打萨独列，（中间那条路杀只羊。）

　　列该堆，（羊不易杀死，）

　　列该额，（羊不易断气，）

　　保竹龙，（叫舅爷们，）

　　骂堆定。（都来帮抓住脚。）

　　堆定忙，（抓什么脚，）

堆定列，（抓住羊的脚，）

梅腊尚，（山桑子树，）

宽赖听，（甜得好听，）

梅伍庸，（"伍庸"树，）

没独定。（压到底底去。）

流传地区：三江林溪一带

记录者：莫俊荣

迎芬兰友人歌[*]

嘎九：迎芬兰友人歌^①

一

（一）

占口多嘎接人本，（开口唱歌欢迎亲人，）

乃吊甚侗农村本听浓。（我们侗地农村多欢腾。）

靠孝各级首长党关心，（靠你们各级首长和党的关心，）

拜斗芬兰先生关心人侗邓到弄。（感谢芬兰几位先生关心侗族到山村。）

昂本阶梦嘎耶忙赖台拜在别各国听，（我们只是没有好歌好耶拿去让各国听，）

台嫩少数民族记底书拜通。（将少数民族的一点基本用文字发行［吧］。）

沙上务书台拜泉天哈，（写成书本拿去传天下，）

过闷乃上整嫩世界别恰报边赖哉隆。（从今天起整个世界会说我们聪明。）

（二）

占口多嘎报边老伙之，（开口唱歌我说老伙计，）

乃边办灭些得石凤光。（我们男男女女都得到光彩。）

闷乃落边些冠之，（今天给我们都欢喜，）

凤浓嘎耶本亮唱。（娱乐的歌耶本爱唱。）

接朋友赖邓到乃，（欢迎好朋友来到这里，）

甚让团寨哉登冠。（乡村寨寨都欢心。）

闷乃边骂接人虽嘎任人大，（今天我们迎接自家人和远地首长，）

---

* 迎芬兰友人歌，是 1986 年广西三江侗族人为欢迎远道而来的芬兰友人专门创作的。演唱都是分段记录的，附在文段尾末。

① 嘎九：两人唱的歌，也叫笛子歌。

嘎接人大嫩甚让。（迎接的歌震山村。）

（三）

多嘎接，（唱支迎接歌，）

嘎接同志度到邓。（迎接同志们都到来。）

芬兰情也别甚部，（芬兰朋友离远地，）

千万里路又降临。（千万里路又降临。）

乃昂人拟礼仗轻，（我们青年不懂礼，）

呀果困拜远欢迎。（也不知道远路去欢迎。）

阶梦忙待对住亥，（没什么招待对不住，）

莫刚嫌气西宣伦。（莫讲嫌隙再次来。）

演唱者：林溪的吴士英等。

耶：迎芬兰友人耶*

一　耶［男声，手攀手，绕大圈，边走边唱，一人领唱，众合］

（一）

占脚进圹郎冷多美耶嘎骂接也，（步进耶塘我就唱支耶歌迎亲友，）

怜孝国惹到甚侗。（感谢你们不辞远路到侗族山沟。）

想边的隔北南孝度难得到，（想起我们相隔天南地北你们不好容易到，）

吊比田圹晒某望落雨。（我们好比蝌蚪困在干塘望下雨已久。）

头岭岑胖杠水浅，（高山岭顶江水浅，）

是怕图龙难进圹。（池塘水少又怕龙难游。）

厷然吊窄落子燕字度阶梦丙沙，（房屋窄小到只燕子都没有斜檐可下，）

宣乃牙安行骂登愁架亥仗。（这次鸿雁到来真怕抓腋又见肘。）

老拟些望本知爱，（老小只会盼贵客，）

又空忙待客人重。（无吃无住待不周。）

边度莫刚则忙本要随梦美亮善走长，（不要计较其他只要一致情意长来往，）

---

*　与第三章器乐类歌谣第一节侗族笛子歌的第 7 篇嘎九后。因为耶歌非侗族笛子歌，故专家建议划分至本章节，因内容为迎接芬兰国际友人，故起名为迎接芬兰友人耶。——编者注

半乃拜伦情怀深。（从此一去情感越深厚。）

领唱者：吴贵元

（二）

多耶接，（唱支迎接耶，）

耶接斗客些到邓。（迎接贵客到此来。）

国际首长到邓正梦若，（国际首长到来我们真有幸，）

多唱句嘎骂欢迎。（唱几句歌来欢迎。）

欢迎芬兰人大些辛苦，（欢迎芬兰首长你们辛苦了，）

走了千万里路又远坤。（走了千万里的路程。）

国国度些有人本，（国国都是有亲人，）

欢迎同志度到邓。（欢迎同志都到来。）

劳里长驾骂三江，（劳里长驾到三江，）

吊得听刚端亮看。（我们听讲真爱看。）

骂到古宜多一萨，（来到古宜作一歇，）

马上冷上林溪邓。（马上就上林溪来。）

乃吊从过夜昨早办部，（我们打从昨天本盼望，）

老拟些丑望腾腾。（老小都在等候喜腾腾。）

宣乃宁正得甘望，（这次真正得如愿，）

宁东人托摸子论。（真逢首长握手指。）

考查到邓一西考查民族文艺二参观，（考查到来一是考查民族文艺二参观，）

乃吊猛猛乐观喜文文。（我们个个乐观喜洋洋。）

甚侗民族爱嘎耶，（侗地民族爱歌耶，）

条拗美耶骂欢迎。（特用支耶来欢迎。）

领唱者：吴兵焕

二　耶［女声，手牵手,唱一句走一步］

《开头耶》①

进圹多，（进塘唱，）

―――――――――

① 开头耶，又叫取威。

郎娘些好辺联圹。（郎娘都好我们来绕塘。）

进圹第一天官位①，（进第一塘天官位，）

进圹第二地贪郎。（进第二塘贪郎地。）

行过南方五龙虎，（行过南方五龙护，）

东方条路日头光。（行过东方日头光。）

北方乙吗架我意，（北方掀开云雾遮我衣，）

西方太白登辺量。（西方太白金星和我们商量。）

仗相王龙图梦若，（身像王龙有威风，）

所央雷公奉伙强。（声如雷公风火强。）

口娘说宋千里路，（口娘说话千里路，）

宋是文武连忧忙。（纵是文武都不怕。）

男还：

进圹多，（进圹唱，）

猛猛些好辺进圹。（个个都好我们进塘。）

进圹第一天官位，（进第一塘天官位，）

进圹第二地贪郎。（进第二塘贪郎地。）

吉星高照照务头，（吉星高照照头上，）

日头唱暖进打堂。（日头光暖进中塘。）

南方五龙同坐殿，（南方五龙同坐殿，）

东方摇英见太阳。（东方耀眼见太阳。）

口娘说宋一乃刚，（口娘说话这样讲，）

办灭一央连忧忙。（男女一样无忧虑。）

仗相王龙图梦若，（身像龙王有威风，）

所央雷公奉火强。（声如雷公风火强。）

年世二月光汤汤，（年十二月光荡荡，）

阳干世相太平阳。（人间世上太平年。）

女唱：

占脚进圹娘部得赖郎得好，（步入耶塘娘也得好郎得好，）

桃话白话骂乃腾。（言谈白话来到这里会。）

娘化吉林的乃多，（娘画麒麟此地放，）

---

① 进圹第一天官位——吉神。

莫在奴若所仲盆。（莫给谁失误无声音。）

坐内楼堂戍猛王辺光，（坐在楼堂出个道光皇，）

重西央岩厚央岑。（重是石头厚如山。）

男还：

占脚进圹娘部得赖郎得好，（步入耶塘娘也得好郎得好，）

大神大辺邪帮寸。（大神大道他帮撑。）

太白务闷正神仙，（天上太白真神仙，）

带了百万千兵邓你屯。（带百万兵到此村。）

邪比吉林神仙歹，（他胜过麒麟是个大神仙，）

还梦八万京差保辺伦。（还有八万钦差保后边。）

大神大将外门丑，（大神大将门外守，）

保辺办灭泉丑太平仁。（保护我们男女健全都平安。）

演唱者：黄均兰、吴士英等。

录音者：吴薇

记译者：吴贵元

附录一　乐谱——五线谱

出寨拦路歌

演唱者：吴花梅、覃惠莹
录音：贺嘉
记谱：秦超远
音标：吴世华

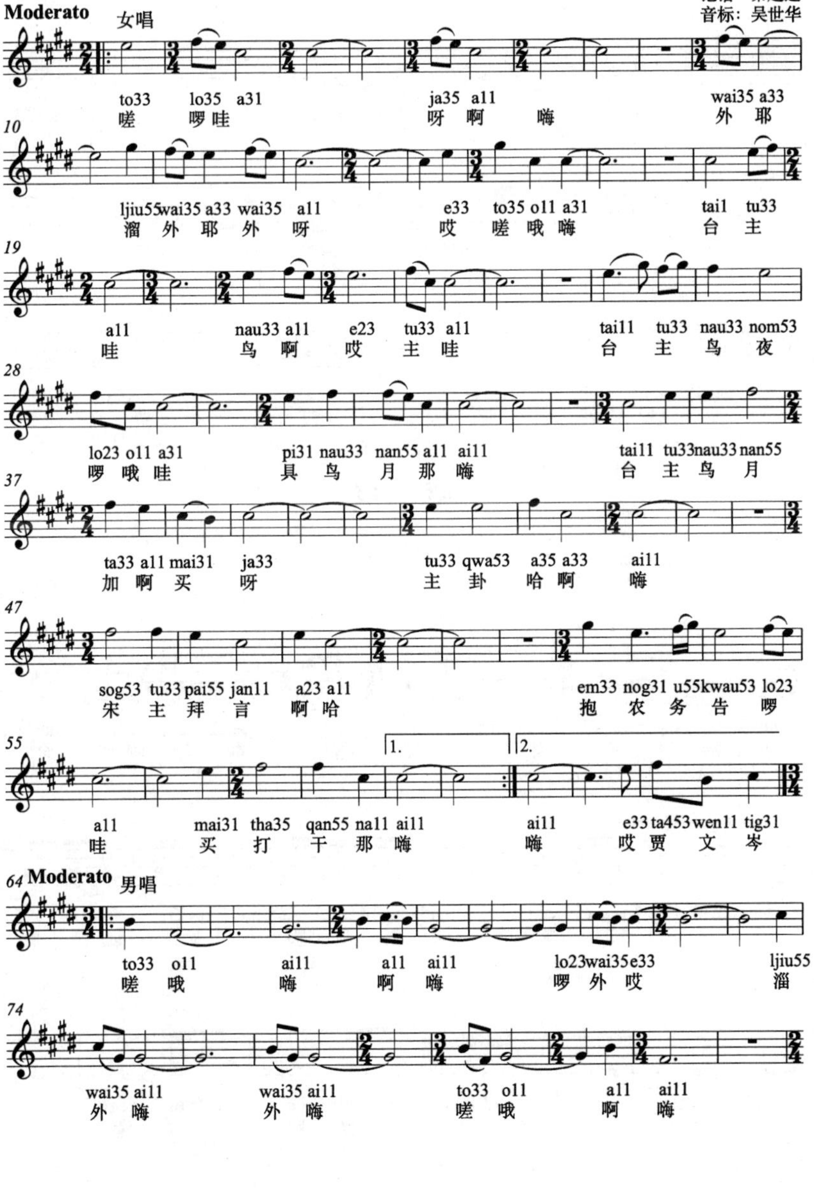

2

82

pi31 tai11 a11　　　nau33 e33 ai11　　to33 o11　　o11 ai11
具　台　呀　　　　鸟　哎　嗨　　嗟　伙　　哦

91

pi31 tai11 jau11 nau33 o35　　sog53 jau11 pai55 a11　　　e33 ai11
具　台　孝　鸟　呦　　宋　孝　拜　呀　　　哎　嗨

100

pi31 tai11 jau11 hu33　a11　　　sog53 jau11 a23　tu453 a11　ai11
具　台　孝　鸟　啊　　　宋　孝　哇　主　啊　嗨

110

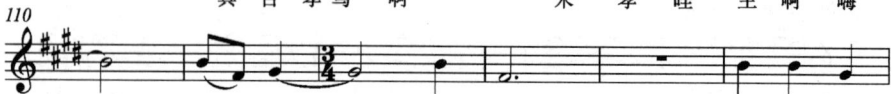

to33　　o11　　　a11　ai11　　　　tiu55 ton53 pai55
嗟　　哦　　　啊　嗨　　　　条　转　拜

116

jan11　　　gog55 me11　hag11　ta53　o35
言　　　　空　没　行　加　呦

122

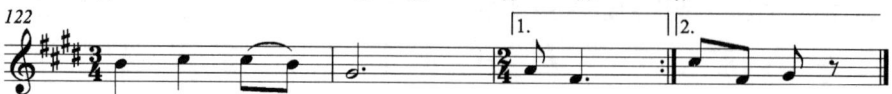

pag55　la23 mjin11　a11　　e33 ai11　　ta453 wen11 tig31
邦　纱　棉　那　　哎　嗨　　贾　文　岑

嘎　尼

（细声歌）

音标：吴世华
记谱：苏甲宗

nu53 kag23 leg55 ljag35　kure11 kag23　mig33　ei53　　pen23 kag23 e11　　ho11 li55
怒　刚　相　壳　围　刚　命　呃　　本　刚　呵　　合　西

8

i55　som33　kwan35　e11　　len55 lag33 lei23 lai55 pu31　nei31　ti53　ei53
一　生　贯　呃　　性　相　亥　赖　卜　奶　记　呃

13

mjin33 mok31　　kei23 la11　kei23 lai55 ha35　ten31 tu33 neg11
面　貌　　亥　啦　亥　赖　哈　斤　主　囊

侗族多耶

（女声）

音标：吴世华
记谱：苏甲宗

ja11　wa35　je33　　　tim55　tin55 lau23 tag11 sam55 tin35 pau33 ja11 je33　tim55
呀　　花　耶　　　　占　丁　劳　堂　三　天　宝　呀　耶　占

tin55 lau23 tag11 sam55 tin35 pau33　je33　net11 tau11 tiu53 kau23　lai55 lau23 tag11
丁　劳　堂　三　天　宝　　耶　　日　头　照　交　　赖　劳　堂

je33　　　　je33　　net11 tau11 tiu53 kau23　lai55 lau23 tag11　lau23 tag11 ti
耶　　　耶　　日　头　照　交　　赖　劳　堂　劳　堂　第

jet55 ljen11 ti33　je33　lau23　　tag11 ti23　jet55 ljen11 ti33　je33
麒　麟　地　耶　劳　　堂　起　麒　麟　地　耶

lau23 tag11 ti23　li23 tem55 lag11　je33　　je33　　lau23 tag11 ti23
劳　堂　起　累　登　郎　耶　　耶　　劳　堂　起

li23 tem55 lag11　　lau23 tag11 ti23 sam55 ta33 pai55 nam11 wag35 go31 ljon11 hu23
累　登　郎　　劳　堂　起　三　打　拜　南　方　五　龙　府

je33　lau23　tag11 ti23　ta33 pai55 nam11 wag35　go31 ljon11 hu23　　je33
耶　劳　堂　起　打　拜　南　方　五　龙　府　　耶

tog55 wag35 tiu11 lu33　net11 tau11 teu11　je33　je33　je33
东　方　条　路　日　头　光　耶　耶　耶

tog55 wag35 tiu11 lu33　net11 tau11 teu11　　si55 wag35　jit23 ma23
东　方　条　路　日　头　光　　西　方　乙　妈

2

49

ta55 len55 lag33 ja11 je33　si55　wag35 jit23 ma23　ta55 len55 lag33　je33
架　性　相　耶　耶　西　方　乙　妈　架　性　相　耶

55

nam11 wag35 tai453 pek31　tag33 tau55 ljag11　je33　　je33
南　方　太　白　邓　道　堂　耶　　耶

59

nam11 wag35 tai453 pek31 tag33 tau55 ljag11　len55 lag33 no31 ljog11 tog11 me11 so33 je33
南　方　太　白　邓　道　堂　性　相　五　龙　同　灭　学　耶

64

len55　lag33 no31 ljog11 tog11 me11 so33　je33　sog53 so33　lei kog55
性　相　五　龙　同　灭　学　耶　放　阿　雷　公

69

kug23 so33 nag11　je33　je33　je33　sog53 so33
空　阿　娘　耶　耶　耶　放　阿

73

lei kog55 kug23 so33　nag11　ta33ja11 kai55 lje33 wa35 kai55 ljeu31 kai55　je33
雷　公　空　阿　娘　呀　呀　介　嘞　花　介　了　介　耶

嘴边歌
（女声）

演唱者：富六乡高安队歌队
音标：吴世华
记谱：苏甲宗

qan55　sai55　ho hei　nen11 tu33 wei35　nen11 tu33 ho31
干　富　嗬嗨　人 促 喂　人 促 嗬嗨　呃呵嗬嗨促 喂

mei31　qa55　pak33　ep55　tu11　ten33　sin23　mag53　lin23 ke55 na55
梅　卡　巴　口　独　癫　仙　忙　练 这 河

tu11　ten33　heg55　tu33 wai33　eg　e a　wai33 tu33wai
独　癫　先　促 外　呃　呃呀呵　外 促 外

耶劳堂（进堂歌）
（男声）

记谱：苏甲宗
音标：吴世华

（领）　　（合）　　　　　　　（领）
iag11 ju33hau55 lo33 je33 ha11　je37　jag1 ljuee hau55　je33　ta53 ju211 lau33 tag23
洋 肉 号 啰 耶 哈　耶　洋 肉 号　耶　假 肉 劳 堂

（合）　　（领）
to35 a33　je33 ha11　je331 lau33 tag11　to35　je33　ta53 tau55 lau33 tag11 to35 je11
错 呵　耶 哈　耶 劳 堂　错　呵　假 道 劳 堂 错 耶

（合）
pen33 wen55 wen11 a11　je35 ha33 je11　lon33 wen55　wen35 le11 je11 ha11 je11
漩 文 文 哈　耶 哈 耶　漩 文　文 呼 耶 哈 耶

侗族酒歌

（对唱）

记谱：秦远超
音标：吴世华

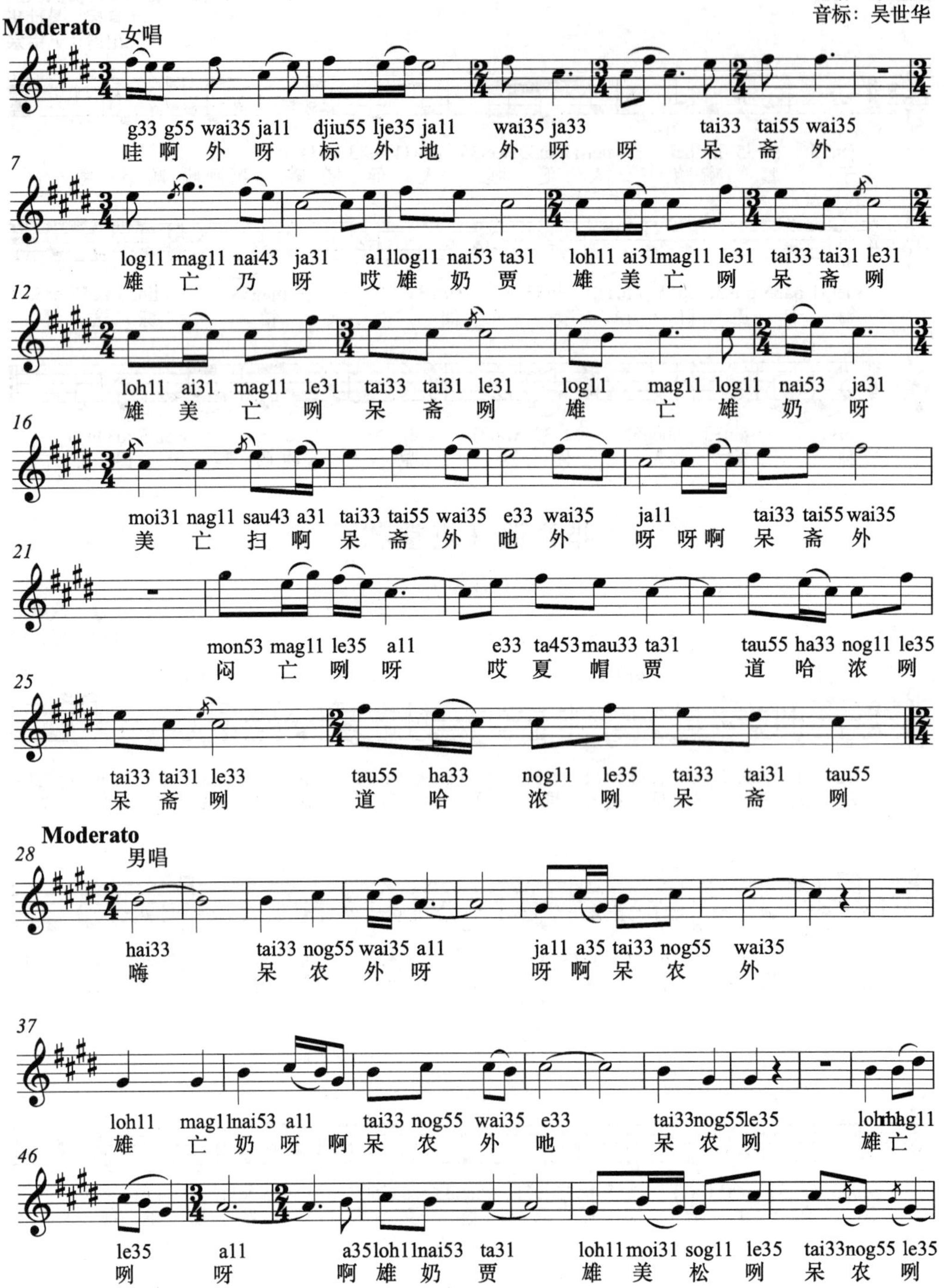

2

loh11 moi31 sog11 le35 tai33 nog55 le35 log11　mag11 loh1 hai53　　a11

雄　美　松　咧　呆　农　咧　雄　亡　雄　奶　　呀

mei31　　sog11 sau33 a11　tai33 nog55 wai35　e33 tai33 nog55 le35　　　su55 wen33

美　　松　扫　哇　呆　农　外　吧　呆　农　咧　　　苏　万

le35　a11　　a35　ta453 mau31 ta31　　　　tau55 ha33 nog11 le35

咧　呀　　啊　叉　昌　贾　　　　道　哈　浓　咧

tai33 nog31 ljue31　tau55 ha33　　nog11 le35　tai33 nog31 ljue31

呆　农　咧　道　哈　浓　咧　呆　农　咧

侗族笛子歌

记谱：秦超远
侗笛伴奏：吴九标
演唱：吴玉黛、杨凤梅

中速 连贯地

to33　lo35　hai31　　ja35　a11　hai31
嗟　啰　哇　　呀　啊　嗨

wai35　e33　　ljiu55 wai35　e33 wai35　a11　　e33　to35　o11　ai31
外　吔　　淄　外　吔　外　呀　　哎　嗟　哦　嗨

qa55　qbi33　　we31　lam23　a23 mag11 we31
嘎　亥　　月　兴　呀　亡　月

lam　a55　　e33　to33　o11　ai31
兴　啊　　哎　嗟　哦　嗨

tau11　li31 qei23 kwan35　lo35　o11　　hai31 mag11 we31
桃　累　亥　贯　啰　哇　　哎　亡　月

ai31　　　　　　　　　　　ti53　pan55　　su55 soi11 e33
嗨　　　　　　　　　　　记　办　　苏　才　哎

toi55 tou53　jen53 na55　　e33　to33　o11　　ai31
对　斗　印　那　　哎　嗟　哦　　嗨

ti53　tu11　soi23 qai53　lo34　　ho11　　hai31 toi55 tou53 jon55 na11
记　独　虽　改　啰　　哇　　哎　对　斗　鸣　那

进 堂 歌

（女声）

记谱：苏甲宗
音标：吴世华

2

耶劳堂（进堂歌）

（男声）

记谱：苏甲宗
音标：吴世华

（领）　　　　　　　（合）　　　　　　　　　　　　　　　　　　　（领）

iag11 ju33hau55 lo33 je33 ha11　je37　jag1ljuee hau55　je33　　ta53 ju211 lau33 tag23
洋　肉　号　啰　耶　哈　耶　洋　肉　号　耶　　假　肉　劳　堂

10　　　　　　　　　　　　　　　（合）　　　　　　　　　　（领）

to35 a33　je33 ha11　je331 lau33 tag11 to35　je33　　ta53 tau55 lau33 tag11 to35 je11
错　呵　耶　哈　耶　劳　堂　错　呵　　假　道　劳　堂　错　耶

19　　　　　　　　　　　　　　　　　（合）

pen33 wen55 wen11 a11　je35 ha33 je11　lon33 wen55　　wen35 le11 je11 ha11 je11
漩　文　文　哈　耶　哈　耶　漩　文　　文　呼　耶　哈　耶

侗族多耶

（男声）

三江县八江乡八斗村
记谱：苏甲宗
音标：吴世华

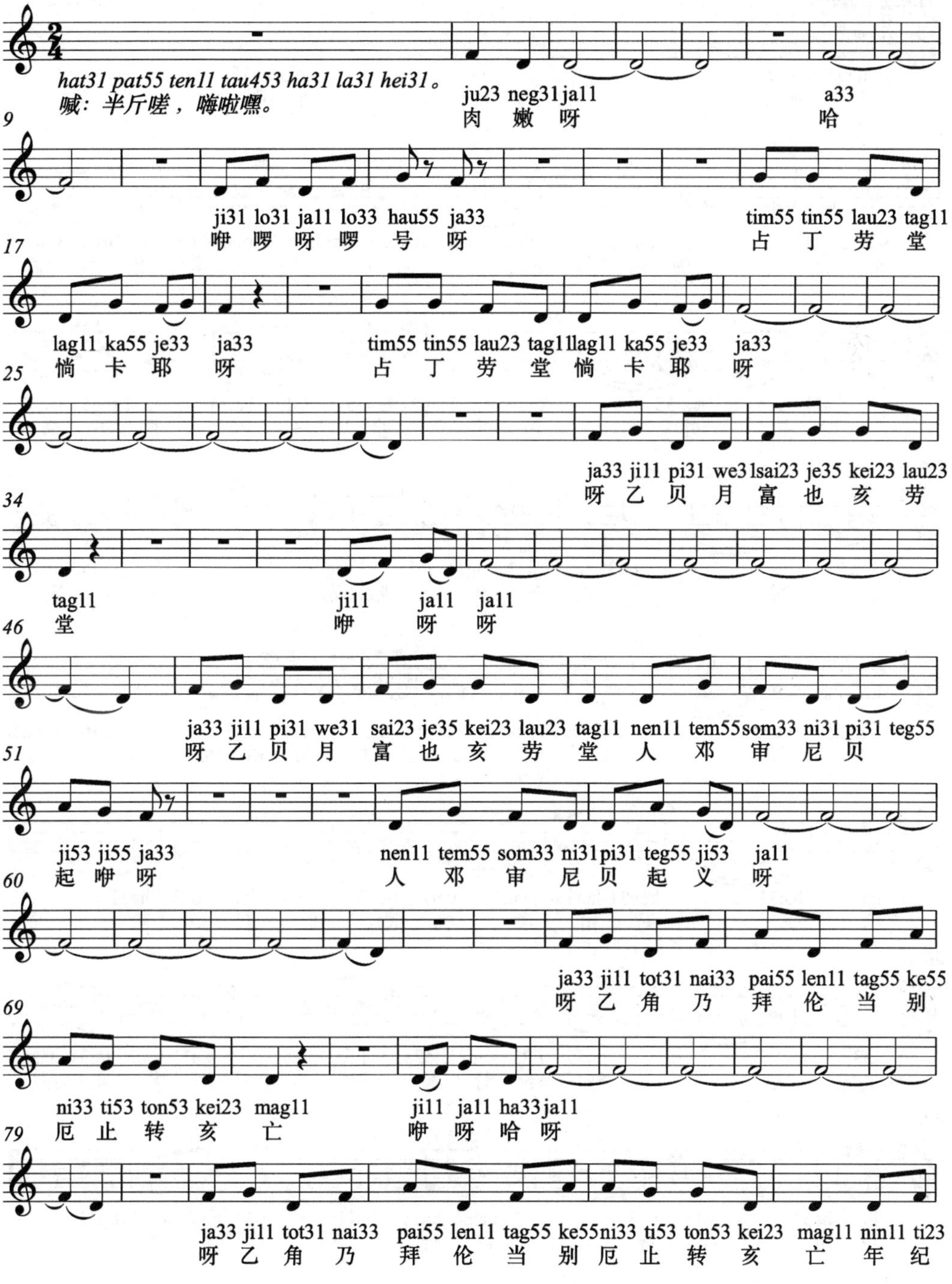

嘎 索

（双歌）

记谱：苏甲宗
音标：吴世华

lje35 wai35　　a35　　ha11 hei23　　wai34 e35　　ljiu33 lje35 e11
嗟　外　　里　　哈　嗨　　外　呃　　了　嘞

wai35 a11　　em11 to31 u33 wai35　　nom53 nai33 tu33 ma35lje35 mi31 lpen23 tai23
外　哈　　呃嗟呼外　　但乃主罗嘞妹本斋

a11 tu33　　wai35　　kau31 sai23 nag11 ten55　lo11 hai31　a11 teg53 jag33
哈主　外　　铐塞娘金　啰　嗨　呃邓様

jan55　hai31　　nu35 li23 dji11 ljog11 la55 ha33 sai55　　tu33 sui53 lje33
颜　嗨　　怒累皮龙上哈塞　　主碎嘞

ha11　hai31　　nu35 li33 pek33 wen33tin35 tau11　lo11 ha33 a11　sai55tu33 tan55
哈　嗨　　怒累百万仙桃啰哈呃　塞主占

ha11　hai31　　keu31 lan33 mjau55 tau11 lje23　jau11 lei23 to23 ha11　e11
哈　嗨　　苛山参桃嘞光亥多哈　呃

to31　wa35　　nu35 li23 keu31 to23　li55 pa55　jau11 to23 tai31 tan55
主　花　　怒累苛糯累把　孝多斋占

lo11 ha33　a11 tai31　　tan55 ha11 ha11　li23 ta453wen11tig31
啰哈　呃斋　　占哈　　依假文

侗族敬酒歌

Moderato 女唱

tag55 lu55 nen11 neu11tog55 qui35men53 ma11tou31 je453 hoi55 hoi33 hoi452
当初 人 奴 全 开 闪 嘛 斗 也 嗨 啊嗨 哎嗨

ju33 li23 nen11 neu11 tom55 we31len11 ma11 tou31 je453 hoi55 hoi33 hoi452
欲 累 人 奴 金 为 两 嘛 斗 也 外 啊嗨 哎嗨

tag55 lu55 nen11 neu11 tom55 we31len11 ma11tou31 je453 hoi55 hoi33 hoi452
当初 人 奴 金 为 两 嘛斗 也 嗨 啊嗨 哎嗨

ju33 li23 nen11 nou11 tom55 ten35 ma11 tou31 je453 hoi55 tom55 ten35 ma11
欲 累 人 闹 金 寸 嘛 斗 也 外 金 寸 嘛

出寨拦路歌

录音：贺嘉
记谱：秦超远
音标：吴世华

Moderato

女唱

pat55 ten11 tho33　ti21 ho33 je25　lag213ti21 lai21　lag213ti21 lai21　lan213tem55 ti21 lai21
巴　斤　嗟　起　伙　耶　郎　基　寨　郎　基　寨　郎　金　基　寨

lo33 pu21 tit23　lan213　tem55 ti21 lai21　to33 pkiu23 pag55　to33 li33 pkiu23 pag55
多　部　茎　郎　金　基　寨　多　标　旺　多　西　标　旺

qei33 sai55 nen213 mei453 lau33　nen213 mei453 lau33　lai21　lai21 qwi33 jig213 a11　je
亥　赛　人　美　捞　人　美　捞　寨　寨　不　宁　啊耶呀

男唱

pat55 ten11 tho33　ti21 ho33 je25　tai213 pjiu33 lu55　tai213 pjiu33lu55men55 nai21 tiu55 ma35
巴　斤　嗟　起　伙　耶　台　标　初　台　标　初　闷　乃　条　骂

lau55 ti21 lai21 men55 nai21 ti21 lai21 li23 hok55 len55　men55 nai21 ti21 lai21　li23 tin35 pau33
孝　基　寨　闷　乃　基　寨　累　福　光　闷　乃　基　寨　累　天　宝

men55 nai21 ti21 lai21　li23 hok55 len55　men55 nai21 ti21 lai21　li23 tin35 pau33
闷　乃　基　寨　累　福　光　闷　乃　基　寨　累　天　宝

lau55 sog53　tiu55 lau33　ta21 mon55　nai21 li23 an55nin21　je21 ja11
孝　宋　教　捞　打　闷　乃　上　累　安　宁　耶　呀

附录二　乐谱——简谱

榕江细声歌

---嘎巴口

三江县同了乡平溪村
录音：金辉
意译：韦会明
记谱：苏甲宝

1=F $\frac{2}{4}$ $\frac{3}{4}$ $\frac{3}{8}$

(5 6 1 2 3)

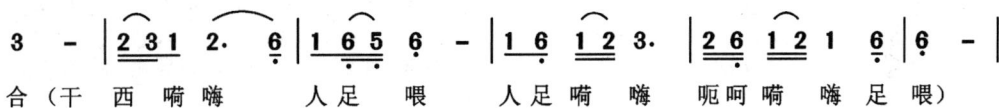

合（干　西　嗬嗨　　人足　喂　　人足嗬嗨　呃呵嗬嗨足喂）

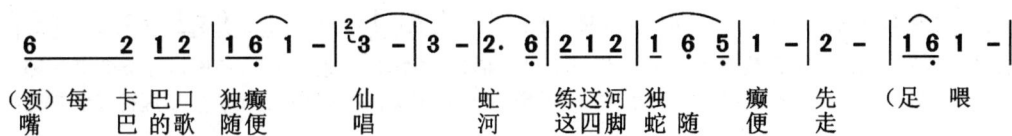

（领）每　卡　巴口　独癫　仙　　虹　练这河　独　癫　先　（足喂
　　　嘴　巴的歌　随便　唱　　这四脚蛇随　便　走

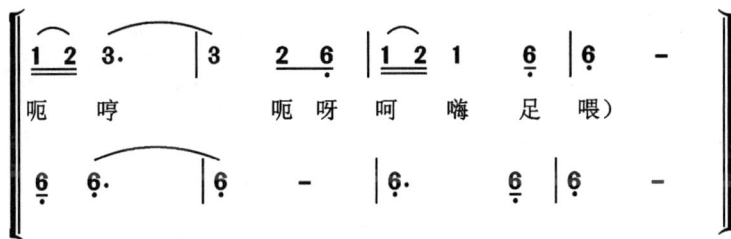

呃哼　　　呃呀呵嗨足喂）

边寨拦路歌

1=♭E 2/4 3/4 中速

同乐乡

问 唱

1 1 | 1. 6 | 1 1 | 1 6. | 1 6 5 6. 5 | 1 6 5 6 | 1 2 1 6 6 | 1 1 1 | 1 2 1 6 6 |

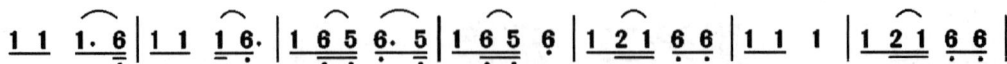

巴斤嗟 起伙耶， 郎茎寨 郎茎寨， 郎金 茎寨多部落，郎金 茎寨
郎祭 寨 郎祭寨 金郎 祭寨放操投，金郎 祭寨

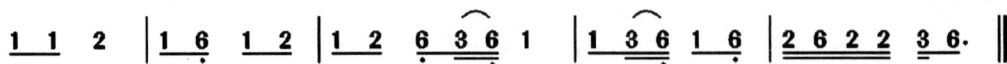

1 1 2 | 1 6 | 1 2 | 1 2 6 3 6 1 | 1 3 6 1 6 | 2 6 2 2 3 6. ‖

多标旺， 多西标旺美西人美榜，人美 捞寨寨不宁啊耶呀。
放未标， 放了未标不让新人进，新人 进寨不宁啊耶呀！

还 唱

1 1 | 1. 6 | 1 1 | 6 | 2 1 | 2. 1 | 6 1 2 | 1 1 2 2 1 | 1 6 5 6 | 1 3 2 1 6 | 2 1 2 6 |

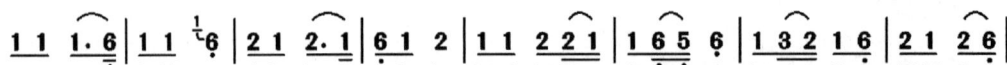

巴金嗟， 起快 耶，台标初 台标初 闷乃调羁 孝荃寨 闷乃 基寨累福艺，
收标去， 拿标去，今天 我们来 你们祭寨，今天 祭寨 洪福生，

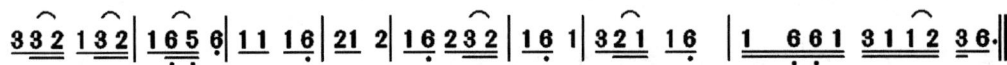

3 3 2 | 1 3 2 | 1 6 5 6 | 1 1 1 6 | 2 1 2 | 1 6 2 3 2 | 1 6 1 | 3 2 1 1 6 | 1 6 6 1 3 1 1 2 3 6. ‖

闷乃 茎寨 累天 宝闷乃茎寨 累情艺，闷乃天 宝累天宝孝宋 条 捞 打闷乃上景安宁 耶
今天 祭寨 天保 佑今天祭寨 洪福生，今天祭 寨天保佑你们放我们 进寨从今天 起得安平 耶呀！

出寨拦路歌

独峒乡

1=B $\frac{3}{4}$ $\frac{2}{4}$ 中速

男　唱

嗟哦　　嗨　　呀嗨啊　　　啰外哎　　　溜

外嗨　　外嗨　　嗟哦啊　　哎嗨，贝台　呀
　　　　　　　　　　　　　　　莫挽留　呀

乌哎嗨　嗟伙　哦嗨，贝台尧鸟啊　　宋尧拜呀
住下哎嗨　嗟伙　哦嗨莫挽留我住啊　放我归呀

　　　哎嗨　　贝台尧鸟啊　　宋尧哇　　走哎
　　　哎嗨　　莫留我住啊　　放我哇　　走哎

嗨，　嗟哦　　啊嗨，　教转拜言　　空漫
　　　　　　　　　　　　我特归家　　没有

行加哟　　闹纱棉那　　哎嗨。贾文岑。
妻子哟　　谁啥棉那　　哎嗨。

注：1，乐句间的休止时值因演唱者得熟练程度不同而自由延长或缩短。2，反复唱第二段时，
　　因首段词与二段词的字数和韵唱法不仅相同，故二段曲谱和首段曲谱大同小异。

演唱者：独峒乡平冲村　　　　　　录音：嘉鹤
　　　　吴花梅　吴月銮　　　　　记谱：秦超远
　　　　覃惠荃　覃东显　　　　　词译：吴浩
采录地点：古宜

侗族笛子歌

1=♭A 2/4 3/4 中速　　　　　　　　　　　　　　　独峒乡

注：侗笛伴奏以循环换气法吹奏，使曲调连贯而不间断。乐句间的衔接以自由加花小过门引示下句。

侗族多耶

（男声齐唱）

演唱：八江乡寨卯村杨自茂等男耶队
采录地点：八斗小村
意译：吴浩
记谱：苏甲宗

1=F $\frac{2}{4}$ 行速

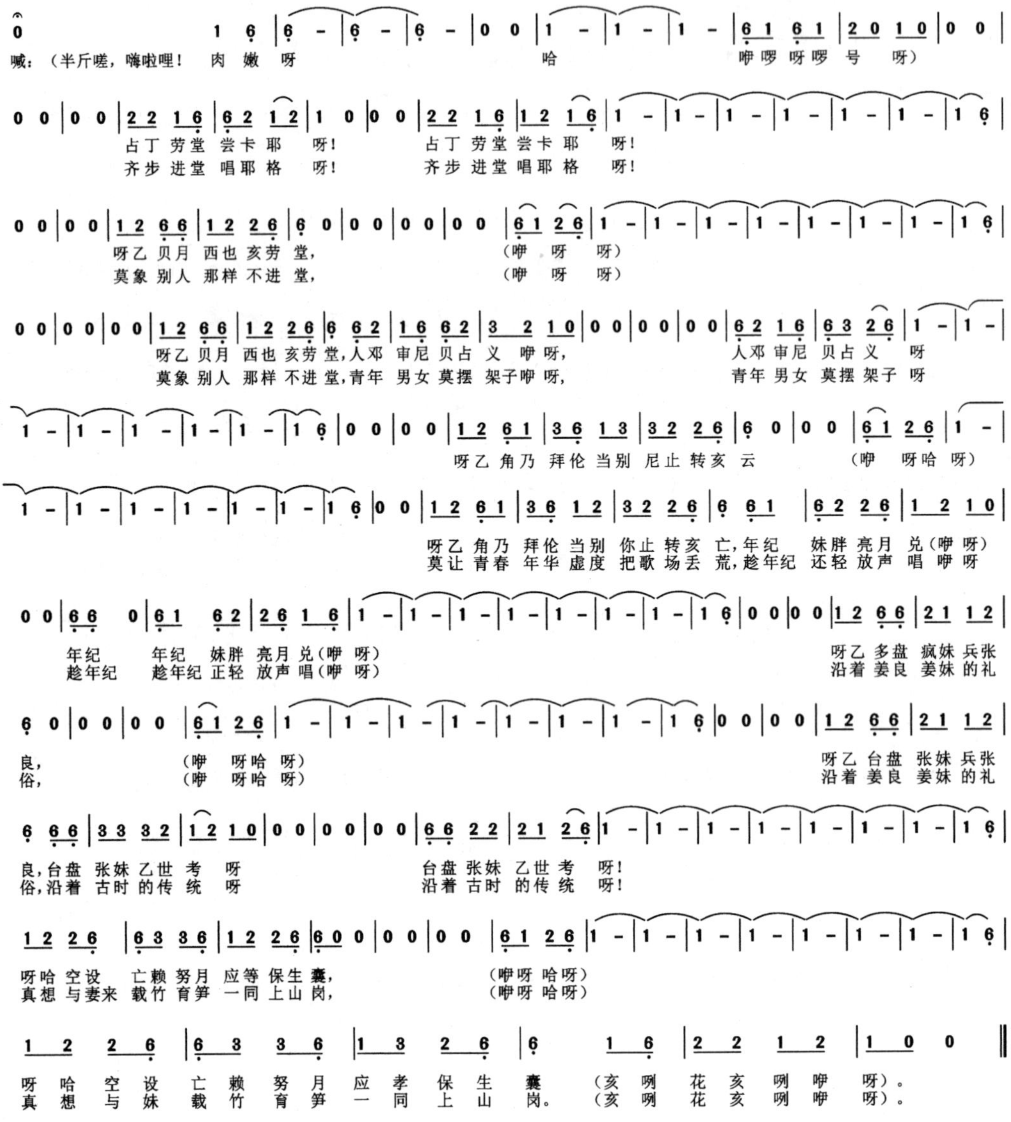

侗族多耶

女生领唱耶

演唱者：把江乡寨卯村奶志美等女耶队
采录地点：八斗小村
意译：吴浩
记谱：苏甲宗

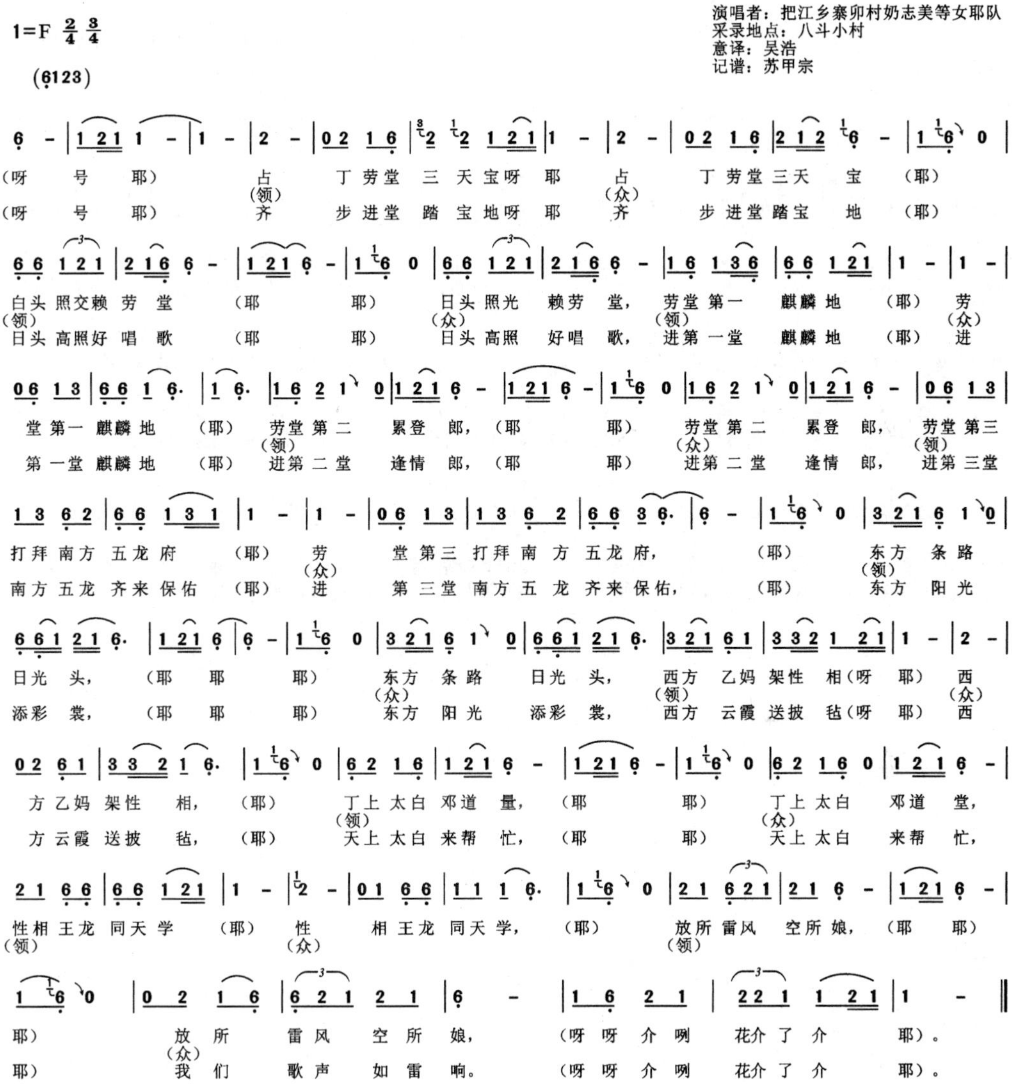

侗族多耶

（女声齐唱）

三江县林溪乡马安村
演唱者：马安村奶生农村
意译：吴浩
记谱：苏甲宗
磁带编号：44

1=F 2/4 3/4

呀 号耶） 初一初二 起邓郎 耶，耶哈亥约 务累 记跌鹳， （耶哈
呀 号耶） 初一初二 遇情郎 耶，耶哈不知情郎 哪方来， （耶哈

亥） 耶哈亥约 务累 记跌鹳， 亥哟 务累 记跌卜 耶 亥约 务累 记跌卜 （耶）
耶哈亥约 务累 记跌鹳， 不知 情人 来自何方耶 不知 情人 来自何方？ （耶）

耶呀哈 孝鹳 西乃 西拜努呃 （耶） 耶哈孝鹳 西乃 西拜努 呃（呀 嗨 号耶）
耶呀哈 情人到这里 正是去哪里呃 （耶） 耶哈情人 到这里 还是 去哪里呃

侗族酒歌

1=E 3/4 2/4 中速

崆峒乡

女唱

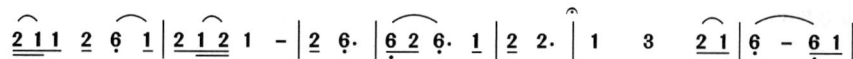

哇 啊外呀 表外吔 外呀呀 呆斋外，雄之月 呀 哎
什么桌子月 呀 哎

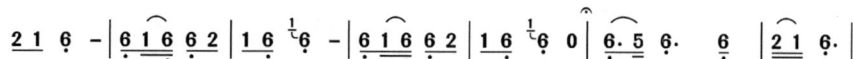

雄乃贾， 雄美 亡咧呆斋 咧， 雄美 亡咧呆斋 咧。 雄 亡 雄 奶呀，
这桌子， 什么 木咧呆斋 咧 什么 木咧呆斋 咧 桌子什么 桌子 包里呀，

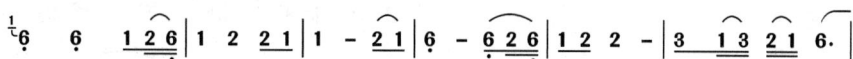

美 亡 扫哇 大斋外 吔 外 呀 呀啊 大斋外， 闷亡 咧呀
什么 木头做哇 大斋外 吔 外 呀 呀啊 大斋外， 什么东西 咧呀

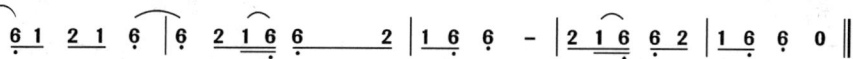

哎要骂贾 道哈 浓 咧大斋咧， 道哈浓咧大 斋咧。
放上它 我们 才欢乐咧 。

1=♭B 2/4

男唱

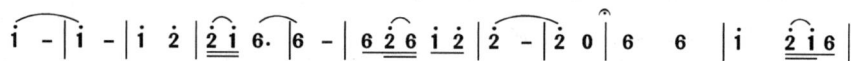

嗨， 呆农外呀， 呀啊 呆农外， 雄 亡 奶 呀 啊
桌子什么 这里

呆农外 吔 呆农咧， 雄 亡 咧呀 啊
桌子什么 咧呀

雄 奶贾 雄美 松咧呆农 咧 雄美 松咧呆农 咧。雄 亡
桌子这里 松木 桌咧呆农 咧 松木 桌咧呆农 咧。桌子什么

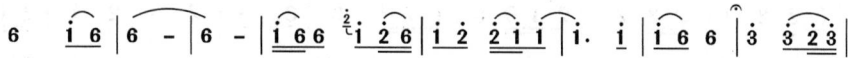

雄 奶呀， 美 松扫哇 呆农外 吔， 呆农 咧。苏万
桌子这里呀， 松木做哇 呆农外吔， 呆农 咧。酒菜

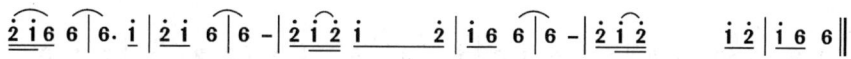

咧 呀 啊又冒贾， 道哈 农 咧呆农咧， 道哈 哝咧 呆农 咧。
咧 呀 啊摆上它， 我们 才欢乐咧呆 农咧， 我们才欢乐咧 呆农 咧。

侗族琵琶歌

演唱者：吴永勋
记谱：苏甲宗

1=F　2/4　3/4

（咳　咳）　正
亥哈 多卡　　　了哈闷麻米 锄 亥 爹的 哩
妹述采 亚　　　尧 想嘛 亥 多
啰　板 又　傲啰艳则 琵啰琶
上嘞 告啰 傍哈 合手 那。

嘎 尼

（细声歌）

采录地点：马安村
演唱者：马安村
意译：吴浩
记谱：苏甲宗

1=G　2/4　3/8

男 声：

怒 刚 相 亮 国 刚 命（呃）　本刚（呵） 合 西 一 生 贯（呃）
莫 心 相 爱 不 讲 命（呃）　只讲（呵） 诚 心 一 生 甜 蜜（呃）

女 声：

性 相 亥赖 （哈）卜奶 记（呃） 容 貌　亥啦 亥赖（哈）斤主 囊 （呼）。
身 材 不 好 呀父母 造成， 容 貌　呀 不 好 呀 让你判评 。

嘎 索

（双歌）

演唱者：扬奶生农村
记谱：苏甲宗
意译：吴浩
采录地点：马安村

1=G $\frac{2}{4}$ $\frac{3}{4}$

(6 1 2 3)

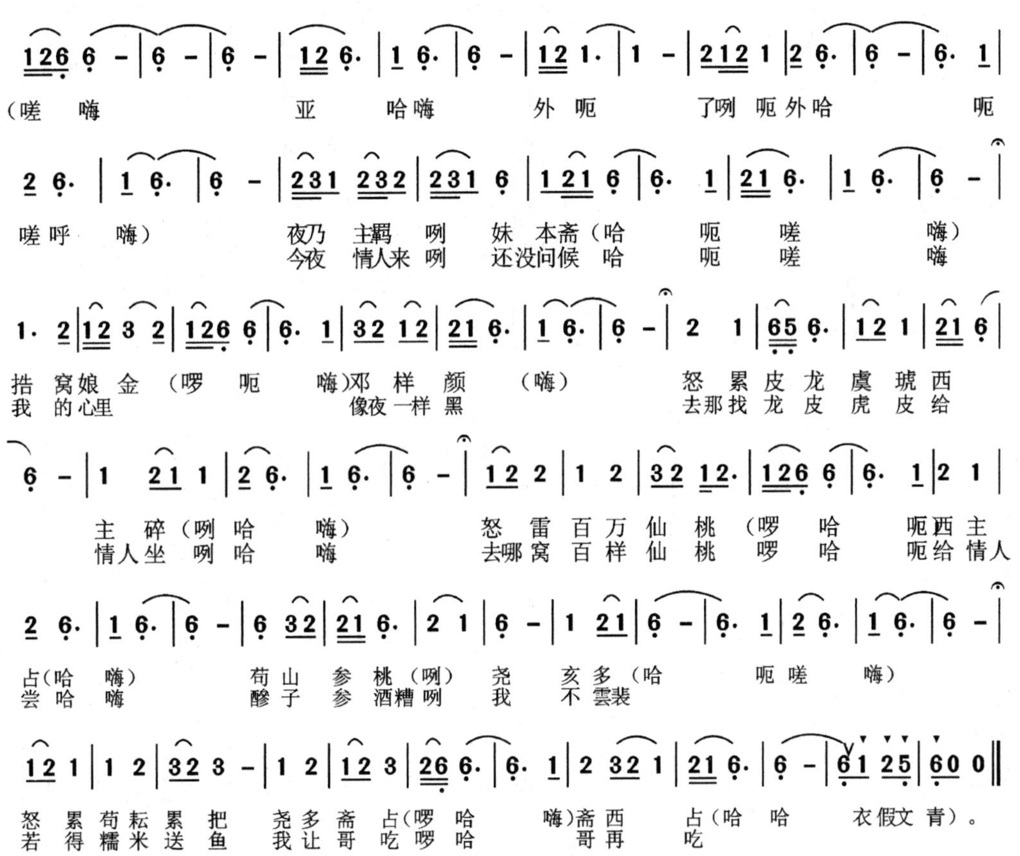

榕江领唱耶

（女声）

记谱：苏甲丙

1=F　2/4　3/4

(6 1 2 3)

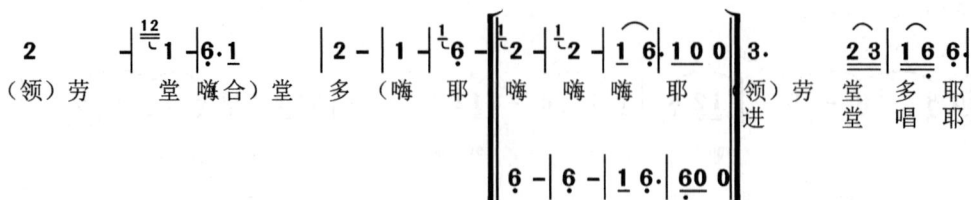

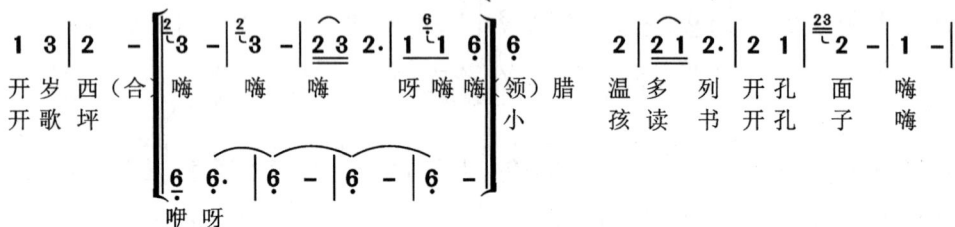

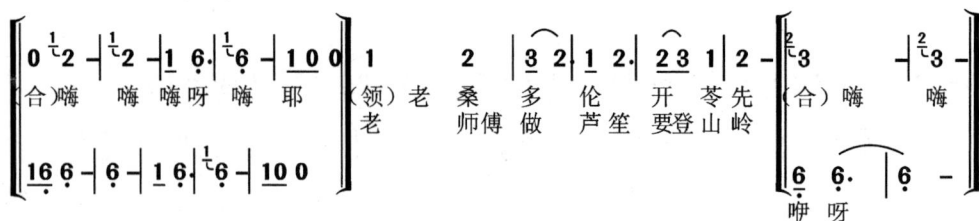

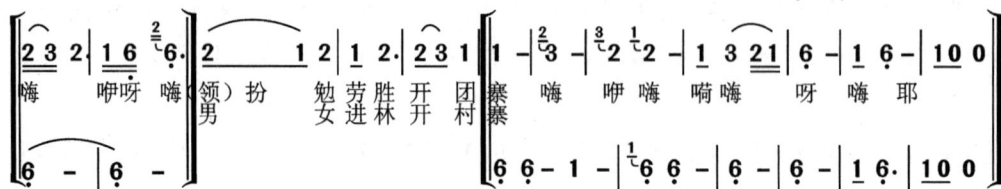

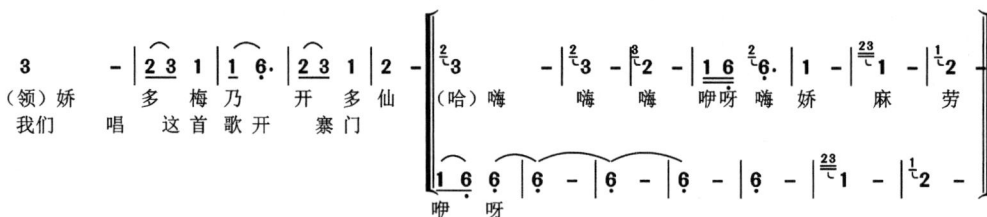

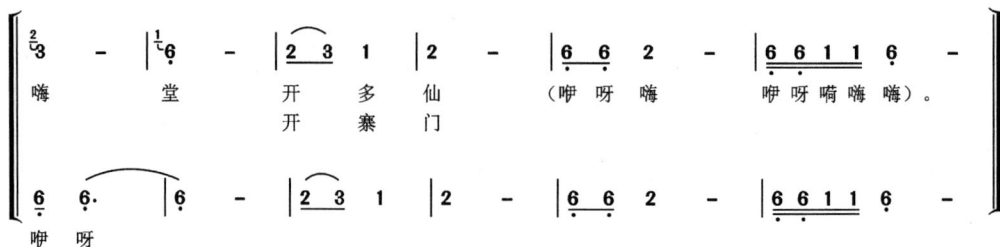

进堂耶

溶江领唱耶

（男声）

三江县同乐乡平淡村
演唱者：同乐乡平淡村女耶队
意译：吴浩
记谱：苏甲宗

1=F 2/4

(5̣ 6̣ 1 2 3)

（领）洋　肉　号　啰（合）耶　哈　耶　洋　肉　号　耶，　（领）假　肉　劳　堂
　　　　　　　　　　　　　　　　　　　　　　　　　　　　那　　　又　进　堂

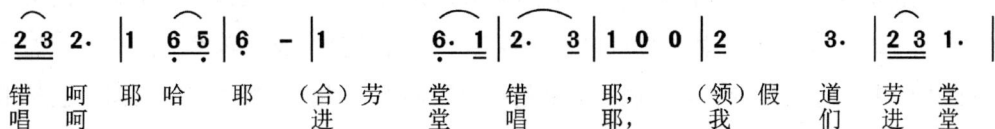

错　呵　耶　哈　耶　（合）劳　堂　错　　耶，（领）假　道　劳　堂
唱　呵　　　　　　　　进　　堂　唱　　耶，　我　　们　进　堂

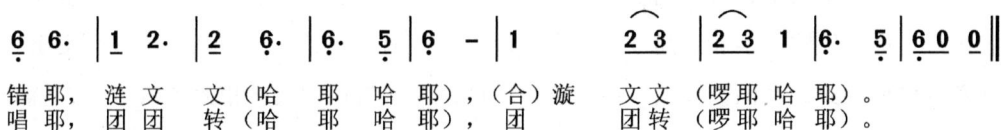

错　耶，涟　文　文（哈　耶　哈　耶），（合）漩　文　文（啰耶　哈　耶）。
唱　耶，团　团　转（哈　耶　哈　耶），团　　团　转（啰耶　哈　耶）。

后 记

中国民间文艺研究会（简称民研会）自1950年3月成立以来，一直坚持学术立会理念，广泛团结全国民族民间文艺工作者，先后开展了一系列具有重大学术意义和广泛社会影响的文化活动，包括民歌收集整理、三大史诗抢救收集研究和中国民间文学三套集成编撰工程，在国际学术界拥有良好的声誉。改革开放以来，中国民间文艺研究会（1987年更名为中国民间文艺家协会）发起了多次国际学术交流活动，先后与日本学者、芬兰学者和联合国教科文组织北京办事处共同主持了多次民间文艺学术研究和田野考察活动，在我国吉林、湖北、江苏、重庆、云南、广西、甘肃、青海等省区市，进行民间故事和民间歌谣考察，取得丰硕成果。其中，与联合国教科文组织和芬兰民俗学组织共同开展的广西壮族自治区三江侗族民间文艺田野考察活动，就是一次人才培养、理论研讨与田野作业有机结合的重要活动。

1986年，中国民间文艺研究会与芬兰文学协会、北欧民俗研究所、土尔库大学文化研究系民俗学和比较宗教学部、广西民间文学研究会联合举办了对于广西三江地区民间文学的考察。该活动受到了联合国教科文组织的立项资助，引起了国际学界的关注。当时中国和芬兰两国的学者、工作者一起进行田野考察和学术交流，采访了上百名歌手，录制了200多个小时的民间故事、歌谣，留下了一大批珍贵的田野资料，以及富有比较性、前沿性、反思性的学术文章。令人遗憾的是，其中大部分第一手田野考察资料和论文由于时代的原因没能如愿出版。

34年后，在各方的帮助和努力下，中国民间文艺家协会（简称中国民协）重启了这一出版项目。除了申请中宣部专项资金外，还指派专人负责，我也全程参与整理出版，确保这批珍贵文献的面世。具体进程如下。

2018年年底，一次偶然机会，我得知了中芬三江联合考察文献尚为中国民协原工作人员王强同志保存的信息，直觉这是一批有历史价值和学术价值的材料，因而给予了深切的关注并做出直接安排，嘱咐协会分党组成员、副秘书长周燕屏立即与在澳大利亚客居的王强联系，表达协会分党组对这一批文件的高度重视；同时要求2019年年初赴澳大利亚访问的分党组成员、副秘书长吕军同志，务必拜访在澳的王强同志，与他商议使这批材料回归民协的问题。同时访问澳大利亚的中国文联党组成员、副主席陈建文同志了解此事后，对王强同志给予了高度评价，敦促启动这一工作加速进行。

2019 年 5 月，王强同志回国，中国民协在北京举办了"三江文献移交会议"，王强先生和刘锡诚先生将保存的三江文献全部移交给中国民协，正式宣告文献整理编辑工作启动。中国民协安排楼一宸同志负责这一项目的整理和联络工作，同时与社会科学文献出版社签署出版协议。

经过全面的整理编目，这批文献的面目逐渐浮现：中芬三江民间文学联合考察的留存文献共有文字资料 104 万字，照片 729 张。其中档案材料类 61 件，332 页，约 12.8 万字。内容涉及前期的报批件、与芬兰的往来信件、协议、考察安排、工作方案、人员情况、集训参考材料、民研会参加芬兰世界史诗研讨会情况等；中期的考察日志、考察提纲、会议纪要、会议发言稿、三江地图；后期的活动总结、编辑方案、新闻报道等。

论文和报告类 27 件，约 1223 页，48.3 万字。其中有已经集结出版的《中芬民间文学搜集保管学术研讨会文集》中英文各一本。还有一些没有入选的论文报告和后续补上的论文 11 篇，报告 14 篇，共 18.3 万字。论文选题以民间文学为主，一部分涉及民俗学、社会学，还有几篇对田野考察和民间文艺工作方法论上的探讨。

作品类文字资料 2700 页，42.5 万字。歌词 2160 页，29 万字，主要对走寨歌、情歌、耶、酒歌、笛子歌、琵琶歌进行记录，记录的方法有记发音（汉字谐音或国际音标）、对译、直译、意译，其中有 22 件曲谱记录作品。故事 188 件，495 页，13.2 万字，内容涉及传说、机智人物故事、生活故事、事物起源故事、动物故事等。

在 729 张照片中，彩色照片 151 张，照片内容主要涉及研讨会、宴会、考察资料、考察期间工作花絮、人物和景物特写。

针对这批文献，中国民协聘请专业公司进行了数字化转化，并纳入电子数据库之中。2020 年 2 月，依据转化后的文档，中国民协邀请了相关专业的博士研究生对文献进行了初步编辑，形成了出版文本的雏形。

原定 2020 年 3 月，中国民协组织专家队伍到三江进行补充调研，由于新冠疫情影响，推迟到 2020 年 8 月才进行。在广西民协、柳州文联、三江县文联的热情帮助下，"中芬三江民间文学联合考察纪念活动暨考察成果出版座谈会"在三江县成功举办。由我带队，中国民协副主席万建中、韦苏文和民协干部楼一宸去三江侗族自治县实地考察，组织了专家座谈会，听取当地专家对文本中的民俗事象、方言、所记录的人员姓名以及资料补充等方面的意见，并对参与过三江联合考察的老一辈专家作了专门访谈，当地的学者为文献的编辑提出了中肯、专业的意见。经过修订，形成了交付出版的编辑稿。

本汇编本着"应收尽收，如实还原"的原则，除去较为明显的错别字和知识性错误外，我们保留了当时的现场痕迹和时代印记。其中或许有一些思考和记录并不符合当下的学术规范或文化认知，但它又最真切地留存了中国1986年民间文学的原始状态。

以劳里·航柯为代表的"芬兰学派"在20世纪80年代的世界民俗学界具有举足轻重的地位。芬兰学者将当时最前沿的民间文艺学学术方法，通过这次联合考察带到了中国。可以说，这是中国民间文艺学和民俗学界首次在理论和实践操作层面上与世界接轨。而这次联合考察也是新中国成立以来规模较大的一次中外民间文化交流活动，也是第一次与外国学者联合举办针对民间文艺的考察活动，中国民族民间文艺再一次吸引了世界的目光。在中国民俗史和民间文艺史上，这可谓是一件里程碑式的事件。三江文献的出版将这一事件以文字的形式印刻在了历史长河中。

这份文献汇编集聚着无数人的心血和情感。王强先生和刘锡诚先生坚守初心，完好保存文献，并无私将文献移交，显示出了高度的责任感和奉献精神。三江县的杨通山、杨顺丰、杨尚荣、梁旋云等专家，在繁忙中审读稿件、提出建议。作为亲历者，刘锡诚、向云驹先生分别写了序言。北京师范大学博士生林旻雯、中国艺术研究院博士生郭谂墨等几位年轻学者认真仔细地协助修改稿件，以高度的责任感完成了繁琐的任务。在此，一并感谢！

侗族民间文学的研究在全国范围内还属于冷门，其内容又十分繁杂。编辑团队在有限的时间内一边整理、一边学习，在摸索中完成了编辑，自然会有一些认知的不足和知识的盲区。加之时间匆忙，错讹疏谬之处，还请读者不吝指正。

今年，适逢中国民间文艺家协会成立70周年。从中国民研会到中国民协，一直坚守学术立会传统。一代代的民间文艺工作者、专家学者和一批批的著作、论文支撑着协会的发展。在此契机下，这样一套跨越了34年具有重大历史意义的文献汇编能够出版，也在不经意间展示着中国民协的文化传承。

道阻且长，行则将至。三江文献的面世，不仅为两个时空的连通架设了桥梁，也为我们指引了一条国际合作的学术道路，激励着当下和今后的民间文艺工作者和学者，潜心钻研，奋勇前行。

希望这份文献的面世能够引起读者和学界对于侗族民间文艺的关注，挖掘我国少数民族的灿烂文化，在新的起点上再出发！

邱运华

中国民间文艺家协会分党组书记、驻会副主席、秘书长

图书在版编目（CIP）数据

中芬三江民间文学联合考察文献汇编：全二卷／潘
鲁生，邱运华主编. -- 北京：社会科学文献出版社，
2020.11
　ISBN 978 - 7 - 5201 - 7565 - 4

　Ⅰ.①中…　Ⅱ.①潘…②邱…　Ⅲ.①民间文学 - 文
学研究 - 三江侗族自治县　Ⅳ.①I207.7

　中国版本图书馆 CIP 数据核字（2020）第 217640 号

中芬三江民间文学联合考察文献汇编·全二卷

主　　编／潘鲁生　邱运华

出 版 人／王利民
责任编辑／袁卫华　罗卫平

出　　版／社会科学文献出版社·人文分社（010）59367215
　　　　　地址：北京市北三环中路甲 29 号院华龙大厦　邮编：100029
　　　　　网址：www. ssap. com. cn
发　　行／市场营销中心（010）59367081　59367083
印　　装／三河市东方印刷有限公司

规　　格／开　本：787mm×1092mm　1/16
　　　　　印　张：62　插页：0.5　字　数：1172 千字
版　　次／2020 年 11 月第 1 版　2020 年 11 月第 1 次印刷
书　　号／ISBN 978 - 7 - 5201 - 7565 - 4
定　　价／398.00 元（全二卷）

本书如有印装质量问题，请与读者服务中心（010 - 59367028）联系